JUBILÄUMSBAND
HEYNE VERLAG

HEYNE BÜCHER

In derselben Reihe erschienen
außerdem als Heyne-Taschenbücher

Spannung · Band 50/1
Das biologische Gartenbuch · Band 50/2
Die großen Filmromane · Band 50/3
Das Heyne Jubiläumskochbuch · Band 50/4
Fantasy · Band 50/5
Thriller · Band 50/6
Heiteres · Band 50/7
Liebe · Band 50/8
Unheimliches · Band 50/9
Europäische Erzähler des 20. Jahrhunderts · Band 50/10
Keep smiling · Band 50/11
Das große Buch der alternativen Heilmethoden · Band 50/12
Action · Band 50/13
Die beste Dr. Oetker Kalte Küche · Band 50/14
Erotik · Band 50/15
Ratgeber Geld · Band 50/16
Deutsche Erzähler des 20. Jahrhunderts · Band 50/17
Agenten · Band 50/18
Klinik · Band 50/19
Witze · Band 50/20
Horror · Band 50/21
Hallo, Liebling · Band 50/22
Spione · Band 50/23
Der Versicherungs-Ratgeber · Band 50/24
Crime · Band 50/25
Das endgültige Buch der Sprüche und Graffiti · Band 50/26
Amerikanische Erzähler des 20. Jahrhunderts · Band 50/27
Hochspannung · Band 50/28
Schicksal · Band 50/30

HEYNE JUBILÄUMS BAND

Angst

Vier ungekürzte Horror-Romane

WILHELM HEYNE VERLAG
MÜNCHEN

HEYNE JUBILÄUMSBÄNDE
Nr. 50/29

QUELLENHINWEIS

Printed in Germany 1988
Umschlagfoto: Photodesign Mall, Stuttgart
Umschlaggestaltung: Atelier Ingrid Schütz, München
Gesamtherstellung: Presse-Druck Augsburg

ISBN 3-453-02644-6

Inhalt

JAMES HERBERT
Die Erscheinung

ERSTER TEIL

Alice! Ein kindlich Märchen nimm
Und legs mit sanfter Hand
Dorthin, wo sich um Kinderträum'
Geheim Erinnerung wand,
Wie um den welken Pilgerstrauß
Gepflückt im fernen Land.
Aus Lewis Carrol: Alice im Wunderland

1

Schlafen, wenn die Mäuslein springen,
Aufstehn, wenn die Lerchen singen,
Blut und Nacht und Eis und Wind,
Träume süß, mein Kind.
Altes Wiegenlied

Die über den Friedhof verstreuten Hügel aus schwarzer Erde ließen den Eindruck entstehen, als ob sich die Toten einen Weg zurück in die Welt der Lebenden graben wollten. Das Mädchen, das zwischen den Gräbern entlanghuschte, lächelte scheu, als sie sich bei diesem Gedanken ertappte. Es waren Maulwürfe, die jene Hügel geschaufelt hatten. Gegen Maulwürfe war schwer anzukommen; sobald man einen vergiftete, nistete sich ein anderer in der freigewordenen Behausung ein. Das Mädchen hatte dem Maulwurfsjäger oft bei seiner Arbeit zugeschaut, er war ein dicker Mann mit spitz zulaufendem Gesicht, sie fand, er sah einem Maulwurf ähnlich. Er grinste, wenn er mit seinen klobigen Fingern in die alte Konservendose mit dem Etikett ›Baked Beans‹ griff und einen strychningetränkten Wurm aus der sich windenden und krümmenden Schar seiner Artgenossen herauszog. Immer grinste er, wenn das Mädchen ihm zusah. Und er lachte vergnüglich in sich hinein, wenn er ihr den Wurm hinhielt, und immer wenn er das tat, sprang das Mädchen mit einem unhörbaren Schrei zur Seite. Seine Lippen, seine ständig feuchten Lippen, bewegten sich wie die Würmer in der Dose, ohne daß das Mädchen einen Ton vernommen hätte. Sie war taub, seit sie denken konnte. Sie erschauderte, wenn der Maulwurfsjäger ihr seine Pantomime vorspielte, er tat, als würde er das sich windende Würmchen aus rosa Fleisch aufessen, sie erschauderte, wenn sie das sah, und trotzdem harrte sie jedes Mal aus, bis er seine Metallstange in die Friedhofserde bohrte, und sie sah ihm zu, wie er den Wurm in das so geschaffene Loch steckte. Sie stellte sich vor, wie sich der Maulwurf dort unten seinen Weg durch die nachtschwarze Finsternis erschnüffelte, wie er nach etwas Eßbarem gierte, wie er sich selbst den Tod bereitete. Wie er sein eigenes Grab grub. Sie kicherte und konnte sich doch nicht kichern hören.

Alice bückte sich, um die verwelkten Blumen aus einer lehmverschmierten Vase zu nehmen. Der Grabstein, vor dem die Vase stand, war noch ziemlich neu, die Inschrift war noch nicht vom Schmutz überzogen, noch nicht verwittert. Alice hatte die alte Dame – bestand sie inzwischen nur noch aus Gebeinen? – gekannt, die jetzt dort unten vermoderte, und sie hatte vor dem lebenden Leichnam mehr Angst gehabt als jetzt vor dem toten. Wie war es möglich, daß jemand mit zweiundneunzig Jahren noch lebte? Ein Mensch in diesem Alter konnte sich doch bewegen, gewiß, aber lebte er noch? Alice, die erst zwölf Jahre alt war, konnte sich eine Lebensspanne wie die der alten Dame gar nicht vorstellen. Schwer auch, sich vorzustellen, wie das eigene Fleisch vertrocknete und Runzeln bekam, wie das Gehirn vom jahrelangen Gebrauch schrumpfte, so daß statt eines allwissenden Wesens ein Baby entstand. Ein buckliges, verknöchertes Baby.

Sie warf die verwelkten Blumen in den roten Plastikeimer, den sie bei sich trug, und setzte ihren Weg fort. Ihr suchender Blick war nach vorn auf die in unordentlichen Reihen angeordneten Grabsteine gerichtet, wo noch mehr Vasen mit verwelkten Blumen stehen mußten. Einmal pro Woche machte sie das; während ihre Mutter in der Kirche aufwischte, die Bänke abstaubte und alles saubermachte, entfernte Alice die unansehnlich gewordenen Blumen aus den Grabvasen, entfernte die Geschenke jener, die sich von einer solchen Geste einen guten Eindruck auf die toten Angehörigen erhofft hatten. Die Blumen landeten auf der Müllkippe des Friedhofsgärtners, wo sie im monatlichen Ritus, zusammen mit faulenden Ästen und Laub, eingeäschert wurden. Wenn sie ihre Aufgabe auf dem Friedhof erledigt hatte, würde Alice eilends in die Kirche, zu ihrer Mutter, zurückkehren. Sie würde in der Kirche frische Blumen vorfinden, die als Altarschmuck für die morgige Sonntagsmesse vorgesehen waren, während ihre Mutter aufwischte, würde Alice die Blumen in die Vase stecken. Danach würde sie die Bänke abstauben, eine Bank hin, die andere zurück, sie würde den Atem anhalten, solange es überhaupt ging, bis ihre Lungen schier explodierten. Alice arbeitete gern, wenn sie die Arbeit zu einem Spiel verfremden konnte.

Wenn sie mit dem Arrangieren der Blumen und dem Abstauben fertig war und wenn die Mutter keine weiteren Aufgaben für sie hatte, würde sie ihren Lieblingsplatz einnehmen: der letzte Platz in der vordersten Reihe, rechts vom Altar.

Unter der Statue, unter *ihrer* Statue.

Sie hatte die blassen Farben eines welken Straußes erspäht und sprang über einen niedrigen Hügel – der Hügel war etwa so lang wie eine Leiche und war nicht von Maulwürfen aufgeworfen worden. Sie würde die sterbenden Blumen fortnehmen. Kleine Atemwolken entflohen ihren Lippen, und Alice sagte sich, das sind die Geister der Worte, die in mir begraben liegen, Worte, die ich nie ausgesprochen habe.

Es war kalt, obwohl die Sonne schien. Die meisten Bäume waren ohne Laub, so daß die Äste als das erschienen, was sie wirklich waren, verkrüppelte, in bizarre Formen gezwängte Gebilde. Jenseits der Steinmauer, die den Friedhof umgab, grasten Schafe, in deren aufgedunsenen Bäuchen sich Föten wiegten. Am Ende der Felder war dichter Wald zu erkennen, düsteres, grünliches Braun, nicht gerade einladend; und jenseits des Waldes gab es langgestreckte Hügel, Hügel, die bei schlechtem Wetter vom Nebel verschluckt wurden. Alice starrte zu den Feldern hinüber, sie beobachtete die Schafe. Sie runzelte die Stirn, dann wandte sie sich ab.

Sie mußte noch mehr Blumen aus den Vasen nehmen, bevor sie sich dorthin begeben durfte, wo es nicht so beißend kalt war. Es war kalt in dem alten Gemäuer – in der Kirche war es immer kalt –, aber der Wind gab sich dort nicht so grimmig wie draußen. Sie wanderte über den Friedhof, die schrägstehenden Grabsteine machten ihr keine Angst, und auch die vermoderten Leichen nicht, die ihr zu Füßen in der Erde verborgen lagen.

Das durchnäßte Laub und die Zweige bildeten einen hohen Haufen, so hoch, daß das Mädchen die welken Blumen mit aller Kraft aus ihrem Eimer schleudern mußte, damit sie den vorgesehenen Platz auf der Spitze des Abfallberges erreichten. Sie nahm ein paar Stengel auf, die daneben gefallen waren, und gab sich erst zufrieden, als alles oben auf dem Haufen lag. Alice schlug die Hände zusammen, sie tat das, um den Schmutz von ihren Handflächen zu entfernen, sie spürte den Schlag, aber sie vernahm kein Geräusch. Irgendwann einmal hatte sie hören können, aber das war lange her. Wenn sie sehr aufpaßte und wenn es keinerlei Ablenkungen gab, vermeinte sie den Wind zu hören. Aber Alice hatte dieses Gefühl auch, wenn es überhaupt keinen Wind gab, der ihre Wangen berührte oder ihr blondes Haar zerzaust hätte.

Das kleine, schlanke Mädchen hatte sich umgedreht und ging auf die alte Kirche zu, sie schwang den roten Eimer, der jetzt leer war, hin und her. Vor und zurück, das Rot glänzte im kalten Licht der Sonne. Zurück, vor, zurück – und dann warf sie einen Blick hinter sich.

Der Plastikeimer entglitt ihrer Hand, er rollte in einem engen Halbkreis über den Boden und kam vor einem fleckigen, grünbemoosten Grabstein zu liegen. Alice legte den Kopf auf die Seite wie jemand, der lauscht. In ihren Augen war Ratlosigkeit und der Anflug eines Lächelns.

So stand sie einige Sekunden, dann erst vollendete sie die Drehbewegung ihres Körpers. Sie verharrte aufs neue und ließ ein paar Sekunden verstreichen. Ihr Lächeln erlosch, auf ihren Zügen zeichnete sich Angst ab. Sie ging auf die rohgefügte Steinmauer im rückwärtigen Bereich des Friedhofes zu, langsam zuerst, und dann begann sie zu laufen.

Sie geriet ins Stolpern – wahrscheinlich war es die Kante eines flach ins Erdreich eingelassenen Grabsteins, die ihr im Wege stand – und taumelte zu Boden. Das Erdreich war weich, sie war mit den Knien in grünen und braunen Dreck gefallen. Sie stieß einen Schrei aus, aber zu hören war nichts, sie kam rasch wieder auf die Beine und rannte weiter auf die Mauer zu, sie wußte nicht, warum. Sie hielt sich auf dem schmalen Pfad, der den insgesamt unordentlich wirkenden Friedhof durchquerte, und blieb erst stehen, als sie die Mauer erreicht hatte. Alice spähte über die Mauer, die ihr bis zur Brust reichte. Die trächtigen Schafe hatten zu fressen aufgehört; sie hatten alle die Köpfe gehoben und sahen in die gleiche Richtung.

Sie rührten sich nicht von der Stelle, nicht einmal als Alice über die Mauer kletterte und auf die Tiere zugelaufen kam.

Ihre Schritte wurden langsamer. Das Gras stand hoch, und bald waren ihre Schuhe und Strümpfe durchnäßt. Sie schien verwirrt. Sie sah in die Runde, von links nach rechs. Sie hatte die kleinen Hände zu Fäusten geballt.

Sie sah ein weiteres Mal geradeaus, das sanfte Lächeln kehrte in ihre Mundwinkel zurück, wurde zu einem breiten Lachen, gipfelte in einem Ausdruck der Verwunderung und Entrückheit.

Ein einsamer Baum stand in der Mitte des Feldes, eine jahrhundertealte Eiche mit dickem, knorrigem Stamm und kräftigen Ästen, von denen die untersten weit auf das Feld hinausreichten, als wollten sie in den Boden hineinwachsen. Alice ging auf den Baum zu, ihr Schritt war langsam, aber nicht zögernd, und als sie zehn Meter von dem Stamm entfernt war, kniete sie nieder.

Ihr Mund stand offen, sie hatte die Augen zusammengekniffen, und die Pupillen waren zu winzigen Löchern geworden. Sie hob die Hand, um ihre Augen vor dem blendenden weißen Licht zu schützen, das vom Stamm des Baumes ausging.

Wieder lächelte sie. Das Licht war zu einer makellos weiß strahlenden Sonne geworden, zu einem Heiligenschein.

2

Ein Mädchen vor ihrem Ebenbild,
Das Haar so schimmernd, das Herze so wild,
Ihr Lippenpaar, und dreifach im Spiegel,
Ich lache, mich schaudert, ihr Sarg auf dem Hügel...
Aus William Blake: Das Spiegelkabinett

Das Bremsmanöver war so abrupt, daß der weiße Lieferwagen ins Rutschen kam. Beinahe wäre der Fahrer mit dem Kopf an der Windschutzscheibe gelandet. Der Mann fluchte, stieß sich vom Lenkrad ab, bis er wieder auf der Fahrerbank saß, und schlug auf den Plastikkranz des Lenkrads ein, als gälte es, ein ungezogenes Kind zu bestrafen.

Die Scheinwerfer des Lieferwagens reichten bis zu den Bäumen auf der anderen Straßenseite, das Fahrzeug stand an der Einmündung zu einer Hauptstraße. Der Fahrer warf einen Blick nach rechts, dann nach links, in das Dunkel hinein.

»Nach rechts«, murmelte er. »Es muß rechts abgehen, verdammt noch mal.«

Es gab niemanden im Lieferwagen, der ihm hätte zuhören können, aber das kümmerte den Mann nicht: er war daran gewöhnt, Selbstgespräche zu führen. »Ganz sicher geht's nach rechts.«

Er legte den ersten Gang ein und zuckte zusammen, als das Getriebe krachte. Der Lieferwagen machte einen Satz nach vorn, und der Mann riß das Steuer nach rechts. Gerry Fenn war müde, ärgerlich und angetrunken. Die öffentliche Stadtratsversammlung, an der er an jenem Abend teilgenommen hatte, war gelinde gesagt glanzlos, im Klartext stocklangweilig gewesen. Wen zum Teufel interessierte es, ob ein paar außerorts gelegene Häuser an die Kanalisation der Gemeinde angeschlossen wurden oder nicht? Die Bewohner der Häuser waren dagegen, das stand von vornherein fest; für sie bedeutete der Anschluß an die Kanalisation, daß sie höhere Gebühren zahlen müßten. Fast zwei Stunden hatte die Versammlung gebraucht, um zu der Erkenntnis vorzudringen, daß niemand in diesen Häusern angeschlossen werden wollte. Die Leute schissen viel lieber in ihre Jauchegruben. Wie üblich hatte der Linke vom Dienst die Prozedur aus Kräften in die Länge gezogen. Wie Fenn vermutete, versprach sich der Mann vom totalitären Abwassersystem den Endsieg der sozialistischen Sache. Fenn hatte eigentlich nicht bis zum Schluß der Versammlung bleiben wollen. Es war unnötig, sich den Unsinn bis zum bitteren Ende anzuhören. Er war dann eingeschlafen, auf seinem Platz in der hintersten Reihe. Erst als der Leiter der Versammlung das Schlußwort sprach, war er wieder aufgewacht. Die Agitatoren des totalitären Abwassersystems waren stocksauer, daß der Antrag abgelehnt worden war. Eine hübsche Schlagzeile, dachte Fenn. ›ANTRAG AUF ANSCHLUSS ANS ABWASSERSYSTEM ABGELEHNT.‹ Allerdings ein bißchen zu markig für eine Schlagzeile im *Courier.* Zu markig. Auch nicht schlecht, der Ausdruck. Fenn nickte, stolz auf seinen ätzenden Witz.

Gerry Fenn arbeitete seit mehr als fünf Jahren im journalistischen Stab des *Brighton Evening Courier,* als Junge habe ich angefangen, als Mann höre ich auf, mit dieser Metapher pflegte er seinen Werdegang vor sich selbst zu illustrieren. Immer noch wartete er auf den großen Knüller, auf die Story, die Schlagzeilen in der ganzen Welt machen und ihn aus dem kleinen Seebad ins Herz der Weltpresse, in die Fleet Street katapultieren würde: FLEET STREET! Donnernder Applaus für FLEET STREET! YEAH! Drei Jahre Volontär in Eastbourne, fünf Jahre beim *Courier.* Nächste Stufe: Leiter der Insight-Redaktion bei der *Sunday Times.* Wenn's bei der Sunday Times nicht klappte, würde er sich auch mit einem Posten bei *News of the World* zufriedengeben. Er würde Gelegenheit haben, Stories mit ›human touch‹ zu schreiben. Er würde im Dreck herumwühlen und ein Archiv haben.

Er hatte, nachdem die Versammlung beendet war, die Nachrichtenredaktion seiner Zeitung angerufen und dem Chef vom Dienst, verantwortlich für die Nachrichten, die nachts reinkamen (der Kollege war nicht sehr angetan gewesen, als Fenn ihm die Weisung HALTEN SIE MIR EINEN KASTEN AUF SEITE EINS FREI durchgab), mitgeteilt, daß die Versammlung in einem mittleren Aufruhr geendet hatte. Er, Fenn, sei dem Getümmel nur mit knapper Not, indem er sein Notizbuch vor dem Volkszorn bewahrte, entkommen. Als der Nachrichtenredakteur ihn wissen ließ, daß der Volontär aufgrund einer emotionalen Krise auf dem Tiefpunkt seines sechzehnjährigen Lebens die Brocken hingeschmissen habe, so daß die Stelle wieder offen sei, hatte Fenn seiner Story eine neue Wendung gegeben. Er hatte am Telefon dargelegt, es habe sich um eine recht lebendige Versammlung gehandelt, und vielleicht hätte er sich schon früher in die Büsche schlagen sollen, aber als der Linke mit dem Revoluzzerblick aufs Podium gestürmt sei, wo er einer völlig überraschten Stadträtin ein dunkelbraunes Würstchen (es sah aus wie Hundekot) in die Nasenlöcher zu drücken versuchte, da habe er gedacht... Fenn hielt den Hörer von sich, er vermeinte den Geifer des Nachtredakteurs aus der Ohrmuschel tropfen zu sehen. Es gab dann ein paar Piepssignale, und Fenn mußte eine neue Münze in den Schlitz einwerfen, um die Verbindung wieder herzustellen. Der Mann am anderen Ende hatte sich inzwischen wieder unter Kontrolle, aber Fenn spürte, er war immer noch am Rande des Nervenzusammenbruchs. Wo Fenn das Beackern des ländlichen Einzugsgebiets so viel Spaß mache, klang es aus der Muschel, da könnte er doch gleich noch ein paar andere Termine wahrnehmen. Fenn stöhnte auf, als er das vernahm, aber der Nachrichtenredakteur sprach locker weiter. Er empfing die Weisung, seinen Diener bei der Polizei zu machen: Sehen Sie bitte nach, ob die Pfadfinder-Imitatoren (Sitzfleisch, Beförderung, Pension, Fundbüro, Vermißt wird seit heute früh...) immer noch Pfadfinder imitierten. Statten Sie dem örtlichen Flohkino einen Besuch ab: Gibt es genügend Feministinnen auf dem regennassen Asphalt vor dem Kino, gibt es genügend Anti-Sex-Poster, genügend Poster gegen Vergewaltigung, und haben die Feministinnen genügend matschige Tomaten, die sie im Vorführraum auf die Leinwand schleudern können? Auf dem Rückweg suchen Sie den Caravan-Campingplatz in Partridge Green auf: Stellen Sie fest, ob die endlich Strom haben (der *Courier* hatte eine kleine Kampagne gestartet, um die Behörden zu veranlassen, den Caravan-Campingplatz ans Stromnetz anzuschließen, das war jetzt sechs Monate her). Fenn fragte zurück, ob sich der Nachtredakteur verdammt noch mal darüber klar sei, wieviel Uhr es war, sein Gesprächspartner hatte ihm versichert, jawohl, er wisse verdammt noch mal, wie spät es sei, und ob Fenn sich darüber klar sei, daß sein bisheriger Beitrag für die morgige Ausgabe des *Courier* sich auf einen VU (Verkehrsunfall) und auf einen Pudel, der wegen seiner diabetischen Stoffwechsellage im Rolls-Royce zur Vorsorgeuntersuchung chauffiert wurde, beschränkte, wobei der VU nicht mal ein tödlicher VU gewesen sei.

Fenn fuhr aus der Haut, er ließ den Nachrichtenredakteur wissen, wie wütend er sei, und kündigte ihm an, daß er ihm anläßlich seiner Rückkehr in die Redaktion den Aktenspieß in den Hintern stecken würde, und zwar mit dem hölzernen Ende voran, und zur Abrundung des Bildes würde er ihm die nächststehende Schreibmaschine in den Rachen stecken, womit der Quell aus Scheiße, der aus diesem Mund floß, fürs erste verstopft sein würde, und dann würde Fenn den intellektuellen Bankrott des *Courier* herbeiführen, indem er dem Blatt seine Kündigung auf den Tisch knallte. Die Erklärungen, die Fenn dem Nachtredakteur gegenüber in diesem Zusammenhang abgab, ließen an Deutlichkeit nichts zu wünschen übrig, allerdings hatte er sich zuvor vergewissert, daß der Hörer bereits wieder auf der Gabel lag.

Als nächstes wählte er seine eigene Nummer an, er wollte Sue sagen, sie sollte in seiner Wohnung bleiben, er käme jetzt bald nach Hause. Allerdings nahm niemand ab, auch als er Sues Nummer anrief, kam keine Verbindung zustande. Herrgott noch mal, konnte sie denn nicht für dauernd zu ihm ziehen? Schon schlimm, daß er nie wußte, wo er sie zu suchen hatte.

Mit gepflegtem Mißmut verrichtete er die Tätigkeit, für die er bezahlt wurde. Er fand heraus, daß die Pfadfinder-Imitatoren in die Rolle von Basarveranstaltern geschlüpft waren, genauer gesagt ging es um einen Wohltätigkeitsbasar (eine alte Dame hatte den Verlust ihres zweiten Gebisses zu Protokoll gegeben, sie hatte das Gebiß auf dem Küchentisch liegen lassen und gab sich, verständlicherweise, etwas wortkarg, als die Wohltätigkeitsbasarveranstalter-Imitatoren weiter in sie dringen wollten). Das Flohkino spielte seit vierzehn Tagen *Bambi* (Sturm war erst für nächste Woche angesagt, wenn die *Teenager-Göttinnen der Liebe* und *Sex in den Sümpfen* über die Leinwand flimmern würden). Er fuhr zum Caravan-Campingplatz in Partridge Green, spähte durch die Fenster der Caravans und bewunderte die flackernden Kerzen (als er bei einem der Caravans an die Tür klopfte, um sich nach der Stromversorgung zu erkundigen, gab man ihm die Empfehlung auf den Weg, sich doch gefälligst zu verpissen, es war dies für Fenn Anlaß genug, der Sache nicht weiter nachzugehen).

Fünf Minuten vor Toresschluß betrat er ein Pub, er hatte Glück, der Wirt war bereit, ihm etwas zu trinken zu geben. Fenn brauchte nur zu warten, bis die anderen Gäste – zwei Dominospieler und eine Frau, die das Pub mit ihrer in einen hölzernen Käfig gesperrten Katze heimsuchte – den Ort der Handlung verlassen hatten. Fenn ließ kurz raushängen, daß er Reporter des *Brighton Evening Courier* war, ein Geständnis, das je nach Gemütslage des Wirts für einen prompten Rausschmiß oder für ein feuchtfröhliches Informationsgespräch nach der Sperrstunde gut war. Die Wirte gaben sich im allgemeinen gegenüber der Presse freundlich (irgendwie waren sie alle, auch die schlampigsten unter ihnen, auf die Auszeichnung ›Pub des Jahres‹ erpicht). Es gab Ausnahmen, jene Wirte nämlich, die (meist wegen kritischer Berichte über eheliche Auseinandersetzungen, die im Pub ausgetragen worden waren, über die allzu offenherzigen Barmädchen oder über die unhygienischen Zustände in der Küche) der Presse gegenüber eine gewisse Bitterkeit in ihrem Herzen bewahrten. Der Wirt, auf den Fenn gestoßen war, erwies sich als vergleichsweise problemlos, er war sogar einverstanden, als Fenn ihm einen Drink spendierte, eine Geste, die bei dem Reporter einen Anflug von Ratlosigkeit hinterließ. Hätte nicht der Wirt ihn einladen müssen statt er den Wirt? Er war zu diesem Zeitpunkt journalistisch nicht mehr interessiert – die Fleet Street und die internationalen Depeschenagenturen würden sich gedulden müssen, bis er wieder bei Laune war. Warum bin ich eigentlich hier, fragte er sich, warum lade ich den Wirt zu einem Drink ein? Weil ich nach der Sperrstunde noch etwas zu trinken bekommen will, lautete die Antwort. O yeah. Fenn war müde.

Drei Gläser und vierzig Minuten später stolperte Fenn in die kalte Nacht hinaus, ein wenig aufregendes Gespräch mit dem Wirt lag hinter ihm, und das Klicken der Türschlösser machte ihm klar, die Zugbrücke war hochgezogen, das Pub stand ihm nicht mehr als Refugium zur Verfügung, im Gegenteil, es war in eine Festung verwandelt worden, die jeden Angreifer entmutigen würde. Er versetzte dem weißen Lieferwagen einen Tritt in die Flanken, bevor er ins Fahrerhaus kletterte.

Der Lieferwagen war eine schlimme Sache. Er war auf beiden Seiten mit dem Namen der Zeitung beschriftet, weiße Buchstaben auf dem Hintergrund eines mächtigen, roten Blitzes. Sehr diskret. Richtig anonym. Der Courier hatte den Vertrag mit der Mietwagenfirma gekündigt, oder die Mietwagenfirma hatte dem Courier gekündigt, und so blieben den Journalisten nur zwei Möglichkeiten, entweder sie benutzten bei ihren Fahrten den eigenen Wagen, wofür sie kein Benzin erstattet bekamen, oder aber sie fuhren den einzigen Wagen, über den die Zeitung überhaupt verfügte, nämlich den Lieferwagen. Der war natürlich großartig geeignet, um damit hinter mutmaßlichen Brandstiftern oder Rauschgiftschmugglern herzufahren. Ideal für die Beobachtung verdächtiger Elemente. Ideal für ein Zusammentreffen mit Informanten, die unbekannt bleiben wollten. Hätten Woodstock und Bernstein für ihre konspiratorische Begegnung mit ›Deep Throat‹ wohl einen weißen Lieferwagen mit der Beschriftung *Washington Post* ausgewählt?

Die Scheinwerfer waren wie zwei stumpfe Messer, die mit mäßigem Erfolg an der Mauer aus Nacht und Düsternis herumkratzten. Fenn war von dem Anblick so angewidert, daß er nur noch den Kopf schütteln konnte. Nie wurden diese Scheinwerfer gewaschen, nie, nie, nie. Was für eine Nacht! Manchmal war die Spätschicht ja ganz lustig. Eine hübsche Vergewaltigung, ein flotter Raubüberfall. Brighton war voll von Verrückten. Verrückte und Araber. Und Antiquitätenhändler. Am schönsten war es, wenn die drei Segmente der Bevölkerung aneinandergerieten. Leider wurden die besten Stories nicht gedruckt. Oder aber sie wurden kastriert. Es hätte nicht der Linie des *Courier* entsprochen, wenn jemand am Image des Küstenortes herumnagte. So was war schlecht fürs Geschäft. In Brighton steckten alle unter einer Decke. Die kleinen Spieler sollten nicht abgeschreckt werden. Was Fenns Spätschicht anging, so hatte sich nichts von Bedeutung ereignet. Er hatte es sich zur Regel gemacht, gleich zu Beginn die üblichen Anrufe hinter sich zu bringen: Polizei, Krankenhäuser, Bestattungsunternehmen, Feuerwehr. Sogar die hohe Geistlichkeit hatte er mit einer Anfrage beehrt. Nichts. Dann gab es noch eine Liste mit den Ereignissen des Tages, die in der Zeitung geführt wurde. Der Tag, soweit er in dieser Liste Niederschlag fand, umfaßte auch die Nacht. Es waren Termine, zu denen die Reporter hin mußten. Fenn fand nichts auf der Liste, was ihn irgendwie angelacht hätte. Wenn, dann hätte er einen dieser Termine nutzen können, um sich an der Versammlung des Stadtrats vorbeizumogeln. Aber wie die Dinge lagen, war die Sitzung das einzige, was eine entfernte Ähnlichkeit zu einem Ereignis hatte.

Vorne waren Lichter zu erkennen. Was für ein Ort das wohl war? Muß Banfield sein. Er war auf der Herfahrt durch Banfield gekommen. Gar kein übles Nest. Zwei Pubs auf der Hauptstraße. Was kann man mehr verlangen? Wenn kommenden Sonntag gutes Wetter war, würde er mit Sue nach Banfield rausfahren. Er würde sie zu einem Glas oder zwei im Pub einladen. Sie mochte die Pubs auf dem Lande. Mehr Atmosphäre. Gutes Bier. Meist eine Mischung von Typen in Gummistiefeln, Polohemden, Tweedanzügen. Plus den sozialen Abschaum, der dem Ganzen die richtige Würze gab.

Er kniff die Augen zusammen. Kurve da vorne. Verdammt düster. Hoppla. Bremse. Abwärts.

Die Straße schwang zu einer Ebene aus, Fenn nahm den Fuß von der Bremse. Die Bremsen funktionierten ja wohl. Hoffentlich. Manchmal verdächtigte Fenn die Lieferfahrer, daß sie vor der Übergabe des Wagens an die Redakteure die Bremsen oder das Lenkgestänge ausbauten. Hatten was gegen Schreibtischtäter. Das würde so weitergehen, bis... *Verdammt, was war das?*

Er stieg mit dem Fuß auf die Bremse und riß das Steuer nach links. Der Lieferwagen kam ins Schleudern, vollzog eine Drehung von nahezu 360 Grad und geriet mit den Vorderrädern auf die mit Gras bewachsene Böschung.

Der Wagen stand. Fenn legte den Leerlauf ein und ließ den Kopf auf das Lenkrad sinken. Er seufzte, dann ließ er den Kopf wieder zurückfedern. Mit bedächtigen Bewegungen kurbelte er das Seitenfenster herunter. Er steckte den Kopf in die kalte Nachtluft hinaus.

»Was, zum Teufel, war das?« sagte er laut.

Irgend etwas war aus der Dunkelheit hervorgeschossen gekommen. Das Wesen hatte unmittelbar vor dem Lieferwagen die Straße überquert. Kein Tier. Größer als ein Tier. Er hatte das Wesen nur um eine Handbreite verfehlt. Er zitterte, so sehr war ihm der Schreck in die Glieder gefahren.

Und dann sah er eine Bewegung. Ein grauer Schatten.

»He!« schrie er.

Der Schatten verschwand.

Fenn stieß die Wagentür auf und sprang ins nasse Gras hinab. »Halt!« schrie er.

Das Scharren von Füßen war zu hören. Schritte, die näherkamen. Schritte auf Kies oder Schotter.

Er rannte quer über die Straße und gelangte an ein niedriges Tor, das aus zwei Flügeln bestand. Ein Flügel stand offen. Nur langsam gewöhnte Fenn sich an das Halbdunkel. Als zwischen den gemächlich dahinziehenden Wolken der Mond zum Vorschein kam, erblickte er die Gestalt.

Das Wesen entfernte sich von ihm, es rannte einen von Bäumen gesäumten Weg entlang. Fenn konnte nichts weiter ausmachen als die Bäume und ein Gebäude am Ende des Weges. Ihn schauderte. Die ganze Sache war unheimlich.

Bei dem Wesen mußte es sich wohl um ein Kind handeln. Oder um einen Zwerg. Fenn versuchte die Erinnerung an den Zwerg in Du Mauriers *Don't Look Now* zu verdrängen. Am liebsten wäre er zum Lieferwagen gehastet und davongebraust. Sein Schließmuskel hatte zu vibrieren begonnen. Ein peinliches Gefühl. Aber wenn die Gestalt dort ein Kind war, was machte ein Kind so spät in der Nacht hier in der Einsamkeit? Es war immerhin so kalt, daß ein Mensch erfrieren konnte.

»He! Bleib doch stehen! Ich möchte mit dir reden!«

Keine Antwort, nur schlurfende Schritte.

Fenn durchschritt das Tor und sandte einen weiteren Ruf in das Halbdunkel hinein, dann rannte er dem kleiner werdenden Schatten nach. Das Gebäude am Ende des Weges wurde größer und größer, schließlich nahm es die Form einer Kirche an. Keuchend lief er weiter. Was hatte ein Kind so spät in der Nacht in einer Kirche zu suchen?

Aber die Gestalt dort vorn lief nicht in die Kirche. Sie hatte fast das Eingangsgewölbe erreicht, als sie links abbog. Fenn sah, wie das Wesen in den Schatten der Kirche eintauchte. Er bekam jetzt kaum noch Luft, so schnell war er gelaufen. Er rannte weiter. Fast wäre er auf dem schlüpfrigen Untergrund ausgeglitten, der Pfad war schmäler geworden. Fenn fing sich, zwang sich weiterzulaufen, er umrundete die Kirche. Auf der Rückseite der Kirche angelangt, blieb er stehen. Mein Gott, dachte er, warum bin ich nicht im Wagen geblieben.

Vor ihm lag ein stilles, weitgestrecktes Gelände, das von grauen Schatten übersät war. Ein Friedhof!

Die Gestalt rannte zwischen den Grabsteinen entlang, das einzig Lebendige auf dem düsteren Gräberfeld.

Der Mond hatte die Schnauze voll. Er zog sich eine Wolke über die Augen.

Fenn lehnte sich an die Kirche, die scharfen Kanten der Steine gruben sich in seine feuchten Hände. Was ich da verfolge, ist ein Geist, dachte er. Gleich wird der Geist in eines der Gräber hinabsteigen.

Sein Instinkt sagte ihm, es wäre das beste, wenn er jetzt heimlich, still und leise zum Lieferwagen zurückginge. Aber da gab es noch die Spürnase des Reporters. War er nun ein Reporter oder nicht? Geister, so was gab es nicht. Was es gab, das waren gute Geisterstories. Wenn er jetzt den Schwanz einkniff, würde er ewig und einen Tag der verpaßten Gelegenheit nachtrauern. Wenn er seinen

Freunden (oder gar dem Chef vom Dienst) gestand, daß er bei der ersten und einzigen Geisterstory seines Lebens gekniffen hatte, würden sie ihn nie wieder auf einen Drink einladen. Vorwärts, du Starreporter. Seine Nase sagte ihm, daß er jetzt keine Angst haben durfte, seine Nase, nicht sein Verstand, nicht sein Herz.

»He!« Der Schrei zerbrach in zwei Teile. Das H war übergewichtet.

Er stieß sich von dem Kirchengemäuer ab und zwang sich, zwischen den grauschimmernden Steinen entlangzugehen. Er zuckte zusammen, als er die konisch zugespitzten Erdhügel bemerkte. *Sie wollen aus ihren Gräbern ausbrechen!*

Natürlich wußte er, was das für Hügel waren. Maulwurfshügel, du Schwachkopf! Mechanisches Lächeln, Selbstverachtung. Und dann erhaschte er wieder einen Blick auf die winzige Gestalt, die an den Gräbern vorbeihuschte. Wie es schien, lief das Wesen auf den rückwärtigen Teil des Friedhofs zu, wo die bedrohlichen Schatten der Gebeinhäuser zu erkennen waren. Oh, mein Gott, das ist sicher ein Vampir, ein Zwergvampir, der sich in seiner Gruft zum Schlafen niederlegen will! Fenn dachte es, ohne daß sich sein spöttisches Lächeln, mit dem er gerechnet hatte, einstellen wollte.

Er duckte sich, plötzlich war er von der Angst befallen, daß ihn jemand sehen könnte. Der Mond gab sich als Feind, er kam zwischen den Wolken hervor, ausgerechnet jetzt.

Fenn war hinter einem halb umgesunkenen Grabstein in Dekkung gegangen. Vorsichtig spähte er über die Kante des Steins hinweg. Er sah, wie das Wesen über die niedrige Friedhofsmauer kletterte und von der Dunkelheit aufgenommen wurde.

Die kühle Nachtluft strich über seine Wangen. Vielleicht sind das einsame Seelen, die auf diese Weise auf sich aufmerksam machen wollen, dachte er. Er wollte nicht weitergehen. Er wollte auch nicht weiter im Schutz des Grabsteins verharren. Und unter gar keinen Umständen wollte er über die Friedhofsmauer schauen. Aber er wußte, er würde drüberschauen.

Der Reporter hastete weiter, seine Kniegelenke waren schon ganz steif, so kalt war es auf dem Friedhof. Er tat sein Bestes, um die Ruhe der ›lieben Dahingegangenen‹ nicht zu stören, er wand sich durch das Gewirr der Steine, lief gebückt auf die Grabmäler in der Ecke des Friedhofs zu. Die Gruften dort glichen aufgebrochenen Kühltruhen von der Art, wie man sie in Supermärkten sah; der Inhalt war, anders als in den Supermärkten, der Verwesung überlassen. Die Steinplatte auf einem der Grabmale lag schief, und Fenn stellte sich vor, wie sich eine Hand durch den Spalt schob, eine mit grüner Haut bewehrte Klaue, die Nägel abgeschürft, und durch das verrottete Fleisch die Umrisse der Fingerknochen erkennbar. Das reicht jetzt, Fenn!

Er hatte die Mauer erreicht und ging in die Knie. Er hatte keine besondere Eile hinüberzusehen. Er zitterte vor Kälte. Er war außer Atem (warum vergaß er eigentlich immer das Einatmen?), und er hatte furchtbare Angst. Aber er war auch neugierig. Fenn schob seine Schultern bis an die Oberkante der Mauer. Sein Kopf kam ihm vor wie eine Kokosnuß, die auf das Beil des Mannes wartete, daß sie vom Zweig abschlagen würde.

Drüben lag ein Feld, schiefergrau, eben, mondbeschienen, und in der Mitte des Feldes, in einiger Entfernung von der Friedhofsmauer, waren die Umrisse eines knorrigen Baumes zu erkennen. Vielfältig verrenkte Zweige ragten in den Himmel, die unteren, die dickeren Äste schienen nach dem Boden zu tasten, aus dem der Baum erwachsen war. Der einsame Stamm bot dämonische Sicherheit inmitten einer öden Landschaft. Fenn kniff die Augen zusammen, er suchte die kleine Gestalt, die er über den Friedhof hinweg verfolgt hatte. Da, eine Bewegung. Jawohl, dort war die Gestalt. Sie ging geradewegs auf den Baum zu. Sie blieb stehen. Sie setzte sich wieder in Bewegung. Dann – o Gott, nein, die Gestalt versank im Boden! Nein, sie war niedergekniet. Sie verharrte in magischer Stille, regungslos wie ein Baum.

Fenn wartete. Er wurde ungeduldig. Das genossene Bier drückte auf die Blase. Er beschloß weiter zu warten.

Schließlich dachte er, wenn ich nichts unternehme, dann geschieht hier gar nichts. Er kletterte über die Mauer. Er blieb stehen und wartete.

Nichts tat sich.

Er ging auf die Gestalt zu.

Als er näherkam, sah er, daß es sich nicht um einen Zwerg handelte.

Es war ein Mädchen.

Ein junges Mädchen.

Und das Mädchen starrte den Baum an.

Und sie lächelte.

Und als er sie an der Schulter berührte, sagte sie: »Sie ist so wunderschön.«

Sie verdrehte die Augen nach oben und stürzte vornüber.

Danach bewegte sie sich nicht mehr.

3

»Wer bist du?« sagte er schließlich mit ängstlichem Flüstern. »Bist du ein Geist?«
»Nein«, antwortete Mary. Ihr eigenes Flüstern klang erschrokken. »Bist du vielleicht einer?«
Aus Frances Hodgson Burnett: Der geheime Garten

Pater Hagan lag ausgestreckt im Dunkeln. Er versuchte seine Sinne aus den einlullenden Armen des Schlafes zu befreien. Seine Lider flatterten, dann schlug er die Augen auf. Er konnte den Widerschein der Nacht durch die Vorhänge erkennen. Die Vorhänge waren zugezogen, bis auf einen Spalt. Wovon war er aufgewacht?

Der Priester streckte die Hand nach der Lampe auf dem Nachttisch aus, er tastete nach dem Schalter. Das aufflammende Licht stach ihm in die Augen, es dauerte eine Weile, bis er die Lider wieder öffnen konnte. Er warf einen Blick auf die kleine Uhr. Es war Mitternacht vorbei. War er von einem Geräusch aufgewacht, von einem Geräusch auf der Straße? Oder waren es Laute im Haus, die ihn geweckt hatten? War er aufgewacht, weil er schlecht geträumt hatte? Er ließ sich auf das Bett zurücksinken und starrte auf die Zimmerdecke.

Pater Andrew Hagan war sechsundvierzig. Seit nahezu neunzehn Jahren gehörte er als Priester der Kirche an. Der Wendepunkt in seinem Leben war ein Herzanfall gewesen, den er zwei Tage vor seinem siebenundzwanzigsten Geburtstag erlitten hatte. Er hatte sich verunsichert, geängstigt und erschöpft gefühlt, als der Anfall zu Ende ging. Ihm war klar geworden, daß er sich von Gott entfernt hatte. Sein spirituelles Ich, so hatte er erkannt, war vom Materialismus einer chaotischen Umwelt eingekreist. Er hatte es zugelassen, daß dieses Ich von anderen Einflüssen unterdrückt wurde bis zu einem Punkt, wo nur er selbst wußte, daß es dieses Ich noch gab. Vier Jahre lang hatte er Geschichte und Religion an einem katholischen Gymnasium in London unterrichtet, danach hatte er drei Jahre in einer Gesamtschule in einem Vorort gelehrt, diese Gesamtschule war Pater Hagan vorgekommen wie eine Verrücktenanstalt, und in all diesen Jahren war die schimmernde Wehr seines Glaubens rostig geworden, die Fäulnis war dabei, sich zu seinem Herzen durchzufressen, zu der Seele, die Fragen unbeantwortet ließ, die nur WUSSTE. Er hatte verstanden, daß er einen neuen Weg einschlagen mußte. Der nahe Tod war wie eine energische Mutter, die nicht zulassen würde, daß ihr Kind sich auch nur fünf Minuten länger in den Kissen des Nachtlagers vergrub.

Er lehrte in der Gesamtschule keine Religion mehr, nur noch Geschichte, gelegentlich übernahm er den Englischunterricht. In dieser Schule war Religion praktisch nichtexistent. Das Ersatzfach hieß Ethik, und auch diese Säule war bereits geborsten, der junge Ethiklehrer war schon im zweiten Semester gefeuert worden, nachdem er bei dem Rektor der Schule in Ungnade gefallen war. Hagan hatte in der Folge mehr und mehr Englischstunden übernommen. Nachdem er nicht mehr die Möglichkeit hatte, mit neugierigen, zugleich oft gelangweilten jungen Menschen über Religion zu diskutieren, hatten sich seine Gedanken, soweit sie Gott zum Ziel hatten, nach innen gerichtet, in jenen Bereich, wo er Reste von Selbstvertrauen vorfand, auf denen er aufbauen konnte. Der Herzanfall, so leicht er war, hatte den seelischen Zersetzungsprozeß, dessen schlimmes Ende vorgezeichnet schien, aufgehalten. Plötzlich war Hagan bewußt geworden, was er da aufgab. Er wollte wieder unter Menschen sein, die an Gott glaubten, wie auch er an Gott glaubte, ihre Zuversicht in den Schöpfer würde ihn in seinem Bekenntnis stärken. Ein Jahr nach der krankheitsbedingten Zäsur war Hagan in Rom, wo er sich auf das Amt des Priesters vorbereitete. Und inzwischen fragte er sich, ob von den früher erlittenen Erschütterungen nicht doch Risse in seinem Glaubensgebäude zurückgeblieben waren.

Geräusche. Draußen. Bewegung. Pater Hagan fuhr in seinem Bett hoch.

Er zuckte zusammen, als im Erdgeschoß des Hauses an die Tür geklopft wurde.

Der Priester setzte sich die Brille auf, die er auf dem Nachttischchen liegen hatte, und sprang vom Bett auf; er ging zum Fenster. Er zog die Vorhänge zur Seite, aber er zögerte, das Fenster zu öffnen. Erst als das Klopfen an der Tür lauter wurde, überwand er sich.

»Wer ist da?« Kalte Luft hüllte seine Schultern ein. Er erschauderte.

»Nur ein paar Gespenster!« kam die Antwort. »Machen Sie bitte auf!«

Hagan lehnte sich aus dem Fenster und spähte auf die Veranda hinab. Eine Gestalt trat in den Lichtkegel, die Umrisse blieben undeutlich.

»Ich habe ein Problem, und Sie haben jetzt auch eins«, sagte die Stimme. »Schauen Sie mal!« Es war ein Mann, der einen kleinen Körper auf seinen Armen trug.

Der Priester verließ seinen Platz an der Fensterbank. Mit raschen

Bewegungen zog er sich einen Morgenmantel über den Schlafanzug. Er verzichtete darauf, sich Pantoffeln anzuziehen. Barfuß ging er die kalten Stufen hinunter. Im Flur angekommen, blieb er ein paar Sekunden hinter der Tür stehen. Er war unschlüssig, ob er öffnen sollte. Zwar war das Dorf nicht weit, aber Kirche und Pfarrhaus lagen einsam, auf drei Seiten von Feldern und Wald umgeben. Die einzige Nabelschnur zur Gemeinde war die Landstraße, die am Haus vorbeiführte. Pater Hagan war kein furchtsamer Mensch, aber natürlich hatte die Tatsache, daß er in unmittelbarer Nachbarschaft zum Friedhof lebte, ihre Auswirkungen hinterlassen. Er fuhr zusammen, als der Fremde draußen mit der Faust an die Tür schlug.

Er schaltete die Außenleuchte ein, bevor er öffnete.

Dem Mann, der auf der Veranda stand, war der Schreck ins Gesicht geschrieben, obwohl er den Mund zu einem Grinsen verzogen hatte. Er war aschfahl. »Ich hab' was gefunden. Die Kleine wandert in der Nacht herum.«

Er hielt dem Priester das Kind entgegen, das er auf den Armen trug, und machte eine Bewegung mit dem Kinn. Hagan warf einen raschen Blick auf die zerbrechlich wirkende Gestalt im Nachthemd. Er wußte, wer das war, noch bevor er das Gesicht sah.

»Bringen Sie sie rasch ins Haus«, sagte er und trat zur Seite, um den Fremden vorbeizulassen.

Er schloß die Haustür und bedeutete dem Mann, ihm ins Wohnzimmer zu folgen. Er knipste das Licht und das elektrische Heizgerät an.

»Legen Sie sie auf die kleine Couch«, sagte er. »Ich geh' und hole eine Decke. Sie ist sicher unterkühlt.«

Der Mann antwortete mit einem Grunzen. Er legte das Mädchen auf die weichen Kissen. Er kniete sich neben sie und strich ihr das lange blonde Haar aus der Stirn. Der Priester kehrte zurück, er brachte eine Decke, die er mit sorgsamer Geste auf die reglose Gestalt legte. Pater Hagan betrachtete ein paar Sekunden lang das friedliche Gesicht des Mädchens, dann wandte er sich dem Mann zu, der ihm die Kleine ins Haus getragen hatte.

»Was ist passiert«, fragte er.

Der Mann zuckte die Schultern. Er war Ende zwanzig oder Anfang Dreißig, er wirkte unrasiert, und er trug eine dicke Joppe aus Cordsamt, die ihm bis zu den Oberschenkeln reichte. Den Kragen hatte er hochgeschlagen, wohl um sich vor der Kälte zu schützen. Die Hosen waren dunkelblau. Wahrscheinlich Jeans, dachte Hagan. Das hellbraune Haar des Mannes war wild zerzaust, aber es war nicht übermäßig lang. »Sie kam plötzlich über die Straße gerannt, ich konnte gerade noch bremsen. Ich dachte schon, ich hätte sie auf dem Kühler.« Er hielt inne, um das Mädchen anzusehen. »Schläft sie?«

Der Priester hob dem Mädchen das Augenlid hoch. Die Pupille kam zum Vorschein, eine unbewegliche, weiße Kugel. »Ich glaube nicht. Mir scheint, sie...« Er ließ den Satz unbeendet.

»Sie ist nicht stehengeblieben, als ich sie anrief«, sagte der Mann. »Deshalb bin ich ihr gefolgt. Sie ist geradewegs auf die Kirche zugelaufen, und dann ist sie auf einmal zum Friedhof abgebogen. Ich hab' eine Höllenangst ausgestanden, das kann ich Ihnen sagen.« Er schüttelte den Kopf, um sich von der nervlichen Anspannung zu befreien. »Haben Sie eine Ahnung, wer sie ist?«

»Sie heißt Alice«, sagte der Priester ruhig.

»Warum läuft sie in der Nacht herum? Wo kommt sie her?«

Pater Hagan ließ diese Fragen unbeantwortet. »Ist sie – ist sie über die Friedhofsmauer geklettert?«

Der Mann nickte. »Ist sie. Sie ist über die Mauer geklettert und auf das Feld hinausgerannt. Woher wußten Sie das?«

»Sagen Sie mir bitte genau, wie's weiterging.«

Der Mann warf einen Blick in die Runde. »Haben Sie was dagegen, wenn ich mich setze? Ich bin etwas wacklig auf den Beinen.«

»Entschuldigen Sie. Sie haben sicher einen Schock bekommen, als Ihnen die Kleine fast vor den Wagen lief.«

»Vor allen Dingen hat mir zugesetzt, wie sie über den verdammten Friedhof rannte.« Er ließ sich in den Sessel sinken, ein Seufzer der Erleichterung entwich seinen Lippen. Aber dann nahm sein Gesicht wieder den gespannten Ausdruck an. »Wär's nicht besser, wenn Sie gleich einen Arzt rufen? Die Kleine ist ja fix und fertig.«

»Ja, ich werde gleich einen Arzt anrufen. Aber sagen Sie mir erst, was sie getan hat, nachdem sie auf das Feld hinauslief.«

In der Miene des Mannes zeichnete sich Ratlosigkeit ab. »Sind Sie der Vater des Kindes?« fragte er. Er sah den Priester an, aus mutig blickenden blauen Augen.

»Ich bin nicht der Vater. Ich bin Pater. Die Kirche, die Sie gesehen haben, ist eine katholische Kirche, und ich bin der Gemeindepfarrer, Pater Hagan.«

Der Mann ließ den Mund offenstehen, schließlich nickte er. »Na klar«, sagte er und zwang sich zu einem Grinsen. »Hätte ich wissen müssen.«

»Und Sie sind Mr. . . .?«

»Gerry Fenn.« Er würde dem Priester vorläufig nicht sagen, daß er Reporter beim *Courier* war. »Wohnen Sie allein in diesem Haus?«

»Ich habe eine Haushälterin, die tagsüber kommt. Abgesehen davon, ja, ich wohne allein.«

»Gruselig.«

»Sie wollten mir noch sagen . . .«

»Ach ja, das Feld. Nun, das war eine sehr merkwürdige Sache. Ich bin ihr gefolgt, und als ich sie einholte, da kniete sie im Gras. Sie schien die Kälte nicht zu spüren. Sie kniete im Gras, starrte geradeaus und lächelte.«

»Sie hat gelächelt?«

»Na ja, sie hat gestrahlt, würde ich sagen. Als ob's da was Besonderes zu sehen gäbe, verstehen Sie? Als ob da was wäre, was ihr besonders gefiel. Aber da war nichts, nur ein großer, alter Baum.«

»Die Eiche.«

»Wie bitte? Ja, könnte sein. Eine Eiche. Es war zu dunkel, um das zu erkennen.«

»Es gibt nur einen einzigen Baum auf dem Feld, und das ist eine Eiche.«

»Dann war's wohl eine Eiche.«

»Was ist passiert?«

»Jetzt kommt das Merkwürdige. Ich meine, das Ganze war sowieso schon verdammt merkwürdig – entschuldigen Sie, Pater –, ich will sagen, komisch war's so und so, aber jetzt kommt der Hammer. Ich dachte, ich hätte es mit einer Schlafwandlerin zu tun, mit einer Schlafläuferin, um es genau zu sagen, und deshalb hab' ich das Mädchen an der Schulter berührt. Ganz vorsichtig, verstehen Sie? Ich wollte sie nicht erschrecken. Sie hat einfach weitergelächelt, und dann sagte sie: ›Sie ist so wunderschön.‹ Als ob da jemand am Baum stünde.«

Der Priester war mitten in der Bewegung erstarrt. Er sah Fenn aus großen Augen an. Fenn unterbrach seinen Bericht. »Ist was?« fragte er.

»Sie sagten gerade, das Mädchen hat gesprochen. Hat Alice etwas zu Ihnen gesagt?«

Fenn wußte wirklich nicht, was er von dem Benehmen des Priesters zu halten hatte. Er wand sich verlegen in seinem Sessel. »Sie hat eigentlich nicht zu mir gesprochen. Mehr zu sich selbst. Ist das so was Besonderes, Pater?«

Der Priester ließ seinen Blick auf dem Mädchen ruhen. Er streichelte ihr die Wange. »Alice ist taubstumm, Mr. Fenn. Sie kann nicht sprechen, und sie hört nichts.«

Fenns Blick wanderte von dem Priester zu dem Mädchen. Sie lag da, bleich, reglos, zerbrechlich und klein. Und so verletzlich.

4

»Aber ich will doch nicht unter Verrückte gehen!« widersprach Alice.
»Ach, dagegen läßt sich nichts machen«, sagte die Katze; »hier sind alle verrückt. Ich bin verrückt. Du bist verrückt.«
Aus Lewis Carroll: Alice im Wunderland

Jemand hatte Fenn auf die Schulter getippt.

»Tag, Gerry. Ich dachte, du hättest diese Woche Nachtschicht.«

Er sah auf. Es war Morris, einer der dreizehn Reporter des *Courier*. Morris ging hinter ihm vorbei, er hielt seinen Kopf Fenn zugewandt, ohne seine Schritte – er war zu seinem Schreibtisch unterwegs – zu verlangsamen.

»Was? Ja, das stimmt, aber das beste weißt du noch gar nicht«, antwortete Fenn. Er lenkte seinen Blick auf die Schreibmaschine zurück und überflog die letzte Zeile, die er im Zweifingersystem getippt hatte. Er grunzte zufrieden, und dann hieb er aufs neue mit den beiden Zeigefingern auf die Tasten ein. Er verschwendete keinen Gedanken an das Chaos, das rund um ihn zu herrschen schien: das Klappern der Schreibmaschinen, die sich in einem elenden Zustand befanden, weil sie überbeansprucht und schlecht gewartet wurden, der gelegentliche Fluch eines Kollegen, das rauhe Lachen, das Stimmengewirr, die Gerüche. Der Tumult würde weiter zunehmen und erst nachmittags, um Viertel vor vier, wenn die Abendausgabe fertig war, ohne viel Protokoll in sich zusammenbrechen. Schon als Volontär lernte man, den Lärm aus seinem Bewußtsein zu verdrängen und sich auf seine eigene Gedanken, auf die Finger und auf die schwarzen Buchstaben des Manuskripts in der Walze zu konzentrieren. Man lernte, sich in einen Kokon einzuspinnen.

Fenns rechter Zeigefinger drückte die Taste mit dem Punkt. Er zog das Manuskript, Original und drei Durchschläge, aus der Maschine. Er las das Geschriebene rasch durch, sein Lächeln wurde zu einem breiten Grinsen. Heiß. Wirklich heiß. Gestalt erscheint in der Nacht. Ein weißes Gespenst. Läuft fast vor den Lieferwagen. Verfolgung aufgenommen. Die Erscheinung flieht über den Friedhof (könnte ein bißchen gruseliger sein, aber besser kein Overkill). Mädchen kniet auf Feld, starrt Baum an. Kleines Mädchen im weißen Nachthemd. Allein. Sie spricht. Später findet unser unerschrockener Reporter heraus, Mädchen ist – Mädchen war – taubstumm. Fantastisch!

Fenn marschierte zwischen den mit Papier überhäuften Schreibtischen entlang, den Blick auf den Nachrichtenredakteur gerichtet, der vornübergebeugt saß. Er war vor dem Tisch des Nachrichtenredakteurs angekommen und widerstand der Versuchung, ihm mit dem Finger auf die Glatze zu tippen.

»Leg's da hin, ich seh's mir nachher an«, sagte der Nachrichtenredakteur.

»Sieh's dir besser gleich an, Frank.«

Frank Aitken sah auf. »Ich dachte, du hattest Nachtschicht, Hemingway.«

»Hatte ich auch. Ich hab' hier was Besonderes für dich.«

»Zeig's dem Schlußredakteur.« Der glatzköpfige Mann sank wieder über seinem Schreibtisch zusammen, er ließ den Bleistift über das Papier huschen.

»Überflieg's doch mal, Frank. Ich könnte mir vorstellen, daß dir die Story gefällt.«

Mit einer müden Geste legte Aitken den Bleistift aus der Hand. Einige Sekunden lang blickte er Fenn in das lächelnde Gesicht. »Tucker sagte mir, du hast letzte Nacht nichts rangeschafft.« Tukker war der Nachrichtenredakteur bei der Nachtschicht.

»Ich hab' eine ganze Reihe von Themen rangeschafft, Frank, aber letzte Nacht war nichts Besonderes. Außer das da.«

Aitken riß ihm das Manuskript aus der Hand.

Fenn steckte die Hände in die Taschen und wartete geduldig, bis Aitken die Story überflogen hatte. Er formte die Lippen zu einem selbstzufriedenen, geräuschlosen Pfeifen. Aitken sah erst auf, als er das Manuskript bis zur letzten Zeile durchgelesen hatte. Aus seinem Blick sprach Skepsis.

»Was soll ich mit dieser Scheiße?« fragte er.

Das Grinsen verschwand aus Fenns Gesicht. »Gefällt's dir, oder gefällt's dir nicht?«

»Meinst du das ernst, was du da geschrieben hast?«

Fenn stand auf den Schreibtisch des Nachrichtenredakteurs gelehnt. Er hob die Stimme. »Was da steht, ist die Wahrheit, Frank.« Er stieß mit den Fingerspitzen auf das Papier hinab. »So wie's da steht, ist es mir passiert, und zwar vergangene Nacht!«

»Na und?« Aitken ließ das Manuskript über den Schreibtisch segeln. »Was beweist das? Das Mädchen hat einen Alptraum und geht schlafwandeln. Na und? Das ist doch nichts Besonderes.«

»Aber daß sie taubstumm war und zu mir gesprochen hat, das ist was Besonderes.«

»Hat sie sonst zu jemandem gesprochen? Ich meine, nachdem du sie zu dem Priester gebracht hast?«

»Nein, aber...«

»Als der Arzt gekommen ist, hat sie da was gesagt?«

»Nein...«

»Hat sie mit ihren Eltern gesprochen?«

Fenn richtete sich zu seiner vollen Größe auf. »Der Quacksalber hat sie untersucht, während der Priester die Eltern holte. Als die Eltern dann kamen, war sie eingeschlafen. Der Arzt hat den Eltern gesagt, sie hat nichts. Leichte Temperatur, das war alles.«

Der Nachrichtenredakteur hatte sich mit den Ellbogen auf die Schreibtischplatte gestützt. Man konnte ihm anmerken, daß er sich zur Geduld zwingen mußte. »Also gut, das Mädchen hat mit dir gesprochen. Drei Worte hat sie gesagt, oder? Hat sie normal gesprochen oder undeutlich?«

»Wie meinst du das?«

»Ich meine, wenn das Mädchen taubstumm ist, dann hat sie keine klare Aussprache, selbst wenn sie ein Wort zustande bringt. Die Worte klingen verzerrt oder sind vollkommen unverständlich, sie hat ja noch nie gehört, wie das richtig ausgesprochen wird.«

»Die Worte waren vollkommen klar zu verstehen. Und das Mädchen ist nicht von Geburt taubstumm. Der Priester sagt, sie hat die Behinderung seit dem vierten Lebensjahr.«

»Und wie alt ist sie jetzt?« Aitken fuhr mit dem Finger über das Manuskript. »Elf. Sieben Jahre sind eine lange Zeit, Gerry.«

»Was ich gehört habe, habe ich gehört«, sagte Fenn.

»Es war ja ganz schön spät, und du warst unter dem Eindruck eines Schocks.« Der Nachrichtenredakteur maß ihn mit einem argwöhnischen Blick. »Und getrunken hattest du sicher auch was.«

»Nicht soviel, daß ich Stimmen höre.«

»Das sagst *du.*«

»Es ist die reine Wahrheit.«

»Was soll ich denn jetzt damit tun?« Er nahm das Manuskript und hielt es hoch.

Fenn sah ihn überrascht an. »Du sollst es drucken.«

»Ich denk' nicht dran.« Aitken knüllte das Papier zusammen und warf die Kugel in den Papierkorb.

Der Reporter wollte protestieren, aber Aitken beschied ihn zu schweigen.

»Hör mal, Gerry. Das ist doch keine Story, was du da geschrieben hast. Du bist erwachsen und häßlich genug, um das zu verstehen. Was haben wir denn? Nur deine Behauptung, daß die Kleine, nachdem sie sieben Jahre lang taubstumm war, gesprochen hat. Und was hat sie gesagt? Drei Worte, drei gottverdammte Worte, und niemand hat's gehört, nur du. Unser Starreporter, bekannt für seine farbige Vorstellungskraft, berühmt für seine satirischen Bemerkungen, wenn es um die Sitzungen des Stadtrats geht...«

»Das war doch nur ein Scherz, Frank.«

»Ein Scherz? Du machst etwas viel Scherze in der letzten Zeit. Wie war das noch mit dem Drachenflieger, der sich splitternackt in die Lüfte schwang?«

»Ich wußte nicht, daß der Mann ein fleischfarbenes Trikot trug. Ich fand, es sah sehr realistisch aus, und...«

»Und das Foto sah auch sehr realistisch aus. Die Polizei ist wegen der Sache kreuz und quer durch die Gegend gekurvt, um den Typen bei der Landung abzufangen, die waren nicht sehr angetan, als sich herausstellte, daß du sie auf den Arm genommen hast.«

»Ich habe mich von dem Trikot täuschen lassen, das wäre jedem anderen genauso passiert.«

»Aber sicher. Und was sagst du zu dem Poltergeist in Kemptown?«

»Scheiße, ich konnte doch nicht wissen, daß die alte Dame eine neurotische Katze hat.«

»Du hast dir gar nicht erst die Mühe gemacht, das zu checken, Gerry, da liegt der Hase im Pfeffer. Der Hellseher, den wir angeheuert haben, hat seine Story an den *Argus* verkauft. Man kann ihnen nicht mal vorwerfen, daß sie sich an die Sache dranhängen, sie sind schließlich unsere unmittelbaren Konkurrenten.«

Ein paar Reporter, die sich in Hörweite befanden, hatten zu grinsen begonnen. Keiner sah von seiner Schreibmaschine auf.

»Du hast noch mehr auf dem Kerbholz, ich habe nur nicht die Zeit, mit dir die ganze Sündenliste durchzugehen.« Aitken hatte seinen Bleistift ergriffen. Er deutete mit der Spitze auf die Straße. »Du verschwindest jetzt aus der Redaktion und trittst deinen Dienst wieder an, wenn deine Schicht beginnt.« Er beugte sich über seinen Manuskriptstapel und begann zu korrigieren. Fenn starrte entmutigt auf die spiegelnde Glatze.

»Kann ich der Sache wenigstens nachgehen?«

»Nicht in deiner Arbeitszeit«, kam die brüske Antwort.

Fenn fühlte, er war es den neugierigen Kollegen schuldig, daß er als Reaktion auf die erhaltene Abfuhr die Zunge aus dem Mund schießen ließ und mit den Ohren wackelte. Nachdem er das kleine Kunststück vorgeführt hatte, wandte er sich ab und ging verkniffenen Gesichtes zu seinem Schreibtisch zurück. Verdammt noch mal, dieser Aitken hatte kein Gespür für Themen, der sah den Knüller nicht einmal, wenn er ihm in Fleisch und Blut entgegenkam und ihm aufs Auge spuckte. Das Mädchen hatte gesprochen. Nach siebenjährigem Schweigen hatte sie drei Worte gesagt! Er ließ sich in seinen Schreibtischsessel sinken. *Drei Worte.* Blieb die Frage, was sie damit gemeint hatte. Wer war wunderschön? Fenn nagte an seiner Unterlippe, die Tasten der Maschine verschwammen vor seinen Augen.

Nach einer Weile zuckte er die Achseln. Er griff nach dem Telefonhörer. Er wählte die Nummer des örtlichen Radiosenders und ließ sich mit Sue Gates verbinden.

»Wo, zum Teufel, warst du gestern abend?« fragte er, kaum daß sie sich gemeldet hatte.

»Spiel dich nicht so auf, Gerry. Wir waren nicht verabredet.«

»Stimmt, aber du hättest mir wenigstens Bescheid sagen können, daß du weggehst.«

Er hörte, wie sie seufzte. »Okay, okay«, fügte er hastig hinzu. »Sehen wir uns zum Lunch?«

»Gern. Wo?«

»Bei dir.«

»Negativ. Ich muß heute nachmittag arbeiten. Ich hätte höchstens Zeit für ein ganz kurzes Mittagessen.«

»Dann treffen wir uns im The Stag. In zehn Minuten?«

»Sagen wir zwanzig.«

»In Ordnung. Bis gleich.«

Er legte auf und blieb ein paar Sekunden sitzen, um nachzudenken. Er stand auf und ging zu dem Tisch, wo das Telefonverzeichnis der Redaktion lag. Er blätterte durch die Seiten, fand die gesuchte Nummer und eilte zu seinem Schreibtisch zurück, indem er die Zahlenfolge lautlos wiederholte. Er wählte die Nummer an. Der Ruf ging durch, aber niemand nahm ab. Er wählte noch einmal. Das gleiche. Der Priester schien seine Runde in der Gemeinde zu machen, oder er machte, was immer Priester tagsüber machten. Die Haushälterin war auch nicht da. Das Pfarrhaus der St.-Joseph's-Gemeinde schien ein ziemlich totes Loch zu sein.

Fenn stand auf und nahm seine Jacke von der Stuhllehne. Er ließ seinen Blick zum Fensterband wandern. Es war ein großes Büro, und das Fensterband ging über die ganze Länge. Es war ein milder, sonniger Wintertag. Er begab sich zum Ausgang und wäre beinahe mit dem Sportredakteur zusammengestoßen.

»Wie geht's denn, Starreporter?« fragte der Kollege vom Sport sehr freundlich und war überrascht, als er nur ein Knurren zur Antwort erhielt.

Sue Gates kam zu spät, aber er mußte zugeben, sie war eine Frau, auf die sich zu warten lohnte. Sie war dreiunddreißig, vier Jahre älter als Fenn, aber sie hatte die Figur einer Zwanzigjährigen. Sie trug das dunkle Haar lang, in schwelgerischen Locken, und ihre dunkelbraunen Augen waren so ausdrucksvoll, daß es Sue gelang, die Blicke jedes beliebigen Mannes auf sich zu ziehen, und wenn sich noch so viele Menschen im Raum befanden. Sie trug enganliegende Jeans, einen weiten Pullover und darüber einen kurzen marineblauen Mantel. Als sie Fenn erspäht hatte, winkte sie ihm zu. Er sah, wie sie sich einen Weg durch den Pulk der Gäste bahnte. Er war aufgestanden. Als sie bei ihm ankam, küßte er sie. Er ließ den feuchten Film ihrer Lippen auf der Zunge vergehen.

»Tag, Mädchen«, sagte er und genoß den Kitzel, der ihn durchrieselte. Er spürte, wie sich das Gefühl in seiner Leistengegend einnistete.

»Tag auch«, sagte sie und quetschte sich auf den Sitz neben ihm. Er schob ihr das Glas Bier, das er für sie bestellt hatte, hin. Sie dankte ihm. Sie nahm einen tiefen Schluck.

»Ißt du heute was?« fragte Fenn. Sue war die Frau, die oft mehrere Tage hintereinander nichts zu sich nahm.

Sie schüttelte den Kopf. »Ich spar' mir den Appetit für heute abend auf.«

»Gehst du wieder auf Raub aus?«

»Idiot.«

Er schob sich das letzte Stück Käse von seinem Teller in den Mund und stopfte eine Gurke hinterher. Er kaute und grinste.

Sie hatte ihre Hand über die seine gelegt. »Tut mir leid, daß wir uns gestern abend verpaßt haben.«

Fenn mußte den Bissen erst runterschlucken, ehe er ihr antworten konnte. »Tut mir leid, daß ich am Telefon ein bißchen ruppig war.«

»Schon vergessen. Ich hatte übrigens beim *Courier* angerufen, um dir zu sagen, daß ich nicht zu Hause bin! Deine Kollegen sagten, du wärst zu einem Termin.«

»Ich hab' dich ebenfalls daheim zu erreichen versucht«, sagte er.

»Ich war ausgegangen...«

»Ich weiß.«

»Reg hat mich zum Abendessen ausgeführt.«

»Ach ja.« Fenn gab seiner Stimme einen beiläufigen Tonfall. »Der gute alte Reg.«

»Was soll das denn? Reg ist mein Chef, du weißt doch, daß ich nichts mit ihm im Sinn habe.«

»Natürlich. Weiß er's auch?«

Sue lachte. »Der Mann ist dünn wie ein Abflußrohr, trägt eine Brille mit Gläsern, die mich an die Verschlüsse von Milchflaschen erinnern, verliert bereits die ersten Haare, und dann hat er eine ekelhafte Art, sich mit dem kleinen Finger in der Nase zu bohren.«

»Zusammengenommen sind das Eigenschaften, die ihn unwiderstehlich machen.«

»Und außerdem ist er verheiratet, er hat drei Kinder.«

»Ich sagte dir ja, er ist unwiderstehlich.« Fenn leerte sein Glas. »Ich hol' mir Nachschub. Ich bring' dir auch gleich ein Glas mit.«

»Nein, laß mich das machen«, sagte sie. »Während ich die Drinks hole, kannst du darüber nachdenken, was für ein böser Mensch du bist.« Sie nahm sein leeres Glas. »Noch mal das gleiche?«

»Diesmal einen Bloody Mary«, sagte er gemütlich.

Er sah ihr nach, wie sie sich durch die Menge schob. Ich bewundere sie, weil sie so unabhängig ist, dachte er. Er sagte sich das sehr oft, und auch ihr hatte er es schon gesagt. Wie schön, wenn es außerdem noch wahr gewesen wäre. Sue hatte sich im Alter von sechsundzwanzig Jahren von ihrem Mann scheiden lassen. Der Typ war im Anzeigengeschäft in London, ein Mann mit Einfluß, high life; Mädchen, ihr dürft jetzt aber nicht aufeinander eifersüchtig sein, diese Art. Er hatte es dann aber wohl übertrieben, so daß Sue zum Scheidungsrichter ging. Sie arbeitete damals in einer guten Stellung bei einer Filmgesellschaft – sie hatte ihren Mann kennengelernt, als ihre Firma den Auftrag bekam, für seine Werbeagentur einen Fernsehspot zu drehen –, aber nachdem die Scheidung durch war, fand Sue, sie habe jetzt genug von Leuten im Anzeigengeschäft, genug von London, genug von den Männern.

Das große Problem war, daß aus der Ehe ein Kind entsprungen war, ein Sohn namens Ben. Der Sohn war der Grund, warum Sue an die Südküste gezogen war. Ihre Eltern wohnten in Hove, das von manchen als die bessere Hälfte Brightons bezeichnet wurde, und sie hatten sich bereitgefunden, halb und halb die Betreuung des Kindes zu übernehmen. Ben war die meiste Zeit bei seinen Großeltern, aber Sue besuchte ihren Sohn fast täglich, an den Wochenenden nahm sie ihn ganz zu sich. Fenn wußte, Sue hätte den Jungen gern ganz bei sich gehabt, aber sie mußte schließlich arbeiten (ihr ausgeprägter Sinn für Unabhängigkeit verbot es ihr, von ihrem Ex-Ehemann Unterhalt anzunehmen, nicht einmal für Ben hätte sie Geld von ihm angenommen. Sie hatte sich mit der Hälfte aus dem Verkauf des Hauses in Islington begnügt). Sie hatte eine Stellung bei Radio Brighton ergattert und war nach recht kurzer Zeit zur Spielleiterin befördert worden. Allerdings kostete sie das viel von ihrer Zeit. Die Stunden, die sie für Ben aufsparte, wurden mehr und mehr beschnitten, und das machte ihr Sorgen. Fenn, ihren Freund, traf sie öfter als gut war, und auch das machte ihr Sorgen. Sie hatte eine neue Bindung zu einem Mann vermeiden wollen; eine flüchtige Bekanntschaft hier und da war alles, was sie sich, als sie ihre Zukunft plante, zugebilligt hatte. Männer nur für jene merkwürdigen Stunden, wo das Fleisch schwach wurde, wo der Körper sich nicht mit dem Kopfkissen begnügte, das man umarmte. Seit sie Fenn kannte, war das Fleisch sehr oft schwach geworden.

Er hatte sie bedrängt, sie möge doch ihre Etagenwohnung aufgeben und zu ihm ziehen. Es war doch lächerlich, daß sie sich so gut miteinander verstanden und trotzdem so weit auseinander (drei Häuserblocks waren ihre Wohnungen voneinander entfernt, um genau zu sein) wohnten. Aber sie hatte der Versuchung widerstanden; Sue hatte einen heiligen Eid abgelegt, sie würde sich nie wieder von einem Menschen abhängig machen. Nie mehr. Manchmal empfand Fenn ihre Weigerung insgeheim als Erleichterung, ihm blieb auf diese Weise seine Freiheit erhalten. Dann wieder hatte er Schuldgefühle (er war bei diesem Handel im Vorteil, dachte er), aber wenn er mit ihr darüber redete, verstand sie ihn jedesmal davon zu überzeugen, daß es sich umgekehrt verhielt, sie hatte das längere Hölzchen erwischt. Sie hatte einen Mann, an den sie sich anlehnen konnte, wenn es ernst wurde, einen Mann, der sie in einsamen Nächten tröstete, und einen Freund, mit dem sie Spaß haben konnte, wenn sonst im Leben alles in Ordnung war. Eine

Schulter, an der sie sich ausweinen konnte, ein Liebhaber, dem sie nachspionieren konnte, eine Brieftasche, deren Inhalt ihr zur Verfügung stehen würde, wenn sie in Not geriet. Plus Einsamkeit, wenn sie einsam sein wollte. Was konnte eine Frau mehr verlangen? Eine Frau konnte viel mehr verlangen, dachte Fenn, aber das sagte er ihr nicht.

Sie war von der Bar zurückgekommen und reichte ihm das Glas mit dem dickflüssigen, roten Getränk mit einer Andeutung von Tadel. Er nahm einen Schluck und stöhnte auf: Sue hatte dem Barkeeper gesagt, er sollte besonders viel Tabasco in den Cocktail spritzen. Er sah ihr an, daß sie am liebsten in Lachen ausgebrochen wäre.

»Warum bist du schon so früh auf den Beinen, Woodstein?« fragte sie. »Ich dachte, du hast eine Nachtschicht hinter dir.«

»Ich bin vergangene Nacht einer guten Story auf die Spur gekommen. Besser gesagt, die Story ist mir über den Weg gelaufen. Ich wollte das eigentlich als Knüller in die Spätausgabe bringen, aber der Ayatollah war dagegen.«

»Hat Aitken die Story denn nicht gefallen?«

Fenn schüttelte den Kopf. »Gefallen? Er glaubt die Story nicht einmal.«

»Erzähl' doch mal. Ich weiß, ich kann Vertrauen zu dir haben, du lügst nur, wenn es dir einen Vorteil bringt.«

Er sagte ihr in kurzen Worten, was sich in der vergangenen Nacht ereignet hatte, und sie mußte lächeln, als sie die Begeisterung in seinen Augen gewahrte. Als er ihr beschrieb, wie das kleine Mädchen auf dem Feld niedergekniet war, hatte Sue das Gefühl, als kröchen ihr die Finger einer kalten Hand über den Rücken. Sie erschauderte. Und dann erzählte ihr Fenn von dem Priester, von dem Arzt und von den Eltern des Mädchens.

»Wie alt ist sie?« fragte Sue.

»Der Priester sagte, sie ist elf. Ich finde, sie sieht jünger aus.«

»Und sie hat ganz einfach dagekniet und den Baum angestarrt?«

»Sie hat in Richtung auf den Baum gestarrt. Ich glaube, sie hat nicht den Baum angesehen, sondern etwas anderes.«

»Etwas anderes?«

»Es ist schwer zu erklären. Sie hat gelächelt, weißt du, so wie jemand lächelt, der wegen irgend etwas sehr glücklich ist. Verzückt, könnte man fast sagen. Ich hatte den Eindruck, sie hatte eine Vision.«

»Aber Gerry...«

»Nein, wirklich! Es war genauso, wie ich sage. Das Mädchen hatte eine Vision.«

»Sie hat geträumt, Gerry. Du mußt nicht so übertreiben.«

»Wie erklärst du dir dann, daß sie zu mir gesprochen hat?«

»Vielleicht hast du auch geträumt.«

»Bitte, Sue... Mach jetzt keine Witze.«

Sie lachte und hakte sich bei ihm ein. »Es tut mir leid, aber ich finde, mit dir gehen die Pferde durch, sobald du spürst, daß du einer guten Story auf der Spur bist.«

»Vielleicht hast du recht. Vielleicht habe ich mir diesen Teil der Geschichte nur eingebildet. Das Merkwürdige ist nur, ich habe nachher, beim Pfarrer, den Eindruck gewonnen, das Mädchen macht so was nicht zum erstenmal. Als die Eltern kamen, habe ich mitbekommen, wie die Mutter etwas in der Art sagte, Alice – so heißt das Mädchen – sei schon früher mal auf jenes Feld gegangen. Der Priester hat nur genickt, aber dann hat er die Mutter des Mädchens angesehen, als wollte er sie warnen, in meiner Gegenwart mehr zu sagen. Eine richtige Geheimniskrämerei.«

»Wußte er, daß du Reporter bist?«

Fenn schüttelte den Kopf. »Er hat mich nichts in dieser Richtung gefragt, und ich hab' ihm auch nichts gesagt.« Nachdenklich nippte er an seinem Glas. »Er wollte mich weghaben, das war klar. Als die Mutter und der Vater eingetroffen waren, wollte er mich weghaben, er war richtig ungeduldig. Ich habe ihm dann gesagt, daß ich noch ganz durcheinander bin, obwohl's mir inzwischen schon wieder besser ging, er hat mich dann noch eine Weile ausruhen lassen. Bevor die Eltern mit Alice weggegangen sind, hat er ein Ritual mit der Kleinen veranstaltet. Er hat etwas gemurmelt, und er hat das Kreuzzeichen geschlagen.«

»Hat er sie gesegnet?«

Er sah Sue fragend in die Augen. »Wenn du's sagst.«

»Ich sag's doch gar nicht, du sagst es. Er wird sie gesegnet haben.«

»Und warum tut er das?«

»Priester segnen Häuser, Medaillons, Statuen. Der Priester segnet sogar dein Auto, wenn du ihn nett darum bittest. Warum sollte er kein Kind segnen.«

»Da hast du auch wieder recht. He, woher weißt du das eigentlich?«

»Ich bin katholisch, jedenfalls war ich's mal. Ich bin nicht sicher, ob ich's noch bin, die katholische Kirche erkennt die Scheidung nicht an.«

»Du hast mir nie gesagt, daß du katholisch bist.«

»Es ist ja auch nicht wichtig. Ich gehe nicht mehr zur Kirche, nur noch Weihnachten, und dann hauptsächlich wegen Ben. Er mag die Christmesse so gern.«

Fenn nickte, als sähe er sich in einer Fülle von Vermutungen bestätigt. »Deshalb bist du auch so wild im Bett.«

»Unsinn!«

»Kannst mir nichts vormachen. Jetzt weiß ich, warum du dich so gern auspeitschen läßt.«

»Hörst du wohl auf! Als ich damals zuließ, daß du mich schlugst, da...«

»Und deshalb muß ich mich auch immer im Dunkeln ausziehen, wenn ich zu dir komme...«

Sie reagierte mit einem verzweifelten Stöhnen und kniff ihn unter dem Tisch in den Schenkel. Fenn heulte auf vor Schmerz, beinahe hätte er sein Glas verschüttet. »Also gut, ich habe gelogen, du bist normal. Leider Gottes bist du normal.«

»Vergiß es nicht.«

Er gab ihr die Liebkosung zurück, kniff sie in den Schenkel, aber seine Hand landete viel höher und auf der Innenseite. »Du meinst also, er hat die Gewohnheit, das Mädchen zu segnen, wann immer er sie sieht?«

»O nein, bei den Umständen, wie du sie beschreibst, ist es sogar ungewöhnlich, daß er sie gesegnet hat. Aber nicht so ungewöhnlich, daß man sich viel dabei denken muß. Vielleicht hat er sie gesegnet, um die Eltern zu beruhigen.«

»Ja, das könnte sein.«

Sue betrachtete ihn von der Seite. Ihr wurde bewußt, daß sie ihn an manchen Tagen mehr liebte als an anderen. Heute war einer der Tage, wo sie ihn *mehr* liebte. Ihre Gedanken wanderten zu der Party zurück, auf der sie sich kennengelernt hatten. Vor drei Jahren war das gewesen. Im Sender hatte man ein kleines Abschiedsfest veranstaltet für einen Sprecher, einen von Sues Kollegen, der zum Mutterschiff, zur behäbigen Tante BBC nach London, abmusterte. Zu der Party waren ein paar Presseleute eingeladen worden, die als radiofreundlich galten. Gerry Fenn war zwar für seine aggressive Art bekannt, aber er gehörte trotzdem zu jenen, die als ›Freunde‹ eingestuft worden waren.

»Sie kommen mir bekannt vor«, hatte sie gesagt, nachdem er ihr beinahe auf den Fuß getreten hatte. Sie hatte ihn dabei ertappt, wie er hinter einem anderen Gast hervorlugte. Er hatte es dann so einzurichten gewußt, daß sie ihm fast in die Arme lief.

»Ist das so?« fragte er.

»Jawohl, Sie erinnern mich an einen Schauspieler...«

»Sie sind auf der richtigen Spur«, sagte er mit breitem Lächeln. »Jetzt brauchen Sie nur noch den Namen zu raten.«

»Richard...«

»Eastwood. Richard Eastwood?«

»Nein, nein. Ich meine den Schauspieler, der in dem Weltraumschinken mitgespielt hat...«

»Robert Redford?«

»Nein, Unsinn.«

»Richard Newman?«

»Dreyfuss. Richard Dreyfuss«, sagte sie.

Sein Lächeln verschwand. Er formte die Lippen zu einem O.

»Oh, ja. Der!« Das Lächeln kam zurück. »Ja, der ist in Ordnung.«

Sie hatten sich unterhalten, und er hatte sie zum Lachen gebracht mit seinem Wechsel von guter Laune zu Betroffenheit, er sprach so eindringlich, so ernst, und dann war da wieder ein verräterisches Grinsen, so daß Sue sich fragte, ob das bisher Gesagte nur als Scherz gemeint war. Drei Jahre kannten sie sich jetzt, und immer noch war sie sich nicht immer sicher, wann ihr Freund im Scherz oder im Ernst sprach.

Er wandte sich zu ihr. »Hast du dieses Wochenende was vor?«

»Keine besonderen Pläne. Ich hole mir Ben, das ist alles.«

»Könntest du den Sonntagvormittag für mich freihalten?«

»Aber sicher. Was machen wir?«

Er grinste.

»Was hältst du davon, wenn wir Sonntag früh in die Messe gehen?«

5

»Nein«, sagte die Mutter. »Mir ist so recht Angst, so recht als wenn ein schweres Gewitter kommt.«
Aus Die Gebrüder Grimm: Der Wacholderbaum

Molly Pagett stand am Fuß der Treppe und lauschte. Es war in einem kleinen Haus aus roten Ziegelsteinen, das Haus sah genauso aus wie die anderen Häuschen der Siedlung, die von der Gemeinde Banfield errichtet worden waren, und es war so gebaut, daß man von der Treppe aus klar hören konnte, was in den einzelnen Räumen vor sich ging. Molly vernahm das *bip bip* von Alices Galaxy-Invader-Spiel; ihre kleine Tochter verbrachte täglich ein paar Stunden mit dem batteriebetriebenen Spiel, sie schoß die grünleuchtenden Außerirdischen mit einer Treffsicherheit ab, die der Mutter Respekt abverlangte. Molly Pagett ging in die Küche und ließ Wasser in den Kessel einlaufen.

Immerhin hatte Alice endlich einmal ihre Malstifte zur Seite gelegt.

Molly nahm an dem Klapptisch Platz. Ihr Gesicht war schmal, nach den Aufregungen der letzten beiden Wochen wirkte es noch schmaler. Alice war ein Sorgenkind gewesen, seit sie im vierten Lebensjahr, im Anschluß an die gewöhnlichen Kinderkrankheiten, von einer ungewöhnlichen Behinderung heimgesucht worden war. Alice hatte Mumps gehabt, und danach war sie taubstumm geworden. Molly trommelte mit den Fingern auf der Tischplatte und widerstand der Versuchung, sich eine Zigarette anzuzünden. Ihr Limit hieß fünf pro Tag: eine früh am Morgen, eine im Laufe des Vormittags, eine kurz bevor Len, ihr Mann, von der Arbeit heimkehrte, und zwei am Abend, vor der Glotze. Fünf Zigaretten am Tag, das konnte sie sich leisten, aber manchmal wurden es auch zehn. Manchmal wurden es sogar zwanzig. Das hing von Len ab. Len konnte ein richtiger Scheißkerl sein.

Molly bekreuzigte sich, ihr war daran gelegen, den lieben Gott nicht vor den Kopf zu stoßen. Inhaltlich allerdings war an dem lasterhaften Gedanken nichts auszusetzen; er traf die Situation auf den Kopf.

Die Falten auf ihrer Stirn vertieften sich, während sie über die vergangene Nacht nachdachte. Sie und Len hatten sich nicht übel erschrocken, als der Pfarrer mitten in der Nacht an die Haustür klopfte, und dann hatte Hochwürden im Hausflur gestanden, kreideweiß im Gesicht, sorgenzerfurcht, ein schwarzgewandeter Unglücksbote. Unsinn, hatte Molly gesagt, als der Pfarrer ihnen mitteilte, Alice befände sich im Pfarrhaus, wo sie von einem Arzt versorgt würde. Alice liegt im Bett und schläft. Schon um sieben hat sie sich schlafen gelegt. Wollte früh schlafen gehen das Kind. War müde.

Pater Hagan hatte nur den Kopf geschüttelt. Er hatte sie und Len gedrängt, sich anzuziehen und mit ihm zu kommen, aber Molly war dann noch in Alices Zimmer gerannt, sie wußte zwar, daß der Pfarrer sie nicht anlügen würde, aber nachsehen wollte sie doch, der Pfarrer konnte sich ja irren. Alices Bett war leer gewesen, das Laken war zurückgeschlagen, die Puppe des Kindes saß auf der Bettkante und starrte auf den Fußboden. Dann waren Len und der Pfarrer ins Zimmer gekommen, und es war Pater Hagan, der Molly getröstet hatte, nicht ihr Mann. Alice ging es gut, soweit der Arzt das feststellen konnte. Sie war eine Schlafwandlerin, das war alles.

Sie ist im Schlaf bis zu der verdammten Kirche gegangen? hatte Len gesagt, es war ihm egal, daß er mit einem Geistlichen sprach.

Pater Hagan hatte ihnen gesagt, sie sollten für Alice etwas Warmes zum Anziehen mitnehmen, das Kind trug nur ein Nachthemd. Sie hatten sich dann recht schnell angekleidet, nur daß Len, als sie abmarschbereit waren, eine Stinklaune hatte, er war Atheist, er mied Kirchen (dann und wann ging er ganz gern zu einer Beerdigung, er sah das mehr als gesellschaftlichs Ereignis), und mitten in der Nacht aus dem Bett geholt zu werden, und zwar in einer verflucht kalten Nacht, nein, das war wirklich nicht nach seinem Geschmack.

Alice hatte so bleich ausgesehen, als sie im Pfarrhaus ankamen. So bleich, daß sogar Len zu schimpfen aufhörte. Aber Alice hatte auch sehr friedlich ausgesehen.

Der Arzt sagte ihnen, daß er nichts Besonderes festgestellt hatte, das Mädchen sollte für ein oder zwei Tage im Haus bleiben. Achten Sie drauf, daß sie genügend Ruhe hat. Wenn sie sich merkwürdig benimmt, wenn sie irgendwie verändert ist, rufen Sie mich an, ich komme vorbei. Er sei aber sicher, daß sie sich keine Sorgen um Alice zu machen brauchten. Es war nicht ungewöhnlich, daß Kinder mitternächtliche Ausflüge unternahmen, im Schlaf oder im wachen Zustand; Alices mitternächtlicher Ausflug war nur etwas ausgedehnter als das statistische Mittelmaß.

Trotzdem machte sich Molly Gedanken. Warum war Alice wieder zu dem Baum gegangen? Molly hatte sich sehr erschrocken, als ihr Alice zum erstenmal weggelaufen war. Vor zwei Wochen war das gewesen. Sie, die Mutter, hatte die Kirche durchsucht und das

Gelände, das zur Kirche gehörte, sie war sogar zweimal bis zur Straße vorgelaufen, um sich zu vergewissern, daß Alice sich nicht auf der Straße befand. In Panik war sie zu Pater Hagan gelaufen, der hatte ihr dann bei der Suche nach ihrer Tochter geholfen. Er war es dann auch, der Alice auf dem Feld aufspürte, wo sie vor dem Baum kniete. Alice hatte gelächelt, während sie näherkamen, das Lächeln war verschwunden, als das Mädchen die Erwachsenen bemerkte. Und dann hatte sich etwas wie Verwirrung und Ratlosigkeit der kleinen Taubstummen bemächtigt. Sie hatten Alice vom Feld fortgeführt, und Molly hatte ihre Tochter in Zeichensprache gefragt, warum sie auf das Feld gegangen war. Alice hatte ein Gesicht gemacht, als hätte sie die Frage nicht verstanden. Sie hatte sich in der Folge ganz normal verhalten (vielleicht war sie ein bißchen geistesabwesend, aber das war nicht ungewöhnlich für Alice; es war leicht, sich in der Welt des Schweigens zu verirren), und Molly hatte versucht, den Vorfall zu vergessen.

Aber jetzt, nach den Ereignissen der vergangenen Nacht, war die Angst wieder zurückgekehrt. Und da war noch etwas. Eine Vorahnung. Mehr als das. Ein Hoffnungsschimmer... Nein, das war doch ausgeschlossen. Der Mann hatte sich geirrt. Er hatte allerdings den Eindruck gemacht, als sei er sich seiner Sache sehr sicher.

Sie konnte sich nicht mehr an den Namen des Mannes erinnern, der Alice beinahe überfahren hatte. Er hatte in einem Lehnstuhl gesessen, als sie und Len im Pfarrhaus ankamen. Nicht das, was man einen erhebenden Anblick nannte. Umschwebt vom üblichen Gestank nach Fusel (üblich insofern, als Molly diese Duftnote von ihrem Mann kannte), aber richtig betrunken war er nicht gewesen. Er hatte gesagt, Alice hätte zu ihm gesprochen.

Das zischende Geräusch des Kessels hatte seinen Höhepunkt erreicht, Wasserdampf erfüllte die Küche. Molly drehte die Gasflamme aus und ließ ein Teebeutelchen in ihre Tasse fallen. Sie nahm eine zweite Tasse vom Bord, gab unverdünnten Zitronensaft hinein und goß kochendes Wasser drüber, das war die Tasse für Alice. Molly stand da und betrachtete den gelblich-grünen Strudel in der Tasse, sie dachte über ihre Tochter nach, über ihr einziges Kind. Es gab keine Wunder. Jedenfalls nicht in der Welt der Molly und Alice Pagetts.

Sie stellte die volle Tasse auf eine Untertasse und legte zwei Stück Keks dazu. Während sie die Treppe hinaufging, sagte sie ein stilles Gebet. Sie wagte nicht zu hoffen, sie betete. Alice würde demnächst wieder auf die Taubstummenschule in Hove gehen, und sie,

Molly, würde ihre Halbtagsbeschäftigung als Haushaltshilfe wieder aufnehmen, und Len würde sich so unerträglich aufführen, wie er sich immer aufführte, und alles würde sein wie sonst. Molly betete, daß es so kommen möge, aber sie betete auch, daß es besser werden möge.

Alice sah nicht auf, als Molly ins Schlafzimmer trat. Das Mädchen konnte zwar nicht hören, trotzdem spürte sie immer, wenn jemand ins Zimmer kam. Sie saß über eine Zeichnung gebeugt, die sie angefertigt hatte. Das Galaxy-Invader-Spiel lag vor dem Bett auf dem Fußboden. Molly war neben ihre Tochter getreten, trotzdem sah Alice nicht von ihrem Zeichenblock auf.

Molly runzelte die Stirn, als sie die Zeichnung sah. Wieder das gleiche. Seit zwei Wochen malte Alice Tag für Tag das gleiche Bild. Molly hatte die Zeichnungen Pater Hagan gezeigt, der ihnen an jenem Morgen einen Besuch abgestattet hatte, aber der Geistliche hatte keine Erklärung gewußt.

Molly stellte die Untertasse mit der Tasse neben die Schachtel mit Buntstiften und nahm auf der Bettkante Platz. Alice war überrascht, als ihr der gelbe Stift aus den Fingern gewunden wurde. Einen Augenblick lang schien es, als erkenne sie ihre eigene Mutter nicht mehr. Dann lächelte sie.

Der Regen, der auf Pater Hagans Wagen trommelte, knallte wie Schrotkörner. Er stand vor der Mauer und sah auf das Feld hinaus, sah auf den Baum; der Tag hatte mit Sonnenschein begonnen, jetzt hatte sich der Himmel zugezogen. Zwischen dem fernen Horizont und den düsteren Wolken war ein Silberschleier zu erkennen.

Nichts passierte. Er hatte auch nicht erwartet, daß etwas passierte. Der Baum war nur ein Baum. Eine altersschwache Eiche. Zeuge der Zeit. In der Ecke des Feldes grasten die Schafe, graugelb, aufgedunsen, es gab nur zwei Dinge, die für die Schafe wichtig waren, das nächste Büschel Gras und das wachsende Leben in ihren schweren Bäuchen.

Den Priester schauderte es, er zog sich den Kragen seines dunkelblauen Regenmantels hoch. Sein schwarzes Haar war naß, die Brillengläser waren vom Regen beschlagen; seit fünf Minuten stand er da, er trotzte der Kälte. In seinen Gedanken hatte ein Gefühl Gestalt gewonnen, das er noch nicht recht zu begreifen vermochte, eine ungute Vorahnung, die schwer zu definieren war. Er hatte nicht gut geschlafen. Nachdem der Arzt, das Ehepaar Pagetts, Alice und der Mann, der sich mit dem Namen Fenn vorgestellt hatte, gegangen waren, hatte sich eine merkwürdige Einsamkeit über ihn gesenkt. Er war sich sehr schutzlos vorgekommen, sehr isoliert. In den Jahren der Priesterschaft war die Einsamkeit meist als Freund gekommen, selten unwillkommen. Aber in der vergangenen Nacht war das Gefühl des Alleinseins anders gewesen, allumfassend, sein Schlafzimmer war ihm wie eine Zelle vorgekommen, von undurchdringlicher Schwärze umgeben, wie ein lebloses Vakuum, das ihn vom Rest der Menschheit trennte. Wenn er hinausgegangen wäre in die Schwärze, er hätte nie den Rand der Schattenzone erreicht, der Weg hätte ihn immer weiter fortgeführt, er hätte nie wieder in sein Zimmer zurückgefunden. Es war ein beklemmendes Gefühl. Pater Hagan hatte Angst.

Er hatte gebetet, und das Gebet hatte ihn gekräftigt. Dennoch hatte er unruhig geschlafen. Wie gerädert war er aufgewacht, den ersten Widerschein des Morgengrauens hatte er mit schier grenzenloser Dankbarkeit begrüßt. Er hatte gefroren, als er in seiner Kirche niederkniete, er war allein, glühend und leidenschaftlich waren seine Gebete, zur Morgenmesse waren dann vier Schäflein seiner Gemeinde erschienen, und während Pater Hagan das Lob des Herrn verkündete, war die nagende Unsicherheit von ihm abgefallen. Allerdings, ein Rest Zweifel war geblieben, ein Zweifel, der ihn den ganzen Tag lang quälte, ein Peiniger, der zustach, um Sekunden später in den Nebel wegzutauchen.

Der Baum war von Wind und Wetter gezeichnet, knorrig von den vielen Jahren, die er auf dem Buckel hatte. Er beherrschte das Feld, ein riesenhafter Wächter, der mit seinen unzähligen Armen jedem Störenfried Einhalt gebot. Ein Gebilde mit grotesken Umrissen, entlaubt, von einschüchternder Häßlichkeit. Und doch, so sagte sich Pater Hagan, war es nur eine alte Eiche, mit krummgewachsenen Ästen, mit vernarbter, vertrockneter Rinde, ein Baum, dem die Zeit mit viel Geduld den Lebenssaft ausgesaugt hatte. Warum war das Mädchen vor diesem Baum niedergekniet?

Die Familie Pagett war schon dagewesen, als Hagan den Sprengel übernahm, Molly Pagett war ein treues Mitglied der katholischen Gemeinde. Sie bekam Geld für das Saubermachen in der Kirche, aber der Lohn war sehr niedrig; sie hätte die Arbeit wohl auch umsonst verrichtet, wenn Pater Hagan sie darum gebeten hätte. Leonard Pagett, ihren Mann, hatte er nur sehr selten zu Gesicht bekommen. Um die Wahrheit zu sagen, Hagan sehnte sich nicht nach einem Zusammentreffen mit Leonard. Das hatte nichts mit dem Atheismus und der kaum verhüllten Ablehnung der Kirche und ihrer Diener zu tun, die Leonard zur Schau trug, der Priester kannte viele Menschen, die so dachten, und respektierte sie. Aber jedes Mal, wenn Pater Hagan zu einem Hausbesuch bei den Pagetts erschien, war ihm Leonard mißgelaunt und feindselig begegnet. Dementsprechend ungemütlich hatte sich der Priester bei diesen Besuchen gefühlt. Als er an jenem Morgen in das Haus der Familie ging, um sich nach Alices Wohlbefinden zu erkundigen, war er erleichtert gewesen, den Vater des Mädchens nicht anzutreffen.

Alice. Ein gutes Kind, ein merkwürdiges Kind. Einsam, infolge ihrer Behinderung. Eine zerbrechlich wirkende Erscheinung, und doch war der kleine Körper von einer großen inneren Kraft erfüllt. Sie gab sich fröhlich, wenn sie in der Kirche war, sie half ihrer Mutter, wo sie konnte, sie benahm sich gut gegenüber den Nachbarn. Freunde schien das Mädchen nicht viele zu haben, aber es war für die anderen Kinder wohl auch frustrierend, mit einem Mädchen zu tun zu haben, das nicht sprach; Kinder waren nicht gerade mitleidig in solchen Fällen. Alice schien von normaler Intelligenz, ungeachtet der grausamen Behinderung, mit der sie fertig zu werden hatte, allerdings lebte das Mädchen in seiner eigenen Welt, das merkte man, sie lebte in ihren Träumen, und auch dies war eine Folge ihrer Behinderung. Als der Pater sie in ihrem Haus besuchte, war ihr ganzes Denken und Trachten von den wirren Zeichnungen in Anspruch genommen, die sie angefertigt hatte.

Es war die Erinnerung an Alices Zeichnungen, die den Priester seine Schritte zur Kirche lenken ließ.

Er durchquerte den öden Friedhof, vornübergebeugt, um sich vor dem eiskalten Regen zu schützen, zielstrebig und eilenden Schrittes. Molly Pagett hatte ihm noch einige andere Zeichnungen gezeigt, die Alice in den letzten beiden Wochen angefertigt hatte, die Bilder waren sich alle sehr ähnlich, die meisten waren in Gelb und Grau gehalten, auf einigen fanden sich auch ein paar blaue Striche. Eine einzige Zeichnung gab es, die sich von den anderen unterschied. Ein Blatt mit Rot und Schwarz. Was auf den Zeichnungen abgebildet war, kam Pater Hagan seltsam bekannt vor.

Alice war keine Malerin, aber es war klar zu erkennen, daß sie auf ihren Zeichnungen die Umrisse einer Gestalt wiedergeben wollte, die Gestalt war weißgekleidet, auf ein paar Bildern weiß und blau, auf einem einzigen weiß und rot. Die Gestalt war vor einem gelben Hintergrund abgebildet, sie hatte kein Gesicht. Es schien eine Frau zu sein, aber die Umrisse waren ausdeutbar.

Pater Hagan hatte den Säulenhof vor der Kirche erreicht, er war froh, dem Regen zu entrinnen. Er nestelte in seiner Tasche, bis er den Schlüssel fand, die großen Eichentüren des Gotteshauses wurden verschlossen gehalten, das mußte so sein wegen der Diebe, die es gab, und wegen der Schäden, die in den Kirchen angerichtet wurden. Das Gotteshaus stand nur jenen zur Verfügung, die Gottes Hilfe brauchten, und das zu ganz bestimmten Zeiten. Der Schlüssel klickte im Schloß, eine Hälfte des Portals schwang auf. Der Priester trat ein und zog die Tür hinter sich zu. Von den düsteren Wänden kam das Echo des Türknalls zurück, und die Schritte des Priesters, als er zum Seitenschiff ging, klangen ungewöhnlich laut. Er war zuvor niedergekniet und hatte sich bekreuzigt.

Er verharrte, bevor er den Weg zum Altar antrat, und richtete den Blick auf die Statue. Würde sich seine Vermutung bestätigen? Sein Verdacht bestärkte sich mit jedem Schritt, den er auf die Statue zuging: die ausgestreckten Arme, das sanftgeneigte Haupt, die Augen, die den Betenden, wo auch immer er kniete, zu betrachten schienen. Die Gestalt auf Alices Zeichnungen.

Alice hatte oft vor dieser Statue gebetet. Merkwürdigerweise verspürte Pater Hagan keine Genugtuung, als ihm der Zusammenhang klar wurde. Im Gegenteil, ein Gefühl der Unruhe überkam ihn.

Der Priester starrte auf das von Mitleid erfüllte, aber steinerne Antlitz der Heiligen Jungfrau und fragte sich, warum er gerade in diesem Augenblick so verzweifelt war.

6

»Wie machst du das denn?« fragte Hans und rieb sich das Knie. Er war ein sehr praktischer Junge.
»Du brauchst nur wundervolle Gedanken zu denken«, erklärte Peter, »die Gedanken tragen dich fort in die Lüfte.«
Aus J. M. Barrie: Peter Pan

Sonntag. Morgenfrühe. Sonnig. Aber kalt.

Fenn parkte seinen Mini mit zwei Rädern auf der Böschung wie die anderen Wagen, die bereits dort standen.

»Es ist schon halb zehn vorbei, Gerry. Wir kommen zu spät.« Sue saß auf dem Beifahrersitz. Sie macht keine Anstalten auszusteigen.

Fenn grinste. »Die werden uns deshalb ja nicht in Sack und Asche durch die Straßen jagen, die Zeiten sind vorbei.« Er zog den Zündschlüssel ab.

»Ich bin jetzt unsicher, ob wir wirklich reingehen sollen.« Sue biß sich auf die Unterlippe. »Ich meine, es ist doch reichlich scheinheilig, was wir vorhaben, oder?«

»Wieso denn?« Fenn machte ein überraschtes Gesicht, ohne sein Grinsen verblassen zu lassen. »Reuige Sünder werden immer sehr freundlich aufgenommen.«

»Hör auf, damit spaßt man nicht.«

Fenn beschloß, den Tonfall zu wechseln. »Stell dich doch nicht so an, Sue, niemand verlangt von dir, daß du dich als Tochter der Kirche bekennst, die in den Schoß des Glaubens zurückgefunden hat. Wenn ich allein reingehe, ich glaube, ich würde mir ganz verloren vorkommen. Ich weiß ja gar nicht, wie ich mich da benehmen muß.«

»Gib's zu, du hast die Hosen voll. Was hast du dir eigentlich vorgestellt, was die Katholiken mit Agnostikern anstellen? Sie auf dem Scheiterhaufen verbrennen? Wieso glaubst du überhaupt, daß die dich als Nichtkatholiken erkennen?«

Fenn wand sich auf seinem Sitz. »Ich komme mir wie ein Eindringling vor.«

»Wie ein Spion, willst du wohl sagen. Und wie glaubst du, wie *ich* mir bei dem Ganzen vorkomme?«

Er beugte sich vor und legte ihr den Arm um die Schulter. Mit behutsamer Geste zog er sie an sich. »Komm bitte mit, Sue, ich brauche dich.«

Sie sah ihm in die Augen, eigentlich hatte sie vorgehabt, ihn zu tadeln, gerade weil er sich wie ein kleiner Junge anstellte; aber sie seufzte nur, dann öffnete sie die Wagentür, ließ sich hinausgleiten und warf die Tür hinter sich ins Schloß.

Fenn zuckte zusammen. Unwillkürlich mußte er schmunzeln. Er stieg aus, verschloß die Tür und rannte Sue nach, die den mit Bäumen gesäumten Pfad entlangeilte. Es gab ein paar Spätankömmlinge, die wie Fenn und Sue auf das Portal der Kirche zuhasteten, Orgelmusik war zu hören, und der Klang veranlaßte die Säumigen, ihre Schritte zu beschleunigen.

»Was ich nicht alles für dich tue, Fenn«, murmelte Sue, nachdem sie den Säulenvorhof erreicht hatten.

»Ich will gerecht sein«, kam seine geflüsterte Antwort, »manchmal tust du auch was Gutes für mich.« Er empfing einen Rippenstoß von solcher Heftigkeit, daß sein Lächeln weggezaubert wurde.

Die Kirche war vollbesetzt. Fenn war überrascht. Die Geistlichen beklagten sich doch immer, daß immer weniger Menschen in die

Kirche gingen. Diese hier war voll. Mehr als voll sogar; die Zuspätgekommenen mußten stehen, weil es keine Plätze mehr gab. Fenn sah, wie Sue ihre Finger ins Weihwasserbecken tauchte, und bewunderte den Schwung ihrer Beine, als sie ihren Kniefall machte. Aber doch nicht in der Kirche, Fenn, dachte er. Er würde wohl übertrieben selbstsicher wirken, wenn er sich ebenfalls bekreuzigte und einen Kniefall machte. Oder anders herum, am sichersten würde er wirken, wenn er ihrem Beispiel *nicht* folgte. So unauffällig wie möglich schlurfte er zum Seitenschiff. Er ließ seinen Blick über das Innere der Kirche schweifen. In den Bänken saßen Leute aller Altersgruppen, groß und klein, dick und dünn, alles war vertreten. Viele Kinder, einige davon in Begleitung ihrer Eltern, andere mit ihren Brüdern und Schwestern oder mit Freunden; viele Frauen, solche mittleren Alters und einige ältere, dazwischen ein paar weibliche Teenager; Männer, und gar nicht so wenig, die meisten Familienväter oder Ehemänner, dazwischen ein paar halbwüchsige Jungen. Die Gemeinde sang gerade ein Lied, die Lippen der Menschen öffneten sich, schlossen sich wieder, es gab viele Gemeindemitglieder, die keine Worte sangen, nur Töne. Das Lied war gar nicht so schlecht, und der Zusammenklang der Stimmen mit der volltönenden Orgel war alles andere als unangenehm. Fenn summte die Melodie mit.

Das Lied war zu Ende. Das Rascheln der Seiten in den Gesangbüchern war zu hören und das Geräusch der Kleidung auf den Bänken, eine gedämpfte Symphonie wie von einer Woge, die vom Sandstrand aufgesaugt wird. Die Gemeinde kniete nieder, und Fenn war unschlüssig, ob er auch niederknien sollte, der Steinboden sah unheimlich hart aus. Er warf einen verstohlenen Blick zu Sue hinüber. Mit Erleichterung stellte er fest, daß sie nicht niederkniete, sie begnügte sich mit einem Senken des Kopfes. Er tat das gleiche, aber anders als sie fuhr er fort, die Gemeinde zu beobachten.

Die monotone Litanei lenkte seine Aufmerksamkeit auf den Altar. Der Mann, der dort stand, angetan mit einer weißen Soutane und einem Gewand von gelber und grüner Farbe, hatte wenig Ähnlichkeit mit dem Geistlichen, den Fenn in jener Nacht kennengelernt hatte. Pater Hagan hatte eine Metamorphose durchgemacht; weder in seinem Äußeren noch in seiner Ausstrahlung entsprach er dem aufgeregten, ängstlichen Mann, der Fenn barfuß, im Morgenmantel, die Tür geöffnet hatte. Die Verwandlung war ähnlich beeindruckend wie bei Clark Kent, wenn er sich in Superman verwandelte. Oder wie bei Popeye, wenn er Spinat gegessen hatte. Pater Hagan trug sein Priestergewand wie eine geheiligte Rüstung, aus der Kraft und Sicherheit auf ihn überfloß. Fenn war beeindruckt, aber dann kam ihm der zynische Gedanke, daß auffallende Kleidung die beste Tarnung war, die es überhaupt gab.

Pater Hagans Blick blieb ausdruckslos, die Augen blieben niedergeschlagen, als er die ersten Gebete sprach. Die Gemeinde antwortete ihm mit einem dröhnenden Wortschwall. Danach beteten Priester und Gemeinde gemeinsam, Fenn fiel auf, daß Pater Hagans Augen jetzt nicht mehr niedergeschlagen waren. Er hatte den Kopf gehoben, der Blick ging nach links, von Fenn aus gesehen nach rechts, es schien, als beobachtete der Priester einen Gläubigen, der auf jener Seite vor dem Altar kniete. Fenn stellte sich auf die Zehenspitzen, aber er sah nur Reihen von geneigten Köpfen. Er wechselte seinen Standplatz, um einen besseren Überblick über das Seitenschiff zu bekommen, aber er konnte nichts Ungewöhnliches feststellen. Und dann konzentrierte er seine Aufmerksamkeit auf die Messe, ohne allerdings des inneren Friedens oder eines anderen Hochgefühls teilhaftig zu werden. Im Gegenteil, Frustration stellte sich ein, die bis zum Groll anwuchs.

Vielleicht war es nur, weil es ihm widerstrebte, Teil einer Gruppe, einer Versammlung zu sein, sich zwischen Menschen zu befinden, die – so schien es Fenn – ohne Sinn und Verstand magische Formeln wiederholten. Die Sache ging ihm langsam auf die Nerven. Fenn glaubte nicht an Gott, er bezweifelte andererseits auch nicht die Existenz Gottes: so oder so, das Problem bedeutete ihm wenig. Jeder mußte einen Moralkodex finden, nach dem er leben wollte; danach kam es nur noch darauf an, den als richtig erkannten Kodex auch beizubehalten. Solange der Nächste keinen Schaden (keinen allzu großen Schaden) nahm, war's richtig. Wenn es Gott gab, dann war ER auch groß genug, um das zu verstehen. Es waren die Menschen, sterbliche Menschen, welche die Mythen erfanden. Welches höchste Wesen konnte wohl Gefallen daran finden, daß die Menschen zu seiner Ehre bestimmte Rituale wiederholten? Welcher allmächtige Schöpfer würde die von IHM erschaffenen Wesen (wie gerüchteweise verlautete, hatte ER die Menschen nach SEINEM Bild geschaffen) veranlassen, vor IHM im Staub zu kriechen, auf daß sie ein Stück vom göttlichen Kuchen abkriegen, sobald ihre Nummer aufgerufen wurde? Fenn fand, das war alles nicht sehr logisch.

Fenn heftete seine feindseligen Blicke auf den Altar. Es gab noch einiges mehr, was er in die Debatte werfen konnte. Den Vorwurf des Götzendienstes zum Beispiel, theologische Fehlinterpretationen, die sich in die kirchliche Lehre eingeschlichen hatten, den naiven Symbolismus in der Messe. Stichpunkt Geburtenkontrolle, Beichte, Sühne, Vergebung. Stichwort Fanatismus (wer sagt, daß man Katholik sein muß, um den Fuß in die Tür zu kriegen?), das ganze Brimborium bei der Messe und die gottverdammte Unfehlbarkeitsthese. Die Erbsünde, Herrgot noch mal! Und nicht zu vergessen die Einstellung der Kirche zur körperlichen Liebe.

Er lächelte, als ihm bewußt wurde, wie sehr er sich von seinen Gefühlen hatte hinreißen lassen. Es geht doch nichts über einen guten alten Gottesdienst, wenn man seine Emotionen, dafür oder dagegen, wie auch immer, auf Vordermann bringen will.

Als Pater Hagan aus dem Evangelium zu lesen begann, warf Fenn Sue einen Blick zu, ein paarmal ergriff er auch ihre Hand und drückte sie; Sue ignorierte das, sie schien sich ganz auf die Predigt zu konzentrieren. Überrascht gab er ihre Hand frei.

Die Predigt begann. Fenn hörte mit mäßigem Interesse zu, statt dessen betrachtete er aufmerksam das Gesicht des Geistlichen. Es war merkwürdig: der Priester sah plötzlich nicht mehr so siegesgewiß aus. Er wirkte gespannt, und immer noch war sein Blick nach links gerichtet, auf irgend jemanden in der ersten Bank. Der Reporter unternahm einen weiteren Versuch, die Person auszuspähen, aber alles, was er zu sehen bekam, war der Kopf einer Frau, daneben – links und rechts – die Schultern eines Mannes und einer Frau in der zweiten Reihe.

Die Frau in der ersten Reihe trug einen rosa Schal. Vielleicht mochte der Priester kein Rosa.

Fenn trat von einem Bein auf das andere, die Unruhe hatte von ihm Besitz ergriffen. Wäre er Raucher gewesen, er hätte sich jetzt nach einer Zigarette gesehnt. War es Gotteslästerung, wenn man in der Kirche Kaugummi kaute? Wahrscheinlich ja.

Die Worte des Priesters kamen zögernd, es hörte sich an, als glaubte er selbst nicht recht an die Botschaft. Nach einer Weile dann begann Pater Hagan mit mehr Nachdruck zu sprechen, er entwikkelte das Thema, und Fenn konnte spüren, wie ein Gefühl der Erleichterung durch die Gemeinde ging; offensichtlich hatten diese Menschen die Predigt gern unnachgiebig, vom Feuer des wahren Glaubens erfüllt. Pater Hagans Stimme kletterte behutsam zu den höchsten Oktaven, einmal anklagend und verdammend, dann schmeichelnd und lobend, und schließlich wieder vorwurfsvoll, damit sich die Sache nicht zu gemütlich anhörte. Fenn bewunderte die Stimmtechnik.

Die Predigt ging weiter (Fenn hätte gesagt, sie ging weiter und weiter und weiter), inzwischen bedauerte er, daß er zu Beginn der Messe gekommen war. Eigentlich wollte er doch nur etwas von der Atmosphäre eines sonntäglichen Gottesdienstes aufschnappen, vielleicht nachher, vor der Kirche, ein paar Worte wechseln mit den Leuten; aber der Hauptgrund war, er wollte mit dem Priester sprechen. Er hatte vor, mit Pater Hagan nach der Messe ein langes Gespräch zu führen, er wollte in Erfahrung bringen, wie's dem kleinen Mädchen ging. War sie zur Kirche zurückgekehrt? Hatte sie noch einmal gesprochen? Das waren die Fragen, die Fenn interessierten. Daß er, um die Antworten zu erfahren, einen ganzen Gottesdienst auf sich nehmen mußte, fand er etwas übertrieben.

Wieder starrte er zu Sue hinüber, es machte ihn ein bißchen verlegen, wie beeindruckt sie war von dieser Umgebung. Einmal katholisch, immer katholisch. Hoffentlich bedeutete das nicht, daß sie ihn heute abend aus ihrem Bett verstieß.

In der Kirche war es sehr leise geworden. Pater Hagan tat etwas mit einem auf Hochglanz polierten Kelch, Fenn schien es, als ob er eine weiße Oblate zerbrach und in den Kelch fallen ließ. Die Heilige Kommunion, ach ja. Wein trinken, Brot brechen. Dies ist mein Leib. Wie nannten sie das noch...? Die Eucharistie, das Abendmahl.

Alle standen sehr gebeugt, und als ein Glöckchen zu bimmeln begann, knieten die Leute links und rechts von Fenn nieder. Auch Sue war in die Knie gesunken, Fenn wäre fast in Panik geraten, er sah sie hilfeheischend an, und sie bedeutete ihm, neben ihr niederzuknien. Der Steinboden tat seinen Knien weh.

Er hielt den Kopf gesenkt, er wollte niemandes Unmut auf sich ziehen – besonders nicht den Unmut des ALLMÄCHTIGEN, DER ALLES SIEHT. Erst als er um sich herum Schritte hörte, hob er den Blick, er stellte fest, daß einige Menschen in die Gänge getreten waren, die zwischen den Bankreihen verliefen, Schlangen bildeten sich, die bis zum Geländer des Altars reichten, und vor dem Geländer stand der Priester mit dem silbernen Kelch und den Oblaten für die Kommunion. Ein alter Mann, mit einer weißen Soutane bekleidet, assistierte ihm. Die Prozession der Menschen schob sich nach vorn, die Orgel erwachte wieder zum Leben.

Einige Leute hatten sich in die Bank gesetzt, und einige von jenen, die hinter den Bänken gekniet hatten, waren aufgestanden, sie waren das Knien leid. Fenn fand die Entscheidung sehr vernünftig, er stand ebenfalls auf; Sue blieb auf den Knien.

Die Gemeinde begann zu singen, ein Strom von Menschen formte sich, floß durch den Mittelgang bis zum Altar, um durch die Seitenschiffe zurückzufluten, wo sich die Menschen wieder in die Bänke schoben. Fenn erkannte die Frau mit dem rosa Schal, jawohl, das war die Frau, die mit ihrem Mann ins Pfarrhaus gekommen war, um das kleine taubstumme Mädchen abzuholen. Der Priester hatte während des Gottesdienstes Alices Mutter angesehen.

Der rosa Schal wanderte inmitten der geneigten Köpfe auf den Altar zu und verschwand, als die Frau vor dem Priester niederkniete, um die Hostie zu empfangen.

In diesem Augenblick erhob sich eine kleine Gestalt von der Bank, wo die Frau während der Messe gesessen hatte. Die kleine Gestalt ging auf eine Statue zu, die an einem Pfeiler hing, sah zu der Statue hinauf, wandte sich ab und ging auf die hinteren Bänke zu. Es war Alice, Fenn erkannte sie an ihrem blonden Haar. Sie trug das Haar in zwei langen Zöpfen; sie war mit einem braunen Regenmantel bekleidet, der ihr eine Nummer zu groß war, und sie trug weiße Söckchen. Sie hielt die Hände verschränkt, ihr Blick war geradeaus gerichtet, wo es nichts Besonderes zu sehen gab.

Fenn starrte sie an, ihm war klar, daß mit dem Mädchen irgend etwas nicht stimmte. Ihr Gesicht war bleich, die Knöchel weiß. Der Priester hatte während der Messe nicht die Mutter angesehen, sondern die Tochter.

Und auch jetzt beobachtete Pater Hagan das Mädchen.

Die Kommunionswaffel schwebte über einem aufgesperrten Mund, es war ein quälender Anblick, die ausgestreckte Zunge des Kommunionsempfängers hatte zu zucken begonnen. Alices Mutter kniete in der Nähe, sie war zu sehr in ihr Gebet vertieft, um die Verzögerung zu bemerken.

Es sah ganz so aus, als ob der Priester etwas rufen wollte, aber dann überlegte er es sich anders. Es gab ein paar Leute, die sich zu wundern begannen, warum der Priester so gebannt in eine bestimmte Richtung schaute, sie folgten seinem Blick, aber da war nur die kleine Alice Pagett, die Taubstumme, sie ging mit langsamen Schritten zu den hinteren Bänken, wo sie – wie man vermuten durfte – in den Mittelgang einschwenken und zu der Schlange, die auf die Heilige Kommunion wartete, aufschließen würde. Pater Hagan hatte inzwischen gemerkt, daß er aus dem

Rhythmus gekommen war, er fuhr fort, Oblaten auszuteilen, aber seine Augen folgten dem kleinen Mädchen.

Fenn war neugierig. Er dachte, ob ich ihr einfach in den Weg trete, aber er wußte, das war dumm: vielleicht fühlte sie sich nicht ganz wohl, vielleicht brauchte sie frische Luft. Und doch, obwohl sie bleich war, gab es da diesen Ausdruck von Glück in ihrem Antlitz, dieses überirdische Leuchten in ihren lebhaften blauen Augen. Sie schien etwas zu sehen, was sich jenseits des physisch Wahrnehmbaren befand, und daß es so war, beunruhigte Fenn in hohem Maße. War das Mädchen in Trance? Sie stieß mit niemandem zusammen, während sie zu den hinteren Bänken ging, und ihr Schritt war auch nicht langsam oder wie der eines Menschen, der träumt. Fenn sah sie an, als sie an ihm vorbeiging, er lächelte ihr zu, er hätte nicht zu sagen vermocht, warum er das tat.

Immer noch dröhnte die Orgel, die Leute sangen immer lauter, fanden sich zusammen zum Lobe des Herrn, es war dies eine Phase während der Messe, wo die Emotionen besonders hochschlugen.

Niemand schien die anderen Kinder zu bemerken, die sich aus den Bänken drängten.

Niemand außer Fenn. Die Kinder – einige waren erst sechs Jahre alt, und dann gab es viele, die schon zwölf oder dreizehn waren – entzogen sich der Kontrolle der Älteren und bahnten sich einen Weg zum Ausgang, der Kinder-Exodus blieb im großen und ganzen unbemerkt, weil der Mittelgang voll von Leuten stand.

Im Unterschied zu Alice gingen die Kinder nicht wie in Trance. Sie wirkten lustig und guter Dinge, einige kicherten, während sie dem taubstummen Mädchen in Sprüngen hinterdrein liefen.

Eine Mutter hatte bemerkt, daß ihr Kind vor der Zeit aus der Bank entschlüpfen wollte, sie packte den Kleinen mit einem raschen Griff und hielt ihn fest. Der Junge stieß einen Wutschrei aus, er versuchte sich aus dem Griff der Mutter zu befreien, und dies alles führte dazu, daß auch die anderen Eltern aufmerksam wurden. Man sah erstaunte Gesichter, dann verwirrte Gesichter und schließlich ärgerliche Gesichter. Ein Vater vergaß sich, er rief seinem Sohn, der zu den Flüchtenden gehörte, etwas hinterher.

Pater Hagan hatte den Ruf gehört, er sah auf. Er erblickte das kleine Mädchen im braunen Regenmantel, das Mädchen mit den langen Zöpfen. Er sah, wie sie das Kirchenportal aufstieß und in den hellen Sonnenschein hinausrannte. Die anderen Kinder folgten ihr.

Der Gesang in der Kirche wurde leiser in dem Maße, wie den

Leuten klar wurde, daß etwas nicht stimmte. Bald sang nur noch die dicke Nonne, die an der Orgel saß.

Fenn erwachte aus seiner Erstarrung. Verdammt noch mal, er war schon fast in Trance, jedenfalls hatte es einer echten Willensanstrengung bedurft, sich aus der Starre zu lösen. Langsamen Schrittes begab er sich zum Ausgang der Kirche und stieß den Flügel auf. Das Licht blendete ihn, aber nachdem er ein paarmal geblinzelt hatte, konnte er wieder gut sehen.

Die Kinder rannten über den Friedhof, ihr Ziel schien die niedrige Mauer aus grauem Stein zu sein, die den Friedhof umschloß.

Fenn folgte ihnen, er beschleunigte seinen Schritt, als er sah, wie Alice über die Mauer kletterte. Auch die anderen Kinder kletterten über die Mauer, wobei die größeren den kleineren Hilfestellung leisteten.

Der Reporter fühlte sich beim Arm ergriffen.

»Gerry, was ist da los?« Sue starrte den Kindern nach, und dann sah sie Fenn an, als ob der wissen müßte, was die Kinder zu ihrem Exodus veranlaßt hatte.

»Ich weiß es nicht«, sagte er. »Die Kinder laufen hinter dem taubstummen Mädchen her. Aber ich könnte mir vorstellen, wohin das Mädchen unterwegs ist.« Er riß sich von Sue los und rannte auf die Mauer zu.

Sue war so überrascht, daß sie sich nicht von der Stelle rührte. Als hinter ihr Stimmen laut wurden, wandte sie den Kopf. Die Eltern der Kinder kamen aus der Kirche gestürzt. Der Priester bahnte sich einen Weg durch die Menge, sein Blick fiel auf Sue. Immer noch stand sie mitten auf dem Weg, der durch den Friedhof zur Mauer führte. Und dann sah der Priester die kleiner werdende Gestalt Fenns.

Der Reporter sprang über frische Maulwurfshügel hinweg, einmal geriet er ins Stolpern. Er ließ sich gegen die Friedhofsmauer fallen. Er ließ die Hände auf die rauhe Mauerkante klatschen. Und dann stand er da, mit keuchenden Lungen. Er sah auf das Feld hinaus.

Das Mädchen, Alice, kniete vor der knorrigen Eiche, genau wie in jener Nacht vor einer Woche. Um sie herum waren die anderen Kinder, einige knieten, andere standen da und starrten die Eiche an. Unter den jüngeren Kindern gab es einige, die vor Freude herumhüpften, sie lachten und deuteten auf den Baum.

Fenn kniff die Augen zusammen. Zu sehen gab es da wirklich nichts! Nur ein Baum! Der Baum war nicht einmal schön; um die

Wahrheit zu sagen, er war verdammt krumm und häßlich. Was fanden die Kinder so faszinierend daran?

Er erhielt einen Stoß und fuhr herum, und dann sah er, Sue war ihm gefolgt.

»Gerry...?« Die Frage gefror ihr auf den Lippen, als sie die Kinder erblickte.

Schritte hinter ihnen. Menschen, die über den Friedhof gelaufen kamen und vor der niedrigen Mauer stehenblieben. Fenn und Sue wurden angerempelt. Im Nu hatte sich ein Knäuel von Menschen vor der Mauer gebildet. Etwas wie ein Schock ging durch die Leute. Dann Stille. Die Nonne in der Kirche hatte ihr Orgelspiel beendet.

Fenn hatte bemerkt, daß der Priester neben ihm stand. Sie sahen sich ein paar Herzschläge lang in die Augen. Der Reporter glaubte bei Pater Hagan einen Anflug von Feindseligkeit zu bemerken, als ob er, Fenn, die Schuld an dem Phänomen trug.

Fenn blickte in die andere Richtung, er fand die Kinder jetzt interessanter als den Priester. Er griff in seine Tasche und zog eine billige Pocketkamera hervor. Er machte vier Aufnahmen, dann sprang er über die Mauer.

Sue wollte ihn zurückhalten, es war dann die Angst, die sie schweigen ließ. Die Leute um Sue wurden unruhig, als sie Fenn über die Mauer klettern sahen. Sie waren perplex, oder sie hatten Angst, vielleicht beides.

Fenn ging auf einen Jungen von etwa zwölf Jahren zu. Der Junge lächelte, so wie Alice in jener Nacht gelächelt hatte. Er schien Fenn nicht zu bemerken, und der Reporter hielt ihm die Hand vor die Augen, er bewegte die Hand. Der Junge runzelte die Brauen, dann bog er den Kopf zur Seite, um wieder freien Blick auf den Baum zu haben.

Fenn ließ ihn stehen, er ging zu einem anderen Kind, zu einem Mädchen, das im nassen Gras hockte. Verzückung spiegelte sich in den Augen des Mädchens. Er glitt neben sie und berührte sie an der Schulter.

»Was ist denn?« fragte er leise. »Was siehst du?«

Das Mädchen ignorierte ihn.

Er ging weiter. Er sah einen Fünfjährigen, der in die Hände klatschte und dann, mit einem Ausdruck der Glückseligkeit, auf die Knie ging. Er sah zwei Mädchen, Zwillinge, die sich an der Hand hielten und lächelten. Er sah einen dreizehnjährigen Jungen, der die Hände aneinandergelegt hielt, die Daumen berührten seine Nasenwurzel, die Lippen bewegten sich im stillen Gebet.

Es gab einen Jungen in kurzen Hosen, der beim Lauf über das Feld hingefallen war, seine Knie waren mit Lehm beschmiert, er stand da und hielt die eigenen Schultern umfaßt. Er lächelte. Fenn stellte sich vor ihn und versperrte ihm den Blick auf den Baum. Der Junge trat einen Schritt zur Seite. Immer noch lächelte er.

Fenn kniete sich zu ihm. »Sag mir, was du siehst.«

Eines war sicher: der Junge sah Fenn gar nicht. Er hatte auch nicht gehört, was Fenn sagte.

Der Reporter schüttelte den Kopf. Um ihn herum Kinder. Alle Kinder lächelten. Es gab einige, die weinten, trotzdem lächelten sie.

Er sah, wie der Priester über die Mauer geklettert kam, einige Eltern folgten ihm. Fenn ging auf das Mädchen im braunen Mantel zu, auf das taubstumme Kind, das vor der Eiche kniete. Er stellte sich so hin, daß er ihren Blick auf den Baum nicht behinderte. Er schoß zwei Fotos von dem Mädchen, dann begann er die anderen Kinder zu fotografieren.

Und dann fotografierte er den Baum.

Inzwischen waren die Eltern da und die älteren Geschwister der Kinder. Fenn sah, wie eine Mutter ihre Tochter in die Arme nahm. Nur wenige Schritte von ihm entfernt stand ein Mädchen, das zu taumeln begann, das Mädchen brach zusammen, ehe die entsetzte Mutter es erreichen konnte, ebenso ein anderes Mädchen und ein Junge. Der Fünfjährige, der vorher in die Hände geklatscht hatte, brach in hysterisches Weinen aus, als seine Eltern nahten. Vorher, als die Kinder den Baum anstarrten, hatte unheimliche Stille über dem Feld gelegen, jetzt war das Feld vom Weinen der Kinder erfüllt.

Fenn betrachtete das Ganze mit nachdenklicher Verwunderung; er hatte eine Geschichte, *eine große Geschichte.* Er war Zeuge einer Massenhysterie, wie sie ein paar Jahre zuvor dreihundert Kinder in Mansfield befallen hatte. Beim Marching Bands Festival waren die Kinder reihenweise zusammengebrochen. Hier, auf dem Feld, war die Größenordnung etwas anders, aber die Regeln, nach denen sich alles abspielte, waren die gleichen. Die Kinder ließen sich leiten von den Gedanken, die Alice Pagett dachte. Auf irgendeine Weise gelang es dem taubstummen Mädchen, ihren hypnotischen Zustand auf die anderen Kinder zu übertragen! Mein Gott, das ging ja nur mit Telepathie! In der Tat, Telepathie war die einzige Erklärung. Was aber hatte sie, die Taubstumme, in das Delirium versetzt, das ihren Zustand kennzeichnete?

Pater Hagan ging von Gruppe zu Gruppe, er tröstete die Kinder. Schließlich kam er auf Fenn zu.

Der Reporter war versucht, ein Bild von dem Priester zu schießen, aber er entschied, dies war nicht der richtige Moment. Der Priester hatte etwas Einschüchterndes an sich. Fenn ließ den Fotoapparat in die Tasche gleiten.

Der Kirchenmann würdigte Fenn keines Blickes, er kniete neben Alice Pagett nieder. Er legte ihr den Arm um die Schultern. Er sprach zu ihr, obwohl er wußte, daß sie ihn nicht hören konnte. Er hoffte, sie würde die Güte aus seinen Worten herausspüren.

»Alles ist gut, Alice«, sagte er. »Komm jetzt, ich bringe dich zu deiner Mutter.«

»Ich glaube nicht, daß es gut ist, wenn Sie sie hier wegbringen, Pater«, sagte Fenn. Er hatte sich hingehockt, so daß er Alice in die Augen sehen konnte.

Der Priester sah ihn aus traumverlorenen Augen an. »Sind Sie nicht der Mann, der mir das Mädchen nachts ins Haus gebracht hat? Sie heißen Fenn, nicht wahr?«

Der Reporter nickte, er hielt den Blick auf das Mädchen gerichtet.

»Was spielen Sie für ein Spiel, Mr. Fenn?« Hagans Stimme klang brüsk. Er stand auf, zugleich zog er Alice hoch. »Was haben Sie mit der Sache zu schaffen, Mr. Fenn?«

Fenn wunderte sich. Er stand auf. »Aber sehen Sie doch mal...« Plötzlich war eine andere Stimme zu hören.

»Sie will, daß wir wiederkommen.«

Die beiden Männer waren wie gelähmt vor Schreck. Sie starrten Alice an.

Sie lächelte und sagte: »Die weiße Frau will, daß wir wiederkommen. Sie hat eine Botschaft für uns, Pater. Eine Botschaft für uns alle.«

Fenn und der Priester hatten gar nicht gemerkt, wie das Stimmengewirr auf dem Feld abebbte. Alle, die dort waren, hatten Alices Worte gehört.

Der Priester war der erste, der die Sprache wiederfand. »Wer, Alice?« Würde sie ihn verstehen? Sie hatte gesprochen, aber konnte sie auch hören? »Wer hat dir das gesagt?«

Alice deutete auf die Eiche. »Die Frau, Pater. Die weiße Frau hat es mir gesagt.«

»Aber – dort ist doch niemand, Alice.«

Das Lächeln stahl sich von ihren Lippen. »Nein, jetzt ist sie weggegangen.«

»Hat sie gesagt, wer sie ist?«

Alice nickte. »Sie hat gesagt, sie ist die Unbefleckte Empfängnis.«

Alles Blut war aus dem Gesicht des Paters gewichen.

In diesem Moment drängte sich Alices Mutter nach vorn, sie warf sich auf die Knie und riß ihr Kind an sich. Molly Pagett hielt die Augen geschlossen, ihre Tränen netzten die Stirn ihrer Tochter.

WILKES

Und so nahm die Mutter den kleinen Burschen, hackte ihn in Stücke und kochte ihn zu Brei in dem großen Schmorkessel.

Aus Gebrüder Grimm: Der Wacholderbaum

Er schloß die Tür und drehte den Schlüssel um. Dann schaltete er das Licht aus. Er benötigte nur zwei Sekunden, um den kleinen Raum zu durchqueren. Er warf sich auf das schmale Bett.

Er schüttelte sich die Schuhe von den Füßen. Er legte seine Hände auf die Brust und starrte an die Decke.

»Scheißtypen«, sagte er laut. Und fügte in Gedanken hinzu: *Mich wie Dreck zu behandeln!*

Mit seinem Job als Kellnerlehrling in einem beliebten Restaurant in Covent Garden lief es nicht sehr gut. Heute hatte er beim Servieren Kaffee verschüttet, hatte Bestellungen durcheinandergebracht, war mit dem Barkeeper aneinandergeraten – *die schwule Sau!* –, und dann hatte er sich zwanzig Minuten auf der Toilette eingeschlossen und geheult. Der Manager des Restaurants hatte ihn verwarnt – *noch eine einzige Szene in dieser Art, und Sie sind entlassen!* –, und die beiden Inhaber des Restaurants – *zwei Scheißtypen, die irgendwie aus dem Anzeigengeschäft kamen und nicht viel älter waren als er!* – fanden es noch ganz in Ordnung, daß auf ihm rumgehackt wurde.

Nun, er würde nicht wieder in dem Restaurant aufkreuzen! Sollten sie morgen sehen, wie sie ohne ihn fertig wurden! Diese Arschlöcher.

Er holte sich einen Popel aus der Nase und wischte seinen Finger an der Bettdecke ab. Er versuchte Ruhe zu finden, indem er sein Mantra wiederholte, aber das half kaum. Er sah seine Mutter vor sich (wie immer, wenn er sich über etwas ärgerte), und das Bild war so lebhaft, daß es sein beruhigendes Mantra verdrängte. Weil die blöde Kuh ihn rausgeworfen hatte, mußte er so eine niedrige Arbeit verrichten. Hätte sie ihn weiterhin zu Hause wohnen lassen, er hätte von der Sozialhilfe leben können wie die drei Millionen Arbeitslosen.

Er stand auf und ging zu der weißbemalten Kommode. Er öffnete die unterste Schublade und nahm das Album heraus. Er ging zu seinem Bett zurück. Er begann in den Seiten des Albums zu blättern. Das beruhigte ihn zwar nicht, aber er spürte, wie seine Gemütslage sich zu verwandeln begann. Er las gerne etwas über sie. Bis heute wußte niemand, warum sie es getan hatten. Tatsache war: SIE HATTEN ES VERDAMMT NOCH MAL GETAN!

Er betrachtete die Gesichter auf den Zeitungsausschnitten und strich sich die blonde Locke aus der Stirn. Einer von denen mag mich, dachte er. Er grinste.

Man braucht nur den richtigen Menschen zu finden. Alles war so einfach, wenn man den richtigen Menschen fand. Jemand Berühmter mußte es sein.

Er ließ sich auf das harte, schmale Bett sinken, um über seine Möglichkeiten nachzudenken. Seine Hand glitt zwischen die Schenkel.

7

Wie freundlich blickt sein Auge drein,
Wie klar quillt seine Träne.
Wenn es die Fischlein lockt herein
In seine milden Zähne!
Aus Lewis Carroll: Alice im Wunderland

Montag, am späten Nachmittag

Tucker liebte die Bestandsaufnahme, die montags stattfand. Wenn ein Regal leer war, das bedeutete Geld auf der Bank. Wenn ein Karton leer war, das bedeutete, er würde seine Rechnungen bezahlen können. Wenn eine Tiefkühltruhe leer war, das bedeutete, er würde seinen Mund zu einem Lächeln verziehen können. Aber heutzutage waren die Regale, die Kartons und die Tiefkühltruhen nicht mehr so leer wie früher. Zwar hatten die Leute wegen der Rezession nicht zu essen und zu trinken aufgehört – aber sie aßen und tranken nicht mehr so gut wie früher. Die Gewinnmarge bei einer Dose Spargel war höher als bei einer Dose Erbsen, aber die Leute auf dem Lande waren mehr an Menge interessiert, nicht so sehr am Geschmack des Essens. Er verstand recht gut, wo ihr Problem lag, war er es doch, der jede Woche neue, höhere Preise auf seine Waren klebte, aber sie zu verstehen bedeutete nicht, daß er mit ihnen sympathisierte. Er mußte schließlich auch essen, und wenn seine Kunden schlechter aßen als früher, dann bedeutete das, auch er würde schlechter essen als früher. Noch war es nicht soweit. Aber ausgeschlossen war das nicht.

Nach wie vor barg die Bestandsaufnahme an den Montagen eine Freude in sich. Die Freude hieß Paula. Paula mit dem süßen Hintern und den hervorstehenden Titten. Das Gesicht war ein bißchen zu feist, aber Tucker sagte sich immer, wenn man im Feuer herumstochert, dann ist es egal, wie es weiter oben, auf dem Kaminsims, aussieht, das alte Sprichwort nahm Tucker ganz ernst, für ihn war das keine leere Entschuldigungsfloskel.

Rodney Tucker war der Besitzer des einzigen Supermarktes auf der High Street in der Ortschaft Banfield, es war ein kleiner Laden, verglichen mit den Läden der Supermarktketten, aber schließlich war Banfield auch nur eine kleine Ortschaft. Ein Dorf, wie die Leute gern sagten. Tucker war vor elf Jahren aus Croydon zugezogen, wegen der Konkurrenz der großen Supermärkte in jener Gegend hatte er sein Lebensmittelgeschäft nicht länger halten können. Er hatte aus jener Erfahrung gelernt. Mehr als das, der Erlös aus dem Verkauf des Grundstücks hatte ihn in die Lage versetzt, zur Konkurrenz aufzuschließen. Banfield war damals gerade soweit, daß eine Investition Gewinn versprach; der Ort war zu klein für die großen Ketten, aber genau richtig für einen mutigen Unternehmer (Tucker hatte sich immer für einen *mutigen* Unternehmer gehalten). Den beiden vorhandenen Lebensmittelgeschäften in Banfield war es ergangen, wie es Tucker in Croydon ergangen war. Nun ja, nicht ganz so schlimm – nur eines der beiden Geschäfte hatte schließen müssen. Merkwürdigerweise war eine Schnellwäscherei in das freie Lokal gezogen, genau wie in das Lokal, das Tucker in Croydon geräumt hatte. Vor kurzem hatte er sich seinen alten Laden noch einmal angesehen und festgestellt, daß die Schnellwäscherei in ein Video-Center für Pornofilme umgewandelt worden war; stand Banfield in einer Zeit, wo Waschmaschinen genauso alltäglich waren wie elektrische Toaster, stand Banfield eine ähnliche Metamorphose bevor? Er bezweifelte das; die Planungskomitees derartiger Ortschaften waren erwiesenermaßen taub auf beiden Ohren, wenn es um die sich wandelnden Konsumgewohnheiten im zwanzigsten Jahrhundert ging. Fürwahr, es hatte große Schwierigkeiten gegeben damals vor elf Jahren, als Tucker bei den örtlichen Behörden um die Genehmigung für seinen Supermarkt einkam! In Ortschaften und Dörfern dieser Art herrschten eigene Gesetze. Auch jetzt, obwohl er schon so lange in Banfield lebte, wurde er immer noch als Außenseiter betrachtet. Er hatte mit den Männern, die in Banfield etwas zu sagen hatten, Bekanntschaft geschlossen, war mit ihnen Essen gegangen, hatte mit ihnen Golf gespielt, hatte mit ihren Frauen, wie häßlich auch immer, geflirtet, und doch wurde er nicht in den Kreis aufgenommen. In einer solchen Gegend genügte es nicht, wenn man dort geboren war, auch der Vater *und* der Großvater mußten dort geboren sein! Das alles hätte Tucker gar nichts ausgemacht, mit Ausnahme einer Kleinigkeit – er wäre gern in den Gemeinderat gewählt worden. O ja, das wäre sehr schön. Es gab viel unbebautes Land rund um Banfield, und Potter hatte gute Kontakte zu Baufirmen. Die Bauunternehmer würden sich erkenntlich zeigen, wenn ein Gemeinderat bestimmte Parzellen zur Bebauung freigab.

Er rieb sich das Bäuchlein.

»Wir sind knapp mit Grapefruit in Stücken, Mr. Tucker!«

Er zuckte zusammen, als er Paulas schrille Stimme vernahm. Plus fünfzehn Jahre plus fünfundzwanzig Kilo, und Paula wäre ein Abziehbild seiner Ehefrau Marcia. Es wäre schön, könnten wir hier feststellen, daß die Anziehung, die Paula auf Tucker ausübte, von dem Umstand herrührte, daß sie ihn an seine Frau, wie sie jünger war, erinnerte. Schön, aber unzutreffend. Ob eine Frau fett war oder mager, vollbusig oder tittenlos, das war Tucker egal. Hübsche Frauen (wenn er Glück hatte, waren es hübsche Frauen), unscheinbare Geschöpfe, erfahrene Betthasen, Jungfrauen (*soviel* Glück würde er wohl nie haben) – Tucker bumste, was ihm ihn die Quere kam. Alter? Er zog die Grenze bei dreiundachtzig.

Die Frauen, denen er nachstellte, hatten eines gemeinsam: sie waren dumm. Es war dies nicht etwa eine Eigenschaft, die er zur Bedingung machte; es war nur so, daß er bei dummen Frauen mehr Erfolg hatte. Er war realistisch genug, um einzusehen, daß er körperlich nicht viel zu bieten hatte: er wurde von Monat zu Monat dicker (obwohl das Geschäft zu wünschen übrig ließ), und sein Haar wurde von Minute zu Minute dünner (der Scheitel befand sich derzeit in der Höhe des linken Ohres, und die pfeffernußfarbenen Strähnen des Haars waren platt über den Kopf gekämmt). Aber: er war ein Mann von schneller Auffassung, ein Mann, der sich auszudrücken wußte, und er hatte Augen wie Paul Newman (ein etwas aufgedunsener Paul Newman, zugegeben). Vor allem, und dies war eine Eigenschaft, auf die er sich selbst viel zugute hielt, vor allem hatte er Zaster. Und das ließ er auch raushängen. Maßanzüge, Maßhemden, italienische Schuhe und jeden Morgen frische Socken. Protzige Ringe aus Gold, ein protziges Armband aus Gold, protzige Zahnfüllungen aus Gold. Ein hellgelber Jaguar XJS, ein wunderschönes Wohnhaus im Tudor-Stil. Eine fünfzehnjährige Tochter, die Preise beim Reiten und bei den Schwimmwettbewerben in der Schule gewann; und eine Frau – nun, die Frau konnte man vergessen. Tucker hatte Geld, und er zeigte, was er hatte.

Tucker verstand es, den Frauen, mit denen er zu tun hatte (hier müssen wir wieder die Ehefrau vergessen), ein angenehmes Leben zu bereiten, und da diese Frauen alle dumm wie Bohnenstroh waren, gaben sie sich damit zufrieden. Er konnte Frauen, die mehr als das Bett im Sinn hatten, auf eine Meile Entfernung ausmachen, und er war klug genug, sich von solchen Individuen fernzuhalten: er wollte unter keinen Umständen den Lebensstil, wie er ihn für sich verwirklicht hatte, aufs Spiel setzen.

Die kleinen Fickerinnen waren genau richtig: er brauchte sie nur nett auszuführen – ein schmackhaftes Abendessen in Brighton, ein kleines Spiel im Kasino, eine flotte Wette beim Hunderennen, danach die Disco. Gekrönt wurde ein solcher Abend in Tuckers bevorzugtem Motel an der Straße nach Brighton. Wenn die Frau besonders gut war, war auch eine Spritztour nach London drin; aber dann mußte sie wirklich gut sein. Paula hatte es bisher nur zu zwei Übernachtungen im Motel gebracht, eine Fahrt nach London hatte Tucker ihr nicht zubilligen mögen. Das Gesicht war zu häßlich.

»Cannelloni!«

Die Stimme war auch nicht das, was einem alten Mann aufs Fahrrad half.

Tucker schlenderte zwischen den Regalen entlang, der Geruch nach Karton und Plastikbeuteln umwehte seine Nasenflügel. Paula stand auf einer kleinen Trittleiter. Sie hielt eine verstärkte Schreibunterlage in der Hand, die losen Blätter wurden von einer elastischen Spange gehalten, mit der anderen Hand untersuchte Paula den Inhalt eines Kartons. Der modische Schlitz in ihrem engen Rock enthüllte die Kniekehlen, kein überaus erregender Anblick, aber an einem verregneten Montagnachmittag sinnlich genug, um die Gefühle in Tuckers niederen Regionen in Wallung zu versetzen.

Er schob sich unter sie und tastete nach ihren Schenkeln. Seine

Finger glitten zu ihrem Schoß, Paula zuckte zusammen, sie ärgerte sich, weil er sich mit seinem schweren Goldarmband in ihrer Strumpfhose verfangen hatte.

»Rodney!«

Er löste das Armband aus seinem Gefängnis und ließ die Finger erneut ihre Schenkel hochwandern. Er hielt inne, als die Fingerspitzen an den Zwickel der Strumpfhose stießen, verstärkt war diese Brücke von Paulas Höschen, das Ganze bildete ein schier unüberwindbares Siegel, eine Nylonkruste über der ständig feuchten Spalte. Den Menschen, der die Strumpfhose erfunden hat, müßte man mit seiner eigenen Erfindung erwürgen, dachte Tucker. Seine Finger spielten an Paulas wohlgerundetem Hintern herum.

»Rod, es könnte doch jemand in den Laden kommen!« Paula versuchte, seine Hand wegzuschieben.

»Niemand wird kommen, mein Liebling. Die Leute wissen ganz genau, daß ich Bestandsaufnahme mache.« In seinen Worten klang die Mundart des Nordens mit, die Mundart jenes Landesteils, wo Tucker vor Banfield, vor Croydon und vor London gelebt hatte.

»Nein, Rod, das geht nicht. Nicht hier.« Paula stieg von der Leiter. Sie schürzte die Lippen. Sie sah sehr entschlossen aus.

»Das hat dich früher nie gestört.« Mit einem Ruck zog er seine Hand weg, ehe die Finger in die sich schließende Zange ihrer Schenkel gerieten.

»Findest du das nicht etwas ordinär?« Sie hatte sich von ihm abgewandt. Sie hielt die Stahlplatte mit den Blättern auf ihre Brüste gepreßt wie einen Schild, der ihre Keuschheit bewahren würde, und zugleich sah sie sehr konzentriert auf die Regale, als könnte sie mit der Kraft ihrer Gedanken einen Schutzschirm um sich legen.

»Vulgär?« Er musterte sie. Er war überrascht. »Was willst du damit sagen?«

»Das weißt du sehr gut.« Sie ging an dem Regal entlang und begann Positionen auf ihrer Liste abzuhaken.

Paula war Tuckers Sekretärin, Aufsicht im Laden und seine ständig zum Beischlaf bereite Gefährtin seit jener Party-am-Heiligabend-nach-Ladenschluß. Er hatte sie vor drei Monaten eingestellt, weil sie Schreibmaschine schreiben und kopfrechnen konnte, sie konnte seine übrigen Angestellten beaufsichtigen (sie hatte einen Sommer lang bei der Firma Butlin's gearbeitet), weiterer Grund für die Einstellung waren Paulas hervorstehende Titten gewesen, und dann hatte sie auch viel besser ausgesehen als die drei Bewerberinnen mit den fleckigen Gesichtern und deutlich besser als das Mädchen, das schielte. Paula war achtundzwanzig, sie lebte mit ihrer verwitweten, arthritischen Mutter, sie hatte ein paar Freunde, aber keinen festen, und sie war eine gute Arbeiterin. Nach der Party-am-Heiligabend-nach-Ladenschluß hatte sich die Beziehung zu ihr sehr zufriedenstellend entwickelt: ein gemeinsamer Drink nach der Arbeit, ein paar Abende in Brighton, das Motel, erregende Tätschelspiele, wann immer sich die Gelegenheit ergab. Wie zum Beispiel bei der Bestandsaufnahme am Montag. Scheiße noch mal, was war heute mit dem Mädchen los?

»Scheiße noch mal, Paula, was ist heute mit dir los?« Er flüsterte, damit die Kassiererinnen ihn nicht hören konnten.

»Ich verbitte mir den Ton, Mr. Tucker«, kam Paulas Antwort.

»Mr. Tucker?« Er tippte sich auf die Brust. »Was soll der Mr. Tukker? Warum nennst du mich nicht Rod?«

Sie fuhr herum. Verachtung funkelte in ihren Augen. »Ich finde, wir sollten es bei der rein geschäftlichen Beziehung belassen.«

»Warum, Paula? Sch..., ich meine, was ist denn eigentlich los? Wir haben doch immer viel Spaß zusammen gehabt, nicht?«

Ihre Stimme wurde weicher, aber das verächtliche Funkeln in ihren Augen blieb. »Jawohl, wir haben viel Spaß zusammen gehabt, Rodney. Aber – genügt das?«

Bei Tucker schrillten die Alarmglocken. »Was willst du damit sagen?« fragte er vorsichtig.

»Ich will damit sagen, daß du mich nicht wirklich achtest. Ich bin dir gerade gut genug zum Bumsen.«

Aha, dachte er. Daher weht der Wind. Sie hat sich da einen Plan zurechtgelegt. »Du bist mir nicht gut genug zum Bumsen, mein Liebling. Ich meine, natürlich bist du mir gut genug zum Bumsen, aber das ist nicht alles.«

»Ach, wirklich? Beweis' mir das doch!«

Er hob beschwichtigend die Hände, die Handflächen waren nach unten gerichtet. »Leise, Kleines. Es braucht schließlich nicht der ganze Laden zu erfahren, daß wir was miteinander haben.«

»Mir ist es ziemlich egal, ob die Leute erfahren, daß wir was miteinander haben. Es ist mir sogar egal, wenn's deine verdammte Frau erfährt.«

Tucker sog pfeifend die Luft ein. Er fühlte sein Herz klopfen, *bumper, bumper*. Tja. Vielleicht hatte er Paula falsch eingeschätzt. Vielleicht war sie nicht so dumm, wie sie aussah. »Ich will dir was sagen, Paula. Wenn du Lust hast, zischen wir nach London und verbringen die Nacht dort.«

Sie sah ihn an, als hätte er ihr einen Schlag ins Gesicht versetzt. Dann warf sie die Schreibunterlage auf ihn.

Er dachte in diesem Augenblick nicht daran, daß er eine Verletzung davontragen konnte, was ihn störte, war das Scheppern der Schreibunterlage, als sie auf den Boden fiel. Er bückte sich, um das Ding aufzuheben, mit der freien Hand machte er eine Geste der Beschwichtigung. Ein schweigendes Gerangel, meinetwegen, ein hysterischer Streit, den man im ganzen Laden hören konnte, auf gar keinen Fall: so etwas konnte ihn als Inhaber des Ladens und als Manager abwerten – ganz abgesehen von dem Risiko, daß die Sache bis zu Marcia getragen wurde.

Er drückte sich an das Regal, als Paula den Gang entlanggestürmt kam. »Du kannst die verdammte Bestandsaufnahme selber machen!« fauchte sie und lief auf die Tür zu, die diesen Raum mit dem Hauptraum verband. Vor der Schwelle angekommen, blieb sie stehen. Sie sah ihn aus tränenfeuchten Augen an, und Tucker war sicher, hinter den Tränen verbarg sich Berechnung. »Du solltest mal über unser Verhältnis nachdenken, Rodney. Du bist am Zug.«

Sie überquerte die Schwelle. Sie hatte die Tür offengelassen.

Tucker mußte sich zusammennehmen, um nicht laut aufzustöhnen. Seine Gestalt straffte sich. Er hatte Paula unterschätzt. Ihr nächster Schachzug würde die Versöhnung sein. Sie würde ihn wieder auf sich scharf machen; und dann *wumm!* eine neue Szene, diesmal mit mehr Nachdruck. Sie würde versuchen, ihn ernsthaft einzuschüchtern. Das verdammte Luder! Er kannte das Spiel, er hatte das mit einer anderen Frau durchgemacht. Was derzeit noch offenblieb, war die Frage, ob die Daumenschrauben, die sie ihm anlegen würde, emotionaler oder finanzieller Art sein würden. Er hoffte, daß es nicht auf Geld hinauslief.

Eine Stunde nach dem Streitgespräch verließ er den Lagerraum. Er war in finsterer Laune. Er wußte bereits, daß die Tageseinnahmen miserabel waren. Die vollen Kartons anzusehen, die in den Lagerregalen warteten, war auch nicht gerade lustig. Kaum was nachzubestellen diese Woche, und wie es aussah, nächste Woche auch nicht, und die Woche darauf auch nicht. Verfluchter Montag, verfluchter!

Der Anblick des gähnend leeren Ladens und die drei Kassiererinnen, die sich an einer Kasse zu einem kleinen Plausch versammelt hatten, gab ihm den Rest. Es gab dann noch den Jungen, der die Regale nachzufüllen hatte, er füllte aber keine Regale nach, weil keine nachzufüllen waren, er saß in einer Ecke und las in einem Comicheft, sein Finger steckte bis zum ersten Knöchel in der Nase. Tucker war so angeekelt, daß er nicht einmal ein Wort des Tadels hervorbrachte. Er warf einen Blick auf das verglaste Büro, es war leer; Paula hatte sich für den Rest des Tages freigenommen. Was nicht schlimm war, inzwischen war ihm sowieso die Lust vergangen.

Behenden Schrittes – er mußte sich dazu zwingen – ging er auf die Kassiererinnen zu. »Bitte, meine Damen, an die Kassen. Bereiten Sie sich auf den abendlichen Ansturm vor.«

Die drei Frauen in den grünen Kittelschürzen schraken zusammen. Und wenn es gut war, dann ist es Mühe und Arbeit gewesen, dachte Tucker. Mein Gott, es war ja gut, daß es in diesem Dorf auch noch häßliche Frauen gab!

»Nur noch zehn Minuten bis zum Ladenschluß, meine Damen. Vielleicht hat sich herumgesprochen, daß die Doppelpackung Kleenex diese Woche drei Pence weniger kostet, wundern Sie sich also nicht über den Massenansturm, der gleich über Sie hereinbricht.«

Die Frauen kicherten, sie kannten den Witz – Tucker setzte von Fall zu Fall ein anderes Produkt ein, heute waren es Kleenex-Tücher. Eine Kassiererin hielt etwas hoch. »Haben Sie den *Courier* schon gelesen, Mr. Tucker?«

Er war vor ihrer Kasse angekommen. »Nein, Mrs. Williams, hab' ich nicht. Sie wissen ja, wieviel ich immer am Hals habe, ich komme nicht zum Zeitunglesen.«

»Wir haben's geschafft, Mr. Tucker«, sagte die zweite Kassiererin. Alle drei kicherten wie Schulmädchen.

»Ich verstehe«, sagte er, »Sie haben gemeinsam den Lottozettel abgegeben, und jetzt wissen Sie nicht, was Sie mit den Millionen anfangen sollen, nun, ich hoffe nur, Sie werden Ihren sicheren Job bei mir nicht aufgeben, nur weil Sie jetzt Millionärinnen sind.«

»Es ist etwas anderes, Mr. Tucker«, sagte die Frau, die er mit Mrs. Williams tituliert hatte. »Es hat mit Banfield zu tun. Unsere Ortschaft ist in aller Munde.«

Er sah sie fragend an. Er ergriff die Zeitung. Er las den Artikel auf der ersten Seite.

»Das ist die Kirche gleich oben an der Straße, Mr. Tucker. Hat man Ihnen noch nichts davon erzählt? Mein kleiner Neffe war dabei, müssen Sie wissen. Ich selbst gehe ja nur noch selten in die Kirche, aber mein ...«

»Das kleine Mädchen kennen Sie, Mr. Tucker. Alice Pagett. Sie kommt jede Woche mit ihrer Mutter zum Einkaufen. Sie ist taubstumm.«

»Sie war taubstumm, Mr. Tucker. *Angeblich* kann sie wieder sprechen und hören. Die Leute sagen, es ist ein Wunder...«

Er ließ die Frauen stehen. Er hielt die Zeitung aufgeschlagen und ging zwischen den Regalen entlang. Er überflog den Artikel. Es war ein flott geschriebener Bericht, allerdings war der Reporter etwas über das Ziel hinausgeschossen. Immerhin, dort stand, der Reporter war dabeigewesen, als es geschah, er war Augenzeuge. Die Schlagzeile lautete MÄDCHEN IN BANFIELD DURCH EIN WUNDER GEHEILT. Die Unterzeile bestand aus einer Frage: ›Hatte Alice Pagett eine Vision der Heiligen Jungfrau?‹

Tucker ging die drei Stufen zu seinem Büro hoch. Er trat ein und schloß die Tür hinter sich. Er brütete noch über dem Artikel, als die drei Kassiererinnen und der Nachschubstapler Feierabend machten.

Schließlich zog er die Schreibtischlade auf, nahm eine Zigarre aus der Schachtel, zündete sie an und sah gedankenvoll den Rauchkringeln nach. Er überflog ein weiteres Mal jenen Passus des Berichtes, wo das angebliche ›Wunder‹ mit den wunderbaren Heilungen von Lourdes verglichen wurde. Tucker war nicht katholisch, aber er wußte Bescheid über Lourdes. Seine Augen leuchteten. Zum ersten Male an jenem Tag verspürte er ungetrübte Freude, es war ein Laserstrahl, der sich durch den Nebel bohrte.

Er griff nach dem Telefonhörer.

Montagabend

Der Priester stieg aus seinem Renault aus. Er ging zu dem weißen Schwingtor zurück und schloß die Flügel. Der Kies knirschte unter seinen Schuhen. Der Wind trieb ihm den Regen ins Gesicht. Der Priester stieg wieder in den Wagen. Er fuhr auf das Pfarrhaus zu, aber sein Blick war auf die Kirche zu seiner Rechten gerichtet. Die Auffahrt zum Pfarrhaus verlief parallel zu der kleinen Allee, die von der Straße zum Portal der Kirche führte, dazwischen erstreckte sich ein schmaler, mit Buschwerk und Gras bewachsener Streifen. Es schien angemessen, daß es zwei Wege gab, einmal den Weg, der zu Gott führte, zum anderen den Weg, der zu SEINEM Diener führte. Pater Hagan hatte oft darüber nachgedacht, ob an seinem Tor nicht ein Schild ›Hier nur für Lieferanten‹ befestigt werden mußte.

Er stoppte und zog den Zündschlüssel ab. Die Kirche war höchstens hundert Schritte entfernt, bei dem trüben Wetter sahen die Mauern so düster, so richtig düster aus. Die Kirche war in der Zeitung abgebildet, die auf dem Beifahrersitz lag. Die Wiedergabe war schlecht, zu den Seiten hin waren die Umrisse verwaschen, es handelte sich um einen Schnappschuß, der stark vergrößert worden war, als wollte das Blatt das Ungeschick des Reporters mit allen Mitteln unterstreichen. Unter dem Foto der Kirche war ein Foto des kleinen Mädchens, wie es im Gras kniete.

Pater Hagan löste den Blick von der Kirche. Er ließ die Augen zu der Zeitung wandern. Er brauchte den Artikel nicht noch einmal zu lesen, der Inhalt hatte sich in seine Erinnerung eingegraben. Was in dem Artikel stand, war falsch, so kalt und objektiv es sich auch las. Der Reporter hatte die Tatsachen verdreht; und doch hatte er, das mußte Pater Hagan zugeben, Punkt für Punkt berichtet, was sich gestern zugetragen hatte. Der Bericht gipfelte in drei Fragen: Hatte das Mädchen wirklich eine Vision gehabt? Waren die Kirchgänger Zeugen eines Wunders geworden? War Alice Pagett wirklich von ihrer Behinderung geheilt?

Der Priester lächelte. Die Antwort auf die letzte Frage war klar: Alice war nicht mehr taubstumm.

Hagan kam gerade vom *Sussex Hospital* in Brighton, wo das Mädchen verschiedenen Tests unterzogen wurde. Die Tatsache, daß sie plötzlich sprechen und hören konnte, hatte sie von einem interessanten Fall zu einem sehr interessanten Fall gemacht. Vor Jahren hatten die Spezialisten, nachdem sie keine physischen Ursachen für die Behinderung feststellen konnten, den Eltern mitgeteilt, daß sie die Sache als psychosomatisch bedingte Behinderung einstuften – der Geist des Mädchens sagte dem Körper des Mädchens, du kannst nicht hören, du kannst nicht sprechen, und folglich konnte Alice Pagett nicht hören und nicht sprechen. Gestern nun hatte der Geist seinen Befehl widerrufen, und deshalb konnte Alice Pagett jetzt hören und sprechen. Für die Ärzte hatte also kein Wunder stattgefunden, das Mädchen hatte sich nur eines anderen besonnen. Wenn man trotzdem von einem ›Wunder‹ sprechen wollte – ein zynisches Lächeln spielte um die Lippen der Ärzte, als sie den Ausdruck Alices Eltern gegenüber ins Gespräch brachten –, dann stellte sich die Frage so: Was hatte den Geist des Mädchens veranlaßt, die einst verhängte Blockade aufzuheben? So flapsig die Ausdrucksweise der Mediziner war, Pater Hagan stimmte in diesem Punkt mit ihnen überein.

In dem Zeitungsartikel wurde Alice Pagett mit Bernadette Soubirous verglichen, mit jener jungen Französin, die im Jahre 1858, den eigenen Bekundungen zufolge, eine Reihe von Visionen der Heiligen Jungfrau erlebte. Die Grotte, wo die angeblichen Visionen sich ereignet hatten, war zu einer heiligen Stätte geworden, jedes Jahr kamen vier bis fünf Millionen Pilger, um das Heiligtum zu besuchen. Es gab viele, die nach Lourdes wallfahrteten, um von Krankheiten und Behinderungen geheilt zu werden; andere reisten dorthin, um ihren Glauben zu stärken oder um der Heiligen Jungfrau Ehre zu erweisen. In den Berichten war von fünftausend Heilungen die Rede, aber von diesen fünftausend Fällen waren nach den peniblen Recherchen der katholischen Kirche nur vierundsechzig übriggeblieben, die offiziell als Wunderheilugen bezeichnet wurden. Es gab ein anderes Wunder, das sich Tag für Tag in Lourdes ereignete. So mancher Pilger, nicht nur die Kranken, verspürte in sich eine Erneuerung des Glaubens, wer aus Lourdes zurückkehrte, war bereit, sich in das Unabänderliche zu fügen, war stark genug, die eigene Behinderung oder das Leiden eines geliebten Angehörigen als gottgegeben hinzunehmen. Das war das wahre Wunder von Lourdes. Kein greifbares Wunder, weil es sich um einen Vorgang handelte, der sich im geistigen Bereich abspielte. Kein Wunder, das man auf einem Krankenblatt vermerken konnte.

Alice Pagett hatte etwas erlebt, was ihre behinderten Sinne veranlaßt hatte, wieder normal zu funktionieren. Für Pater Hagan stellte sich die Frage, ob dieses Erlebnis sich aus den Kräften des Mädchens gespeist hatte, oder ob der Anstoß von Gott kam; niemand war mißtrauischer als die Kirche selbst, wenn es sich um die Beurteilung sogenannter ›Wunder‹ handelte.

Er faltete die Zeitung zusammen, steckte sie in die Armbeuge und stieg aus dem Wagen aus. Innerhalb weniger Minuten war der Abendhimmel sehr dunkel geworden, als sei die Nacht begierig, ihr Terrain abzustecken; oder hatte er vielleicht länger im Wagen gesessen, als er dachte? Bald würde der Küster kommen, um die Lichter für die abendliche Messe anzuzünden, der Priester freute sich, daß er Gesellschaft haben würde. Er schloß das Pfarrhaus auf und ging schnurstracks in die Küche. Wäre er Trinker gewesen – und er kannte viele Priester, die tranken –, dann hätte er jetzt ein großes Glas Scotch zu sich genommen. Da er kein Trinker war, würde er sich eine Tasse Tee zubereiten.

Er knipste das Licht in der Küche an, füllte den Kessel mit Wasser, und dann stand er vor dem Herd und starrte auf die blauen

Flämmchen, die unter dem Kessel hervorstachen, nur im Unterbewußtsein kam ihm der Gedanke, daß das Wasser sich langsamer erhitzen würde, wenn er den Vorgang beobachtete. Sein Bewußtsein war mit etwas anderem beschäftigt, mit Alice.

Die Mutter des Mädchens war überwältigt von der Heilung ihrer Tochter, der Vater konnte immer noch nicht glauben, was nicht zu übersehen war. Nicht nur, daß Alice perfekt sprechen und hören konnte, sie strahlte etwas aus, was mit der Freude über die eigene Heilung nicht erklärt war.

Pater Hagan fand, es war notwendig, daß er mit dem Mädchen in aller Abgeschiedenheit sprach, er wollte sie wegen der Vision befragen, dies mußte jemand tun, zu dem das Mädchen Vertrauen hatte, nur so war sichergestellt, daß sie nichts dazudichtete. Aber eine Befragung, wie der Pater sich das vorstellte, war an jenem Tag nicht möglich gewesen. Der Arzt hatte die Tochter mitsamt ihren Eltern am Sonntagnachmittag in die Klinik geschickt. Er war über die plötzliche Heilung seiner Patientin so erstaunt gewesen, daß er auf einer sofortigen Untersuchung durch die Spezialisten bestanden hatte. Die Ärzte im Krankenhaus hatten das Mädchen über Nacht dabehalten. Zur Beobachtung. Am Montag würde eine Reihe von Tests durchgeführt werden.

Für jemanden, dem das Geschenk der Sprache zurückgegeben worden ist, sagte Alice nicht viel. Als die Ärzte sie nach der weißen Frau fragten, von der sie berichtet hatte, wiederholte Alice, was sie schon dem Priester gesagt hatte.

– Die weiße Frau hat gesagt, sie ist die Unbefleckte Empfängnis. (Alice sprach die beiden Worte jetzt ohne Stottern aus.)

– Wie sah die Frau aus? –

– Weiß, strahlend weiß. Wie die Statue in der Kirche, nur daß sie von innen leuchtete... Da war so ein Funkeln... –

– Du meinst, die weiße Frau schimmerte. –

– Schimmern? –

– Wie die Sonne schimmert, wenn es ein verhangener Tag ist. –

– Ja, ganz recht. Sie schimmerte... –

– Was hat die Frau sonst noch zu dir gesagt, Alice? –

– Sie hat gesagt, ich soll wiederkommen. –

– Hat sie gesagt, warum du wiederkommen sollst? –

– Eine Botschaft. Sie hat mir eine Botschaft zu überbringen. –

– Eine Botschaft, die an dich gerichtet ist? –

– Nein. Die Botschaft ist an alle Menschen gerichtet. –

– Wann sollst du denn wieder zu ihr gehen? –

– Das weiß ich nicht. –
– Sie hat dir nicht gesagt, wann du wiederkommen sollst? –
– Ich werde es erfahren, wenn es soweit ist. –
– Wie? –
– Ich werde es erfahren. –
– Warum hat sie dich geheilt? –
– Mich geheilt? –
– Ja. Du konntest vorher weder sprechen noch hören. Weißt du das nicht mehr? –
– Natürlich weiß ich das. –
– Warum hat sie dich geheilt? –
– Einfach so. –
Es gab eine Pause in der Befragung. Die Ärzte dachten nach. Die Gefühle für Alice waren freundlich. Das ärztliche Personal mochte Alice. Mehr als das, die Ärzte waren angesteckt von der friedlichen Heiterkeit, die von dem Mädchen ausging. Es war ein Psychologe, ein Arzt, der mit der Vorgeschichte von Alices Erkrankung vertraut war, der das Schweigen brach.
– Magst du die weiße Frau gern, Alice? –
– Oh, ja, ja. Ich liebe die weiße Frau. –
Alice weinte.
Und Pater Hagan hatte das Krankenhaus verlassen, verwirrt, unbeeindruckt von der freudigen Erregung, die sich den Ärzten mitzuteilen schien. Inzwischen war die Geschichte allgemein bekannt geworden. Trotzdem erschrak der Pater, als er die Balkenüberschrift auf der ersten Seite des *Courier* erblickte. Nicht nur, daß die Scheinwerfer der Öffentlichkeit sich jetzt auf seine Kirche, auf seine Kirchgemeinde richten würden, störte ihn. Es war auch nicht wegen der Reporter und Neugierigen, die das Mädchen heimsuchen würden, die Belästigung war ein kleiner Preis, wenn man die Tatsache der Heilung in die andere Waagschale legte. Es war der in dem Zeitungsbericht angestellte Vergleich mit den Wunderheilungen von Lourdes, der Pater Hagan beunruhigte. Er verabscheute den Wirbel, den das machen würde. Und da war noch etwas. Das Vorgefühl nahenden Unheils. Er hatte Angst und hätte doch nicht sagen können, warum.
Der Kessel dampfte, als er die Küche verließ. Er betrat den Flur. Er würde telefonieren.

Montag, am späten Abend.
»Wie war das Lamm, Mr. Fenn?«

Fenn hob sein Glas und prostete dem Inhaber des Restaurants zu. »*Carré d'agneau at its best*, Bernard.«

Bernard strahlte.

»Und Ihres, Madame?«

Sue kaute an ihren Crêpes Suzette herum. Sie nickte. Bernard verneigte sich. »Zum Kaffee ein Glas Brandy, Mr. Fenn?«

Bei den anderen Gästen sah Bernard darauf, daß genügend Zeit zwischen den einzelnen Gängen verstrich. Bei Gerry Fenn war das anders. Der konnte sich erst so richtig entspannen, wenn die Speisenfolge abgespult war und ein großes Glas Brandy vor ihm stand.

»Armagnac, Sue?« fragte der Reporter.

»Danke, nein.«

»Sei doch nicht so. Wir haben etwas zu feiern, hast du das vergessen?«

»Okay. Aber keinen Armagnac, sondern einen Drambuie.«

»Sehr wohl«, sagte Bernard. Er war ein Mann von angenehmer Erscheinung, ein Wirt, der sich um das Wohl der Gäste sorgte. »Darf ich fragen, was Sie feiern?«

Fenn nickte. »Haben Sie die Abendausgabe gelesen?«

Der Inhaber des Restaurants wußte, daß Fenn sich auf den *Courier* bezog, der Reporter hatte vor ein paar Jahren, als er, Bernard, und sein Partner (der zugleich als *Chef de cuisine* fungierte) das Restaurant *The French Connection* eröffneten, einen kleinen Bericht über die Eröffnung geschrieben. Der Bericht hatte dem Restaurant einen guten Start ermöglicht, eine nicht zu unterschätzende Hilfe, nachdem es in Brighton jede Menge Restaurants und Pubs gab, die um die Gunst der Gäste wetteiferten. In der Folge war der Reporter zum bevorzugten Gast des Hauses geworden. »Ich habe noch keine Gelegenheit gehabt, in die Zeitung zu schauen«, entschuldigte sich Bernard.

»Was?« sagte Fenn theatralisch. »Sie haben meinen großen Knüller noch nicht gelesen? Schämen Sie sich, Bernard.«

»Ich werde mir den Artikel heute abend zu Gemüte führen«, versprach der Gerügte. Er ging die Stufen zum Erdgeschoß hinauf, wo sich die Bar befand. Wie an der Schnur gezogen erschien ein Kellner, der die leeren Teller abräumte.

Das Restaurant erstreckte sich über drei Etagen. Das Haus war wie ein Sandwich zwischen einem Bilderrahmengeschäft und einem Pub geklemmt. Fenn fand, es war das beste Restaurant im Ort. Er ging nur zu besonderen Anlässen hier essen.

»Du bist ganz schön stolz auf die Sache, wie?« sagte Sue. Sie folgte mit der Fingerspitze der Rundung des Glases.

»Richtig«, sagte er und grinste. Das Grinsen verschwand, als er ihre düstere Miene bemerkte. »He, Sue, das ist 'ne gute Story.«

»Es ist eine gute Story, das stimmt. Du hast nur ein bißchen dick aufgetragen.«

»Ein bißchen dick aufgetragen? Verdammt noch mal, ich habe nur beschrieben, was passiert ist!«

»Ich weiß, ich weiß. Ich mache dir doch keinen Vorwurf. Es ist nur, nun ja, ich könnte mir vorstellen, daß die ganze Sache aufgebauscht wird.«

»Was hast Du denn anders erwartet? Ich meine, die Vorgänge auf dem Feld waren doch ungeheuerlich. Ein taubstummes Mädchen erlangt die Sprache wieder und kann wieder hören. Sie berichtet, daß sie die Jungfrau Maria gesehen hat. Auch die anderen Kinder, mit denen ich sprach, berichten von Visionen. Ich konnte nicht mit allen sprechen, die Eltern hatten die meisten Kinder schon weggebracht.«

»Ich war dabei, hast du das vergssen?«

»Hab' ich nicht. Du hast übrigens nicht sehr klug aus der Wäsche geschaut.«

Sue spielte mit ihrer Serviette. »Ich hatte ganz merkwürdige Gefühle, Gerry. Es war – wie ein Traum, würde ich sagen. Ich war wie hypnotisiert.«

»Massenhysterie. Hast Du nicht bemerkt, daß gestern so etwas wie Hysterie umging? Die Kinder wurden von dem Mädchen angesteckt. Erinnerst du dich an das *Marching Bands Festival* in Mansfield? Damals sind dreihundert Kinder auf freiem Feld ohnmächtig geworden; es hat eine hochnotpeinliche Untersuchung gegeben, und die Behörden sind zu dem Schluß gekommen, daß es sich um Massenhysterie handelte.«

»Aber zwei der Ärzte, die an der Untersuchung teilnahmen, sind zu einem ganz anderen Schluß gekommen«, sagte Sue. »Sie sagten, die Kinder waren Opfer einer Vergiftung. Auf dem Feld sind Spuren von Gift gefunden worden.«

»In einer Konzentration, die den Einwand sehr unwahrscheinlich macht. Aber gut, betrachten wir den Fall *Marching Bands Festival* als ungelöstes Rätsel. Es gibt genügend andere Fälle von Massenhysterie, mit denen sich nachweisen läßt, daß es so etwas gibt.«

Sie nickte. »Du meinst also, das Ganze ist mit Massenhysterie zu erklären.«

»Wahrscheinlich, ja.«

»In deinem Bericht kommt das nicht klar raus.«

»Es ergibt sich aus dem Zusammenhang. Weißt du, die Leute lesen heute gern etwas über paranormale Erscheinungen. Niemand will mehr etwas von Krieg, von Politik oder von der Wirtschaftskrise wissen. Die Menschen interessieren sich für Dinge, die über den Alltag hinausreichen.«

»Und die Auflage steigert's auch.«

Fenn wollte ihr eine scharfe Antwort geben, als Bernard erschien.

»Einen Armagnac für Monsieur, einen Drambuie für Madame.« Bernards Lächeln schmolz. Er hatte etwas von der eisigen Stimmung mitbekommen, die sich zwischen die beiden gelegt hatte.

»Danke, Bernard«, sagte Fenn, ohne Sue aus den Augen zu lassen.

Bernard war schon zum nächsten Tisch unterwegs.

»Sei mir nicht böse, Gery«, sagte Sue, bevor Fenn auf ihre vorherige Bemerkung antworten konnte. »Ich wollte keinen Streit vom Zaun brechen.«

Fenn war besänftigt. Er tastete nach ihrer Hand. »Sag mir trotzdem, was du über die Sache denkst.«

Sie zuckte die Achseln, ohne ihm die Hand zu entziehen. »Mir tut's weh, wenn das Ganze so heruntergemacht wird. Auf dem Feld gestern hat sich etwas Außergewöhnliches ereignet. Ob es ein Wunder war oder nicht, spielt keine Rolle; es war etwas Gutes. Hast du das nicht gespürt? Hast du nicht gespürt, wie eine friedliche Wärme über dich dahinstrich?«

»Machst du Scherze?«

Ihre Augen blitzten. »Ich mache *keine* Scherze!«

Fenn hielt ihre Hand umklammert. »Sei mir nicht böse, Sue, aber ich war zu beschäftigt, um irgend etwas zu spüren. Mir ist nur aufgefallen, daß jene Erwachsenen, die sich nicht um Kinder zu kümmern hatten, in einer Art Hochstimmung waren. Sie standen da und lächelten, ich habe zunächst gedacht, die amüsieren sich, weil die Kinder die Messe schwänzen. Aber es muß wohl einen anderen Grund gehabt haben. Sie haben nicht gelacht, sie haben auch keine Witze gemacht. Sie haben nur gelächelt.«

»Auch Massenhysterie?«

»Ausgeschlossen wär's nicht.«

»Hältst du es nicht für möglich, daß Alice eine Erscheinung gehabt hat?«

»Eine Erscheinung?« Fenn wußte mit dem Wort nichts Rechtes anzufangen. Er nahm einen Schluck aus seinem Glas. »Ich bin nicht katholisch, Sue. Ich verstehe überhaupt nicht viel von Religion, um die Wahrheit zu sagen. Ich bin nicht mal sicher, daß es einen Gott gibt. Wenn es einen gibt, dann sendet er auf einem Kanal, den ich nicht empfangen kann. Und jetzt sag' mir bitte, erwartest du wirklich von mir, ich soll dir glauben, das kleine Mädchen hat die Muttergottes gesehen?«

»Die Mutter Christi.«

»Das ist für die Katholiken wohl das gleiche, oder?«

Sue ließ den Einwand unbeantwortet. »Wie erklärst du dir die Wortwahl des Kindes?« fragte sie. »Die Unbefleckte Empfängnis. Es gibt nur wenige Kinder, die den Begriff überhaupt kennen, und außerdem ist sie viele Jahre lang taubstumm gewesen.«

»Sie hätte normalerweise nach all den Jahren überhaupt kein verständliches Wort hervorbringen dürfen, aber das ist ein anderes Problem. Was die Unbefleckte Empfängnis angeht, sie könnte den Begriff aus einem Gebetbuch herausgesucht haben.«

»Da sind noch die Zeichnungen. In deinem Artikel schreibst du, Alice hat nach der ersten Vision eine Reihe von Zeichnungen von der Heiligen Jungfrau angefertigt.«

»Das hat mir die Mutter erzählt, jawohl. Mehr konnte sie mir nicht sagen, dann kam der Priester dazwischen. Aber die Zeichnungen beweisen nichts, Sue, sie beweisen höchstens, daß sie von dem Gedanken besessen war, immer wieder die Heilige Jungfrau malen zu müssen. Die Idee könnte sie tatsächlich aus einem Buch haben, aus irgendeiner religiösen Schrift. Außerdem gibt's in der Kirche eine Statue der Jungfrau Maria.« Er machte eine Pause, um seinen Cognac auszutrinken. Der Kellner kam und goß ihnen Kaffee ein.

Als sie wieder unter sich waren, sagte Fenn: »Die Sache liegt folgendermaßen, Alice hatte eine Vision, für sie war das Wirklichkeit, aber für die anderen Menschen ist es keine Wirklichkeit. Meine persönliche Meinung ist, das Mädchen ist ein Fall für den Psychiater.«

»Aber Gerry...«

»Jetzt hör mir doch erst einmal zu! Wenn sie sich nach vielen Jahren des Schweigens so klar ausdrücken konnte, dann heißt das, sie hat die ganzen Jahre über hören können.«

»Oder sie hat sich an die Worte erinnert.«

»Verdammt noch mal, sie war doch erst vier Jahre alt, als sie taubstumm wurde. Es ist unmöglich, daß sie die Worte aus jener Zeit erinnert.«

Die Leute an den Nachbartischen sahen zu Fenn und Sue herüber. Er mäßigte seine Stimme. »Schau mal, Sue, ich möchte deine religiösen Überzeugungen nicht erschüttern, aber weißt du, wie viele Menschen jedes Jahr behaupten, sie haben Gott, einen Engel, einen Heiligen oder die Jungfrau Maria höchstpersönlich gesehen?«

Sie schüttelte den Kopf.

»Die genaue Zahl kann ich dir auch nicht nennen.« Er grinste. »Aber es dürfte sich etwa die Waage halten mit den Typen, die von UFOs berichten. Und dann gibt's noch jede Menge Mörder, die ihre Tat begingen, weil sie angeblich Gottes Befehl ausführten. Es handelt sich dabei um ein wohlbekanntes Phänomen.«

»Warum machst du dann in deinem Bericht was anderes daraus?«

Er war rot geworden. »Das ist Journalismus, Baby.«

»Wie du das sagst, das macht mich krank.«

»Du arbeitest schließlich auch für die Medien.«

»So ist es, und manchmal schäme ich mich deswegen. Ich möchte jetzt gehen.«

»Komm, Sue, jetzt übertreibst du es aber.«

»Ich meine es ernst, Gerry. Ich möchte jetzt gehen.«

»Was ist in dich gefahren? Inzwischen tut's mir leid, daß ich dich in die Kirche geschleppt habe. Konnte nicht wissen, daß du da zu einer Heiligen werden würdest.«

Sie sah ihn feindselig an, und er dachte schon, sie würde ihm ihr Glas ins Gesicht werfen, als sie aufstand. »Du brauchst mich nicht nach Hause zu bringen, ich finde allein heim.«

»He, Sue, jetzt mach' aber einen Punkt, ich dachte, du übernachtest bei mir.«

»Ich hör' wohl nicht richtig.«

Fenn sah sie kopfschüttelnd an. »Ich kann's nicht glauben. Was ist in dich gefahren?«

»Vielleicht sehe ich dich heute zum ersten Male so, wie du wirklich bist.«

»Das ist doch lächerlich.«

»Tut mir leid, ich sage nur, was ich fühle.«

»Ich gehe und hole die Rechnung«, sagte Fenn. Er leerte sein Glas und stand auf.

»Ich möchte allein nach Hause gehen.« Sie drängte sich an ihm vorbei und stapfte die Treppe hoch.

Fenn war so verdattert, daß er kein Wort herausbekam. Er ergriff das Glas mit Drambuie (Sue hatte keinen Schluck davon getrunken), prostete den fremden Gästen, die von dem Schauspiel sehr fasziniert schienen, mit großer Geste zu und leerte es.

Auf der Treppe des Restaurants waren Schritte zu hören. Fenn wandte sich um, in der Hoffnung, Sue habe sich eines besseren besonnen und sei zurückgekehrt.

»Alles in Ordnung, Mr. Fenn?« fragte Bernard.

»Könnte gar nicht besser sein.«

Montagnacht

Keuchend stapfte er die steile Straße hinauf. Wie wechselhaft, wie wankelmütig doch die Frauen waren. Das ›Festessen‹ mit Sue hatte recht nett angefangen, aber als er dann auf die Sache mit Alice Pagett zu sprechen kam, war seine Freundin von Minute zu Minute schweigsamer geworden. Sie war von veränderlichem Temperament, mal gab sie sich launisch, im nächsten Augenblick ausgeglichen oder gleichgültig. Die Kunst bestand darin, den Wechsel vorauszuahnen (Fenn bemühte sich ehrlich in dieser Richtung) und rechtzeitig auf ihre Stimmung einzuschwenken. Heute abend allerdings hatte sein Einfühlungsvermögen versagt. Er war nicht gefaßt gewesen auf ihre Attacke, und der Zusammenstoß hatte ihn ratlos zurückgelassen.

Warum zum Teufel tat sie so beleidigt? Hatten ihre religiösen Ideale bei dem Besuch des Gottesdienstes an jenem Morgen eine wundersame Auferstehung erfahren? Wieso eigentlich? Sie pflegte mit Ben die Christmesse zu besuchen, ohne jeweils eine weltanschauliche Wandlung durchzumachen. Warum jetzt? Die Ursache waren wohl die Kinder; es mißfiel Sue, daß die Gefühle der Kinder auf dem Feld vermarktet wurden. Vielleicht hatte sie sogar recht.

Andererseits, er war Reporter. Herrgott noch mal, die Sache war ein Knüller. Die überregionalen Blätter hatten bereits ihr Interesse bekundet. Keine Frage, die Story mit Alice Pagett war seine Eintrittskarte für die Fleet Street.

Aufatmend blieb er vor dem zweistöckigen Haus im Regency-Stil stehen, die Wände des Hauses waren mit flockigem Weiß bemalt, Fenster und Türen waren schwarz.

Fenn schob den Schlüssel ins Türschloß. Seine Hand zitterte, aber das lag weniger an den paar Drinks, die er in dem Pub neben dem Restaurant *The French Connection* zu sich genommen hatte, als an der aufgestauten Verärgerung. Er trat ein und schloß die Haustür hinter sich. Er ging die Treppe hinauf, seine Wohnung lag im ersten Stock des Hauses. Er hoffte, daß Sue ihn oben erwartete, und zugleich war er davon überzeugt, daß sie nicht da sein würde.

Das Telefon begann zu läuten, und Fenn beschleunigte seine Schritte.

8

Willst du, magst du, willst du, magst du,
Sagst du mir das Tänzchen zu?
Willst du, magst du, willst du, magst du,
Sagst du mir das Tänzchen zu?
Lewis Carroll: Alice im Wunderland

Die Größe des Crown Hotels entsprach der Ortschaft: Es war klein und intim, die Art von Hotel, wie Liebespaare sie fürs Wochenende bevorzugen. Eine Schrifttafel in der Rezeption machte Fenn mit der Tatsache bekannt, daß es sich um ein Gasthaus aus dem sechzehnten Jahrhundert handelte. Im Jahre 1953 war das Haus renoviert worden, ein paar Schlafzimmer waren dazugekommen. Der Speisesaal mit Balkendecke (Eiche) faßte ohne Schwierigkeiten fünfzig Personen, und die sechzehn Zimmer des Hotels waren gut ausgestattet, einige Zimmer hatten ein richtiges Bad, alle hatten Fernseher und Radio. Auf der Tafel in der Rezeption stand weiter zu lesen, das Management sei sicher, daß der Gast das gute Essen und den freundlichen Service des Hauses genießen werde, das Management hieß den Gast recht herzlich im Crown Hotel willkommen. Danke, dachte Fenn, aber so lange habe ich gar nicht vor zu bleiben.

Die Bar zu seiner Linken war geöffnet, aber Fenn entschied, 10.35 Uhr war ein bißchen zu früh für ein Bier. Der Duft des Morgenkaffees schwang durch die Hotelhalle, und es gab das für solche Fälle vorgesehene ältere Ehepaar, das von der Straße hereingeschlendert kam und in der Bar verschwand, der Kaffeeduft war für Senioren wie lockender Sirenengesang.

»Mr. Fenn?«

Fenn wandte sich um und erblickte einen grauhaarigen Mann mit jugendlichen Gesichtszügen, der Mann lächelte.

»Mr. Southworth?«

»Ganz recht.« Der grauhaarige Mann deutete auf den Flur, es war eine Einladung an den Reporter, ihm dorthin zu folgen. Fenn bedachte das hübsche Mädchen hinter der Rezeptionstheke mit einem anerkennenden Nicken, sie war es, die den Manager des Hotels für ihn gerufen hatte, und Fenn beschied sich mit einem Nikken, weil ihm ein Augenzwinkern in Gegenwart des Hotelmanagers zu vertraulich schien.

»Sehr nett von Ihnen, daß Sie gekommen sind, Mr. Fenn.« Southworth schüttelte Fenn die Hand, bevor sie den abgeteilten Raum betraten, wo sie von einem anderen Mann erwartet wurden. Der Mann stand auf und gab Fenn die Hand, der begrüßte ihn und widerstand der Versuchung, die feuchtgewordenen Finger am Hosenbein abzustreifen.

Der Hotelmanager schloß die Tür. Er nahm hinter seinem mit Leder bezogenen Schreibtisch Platz. Er trug einen schwarzen Anzug mit hellgrauer Weste und grauer Seidenkrawatte; aus der Nähe betrachtet sah sein Gesicht nicht mehr so jugendlich aus, es gab ein paar verräterische Falten an den Augen und in den Mundwinkeln. Fenn und der andere Mann setzten sich in die Sessel, die dem Schreibtisch gegenüber standen.

»Darf ich vorstellen: Mr. Tucker«, sagte Southworth.

Mr. Tucker verbeugte sich, und Fenn dachte schon, oh, Gott, hoffentlich muß ich ihm nicht noch mal das Schwitzhändchen schütteln; aber der Mann mit dem Bäuchlein nickte ihm nur zu, sein Lächeln paßte nicht so recht zu dem stechenden Blick, mit dem er Fenn musterte.

Southworth fuhr mit der Vorstellung fort: »Mr. Tucker wohnt jetzt seit... Wieviel Jahre wohnst du schon in Banfield, Rodney, zehn?«

»Elf«, verbesserte ihn Tucker.

»Richtig, elf Jahre schon. Mr. Tucker ist ein geschätztes Mitglied der Bürgerschaft, wenn ich das so sagen darf.«

Tucker tat geschmeichelt, unverdientes Lob, und Fenn litt still vor sich hin unter dem Anblick des einschmeichelnden Lächelns auf den fleischigen Lippen. Er ließ den Blick über die schwere Goldkette am Handgelenk des Mannes wandern, über die Ringe (einer davon mit einer alten Goldmünze), über die Wurstfinger. Im stillen fragte er sich, wieviel der Schmuck wog und wieviel sich als Gesamtgewicht ergab, wenn man davon ausging, daß Mr. Tucker sowieso schon Übergewicht hatte.

»Sie sind zu liebenswürdig, George.« Tucker sprach mit dem Akzent der Leute aus dem Norden. Er wandte sich zu dem Reporter. »Ich bin der Besitzer des örtlichen Supermarktes.«

»Wie schön«, sagte Fenn.

Tucker sah ihn prüfend an, er wußte nicht recht, wie er die Bemerkung einordnen sollte. Er kam zu dem Schluß, daß der Reporter meinte, was er sagte. »Ich habe Ihren Bericht in der gestrigen Spätausgabe des *Courier* gelesen, Mr. Fenn. Ich muß sagen, erstklassiger Journalismus!«

»Der Artikel ist wohl auch der Grund, warum Sie beide mich zu diesem Gespräch eingeladen haben.«

»So ist es«, sagte Southworth. »Die Sache war Sonntagabend zwar im ganzen Ort herum, aber durch Ihren Artikel ist es dann in der ganzen Gegend bekanntgeworden. Und dafür danken wir Ihnen.«

»Vielleicht sind Sie da zu voreilig.«

»Ich verstehe Sie nicht ganz.«

»Der Ort wird in den nächsten Wochen von unwillkommenen Besuchern überflutet werden, nachdem die überregionalen Zeitungen den Bericht übernommen haben.«

Fenn fiel auf, daß die beiden Männer einen Blick wechselten.

»Leider wird der Besucherstrom nur ein paar Wochen anhalten, nicht ein paar Monate« sagte der Hotelmanager.

»Leider?«

Southworth nahm den Füllfederhalter auf, der auf der Schreibtischplatte lag. Er musterte den Reporter mit einem kühlen, abwägenden Blick. »Ich will ganz offen mit Ihnen sein, Mr. Fenn. Ich hatte von der Sache gehört, die sich in der Nähe der St. Joseph's Kirche zugetragen hat, aber ich muß gestehen, ich habe nicht recht dran geglaubt. Erst als Mr. Tucker mich gestern abend anrief, habe ich mir die Mühe gemacht, Ihren Bericht über die Vorkommnisse zu lesen, und der hat mich nachdenklich gestimmt. Bei dem nachfolgenden Treffen mit Mr. Tucker bin ich dann zu der Überzeugung gekommen, dies ist eine Angelegenheit, die sich zu größeren Proportionen entwickeln wird.«

»Ich gebe der Sache ein paar Wochen, dann ist alles vergessen. Die Leute sind sehr launisch, sie wollen, daß ständig was Neues passiert.«

»Das ist genau der Punkt.«

Fenn sah ihn erstaunt an.

Southworth hatte sich vorgebeugt, seine Ellbogen ruhten auf der Schreibtischplatte, er hielt den Füllfederhalter wie eine Brücke, die den Abgrund zwischen seinen Zeigefingern überspannte. Er sprach langsam und gemessen, wie jemand, der Wert darauf legt, daß seine Worte richtig verstanden werden. »Wir leben in einer Rezession, das brauche ich Ihnen ja nicht zu sagen. Die wirtschaftlichen Probleme sind nicht länger auf einzelne Länder begrenzt; weltweit macht sich Sorge breit. Aber die Leidtragenden der Krise sind nicht Kontinente oder Länder, es sind die Individuen, Mr. Fenn. Der Mann auf der Straße muß die Rechnung für die Managementfehler in der Weltwirtschaft zahlen.«

Fenn wurde es ungemütlich. »Ich sehe nicht ganz den Zusammenhang...«

»Natürlich nicht, Mr. Fenn. Ich muß mich entschuldigen, ich habe mich nicht klar genug ausgedrückt. Wir sind hier in einer Kleinstadt, genauer gesagt, in einem Dorf. Und in einem kleinen Land wie England sind es die Dörfer und die Kleinstädte, die die wirtschaftlichen Irrtümer der Regierung auszubaden haben. Es gibt keine Subventionen für die örtliche Industrie oder für den Einzelhandel, weil die Verluste, die hier zu beklagen sind, neben den Riesensummen, die die verstaatlichten Industriezweige verschlingen, unbedeutend erscheinen. Die Geschäftswelt in Banfield ist am Ende, Mr. Fenn. Banfield stirbt.«

»So schlimm kann's wohl nicht sein.«

»Vielleicht bin ich in meiner Formulierung zu kraß, das mag sein. Aber was ich sage, wird innerhalb weniger Jahre eintreten, es sei denn, wir gebieten dem Niedergang Einhalt.«

»Ich sehe immer noch nicht, was das mit den Ereignissen am vergangenen Sonntag zu tun hat.« Aber Fenn hatte längst verstanden, ihm dämmerte, worauf sein Gesprächspartner hinauswollte.

Tucker sog die Luft ein. Es sah aus, als ob er etwas sagen wollte. Southworth kam ihm zuvor, als fürchtete er, daß der andere die ganze Wahrheit preisgeben könnte.

»Sie kennen Banfield gut genug, um sich eine eigene Meinung zu bilden, Mr. Fenn.«

»Leider nein«, widersprach Fenn. »Ich bin ein- oder zweimal durch Banfield durchgefahren, aber ich muß zugeben, nachgedacht habe ich über den Ort erst, als die Sache mit Alice Pagett passierte.«

»Und zu welchem Ergebnis sind Sie gekommen?«

»Banfield ist ein netter Ort. Hübscher Ort.«

»Aber farblos.«

»Ja, das muß man sagen. Es gibt viele Ortschaften in Südengland, die sich mehr abheben, die auch historisch interessanter sind.«

»Ortschaften, die touristisch mehr zu bieten haben.«

Fenn nickte.

»Und da liegt das Problem«, sagte der Hotelmanager. »Als Ortschaft rangieren wir unter ferner liefen. Den Sommer über ist das Hotel zum Beispiel gut besucht, aber was machen die Gäste, sie benutzen Banfield nur als Ausgangsbasis für Ausflüge in die ländlichen Gebiete von Sussex, sie besuchen Brighton und die Seebäder an der Südküste. Für Banfield schaut bei dem Ganzen verschwindend wenig heraus. Ich wäre bereit, mehr Geld zu investieren, wenn eine Rendite gewährleistet ist. Ich weiß, Mr. Tucker denkt in diesem Punkt wie ich.«

»Und wir sind nicht die einzigen, Mr. Fenn«, sagte Tucker. »Es gibt viele Geschäftsleute in der Gegend, die investieren würden, wenn sich's lohnt.«

»Ich komme da nicht ganz mit. Von was für Investitionen sprechen Sie?«

»Was mich angeht«, sagte Southworth, »ich würde zum Beispiel gern ein neues Hotel aufmachen. Ein modernes Hotel, das mehr Annehmlichkeiten bietet als das Crown Hotel. Vielleicht noch ein Motel außerhalb, um den Durchgangsverkehr abzuschöpfen.«

»Und ich würde gern ein paar Filialen aufmachen«, begeisterte sich Tucker, »vielleicht auch ein paar preiswerte Restaurants, wo die Eltern, die für einen Tagesausflug nach Banfield kommen, ihre Kinder mit hinnehmen können.«

»Es gibt hier auch viel Land, das auf Erschließung wartet«, sagte Southworth. »Das Dorf könnte wachsen, sich zu einer Stadt entwickeln.«

Und dann würdet ihr beiden noch reicher werden, dachte Fenn. »Nun gut, ich verstehe, wo Ihre Interessen liegen, aber ich sehe immer noch nicht, was ich damit zu schaffen habe. Sie haben gestern abend den Chef vom Dienst im *Courier* angerufen, Mr. Southworth, Sie haben ihm gesagt, Sie verfügen über weitere Informationen, was das Wunder von Banfield angeht. Sie waren es, der den Ausdruck gebrauchte, nicht mein Kollege. Da Sie sich am Telefon nicht weiter äußern wollten, hat er mich gebeten, Ihrer Einladung Folge zu leisten, deshalb bin ich hier. Was gibt es noch für Informationen, die so wichtig wären?«

Wieder tauschten seine beiden Gastgeber einen Blick.

»Wir finden Ihren Bericht über die Ereignisse ganz vorzüglich, Mr. Fenn. Exakte Beschreibung der Details, einfallsreiche Fragestellungen.«

Tucker ließ ein zustimmendes Knurren vernehmen.

Ach ja, dachte Fenn. Ach ja. »Fragestellungen?«

»Ich meine damit den Vergleich, den Sie gezogen haben. Sie haben Banfield mit Lourdes verglichen. Sie haben es als Frage formuliert: Kann Banfield ein zweites Lourdes werden?« Er legte den Füllfederhalter auf den Schreibtisch und strahlte den Reporter an.

»Ich gebe zu, da bin ich vielleicht etwas über das Ziel hinausgeschossen.«

»Ganz und gar nicht, Mr. Fenn. Im Gegenteil, Mr. Tucker und ich sind der Meinung, die Formulierung zeugt von großem Scharfblick.«

Das Licht, das Fenn aufgegangen war, erstrahlte in seiner ganzen Pracht. Es war jetzt sehr klar zu erkennen, wo das Interesse der beiden lag. Unklar war nach wie vor, was er, Fenn, dabei für eine Rolle spielen sollte. »In Lourdes hat es eine Reihe sogenannter Wunder gegeben, Mr. Southworth, in Banfield nur ein einziges. Wirklich, ich bezweifle, ob Banfield als Wallfahrtsstätte qualifiziert ist.«

»Ich finde, schon. Schauen wir uns doch zum Vergleich Walshingham oder Aylesford an, beides sind Orte in England, die jedes Jahr von vielen tausend Pilgern aufgesucht werden. Was Aylesford betrifft, so vermag niemand sicher zu sagen, ob dort die Heilige Jungfrau erschienen ist oder nicht; viele behaupten, die Erscheinung, die Aylesford zugeschrieben wird, fand in Frankreich statt. Spektakuläre Wunder sind weder in Walshingham noch in Aylesford geschehen, trotzdem strömen die Menschen dorthin, für die Öffentlichkeit sind das heilige Stätten geworden. Was nun die Ereignisse vor der St-Joseph's-Kirche angeht, so verfügen wir über Beweise, daß dort etwas ganz Außergewöhnliches geschehen ist, ein taubstummes Mädchen hat seine Sprache wiedererlangt, es kann wieder hören.«

»Außergewöhnlich, ja, aber kein Wunder«, sagte Fenn.

»Ich will Ihnen eine der besten Definitionen für den Begriff Wunder geben, die ich kenne: eine von Gott verfügte Ausnahme. Ich glaube, der Begriff ist hier angebracht.«

»Eine von Gott verfügte Ausnahme? Wo ist der Beweis, daß es so ist?«

»Die Kirche besteht natürlich auf Beweisen. Aber das Mädchen behauptet ja, sie hat die Jungfrau Maria gesehen, warum sollte sie lügen?«

»Die Frage lautet anders«, sagte Fenn. »Warum sollten wir ihr glauben?«

»Es ist unerheblich, ob *wir* ihr glauben. Tatsache ist, daß Tausende ihr glauben werden, Millionen, wenn die Geschichte entsprechend weit verbreitet wird. Und alle diese Menschen werden nach der St.-Joseph's-Kirche wallfahren.«

»Und dem Dorf neues Leben einhauchen«, fügte Tucker hinzu. »Wäre das so schlimm?«

Fenn zögerte mit der Antwort. »Schlimm nicht. Nur daß Sie es mit diesem Quentchen Zynismus sagen, das ist schlimm.«

Tucker konnte sich nicht länger beherrschen. »Wir leben nicht im luftleeren Raum, Mr. Fenn. Wenn sich Gelegenheiten bieten, dann muß man sie beim Schopf ergreifen.«

Southworth wirkte betreten. »Es besteht kein Anlaß zu solcher Schwarzweißmalerei, Rodney. Ich glaube im tiefsten Herzen, Mr. Fenn, daß vor jener Kirche etwas Göttliches stattgefunden hat. Ein Phänomen, das von Gott angeordnet war. Wenn es so ist, dann gibt es auch einen Grund für Gottes Entscheidung. Vielleicht besteht das eigentliche Wunder in der Tatsache, daß Banfield die Chance erhält, sich selbst zu erneuern. Es ist zugleich eine Chance für die Menschen, sich in ihrem Glauben zu festigen. Es war George Bernard Shaw, der schrieb: Ein Wunder ist ein Ereignis, das Glauben schafft. Warum sollte Glauben nicht hier, in Banfield, geschaffen werden?«

Fenn war verwirrt. Southworth sprach, als ob er seiner wahren Überzeugung Ausdruck gab, zugleich gestand er ein, daß er einen finanziellen Vorteil einheimsen würde, wenn Banfield zu neuem Leben erweckt wurde. Der Dicke, Tucker, machte keinen Hehl aus seinen Beweggründen: ihn interessierte Geld. Was aber wollten die beiden von ihm?

»Ich weiß Ihre Freimütigkeit zu schätzen, Mr. Southworth, aber ich verstehe immer noch nicht, warum Sie mir das alles sagen.«

»Weil wir wollen, daß Sie mehr über das Wunder von Banfield schreiben.« Southworth sah ihn ernst, fast beschwörend an. »Ihr Artikel hat einen großen Wirbel verursacht. Ich weiß nicht, ob Sie heute schon an der St.-Joseph's-Kirche waren...«

Fenn verneinte.

»Ich bin heute früh zu Pater Hagan gefahren«, sagte Southworth. »Ich habe ihn nicht angetroffen, aber ich habe gesehen, daß Kirche und Pfarrhaus von einem Heer von Journalisten belagert werden.«

»Journalisten von den überregionalen Medien?«

»Ich glaube, ja. Die haben mir eine Reihe von Fragen gestellt, leider tappe ich sehr im dunkeln was das unglaubliche Ereignis angeht, ich konnte ihnen also nicht viel sagen.«

Ich bin sicher, du hast dir was Passendes einfallen lassen, dachte Fenn. »Das Wunder von Banfield wird jetzt an die große Glocke gehängt werden«, sagte Fenn. »Es könnte sein, daß uns allen der Ton etwas schrill ankommt.«

»Ein paar Tage lang wird die Sache durch die Zeitungen geistern«, sagte Southworth. »Wie Sie eingangs erwähnten, das Leserpublikum ist launisch und die Presse genauso.«

Wieder mischte sich Tucker ein. »Die Story ist so schön, daß es einfach schade ist, wenn sie in zwei oder drei Tagen untergepflügt wird, Mr. Fenn.«

Der Reporter hob die Schultern. »Daran können wir nichts ändern. Es sei denn, es kommt wieder zu einer Erscheinung...«

Es sei denn, es kommt wieder zu einer Erscheinung! Hatten sie es mit einem Idioten zu tun? Tucker bohrte seinen Absatz in den roten Teppich. Er hatte Southworth in den Ohren gelegen, die großen Zeitungen mit Nachrichten zu versorgen, es war sinnlos, sich mit einem Lokalreporter abzugeben. Die überregionalen Zeitungen würden der Sache die Publizität geben, die sie verdiente, und zwar jetzt, wo das Eisen noch heiß war. Southworth hatte argumentiert, daß eine massive Berichterstattung wie ein Strohfeuer verglühen würde, es sei statt dessen notwendig, einen langfristigen Plan aufzustellen, um das Interesse der Öffentlichkeit am Leben zu erhalten. Indem sie dem *Courier* eine Vorrangstellung einräumten, schufen sie die Basis für eine kontinuierliche Behandlung des Wunders in den Medien. Schließlich war der *Courier* die Zeitung, die das Leben im Ort reflektierte. Die Zeitung hatte eine Verpflichtung gegenüber den Lesern zu erfüllen, sie hatte die Pflicht, über wichtige Anlässe zu berichten und, wenn notwendig, solche Anlässe zu schaffen. Und da saß nun dieser Lokalreporter und deckte sie mit seinem Wenn und Aber ein. Würde er den Köder schlucken, oder war er zu dumm, um die Möglichkeiten zu erkennen, die sich ihm boten?

»Da liegt das Problem«, sagte Southworth. »Es gibt keine Garantie, daß wieder eine solche Erscheinung stattfindet. Und deshalb finden wir, der *Courier* muß den Ereignissen des vergangenen Sonntags mehr Raum geben als die anderen Medien. Ihnen, Mr. Fenn, bieten wir jede Unterstützung, die Sie brauchen.«

Fenn schwieg.

»Wir sind uns darüber klar«, sagte Tucker, »daß der *Courier* recht zugeknöpft ist, wenn es um Ihre Spesen geht. Wir würden da gern einen gewissen Ausgleich schaffen...«

Er verstummte, als er die eisigen Blicke des Reporters und auch die seines Freundes auf sich spürte.

Southworth schaltete sich ein. »Was Rodney mit etwas unbeholfenen Worten zu sagen versucht, ist, wir möchten, daß Sie für Ihre Berichterstattung über die Sache genügend Geld zur Verfügung haben. Als Mitglied des Stadtrats werde ich Gelder für dieses, wie soll ich sagen, Projekt anfordern. Mit dem Geld sollen die Startkosten gedeckt werden, außerdem die Unkosten der Stadträte, soweit sie im Zusammenhang mit dem Projekt stehen, und dann gibt's natürlich auch einen Posten *Verschiedenes*.«

»Ich falle dann unter den Posten *Verschiedenes*?« fragte Fenn.

Southworth lächelte. »Genau.«

Fenn fand, was Southworth sagte, roch genauso nach Bestechung wie das, was Tucker gesagt hatte. Er beugte sich vor.

»Mr. Southworth, Mr. Tucker, ich arbeite für den *Courier*, der *Courier* zahlt mein Gehalt, und mein Chef in der Zeitung, der Nachrichtenredakteur, sagt mir, über welche Ereignisse ich zu schreiben habe. Wenn er anordnet, daß ich einen Monat lang Nachrufe schreibe, dann schreibe ich Nachrufe. Wenn er im darauffolgenden Monat anordnet, ich soll ausschließlich über Gartenfeste berichten, dann berichte ich über Gartenfeste. Wenn er will, daß ich über merkwürdige Ereignisse berichte, die vor einer kleinen Dorfkirche passiert sind, dann schreibe ich einen Artikel nach dem anderen über diese merkwürdigen Ereignisse.« Er holte Luft. »Ich tanze nach der Pfeife meines Chefs. Wenn ein Thema tot ist, dann gibt es keinen Weg, dieses Thema wieder lebendig zu machen. Wie ich schon sagte, wenn wieder eine Erscheinung stattfindet, nehmen die Medien die Sache wieder auf. Dann bin ich in Banfield, schneller als ein Schießhund.«

Southworth nickte. »Wir respektieren Ihre Haltung, Mr. Fenn. Aber...«

»Ohne aber. Ich mache da keine Kompromisse.«

»Ich wollte nur sagen, Alice hat doch berichtet, daß die Jungfrau Maria sie aufgefordert hat, wiederzukommen.«

»Die Jungfrau Maria hat aber nicht gesagt, *wann* Alice wieder zu ihr kommen soll.«

»Wenn Alice wieder eine solche Erscheinung erlebt, würden Sie in der Zeitung darüber berichten?«

»Ich weiß nicht. Die Halluzinationen eines Mädchens in der Vorpubertät sind noch keine Nachricht.«

»Auch nicht nach dem, was Sonntag passiert ist?«

»Das war Sonntag. Heute ist Dienstag. Morgen ist Mittwoch, und die Leute wickeln ihren Fisch in die Zeitung vom Sonntag. Wir leben in einem sehr unpathetischen Zeitalter, Mr. Southworth. Was Sie brauchen, ist ein zweites Wunder, dann kann man die Story neu bringen. Für die nächsten Tage wird Banfield soviel Publizität haben, wie Sie sich nur wünschen können. Mein Rat ist, machen Sie das beste daraus, solange die Leute davon sprechen. Nächste Woche ist das Thema tot.«

Fenn war aufgestanden. Auch Southworth erhob sich. Tucker, der sitzen blieb, konnte seine Enttäuschung nicht verbergen.

Southworth ging zur Tür, Fenn folgte ihm. »Ich danke Ihnen, daß Sie gekommen sind, Mr. Fenn, und besonders danke ich Ihnen, daß Sie so offen mit uns waren.«

»Schon gut. Sagen Sie mir Bescheid, wenn sich bei der St.-Joseph's-Kirche was Besonderes ereignet.«

»Natürlich. Haben Sie vor, jetzt hinzufahren?«

Fenn nickte. »Ich will mir außerdem den Ort etwas ansehen und mit den Leuten sprechen.«

»Sehr schön. Nun, ich hoffe, wir sehen uns bald wieder.«

»Bis dann.«

Fenn verließ den Raum.

Southworth schloß die Tür hinter ihm. Er wandte sich dem Dikken zu.

»Das haben wir nun davon, daß wir der Lokalpresse in den Hintern gekrochen sind«, sagte Tucker spöttisch.

Southworth durchquerte den Raum. Er nahm wieder an seinem Schreibtisch Platz. »Es war einen Versuch wert. Ich fürchte nur, er hat den Eindruck bekommen, wir wollten ihn bestechen.«

»Wollten wir das denn nicht?«

»Wir haben ihm nur finanzielle Hilfe angeboten.«

Tucker grunzte. »Was nun?«

»Ich werde mich darum kümmern, daß der Stadtrat auf unseren Plan einschwenkt. Wenn mir das nicht gelingt, dann können wir nur darauf hoffen, daß neuerlich eine Erscheinung stattfindet.«

»Und wenn es keine Erscheinung mehr gibt?«

Die Sonne schien durch die Scheiben, der Staub tanzte in den Strahlen, und Southworths Antlitz war von einem goldenen Kranz aus Licht umgeben. »Beten wir, daß die Jungfrau Maria wieder erscheint«, sagte er schlicht.

9

Siehst du den reichgeschmückten Weg?
Siehst du die Kutsche mit dem Schimmel?
In die Hölle führt der Steg.
Manche mögen sagen, in den Himmel.
Thomas the Rhymer: Anon

Bischof Caines sah den Priester voller Besorgnis an. »Ich habe ein sehr schlechtes Gefühl bei der ganzen Sache, Andrew«, sagte er.

Der Priester senkte den Blick. »Ich mache mir genauso große Sorgen, Bischöfliche Gnaden. Und ich bin im Hader mit mir selbst.«

»Ihr seid im Hader mit Euch selbst? Warum?«

Es war dunkel im Büro des Bischofs, die beiden Fenster des Raumes lagen auf der Seite, die der Morgensonne abgewandt war. Die Holztäfelung des Raumes trug zu der Düsternis bei, die auch vom flackernden Kaminfeuer nicht aufgehoben wurde.

Der Priester rang nach den richtigen Worten. »Wenn das Mädchen wirklich die – wenn sie wirklich die...«

»Wenn sie die Jungfrau Maria gesehen hat?« Eine finstere Falte stand auf der Stirn des Bischofs.

Pater Hagan sah kurz auf. »Ja. Wenn das Mädchen die Jungfrau Maria gesehen hat und geheilt wurde, dann frage ich mich, warum Alice? Und warum in meiner Kirche?«

In der Antwort des Bischofs klang Ungeduld mit. »Es gibt keine Beweise, Andrew. Es gibt überhaupt keine Beweise.«

»Die anderen Kinder haben auch etwas gesehen.«

»Es gibt keine Beweise«, wiederholte der Bischof. Der Priester irritierte ihn, und daß es so war, ärgerte ihn noch zusätzlich. »Die Kirche muß sehr wachsam sein in solchen Angelegenheiten.«

»Ich weiß, Bischöfliche Gnaden, deshalb habe ich auch gezögert, Euch von der Sache zu berichten. Aber nachdem der Bericht in der Zeitung erschienen war, hatte ich keine Wahl mehr. Ich hatte törichterweise gehofft, der Vorfall könnte geheimgehalten werden.«

»Ihr hättet mich sofort verständigen sollen.« Die Rüge hörte sich schärfer an, als der Bischof beabsichtigt hatte.

»Ich habe Bischöfliche Gnaden verständigt, sobald ich Kenntnis von dem Artikel im *Courier* hatte. In dem Bericht ist alles maßlos übertrieben.«

»Wirklich? Das Mädchen ist doch geheilt, oder?«

»Ja, ja, aber doch nicht durch ein Wunder.« Der Priester betrachtete den Bischof mit einem Blick, in dem sich Angst und Überraschung mischten.

»Woher wißt Ihr, Andrew, daß es kein Wunder war?« Es war dem Bischof gelungen, seinen Ton zu mäßigen. Er wollte dem Priester keine Angst einflößen. »Das Mädchen sagt, es hat die Jungfrau Maria gesehen, seitdem kann es wieder sprechen und hören.«

»Ihr selbst habt gesagt, es gibt keinen Beweis für ein Wunder.«

»Es *gibt* keinen Beweis für ein Wunder. Aber wenn wir auch die These vom Wunder zurückweisen müssen, so dürfen wir unsere Herzen nicht vor der unwahrscheinlichen Möglichkeit verschließen, daß es doch ein Wunder war. Versteht Ihr mich, Pater Andrew?« Er wartete die Antwort nicht ab. »Die Sache muß sehr sorgfältig untersucht werden, bevor man dazu ein Urteil abgibt. Es gibt sehr strenge Vorschriften, wie diese Dinge behandelt werden müssen, das wißt Ihr wohl.« Ein dünnes Lächeln erschien auf seinen Lippen. »Manchmal heißt es, die Richtlinien sind zu strikt, sie lassen die Aspekte des Glaubens außer acht. Die Regeln, nach denen Wunder zu beurteilen sind, gehen bis ins achtzehnte Jahrhundert zurück, es war Benedikt XIV., ein sehr fortschrittlicher Papst, der die Regeln niederlegte. Er hatte erkannt, in welcher Gefahr die Kirche schwebte, wenn sie Wunder anerkannte, die später, mit den Mitteln der Wissenschaft, als trügerischer Schein entlarvt wurden. In der heutigen Zeit, wo alle möglichen Phänomene, die bisher unerklärlich schienen, mit den Methoden der Wissenschaft durchsichtig gemacht werden, ist die Notwendigkeit, nach den Regeln von Papst Benedikt XIV. vorzugehen, sogar noch *größer*.«

In den Augen des Priesters zeichnete sich die innere Unruhe ab. Was hat er? dachte Bischof Caines. Mit dem Mann stimmte etwas nicht. War er aus dem Gleichgewicht geraten? Nein, er tat ihm wohl unrecht mit einem solchen Urteil. Der Pater war wohl beunruhigt wegen der sonderbaren Vorkommnisse, die sich in seinem Sprengel, ja in Sichtweite seiner Kirche, ereignet hatten. Er hatte es mit der Angst zu tun bekommen. Der Bischof zwang sich zu einem Lächeln. Es galt, das Herz seines Hirten zu öffnen.

»Sind die Regeln, von denen Bischöfliche Gnaden sprechen, auf den Fall von Alice Pagett anwendbar?« fragte Hagan.

»Sie sind anwendbar, wenn wir uns entschließen, die höheren Instanzen mit der Sache zu befassen.«

»Was sind das für Regeln, Bischöfliche Gnaden?«

»Es ist sinnlos, wenn ich Euch das jetzt schon erkläre. Ich versichere Euch, in einem Monat spricht niemand mehr über die Sache.«

»Ihr habt wahrscheinlich recht, aber ich möchte die Regeln trotzdem gern kennenlernen.«

Bischof Caines überwand seinen Unmut. »Das Leiden oder die Krankheit muß sehr schwer sein«, begann er, »unheilbar oder außerordentlich schwer heilbar. Die Person, um die es geht, darf sich nicht auf dem Wege der Besserung befinden, und es darf sich auch nicht um eine Krankheit handeln, die mit der Zeit von selbst weggeht. Der Patient darf keine Medikamente genommen haben. Wenn er aber Medikamente genommen hat, dann muß der Beweis erbracht sein, daß diese Medikamente nichts nützen. Die Heilung muß von einem Augenblick auf den anderen geschehen, nicht in einem kontinuierlichen Prozeß. Die Heilung darf nicht in einer kritischen Phase der Krankheit geschehen, die nach menschlichem Ermessen von einer Phase der Besserung abgelöst worden wäre. Und natürlich muß die Heilung vollkommen sein.« Er verstummte. Pater Hagan verneigte sich.

»Wenn wir diese Maßstäbe anlegen, dann können wir den Vorfall nicht als Wunder bezeichnen«, sagte der Priester.

»Eben«, sagte der Bischof. »Allerdings muß ich hier erwähnen, daß die Regeln in der letzten Zeit etwas gelockert worden sind.« Wieder lächelte er, und diesmal kam das Lächeln von Herzen. »Wir lassen uns schließlich nicht unsere besten Wunder von der Wissenschaft kaputtmachen.«

Der Priester ging nicht ein auf den Scherz. »Dann ist es also zu früh, um den Fall des Mädchens als Wunder einzuordnen?«

»Viel zu früh, und unklug dazu. Pater Andrew, Ihr verfolgt die Angelegenheit mit großem Ernst. Gibt es etwas, das Euch Sorgen macht? Etwas, das Ihr mir noch nicht gesagt habt?«

Die Frage traf den Priester unvorbereitet. Er zögerte. Schließlich schüttelte er den Kopf. »Ich mache mir nur Gedanken wegen der Veränderungen, die mit Alice vorgegangen sind. Ich meine nicht, daß sie jetzt sprechen und hören kann. Ihr Benehmen hat sich geändert, ihre Persönlichkeit hat eine Wandlung erfahren.«

»Wie auch nicht nach so einer wunderbaren Heilung?«

»Ich weiß, ich weiß. Aber da ist noch etwas...«

»Etwas, das Ihr nicht beschreiben könnt?«

Pater Hagan war in sich zusammengesunken. »Das Mädchen ist nicht nur froh über die Heilung. Sie strahlt Glückseligkeit aus – als ob sie wirklich die Muttergottes gesehen hätte.«

»Das ist nicht ungewöhnlich, Andrew. Viele Menschen haben berichtet, daß sie die Muttergottes gesehen haben, es gibt den Marienkult. Aber es gibt auch die Psychologen, die uns belehren, daß ein Kind Dinge sehen kann, die es nicht gibt. Die Fachleute sprechen dann, wenn ich mich richtig erinnere, von einem eidetischen Bild.«

»Ihr seid also überzeugt, daß sie eine Halluzination gehabt hat.«

»Ich bin zu diesem Zeitpunkt von gar nichts überzeugt, aber ich neige der Theorie zu, daß es eine Halluzination war. Ihr habt berichtet, daß das Mädchen in der Kirche am liebsten vor der Statue der Muttergottes betete. Wenn ihr Leiden psychosomatisch war, könnte die Halluzination die Heilung bewirkt haben. Nicht einmal die Kirche vermag die Kraft des menschlichen Geistes zu leugnen.«

Bischof Caines sah auf seine Armbanduhr. Er schob seinen Stuhl vom Schreibtisch zurück, und da er ein stattlicher Mann war, war das gar nicht so einfach. »Ihr müßt mich jetzt entschuldigen, Pater Andrew. Ich muß an einer Sitzung des Finanzausschusses teilnehmen. Wie ich das hasse!« Er lachte. »Wie schade, daß die römisch-katholische Kirche außer dem Glauben auch Geld braucht.«

Pater Hagan betrachtete die massige Gestalt des Bischofs. Zum erstenmal in seinem Leben wurde ihm bewußt, daß schwarze Kleidung noch keinen Heiligen machte. Es war ein ärgerlicher Gedanke: Hagan wußte, sein Bischof war ein guter Mensch, unendlich viel besser als er selbst. Warum also dachte er so von ihm? Waren die Zweifel schuld, die er an seinem eigenen Glauben nagen spürte? Sein Kopf schmerzte. Gedanken kamen und gingen wie Wogen. Er hatte plötzlich den fast unbezwingbaren Wunsch, sich niederzulegen und seine Augen zu bedecken. Was in Gottes Namen war mit ihm los?

»Andrew?«

Die Stimme kam sanft und freundlich.

»Ist Euch nicht gut, Pater Hagan?«

Der Priester blinzelte ins Licht. »Doch, doch. Ich bitte um Vergebung, Bischöfliche Gnaden, ich war in Gedanken meilenweit entfernt.« Er erhob sich. Bischof Caines hatte den Schreibtisch umrundet. »Fühlt Ihr Euch nicht wohl, Andrew?«

»Ich habe wahrscheinlich eine Erkältung erwischt, Bischöfliche Gnaden. Das Wetter ist so wechselhaft.«

Bischof Caines antwortete mit einem verständnisinnigen Nikken. »Aber Ihr macht Euch doch keine Sorgen mehr wegen der Sache, oder?«

»Natürlich mache ich mir Sorgen. Aber nein, ich bin sicher, es ist nur eine Erkältung.« Oder die Vorahnung nahenden Unheils. »Nichts Schlimmes.« Er war an der Schwelle zum Vorraum angekommen und blieb stehen. Er sah dem Bischof in die Augen. »Was soll ich tun, Bischöfliche Gnaden? Ich meine, wegen des Mädchens?«

»Nichts. Gar nichts.« Bischof Caines gab sich Mühe, Sicherheit auszustrahlen. »Haltet mich über die weitere Entwicklung auf dem laufenden. Laßt Euch nicht von der Hysterie beeinflussen, die sich wahrscheinlich in den nächsten Tagen entfalten wird. Und haltet Euch von den Presseleuten fern – die Presse wird den Fall nach Kräften ausschlachten, es ist nicht notwendig, daß Ihr den Journalisten noch dabei behilflich seid. Ich brauche von Euch dann einen Bericht für die Bischofskonferenz, die innerhalb der nächsten zwei Monate stattfinden wird. Der Fall wird dann zu den Akten gelegt. Ich bin zuversichtlich, daß die Sache inzwischen in Vergessenheit geraten ist.«

Er klopfte dem Priester auf die Schulter. »Und nun gehabt Euch wohl, Andrew, und denkt daran, daß Ihr mich auf dem laufenden halten müßt. Gott segne Euch.«

Er sah dem Priester nach, wie er den Vorraum durchquerte, ohne den Abschiedsgruß der Sekretärin zu erwidern. Er wartete, bis sich die Tür geschlossen hatte. »Judith, seien Sie so gut, und suchen Sie mir Pater Hagans Akte heraus. Und sagen Sie dem Finanzausschuß, ich komme fünf Minuten später.«

Judith war eine ruhige, tüchtige Frau Anfang fünfzig. Neugier kannte sie nicht. Sie stellte nichts in Frage, was ihr geliebter Bischof Gaines von ihr verlangte.

Der Bischof hatte wieder an seinem Schreibtisch Platz genommen. Er ließ seine Finger auf der Schreibtischplatte spielen. War es wirklich nur Unsinn, was der Pater ihm da erzählt hatte? Seit dreizehn Jahren gehörte Pater Hagan zur Diözese. Banfield war der erste Sprengel, wo er als alleinverantwortlicher Pfarrer eingesetzt war. Seine Pflichten erfüllte Hagan in beispielhafter Weise. Was die Tiefe seines Glaubens anging, so nahm er unter seinen Amtskollegen einen Mittelplatz ein, aber an Gewissenhaftigkeit und Hinwendung übertraf ihn keiner. Zwar besuchten auch die anderen Pfarrer jeden Tag mindestens vier oder fünf Mitglieder der Gemeinde, aber sie verbrachten nur zehn oder fünfzehn Minuten bei jedem Schäflein, während Pater Hagan bei jedem eine halbe Stunde blieb; an zwei Vormittagen unterrichtete er an der örtlichen Klosterschule; er machte mit bei der Selbsthilfegruppe, beim Liturgischen Kreis, bei der Jugendgruppe, er war dabei, wenn sich einmal im Monat die Geistlichen der verschiedenen Religionsgemeinschaften, die es in Banfield gab – die Baptisten, die Anhänger der anglikanischen Kirche, die Evangelical Free Church und die Christian Fellowship – trafen. Und all das zusätzlich zu seinen Pflichten als Gemeindepfarrer. Vielleicht war die Belastung zu groß für einen Mann, der ein krankes Herz hatte.

Ein leises Klopfen an der Tür. Judith trat ein und legte eine lederfarbene Mappe auf den Tisch. Er dankte ihr mit einem Lächeln. Er wartete mit dem Öffnen der Mappe, bis sie den Raum wieder verlassen hatte. Nicht daß es Geheimnisse gegeben hätte, die in der Mappe verborgen lagen; aber die Vergangenheit eines Mannes zu untersuchen, das war ein bißchen so, als ob man ihm in die Seele blickte, so etwas durfte man nur tun, wenn man allein, ohne Zeugen, war.

Nein, die Lektüre bot keine Überraschungen. Die Schulen waren aufgezählt, wo Hagan unterrichtet hatte. Sechs Jahre Priesterseminar in Rom, das war die Zeit nach dem Herzanfall, Priesterweihe in Rom, Rückkehr nach England. Seelsorgen in Lewes, in Worthin, dann in Banfield. Halt, da war noch etwas. Nach seiner Rückkehr aus Rom hatte Pater Hagan sechs Monate in einer Gemeinde in der Nähe von Maidstone das Amt des Geistlichen ausgefüllt. Hollingbourne hieß der Ort. Sein erster Sprengel. Sechs Monate in Hollingbourne, dann Lewes. Nichts Besonderes. Es war gang und gäbe, daß frischgebackene Priester eingesetzt wurden, wo gerade Not am Mann war. Der Bischof wunderte sich über sich selbst. Warum maß er Hagans Tätigkeit in Hollingbourne solche Bedeutung bei? Ein Gedanke gewann Gestalt. Vielleicht hatte Pater Hagan die Fähigkeit verloren, schwierige Situationen wie die in Banfield zu bewältigen? Was sich in Banfield ereignet hatte, konnte zu einem Phänomen von großer Bedeutung eskalieren... In einem solchen Falle war es wichtig, daß die Angelegenheit mit großem Geschick gehandhabt wurde. Eine Wunderheilung in seiner Diözese. Es gab Zeugen. Kein vernünftiger Zweifel war möglich. Bischof Caines war Pragmatiker; der heiligen römisch-katholischen Kirche konnte in diesen zynischen, religionsfeindlichen Zeiten ein Wunder nicht schaden. Der heiligen römisch-katholischen Kirche konnte ein solches Wunder nur nutzen.

Man mußte sich das einmal vorstellen: ein Heiligtum, ein Schrein, eine Wallfahrtsstätte in seiner Diözese...

Er verdrängte den Gedanken, schämte sich seiner Eitelkeit. Aber der Gedanke wollte nicht weichen. Und plötzlich wußte Bischof Caines, was er zu tun hatte. Nur für den Fall, daß. Nur für den Fall, daß es wirklich ein Wunder gewesen war...

10

Als er über das Wasser hinüber war, so fand er den Eingang zur Hölle. Es war schwarz und rußig darin, und der Teufel war nicht zu Haus, aber seine Ellermutter saß da in einem breiten Sorgenstuhl
Der Teufel mit den drei goldenen Haaren
Aus den Märchen der Gebrüder Grimm

Bip bip bid-dip...

Molly Pagetts Lider flatterten. Die Lider öffneten sich. Was war das für ein Geräusch?

Sie lag stocksteif im Bett, neben ihr lag ihr Mann, bleischwer, schlafend. Sie hielt den Atem an und lauschte. Sie wartete auf das Geräusch und fürchtete sich davor.

...bip bip bip bid-dip bip...

Ein leises Geräusch. Ein vertrautes Geräusch.

Sie schob das Laken zurück, vorsichtig, damit sie Len nicht weckte. Ihr Morgenrock lag über dem Fußende des Bettes. Sie zog ihn über, um sich gegen die Kühle der Nacht zu schützen. Len grunzte und warf sich auf die andere Seite.

...bid-dip...

Das Geräusch, das vertraute Geräusch kam aus Alices Zimmer. Molly blieb ein paar Sekunden lang auf der Bettkante sitzen und dachte nach. Sie spürte, wie die letzten Fetzen des Schlafes davontrieben. Es war ein langer Tag gewesen, eine beunruhigende Mischung aus Freude und Angst. Die Ärzte hatten Alice eine weitere Nacht im Krankenhaus behalten wollen, Molly hatte ihre Zustimmung dazu verweigert. Sie fürchtete, daß all die Tests – die endlose Fragerei – das Wunder zunichte machen würden.

...bip bip...

Es war wirklich ein Wunder. Sie hatte keinen Zweifel daran. Die Jungfrau Maria hatte ihrem Kind zugelächelt.

...bip...

Molly erhob sich von der Bettkante, sie zog sich den Gürtel des Morgenrocks enger. Sie schlurfte zum Flur. Sie hatte die Schlafzimmertür offengelassen, für den Fall, daß Alice in der Nacht zu weinen begann. Welch eine *Freude*, wenn sie die Stimme ihrer Tochter hören würde! Es war so viele Jahre her, daß sie Alice hatte weinen hören. Wie sehr sie damals auf jedes Geräusch des Kindes, auf das leiseste Wimmern gelauscht hatte! Wenn Alice zu schreien begann, war Molly die Treppe hochgerannt, so schnell, daß ihr Mann ihr einen spöttischen Blick nachschickte. Aber er hatte eben nie verstanden, wieviel ihr das Kind bedeutete. Alice hatte ein leeres Leben mit Sinn erfüllt, sie war die Antwort auf Jahre inniger Gebete. Gott – Molly hatte sich der Fürsprache der Muttergottes, der Heiligen Jungfrau Maria, bedient – hatte ihre Ehe mit einem Kind gesegnet.

Wie grausam, daß die Heimsuchung so früh, in der Jugend des Kindes, gekommen war. (Und wie enttäuschend die Ehe mit Len war.)

... bip bid-dip ...

Und jetzt hatte die Muttergottes ein zweites Mal in das Geschick des Kindes eingegriffen. Die Behinderung war von Alice genommen worden, so plötzlich, wie sie ihr zugefallen war. Mollys Glauben an die Muttergottes war während der Jahre der Prüfung nicht ein einziges Mal ins Wanken geraten, sie hatte Alice dazu angehalten, ihrem Beispiel zu folgen und zur Jungfrau Maria zu beten. Die Verehrung, die das Mädchen der Muttergottes bekundete, war sogar noch inniger als die Gefühle, die Molly in ihr Gebet einbrachte. Und jetzt war der Glauben belohnt worden.

Molly blieb vor Alices Tür stehen. Stille. Und dann ...

... bid-dip bid-dip bip bip ...

Die Aufregungen der letzten beiden Tage waren wohl zuviel gewesen für das Kind. Es war mitten in der Nacht, aber sie konnte keinen Schlaf finden. Was für ein herrlicher Spaß war es doch, die Leuchtgestalten der grünen Invasoren auf dem nachtschwarzen Schirm des aus Mikrochips zusammengefügten Spiels niederschweben zu sehen und sie mit einem raschen Druck auf den roten Knopf zu vernichten, während sie mit der anderen Hand den Knopf für das Raumschiff betätigte, das Raumschiff mußte aus dem Zielbereich der tödlichen Bomben entfernt werden, die von den Invasoren abgeworfen worden waren. Und jetzt konnte Alice das Spiel sogar hören, sie konnte die in den Computer eingespeiste Siegesfanfare hören, deren Ton freigegeben wurde, sobald der letzte Invasor ausgelöscht war. Ja, dachte Molly, es muß Alice wie ein völlig neues Spiel vorkommen.

... bip bip ...

Aber das Kind mußte auch schlafen. Die Ärzte hatten darauf gedrungen, daß sie schlief. Molly wollte nicht, daß Alice einen Rückfall erlitt. Das wäre eine Strafe Gottes, die ...

... bip ...

Sie stieß die Tür auf.

... bi –

Molly war nicht ganz sicher, ob sie in der Ecke des Raumes ein grünes Lichtsignal hatte flackern sehen. Sie sah die Ecke nur aus den Augenwinkeln, und vielleicht war da überhaupt kein Licht gewesen. Sie ließ ihren Blick zu Alices Bett wandern. Sie hatte erwartet, ihre Tochter auf der Bettkante sitzend vorzufinden, mit strahlenden Augen, das Galaxy-Invaders-Spiel auf den Knien. Aber Alice lag im Bett, die Straßenlaterne schien durch die Vorhänge, und das Kind schien zu schlafen.

»Alice?« Erst als das Wort heraus war, wurde Molly bewußt, mit welcher Leichtigkeit sie akzeptieren gelernt hatte, daß die Hörfähigkeit ihrer Tochter zurückgekehrt war. »Alice, bist du wach?«

Kein Laut. Nicht von Alices Lippen, nicht von dem Galaxy-Invaders-Spiel.

Molly lächelte inmitten des Halbdunkels. Sie ging auf das Bett zu. Kleine Schauspielerin, dachte sie. Willst deine Mutti aufs Glatteis führen.

Sie beugte sich über ihr Kind. Sie hatte vorgehabt, sie an der Nase zu kitzeln, bis Alice ihre kleine Vorführung beendete. Sie hielt auf halbem Wege inne. Das Mädchen schlief. Ihr Atem ging tief und regelmäßig. Das Gesicht war ruhig und friedlich. Das war keine Pose.

»Alice«, wiederholte Molly. Sie rüttelte sie an der Schulter. Das Kind rührte sich nicht.

Molly hob die Bettdecke hoch, sie suchte nach dem elektronischen Spiel. Es war nicht da. Es lag auch nicht auf dem Boden vor dem Bett. Aber es mußte in der Nähe sein. Alice hätte keine Zeit mehr gehabt, vor dem Eintreten der Mutter das Spiel in einer Zimmerecke zu verstecken und quer durch den Raum in ihr Bett zu flitzen. Unmöglich.

Molly kniete nieder, um unter das Bett zu schauen. Nichts.

Und dann fiel ihr das grüne Lichtsignal ein, das sie beim Betreten des Zimmers gesehen hatte.

Nein, das war doch Unsinn. Einfach nicht möglich.

Trotzdem sah sie nach.

Das elektronische Spiel lag auf dem kleinen Ankleidetisch. Dieser Tisch stand in einer entfernten Ecke des Zimmers. Der Funktionshebel des Spiels stand auf OFF. Der Weltraumschirm war schwarz und tot.

Molly wußte, sie hatte das Piepsen nicht geträumt. Sie wußte zugleich, daß ihre Tochter das Spiel nicht in der Hand gehalten hatte. Niemand sonst war im Raum. Nur Schatten und das Geräusch von Alices Atemzügen.

11

»Kannst du schweigen, wenn ich dir ein Geheimnis verrate? Es ist ein ganz großes Geheimnis, ich weiß nicht, was ich tun würde, wenn's jemand rausbekommt. Ich glaube, ich würde sterben.«

Aus Frances Hodgson Burnett: Der geheime Garten

Fenn hatte sich auf die andere Seite gelegt. Er wachte auf vom Geräusch seines eigenen Stöhnens. Er hatte das Gefühl, daß sein Kopf davonrollte.

»Oh, Gott...« wimmerte er. Mit der Rechten tastete er nach dem pochenden Fleischklumpen, der – wie er sich einzureden versuchte – seine Stirn sein mußte. Er spürte, wie seine Finger auf der Haut auftrafen. Den Schmerz minderte das kaum.

Er legte sich auf den Rücken und preßte die Hand auf die geschlossenen Augenlider. Es war wichtig, daß er das drehende, schwingende Gefühl unter Kontrolle bekam. Wieder stöhnte er, und aus dem Stöhnen wurde ein von Selbstmitleid triefendes Summen, das sehr hübsch zu der hochoktavigen Melodie in seiner Stirn paßte. Eine Minute war vergangen, als die Kadenzen endlich abebbten. Versuchsweise lockerte Fenn die Blende über seinen Augen. Er ließ noch eine halbe Minute verstreichen, ehe er seine Hand von den Augen nahm. Er hatte zu blinzeln aufgehört. Die Zimmerdecke war ein paar Meter tiefer gesackt. Ob ich aufstehe? Der Gedanke war verklungen, und er lag immer noch da, tastete nach der Armbanduhr, die auf dem Nachttisch liegen mußte. Er fand sie nicht. Er verfluchte seine Angewohnheit, den Wecker so aufzustellen, daß er ihn vom Bett aus nicht erreichen konnte (eine notwendige und sinnvolle Angewohnheit, denn die Versuchung war groß, den Wecker, wenn er läutete, einfach abzustellen und wieder schlafen zu gehen; Fenn hatte herausgefunden, daß die paar Schritte, die er bis zum Wecker zurücklegen mußte, um das verdammte Ding zum Schweigen zu bringen, vollauf genügten, um ihn aus dem Zustand des Zombie in die Welt der Lebenden zurückzuholen). Wo zum Teufel war seine Armbanduhr? So betrunken kann ich ja wohl nicht gewesen sein. Oder doch?

Fenn seufzte. Er nahm seinen ganzen Mut zusammen. Er ließ den Kopf über die Bettkante rutschen. Das Blut begann gegen die Betonplatte zu pulsen, die in der Schädeldecke verborgen war, er stellte sich Wogen vor, die an einen Deich brandeten, und dann starrte er auf den Fußboden hinab. Die Armbanduhr war nicht da. Und dann rutschte ein Arm über die Kante.

»Idiot!« murmelte er. »Idiot!« Sein Blick wanderte auf dem ledernen Band entlang. Er beugte den Arm und starrte auf das Zifferblatt der Uhr. Sechs vor elf. Und zwar vormittags, hinter den geschlossenen Vorhängen zeichnete sich das Licht des Tages ab.

Er richtete sich auf und steckte sich das Kopfkissen in den Rükken. Er versuchte sich zu erinnern, wie er überhaupt in diesen Zustand geraten war. Bier und Brandy lautete die Antwort.

Er kratzte sich die Brust. Er konnte nur noch den Kopf über sich schütteln. Er tat das im Geiste, der physische Akt wäre zu schmerzhaft gewesen. Du mußt mit dem Trinken aufhören, Fenn. Wenn ein junger Mann trinkt, dann ist das ja ganz lustig. Aber ein alter Trinker, das ist einfach abstoßend. Es hieß allgemein, daß Journalisten tranken. Was nicht stimmte. Sie tranken nicht, sie tranken wie die Löcher. Nicht alle natürlich. Nur die er kannte.

Fenn schob sich höher und höher. Er nannte diese Methode, sich dem frischen Tag zu stellen, ›die langsame Wiederauferstehung‹.

Er ließ den vergangenen Abend durch den Filter seiner Erinnerung fließen. Ein- oder zweimal grinste er, aber zum Schluß machte er ein ziemlich finsteres Gesicht, er schlug die Bettdecke zur Seite, um seinen Unterleib zu inspizieren. War noch alles dran? Ein Seufzer der Erleichterung, jawohl, es war noch alles dran. Allerdings war der Bursche heute früh von der Größe her nichts, worauf man besonders stolz sein konnte. Wie war noch der Name des Mädchens gewesen? Boz? Roz? Vielleicht auch Julia. War nicht so wichtig. Hauptsache, ich bin nicht schwanger, dachte er.

Er befreite sich von den Laken, schob sie mit den Füßen zu einem Wulst zusammen. Vorsichtig, unendlich vorsichtig stand er auf. Sein Kopf wog schwerer als der Rest seines Körpers, und das Kunststück würde jetzt darin bestehen, diesen Kopf auf den Schultern zu balancieren. Er ging zum Fenster. Er zog die Vorhänge zur Seite und war vernünftig genug, seine Augen geschlossen zu halten, sie vor der Helligkeit zu schützen, die durch die Scheiben stach; die Sonne hatte um diese Tageszeit eine Vorliebe für sein Schlafzimmer. Er stand da und ließ die warmen Strahlen auf seinen Körper scheinen, die Kälte wurde von den Scheiben draußengehalten. Als er schließlich die Augen öffnete, fiel sein Blick auf eine Frau, die einen vollgepackten Einkaufswagen schob, einen Wagen aus dem Supermarkt, sie kam die steil ansteigende Straße hinauf, ihr Mund stand offen, sie hielt den Blick auf seine Nacktheit gerichtet. Ihre Schritte waren langsam, aber regelmäßig, und ihr Kopf beschrieb eine Kreisbewegung auf den Schultern, so wohlgelungen, daß die Frau mühelos eine Rolle in dem Film *The Exorcist* bekommen hätte. Fenn wich ins Innere des Zimmers zurück, nachdem er die Frau freundlich angelächelt und ihr zugewinkt hatte; es war nicht gut, wenn sie ihn als bedrohlich in Erinnerung hielt. Er hoffte, daß ihr Kopf nicht endgültig in der Kreisbewegung einrasten würde.

Nachdem er nicht mehr in der Sonne stand, wurde es kalt. Fenn schnappte sich seinen Morgenrock, der auf dem Fußende des Bettes lag. Es war ein recht kurzer Morgenrock aus leichtem Stoff, das Ding ging ihm nur bis zu den Knien, und Sue sah in ihm viel besser aus als er. Boz hatte der Morgenrock auch sehr gut gestanden – oder hatte sie Roz oder Anthea geheißen? Aber noch besser stand er Sue. So betrunken er gestern abend auch gewesen war, er war immerhin noch in der Lage gewesen, diesen Vergleich anzustellen.

Er ging in die Küche und ließ Wasser in den Kessel einlaufen. Er starrte wie fasziniert auf den Wasserstrahl und sah ihn nicht. Er entzündete die Flamme unter dem Kessel, dann fuhr er sich mit den zehn Fingern durch das Haar. Jetzt bräuchte ich eine Zigarette, dachte er, und dann fiel ihm ein, daß er ja gar nicht rauchte. Erleichterung. Der Zettel stand gegen die Packung Cornflakes gelehnt. Fenn nahm sich einen Stuhl, setzte sich und betrachtete den Zettel ein paar Sekunden lang, ohne ihn zu berühren. Eine Telefonnummer, und darunter der Name ›Pam‹. Aha. Sie hieß also Pam. Ob sie wohl versucht hatte, ihn aufzuwecken, bevor sie die Wohnung verließ? Wahrscheinlich. Sie konnte ja nicht wissen, daß es eines mittleren Erdbebens bedurfte, um ihn nach einem solchen Besäufnis wachzukriegen. Nur Sue schaffte das, mit ihren einfühlsamen Fingern, aber Sue hatte auch eine ganz besondere Technik. Fenn legte Pams Zettel auf den Tisch zurück. Er versuchte sich an ihr Aussehen zu erinnern. Er hatte mit Eddy über das Mädchen gesprochen, Eddy war der Kollege vom Sport, beim *Courier*, es war im Klub gewesen, er und Eddy und das Mädchen und ihre Freundin, »nettes Gesicht, aber die Beine sind schlimm«, hatte Fenn das Mädchen kommentiert, aber an das Gesicht hatte er keine Erinnerung bewahrt. Die Beine, an die erinnerte er sich. Das Mädchen zerquetscht dir die Ohren, hatte Eddy ihn gewarnt, und irgendwie hatte Eddy recht behalten, Pam hatte sehr starke Schenkel, das war das Bemerkenswerte an ihr. Fenn tastete nach seinen Ohrmuscheln. Ob die Ohren wohl so rot waren, wie sie sich anfühlten? Er ging ins Bad, um in den Spiegel zu sehen.

Als Fenn in die Küche zurückkehrte, war der Raum vom Wasserdampf erfüllt, Fenn hatte bei der Betrachtung seines Spiegelbildes mit Befriedigung festgestellt, daß seine Ohren nicht an den Kopf gequetscht waren, weniger zufrieden war er mit den trüben Augen, die ihn angesehen hatten. Er hatte die Gelegenheit benutzt, seine Blase zu erleichtern, er hatte sich Zeit genommen, und vor allem hatte er – mit plötzlich geschärften Sinnen – darauf geachtet, ob sich beim Urinieren nicht ein brennendes Gefühl bemerkbar machte; wenn man das Mädchen nicht kannte, war alles drin. Und selbst bei denen, die man kannte, war alles drin.

Herrgott noch mal, wie er sich nach Sue sehnte.

Er goß das kochende Wasser in die Tasse. Daß er keinen Pulverkaffee in die Tasse getan hatte, merkte er erst, als er schon wieder am Küchentisch Platz genommen hatte. Er verbrannte sich die Lippen, als er den ersten Schluck trank, immerhin, es war ein sauberer, stechender Schmerz, nicht wie das quälende, dumpfe Dröhnen in seinem Kopf. Er aß ein paar Cornflakes, seine trüben Gedanken wanderten zum *Courier*, es war wohl das beste, wenn er Nachtschicht machte, heute früh war er einfach nicht fit für den Job.

Er ließ seinen Blick durch die kleine Küche schweifen und erschauderte. Er mußte aufräumen; es ging nicht an, daß er in einem Schweinestall lebte. Zugegeben, er selbst duftete auch nicht gerade nach Rosen heute früh, aber der Verhau in der Küche, nein, das war zuviel. Du mußt dich am Riemen reißen, Fenn. Keine Frau in der Welt ist es wert, daß du dich so gehen läßt. Scherzbold, dachte er. Jede Frau in der Welt ist es wert, daß man sich gehen läßt. Na ja, mit ein paar Ausnahmen.

Fünfzehn Minuten waren verstrichen, und Fenn brütete über seiner dritten Tasse Kaffe, als die Türglocke schrillte.

Er ging ans Küchenfenster, öffnete und sah hinaus, unten vor dem Haus stand Sue. Sie blickte zu ihm hinauf und winkte.

»Du hast doch einen Schlüssel«, stotterte er.

»Den wollte ich eigentlich nicht gebrauchen«, rief sie.

Er sah, wie sie in ihrer Schultertasche herumzuwühlen begann, sie fand den Schlüssel und steckte ihn ins Schloß. Fenn zog seinen Kopf zurück. Er rieb sich das Kinn und lächelte. Seit drei Wochen hatten sie sich nicht mehr gesehen, seit dem Streit im Restaurant. Ein paarmal hatten sie miteinander telefoniert, in gespannter Stimmung, das war alles. Es hatte der Trennung bedurft, um Fenn ins Bewußtsein zu rufen, wie sehr er auf Sue stand. Er lehnte am Küchenherd. Immer noch lächelte er. Er war in entspannter Stimmung – und dennoch voller Erwartungsfreude.

»Scheiße!« Sein Lächeln verflog.

Fenn schnappte sich Pams Zettel, der immer noch auf dem Küchentisch lag. Er war drauf und dran, den Zettel zu zerknüllen und aufzuessen, dann besann er sich eines anderen, er stopfte das Papier in die Tasche seines Morgenrocks. Er rannte ins Wohnzimmer und warf einen Blick in die Runde. Keine verräterischen Spuren. Er hastete ins Schlafzimmer, durchsuchte das Bett nach Haarspangen, nach Frauenhaaren, nach Spuren von Lippenstift oder Mascara. Nichts. Er richtete sich auf, um nachzudenken. Dann plötzlich: war das Mädchen Raucherin? Er konnte sich nicht mehr erinnern. Kein Aschenbecher voll Zigarettenkippen mit Lippenstiftspuren. Er war ins Wohnzimmer gespurtet, als Sue eintrat.

»Sue«, begrüßte er sie. Er sog die Luft ein. Nach Zigaretten roch hier nichts. Wohl nach Fusel.

»Tag, Gerry.« Ihr Lächeln war gebremst.

»Du siehst gut aus«, sagte er.

»Und du siehst grauenhaft aus«, sagte sie.

Er massierte sich die Bartstoppeln. Es war ein unangenehmes Gefühl. »Wie geht's dir so?«

»Gut. Und dir?«

»Ganz ordentlich.«

Er versenkte die Hände in den Taschen seines Morgenmantels. »Warum hast du nicht mal angerufen?« Er gab sich Mühe, mit ruhiger, gleichmütiger Stimme zu sprechen. »Seit drei Wochen höre ich nichts von dir!«

»Ganz so lang ist es noch nicht her, das stimmt nicht. Und du vergißt, daß ich dich ein paarmal angerufen habe.«

»Ja, aber du hast kaum was gesagt.«

»Ich bin nicht gekommen, um mit dir zu streiten, Gerry.«

Er hatte eine scharfe Antwort auf der Zunge, aber dann sagte er nur: »Willst du eine Tasse Kaffee?«

»Ich habe nicht viel Zeit. Ich bin unterwegs zur Universität. Muß dort ein paar Interviews auf Band nehmen.«

»Also eine schnelle Tasse Kaffee.« Er ging in die Küche und stellte den Wasserkessel auf die Flamme zurück. Er fand eine saubere Tasse.

»Bei dir sieht's aus wie nach einem Bombenangriff«, hörte er Sue im Wohnzimmer sagen.

»Das Dienstmädchen hat heute frei«, rief er zurück.

Als er ins Wohnzimmer zurückkehrte, hatte sie auf dem kleinen Sofa Platz genommen; sie sah hübsch aus. Er stellte die beiden Tassen mit Kaffee auf den Glastisch und setzte sich neben Sue. Es blieb eine Lücke von sechzig Zentimetern.

»Ich hab' versucht, dich anzurufen«, sagte er. »Aber du warst nicht da.«

»Ich war ziemlich oft bei meinen Eltern, wegen Ben.«

Er nickte. »Wie geht's ihm denn?«

»Wild wie immer.« Sie nahm einen Schluck aus der Tasse und verzog das Gesicht. »Dein Kaffee ist immer noch miserabel.«

»Mein Charakter ebenfalls. Ehrlich, Sue, ich hab' dich sehr vermißt.«

Sie starrte in ihren Kaffee. »Ich brauchte eine Pause von dir. Du warst mir irgendwie – zuviel.«

»Das ist so meine Art.«

»Ich brauchte eine Pause.«

»Das sagtest du schon. Irgendwelche Konkurrenten, auf die ich achten müßte?«

»Hör auf damit, Gerry.«

Er begann an seiner Unterlippe zu nagen.

»Vielleicht brauchtest du auch eine Pause, von mir«, sagte sie.

»Nein, Baby. Ich habe kein Bedürfnis nach einer Pause von dir.«

Sie konnte die Frage nicht länger zurückhalten. »Warst du mit einer Frau zusammen?«

Er sah ihr in die Augen. »Nein.« Ein paar Sekunden des schlechten Gewissens verstrichen. Er räusperte sich. »Und du? Warst du mit einem Mann zusammen?«

Sue schüttelte den Kopf. »Ich sagte dir schon, ich war mit Ben beschäftigt.« Sie nahm einen zweiten Schluck und rückte näher. Er nahm ihr die Tasse aus der Hand und stellte sie auf die Untertasse zurück. Seine Finger wanderten zu ihrem Nacken. Er küßte sie auf die Wange, dann bog er ihren Kopf zur Seite und näherte seine Lippen ihrem Mund.

Sie erwiderte seinen Kuß mit unerwarteter Leidenschaft; aber dann schob sie ihn von sich fort.

»Bitte nicht. Ich bin nicht hier, um ...« Sie schien Schwierigkeiten beim Atmen zu haben.

Er achtete nicht darauf, was sie sagte. Er versuchte sie zu küssen.

»Nein, Gerry!« Zorn klang mit.

Er gab sie frei. Diesmal war er es, der Schwierigkeiten beim Atmen hatte. »Sue ...«

Sie sah ihn so feindselig an, daß ihm die Worte im Hals stecken blieben. Es dauerte eine Weile, bis er seinen Ärger bezwang.

»Okay, okay.« Er wandte sich von ihr ab. »Warum zum Teufel bist du überhaupt zu mir gekommen, Sue? Wolltest du nur deine Sachen abholen?«

»Jedenfalls bin ich nicht gekommen, um dich zu ärgern. Wenn du *das* meinst.«

»Wer ärgert sich? Ich ärgere mich nicht. Vielleicht kriege ich Pickel auf der Stirn, aber deswegen brauchst du dir keine Sorgen zu machen, das sind nur spätpubertäre Erscheinungen. Mein Gott, wie kommst du darauf, daß du mich ärgern könntest?«

»Du benimmst dich wie ein kleiner Junge!«

»Tu dir keinen Zwang an. Ich hab' gerne, wenn du so charmante Sachen zu mir sagst.«

Sie mußte lächeln. »Gerry, ich bin gekommen, um dir wegen der Kirche in Banfield Bescheid zu sagen.«

Er musterte sie voller Neugier.

»Ich bin noch mal hingefahren«, sagte Sue. »Mit Ben. Jeden Sonntag.«

Er öffnete den Mund, aber dann fiel ihm nichts ein, was er hätte sagen können.

»Es ist schön, Gerry.« Ihr Lächeln war nicht mehr gebremst. Ihre Augen leuchteten. Die Veränderung war so schnell gekommen, daß Fenn ganz überrascht war.

»Die Kirche hat jetzt einen ungeheuren Zulauf«, sagte Sue. »Die Leute bringen ihre Kinder, sie bringen die Kranken und Behinderten. Als ob's eine Wallfahrtsstätte wäre. Und wenn du auf das Kirchengelände von St. Joseph's kommst, dann durchströmt dich ein merkwürdiges Glückgefühl. Es ist unglaublich, Gerry.«

»He, mal langsam. Ich dachte, der Wirbel hätte sich längst gelegt. Ich habe den Pfarrer angerufen, diesen Pater Hagan, und der hat mir gesagt, es hat sich nichts weiter ereignet. Keine Wunder, keine Erscheinungen. Jedenfalls nichts, was in die Zeitung gehört. Wenn's anders wäre, dann hätten sich ja auch schon die Jungens von den überregionalen Zeitungen draufgestürzt wie die Fliegen auf die heiße Scheiße.«

»Du müßtest dir das mal ansehen, Gerry! Es hat zwar keine neue Wunderheilung gegeben, das Wunder ist die Stimmung, die in der Kirche und auf dem Kirchengelände herrscht. Deshalb bin ich hier bei dir, Gerry, ich will, daß du dir das einmal anschaust.«

Er runzelte die Brauen. »Aber ich bin doch nicht katholisch, Sue.«

»Du brauchst kein Katholik zu sein, um zu spüren, daß St. Joseph's eine geheiligte Stätte ist.«

»Aber warum sollte der Priester mich belügen?«

»Er hat dich nicht belogen. Er hat dir gesagt, es hat kein neues Wunder gegeben, und das ist die Wahrheit. Von den Leuten, die jetzt dorthin pilgern, hat er nichts gesagt, er will eben nicht, daß die Sache von den Medien ausgeschlachtet wird.«

»Natürlich nicht.«

»Warum sagst du's mir dann?«

Sie ergriff seine Hand und drückte sie. »Weil ich will, daß du deinen Zynismus ablegst. Wenn du erst einmal siehst, welche Wirkung die heilige Stätte auf die Leute hat, werden sich bei dir die ersten Ansätze zum Glauben bilden.«

»Du sprichst jetzt wie die religiösen Fanatiker. Willst du mich bekehren?«

Er war überrascht, als sie in Lachen ausbrach. »Ich glaube, das würde nicht einmal der Heilige Geist schaffen. Nein, ich will nur, daß du Zeuge wirst...«

»Das hört sich schon wieder so nach Bibel an...«

»Sieh's dir an«, sagte sie ruhig.

Er lehnte sich zurück. »Was ist mit dem Mädchen, mit dieser Alice? Hast du sie gesehen?«

»Was mit dem Mädchen vorgeht, ist schwer zu beschreiben. Sie ist völlig verändert.«

»Wie verändert?«

»Sie scheint reifer geworden. Sie hat jetzt eine ganz besondere Ausstrahlung, eine Aura. Die Menschen weinen, wenn sie Alice ansehen.«

»Geh doch damit weg, Sue. Das ist doch reine Hysterie. Die Leute haben von ihrer Heilung gehört, und das bringt ihre Vorstellungskraft auf Hochtouren.«

»Überzeuge dich selbst.«

»Das sollte ich wirklich tun.« Er war neugierig geworden. Und das war auch eine Gelegenheit, die Verbindung mit Sue wieder anzuknüpfen. »Ich könnte heute nachmittag hinfahren«, sagte er.

»Nein. Warte bis zum Sonntag.«

Er sah sie fragend an.

»Begleite mich zur Messe, dann siehst du auch die Leute, die dorthin strömen.«

»Dann ist das Strohfeuer vielleicht schon abgebrannt. Wir kommen hin und finden eine leere Kirche vor.«

»Das möchte ich bezweifeln. Aber es gibt noch einen anderen Grund, warum ich möchte, daß du am Sonntag mit mir in die Messe gehst.« Sie warf einen Blick auf ihre Armbanduhr und stand auf. »Ich muß jetzt gehen, oder ich krieg' Probleme.«

»Was? Was sagst du da? Du kannst nicht einfach verschwinden.«

Sue war schon an der Tür. »Tut mir leid, Gerry, ich muß jetzt wirklich los. Hol mich am Sonntag früh in meiner Wohnung ab. Ben ist dann bei mir, wir fahren zu dritt.« Sie stieß die Tür auf.

»Du hast gesagt, es gibt noch einen anderen Grund. Was für einen?«

»Alice hat dem Priester und ihrer Mutter gesagt, die Heilige Jungfrau will sie wiedersehen. Und zwar am achtundzwanzigsten, am Sonntag.«

Sue zog die Tür hinter sich zu.

12

Leute, die Ihr Kinder habt,
Leute, die Ihr keine habt,
Schützt sie vor Gefahr;
Die ganze betende Kinderschar.
Altes Kinderlied

Ein Sonntag ohne Sonne. Es war kalt, ein feiner Regen ging nieder. Ein furchtbarer Tag. Und doch konnte Fenn die Hochstimmung spüren, die in der Luft lag. Er war wie eine Ratte, die Blut gerochen hat.

Sue hatte recht: Das Gefühl kam schon über einen, wenn man sich dem Kirchengelände näherte. Die ersten Anzeichen spürte Fenn, als er die Hauptstraße des Dorfes entlangfuhr: emsiges Treiben, und das war ungewöhnlich an einem Sonntagvormittag, besonders an einem so kalten und nassen Tag. Die Leute gingen fast alle in die gleiche Richtung. Es gab starken Autoverkehr auf der Straße. Viel mehr Autos als üblich.

Ben saß auf dem Rücksitz, er hatte sich beruhigt, was Fenn und Sue, wie immer, als Wohltat empfanden. Fenn betrachtete den Achtjährigen. In den braunen Augen stand der Ausdruck von Erwartung, Bens Mund stand offen, er lächelte, er starrte durch die Windschutzscheibe.

»Spürst du, was das hier für eine Stimmung ist, Gerry?« fragte Sue.

Fenn murmelte etwas Unverbindliches. Er war noch nicht bereit, irgend etwas zuzugeben. Sie näherten sich einem Zebrastreifen, Fenn ging auf die Bremse, und die Leute auf dem Zebrastreifen bedankten sich für seine Rücksichtnahme mit einem freundlichen Winken. Die kleinen Kinder hielten die Hände ihrer Eltern fest. Es gab einen Mann mittleren Alters, der in einem Rollstuhl saß, der Rollstuhl wurde von einem jungen Mann geschoben: Die Ähnlichkeit der Gesichter deutete darauf hin, daß es sich um Vater und Sohn handelte. Der Krüppel lächelte Fenn zu, dann wandte er sich zu seinem Sohn und bat ihn, den Rollstuhl schneller zu schieben.

Als die Straße frei war, trat Fenn aufs Gas, hinter ihm hatte sich eine Fahrzeugschlange gebildet. Der Konvoi setzte sich in Bewegung, Fenns Mini bildete die Spitze.

Er warf einen Blick in den Rückspiegel. Merkwürdig, wie viele Wagen sich innerhalb weniger Sekunden hinter ihm angesammelt hatten. »Ich hoffe, die wollen nicht alle hin, wo wir hin wollen«, sagte er zu Sue.

»Laß dich überraschen«, antwortete Sue.

Sie fuhren an Gruppen von Fußgängern vorbei. Es gab jetzt nur noch wenige Häuser. Die Felder waren zu erkennen. Die Menschen, die am Straßenrand gingen, strahlten vor Freude, der Nieselregen vermochte ihre Hochstimmung nicht zu beeinträchtigen.

Sie fuhren an geparkten Autos vorbei. Die Leute hatten ihre Wagen mit zwei Rädern auf die begrünte Böschung gestellt.

»Nicht zu glauben«, sagte Fenn. Sie waren vor der kleinen Allee angelangt, die zur Kirche führte, aber hier war alles vollgeparkt, so daß sie weiterfahren mußten.

»Ich hab's dir gesagt«, meinte Sue.

Fenn hielt nach einer Lücke in der geparkten Schlange Ausschau. »War das letzten Sonntag auch schon so?« fragte er.

»Nein. Es waren mehr Leute da als sonst, aber nicht soviel wie heute. Die haben von dem Gerücht erfahren, anders ist das nicht zu erklären.«

»Wie hast du eigentlich davon erfahren?« Er mußte zur Mitte ausweichen, weil an einem parkenden Wagen die Tür geöffnet wurde. Zwei Metallkrücken erschienen in dem Spalt, zwei schlaffe Beine folgten. Fenn war vorbei, als der Fahrer des Wagens auftauchte und dem Behinderten zu Hilfe kam.

»Ich habe die Messe am Mittwochabend besucht«, erklärte Sue. »Da habe ich gehört, wie die Leute darüber sprachen.«

Fenn riskierte einen raschen Blick in Richtung Sue. »Du warst mitten in der Woche im Gottesdienst?«

»So ist es, Gerry.«

Er bog nach links und fuhr auf den Grünstreifen. Sie wurden durcheinandergeschaukelt. Er zog den Schlüssel ab. Sein Wagen war der letzte in der Schlange. Er hatte kaum den Motor abgestellt, als ein anderer Fahrer vor ihm einbog. »Komm, Ben«, sagte Sue.

Sue stieg aus, sie klappte ihren Sitz nach vorn, so daß auch Ben hinausklettern konnte. Fenn schlug die Tür auf seiner Seite zu. Er schob sich den Mantelkragen hoch. »Das ideale Wetter für Karneval«, murmelte er. Er steckte die Hände in die Manteltaschen, in einer Tasche war der Fotoapparat Marke ›Olympus‹, den er sich geliehen hatte, nachdem die Fotos, die er mit der Pocketkamera geschossen hatte, nicht den Beifall des *Courier*-Chefredakteurs gefunden hatten. Wenn (und die Betonung lag auf wenn) etwas Ungewöhnliches geschah, er war vorbereitet. In der anderen Manteltasche steckte ein kleiner Kassettenrecorder, den Sue ihm zu Weihnachten geschenkt hatte. Sie gingen auf die Kirche zu, Sue hatte sich bei Fenn eingehängt, Ben lief voraus.

Sie mußten sich an den Autos vorbeizwängen, die in langsamer Fahrt an der parkenden Schlange vorbeiglitten. Vor dem Tor, das den Beginn der kleinen Allee markierte, drängte sich eine Menschentraube, Sue mußte Ben an sich ziehen, damit er sich nicht im Gedränge verlor. Fenn betrachtete das Treiben mit wachsendem Interesse, die Stimmung der Menschen steckte ihn an. Selbst wenn sich nichts Spektakuläres ereignete, und Fenn war sicher, daß nichts dergleichen zu erwarten stand, so war dies doch ein netter Folgebericht zu dem ersten Artikel. Er würde nur unwesentlich übertreiben, wenn er schrieb, daß die St. Joseph's Kirche von Pilgern, von Gläubigen und Neugierigen belagert wurde. Fenn schüttelte den Kopf. Erstaunlich blieb es trotzdem: Was zum Teufel erwarteten sich die Menschen? Noch ein Wunder? Fast hätte er laut herausgelacht. Wie auch immer, er war froh, daß Sue ihn zum Mitkommen überredet hatte. Der Besuch dieser Kirche war keine Zeitverschwendung.

Fenn, Sue und Ben schoben sich durch das Tor. Fenn fiel ein Mädchen zu seiner Linken auf, sie war fünfzehn oder sechzehn, sie zitterte am ganzen Körper, und Fenn ahnte, die spasmischen Zukkungen waren die Folge ihrer Erwartungsfreude. Der Mund des Mädchens stand schief, Fenn hatte das schon mal irgendwo gesehen. Die Bewegungen des Mädchens waren unbeholfen, Arme und Hände erbebten in unkontrollierten Schüben; links neben ihr ging ein Mann, rechts eine Frau, vermutlich die Eltern. Fenn dachte, wenn ich mich nicht irre, leidet sie an Veitstanz, er kannte das Krankheitsbild, weil er einmal eine junge Frau interviewt hatte, die an Veitstanz litt, das war bei der Reportage gewesen, die der *Courier* über die von der Regierung aus Einsparungsgründen verfügte Schließung des Krankenhauses in Brighton gebracht hatte. Fenn hatte diese Reportage nicht gerne gemacht, Kranke machten ihn krank, aber immerhin hatte sein Bericht Wirkung gezeigt, die Schließung des Krankenhauses war aufgeschoben worden. Die Zukunft des Hauses war ungewiß, aber das war besser als gar keine Zukunft.

Fenn trat zur Seite, um die Eltern und das Mädchen vorbeizulassen, der Vater bedankte sich mit einem Lächeln. Nachdem sie den Engpaß des Tores überwunden hatten, floß der Strom der Menschen auseinander, um sich vor dem Portal der Kirche wieder zu einer dicken, dunklen Linie zu vereinigen. Es gab nicht wenige, die von Freunden oder Verwandten am Arm geführt wurden. Sie kamen an einem ausgezehrt wirkenden Jungen vorüber, der Junge saß in einem Rollstuhl, der von seinen Familienangehörigen geschoben wurde, er sprach munter drauflos, die vorquellenden Augen spiegelten inneres Glück wider. Fenn sah die lächelnde Traurigkeit im Antlitz der Mutter; in ihrem Blick war Hoffnung, die Hoffnung einer Verzweifelten. Es war unangenehm, das zu beobachten. Fenn kam sich wie ein Voyeur vor, der sich am Unglück anderer Menschen weidete. Mehr noch, er wußte, daß er Zeuge ihrer Enttäuschung werden würde. Er verstand sehr wohl, daß die Angehörigen des Jungen verzweifelt waren, was er nicht verstand, war die Leichtgläubigkeit, die Einfalt dieser Menschen. Was Alice Pagett geheilt hatte, war eine Laune der Natur gewesen, ganz zufällig waren in ihrem Gehirn die richtigen Nervenenden wieder aneinandergeraten, die Sinne, die physisch nie abgestorben waren, hatten neue Kraft empfangen; und all diese Menschen, die mit ihren Kranken in die Kirche strebten, gaben sich der Hoffnung hin, daß der gleiche glückliche Zufall sich bei ihrem Sohn, bei ihrer Tochter wiederholen würde. Fenn war merkwürdig angerührt. Zugleich ärgerte er sich, weil er spürte, daß seine Wand aus Zynismus ins Wanken geriet, sein Ärger richtete sich auf die Kirche, die den ganzen Unsinn zuließ, ja die Leute noch ermutigte. Als er, neben Sue und Ben gehend, das Portal erreichte, war sein Zorn auf dem Siedepunkt angelangt.

In der Kirche war es sehr voll, die Bänke waren bis zum letzten Platz besetzt. Fenn hatte das erwartet, trotzdem war er überrascht von der Menschenmenge, die sich in dem kleinen Gotteshaus drängte. Und dann die Stimmen. Er hatte immer geglaubt, daß Stillschweigen zum Gottesdienst gehörte. Aber die Spannung der Menschen schien so groß zu sein, daß sie dieses Gebot nicht zu erfüllen vermochten.

Er sah auf seine Uhr. Bis zum Beginn der Messe waren es noch sechzehn Minuten. Wären sie später gekommen, sie hätten überhaupt keinen Einlaß mehr gefunden.

Sue tauchte ihre Finger in das Weihwasserbecken, sie bekreuzigte sich und forderte Ben auf, das gleiche zu tun. Der Junge vollzog das Ritual nach, langsamer, feierlicher als seine Mutter. Es gab einen Mann, der als Ordner fungierte, er bedeutete Fenn, Sue und Ben, zu dem Seitenschiff zu gehen und sich zu jenen zu gesellen, die in den Bänken keinen Platz mehr gefunden hatten. Fenn dachte nicht daran, sich an die Einweisung zu halten, er würde das Geschehen in der Kirche von einem ganz bestimmten Aussichtspunkt verfolgen. Er ergriff Sue am Arm und führte sie nach rechts. Dem Ordner klappte der Mund auf, er wollte etwas sagen, aber dann entschied er sich zu schweigen, die Sache war keinen Streit wert.

Sue war überrascht, als Fenn sie zu der Stelle führte, wo sie an dem ersten Sonntag gestanden hatten. Es gab ein paar mißbilligende Blicke aus den Reihen der Wartenden, als sich die drei ihren Weg durch das Gedränge bahnten. Ben hielt sich am Mantel seiner Mutter fest, und dann erreichten sie das rechte Seitenschiff. Sue sah, wie Fenn sich auf die Zehen stellte, er hielt wohl nach Alice Pagett Ausschau, von der er annahm, daß sie wieder unter der Marienstatue sitzen würde. Er konnte nicht festellen, ob sie sich wirklich dort befand, die Menschen, die dichtgedrängt im Seitenschiff standen, behinderten seinen Blick. Und dann bemerkte Sue die zahlreichen Rollstühle, die in den Gängen standen. Mitleid und Liebe für die Leidenden durchströmte sie bei diesem Anblick, ihr war zum Weinen zumute, und sie wußte, sie war nicht die einzige in der Kirche, die so fühlte. Zugleich spürte sie eine Vorahnung, eine Empfindung, in der sich Freude und Angst mischten.

Immer noch hatte Sue Zweifel, ob sich bei Alice eine Wunderheilung vollzogen hatte oder ob es sich um eine Genesung handelte, die medizinisch zu erklären war. Sie hoffte von ganzem Herzen, daß es ein Wunder war. Nach Jahren, die sie in einer spirituellen Einöde verbracht hatte, war so etwas wie Erleuchtung über sie gekommen. Im Umkreis dieser Kirche war sie Zeuge eines außerordentlichen Ereignisses geworden, ob man das nun ein Wunder nennen konnte oder nicht. Ihr Glaube war gestärkt worden, ebenso wie der Glaube der vielen Menschen, die sich heute mit ihr in der St.-Joseph's-Kirche befanden. *Glaube*. Wie Weihrauch schwebte die Hoffnung auf die Gnade des Himmels durch das Kirchenschiff.

Sie zog ihren Sohn Ben an sich und liebkoste ihn. Sie kuschelte sich an Fenn und ließ ihn spüren, daß sie ihn liebte.

Fenns Hand begann zu zucken, und Sue spürte, wie der Strom aus Liebe und Mitleid, der ihre Seele erfüllte, blockiert wurde. Fenn war der Mann, der sich inmitten der Gläubigen den Blick für die Wirklichkeit bewahrte. Für *seine* Wirklichkeit. Er schien kein Gefühl zu haben für das, was sich in den Herzen der Menschen entfaltete. Sie spürte die Verachtung, die er für die Gläubigen empfand. Er war nur hier, weil er vielleicht eine Story mit nach Hause nehmen würde. Und Sue hatte gedacht, er sei mit ihr gekommen, weil er sie liebte. Als er ihr jetzt die Hand entzog, begann sie zu verstehen, daß sie zwei ganz verschiedene Menschen waren. Fenn war ein Mensch, der nie *glauben* würde. Glauben war für ihn nichts als ein Hindernis auf dem Weg zur Erfüllung seiner ichbezogenen Ziele. In diesem Augenblick verachtete sie ihn.

Er sah sie erstaunt an, als er die Feindseligkeit spürte, die jetzt von ihr ausging. Er schien verwirrt. Sue blickte in eine andere Richtung. Sollte er sich doch den Kopf zerbrechen, was mit ihr los war.

Immer mehr Menschen strömten in die Kirche, so daß jene, die sich bereits dort befanden, zusammenrücken mußten. Wie an jenem ersten Sonntag versuchte Fenn, einen Blick auf die erste Bankreihe zu erhaschen, aber die Leute standen so dichtgedrängt, daß er nichts erkennen konnte. Das Hochgefühl, das beim Betreten des Kirchengeländes über ihn gekommen war, begann abzuebben. Das Warten schlug auf seine Stimmung ebenso wie die drangvolle Enge, die im Gotteshaus herrschte. Prüfend betrachtete er die Gesichter der Menschen, die neben ihm standen. Kamen die Besucher dieses Gottesdienstes alle aus dem Ort, oder hatte sich das Gerücht von Alices Heilung auf die ganze Gegend ausgebreitet? Fenn erkannte ein paar Gesichter wieder, mit diesen Menschen hatte er gesprochen an dem Tag, als Alices Heilung geschah. Und dann blieb sein Blick an einem Profil hängen, das ihm besonders vertraut vorkam. Das war ja Southworth, der Hotelbesitzer. Ob Tucker, der Dicke, ebenfalls erschienen war? Fenn konnte ihn nirgends ausmachen.

Die Türen der Kirche wurden geschlossen, zum Mißvergnügen jener, die sich draußen, vor dem Portal, drängten, Und dann ging ein Raunen durch das Kirchenschiff, die Köpfe wandten sich einem hageren, schwarzgekleideten Mann zu, einem sechs Fuß großen Geistlichen, der in der ersten Bankreihe gesessen hatte und nun aufgestanden war und den Mittelgang entlangkam. Der Mann wirkte sehr dünn, aber der Ausdruck in seinem Gesicht verriet Stärke. Die Stirn war hoch, die Nase ausgeprägt. Die Farbe seiner Haut ließ ahnen, daß er eine Krankheit hinter sich hatte, und doch blieb die Ausstrahlung von innerer Kraft, von unbeugsamer Energie erhalten.

Als der Geistliche am Ende des Mittelgangs angekommen war, hob er die Hand, als wollte er sich einen Weg durch die Menge bahnen, die sich vor dem Portal drängte. Fenn war überrascht, wie groß die Hände dieses Mannes waren, und auch die Gläubigen schienen beeindruckt von seinen Händen, sie teilten sich in zwei zurückflutende Wogen, wie sich einst das Rote Meer vor Moses geteilt hatte. Der Journalist fragte sich, wer dieser Mann war und warum er zu diesem Gottesdienst gekommen war. Und dann sah er, wie das Portal der Kirche geöffnet wurde, beide Türen wurden aufgestoßen, ungeachtet der Kälte, die von draußen hereinströmte. Der Geistliche kam den Mittelgang zurück, so daß Fenn Gelegenheit hatte, sein Gesicht aus der Nähe zu studieren.

Der Blick war auf den Boden gerichtet, die Lider wirkten schwer. Das Kinn war gut ausgebildet, aber nicht bärbeißig. Über die Stirn zogen sich tiefe Falten, und es gab ähnlich tiefe Falten in den Augenwinkeln. Die Augenbrauen, grau wie das Haar, waren zwei volle, buschige Bögen, die Augenhöhlen waren in ein geheimnisvolles Dunkel getaucht. Der Geistliche vollzog einen Kniefall vor dem Kruzifix, dann nahm er wieder seinen Platz in der vordersten Bank ein. Fenn hatte das Gefühl, einem magnetischen Sturm beigewohnt zu haben. Während der hagere Mann durch die Kirche ging, war es mäuschenstill in der Gemeinde gewesen. Jetzt, nachdem die beeindruckende Gestalt in der Menge verschwunden war, begannen die Leute wieder zu flüstern.

Vom Vorplatz der Kirche schoben sich die Wartenden herein; es gab drei Ordner, die den Menschenstrom zu leiten versuchten. Fenn betrachtete das alles mit gespannter Aufmerksamkeit, inzwischen bereute er, daß er in den Wochen nach Alices Heilung keine Zwischenberichte im *Courier* gebracht hatte. Ganz offensichtlich war die Gegend von der Hoffnung auf ein neues Wunder infiziert, die Erwartungen der Menschen schienen heute und hier einen Höhepunkt anzusteuern. Den Dreifachsalto vorwärts haben wir gesehen, dachte Fenn. Mal sehen, ob der liebe Gott einen Vierfachsalto rückwärts schafft. Das war ja wohl auch der Grund, warum die Leute ihre Kranken herangeschafft hatten. Letztes Mal, das soll ja eine tolle Vorstellung gewesen sein, ich bin gekommen, weil ich mal sehen wollte, ob für mich was drin ist. *Oder*: Sorry, ich hatte bei der letzten Vorstellung keine Zeit, könnten Sie's bitte wiederholen?

Fenn wußte bereits, wie er die Story schreiben würde. In seinem Bericht würde von Leichtgläubigkeit die Rede sein, von Aberglauben und Geiz, von Doppelzüngigkeit. Bei seinem Treffen mit Southworth und Tucker, deren Motive auf eine kommerzielle Ausbeutung hinausliefen, hatte er einen klaren Beweis bekommen, was sich hinter den Gerüchten verbarg. Die beiden hatten ihn für den geplanten Werbefeldzug einspannen wollen. Er hatte sich ihnen verweigert. Sie würden es noch einmal versuchen. Und hatte die katholische Kirche nicht auch Schuld an dem Rummel? Was hatte die Kirche getan, um die Gerüchte von einer Wunderheilung zum Schweigen zu bringen? Hatten die Kirchenleute die Gläubigen in ihren Hoffnungen vielleicht noch bestärkt? Fenn überkam so etwas wie grimmige Genugtuung. Sein Bericht würde ein Musterbeispiel für Aufdeckungsjournalismus werden. Keine weltbewegende Story, aber doch kontrovers genug, um die Auflage in die Höhe zu treiben. Aber dann glitt sein Blick zu Sue, und leise Gefühle der Schuld schoben sich zwischen seine Überlegungen.

Sie hielt den Kopf gesenkt. Sie betete. Ihre Hände ruhten auf Bens Schultern. Der Junge war ungewöhnlich ruhig, er schien in Gedanken versunken.

Fenn war wie vor den Kopf gestoßen von dem, was er da sah. Sue war alles andere als naiv, was die Dinge der Religion anbetraf. Wie kam es zu dieser Änderung in ihrem Verhalten? Was hatte diese junge Frau in die Arme der Kirche zurückgetrieben? Wie würde sie auf den Artikel reagieren, den er zu schreiben plante? Es gelang ihm, das Schuldgefühl abzuschütteln. Vielleicht würde sie beim Lesen seines Berichtes wieder zur Vernunft kommen. Er hoffte das sehr, denn für ihn, den leidenschaftlichen Journalisten, gab es keinen Weg zurück. Das Thema war zu verlockend, er würde die Story schreiben.

Das Glöckchen bimmelte. Jene, die einen Sitzplatz hatten ergattern können, standen auf, und jene, die einen Stehplatz hatten, richteten ihren Blick in erwartungsvoller Andacht nach vorn. Zur

Linken des Altars hatte sich eine Tür geöffnet. Die Orgel setzte ein, die Menschen räusperten sich und begannen zu singen.

Der Priester erklomm die Stufen zum Altar und wandte sich zur Gemeinde. Fenn war etwas schockiert, denn Pater Hagan sah ganz verändert aus. Er schien gealtert. Seine Augen leuchteten wie die Augen eines Verhungernden, und die Haut spannte sich wie Pergament über die Jochbögen. Der Priester leckte sich die Lippen, sein Blick huschte über die Gemeinde, als wollte er die Menschen rügen, daß sie so zahlreich erschienen waren. Hagans Meßgewand war kein Schutzschild mehr; im Gegenteil, es zeigte, wie zerbrechlich dieser Mensch war.

Fenn lehnte sich zu Sue, er wollte eine Bemerkung machen, wie verändert Pater Hagan war, aber dann sah er, daß Sue viel zu vertieft in den Gottesdienst war, als daß sie ihm Beachtung schenkte.

Während der Messe – sie kam Fenn fürchterlich lang vor – studierte er Pater Hagans Antlitz. Allmählich wurde ihm bewußt, daß die Veränderung nicht so drastisch war, wie er zunächst den Eindruck gehabt hatte. Vielleicht sah er das nur so, weil er den Mann lange nicht gesehen hatte.

Friede sei mit Euch. Die Gläubigen reichten sich die Hand, und Fenn reichte Sue die seine. Sie maß ihn mit einem kalten Blick, bevor sie ihm ihre Hand gab. Und dann streckte sich ihm Bens kleine Hand entgegen.

»Friede sei mit dir, Ben«, flüsterte Fenn. Sein Blick wanderte zu Sue, aber die hatte nur Augen für den Priester.

Die Messe ging weiter. Jene, die zur Kommunion gehen wollten, bildeten eine lange Schlange. Menschen auf Krücken humpelten nach vorn. Kranke in Rollstühlen wurden zum Priester geschoben, der die Oblaten austeilte. Fenn dauerten diese Menschen, und er bemitleidete sie um so mehr, als er sicher war, daß ihr Glaube ausgebeutet wurde. Es gab Kinder in der Schlange, Kinder von sieben Jahren und ältere. Sie verstanden nicht, was dort vorn vor sich ging, aber das Geschehen erfüllte sie mit Erwartungsfreude. Die Augen waren groß und glänzend. Es gab einen Siebzehnjährigen, der zum Altar geführt wurde, er bewegte sich wie ein Fünfjähriger. Ein Schwachsinniger, der von seiner Mutter begleitet wurde. Auf dem Gesicht der Frau spiegelte sich ein einziger Gedanke: Hoffnung.

Pater Hagan maß die Menschen, die sich zu ihm drängten, mit einem Blick des Zorns. Fenn mußte ihm in Gedanken recht geben. Er verstand, was der Priester angesichts des Rummels empfinden mußte. Inzwischen war er überzeugt, daß Pater Hagan nichts getan hatte, um den Aberglauben dieser Menschen anzufachen. Ihm war die Leichtgläubigkeit der Kranken und ihrer Angehörigen ganz offensichtlich widerwärtig.

In der Reihe, die mit langsamen Schritten nach vorn schlurften, befanden sich ein paar Nonnen. Das Lied war verklungen, nur noch das Schleifen der Schuhsohlen auf dem Steinboden und das Husten der Gemeinde war zu hören. Jene, die von der heiligen Kommunion zurückkehrten, benutzten die Seitengänge, sie mußten ihre Ellenbogen benutzen, um sich durch die Menge zu drängen. Vor Fenn erschien die Gestalt eines kleinen Jungen. Er erschrak, als er die mit höckrigen Warzen übersäte Hand des Kleinen an seinem Arm spürte. Ein krankes Kind wurde durch den Mittelgang getragen, die Beine dieses Jungen waren in eine dicke Wolldecke gehüllt. Es war der Junge, der Fenn auf dem Vorplatz aufgefallen war. Der Reporter sah, wie der Kranke seine Lippen öffnete, um die Hostie zu empfangen. In den Augen des spendenden Priesters stand frischer Schmerz geschrieben.

Die Schlange der Wartenden schien kein Ende zu nehmen. Zweimal geriet die Prozession ins Stocken, Pater Hagan hatte den Kelch mit neuen Oblaten füllen müssen, und dann kam der Augenblick, als der Vorrat endgültig zur Neige ging, der Priester mußte die Kommunion abbrechen. Jene in der Schlange, die nichts bekommen hatten, gingen enttäuscht auf ihre Plätze zurück. Fenn empfand Schadenfreude. Die Leute machten das gleiche traurige Gesicht wie Gäste in einem Pub, wenn das Bier zu Ende war.

Kurz darauf war die Messe zu Ende. Die Leute in der Kirche sahen sich an, als hätten sie noch eine Dreingabe, ein besonderes Zauberkunststück ihres Seelenhirten, erwartet. Aber Pater Hagan und sein weißgewandetes Gefolge verschwanden in der Sakristei, ohne solchen Erwartungen zu entsprechen. Die allgemeine Enttäuschung war fast mit Händen zu greifen. Die Menschen tuschelten, und die Blicke richteten sich auf die Bank, die unter der Marienstatue stand. Bald machte das Wort die Runde: Das kleine Mädchen war nicht da. Alice Pagett hatte an dieser Messe überhaupt nicht teilgenommen. Murrend und knurrend verließ die Gemeinde die Kirche. Die Menschen fühlten sich betrogen, und die Tatsache, daß sie keinen Anspruch auf ein Wunder hatten, vertiefte noch die Frustration.

Fenn wurde von hinausdrängenden Gläubigen zur Seite geschoben. Sue, die zum Gehen bereit war, warf ihm einen fragenden Blick zu.

»Geh du schon vor mit Ben«, sagte er zu ihr. »Wir sehen uns dann am Wagen.«

»Was willst du denn noch hier?«

»Ich will noch mit dem Priester sprechen.«

»Du darfst nicht in die Sakristei gehen, Gerry.« Es klang, als wollte sie persönlich es ihm verbieten.

»Hast du Angst, die werden mich als ewiges Licht verfeuern? Keine Sorge, ich werd's überleben. Ich bin gleich bei euch.«

Noch bevor sie protestieren konnte, hatte er sich an ihr vorbeigezwängt.

Die Bänke hatten sich geleert, er benutzte einen der Zwischenräume, um zum Mittelgang vorzudringen. Er blieb vor der Madonna aus Stein stehen, die Alice Pagett an jenem ersten Sonntag so fasziniert hatte. Ob ich ein Foto mache? Es ist wohl besser, wenn ich warte, bis keine Menschen mehr in der Kirche sind.

Er ging auf die Tür zur Sakristei zu. Als er Stimmen hörte, blieb er stehen. In der Sakristei fand eine lautstarke Unterredung statt.

»Ich frage mich, warum die Leute sich von solchen Gerüchten verführen lassen, Monsignore. Was erwarten die sich eigentlich?«

»Beruhigt Euch doch, Pater. Ihr tätet gut daran, wenn Ihr, wie an den anderen Sonntagen auch, vor das Kirchenportal geht und mit den Gläubigen ein paar persönliche Worte wechselt. Wenn Ihr die Gemeinde vor gefährlichem Wunschdenken bewahren wollt, dann beweist den Menschen durch Euer Verhalten, daß alles normal ist.« Es war eine tiefe, selbstsichere Stimme, die das sagte.

Fenn stieß die Tür auf, ohne anzuklopfen. Pater Hagan stand mit dem Rücken zu ihm, der andere Geistliche hatte den Blick auf Fenn gerichtet. Er hielt mitten im Satz inne, so überrascht war er, und dann wandte sich Pater Hagan um. Seine Züge gefroren zu einer Maske, als er Fenn erkannte.

»Was wollen Sie hier?«

Fenn gehörte nicht zu den Menschen, die sich durch ein derartiges Gebaren beeindrucken ließen. Er zauberte ein entschuldigendes Lächeln auf seine Lippen. »Ich wollte Sie um eine kurze Unterredung bitten, Pater Hagan.«

»Sie haben hier drin nichts zu suchen«, fuhr ihm der Priester über den Mund.

Die Meßdiener, die sich gerade ihre Gewänder auszogen, hielten in der Bewegung inne. So kannten sie Pater Hagan gar nicht.

Fenn dachte nicht daran, sich geschlagen zu geben. »Es dauert nicht lange, Pater.

»Verlassen Sie unverzüglich die Sakristei.«

Das Lächeln des Reporters erstarb. Sie wechselten einen Blick voller Feindseligkeit. Es war dann der ältere Geistliche, der sie aus dem Engpaß, in den sie sich hineinmanövriert hatten, wieder herausführte. »Ich bin Monsignore Delgard«, sagte er. »Was ist denn Ihr Anliegen?«

»Das ist der Reporter«, platzte Hagan heraus, bevor Fenn etwas sagen konnte. »Ihm haben wir den ganzen Aufruhr zu verdanken.«

Der ältere Geistliche nickte ihm freundlich zu. »Dann sind Sie also dieser Mr. Fenn, der Alice auf dem Feld beobachtet hat. Damit hat die ganze Sache ja wohl angefangen. Freut mich sehr, Ihre Bekanntschaft zu machen, junger Mann.« Er reichte ihm die Hand. Der Reporter hatte einen schmerzhaften Händedruck erwartet, aber er sollte sich täuschen. Die Geste war kraftvoll, aber nicht zwanghaft.

»Es tut mir leid, daß ich hier so reingeplatzt bin«, sagte Fenn, und der Geistliche quittierte die Lüge mit einem Lächeln.

»Wir sind hier in einem wichtigen Gespräch, Mr. Fenn. Wenn Sie sich draußen ein paar Minuten gedulden würden.«

»Würden Sie mir bitte sagen, warum Sie heute am Gottesdienst in der St.-Joseph's-Kirche teilnehmen, Monsignore?«

»Nur um Pater Hagan zur Seite zu stehen. Und um die Entwicklung der Dinge zu beobachten.«

»Welche Dinge?«

»Sie haben selbst erlebt, wieviel Menschen heute an der Messe teilgenommen haben. Es wäre albern zu leugnen, daß die Gläubigen dem heutigen Sonntag eine besondere Bedeutung zumessen.«

»Und Sie, Monsignore? Messen auch Sie dem heutigen Sonntag eine besondere Bedeutung zu?« Fenn hatte mit einem Stoß seines Daumens den winzigen Kassettenrecorder in seiner Jackentasche in Gang gesetzt. Die Antwort des Geistlichen wurde aufgezeichnet.

»Sagen wir, ich habe nicht erwartet, daß heute etwas Spektakuläres passieren würde. Ich bin hier, weil ich mich in dieser besonderen Situation um die Gemeinde von Pater Hagan kümmern will, die Leute ...«

»Die Leute dort draußen gehören nicht zur Gemeinde, jedenfalls nicht alle. Es gibt viele, die von weither gekommen sind, um eben diesem Gottesdienst beizuwohnen.«

»Ich bin sicher, das es so ist«, sagte Pater Hagan kühl, »aber die

Leute kommen doch nur, weil Sie, Mr. Fenn, in Ihrer Zeitung einen Bericht voller Übertreibungen und Ungenauigkeiten veröffentlicht haben.«

»Ich habe nur geschildert, was ich gesehen habe«, verteidigte sich Fenn.

»Und dann haben Sie Ihrem Bericht noch Ihre eigenen Spekulationen aufgepfropft. Der Zynismus zwischen den Zeilen ist mir nicht verborgen geblieben.«

»Ich bin kein Katholik, Pater Hagan. Sie können nicht erwarten, daß...«

»Bitte!« Monsignore hatte sich zwischen die Streitenden gestellt. Er sprach leise, und doch mit großem Nachdruck. »Ich halte es durchaus für sinnvoll, wenn diese Diskussion fortgesetzt wird. Sie, Mr. Fenn, müssen Ihre Fragen beantwortet bekommen, und Ihr, Pater Hagan, könnt nur profitieren, wenn Ihr Euch anhört, wie ein Außenstehender die besonderen Ereignisse um Alice Pagett beurteilt. Ich schlage vor, daß Sie uns jetzt allein lassen, Mr. Fenn. Kehren Sie zu einem späteren Zeitpunkt zurück, dann können Sie sich in Ruhe mit dem Pater unterhalten.«

Es war kein Vorschlag, es war ein Befehl, und der Ton, in dem das gesagt wurde, ließ es dem Reporter ratsam erscheinen, dem Befehl Folge zu leisten. Für die weiteren Berichterstattungen über den Fall war es besser, wenn er Pater Hagan auf seine Seite brachte. Zumindest sollte er das versuchen. »Wenn ich Sie heute abend besuchen komme, Pater Hagan, könnten sie mir da eine Stunde Ihrer Zeit einräumen?«

Pater Hagan wollte protestieren, aber Monsignore Delgard kam ihm zuvor. »Sie sind willkommen, Mr. Fenn. Auch wenn das Gespräch länger als eine Stunde dauert.«

Fenn war überrascht. Er hatte gehofft, daß ihm der Pater zwanzig Minuten zubilligen würde, vielleicht eine halbe Stunde. »Einverstanden«, sagte er und grinste. Er ging zur Tür und verließ die Sakristei.

Die Kirche hatte sich bis auf wenige Menschen geleert. Das Innere schien von der Düsternis steigender Schatten erfüllt. Fenn sah hinaus durch die buntverglasten Kirchenfenster, draußen türmten sich schwere Regenwolken. Er ging am Altar vorbei, auf die Madonnenstatue zu. Sie schaute ihn an aus leeren Augen. Sie schien zu lächeln. Die Hände waren ausgestreckt, die Handflächen nach oben geöffnet, Symbol für die Bereitschaft der Heiligen Jungfrau, allen Menschen Trost zu spenden, die zu ihr kamen.

Für Fenn war Maria nur ein Steinblock, eine Skulptur, gut ausgeführt, aber ohne Eigenleben, ohne Seele, ohne Bedeutung auch für sein Denken. Daß die Statue keine Augen hatte, irritierte ihn etwas; was den Ausdruck von Barmherzigkeit anging, der auf ihren Lippen schwebte, nun, das war nicht von Wichtigkeit, ein Steinmetz hatte der Statue diese Züge verliehen.

Er kniff die Augen zusammen, und in diesem Moment bekam die Statue einen Riß. Es war nur ein Haarriß, so dünn, daß er in dem schlechten Licht kaum zu erkennen war, die Linie verlief vom Kinn bis zum Hals. Niemand ist perfekt, dachte Fenn. Auch du nicht, Madonna.

Er griff in die Manteltasche, um seine Pocketkamera herauszuholen, als hinter ihm schnell aufeinanderfolgende Schritte ertönten. Er wandte sich um. Ein junger Bursche, vielleicht fünfzehn oder sechzehn Jahre alt, kam auf den Altar zugelaufen. Er schien Fenn gar nicht zu bemerken. Vor dem Altar angekommen, bog er zur Sakristei ab. Er schlug mit der flachen Hand gegen die Tür und trat ein, ohne eine Antwort abzuwarten.

Fenn eilte ihm nach. Er kam eben noch zurecht, um zu hören, wie der Junge sagte: »Alice Pagett ist gekommen, Pater.«

»Aber ich habe der Mutter doch gesagt, sie soll das Kind heute zu Hause halten«, ertönte Pater Hagans Stimme.

»Alice ist auf dem Feld, Pater, sie steht vor dem Baum! Die ganze Gemeinde ist auf dem Feld!«

13

»Die Zauberkraft ist in mir – die Zauberkraft ist in mir. Sie ist in jedem von uns.«
Aus Frances Hodgson Burnett: Der geheime Garten

Als Fenn die Sakristei betrat, erhaschte er einen Blick auf die beiden Geistlichen und den Jungen, die drei waren im Begriff, den Raum durch eine zweite Tür zu verlassen. Die Meßdiener standen da wie angewurzelt, so überrascht waren sie. Der Reporter durchquerte den Raum im Laufschritt, er hastete durch die zweite Tür hinaus und fand sich auf dem Gottesacker wieder, der bis an die Rückseite der Kirche heranreichte; die zwei Geistlichen und der Junge liefen den schmalen Pfad zwischen den Gräbern entlang. Er folgte ihnen.

Er änderte seine Richtung, als er die Menschenmenge sah, die diesseits der Mauer stand. Die Leute starrten zum Feld hinüber, aus irgendeinem Grunde zögerten sie, das Feld zu betreten. Etwas abseits gab es einen Bereich an der Mauer, wo keine Menschen zu erkennen waren, Fenn lief auf diese Stelle zu. Er sah, wie sich die beiden Geistlichen einen Weg durch die Menge bahnten. Er streifte beim Laufen einen frisch aufgeworfenen Maulwurfhügel. Das Gras war naß, der Grund glatt. Wenig später war Fenn an der Mauer angelangt. Keuchend kletterte er hinauf. Mit zitternden Händen holte er seine Pocketkamera hervor.

Alice trug einen blauen Regenmantel aus Plastikmaterial, sie stand vor dem Baum und starrte auf die knorrigen Äste, ihr Antlitz war zum Himmel erhoben, der Nieselregen näßte ihre Stirn. Schwere, dunkle Wolken hingen über dem Feld; im Kontrast dazu leuchtete der Horizont als heller Silberstreifen. Die Menschen hielten sich in achtungsvoller Entfernung von Alice, sie standen in kleinen Gruppen beisammen. Immer mehr kamen über die Mauer geklettert. Fenn sah, wie der behinderte Junge, der ihm in der Kirche aufgefallen war, über die Mauer gehoben und zu Alice getragen wurde. Es war der Vater, der ihn trug. Als der Mann in einer Entfernung von fünf Schritten vor dem kleinen Mädchen angekommen war, kniete er nieder und legte seinen Sohn auf den Boden. Der Junge war in eine dicke Decke gewickelt.

Als nächstes wurde ein Mädchen zu Alice geführt. Fenn erkannte sie an ihrer Kleidung wieder, es war das bedauernswerte Geschöpf, das an Veitstanz litt, an unwillkürlichen, unkontrollierbaren Muskelzuckungen.

Noch mehr Menschen drängten nach vorn, die Kranken und ihre Angehörigen, das Feld zwischen den Gruppen füllte sich, die Kranken wurden auf den nassen Boden gelegt, niemand schien sich wegen der Kälte und der Feuchtigkeit Gedanken zu machen.

Fenn schätzte, daß inzwischen dreihundert Personen auf dem Gelände versammelt waren, die meisten befanden sich auf dem Feld, wo sie einen breiten Halbkreis um die Eiche bildeten, die anderen standen jenseits der Mauer.

Er spürte die Spannung, die in der Luft lag. Er hätte schreien mögen. Es war ein Gefühl, das von einem Menschen auf den anderen übersprang, eine Welle der Hysterie, die irgendwann einen Höhepunkt erreichen würde, um dann in sich zusammenzufallen. Fenn erschauderte.

Er hielt die Kamera auf den Baum gerichtet. Er stand auf der Mauer, so daß er einen guten Überblick über das ganze Feld hatte. Hoffentlich habe ich die Blende richtig eingestellt, dachte er. Er stellte die Entfernung scharf. Es war sehr düster auf dem Feld. Die Kamera hatte zwar einen eingebauten Blitz, aber Fenn zögerte, von dieser Möglichkeit Gebrauch zu machen: vielleicht würde das grelle Licht den Bann aufheben, unter dem die Menschen standen. Und dann ärgerte er sich über seine eigenen Gedanken. Der Bann! Jetzt komm aber mal auf den Boden, Fenn. Auf dem Feld herrschte eine erwartungsvolle Stimmung, vergleichbar der Atmosphäre bei einem Fußballspiel oder bei einem Popkonzert. Nur daß die Leute viel stiller waren als bei einem Fußballspiel oder bei einem Popkonzert.

Er drückte auf den Auslöser. Er fotografierte Alice und den Baum. Dann Alice vor dem Hintergrund der Menge. Dann die Leute, die sich vor der Mauer drängten. Gute Aufnahme. Die Ergriffenheit auf den Gesichtern war klar zu erkennen. Und da war noch etwas. Furcht. Furcht und Hoffnung. Mein Gott, diese Menschen *lechzten* förmlich danach, daß etwas geschah.

Er sah, wie die beiden Geistlichen über die Mauer kletterten, und schoß eine Aufnahme davon. Wenn man das Motiv in Großformat brachte, davor vielleicht Pater Hagans Kopf, dann war das eine fantastische Sache. Noch nie hatte Fenn einen Menschen so von Schmerz und Seelenpein gezeichnet gesehen wie jetzt den Pater.

Die beiden Geistlichen schoben sich durch die Wartenden. Als sie die innere Begrenzung des Halbkreises erreicht hatten, blieben sie stehen. Fenn sprang von der Mauer ins Gras hinab, er ging von der Seite her, einen Bogen schlagend, auf die Eiche zu. Als er bei der wartenden Menge ankam, waren seine Schuhe und seine Hosenbeine durchnäßt, aber das machte ihm nichts aus. Wie alle anderen auf dem Feld, so war auch er von der Gestalt des kleinen Mädchens fasziniert, die unbewegt wie eine Statue vor dem Baum stand. Er konnte Alices Profil erkennen und die Glückseligkeit auf ihren kindlichen Zügen. Die Mutter des Mädchens war da, sie weinte.

Und dann erstarb jedes Geräusch auf dem Feld. Eine unnatürliche Stille senkte sich auf die Menschen hinab.

Nur noch der fallende Regen erinnerte daran, daß die Erde sich weiterdrehte.

Das Zwitschern der Vögel war verstummt, ebenso wie das Blöken der Schafe auf dem angrenzenden Feld. Nicht einmal das Rauschen des Verkehrs von der nahen Landstraße war noch zu vernehmen. Ein Vakuum.

Bis die Brise kam und das Gras teilte.

Fenn zitterte vor Kälte. Er schloß den Kragen des Regenmantels und warf einen nervösen Blick in die Runde. Plötzlich hatte er das Gefühl, die Gegenwart eines unsichtbaren Wesens zu erleben. Natürlich gab es kein solches Wesen, es war nur so eine Vorstellung. Nichts Besonderes war zu sehen. Zu seiner Linken die schweigende Menge, die Mauer, die Kirche; zu seiner Rechten der Baum... Der Baum... Am Fuße des Baumes... Es gelang ihm nicht zu erkennen, was sich am Fuße des Baumes ereignete.

Der Wind – aus der Brise war Wind geworden – zerrte an den nackten Zweigen des Baums, ließ die Äste hin- und herschwingen wie Tentakel, die mit einem Schlag zum Leben erwacht waren. Aus dem Rascheln des Astwerks wurde ein dumpfes Heulen.

Der Wind peitschte die Kleidung der Menschen, die Leute standen aneinandergedrängt, einige hielten ihre Arme dem Wind entgegengestreckt.

Fenn fühlte seine Knie weich werden. Nur mit großer Anstrengung gelang es ihm, sich aufrecht zu halten. Er sah, wie Pater Hagan auf das Mädchen zugehen wollte, aber der andere Geistliche ergriff ihn am Arm und hielt ihn zurück. Fenn konnte nicht verstehen, was die beiden zueinander sagten, er stand zu weit entfernt.

Und dann erstarb das dumpfe Heulen, der Wind legte sich. Der Nieselregen war zu sehen, ein dichter Schleier, der jetzt nicht mehr zur Seite geweht wurde.

Viele Menschen waren niedergekniet, einige bekreuzigten sich.

Alice Pagett hatte ihre Arme zu der Eiche erhoben, ihre Lippen bewegten sich, aber niemand konnte hören, was sie sprach. Sie lachte, ihr kleiner Körper strahlte eine tiefe, innere Freude aus, aber wo sie hinschaute, war nur der Stamm der Eiche, nichts sonst. Und dann stockte den Zuschauern der Atem.

Alice hatte zu schweben begonnen. Ihre Fußspitzen waren eine Handbreit über den Grashalmen.

Fenn blinzelte, er traute seinen Augen nicht. Das war doch nicht möglich. Levitation war ein Trick, den Illusionisten vorführten, nachdem sie auf der Bühne die nötigen Vorkehrungen getroffen hatten. Aber hier war keine Bühne. Es waren keine Vorkehrungen getroffen worden. Es gab auch keinen Illusionisten, nur ein elfjähriges Mädchen. Mein Gott, was ging hier vor?

Fenn fühlte, wie ihn ein Stromstoß durchzuckte, und im gleichen Augenblick wußte er, er war mit den anderen Menschen auf dem Feld innerlich verbunden. Wie die anderen, so wurde auch er von dem kleinen Mädchen wie magisch angezogen. Träumte er? Nur ganz vage kam ihm der Gedanke an die Kamera, die in seiner Tasche steckte; aber er hatte nicht die Kraft, er hatte nicht einmal den Wunsch, die Kamera herauszuholen. Er schüttelte den Kopf, aber der Traum, die Halluzination, die telepathische Illusion blieben. Alice Pagett schwebte über dem Feld, unter ihren Füßen zitterten die Grashalme im böigen Wind.

Minuten verstrichen. Niemand wagte sich zu bewegen. Niemand wagte, etwas zu sagen. Um Alice war eine Aura, die man nicht sehen, die man aber sehr deutlich *spüren* konnte. Wäre die Aura sichtbar gewesen, sie wäre leuchtend weiß mit goldenen Rändern gewesen. Das kleine Mädchen verharrte an der gleichen Stelle über dem Feld, sie schwebte, die Arme waren ausgestreckt, die Lippen bewegten sich.

Es gab jetzt nicht mehr viele, die noch standen. Fenns Knie gaben nach, er sank zu Boden.

Er kniete auf dem Feld, eine Hand auf den Boden gestützt, um nicht das Gleichgewicht zu verlieren. Die beiden Geistlichen gehörten zu den wenigen, die noch nicht knieten. Sie schienen verwirrt und bestürzt.

Fenn wandte den Kopf. Er sah, wie Alice zu sinken begann, die Füße drückten das Gras auseinander, und dann berührte sie den Boden. Sie sah die Menschen an und lächelte.

Es war in diesem Augenblick, als die Wunder geschahen.

Ein kleiner Junge kam zu Alice gelaufen, er zeigte ihr seine Hände, die nichts als grauschwarze Fleischklumpen waren. Er fiel vor Alice nieder und erhob die Hände über den Kopf, so daß die Menschen sehen konnten, wie häßlich und mißgestaltet sie waren. Die Mutter des Jungen hatte versucht, ihm zu folgen, sie war vom Vater zurückgehalten worden.

Das Mädchen lächelte dem Knaben zu, und die schwärzlich schimmernden Warzen auf seinen Händen begannen zu schmelzen.

Die Mutter stieß einen Schrei aus, sie riß sich von ihrem Mann los und eilte zu ihrem Jungen, sie riß ihn an sich und liebkoste ihn, die Tränen rannen ihr über die Wangen.

In der Menge wurden Stimmen laut. Aller Augen wandten sich zu dem behinderten Mädchen, das inmitten ihrer Familie auf dem Feld kniete. Das Zucken der Gesichtsmuskeln hatte aufgehört. Das Mädchen erhob sich. Mit langsamen Schritten, ohne zu schwanken, ging sie auf den Baum zu; sie hielt inne, um ihre Arme und Beine zu betrachten. Ihre Gliedmaßen gehorchten ihr, als sei es immer so gewesen. Ein Ausdruck der Heiterkeit war auf ihr Gesicht getreten. Sie ging weiter. Vor Alice Pagett angelangt, kniete sie nieder und begann zu weinen.

Ein Mann kam auf den Baum zugetaumelt, seine Augen waren vom grauen Star getrübt. Die Menschen wichen zur Seite, bildeten eine Gasse für ihn, es gab welche, die ihn am Arm ergriffen und ein paar Schritte führten, andere knieten da, ins Gebet vertieft, sie beteten für die Heilung dieses Kranken.

Er fiel zu Boden, noch ehe er Alice erreichte. Er lag da und schluchzte, und zugleich wich die Trübung aus seinen Augen, zum erstenmal seit fünf Jahren konnte der Mann wieder Farben sehen.

Ein junges Mädchen – sie hatte im gleichen Krankenhaus gelegen wie Alice, und ihre Eltern hatten neue Hoffnung geschöpft, als sie von Alices Heilung erfuhren – fragte ihre Mutter: »Warum weint der Mann?« Die Frage war nicht klar zu verstehen, aber für die Mutter waren es die schönsten Worte, die sie je gehört hatte, ihre kleine Tochter hatte in den sieben Jahren ihres Lebens noch keinen einzigen Ton hervorgebracht.

Viele in der Menge waren zusammengebrochen, andere lehnten kraftlos an den Schultern ihrer Angehörigen und Freunde, wie Marionetten, denen man die Fäden abgeschnitten hatte. Fenns Blick irrte von dem Mädchen zur Menge, von der Menge zu dem Mädchen, von dem Mädchen – zu dem Baum...

Fenn ließ den Blick über die gebückten Gestalten wandern. Der Junge, der von seinem Vater auf den bloßen Erdboden gelegt worden war, hatte sich aufgesetzt; seine Augen leuchteten. Er schob die Decke, mit der man ihn umhüllt hatte, zur Seite. Hände streckten sich ihm entgegen, um ihm aufzuhelfen. Er brauchte keine Hilfe mehr. Er stand auf zu seiner vollen Größe, schwankte auf den Beinen wie ein neugeborenes Lämmchen. Er kam auf Alice Pagett zugewankt, und dann eilten sein Vater und ein anderer Mann zu ihm und stützten ihn. Er ging weiter, ging aus eigener Kraft. Erst als er nur noch wenige Schritte von dem kleinen Mädchen entfernt war, ließ er sich wieder auf die Knie sinken. Sein Vater kniete hinter ihm, er hatte die Hände auf die Schultern des Knaben gelegt.

Andacht und Verehrung spiegelten sich in den Augen der beiden.

Fenn war so verblüfft, daß er sich kaum zu rühren wagte. Er spürte, wie die Kraft in seine Glieder zurückkehrte. Mein Gott, was war geschehen? Was er gesehen hatte, war einfach unmöglich!

Er sah zu den beiden Geistlichen hinüber, einer trug Schwarz, der andere trug das Meßgewand aus grünem und gelbem Tuch, unter dem Meßgewand ein weißes Hemd. Pater Hagan war auf die Knie gefallen, der Monsignore folgte seinem Beispiel. Fenn war nicht sicher, ob die beiden die gleiche Schwäche verspürten, die ihn in die Knie gezwungen hatte. Möglich, daß sie dem Mädchen mit dieser Geste ihre Verehrung bekunden wollten. Pater Hagan barg sein Gesicht in den Händen, seine Gestalt schwankte vor und zurück, vor und zurück. Monsignore Delgard konnte nur noch auf das Mädchen starren, das dort auf dem Feld stand, auf die kleine Gestalt, die sich unter dem drohenden Schwarz des Baumes wie eine winzige verletzliche Eisblume ausnahm.

14

»Sie ist so gut wie ein kleines, fettes Lamm; wie soll die schmekken!« Und dann zog sie ihr blankes Messer heraus, das glänzte, daß es gräßlich war.
Aus Andersens Märchen: Die Schneekönigin

Riordan schüttelte müde den Kopf. *Es machte keinen Sinn.* In den achtunddreißig Jahren, die er nun als Bauer arbeitete, hatte er so etwas noch nicht erlebt. Er gab seinen Arbeitern das Zeichen, mit dem Aufladen der kleinen Kadaver zu beginnen.

Der Tierarzt kam zu ihm und sah ihn an. Er sagte kein Wort. Riordan hatte ihn in der frühen Morgenstunde zu Hilfe gerufen. Als er eintraf, hatte er sofort gesehen, daß er zu spät kam. Nicht einmal die Lämmchen, die er aus den Bäuchen der verendeten Muttertiere herausoperierte, hatten überlebt. Es gab keine Erklärung für das Phänomen. Warum starben sie alle zur gleichen Zeit? Er wußte von den Ereignissen, die sich am Tag zuvor auf dem Feld nebenan abgespielt hatten. Denkbar, daß sich die Unruhe, die die Menschen dort erfüllte, den Tieren mitgeteilt hatte. Andererseits, die trächtigen Schafe waren auf einer Koppel eingefriedet gewesen, die sich weit weg von der Eiche befand. Die Männer hatten Schaufeln, mit denen sie die toten Lämmchen auf die Ladefläche eines Lastwagens warfen. Die toten Muttertiere wurden bei den erstarrten Läufen gepackt und auf den Wagen gehievt.

Riordan sah zur Kirche hinüber. Er fragte sich, wieso die Menschen einen so bösartigen Gott anbeteten. Die Arbeit auf dem Lande war hart. Es gab Mißernten. Es gab Tiere, die krank wurden, und solche, die an der Krankheit starben. Aber wer hätte gedacht, daß es so etwas gab? Wie man es auch drehte, es machte keinen Sinn.

Er wandte der Kirche den Rücken und sah dem schwerbeladenen Lastwagen nach, der sich gerade in Bewegung gesetzt hatte.

ZWEITER TEIL

»Ob ich am Ende heute nacht ausgewechselt worden bin? Also, wie steht es damit – war ich heute morgen beim Aufstehen noch dieselbe? Mir ist es doch fast, als wäre ich mir da ein wenig anders vorgekommen. Aber wenn ich nicht mehr dieselbe bin, muß ich mich doch fragen: Wer in aller Welt bin ich denn dann? Ja, das ist das große Rätsel!«
Aus Lewis Carroll: Alice im Wunderland

15

»Als ich noch Märchen las, da dachte ich immer, so etwas gibt es gar nicht, und jetzt bin ich auf einmal selbst in einem Märchen!«
Aus Lewis Carroll: Alice im Wunderland

»Guter Gott, seid Ihr etwa krank, Andrew?«

Bischof Caines sah den Priester aus großen Augen an, er war zutiefst beunruhigt über die Veränderung, die mit dem Pater vorgegangen war. Der Mann hatte schon krank ausgesehen, als er sich vor wenigen Wochen mit ihm unterhalten hatte. Seitdem hatte sich sein Zustand rapide verschlechtert. Bischof Caines ergriff den Priester bei der Hand, er deutete auf einen Lehnstuhl, der vor seinem Schreibtisch stand. Pater Hagan nahm Platz. Der Bischof warf Monsignore Delgard einen fragenden Blick zu, aber der Monsignore verzog keine Miene.

»Ein Gläschen Brandy wird Ihnen guttun.«

»Nein, danke, mir geht's gut«, wehrte Pater Hagan ab.

»Unsinn, ein Brandy bringt Euch wieder zu Kräften. Peter, möchten Sie auch einen?«

Delgard schüttelte den Kopf. »Ich trinke lieber eine Tasse Tee«, sagte er zu der Sekretärin des Bischofs, die sie hineinbegleitet hatte.

»Aber natürlich«, sagte Bischof Caines. »Tee.« Er kehrte zu seinem Sessel hinter dem Schreibtisch zurück. »Für mich einen Brandy *und* einen Tee, Judith. Ich kann's brauchen.« Er lächelte ihr freundlich zu. Judith verließ den Raum. Das Lächeln auf Bischof Caines' Lippen erstarb, kaum daß sich die Tür geschlossen hatte.

»Ich machte mir sehr große Sorgen, meine Herren. Ich hätte es für sinnvoller gehalten, wenn Sie bereits gestern zu mir gekommen wären.«

Monsignore Delgard war an das bleiverglaste Fenster getreten, er sah auf den mit einer hohen Mauer eingefriedeten Garten hinaus.

Die schwache Februarsonne spielte auf dem Rasen. In der vergangenen Nacht und auch tagsüber, bis in den Nachmittag hinein, hatte es geregnet, und die Sonnenscheibe sah aus, als hätte sie sich immer noch nicht von dem Wolkenbruch erholt. Der Monsignore wandte sich um und heftete seinen Blick auf die stattliche Gestalt des Bischofs.

»Das war leider nicht möglich.« Er sprach leise, und trotzdem füllten seine Worte den dunkelgetäfelten Raum. »Wir konnten die Kirche nicht verlassen, Bischöfliche Gnaden. Nicht nach dem, was passiert war.«

Bischof Caines sagte nichts. Er hatte Monsignore Delgard mit der Aufgabe bedacht, über den jungen Priester und seine Kirche zu wachen. Es war wichtig, daß sie die Situation, die sich aus den Erscheinungen dieses Mädchens entwickelte, unter Kontrolle behielten. Peter Delgard war ein Geistlicher, der Erfahrungen mit paranormalen Phänomenen hatte. Ein ruhiger, besonnener Mann, der seinen Mitmenschen Ehrfurcht einflößte. Der Bischof vertraute auf das Urteil des Monsignore; und zugleich hatte er ein wenig Angst vor dem großgewachsenen Mann.

Delgard war wieder ans Fenster getreten. »Mein Eindruck ist, daß Pater Hagan etwas Erholung braucht«, sagte er.

Bischof Caines betrachtete den Priester, der die Armlehnen des Sessels umklammert hielt. In der Tat: Pater Hagan sah sehr mitgenommen aus, der Schock des Erlebten war wohl zuviel für ihn gewesen. Sein Gesicht war noch grauer geworden; Verzweiflung stand in seinen Augen.

»Pater, Ihr seht sehr erschöpft aus. Ist es wegen der Ereignisse nach dem gestrigen Gottesdienst?«

»Ich weiß es nicht, Bischöfliche Gnaden.« Die Stimme des Paters war nur noch ein Flüstern. »Ich schlafe nicht mehr gut in der letzten Zeit. In der vergangenen Nacht habe ich kein Auge zugetan.«

»Das überrascht mich nicht. Und doch braucht Ihr die Dinge nicht zu düster zu sehen. Vielleicht besteht sogar Grund zum Feiern.«

Der Bischof spürte den Blick des Monsignore auf sich ruhen. »Seid Ihr nicht der gleichen Meinung wie ich, Peter?«

Nach brütendem Schweigen: »Es ist zu früh, um dazu etwas zu sagen.« Er betrachtete Bischof Caines aus Augen, die zuviel sahen. »Was geschehen ist, ist unerklärlich. Fünf Menschen wurden geheilt, Bischöfliche Gnaden, darunter vier Kinder. Es ist vielleicht noch etwas früh, um von einer vollständigen Heilung zu sprechen, aber als ich vor zwei Stunden mit den fünf sprach, waren keine Anzeichen für einen Rückfall zu erkennen, bei keinem von ihnen.«

»Es versteht sich, daß wir von Wunderheilungen erst sprechen dürfen, wenn eine sorgfältige ärztliche Untersuchung den Augenschein bestätigt«, sagte Bischof Caines.

»Es wird viel Zeit vergehen, bis die Kirche, was diese Menschen angeht, überhaupt von Heilungen spricht, geschweige denn von Wunderheilungen«, sagte Delgard. »Die Prozedur bis dahin ist, gelinde gesagt, langwierig.«

»So ist es«, bestätigte der Bischof, »und das ist auch gut so.« Er fand es unangenehm, wie Delgard ihn ansah. »Ich habe gestern abend, nach Eurem Anruf, Kontakt mit dem Erzbischof aufgenommen. Er hat mir aus der Seele gesprochen, als er sagte, daß wir in dieser Angelegenheit mit großer Behutsamkeit vorgehen müssen. Die römisch-katholische Kirche darf sich in England nicht lächerlich machen. Der Erzbischof wünscht einen ausführlichen Bericht, bevor irgend etwas an die Medien geht.«

Pater Hagan schüttelte den Kopf. »Ich fürchte, das haben wir nicht in der Hand, Bischöfliche Gnaden. Gestern war wieder der Reporter dabei, dieser Gerry Fenn. Ich habe noch keine Gelegenheit gehabt, mir die Frühausgabe des *Courier* anzusehen, aber Ihr könnt versichert sein, daß dort in großer Aufmachung über die Sache berichtet sein wird.«

»Fenn war da? Guter Gott, dieser Mann scheint ja ein unglaublich feines Gespür zu haben, wann etwas für ihn zu holen ist.«

»In diesem Falle nicht«, warf Delgard ein. »Schon seit Tagen ging in Banfield das Gerücht um, daß Alice wieder eine Erscheinung haben würde.«

»Ich habe ihrer Mutter untersagt, das Mädchen wieder in die Kirche zu bringen«, bemerkte Hagan. Judith war eingetreten, sie trug ein Tablett mit Getränken.

»Das war nicht klug«, sagte Bischof Caines, zu dem Pater gewandt. Er dankte der Sekretärin mit einem Nicken. Er wartete, bis sie den Raum wieder verlassen hatte. »Gar nicht klug. Ihr könnt den Gläubigen nicht verbieten, zur Kirche zu gehen, Pater.«

»Ich dachte, es sei das beste, wenn Alice dem Gottesdienst eine Weile fernbleibt.«

»Am besten für wen?«

»Für sie selbst natürlich.«

Delgard räusperte sich. »Pater Hagan hat sich Sorgen gemacht wegen des Traumas, das die Besessenheit in der Seele dieses Mädchens hinterlassen wird.«

»Das war einer der Gründe. Und der andere ist, ich will nicht, daß aus der St.-Joseph's-Kirche ein Jahrmarkt wird!« Er sagte das mit solcher Schärfe, daß ihn der Bischof und der Monsignore erstaunt ansahen.

Bischof Caines erhob sich mit einem Seufzen. Er ging zu dem Tischchen und kehrte mit einem Glas Brandy zurück. Er reichte das Glas Pater Hagan. »Ich weiß, es ist ein bißchen früh am Tage für ein hochprozentiges Getränk, aber das wird Euch guttun, Andrew.«

Er kehrte zu dem Tischchen zurück, wo das Tablett stand. »Zukker, Peter? Kein Zucker, wenn ich mich recht erinnere.« Er reichte Delgard eine Tasse Tee. Die eigene Tasse und das Glas Brandy stellte er auf seinen Schreibtisch. »Erzählt mir etwas über diesen Reporter, Pater.« Er setzte sich. »Was hat er gesehen?«

Pater Hagan nippte an seinem Glas. Er fand den Geschmack fürchterlich. »*Alles* hat er gesehen. Er war von Anfang an dabei.«

»Die Nachricht hätte so oder so in die Zeitungen gefunden. Wir müssen jetzt unsere Strategie in dieser Angelegenheit festlegen. Wo befindet sich in diesem Augenblick das Mädchen?«

Es war Delgard, der die Antwort gab. »Ich habe veranlaßt, daß Alice Pagett und ihre Mutter für ein paar Tage im Kloster von Banfield Aufnahme finden; dort ist das Mädchen vor Belästigungen durch die Presseleute sicher.«

»War ihre Mutter denn damit einverstanden?«

»Die Mutter des Mädchens ist eine gläubige Katholikin, sie folgt unserem Rat. Bei Alices Vater sieht das schon anders aus. Er wird darauf drängen, daß die Kleine sobald wie möglich wieder aus dem Kloster auszieht.«

»Ist er denn kein Katholik?«

Pater Hagan brachte ein Lächeln zustande. »Ganz sicherlich nicht. Er ist Atheist.«

»Hm, schade.«

Was war schade? fragte sich Delgard. Bedauerte der Bischof, daß der Vater des Mädchens nicht an Gott glaubte, oder bedauerte er, daß der Mann von der Kirche nicht manipuliert werden konnte? Delgard hatte kein besonders gutes Gewissen bei diesen Gedanken, aber er fand, es bestand Anlaß, an den lauteren Motiven des Bischofs zu zweifeln, dieser war ein ehrgeiziger Mann, er war alles andere als unfehlbar.

»Es ist vielleicht ratsam, wenn ich mit dem Kind und seiner Mutter ein persönliches Gespräch führe«, sagte der Bischof. »Wenn Alice wirklich von der Jungfrau Maria gesegnet ist, dann könnte dies Auswirkungen auf die Kirche von England haben.«

»Eine Wiederbelebung der religiösen Begeisterung?« fragte Delgard.

»Tausende und Abertausende würden zum rechten Glauben zurückfinden«, gab der Bischof zur Antwort.

Pater Hagans Blick wanderte von einem zum anderen. »Meint Ihr, St. Joseph's könnte zur Wallfahrtskirche werden?«

»Die Antwort liegt auf der Hand«, sagte Bischof Caines. »Wenn das Mädchen wirklich eine Vision der gnadenreichen Jungfrau hatte, werden Pilger aus aller Welt kommen, um am Ort der Erscheinung zu beten. Die Kirche wird damit zum Schrein, und ich muß sagen, ich fände das herrlich.«

»Sicher«, sagte Delgard. »Aber wie ich schon sagte, bevor man von Wunderheilungen sprechen kann, ist ein langwieriger Prozeß zu bewältigen.«

»Darüber bin ich mir völlig im klaren, Peter. Ich werde die Sache jetzt erst einmal bei der Bischofskonferenz zur Sprache bringen. Ich werde dies in der Gegenwart des Apostolischen Nuntius tun, damit ist sichergestellt, daß Seine Heiligkeit der Papst unverzüglich davon erfährt. Die Erscheinungen wären dann bei der nächsten Synode in Rom möglicherweise schon Gegenstand von Diskussionen.«

»Bei allem Respekt, Bischöfliche Gnaden, ich finde, Ihr geht da etwas zu hastig vor«, sagte Pater Hagan. Er hielt sein Glas Brandy umklammert. »Es gibt keinen Beweis, daß Alice wirklich die Heilige Jungfrau gesehen hat, es gibt auch keinen Beweis, daß es sich um Wunderheilungen handelt.«

»Wenn es keinen Beweis gibt, dann müssen wir eben herausfinden, was an der Sache dran ist«, sagte der Bischof. »Ob wir das wollen oder nicht, die Nachricht von den Ereignissen am vergangenen Sonntag wird sich in Windeseile verbreiten. Mich schaudert, wenn ich daran denke, was dieser Fenn daraus machen wird. Fünf Heilungen, Andrew. *Fünf!* Sechs, wenn man Alice Pagetts plötzliche Genesung miteinrechnet. Seid Ihr Euch denn nicht bewußt, welchen Aufruhr das bei den Leuten im Lande verursachen wird, nicht nur bei den Katholiken, sondern bei allen, die an die Macht Gottes glauben? Ob St. Josephs zu einem Heiligtum erklärt wird oder nicht, ist für die Öffentlichkeit unerheblich; die Menschen werden zu Tausenden dorthin pilgern, und sei es aus purer Neugier. Das ist der Grund, warum die katholische Kirche die Situation von Anfang an unter Kontrolle halten muß.«

Pater Hagan schien in sich zusammenzusinken. Der Bischof achtete nicht darauf. »Es gibt viele Präzedenzfälle«, fuhr er fort, »der berühmteste ist natürlich Lourdes. Es gab damals sehr große Widerstände bei den Kirchenbehörden, als es darum ging anzuerkennen, daß Bernadette Soubirous tatsächlich die Jungfrau der Unbefleckten Empfängnis gesehen hat. Es waren dann nicht die Beweise, sondern der Druck der öffentlichen Meinung, was den Ausschlag gab. Die Kirche konnte nicht einfach über die Sache hinweggehen, weil die Menschen, nicht nur die Gläubigen jener Gegend, sondern Katholiken aus aller Welt auf einer Anerkennung des Wunders bestanden. Wißt Ihr überhaupt, wieviel tausend Menschen jedes Jahr zu Unserer Lieben Frau von Aylesford pilgern? Und das, obwohl es keine Beweise gibt, daß dort eine Erscheinung der Jungfrau Maria stattgefunden hat. Niemand in der kirchlichen Hierarchie nimmt im Zusammenhang mit Aylesford das Wort Wunder in den Mund, und trotzdem strömen die Menschen aus aller Welt zu dieser Kirche. Das gleiche gilt für den Schrein in Walshingham. Wenn die Menschen glauben wollen, dann kann sie kein Edikt der Kirche davon abhalten.«

»Ihr plädiert demnach dafür, daß wir Alices Schilderungen Glauben schenken?« kam Hagans Frage.

»Durchaus nicht. Es wird eine genaue Untersuchung geben, bevor wir offiziell etwas verlautbaren. Ich sage nur, daß wir rasch handeln müssen, um die Dinge in St. Joseph's unter Kontrolle zu bekommen. Seid Ihr nicht auch dieser Meinung, Peter?«

Der Monsignore sprach langsam und gemessen. »Ich gebe Euch recht, daß die Sache sich von nun an nach ganz eigenen Gesetzen entwickeln wird. Einen Vorgeschmack haben wir gestern bekommen, als sich eine große Menschenmenge in der Kirche zusammenfand. Auch heute früh, noch bevor die Zeitungen ausgeliefert wurden, sind viele Gläubige in die Kirche gekommen. Heute, an einem Werktag! Natürlich bedeutet das nicht, daß wir die Menschen ermuntern werden, an ein Wunder zu glauben.«

»Auf keinen Fall.«

»Wir müssen zuvor mit jedem sprechen, der gestern angeblich geheilt worden ist. Wir werden an die Ärzte dieser Personen herantreten und um Einsicht in die Krankengeschichte der Patienten bitten. Ich denke, die Zustimmung der Patienten selbst wird nicht schwer zu erhalten sein, und wenn wir die erst einmal haben, werden sich die Ärzte nicht sträuben. Ich schlage die sofortige Gründung einer Ärztekommission vor. Es sollte eine Gruppe von Ärzten sein, die unabhängig ist von der katholischen Kirche. Diese Ärzte sollen die Krankengeschichte der sechs Glücklichen, ich schließe Alice natürlich ein, untersuchen. Nach der außerordentlich großen Beachtung, die das gestrige...« – die Andeutung eines Lächelns huschte über seine Züge – »...gefunden hat, sehe ich keine Probleme, interessierte Ärzte zu finden. Ich bin sogar überzeugt, es wird auch dann eine Überraschung geben, wenn wir nichts tun.«

Bischof Caines nickte Zustimmung. Er vermied es, den Monsignore anzusehen.

»Und wenn wir dem Vorbild von Lourdes folgen«, fuhr Delgard fort, »dann müssen wir auch so etwas wie eine medizinische Erfassungsstelle bei dem Heiligtum einrichten.«

Bischof Caines konnte seine Begeisterung nicht länger verbergen. »Ja, das fände ich sehr vernünftig. Es hat in der Vergangenheit sehr viele Wunder gegeben, die dann nicht anerkannt worden sind, weil es keine wissenschaftlichen Daten gab.«

»Wir müssen uns darüber klar sein, Bischöfliche Gnaden, daß darin auch eine Gefahr liegt. Wenn vernünftige Gründe für die Heilungen gefunden werden, machen wir uns lächerlich. Das ist überhaupt das Damoklesschwert, das über der katholischen Kirche hängt. Während wir hier sprechen, ist die Wissenschaft dabei, eines der großen Mysterien unserer Religion zu entzaubern, und wenn ihr das gelingt, wird der Glaube von Millionen Schaden nehmen.«

»Ihr denkt an das Grabtuch von Turin, nicht wahr?«

»Ganz recht. Thermographische Untersuchungen, Infrarotspektroskopie, Röntgenografie, das Elektronenmikroskop, chemische Analysen – alle nur denkbaren Methoden sind eingesetzt worden, um die Echtheit des Turiner Grabtuchs zu beweisen, das im Jahre 1356 entdeckt wurde. Keiner der Tests hat eine abschließende Beurteilung ermöglicht. Es versteht sich, daß der Kirche seitens der Wissenschaft großes Mißtrauen entgegenschlägt, nachdem sie eine weitere Untersuchung des Tuches untersagt hat. Mit dem Kohlenstofftest, der alle Unklarheiten ausräumen konnte, hat sich die Kirche nicht einverstanden erklärt.«

»Bei einem solchen Test würde ja auch ein großer Teil des Grabtuchs zerstört werden«, sagte Bischof Caines. »Dazu kann die Kirche nie ihre Erlaubnis geben.«

»Die Untersuchungsmethoden sind inzwischen so verfeinert,

daß 25 Milligramm vom Tuch genügen würden. Trotzdem verweigern wir unsere Zustimmung, und die Öffentlichkeit fragt sich, wovor wir eigentlich Angst haben.«

»Um so mehr Grund haben wir, die Untersuchungsergebnisse im Fall des Mädchens an die Öffentlichkeit zu bringen. Wir haben nichts zu befürchten, wenn wir das tun.«

»Ich... Ich glaube, wir machen einen großen Fehler.«

Die beiden wandten sich Pater Hagan zu. Der lehnte sich vor. Er hielt die gespreizten Finger aneinandergepreßt.

»Warum sagt Ihr das, Andrew?« fragte der Bischof.

»Es ist nur so ein Gefühl, Bischöfliche Gnaden. Die Atmosphäre in der Kirche...«

»Habt Ihr auch etwas von der Atmosphäre bemerkt, auf die Pater Hagan anspielt, Peter?« fragte der Bischof.

Delgard ließ einige Sekunden verstreichen, bevor er antwortete. »Nein. Natürlich ist mir die Spannung nicht verborgen geblieben, die gestern in der Kirche herrschte. Aber diese Spannung war von den Gläubigen selbst verursacht. Was die Ereignisse angeht, werden die Wissenschaftler von Massenhysterie sprechen. Vielleicht haben sie recht. Auch ich gehöre zu jenen, die auf dem Feld niederknieten.«

»Vor dem Mädchen?«

»Vor dem Mädchen oder vor dem, was sie symbolisierte.«

»Dann habt Ihr also die Heiligkeit des Mädchens gespürt?«

»Ich bin nicht sicher. Ich erinnere mich nur, daß eine merkwürdige Schwäche über mich kam.«

»Das meinte ich nicht«, sagte Pater Hagan. »Ich wollte nur sagen, daß es in der Kirche sehr kalt ist.«

Der Bischof mußte lachen. »Es ist Winter. Es ist völlig normal, daß es kalt in der Kirche ist.«

»Ich meine nicht die physische Kälte. Und dann verspüre ich die kalte Atmosphäre nicht nur in der Kirche, sondern auf dem Kirchengelände und im Pfarrhaus.«

»Ihr wart unter großem Streß, als wir uns das letzte Mal trafen, Andrew«, sagte Bischof Caines mit gütiger Stimme. »Das war einer der Gründe, warum ich Monsignore Delgard gebeten habe, Euch zu helfen. Und nun muß ich feststellen, daß sich Euer gesundheitlicher Zustand noch verschlechtert hat. Wäre es nicht denkbar, daß Eure angegriffene Gesundheit für das Gefühl der Kälte verantwortlich ist?«

»Das mag sein.«

»Ich verstehe nicht ganz, warum Ihr Euch über die Sache so aufregt. Es sei denn, die Zeitungsberichte gehen Euch auf die Nerven...«

»Nein!«

Der Bischof sah ihn überrascht an.

»Ich bitte um Vergebung, Bischöfliche Gnaden, daß ich die Stimme gehoben habe. Aber es steckt mehr hinter der Sache. Da ist nicht nur die kalte Atmosphäre. Es gibt Dinge, die ich nicht verstehe.«

»Wir sind uns der Problematik des Falles voll bewußt«, sagte Bischof Caines. Er vermied es, den Ärger durchklingen zu lassen, der in ihm aufwallte.

»Ich meine nicht nur die Sache mit Alice Pagett. Es steckt mehr dahinter...«

»Ja, ja, das habt Ihr bereits gesagt. Könnt Ihr nicht genauer erklären, was Ihr überhaupt meint?«

Der Priester ließ sich in den Sessel zurücksinken. Er schloß die Augen. »Ich wünschte, ich könnte das.«

»Dann ist es wohl am besten, wenn...« An der Tür war ein Klopfen zu hören. Der Bischof wurde mitten im Satz unterbrochen.

»Ja, Judith?«

Die Sekretärin steckte den Kopf durch den Türspalt. »Ein Anruf aus London, Bischöfliche Gnaden. Die Redaktion der Zeitung *Daily Mail*. Sie möchten eine Stellungnahme des Bischofs zu den Ereignissen von Banfield.«

»Nun, meine Herren«, sagte der Bischof, »damit steht fest, daß die Geschichte ihren Weg in die überregionalen Medien gefunden hat.« Er wandte sich zu seiner Sekretärin. »Stellen Sie den Anruf zu mir durch. Und danach verbinden Sie mich bitte mit Seiner Eminenz.«

Er nahm den Hörer ab. Delgard fiel auf, daß Pater Hagan die Lehnen seines Sessels umklammert hielt. Die weißen Knöchel schienen durch die bleiche Haut.

16

»Ich kann mich nicht erklären, tut mir leid, mein Herr«, sagte Alice, »ich bin nicht ich, wissen Sie.«
Aus Lewis Caroll: Alice im Wunderland

Dienstag, in der Mitte des Vormittags.

Southworth goß sich ein Glas Sherry ein. Er goß es bis zum Rand voll. Normalerweise begnügte er sich mit einem halben Gläschen; aber heute war eine Ausnahme, es gab etwas zu feiern.

Der Gemeinderat des Ortes war zu einer Sondersitzung zusammengerufen worden. Thema waren ›die Wunder von Banfield‹ gewesen, die Wunderheilungen. Außerdem gab es Berichte, daß Alice Pagett geschwebt habe. Southworth, der dabeigewesen war, war sich, was diesen Punkt anging, nicht sicher. Seine Sicht war durch die Menschenmenge vor ihm behindert gewesen, aber an die Heilungen glaubte er.

An den Heilungen gab es nichts zu deuteln. Gottlob nicht. Daß die fünf Geheilten wirklich krank gewesen waren, war von den Ärzten und vom Krankenhaus bestätigt worden. In drei Fällen handelte es sich um vollständige Heilungen. Zwei Personen waren teilweise geheilt, der Mann, der am Grauen Star gelitten hatte, war noch nicht wieder im Vollbesitz seines früheren Sehvermögens; der verkrüppelte Junge mußte beim Gehen noch gestützt werden.

Southworth nahm einen Schluck aus seinem Glas und ließ den Blick über den Stapel Zeitungen schweifen, der vor ihm auf dem Tisch lag. In der ganzen Welt war über die Heilungen von Banfield berichtet worden. In Banfield wimmelte es von Reportern. Die Tagespresse, die Illustrierten, das Fernsehen – alle wollten die Story. In Banfield war was los! Die Einwohner waren verunsichert. Andererseits, die Welt hatte erfahren, daß es Banfield überhaupt gab, das war schon was! Nicht nur, daß die Leute in Banfield ganz angetan waren, sie waren begeistert! Natürlich gab es ein paar, denen der Wirbel nicht paßte, aber sie waren in der Minderheit. Wie bedeutsam das Ganze für Banfield war, davon hatte man bei der Gemeinderatssitzung am Montagabend eine Ahnung bekommen. Southworth konnte sich nicht erinnern, die anderen Ratsmitglieder so lebendig, so aufgeschlossen gesehen zu haben! Und natürlich waren sie auch sehr zugänglich gewesen, als er die Erschließung der neuen Baugebiete zur Sprache brachte.

Es gab nach der Radiosendung gestern abend und nach den Schlagzeilen heute morgen keinen Zweifel mehr daran, daß St. Joseph's zu einer Wallfahrtsstätte werden würde. Die Veröffentlichungen würden Pilger anziehen, Pilger, Touristen und Neugierige. Southworth vermutete, daß die Kirche Zugeständnisse machen würde. Nicht ausgeschlossen, daß die Geistlichkeit sich ganz hinter Alice stellte. Was konnte der Kirche besseres passieren als ein Wunder, hier und heute, Heilungen, die den Glauben der Menschen stärken würden. Southworth war mit Bischof Caines, dem Bischof der Diözese, persönlich bekannt. Er würde sich mit ihm treffen, um gemeinsame Vorkehrungen zur Bewältigung der Menschenflut zu verabreden, die sich über Banfield ergießen würde.

Eine erste Unterredung mit Bischof Caines hatte bereits an jenem Morgen stattgefunden. Southworth war überrascht gewesen, wie entgegenkommend Caines sich gegeben hatte. Jawohl, der Bischof hatte Verständnis für die Notwendigkeit, daß Kirche und Gemeinderat in den nächsten Monaten zusammenwirken mußten. Bei den Plänen, die der Gemeinderat für eine solche Mitarbeit vorlegen würde, konnten sich die Herren des Wohlwollens der Kirche sicher sein, vorausgesetzt, daß es nicht auf eine billige Ausbeutung des Wunderglaubens hinauslief. Und natürlich mußte die Würde der katholischen Kirche gewahrt bleiben. Southworth war mehr als zufrieden gewesen, als er die etwas schwülstig formulierte Zusicherung vernahm. Er hatte Bischof Caines sofort versichert, daß niemand im Gemeinderat an eine kommerzielle Ausbeutung eines Ereignisses dachte, das schlechterdings als heilig betrachtet werden mußte. Worauf der Bischof ihn mit großem Ernst darauf verwiesen hatte, daß die Kirche noch keineswegs von einem heiligen Ereignis sprechen konnte, nicht zu diesem frühen Zeitpunkt, vielleicht nie.

Bischof Caines hatte dann ein Treffen zwischen den Mitgliedern des Gemeinderats, Monsignore Delgard und Pater Hagan vorgeschlagen. Die beiden würden ihm, dem Bischof, Bericht erstatten, er würde die Sache dann bei der Bischofskonferenz zur Sprache bringen.

Southworth fand das eine glänzende Idee. Es würde sogar zwei Treffen geben. Bei dem ersten würde er sich mit den beiden Kirchenmännern treffen, vielleicht konnte man auch noch Fenn, den Reporter, dazu einladen. An dem zweiten Treffen würde, außer dem Monsignore, dem Pater und Southworth selbst, der ganze Gemeinderat teilnehmen. Auf diese Weise blieb ihm Zeit, im Gemeinderat die Wege zu ebnen. Es gab ein paar Kollegen, die mit ihren Plänen allzu forsch nach vorn preschten. Nicht-Katholiken wie Rodney Tucker zum Beispiel neigten dazu, die Empfindlichkeiten der Gläubigen zu unterschätzen. Die meisten Ratsmitglieder waren alteingesessene Bürger, deren Stammbaum bis ins vierzehnte Jahrhundert zurückreichte, als das Dorf gegründet wurde. Damals hatte der Ort Banefeld geheißen – eine Zufluchtsstätte für jene, die der schwarzen Pest entronnen waren, der Geißel Gottes, die in den dichtbesiedelten Gebieten, in den Städten, wütete. Der gute Boden hatte die Siedler reich gemacht. Und als der Ort einmal Gestalt gewonnen hatte, hatte er seinen Charakter bewahrt wie so viele Landgemeinden, die von dem Wechsel, der sich in England vollzog, einfach keine Kenntnis nahmen. In Banfield war nie etwas passiert, was Erwähnung verdiente, vielleicht das eine oder andere Verbrechen im Laufe der Jahrhunderte. Jetzt bot sich dem Ort die Möglichkeit, aus dem Dunkel der Geschichte hervorzutreten. Das hatten die Ratsmitglieder recht gut verstanden, sogar jene, die sich sonst übertrieben konservativ gaben. Die Ergebnisse gaben den Menschen die Mittel in die Hand, dem lebendigen Leichnam von Banfield neues Leben einzuhauchen.

Alle dachten an den Wohlstand, der über sie kommen würde.

Southworth schmunzelte. Er hatte allen Grund dazu.

Mittwoch, am frühen Abend.

Sie zog sich das Laken bis ans Kinn. Sie lag da und starrte an die Decke. Sie wartete darauf, daß er aus dem Badezimmer zurückkehren würde. Eine von Rodneys guten Eigenschaften: er hielt auf Sauberkeit. Er wusch sich vorher, er wusch sich nachher. Was Rodney dachte, war nicht so sauber, aber das störte Paula nicht besonders; ihre eigenen Gedanken waren auch nicht immer ganz jugendfrei.

Sie fuhr sich mit den Fingerspitzen über die Magengrube. Ein angenehmes Gefühl. Paula wußte um die Freuden, die ihr der eigene Körper bereiten konnte. Sie strich sich über die Brustwarzen, es war wichtig, daß sie begehrenswert war für ihren Chef. Sie kniff sich ins Fleisch, bis die Warzen erigierten. Das Rauschen der Toilette war zu hören. Inzwischen war Paula schon etwas ungeduldig. Ich muß die Ruhe bewahren, dachte sie. Heute abend darf ich ihm nicht auf den Wecker fallen. Sie hatte ihm in den vergangenen Wochen schon genügend zugesetzt, heute abend würde sie Gnade vor Recht ergehen lassen. Liebe war angesagt. Paula verstand es, die Waage zu halten zwischen Zuwendung und Abneigung. Rodney mußte Angst haben, sie zu verlieren. Und er mußte Begierde auf sie verspüren, das waren die beiden Pole.

Er war in bester Laune, weil sich seine Pläne gut entwickelten.

Das Dorf hatte sich in einen aufgeregten Ameisenhaufen verwandelt. Die Dinge waren in Bewegung geraten, und Tucker war ganz oben auf der Woge, die das Dorf erfaßt hatte.

Paulas Finger glitten in das haarige Gestrüpp ihrer Scham, sie ließ den Mittelfinger in dem überwucherten Spalt verschwinden. Sie hielt den Atem an, so schön war das Gefühl. Es war sehr erregend, mit einem Mann in ein Motel zu gehen. Erniedrigend war das. Die Art von Erniedrigung, wie Paula sie bei der Selbstbefriedigung empfand. Paula hatte eine ganz besondere Vorliebe für dieses Gefühl. Natürlich hätte sie ein Abendessen bei Kerzenlicht vorgezogen, danach eine Liebesnacht in der Suite eines luxuriösen Hotels. Aber wenn's denn kein Dom Perignon und kein Luxushotel sein konnte, ein Gin Tonic und ein Fick im Motel tat's auch.

Sie hörte das Wasser im Waschbecken plätschern und beschleunigte die Bewegung ihres Mittelfingers. Ihr Arbeitgeber war nicht das, was man einen großartigen Liebhaber nennen konnte. Wie oft hatte er das Rennen zum Höhepunkt gewonnen; heute abend würde sie sich einen gehörigen Vorsprung verschaffen. Sie stöhnte auf und schloß die Augen.

Tucker hatte die Tür geöffnet. Er genoß den Anblick. Er mochte es, wenn sie es sich selbst besorgte. Wichtig war nur, daß sie ihn rechtzeitig auf den Zug aufspringen ließ.

Paula war ein verwirrendes Geschöpf. Ihre Launen wechselten von Tag zu Tag. Wenn sie ihn anschrie, dann machte es ihr nichts aus, ob die ganze Belegschaft zuhörte. Schon zweimal hatte sie ihm gedroht, sie würde Marcia einweihen, sie sei es leid, wie eine Schlampe behandelt zu werden. Tucker war ratlos. Wie sollte man eine Schlampe behandeln, wenn nicht als Schlampe?

Gestern und heute allerdings war sie lieb zu ihm gewesen. Sie hatte sich sehr angetan gezeigt von der glücklichen Wendung, die seine Geschäfte genommen hatten. Vielleicht war sie angesteckt von der Karnevalsstimmung, die im Dorf grassierte. Vielleicht erhoffte sie sich auch, daß von dem Segen eine Scheibe für sie abfiel.

Tucker spürte die Erektion seines frischgewaschenen Glieds. Freunde soll man nicht warten lassen, dachte er. Und den schon gar nicht. Er ging zum Bett. Paula schlug die Augen auf. Ihr Mittelfinger fiel aus dem Galopp in einen lockeren Arbeitstrab.

»Macht's Spaß?« fragte er. Er zog sich das Hemd aus, faltete es fein säuberlich und legte es über die Stuhllehne.

»Ich kann's kaum noch erwarten«, sagte sie und zog das Laken zurück. Sie gewährte ihm einen ausgiebigen Blick auf ihre Nacktheit, dann holte sie das Laken wieder ein. »Zieh dein Unterhemd aus, Liebling«, sagte sie, als er sich an sie kuschelte. Paula mochte es nicht, wenn von seinem Netzhemd ein Gittermuster auf ihren Brüsten zurückblieb.

Er richtete sich auf und zog sich das Unterhemd aus. Sein Bauch geriet ins Schlingern, bevor die Fettberge sich über den Gummiwulst der Unterhose legten. Mein Gott, dachte Paula, das ist ja, als wenn man von einem Wal gevögelt wird.

Er legte ihr die kalten Hände auf die Brüste.

»Warte noch«, sagte Paula. Sie streichelte ihm die Wangen. »Ich habe heute wieder eine kleine Überraschung für dich.«

Tucker stellte die Ohren auf. Er mochte Paulas kleine Überraschungen.

Sie kraulte ihm den Rücken, und Tucker grunzte vor Behagen. Er hörte, wie sie etwas sagte, aber er konnte die Worte nicht verstehen.

»Was?«

»Ob du heute früh mit Southworth zusammengetroffen bist?« wiederholte sie ihre Frage.

Er nickte.

»Und?« fragte sie.

»Und was?«

»Was hat der Gemeinderat entschieden?«

»Verdammt noch mal, darüber möchte ich jetzt nicht sprechen.« Er jaulte auf, als sie ihm ihre Nägel in den Rücken grub.

»Ich interessiere mich eben für alles, was du unter den Händen hast«, sagte Paula.

»Im Augenblick habe ich dich unter den Händen«, sagte Tucker, und wieder ahndete Paula die Bemerkung mit einem Kneifen.

Sie zog einen Schmollmund. »Du verstehst mich nicht, Rod. Ich interessiere mich für deine Geschäfte, weil du ein Mann mit Ideen bist. Du kannst in diesem Ort die Nummer eins werden.«

»Wohl wahr. Die Weichen sind gestellt.« Er legte sich auf den Rükken. Der Gedanke an Sex wich geschäftlichen Wunschträumen.

»Hat der Gemeinderat die Genehmigung für die Eröffnung einer Filiale gegeben?« fragte Paula.

»Nein, nein, so schnell geht das nicht. Aber die Ratsmitglieder hören jetzt sehr auf das, was Southworth vorschlägt, und das bedeutet, ich kriege im Endeffekt nicht nur eine lausige Filiale genehmigt, sondern einen zweiten Supermarkt, größer als der erste.« Er lachte vergnüglich in sich hinein.

»Dann möchtest du wahrscheinlich, daß ich die Leitung des Stammgeschäftes übernehme«, sagte sie vorsichtig. »Du könntest dich dann ganz um den neuen Laden kümmern.«

»Ähm – ja. Das könnte sein. Es ist aber noch zu früh, um das zu entscheiden, Liebes. Weißt du, wie es derzeit läuft, ist alles möglich.« Sie sah nicht, wie seine Miene sich verfinsterte.

Eben, dachte Paula. Alles ist möglich. Die Touristen würden nach Banfield hereinschwappen wie eine große, warme Woge, sobald die Story von den Wunderheilungen überall herum war. Und Tucker würde ganz vornean stehen, um den Segen und das Geld entgegenzunehmen. Sie, Paula, würde an seiner Seite sein, egal was Marcia Tucker dazu sagte.

Seine finstere Miene verschwand, als er über das Gespräch mit Southworth nachdachte. Der Hotelbesitzer gehörte nicht zu jenen, die leicht mitzureißen waren, aber angesichts der Möglichkeiten, die sich jetzt boten, hatte er seine gewohnte Zurückhaltung aufgegeben. Der Horsham District Council würde in den nächsten Monaten mit Plänen bombardiert werden, die alles Dagewesene in den Schatten stellten. Expansion war eine Notwendigkeit. Schon jetzt drängten sich die Neugierigen in den Gassen, und dabei standen sie erst am Anfang. Auch wenn kein einziges neues ›Wunder‹ passierte, die Legende war geboren. Das hatten die Presseberichte bewirkt.

Tucker schmunzelte. Der Hotelmanager hatte ihm das Zimmer nur überlassen, weil er genau wußte, daß Tucker den Raum schon nach einer oder zwei Stunden wieder freigeben würde, so daß es an einen anderen Gast vermietet werden konnte. Das Motel war ausgebucht. Journalisten und Fernsehleute hatten die meisten Zimmer belegt, den Rest teilten sich die Touristen. Er hatte versprechen müssen, daß er Paula vor zehn hinausbugsierte, zwei Kameraleute aus Holland würden das Zimmer belegen.

»Worüber freust du dich so?« fragte Paula.

»Auf die Dinge, die da kommen, mein Liebling. Banfield wird kopfstehen.«

Es war nicht kalt im Zimmer, trotzdem fuhr Paula ein eisiger Schauder über den Rücken. Sie brauchte ein paar Sekunden, bis sie das merkwürdige Gefühl verdrängt hatte.

»Wirst du dann überhaupt noch Zeit für mich haben, Rod?« Ihre Hand hatte sich in seine Unterhose geschoben.

»Für dich werde ich immer Zeit haben.« Er stöhnte vor Lust, als sie ihm mit einem Ruck die Hose herunterzog. Die Gedanken ans

Geschäft waren vergessen, die Begierde kehrte zurück. »He, du hast mir eine Überraschung versprochen.«

Paula setzte sich aufrecht, die Kugeln ihrer Brüste schlugen gegeneinander. Sie neigte sich zur Seite und ergriff eine in Zeitungspapier gewickelte Flasche, die auf dem Nachttisch lag. Sie entfernte das Papier. Tucker mußte grinsen, als er den Inhalt sah. »Hast du mir wieder die Regale leergeklaut?« frotzelte er.

»Ich weiß, daß du mir diesen Diebstahl verzeihen wirst, Rodney. Ich hab's geklaut, weil es Teil meiner kleinen Überraschung ist.«

Sie öffnete den Schraubverschluß und nahm einen kräftigen Schluck. *Crème de menthe* stand auf dem Etikett. Sie gurgelte und ließ die grüne Flüssigkeit über ihren Gaumen rinnen. Sie nahm einen zweiten Schluck und schüttelte sich. Ihre Augen waren halbgeschlossen, als sie die Flasche auf den Nachttisch zurückstellte. Paula sah auf einmal sehr verführerisch aus.

Tuckers Penis zuckte vor Erwartungsfreude. Der Kitzel, wenn ihre Lippen sich um sein Glied schlossen, würde unbeschreiblich süß sein.

Er lächelte, als sich ihr Kopf zu seinen Lenden schob. Alles in allem war es ein guter Tag gewesen.

Donnerstag, früh am Morgen

Alice trug noch ihr Nachtgewand. Sie stand am Fenster und starrte hinaus. Die Sonne stach ihr in die Augen, die Strahlen des Gestirns waren kalt. Die Laken auf der leichten Bettstelle waren zerwühlt, Alice hatte unruhig geschlafen. Es war sehr still im Kloster, denn es war noch sehr früh. Die Sonne war gerade erst aufgegangen. Bald würden sich die Nonnen in dem Raum versammeln, der als Kapelle benutzt wurde. Alices Mutter würde sich mit den Nonnen zum Gebet vereinen, sie würde den HERRN preisen für die Grande, die ER ihrer Tochter gewährt hatte.

Alices Gesicht war ausdruckslos.

Nur zwölf Nonnen lebten in diesem Kloster. Es war kein richtiges Kloster, nur ein großes Haus, das die Kirche vor zehn Jahren von einem Bühnenschauspieler erworben hatte, der Mann hatte sich zum Abschluß seiner Theaterkarriere in ein sonniges Klima abgesetzt. Die Wände des Hauses waren cremefarben gestrichen, Fensterrahmen und Türen waren weiß. Eine hohe Mauer aus Ziegelsteinen schützte die Nonnen vor der Neugier der Welt, die Zufahrt des Anwesens war mit einem schwarzen Tor, ebenso hoch wie die Mauer, bewehrt. Zu dem Gelände gehörte ein geräumiger Hof, der als

Parkplatz für den Morris 1100 und den Minibus, die einzigen Fahrzeuge des Klosters, benutzt wurde. Der Minibus wurde an den Werktagen eingesetzt, um die Kinder des Dorfes zu der vier Meilen entfernten katholischen Schule zu fahren. Die Nonnen unterrichteten in dieser Schule.

Tor und Mauer hatten sich in der vergangenen Woche als Bollwerk gegen die Reporterhunde bewährt. Die Journalisten hatten sehr bald herausgefunden, daß Alice Pagett im Kloster versteckt gehalten wurde.

Das Kloster lag im Süden des Dorfes, in der Nähe einer Straßenbeuge. Die Hauptstraße nach Brighton bog links ab, es gab eine Straße zweiter Ordnung, die geradeaus führte. Es gab eine Ansammlung von Garagen auf der anderen Seite der Hauptstraße, und die Nonnen wußten, daß der Garagenbesitzer die Büros über den Garagen an Fotografen und Fernsehreporter vermietet hatte, die von dort über die Klostermauer hinwegsehen konnten. Die Nonnen konnten wenig dagegen tun. Sie beteten, daß Alice durch den Rummel, der um sie entfacht wurde, keinen Schaden nehmen würde.

Der spartanisch eingerichtete Raum des kleinen Mädchens ging auf den Hof hinaus. Es gab ein schmales Bett, eher eine Pritsche, einen Stuhl, einen Strohteppich und ein Waschbecken. An der Wand hing ein hölzernes Kruzifix. Alice nahm jeden Abend zwei Puppen mit ins Bett, jeden Morgen fand die Mutter die Puppen in der Ecke des Zimmers, auf dem Boden.

Molly Pagett schlief in dem Raum, der sich neben dem Zimmer ihrer Tochter befand. Ihre Augen waren gerötet, weil sie aus Sorge um die Kleine kaum zur Ruhe kam. Seit der wunderbaren Heilung ihrer Tochter schien Molly Pagett um zehn Jahre gealtert. Schon früher war sie eine Frau gewesen, die der Kirche in Demut zugetan war. Inzwischen war die Liebe zur Kirche zur Besessenheit geworden.

Alice stand am Fenster, sie schien die Kälte nicht zu spüren. Sie schien die Vögel nicht zu sehen, die im Hof herumhüpften.

Sie haßte dieses Kloster, das so gar keine Bequemlichkeiten bot. Sie mochte das eintönige Grau nicht, in dem sich die Nonnen kleideten. Sie hatte es mit der Angst zu tun bekommen, als die Ärzte ihr mit Tests und immer mehr Tests zusetzten, sie hatte körperliche Untersuchungen über sich ergehen lassen müssen, und die Männer hatten Fragen über Fragen gestellt. Alice war es leid, die Fragen der Priester und der Nonnen zu beantworten.

Sie wollte fort aus dem Kloster.

Sie wollte die St.-Joseph's-Kirche wiedersehen.

Sie wollte den Baum wiedersehen.

Sie schrak zusammen, als sich auf dem Hof etwas bewegte. Eine Katze war von der hohen Mauer ins Blumenbeet hinabgesprungen. Alice sah ihr nach, wie sie über das Beet und über die feuchten Granitsteine des Hofpflasters schlich. Die Vögel waren aufgeflogen. Die Katze blieb stehen. Sie sah zum Fenster hinauf. Sie bemerkte die weiße Gestalt des Mädchens.

Die Katze setzte sich hin, um das Mädchen zu betrachten.

Alice lächelte, zum erstenmal seit Tagen. Ihre Hand glitt zu dem Fleischläppchen, das sich eine Handbreit unter ihrem Herzen auf der Haut gebildet hatte. Die Ärzte hatten großes Interesse für das merkwürdige Gewächs bekundet. Die Mutter hatte ihnen gesagt, das sei schon immer dagewesen, allerdings sei das Fleischläppchen inzwischen größer geworden. Die Ärzte befanden, das sei nichts, worüber man sich Sorgen machen müßte.

Aber die Stelle juckte, und das Gewächs nahm immer noch an Umfang zu. Alice rieb sich die Haut, sie blickte dabei die Katze an, und ihr Lächeln war nicht mehr das Lächeln eines elfjährigen Mädchens.

17

Im Schlummer vergaß ich meinen Schmerz,
Die Angst verschwand, daß mein Geheimnis ich bewahre.
Sie war ein Wesen ohne Herz,
Sie war von dieser Welt, stahl Tage mir und Jahre.
William Wordsworth

»Mach auf, Sue!«

Fenn legte das Ohr ans Türblatt, um zu lauschen. Er wußte, sie war zu Hause. Wenige Minuten vorher hatte er sie aus der Telefonzelle an der nahegelegenen Straßenecke angerufen. Er hatte grußlos aufgelegt, als sie sich meldete. In der vergangenen Woche hatte er sie zweimal angerufen. Beide Male hatte Sue aufgelegt, sie wollte nicht mit ihm sprechen. Zweimal hatte er sie besuchen wollen, beide Male war sie nicht zu Hause gewesen. Er hatte keine Genugtuung empfunden, als er in der Telefonzelle stand und den Hörer auflegte. Er wollte Sue nicht bestrafen. Er wollte endlich wieder mit ihr sprechen, und zwar von Angesicht zu Angesicht. Er war das

Versteckspiel satt. Wenn Sue wirklich Schluß machen wollte mit ihm, nun gut, aber dann sollte sie ihm das ins Gesicht sagen.

Eine arbeitsreiche, erfolggekrönte Woche lag hinter ihm. Der *Courier* hatte die Abdruckrechte der Story, die Fenn über ›Die Wunder von Banfield‹ geschrieben hatte, an überregionale Zeitungen in England und an ausländische Zeitungen verkauft, inzwischen lagen der Chefredaktion interessante Angebote vor für Folgeberichte und Interviews. Innerhalb von vier Tagen war er, Fenn, ein Mann der Medien geworden, das Phänomen Alice Pagett war untrennbar mit seinem Namen verbunden, denn er war es gewesen, der aus erster Hand, als Augenzeuge, über die Visionen Alices und über die Wunderheilungen berichtet hatte. Die Artikel hatten in der ganzen Welt Aufsehen erregt. Fenn fühlte sich obenauf, die Sache machte ihm ehrlich Spaß.

Hinter der Tür war das Rascheln ihres Kleids zu vernehmen.

»Ich bin's, Sue.«

Nur Schweigen.

»Komm schon, Sue, ich möchte mit dir reden.«

Die Türkette wurde zurückgeschoben. Die Tür öffnete sich eine Handbreit.

»Es gibt nichts, worüber wir sprechen müßten, Gerry.«

»Ach wirklich? Ist das wirklich deine Meinung?«

»Hast du getrunken?«

»Natürlich hab' ich was getrunken.«

Sie machte Anstalten, die Tür zu schließen. Er stemmte seinen Arm dagegen.

»Sue, laß uns miteinander sprechen. Ich verspreche dir, daß ich innerhalb von zehn Minuten wieder verschwinde.«

Sie schien unentschlossen. Dann zuckten die Augenbrauen in die Höhe. *Komm rein.* Ihr Kopf verschwand. Er stieß die Tür auf und folgte ihr durch den Flur ins Wohnzimmer. Der Raum war aufgeräumt, gemütlich, so wie Fenn es von seiner Freundin gewohnt war. Eine Schirmlampe brannte und verbreitete ein heimeliges Licht. Sue trug einen Morgenmantel.

»Wolltest du etwa schon zu Bett gehen?« fragte er. »Es ist doch erst kurz vor zehn.«

»Sehr spät für einen Besuch«, erwiderte sie. Sie nahm in einem Sessel Platz. Es fiel ihm auf, daß sie um das Sofa herumging wie die Katze um den heißen Brei. Er wollte sich zu ihr auf den Sessel setzen, aber sie deutete auf das Sofa. Er seufzte und gehorchte.

»Du bist ein bekannter Mann geworden«, sagte Sue nach einer Weile.

Er räusperte sich. »Ich hatte Glück, daß ich an Ort und Stelle war, als die Sache passierte. Der Traum jedes Reporters.«

»Und jetzt erntest du die Früchte. Wie schön für dich.«

»Das haben wir doch schon alles durchgekaut, Sue. Ich tue meine Arbeit, das ist alles.«

»Es war nicht ironisch gemeint, Gerry. Ich freue mich wirklich für dich. Und die Folgestories finde ich sehr sachlich geschrieben. Ohne die Übertreibungen, wie ich sie dir bei deinem ersten Bericht vorgeworfen habe.«

»Es bestand keine Notwendigkeit, zu übertreiben. Die Wahrheit war spektakulär genug.« Er widerstand dem Drang, vor ihr niederzuknien. »Und jetzt sag mir bitte, was überhaupt los ist, Sue. Warum hast du aufgelegt, als ich anrief? Warum willst du nichts mehr mit mir zu tun haben? Was zum Teufel habe ich denn verbrochen?«

Sie betrachtete ihre Hände. »Ich weiß nicht, ob's an dir liegt oder an mir, Gerry. Ich habe meinen Glauben an Gott wiedergefunden, ich habe keinen Sinn mehr für andere Dinge.«

»Meinst du, ein gläubiger Katholik darf keinen Menschen lieben?«

»Das meine ich natürlich nicht! Ich habe nur den Eindruck, du bist nicht der richtige Mann für mich.«

»Das ist ja herrlich! Entschuldige, aber wir beide sind sehr gut miteinander ausgekommen, bis du deinen religiösen Tick bekamst.«

»Du sagst es! Ich bin eine andere geworden, und du bist der gleiche geblieben.«

»Warum zum Teufel sollte ich eine Wandlung durchmachen? Ich bin nicht katholisch, verdammt noch mal.«

»Du bist Zeuge eines Wunders geworden. Bedeutet dir das nichts?«

»Wieso bist du so sicher, daß ich meinen Aufnahmeantrag beim katholischen Pfarrer noch nicht abgegeben habe? Du weißt ja gar nicht, was ich die Woche über getrieben habe. Vielleicht knie ich täglich in der Bank.«

»Hör auf mit den Witzen, Gerry. Ich habe deine Artikel gelesen, und ich weiß, daß du nach wie vor ein Atheist bist.«

»Vorhin hast du gesagt, die Artikel hätten dir gefallen.«

»Ich habe gesagt, ich finde deine Berichte *sachlich*. Kalt und sachlich.«

»Was hast du denn erwartet?«

»Ich habe erwartet, daß sich etwas in dir rührt, nachdem du das erlebt hast!«

Fenn machte große Augen. »Ich verstehe dich nicht.«

Ihre Antwort kam überraschend weich. »Das ist es ja, du verstehst mich nicht.«

Er schwieg.

»Alle anderen, die das Wunder beobachteten, haben eine tiefe innere Wandlung durchgemacht; ich weiß das, weil ich mit ihnen gesprochen habe. Sie glaubten, daß sie einem göttlichen Akt beigewohnt haben, und sie haben ihrem Leben eine neue Richtung gegeben. Aber du fühlst nichts! Du leugnest nicht, daß etwas Außergewöhnliches sich ereignet hat, aber es berührt dich nicht. Was ist los mit dir, Gerry?«

»Ich bin nicht der einzige, der sich in dieser Sache einen klaren Kopf bewahrt hat«, verteidigte er sich. »Pater Hagan scheint das alles eher peinlich zu sein. Er vermeidet jeden Kontakt zur Presse.«

»Hast du denn nicht gemerkt, daß der arme Mann von dem, was auf dem Feld geschah, völlig überwältigt war? Sechs Wunder. Die Levitation eines Kindes, das eine Vision der Jungfrau Maria hatte. Und das in seiner Gemeinde! Pater Hagan steht seit diesen Ereignissen unter einem schweren Schock. Du kannst seine Reaktion nicht mit der deinen vergleichen. Du hast die Gelegenheit beim Schopf ergriffen, dir als Journalist einen Namen zu machen.«

»Du bist unfair.«

»Das weiß ich. Aber ich hatte mir erhofft, daß dein Zynismus gebrochen wird.« Sie weinte, und Fenn überkam das Gefühl von Schuld.

Er ging zu ihr, kniete sich hin und ergriff sie bei den Handgelenken. Sie sah ihn an aus tränenfeuchten Augen.

»Oh, Gerry...«, sagte sie, und dann lag sie in seinen Armen, schmiegte ihren Kopf an seine Schulter.

Er mußte schlucken. Sonst gab er sich hart und kalt, wenn eine Frau weinte. Er hatte es gelernt, seine Gefühle gegen die Menschen zu panzern. Zu oft war er verletzt worden. Bei Sue versagte der Schutzschild. Er hielt sie an sich gedrückt. Jetzt war er selbst den Tränen nahe.

»Es tut mir leid«, brachte er hervor.

»Es ist nicht deine Schuld, Gerry«, sagte sie sanft. »Du bist, wie du bist. Vielleicht mache ich einen Fehler, wenn ich von dir erwarte, daß du dich änderst.«

»Ich liebe dich, Sue.«

»Ich weiß, daß du mich liebst, und ich wünschte mir, du liebtest mich nicht.«

Sie zog ihn an sich. »Gerry, ich bin mir nicht mehr sicher, ob ich dich liebe.«

Das tat weh. Gott, tat das weh. »Das ist wegen der Ereignisse mit Alice«, sagte er. »Es war alles etwas viel. Ich bitte dich nur um eines, Sue, mach' nicht den Antichristen aus mir.«

»Es ist nur... Ich sehe dich jetzt in einem ganz anderen Licht, Gerry. Daß du deine Fehler hast, das wußte ich, aber...«

»Ich habe Fehler?«

»Ich kenne deine schwachen Stellen, und ich habe immer die Augen davor verschlossen. Aber jetzt sind wir in Streit geraten...«

»Ich habe keinen Streit mit dir, Baby.«

»Warum fühlst du dann nicht wie ich? Warum betrachtest du die Wunder nur als Sprungbrett für deine Karriere, als journalistisches Ereignis, das dir hilft, Geld zu verdienen?«

Er machte sich von ihr frei. »Eines will ich dir sagen! Ich gebe zu, daß ich die Story ausschlachte, die mir da in den Schoß gefallen ist. Das würde jeder Reporter tun, der diesen Namen verdient. Aber außer mir gibt es andere, welche die Wunder von Banfield für ihre Zwecke nutzen. Gleich nach dem ersten Artikel, den ich über Alices Vision im *Courier* schrieb, hat sich ein gewisser Southworth mit mir in Verbindung gesetzt. Ihm gehört das Crown Hotel in Banfield, er sitzt im Gemeinderat und verfügt, soweit ich das feststellen konnte, über recht viel Land in der Gegend. Er und ein gewisser Tucker wollten mich anheuern, um den Rummel mit gezielten Folgeveröffentlichungen am Kochen zu halten. Das war noch vor der Levitation, und die beiden hatten die feste Absicht, die Presse für ihre Zwecke einzuspannen. Daß Alice geheilt worden ist, genügte ihnen nicht.«

Er setzte sich auf seine Fersen. »Es wird dich interessieren, daß ich das Angebot abgelehnt habe.«

»Das hat nichts zu bedeuten. Zwei von...«

»Bist du in den letzten Tagen mal im Dorf gewesen?«

»Ich bin zur St.-Joseph's-Kirche gefahren, jawohl!«

»Ich meine nicht die Kirche, ich meine das Dorf. Die Ladeninhaber kennen nur noch ein Thema: das Geld, das jetzt in ihre Kassen fließt. Eine Reihe von Grundstückseigentümern hat bei der Gemeinde Baugenehmigungen eingereicht, sie wollen Souvenirläden errichten, Teestuben, Restaurants, Pensionen! Sie wollen das Geld abschöpfen, das die Touristen ins Dorf tragen.«

»Jetzt übertreibst du aber!«

»Wirklich? Du mußt es dir mal aus nächster Nähe ansehen. Banfield ist von einer Krankheit gepackt, und der Erreger ist klar identifiziert. Zum erstenmal in seiner ganzen Geschichte steht der kleine Ort im Mittelpunkt des allgemeinen Interesses. Vielleicht liegt es daran, daß die Menschen die Berichte über Kriege, über Mord und Gewalt leid sind, vielleicht werden sie von ihren Gefühlen überwältigt, weil endlich einmal etwas Gutes passiert ist, ein Ereignis, das den Glauben an das Gute belohnt. Alle Menschen freuen sich, wenn ein Wunder passiert, weil das Ereignis die schlechte, verdorbene Welt aufhebt, in der wir leben. Vergessen wir nicht, daß dieses Zeitalter mit dem Unfehlbarkeitsanspruch der Wissenschaft angetreten ist. Alles was geschieht, hat eine vernünftige Erklärung, so lautet die These. Religion ist Wunschdenken für die Massen, Liebe ist die Chemie der Körper, Kunst ist die Wiederauferstehung konditionierter Reflexe. Und mitten in diesem Zeitalter der Wissenschaft geschieht etwas, wofür es *keine* Erklärung gibt!«

»Vorhin hast du gesagt, daß die Leute im Dorf aus der Sache materiellen Nutzen ziehen.«

»Sicher tun sie das, aber das bedeutet doch nicht, daß sie nicht an die Wunder glauben.«

»Ich kann mir nicht vorstellen, daß alle vom Goldrausch gepackt sind.«

»Da hast du recht. Es gibt viele, die sich ganz einfach über die Tatsache des Wunders freuen. Sie sind stolz, daß die Vorsehung Banfield zum Schauplatz für das Erscheinen der Madonna bestimmt hat.«

Sie hatte aufmerksam zugehört. Es gab keine Spur Ironie in seinen Worten.

»Die Menschen in Banfield sind glücklich«, fuhr er fort. »Sie sind überwältigt von dem Wunder. Und sie sind dankbar. Sicher, es gibt ein paar, die mit dem Ganzen nichts zu tun haben möchten, es gibt sogar welche, die wegen dieser Ereignisse aus Banfield wegziehen werden, aber das ist eine Minderheit. Die große Mehrheit schwelgt in dem Glanz, den die Wunder über Banfield ausgeschüttet haben.«

»Was ist daran so schlimm?«

Er schüttelte den Kopf. »Warte mal, bis die Kollegen ihre Artikel veröffentlichen! Da kannst du dann das Interview mit der Nachbarin lesen, daß sie Alice Pagett schon als Säugling kannte, und wie das Kind später einmal pro Woche in ihren Laden gekommen ist, um Bonbons zu kaufen, daß sie über fünf Ecken mit dem Mädchen verwandt ist, daß ihre Hämorrhoiden besser geworden sind, als sie an der St. Joseph's Kirche vorbeiging, und daß ihre Migräne verschwunden ist, als Alice ihr zulächelte. Du denkst vielleicht, Scheckbuchjournalismus ist ein veralteter Vorwurf, Sue, aber du wirst es selbst erleben, wieviel Menschen in Banfield ihre Würde an die Zeitungen verscherbeln. Du wirst staunen, wieviel ›nahe Freunde‹ die Familie Pagett hat, und noch mehr wirst du staunen, wenn du die sehr privaten Enthüllungen liest, die solche Freunde den Reportern in den Block diktieren. Das Dorf wird einen völlig neuen Charakter bekommen, Sue, und auch das äußere Bild wird sich entscheidend wandeln.«

Sie starrte ihn an. Der kommerzielle Aspekt des mystischen Ereignisses war ihr noch gar nicht bewußt geworden. Und das, obwohl sie selbst Journalistin war.

Fenn widerstrebte es, ihr die letzten Illusionen zu nehmen, aber der Wunsch, seine Ehre zu retten und ihr seine wahren Motive darzulegen, war übermächtig. »Der Tag ist nicht mehr fern, wo du an Läden mit religiösem Kitsch vorbei mußt, bevor du in die Kirche kommst«, fuhr er fort. »Die Madonna im Schneesturm, die Madonna mit eingebauter Glühbirne und Batterie, die Madonna zum An- und Ausziehen, Rosenkränze, Postkarten, Kruzifixe, Medaillons – alles, was du dir nur vorstellen kannst, wird in den Andenkenläden verkauft werden.«

»Die Kirche wird dabei nicht mitmachen...«

»Die Kirche wird dabei in der ersten Reihe mitmarschieren.«

»Das glaube ich nicht!«

»Glaubst du denn, die katholische Kirche kann in einer Zeit, wo jeden Tag weniger Leute zur Messe gehen, auf die Vorteile verzichten, die ihnen das Spektakel bietet? Immer mehr junge Priester hängen das Priesteramt an den Nagel, und sei es nur, damit sie heiraten können. Die Frauen bedrängen die Kirche, sie wollen als Seelsorgerinnen zugelassen werden, der Vatikan steht unter Beschuß, weil er seinen Reichtum hortet, anstatt das Geld den Verhungernden zu geben oder den Unterprivilegierten zu helfen. Der Vatikan wird kritisiert, weil er die Gewalt in Nordirland nicht strenger verurteilt, er wird offen verspottet, weil er bei der Geburtenkontrolle, der Scheidung und vielen anderen Streitfragen überholte Ansichten vertritt, Ansichten, die keinen Bezug mehr zu den Realitäten haben. Die Kirche braucht Wunder, um zu überleben!«

Sue wich vor ihm zurück. Erst jetzt merkte Fenn, daß er sich in Rage geredet hatte. Er mäßigte seinen Ton. »Als im Jahre 1981 das Attentat auf den Papst geschah, als dieser schwache, alte Mann mit Kugeln vollgepumpt wurde, da fanden Millionen von Katholiken zu ihrem Glauben zurück. Auch viele Atheisten verspürten so etwas wie Schmerz und Scham. Als der Papst die schweren Verletzungen *wie durch ein Wunder* überlebte, da gab es wohl niemanden in der Welt, der vor dem Amt des Papstes nicht Respekt verspürte, eine Wertschätzung, die vorher nicht in dieser Breite existiert hatte. Das Gute hatte triumphiert. Und was jetzt in Banfield passiert ist, stellt ebenfalls den Triumph des Guten dar, es ist noch viel spektakulärer als das Überleben des Papstes. Sechs vielfach bezeugte Wunderheilungen, eine mutmaßliche Levitation, eine Erscheinung der Jungfrau Maria. Es steht für mich hundertprozentig fest, daß die katholische Kirche sich das zunutze machen wird.«

»Pater Hagan wird nicht zulassen, daß die Wunder kommerziell ausgebeutet werden.«

»Pater Hagans Proteste werden niedergewalzt werden. Bischof Caines ist ein ehrgeiziger Mann. Es gibt den Typus des Aufsteigers auch in der kirchlichen Hierarchie, mußt du wissen. Wie es heißt, hat der Bischof den Ankauf des Feldes veranlaßt. Ich meine das Feld, wo die Wunder geschahen. Der Bauer ist gewillt, zu verkaufen, er braucht Geld.«

»Was für einen Sinn soll es denn haben, wenn die Kirche das Feld, wo Alice die Vision hatte, zum Gelände von St. Joseph eingemeindet?«

»Das siehst du nicht? Die Kirche muß Eigentümer des Feldes sein, wenn sie sich um die Pilger kümmern will, die bald die Stätte überfluten werden. Der Bischof wird sich noch in ganz anderer Weise der Wunder von Banfield annehmen. Er hat zum Beispiel für morgen eine Pressekonferenz anberaumt.«

»Das überrascht mich nicht bei dem großen Interesse, das in der Öffentlichkeit für dieses Thema besteht.«

»Warten wir ab, wie die Pressekonferenz verläuft. Da wird man dann sehen, ob der Bischof dementiert, ob er ausweicht oder ob er den Wunderglauben ganz offen ermutigt.«

»Wirst du hingehen?«

»Könnte ich es mir leisten, *nicht* hinzugehen?«

Sue wischte sich den Schweiß von der Stirn. Er lehnte sich zu ihr, bis ihr Knie die Innenseite seiner Schenkel berührte. »Ist wohl eine Parteitagsrede geworden«, sagte er. »Tut mir leid. Ich wollte dir nur klarmachen, ich bin nicht der einzige, der auf diesen Zug aufgesprungen ist.«

Sie tätschelte seine Wange. »Ich weiß immer noch nicht, ob ich dir trauen kann, Gerry. Vielleicht haben uns die Wunder verändert. Vielleicht bringen diese Ereignisse bei den einen das Gute und bei den anderen das Schlechte zum Vorschein.«

»Vielleicht sind einige Menschen leichtgläubiger als andere.«

»Was willst du damit sagen?«

»Vielleicht läßt du dich von Phänomenen beeindrucken, die überhaupt nichts mit Mystik zu tun haben.«

»Die Kraft des Gedankens kann Berge versetzen, meinst du. Auch wenn Gott nicht im Spiel ist. Habe ich dich richtig zitiert?«

»In etwa. Jedenfalls wäre das eine Erklärung, für die es keine Gegenbeweise gibt. Oder hast du welche?«

»Deine zehn Minuten sind um.«

»Das ist mal wieder typisch! Du bist nicht bereit, dir die Argumente des anderen anzuhören. Bin ich durch die Ereignisse, die auf dem Feld stattgefunden haben, für dich ein Satansjünger geworden, vor dessen Einflüsterungen du dir die Ohren zuhalten mußt? Ich erinnere mich daran, daß wir früher sehr vernünftige Diskussionen miteinander hatten, verdammt noch mal. Hast du wegen der religiösen Gefühle, die dich durchströmen, aufgehört, mich zu lieben?«

Sie ließ seine Frage unbeantwortet.

»Also gut, lassen wir die These von der Kraft des Gedankens einmal außer acht. Gehen wir davon aus, daß die sogenannten ›Wunder‹ in einem religiösen Kontext zu sehen sind. Ich frage dich: Was hat Jesus Christus anderes getan, als zwölf gute PR-Fachleute anzuheuern? Vier davon haben einen Bestseller geschrieben. Seine Lebensgeschichte. Du wirst einen Menschen wie mich vermutlich nicht als späten Jünger des Heilands einstufen, aber steht nicht in der Bibel, daß man für eine Arbeit die besten Werkzeuge verwenden soll, die man kriegen kann? Vielleicht bin ich ein solches Werkzeug, das von Gott eingesetzt wird.«

Sues Gesicht war finster, und doch wußte Fenn, diese Runde hatte er gewonnen. Nach einer Weile spürte er ihre Hände hinter seinem Kopf. Sie zog ihn auf sich.

»Ich weiß noch gar nicht recht, was ich denken soll, Gerry. Vielleicht habe ich wirklich den Kopf in den Sand gesteckt. Vielleicht sollte man die Dinge wirklich nicht so introvertiert sehen, wie ich es bisher tat.« Sie küßte ihn auf das Haar. »Dein Zynismus hat vielleicht auffrischend gewirkt. Wer weiß. Die Gefahr, daß man bei einer solchen Sache von seinen Gefühlen mitgerissen wird, ist sehr groß.«

Er hielt den Mund. Nur nicht die Stimmung, die jetzt entstanden war, wieder kaputtmachen. Er sah ihr in die Augen. »Alles, was ich will, ist: zieh nicht deine Zugbrücke hoch, wenn ich zu dir komme. Du brauchst dem nicht zuzustimmen, was ich sage, aber du kannst versichert sein, ich meine es ehrlich. Ich finde, das solltest du respektieren.« Er küßte sie auf das Kinn. »Was meinst du?«

Sie nickte. Ihre Lippen fanden zu seinem Mund, und plötzlich wurde Fenn bewußt, daß die lange Enthaltsamkeit Sue sehr, sehr hungrig gemacht hatte.

Es war dunkel, die Vorhänge waren zugezogen.

Ein paar Sekunden lang wußte Fenn nicht, wo er war. Als es ihm einfiel, stahl sich ein Lächeln auf seine Lippen. Er und Sue hatten miteinander geschlafen. Er hatte fast Angst vor ihr bekommen, so leidenschaftlich war sie gewesen. Sie war ausgehungert gewesen. Fenn war erschöpft. Es war eine angenehme Erschöpfung. Er spürte, wie Sue sich im Schlaf bewegte.

Er legte ihr die Hand auf den Rücken und war überrascht, wie warm ihre Haut war. Er schob sich hinter sie und ließ seine Hand über ihren Hals gleiten. Sue zuckte zusammen.

»Sue?« flüsterte er.

Sie sprach im Schlaf. Ihre Lippen zitterten.

Fenn schüttelte sie an der Schulter. Ein Alptraum, dachte er. Vorsichtig verstärkte er die Bewegung.

Ihr Atem ging schneller. »Sie – ist es nicht.«

»Sue, wach auf.« Er tastete nach ihren Brüsten. Seine Hand kam schweißtriefend zurück.

Er knipste die Nachttischlampe an. Sue wandte den Kopf zur Seite. Was sie murmelte, war nur mit großer Anstrengung zu verstehen. »Sie ist es nicht...«

»So wach doch auf, Sue!« Er schüttelte sie so fest, daß sie die Augen aufriß.

Die Angst in ihren Augen erschreckte ihn.

Und dann senkte sich etwas wie Nacht und Düsternis über ihre Pupillen. Sie erkannte ihn. »Gerry, was ist?«

Ein Seufzer der Erleichterung entglitt seinen Lippen. »Nichts, Kleines«, sagte er. »Du hast nur schlecht geträumt.«

Er knipste das Licht wieder aus und nahm sie in die Arme. Nach wenigen Atemzügen war sie wieder eingeschlafen.

Fenn lag noch lange wach.

18

»Das hat dir der Teufel gesagt, das hat dir der Teufel gesagt«, schrie das Männlein und stieß mit dem rechten Fuß vor Zorn so tief in die Erde, daß es bis an den Leib hineinfuhr, dann packte es in seiner Wut den linken Fuß mit beiden Händen und riß sich selbst mitten entzwei.

Aus den Märchen der Gebrüder Grimm: Rumpelstilzchen

DAILY MAIL: Gibt es eine offizielle Verlautbarung des Vatikans, was die Wunder von Banfield anbetrifft?

BISCHOF CAINES: Das einzige, was wir zu diesem frühen Zeitpunkt offiziell sagen können ist, die heilige römisch-katholische Kirche erkennt an, daß sich auf dem Gelände der St. Joseph's Kirche eine Reihe von außergewöhnlichen Heilungen ereignet haben...

DAILY MAIL: Entschuldigen Sie, daß ich Sie unterbreche, Bischöfliche Gnaden, aber Sie sagten gerade, die Heilungen hätten sich auf dem Gelände der St. Joseph's Kirche ereignet. War es nicht in Wirklichkeit auf dem angrenzenden Feld?

BISCHOF CAINES: Das ist richtig, aber doch so nahe dem Friedhofsgelände, daß der Ort als der Kirche zugehörig betrachtet werden kann. Ich sollte Ihnen vielleicht sagen, daß die Kirche das Feld käuflich erwerben wird, die notwendigen Dokumente werden morgen oder übermorgen unterzeichnet werden. Um aber auf Ihre ursprüngliche Frage zurückzukommen: die sechs außergewöhnlichen Heilungen, die sich auf dem Gelände der St. Joseph's Kirche ereignet haben – ich sollte vielleicht von angeblichen Heilungen sprechen – müssen noch eingehend von einer eigens zu diesem Zweck zu gründenden Ärztekommission untersucht werden. Was die Kommission herausfindet, werden wir der Internationalen Ärztekommission unterbreiten. Es wird keine neuen Erklärungen in dieser Sache geben, bevor nicht die Internationale Ärztekommission alle Aspekte der sechs Fälle untersucht hat.

REUTERS: Handelt es sich bei der Internationalen Kommission, von der Sie sprechen, um die gleichen Ärzte, die mit der Prüfung der Wunder von Lourdes beauftragt werden?

BISCHOF CAINES: Ja.

CATHOLIC HERALD: Aber die Kommission kann nur eine Empfehlung aussprechen, daß die Heilungen von Banfield als Wunderheilungen gelten sollen, richtig?

BISCHOF CAINES: Richtig. Als Bischof der Diözese, wo die Heilungen stattfanden, liegt die endgültige Entscheidung, ob wir von Wunderheilungen zu sprechen haben, bei mir.

THE TIMES: Haben Sie zu dieser Frage jetzt schon eine Meinung?

BISCHOF CAINES: Nein.

THE TIMES: Obwohl Sie mit Alice Pagett und anderen Personen, die hier eine Rolle spielen, zum Beispiel mit Hochwürden Hagan, gesprochen haben?

BISCHOF CAINES: Ich finde die ganze Angelegenheit gelinde gesagt, faszinierend, aber ich kann zu diesem Zeitpunkt unmöglich ein Urteil abgeben.

WASHINGTON POST: Bischof Caines, was würde denn, nach Auffassung der Kirche, ein Wunder darstellen?

BISCHOF CAINES: Eine Heilung, die nach dem derzeitigen Stand der Wissenschaft medizinisch nicht zu erklären ist.

DAILY EXPRESS: Wann wird die Ärztekommission denn gegründet?

BISCHOF CAINES: Eben jetzt.

DAILY EXPRESS: Und wie wird die Kommission im einzelnen vorgehen?

BISCHOF CAINES: Ich sollte vielleicht zunächst einmal sagen, wie sie sich zusammensetzt. Wir werden zwölf Ärzte bestimmen...

JOURNAL DE GENEVE: Alles Katholiken?

BISCHOF CAINES: Mit Sicherheit nicht alles Katholiken.

DAILY EXPRESS: Wird es sich bei dieser Gruppe von Ärzten um eine unabhängige Kommission handeln?

BISCHOF CAINES: Absolut. Zwar werden der Leiter der Kommission und einige ihrer Mitglieder der katholischen Kirche angehören, aber die übrigen Ärzte werden aus interessierten Kreisen der Medizin und der Forschung ausgewählt. Die Ärzte werden die Krankengeschichte der geheilten Personen genauestens prüfen, sie werden mit den behandelnden Ärzten sprechen und mit dem ärztlichen Personal der Krankenhäuser, wo die Kranken behandelt worden sind. Sie werden die geheilten Personen natürlich auch selbst untersuchen, von jedem wird ein Dossier angelegt. Die Ergebnisse der Untersuchungen werden der Internationalen

Ärztekommission vorgelegt, diese wird dann ihre Empfehlung an die Kirche formulieren.

ASSOCIATED PRESS: Welche Kriterien sind maßgebend? Für ein Wunder, meine ich.

BISCHOF CAINES: Vielleicht kann Monsignore Delgard diese Frage beantworten.

MONSIGNORE DELGARD: Ich möchte hier eines ganz klar zum Ausdruck bringen: die Ärztekommission und auch die Internationale Kommission wird nur Stellung zu der Frage nehmen, ob es eine Erklärung für die Heilungen gibt, nicht zu der Frage, ob es sich um ein Wunder handelt.

ASSOCIATED PRESS: Wo liegt der Unterschied?

MONSIGNORE DELGARD: Bischof Caines sagte bereits, eine Bedingung ist, daß die Heilung nach dem derzeitigen Stand der Wissenschaft medizinisch nicht zu erklären ist. Zu dieser Frage wird sich die Internationale Kommission äußern, nicht zu der Frage, ob die Heilungen einen religiösen Hintergrund haben. Was heute medizinisch nicht erklärt werden kann, kommt uns, wenn die Forschung ein paar Jahre weiter ist, vielleicht völlig logisch vor. Der Bischof und seine Ratgeber müssen die religiösen Aspekte der Heilungen prüfen, sie und nur sie haben darüber zu befinden, ob die Heilungen dem Eingreifen Gottes zu verdanken sind.

Die beiden genannten Kommissionen beschränken sich auf die Klärung folgender Punkte:

War die Heilung eine Sofortheilung? Kam sie unerwartet, oder gab es einen Zeitraum der Konvaleszenz?

Ist die Heilung vollständig?

Ist die Heilung von Dauer? Um diese Frage zu beantworten, meine Damen und Herren von der Presse, ist vor allem Zeit notwendig. Drei oder vier Jahre sollten vergangen sein, bevor man zu dem Urteil kommt, daß eine Heilung endgültig ist.

Weitere Punkte, die von den Kommissionen geklärt werden:

Wie ernsthaft war die Erkrankung?

Handelte es sich um eine organische Erkrankung? Zum Beispiel würde eine Krankheit, die infolge geistiger Störungen entsteht, eine Wunderheilung ausschließen.

Gibt es Tests, Röntgenbefunde oder Biopsieberichte, mit denen sich nachweisen läßt, daß tatsächlich eine Erkrankung vorgelegen hat?

Könnte die Heilung ganz oder teilweise auf die ärztliche Behand-

lung zurückzuführen sein, die dem Kranken vorher zuteil geworden ist?
Dies sind die Kriterien, auf die sich die Kommissionen bei ihren Untersuchungen zu konzentrieren haben. Es gibt noch ein paar andere, die jedoch mehr technischer Natur sind. Ich glaube, ich habe Ihnen mit den genannten Punkten das Wesentliche vermitteln können.

PSYCHIC NEWS: Könnten Sie uns sagen, welche Rolle Sie, Monsignore Delgard, in der ganzen Angelegenheit spielen?

BISCHOF CAINES: Vielleicht sollte *ich* Ihnen diese Frage beantworten. Als die erste Heilung geschah, als Alice Pagett nach sieben Jahren auf einmal wieder hören und sprechen konnte, war die Folge ein ungeheures Interesse der Öffentlichkeit. Ich kam damals zu dem Entschluß, Pater Hagan einen Helfer zuzuteilen, der ihn bei der Konfrontation mit den vielen Menschen, die unweigerlich in die St. Joseph's Kirche strömen würden, unterstützen und leiten konnte.

PSYCHIC NEWS: Ist es richtig, Monsignore Delgard, daß Sie in der Vergangenheit bei der Untersuchung ungewöhnlicher Phänomene eingeschaltet waren?

MONSIGNORE DELGARD: Ja, das ist richtig.

PSYCHIC NEWS: Würden Sie die Phänomene, bei deren Untersuchung Sie eingeschaltet waren, als paranormal bezeichnen?

MONSIGNORE DELGARD: *(Pause.)* So könnte man sie bezeichnen, denke ich.

PSYCHIC NEWS: Trifft es zu, daß Sie in mehreren Fällen den Exorzismus durchgeführt haben?

MONSIGNORE DELGARD: Ja.

PSYCHIC NEWS: Glaubten Sie, oder glauben Sie heute, daß Alice Pagett besessen ist?
(Gelächter.)

MONSIGNORE DELGARD: Vom Teufel?
(Gelächter.)

PSYCHIC NEWS: Vom Teufel oder von bösen Geistern.

MONSIGNORE DELGARD: Ich halte das für unwahrscheinlich. Das Kind macht einen recht ausgeglichenen Eindruck.

PSYCHIC NEWS: Warum hat man Sie denn dann...

BISCHOF CAINES: Ich habe bereits erklärt, warum Monsignore Delgard zeitweilig nach St. Joseph's beordert wurde. Es trifft zu, daß der Monsignore im Laufe der Jahre im Auftrag der Kirche eine Reihe von merkwürdigen Vorfällen untersucht hat, er hat sich

auch mit dem Studium bestimmter psychischer Phänomene befaßt, aber bei alledem ist der Monsignore mehr als des Teufels Advokat aufgetreten, wenn der Ausdruck hier erlaubt ist, weniger als Hexenjäger.
(Gelächter.)
Sehen Sie, die katholische Kirche steht oft vor dem Problem, daß sie ungewöhnliche Ereignisse untersuchen muß, weil Gläubige einer bestimmten Gemeinde oder der Geistliche dieser Gemeinde das von ihr erwartet. Wir leben, wie Sie wissen, in einer Welt, wo menschliche Logik nicht immer anwendbar ist. Monsignore Delgard untersucht, wenn er derartige Vorkommnisse zu beurteilen hat, sowohl die normalen als auch die paranormalen Aspekte. Gewöhnlich gelingt es ihm, einen Ausgleich zwischen den beiden Gegensätzen herzustellen. Bei den Ereignissen auf dem Gelände der St. Joseph's Kirche haben wir es ohne Zweifel mit paranormalen Phänomenen zu tun, und so war es nur logisch, daß die Kirche einen Mann einschaltete, der in solchen Dingen Erfahrungen hat. Die Tatsache, daß Monsignore Delgard bei anderen Gelegenheiten den Exorzismus durchgeführt hat, ist hier vollkommen irrelevant. Haben Sie noch weitere Fragen?

DAILY TELEGRAPH: Gerüchteweise ist zu hören, daß Alice Pagetts Erkrankung auf psychosomatische Ursachen zurückzuführen war. Stimmt das?

BISCHOF CAINES: Das können nur die Ärzte, im konkreten Fall die Internationale Kommission, beantworten. Ich halte es aber für unwahrscheinlich, daß die Krankheit in allen sechs Fällen auf psychosomatische Ursachen zurückzuführen ist.

LE MONDE: Was sagt die Katholische Kirche zum Phänomen der Wunderheilung?

BISCHOF CAINES: Jesus Christus war der größte Wunderheiler aller Zeiten.
(Gelächter.)

GAZETTE (KENT): Ich habe eine Frage an Pater Hagan. Vor ein paar Jahren waren Sie Hilfsgeistlicher in einem Ort in der Nähe von Maidstone, nicht wahr?

PATER HAGAN: (Pause.) Jawohl, die Ortschaft hieß Hollingbourne.

GAZETTE (KENT): Sie waren nicht sehr lange in Hollingbourne, oder?

PATER HAGAN: Ungefähr sechs Monate, glaube ich.

GAZETTE (KENT): Sie haben die Gemeinde damals recht plötzlich wieder verlassen. Darf ich fragen, warum?

PATER HAGAN: (Pause.) Als Hilfspriester wurde ich in der Gemeinde eingesetzt, in der ich am dringendsten gebraucht wurde. Oft entstanden plötzliche Vakanzen, daraus ergibt es sich, daß mein Aufbruch aus der einen oder anderen Gemeinde recht plötzlich vor sich gehen konnte.

GAZETTE (KENT): Es gab also keinen anderen Grund, warum Sie Hollingbourne verließen?

PATER HAGAN: Soweit ich mich erinnern kann, war der Geistliche der St. Markuskirche in Lewes krank geworden, ich wurde dort dringend gebraucht.

GAZETTE (KENT): Kein anderer Grund?

BISCHOF CAINES: Pater Hagan hat Ihre Frage bereits beantwortet. Darf ich um die nächste Frage bitten?

DAILY TELEGRAPH: Könnte es sich bei den angeblichen Wunderheilungen nicht um einen ausgemachten Schwindel handeln?

BISCHOF CAINES: Wenn, dann wäre es ein sehr gekonnter Schwindel. Ich frage mich auch, warum sollten die Beteiligten einen solchen Schwindel aufführen?

DAILY TELEGRAPH: Wird Banfield nicht in beträchtlichem Maße finanziell von dem Pilgertourismus profitieren?

BISCHOF CAINES: Ja, das ist anzunehmen. Schon jetzt ist der kleine Ort in aller Munde, und ich gehe davon aus, daß die Touristen in Scharen zur St. Joseph's Kirche strömen werden, noch bevor die Untersuchungsergebnisse der Ärztekommissionen vorliegen. Ihre Frage, ob alles Schwindel ist, enthält trotzdem wenig Substanz, es sei denn, Sie wollen behaupten, daß die Kinder und der Erwachsene, die geheilt worden sind, in Wirklichkeit Schwindler und Lügner und zudem noch außerordentlich begabte Schauspieler ...

(Gelächter.)

... sind. Ein Schwindel wäre auch nur durchführbar, wenn die Eltern der Kinder und die bisher behandelnden Ärzte mit unter der Decke stecken.

L'ADIGE: Alice Pagett behauptet, die Jungfrau Maria sei ihr erschienen. Können Sie dazu etwas sagen?

BISCHOF CAINES: Zu diesem Zeitpunkt: nein.

NEW YORK TIMES: Hat denn sonst niemand etwas gesehen? Pater Hagan, Sie waren zweimal dabei, als das Kind, seinen eigenen Bekundungen zufolge, die Jungfrau Maria sah. Haben Sie etwas gesehen?

PATER HAGAN: Ich – nein, ich habe nichts gesehen.

NEW YORK TIMES: Aber Sie haben gespürt, daß etwas Merkwürdiges vor sich ging?

PATER HAGAN: Es lag eine gewisse Spannung in der Luft, das ist richtig. Ich kann mich allerdings nicht mehr sehr genau an das Gefühl erinnern.

OBSERVER: Hatte es etwas mit der Stimmung der Menge zu tun?

PATER HAGAN: Ich glaube, ja.

OBSERVER: Es tut mir leid, Pater, ich habe Sie nicht verstanden.

PATER HAGAN: Ich sagte, ich glaube, ja. Beim letztenmal waren die Kinder um Alice in einer ähnlichen Trance wie sie selbst. Als ich sie später dazu befragte, konnten sie sich an nichts erinnern.

DAILY MIRROR: Welche Maßnahmen hat die Kirche ergriffen, um zu verhindern, daß die angeblichen Wunderheilungen kommerziell ausgebeutet werden?

BISCHOF CAINES: Die Kirche kann die örtlichen Gewerbetreibenden und Geschäftsleute nicht daran hindern, die Situation für sich auszunützen, dieser Bereich entzieht sich unserem Einfluß. Wir können nur darauf hoffen, daß die Geschäftswelt die gebotene Zurückhaltung walten läßt.

MORNING STAR: Aber wird die katholische Kirche die Situation nicht für sich selbst ausbeuten?

BISCHOF CAINES: Warum sollten wir das tun?

MORNING STAR: Reklame.

BISCHOF CAINES: Gott braucht keine Reklame.

(Gelächter.)

STANDARD: Aber es wäre der Kirche ganz recht, wenn die Sache möglichst viel Schlagzeilen macht, oder?

BISCHOF CAINES: Im Gegenteil. Die ganze Publicity in dieser Sache kann sich für die Kirche als Bumerang erweisen. Viele Kirchgänger werden sehr enttäuscht sein, sollten sie eines Tages von den Medizinern belehrt werden, daß die Wunder von Banfield keine Wunder waren. Das ist auch der Grund, warum die katholische Kirche in diesen Angelegenheiten mit großer Behutsamkeit vorgeht.

ASSOCIATED PRESS: Bis zu dem Extrem, daß weltliche Experten eher geneigt sind, an ein Wunder zu glauben, als kirchliche Experten.

BISCHOF CAINES: In den meisten Fällen ist es so, wie Sie sagen. Die Ärztekommission in Lourdes hat zum Beispiel befunden, daß es sich bei den allermeisten Heilungen, die in jenem Wallfahrtsort bekundet sind, nicht um Wunderheilungen handelt. Ich glaube, seit dem Jahre 1858 sind nur sechzig Heilungen als Wunder anerkannt worden.

OBSERVER: Viele Zeugen bekunden, daß sie Alice vergangenen

Sonntag im Zustand der Levitation beobachtet haben. Dürfte ich Pater Hagan und Monsignore Delgard fragen, ob die Levitation wirklich stattgefunden hat?

MONSIGNORE DELGARD: Ich bin nicht sicher. Ich stand ziemlich weit weg von Alice. Um die Wahrheit zu sagen: ich kann mich nicht genau erinnern.

OBSERVER: Und Sie, Pater Hagan?

(Schweigen.)

MONSIGNORE DELGARD: Pater Hagan und ich standen nebeneinander. Ich weiß nicht mehr, ob...

PATER HAGAN: Alice hat geschwebt.

(Mehrere Fragen zur gleichen Zeit.)

ECHO DE LA BOURSE: Haben Sie das wirklich gesehen?

PATER HAGAN: Ich hatte den Eindruck. Das Gras auf dem Feld ist allerdings recht hoch. Vielleicht hat Alice auch nur auf den Zehen gestanden. Ich bin nicht sicher.

OBSERVER: Es gibt aber Zeugen, die ganz klar bekunden, daß ihre Beine den Boden verlassen hatten.

PATER HAGAN: Das ist möglich. Aber ich bin nicht sicher, daß es so war.

(Stimmengewirr.)

STANDARD: Wenn der Nachweis erbracht wird, daß es sich um Wunderheilungen handelt und daß Alice Pagett wirklich die Jungfrau Maria gesehen hat, wird das Mädchen dann heiliggesprochen?

BISCHOF CAINES: Wie könnte man den Nachweis führen, daß sie die Jungfrau Maria gesehen hat? Und außerdem muß jemand schon ziemlich lange tot sein, bevor die Kirche darüber nachdenkt, ob sie ihn heiligspricht.

(Gelächter.)

BRIGHTON EVENING COURIER: Warum wird Alice Pagett versteckt gehalten?

BISCHOF CAINES: Sie sind Mr. Fenn, nicht wahr? Nun, Alice wird nicht versteckt gehalten. Wenn ich nach der großen Zahl von Reportern und Fernsehleuten urteilen darf, die das Kloster Our Lady of Sion in Banfield belagert halten, dann kann wohl keine Rede davon sein, daß der Aufenthaltsort des Mädchens unbekannt ist.

Alice braucht Ruhe. Sie ist, nach den Ereignissen, körperlich und geistig erschöpft. Sie braucht Ruhe und Frieden, der behandelnde Arzt ist in diesem Punkt unerbittlich. Und natürlich haben die Eltern ihre Zustimmung zu dem Aufenthalt ihres Kindes im Kloster gegeben. Alice ist ein sehr empfindsames Geschöpf, sie muß mit großer Sorgfalt behandelt werden.

BRIGHTON EVENING COURIER: Wird das Mädchen medizinischen Tests unterzogen?

BISCHOF CAINES: Jawohl, sehr sorgfältigen Tests.

BRIGHTON EVENING COURIER: Wird das Mädchen von Beauftragten der Kirche verhört?

BISCHOF CAINES: Der Ausdruck ›Verhör‹ ist viel zu scharf, er trifft den Sachverhalt nicht. Natürlich stellen wir dem Mädchen Fragen, aber ich kann Ihnen versichern, es wird in keiner Weise Druck ausgeübt. Wenn es überhaupt eine Gefahr gibt, dann die, daß Alice derzeit mehr Güte und Zuwendung erfährt, als sie vertragen kann.
(Gelächter.)

BRIGHTON EVENING COURIER: Wie lange muß Alice im Kloster bleiben?

BISCHOF CAINES: Das Mädchen ist nicht in Haft, Mr. Fenn. Sie kann das Kloster jederzeit verlassen, sobald ihre Eltern und der Arzt das für richtig halten.

CATHOLIC HERALD: Hat Alice nach dem vergangenen Sonntag weitere Visionen gehabt?

BISCHOF CAINES: Davon hat sie nichts gesagt.

DAILY MAIL: Wird sie kommenden Sonntag zur Messe gehen? Ich meine, ob sie zur Messe in die St. Joseph's Kirche gehen wird.

MONSIGNORE DELGARD: *(Pause.)* Alice hat den Wunsch geäußert, kommenden Sonntag die Messe in der St. Joseph's Kirche zu besuchen. Wir müssen dabei allerdings überlegen, ob das gut für sie ist. Es macht uns große Sorgen, daß nach den Veröffentlichungen, die über diese Vorfälle erschienen sind, die Kirche überfüllt sein wird mit Neugierigen und Presseleuten. Wie Bischof Caines schon sagte, Alice ist ein empfindsames Geschöpf, die Anstrengungen eines Kirchenbesuches unter diesen Umständen könnten zuviel für sie sein. Sie muß beschützt werden.

INTERNATIONAL HERALD TRIBUNE: Aber früher oder später muß sie der Öffentlichkeit doch einmal entgegentreten.

BISCHOF CAINES: Das ist richtig. Das Ärzteteam, das sich mit dem Fall befaßt, der behandelnde Arzt und die Kirche sind allerdings der Auffassung, daß dieser Zeitpunkt möglichst spät liegen sollte. Was den Kirchenbesuch am kommenden Sonntag angeht, so ist noch keine Entscheidung getroffen worden.

BRIGHTON EVENING COURIER: Aber Alice will kommenden Sonntag zur Messe gehen, das stimmt doch?

BISCHOF CAINES: Alice ist im Augenblick etwas verwirrt. Ich meine, das ist nur allzu verständlich.

BRIGHTON EVENING COURIER: Aber sie will zur Messe gehen, oder?

BISCHOF CAINES: Wie der Monsignore schon sagte, sie hat einen entsprechenden Wunsch geäußert, ja.

BRIGHTON EVENING COURIER: Sie wird demnach mit großer Wahrscheinlichkeit am Sonntag in der St. Joseph's Kirche auftauchen?

BISCHOF CAINES: Ich glaube, ich habe die Frage schon beantwortet. *(Mehrere Fragen zur gleichen Zeit.)*

BISCHOF CAINES: Damit möchte ich die Pressekonferenz schließen, meine Herren. Ich danke Ihnen für Ihr Interesse, ich hoffe, es ist uns gelungen, einige Punkte aufzuklären. Tut mir leid, keine weiteren Fragen zu diesem Zeitpunkt. Wir haben einen sehr gedrängten Stundenplan, und jetzt wartet das Fernsehen auf uns und ein Reporter vom Rundfunk. Ich danke Ihnen, daß Sie gekommen sind.

(Ende der Pressekonferenz.)

WILKES

»Wenn das deine Mutter wüßte, das Herz im Leibe tät ihr zerspringen.«
Aus den Märchen der Gebrüder Grimm: Die Gänsemagd

Er konnte nicht schlafen.

Sein Kopf juckte. Die Laken in dem schmalen Bett fühlten sich steif und besudelt an. Er war nicht hungrig, er war nicht durstig; ganz sicher war er nicht müde. Er hatte die meiste Zeit des Tages im Bett verbracht. Er hätte natürlich zum Arbeitsamt gehen können. Aber wozu? Die würden ihm doch nur einen Scheißjob anbieten, genau wie das letzte Mal, wo sie ihn als Kellner vermittelt hatten. Morgen würde er seine alte Dame anpumpen. Wie er es haßte, zu seiner Mutter zu gehen! *Du müßtest dich einmal sehen! Warum läßt du dir nicht das Haar schneiden? So wie du aussiehst, bekommst du nie einen anständigen Job. Schau dir mal deine Kleidung an. Wie lange ist das Hemd nicht mehr gebügelt worden? Könntest du dir nicht wenigstens die Schuhe putzen?*

Und das Schlimmste war: Wann bist du zum letztenmal zur Messe gegangen? Wenn das dein Vater noch erlebt hätte!

Zur Hölle mit der alten Dame! Hätte er nicht das Geld gebraucht, er würde nie und nimmer zu ihr zurückgehen.

Er wälzte sich auf die andere Seite. Es gab eine Falte im Unterhemd, die ihn ärgerte.

Er starrte aus dem Fenster. Draußen war kalte Nacht. Wenn er wenigstens ein Mädchen gehabt hätte! Die würde ihn aufwärmen, wie es sich gehörte! Aber die Mädchen wollten nichts von ihm wissen. Wenn man kein Geld hatte, hatten die Mädchen kein Interesse. Wieder warf er sich auf die andere Seite. Er versetzte dem Kissen einen Faustschlag. Einmal hatte er einen Jungen auf dem Zimmer gehabt. Schön war das nicht gerade gewesen. Daß ihm der Junge einen runtergeholt hatte, das ging ja noch, aber die Küsserei, das hatte er widerlich gefunden.

Er starrte an die Decke. Er zog sich das Hemd über den Bauch.

Die Welt war ein Scheißhaus, und wenn man erst einmal drin steckte, in der Scheiße, dann sorgen die anderen dafür, daß man nicht mehr rauskam.

Immerhin, *sie* hatten zurückgeschlagen. Die drei hatten zurückgeschlagen, *sie* hatten den Zaungästen ins Gesicht gespuckt. So war es richtig!

Er grinste ins Dunkel. Jawohl, die drei hatten es richtig gemacht.

Er schlug das Laken auf und schlurfte zur Garderobe. Ganz oben lag die Kiste, die er suchte. Er nahm sie herunter. Er griff in die Tasche der Jacke, die über der Stuhllehne hing. Es gab nur einen einzigen Stuhl im Zimmer.

Er kletterte ins Bett zurück, steckte den Schlüssel ins Schloß der Kiste und öffnete sie. Er nahm den schwarzen Gegenstand heraus und preßte ihn an seine Wange. Er stellte die Kiste auf den Fußboden und zog sich das Laken bis zum Hals.

Er lag im Dunkeln. Er stieß sich den schwarzen Gegenstand zwischen die Schenkel. Er stöhnte, als er seine Erektion wachsen spürte.

19

Hier liegt der Teufel begraben. Fragen Sie nicht nach dem Namen des Toten, ich sage Ihnen, es ist der Teufel. – Sie meinen Gott? – Pssst! Wir meinen ein und denselben.
Aus Samuel Taylor Coleridge: On a Lord

Fenn warf einen Blick auf die Uhr und gähnte. Viertel vor acht. So sah also Morgengrauen aus. Hm.

Ein Wagen kam ihm entgegen. Fenn winkte dem anderen Fahrer zu, als wären sie Mitglieder in einem exklusiven Klub. Der Mann starrte zu ihm herüber, als sei er eines Geistesgestörten ansichtig geworden. Fenn begann ein Liedchen zu summen, er summte herzlich falsch. Nur die Tatsache, daß er vollkommen unmusikalisch war, machte den Klang der eigenen Stimme für ihn erträglich.

Er warf einen Blick auf die Hügelkette der South Downs zu seiner Linken, die Kuppen der Berge waren in schwere, düstere Wolken getaucht. Es würde ein kalter, bedeckter Tag werden, die Art von Wetter, die einem jede Lebenslust nahm. Die Art von Tag, die man am besten im Bett verbrachte.

Die wenigen Häuser auf beiden Seiten der Straße waren etwas zurückgesetzt, große Häuser, die von hohen Hecken oder Mauern umgeben waren. Diese Straße war normalerweise stark befahren, sie stellte eine der wichtigsten Verbindungen zwischen der Küste und den größeren Ortschaften von Sussex dar und schlängelte sich durch die Dörfer wie ein roter Faden, der durch heißen Käse gezogen wird; heute früh allerdings – an diesem kalten, dunstigen *frühen* Sonntagmorgen – sah man auf der Straße mehr Vögel und Feldhasen als Autos.

Fenn hörte zu summen auf, als die ersten Häuser von Banfield in Sicht kamen. Seine Müdigkeit wich. Er grinste. Er freute sich. Er würde ein ganz besonderes Privileg in Anspruch nehmen, das man ihm gewährt hatte. Es gelang ihm, die wehmütige Erinnerung an das warme Bett zu verdrängen. Leider hatte Sue, die nackte, glatthäutige Sue, nicht in dem Bett gelegen, als er es verließ. Obwohl, dann wäre ihm das Aufstehen noch schwerer gefallen. Als er vor drei Tagen mit Sue schlief, hatte er gehofft, daß die Vereinigung alle Schwierigkeiten aus der Welt schaffen würde. Er hatte sich getäuscht. Sue war zwar nicht mehr so kühl wie vorher, und sie schien ihn auch nicht mehr zu verachten, aber sie sagte klar heraus, daß sie über das alles noch nachdenken mußte. Sie liebte ihn, sicher, sie liebte ihn, aber sie war aus dem Gleichgewicht geraten, die Liebesnacht hatte daran nichts geändert. Also gut, Sue, die Entscheidung liegt bei dir. Du hast meine Telefonnummer.

Fenn ärgerte sich über ihre Launen. Warum konnte er diese Frau eigentlich nicht ganz vergessen? Verdammt noch mal, er hatte sich mit seinen Berichten im *Courier* die Eintrittskarte zur Fleet Street verdient, und Sue tat, als hätte sie ihn beim Geldfälschen erwischt! Daß er zur Sonntagsmesse im Kloster eingeladen worden war, hatte er nur dem Prestige zu verdanken, das er sich in den letzten Wochen erschrieben hatte. Von der Presse würden nur Fenn und fünf handverlesene Reporterkollegen teilnehmen, die Creme der Journalisten.

Er nahm den Fuß vom Gas, als ein Schild mit Geschwindigkeitsbegrenzung in Sicht kam. Die Straße machte einen scharfen Knick. Das Kloster Our Lady of Sion war zu erkennen, ein großes, cremefarbenes Gebäude. Fenn vermeinte an den oberen Fenstern ein schmales, bleiches Gesicht auszumachen. Plötzlich verschwand der helle Fleck, und Fenn war nicht mehr sicher, ob er je dagewesen war.

Vor dem Tor zum Klostergebäude hatte ein Polizist Aufstellung genommen, seinen Panda hatte er hundert Schritte weiter geparkt. Einen Steinwurf weit vom Einfahrtstor wartete eine Gruppe Reporter. Mißtrauische Blicke hefteten sich auf Fenn, als er wendete und seinen Wagen auf dem Vorplatz eines Garagengebäudes zum Halten brachte. Die Garage war geschlossen, Fenn schätzte, daß sie heute, am Sonntag, den ganzen Tag geschlossen bleiben würde. Er stieg aus dem Wagen und ging auf das Tor des Klosters zu.

Die Journalisten und Kameraleute erwarteten ihn mit wachsamem Interesse, die Gesichter waren übernächtigt, die Männer hielten die Schultern eingezogen.

»Morgen, Jungens«, sagte Fenn, als er an der Gruppe vorbeiging. Er achtete nicht auf das, was sie ihm antworteten. Dann hatte er das Tor erreicht. Der Polizist hob die Hand.

»Fenn vom *Brighton Courier*.«

Der uniformierte Polizist zog ein Papier aus der Tasche und überflog die Namensliste.

»In Ordnung, Sie können reingehen.« Der Polizist öffnete das Tor einen Spalt, so daß Fenn hindurchschlüpfen konnte. Fenn schmunzelte voller Schadenfreude, als er die wütenden Kommentare der anderen Reporter hörte.

Wenig später überquerte er die Schwelle des Portals. Das Portal des Gebäudes, schwarzgestrichen und abweisend, hatte offengestanden. Fenn wurde von einer Nonne empfangen, die aus dem Dunkel des Flurs auftauchte.

»Sie sind Mr. . . .?«

»Gerry Fenn«, sagte er. Sein Herz klopfte, und Fenn war nicht sicher, kam das von den Stufen, die er hatte hochgehen müssen, oder war es, weil ihn die Gestalt der Nonne erschreckt hatte. »Vom *Brighton Evening Courier*«, fügte er hinzu.

»Ach ja, Mr. Fenn. Darf ich Ihnen den Mantel abnehmen?«

Er schlüpfte aus seinem Regenmantel. »Bitte schön. Ich habe alles Geld rausgenommen.«

Er reichte ihr den Mantel, sie sah ihn verwundert an, dann erwiderte sie sein Lächeln. »Gehen Sie bitte geradeaus den Flur entlang, Sie werden erwartet.« Die Nonne deutete auf eine Tür am Ende des Korridors.

Er ging den Flur entlang und öffnete die Tür. Ein großer Raum tat sich vor ihm auf. Menschen. Gedämpfte Stimmen.

»Mr. Fenn, schön, daß Sie gekommen sind.«

Er sah George Southworth auf sich zukommen.

»Ich freue mich, daß ich eingeladen wurde«, erwiderte Fenn.

»Ihre Kollegen sind schon alle da.«

»So?«

»Die Elite der Journalisten, würde ich sagen. Mit Ihnen zusammen sind es sechs.«

Fenn genoß es, zur Elite gerechnet zu werden.

»*Associated Press, Washington Post, The Times,* diese Preisklasse. Ich bin sicher, Sie kennen sich alle.«

»Ich stehe vor einem Rätsel, Mr. Southworth. Warum haben Sie *mich* dazu eingeladen?«

Southworth tätschelte seinen Arm. »Sie müssen nicht so bescheiden sein, Mr. Fenn. Sie waren es, der den ersten Bericht über die Sache schrieb. Sie haben die Aufmerksamkeit der Weltöffentlichkeit auf Banfield gerichtet. Darf ich Ihnen eine Tasse Tee anbieten?«

»Danke, nein.«

»Ich bin sicher, Sie verstehen, warum wir wenig Neigung hatten, Alice an der Messe in der St. Joseph's Kirche teilnehmen zu lassen. Bischof Caines war dagegen, und die Ärzte natürlich auch. Die Kameras, das Fernsehen, die vielen Menschen, die das Mädchen anstarren würden – das ist nicht gut für sie.«

Fenn nickte. »Und so haben Sie beschlossen, für das Mädchen einen Gottesdienst im privaten Rahmen zu veranstalten.«

»Genau.«

»Viele Menschen werden enttäuscht sein, daß Alice heute nicht in die St. Joseph's Kirche geht.«

»Es ist sicher so, wie Sie sagen, Mr. Fenn. Wenn es nach mir gegangen wäre, ich hätte Alice heute zur Kirche gehen lassen, so wie sie es sich wünschte. Aber die Gesundheit des Mädchens hat Vorrang.«

»Alice wollte die Messe in der St. Joseph's Kirche besuchen?«

»Anscheinend ja.« Southworth senkte seine Stimme zum Flüsterton. »Sie war ziemlich wütend, als die Schwester Oberin ihr sagte, daß das nicht möglich ist. Aber so ist es besser für sie.«

Fenn ließ seinen Blick über die Menschen im Raum schweifen. »Sie haben also ein paar ausgewählte Journalisten und einige Vertreter der Öffentlichkeit zu diesem privaten Gottesdienst eingeladen.«

»Ja. Das war übrigens meine Idee, und der Bischof hat meinen Vorschlag befürwortet. Uns ist klar, die Öffentlichkeit hat einen Anspruch darauf zu wissen, was hier vorgeht. Auf diese Weise erfahren die Menschen draußen im Lande, daß Alice fürsorglich betreut wird.«

»Sie erfahren zugleich, daß die katholische Kirche das Mädchen nicht eingesperrt hält und daß es kein Inquisitionsgericht gibt, dem Alice sich unterwerfen müßte.«

Southworth lachte. »Wie scharfsinnig von Ihnen, Mr. Fenn. Das ist genau das Argument, das ich den Kirchenleuten entgegengehalten habe. Es hat keinen Sinn, Alice zu verstecken, und wenn wir den Medien und den Vertretern der Öffentlichkeit Gelegenheit geben, sich über das weitere Schicksal des Mädchens aus erster Hand zu informieren, dann ist dem Interesse der Menschen draußen im Lande Genüge getan, ohne daß es zu einem unwürdigen Tumult in der Kirche kommt.«

Und ohne daß man auf die Vorteile einer umfassenden Berichterstattung verzichten müßte, dachte Fenn. Was Southworth da vorführte, war ein Balanceakt. Er wollte die Ereignisse um Alice für sich in Geld ummünzen, zugleich mußte er das Mädchen vor den Klauen der Medien bewahren.

»Ich werde Sie jetzt mit den anderen Damen und Herren bekannt machen«, sagte Southworth. »Die Messe beginnt dann um halb neun.«

»Werde ich Gelegenheit bekommen, mich mit Alice zu unterhalten?«

»Wir planen eine kleine Pressekonferenz nach der Messe. Nicht länger als zwanzig Minuten, und nur, wenn Alice sich stark genug fühlt. Ich bin zuversichtlich, daß sie der Presse zur Verfügung stehen wird.« Er sprach weiter im Verschwörerton. »Ich würde Sie gerne für morgen abend zu einem festlichen Essen einladen. Ich meine, es liegt in Ihrem Interesse, wenn Sie teilnehmen.«

Fenn sah ihn fragend an.

»Ich erinnere mich sehr gut an unser kleines Gespräch zu Beginn, Mr. Fenn. Gerry Fenn, nicht wahr? Ich darf Sie doch Gerry nennen, das ist nicht so förmlich wie Mr. Fenn. Sie sagten damals, die Sache würde sehr bald in sich zusammenfallen wie ein Kartenhaus.«

Fenn grinste. »Es hat auch Leute gegeben, die den Beatles den Hungertod vorausgesagt haben.«

»Ich fand Ihre Einwände damals sehr fair, Gerry. Erinnern Sie sich an das Angebot, das ich Ihnen bei jener Unterredung gemacht habe? Ich bin sicher, Sie haben sich damals gefragt, welche Motive mich bewegen, daß ich Ihnen solch einen Vorschlag mache. Inzwischen ist es soweit, daß die Publicity von allein läuft, weder der Gemeinderat noch ich brauchen einen Finger zu rühren. Was das Schiff jetzt braucht, ist ein Steuermann. Ich denke, Sie können uns behilflich sein, alles in die richtige Richtung zu lenken.«

»Ich verstehe nicht, wie Sie das meinen.«

»Nach den Artikeln, die Sie im *Courier* geschrieben haben, möchten wir Sie bitten, die vollständige Geschichte der Wunder von Banfield zu schreiben.«

»Für meine Zeitung?«

»Für jede Zeitung, die sich für das Thema interessiert. Oder aber Sie schreiben ein Buch über die Wunder. Wir würden Sie an allen Sitzungen des Gemeinderats teilnehmen lassen und an allen Diskussionen, die wegen der Wunder geführt werden.«

Es war zu schön, um wahr zu sein. Gerry Fenn, offizieller Chronist der Wunder von Banfield. Die Zeitungen würden sich die Finger lecken nach einer Serie ›Die Wunder von Banfield‹. Die Verlage würden das Buch kaufen, ehe es geschrieben war. Es mußte einen Haken geben bei der Sache. »Warum ich?« fragte Fenn.

»Die Antwort ist einfach: weil Sie von Anfang an dabei waren. Sie wissen mehr über die Sache als jeder andere, wenn man die hohe Geistlichkeit einmal außer acht läßt. Und selbst die Priester haben weniger Informationen als Sie, Gerry. Pater Hagan und Monsignore Delgard waren nicht dabei, als es begann.«

»Wäre die Kirche denn damit einverstanden, wenn ich das Thema in dieser Weise betreue.«

»Ich habe den Vorschlag bei Bischof Caines zur Sprache gebracht. Er ist interessiert, aber er hat Vorbehalte.«

»So?«

»Als Realist weiß er ganz genau, daß Sie praktisch ein Exklusivrecht auf das Thema haben. Er ist allerdings nicht ganz sicher, ob Sie ehrenhafte Motive haben.«

»Hat er ehrenhafte Motive?«

»Was sagen Sie da?«

»Vergessen Sie's.«

»Wir haben morgen abend Gelegenheit, uns mit Bischof Caines einig zu werden, das ist auch der Grund, warum ich Sie bei dem Essen dabeihaben will.«

»Wird Bischof Caines teilnehmen?«

»Er und Pater Hagan und Monsignore Delgard. Wir wollen vor allem über die Weiterentwicklung von St. Joseph's zur Wallfahrtsstätte sprechen und über die Rolle, die Banfield dabei spielen kann. Bischof Caines hat dafür plädiert, daß der Gemeinderat und die Kirche in der ganzen Sache eng zusammenarbeiten.«

»Demnach geht's ja recht schnell voran. Ich dachte, es dauert Jahre, bis die Kirche ihren Segen für solch eine Wallfahrtsstätte gibt.«

»Normalerweise ja. Unglücklicherweise – oder glücklicherweise, je nachdem von welchem Standpunkt aus man es betrachtet – liegen die Dinge in diesem Fall so, daß die Pilger bereits nach St. Joseph's strömen, noch bevor die Kirche die Sache abgesegnet hat. Nichts kann die Leute mehr aufhalten. Der Bischof möchte die Dinge in den Griff bekommen. Die Kirche kann St. Joseph's nicht offiziell zur Wallfahrtsstätte erklären, aber das hindert die Menschen nicht daran, zu St. Joseph's zu wallfahren.«

»Wissen die beiden Priester, daß ich zu dem Essen eingeladen bin?«

»Bischof Caines hat sie davon verständigt.«

»Und sind sie einverstanden?«

»Ich würde so sagen: der Bischof hat ihnen keine andere Wahl gelassen. Und nun hoffe ich, Gerry, daß Sie auch wirklich kommen.«

»Wo und wann?«

»In meinem Hotel, morgen abend um halb neun.«

»Ich werde kommen.«

»Sehr schön. Ich werde Sie jetzt mit den anderen bekannt machen.«

Die nächsten zwanzig Minuten vergingen mit Gesprächen, Fenn unterhielt sich mit den handsortierten Gästen, die an dem kleinen Gottesdienst im Kloster teilnehmen würden, unter anderem gab es einen Parlamentsabgeordneten der Konservativen, der zwar kein Katholik war, aber großes Interesse für alle Religionen der Welt bekundete, es gab einige Kirchenmänner, deren Titel Fenn auf der Stelle wieder vergaß, die örtlichen Würdenträger von Banfield waren erschienen, die Schwester Oberin und, was Fenn sehr bemerkenswert fand, der Apostolische Nuntius für Großbritannien und Gibraltar. Soweit Fenn wußte, war das der offizielle Mittelsmann zwischen der katholischen Kirche von England und dem Vatikan. Der Nuntius war ein ruhiger, unauffälliger Mann, der sich ehrlich zu freuen schien, als Fenn ihm vorgestellt wurde, er führte den Journalisten in eine ruhige Ecke, so daß er ihn zu den Artikeln befragen konnte, die er geschrieben hatte.

Als die Audienz zu Ende ging, wurde Fenn klar, daß der Nuntius den Part des Journalisten übernommen hatte. Er, Fenn, hatte kaum eine Frage gestellt, er hatte Antwort gegeben. Der Nuntius sprach einen merkwürdigen Akzent. Es war die Nonne mit der Teekanne, die Fenn den Akzent erklärte. Hochwürden Pierre Melsak war Belgier. Fenn hatte einen ersten Schluck aus seiner Tasse genommen, als er hinter sich eine heisere Frauenstimme vernahm. *»Hi!«*

Er drehte sich um. Sie war dunkelhaarig. Ihre Lippen lächelten. Ihre Augen blieben ernst und berechnend.

»Shelbeck von der *Washington Post*«, stellte sie sich vor.

»Wie arbeitet es sich unter Woodward?« fragte Fenn.

»Redford war der bessere Mann. Sie sind Gerry Fenn, nicht wahr?«

Er nickte.

»Ich habe mit Interesse gelesen, was Sie geschrieben haben. Vielleicht können wir uns nachher noch etwas unterhalten.«

»Wozu?«

»Wir könnten ein bißchen unsere Notizen vergleichen.«

»Ich bin Ihnen bei diesem Thema voraus.«

»Sie könnten trotzdem von einem Gespräch profitieren.« Ihr Akzent verriet, daß sie aus New York kam.

»Wie finanziell. Wie sonst?« Das Lächeln hatte ihre Augen erreicht.

»Einverstanden«, sagte Fenn.

Die Gespräche im Raum erloschen, als die Schiebetüren geöffnet wurden. Der Blick ging auf einen weißgekalkten Raum mit niedriger Decke. Es gab einen einfachen Altar, einen Tisch, auf dem ein Kruzifix stand. Ein paar niedrige Bänke waren zu sehen, Fenn schätzte, daß dies die Bänke waren, auf denen die Nonnen beim Gottesdienst Platz nahmen.

»Wenn Sie bitte Ihre Plätze einnehmen wollen«, sagte Bischof Caines, »die Messe beginnt in wenigen Augenblicken. Wir haben nicht genügend Sitzgelegenheiten für alle, obwohl die Schwestern liebenswürdigerweise bereit waren, während des Gottesdienstes zu stehen. Ich darf die Herren, die keinen Sitzplatz finden, bitten, hinter den Bänken Aufstellung zu nehmen.«

Die Eingeladenen begaben sich in den weißgekalkten Raum, und die amerikanische Journalistin kniff Fenn ein Auge zu. »Ich heiße mit Vornamen Nancy.«

Er sah ihr nach, wie sie an den Bänken vorbeiging und in einer der vorderen Reihen Platz nahm. Sie war zwischen dreißig und vierzig Jahre alt. Sie trug ein graues Tweedkostüm. Sie war schlank. Sie hatte hübsche Beine. Sie schien spröde, die Art von Frau, die schüchterne Männer (die meisten Männer waren schüchtern) vergraulen würde. Fenn fand sie vielversprechend.

»Wenn Sie die vorderste Bank für mich, für die Schwester Oberin, für Alice und ihre Eltern freilassen würden«, sagte er, zu den Journalisten gewandt. »Monsignore Melsak, würdet Ihr bitte mit uns ganz vorn Platz nehmen?«

Der Belgier tat wie geheißen. Der Bischof wandte sich um und sah die Journalisten an. »Alice wird gleich dazukommen. Die Messe wird nur kurz sein. Alice wird die erste sein, die heute die Kommunion empfängt. Ich darf die Damen und Herren von den Medien bitten, dem Kind keine Fragen zu stellen, wenn es die Kapelle betritt. Ich verspreche Ihnen, Sie werden Gelegenheit haben, nach der Messe mit Alice zu reden.» Er zauberte ein entwaffnendes Lächeln auf seine Züge. »Ich brauche wohl nicht hinzuzufügen, daß Fotografieren nicht erlaubt ist, die Einladung an Sie alle ist unter dieser Voraussetzung ergangen. Wenn jemand von Ihnen einen versteckten Fotoapparat dabeihat, dann soll er ihn bitte versteckt halten und nicht zufällig auf den Auslöser drücken.«

Die Bemerkung des Bischofs wurde mit guter Laune aufgenommen.

Fenn stand im rückwärtigen Teil des Raumes, er hatte einen guten Überblick, weil er auf einer der Stufen stand, die in die Kapelle hinabführten. Eine erwartungsvolle Stille erfüllte den Raum, ganz ähnlich wie vergangenen Sonntag in der St. Joseph's Kirche. Die Nonnen knieten neben den Bänken. Der Parlamentarier und die Würdenträger von Banfield machten eine etwas unglückliche Miene, sie hatten wohl Angst, während der Messe etwas falsch zu machen. Fenn erhaschte einen Blick von der Amerikanerin, die sich Notizen in ihren Block machte.

Eine Tür ging auf. Fenn kannte den Mann, der jetzt hereinkam. Len Pagett, Alices Vater. Er trug einen schlechtsitzenden Anzug. Sein Blick war feindselig. Er tat einen Schritt nach vorn, hinter ihm erschien Alice, nervös, bleich, mit großen, erschrocken blickenden Augen. Sie trug ein hellblaues Kleid, das blonde Haar wurde von einer weißen Schleife gehalten. Fenn hörte, wie der Vater etwas murmelte. Alice beschleunigte ihren Schritt. Ihr Blick irrte zu den großen Fenstern, zur Mauer, die das Kloster umgab. Fenn kam sie vor wie ein gefangenes Reh.

Hinter Alice ging ihre Mutter, eine Nonne folgte. Die Nonne schloß die Tür und nahm mit dem Rücken zur Tür Aufstellung, wie eine Schildwache.

Aller Augen waren auf Alice gerichtet. Sie sah jünger aus als elf, aber sie hatte die Ausstrahlung einer Frau.

Sie sah Fenn an, ihm wurde eiskalt. Dann verschwand das Gefühl, und Alice war nur noch ein kleines, schüchternes Mädchen, vor dem er keine Angst zu haben brauchte.

Bischof Caines machte eine einladende Handbewegung, Alice trat vor und kniete vor dem Altar nieder. Sie stand wieder auf, um sich zu ihren Eltern in die erste Bank zu setzen.

Wieder öffnete sich die Tür, die Nonne trat zur Seite. Pater Hagan erschien, er trug das helle Meßgewand, ihm folgte Monsignore Delgard. Pater Hagan hielt einen Kelch in den Händen, der mit einem Tuch bedeckt war. Als Monsignore Delgard an Fenn vorbeiging, deutete er einen Gruß an.

Die beiden Geistlichen standen hinter dem Altar, sie hielten den Blick auf die Menschen in den Bänken und im hinteren Bereich des Raumes gerichtet. Pater Hagan hatte den Kelch auf den Altar gestellt, seine Nervosität war unübersehbar. Fenn wußte, daß er Alice Pagett ansah.

Einige Sekunden lang stand Pater Hagan still. Dann zuckte er zusammen, es schien, als hätte er sich plötzlich erinnert, wo er überhaupt war. Die Messe begann.

Fenn war erleichtert, daß es ein kurzer Gottesdienst sein würde. Er warf einen Blick in die Runde. Es war ein fensterloser Raum, es gab nur ein Oberlicht. Die Tür, durch die Alice eingetreten war, führte in den Hof.

Die Nonnen und einige Menschen in den Bänken antworteten den Gebeten des Priesters. Fenn fand, es war schwer zu verstehen, daß eine aufgeweckte und tüchtige Frau wie Sue einmal wöchentlich bei einem derartigen Ritual mitmachte. Sie war doch intelligent. Wie kam es, daß sie sich für derartige Praktiken begeisterte?

Eine plötzliche Veränderung des Lichts ließ Fenns Blick nach oben wandern. Auf dem Milchglas des Oberlichtes hockte eine Katze. Die Pfoten waren klar zu erkennen und der Kopf. Das Tier versuchte durch das Glas zu starren. Als ihm das nicht gelang, hockte es sich an den unteren Rand des Oberlichtes.

Fenn und die anderen Berichterstatter knieten nieder, wenn die Nonnen niederknieten, sie nahmen Haltung an, wenn die Nonnen aufstanden. Sie machten bei der Messe mit, so gut sie es verstanden.

Pater Hagan hatte den Kelch erhoben. Seine Augen schienen geschlossen. Fenn sah, wie Bischof Caines sich zu Alice lehnte und ihr etwas zuflüsterte. Sie stand auf, ihr blondes Haar glänzte wie Gold, und die weiße Schleife war ein Schmetterling, der sich in einem Weizenfeld niedergelassen hatte. Alice sah schwach und zerbrechlich aus. Fenn ertappte sich dabei, daß er Mitleid für das kleine Mädchen empfand. Sie hatte viel durchgemacht. Woher hatte sie die Kraft genommen?

Sie stand da und rührte sich nicht. Nach einer Weile stand die Schwester Oberin auf und führte das Mädchen zu Pater Hagan. Der Pater sah Alice in die Augen. Seine Hand mit der Hostie zitterte.

Fenn hatte die Spannung, in der sich Pater Hagan befand, sehr wohl bemerkt. Mein Gott, dachte er, der Mann hat Angst. Irgend etwas machte ihm wahnsinnige Angst.

Alice legte den Kopf zurück. Der Priester zögerte, dann legte er dem Mädchen die Oblate auf die Zunge.

Alice senkte den Kopf, ein paar Sekunden lang stand sie unbewegt vor dem Priester.

Dann begann der kleine Körper zu zucken. Alice fiel auf die Knie und begann zu würgen. Erbrochenes spritzte auf den Boden. Auf die Schuhe des Priesters. Auf sein weißes Gewand.

20

Und sie ergriff einen Stab aus Silber,
Dreimal schwang sie den Stab in die Runde;
Sie murmelte Worte des Grauens, bis mir die Kräfte schwanden,
Und sie sprach noch, als ich ohnmächtig zu Boden sank.
Aus Alison Gross: Anon

»Aber Pater Hagan, Sie haben die Suppe ja kaum angerührt. Schmeckt sie Ihnen etwa nicht?«

Der Priester sah von seinem Teller auf. »Doch, doch. Ich fürchte nur, ich habe keinen großen Hunger.« Southworth war besänftigt.

Bischof Caines ließ ein joviales Lachen ertönen. »Man kann ja zusehen, wie Ihr abmagert, Andrew. Ihr müßt essen, glaubt mir, Ihr müßt tüchtig essen, wenn ihr den Anstrengungen der nächsten Monate standhalten wollt.«

Pater Hagan tauchte seinen Löffel in die Pilzsuppe. Seine Bewegungen waren langsam, er schien geistesabwesend. Bischof Caines und Monsignore Delgard wechselten einen besorgten Blick.

»Ist Euch nicht wohl?« fragte Delgard den Priester.

Pater Hagan schluckte. »Es ist nur ein Fieber«, sagte er.

»Soll ich Euch nicht besser nach Hause fahren?«

»Nein. Die Diskussion heute abend ist von großer Bedeutung, ich möchte dabeisein.«

Bischof Caines tupfte sich die Lippen ab. »Ihr gehört ins Bett, Andrew.«

»Das ist nicht nötig, ich...«

»Also gut. Aber Ihr müßt mir versprechen, daß Ihr morgen einen Arzt zu Rate zieht.«

Pater Hagan nickte. Er ließ den Löffel sinken. Er hatte das Gefühl, die Menschen und den Raum durch ein verkehrt herum gehaltenes Fernglas zu betrachten. Was die Menschen sagten, schien von weither zu kommen.

Er betrachtete den Reporter, der ihm gegenübersaß.

Warum hatte Bischof Caines zugestimmt, daß dieser Fenn eingeladen wurde? Fenn war kein Katholik. Objektivität sei das Gebot der Stunde, hatte Bischof Caines gesagt. Die Kirche brauchte einen Agnostiker, der die Wunder von Banfield beschrieb.

Würde der junge Mann ihm zuhören? Und was konnte er, Hagan, diesem Fenn erzählen? Durfte er ihm sagen, daß er Angst hatte? Daß er Angst vor einem Kind hatte? Angst vor... Was? Nichts. Er brauchte keine Angst zu haben. Überhaupt nicht...

»Alice geht es gut«, hörte er den Bischof sagen. »Ich vermute, die Messe gestern, das war zuviel für sie. Der Hausarzt der Familie hat sie untersucht, er sagt, ihr Zustand ist in keiner Weise besorgniserregend. Sie hat etwas Temperatur, das ist alles. Sie braucht ganz einfach noch ein paar Tage Ruhe.«

»Freut mich, daß es ihr wieder besser geht«, sagte Southworth. »Ich habe mich gestern ziemlich erschrocken. Gott sei Dank ist es nicht in der St.-Joseph's-Kirche passiert. Es war eine sehr weise Entscheidung von Euch, Bischöfliche Gnaden, das Kind im Kloster unterzubringen.«

»So gut ich den Wunsch der Menschen verstehe, daß sie Alice sehen wollen, die Gesundheit des Mädchens kommt an erster Stelle.«

»Bedeutet das, Ihr werdet Alice die Teilnahme am Gottesdienst in der St. Joseph's Kirche fürs erste untersagen?« fragte Fenn.

»Nein, nein. Es wäre völlig falsch, Alice von dem Gotteshaus fernzuhalten, das sie so sehr liebt. Sie ist mit dieser Kirche aufgewachsen, das Gebäude ist ihr zur zweiten Heimat geworden, Mr. Fenn. Man könnte fast sagen, sie ist dort geboren.«

»Sie meinen, sie ist dort getauft...«

»Ich fände es eine weise Entscheidung, wenn wir das Mädchen für dauernd von der St. Joseph's Kirche fernhielten«, fiel ihm Pater Hagan ins Wort.

Die Köpfe am Tisch gingen in die Höhe. Bischof Caines musterte den Seelenhirten, der ihn so unsanft unterbrochen hatte, mit unverhohlener Verwunderung.

»Mein lieber Andrew, Ihr wißt doch selbst sehr gut, daß eine solche Maßnahme völlig unmöglich ist. Die Schwester Oberin hat mir erzählt, sie hat das Mädchen tränenüberströmt vorgefunden, Alice sehnt sich nach ihrer Kirche. Wir können sie nicht auf ewig von dort ausschließen.« Er sah Fenn an. »Nicht, daß Sie jetzt meinen, Alice wäre hier im Kloster eingeschlossen. Sie kann das Kloster jederzeit verlassen, wenn ihre Eltern dem zustimmen.«

»Aus ihrem Verhalten geht hervor, daß sie es *jetzt* verlassen will«, sagt Fenn.

»Es ist natürlich für ein junges Mädchen kein Vergnügen, in einem Kloster zu leben, Mr. Fenn. Alice würde gern ihre Freundinnen wiedersehen, mit ihnen spielen, sie würde gerne wieder draußen sein und all das tun, was Kindern Spaß macht. Und ich sichere Ihnen zu, daß sie das Kloster bald wieder verlassen wird.«

»Ihr dürft nicht zulassen, daß sie wieder in die St. Joseph's Kirche geht, Bischöfliche Gnaden. Wartet noch damit.«

»Andrew, ich verstehe Euer Verhalten in dieser Angelegenheit nicht.« Der Ton war jetzt nicht mehr liebenswürdig, obwohl der Bischof leise und beherrscht sprach. »Warum macht Ihr Euch wegen dieses Mädchens so große Sorgen?«

Pater Hagan sah in die Runde. »Ich... Ich weiß es nicht. Es ist, weil...«

»Pater Hagan«, sagte Bischof Caines, »ich glaube, es ist an der Zeit, daß Ihr Eure Vorbehalte gegen die wunderbaren Ereignisse, die uns alle so sehr beschäftigen, klar aussprecht. Ihr könnt frei reden; daß Mr. Fenn dabei ist, braucht Euch nicht zu bekümmern, wir haben keine Geheimnisse vor der Presse. Wenn Ihr Zweifel habt, dann bringt sie zum Ausdruck, damit wir darüber diskutieren können.«

Die Tür ging auf, der Oberkellner erschien. Er warf einen prüfenden Blick auf den Tisch, dann winkte er jemandem zu, der hinter ihm im Flur zu warten schien. Eine Serviererin kam hereingeeilt, um die Teller abzuräumen.

»Oh, entschuldigen Sie, Hochwürden«, sagte sie und wollte Pater Hagan seinen Teller Suppe zurückgeben.

»Danke, ich möchte nicht mehr essen.«

Sie trug den Teller fort. Niemand sprach. Erst als der Oberkellner und die Serviererin den Raum verlassen hatten, lebte das Gespräch wieder auf. Southworth hatte für das Essen den kleinen Saal im ersten Stock reserviert, wo sie ungestört von anderen Gästen nur unter sich waren.

»Ich warte auf Eure Erklärung, Andrew«, sagte der Bischof.

»Es ist so schwer, Bischöfliche Gnaden.«

»Wie bitte?«

»Es ist so schwer, meine Gefühle in Worte zu kleiden.«

»Versucht es, Andrew«, sagte der Bischof mit Güte.

»Die Kirche – ich meine die St. Joseph's Kirche – ist – leer.«

»Leer? Das verstehe ich nicht.«

»Ich weiß, was Pater Hagan meint«, sagte Monsignore Delgard. »Ich habe es in den vergangenen Tagen ebenfalls gespürt. Es herrscht eine spirituelle Leere in der St. Joseph's Kirche.«

»Ich bin sehr erstaunt über Euch, Monsignore«, sagte der Bischof kalt. »Eure Bemerkung grenzt an Gotteslästerung. Das Haus Gottes kann nicht bar des Heiligen Geistes sein, das würde unserem Glauben widersprechen.«

»Eine Kirche ist ein Gebäude aus Stein, Bischöfliche Gnaden«, sagte der Monsignore mit ruhiger Stimme.

Bischof Caines Gesicht war vom Zorn gerötet. Fenn hob das Glas, um sein Lächeln zu verbergen.

»Vielleicht sollten wir uns bei der Unterhaltung heute abend mehr auf die materiellen Aspekte legen«, ließ sich Southworth vernehmen. »Sind Sie nicht auch dafür, Gerry?«

»Nein, ich...«

»Sie haben völlig recht, Mr. Southworth«, sagte Bischof Caines. Es war nicht gut, wenn die Kirche in Gegenwart eines Reporters theologische Fragen diskutierte. Zeitungsleute waren dafür bekannt, daß sie alles falsch interpretieren. »Wir können später noch auf diesen Punkt zu sprechen kommen.« Er bedachte die beiden Geistlichen mit einem warnenden Blick.

»Wie Ihr wünscht«, sagte Delgard.

Pater Hagan wollte noch etwas sagen, aber als er die strengen Falten im Antlitz des Bischofs gewahrte, beschloß er zu schweigen.

Fenn war enttäuscht.

Southworth stieß in die entstandene Lücke. »Was die Medien mit Sicherheit wollen, Bischöfliche Gnaden, sind Informationen über Alices Gesundheitszustand...«

»Habe ich mich dazu nicht bereits geäußert?« sagte der Bischof.

»Ich meine ihren Gesamtzustand«, sagte Southworth. »Gestern war eine Ausnahme.«

»Ja, das war es wirklich. Die Belastung für Alice war zu groß geworden.« Er gab Delgard ein Zeichen. »Der Monsignore wird Ihnen gern sagen, was das Ärzteteam herausgefunden hat.«

»Was Ärzte über einen Patienten in Erfahrung bringen, wird normalerweise nicht veröffentlicht«, sagte Delgard. »Warum sollten die Informationen über Alices Gesundheitszustand in der Zeitung erscheinen?«

»Wir haben ein Agreement mit Mr. Fenn getroffen«, sagte Southworth.

Fenn maß ihn mit einem überraschten Blick. »Halt einmal! Das einzige Arrangement, das wir getroffen haben, ist, daß ich die Wahrheit schreibe. Die Wahrheit, wie ich sie sehe.«

»Natürlich sollen Sie die Wahrheit schreiben, Mr. Fenn«, versicherte ihm Bischof Caines. »Wir haben von Ihnen nichts anderes erwartet. Trotzdem erwarten wir so etwas wie Diskretion.«

»Ich kann sehr diskret sein. Aber ich respektiere keine Auflagen.«

Er sah, wie der Bischof und Southworth einen raschen Blick wechselten.

Er hob die Hand. »Ich verstehe Ihr Dilemma. Sie wollen eine Story ohne Übertreibungen. Außerdem wollen Sie einen Bericht, der die private Sphäre des Mädchens respektiert, einen Artikel, der alles glattbügelt, was Ärger verursachen könnte.« Er holte Luft. »Was das erste angeht, einverstanden. Sie erhalten einen Bericht ohne Übertreibungen. Aber was die private Sphäre des Mädchens angeht, die gibt es nicht mehr, seit Alice ihre erste Vision hatte. Und drittens der Ärger, den solch ein Artikel verursachen könnte. Nun, Sie müssen es schon mir überlassen, ob ich etwas schreibe, was Ärger verursacht.«

»Das genügt mir nicht«, sagte der Bischof.

»Es wird Ihnen genügen *müssen*«, sagte Fenn. »Sehen Sie, ich weiß zum Beispiel, daß Alices Vater ein Säufer ist, aber dieses Detail ist nicht von Belang für die Story, und deshalb werde ich es nicht erwähnen. Es ist kein Staatsgeheimnis, aber ich sage in meiner Story kein Wort darüber.«

»Das ist ein sehr dürftiges Zugeständnis, Mr. Fenn.«

»Das ist alles, was ich Ihnen anbieten kann.«

Es war Southworth, der die Situation rettete. »Es gibt doch im Journalismus den Begriff *off the record*. Der Journalist erfährt etwas und weiß zugleich, daß er es in dieser Form nicht veröffentlichen darf. Auf diese Weise verschafft er sich den nötigen Überblick, ohne daß dann jede Einzelheit auch in der Zeitung stehen muß.«

Fenn sah ein, daß er keine andere Wahl hatte, er mußte auf diesen Kompromiß eingehen. »Einverstanden, wenn die Notbremse *off the record* nicht allzu oft gezogen wird.«

»Und Sie, Bischöfliche Gnaden, sind Sie auch einverstanden?« fragte Southworth.

Bischof Caines war nachdenklich geworden. »Sie werden mir abnehmen, Mr. Fenn, daß wir nichts verheimlichen wollen. Es ist nicht die Art der Kirche, die Presse im dunkeln tapsen zu lassen.«

Ach nein? dachte Fenn. Warum teilt der Papst den Gläubigen

dann nicht die Weissagungen von Fatima mit? Warum legt der Papst die finanziellen Verhältnisse der Kirche nicht offen? Warum sagt er nicht, an welchen Firmen der Vatikan überall beteiligt ist.

»Wir möchten, daß die Wahrheit geschrieben wird«, fuhr Bischof Caines fort. »Aber wir müssen vermeiden, daß mit dem Bericht irgendwelchen Menschen Schaden zugefügt wird. Wenn Sie für diesen Standpunkt Verständnis aufbringen, Mr. Fenn, werden wir keine Schwierigkeiten miteinander haben. Ich bin sicher, es gibt viele Journalisten, die gern unter diesen Bedingungen mit uns zusammenarbeiten würden.«

Du verdammter Hund! dachte Fenn. Du weißt genau, daß ich nach der Karotte springen muß. »Einverstanden, unter einer Bedingung: wenn ich den Eindruck habe, daß Sie Fakten zurückhalten, die der Öffentlichkeit bekanntgemacht werden sollten, dann werde ich diese Fakten veröffentlichen.«

»Wollen Sie uns der Lüge zeihen?«

»Keineswegs. Aber Sie könnten versucht sein, Informationen zurückzuhalten, die dem Image der Kirche schaden.«

»Dann werden Sie also unser gutes Gewissen sein, Fenn.«

»Einverstanden.«

Mr. Southworth stieß einen Seufzer der Erleichterung aus. »Sie wollten uns sagen, was das Ärzteteam herausgefunden hat«, sagte er, zu Delgard gewandt.

»Ich habe einen sehr ausführlichen Bericht mit einer Fülle medizinischer Fakten bekommen«, begann der Monsignore. »Ich will das hier so gedrängt und so präzis wie möglich darstellen. Wenn Sie den vollständigen Text des Gutachtens lesen möchten, Mr. Fenn, ich kann eine Kopie für Sie anfertigen lassen.« Er nahm einen Schluck aus seinem Glas. »Ich möchte zunächst auf Alices frühere Behinderung eingehen. Es gibt keine physischen Veränderungen in den Ohren des Mädchens oder an seinen Stimmorganen, was die schon früher geäußerte Annahme erhärtet, daß es sich um eine Erkrankung mit psychologischen Ursachen handelte. Es gab zu keinem Zeitpunkt eine Schädigung der Gehörnerven, der Gehörknöchelchen, der Schnecken oder der Trommelfelle. Möglich, daß das Mädchen vor sieben Jahren eine Infektion gehabt hat, aber es wurden keine Anzeichen für Folgeschäden dieser Infektion gefunden. Es gibt keine Verhärtungen oder Knochenbildungen im Innenohr. Mastoiditis und Mittelohrentzündung wurden schon bei früheren Untersuchungen ausgeschlossen. Die Stimmbänder sind ohne Befund, der Kehlkopfnerv ist gesund. Die frühere Diagnose der Behinderung war Hysterie.«

»Wollen Sie damit sagen, daß Alice all die Jahre lang an den Folgen eines hysterischen Zustandes litt?« fragte Fenn ungläubig.

»So einfach liegt der Fall nicht, und selbst wenn es so wäre, dann wäre das Krankheitsbild nicht so ungewöhnlich, wie Sie mit dem Tonfall Ihrer Frage andeuten. Es sind Infektionen denkbar, die der Hausarzt übersehen hat, und es ist nicht ausgeschlossen, daß die Behinderung von jenen Infektionen herrührte. Wir wissen, daß Alice im Alter von vier Jahren an Mumps erkrankte. Der Arzt behandelte das als normale Kinderkrankheit, weitere Untersuchungen wurden erst angestellt, als sich die Behinderung zeigte. Das Gutachten der Ärzte enthält kein Quentchen Kritik an der fachlichen Eignung des Hausarztes, der Alice damals betreut hat. Wir ergehen uns also, was mögliche andere Ursachen der Erkrankung angeht, in Mutmaßungen.«

»Hat der Hausarzt das Gutachten schon gelesen?« fragte Fenn.

»Nein. Und der Hausarzt würde natürlich jede Möglichkeit eines Behandlungsfehlers in Abrede stellen. Ohnehin möchte ich davor warnen, voreilige Schlußfolgerungen aus dem Gutachten zu ziehen.«

Der Bischof schaltete sich ein. »Ich erinnere Sie an unser Gespräch von vorhin. Das Wort *Diskretion* kam da öfter vor.«

»Keine Sorge, ich habe nicht vor, mir eine Klage des Hausarztes zuzuziehen, zumal nach all den Jahren ein Behandlungsfehler wohl kaum noch nachweisbar wäre. Aber was ist, wenn sich das Ärzteteam geirrt hat?«

»Das ist durchaus denkbar«, sagte Monsignore Delgard.

»Und doch empfehle ich, zunächst einmal der These des Ärzteteams zu folgen. Alice hatte einen Schock erlitten. Die Behinderung war psychologisch so fest in ihr verankert, daß sie sich nicht mehr davon freimachen konnte. Je mehr Angst sie vor der Taubstummheit hatte, um so tiefer setzte sich die Blockierung fest. Die Karteien der Ärzte sind voll von solchen Krankheitsgeschichten. Aus der Angst wird eine Phobie, aus der Phobie eine physische Behinderung. Das Unterbewußtsein hat seine eigene Logik. Ein Schock war notwendig, um Alices Blockierung aufzuheben. Die Vision, ob sie nur eingebildet war oder wirklich stattfand, hat Alice von ihrem Leiden befreit.«

»Wollen Sie damit sagen, daß es keine Wunderheilung war?« fragte Fenn.

»Nach sieben Jahren Taubstummheit kann das Mädchen sprechen, sie kann hören. Ob die Behinderung nun geistig oder physisch bedingt war, die Heilung steht außer Frage...«

...die Kirche – die Kirche – was immer mit Alice geschah, es geschah in der Kirche...

Pater Hagan hielt die Fingerspitzen an seine Schläfen gepreßt. Wieder waren die Stimmen der Menschen ganz weit entfernt. Alles klang hohl – wie das Echo der Gebete in einer großen, dunklen Kirche. *Pater Hagan hatte die Kirche zu hassen begonnen...*

Nein! Die Kirche war das Haus Gottes! Niemand durfte die Kirche hassen! Vor allem kein Priester...

»...der allgemeine Gesundheitszustand«, hörte er Bischof Caines sagen. »Ist das Kind jetzt wirklich gesund?«

»Die Frage ist einfach zu beantworten, ich brauche mich dazu nicht einmal irgendwelcher medizinischer Fachausdrücke zu bedienen. Alice ist ein völlig normales, gesundes Kind. Sie ist derzeit vielleicht ein bißchen abgespannt. Sie ist in sich gekehrt. Aber auch das ist normal nach allem, was sie durchgemacht hat. Es gibt eine kleine Anomalie, aber diese Anomalie besteht schon seit der Geburt, wie der Hausarzt sagt.«

»Was ist das für eine Anomalie?« fragte Fenn.

Delgard zögerte. »Was ich Ihnen jetzt sage, ist off the record, weil eine Veröffentlichung dem Mädchen Nachteile bereiten könnte.«

»Sie brauchen sich deswegen keine Sorgen zu machen«, sagte Fenn. »Ich werde dem Mädchen keine Nachteile bereiten, wirklich nicht.«

»Also gut. Alice hat ein kleines Fleischläppchen auf der Haut. Eine Art Geschwulst, ein paar Fingerbreit unter dem Herzen.«

»Eine Geschwulst? Großer Gott!« entfuhr es Bischof Caines.

»Nichts Bösartiges«, beruhigte ihn Delgard. »Das Phänomen ist unter der Bezeichnung *überzählige Brustwarze* bekannt...«

...überzählige Brustwarze – eine dritte Brust – darüber habe ich doch schon was gelesen... Mein Gott, wenn ich mich nur erinnern könnte...

»...zu keinen Besorgnissen Anlaß. Das Fleischläppchen ist etwas größer geworden seit der letzten Messung, aber wir müssen dabei berücksichtigen, daß Alice wächst. Es besteht kein Anlaß zu der Befürchtung, daß die Brustwarze weiterwächst.« Monsignore nahm einen tiefen Zug. »Damit wäre alles gesagt. Alice Pagett ist gesund, wenn man von dem kleinen Schönheitsmakel absieht.«

»Das sind ja gute Nachrichten«, freute sich Bischof Caines. »Ich danke Euch für Eure umfassenden Erläuterungen, Monsignore. Haben Sie noch Fragen, Mr. Fenn?«

Die Tür ging auf. Zwei Serviererinnen trugen die Hauptmahlzeit herein.

»Es tut mir leid, daß es etwas länger gedauert hat«, sagte Southworth. »Das Hotel ist ausgebucht, das ist der Grund. Ein Vorgeschmack der Entwicklung, die uns noch ins Haus steht.« Er strahlte.

Die Gespräche wandten sich einer Reihe von Allgemeinplätzen zu. Das Essen wurde aufgelegt. Fenn beobachtete Pater Hagan aus den Augenwinkeln. Es war offensichtlich, daß der Priester krank war. Der kalte Schweiß stand ihm auf der Stirn, die Augen lagen tief in den Höhlen. Der Mann brauchte Urlaub.

Fenn betrachtete mit wachsender Vorfreude die Kalbsmedaillons, die auf seinen Teller gelegt worden waren. Er wartete auf das Gemüse. Southworth war auf die kommerziellen Auswirkungen und Möglichkeiten der Wunder von Banfield zu sprechen gekommen.

»Ich glaube wirklich, daß es an der Zeit ist, wenn wir eine Werbeagentur zur Steuerung der Presseveröffentlichungen einschalten...«

»...scheint mir denn aber doch etwas voreilig...«

»...in keiner Weise. So etwas muß generalstabsmäßig geplant werden...«

»...wir müssen nicht unbedingt dem Vorbild Lourdes nacheifern, George...«

...Ich kann keinen Bissen runterkriegen. Wenn der Bischof doch nur nicht darauf bestanden hätte, daß...

»...bei dem Besuch des Papstes in England...«

»...allerdings hat die Organisation dann wieder zwanzig Prozent der Profite verschlungen...«

»...aber das war's wert...«

...jeden Abend wurde das Gefühl stärker – obwohl der Monsignore da war – das Gefühl, allein zu sein... Leere... Die Kirche war leer, und trotzdem war da etwas!

»...Figuren, T-Shirts, Kassetten mit dem Gottesdienst...«

»Andrew, Ihr müßt etwas essen. Das wird Euch stärken.«

»Was? Wie Ihr wollt, Bischöfliche Gnaden...«

»Entrecôte Roquefort ist eine Spezialität des Hauses, Pater Hagan. Ich bin sicher, daß Ihnen das schmeckt.«

»Natürlich...«

»... man kann uns nichts nachsagen...«

»... ich kann Sie sehr gut verstehen, aber die Kirche muß ein kritisches Auge auf die Geschäftswelt haben, das hat sie immer schon gehabt...«

... ihre Augen – warum hat sie mich so merkwürdig angesehen... Warum wollte sie die Hostie nicht nehmen?

»... ich glaube nicht...«

»... und die Bank ebenfalls... Ich bin sicher, gegen eine kleine Bürgschaft der römisch-katholischen Kirche hätte die Bank nichts einzuwenden... Ich habe schon ein Vorgespräch mit dem Zweigstellenleiter geführt – er ist übrigens Mitglied im Gemeinderat...«

... Fleisch – schmeckt nach nichts... Ich muß essen, hat der Bischof gesagt... Ihre Augen... Sie wußte es... Was sagen die Männer...? Ich muß sie aufhalten... Ich kann's nicht runterschlucken... Oh, mein Gott, das Fleisch wächst – in meinem...

»Pater!«

Delgard sprang auf, sein Stuhl polterte zu Boden. Er griff dem Priester, dessen Gesicht blau angelaufen war, unter die Arme.

Fenn kam um den Tisch herumgerannt. »Der Mann erstickt!« schrie er. »Um Gottes willen, er hat sich verschluckt. Er erstickt!«

... füllt mich aus – ich bekomme keine Luft mehr – es wächst und wächst...!

Pater Hagan wand sich auf seinem Stuhl. Er versuchte zu schreien, aber der Schrei wurde von dem Fleischbrocken erstickt, der in seiner Kehle steckte. Sein Kopf krachte auf die Tischplatte, daß die Bestecke hüpften. Der Teller zerschellte am Boden. Ein entsetzliches Gurgeln und Krächzen kam aus Pater Hagans Kehle.

»Er hat einen Herzanfall!« rief Bischof Caines. »Er hat ein schwaches Herz. Sucht nach dem Medikament, er hat es sicher bei sich!«

»Nein, er erstickt!« widersprach Fenn. »Helfen Sie mir, ihn wieder auf den Stuhl zu setzen.«

Delgard hielt den Priester fest. Fenn ließ seine Faust zwischen die Schulterblätter des Erstickenden niedersausen. Pater Hagan zuckte zusammen. Er keuchte. Wieder schlug Fenn zu.

»Es hat keinen Zweck!« sagte Delgard.

»Ich rufe den Krankenwagen an.« Southworth rannte aus dem Saal. Er war froh, daß er dem Todeskampf des Priesters nicht länger beiwohnen mußte.

»Er hat einen Herzanfall«, wiederholte Bischof Caines.

»Halten Sie ihm den Mund offen«, sagte Fenn. Monsignore Delgard umfaßte das Kinn des Priesters und riß ihm den Mund auf.

Hagan wollte sich dem Griff entwinden, der Schmerz in den Lungen war schier unerträglich geworden.

Fenn spähte in den Rachen des Priesters. »Ich kann was sehen!« Er steckte seinen Zeigefinger in die Rachenhöhle und versuchte, den Fleischbrocken zu packen. Delgard brauchte seine ganze Kraft, um den Priester auf dem Stuhl festzuhalten.

»Ich komme nicht dran, verdammt noch mal!«

...Hände... Hände berühren mich... Ich kann nicht... Ich bekomme keine Luft mehr... Hilf mir, Gott... Ihre Augen...

Die Muskeln in seiner Kehle zuckten, aber der Fleischbrocken ließ sich nicht ins Freie befördern, er sank tiefer und tiefer, er wuchs.

Pater Hagan sank zu Boden, er riß die beiden Männer, die um sein Leben kämpften, mit sich.

»Wir müssen ihm den Kopf in den Nacken legen, vielleicht bekommen wir den Brocken dann heraus!«

...es ist zu spät... Oh, mein Gott, diese Schmerzen – in der Brust – in den Armen... Oh, mein Gott, warum sagst du ihnen nicht...

»Ich hab' ihn, ich hab' ihn! Halten Sie den Kopf gut fest, ich will versuchen...

Der Priester stieß einen Schrei aus, einen Schrei voller Todesangst. Der Körper wand sich in wilden Zuckungen, das Gesicht war dunkelblau geworden...

...in DEINE Hände...

...in seinen Augen spiegelte sich die Furcht vor dem Sterben, ein Rasseln war zu hören, das aus Pater Hagans Kehle zu kommen schien...

...meinen Geist

...das Rasseln erstarb Sekunden, nachdem er gestorben war...

...und vergib mir meine Schuld...

21

Du wandelst auf dunklen Bergen,
Kannst du Gottes Gnade fühlen?
Bist du, Jerusalem, erbaut
Inmitten dunkler Satansmühlen?
Aus William Blake: Jerusalem

Kalt. So kalt, daß es einem die Eier abfror.

Fenn zog die Wagentür zu. Sein Atem kroch als milchiger Nebel über die Windschutzscheibe. Fenn versuchte den Zündschlüssel ins Schloß zu schieben. Er hielt den Blick auf die Kirche gerichtet.

Zum erstenmal, daß dort keine Pressereporter standen. Vielleicht hatten sie die Schnauze voll, nach dem Begräbnis gestern.

Er trottete zum Tor vor dem Kirchengelände. Ein Wächter stand am Gitter.

»Kalter Tag«, sagte Fenn.

Der Mann nickte.

»Fenn vom *Brighton Evening Courier.*«

»Kann ich Ihren Presseausweis sehen?«

Fenn holte mit klammen Fingern den Personalausweis aus der Brieftasche. Der Mann grunzte befriedigt.

»Ich komme, um mit Monsignore Delgard zu sprechen.«

Der Wächter öffnete das Tor. »Ich weiß Bescheid.«

Fenn durchschritt das Tor. »Kaum Journalisten hier heute.«

Der Wächter verschloß das Tor. »Die kommen später. Die meisten sind noch im Kloster.« Er zog ein Taschentuch hervor und schneuzte sich.

»Ich komme gerade vom Kloster. Kaum ein Pressemensch dort.«

»Dann haben sie gestern abend noch gesoffen. Diese Blutsauger.« Ungerührt starrte er Fenn an.

Der überhörte die Spitze. »Haben Sie Pater Hagan gut gekannt?« fragte er.

»Ein guter Mann. Ein fleißiger Mann. Der ganze Trubel, das war zuviel für ihn.«

Fenn ließ den Mann stehen. Er ging auf das Pfarrhaus zu. Er war bei den Stufen angekommen, als die Tür geöffnet wurde. Ein junger Priester erschien im Türspalt.

»Sie sind Mr. Fenn, nicht wahr?« Er sprach mit irischem Akzent. »Monsignore Delgard ist in der Kirche. Soll ich ihn holen?«

»Danke, ich gehe zu ihm.«

Fenn schlenderte zur Kirche hinüber, der junge Priester sah ihm nach.

Er fand die Kirche verschlossen vor. Er drehte den schweren Eisenring und öffnete das Portal. Merkwürdig. Drinnen war es kälter als draußen. Er ließ das Portal ins Schloß fallen und ging auf die schwarze Gestalt zu, die in der ersten Bank saß.

Monsignore Delgard wandte nicht einmal den Kopf, als er sich neben ihm niederließ.

»Monsignore?«

Delgard starrte auf das Glasfenster über dem Altar. »Was geht in dieser Kirche vor?« flüsterte er.

»Was sagen Sie da?«

Delgard sah ihn an. »Ich frage mich, was in dieser Kirche vorgeht, Mr. Fenn. Und ich frage mich, warum Pater Hagan gestorben ist. Ich frage mich, wovor er so große Angst hatte.«

»Hatte er das?«

»Oh, ja. Er hatte Todesangst.«

»Er war krank, nicht wahr?«

»Ja, er war krank. Aber da war noch etwas. Etwas, das ihm die Kraft aussaugte.«

»Ich kann Ihnen leider nicht folgen.«

»Glauben Sie an Gott, Mr. Fenn?«

Es war eine Frage, die Fenn in Verlegenheit brachte. »Ich bin nicht sicher, ob ich an Gott glaube. Ich hab' noch nicht drüber nachgedacht.«

»Jeder Mensch denkt über diese Frage nach, Mr. Fenn. Wollen Sie mir nicht antworten, weil ich Priester bin?«

»Nein, das ist es nicht. Ich bin wirklich nicht sicher, ob ich an Gott glaube. Jedenfalls glaube ich nicht an eine Vaterfigur mit einem weißen Bart.«

»Niemand will, daß Sie an eine Vaterfigur mit einem weißen Bart glauben. Es wäre naiv, sich Gott so vorzustellen. Lassen Sie mich meine Frage so formulieren: haben Sie Angst, *nicht* zu glauben?«

»Ich glaube, davor haben die meisten Menschen Angst.«

»Und Sie?«

»Ich mache keine Ausnahme.«

»Fürchten Sie den Tod, weil Sie Sünden begangen haben?«

»Nein. Ich hoffe nur, daß Gott meine Entschuldigungen annimmt. Aber was hat das alles mit Pater Hagan zu tun?«

Der Monsignore ließ seinen Blick zum Altar wandern. »Pater Hagan war ein demütiger Diener Gottes, er war wirklich ein guter Mensch, trotzdem hatte er Todesangst.«

»Vielleicht hatte er Sünden begangen, von denen Sie nichts wußten.«

»Wir alle haben Sünden begangen, derer wir uns schämen. Meist sind es ganz alltägliche Dinge, die erst Wichtigkeit erlangen, weil wir ihnen mit unserem Schuldgefühl eine so große Bedeutung einflößen. Merkwürdig, aber ich habe Pater Hagan am Abend vor seinem Tod die Beichte abgenommen. Er hatte nichts zu befürchten.«

Fenn zuckte die Achseln. »Es ist ein weiter Sprung vom Leben in den Tod, und es gibt keine Garantie für eine weiche Landung. Niemand weiß, ob es überhaupt eine Landung gibt. Egal, wie tief der Glauben des Menschen ist, er hat keine Garantie, daß es ein Jenseits gibt. Richtig?«

»*Nicht* richtig, Mr. Fenn. Aber ich verstehe, worauf Sie hinauswollen.«

»Als es darauf ankam, benahm sich Pater Hagan wie ein ganz normaler Mensch. Er hatte Angst vor der Stunde der Wahrheit.«

»Pater Hagan litt unter dem Wissen, daß er uns eine furchtbare Erbschaft hinterließ.«

Jetzt verstand Fenn gar nichts mehr.

»Er machte sich Sorgen wegen der Dinge, die in dieser Kirche vor sich gehen«, fuhr Monsignore Delgard fort. »Er hat kaum noch ein Auge zugetan, nachdem Alice die erste Vision gehabt hatte. Er hatte Angst, sich auf dem Gelände seiner eigenen Kirche zu bewegen.«

»Mir ist aufgefallen, daß er von Mal zu Mal schlechter aussah.«

»Sie haben ihn kennengelernt, als Alice die erste Vision hatte, nicht wahr?«

»Yeah. Und schon damals sah er nicht gerade aus wie das blühende Leben. Sein Zustand hat sich dann von Mal zu Mal verschlechtert. Ich habe das auf die großen Belastungen zurückgeführt, denen er durch die unerklärlichen Ereignisse ausgesetzt war.«

»Sein Leiden begann lange vorher.«

»Hatte sein schlechter Gesundheitszustand irgend etwas mit der Tätigkeit zu tun, die er in Hollingbourne ausgeübt hat?«

Delgards Züge wurden hart. »Wer hat Ihnen davon erzählt?«

»Niemand. Mir ist nur die allgemeine Betretenheit aufgefallen, als der Reporter bei der Pressekonferenz bei diesem Punkt nachgefragt hat. Wo liegt das große Problem, oder ist es immer noch ein Geheimnis?«

»Sie würden es früher oder später sowieso herausfinden«,

seufzte Delgard. »Aber diese Dinge sind lange her und nicht von Wichtigkeit für die Fragen, über die wir jetzt sprechen.«

»Wenn es nicht so wichtig ist, warum sagen Sie's mir dann nicht?«

»Ich sage es Ihnen unter der Bedingung, daß Sie Stillschweigen bewahren.«

»Einverstanden.«

Delgard war froh, daß Fenn auf die Bedingung einging. Hätte er ihm die Auskunft verweigert, hätte der Reporter Nachforschungen auf eigene Faust angestellt; so aber war er zur Geheimhaltung verpflichtet.

»Pater Hagan war noch sehr jung, als er als Hilfspfarrer in Hollingbourne eingesetzt wurde«, begann er. »Er war noch verwundbar.«

»Wollen Sie andeuten, daß er ein Verhältnis mit einem Mädchen aus seiner Gemeinde gehabt hat?«

»Nein. Es gab kein solches Verhältnis. Allerdings hat der Pater damals eine Zuneigung zu dem älteren Pfarrer gefaßt, der die Gemeinde betreute.«

»Aha.«

»Es hat keine sexuellen Beziehungen zwischen den beiden gegeben, um das gleich vorab zu sagen. Wenn es zu sexuellen Beziehungen gekommen wäre, dann wären die beiden nicht im Priesteramt geblieben.«

»Warum...«

»Weil es in einem kleinen Ort wie Hollingbourne keine Geheimnisse gibt. Pater Hagan hatte eine tiefempfundene Zuneigung zu dem älteren Geistlichen, die Sache wurde dem Bischof jener Diözese hinterbracht, und der griff ein, bevor die Situation außer Kontrolle geriet.«

»Entschuldigen Sie, aber wieso sind Sie so sicher, daß es nicht zu sexuellen Beziehungen gekommen ist?«

»Weil die beiden das gebeichtet hätten, als man sie zur Rede stellte.«

»Sie haben eine sehr hohe Meinung von den Menschen, Monsignore. Pater Hagan wurde also versetzt.«

»Ja. Der andere Priester – sein Name tut hier nichts zur Sache – verließ Hollingbourne wenig später. Ich weiß, daß der Vorfall Pater Hagan während seiner ganzen Priesterlaufbahn verfolgt hat. Ich weiß auch, er hat sich nie wieder in Versuchung führen lassen. Er hat sich mit Arbeit und mit Gebeten betäubt.«

»Aber die Schuld blieb.«

»Pater Hagan war ein sehr empfindsamer Mensch. Ich glaube, er hat sich von dieser Schuld nie zu befreien vermocht.«

»Ihre Religion sieht es ja sehr gern, wenn jemand sein ganzes Leben unter der Schuld ächzt, nicht wahr?«

»Eine lieblose Bemerkung, Mr. Fenn, und noch dazu falsch. Aber ich möchte mit Ihnen hier nicht über die Gottesidee der römisch-katholischen Kirche diskutieren. Sprechen wir von der Angst, die Pater Hagan in dieser Kirche, in diesem Gebäude empfand.«

»Darüber habe ich nachgedacht, seit Hagan starb«, sagte Fenn. »Bei der Pressekonferenz sagte er, mit der Kirche stimmt was nicht, und Sie haben das bestätigt.«

»Sehen Sie sich um, Mr. Fenn. Finden Sie es nicht auch sehr dunkel in dieser Kirche?«

»Gewiß ist es dunkel. Aber es ist auch sehr neblig draußen. Es fällt wenig Licht durch die Fenster.«

»Schließen Sie die Augen, und sagen Sie mir, was Sie empfinden.«

Fenn schloß die Augen.

»Was fühlen Sie?«

»Ich komme mir wie ein Idiot vor, das ist alles.«

»Denken Sie an die Kirche, in der Sie sich befinden. Was fühlen Sie, Mr. Fenn?«

Er mochte das nicht. Er mochte nicht mit geschlossenen Augen in einer Kirche stehen.

»Nein!«

Er riß die Augen auf und starrte Monsignore Delgard an. »Es tut mir leid«, stammelte er. »Ich weiß nicht, warum ich plötzlich losgebrüllt habe.« Er schauderte. »Was ist passiert?«

»Was haben Sie gefühlt?« fragte Delgard freundlich.

»Nichts.« Er dachte nach. »Mein Gott, das ist es! Ich habe die Leere gespürt, die hier herrscht. Ich meine nicht, daß außer uns keine Menschen in der Kirche sind. Ich meine die spirituelle Leere.«

»Dann spüren Sie das gleiche, was ich spüre.«

»Ich weiß nicht... Es ist so kalt hier. Es ist unheimlich. Aber ich glaube, eine leere Kirche ist immer unheimlich.«

»Nicht für einen Priester«, sagte Monsignore Delgard. »Wir Priester sind gern in einer leeren Kirche, wo wir in Ruhe beten und meditieren können. Aber in dieser Kirche gibt es keinen Seelenfrieden, es gibt nur das Gefühl von Unheil.« Fenn sah, daß Delgard von tiefer Sorge erfüllt war. »Wenn Alice wirklich die Jungfrau Maria gesehen hat, müßte der Heilige Geist in diesen Mauern zu spüren sein.«

»Sie selbst haben gesagt, eine Kirche ist ein Gebäude aus Stein«, erinnerte ihn Fenn.

»Eine Kirche ist ein Gefäß, das entleert werden kann wie jedes andere Gefäß. Das hat Bischof Caines nicht verstanden. Diese Kirche ist ausgeblutet.«

»Wie können Sie das behaupten?«

»Aber Sie haben es doch vorhin selbst gespürt! Pater Hagan hat das gleiche empfunden wie Sie, über viele Wochen hinweg. Deshalb auch sein körperlicher Verfall. Ihm ist die Lebenskraft ausgesaugt worden.«

»Der Mann war krank. Sein Herz...«

»Nein. Ihm ist der Lebenssaft abgezapft worden, so wie dieser Kirche der Geist abgezapft worden ist. Ich habe ihn zu Anfang nicht richtig verstanden, als er mir seine Ängste schilderte. Er glaubte übrigens nicht, daß es sich um Wunderheilungen handelte, Mr. Fenn. Er hat auch nicht geglaubt, daß Alice die Jungfrau Maria gesehen hat. Nur ganz zu Anfang hat er ihr geglaubt, er kannte sie ja von Jugend auf, sie war ein herzensgutes Mädchen, aber dann bekam er Angst vor ihr.«

»Angst vor einem elfjährigen Mädchen?«

»Aber Sie waren doch selbst letzten Sonntag im Kloster, Mr. Fenn.«

»Ganz recht. Ich war dabei, als Alice schlecht wurde.«

»Vorher. Versuchen Sie sich zu erinnern, was vorher war. Ist Ihnen nicht aufgefallen, wie er Alice angesehen hat?«

»Sie haben recht. Er hatte Angst vor ihr. Aber wir dürfen nicht vergessen, daß Pater Hagan am Ende seiner Nerven war.«

»Er war am Ende seiner Nerven, weil er miterleben mußte, wie seine Kirche vergewaltigt, wie ein Kind von der Gewalt des Bösen mißbraucht wurde!«

»Ist das nicht ein bißchen weit hergeholt, Monsignore?«

»Ich nehme es Ihnen nicht übel, daß Sie das sagen, Mr. Fenn. Sie sind ein geborener Zyniker. Vielleicht sind es die Zyniker, die am wenigsten leiden in dieser Welt, vielleicht leiden sie auch am meisten von allen.« Ein mitleidiger Blick traf den Reporter.

Fenn wandte sich brüsk von dem Monsignore ab. Seine Augen hefteten sich auf den Altar.

»Im vorliegenden Fall könnte sich Ihr Zynismus auch als hilfreich erweisen«, hörte er Delgard sagen. »Wenn ich Sie richtig beurteile, dann glauben Sie an gar nichts. Sie haben keine Familie, keine Frau...«

»Wie kommen Sie darauf? Was wissen Sie überhaupt von mir?«

»So einiges. Ich habe mich ausführlich mit Miß Gates unterhalten, wissen Sie.«

»Mit Sue? Die würde Ihnen auf keinen Fall...«

»Susan ist eine regelmäßige Kirchgängerin, Mr. Fenn. Und was Sie angeht, so hat Ihre Freundin in der letzten Zeit mehr und mehr Zweifel bekommen.«

»Das ist mir auch schon aufgefallen. Was ich nicht verstehe ist, warum erzählt Ihnen Sue so etwas?«

»Weil ich sie drum gebeten habe.« Delgard sprach jetzt mit großem Nachdruck. »Ich brauche Ihre Hilfe, Mr. Fenn, und deshalb habe ich mich näher nach Ihnen erkundigt.«

»Ich verstehe trotzdem nicht recht, wieso...«

»Ihr Arbeitgeber sagt mir, Sie sind ein guter Journalist. Ein Mann, der viele Probleme schafft, aber im Grunde ganz vernünftig. Es heißt, Sie haben eine Spürnase für Themen. Was die übrigen Aspekte Ihres Charakters angeht, so ist die Beurteilung durch Ihren Arbeitgeber nicht besonders rosig.«

»Ich kann mir vorstellen, was er gesagt hat.«

»Gut. Damit kennt jeder von uns die Schwächen des anderen.«

»Ich habe aber nicht...«

»Susan hat mir gesagt, daß Sie einen klinisch klaren Verstand haben, Mr. Fenn, besonders wenn es um Dinge geht, die mit Ihrem Beruf zu tun haben. Ich gebe zu, nach dem Studium Ihres ersten Artikels über Alice und die Ereignisse bei der St. Josephskirche war ich eher skeptisch gewesen, ich hielt Sie damals für einen Menschen, der alles sehr emotional sieht. Aber Susan hat mir gesagt, Sie können sehr objektiv sein. Es klingt vielleicht etwas pervers, aber ich habe Respekt vor Ihrem Opportunismus. Sie selbst haben nicht *geglaubt*, was Sie da schrieben, aber Sie wollten, daß Ihre Leser es glaubten. Erst beim nochmaligen Durchlesen habe ich verstanden, daß Ihre Story doppelbödig angelegt ist.«

»Ich fürchte, da schätzen Sie mich zu hoch ein.«

»Sie haben einen scharfen Verstand, Mr. Fenn. Sie sind genau der Mann, den ich brauche.«

»Könnten Sie mir jetzt bitte sagen, was das alles soll?«

»Wenn Sie zynisch sind, was die Kirche angeht, so könnte das bedeuten, daß Sie auch zynisch sind, was den großen Gegenspieler der Kirche angeht.«

»Der große Gegenspieler?«

»Das Böse, von dem wir gegenwärtig umgeben sind.«

Fenn grinste. »Das klingt ja interessant.«

»So verstehen Sie doch! Wenn Sie nicht an das Böse glauben, dann haben Sie auch keine Angst vor dem Bösen. Das Böse ist ein Parasit, der sich aus dem Glauben der Menschen nährt.«

»Ich dachte immer, das Böse nährt sich aus der Dummheit.«

»Es sind nicht selten die Dummen, die einem Glauben anhängen. Sie, Mr. Fenn, gehören ganz sicherlich nicht zu diesen Dummen. Sie glauben nur an Dinge, die sich beweisen lassen. Wenn es solche Beweise nicht gibt, dann suchen Sie danach. Und deshalb sind Sie auch der Richtige für diese Aufgabe. Ich möchte, daß Sie für mich etwas herausfinden.«

»Und was, Monsignore?«

»Sie sollen herausfinden, was mit dieser Kirche los ist.«

Fenn sah ihn überrascht an. »Das können Sie sicher besser als ich.«

»Was hier gefragt ist, Mr. Fenn, ist nicht theologische Vorbildung, sondern Objektivität und praktischer Sinn. Ich selbst bin in den nächsten Monaten mit Arbeit eingedeckt, ich muß den Pilgerstrom betreuen, der sich nach St. Joseph's ergießen wird, ich muß die Bauarbeiten beaufsichtigen, die wir unternehmen wollen. Und ich bin auch nicht objektiv. Ich bin gefangengenommen von der Ausstrahlung dieses Ortes, mein Blick ist getrübt vom tragischen Tod des Paters. Übrigens sollten sich Ihre Recherchen nicht auf die Kirche beschränken, ich möchte, daß Sie auch die Ortschaft Banfield unter die Lupe nehmen. Mit Bischof Caines und George Southworth haben sie ja bereits ein grundlegendes Einverständnis, betrachten Sie meinen Auftrag als Teil des Ganzen. Finden Sie heraus, was früher hier passiert ist.«

»Haben Sie da irgendwelche Vermutungen?«

»Nein. Und noch eines, Mr. Fenn! Durchforschen Sie die Vergangenheit von Alice Pagett. Es gibt da ein Rätsel, das wir lösen müssen.«

»Ich habe den Eindruck, jetzt sind Sie selbst etwas aus dem Gleichgewicht gekommen, Monsignore.«

»Es ist gut, wenn Sie so von mir denken«, sagte Delgard. »Sehr gut sogar. Und jetzt folgen Sie mir bitte, Mr. Fenn! Ich möchte Ihnen etwas zeigen.« Er erhob sich von der Bank. Fenn stand ebenfalls auf, er trat zur Seite, um den Priester vorbeizulassen.

Delgard vollzog einen Kniefall vor dem Altar, dann ging er auf die Marienstatue zu.

Fenn folgte ihm, er hatte die Hände in den Hosentaschen vergraben.

Sie waren vor der Statue angekommen. »Ich weiß von Pater Hagan, daß Alice sehr oft zu der Muttergottes gebetet hat«, sagte der Monsignore. »Sie hat vor dieser Statue viele Stunden im stillen Gebet verbracht. Man könnte es auch als Besessenheit bezeichnen. Wenn die Visionen dieses Mädchens nur Halluzinationen einer kranken Seele waren, dann hatten diese Halluzinationen wahrscheinlich ein Wesen zum Gegenstand, von dem sie fasziniert war. Und jetzt betrachten Sie bitte die Statue.«

Fenn fiel ein, daß er sich die Statue vor zwei Wochen, am Sonntag der Wunder, angesehen hatte. Damals war ihm ein feiner Riß aufgefallen, der vom Kinn über den Hals verlief.

Inzwischen war die Statue von einem Netzwerk schwarzer Adern überzogen, die Risse reichten bis in die Mundwinkel der Madonna und ließen die Lippen in einem obszönen Lächeln erstarren. Sogar die blinden Augen waren von schwarzen Linien durchzogen.

Das war nicht mehr die feingemeißelte Statue der Muttergottes, es war eine häßliche alte Vettel, die ihre Arme zu einer spöttischen Geste des Gebets erhoben hielt.

Fenn trat beiseite, als hätte er Angst, daß die Figur aus Stein nach ihm greifen und ihn berühren könnte.

22

Herzogin, es ist soweit,
Herzogin, wir sind bereit,
Wir Hexen aus Seen und Sümpfen,
Aus Felsen und Höhlen und modrigen Stümpfen,
Aus Wäldern und der Gräber kühler Erde,
Der Fluch des Satans uns zum Segen werde.
Wir wohnten in Kerkern, wir wohnten auf Bäumen,
Überall, wo Menschen träumen,
Überall, wo Menschen sterben,
Die Würmer, sie gleißen, wir sind die Erben.
Herzogin, wir sind bereit,
Herzogin, zünd' an das Scheit.
Macht, Dirnen, dem Teufel die Hölle heiß!
Euer Leib so dunkel, Eure Wangen so weiß...
Aus Ben Jonson: Three Witches' Charms

Er ging den Kiesweg entlang. Es war dunkel unter den Bäumen, fast so dunkel wie in der Kirche.

Was Delgard gesagt hatte, war verrückt! Wie kam der Mann dazu, einem elfjährigen Mädchen so etwas anzuhängen? Teufel noch mal, welchen Schaden konnte ein solches Geschöpf denn überhaupt anrichten? Hatte der Monsignore nicht unmißverständlich angedeutet, daß Alice für Hagans Tod verantwortlich zu machen war? Sie war bei dem Abendessen, als der Pater erstickte, nicht einmal dabeigewesen!

Fenn blieb stehen, um durchzuatmen. Er war richtig wütend.

Delgard war auf dem besten Wege, ein Neurotiker zu werden, ein Paranoiker wie Pater Hagan! Und er, Fenn, hatte diesem Mann auch noch in aller Ruhe zugehört! Mein Gott, er war jetzt schon genauso verrückt wie die beiden Gottesmänner!

Er ging weiter.

Was war mit der Statue passiert? Hatte irgendein Idiot mit dem Hammer auf die Muttergottesstatue eingeschlagen? Nein, ausgeschlossen. Der Stein wäre in Splittern abgesprungen. Risse. Schwarze Risse. Die Statue hatte Fenn einen gehörigen Schrecken eingejagt. Das steinerne Antlitz hatte so widerwärtig ausgesehen.

Er fuhr zusammen, als eine Gestalt aus der Dunkelheit auf ihn zutrat.

»Alles erledigt, Mr. Fenn?«

»Mein Gott, haben Sie mich erschreckt.«

Der Mann grinste. Er schloß dem Reporter das schmiedeeiserne Tor auf. »Tut mir leid. Hatte mich nur in ein geschütztes Eckchen zurückgezogen, wissen Sie. Kalter Wind heute.«

Fenn zwängte sich durch die Öffnung. Er war froh, das Kirchengelände zu verlassen.

»He, Fenn«, sagte die Stimme einer Frau. Aus dem Schatten der Bäume löste sich die Gestalt der amerikanischen Journalistin. Sie kam auf ihn zu. »Was ist denn?« fragte sie. »Sie sind ja blaß wie ein Gespenst.«

»Das macht das Wetter«, sagte er und ging auf seinen Wagen zu. Die Amerikanerin hielt mit ihm Schritt.

»Ich hab' Sie durchs Dorf fahren sehen. Dachte mir schon, daß Sie zur Kirche wollten. Wie wär's, wenn Sie mich zu meinem Hotel zurückbringen?«

Er schloß die Tür auf der Fahrerseite auf. »Sie sind Nancy, oder?«

»Nancy Shelbeck. Wir haben uns letzten Sonntag kennengelernt, Sir.«

Er nickte. »Rein mit Ihnen.«

Sie lief um das Auto herum. Fenn stieg ein und öffnete ihr die Tür von innen. Sie schob sich auf den Beifahrersitz und bedankte sich mit einem strahlenden Lächeln.

Sie wartete, bis er gewendet hatte, bevor sie fragte: »Wie kommt es, daß man Sie aufs Kirchengelände läßt, und die anderen Journalisten müssen draußenbleiben?«

»Es ist leicht, aufs Kirchengelände zu kommen. Man braucht nur hinten rumzugehen, übers Feld.«

»Das sagen Sie so in Ihrem jugendlichen Leichtsinn. Die haben ein paar Priester als Wachposten aufs Feld gestellt.«

Er maß sie mit einem neugierigen Blick. Sie war eine attraktive Frau. Grüne Augen.

»Sie wollten mir doch was erzählen«, sagte sie.

»Was wollte ich Ihnen denn erzählen?«

»Warum Sie reingelassen worden sind, und die anderen nicht.«

»Der Papst ist mein Onkel.«

»Jetzt rücken Sie schon mit der Wahrheit raus, Fenn!«

»Ich habe den offiziellen Auftrag, die Geschichte der Wunder von Banfield zu schreiben.«

»Scheiße noch mal, wie sind Sie an den Auftrag gekommen?«

»Entweder man ist Starreporter oder nicht.«

»Sie sehen aber nicht gerade glücklich aus mit Ihrem Auftrag. Ist das Honorar so schlecht?«

»Hab' vergessen, ein Honorar zu vereinbaren.«

»Wie unvorsichtig von Ihnen. Ich bin sicher, Sie kommen auf andere Weise auf Ihre Kosten.«

»Ich werd's versuchen.«

»Erinnern Sie sich noch, worüber wir letzten Sonntag gesprochen haben?«

»Sie haben mir vorgeschlagen, wir sollen unsere Notizen vergleichen, und irgendwie war Geld im Spiel.«

»Richtig. Was halten Sie davon, wenn wir irgendwo einkehren und uns einen Drink genehmigen?«

»So früh am Tage?«

»Es ist immerhin schon halb elf. Die Pubs auf dem Lande machen ja früh auf, oder? Kommen Sie, Fenn, ich sehe Ihnen an der Nasenspitze an, daß Sie einen Drink brauchen.«

»Sie wissen gar nicht, wie recht Sie haben«, sagte Fenn.

Sie hatten den Ortsanfang von Banfield erreicht, wo sich die beiden Pubs befanden. Fenn bog auf den Parkplatz des ersten Gasthauses ein.

Das *White Hart* verfügte über eine L-förmige Bar mit niedriger Balkendecke. Ein paar Jagdhörner hingen an den Wänden. Es gab einen offenen Kamin, das Feuer brannte. Fenn und die Amerikanerin waren keineswegs die einzigen Gäste. Er kannte die Gesichter. Journalisten.

»Was möchten Sie trinken?« fragte er die Amerikanerin.

»Umgekehrt«, sagte sie. »Ich lade ein.«

»Dann möchte ich einen Scotch ohne Eis und ohne Wasser«, sagte Fenn.

Sie setzten sich. Die Statue, dachte Fenn. Wie waren die Risse in die Statue gekommen? So etwas dauerte Jahre. Geschehen war es in zwei Wochen. Das war doch unmöglich! Was hatte Delgard eigentlich gemeint, als er...

Fenn fuhr aus seinen Gedanken hoch, als die Reporterin der *Washington Post* an den Tisch zurückkehrte. »Ich hab' Ihnen einen Doppelten geholt. Sie können's brauchen.«

Er starrte sie an. Sie stand vor ihm, ein Glas in jeder Hand.

»Danke«, sagte er. Er leerte die Hälfte des Glases in einem langen Zug.

»Wußte ich's doch«, sagte sie. Sie glitt neben ihn und nippte an ihrem Bier.

»Bitterbier?« Fenn kam aus dem Staunen nicht mehr heraus.

»Ich mag das englische Bier«, sagte sie. »Und jetzt sagen Sie mir bitte, was Ihnen so große Sorgen macht.«

Das Haar der Frau war dunkel, mit einem rötlichen Schimmer. Gefärbt war das nicht, jedenfalls sah's nicht so aus, als ob die Farbe aus der Flasche kam. Das genaue Alter der Amerikanerin war schwer zu bestimmen. Die wachen Augen sagten, daß sie auf die Vierzig zuging. Die Haut, sanft und hell, und die wohlgeformten Lippen sagten, daß sie knapp dreißig war. Die Nase war etwas zu gerade, was dem Gesicht einen Anflug von Stärke und Strenge gab. Sie hatte sich den Mantel ausgezogen. Sie trug einen Rollkragenpullover und Hosen. Sie trug Stiefel mit hohen Absätzen. Sie war schlank.

»Ich komme mir vor wie unter dem Mikroskop«, sagte sie.

»Ich habe nur so über Sie nachgedacht«, sagte er. »Sie sind genau der Typ.«

»Was für ein Typ?«

»Der Typ der mit allen Wassern gewaschenen New Yorker Reporterin.«

»Danke. Sie haben eine nette Art, mit Frauen umzugehen.«

Er lachte. »War nicht böse gemeint. Eher als Kompliment.«

»Ach wirklich? Auf diese Art von Komplimenten kann ich verzichten.« Sie bot ihm eine Zigarette an. Er lehnte ab. Sie entzündete ihre Zigarette mit einem schlanken Dunhill-Feuerzeug. »Wo liegt das Problem, Fenn?«

»Für Sie bin ich Gerry«, sagte er gleichmütig.

Sie lächelte. »Ich ziehe es vor, Sie mit Mr. Fenn anzusprechen.«

Er erwiderte ihr Lächeln. Er begann ihre Gegenwart als angenehm zu empfinden. »Ist auch besser«, sagte er.

»Ist es der Tod von Pater Hagan, was Ihnen so schwer im Magen liegt?« fragte sie. »Sie waren dabei, als er den Herzanfall hatte, nicht?«

Er nickte. »In der Todeserklärung steht, daß er an einem Herzanfall starb, aber ich weiß, daß er erstickt ist.« Er nahm einen Schluck aus seinem Glas. »Ich habe versucht, Erste Hilfe zu leisten. Ich habe genau gesehen, daß er einen Bissen Fleisch in der Kehle stecken hatte. Ich habe sogar versucht, das Stück rauszuholen.«

»Der amtliche Leichenbeschauer hätte es doch sicher in der Todesurkunde vermerkt, wenn es ein Erstickungstod war.«

»Vielleicht war's beides. Vielleicht hat sich Pater Hagan auch nur vorgestellt, daß er erstickte. Der Mann war zuletzt ziemlich hysterisch.«

»Das ist normal, wenn jemand einen Herzanfall erleidet.«

»Ich meine nicht, daß er während des Anfalls hysterisch wurde. Ich meine seinen Gesundheitszustand in den Wochen vorher.«

Sie saß da, in Gedanken versunken. »Mir ist an dem Sonntag im

Kloster aufgefallen, daß er etwas merkwürdig war. Wollen Sie in Ihrer zurückhaltenden Art andeuten, daß er nicht mehr alle Tassen im Schrank hatte?«

»Nein. Aber er war wohl ein Neurotiker. Ja, das kann man sagen. Er machte sich Sorgen wegen der Dinge, die in der Kirche geschehen waren.«

»Aber was in der Kirche geschehen ist, müßte doch für jeden Priester geradezu ein Leckerbissen sein. Pater Hagan war zugegen, als die Wunder geschahen. Was gefiel ihm daran nicht? Der Rummel, den die Zeitungen entfacht haben?«

Er war drauf und dran, die Katze aus dem Sack zu lassen. Aber er beherrschte sich. Er wechselte das Thema. »Haben Sie mir einen Handel anzubieten?«

»Wo bleibt Ihre feine englische Art, Mr. Fenn? Also gut, kommen wir zum Geschäft. Was halten Sie davon, wenn wir Partner werden? Sie beschaffen die Informationen, ich schreibe die Story. Ich sorge dafür, daß Sie ein gutes Honorar von meiner Zeitung bekommen. Ihr Name erscheint neben dem meinen.«

»Sie machen Späße! Warum sollte ich auf ein solches Angebot eingehen?«

»Weil ich der bessere Schreiber bin von uns beiden.«

Er schob ihr sein leeres Glas hin. »Jetzt brauche ich noch einen Drink.«

»So früh am Tage? Sie müssen nicht eingeschnappt sein, weil ich das eben gesagt habe. Sie sind ein guter Schreiber, aber Sie sind Provinz. Jetzt gehen Sie nicht gleich in die Luft, hören Sie erst einmal zu. Sie haben noch nie für eine überregionale Zeitung geschrieben, das weiß ich, ich hab' mich erkundigt. Sie haben auch noch nie unter einem Chef gearbeitet, der Sie solange in den Hintern tritt, bis der Artikel wirklich gut ist.«

»Da irren Sie sich, ich bin schon sehr oft in den Hintern getreten worden.«

»Es kommt darauf an, wer tritt. Ich will damit nur sagen, Sie haben bisher nicht die richtige Führung gehabt. Ich habe nicht behauptet, daß Sie nicht gut sind, und ich bestreite auch nicht, daß Sie eine Menge Angebote kriegen werden. Aber was immer Sie schreiben, es wird besser, wenn ich's vorher noch in die Finger kriege. Glauben Sie mir! Und nun zum Geld...«

Fenn hörte nicht mehr zu. Seine Aufmerksamkeit war auf den Mann gerichtet, der soeben eingetreten war. Zwei Gäste, die an der Bar saßen, glitten von ihren Schemeln und liefen auf den Mann zu.

»Das ist Len Pagett«, sagte Fenn.
»Pagett? Ach ja, der Vater des Mädchens.«
Fenn war aufgestanden, er ging auf die Gruppe zu. Nancy Shelbeck folgte ihm.
»Mr. Pagett?« Fenn schob sich zwischen die beiden Männer, die ihnen den Rücken zukehrten. Er streckte dem Neuankömmling die Hand entgegen. »Wir kennen uns, Mr. Pagett. Ich bin Gerry Fenn vom *Brighton Evening Courier*.«
Der Reporter, den er zur Seite gedrängt hatte, gebrauchte seine Ellenbogen. »Verschwinden Sie, Fenn. Der Mann gehört uns. Wir haben einen Vertrag.«
»Wer sind Sie?« fragte Fenn, obwohl er bereits wußte, wer die beiden waren: Reporter von einer der großen, überregionalen Zeitungen.
»Mr. Pagett ist dabei, einen Vertrag mit dem *Express* zu schließen«, sagte der zweite Mann. Er gab sich nicht weniger feindselig als der erste. »Und das bedeutet, er spricht nicht mehr mit den anderen Journalisten.«
»Machen Sie sich doch nicht lächerlich. Sie können Mr. Pagett doch nicht verbieten...«
»Verpiß dich.« Fenn wurde zur Seite geschoben. Einer der beiden Reporter hatte Alices Vater beim Arm ergriffen. »Wir gehen woanders hin, Mr. Pagett, in ein Pub, wo wir in Ruhe reden können. Der Vertrag ist vorbereitet.«
Pagett sah unentschlossen drein. »Kann ich nicht erst was zu trinken haben?« Er blickte zur Bar hinüber.
»Wo wir hingehen, gibt's zu trinken noch und noch. Es ist ganz in der Nähe.« Er führte ihn in Richtung Tür.
Inzwischen waren die übrigen Journalisten, die sich im Pub zum Frühschoppen aufhielten (wirklich nur, um sich für den Wachdienst vor der Kirche vorzuwärmen), hinzugekommen.
»Was ist los, Fenn?« fragte Nancy.
»Die Typen wollen den Vater des Mädchens festnageln.«
Der zweite Reporter vom Express vertrat Fenn den Weg zur Tür. »Ich sagte Ihnen schon, der Mann gehört uns!«
»Hat Mr. Pagett den Vertrag denn schon unterschrieben?« mischte sich die Amerikanerin ein.
»Das geht Sie nichts an.«
Fenn konterte den Rüffel mit einem dünnen Lächeln. »Sie sagten vorhin, der Vertrag ist vorbereitet. Also hat Mr. Pagett noch nicht unterschrieben.«

Der Reporter verzichtete auf eine Entgegnung. Er schob Pagett über die Schwelle des Pub und eilte ihm nach. Fenn bekam die zurückschnellende Tür gegen das Knie.

»Was geht hier vor?« Der großgewachsene, bärtige Wirt blinzelte durch seine Brillengläser, als Fenn und die übrigen Journalisten die Verfolgung der *Express*-Reporter aufnahmen. Es war ja gut, daß die Herren von der Presse soviel tranken, allerdings gab es auch immer Ärger, wenn man Journalisten bewirtete.

Draußen auf dem Parkplatz war das Aufheulen eines Motors zu vernehmen. Fenn sah den zweiten Express-Reporter und Pagett auf einen silbergrauen Ford Capri zulaufen. Die beiden sprangen in den anfahrenden Wagen.

Fenn und die Pressekollegen, die ihm ins Freie gefolgt waren, mußten zur Seite springen, um nicht von dem Wagen erfaßt zu werden.

»Wo bringen die Pagett hin?« schrie Nancy Shelbeck.

»Wahrscheinlich in ein Hotel ganz in der Nähe«, antwortete Fenn. »Und da werden sie ihn ein paar Tage unter Verschluß halten.«

»Das ist doch ungesetzlich.«

»Wenn Pagett einverstanden ist, kann man nichts dagegen machen.« Fenn rannte los. Sekunden später hatte er seinen Mini erreicht. Gott sei Dank, er hatte die Türen nicht abgeschlossen. Er schwang sich hinters Steuer und sah, wie die anderen Journalisten zu ihren Fahrzeugen rannten. Der Capri war bereits auf die Hauptstraße eingebogen, die Beifahrertür schwang auf, als der Wagen die Kurve nahm.

Nancy Shelbeck nahm auf dem Beifahrersitz neben Fenn Platz. »Das ist ja wie im Kino«, lachte sie.

Fenn hatte wenig Sinn für derartige Vergleiche, und ihm blieb auch keine Zeit mehr, ihr zu sagen, daß sie gefälligst wieder aus seinem Wagen aussteigen sollte. Er stieß den ersten Gang hinein und brauste über den Parkplatz. Er bog auf die Hauptstraße ein. Er hatte Glück. Der Capri hatte anhalten müssen, weil zwei alte Damen, in einem lebhaften Gespräch begriffen, den Zebrastreifen überquerten.

Fenn ließ die flache Hand auf das Lenkrad niedersausen. »Jetzt hab' ich sie!«

Nancy mußte laut lachen. »Ich hätte mir nicht träumen lassen, daß so was in England möglich ist!«

Der Capri startete mit quietschenden Reifen. Die wenigen Fußgänger auf dem Bürgersteig wandten die Köpfe, als Fenn aufs Gas trat und die Verfolgung des anderen Wagens aufnahm.

Nancy hatte ihm die Hand auf die Schulter gelegt. »Fahr nicht so schnell. Die Sache ist nicht wert, daß wir im Krankenhaus landen!«

Die beiden Wagen donnerten die Hauptstraße der kleinen Ortschaft entlang. Links und rechts waren Autos geparkt, die Straße war ein schmaler, gewundener Tunnel. Fenn war sich darüber klar, daß der Capri davonpreschen würde, sobald sie außerorts waren. Andererseits, er war ortskundig, er kannte die Straßen. Wie er vermutete, würden die Kollegen vom *Express* ihr Opfer in einem der Hotels zwischen Banfield und der Küste verstecken wollen. Er fluchte still vor sich hin. Es war *seine* Story. Was die Kollegen versuchten, war genau der Scheckbuchjournalismus, den er bei seinem Gespräch mit Southworth angeprangert hatte.

Der Capri hatte einen Vorsprung von fünfzig Metern herausgeholt, als das Ortsende in Sicht kam. Das Kloster. Die Tankstelle mit den Garagen. Die Typen vom *Express* würden wohl auf der Hauptstraße bleiben. Unwahrscheinlich, daß sie die Nebenstraße nahmen, die geradeaus führte.

Sie fuhren auf die Garage zu. Frauen mit vollgepackten Einkaufstaschen waren zu sehen. Die Fassade eines Lebensmittelgeschäftes. Vor der Tankstelle stand ein Tanklastwagen, die dicken Schläuche führten in die Vorratstanks. Die Schaufenster eines Ausstellungsraums waren zu erkennen, dahinter funkelnde Neuwagen. Ein grüner Bus umrundete die Verkehrsinsel.

Der Capri fuhr auf die Kreuzung zu, ohne seine Geschwindigkeit zu vermindern.

Fenn hätte nicht zu sagen vermocht, warum er in diesem Augenblick zu den Fenstern des Klosters hinübersah, der Zwang war da, und er folgte ihm.

Er sah das schmale, weiße Gesicht hinter den dunklen Scheiben. Instinktiv wußte er, das war Alice. Sie sah auf die Straße hinaus. Sie fixierte die beiden Wagen, die auf die Kreuzung zurasten.

Zu spät bemerkte Fenn, daß der Fahrer des Capri die Kontrolle über sein Fahrzeug verloren hatte. Er trat auf die Fußbremse. Er bremste so stark, daß die Räder blockierten. Der Mini geriet ins Schleudern.

Der Busfahrer versuchte dem drohenden Zusammenstoß mit dem Capri auszuweichen, Fenn sah, wie die Fahrgäste ihre Gesichter an die Scheibe drückten, es sah aus wie Erbsen in einer aufgeplatzten Schote. Es gab für den Bus nur einen Ausweg: den Vorplatz, auf dem der Tanklastwagen stand.

Der Capri prallte auf das Vorderteil des Busses auf, die Haube wurde zusammengedrückt, der Motorblock durch die Windschutzscheibe auf die schreienden Männer auf den Vordersitzen katapultiert. Der Busfahrer wurde von dem Zusammenprall durch die Scheibe des Busses geschleudert, er landete unter den Rädern des Tanklastwagens, noch bevor der herrenlose Bus mit seiner Schnauze die Tanks aufschlitzte. Er war tot, noch ehe ihm die Tragweite des Unglücks bewußt wurde.

Als die Metallschläuche des Tanklasters rissen, entstanden Funken, die wie ein Feuerwerk in alle Richtungen spritzten, sie setzten das in einem dicken Schwall ausströmende Benzin in Brand.

Fenn hatte den Zusammenprall des Busses mit dem Tanklaster wahrgenommen, als sein Mini die Scheibe des Ausstellungsraums durchbrach. Wie im Traum registrierte er den blendendweißen Blitz und den ohrenbetäubenden Donnerschlag, den die Explosion des Tanklastwagens verursachte.

23

»Dein Leben ist zu Ende.« Er warf sie nieder, schleifte sie an den Haaren hin, schlug ihr das Haupt auf dem Blocke ab und zerhackte sie, daß ihr Blut auf dem Boden dahinfloß. Dann warf er sie zu den übrigen ins Becken.

Aus den Märchen der Gebrüder Grimm: Fitchers Vogel

Jemand rüttelte und schüttelte ihn. Er versuchte die Augen zu öffnen. Vergebens.

Aus der Kakophonie der Laute schälte sich eine Stimme heraus. Er war nicht sicher, ob die Laute in seinem Kopf oder irgendwo draußen ihren Ursprung hatten. Er stöhnte. Mein Gott, das tat weh!

Er zwang sich die Augen zu öffnen, ihm war, als sei er aus einem Alptraum erwacht. Vor ihm war das Gesicht einer Frau. Eine Frau, die er schon einmal gesehen hatte.

»Fenn, ist alles in Ordnung?«

Er war noch nicht soweit, daß er hätte antworten können. Hände umfaßten seine Schultern. Er wurde auf den Sitz gehoben. Das Kinn. Irgend etwas stimmte nicht mit dem Kinn. Und auch mit Nancys Gesicht stimmte was nicht. Ihre Wangen waren mit Kirschensaft beschmiert, mit dunkelroter Tinte. Nein, mit Blut. Sie blutete. Fenn setzte sich aufrecht.

»Gott sei Dank«, hörte er sie sagen.

»Was ist passiert?« stammelte er. Die Erinnerung kam, noch ehe Nancy geantwortet hatte. Der Capri, der vor ihm fuhr und wild hin und herschlingerte, der grüne Bus, der Tanklastwagen. Oh, mein Gott, was war mit den vielen Menschen im Bus geschehen?

Die Windschutzscheibe seines Wagens war ein silberglänzendes Spinnennetz. Als Fenn aus dem Seitenfenster sah, fiel sein Blick auf fabrikneue Autos. Aber da war auch Düsternis. Es dauerte eine Weile, bis er verstand, daß es sich um schwarzen Rauch handelte. Draußen stand ein Mensch und fuchtelte mit den Armen. Was er sagte, war nicht zu verstehen. Fenn wandte sich zu der Frau, die neben ihm saß.

»Sind Sie verletzt? Ihr Gesicht...«

»Das ist nichts. Ich bin nur gegen die Windschutzscheibe geprallt, als der Wagen ins Schaufenster knallte.« Sie fuhr sich über die Stirn, die Hand kam blutbeschmiert zurück. »Es tut nicht weh, ich glaube, es ist nur ein Schnitt.« Sie griff nach seinem Arm. »Wir müssen hier raus, Fenn! Der Tankwagen – der Tankwagen ist explodiert. Gleich wird hier alles in Flammen stehen...«

Er stieß seine Tür auf. Die Hitze war wie eine Woge, die aus der Düsternis heranflutete. Es gab eine Trennwand im Ausstellungsraum, aber der Qualm wurde von Sekunde zu Sekunde dichter. Fenn begann zu husten, als die ätzenden Gase in seine Lungen drangen.

»Kommen Sie!« sagte er zu der Amerikanerin. »Schnell!«

»Meine Tür klemmt!«

Er öffnete die Tür auf der Fahrerseite, so weit es ging. Er schob sich über den Holm, ertastete den Boden, dann reichte er Nancy die Hand. Sie wand sich aus dem Wagen. Er zog sie an sich. Er warf einen Blick in die Runde.

Von der Schaufensterscheibe war nicht viel übriggeblieben. Durch die Öffnung drang der Qualm von draußen. Flammen loderten in dem verglasten Korridor, der seitlich von den Ausstellungsräumen verlief, und Fenn wurde klar, der in Brand geratene Treibstoff hatte sich über den ganzen Vorplatz der Tankstelle ausgebreitet. Was brennbar war, ging in Flammen auf.

Fenn schlug die Tür seines Wagens zu und zwängte sich, Nancy hinter sich herziehend, zwischen den Ausstellungsfahrzeugen hindurch. Sein Ziel war der rückwärtige Bereich des Ausstellungsraumes. »Du mußt gebückt gehen«, schrie er der Amerikanerin zu. »Versuche unter dem Qualm zu bleiben!«

Es gab ein verglastes Büro, aber Fenn sah mit einem Blick, daß dieses Büro keinen Hinterausgang hatte. Der kleine Raum war menschenleer.

Nancy wurde vom Hustenreiz geschüttelt. Fenn mußte sie stützen, damit sie nicht zusammenbrach. Er hielt nach einem Fluchtweg Ausschau. Er sagte ein Stoßgebet des Dankes, als er die Tür zu seiner Linken sah.

Er versuchte, seine Begleiterin dort hinzuzerren, aber die Beine versagten ihr den Dienst. Fenn kniete sich neben sie und wartete, bis der Hustenanfall nachließ. Ihr Gesicht war von Tränen und Blut verschmiert.

»Dort ist ein Ausgang!« schrie er. Um sie herum war das Prasseln der Flammen, das Splittern der Scheiben, das Knistern des brennenden Holzes.

»Es geht schon«, stöhnte Nancy. »Es geht, wenn Sie mir helfen!«

Fenn zog sie auf die Beine und schleppte sie zur Tür. Sie kamen mit solcher Wucht an der Tür an, daß er die Hand ausstreckte, um den Anprall abzumildern. Erschrocken zog er die Hand zurück. Die Tür war zum Zerspringen heiß.

Er riß Nancy zur Seite, blieb mit dem Rücken zur Wand stehen. Sie sah ihn fragend an. Er sagte nur: »Bleib' von der Tür weg!«

Er kroch in die Türnische und tastete nach dem Türknopf. Der war ebenso heiß wie das Türblatt. Fenn achtete nicht auf den Schmerz, er griff zu und drehte den Knopf. Die Tür flog auf.

Nancy stieß einen Schrei aus, als die Flammen hereinschossen. Es war, als hätte ein unsichtbarer Drachen seinen Feuerschlund geöffnet, um den Ausstellungsraum in ein Meer aus Glut zu verwandeln. Die beiden Menschen fielen zu Boden. Benommen blieben sie liegen. Sie sahen, wie sich die Flammen wieder zur Türnische zurückzogen. Binnen weniger Sekunden brannte das Türblatt.

Sie rafften sich auf, stolperten zu den Ausstellungsfahrzeugen zurück, sanken gegen die Kühlerhaube eines Maxi. Sie würgten und krächzten, der beißende Qualm stieg ihnen in die Augen. Fenn riß sich den Mantel vom Leibe und legte das Tuch über Nancys und seinen Kopf.

»Wir müssen versuchen, vorne rauszukommen!« keuchte er.

»Dort ist es zu heiß! Das schaffen wir nicht!«

»Wir haben keine andere Wahl!«

Und dann war es soweit, daß sie nicht einmal mehr diese Wahl hatten. Als sie sich den Mantel vom Kopf zogen, fiel ihr Blick auf ein Flammenmeer. Das Schaufenster, in das Fenn mit seinem Mini gebrochen war, loderte wie eine Fackel, gelbrote Zungen fraßen sich zur Decke vor. Das zerbrochene Fenster war durch einen Betonpfeiler von den anderen Schaufenstern getrennt, aber auch diese barsten in der großen Hitze. Das Feuer bedeckte inzwischen die Hälfte der Ausstellungsfläche, und der Bereich außerhalb der Schaufenster war ein einziger Flammenteppich.

»Oh, mein Gott, wir sitzen in der Falle«, schluchzte Nancy.

Fenn war der Panik nahe. Es mußte einen Ausweg geben! Die Decke, das Oberlicht! Aber es gab kein Oberlicht. Oben waren Büros. Eine Treppe. Es mußte doch eine Treppe geben, die hinaufführte. Es gab keine Treppe. Demnach blieb als Fluchtweg nur die Tür hinter ihnen. Was der Flucht in einen Ofen gleichkam. Die Flammenzungen kamen auf den Plastikfliesen entlanggekrochen, der Rauch, der von ihnen aufstieg, war noch beißender, noch giftiger als der Qualm, der ihre Köpfe umwallte.

Die Schaufenster. Sie mußten durch die Schaufenster nach draußen flüchten. Es gab keine andere Möglichkeit.

Fenn zog die Amerikanerin an sich. »Wir flüchten durch die Schaufenster!«

Sie schüttelte den Kopf. »Das schaffen wir nie!«

Fenn wischte sich mit dem Ärmel über die Augen, dann zog er sein Taschentuch hervor, entfaltete es und legte es sich über Mund und Nase. Er schob der Journalistin den Rollkragenpullover hoch, bis Mund und Nase bedeckt waren. Er hielt den Mantel vor sich wie ein Schild. Er riß die Amerikanerin mit sich, sie stolperten auf das Schaufenster zu. Als Fenn eine Lücke zwischen zwei Autos entdeckte, schob er Nancy in den Zwischenraum. Er gab ihr das Zeichen niederzukauern und zu warten. Gebückt lief er auf das erhaltengebliebene Schaufenster zu. Er erstarrte vor Schreck, als ein langer, gezackter Riß in der Scheibe erschien. Der Knall war laut wie ein Gewehrschuß. Eine furchtbare Sekunde lang sah Fenn sich im Geiste von den dolchscharfen Splittern der explodierenden Scheibe durchbohrt, aber die Scheibe hielt. Er zwang sich weiterzugehen. Mit einem Arm hielt er den Mantel vor sich, als Schutz gegen die furchtbare Hitze. Die Schaufensterscheiben waren auf Rollen montiert, sie konnten zur Seite geschoben werden, wenn der Autoverkäufer einen Wagen aus dem Ausstellungsraum fahren wollte. Fenn arbeitete sich bis zu der Ecke vor, die von den Flammen am weitesten entfernt war. Das Schlimme war, daß draußen, vor den Schaufenstern, ein Meer aus Feuer in den Himmel loderte.

Er hatte den Griff des Schaufensters gepackt und versuchte es zur Seite zu schieben. Ohne Erfolg. Entweder war das Fenster verriegelt, oder aber der Metallrahmen hatte sich durch die Hitze verzogen und klemmte. Fenn stieß einen Fluch aus.

Die Hitze und die Angst, das Fenster könnte explodieren, zwangen ihn in den Innenraum zurück. Er fand seine Gefährtin an die Tür eines Rovers gekauert.

»Es geht nicht! Ich kriege das Fenster nicht auf!«

»Scheiße!« schrie Nancy. Sie zog ihn zu sich hinab. »Gibt es nichts, womit man die verdammte Scheibe zerschlagen könnte?«

»Selbst wenn wir die Scheibe zerschlagen, draußen vor den Fenstern ist eine Glut wie in einem Hochofen!«

Er schob Nancy zur Seite und riß die Tür des Rovers auf. Er war enttäuscht, als er entdecken mußte, daß der Zündschlüssel abgezogen war. Er versuchte es bei dem Marina, der neben dem Rover stand. Das gleiche. Kein Zündschlüssel. Sich über die Motorhaube schiebend, kroch er zu Nancy zurück.

»Die Schlüssel müssen im Büro sein!« schrie er. »Warten Sie hier!«

Er rannte durch den Korridor, gebückt, hustend und prustend, den Flammen ausweichend. Er erreichte das Büro. Er zog die Schubläden der Schreibtische auf, leerte den Inhalt auf den Fußboden. Keine Schlüssel, keine Schlüssel, keine Schlüssel! Verzweiflung überkam ihn. Wo zum Teufel...? Er stöhnte vor Genugtuung, als er die Schlüsselhaken an der Korkwand entdeckte. Schlüssel. An jedem Schlüssel ein beschriftetes Schildchen. Er rannte zur Wand. In fliegender Eile las er die Schilder. Es gab zwei Schlüssel, die ein Schildchen mit der Aufschrift ›Rover‹ trugen. Er zog beide vom Haken und rannte in den Ausstellungsraum zurück.

Wieder die Woge aus Glut, Fenn wußte, daß in wenigen Minuten der ganze Ausstellungsraum ein Flammenmeer sein würde. Sein Atem war nur noch ein mühsames, kurzes Keuchen. Die Hitze fraß den Sauerstoff, der sich noch im Raum befand, der schwarze Qualm begann die unteren Bereiche auszufüllen. Fenn hatte weiche Knie, als er wieder bei Nancy ankam.

Er zwängte sich in den Rover, die Amerikanerin blieb in der offenen Tür hocken. »Es ist sicher kein Benzin im Tank!« schrie sie.

»Natürlich ist Benzin im Tank! Wie haben die denn die Wagen sonst hier reingefahren?« Er schob den Schlüssel ins Schloß. Er hatte Glück, es war der richtige. Er ließ den Motor aufheulen. »Sie setzen sich auf den Rücksitz«, schrie er der Amerikanerin zu. »Halten Sie den Kopf geduckt!«

Sie schlug die Fahrertür zu, öffnete die Fondtür auf ihrer Seite und schlüpfte ins Innere.

Die Reifen quietschten auf dem Plastikboden, als Fenn das Gaspedal durchtrat. Wie ein Pfeil schoß der Wagen auf das Schaufenster zu. Fenn hob den Arm, um seine Augen zu schützen. Hoffentlich verbarg sich im Flammenmeer vor den Schaufenstern kein massives Hindernis.

Nancy schrie laut auf, als der Rover die Scheibe durchbrach.

Die Scherben prallten auf die Windschutzscheibe, aber ihr Schutzkäfig blieb unversehrt, der Rover war wie ein gepanzertes Schiff, das sich seinen Weg durch das Flammenmeer pflügte. Fenn hielt den Fuß auf dem Gas, er umklammerte das Lenkrad wie einen kostbaren Schatz und wunderte sich, warum der Wagen noch nicht in einer mächtigen Explosion in die Luft geflogen war.

Zwei Sekunden hatte die Fahrt durch die lodernde Hölle gedauert, aber diese Sekunden waren Fenn und Nancy wie eine Ewigkeit vorgekommen. Der Gestank schmelzenden Gummis, die Hitze, die Angst, all das war wie ein Alptraum, der auf eine Leinwand aus züngelnden Flammen projiziert wurde. Es war eine Zeitspanne, deren Schrecken sie nie mehr vergessen würden. Nicht kühle Entschlossenheit beseelte Fenn, der das Gaspedal bis zum Anschlag durchgetreten hielt, sondern die nackte Verzweiflung und der Wille, zu überleben.

Er stieß einen Triumphschrei aus, als sie dem Meer aus Feuer entronnen waren. Zu spät sah er den Wagen, der quer vor der Tankstelle geparkt war, er riß das Steuer nach links, aber er konnte den Zusammenstoß nicht mehr verhindern. Eine Riesenfaust packte ihn und schleuderte ihn zur Seite, das Kreischen berstenden Stahls war zu hören, Fenn hielt das Steuerrad fest, zog sich daran hoch, schaltete die Zündung aus.

Er spürte, wie Luft in seine gepeinigten Lungen strömte, immer noch war da der Gestank schwelender Gase, aber der Geruch war nicht mehr so stark wie noch vor Sekunden. Und dann starrte Fenn auf das furchtbare Schauspiel, das sich draußen abspielte.

Flammenkugeln stiegen in die rauchgeschwärzte Luft, strahlten ihre Hitze zur Erde zurück, leuchteten so hell, daß Fenn seine Augen schützen mußte. Der Tankwagen war ein glühender Scheiterhaufen, aus dem eine riesige Fackel emporloderte, inmitten der

Flammen waren die Umrisse nur als zuckende Schatten auszumachen, der Vorhof der Tankstelle brannte wie ein geflämmtes Feld, der Treibstoff schien sich immer weiter auszubreiten, floß in Lükken und Spalten, um auch sie mit Glut zu füllen. Der Ausstellungsraum, wo die Neufahrzeuge standen, war hinter einer Wand aus Feuer verborgen, der Bürotrakt darüber war von Flammen geschwärzt. An den geöffneten Fenstern der Büros waren weinende, schreiende Menschen zu erkennen, die Blicke der zu Tode Erschreckten waren auf die Menschen gerichtet, die unten, in sicherer Entfernung, standen: *bitte, helft uns!*

Über jenem Teil des Pflasters, das noch nicht brannte, stand hitzeflimmernde Luft, Gestalten waren zu erkennen, die über den Asphalt krochen, verzweifelt bemüht, dem Inferno zu entrinnen. Der grüne Bus stand da, in den Tanklastwagen verkeilt, eine Hälfte des Busses brannte lichterloh; die meisten Fenster waren zerbrochen, immer noch gab es Menschen im Bus, Menschen, die sich bewegten und andere, die bei der Explosion des Tankwagens verbrannt oder bewußtlos geworden waren, die Gesichter und Gliedmaßen zeigten die Schnitte der Glassplitter, und die Haut dieser Unglücklichen war wie Leder, das von der intensiven Hitze zu Kohle verwandelt wurde. Der silbergraue Ford Capri stand einige Schritte entfernt, vielleicht war der Wagen bei dem Zusammenstoß zurückgeschleudert worden, die Flammen krochen an den Türen hoch, leckten über das Metall, gruben sich ins Glas der Fenster.

Fenn kniff die Augen zusammen, um in dem schillernden Glas etwas erkennen zu können. War da nicht ein Schatten auf dem Rücksitz des Ford Capri? Eine Gestalt, die sich bewegte?

Menschen rannten vorbei in wilder Flucht, aber es gab auch solche, die von der Straße herbeiströmten, fasziniert von der grausigen Katastrophe. Fenn sah einige, die sich in sprachloser Angst an die Mauern kauerten, wie gelähmt vom Anblick des Unglücks.

Und dann war plötzlich, ganz nahe vor Fenns Augen, ein tränenüberströmtes Antlitz, die Wangen des Geschöpfs waren mit Blut verschmiert. Der Schock verhinderte, daß er die Frau sofort erkannte.

»Sie haben es geschafft, Fenn!« Das war Nancys Stimme. Die Amerikanerin schlang ihm die Arme um den Hals, sie umklammerte ihn mit solcher Gewalt, daß er vor Schmerz zusammenzuckte. Mit dem Schmerz kehrte die Erinnerung zurück. Fenn löste sich aus Nancys Umarmung, er ergriff die Türklinke. Die Amerikanerin kauerte auf dem Rücksitz. »Wir müssen sofort hier raus!«

schrie er ihr zu. »Wir müssen raus, ehe die unterirdischen Treibstofftanks explodieren...«

Die trockene, sengende Luft traf die beiden Menschen wie eine Feuerzunge, die aus einem Glutofen hervorschnellte. Sie hoben ihre Arme, um ihre Augen zu schützen. Das Atmen fiel ihnen schwer, weil kriechender Rauch den Vorplatz der Tankstelle einhüllte. Die Szenerie war so bedrückend, daß Fenn sich instinktiv abwandte. Was er dann sah, ließ ihn wünschen, daß er das Unglück nicht überlebt hätte.

Die Schaufensterscheibe des Lebensmittelladens war von der Explosion nach innen geschleudert worden. Die Leichen der Kundinnen, die beim Einkaufen gewesen waren, lagen zwischen den Regalen, umgeben von Konservendosen und aufgeschlitzten Tüten, neben den Leichen gab es Frauen, die das Unglück überlebt hatten, sie wanden sich im Schmerz ihrer Verletzungen. Ein paar Sekunden lang wunderte sich Fenn, warum sich bei einer Frau nur der Rumpf, nicht die Beine bewegten, und dann sah er, daß die Beine vom Körper abgetrennt worden waren. Eine andere Frau, eine junge Frau, deren Gesicht sehr hübsch gewesen wäre, wäre es nicht vom Schmerz entstellt gewesen, saß auf der Innenseite des Schaufensters gegen den Sockel gelehnt, sie hielt ihre Hände auf den Schlitz an ihrem Hals gedrückt, auf den Schlitz, aus dem das Blut in mächtigen Stößen hervorquoll. Der Blick der Frau war auf ihre Finger gerichtet, zwischen denen der rote Lebenssaft hervorsprudelte.

Eine Hand legte sich auf Fenns Schultern. Er vernahm Nancys Stimme. »Fenn, dort in dem Wagen bewegt sich jemand!«

Er fuhr herum, ließ den Blick über die brennenden Fahrzeugwracks schweifen. Nancy hatte richtig beobachtet: Auf dem Rücksitz des Ford Capri war eine Gestalt zu erkennen, ein Mann, der mit beiden Fäusten an die Scheibe trommelte.

»Oh, mein Gott«, stöhnte Fenn, »das ist Pagett.« In die Erkenntnis mischte sich Angst. Er ahnte, was Nancy als nächstes sagen würde.

»Sie müssen ihn da rausholen, Fenn!«

»Aber das ist unmöglich! Ich komme ja gar nicht an ihn ran!«

»Sie können ihn doch nicht jämmerlich verbrennen lassen!«

»Aber was soll ich denn tun?« Was zum Teufel stellte sich diese Frau eigentlich vor?

»Irgend etwas! Tun Sie irgend etwas!«

»Die Frau dort!« Fenn deutete auf das zerschmetterte Schaufenster des Lebensmittelgeschäftes. »Sie verblutet!«

»Ich kümmere mich um sie!« Nancy versetzte ihm einen Stoß. »Bitte, Fenn, holen Sie den Mann da raus!«

»Soweit Woman's Lib!« schrie Fenn zurück, und dann rannte er auf den brennenden Ford zu, Todesangst in den Knochen.

Die Hitzeentwicklung war so stark, daß er seine Jacke als Schild benutzen mußte, der Gestank schmelzenden Plastiks stach ihm in die Nase. Schritt für Schritt bewegte er sich auf den Herd der Flammen zu, der Gluthauch versengte ihm die Stirn, und dann waren es nicht mehr seine Beine, die zu brennen schienen, sondern seine Lungen, jeder Schritt wurde zur Qual, und das Atmen war schier unmöglich. Er ließ die Jacke sinken, um einen Blick auf den Ford Capri zu erhaschen.

Pagett hatte das Gesicht an die Scheibe gepreßt, seine weißen Handflächen waren zu erkennen, er versuchte ganz offensichtlich die Hecktür des Wagens zu öffnen. Aber das gelang ihm nicht, die Tür schien verklemmt. Pagett kämpfte um sein Leben, sein Mund war weit aufgerissen, seine Augen traten aus den Höhlen.

Fenn mußte sich wieder die Jacke über den Kopf werfen, um sich vor dem Gluthauch des Feuers zu schützen, er spürte die heiße Luft um sich und über sich, plötzlich wurde es dunkel, schwarzer Rauch quoll ihm entgegen, der Wind trieb den Qualm über den Vorplatz und machte sich zum Komplizen des Feuers.

Fenn stolperte weiter, seine Augen tränten, mit keuchenden Atemstößen versuchte er sich von dem giftigen Qualm in seinen Lungen zu befreien. Er geriet zu Fall, versengte sich den Rücken, als er auf dem heißen Asphalt aufkam. Die Haut auf seinem Gesicht schien in der Hitze zusammenzuschrumpfen. Ich schaffe es nicht! dachte er. Es hat keinen Zweck. Ich komme nicht näher an den Wagen heran. Ich werde verbrennen, wenn ich es versuche.

Er robbte zurück, schon nach ein oder zwei Metern waren seine Ellenbogen blutiggeschürft. Immer noch hielt er die Jacke als Schild vor sich, aber das Gewebe war bereits verkohlt, es knisterte, als ob der Stoff jeden Augenblick in Flammen aufgehen würde. Taumelnd stand er auf, stützte sich auf ein Knie und riskierte einen weiteren Blick auf den brennenden Ford Capri. Was er sah, war so furchtbar, daß er den sengenden Schmerz vergaß.

Zunächst verstand er gar nicht, was überhaupt los war. Auf dem Rückfenster des von Flammen umhüllten Wagens wuchs ein Schatten, die Umrisse des Schattens waren merkwürdig verzerrt. Waren es die Tränen in seinen Augen, die ihm ein Gespenst vorgaukelten? Es gelang ihm zu zwinkern, er spürte die ätzende Trockenheit in seinen Augenhöhlen. Und dann begriff er.

Pagett wand sich aus dem Rückfenster des Wagens, aber die Scheibe war nicht zerbrochen, sie war geschmolzen, klebte als dikker, kochender Film auf seiner Haut, fraß sich in sein Fleisch, wurde ein Teil von ihm. Pagett war eine mißgestaltete Larve, die sich von ihrer leuchtenden, strahlenden Verpuppung zu befreien suchte, ein Mensch, der vor Angst und Schmerz wahnsinnig geworden war. Pagett verrenkte sich den Hals, um inmitten des Flammenmeers Fenn, den Retter, ausfindig zu machen, aber seine Augen sahen nichts mehr, der siedende Kunststoff hatte sich bereits in die Netzhaut gefressen. Sein Gesicht war seltsam flach, von einer brodelnden Schicht bedeckt, und als der Schatten höher und höher wuchs, spannte die Hülle, klaffte auf, ein gähnender Schlund erschien, wo Fenn Hals und Schultern vermutet hatte, der zuckende Körper hatte zu dampfen begonnen. Pagett schrie aus Leibeskräften, aber es waren stumme Schreie, der durchsichtige Film, der über seinen Lippen lag, erstickte jeden Laut.

Die Hitze war so stark geworden, daß sie ihn zu ersticken begann. Fenns Arme gaben nach. Er sank zu Boden, rollte sich auf den Rücken.

Pagett brannte wie eine Fackel. Er hatte die Arme ausgestreckt in namenloser Wut. Sein Haar loderte, der geschmolzene Kunststoff rann in Flammenzungen über sein Gesicht, tropfte auf die Kleidung. Er fiel nach vorn, immer noch bewegte sich der brennende Rumpf, eine zu glühender Asche gewordene Mißgeburt, die nur eines spüren konnte: Schmerz.

Der Benzintank des Ford Capri explodierte, die lodernde Gestalt verschwand in einem weißen Blitz.

Fenn warf sich zur Seite, versuchte den Flammen, die vom Druck der Explosion auf ihn zugetrieben wurden, zu entkommen. Neben ihm, vor ihm, hinter ihm waren die Menschen, die aus dem Bus gesprungen waren, und jene, die sich zum Zeitpunkt der ersten Explosion auf dem Vorplatz befunden hatten, und die anderen, die von der Straße hergelaufen waren, um den Opfern des Unglücks zu helfen. Sie alle wanden sich wie große, dunkle Würmer auf dem dampfenden Pflaster, von dem verzweifelten Wunsch beseelt, eine Stelle auf dem Vorplatz zu erreichen, wo die Hitzewelle ihnen nichts mehr anhaben konnte, wo sie wieder richtig atmen konnten. Aber die Kraft des Feuers war ungebrochen. Die Flammen hatten frische Nahrung gefunden, mehr Benzin, mehr brennbare Materialien. Die Fahrzeuge im Inneren des Gebäudes explodierten; Dosen voller Öl wurden zu glühenden Feuerbällen. Die Hitze in den unterirdischen Tanks hatte einen Punkt erreicht, der die baldige Explosion unausweichlich erscheinen ließ.

Kalte Luft umhüllte Fenn wie ein Mantel aus Eis, jede Pore seiner Haut schien sich zu schließen. Das Stechen in den Augen hatte aufgehört. Er stützte sich auf und sah um sich. Er weigerte sich zu begreifen, was seine Sinne ihm vermittelten.

Rauchschwaden trieben über den Platz, Wind hatte eingesetzt und lüftete die Schleier. Die Flammen erstarben. Sie schrumpften, verloren ihre Kraft. Sie verschwanden. Die Autos waren nur noch schwelende, schwarze Käfige aus verbogenem Metall. Die Tankstelle war eine Ruine.

Duch die schwelenden Schwaden kam ein Mädchen gegangen. Sie war blond. Sie schien keine Angst zu haben. Der Wind spielte mit den Falten ihres gelben Kleides. Das Mädchen hob die Hände, und die letzten Flammen erloschen.

DRITTER TEIL

Komm, höre die Stimme,
Des furchtbaren Unheils Kunde,
Du trauriges Mädchen im Brautbett,
Dein Leib, er wird zu einer Wunde.
Mein Liebster, sind wir nicht wie ein Kind,
Das nimmer den Weg ins Himmelbett find't?
Aus Lewis Carroll: Through the Looking Glass

24

Und wie die blutrünstige Bestie,
Die dem Jäger ins kalte Auge blickt,
So wurde der arme Teufel in seinem Zorn
Zum Künder der unendlichen Kraft des Heilands.
Aus Walter de la Mare: The Ogre

Fernsehsendung der ITN, die am Sonntagabend über alle Sender ausgestrahlt wurde:

»...heute in dem einst so friedlichen Dörfchen Banfield in West Sussex. Tausende hatten sich in der katholischen Kirche von St. Joseph's versammelt, um einen Blick auf Alice Pagett zu erhaschen. Alice Pagett ist ein elfjähriges Schulmädchen, dem die Fähigkeit, Wunder zu tun, nachgesagt wird. Banfield wurde an diesem Sonntag an beiden Ortsenden von einer jeweils drei Kilometer langen Schlange von Personenwagen und Bussen blockiert, die Polizei der umliegenden Ortschaften mußte zu Hilfe gerufen werden, um den Ansturm der Massen zu ordnen. Wir schalten jetzt um zu Hugh Sinclaire, der sich seit heute früh in der Kirche von St. Joseph's befindet und Ihnen einen Überblick über die Ereignisse dort geben wird...

HUGH SINCLAIRE: Hier haben sich heute sehr ungewöhnliche Szenen abgespielt. Schon in den frühen Morgenstunden versammelten sich die Menschen vor der St.-Joseph's-Kirche. Viele von ihnen gläubige Katholiken, aber es gab auch zahlreiche Neugierige, die nur gekommen waren, um das kleine Mädchen zu sehen, jene Alice Pagett, der eine Reihe von Wunderheilungen zugeschrieben werden. Vielleicht, so mögen diese Menschen gedacht haben, würde heute wieder ein solches Wunder geschehen.

Bekannt wurde Alice Pagett, als vor einigen Wochen...«

Fernsehsendung von BBC 1, am Sonntagabend:

»...heilte sie fünf Personen, die an unterschiedlichen Krankheiten litten. Drei von diesen Personen galten nach dem Urteil der Ärzte als unheilbar. Alice selbst war taubstumm, bis sie die Vision der Jungfrau Maria erlebte. Obwohl es bezüglich dieser Vision, vor allem innerhalb der katholischen Kirche, erhebliche Vorbehalte gibt, so kann doch die Tatsache nicht geleugnet werden, daß Alice Pagett und fünf weitere Personen von ihren Leiden geheilt wurden.

Es wird geschätzt, daß die heutige Morgenmesse in der St. Joseph's Kirche von mindestens zweitausend Menschen besucht wurde. Doppelt soviel Menschen besuchten die Kirche dann im weiteren Verlauf des Tages. Wir schalten zu Trevor Greaves, der sich nach wie vor in dem Dorf Banfield befindet...

TREVOR GREAVES: Obwohl der Zustrom der Menschen zu diesem Zeitpunkt stark nachgelassen hat, ist die St.-Joseph's-Kirche immer noch von Ordnern der Kirchengemeinde umstellt, die jeden kontrollieren, der hinaus oder hinein will. Wie es scheint, hatten die Besucher des heutigen Tages auf eine Wiederholung der Erscheinungen gehofft, die Alice Pagett gesehen haben will. Die Atmosphäre unter den zahlreichen Pilgern kann zutreffend als elektrisch geladen bezeichnet werden. Es kam nicht zu einer Massenhysterie, wie sie von den Behörden bei dieser großen Ansammlung von Menschen befürchtet worden war, aber es gab viele Kirchenbesucher, die ohnmächtig wurden, die Stimmung in der Kirche war geprägt vom Weinen und von den Gebeten der Gläubigen.

Als Alice um neun Uhr zwanzig zum Besuch der Sonntagsmesse eintraf, wurde sie von ihrer Mutter und einer Leibwache aus Priestern und Polizisten begleitet. Die Menschen in der Kirche und auf dem Vorplatz standen so dicht, daß Alice zunächst nicht einmal bis zum Portal vordringen, geschweige denn das Gotteshaus betreten konnte.

Der Beginn der Messe verzögerte sich um fünfundvierzig Minuten, das war die Zeit, die Alices Leibwache brauchte, um sich einen Weg durch die Menge zu erkämpfen. Priester und Polizisten hatten einen ringförmigen Kordon um das kleine, blasse, weißgekleidete Mädchen gebildet, und Alice schien gezeichnet von der Trauer um ihren Vater, der am vergangenen Donnerstag auf so tragische Weise ums Leben kam...«

Radiosendung von LBC, nach Mitternacht:

»... kam Alice Pagett erneut ins Gespräch, als sie vergangenen Donnerstag, den Berichten von Augenzeugen zufolge, ein Feuer zum Erlöschen brachte, das große Teile der Ortschaft Banfield zu verwüsten drohte. Das Feuer war ausgebrochen, als ein Personenwagen, in dem Alices Vater mitfuhr, mit einem Bus und einem Tanklastwagen zusammenstieß. Es kam zu einer raschen Ausbreitung der Flammen, nachdem das aus dem Tankwagen auslaufende Benzin in Brand geriet. Der Tanklastwagen hatte begonnen, Treibstoff in die unterirdischen Tanks der Tankstelle zu pumpen, und es bestand die Gefahr, daß auch diese unterirdischen Tanks in Brand geraten würden, als Alice erschien und, wie die Zeugen behaupten, das Feuer löschte.

Die Tragik der Umstände fügte es, daß Leonard Pagett bereits verbrannt war, als seine Tochter am Schauplatz des Unglücks auftauchte.

Wie Alice Pagett das Feuer gelöscht hat, vermag niemand zu sagen, die Zeugen sprechen davon, daß die Flammen in sich zusammensanken, als Alice kam. Unfallsachverständige und die Brandexperten der Feuerwehr haben eine genaue Untersuchung der Unglücksstätte durchgeführt, ohne eine Erklärung für das plötzliche Erlöschen des Großfeuers zu finden. Am Unglückstag war es bitter kalt mit nur geringen Niederschlägen. Mit Ausnahme der ersten Explosion, die beim Zusammenstoß des Personenwagens mit dem Bus und dem Tankwagen ausgelöst wurde, gab es keine weiteren Explosionen, die stark genug gewesen wären, um mit ihrem Druck die Flammen ›auszublasen‹. Die Experten stießen auf unvollständig verbranntes Holz, das bei normalem Verlauf des Feuers völlig verkohlt hätte sein müssen. Sie fanden große Benzinlachen auf dem Vorplatz, die unerklärlicherweise nicht in Brand geraten waren. Als der Löschwagen der örtlichen Feuerwehr eintraf, gab es nur noch vereinzelt Brandherde an der Unfallstelle, die vergleichsweise ungefährlich und leicht zu löschen waren. Innerhalb der nächsten Tage werden die Ergebnisse einer umfassenden Untersuchung erwartet, bis dahin hüllen sich die Experten weitgehend in Schweigen.

Gestern sprach ich mit den Menschen, die aus allen Teilen Englands nach Banfield gekommen waren, um hier die St. Joseph's Kirche zu besuchen.

Viele dieser Menschen sind Kranke beziehungsweise Angehörige oder Freunde von Kranken, die sich hier die Heilung ihrer Leiden erhoffen. Die kleine Kirche ist zur geheiligten Wallfahrtsstätte geworden...«

Aus Interviews, die von BBC 4 in der Sendung ›Today‹ am frühen Montagvormittag gesendet wurden:

»... uns nicht gelungen, auch nur in die Nähe der Kirche zu kommen. In der Menge hieß es, das Mädchen sei da, aber wir haben Alice nicht gesehen...«

»Jawohl, wir waren in der Kirche. Die Ordner hatten das Fotografieren verboten, aber ich sah sehr viele Menschen mit Fotoapparaten, und die Verschlüsse klickten unaufhörlich. Die Priester schafften es nicht, die Journalisten unter Kontrolle zu bekommen, und dann haben sie's wohl aufgegeben...«

»... sie ist eine Heilige. Ich habe sie gesehen. Sie sieht aus wie ein Engel. Ich leide an chronischer Arthritis, aber nachdem ich das Mädchen sah, ging es mir besser. Ich weiß, daß ich das ihr zu verdanken habe, nur ihr...«

»... wir sind auf dem Feld gewesen, das hinter der Kirche liegt. Die Priester hatten uns verboten, dort hinzugehen, aber die Menschenmenge war so groß, daß sie ihrer nicht Herr werden konnten. Ich habe meine Schwester geschoben, sie saß im Rollstuhl. Sie ist gelähmt. Aber wir konnten nicht bis zur Kirche vordringen, nicht einmal bis zum Friedhof sind wir gekommen, auch der Friedhof stand voll von Menschen...«

»... nein, nein, ich bin nicht katholisch. Ich wollte mir nur einmal ansehen, was es mit dem ganzen Rummel auf sich hatte. Ich habe sie gesehen, wie sie im Wagen zur Kirche fuhr, das ist alles. Ich habe sie nur den Bruchteil einer Sekunde lang zu sehen bekommen. Aber es war trotzdem ein schöner Ausflug...«

»... im Dorf herrschte so großes Gedränge auf den Straßen, daß es mir nicht gelungen ist, aus meinem Laden auf den Bürgersteig zu treten. Verkauft habe ich gut. Ich bin Zeitungshändler, ich habe bis Mittag offen. Aber diesmal mußte ich schon vorher zumachen, alle Zeitungen waren verkauft...«

»... wir haben die Nacht im Freien verbracht, ich und Hunderte mehr. Wir wollten sicher sein, daß wir bei der Sonntagsmesse einen Platz bekamen. Ich hab's auch geschafft, ich und meine Frau. Ja, wir haben Alice gesehen. Sie hat eine Aura um sich, wissen Sie, wie eine Heilige...«

»... sie ist eine Heilige, man braucht sie nur anzusehen, um das festzustellen. Als ich sie anblickte, lächelte sie, obwohl sie ganz sicher sehr unglücklich war, ihr Vater ist ja gerade erst gestorben. Ich bin sicher, daß sie mich angesehen hat, als sie lächelte. Ich fühlte, wie ich von ihrer Liebe durchdrungen wurde...«

»Ich bin nach wie vor blind...«

Aus Interviews, die von BBC 4 UK in ›World at One‹ am Montagnachmittag gesendet wurden:

»...ein fürchterliches Gedränge. Ein Mädchen, das vor mir stand, ist ohnmächtig geworden. Es war wie bei einem Auftritt der Beatles...«

»...die Menschen spürten alle, wie tiefer Frieden über sie kam. Es war wunderschön. Wie eine Woge aus Liebe, die über uns alle hinwegging...«

»...mir hat jemand auf den Fuß getreten. Ich fürchte, ein Zeh ist gebrochen...«

»...aber wir wollten nicht da weggehen. Wir wollten dableiben und beten. Obwohl wir in die Kirche nicht reingekommen sind, haben wir die Gegenwart des Heiligen Geistes verspürt...«

»...aus Schottland. Ich habe meinen Vater nach Banfield begleitet. Die Reise war eine fürchterliche Strapaze für ihn – er leidet an Krebs. Wir haben von Alice nur den Zipfel ihres weißen Kleides gesehen, aber mein Vater sagt, er fühlt sich viel besser, seit Monaten hat er sich nicht so gut gefühlt...«

»...sie ist sehr klein, aber irgendwie war sie größer als wir alle. Ein inneres Leuchten schien von ihr auszugehen...«

»...heute mittag war's hier voll bis auf den letzten Platz, und jetzt am Abend ist es genau das gleiche. Sehen Sie sich um. Die Wirte der anderen Pubs sagen das gleiche...«

»...vielleicht werden die Menschen jetzt verstehen, daß es nur einen wahren Glauben gibt. Alice zeigt ihnen den Weg...«

Aus der Dienstagsausgabe des ›Standard‹:

VATER DER KLEINEN WUNDERHEILERIN BEIGESETZT

Heute fand die Beisetzung von Leonard William Pagett, Vater der Wunderheilerin von Banfield, statt. Der Verstorbene gehörte nicht dem katholischen Glauben an, so daß er auf dem öffentlichen Friedhof außerhalb der Ortschaft zur letzten Ruhe gebettet wurde. Pagett, 47, war bei einem Autounfall am Donnerstag vergangener Woche ums Leben gekommen. Seiner Witwe Molly Pagett, 44, war die Erschütterung über den tragischen Verlust deutlich anzusehen, zu ihrer Verunsicherung mögen auch der Trubel am Grab, die Horden von Neugierigen und die zahlreichen Berichterstatter beigetragen haben. Alice stand schweigend am Grab ihres Vaters, sie schien unbeeindruckt von der Menge, die sich auf dem Friedhof drängte. Alice Pagett hatte innerhalb einer Woche zwei schwere Schicksalsschläge zu bewältigen. Wenige Tage vor dem tragischen Unglück, dem ihr Vater zum Opfer fiel, starb Pater Andrew Hagan, der katholische Ortsgeistliche, zu dem das Mädchen eine tiefe und vertrauensvolle Zuneigung gefaßt hatte, an den Folgen eines Herzanfalls...«

Wortlaut des Interviews, das Dienstag, am frühen Abend, von BBC 1 in ganz England ausgestrahlt wurde:

Frage: Nach den Ereignissen der letzten Woche, Hochwürden Burnes, wird die katholische Kirche wohl nicht mehr im Ernst bestreiten wollen, daß es mit diesem Mädchen eine ganz besondere Bewandtnis hat.

Antwort: Ich war bei den Ereignissen, von denen Sie sprechen, nicht anwesend, so daß ich dazu kein Urteil abgeben kann.

Frage: Es gab zahlreiche Zeugen, und diese Zeugen bekunden, daß Alice Pagett das Feuer zum Erlöschen gebracht hat. Einige sagen sogar, sie ist mitten durch die Flammen gegangen.

Antwort: Die Aussagen sind widersprüchlich. Einige Zeugen sagen, sie ist mitten durch die Flammen gegangen, andere sagen, die Flammen sind erloschen, als das Mädchen auf das Feuer zuging. Es gibt auch einige wenige Zeugen, die sich zu erinnern meinen, daß Alice erst erschien, als das Feuer bereits erloschen war.

Frage: Sie werden trotzdem zugeben, daß dieses Mädchen eine ganz besondere Ausstrahlung hat, oder?

Antwort: Das läßt sich kaum bestreiten.

Frage: Ist die Kirche inzwischen zu klaren Schlußfolgerungen gekommen, was die Wunderheilungen angeht, die Alice Pagett getan hat.

Antwort: Wir sprechen vorläufig von angeblichen Wunderheilungen. Die Untersuchung ist noch im Gange.

Frage: Sind Sie der Auffassung, Hochwürden Burnes, daß die Kirche die geeignete Instanz ist, um eine objektive Untersuchung der Ereignisse durchzuführen?

Antwort: Es tut mir leid, ich kann Ihnen nicht ganz folgen.

Frage: Ist dies nicht eine Angelegenheit, die von Parapsychologen untersucht werden sollte? Sollte es in der Untersuchungskommission nicht wenigstens einen oder zwei Parapsychologen geben?

Antwort: Ich möchte darauf hinweisen, daß sich in der Kommission einige Vertreter der Ärzteschaft befinden...

Frage: Aber keine Parapsychologen.

Antwort: Was die Kommission herausfindet, steht der kritischen Gewichtung durch alle wissenschaftlichen Institutionen offen, die sich für die Sache interessieren.

Frage: Aber Vertretern der parapsychologischen Richtung wollen Sie die Untersuchungsergebnisse offenbar nicht zur Verfügung stellen.

Antwort: Jede Institution von wissenschaftlichem Ansehen wird Zugang zu dem Bericht erhalten. Beim gegenwärtigen Stand der Dinge erscheint es uns ratsam, das Problem auf der Basis einer rationalen Fragestellung anzugehen.

Frage: Was bringt Sie zu der Auffassung, daß letzten Sonntag keine Wunder mehr stattfanden?

Antwort: Ich habe nie behauptet, daß überhaupt Wunder stattgefunden haben. Was die Medien über die Ereignisse veröffentlichen, stellt leider eine große Bürde für das arme Mädchen dar. Die Medien sind es, die diesem Kind den Stempel Wunderheilerin aufgedrückt haben. Das Ergebnis ist, die Menschen kommen in Scharen nach St. Joseph's, in der Hoffnung, von ihren Gebrechen erlöst zu werden.

Frage: St. Joseph's ist in der Tat zu einer Wallfahrtsstätte geworden, aber das ist nicht die Schuld der Medien. Wir beschränken uns darauf, über Ereignisse zu berichten, die stattgefunden haben.

Antwort: Sie berichten über diese Ereignisse, und Sie stellen Spekulationen an.

Frage: Die Ereignisse selbst fordern solche Spekulationen heraus. Wie will die Kirche des Andrangs Herr werden, der sich in Banfield abzeichnet? Ich habe mir sagen lassen, daß es vergangenen Sonntag beinahe zu tätlichen Auseinandersetzungen während der Messe gekommen ist.

Antwort: Davon kann keine Rede sein. Die Besucher des Gottesdienstes haben sich sehr diszipliniert verhalten. Natürlich gab es viele, die enttäuscht waren, weil sie Alice nicht zu sehen bekamen.

Frage: Erwarten Sie, daß sich kommenden Sonntag noch mehr

Menschen in St. Joseph's zusammenfinden werden als am vergangenen Sonntag? Und wenn dem so ist, welche Vorkehrungen hat die Kirche getroffen, daß es nicht wieder zu tumultartigen Szenen kommt?

Antwort: Ich möchte der Öffentlichkeit bei dieser Gelegenheit sagen, daß man sich von der Messe am nächsten Sonntag nichts Besonderes zu erwarten hat. Es gibt nichts, was zum Beispiel eine längere Anreise nach Banfield sinnvoll erscheinen ließe.

Frage: Aber auf dem Kirchengelände sind doch Bauarbeiten im Gange.

Antwort: Ja, das trifft zu. Wir haben zwar an die Menschen appelliert, sich von der St. Joseph's Kirche fernzuhalten, trotzdem müssen wir uns darauf vorbereiten, daß die Menschen in wachsender Zahl dort hinströmen.

Frage: Wenn Sie den Ausdruck gestatten: bereiten Sie sich auf eine Belagerung vor?

Antwort: Ich hoffe nicht, daß es so schlimm wird. Aber es ist richtig, wir treffen Vorkehrungen, um eine große Anzahl von Besuchern in der Kirche und auf dem Kirchengelände empfangen zu können. Zugleich tun wir alles, was in unserer Macht steht, um die Menschen von einem Besuch in St. Joseph's abzuhalten.

Frage: Welcher Art sind die Vorkehrungen, die Sie getroffen haben?

Antwort: Wir sind dabei, einen Freiluftaltar auf dem Feld zu errichten, das an St. Joseph's angrenzt.

Frage: Auf dem Feld, wo Alice, wie sie sagt, die Jungfrau Maria gesehen hat?

Antwort: Ähm – ja. Rund um den Altar sollen Sitzmöglichkeiten für möglichst viele Menschen geschaffen werden. Ich schätze trotzdem, daß viele sich damit abfinden müssen, im Schlamm zu stehen. Die Messe nächsten Sonntag wird im Freien stattfinden, nicht in der Kirche.

Frage: Eine letzte Frage, Hochwürden Burnes: Wird Alice Pagett kommenden Sonntag bei der Messe zugegen sein?

Antwort: Das kann ich nicht sagen.

Unterhaltung zwischen dem Bauunternehmer und Monsignore Delgard am Mittwochmorgen:

»Sollen wir den Baum stehenlassen, Monsignore? Oder sollen wir ihn umsägen?«

»Nichts darf zerstört werden auf diesem Feld. Sie haben die Pläne. Bauen Sie die Plattform rund um den Baum.«

Telefongespräch am Mittwochvormittag zwischen Frank Aitken, Chefredakteur des Brighton Evening Courier, *und der Hauptverwaltung in London:*

AITKEN: »Ich habe verdammt noch mal keinen blassen Schimmer, wo Fenn steckt. Er hat mich letzten Freitag angerufen und gesagt, daß er bei dem Brandunglück in Banfield leichte Verbrennungen erlitten hat. Jawohl, er hat's aus erster Hand miterlebt. Nein, ich weiß nicht, warum er seinen Artikel noch nicht abgeliefert hat. Das sagte ich Ihnen ja letzte Woche schon. Er sagte nur, er hätte noch Urlaub zu bekommen, und den würde er jetzt nehmen. Sehr unverantwortlich? Jawohl, das finde ich auch. Wenn Sie einverstanden sind, daß ich ihn feuere, es gibt nichts, was ich lieber täte. Sie wollen nicht, daß ich Fenn feuere? Hatte ich auch nicht erwartet. Jawohl, ich hab' versucht, ihn daheim zu erreichen. Hat nicht abgenommen. Ich habe sogar jemanden zu seiner Wohnung geschickt. Niemand zu Hause. Nein, seit letzten Freitag nicht. Ob ich die Krankenhäuser angerufen habe? So schlimm waren die Verbrennungen nicht, aber falls es Sie beruhigt, jawohl, ich habe in den Krankenhäusern nachfragen lassen. Er ist verschwunden, weg, hat sich in Luft aufgelöst. Vielleicht schreibt er was unter der Hand, vielleicht hat ihm jemand soviel geboten, daß er das Geld nicht ausschlagen konnte. Aber natürlich habe ich sein Gehalt angehoben, gleich nachdem sich abzeichnete, daß die Sache groß rauskommt. Wahrscheinlich bin ich da ein bißchen zu zögerlich gewesen. Scheiße noch mal, es sind soviel Anrufe für Fenn gekommen, daß ich dem Mädchen in der Vermittlung Anweisung geben mußte, sie soll die lieben Kollegen, die sich plötzlich für unseren Mann interessieren, zur Hölle schicken. Nein, Fenn hat nicht gesagt, wie lange er wegbleibt, aber ich breche ihm die Knochen einzeln, sobald er wieder auftaucht. Einverstanden, Mr. Winters, ich breche ihm *nicht* die Knochen einzeln, sobald er wieder auftaucht. Jawohl, Sir, ich krieche ihm in den Hintern, sobald er wieder auftaucht. Danke. Ich rufe Sie an, sobald es etwas Neues gibt.«

Auszug aus einem Artikel, der in der Donnerstagsausgabe des ›Guardian‹ erschien. Überschrift: VISION, BETRUG ODER AUTOSUGGE-

STION? Autor: Nicola Hynek, Verfasser des Buches ›Bernadette Soubirous – Die Tatsachen‹.

...in seinem Buch *Vraies et Fausses dans L'Église* erwähnt Dom Bernard Billet, daß es von März 1928 bis Juni 1975 insgesamt 232 Marienerscheinungen in der Welt gegeben hat. Zwei davon fanden in England statt (Stockport, 1947 und Newcastle, 1954)...

Aus der Freitagsausgabe des ›Universe‹:

BISCHÖFE BERATEN ÜBER DIE WUNDERHEILERIN VON BANFIELD

Kardinäle und Bischöfe der katholischen Kirche werden im kommenden Monat in Rom über die Ereignisse diskutieren, in deren Mittelpunkt die elfjährige Alice Pagett steht. Der Papst hat in durchaus ungewohnter Eile angeordnet, daß die Konferenz noch vor der Fertigstellung des Untersuchungsberichtes durch die Ärztekommission stattfindet. Wie verlautet, gibt es innerhalb der Kirche ernsthafte Besorgnisse wegen der unkontrollierbaren publizistischen Auswirkungen, die durch die Aussage der Elfjährigen, die Jungfrau Maria sei ihr erschienen, ausgelöst wurden. Ebenso umstritten ist Alice Pagetts Fähigkeit, Wunder zu bewirken.

Hochstehende Angehörige des Klerus haben sich dem Wunsch des Papstes nach einer baldigen Durchführung der Konferenz angeschlossen, unter ihnen Kardinal Lupecci, der gestern in Rom folgende Verlautbarung herausgab: ›In einer Zeit, wo die Religion unter ständigem Beschuß steht, muß die römisch-katholische Kirche alles tun, um den Glauben der Katholiken in der Welt zu stärken oder neu zu begründen. Die Kirche bedarf der göttlichen Führung, sie begibt sich in große Gefahr, wenn sie einen Fingerzeig Gottes oder eine Botschaft außer acht läßt. Solche Botschaften geringzuachten oder auf Überprüfungen zu verzichten, ob die Botschaften wirklich von Gott kommen, würde das Gebäude der Kirche in seinen Grundfesten erschüttern.‹

Aus einer Unterhaltung, die Freitagabend im Pub ›The Punch Tavern‹ auf der Fleet Street in London stattfand:

»...das ist doch alles Scheiße...«

25

»Du bist wirklich, nicht wahr? Ich habe oft seltsame Träume. Vielleicht bist du ein Traum.«
Frances Hodgson Burnett: Der geheime Garten

Papier. Scharfkantiges, gelbes Pergamentpapier mit verblichener Schrift. Die Blätter waren überall, sie flogen in der Luft herum, es gab Blätter, die am Boden lagen, überall, überall...

Macht nichts, sagte er sich. Ich träume nur. Ich kann dem Zauber jederzeit ein Ende bereiten. Ich brauche nur aufzuwachen.

Aber die alten Pergamente begannen sich einzurollen, die Kanten begannen zu schwelen. Braune Flecken, an deren Ränder Flämmchen züngelten, krochen auf die Mitte zu.

Wach auf!

Es war dunkel. Dunkel wie in einem Grab. Die Flammen wuchsen, tanzten als Schatten über die Wände. Er drehte sich um. Er fiel zu Boden und schürfte sich die Knie auf. Er streckte die Hand aus. Holz. Er saß auf einer Bank. Es war nicht die einzige Bank, die es in diesem Raum gab. Er sah den Altar und erschauderte.

Fenn, wach auf!

Die alten Manuskripte waren ein lodernder Scheiterhaufen. Er war in der St. Joseph's Kirche... und doch war es nicht die St. Joseph's Kirche. Der Raum war anders – kleiner – neuer – aber auch älter...

Ich muß fliehen! Ich muß aufwachen! Ich weiß, daß ich träume, also kann ich auch aufwachen! Die Flammen hatten seine Füße erreicht.

Er stand auf, das Feuer erhob sich mit ihm. Rückwärtsgehend begab er sich zum Altar, den Blick auf die Pergamente gerichtet. Es gab einen einzigen Bogen, der noch unversehrt war, und auf diesem Bogen stand nur ein einziges Wort geschrieben:

MARIA

Und dann wurde das Wort von den Flammen verschlungen, er sah, daß auch die anderen Pergamente mit dem Wort ›Maria‹ beschriftet waren.

Wach auf!

Aber er konnte nicht aufwachen. Er wußte jetzt, daß es kein Traum war. Er warf einen Blick auf die Bankreihen, und dann sah er das Portal, das langsam, sehr langsam aufschwang. Er spürte, wie sich Blasen auf seiner Haut bildeten, das Feuer sengte sein Fleisch, aber er konnte nichts dagegen tun; er war vor Furcht wie gelähmt. Er wußte, daß er verbrannte, und doch konnte er nichts anderes tun als auf die kleine weiße Gestalt starren, die mit geschlossenen Augen auf ihn zukam. Sie schritt durch die Flammen, ohne Schaden zu nehmen.

Ihre Lippen lächelten. Sie öffnete die Augen und sah ihn an. Es war nicht Alice, es war...

»Um Gottes willen, Fenn, wach auf!«

Schlief er noch, als er das schrie? War er schon wach gewesen? Eine Frau war über ihm, langes, dunkles Haar floß über ihre nackten Schultern.

»Ich dachte schon, ich würde dich gar nicht mehr wachkriegen, Fenn. Entschuldige, wenn ich dich erschreckt habe, aber ich kann das nicht mitansehen, wenn jemand einen Alptraum hat.«

»Sue?«

»Scheiße, heute nacht trägst du den Charme mal wieder pfundweise auf.« Nancy rollte sich auf die andere Seite. Sie tastete nach ihren Zigaretten, die auf dem Nachttisch lagen.

Fenn zwinkerte mit den Augen, der Traum verblich. Als das Streichholz aufflammte, schloß er die Lider. »Hallo, Nancy«, sagte er.

Sie stieß eine Rauchwolke aus. »Hallo, Fenn«, sagte sie amüsiert.

Er fuhr sich über den knisternden Bart. Seine Blase schmerzte. »Bin gleich wieder da«, sagte er und schlurfte ins Bad.

Nancy sog an ihrer Zigarette, das Licht der Nachttischlampe liebkoste die Nacktheit ihrer Brüste. Das war jetzt das zweite Mal in dieser Woche, daß sie Fenn aus einem Alptraum geholt hatte. Ob das Brandunglück in Banfield ihm einen solchen Schock versetzt hatte? Was hatte er eigentlich in der vergangenen Woche getrieben? Tagsüber war er von der Bildfläche verschwunden, und wenn er spät abends, leicht angetrunken, nach Hause kam, weigerte er sich, ihr zu sagen, wo er den Tag verbracht hatte. Sie hatte ihn in ihrem Apartment aufgenommen, hier in Brighton würde er von niemandem behelligt werden, vor allem nicht vom *Courier*. Sie wußte, daß er an einem Thema arbeitete, und die Sache hatte mit den Wundern von Banfield zu tun. Leider dachte er gar nicht daran, sie einzuweihen. Sie hatte gehofft, daß sie das Thema als Partner betreuen würde. Wenn sie davon sprach, sagte er nur: »Noch zu früh, Baby.« Er benutzte sie, und das war genau falsch herum. *Sie* hatte *ihn* benutzen wollen.

Die Spülung der Toilette war zu vernehmen. Er kam zurück und glitt neben sie.

»Willst du's mir erzählen?«

»Hm?«

»Deinen Traum, meine ich. Wieder das gleiche wie letztes Mal?«

Er hatte sich aufgestützt. »Es hatte wieder mit Feuer zu tun. Ich weiß nicht mehr genau. Ach ja, da gab's Manuskripte...«

»Manuskripte?«

Er wußte sofort, daß er einen Fehler gemacht hatte. Sie sah ihn mit einem Blick voller Neugier an. Er räusperte sich. Der Kopfschmerz blieb. Seine Zunge schmeckte ranzig. Scheiß Alkohol. Fenn traf eine rasche Entscheidung. Nancy war nicht die Frau, die man lange im Regen stehen lassen konnte. Er ahnte, daß sie nachts, wenn er schlief, seinen Aktenkoffer zu öffnen versuchte. Was ihr unmöglich gelingen konnte, das Kombinationsschloß war nach menschlichem Ermessen nicht zu knacken.

»Würdest du mir bitte meinen Aktenkoffer holen?«

»Du meinst deinen tragbaren Safe?« Was sie sagte, bestätigte seine Vermutung.

Nancy sprang aus dem Bett und ging zum Tisch. Das Apartment war gemietet. Eigentlich eine Ferienwohnung. Eine der zahlreichen Wohnungen, die zehn oder zwölf Monate im Jahr leerstanden. Ideal für Nancy, die sich nicht für dauernd einmieten konnte, deren Aufenthalt in England jedoch so lang sein würde, daß ein Hotel finanziell nicht in Frage kam.

Sie kam zurück und legte ihm den kalten Aktenkoffer auf den Bauch. »Ich wußte, daß du mich früher oder später einweihen würdest.«

Er grunzte etwas, das er selber nicht verstand. Er öffnete das Schloß.

Nancy nahm die Notizen heraus. »Was, zum Teufel, ist das, Fenn?« Sie warf einen Blick auf den Stapel. Daten, Namen.

»Das ist das Resultat von einer Woche Arbeit«, sagte er. »Und gleichzeitig der Grund für meine Alpträume.«

»Wie meinst du das?«

»Ich träume von alten Pergamenten.«

»Ich denke, du sollst die Geschichte der Wunder von Banfield schreiben. Wieso träumst du von alten Pergamenten?«

»Weil ich zum Recherchieren in den Bibliotheken gewesen bin. Als erstes habe ich mir die öffentliche Bibliothek in Banfield vorgenommen. Aber da fand sich nicht viel. Nur ein Buch, das ein Pfarrer geschrieben hat, der in den Dreißiger Jahren dort Seelsorger war, und ein paar Bände Heimatgeschichte von Sussex.«

»Also eine Pleite.«

»Richtig. Als nächstes bin ich ins Rathaus gegangen. Der Gemeindeschreiber war ganz hilfreich, aber die Aufzeichnungen, die er dort hat, reichen sogar nur bis in die sechziger Jahre zurück. Von Banfield bin ich nach Chichester gefahren, wo die Chroniken der ganzen Grafschaft aufbewahrt werden. Dort habe ich die vergangene Woche verbracht. Der Archivar, der mir geholfen hat, bekommt einen Brechreiz, wenn er mich sieht, so sehr hängt ihm die Sucherei zum Halse raus. Ich hab' mir die Chroniken bis zurück ins achte Jahrhundert angesehen. Die älteren Sachen habe ich leider nicht verstehen können. Alles in Latein. Sogar die Chroniken der letzten Jahrhunderte waren schwer zu entziffern. Immer ein ›f‹ statt einem ›s‹ in den Wörtern.«

»Wonach suchst du denn überhaupt?«

»Das kann ich dir nicht sagen.«

»Das große Geheimnis?«

»Es gibt kein großes Geheimnis.«

»Warum mißt du dann der Sache eine so große Bedeutung bei?«

»Was?«

»Du müßtest dich mal sehen! Wenn du abends heimkommst, schaust du mich an wie ein Geist. Du verschließt deine Notizen vor mir. Du hast Alpträume. Du sprichst im Schlaf. Und wenn du mich vögelst, kommst du mir vor wie ein Zombie.«

»Gefällt dir meine Technik nicht?«

»Was bildest du dir eigentlich ein? Glaubst du, du mußt mich bumsen, weil ich dich in meiner Wohnung schlafen lasse? Für was hältst du mich eigentlich?«

Er legte ihr die Hand auf die Schulter. Sie schlug ihm auf die Finger. »Ich dachte, wir könnten zusammenarbeiten«, sagte sie zornig. »Ich habe gewartet, bis du in der Stimmung warst. Eben hast du mir ganz klar gesagt, daß du mich in der Sache nicht mit drinhaben willst. Also gut, du willst es nicht anders. Verpiß dich!«

»Aber...«

»Raus mit dir!«

Er tastete nach seiner Armbanduhr, die er unter das Kopfkissen gelegt hatte. »Es ist drei Uhr in der Nacht...«

»Ist mir egal. Verschwinde.«

»Ich könnte versuchen, meinen Zombie-Stil zu verfeinern.« Er fuhr ihr mit der flachen Hand über die Brustwarzen.

»Ich meine es ernst, Fenn. Raus aus meiner Wohnung!«

Er schob die Hand unter das Laken. Er fand ihren Schoß. »Ich verspreche auch, daß ich mich wieder rasiere.«

Sie hieb ihm mit der Faust auf die Brust. »Du machst die Fliege!«

Er schob seine Hand zwischen ihre Schenkel.

»Du sollst die Kurve kratzen, hab' ich gesagt!«

Er legte sich auf sie und spürte, wie sie die Beine aneinanderzwängte.

»Glaubst du, damit kannst du mich schwachmachen?« spottete sie.

Er rollte sich auf seine Seite. »Du bist hart«, stöhnte er.

Sie setzte sich auf. »Du hast mich benutzt, Fenn, und du hast mir nichts dafür gegeben.«

»Du hast ja recht.«

»Du benutzt die Menschen, wie's dir gerade paßt. Mit mir läuft das nicht!«

»Und du? Machst du nicht das gleiche wie ich?«

Sie zögerte mit der Antwort. »Ich bin wie du, und deshalb durchschaue ich dich auch so gut. Ich weiß jetzt, daß es nichts bringt, wenn wir zusammenbleiben...«

»Halt mal. Ich bekomme da gerade die ersten Schuldgefühle, das müßte doch in deinem Sinne sein. Es war eine komische Woche, weißt du. Ich war wie besessen von dieser Alice. Seit ich gesehen habe, wie sie durch das Feuer ging...«

Nancy verharrte in stiller Wut. Ihre Brüste waren zu sehen. Die Härte ihres Gesichtsausdrucks wurde vom Halbdunkel des Raums gemildert. Sie war nicht schön, aber sie verfügte über eine Anziehung, um die sie wohl jede Frau beneidet hätte.

»Du vergißt, daß ich dabei war«, sagte sie. »Und mich hat das Mädchen in keiner Weise beeindruckt.«

»Wie schätzt du sie denn überhaupt ein?«

»Was? Jetzt wechselst du das Thema! Du willst dich aus der Schlinge ziehen!«

»Nein, wirklich nicht. Sag mir, wie du Alice einschätzt, und dann sage ich dir, was du wissen willst.«

Sie betrachtete ihn voller Zweifel. »Okay, ich hab' nichts zu verlieren. Ich bin nicht beeindruckt von diesem Weihnachtsengel. Ich glaube nicht, was ich gesehen habe.«

»Aber du gibst zu, daß du es gesehen hast.«

»Ich hab's gesehen, aber ich glaub's nicht.«

»Das ist doch verrückt.«

»Natürlich ist das verrückt. Ich habe gesehen, wie sie auf das Feuer zuging und wie das Feuer erlosch.« Sie tippte sich an die Stirn. »Aber ich schaffe es nicht, die beiden Tatsachen miteinander zu verbinden.«

»Und das Mädchen selbst, was hältst du von ihr?«

»Ein Kind. Ein staksiges, unterentwickeltes Kind. Hübsches Gesicht.«

»Die Leute sagen, sie hat eine besondere Ausstrahlung.«

»Auf mich nicht.«

»Warum nicht?«

»Weißt du, andere Kinder sind viel lebendiger, die sprühen nur so von Ideen. Alice dagegen ist langweilig. Mir kommt es so vor, als wären ihre Gefühle irgendwo weggeschlossen. Ich glaube ihr gerne, daß sie um ihren Vater trauert, aber beim Begräbnis hat sie nicht eine einzige Träne vergossen.« Sie zuckte die Achseln. »Vielleicht hat sie sich in aller Stille ausgeweint.«

Er war aufgestanden. Er ließ sich auf das Bett zurücksinken. »Zuerst habe ich ganz ähnlich empfunden wie du. Als ich ihr in der ersten Nacht über den Friedhof nachgejagt bin, da habe ich Alice für ein verängstigtes, leicht verwundbares Geschöpf gehalten. Heute denke ich ganz anders. Sie hat mir letzte Woche wahrscheinlich das Leben gerettet, trotzdem empfinde ich keine Dankbarkeit. Und dann – oh, mein Gott, jetzt erinnere ich mich! Sie stand am Fenster, als die Autos zusammenstießen! Ich bin sicher, daß sie...«

»Was sagst du da, Fenn?«

»Erinnerst du dich denn nicht? Der Ford Capri war ins Schleudern gekommen, und gleich darauf verlor ich die Kontrolle über meinen Wagen. Und während das geschah, stand das Mädchen am Fenster und starrte uns an.«

»Ich verstehe nicht, was du damit sagen willst, Fenn! Willst du etwa behaupten, daß sie den Zusammenstoß verursacht hat?«

Er nickte schwerfällig. »Vielleicht.«

»Du bist nicht recht bei Verstand.« Sie steckte sich eine Zigarette an.

»Wenn sie ein Feuer löschen kann, dann kann sie auch die Steuerung eines Wagens außer Betrieb setzen.«

Nancy schüttelte nur den Kopf.

»In der Umgebung dieses Mädchens geschehen merkwürdige Dinge«, sagte Fenn.

»Das ist die Untertreibung des Jahres. Aber es kann für die sogenannten Wunder auch andere Ursachen geben. Psychologische Ursachen, Fenn. Und dann ihr Vater! Der Mann ist bei dem Feuer ums Leben gekommen. Ich kann mir nicht vorstellen, daß sie das gewollt hat.«

Er fuhr sich mit dem Daumen über die Unterlippe. »Nein«, sagte er leise. »Natürlich nicht.«

Nancy streichelte seine Schulter. »Du wolltest mir dein Geheimnis verraten. Spuck's aus.«

»Das ist eigentlich schnell gesagt. Monsignore Delgard macht sich Sorgen wegen der Ereignisse, die sich in und um die Kirche zugetragen haben. Er glaubt...«

»Es ist nur logisch, daß er sich Sorgen macht«, unterbrach sie ihn.

»Laß mich doch ausreden. Delgard glaubt, daß es in der Kirche nicht mit rechten Dingen zugeht.«

»Was stört ihn denn an den Wundern? Er sollte vor Freude bis an die Decke hüpfen.«

»Das sollte er, aber er tut's nicht. Er grübelt über den plötzlichen Tod von Pater Hagan nach...«

»Das war ein guter alter Herzinfarkt.«

»Du hältst jetzt den Mund und hörst zu! Monsignore Delgard macht sich auch Sorgen wegen der Atmosphäre, die in der Kirche herrscht. Er spricht von einer spirituellen Leere.«

»Was soll denn *das* jetzt wieder heißen?«

»Das bedeutet, die Kirche ist ihrer Heiligkeit beraubt.«

»Das meinst du wohl nicht im Ernst. Willst du mir etwa weismachen, daß in der Kirche böse Geister herumtanzen?«

»Nein. Die St. Joseph's Kirche ist leer. Dort sind weder gute noch böse Geister. Pater Hagan hat das auch gespürt.«

»So einen Unsinn kann ich meinen Lesern nicht verkaufen.«

»Du sollst das ja auch gar nicht schreiben. Ich sag's dir nur, weil du mich danach gefragt hast. Du hast mir diese Woche sehr geholfen. Du hast mir deine Schutzburg angeboten, so daß ich in Ruhe recherchieren konnte. Ich zeige mich für den Gefallen erkenntlich, indem ich dir sage, was ich herausgefunden habe, aber ich möchte auf keinen Fall, daß es in irgendeiner Zeitung erscheint.«

»Keine Sorge. Wenn ich das schreiben würde, rammt mich mein Chef unangespitzt in den Boden. Wenn du mir jetzt allerdings sagst, das Ganze ist ein Riesenschwindel, dann sind wir beide im Geschäft.«

»Ein Riesenschwindel, das wäre denkbar...«

»Warum kommst du mir dann mit deiner beschissenen spirituellen Leere? Damit machst du dir doch nur die Story kaputt.«

»Es ist schwer zu erklären, aber bei der ganzen Sache stimmt was nicht.«

»Es ist ganz natürlich, daß du so denkst. Du bist und bleibst ein Zyniker.«

»Ich meine was anderes. Ich meine, hinter diesen Ereignissen verbirgt sich ein Geheimnis. Ich bin wie du der Ansicht, daß Alice *merkwürdig* ist.«

»Ich habe damit nur sagen wollen, daß sie keine farbige Persönlichkeit ist.«

»Du hast was anderes gemeint.«

»Also gut. Du und der Monsignore, ihr seid sicher, das Mädchen ist eine Hexe. Wenn es so ist, warum stöberst du dann in den alten Chroniken herum?«

»Weil ich dort vielleicht etwas über die St. Joseph's Kirche entdecke, was Licht in die Angelegenheit bringt.«

»Du willst das grauenhafte Geheimnis in der Vergangenheit dieser Kirche enthüllen! Fenn, ich kann einfach nicht verstehen, daß du so etwas sagst. Ich dachte immer, du bist ein Mensch, der mit beiden Beinen auf der Erde steht. Aber jetzt enttäuschst du mich.«

»Vielleicht hast du recht«, sagte er. Ein Lächeln stand auf seinen Lippen. »Vielleicht habe ich zuviel Fantasie. Der Autounfall, das Feuer – das hat mir wohl ziemlich zugesetzt. Vielleicht bin ich, als der Unfall geschah, in Panik geraten. Vielleicht habe ich mir nur vorgestellt, daß die Steuerung meines Wagens nicht mehr funktionierte. Vielleicht war eine Ölspur auf der Straße, das würde zugleich erklären, warum der Ford Capri ins Schleudern kam. Wie dem auch sei...« Er ließ die Notizen aus dem Aktenkoffer auf den Boden flattern. »Ich habe in der Geschichte von Banfield und in den Chroniken der St. Joseph's Kirche nichts gefunden, was mir einen Anhaltspunkt für meine Theorie gäbe. Nichts ist in Banfield passiert, was in den anderen Städten und Dörfern nicht auch passiert wäre.«

Nancy betrachtete gedankenverloren die durcheinandergewirbelten Papiere. »Kann ich's mir gelegentlich mal ansehen?«

»Wenn du willst, bitte schön. Du wirst nichts finden, was dich interessiert.«

Sie setzte sich zu ihm. »Was wird aus uns beiden, Fenn?«

»Wie meinst du das?«

»Ich meine aus unserer Zusammenarbeit?

»Ich dachte, du willst mich rausschmeißen?«

»Das war vorhin. Inzwischen hast du mir gesagt, was ich wissen wollte.«

»Damit bist du aber wohl nicht viel klüger geworden, wie?«

»Das ist egal. Du hast gezeigt, daß du mir vertraust. Was wird aus unserem Handel?«

»Ich arbeite für die Kirche, Nancy.«

»Du arbeitest für dich selbst, Fenn. Die Kirche *benutzt* du nur. Von der Kirche kriegst du die Informationen, die du brauchst. Was immer dir die Kirche zahlt, du kriegst das Dreifache oder das Vierfache von den anderen Medien, sobald du mit der Arbeit für die Kirche fertig bist. Ist das nicht der wahre Grund, warum du den Auftrag angenommen hast?«

Es dauerte eine Weile, bis sein Lächeln an die Oberfläche gelangte. »Es gibt keinen Handel zwischen dir und mir, Nancy. Aber ich versorge dich mit den Informationen, die du brauchst. Ich sorge dafür, daß du bei dieser Komödie in der ersten Reihe sitzt. Ich werde dir helfen, so gut ich kann.«

»Aber nur bis zu einem gewissen Punkt, hab' ich recht?«

»Du hast recht. Nur bis zu einem gewissen Punkt.«

Sie gab sich geschlagen. »Damit werde ich mich wohl abfinden müssen. Ehrlich gesagt, du machst eine Dummheit. Ich hätte dem Zeug, das du schreibst, den richtigen Stil geben können. Ich hätte bei der *Post* ein gutes Honorar für dich aushandeln können.«

Er küßte sie. »Wann fliegst du in die Staaten zurück?«

»Sobald ich diese verdammte Wunderstory fertig habe. In ein paar Wochen, denke ich.« Sie rieb ihre Wange an seiner Stirn. »Wenn du mir helfen willst, Fenn, dann mußt du's bald tun. Hör auf mit der Geheimniskrämerei, okay?«

»Okay«, log er. Er würde ihr helfen, aber nur bis zu einem gewissen Punkt, genau wie er es gesagt hatte. Reporter waren egoistische Zeitgenossen, Fenn machte keine Ausnahme.

26

Es war einmal ein kleines Mädchen, die hatte eine Locke, die ihr mitten in die Stirn hing. Wenn das Mädchen brav war, dann war sie sehr, sehr brav. Aber wenn sie ungezogen war, dann war sie sehr, sehr ungezogen.
Jemima Anon

Die Schritte des Monsignore waren langsamer und langsamer geworden. Es war dunkel und still auf der High Street, die beiden Pubs hatten die Gäste jenes Samstagabends noch nicht auf die Straße geschoben, dies würde erst zu Beginn der Sperrstunde geschehen; und so klangen die Schritte des Monsignore einsam und hohl. Es war bitterkalt, es ging auf Ende Februar zu. Der Geistliche zog sich den Mantelkragen hoch. War es nur sein fortgeschrittenes Alter, was ihn so leicht frösteln ließ? Ihm war, als würden seine Nervenenden von eiskalten Fingerspitzen massiert. Ihn schauderte.

Die Lichter des Klosters kamen in Sicht, wie die Strahlen eines Leuchtturms, die ihn zu einem sicheren Refugium führen würden. In die Hoffnung, dort aufgenommen zu werden, mischte sich Angst. Er begann zu grübeln. Was hatte er zu fürchten, wenn er das Kloster betrat? Hinter jenen Mauern verbarg sich doch nur ein Kind, ein verängstigtes, verwirrtes Mädchen. Allerdings, vielleicht wurde dieses Mädchen von bösen Mächten mißbraucht...

Monsignore Delgard war in der Vergangenheit viele Male mit dem Phänomen der Besessenheit konfrontiert worden, er hatte den Opfern geholfen, das Böse in ihren Seelen zu überwältigen. Mit zunehmendem Alter hatte er den psychologischen Kampf als immer schwerere Belastung empfunden. Die erforderlichen Erholungsphasen waren immer länger geworden. Aber das war nur natürlich. Alte Knochen heilen langsamer als junge. Er zuckte zusammen, als er einen plötzlichen Druck auf seiner Schulter verspürte. Ihm war, als sei er von einem Geistfinger berührt worden.

Eine leere Straße. Die Neugierigen, die Banfield füllten, waren heimgefahren, als die Nacht sich ankündigte. Die Reporter und die Fernsehleute schliefen dem Sonntag, dem großen Tag, entgegen. Delgard straffte seinen Schritt. Noch wehrte er sich der Erkenntnis, daß er von einer Ungewißheit in die andere floh.

Er kam an der niedergebrannten Tankstelle vorbei. Er mußte an Gerry Fenn denken. Am Tag nach dem fürchterlichen Unglück hatte der Reporter ihn angerufen, Fenn war sehr aufgeregt gewesen, er hatte ihm berichtet, was er an der brennenden Tankstelle erlebt hatte. Danach – nichts. Der Reporter war verschwunden, niemand wußte, wo er steckte, nicht einmal der Chefredakteur des *Courier*, nicht einmal Susan Gates. Delgard machte sich Sorgen wegen Fenn; hatte er Fenn mit einer Aufgabe betraut, die jener nicht begreifen und folglich auch nicht mit dem nötigen Respekt angehen konnte. Fenn war alles andere als ein Narr, sein Zynismus würde ihn schützen. Aber nur bis zu einem gewissen Punkt. Jenseits dieser Grenze war er verwundbar wie jeder andere Mensch. Delgard atmete die frostige Luft ein. Die weiße Wolke, die aus seinem Mund quoll, sah aus wie eine Seele auf der Flucht.

Der Panda war mit zwei Rädern auf dem Bordstein geparkt. Als der großgewachsene Geistliche sich dem Tor des Klosters näherte, ließ der Polizist die Scheinwerfer aufflammen. Delgard war geblendet, er blieb stehen wie ein vor Angst gelähmter Feldhase.

»Entschuldigen Sie.« Der Polizist hatte das Wagenfenster heruntergekurbelt. »Sie sind Monsignore Delgard, nicht wahr?« Die Scheinwerfer erloschen. Ein paar Sekunden lang war Delgard wie blind. Er hörte, wie die Wagentür geöffnet wurde. Ein Schatten kam auf ihn zu. »So spät habe ich keine Besucher mehr erwartet«, sagte die Stimme. Der Polizist öffnete das Tor. Er trat beiseite, um den Geistlichen einzulassen.

»Danke«, sagte Delgard. »Sind gar keine Journalisten hier?«

Der Polizist beantwortete seine Frage mit einem vergnüglichen Lachen. »Die werden Sie am Samstag abend vergeblich hier suchen. Die sitzen in den Pubs und lassen sich vollaufen.«

Delgard nickte. Er durchquerte den Vorhof. Er stieg die drei Stufen zum Portal hoch und hörte, wie hinter ihm im Dunkeln das Gittertor geschlossen wurde. Er drückte auf die Klingel und wartete.

Die Zeit, bis geöffnet wurde, kam ihm sehr lang vor. Im Türspalt erschien das Gesicht einer Nonne.

»Ach, Ihr seid es, Monsignore.« Es klang erleichtert. Das Portal schwang auf.

»Ich bin angemeldet bei der Ehrwürdigen Mutter«, sagte er.

»Ja, natürlich. Darf ich Euch …«

»Ich danke Euch, daß Ihr gekommen seid, Monsignore Delgard«, sagte eine Stimme. Die Ehrwürdige Mutter Marie-Claire, Vorsteherin der Schwesternschaft des Klosters und Rektorin der Klosterschule, kam auf den Monsignore zu, ihr silbernes Kreuz blitzte, als sie an der Lampe vorbeikam. Sie war von kleiner Gestalt, schlank und verwundbar in dem Sinne, wie die meisten

Nonnen, auch jene mit robusterer Statur, verwundbar schienen. Sie trug eine Brille mit dünnen Gläsern. In ihren Augen stand die Angst.

»Es tut mir leid, daß ich so spät komme, Ehrwürdige Mutter«, sagte er. »Ich hatte noch viel für morgen vorzubereiten.«

»Dafür habe ich volles Verständnis, Monsignore. Es ist gut, daß Ihr trotz der späten Stunde gekommen seid.«

»Ist sie in ihrem Zimmer?«

»Ja. Aber sie schläft nicht. Sie wartet ganz verzweifelt auf Euren Besuch.«

»Sie weiß also, daß ich komme?«

Die Ehrwürdige Mutter nickte. »Darf ich Euch ein heißes Getränk anbieten, bevor Ihr nach oben geht? Ihr seid sicher ganz durchgefroren.«

»Danke, nein. Ich will gleich zu ihr gehen.«

»Ist es nicht besser, wenn ich sie herunterhole? Ihr könnt das Gespräch auch in meinem Büro führen.«

Delgard lächelte. »Nein. Sie tut sich beim Reden sicher leichter, wenn ich mit ihr in dem Raum bin, an den sie gewöhnt ist.«

»Wie Ihr wünscht, Monsignore. Ich werde Euch hinaufbegleiten.«

»Ich weiß, wo das Zimmer ist, Ehrwürdige Mutter. Ihr braucht Euch nicht zu bemühen.« Er ging auf die Treppe zu, die in den Vorraum herabreichte. Er knöpfte seinen Mantel auf und gab ihn der Nonne, die ihm die Tür geöffnet hatte.

»Monsignore?«

Er wandte sich um und sah die Vorsteherin des Klosters an. »Ja?«

»Ist es ratsam, wenn wir Alice morgen an der Messe teilnehmen lassen?«

»Sie *will* zur Messe gehen, Ehrwürdige Mutter. Sie besteht darauf.«

»Sie ist noch ein Kind...«

»Eines, das mit großer Behutsamkeit behandelt werden muß«, sagte Delgard. Güte klang in seiner Stimme.

»Aber die vielen Menschen...«

»Wir können das Mädchen nicht eingesperrt halten. Die Öffentlichkeit würde die schlimmsten Vermutungen anstellen, wenn wir das tun.«

»Es ist doch nur zu ihrem Besten, wenn wir sie abschirmen.«

»Ich denke ähnlich wie Ihr, Ehrwürdige Mutter, aber die Entscheidung liegt nicht bei mir.«

»Ich weiß, daß Bischof Caines...«

»Es ist nicht nur der Bischof, der ein öffentliches Auftreten des Mädchens wünscht. Die Entscheidungen in dieser Angelegenheit werden längst nicht mehr von einer einzigen Person getroffen. Macht Euch wegen Alices Sicherheit keine Sorgen, Ehrwürdige Mutter; das Mädchen wird gut beschützt werden.«

»Was mir Sorgen macht, ist ihr Seelenfrieden, Monsignore.« Es lag keine Kritik in dem, was die Vorsteherin sagte. Da war nur Fürsorge und Traurigkeit.

»Uns allen liegt am Seelenfrieden dieses Mädchens, Ehrwürdige Mutter.« Er stieg die Stufen hinan, zögernd, als hätte er Angst, allzubald im ersten Stock anzukommen.

Oben angekommen blieb er stehen, bis sich seine Augen an die Dunkelheit gewöhnt hatten. Auf dem Flur waren eine Reihe von Türen zu erkennen. Die Zellen der Nonnen. Er ging auf eine der Türen zu und klopfte an.

Zwei oder drei Sekunden verstrichen. Dann sagte eine Stimme: »Wer ist da?«

»Monsignore Delgard.«

Die Tür ging auf. Molly Pagett erschien. Sie sah den Monsignore aus übermüdeten Augen an.

»Die Ehrwürdige Mutter sagte mir, Sie haben darum gebeten, daß ich...«

»Ich muß mit Ihnen sprechen, jawohl. Es tut mir leid, wenn ich Sie so spät am Abend belästige. Bitte, kommen Sie doch herein.«

Die Einrichtung des Raumes bestand aus einem schmalen Feldbett und einem einfachen Stuhl. Es gab eine winzige Garderobenecke, an der Wand hing ein schwarzes Kruzifix. Nach dem Halbdunkel auf dem Gang wirkte die grelle Glühbirne an der Decke besonders häßlich. Molly Pagett setzte sich auf die Bettkante, Monsignore Delgard nahm auf dem Stuhl Platz. Er ächzte, als er seine Beine übereinanderschlug.

»Das kalte Wetter ist nicht gerade eine Wohltat für meine alten Knochen«, sagte er und lächelte.

Sie lächelte zurück, nervös und gehetzt.

Er fühlte sich zu müde für eine Vorrede, andererseits war ihm klar, daß er ihr erst einmal die Angst nehmen mußte, wenn das Gespräch einen Sinn haben sollte. »Wie behandelt man Sie hier im Kloster, Molly? Sehr gemütlich ist der Raum ja nicht.«

Sie hielt ihre Hände verschränkt. »Die Nonnen sind sehr gut zu uns, Pater... Entschuldigen Sie, ich wollte sagen: Monsignore.«

Er umfing ihre Hände mit ruhigem Griff. »Das macht doch nichts. Es gibt eigentlich keinen Unterschied zwischen einem Priester und einem Monsignore, außer dem hochtrabenden Titel. Sie sehen erschöpft aus, Molly. Können Sie nicht schlafen?«

»Nicht gut, Monsignore.«

»Nun, das ist verständlich; Sie haben viel durchgemacht. Hat Ihnen der Arzt nichts verschrieben, was Sie zur Beruhigung nehmen können?«

»Doch, er hat mir Tabletten gegeben. Aber die nehme ich nicht gern.«

»Ich bin sicher, es würde Ihnen nichts schaden, wenn Sie die Tabletten nehmen. Der Arzt verschreibt Ihnen nur, was gut für Sie ist.«

»Das ist es nicht«, sagte sie rasch. »Ich nehme die Tabletten nicht, weil Alice mich in der Nacht brauchen könnte. Ich würde vielleicht nicht aufwachen, wenn sie nach mir ruft.«

»Die Nonnen würden sich doch sicher um sie kümmern.«

»Wenn sie aufwacht, braucht sie ihre Mutter...«

Er sah die Tränen, die in ihren Augen schimmerten.

»Sie sollten nicht den Mut verlieren, Molly«, sagte er. »Ich weiß, wie schwer die Last ist, die Sie im Augenblick zu tragen haben, aber Sie werden sehen, bald ist das Tal durchschritten. Sie haben Ihren Mann verloren, und dann ist da die merkwürdige Sache mit Alice...«

»Was mit Alice geschieht, ist wunderbar und heilig, Monsignore. Mein Mann konnte das nicht begreifen. Er glaubte nicht an Gott, und deshalb hatten diese Dinge keine Bedeutung für ihn.«

Er war schockiert, mit welchem Abscheu sie von ihrem verstorbenen Mann sprach.

»Er wollte Geld aus der Sache schlagen, wußten Sie das, Monsignore?« Sie schüttelte den Kopf, als könnte sie es immer noch nicht glauben. »Er wollte mein armes, kleines Mädchen ausbeuten.«

»Ich bin sicher, Ihr Mann war um das Wohlergehen Ihrer Tochter genauso besorgt wie Sie, Molly.«

»Sie kannten ihn ja kaum, Monsignore. Nach der ersten Vision hat er Alice ausgeschimpft, als hätte sie etwas Böses getan. Er wollte nicht, daß wir in dieses Kloster zogen. Er wollte nicht, daß die Schwestern uns umsorgten. Aber dann ist ihm aufgegangen, daß er mit Alice Geld machen konnte. Er hat gesagt, die anderen kassieren ja auch alle, warum nicht der eigene Vater? Er wollte den Zeitungen alles über Alice erzählen, dem Journalisten, der am meisten bot, alles über Alice, über mich und über sich selbst. Er war böse, Monsignore! Glauben Sie mir, er war böse!«

»Bitte, beruhigen Sie sich, Molly.« Er sprach mit leiser, aber fester Stimme. »Sie haben sehr viel durchgemacht, Sie sind nach alledem noch ganz durcheinander.«

»Es tut mir leid. Ich meine...« Sie begann zu weinen.

»Soll ich Ihnen eine Tasse Tee holen?« bot er an.

Sie schüttelte den Kopf. Sie saß da und starrte den Boden an.

Delgard ärgerte sich, daß er es zu dem Gefühlsausbruch hatte kommen lassen. Aber es war alles so plötzlich, so unerwartet gekommen. »Worüber wollten Sie mit mir sprechen, Molly? Geht es um Alice?«

Sie tupfte sich die Tränen ab. »Es geht um mich und meinen toten Mann.«

Er lehnte sich nach vorn. »Aber Ihr Mann ist doch...«

»Ich – ich habe es Pater Hagan verschwiegen. In all den Jahren habe ich ihm das bei der Beichte verschwiegen, und jetzt ist es zu spät.«

»Sie können auch bei mir beichten, Molly. Was Sie mir sagen, erfährt nur Gott.«

»Ich habe mich immer so geschämt, es Pater Hagan zu sagen.«

»Ich bin sicher, er hätte für Sie Verständnis gehabt. Pater Hagan hätte nie den Stab über Sie gebrochen, Molly.« Er sah sie aus ruhigen Augen an. »Was haben Sie ihm bei der Beichte verschwiegen?«

Sie hielt den Blick niedergeschlagen. Stockend kam ihre Antwort. »Er... Pater Hagan wußte, daß ich schwanger war, als ich Len heiratete. Das habe ich ihm bei der Beichte gesagt...«

Delgard verharrte in Schweigen, mit gefalteten Händen.

»Aber ich habe ihm nicht alles gesagt«, stieß sie hervor.

»Was haben sie ihm verschwiegen? Sie wissen, es gibt keine vollständige Vergebung, wenn Sie bei der Beichte etwas auslassen?«

»Ich weiß, ich weiß. Aber es gab da etwas, das konnte ich Pater Hagan nicht sagen!«

»Befreien Sie sich von Ihrer Schuld, Molly. Sie sollten sich nicht länger quälen.«

Sie sprach mit gesenktem Blick. »Es ist weil... Ich meine das Feld hinter der St. Joseph's Kirche, das ist jetzt zur heiligen Stätte geworden.«

Delgard zwang sich zu schweigen.

»Len – ich meine Leonard... Als wir noch nicht verheiratet waren, hat er mich immer von der Kirche abgeholt. Ich arbeitete in der

Kirche, wissen Sie. Len ist nie reingekommen, er sagte, er fühlte sich nicht wohl da drinnen. Mir ist erst viel später klargeworden, wie sehr er die Religion und den Glauben haßte. Ich aber liebte die Kirche – genauso wie Alice die Kirche liebt. Und Len – ich sagte schon, er hat mich immer von der Arbeit abgeholt.«

Sie holte tief Luft. »Eines Tages stand er hinter der Mauer, als ich auf den Friedhof kam. Ich habe die welken Blumen von den Gräbern genommen. Len und ich gingen damals schon ein paar Monate miteinander. Aber wir *hatten* noch nichts miteinander...«

Delgard nickte.

»Aber an jenem Tag... Ich weiß nicht, was damals in uns gefahren ist. Es war ein warmer Sommerabend. Wir standen an der Mauer und küßten uns, er draußen, ich drinnen. Dann hat er mich über die Mauer gehoben. Er war so stark, Monsignore... Ich war ihm ausgeliefert.« Ihre Brüste wogten. Sie errötete. »Ich habe seinem Drängen nicht widerstehen können«, fuhr sie fort. »Wir haben uns auf das Feld gelegt. Wir haben uns geliebt. Ich weiß heute noch nicht, warum ich das tat! Ich war wie besessen! Ich hatte noch nie mit einem Mann geschlafen, aber an jenem Tag wurde ich von einer Woge der Leidenschaft davongetragen. Ich und er. Das Merkwürdige war, wir waren zueinander wie Fremde. Es gab keine Liebe, nur Leidenschaft, nur Begierde, Monsignore! O mein Gott, kann es für diese Sünde je Vergebung geben?«

Er saß vornübergebeugt. »Aber gewiß, Molly. Ihre Sünde kann Ihnen vergeben werden. Es war sehr unvernünftig, daß Sie die Last all die Jahre mit sich getragen haben. Wenn Sie bereuen, kann ich...«

»Auf jenem Feld habe ich Alice empfangen, Monsignore, verstehen Sie das denn nicht? Und jetzt entsteht auf dem gleichen Feld ein Schrein für die Jungfrau Maria...«

Etwas wie Schwindel überkam den Monsignore. Das war doch lächerlich! Die Sünde, die vor so vielen Jahren begangen worden war, hatte doch keinen Zusammenhang mit den neueren Ereignissen auf diesem Feld!

»Haben Sie Ihre Sünde Pater Hagan gebeichtet?«

»Er war damals neu im Sprengel. Ich habe mich so geschämt, ihm zu sagen, daß ich so nahe bei der Kirche mit einem Mann geschlafen hatte.«

»Die Nähe zur Kirche macht keinen Unterschied.«

»Aber es geschah auf geweihtem Grund.«

»Nein, Molly, es geschah jenseits des Gottesackers. Das Feld war kein geweihter Grund, weder damals noch heute. Das Grundstück, auf dem morgen die Messe abgehalten wird, ist nie eingesegnet worden. Sie brauchen das also nicht zu beichten.« Eine Frage blieb, und es gab keine umschreibende Floskel, in die er sie hätte einkleiden können. »Wieso sind Sie so sicher, daß Sie Alice auf jenem Feld empfangen haben? Haben Sie mit Len denn nicht bei anderen Gelegenheiten...«

»Nein, Monsignore, ich habe das Kind auf dem Feld empfangen. Ich habe mich so geschämt. Ich wußte sofort, daß ich schwanger werden würde. Fragen Sie mich nicht, wieso – ich wußte es. Ich habe vor der Hochzeit nur ein einziges Mal mit Len geschlafen: auf dem Feld. Ich war so glücklich, als die Schwangerschaft feststand. Ich wollte das Kind. Obwohl ich es in Sünde empfangen hatte. Ich fühlte, das Kind ist ein Geschenk Gottes. Und das ist es ja auch, Monsignore, heute verstehe ich das noch besser als damals. Ich war kein junges Mädchen, als es geschah. Ich war dabei, eine alte Jungfer zu werden. Vielleicht habe ich deshalb mit soviel Hingabe in der Kirche gearbeitet. Die Kirche war mir zum Lebensinhalt geworden. Aber Gott hat mir etwas geschenkt, was ich lieben konnte, so wie ich die Kirche liebte. Aber das ist nicht recht, nicht wahr, Monsignore? Es kann doch nicht richtig sein, daß ich für meine Sünde mit einem Geschenk belohnt werde. Gott straft die Sünder, er belohnt sie nicht.«

Delgard war traurig. In dem Kopf dieser Frau herrschte ein furchtbares Durcheinander. Ähnlich durcheinander sah es in seinem eigenen Kopf aus. Wenn es doch nur einfache, klare Antworten gäbe! Das Schlimme war, ein Priester durfte nicht über seine Zweifel sprechen. Wie konnte er, Delgard, dieser Frau Trost einflößen, wenn ihn die Frage, die sie gestellt hatte, mit Angst und Unsicherheit erfüllte?

»Sie sind mit einem Kind gesegnet worden«, hörte er sich sagen, »und dafür haben Sie Gott zu danken. Grübeln Sie nicht mehr darüber nach, was vor so vielen Jahren geschehen ist. Sie haben Ihr Kind in Gott erzogen. Vergessen Sie nicht, Gott kann einen Menschen heute belohnen für Dinge, die erst viel später geschehen.«

Sie lächelte unter Tränen. »Ich glaube, ich habe verstanden, was Sie sagen wollen, Monsignore. Jawohl, Alice ist ein ganz besonderes Geschenk. Gott hat mich auserwählt als Mutter eines – eines...«

»Sie dürfen das nicht aussprechen! Die Wunder sind noch nicht bestätigt!«

Das Strahlen in ihren Augen sagte ihm, daß *sie* keine Zweifel an den Wundern hatte. Aber dann war es, als hätte sich ein Schatten über ihre Stirn gesenkt. »Ich habe damals also keinen geweihten Grund entheiligt?«

»Aber nein! Ihre Sünde geschah vor elf Jahren, damals dachte noch niemand daran, daß jenes Feld...« – er dachte nach – »... einst in den Geruch der Heiligkeit kommen würde. Ihre Sünde, Molly, war Leidenschaft, nicht Mangel an Demut vor dem Herrn, und für diese Sünde haben Sie bereits Vergebung erlangt, als Sie sich Pater Hagan offenbart haben.«

Ihr war, als hätte er ihr einen Felsstein von der Seele genommen. »Ich danke Ihnen, Monsignore. Sie halten mich jetzt sicher für eine durchgedrehte Frau.«

Er strich ihr über die Hände. »Unsinn, Molly. Es sind die Ereignisse der letzten Tage und Wochen, die Sie aus dem Gleichgewicht gebracht haben, aber Sie sollten sich deswegen nicht in weit hergeholte Schuldgefühle vergraben. Lassen Sie diese Sorgen hinter sich; es gibt ganz andere Aufgaben, die Ihnen in den kommenden Wochen und Monaten ins Haus stehen. Wollen Sie jetzt ein kurzes Gebet mit mir sprechen?«

»Ein Bußgebet?«

»Nein, kein Bußgebet. Ich sagte Ihnen ja, daß Ihre Sünde bereits vor vielen Jahren vergeben wurde. Beten Sie jetzt mit mir, daß Gott Ihnen die Kraft verleiht für die Aufgaben, die noch vor Ihnen liegen.«

Delgard senkte den Kopf. Sie beteten.

Er machte das Kreuzzeichen über sie. Er stand auf. Sie lächelte ihm zu. Immer noch stand Angst in ihren Augen. »Ich danke Ihnen, Monsignore«, sagte sie.

»Friede sei mit dir.« Er war an der Tür des Zimmers angelangt, als ihm eine Frage einfiel. »Gibt es vielleicht etwas, das Sie mir noch sagen wollen? Ich meine, was Alice angeht?«

Molly schien die Frage zu überraschen. »Wegen Alice? Wie meinen Sie das, Monsignore?«

Er starrte auf den Boden. »Es ist nicht wichtig, Molly«, sagte er nach einer Weile. Er öffnete die Tür. »Aber wenn es irgendwelche Probleme gibt wegen Alice, zögern Sie nicht, mich um Rat zu fragen.« Er trat in den Flur hinaus und zog die Tür hinter sich zu. Er blieb stehen, um nachzudenken. Alice war auf dem Feld empfangen worden, wo sie später die Visionen gehabt hatte. Nun, das war sicher ohne Bedeutung. War das Mädchen auf dem Feld gewesen, als sie taubstumm wurde? Wie auch immer, es gab keinen Zusammenhang. Sie war taubstumm geworden, weil eine Kinderkrankheit nicht richtig auskuriert worden war. Warum machte er sich dann aber soviel Gedanken über die Sache? Noch nie war er so voller Zweifel gewesen. Vielleicht hat mich der Tod von Pater Hagan mehr mitgenommen, als mir bisher bewußt geworden ist, dachte er. Er ging auf die Treppe zu. Pater Hagan hatte ausgesehen, als ob...

Er erschrak, als ein Schatten über den Gang huschte.

»Wer ist da?«

»Ich bin's, Monsignore«, sagte die Ehrwürdige Mutter aus dem Dunkel heraus. »Es tut mir leid, wenn ich Euch erschreckt habe.«

Ein Seufzer der Erleichterung stahl sich über Delgards Lippen. »Ein Mann in meinen Jahren sollte nicht mehr so leicht erschrekken«, sagte er schuldbewußt.

Die Vorsteherin der Schwestern machte eine Handbewegung. »Kommt bitte mit mir, ich möchte, daß Ihr Euch etwas anhört«, flüsterte sie.

Eine jähe Besorgnis überkam den Monsignore. »Was ist, Ehrwürdige Mutter?«

Sie führte ihn den düsteren Flur entlang. »Seit Alice in unserer Obhut ist, vergewissern wir uns mehrmals in der Nacht, ob sie auch gut schläft. Bei zwei Gelegenheiten habe ich sie nachts sprechen hören, sie sprach so laut, daß ich es durch die Tür hören konnte. Schwester Theodore hat sie ebenfalls sprechen hören.«

»Hat Alice Schwierigkeiten mit dem Einschlafen? Viele Kinder führen Selbstgespräche, wenn sie nicht einschlafen können.«

»O nein, Monsignore, sie hat keine Schwierigkeiten mit dem Einschlafen. Ich würde sogar sagen, daß sie für ein Kind zuviel schläft. Der Arzt meint allerdings, das ist eine Folge der Erschöpfung, eine Folge der Belastungen in den letzten Wochen.«

»Ihr wollt sagen, das Mädchen spricht im Schlaf? Das ist nichts, worüber Ihr Euch Sorgen machen müßtet, Ehrwürdige Mutter. Nur ein Symptom der seelischen Erschütterungen, die Alice erfahren hat. Der Tod ihres Vaters...«

»Ich mache mir Sorgen wegen der Worte, die sie sagt, Monsignore. Die Sprache ist merkwürdig, nicht kindgemäß.«

Sie waren vor dem Zimmer des Mädchens angekommen. »Was sind das für Worte?« fragte Delgard.

»Hört es Euch an, Monsignore.« Die Oberin drückte die Klinke herunter. Sie öffnete die Tür einen Spaltbreit. Sie standen da und lauschten. Delgard warf der Oberin einen fragenden Blick zu. »Vor ein paar Augenblicken habe ich sie noch sprechen hören«, flüsterte die Vorsteherin des Klosters. Sie führte die Finger an die Lippen, als eine Mädchenstimme zu sprechen begann. Sie öffnete die Tür und schlüpfte in das Zimmer, der Monsignore folgte ihr. Es gab ein Nachtlicht auf einem Tischchen, das einen spärlichen Schein über die Wände ergoß. Das Bett war zu sehen. Unter den weißen Laken das Mädchen. Als die Gestalt sich bewegte, hielten der Monsignore und die Oberin den Atem an.

»Oh, weise meine Begierde nicht zurück, Geliebter...«

Delgard erstarrte. Es war Alices Stimme, aber sie klang anders als gewohnt.

»...erfülle mich mit deiner Leidenschaft...«

Sie sprach mit einem merkwürdigen Akzent. Die Vokale kamen sehr breit heraus. Die Stimme war heiser.

»...Wahnsinn, süßer Wahnsinn...«

Nicht alles, was Alice sagte, war zu verstehen. Manches war zu leise, und manches war so merkwürdig, daß der Monsignore es nicht begreifen konnte.

»...mich mißbraucht...«

Es war die Mundart einer anderen Grafschaft. West Country vielleicht. Alice sagte einen Namen, aber Delgard konnte den Namen nicht verstehen.

»...von Leidenschaft gepeitscht wird mein Körper...«

Er machte einen Schritt auf das Bett zu. Die Oberin ergriff ihn am Arm. »Wir dürfen sie nicht aufwecken, Monsignore.«

Die Stimme des Mädchens war jetzt so leise, daß der Sinn der Worte nicht mehr zu verstehen war. Wenig später waren nur noch ruhige, tiefe Atemzüge zu hören.

Die Oberin gab dem Monsignore ein Zeichen, ihr auf den Flur zu folgen. Behutsam zog sie die Tür hinter sich ins Schloß. »Was ist das für eine Mundart, die sie spricht, Ehrwürdige Mutter?« fragte Delgard. »Spricht Alice, wenn Ihr sie nachts reden hört, immer in dieser Mundart?«

»Ich glaube, ja, Monsignore«, erwiderte sie. »Und jetzt folgt mir bitte, ich muß Euch etwas zeigen.«

Sie stiegen die Stufen hinunter. »Es ist meist sehr schwer zu verstehen, was sie sagt«, erklärte die Oberin. »Zuerst habe ich gedacht, die Behinderung aus der Zeit ihrer Taubstummheit besteht in ihrem Unterbewußtsein weiter. Ich meine, es wäre ja denkbar, daß nach den vielen Jahren doch etwas zurückgeblieben ist.«

»Das halte ich für ausgeschlossen. Wenn es umgekehrt wäre, wenn sie bei vollem Bewußtsein stottert und im Schlaf fehlerfrei spricht, dann würde ich Euch recht geben. Aber so...«

»Es war nur ein Gedanke, Monsignore. Sicher habt Ihr recht. Es ist auch nicht so, daß sie wie eine Sprachbehinderte redet. Ich habe mich überzeugt, daß sie alle Laute bilden kann. Sie gibt den Worten nur eine merkwürdige Betonung.«

»Ein Dialekt?«

»Anscheinend ja, aber ich komme nicht drauf, welcher.«

»Ich auch nicht. Cornwall vielleicht.«

»Nicht ganz. Leider spricht Alice im Schlaf immer nur einige wenige Worte. Die Sätze sind nie so lang, daß man die Herkunft des Dialektes bestimmen könnte.«

Sie waren im Erdgeschoß des Klosters angekommen. Die Ehrwürdige Mutter führte den Monsignore in ihr Büro. Sie hieß ihn Platz nehmen. »Darf ich Euch jetzt ein heißes Getränk bringen, Monsignore?«

Er schüttelte den Kopf. »Vielleicht nachher. Ihr wolltet mir etwas zeigen?«

Sie ging zum Bücherschrank und kehrte mit einer Mappe zurück. »Alice ist sehr oft allein. Vielleicht zu oft für ein Kind. Damit sie beschäftigt ist, haben wir ihr Wasserfarben und Buntstifte gegeben. In dieser Mappe bewahre ich die Zeichnungen auf, die sie macht. Das Motiv ist immer das gleiche.«

Delgard nickte. »Pater Hagan hat mir ein paar Bilder gezeigt, die von Alice angefertigt wurden. Er hatte sie von ihrer Mutter bekommen. Auf den Bildern war immer die Jungfrau Maria dargestellt, jedenfalls kann man es so deuten.«

»Es ist richtig, daß Alice dieses Motiv bevorzugt«, sagte die Oberin. »In einem Maße bevorzugt, das an Besessenheit grenzt.«

»Das Mädchen verehrt die Muttergottes.« Er gestattete sich ein Lächeln. »Ihre Hingabe an die Jungfrau Maria...«

»Ihre Hingabe?« fiel ihm die Oberin ins Wort. »Seid Ihr so sicher, daß es sich um Hingabe handelt?« Die Oberin hatte die Mappe geöffnet. Sie nahm eine Zeichnung heraus und gab sie ihm.

»Das ist doch nicht möglich!«

»Auf allen Blättern das gleiche Motiv, Monsignore.« Sie reichte ihm auch die übrigen Zeichnungen. Auf jedem Blatt kehrten die grellen Farben, die breiten, zornig aufgebrachten Pinselstriche wieder.

Auch die dargestellten Obszönitäten wiederholten sich: erigierte Phallen, entblößte Frauenbrüste, die lüstern aufgeworfenen Lippen einer Frau im Augenblick der höchsten Erfüllung.

27

Ihr Glaube an Zauberei war durch nichts zu erschüttern.
Frances Hodgson Burnett: Der geheime Garten

Ben flitzte zwischen den Bankreihen entlang. Er war Indiana Jones und wurde von Hunderten, nein, von Tausenden schreiender Araber verfolgt. Natürlich würde er jenen, die zu nahe kamen, das Schwert aus der Hand schlagen, und zwar mit dem Ochsenziemer, der über seiner rechten Schulter lag. Die nächste Bankreihe. Auf der anderen Seite wieder zurück. Er kam ins Rutschen auf dem nassen Gras, kam wieder hoch, blieb stehen, um den zwei Meter großen schwarzgekleideten Gangster mit Kugeln vollzupumpen, Ben lachte nur, als er das überraschte Gesicht des Sterbenden sah. Er erwischte den Zauberbogen, bevor sich die Nazis das Ding aneignen konnten, und benutzte die Waffe, um die Welt unter seine Herrschaft zu bringen. Indiana Jones war besser als Han Solo, selbst wenn man davon ausging, daß es sich um den gleichen Mann handelte, und Han Solo war besser als Luke Skywalker. Ich muß rennen, bin außer Atem, darf nicht stehenbleiben, ich darf nicht... Hoppla, da war ein Fuß!

Er ging zu Boden. Jemand hob ihn wieder auf. Hatte gar nicht wehgetan. Nur das Knie hatte eine Schramme abbekommen. Er rieb sich den Lehm von den Jeans. Eine Stimme sagte: »Langsam, mein Junge, sonst tust du dir weh.« Ben schwieg. Er war Indianer und als solcher ein Mann von wenig Worten. Die Hände, die ihn hielten, gaben ihn frei. Er lief weiter.

Das Feld füllte sich. Die Bänke füllten sich. Es waren noch zwei Stunden bis zum Beginn der Messe, trotzdem drängten sich die Menschen. Einige waren nur gekommen, um das Wundermädchen zu sehen, andere wollten mehr, sie wollten der Heiligkeit dieses Mädchens teilhaftig werden, und dazu war es nötig, daß sie sehr nahe zu dem Freiluftaltar saßen, der in der Mitte des Feldes errichtet worden war.

Ben rannte weiter, darauf bedacht, nicht wieder über einen ausgestreckten Fuß zu stolpern, und so hielt er sich an die Bankreihen, die noch nicht vollbesetzt waren, ein Siebenjähriger, der sein Spiel genoß. Er wurde jetzt von einer Mannschaft böser Nazis verfolgt, die Nazis befanden sich auf der Ladefläche eines Lastwagens. Ben ließ sich in die Bank fallen und erledigte den Fahrer des Lastwagens mit einem Schuß zwischen die Augen. Er sprang wieder auf, rannte weiter, furchtlos, ein Mann, den die anderen zu fürchten hatten. Im Hinterkopf nagte der Gedanke, daß das Spiel bald zu Ende sein würde, seine Mutter hatte ihn gebeten, zur Kirche zurückzukehren, sobald das Feld sich mit Menschen füllte. Sie würde in der Kirche sein und auf ihn warten, oder aber er würde sie im Pfarrhaus finden. Er blieb stehen und reckte den Hals. Viele Bänke waren noch leer. Viele arabische Gassen, deren Düsternis ihn vor den Verfolgern schützen würde, viele...

Der Mann hatte sich gerade hinsetzen wollen, als Ben vor sein Knie stieß. Er hielt den Jungen an den Schultern fest. Ben hob den Blick. Seine Augen weiteten sich. Er erstarrte. Der Mann lächelte, um den Schock abzumildern, aber die Maske, die Ben so erschreckt hatte, wurde dadurch nur noch grotesker.

Der Mann hatte ihn freigegeben. Ben wich Schritt um Schritt zurück, sein Blick blieb auf dem mit Geschwüren übersäten Mund des Mannes haften, auf der in gleicher Weise verunstalteten Nase. Der Mann legte sich den Schal, der beim Zusammenprall mit dem Jungen zur Seite geglitten war, wieder über den Mund. Es war ein kalter Tag, und so war der Kranke, der an Hauttuberkulose litt, nicht der einzige, der einen Schal vor dem Mund trug. Er hätte eigentlich nicht auf das Feld gehen sollen, nicht mit dieser furchtbaren Krankheit; die Menschen hatten Angst vor ihm, auch die Freunde und die sogenannten lieben Angehörigen hatten Angst, daß sie sich bei ihm anstecken könnten. Die Krankheit trug den Namen *lupus vulgaris*, eine Bezeichnung, die der Mann angemessen fand, *lupus* war der Wolf oder der Hund, und wie einen tollwütigen Hund behandelte man ihn, wie jemanden, der die anderen Menschen beißen würde, wenn man ihm keinen Maulkorb umlegte. Es war eine seltene Hautkrankheit, aber das war kein Trost für den Mann, statt dessen empfand er so etwas wie ohnmächtige Wut, es schien kein Mittel zu geben gegen *lupus vulgaris*, auch die Behandlung mit Antibiotika, die er versuchte, hatte nichts genützt. Es gab eine Hoffnung. Eine letzte Hoffnung. Wenn sich diese Hoffnung nicht erfüllte, würde er nie wieder die Lippen einer Frau auf seinem Mund spüren, die Kinder würden vor ihm davonlaufen wie vorhin der Junge; es hatte dann keinen Zweck weiterzuleben. Besser das Nichts als eine solche Existenz, wie er sie jetzt führte. Er sah dem Jungen nach und versuchte wieder in den Dämmerschlaf einzutauchen, der sein einziger Schutzwall war gegen ein Meer aus Selbstmitleid.

Ben rannte weiter, er hatte es mit der Angst zu tun bekommen, die Bänke, die Menschen, alles auf dem Feld war auf einmal bedrohlich. Es war an der Zeit, daß er in Mamis Arme zurückkehrte. Der Film ›Indiana Jones‹ war vielleicht doch nicht so gut, wie die Freunde immer sagten.

»Fahren Sie weiter. Sie können hier nicht parken.«

»Presse.« Fenn hielt dem Polizisten seinen Presseausweis vor die Nase.

»Presse oder nicht Presse, Sie können hier nicht parken. Fahren Sie weiter.«

Fenn fädelte sich wieder in die Fahrzeugschlange ein. »So ein Affentheater!« knurrte er.

»Was?« kam Nancys Frage.

»Es ist erstaunlich, wieviel Menschen kommen, wenn's etwas gratis gibt.«

»Ich glaube, ein großer Teil dieser Menschen kommt *nicht* aus Neugier, Fenn.«

»Kann sein.«

Die Einfahrt zum Pfarrhaus kam in Sicht, sie war mit parkenden Fahrzeugen blockiert. Wahrscheinlich die Autos der Priester und der Gemeindehelfer. Fenn fluchte. »Ich hätte mit Delgard abklären sollen, daß ich einen Parkplatz reserviert bekomme. Schließlich gehöre ich zu den Offiziellen.«

»Wir hätten viel früher losfahren sollen«, sagte Nancy. Die Fahrzeugschlange war zum Stillstand gekommen. Nancy steckte den Kopf aus dem Fenster.

»Da vorne steht ein Krankenwagen«, berichtete sie. »Die laden Kranke aus. Kranke auf Tragen.«

»Nächstens werden sie auch noch die Toten bringen.«

Nancy wühlte in ihrem Beutel nach Zigaretten. Sie fand die Schachtel und zündete sich eine Zigarette an. »Ich weiß gar nicht, warum du nach wie vor so zynisch bist. Du kannst doch nicht leugnen, daß es Heilungen gegeben hat.«

»Ich weiß, aber schau mal da drüben.« Er deutete auf die andere Straßenseite. Am Rande des Bürgersteigs, auf dem Feld, waren Stände errichtet worden. Verkaufsstände mit Statuen und Postern der Muttergottes, es gab Poster mit Maria und dem Jesuskind, Poster mit der Jungfrau Maria, wie sie am Kreuz des Heilands kauerte, es gab ein Plakat, wo der Papst einen Cowboyhut trug, und eines, das den Heiligen Vater während des letzten Attentats zeigte, das auf ihn verübt wurde. Die Verkäufer an den Ständen sahen mißmutig drein, obwohl das Geschäft gut angelaufen war. Vor einem Verkaufswagen hatte sich eine Menschentraube gebildet. Fenn fragte sich, ob dort vielleicht Eis am Stiel in der Form einer Muttergottes verkauft wurde.

»Ich wundere mich, daß die Polizei das zuläßt«, bemerkte Nancy.

»Die Polizei hat mit der Beaufsichtigung der Besucherströme soviel zu tun, daß sie sich nicht um die fliegenden Händler kümmern kann«, sagte Fenn. Der Bus vor ihm setzte sich in Bewegung. Fenn legte den Gang ein.

Sie fuhren auf die Kirche zu. »Sieht so aus, als ob heute niemand in die St. Joseph's Kirche geht«, sagte Nancy.

Das Gittertor am Vorplatz war geschlossen. Es gab ein paar Polizisten, die den Strom der Menschen auf das Feld weiterleiteten. Die Messe, so erklärten sie jedem einzelnen mit großer Geduld, würde heute im Freien stattfinden.

»Sehr glücklich scheinen die Leute nicht zu sein, daß sie im Freien stehen sollen.«

»Ist ja auch verdammt kalt draußen.«

»Ich könnte mir vorstellen, daß die Kranken da draußen nur noch kränker werden«, sagte Fenn. »Ich verstehe nicht, daß die behandelnden Ärzte das zulassen.«

»Wenn ein Kranker glaubt, daß er bei der Messe auf freiem Feld geheilt wird, dann kannst du ihn mit nichts auf der Welt davon abhalten, diese Messe zu besuchen. Was würdest *du* denn tun, wenn du an einer unheilbaren Krankheit leidest? Würdest du nicht auch nach jedem Strohhalm greifen, selbst wenn die Chance, geheilt zu werden, nur eins zu einer Million ist?«

Er zuckte die Achseln. »Wer weiß.«

»In einer solchen Situation hat der Mensch nichts mehr zu verlieren.«

»Oh, doch. Er hat immer noch seine Würde zu verlieren. Ich würde mir als Kranker bei einem solchen Spektakel wie ein verdammter Idiot vorkommen.«

»Wenn du die Chance hast, wieder gesund zu werden, nimmst du in Kauf, daß die Leute sich über dich lustig machen.«

Er schwieg. Sie hatte recht. Nach einer Weile sagte er: »Dort ist der Eingang zum Feld. Sieh dir das an, die haben ein richtiges Bollwerk draus gemacht.«

Es gab ein Tor, vor dem sich eine unübersehbare Menschenmenge drängte.

»Schade, daß ich denen nicht Eintrittskarten verkaufen kann«, frotzelte Fenn.

Sie fuhren weiter. Der Verkehrsstrom bewegte sich jetzt sehr zähflüssig. Sie mußten den Personenwagen und Bussen ausweichen, die auf beiden Seiten der schmalen Straße geparkt standen. Nur die unmittelbare Umgebung der Kirche und der Eingang zum Feld wurde von der Polizei freigehalten. »Willst du nicht besser schon aussteigen?« schlug Fenn vor. »Ich suche inzwischen einen Parkplatz.«

»Du hast doch vor, mit Delgard zu sprechen, nicht?«

Er nickte.

»Dann bleib' ich bei dir.«

»Okay.«

Er sah, daß weiter vorn der Fahrer eines Busses einen lautstarken Streit mit einem Polizisten austrug. Fenn konnte sich denken, um was es ging. Er bog hinter den Bus ein und stoppte. Die Autos hinter ihm antworteten mit einem Hupkonzert. Fenn sah, wie sie sich durch die Lücke zwischen seinem Ford Fiesta und dem Gegenverkehr quälten.

»Was zum Teufel hast du vor, Fenn?«

»Der Polizist wird den Bus wegschicken, weil die Straße hier zu schmal ist, als daß ein Bus parken könnte.«

»Sieht mir aber gar nicht danach aus, daß der Bus weiterfährt.«

»Wart's ab.«

Fenn sollte recht behalten. Sie sahen, wie der Busfahrer verärgert in seinen Bus kletterte. Wenig später wurde der Dieselmotor angelassen. Der Bus bog in den fließenden Verkehr ein, ohne den Blinker zu setzen. Fenn schoß in die Lücke, die beiden Wagen hinter ihm folgten seinem Beispiel. »Bitte schön«, sagte Fenn triumphierend. Er zog die Handbremse.

Sie stiegen aus und gingen zur Kirche zurück. Sie kamen an einem Stand vorbei, an dem weißgekleidete Puppen verkauft wurden. Wenn man sehr genau hinsah, gab es eine Ähnlichkeit zu Alice Pagett. Die Puppen verfügten über ein eingebautes Tonband, auf dem eine Kinderstimme ein Ave Maria abspulte: »... gebenedeit bist du unter den Weibern.«

»Ich kann's nicht glauben«, sagte Fenn. »Wie können die so was so schnell herstellen?«

»Das ist Busineß«, sagte Nancy.

Am Tor vor der Kirche angelangt, zog Fenn seinen Presseausweis. »Monsignore Delgard erwartet mich«, sagte er zu dem Polizisten.

Der Polizist wandte sich zu einem Ordner, der auf der anderen Seite des Gitters stand. »Wissen Sie, ob der Monsignore einen Mr. Gerald Fenn erwartet?«

Der Ordner – Fenn kannte ihn von früheren Besuchen – nickte. »Das geht in Ordnung, lassen Sie ihn rein.«

Das Tor schwang auf.

Als die Amerikanerin Fenn folgen wollte, hob der Polizist die Hand. »Tut mir leid, Miß. Ich darf nur Mr. Fenn einlassen.«

»Aber wir gehören zusammen.« Sie kramte ihren Presseausweis aus der Tasche. »Sehen Sie, ich bin auch von der Presse.«

»Miß Shelbeck?« Der Polizist hatte den Namen dem Ordner zugerufen.

»Steht nicht auf der Liste«, rief der Ordner.

»Tut mir leid, Miß, Sie müssen den anderen Eingang dort hinten benutzen. Hier haben nur Personen mit Sondererlaubnis Zutritt.«

»Aber ich sagte Ihnen doch schon, ich gehöre zu *ihm*.« Sie deutete auf Fenn, der alle Mühe hatte, sich das Grinsen zu verkneifen.

»Ich kann leider keine Ausnahme machen, Miß.«

»Fenn, würdest du mal mit dem Mann sprechen!«

»Tut mir leid, Nancy. Ich glaube, du wirst dich der Anordnung der Polizei fügen müssen.«

»Du Schlitzohr! Du hast von Anfang an gewußt, wie's laufen würde!«

Fenn hob die Hände zu einer Unschuldsgeste. »Wie hätte ich das denn ahnen können?«

Nancys Mund war zu einer schmalen Linie geworden. »Jetzt passen Sie mal auf, Wachtmeister, ich bin von der *Washington Post*. Ich bin eigens nach England entsandt worden, um...«

»Ich bezweifle nicht, daß Sie von der *Washington Post* sind«, kam die höfliche, aber bestimmte Antwort, »aber Sie müssen den anderen Eingang benützen. Bitte gehen Sie dort hinüber.«

Die Amerikanerin hatte eingesehen, daß ihr die Fortsetzung des Wortwechsels nichts einbringen würde. »Wir sehen uns nachher«, herrschte sie Fenn an. Er sah ihr lächelnd nach, wie sie in der Menge verschwand.

Fenn passierte das Tor. Während er den schattigen Weg entlangging, der auf die Kirche zuführte, erlosch das Lächeln in seinen Mundwinkeln. Ein unheimliches Gefühl beschlich ihn, die geöffneten Flügel des schwarzen Portals sahen aus wie ein Höllenmaul, das seine Seele verschlingen würde. Wenn es so etwas wie eine Seele überhaupt gab. Was war Gott? Der Funken, der alles in der Welt in Bewegung gesetzt hatte? Oder war Gott, was die verschiedenen Religionen aus ihm machen wollten? War es überhaupt wichtig, über diese Dinge nachzudenken? Für mich nicht, dachte Fenn. Und Gott ist das Problem sicher auch herzlich egal.

Aber die Kirche dort blieb ein Rätsel. Ein faszinierendes Rätsel. Bei jedem Besuch war sie ihm kälter und leerer vorgekommen. Ob es ganz einfach daran lag, daß er Hagans und Delgards Ängste übernommen hatte? ›Spirituelle Leere‹ war ein Begriff, der einem Menschen ohne Religion merkwürdig vorkommen mußte. Warum fand er, Fenn, den Begriff so treffend und so bedeutsam?

Er war vor der Kirche angekommen, sein Blick heftete sich auf den Kirchturm. Die Geschichte dieses Bauwerks reichte weit in frühere Jahrhunderte zurück. Die alten Steine hatten das mittelalterliche England erlebt, das Zeitalter des Hexenglaubens. Inzwischen war die Ära der Mikrochips und der Raumfahrt angebrochen. Wenn die Kirche ein Mensch war, wenn Stein und Mörtel Fleisch und Blut waren, wenn die Kirchenfenster die Augen dieses Menschen waren und der Altar sein Gehirn, wie würde die Kirche die Herausforderungen der neuen Zeit bewältigen?

Er schüttelte sich. Mein Gott, jetzt wurde er auch noch zum Philosophen! Die Kirche war aus Stein, sie hatte keine Gefühle, kein Gehirn, keine Seele. Sie war von Menschen errichtet. Ende einer philosophischen Betrachtung. Fenn fuhr herum, als er Schritte vernahm.

»Kann ich Ihnen behilflich sein?« Nein, das war nicht der junge irische Seelsorger, mit dem er vor einer Woche gesprochen hatte.

»Mein Name ist Fenn. Ich möchte zu Monsignore Delgard.«

»Ich weiß Bescheid, Mr. Fenn. Ich weiß, wer Sie sind. Der Monsignore ist im Pfarrhaus.«

»Danke.« Der Reporter setzte sich Richtung Pfarrhaus in Bewegung.

»Der Monsignore hat wenig Zeit, er bereitet sich auf die Messe vor.«

»Ich werde ihn nicht lange aufhalten.« Fenn sprach über die Schulter. Er sah, wie der Priester in die Kirche ging.

Der Weg zum Pfarrhaus gab den Blick auf das Feld frei. Die Eiche war zu erkennen, eine Tribüne und ein Altar. »Alles bereit für die große Show«, murmelte Fenn.

Vor dem Pfarrhaus angekommen, klopfte er an die Tür. Er betätigte außerdem die Türglocke. Er war überrascht, als Sue ihm öffnete.

»Tag«, sagte er.

»Tag, Gerry«, sagte sie.

»Gehörst du jetzt schon zum Team?«

»Ich helfe nur etwas mit.« Sie trat beiseite, so daß er eintreten konnte. »Du kommst, um mit Monsignore Delgard zu sprechen, wie?«

Er ging nicht auf ihre Frage ein. »Du siehst übermüdet aus, Sue? Bekommst du nicht genügend Schlaf?«

»Was?« Mit einer verlegenen Geste strich sie sich eine Haarsträhne aus der Stirn. »Mir geht's bestens«, sagte sie. Es klang falsch. »Bißchen viel Arbeit.«

»Du hast jetzt zwei Jobs. Die Arbeit im Sender und die Kirche.«

»Was ich für die Kirche tue, nimmt nicht viel Zeit in Anspruch.«

»Was ist das denn für eine Arbeit, die du für die Kirche machst?«

»Wir sind zu mehreren. Alles Frauen aus dem Ort. Wir machen die Kirche sauber und das Pfarrhaus. Wir kaufen für den Monsignore zu essen ein. Er hat furchtbar viel zu tun, weißt du. Heute früh habe ich Telefondienst für den Monsignore gemacht. Der Draht hat nur so geglüht, so viele Gespräche habe ich angenommen.«

»Und außerdem machst du den Pfortendienst.«

»Ganz recht.«

»Ist Ben auch hier?«

»Er ist irgendwo auf dem Feld. Ich habe letzte Woche sehr oft versucht, dich telefonisch zu erreichen, Fenn.« Sie umfing ihn mit einem besorgten Blick.

Er schmunzelte. Daß sie sich um ihn Sorgen machte, gefiel ihm. »Ich bin für eine Weile in der Versenkung verschwunden. Ich dachte, es wäre ganz gut, wenn ich mich etwas von den Menschen fernhalte.«

»Du bist nicht in die Redaktion gegangen.«

»Nein. Ich war mit Recherchen für Monsignore Delgard beschäftigt. Tut mir leid, daß ich für dich nicht zu erreichen war. Ich hatte mir allerdings gar nicht vorgestellt, daß du mich noch anrufen würdest.«

»Nach dem Brandunglück sollte ich dich nicht angerufen haben? Du kannst dir doch denken, daß ich mir deswegen Sorgen mache. Ich habe gehört, du bist bei dem Feuer verletzt worden.«

»Sch...! Entschuldige, Sue, aber du hast dich zuletzt sehr merkwürdig zu mir benommen. Ich war nicht mehr sicher, ob du mich je wiedersehen wolltest.« Er legte ihr die Hand auf den Arm.

Sie wollte etwas sagen, als das Telefon im Flur zu läuten begann. »Bin sofort wieder da.« Sie lief zum Apparat und nahm den Hörer ab. »Ja, Bischöfliche Gnaden? Sie möchten Monsignore Delgard sprechen? Nein, ich bin in der letzten halben Stunde nicht draußen gewesen, aber ein Priester hat mir gesagt, daß heute sehr viele Menschen...«

Eine der Türen im Flur öffnete sich. Delgard erschien. Er winkte Fenn zu, als er ihn erkannte. Er ging zum Telefon. Sue reichte ihm den Hörer. »Bischof Caines ist dran«, flüsterte sie. »Er will wissen, wie alles läuft.«

Delgard bedankte sich mit einem Nicken. Während er zu sprechen begann, kehrte Sue zu Fenn zurück. »Es geht ganz schön hektisch zu«, sagte sie. Sie sprach leise, um den Monsignore nicht beim Telefonieren zu stören.

»Kann ich dich nach der Messe mal sprechen?« fragte Fenn.

»Willst du das wirklich?«

»Was ist das denn für eine Frage?«

»Wo warst du letzte Woche? Ich meine, wo hast du geschlafen?«

Die Lüge lag ihm auf der Zunge. Aber er fand einen anderen Ausweg. »Darüber sprechen wir später.« Er hatte ihr sagen wollen, daß er die Woche in einem Hotel in Chichester verbracht hatte, in Chichester befand sich das John Dene House, wo die historischen Archive von Sussex aufbewahrt wurden.

»Verheimlichst du mir nicht was?«

Wahrheitsliebe hatte ihre Grenzen, fand Fenn. »Nein.«

Delgard hatte den Hörer auf die Gabel gelegt. Er kam zu ihnen. »Ich freue mich, Sie wiederzusehen, Fenn, wirklich. Ich dachte schon, ich hätte Sie vergrault.«

Sue warf dem Monsignore einen mißbilligenden Blick zu, aber sie sagte nichts.

»Sie wissen ja gar nicht, was für eine Arbeit Sie mir da aufgeladen haben«, sagte Fenn. »Seit meiner Schulzeit habe ich nicht mehr soviel gebüffelt.« Er dachte nach. »Allerdings gehörte ich damals eher zu den faulen Schülern.«

»Wir können uns über das alles auf dem Weg zur Kirche unterhalten. Ich bin in Eile, ich muß mir die Meßgewänder anziehen.«

»Sie zelebrieren die Messe?«

»Mir ist hier gewissermaßen ein Sprengel zugefallen, den ich als

Seelsorger betreuen muß, zumindest eine Zeitlang. Susan, kümmern Sie sich bitte um Alice und ihre Mutter. Mr. Fenn und ich sind in der Sakristei.«

»Ist Alice hier?« fragte Fenn überrascht.

»Ich hielt es für richtig, Alice ganz in der Frühe hierherkommen zu lassen. Sie braucht sich dann nicht durch die Menge zu drängen. Wir brauchen nur über den Friedhof zu gehen, dann sind wir auf dem Feld.«

»Gute Idee. Kann ich mit Alice sprechen?«

»Erzählen Sie mir doch bitte erst, was Sie herausgefunden haben. Begleiten Sie mich auf dem Weg zur Kirche.«

»Aber gern. Bekomme ich nach der Messe Gelegenheit, mit Alice zu sprechen?«

Der Monsignore ließ seine Frage unbeantwortet. Er warf einen Blick auf seine Armbanduhr. Zu Sue sagte er: »Bischof Caines ist unterwegs von Worthing nach Banfield, ich schätze, er wird in zwanzig Minuten hier sein. Bleiben Sie bitte bei Alice und bei der Ehrwürdigen Mutter. Wenn der Bischof eintrifft, begleiten Sie ihn und die anderen bitte zum Feld, aber erst fünf Minuten vor Beginn der Messe.«

Sie nickte.

»Der Bischof kommt mit großem Gefolge, Sue.«

»Ich werde mich um alle kümmern, Monsignore.«

Er lächelte ihr zu. Er geleitete Fenn zur Tür. Sie gingen auf die Kirche zu. »Sie sehen müde aus, Gerry«, sagte Delgard.

»Sie ebenfalls. Und Sue ebenfalls. Ich glaube, Sue hat sich zuviel aufgeladen.«

»Vielleicht haben wir uns alle zuviel aufgeladen.« Er wandte sich zur Seite, um in Fenns Miene zu lesen. »Sue ist eine gute Frau. Sie war in ihrem Glauben irre geworden, aber jetzt ist sie gefestigt.«

»Wegen Alice?«

»Man sagt, das wahre Wunder von Lourdes besteht nicht in der Heilung von Krankheiten, sondern in der Festigung des Glaubens.«

»Sue scheint den religiösen Bazillus erwischt zu haben.«

Der Monsignore lachte. »Ein passender Vergleich. Der Glaube an Gott ist wie ein Bazillus. Allerdings einer ohne schädliche Nebenwirkungen.«

»Das ist Ansichtssache.«

»Ach ja. Ich habe gehört, Ihre Beziehung zu Sue ist etwas angeknackst. Wollen Sie Sue dafür verantwortlich machen?«

»Sie ist sicher nicht allein schuld.«

Delgard beschloß, die Sache auf sich beruhen zu lassen, es gab wichtigere Fragen zu besprechen.

»Haben Sie etwas von Interesse herausgefunden, Gerry?«

»Nichts, was mit Ihrem Problem zu tun hat. Ich will die Ergebnisse noch schriftlich für Sie zusammenfassen, mit genauen Daten und Namen, aber ich kann Ihnen jetzt schon einen kleinen Überblick geben.«

Sie hatten das Portal der Kirche erreicht. Fenn erschauderte, als sie das Kirchenschiff betraten. »Es ist so kalt hier.«

»Ja«, sagte der Monsignore. Nur das eine Wort.

Die Kirche war menschenleer.

»Setzen wir uns.« Delgard deutete auf eine Bank.

»Ich dachte, Sie haben keine Zeit.«

»Es ist Zeit für ein Gespräch. Bitte, sagen Sie mir, was die Recherchen ergeben haben.«

Sie setzten sich. Fenn zog sein Notizbuch aus der Tasche. »Die St. Joseph's Kirche ist historisch nicht besonders bemerkenswert«, begann er. »Um die Wahrheit zu sagen, sie ist überhaupt nicht bemerkenswert. In den Chroniken taucht das Gotteshaus zum ersten Male im Jahre siebenhundertsiebzig nach Christus auf. Die Angelsachsen hatten damals eine Burg ganz in der Nähe, in Stretham, errichtet. Der Burgherr vermachte der Kirche von Banefelde damals ein größeres Stück Land. Vermutlich handelte es sich bei dieser Kirche um das Gebäude, in dem wir uns befinden, nachdem andere Kirchen in den Urkunden nicht erwähnt werden. Der Name des Dorfes hat sich im Verlauf der Jahrhunderte mehrmals gewandelt. Aus Banefelde wurde Banedryll und dann Banfield.

Es gab einen Pfad aus prähistorischer Zeit, der von Osten nach Westen verlief und der jetzigen Dorfstraße folgte. Um den Pfad herum hat sich die Ansiedlung entwickelt. Die Gegend war damals dicht bewaldet, man muß sich das Dorf zunächst als Lichtung im Wald vorstellen.

In den Chroniken kehren einige Familiennamen immer wieder, Southworth zum Beispiel, auch Backshield und Oswold. Wir finden die drei Namen auch im heutigen Gemeinderat vertreten. Erwähnt sind außerdem Smythe, Breedehame, Woolgar, Adams und ein gewisser Charles Dunning. Dieser Dunning ragt etwas aus den anderen heraus, weil er zur Regierungszeit von Heinrich VIII. zum Ritter geschlagen wurde. Die Leute im Dorf waren Landbesitzer und Bauern. Im Bürgerkrieg kam es zum Streit zwischen den Familien, eine Fraktion unterstützte Karl I., die andere Fraktion hielt zu Cromwell. Wie es so auf dem Lande geht, man darf annehmen, daß der Konflikt bis heute weiterschwelt. Es hat in der Vergangenheit ein paar Bürger gegeben, die sich beim Schmuggel erwischen ließen. Das Schmuggelgut wurde von der Küste auf der offenen Straße ins Landesinnere geschafft. Abgesehen davon scheinen die Leute in Banfield alle sehr brav gewesen zu sein.« Er lächelte.

Delgard verharrte in brütendem Schweigen. »War das alles?« fragte er nach einer Weile.

»Das war das Wesentliche. Tut mir leid, daß ich Ihnen nicht mit Morden, heidnischen Riten und Hexenverbrennungen dienen kann. In Banfield hat's so was nicht gegeben.«

»Enttäuschend.«

»Besonders, wenn man berücksichtigt, daß ich alle verfügbaren Chroniken bis zurück in die Zeit der Angelsachsen durchgeackert habe.«

»Die St. Joseph's Kirche. Es muß doch in den Chroniken noch mehr über diese Kirche geben.«

»Was es gibt, ist in wenigen Worten gesagt. Die Grafschaft Sussex war eines der letzten heidnischen Bollwerke in England. Das Gebiet war sehr unzugänglich. Im Norden die Wälder, im Osten und Westen die Sümpfe, im Süden das Meer. Augustinus, Apostel der Angelsachsen, bekam bei den Menschen in diesem Gebiet kein Bein auf die Erde. Erst Bischof Wilfrid, dessen Schiff bei rauher See an die Küste von Sussex getrieben wurde, sollte den Durchbruch schaffen. Er war schockiert von dem Heidentum, das in dieser Gegend noch blühte. Er beschloß, zurückzukehren und die Barbaren zu bekehren. Zwanzig Jahre nach seinem Schiffbruch verwirklichte er den Entschluß. Es heißt, daß Banfield die Siedlung war, die sich dem christlichen Einfluß am längsten widersetzte. Interessant ist, daß die erste christliche Kirche – und wir müssen annehmen, daß es sich dabei um die St. Joseph's Kirche handelt – auf den Ruinen des heidnischen Heiligtums errichtet wurde. Auf der Opferstätte der Heiden und auf ihren Gräbern.«

Delgards Blick war eisig. Es war eine Kälte, die sich nicht gegen Fenn richtete. Er sagte: »Viele christliche Kirchen sind auf den Ruinen heidnischer Heiligtümer errichtet worden. Bitte, fahren Sie mit Ihrem Bericht fort.«

»Der erste Priester, der in den Archiven erwähnt wird, war ein gewisser...« – Fenn blätterte in seinen Notizen – »... John Fletcher. Die Eintragung stammt aus dem Jahre zwölfhundertfünf. Die Archive der Kirche reichen übrigens nur bis fünfzehnhundertfünfundsechzig zurück, und dort sind auch nur die Heiraten und die Todesfälle vermerkt. Den Namen Fletcher habe ich in einem Buch über Banfield gefunden. Im gleichen Buch war auch ausgeführt, daß die Einwohner von Banfield dem Bischof Wilfrid und seinen Gefolgsleuten erbittert Widerstand geleistet haben. Viel Blut wurde vergossen. Als der christliche Glaube dann aber fest begründet war, hat es keine Kämpfe mehr gegeben. Cromwell hat einen der hiesigen Priester hinrichten lassen, weil er mit Karl II. sympathisierte. Ansonsten keine kirchlichen Skandale. Was den Ort Banfield angeht, so gab es zwei Würdenträger, die in große Schwierigkeiten gerieten, weil sie Heinrich VIII. nicht den Treueid leisten wollten. Die meisten anderen fügten sich, weil die Reformation ihnen Vorteile brachte; der König verkaufte das Land, das ihm bei der Enteignung der Klöster zugefallen war, und dieses Land gelangte in die Hände des örtlichen Adels.«

Ein Gedanke durchzuckte Delgard. Als er ihn zu erfassen suchte, griff er in einen Nebel.

»Wie ich schon sagte, Kirchenarchive aus dieser Zeit gibt es nicht«, fuhr Fenn fort. »Und das bringt mich auf die Frage, die ich Ihnen stellen wollte, Monsignore. Gibt es irgendwo in der St. Joseph's Kirche eine alte Truhe?«

Der Monsignore gab sich überrascht.

»Die Truhe ist aus Ulmenholz oder aus Eiche. Sie ist von drei Eisenbändern umschlungen. Oh, ja, und dann hat sie noch drei Schlösser.«

Der Geistliche schüttelte den Kopf. »Ich weiß von keiner solchen Truhe. Ich habe keine gesehen.«

»Könnte es sein, daß die Truhe unter Gerümpel verborgen ist?«

»Als Aufbewahrungsorte kommen nur die Sakristei und die Krypta in Frage. Ich bin sicher, daß sich weder in der Sakristei noch in der Krypta eine Truhe befindet. Ist die Truhe von Bedeutung?«

»In dieser Truhe wurden die alten Urkunden der Kirche, die Archive und das Kirchensilber aufbewahrt, so geht es aus dem Buch hervor. Heinrich VIII. hatte angeordnet, daß jede Kirche eine solche Truhe zur Aufbewahrung der Dokumente anschaffen mußte, die Kosten wurden vom Kirchspiel bestritten. Das Dekret ist fünfzehnhundertsoundsoviel datiert, aber aus den Gemeindearchiven geht hervor, daß Banfield schon zweihundert Jahre früher über eine derartige Truhe verfügte. Wenn wir die Truhe finden, könnten wir weiteren Aufschluß über die St. Joseph's Kirche erhalten.«

Die Truhe war wichtig. Monsignore Delgard war klar, daß die Truhe wichtig war. Die Truhe schuf die Verbindung zu dem Gedanken, der ihm während des Gesprächs gekommen war. »Ich werde nach der Messe in die Krypta hinuntergehen und nachsehen«, sagte er.

»Ich könnte gleich hinuntergehen«, bot Fenn an.

Delgard zögerte. Er warf einen Blick auf seine Uhr. »Nun gut. Kommen Sie mit mir in die Sakristei, ich werde Ihnen den Schlüssel geben; der Zugang zur Krypta ist draußen.«

Er stand auf. Fenn schien es, als sei die Gestalt Delgards zusammengeschrumpft. Er beobachtete ihn aus den Augenwinkeln.

»Ist was?« fragte der Monsignore.

»Nein, nichts. Ich habe nur gerade über etwas nachgedacht. Gehen wir in die Sakristei.«

Mit laut hallenden Schritten durchquerten sie die Kirche. Fenns Blick war auf die Statue der Muttergottes gerichtet. Von dem Weiß ihres steinernen Antlitzes war keine Spur mehr zu sehen.

28

»Aber er hat ja gar nichts an!« rief plötzlich ein kleines Kind.
Hans Christian Andersen: Des Kaisers neue Kleider

Ben rutschte auf der harten Bank hin und her. Er hielt die Hände zwischen seine Schenkel geklemmt. Seine Mutter saß neben ihm, sie hielt die Augen geschlossen, sie schien die Geräusche, die über das Feld hallten, nicht zu hören.

Ben war über seinen Schreck hinweggekommen. Inzwischen hatte er ganz andere Menschen gesehen: Männer ohne Beine, Kinder mit Wasserköpfen, Frauen mit Geschwülsten.

»Mir ist kalt, Mami.«

»Psst«, sagte Sue. »Die Messe wird gleich beginnen.« Sie warf einen Blick in die Runde. Sie war erstaunt, wieviel Menschen gekommen waren. Fahnen und Banner wurden geschwenkt, auf denen zu lesen war, woher die Menschen kamen. Der junge Mann, der hinter Sue saß, trug einen bunten, in Plastik eingeschweißten Ausweis, der ihn als ›Anthony Roberts‹ vom ›Reisebüro St. Peter's Tours‹ auslobte. Im Schlamm zu Sues Füßen lag ein Flugblatt, das ein junges Mädchen am Eingang zu dem abgesperrten Gelände einem Pilger überreicht hatte, der Mann hatte das Flugblatt, nachdem er den Inhalt überflogen hatte, wütend auf den Boden geworfen; es handelte sich um einen Spendenaufruf der Vereinigungskirche des Reverend Sun Myung Moon. Einige Reihen hinter sich hatte Sue eine Gruppe von Männern in weißen Gewändern entdeckt. »Das sind Ritter vom Heiligen Grabe«, hatte ihr der Pilger, der neben ihr saß, erklärt. »Die kommen auch immer nach Lourdes.«

Sue hatte mit ihrem Sohn einen Platz nahe dem Altar bekommen. Der Altar stand auf einer Tribüne, die sich eineinhalb Meter über das Feld erhob, so daß alle in der Menge dem Gottesdienst folgen konnten; es war ein junger Priester gewesen, Sue kannte das Gesicht, der ihr und ihrem Sohn einen Platz in der Bank verschafft hatte, er hatte die anderen Pilger gebeten zusammenzurücken. Es gab eine Bank, die für die Priester und die weltlichen Würdenträger reserviert war, die Bank in der vordersten Reihe. Sue erkannte Mr. Southworth, der sich mit Bischof Caines unterhielt, beide Männer lachten, als fände hier ein Popkonzert, keine Messe statt.

Ein großer Teil des Feldes war für die Menschen in Rollstühlen, für die Kranken auf Tragbahren freigehalten worden; es gab Krankenschwestern der St. John's Ambulance Brigade und private Krankenpflegerinnen, die an ihren blitzsauberen Uniformen zu erkennen waren. Die Presseleute waren zwar früher eingelassen worden als die übrigen Teilnehmer, abgesehen davon hatte man der Presse keine Zugeständnisse gemacht, die Reporter hatten sich selbst darum kümmern müssen, daß sie einen Platz in den vorderen Reihen fanden, den meisten war das gelungen, es gab einige, die in gespannter Erwartung, mit dem Block auf den Knien und dem gezückten Kugelschreiber in der Rechten, dasaßen, und andere, denen nichts Menschliches mehr fremd war und die sich die Wartezeit mit trockenen Sprüchen von Kollege zu Kollege vertrieben. Es gab Fotoreporter, die auf der Innenseite des Mittelganges einen Platz ergattert hatten, und andere, die im Gras hockten. Fernsehkameras waren nicht zugelassen auf dem Feld, und so hockten die Kameraleute des Fernsehens jenseits der Hecke in hydraulisch bewegbaren Käfigen, die durch stählerne Hebelarme mit den Aufnahmefahrzeugen verbunden waren. Die Zoom-Objektive waren auf die knorrige Eiche und auf die Tribüne gerichtet. Einige Gruppen sangen geistliche Lieder, andere beteten.

Sue war nervös. Sie spürte, daß es den anderen Menschen ebenso erging. Die Erwartungen waren noch höher als am vergangenen Sonntag. Sogar Ben war von der hoffnungsvollen Stimmung erfaßt worden, seine Augen leuchteten. Ein Raunen ging durch die

Menge. Alice erschien. Sie kam durch eine Bresche, die in die Umfriedungsmauer des Gräberfelds geschlagen worden war.

Das Mädchen ging an der Hand seiner Mutter, an der anderen Hand hielt es die Oberin des Klosters gefaßt. Molly Pagetts Gesicht war bleich. Alices Züge waren ausdruckslos, sie hielt den Blick auf den Baum gerichtet. Es war still geworden auf dem Feld.

Ben sprang auf. Er kletterte auf die Bank, ehe ihn seine Mutter daran hindern konnte. Endlich konnte er Alice sehen. Er war nicht beeindruckt.

Fenn ging die schlüpfrigen Stufen hinunter. Er steckte den Schlüssel in das rostige Schloß. Er war überrascht, wie leicht sich die Tür öffnen ließ. Er trat über die Schwelle und blieb stehen, bis sich seine Augen an die Düsternis gewöhnt hatten. Die Fernsehsendung fiel ihm ein, die er als Kind gesehen hatte. ›Inner Sanctum‹ hatte die Sendung geheißen, im Vorspann gab es eine sich langsam öffnende Tür, die zu einem unterirdischen Grabgewölbe führte. Eine Tür mit quietschenden Angeln. Fenn hatte oft von dieser Tür geträumt, von der Tür und den Dingen, die jenseits der Schwelle lagen, aber wenn der Morgen kam, war die Erinnerung wie weggewischt. Und jetzt war es wieder Morgen, aber was er erlebte, war kein Traum. Ein modriger Geruch schlug ihm entgegen.

Wovor habe ich eigentlich Angst? Er mußte über sich selbst lächeln. Delgard hatte ihm versichert, daß es in der Krypta keine Leichen gab.

Er ließ die Finger auf der Wand entlangkriechen, fand den Lichtschalter und knipste das Licht an.

»Na wunderschön«, knurrte er. Die Birne war so schwach, daß der Schein kaum bis zu den vier Wänden reichte.

Er machte einen Schritt nach vorn. Naßkalte Kühle kroch unter seine Haut. Das Rascheln eines Tieres war zu hören. Auf dem Boden des Raumes lagen Kartons verstreut. Es gab einen altersschwachen Tisch mit Gummibeinen, an den Tisch gelehnt stand eine kleine Leiter, die Fenn an einen Gewohnheitstrinker erinnerte, der sich an eine Schaufensterscheibe lehnte.

Er schaute in die Runde, auf der Suche nach der Truhe. Sein Blick blieb an einem rechteckigen Kasten hängen, der an der Wand stand. Er stieg über die Pfützen hinweg, die sich in den Mulden der Steinplatten gebildet hatten, und ging auf den Kasten zu. Er kniete nieder und streckte die Hand nach dem verschimmelten Tuch aus, mit dem das Behältnis abgedeckt war.

Monsignore Delgard stand der Gemeinde zugewandt, seine großen Hände hatte er auf das Chorpult aufgestützt.

Mein Gott, dachte er. Das sind ja Tausende. *Tausende.*

Warum sind sie gekommen? Was erwarten sie sich von diesem Kind?

Ihn dauerten all die Kranken, all die Krüppel, die mit leuchtenden Augen auf den Altar starrten. Herr im Himmel, erhalte ihnen den Glauben; gib, daß sie in der Enttäuschung nicht verzweifeln. Das Wunder, das geschehen ist, wird sich nicht wiederholen, gib, daß die Menschen das verstehen. Herr im Himmel, mach dem unwürdigen Schauspiel heute ein Ende! Zeige den Menschen, daß hier keine Wunder geschehen.

Das Rückkopplungsgeräusch der beiden Mikrofone war zu hören, die Lautsprecher quietschten.

Eine Brise war aufgekommen und spielte mit den Seiten des Meßbuches.

Der Monsignore sah, wie Bischof Caines ihm ermutigend zulächelte. Southworth saß da, den Blick auf die Menge gerichtet. Es gab viele Priester auf dem Feld, Komplizen des Betrugs, mit dem man die Menschen hinters Licht führen würde. Nein, dachte Delgard. Es ist kein Betrug. Alice Pagett ist ein ehrliches kleines Mädchen! Sie ist ohne Sünde. Vielleicht war er es, der sich hier versündigte, weil er nicht an das glauben wollte, was er mit eigenen Augen gesehen hatte. Vielleicht mangelte es ihm an Demut. Vielleicht...

Er hob die Arme. Die Messe begann. Alice sah ihn an, sah durch ihn hindurch, sah auf den Baum...

Das Tuch auf der Kiste fühlte sich unangenehm feucht an. Fenn mußte sich überwinden, um es anzugreifen und zur Seite zu ziehen. Eine Holzkiste kam zum Vorschein, winzige, schwarze Tiere huschten über den Deckel, als das Licht die Fläche erreichte. Fenn wußte sofort, das war nicht die Truhe, nach der er suchte, die Truhe war größer und älter. Trotzdem beschloß er, das Behältnis zu öffnen. Vielleicht waren die Urkunden aus der Truhe in die Kiste umgelagert worden. Die Kiste hatte kein Schloß; er hob den Deckel an.

Staub wallte auf, Fenn mußte niesen. Alte Bücher und Papiere lagen in der Kiste. Der Deckel fiel zu Boden, als Fenn sich vorbeugte und ein Buch herausholte. Es war ein abgegriffenes Meßbuch in lateinischer Sprache. Eine tote Sprache, seit der Vatikan entschieden hatte, daß den Gläubigen das Manna des wahren Glaubens in ihrer gewohnten Sprache zu verabreichen war. Das Buch darunter war ebenfalls ein Meßbuch. Die Kiste war voller Meßbücher, und die losen Blätter waren geistliche Lieder. Fenn legte den Deckel auf die Kiste zurück. Er war enttäuscht.

Er stand auf und ließ seinen Blick durch das Gewölbe wandern. Gott, war das kalt! Er trat in die Mitte des Raumes. Die Glühbirne hing eine Handbreit über seinem Kopf. Zwei Insekten umtanzten die Sonne, die ihnen den Tod bringen würde.

Ob die Gebeine von Heiden in dem Boden unter dieser Grabkammer vermoderten? Lebten die Geister dieser Menschen weiter, wenn ihre Leiber zu Staub geworden waren? Ich darf mir nicht selbst Angst machen, dachte er. In Gedanken versetzte er sich einen Tritt gegen das Schienbein. Weiter, Fenn, bring's hinter dich, und dann raus aus der Gruft!

In einer Ecke der Krypta stand ein Stapel Stühle. Das alte Heizgerät, das Fenn hervorzog, fiel um, es gab einen metallischen Klang, der als Donner von den Steinwänden widerhallte.

Fenn stand da wie angewurzelt, er wartete, bis der Hall verklungen war. Ihr müßt schon entschuldigen, Geister, dachte er. Dann setzte er seine Suche fort.

Er ging hinüber zu den Schattengestalten, die ihn mit aufmerksamen Blicken zu verfolgen schienen. Es waren vier. Zwei Statuen mit Farbresten auf dem Gips, die anderen beiden Statuen schwarz wie die Muttergottes, die oben in der Kirche hing. Ihr bekommt bald Besuch, dachte er. Er war sicher, daß die schwarze Madonna bald in die Gruft abkommandiert wurde. Die Statue, die Fenn am nächsten stand, war ein nasen- und kinnloser Christus. Die Statue hielt etwas in der rechten Hand. Der linke Arm war in Höhe des Ellenbogens abgebrochen. Fenn beugte sich vor. »Nett«, murmelte er, nachdem er entdeckt hatte, daß der Christus ein steinernes Herz in der Hand hielt. Aus dem Herz wuchs ein kleines Kreuz, das Fenn an den Stiel einer Erdbeere erinnerte.

Die Statue in der zweiten Reihe war größer. Wahrscheinlich war auch dies eine Christusstatue, aber nachdem das Ding keinen Kopf mehr hatte, war das schwer zu bestimmen. Die dritte Statue war so klein wie die erste, sie stellte einen gebückten Mann dar, der ein Kind auf seinen Schultern trug. Der Mann hatte seinen Stab verloren, und nicht nur das, er hatte kein Gesicht mehr, das Gesicht war mutwillig beschädigt worden, ebenso wie der Kopf des Kindes. Fenn vermutete, daß es sich um den heiligen Christophorus und den Jesusknaben handelte.

Die hintere Statue kam Fenn bekannt vor. Er kniff die Augen zusammen. Die Jungfrau Maria sah ihn aus blinden Augen an. Es war ein Duplikat der Statue, die sich oben im Kirchenschiff befand.

Fenn verstand das nicht. Vorhin, als er mitten im Raum stand, hatte diese Statue genauso verwahrlost und verstümmelt ausgesehen wie die andere; wahrscheinlich hatte er sich von der schlechten Beleuchtung täuschen lassen, denn jetzt, aus der Nähe betrachtet, waren weder Verstümmelungen noch Schmutzflecke zu erkennen. Er versuchte, noch näher an das Gesicht heranzukommen; denn die blinden Augen hatten eine eigenartige Anziehungskraft...

Er stützte sich auf die kopflose Statue zu seiner Rechten und beugte sich vor. Das weiße Antlitz lächelte ihm zu. Und plötzlich wußte Fenn, daß die Statue ihn sehen konnte. Seine andere Hand tastete nach der Christophorusstatue, die alsbald ins Wanken geriet. Er wartete, bis die Gestalt aus Stein wieder zur Ruhe gekommen war. Er erschrak, als er die Augen der Muttergottes auf sich ruhen spürte. Es mußte wohl am veränderten Einfallwinkel des Lichts liegen: das Lächeln auf den steinernen Lippen war deutlicher, herausfordernder geworden. Und dann schienen sich die Lippen zu öffnen.

Ihm war, als sei ein Teil seines Gehirns mit einem schmerzstillenden Spray eingestäubt worden. Die weißen Augen schienen ihn hypnotisieren zu wollen. Fenns Atem ging sehr flach, sehr schnell, er selbst merkte das gar nicht. Er wußte nur, daß er die Statue berühren, daß er die Lippen aus Stein streicheln mußte.

Das Licht begann zu flackern. Oder träumte er das nur? Wie von fern war ein spritzendes Geräusch zu vernehmen.

Er war jetzt nur noch eine Handbreit von der Statue entfernt, aber weiter kam er nicht; die anderen beiden Statuen waren das Hindernis. Er reckte den Hals und versuchte die Lippen zu küssen, die plötzlich weich und feucht aussahen. Die beiden Statuen, auf die er sich stützte, begannen zu schwanken.

Er wußte, daß er sich keinen Zentimeter weiter vorbeugen durfte, aber bevor das Licht erlosch, bewegte sich die Muttergottesstatue auf ihn zu.

Priester: *Liebe Brüder und Schwestern,*
bevor wir das Wort Gottes hören und das Opfer Christi feiern, wollen wir uns bereiten und Gott um Verzeihung unserer Sünden bitten.

Der Wind zauste an den Schals der Menschen und an den Bannern, die bis dahin schlaff an den Masten gehangen hatten, der Wind zauste an den Haaren der Frauen. Die Menschen husteten. Irgendwo weinte ein Kind.

Priester: *Erbarme dich, Herr, unser Gott, denn wir haben vor dir gesündigt:*
Herr, erbarme dich unser.
Antwort: *Herr, erbarme dich unser.*

Einer der Kameramänner, die von der Bühne eines Kranwagens aus das Feld filmten, fingerte an seiner Kamera.

»Was ist das denn?« schrie er dem Techniker zu. Er hielt den Blick auf den Altar gerichtet, wo die Messe zelebriert wurde. »Der Saft wird schwächer. Tu was, ehe die Übertragung zusammenbricht!«

Priester: *Erweise, Herr, uns deine Huld.*
Antwort: *Und schenke uns dein Heil.*

Ein Fotoreporter verfluchte den Winder seiner Nikon. »Ausgerechnet jetzt muß das verdammte Ding den Geist aufgeben.« Er konnte nicht wissen, daß seine Kollegen mit dem gleichen Problem rangen.

Priester: *Der allmächtige Gott erbarme sich unser,*
er lasse uns die Sünden nach
und führe uns zum ewigen Leben.
Antwort: *Amen.*

Eine Reporterin, die ihren Kassettenrecorder besprach, war sehr erstaunt, als die Spulen stehenblieben. »Scheiße!« fluchte sie. Sie sprach so leise, daß die Nebenstehenden sie nicht verstehen konnten. Wütend hieb sie mit dem Handballen auf das nutzlos gewordene Gerät ein.

Priester: *Herr, erbarme dich unser.*
Antwort: *Herr, erbarme dich unser.*
Priester: *Christus, erbarme dich unser.*
Antwort: *Christus, erbarme dich unser.*
Priester: *Herr, erbarme dich...*

Monsignore Delgard hielt sich die Ohren zu, als die Lautsprecher zu quietschen begannen. Sekunden später waren die Mikrofone tot.

Unter halbgeschlossenen Lidern hervor sah er, wie Alice sich von der Bank erhob und auf ihn zuging. –

Beide Statuen, auf die Fenn sich gestützt hatte, fielen zu Boden, und er fiel mit ihnen. Noch im Fallen merkte er, daß nachtschwarze Finsternis ihn umgab. Er stieß einen Schrei aus, der sich mit dem Krachen der berstenden Statuen vermischte. Er spürte den Druck, als eine der Statuen auf seine Finger fiel, den Schmerz spürte er nicht. Er empfing einen harten Schlag auf die Schulter, mit solcher Gewalt kam der Schlag, daß Fenn wie gelähmt war. Er versuchte sich zur Seite zu rollen, aber rechts von ihm war etwas, das die Bewegung verhinderte. Er schlug um sich, fast wahnsinnig vor Angst, er erinnerte sich an die Madonna, wie sie sich bewegt hatte, wie sie ihn begehrt hatte, dachte an die Lüsternheit in ihren Augen...

»Nein!« schrie er, seine Stimme hallte wider in der nach Moder stinkenden Krypta, und der Klang verstärkte seine Angst, Fenn trat um sich, schlug ins Dunkle hinein, die Statue, die auf ihm lag, war unerklärlich schwer, er schaffte es, eine halbe Kehrtwendung zu vollziehen, seine Hand giff nach dem kalten Stein. Die Statue war mit Schleim bedeckt, und an einigen Stellen war weiches, verrottendes Fleisch zu spüren.

Er vermeinte, den heißen, stinkenden Atem zu fühlen, der aus ihren Lippen quoll.

Es gelang ihm, den Arm unter die Statue zu schieben, er schob mit aller Kraft, die Figur glitt über seinen Körper; es gab ein knirschendes Geräusch, als sie auf dem Steinboden aufprallte. Er wandte sich um, lag auf den Knien da, keuchend, die verpestete Luft füllte seine Lungen. Er mußte hier raus! Die Finsternis war schwärzer geworden! Der Verstand sagte ihm, daß die Krypta mit toten, mit unbelebten Dingen angefüllt war; es war nur noch die Fantasie, die ihm eingab, daß er sich bewegen, daß er atmen und sehen, daß er die Dinge, die ihn umgaben, auch berühren konnte.

Der Boden war naß und glatt, Fenn glitt aus, als er sich aufzurichten versuchte. Er starrte in die Dunkelheit hinein, voller Angst, daß die Nacht in ersticken würde. Da! Der Eingang! Ein Lichtschimmer, der Widerschein des Tages. Er mußte die Tür erreichen.

Er begann zu kriechen, schob sich über verstümmelte Statuen hinweg, tauchte mit Händen und Knien in das stehende Wasser der Pfützen ein, er stieß die Schachteln zur Seite, er stieß alles zur Seite, was ihm in den Weg kam, wieder versuchte er aufzustehen, und wieder mißlang der Versuch, Fenn war am Ende seiner Kräfte, nur noch ein Gedanke erfüllte ihn, er mußte den kalten, leblosen Fingern entkommen, die aus der Finsternis nach ihm griffen...

Licht. Nur Licht konnte jene Finger wieder in Stein verwandeln. Fenn war vor dem grauen Rechteck der Tür angekommen. Ein Schatten erschien in dem Grau, eine schwarze Masse, die das Licht verschlang. Der Schatten schwebte auf ihn zu. Der Schatten hob die Hand.

In der Menge war es still geworden; es gab keine Kinder mehr, die weinten, keine Menschen mehr, die husteten; die Gebete waren verstummt. Es war, als hielten Abertausende den Atem an. Zwar konnten nur jene, die nahe genug an der Tribüne standen, die Geschehnisse verfolgen, aber die Spannung, die dort herrschte, breitete sich über das ganze Feld aus, wie Wellen, die zu den Rändern getragen werden, wenn man einen Stein in einen Tümpel wirft. Aller Augen waren auf die Mitte gerichtet.

»Aaaah!« sagte die Menge, als das kleine Mädchen die Stufen zum Altar hochging. Der Wunderglaube leuchtete in den Augen der Menschen. Die Kameramänner vom Fernsehen waren frustriert, ihr Generator war ausgefallen, und keiner von ihnen ahnte, daß es den Mannschaften in den anderen Übertragungswagen genauso ging, *alle* Generatoren waren ausgefallen. Ähnlich frustriert war der Polizist, der vor dem Gitter stand, sein Funkgerät sendete Störgeräusche und sonst gar nichts, dabei hatte er doch gerade Verstärkung vom Revier rufen wollen. Denn immer noch strömten die Menschen auf das Feld, die Beamten, die den Eingang kontrollierten, konnten der Menge nicht mehr Herr werden.

Delgard bekam weiche Knie, als er das Mädchen die Stufen hochgehen sah. So zerbrechlich, so klein war dieses Kind, und ihre Augen konnten Dinge sehen, die sonst niemand sah. Alice ging an dem Monsignore vorbei, und da war ihm, als sei ihm von einem geheimnisvollen Magneten die Lebenskraft ausgesaugt worden. Er mußte nach dem Pult greifen, um nicht zusammenzusinken. Sein Blick fiel auf die Eiche, die sich wie ein knorriger Riese hinter dem Altar erhob, die Zweige bewegten sich, als wollten sie das Mädchen zum Baum locken.

Alices Augen waren nur noch weiße Schlitze, als sie vor dem Altar ankam. Ein Lächeln huschte über ihren Mund. Lang und locker fiel ihr goldenes Haar, sie hob die Arme wie eine Geliebte, die den ersehnten Mann an ihre Brust ziehen will. Ihr Atem ging stoßweise, der Rhythmus wurde schneller, ihre Brüste hoben und senkten sich. Nach einer Weile wurden die Atemzüge wieder ruhiger, wurden tief und gleichmäßig. Dann hörte Alice zu atmen auf.

Die Luft, die das Mädchen umgab, hatte zu flimmern begonnen. Die Wolken am Himmel waren dunkler geworden. Die Sonne brach durch. Das Feld, der Altar und der Baum wurden in reinem Licht gebadet.

Die Menschen waren wie verzaubert, als Alice sich zu ihnen wandte. Die kleine, weißgekleidete Gestalt zitterte in einer Ekstase, die sich alsbald auf die Menge übertrug.

Alice stöhnte auf, als hätte sie den Stich eines unsichtbaren Dolches empfangen; immer noch lächelte sie. Den Menschen auf dem Feld stockte der Atem, als sie sahen, wie sich das Mädchen in die Lüfte erhob.

»Fenn, was zum Teufel ist los mit dir?«

Die Windmühle seiner Arme und Beine kam zum Stehen. Der Nebel hob sich. »Wer – wer ist da?« hörte er sich fragen.

»Wer wohl, du Idiot? Ich bin's, Nancy.« Sie beugte sich ein zweites Mal zu ihm. Diesmal wurde ihre Hand nicht weggeschlagen.

»Nancy?«

»Deine Freundin, die du vorhin so übel versetzt hast! Kommt dir der Name nicht irgendwie bekannt vor?«

Er kam auf die Beine und wollte zur Tür hasten.

»Langsam, langsam«, sagte Nancy. »Hier liegt soviel Gerümpel, daß du dir den Hals brichst, wenn du nicht aufpaßt.« Sie stützte ihn und geleitete ihn zur Treppe. Als sie oben ankamen, wurde ihm schwarz vor Augen. Er mußte sich an die Kirchenmauer lehnen. Speichel rann aus seinen Mundwinkeln. Er sah aus, als hätte er sich vor wenigen Minuten erst übergeben.

Sie wartete, bis er sich erholt hatte. Dann sagte sie: »Wirst du mir jetzt bitte erzählen, was da unten passiert ist?«

Er sah sie an aus tränenunterlaufenen Augen. »Ich glaube, ich habe einen Geist gesehen«, keuchte er.

Nancy quittierte das mit einem wohlgelaunten Lachen. Und dann kam ihm das eigene Geständnis auf einmal ebenfalls etwas lächerlich vor. »Da war eine Gestalt...«

»Du meinst, da war eine Statue. Ich habe den Krach gehört, als du die Statue umgestoßen hast. Hat sich allerdings angehört, als wären es mehrere gewesen.«

»Es waren vier. Aber eines war keine Statue. Die Muttergottes hat sich – bewegt.«

»He, Fenn, jetzt mach doch keine blöden Witze! Du hast die Statue umgestoßen, da ist sie hingefallen. Als ich die Treppe runterkam, hab' ich gesehen, wie du auf dem Boden lagst, du hast wie ein Wilder um dich geschlagen. Warum hast du eigentlich kein Licht angemacht?«

»Ich hatte das Licht angemacht, aber die Birne muß durchgebrannt sein. Plötzlich war's dunkel.«

»Und da hast du's mit der Angst zu tun bekommen. Du bist im Dunkeln rumgetapst und hast die Statuen umgestoßen.« Sie schmunzelte. »Hast eine wunderschöne Vorstellung gegeben.«

Er schüttelte den Kopf; ihm war das alles so unwirklich vorgekommen.

»Wonach hast du gesucht, Fenn?« Sie war plötzlich sehr ernst.

»Was? Ach so. Nach einer alten Truhe. Nach einer Truhe mit alten Kirchenchroniken.«

»Gehen wir zurück und schauen nach, ob wir die Truhe finden.« Sie wollte zur Treppe gehen, die in die Krypta hinabführte, aber Fenn ergriff sie am Arm. »Bleib' hier. Die Truhe ist nicht unten, sonst hätte ich sie gesehen.«

»Du bist da unten aber etwas durchgedreht. Hast du wirklich genau nachgeschaut?«

»Ich hätte die Truhe gesehen, wenn's eine gäbe!«

»Schon gut, schon gut, ich glaub's dir ja. Und jetzt komm, wir gehen auf das Feld. Die Messe hat schon begonnen, wenn wir uns nicht beeilen, verpassen wir die Hälfte. Man kann ja nie wissen, ob nicht wieder ein Wunder geschieht.« Sie nahm ihn an der Hand und zog ihn mit sich fort. »Du zitterst ja am ganzen Körper«, sagte sie verwundert. »Mein Gott, du mußt da unten ja eine Heidenangst ausgestanden haben.«

»Mir geht's gleich besser.« Aber was würde er fühlen, wenn er sich heute abend zu Bett legte und die Augen schloß?

»Aber sicher.« Nancy ließ ihre Fingerspitzen über seine Wange gleiten. »Entspann dich ein bißchen. Wir können ja langsam gehen.« Sie führte ihn von der Kirche fort, und nach einigen Schritten war die Krypta nur noch ein dunkles Loch im Bauch der Kirche.

Sie durchquerten den Friedhof. Ein merkwürdiges Gefühl überkam sie, als sie sich der Bresche in der Friedhofsmauer näherten. Nancy merkte es zuerst. Fenn war noch in Gedanken vertieft. Es war die Stille, die jenseits der Mauer, auf dem Feld, herrschte. Eine Decke des Schweigens lag über den vielen Menschen. Nancy war stehengeblieben, und Fenn musterte seine Begleiterin mit einem überraschten Blick. Dann wurde auch ihm die geisterhafte Stille bewußt, die sich über das ganze Feld gebreitet hatte. Als sie zum Altar hinübersahen, begannen sie zu begreifen.

Monsignore Delgard war auf die Knie gesunken. Wäre jemand in der Menge in der Lage gewesen, den Blick von dem Mädchen zu wenden, das in eineinhalb Meter Höhe über der Tribüne schwebte, er wäre zu dem Schluß gekommen, daß der Monsignore dem Mädchen seine tiefempfundene Demut bezeugen wollte. Aber es war Schwäche. Delgard spürte, wie alle Kraft aus seinen Gliedern entfloh.

Er sah das Mädchen jetzt nur noch wie durch einen Schleier. Er fuhr sich mit der Hand über die Augen, sein Arm war schwer wie Blei, was ich sehe, ist unmöglich, dachte er. Und doch wußte er, daß er nicht träumte; das Mädchen schwebte über ihm, ihr Blick war zum Himmel gerichtet, die Arme waren ausgestreckt, der Wind spielte mit den Falten ihres Kleides. Sie bewegte die Lippen in lautlosem Gebet.

Einer nach dem anderen begannen die Menschen in der Menge sich hinzuknien, und dann war es wie der Wind, der durch ein Kornfeld geht, das Rascheln der Kleider klang merkwürdig gedämpft. Viele Menschen hatten Tränen in den Augen, auf den Gesichtern spielte ein Lächeln der Verehrung, durchdrungen vom Ausdruck der Anbetung; es gab jene, die wegen der Strahlen, die von dem Mädchen ausgingen, die Augen schließen mußten, andere sahen die kleine, zerbrechliche Gestalt vor dem Hintergrund einer glitzernden Aura. Alle verharrten in Demut vor dem Mädchen.

Delgard versuchte aufzustehen, aber er war zu schwach. Er sah, wie Alice den Kopf neigte. Sie öffnete die wunderschönen blauen Augen. Sie lächelte. Es war in diesem Augenblick, als viele Kranke, die auf Tragen gelegen oder in Rollstühlen gesessen hatten, sich erhoben und zum Altar wankten. Vor der Tribüne angekommen, blieben sie stehen. Sie faßten sich bei den Händen, um zu dem Mädchen und zur Muttergottes zu beten, sie würden den Himmel lobpreisen für die Gnade, die sie auf sich herabfließen spürten.

Ein Schrei gellte über das Feld. Ein Mann mit häßlichen Wucherungen im Gesicht brach durch die Front der Kranken und Krüppel, die vor der Tribüne knieten. Er brach auf den Stufen zusammen, die zum Altar hochführten.

Er streckte dem schwebenden Mädchen den Arm entgegen. »Hilf mir! Hilf mir...« Die Klage ging in ein Quieksen über. Die Hand des Mannes glitt zu seinem Gesicht, er schrie, und er schluchzte; und als er die Hand wieder fortnahm, brachen Eiterblasen aus seinen Backen, aus den Lippen und aus dem Kinn.

Nur daß Ben, obwohl er sehr gut sehen konnte – er war stehengeblieben, als die anderen niederknieten – nicht verstand, was mit dem Mann geschah.

29

»Wie geht's dir?« sagte er munter. »Ich bin so froh, daß heute nicht gestern ist. Du nicht auch?«
Aus Eleanor H. Porter: Pollyanna

Behutsam schloß Riordon die Tür zum Kuhstall, er wollte die Tiere nicht aufstören, die waren schon nervös genug. Er überquerte den Hof. Er ging auf den Hintereingang des Bauernhauses zu, das Licht in den Fenstern diente als Orientierung. Er schüttelte den Kopf. Er hatte es schwer genug auf diesem Hof, ohne daß die Tiere sich aufführten, wie sie sich aufführten. Er blieb stehen. Der verdammte Hund heulte wie eine arme Seele, und das in dieser Finsternis. Die Hunde der Nachbarhöfe antworteten. Seit drei Nächten ging das jetzt so, dabei war nicht mal Vollmond!

Vielleicht war es das Flutlicht auf dem Feld, was die Hunde störte. Es sah ja auch unheimlich aus, die Eiche, vom weißblauen Licht übergossen. Riordon hatte den Baum nie gemocht, auch früher nicht, als ihm das Feld noch gehörte. Ein häßlicher Baum. Allerdings wurde die Wiese nur als Weide benutzt, und so störte der Baum nicht weiter. Inzwischen gehörte das Feld der Kirche. Riordon hatte einen hübschen Batzen Geld dafür bekommen. Er konnte nicht verstehen, was die Kirchenleute so besonderes an einer alten Eiche fanden. Jedenfalls war das Flutlicht, mit dem sie den Baum anstrahlten, ein Ärgernis.

Er hörte, wie seine Frau mit Biddy, dem Neufundländer, zu schimpfen begann. Ihr ging das Heulen und Winseln ebenso auf die Nerven wie ihm. Immerhin, es gab eine Chance, das Tier zum

Schweigen zu bringen. Es gab kein lebendes Wesen, das längere Zeit gegen Riordons Frau ankam.

Lästig, wie die Menschen jetzt an den Sonntagen über die angrenzenden Felder stapften! Deshalb war das Vieh auch so durcheinander; die Tiere flüchteten jedesmal in die hinterste Ecke der Koppel, als hätten sie Angst, daß die Menge ihnen etwas antun würde. Wenn Riordon auf die Tiere zuging, rollten sie mit den Augen, was sie sonst nur taten, wenn ein Gewitter in der Luft lag.

Er stand in der Mitte des Hofes und starrte auf den Lichtstrahl, der jenseits seines Anwesens den indigofarbenen Himmel zerschnitt. Das Licht störte, es war ein Eindringling, der die Nachtruhe auf dem Lande störte. Riordon schaute zu den Sternen empor, es gab keine Wolken; und doch lag ein Gewitter in der Luft, er hatte Erfahrung in diesen Dingen, er spürte das. Ein unheimliches, ein überirdisches Gewitter. Riordon mochte das nicht. Überhaupt nicht. Wenn nachts die Hunde heulten, dann war das normalerweise ein Zeichen, daß bald jemand sterben würde; diesmal, das fühlte Riordon, würde mehr passieren. Viel mehr.

Zur Hölle noch mal, ob das wieder in eine Schlägerei ausarten würde? Er füllte den Halbliterkrug und zwang sich, die streitenden Stimmen, die vom anderen Ende der Theke zu ihm herüberklangen, zu überhören. Er strich das Geld für die Runde ein, dann ging er zu den Gästen, die den Lärm veranstalteten. Drei Einheimische.

Er war ein großgewachsener Mann. Normalerweise genügte sein bloßes Erscheinen, um Streithähne zu besänftigen. Gestern abend hatte er in zwei Fällen einschreiten müssen. Sehr schön, das Geschäft florierte, aber die Sache hatte auch ihre Schattenseiten. Sein Pub mit dem historischen Namen *The White Hart* war als vergleichsweise friedlich bekannt – und so sollte es auch bleiben.

»Also, Jungens, beruhigt Euch.«

Sie schauten ihn wütend an. Wütend und respektvoll, wie es ihm schien. Aber er hatte sich geirrt, das Glas, das an seinem Kopf vorbeiflog, hatte gar nichts Respektvolles, und dann stand er da und starrte fassungslos den drei Gestalten nach, die nach einem unflätigen Gutenachtgruß auf die Tür zustolperten und in der Nacht verschwanden.

Das Gespräch der anderen Gäste war erstorben, als das Glas in den Spiegel flog. Die Serviererin kam und wischte das Bier auf, sie hob auch die Scherben auf; der Mann hinter der Theke stand nur da und schüttelte den Kopf.

»Was ist nur in die Leute gefahren?« sagte er. Ja, das war eine Frage, die ihm seine Gäste nicht beantworteten konnten. Aber sie fühlten mit dem Wirt. Die Gespräche wurden wieder angeknüpft, und der Mann hinter der Theke goß sich einen doppelten Scotch ein, womit er sein Prinzip umstieß, vor zehn Uhr keinen Alkohol zu trinken. Die drei würden ihm nicht wieder ins Pub kommen, dafür würde er Sorge tragen. Er kannte sie. Merkwürdig, früher hatten die nie Ärger gemacht. Was war aus Banfield geworden? Ein paar Wochen lang hatte eine lebhafte, fast überschäumende Stimmung geherrscht; jetzt war die Stimmung umgekippt. Heute abend schien eine drohende Wolke über dem Dorf zu hängen, ein schwarzes Wolkengebirge, wie man es vor einem Sommergewitter beobachten konnte; aber die Luft war merkwürdig frisch, und Wolken waren keine zu sehen.

Er stürzte den Whisky hinunter und freute sich, als sein Magen von einer Welle der Wärme durchflossen wurde.

»Du hast es mir aber versprochen, du Schwein!«

Tucker hob die Hand, um sie zu beschwichtigen. Er hielt den Blick nach vorn auf die Fahrbahn gerichtet.

»Das wäre übereilt, Paula«, sagte er. »Ich weiß ja noch gar nicht, ob die Pläne so durchgehen.«

»Das weißt du sehr wohl, du Schwein! Wie's jetzt in Banfield läuft, geht jeder Plan durch! Jeder!«

»Nein, nein, wir müssen warten, bis der Bezirksausschuß tagt und grünes Licht für das Projekt gibt. Du weißt doch, wie langsam so was geht. Und selbst, wenn die Genehmigung durch ist, dann dauert es immer noch ein Jahr, bis der Supermarkt gebaut ist.«

»Du hast gesagt, du würdest ein paar Läden auf der High Street aufkaufen und zu einem großen Geschäft zusammenlegen.«

»Das hatte ich ja auch vor, aber bei diesem Boom verkauft ja niemand.« Was nicht stimmte. Er war in Kaufverhandlungen mit zwei älteren Ladeninhabern, aber es war nicht gut, wenn er zu Paula darüber sprach. Nicht, bevor der Kauf unter Dach und Fach war. Wie ihm diese Frau in der letzten Zeit auf die Nerven ging!

»Auch wenn du den neuen Supermarkt erst bauen mußt, das hindert dich doch nicht daran, mich in dem alten schon jetzt als Leiterin einzusetzen. Dann wüßte ich wenigstens, woran ich mit dir bin.«

»Paula, zur Leiterin eines Supermarkts gehört mehr, als du ...«

»Du hast es mir versprochen!«

Der Jaguar XJS fuhr eine Kurvenlinie, als sie ihm auf den Arm schlug.

»Scheiße noch mal, Paula, was hast du denn? Ich wäre beinahe in den Graben gefahren!«

Er begann vor Wut zu schreien, als sie ihm ins Steuer faßte. »Paula!« Er benutzte den linken Arm, um sie zurückzustoßen, mit der rechten Hand steuerte er. Im stillen verfluchte er den Tag, wo er sich mit ihr eingelassen hatte. Er hatte sie unterschätzt. Sie war dumm, aber sie war zugleich eine Intrigantin.

Er hatte die Fahrt verlangsamt. Er bog in einen Seitenweg ein. Er hielt an und schaltete die Zündung aus. »Jetzt hör mir mal gut zu, Liebling«, begann er.

»Du liebst mich nicht! Ich bin nur gut für das eine!«

Wie wahr, dachte er. »Sag' doch nicht solche Dummheiten. Du weißt, wie lieb ich dich habe.«

»Du liebst mich nicht! Was *gibst* du mir denn?«

»Ich habe dir immerhin ein Paar Ohrringe zu Weihnachten geschenkt...«

»Du Schwein! Du verstehst überhaupt nicht, wovon ich rede!«

Immer noch hielt Tucker das Lenkrad umklammert. Er sah, wie ein Vogel oder eine Fledermaus durch die Luft flatterte. »Willst du mir bitte erklären, was das alles soll, Paula!«

»Ich rede von meiner Zukunft! Ich bin für dich da gewesen, geschäftlich und privat. Ich habe Tag und Nacht gearbeitet. Ich habe mich nie beklagt, wenn...«

Er verdrehte die Augen.

»...wenn du mich mitten in der Nacht geholt hast. Ich war immer verfügbar, fürs Geschäft und zu deinem Vergnügen. Weißt du überhaupt, was ich alles für dich aufgegeben habe?«

»Warum machst du mir überhaupt Vorwürfe?« konterte er. »Ich habe dir einen verdammt guten Job verschafft. Du hast Geschenke bekommen, ich habe dich ausgeführt und ins Hotel mitgenommen...«

»In ein schmieriges Motel! Das ist ganz deine Art! Und Geschenke, deiner Frau gibst du teurere Geschenke als mir! Ich seh' sie doch herumlaufen mit ihrem stinkenden Pelzmantel und mit all dem Schmuck!«

»Wenn du einen Pelzmantel willst, kriegst du einen Pelzmantel!«

»Ich will keinen Pelzmantel, verdammt noch mal, ich will etwas anderes!«

»Was denn?«

»Ich will den Supermarkt! Ich will, daß du mir den Supermarkt überschreibst!«

Er maß sie mit einem ungläubigen Blick. »Du willst den Supermarkt?«

Sie wandte sich von ihm ab.

Er wiederholte den Satz eine Oktave höher. »Du willst den verdammten Supermarkt! Du mußt verrückt geworden sein!«

»Ich will nur deine Teilhaberin werden«, schwächte sie ab. Ihre Stimme war eine Oktave gesunken.

»Und wie soll ich das Marcia beibringen?«

»Du sagst ihr einfach, du brauchst mich als Partner in dem Geschäft.«

»Ich soll Marcia sagen, ich brauche dich als Partner? Ich hab' schon mal einen besseren Witz gehört!« Seine Lache war wie das Krächzen eines Rabens. »Du fickst gut, Paula, und du hast eine Ahnung von Buchhaltung und von Lagerhaltung. Aber ein Geschäft leiten? Ich mag deine kleine, süße Spalte, mein Liebling, aber ich gehe deshalb nicht vor dir auf die Knie. Du kannst verschwinden, wenn's dir nicht paßt. Geh hin, wo der Pfeffer wächst!«

Plötzlich war sie über ihm, schlug auf ihn ein, zerkratzte ihn mit ihren Nägeln, bespuckte ihn. Tucker versuchte, sie an den Handgelenken festzuhalten, aber er bekam sie nicht zu packen.

»Paula!«

Der Wagen begann zu schaukeln.

»Paula!«

»Ich werde alles deiner Frau erzählen, du Schwein! Alles werde ich ihr erzählen! Ich lasse mich von dir nicht wie ein Stück Dreck behandeln!«

»Paula!«

Seine Hände hatten ihren Hals gefunden. Es war ein angenehmes Gefühl in den Fingern, ihre Gurgel zu spüren. Er drückte zu.

»Du Schwein, ich werde...«

Jetzt wußte er, wie er sie zum Schweigen bringen konnte! Der Hals fühlte sich weich an, einladend weich. Die Empfindung war so schön, daß es Tucker eine Erektion bescherte.

»Du... Du...«

Es war dunkel im Wagen, trotzdem konnte er das Weiß ihrer Augäpfel sehen. Er roch ihre Angst. Ihn zu erpressen! Sie hielt ihn wohl für einen Idioten, die blöde Kuh! Er spürte, wie sich ihre Halsmuskeln strafften. Widerstand. Wie schön. Es war gut, wenn sie Widerstand leistete.

Sie hatte ihre Finger in seine Brust gekrallt. Auch das war gut. Es war sogar sehr angenehm.

Er konnte ihre Zunge aus dem weißen Gesicht ragen sehen, es erinnerte ihn an den Schnabel eines Kükens, das aus dem Ei schlüpft. Und dann kam ein gurgelndes Geräusch aus ihrem Mund. So ist's gut, du verdammte Hure. Das höre ich doch viel lieber als deine Ankündigung, daß du mich erpressen willst. Er verstärkte den Druck seiner Hände. Merkwürdig, wie klein ein Hals wurde, wenn man richtig zudrückte. Wenn sie erst einmal tot war, würde eine einzige Hand genügen, um ...

Wenn sie erst einmal tot war...

Mein Gott, was mache ich denn da?

»Paula!«

Er gab sie frei. Sie fiel zur Seite wie eine Marionette.

»Paula, es tut mir so leid...«

Sie starrte ihn an.

»Paula, ich wollte nicht...«

Sie stieß einen Schrei aus, es klang, als hätte sie einen Fremdkörper in der Kehle stecken. Er tastete nach ihrer Schulter. Sie schlug mit den Armen um sich. Was habe ich getan? dachte er. Was ist über mich gekommen?

Als er sie wieder zu berühren versuchte, traf ihn ein Fingernagel an der Wange. Sie warf sich zur Seite, fand den Türgriff, stieß die Tür auf und taumelte hinaus in die Nacht. Er sah, wie sie auf das Pflaster fiel, ein Quieken, schrill und hoch, entrang sich ihrer Kehle. Tucker griff nach dem Hebel der automatischen Schaltung, seine Augen weiteten sich.

»Paula!« sagte er noch einmal.

Sie lag jetzt auf den Knien. Ihre Strumpfhose war an den Knien aufgeschürft. Paula kam auf die Beine, röchelnd torkelte sie ins Dunkel.

»Paula!« schrie er hinter ihr her. »Sag' niemandem, daß...«

Sie war fort, weggetaucht in die Nacht, und Tucker blieb noch lange Zeit am Steuer sitzen, er hatte die Beifahrertür wieder geschlossen, er saß da, versponnen in seiner Angst und fragte sich, warum er Paula zu erdrosseln versucht hatte. Das war doch gar nicht seine Art.

Southworth schloß das Hauptbuch. Ein zufriedenes Lächeln spielte um seine Lippen. Er ließ sich in den Sessel zurücksinken.

Es lief gut. Es lief sogar wunderbar. Sein Hotel war ausgebucht, seit der Rummel um die Wunderheilungen begonnen hatte. Zwei Monate hatten genügt, um in nie geahnte Gewinnzonen vorzudringen.

Er stand bereits in Verhandlungen mit dem einzigen Reisebüro des Ortes. Sie würden Partner werden im Reisegeschäft. ›St. Joseph's Tours‹ würde die neue Firma heißen. Southworth würde das notwendige Kapital für eine Flotte von Reisebussen beschaffen, er stand derzeit in hohem Ansehen bei den Banken. Der Reiseveranstalter würde seine Verbindungen zu ausländischen Veranstaltern einbringen. Daß die aus dem In- und Ausland herangekarrten Pilger in Southworths Hotel nächtigen würden, verstand sich am Rande.

Die Pläne für das neue Hotel waren fertig. Southworth besaß recht viele Immobilien in Banfield. Das meiste waren Geschäfte, die er in den vergangen Jahren den Inhabern abgekauft hatte, um sie dann an die gleichen Personen zu vermieten. Niemand durfte das wissen, besonders nicht die anderen Gemeinderäte. Jetzt, wo der Boom eine Tatsache war, würde Southworth die Mieten verdoppeln und verdreifachen.

Er stand auf und schenkte sich ein Glas Brandy ein. Am vergangenen Sonntag waren neue Wunder geschehen, und das vor 8000 bis 10000 Zeugen. Natürlich gab es noch keine endgültige Bestätigung für diese Wunder. Immerhin, es gab einen Fall, der keinen Raum für Zweifel offenließ. Der Mann war ohne seine Angehörigen auf das Feld gegangen, er hatte sein Gesicht aus Scham verhüllt, Kinn, Lippen und Nase waren mit häßlichen Geschwüren bedeckt, an vielen Stellen hatte sich die Krankheit bis auf den Knochen durchgefressen. *Lupus* war die lateinische Bezeichnung für diese Erkrankung, Gesichtstuberkulose. Als der Mann die kleine Alice schweben sah, waren die Geschwüre wie durch einen Zauber abgefallen, die eiternden Spalten hatten sich geschlossen, dies alles war von Tausenden von Menschen beobachtet worden, der Mann hatte mit dem Gesicht zur Menge gestanden. Nicht einmal die schlimmsten Zyniker konnten wegdiskutieren, was da geschehen war.

Und auch Monsignore Delgard konnte es nicht wegdiskutieren.

Southworth kehrte an seinen Schreibtisch zurück. Er hatte das Glas Brandy mitgenommen. Das Wunder von Branfield war auch *sein* Wunder. Der Name Southworth würde nicht in den Tiefen der Geschichte versinken. Southworth würde wieder ein Name sein, von dem die Bürger mit Ehrfurcht sprachen.

Er hob das Glas und trank. Merkwürdig, daß inmitten der schönen Gedanken die Angst an ihm zu nagen begann.

Der Monsignore hatte vor seinem Bett gekniet. Jetzt stand er auf, müde und erschöpft wie selten in seinem Leben. Früher war diese Müdigkeit nur nach dem Ritual des Exorzismus über ihn gekommen.

Eine Wolkes des Unglücks schien über der Kirche, über dem Pfarrhaus zu schweben. Es gab Kranke, die geheilt wurden, aber die Angst des Monsignore blieb. Eben heute war der Bischöfliche Rat zusammengetreten. Man hatte Alice befragt. Warum die Wunder? Warum war die Muttergottes ihr, einem Kind, erschienen? Was hatte Alice getan, um dieser Gnade teilhaftig zu werden? Was war der Grund für die Erscheinungen? Alice hatte auf alle Fragen die gleiche Antwort gegeben: die Jungfrau Maria würde zu gegebener Zeit das Geheimnis lüften.

Es war keine sehr befriedigende Antwort.

Im Bischöflichen Rat gingen die Meinungen auseinander. Einige Bischöfe waren überzeugt, daß Alice die Jungfrau Maria gesehen hatte, andere vertraten die Meinung, daß es dafür keinen Beweis gab, es sei auch noch zu früh, um von Wunderheilungen zu sprechen, und was die von Tausenden beobachtete Levitation des Mädchens anging, nun, das war ein Kunststück, das in zahlreichen Varietétheatern auf der ganzen Welt vorgeführt wurde. Die indischen Fakire bedienten sich der Massenhypnose, wenn sie ihre Seiltricks vorführten. Die Diskussion ging bis in den späten Abend, ohne daß man zu Ergebnissen gekommen wäre. Die Bischöfe hatten vereinbart, morgen in London erneut zusammenzutreffen und weiter zu beraten.

Delgard hatte über das Problem nachgegrübelt, aber er fand keine Erklärung für den plötzlichen Ausfall der Fernsehkameras und der Mikrofone an jenem Sonntag. Es schien eine Verbindung zu geben zu dem Gefühl der Schwäche, das während der Wunder über ihn gekommen war. War es denkbar, daß eine geheimnisvolle Macht Menschen und Maschinen die Energie abzapfte? Nein, das war unmöglich. Aber Levitation und Wunderheilungen waren ja auch unmöglich, und doch fand so etwas statt. Das Phänomen der Levitation war beim heiligen Thomas von Aquin, bei der heiligen Theresia von Avila und beim heiligen Joseph von Cupertino beobachtet worden, es hatte Menschen mit den Wundmalen Jesu Christi gegeben, und Wunderheilungen gehörten zur gesicherten Überlieferung der Kirche. Das erstaunlichste Wunder war vielleicht das Wunder von Fatima gewesen, damals hatten siebzigtausend Menschen die Sonne am Himmel rotieren sehen, und dann war der Sonnenball auf die Erde gefallen. Eine Massenhalluzination? Das war die Antwort, die man in Kreisen der Wissenschaft für solche Phänomene bereit hatte. Blieb immer noch die Frage, wer oder was solche Massenhalluzinationen verursachte. Alice war schließlich nur ein Kind.

Monsignore Delgard trat ans Fenster und sah zu der Eiche hinüber. Es störte ihn, dß der Baum so hell angestrahlt war. Aber es war wohl notwendig. Die Menschen hatten begonnen, die Rinde vom Baum zu schälen, um sie als Souvernir oder als Reliquie heimzunehmen.

Er zog die Vorhänge zu; aber als er ausgezogen im Bett lag und zum Fenster sah, war der Lichtschein immer noch zu erkennen. Das Licht erinnerte ihn daran, daß es dort auf dem Feld einen Schrein gab, ein Heiligtum: die Eiche. Der Baum war wie ein Wächter, der auf den Anbruch des Tages wartete.

Alice warf sich auf die andere Seite. Sie bewegte die Lippen. Sie sprach mit einer Stimme, die nicht von einem elfjährigen Mädchen stammte. Ihr Körper war in Schweiß gebadet. Das Laken hatte sich um ihre Knöchel gewickelt.

»... *und fülle mich mit deinem Samen, Thomas*...«

Ihr Schoß begann zu zucken, über ihren Brüsten hob sich das Hemd.

»... *wir stark du bist, wie ich dich liebe*...«

Sie schien zu träumen. Ihr Atem beschleunigte sich.

»... *verströme dich in mir*...«

Ihr Stöhnen gipfelte in einem Seufzer, der zugleich den Höhepunkt der Ekstase markierte. Dann lag sie starr. Die Augenlider flatterten.

Wieder begann sie zu stöhnen.

»... *fülle mich mit deinem Tau*...«

Es war jetzt klar zu hören, daß sie Lust empfand. Ein kleiner, schwarzer Schatten wanderte ihren weißen Leib entlang.

Die Nonne, die im Flur stand, hielt den Atem an. Sie tastete nach der Türklinke.

»... *bringt ihre Zungen zum Verstummen, Hochwürden*...«

Alice riß die Augen auf, ohne daß es ihr gelungen wäre, aus ihrem Traum aufzutauchen.

»...verfluchte Maria... Verfluchte MARIA...«

Verwirrt und entsetzt schloß die Nonne die Hand um die Türklinke.

»...VERFLUCHTE MARIA...«

Alices Körper schnellte hoch, die Bewegung geschah so plötzlich, daß die Kreatur, die sich an den Bauch des Mädchens schmiegte, ins Schwanken geriet, nadelscharfe Krallen drangen Alice in das zarte Fleisch. Aber sie wachte nicht auf.

Sie fiel auf das Bett zurück. Sie lag still.

Die Nonne, es war die Oberin des Klosters, hatte instinktiv nach dem Kruzifix gegriffen, das sie an ihrem Busen trug, sie öffnete die Tür und ging mit angstvollen Schritten auf das Bett zu.

»Alice?«

Das Mädchen gab keine Antwort, statt dessen war ein anderes Geräusch zu vernehmen, das der Ehrwürdigen Mutter bekannt vorkam. Ein abstoßendes, schmatzendes Geräusch. Die Oberin trat näher, um den nackten Leib des Mädchens zu betrachten.

Eine Katze kauerte auf dem Bauch des Kindes.

Die Oberin erschrak so sehr, daß sie das Kreuz an die Lippen pressen mußte, um nicht loszuschreien.

Etwas wie Schwindel und Übelkeit überkam sie, als sie entdeckte, daß die Katze an Alices dritter Brustwarze saugte.

30

Die Hexen, sie bringen euch Unheil und Glück.
Die Hexen kommen! Sie kommen zurück!
Die Bürger tät's grausen, dem Pfarrer wird's bang,
Die Hexen, sie spotten des Henkers Strang.
Verbrannt und begraben, tief unter den Reben,
Die Hexen, sie haben sieben Leben.
Sie taten den Schwur, sie trotzten dem Tod,
Sie kamen zurück, die Wangen so rot.
Oliver Wendell Holmes: Look out Boys

Die zwei Männer hatten die Stufen bewältigt, die aus der Krypta ins Tageslicht führten. Fenn verharrte auf dem Friedhof, er hielt die Hände in den Taschen vergraben und wartete auf den Monsignore.

Der Monsignore ging, als hätte man ihm Bleigewichte an die Beine gebunden. Fenn machte sich große Sorgen um ihn: Delgards körperlicher Zerfall erinnerte ihn an Pater Hagans tragisches Schicksal.

Der Monsignore hatte die letzte Stufe erklommen. Die beiden Männer gingen auf die Umfriedungsmauer des Gräberfelds zu.

»Das wär's dann wohl«, sagte der Reporter. Er streifte einen Maulwurfhügel mit dem Absatz. »Keine Truhe. Keine Daten, was die Vergangenheit der St. Joseph's Kirche angeht.«

Sie hatten die Grabkammer sorgfältig durchsucht. Die Birne der Deckenlampe hatte wieder funktioniert, obwohl Fenn sich sehr gut erinnerte, daß sie am Sonntag zuvor durchgebrannt war. Sie hatten Fackeln mitgenommen, für alle Fälle.

»Ich kann mir nicht vorstellen, daß die Truhe vernichtet worden ist«, sagte Delgard. »In dieser Truhe werden immerhin die Urkunden aus der frühesten Zeit der Gemeinde aufbewahrt. Sie muß irgendwo sein.«

Fenn zuckte die Achseln. »Vielleicht ist sie gestohlen worden.«

»Vielleicht.«

»Wo könnten wir noch suchen?«

Sie hatten die Friedhofsmauer erreicht und betrachteten den Altar auf dem Feld.

»Wenn ich den Baum da drüben ansehe, kommt mir das Gruseln«, sagte Fenn.

Der Monsignore nickte. »Das kann ich Ihnen gut nachfühlen.«

»Sie also auch. Ich kann mich nur schwer mit der Idee abfinden, daß Gott auf diesem Feld angebetet wird.«

»Glauben Sie vielleicht, es handelt sich um eine heidnische Weihestätte?«

»Von Weihestätten verstehen Sie mehr als ich«, sagte Fenn. Es war eine Frage, aber der Monsignore dachte nicht daran, die Frage zu beantworten.

Auf dem Feld waren Arbeiter, die neue Bänke aufstellten. Der provisorische Altar war durch einen größeren Altar mit Holzschnitzerei ersetzt worden. Zwischen den Bankreihen waren Fahnenmasten aufgestellt worden. Um die Tribüne verlief ein niedriges Geländer, vor diesem Geländer würden die Gläubigen niederknien, wenn ihnen der Priester die Oblaten reichte.

Unwillkürlich mußte Monsignore Delgard an Molly Pagett denken und an die durchaus nicht unbefleckte Empfängnis, die sich damals auf dem Feld ereignet hatte. Am Vormittag hatte sich Delgard mit Mutter Marie-Claire unterhalten. Wer oder was war vor zwölf Jahren an der Stelle gezeugt worden, wo heute der Altar stand?

»Ich habe so ein Gefühl, daß wir in der Truhe die Lösung des Rätsels finden werden, Gerry«, sagte der Monsignore. »Wir müssen uns auf die Suche nach diesen alten Urkunden konzentrieren.«

»Da wäre ich nicht so sicher; was werden wir da schon finden? Wahrscheinlich wieder nur alte Meßbücher wie in der Kiste, die in der Krypta stand. Ich glaube, wir klammern uns da an einen Strohhalm.«

»Ich gebe zu, es ist nur so ein Gefühl, aber das Gefühl ist sehr stark. Die anderen Dokumente, die Sie gefunden haben, enden im sechzehnten Jahrhundert; warum sollte es denn nichts geben, was weiter zurückreicht?«

»Wer weiß. Könnte ja sein, daß sie erst im sechzehnten Jahrhundert auf die Idee gekommen sind, Aufzeichnungen zu machen.«

»Nein, nein. Die Sitte, ein Register zu führen, geht viel weiter zurück. Ich könnte mir vorstellen, daß sie die Truhe irgendwo verborgen haben.«

Fenn schüttelte den Kopf. »Ich kann nicht glauben, daß...«

»Sie können immer noch nicht glauben?« fiel ihm der Monsignore ins Wort. »Letzten Sonntag haben Sie geglaubt, daß eine Marienstatue lebendig geworden ist. Ihren Worten zufolge ist die Statue auf Sie zugeschwebt, ihre Lippen haben sich bewegt und das Gebilde aus Stein hat versucht, Sie zu verführen. Und heute? Was glauben Sie heute, Fenn?«

»Ich weiß nicht, was ich glauben soll.«

»Sie haben doch eben selbst gesehen, daß die Statue schon vor langer Zeit zerbrochen worden sein muß. Die Scherben sind alt.«

»Ich weiß genau, daß ich die Statue umgestoßen habe. Ich habe sie zerbrochen.«

»Die Bruchstellen sind von Patina überzogen, Gerry. Und die Muttergottesstatue hat auch kein Gesicht mehr.« Delgard sprach ohne Ironie. »Warum gestehen Sie sich nicht ein, Gerry, daß in der Krypta am vergangenen Sonntag etwas passiert ist, wofür es keine logische Erklärung gibt?«

Jetzt war es Fenn, der sich schweigsam gab. Nach einer Weile sagte er: »Was macht Sie so sicher, Monsignore, daß wir die Lösung des Rätsels in den alten Chroniken finden?«

»Ich habe nicht gesagt, daß ich sicher bin. Es ist nur eine Hoffnung. Aber eine Hoffnung, die heute morgen frische Nahrung erhalten hat. Ich habe mich heute mit der Mutter Oberin unterhalten. Alice hat wieder im Schlaf gesprochen, und die Mutter Oberin hat sich einige Sätze merken können. ›Und fülle mich mit deinem Samen, Thomas‹, das war einer dieser Sätze. Außerdem ›Bringt ihre

Zungen zum Verstummen‹. Und dann ist die Mutter Oberin ganz sicher, daß Alice die Anrede ›Hochwürden‹ gebraucht hat.

»Die Sprache kommt mir vor wie zu Shakespeares Zeiten.«

»Das meine ich eben auch.«

»Glauben Sie, Alice hat aus einem der Werke des Dichters zitiert?«

Delgard konterte mit einem geduldigen Lächeln. »Aber nein. Sie hat in der Sprache jener Zeit gesprochen. Und nun frage ich Sie, Gerry: Wie kann ein Mädchen, das viele Jahre lang taubstumm gewesen ist, eine Sprache sprechen, die seit Jahrhunderten vergessen ist? Wie kann sie Worte gebrauchen, die sie nie gehört und höchstwahrscheinlich auch nie gelesen hat?«

»Worauf wollen Sie hinaus, Monsignore? Daß Alice vom Teufel besessen ist?«

»Wenn es so einfach wäre! Ich würde es eher eine Regression nennen.«

»Sie meinen, Alice durchlebt ein früheres Leben? Ich dachte, die These der Reinkarnation läßt sich mit dem katholischen Glauben nicht unter einen Hut bringen.«

»Ich spreche nicht von Reinkarnation, ich spreche von Regression. Wer vermöchte zu sagen, wieviel Erinnerungen an die menschliche Rasse in unseren Genen gespeichert ist?«

Fenn setzte sich auf die Friedhofsmauer. Es hatte zu regnen begonnen. »Kein Wunder, daß Sie so erpicht auf die alten Chroniken sind. Wissen Sie, vor ein paar Wochen noch hätte ich über das alles rundheraus gelacht. Inzwischen bleibt mir das Lachen im Halse stecken.«

»Es steckt noch etwas anderes dahinter, Gerry.« Der Monsignore preßte seine abgespreizten Finger an die Schläfen, wie um eine Welle von Kopfschmerzen zu vertreiben. »Ich meine den Abend, als Pater Hagan starb.«

»Ja?«

»Ich sprach während des Essens über Alices Gesundheitszustand. Ich sagte, daß sie sich etwas zurückgezogen gibt, daß sie erschöpft wirkt.«

»Ja, daran erinnere ich mich.«

»Ich erwähnte außerdem, daß die Ärzte ein kleines Gewächs am Körper des Mädchens festgestellt haben. Eine dritte Brustwarze. Und als ich das sagte, habe ich Pater Hagan beobachtet. Er ist bei diesem Thema erschrocken, als wäre ihm der Leibhaftige erschienen. Ich habe erst später daran gedacht.«

»Ich bitte um Vergebung, Monsignore, aber wir werden hier pudelnaß, wenn wir uns nicht etwas beeilen. An was haben Sie erst später gedacht?«

»An die Sache mit der dritten Brustwarze. Und zwar ist es mir eingefallen, als die Mutter Oberin mir von der Katze erzählte, die sie vergangene Nacht in Alices Zimmer fand. Die Katze hat an der dritten Brustwarze des Mädchens gesaugt.«

Fenn fuhr hoch. »Was sagen Sie da?« Auf seinem Gesicht zeichnete sich der Ekel ab. »Ist das sicher? Hat die Mutter Oberin das wirklich gesehen?«

»Oh, ja. Sie hat es genau beobachten können. Und als sie mir davon erzählte, ist mir auch der alte Aberglaube wieder eingefallen. Man sagt ja, daß Hexen ein Hexenmal haben, ein Merkmal, das ihnen der Teufel zugefügt hat. Meist ist es ein blaues oder ein rotes Muttermal. Früher galten Warzen und Muttermale als Teufelszeichen, aber auch Gewächse.«

»Zum Beispiel eine überzählige Brustwarze.«

Delgard nickte. Sein Blick war auf den Baum gerichtet. »Wußten Sie, daß die Hexen immer einen teuflischen Gefährten hatten?«

»Meinen Sie den Geistführer, der sie mit dem Jenseits in Kontakt brachte?«

»Nein. Ich meine ein vom Teufel verhextes Tier, das der Hexe beim Weissagen und beim Zaubern hilft. Meist war es ein Tier von kleiner Gestalt, ein Wiesel, ein Hase, ein Hund, eine Kröte oder ein Maulwurf.«

»Oder eine Katze«, fügte Fenn hinzu. »Ich habe davon gelesen. Ammenmärchen!«

»Sie sollten diese Dinge nicht völlig von der Hand weisen, Gerry! Meist ist ein Fünkchen Wahrheit in den alten Geschichten enthalten. Sie sollten vielleicht wissen, wozu die Hexen ihre teuflischen Gefährten sonst noch einsetzten. Ich will es Ihnen sagen. Die Tiere mußten bösartige Aufträge ausführen und wurden dafür mit ein paar Tropfen Hexenblut belohnt. Oder aber die Hexe gab ihnen aus ihrer dritten Brustwarze zu trinken.«

Der Reporter war so erstaunt, daß er kaum noch ein Wort hervorbrachte. »Sie sprechen von Hexerei, Monsignore? Hexerei im zwanzigsten Jahrhundert?«

Ein feines Lächeln spielte in Delgards Zügen. Es war ihm gelungen, den Blick von dem Baum zu wenden. »Hexerei ist in unserem Jahrhundert sehr gegenwärtig, Gerry. Überall in England feiern Hexen wie eh und je ihre Zusammenkünfte. Sie feiern den Hexensabbat. Aber ich will auf etwas anderes hinaus. Sie, Gerry, halten Hexerei für etwas, das es nur in Ammenmärchen gibt. Ich aber glaube, daß die Menschen im Mittelalter damit ganz einfach die Phänomene bezeichneten, die sie sich auf vernünftige Weise nicht erklären konnten.«

»Wollen Sie mit alledem andeuten, daß Sie Alice Pagett für eine Hexe halten? Vielleicht für die Reinkarnation einer Hexe, die in früheren Jahrhunderten gelebt hat?«

»Ich habe nichts dergleichen gesagt. Ich sage nur, daß wir in der Vergangenheit suchen müssen, wenn wir die Gegenwart verstehen wollen. Die Kraft, die sich hinter den Phänomenen verbirgt, muß von irgendwo herkommen.«

»Was für eine Kraft?«

»Die Kraft des Bösen. Spüren Sie nicht auch, daß wir von der Kraft des Bösen umgeben sind? Vergangenen Sonntag in der Krypta, als Sie die Muttergottesstatue zerbrachen, da war Satan gegenwärtig. Er ist es auch, der Pater Hagan getötet hat.«

»Ich sehe nichts Teuflisches in den Wunderheilungen, Monsignore.«

»Wir wissen nicht, ob die Heilungen des Teufels sind«, sagte der Monsignore ernst. »Wir werden noch sehen, wohin dies alles führt. Aber das bedeutet nicht, daß wir die Hände in den Schoß legen dürfen, Gerry. Wir müssen weitersuchen. Wir müssen den Schlüssel finden. Wir müssen das tun, solange noch eine Chance besteht, gegen das Böse zu obsiegen.«

Fenn antwortete mit einem Seufzer. »Sagen Sie mir lieber, wo ich nach der Truhe suchen soll.«

Fenn war ein Dummkopf. Wieso sah er die Zusammenhänge nicht? Oder tat sie ihm unrecht? Ich mache es mir zu leicht, dachte Nancy. Er hat die Arbeit gemacht, und ich ernte die Früchte. Ich brauche nur die Notizen durchzulesen, die er zusammengestellt hat.

Sie stand vor der schweren, verwitterten Tür. Sie drückte die Klinke herunter. Die Tür schwang auf. Verständlich, daß die Tür nicht abgeschlossen war. Der Ort lag so versteckt, daß kaum jemand herfinden würde.

Die Idee, hier nach der Truhe zu suchen, war Nancy gekommen, als Fenn ihr von seiner vergeblichen Suche in der Krypta der St. Joseph's Kirche berichtet hatte. Allerdings hatte er sich ihr gegenüber in der ganzen Sache wie ein Schlitzohr benommen, und so war Nancy nicht bereit, ihn an ihrem Projekt zu beteiligen. Das hast du davon, Fenn, daß du versucht hast, mich auszutricksen.

Sie trat über die Schwelle. Dämmerlicht erfüllte das Innere, gefiltert durch die dicken, bleiverglasten Fenster.

Die Truhe war im vierzehnten oder fünfzehnten Jahrhundert angeschafft worden. Verschwunden war sie irgendwann im sechzehnten Jahrhundert. Die Urkunden, die Fenn gefunden hatte, datierten nach jener Zeit.

Sie schloß die Tür. Der Hall verebbte. Sie warf einen Blick in die Runde. Eine hübsche kleine Kapelle, Nancy war beeindruckt von der einfachen Ausstrahlung dieses Gotteshauses. Ein bleiernes Taufbecken war zu sehen. Merkwürdig waren die in Kästen abgeteilten Bänke. Die Boxen waren gerade so groß, daß eine Familie von fünf oder sechs Personen darin Platz hatte. Die Menschen waren damals von ihresgleichen abgegrenzt worden, wenn sie zu Gott beteten. Vorne, höchstens zehn oder zwölf Meter vom Eingang entfernt, stand der Altar.

Hier hat also der Burgherr mit seiner Familie gebetet, sinnierte Nancy. Hübsch.

Sie umrundete das Taufbecken und stieß einen kleinen Freudenschrei aus. Vor ihr stand, was sie gesucht hatte.

Die Truhe stand rechts an der Wand, auf dem Deckel waren in goldenen Lettern die Namen der Geistlichen eingraviert, die in dem Sprengel Dienst getan hatten, die älteste Jahreszahl war 1158. Es war eine große Truhe. Nancy war fast sicher, daß es sich um das Ding handelte, von dem Fenn ihr erzählt hatte. Sie war aus dicken Bohlen gefertigt, die Bretter waren mit eisernen Bändern umschlungen, das Holz war alt und verkratzt; es gab drei Schlösser.

Nancy kniete vor der Truhe nieder. Sie befühlte die Schlösser. »Großartig«, sagte sie. »Jetzt brauche ich nur noch die gottverdammten Schlüssel.«

Sie stand auf. Wo wohl der Priester zu finden war, der jetzt die Kapelle betreute? An der Tafel, die an der Wand hing, stand zu lesen, daß es sich um Hochwürden Patrick Conroy aus Storrington handelte. Storrington. Der gute Mann kam wahrscheinlich im Bus, um in der ehemaligen Burgkapelle die Messe zu lesen. Sie würde sich in Storrington zu ihm durchfragen. Was aber, wenn er ihr keinen Zutritt zum Inhalt der Truhe gestattete? Es war unwahrscheinlich, daß er sie Einsicht nehmen ließ in die alten Urkunden und Kirchenchroniken. Wenn Fenn sich mit Hochwürden

Conroy in Verbindung setzte, dann sah die Sache schon anders aus. Scheiße! Sie mußte Fenn ranlassen. Es sei denn...

Es sei denn, die Schlüssel zur Truhe waren in der Kapelle versteckt. Unwahrscheinlich, aber möglich. Vielleicht in der Sakristei?

Sie ging auf den Altar zu. Das Rauschen des Windes war zu hören und das Rascheln einer Maus.

Sie ging langsamer und blieb stehen. Sie spürte, sie war nicht mehr allein in der Kirche.

Sie lauschte in das Halbdunkel hinein. Die Maus hatte zu rascheln aufgehört, als hätte auch sie bemerkt, daß es ein drittes Wesen in der Kapelle gab. Nancy sah, wie sich der Himmel jenseits der Kirchenfenster mit einem bedrohlichen Schiefergrau überzog. In der Kapelle war es jetzt so dunkel, daß man kaum noch die Hand vor Augen erkennen konnte.

Bedächtig ging sie weiter. Sie spähte in das verwinkelte Gestühl der Bänke hinein. Verbarg sich dort jemand? Rechts neben dem Altar war die Tür zur Sakristei zu sehen. Links von Nancy gab es eine Ausbuchtung, einen Erker. Hier hatte wohl der Burgherr gesessen, der Lehnsherr und seine Familie.

Der Erker lag im Dunkeln. Kein Laut kam aus dieser Richtung, und doch hatte Nancy das Vorgefühl, daß sich dort ein Mensch versteckte.

Und wenn schon, dachte sie. Ich bin in einem Gotteshaus. Es wäre nur natürlich, wenn irgendein Mensch in der Bank sitzt und betet. Sie räusperte sich und wartete auf eine Antwort. Wenn es in der Nische einen Menschen gab, würde sie das Scharren der Füße zu hören bekommen oder das Rascheln der Kleidung. Alles blieb still.

Es wäre eine Dummheit, wenn ich jetzt weiterlaufe, dachte Nancy. Dumm und kindisch. Sie ging weiter.

Das erste, was sie zu sehen bekam, war ein Madonnenbild im Stil von Perugino. Das Bild hing über einem offenen Kamin. Nancy trat näher. In der Vertäfelung des Erkers war eine Tür zu erkennen. Die Tür stand offen, sie führte in einen Nebenraum.

In dem Nebenraum standen Bänke. Auf einer der Bänke saß eine Gestalt.

Erleichtert gewahrte Nancy, daß es sich um eine Nonne handelte.

Aber es war keine gewöhnliche Nonne. Die Tracht war nicht grau, sondern schwarz, und der Rock reichte bis zu den Knöcheln. Die Frau trug eine schwarze Kapuze, die sie tief ins Gesicht gezogen hatte.

»Entschuldigen Sie«, sagte Nancy. Sie war auf der Schwelle des Nebenraums stehengeblieben.

Die Nonne verharrte regungslos.

»Es tut mir leid, wenn ich Sie störe...« Nancy war, als würden ihr die Worte aus dem Mund gesogen. Sie hatte in normaler Lautstärke gesprochen, aber der Schall war merkwürdig gedämpft. Hier stimmte etwas nicht. Sie versuchte, vor der Gestalt zurückzuweichen, aber ihre Glieder versagten ihr den Dienst.

Sie spürte, wie sie in die Knie sank. Ihr Höschen wurde von einem Strahl Urin durchfeuchtet, als die Nonne ihr das Gesicht zuwandte.

31

»Wer ist da?« – »Ich, die Schöne,
Schöner, als du es dir träumen kannst,
Ich, die ich im dunklen Wurzelgehölze wohne, bin gekommen
Und klopfe an deine Tür.«
Walter de la Mare: The Ghost

Der Regen sprühte gegen die Windschutzscheibe, als Fenn den Wagen durch das Tor lenkte. Er verlangsamte die Fahrt. Wo war die Torwache? Es gab keine Torwache. Natürlich nicht. Die Burg war den Winter über geschlossen. Fenn trat aufs Gas. Die Geschwindigkeitsbegrenzung auf zehn Meilen pro Stunde sollten andere beachten.

Über ihm ballten sich die Regenwolken zusammen. Aus dem Sprühregen würde ein schweres Unwetter werden. Links und rechts huschten die Bäume vorbei, wie hilflose Wächter, die ihm mit den Armen Einhalt gebieten wollten. Ein Reh huschte über die gewundene Auffahrt, Sekunden später wurde der braune Schatten vom weihevollen Schatten des Gehölzes verschlungen.

Er trat wieder aufs Gas. Merkwürdig, daß es jetzt am Nachmittag schon so dunkel wie am Abend war. Der Winter in England wäre gar nicht so schlimm, wenn er sich nur nicht über acht oder neun Monate hinziehen würde. Die Auffahrt führte zwischen hohen Bäumen hindurch, dann war der Blick frei auf die grünen Felder und auf den Nebel der South Downs in der Ferne.

Das Herrenhaus kam in Sicht, die frühere Burg, von Ulmen beschattet. Etwas seitlich gab es einen Besucherparkplatz. Die Burgkapelle lag etwa vierhundert Meter vom Hauptgebäude entfernt.

Stapley Park, Barham. Das Herrenhaus im Tudorstil hieß Stapley Manor. Die Burgkapelle aus dem zwölften Jahrhundert wurde die Petruskapelle genannt.

Daß er nicht gleich darauf gekommen war! Die Daten, die er zusammengetragen hatte, deuteten auf Stapley Manor. Aber er war so in der Arbeit befangen gewesen, daß er den Wald vor lauter Bäumen nicht sah. Aber warum sich jetzt noch darüber ärgern? Fenn war ziemlich sicher, daß die Truhe in der Kapelle die Truhe war, die er suchte. Auf den Rat des Monsignore hin hatte er am Morgen jenes Tages die Kathedrale in Arundel aufgesucht, wo sich weitere Chroniken befinden sollten. In Arundel hatte er erfahren, daß zu Stapley Manor eine Kapelle gehörte.

Bis zur Reformation hatte Stapley Estate der katholischen Kirche gehört, dann war die Kirche enteignet worden.

Als im Jahre 1540 die Klöster aufgelöst wurden, als die Bauten und die Ländereien der Kirche ›legitim‹ ins Eigentum der Krone übergingen, war Stapley Manor und der ganze Stapley Besitz an Richard Staffon, einem Seidenhändler aus London, übertragen worden. Der Seidenhändler hatte die Burg bewohnt, bis die Gegenreformation unter der neuen katholischen Regierung ihn mit anderen Protestanten ins Exil zwang. Er hatte noch Glück gehabt. Dreihundert protestantische Glaubensbrüder waren damals auf dem Scheiterhaufen als Ketzer hingerichtet worden.

Auf undurchsichtigen Wegen hatte der Landsitz ins Eigentum von Sir John Woolgar gefunden. Woolgar sollte belohnt werden, weil er der katholischen Kirche unter dem Regnum von König Heinrich die Treue gehalten hatte, er war ein wohlhabender Kaufmann aus Sussex, sein einziger Sohn war der Priester der St. Joseph's Kirche in Banfield.

Fenn trat auf die Bremse. Es gab also eine Verbindung zwischen Stapley Manor und Banfield, das hatte ihm der Presbyter in Arundel noch einmal bestätigt. Was dann noch fehlte, hatte Fenn beim Priester in Storrington in Erfahrung gebracht.

Hochwürden Conroy betreute nicht nur den Sprengel in Storrington, er las einmal pro Woche die Messe in der Petruskapelle in Stapley Park; wie es schien, war das schon immer das Amt des Seelsorgers von Storrington gewesen. Hochwürden Conroy hatte Fenn bestätigt, daß es in der Petruskapelle eine Truhe gab, auf die seine Beschreibung paßte, und nach einem Telefongespräch mit Monsignore Delgard, vor dem der Pfarrer von Storrington unheimlichen Respekt hatte, waren Fenn die Schlüssel zur Truhe ausgehändigt worden. Fenn hatte zugleich die Erlaubnis erhalten, Urkunden, die er näher überprüfen wollte, mitzunehmen. Er brauchte nur eine Liste der entnommenen Urkunden zu machen und die Dokumente Pfarrer Conroy zu zeigen. Dieser hätte Fenn gern zur Kapelle begleitet, aber daran war er durch seine seelsorgerischen Pflichten gehindert. Was Fenn sehr gut in den Kram paßte. Beim Herumschnüffeln war er am liebsten allein.

Wie Hochwürden Conroy erzählte, hatte es früher ein kleines Dorf neben der Kapelle gegeben. Anfang 1400 hatte eine mysteriöse Seuche fast alle Einwohner dahingerafft; in der Folge waren die Häuser zerfallen. Das Herrenhaus war viele Male umgebaut und verändert worden. Heute waren das Hauptgebäude und die Burgkapelle ein Anziehungspunkt für die Touristen, die in dem Gebiet ihre Sommerferien verbrachten... Die Truhe war in die Petruskapelle gebracht worden, nachdem Sir John Woolgar der St. Joseph's Kirche ein herrliches, buntes Kirchenfenster gestiftet hatte.

Eine Krähe senkte sich auf den Weg, als wollte sie Fenns Weiterfahrt verhindern. Krähen waren Vögel, für die Fenn wenig Zuneigung aufbrachte; zu groß und zu schwarz. Er fuhr über den knirschenden Kies auf die Krähe zu. Das Tier hüpfte zur Seite. Es betrachtete ihn aus einem Auge, als er vorbeirollte.

Der Weg führte jetzt abwärts, der Wagen gewann an Fahrt. Unter den großen, alten Bäumen ästen Herden von Rehen und Hirschen, sie hoben die Köpfe, als die Brise das Rauschen des Motors zu ihnen herübertrug. Fenn bog auf den Besucherparkplatz ein. Er sah, wie die Herde zügig, aber ohne Angst, davontrottete. Er stand auf einem Rasenparkplatz, die einzelnen Felder waren durch niedrige Erdwälle voneinander abgeteilt. Die Ochsen auf dem nahen Feld hatten zu blöken begonnen. Auch für sie schien Fenn der Störenfried zu sein, auf den man gern verzichtet hätte.

Fenn nahm die leere Reisetasche vom Sitz und stieß die Wagentür auf. Der Wind peitschte seine Wangen, Wind, der von der See herangetragen wurde. Fenn zog sich den Mantelkragen zu, er blinzelte, als der Regen über seine Augäpfel rann. Er legte sich den Riemen der Reisetasche über die Schulter und trat den Weg zur Burgkapelle an.

Es gab einen Pfad, der geradlinig vom Besucherparkplatz zur Kapelle führte. In gebührender Entfernung war die Fassade des Herrenhauses zu bewundern, ein düsteres, leblos und verlassen wirkendes Gebäude. Wahrscheinlich, so folgerte Fenn, wohnte um dieses Jahreszeit wirklich niemand auf Stapley Manor. Der frühere Eigentümer war vor einigen Jahren gestorben, die Familie verbrachte dort nur noch die Sommermonate.

Die Kapelle war größer geworden, so wie das Objekt größer wurde, wenn man den Zoomhebel zu sich zog; Fenn fühlte sich auf einmal einsam und verlassen. Wie das Hauptgebäude, so war auch die Kapelle aus grauen Steinen errichtet, die im Laufe der Jahrhunderte eine grünliche Färbung angenommen hatten. Ein Teil des Daches war mit Moos bedeckt; die Kapelle hatte bleiverglaste Fenster, und Fenn schien es, als sei das Glas einst im flüssigen Zustand in die Rahmen eingepaßt worden. Erst als er näher herankam, wurde ihm klar, daß auch die Kapelle in verschiedenen Bauabschnitten errichtet worden war. Der Pfad führte um das verwinkelte Gotteshaus herum, der Eingang mußte wohl hinten liegen. Nachdem der Pfad Fenn über eine Freifläche geführt hatte, gab es jetzt Bäume, die meisten von ihnen Eichen, die sich ans Gemäuer des Gotteshauses schmiegten. Es war das Rascheln des trockenen Laubs, das ihm seine Einsamkeit in Erinnerung brachte; der Wind war böig geworden, am Horizont war ein Silberstreifen zu sehen, aber der Himmel über ihm war brütend und unheilbeladen.

Er verließ den Pfad, um an eines der Kirchenfenster zu treten und ins Innere zu spähen. Die Bänke waren zu sehen und die Waben, Fenn erinnerte es an einen geweihten Kuhstall. Er stellte sich auf die Zehenspitzen und preßte die Wange an die Scheibe, aber er sah nur den Schatten des Taufbeckens und ein paar weitere Bankreihen. Als ein Lichtpunkt sich bewegte, war er so überrascht, daß er vom Fenster zurückwich. Die Blutgefäße in seiner Kehle zogen sich zusammen, und dann erkannte Fenn, das Licht oder der Gegenstand, der das Licht reflektiert hatte, mußte sich draußen befinden, irgendwo hinter ihm, nicht in der Kapelle.

Er fuhr herum. Nichts war zu sehen, nur ein schwankender Zweig.

Gruselig, dachte er. Gruselig, gruselig, gruselig.

Er kehrte auf den Pfad zurück und bog um die Ecke. Der Wind fuhr ihm ins Gesicht, und der Regen war kalt wie Hagel. Über Fenn erhob sich ein Glockenturm, zu klein, um majestätisch zu wirken. Der Turm war vielleicht zwölf Meter hoch, und die Brustwehr, mit dem er abschloß, war fast so dunkel wie die Wolken.

Bevor Fenn die Kapelle betrat, warf er einen Blick auf jene Seite, die zuvor verborgen gewesen war. Ein Gräberfeld mit Steinen tat sich vor ihm auf, die Steine standen so dichtgedrängt, daß es ihm schien, als seien die Toten auferstanden. Zwei verfaulte Kreuze lagen im Gras. In einiger Entfernung verlief ein Zaun, dahinter hüfthoch wucherndes Gestrüpp. Offensichtlich fiel das Gelände hinter der Umzäunung steil ab.

Fenn kehrte zum Eingang des Kirchleins zurück. Er öffnete die schwere Tür und trat ein. Er war froh, dem unfreundlichen Wetter entronnen zu sein. Die Tür fiel hinter ihm ins Schloß, und dann war der Wind nur noch ein Atmen.

Wie immer wenn er ein Gotteshaus besuchte – dies geschah nicht oft – fühlte er sich als Eindringling. Die Anordnung der Bänke in der Kapelle war ungewöhnlich. Merkwürdig, daß die Bänke in Waben unterteilt waren. Es gab eine niedrige Balkendecke. Neben dem Altar erhob sich eine Kanzel, dahinter war die Tür zu erkennen, die zur Sakristei führte. Ob die Truhe in der Sakristei stand?

Dann sah er sie, nur zwei Schritte zu seiner Rechten. Er strahlte über das ganze Gesicht. Hoffentlich sind die Chroniken drin, die ich suche, dachte er. Die Erinnerung an die Enttäuschung war wieder da, die er nach der Durchsuchung der St. Joseph's Kirche empfunden hatte. Der Deckel der Truhe war aus poliertem Holz, auf dem Deckel waren Namen und Jahreszahlen eingraviert. Fenn trat näher. Es war eine Aufzählung der Priester, die in der Petruskirche Gottes Wort gepredigt hatten. Ein Name kam Fenn bekannt vor:

Pfarrer Thomas Woolgar 1525–1560 A. D.

Thomas Woolgar? Das mußte Sir Johns Sohn sein, der Priester von Banfield. Die Priesterweihe hatte Thomas Woolgar wohl erst erhalten, nachdem der Besitz auf den Namen seines Vaters überschrieben worden war. Gestorben war er 1560, er hatte demnach nur wenige Jahre im Priesteramt verbracht. Fenn errechnete sein Sterbealter mit 35 Jahren. Er war jung gestorben, nach heutigen Maßstäben. Für die damalige Zeit allerdings war das Sterbealter normal.

Regen schlug gegen die Fenster der Kapelle, es war, als begehrten die Tropfen Einlaß in das Gotteshaus.

Fenn holte die Schlüssel aus der Tasche. Er zögerte, bevor er den ersten Schlüssel ins Schloß steckte. Es ist und bleibt verrückt, dachte er. Wie kann ein Ereignis, das vor 400 Jahren stattgefunden hat, Einfluß auf heute haben? Daß ein Kind im Schlaf eine Sprache sprach, wie sie ihm sechzehnten Jahrhundert üblich gewesen war, bedeutete doch noch nicht, daß die Lösung des Rätsels in der fernen Vergangenheit verborgen lag. Auch die Tatsache, daß Alice ein

Hexenmal trug, war kein Beweis. War der Monsignore wirklich überzeugt, daß es da einen Zusammenhang gab, oder war es nur der Mut der Verzweiflung, was ihn diese Annahme als Tatsache hinstellen ließ?

Das Geräusch, das Fenn erschreckte, war aus der Richtung des Altars gekommen.

Er hielt den Atem an.

Wieder das Geräusch.

»Ist dort jemand?« rief er.

Keine Antwort. Jetzt war es still in der Kapelle, nur der Wind und der Regen waren zu hören.

Er trat in den Mittelgang und wartete. Wieder das Geräusch. Ein kratzendes, schleifendes Geräusch.

Das kann alles mögliche sein, versuchte er sich einzureden. Eine Maus zum Beispiel. Aber dann verstärkte sich sein Verdacht, daß sich ein zweites menschliches Wesen in dem Gotteshaus befand. Er kam sich beobachtet vor. Sein Blick wanderte zur Kanzel. Niemand.

Wieder das Geräusch. Es kam von den vorderen Bänken.

»He, wer ist da?« rief er.

Er ging auf den Altar zu und mußte sich zwingen, nicht irgendeine Melodie zu pfeifen. Seine Augen zuckten nach rechts und links, während er die Bankreihen passierte. Alle Bänke waren leer, nur bei der letzten – vom Altar aus gesehen die erste – war Fenn nicht ganz sicher, diese Bank vollzog eine Biegung und setzte sich in der Dunkelheit fort. Er war jetzt sicher, das Geräusch war aus der Düsternis gekommen. Er stand an der Schwelle der beleuchteten Fläche. Ich will nicht sehen, was sich dort im Dunkeln verbirgt, dachte er. Ich will es nicht wissen. Und dann wiederholte sich das Geräusch, laut und deutlich.

Er machte ein paar Schritte in die Düsternis hinein. Die erste Bank war leer.

Ein Seufzer der Erleichterung drängte sich über seine Lippen.

Er ging weiter. Der Nebenraum, der sich hinter der bogenförmigen Öffnung auftat, hatte eine seltsame, unregelmäßige Form. Eine Feuerstelle war zu sehen, über dem Kamin hing ein Bild der Muttergottes mit dem Jesuskind. Die Bänke in diesem Teil der Kapelle waren mit Samt gepolstert. Das Geräusch kehrte zurück, und da sah Fenn den Ast, den der Wind an der Scheibe auf und abbewegte. Er war so erleichtert, daß er sich das Lächeln verkniff.

Er ging zur Truhe zurück und steckte den Schlüssel in eines der drei Schlösser. Er versuchte den Schlüssel zu drehen, aber das ging nicht. Den Weisungen Pfarrer Conroys eingedenk benutzte er den mitgebrachten Metallstift, um die in einem komischen Loch verborgene Sperre des Schlosses zu lockern. Er war überrascht, als sich das hufeisenförmige Gebilde in zwei Hälften aufteilte.

Er wiederholte die Prozedur bei den anderen beiden Schlössern, die sechs Teile legte er auf den Steinboden.

Er wollte den Deckel öffnen, als die Tür der Kapelle zu rütteln begann. Der Wind, dachte er. Nur der Wind.

Der Deckel ließ sich nur mit großer Anstrengung heben, die Scharniere quietschten, als Fenn den Deckel nach hinten drückte. Er warf einen Blick in die Tiefen der Truhe hinab. Geruch nach Moder entschwebte der Finsternis wie ein freigelassener Vogel.

Obenauf lagen alte, verblichene Meßgewänder. Er hob das Zeug heraus und legte es über die Kante der Truhe. Als nächstes kam eine Schicht aus vergilbten Pergamenten und zerknitterten Folianten. Er durchblätterte die Folianten, dann legte er sie in zwei Schritten Entfernung von der Truhe auf den Boden. Die Eintragungen waren zu neu.

Er zog einige lose gebundene Bücher hervor, die Einbände dieser Bücher waren aus Tierhaut, die Blätter waren dünn, mit scharfen Kanten. Er öffnete eines der Bücher. Es war eine Art Hauptbuch, wo der Pfarrer die Zahlungen an Handwerker vermerkt hatte. Auf der ersten Seite war eine Jahreszahl zu erkennen: 1697. Die anderen Eintragen waren früher datiert. Das Jahrhundert, das Fenn suchte, fehlte ganz.

Er stieß auf einige Meßbücher in lateinischer Sprache, die er beiseite legte. Dann wurde er fündig. Die drei Bücher mit Eintragungen aus dem sechzehnten Jahrhundert maßen etwa dreißig Zentimeter in der Höhe und zwanzig Zentimeter in der Breite, die Einbände waren aus dickem, gelblichem Velinpapier. Die Schrift war seinerzeit mit kräftigen Strichen aufgetragen worden, aber die braune Tinte war verblaßt. Zu Fenns Ärger waren alle Eintragungen in Latein verfaßt. Aber die Jahreszahl – 1556 – bestätigte, daß es sich um das richtige Jahrhundert handelte.

Begierig untersuchte Fenn die beiden anderen Bücher, die Eintragungen verliefen in chronologischer Folge. Als er das dritte Buch öffnete, fielen ein paar Blätter heraus. Die Schrift war braun, wie bei den vorherigen Eintragungen, und sie stammte ganz offensichtlich von dem gleichen Schreiber, der die fest eingebundenen Seiten beschriftet hatte, allerdings waren die Buchstaben auf diesen Blättern sehr unordentlich angeordnet. Der Schreiber hatte große Eile gehabt. Erst auf dem dritten Bogen fand Fenn ein Datum.

Die Dachbalken der Kapelle ächzten, als der Wind unter die Sparren fuhr; Fenn hörte, wie etwas abbrach, eine Dachpfanne, wie er vermutete. Er vernahm, wie der Ziegel auf der weichen Erde vor der Kapelle aufkam. Er sah zum Gebälk hinauf. Dieses Bauwerk hatte Jahrhunderte überdauert, es würde nicht ausgerechnet in der Stunde zusammenfallen, die er für seinen Besuch gewählt hatte. Er öffnete die Reisetasche und legte die mit Velinpapier eingebundenen Bücher hinein, nachdem er die losen Blätter in das zugehörige Buch zurückgeschoben hatte.

Die Tür der Kapelle rüttelte, als hätte sie die Schläge kräftiger Männerfäuste zu ertragen. Fenn warf einen Blick durch die Fenster. Zu sehen war nichts, so dicht fiel der Regen. Er legte die übrigen Bücher und Meßgewänder in die Truhe zurück, er hatte es plötzlich eilig, die Kapelle zu verlassen. Das Gefühl, eingesperrt zu sein, war hier genauso intensiv wie in der St. Joseph's Kirche. Er ließ den Deckel zufallen. Er atmete auf. Jetzt nichts als zurück zum Wagen!

Er ging zwischen den Bankreihen entlang, und das Heulen des Windes draußen in den Bäumen war wie der Klagegesang verdammter Seelen. Die Tür erzitterte, als er näherkam. Er wich zurück. Er starrte das Türschloß an. Der Sperrhebel hob und senkte sich, als stünde draußen ein Verrückter vor der Tür, der nur ein einziges Ziel hatte, nämlich das Schloß so schnell wie möglich kaputtzumachen. Der Türrahmen erbebte, Fenn konnte die Begierde des Sturmes spüren, der sich Einlaß in die Kapelle verschaffen wollte.

Das Empfinden kroch an ihm hoch wie ein Geflecht schuppiger Finger. Es war nicht der Wind, der Einlaß begehrte. Es war etwas anderes, und dieses *etwas* wollte zu ihm.

Rückwärtsgehend taumelte er den Gang zurück. Über ihm war die Kanzel wie der Schatten eines Raubtiers. Zu seiner Rechten war der merkwürdige Nebenraum mit der Feuerstelle, mit dem Marienbild, das Fenster war zu sehen mit dem Zweig, der gegen das Glas schlug wie die Hand eines Bettlers, und an der leergeräumten Feuerstelle saß eine schwarzgekleidete Gestalt, die...

Fenn blieb wie angewurzelt stehen, er spürte, wie die Muskeln seiner Kehle sich zusammenzogen.

Die Gestalt trug eine Kapuze, der Kopf ruhte auf den Knien. Der Kopf kam hoch und wandte sich Fenn zu.

Dann barst die Tür, und das Türblatt flog gegen den Balken mit einer Gewalt, die alles in der Kapelle erzittern ließ.

32

Nun wandelt sie nie mehr auf dieser Welt
ihres Wegs unter Stern und Mond;
Man sagt, sie lebe ungesellt,
wo man ungesellig wohnt.
J. R. R. Tolkien: Schattenbraut

Fenn wurde zurückgeschleudert. Er kam ins Stolpern und ging zu Boden. Er lag auf dem Rücken. Er spürte keinen Schmerz.

Der Wind heulte um das Kirchlein, und sogar das Taufbecken aus Blei schien unter den zornigen Böen zu erzittern. Der Wind verfing sich in Fenns Kleidung, zerzauste sein Haar. Er mußte sich abwenden. Regen wurde hereingeweht und näßte die Wände, der Wirbelwind tanzte durch die Bankreihen. Das Sturmgeheul hallte in dem steinernen Gebäude wider wie ein Echo, das von einer Bergwand zurückgeworfen wird.

Rechts von Fenn stand eine Gestalt, die eine Hand nach ihm ausstreckte.

Er wagte nicht, zur Seite zu sehen. Er gewahrte die Umrisse der Gestalt in den Augenwinkeln, und das genügte ihm. Er wollte das Wesen nicht sehen.

Er rappelte sich auf, kniete sich hin, umtost vom heulenden, schreienden Sturm. Er wollte aufstehen, aber dazu fehlte ihm die Kraft.

Er zuckte zusammen, als er berührt wurde. Sein Verstand sagte ihm, daß keine Berührung möglich war, solange die Gestalt so weit entfernt stand, aber sein Gefühl kümmerte sich nicht um die Überlegung, er spürte, wie sich grausame Finger in seinen Arm gruben. Er spürte, wie sich die Fingernägel in seine Wangen bohrten. Eine Hitzewelle versengte seine ausgestreckte Hand, als er nach unten blickte, sah er die Brandblasen aufblühen.

Und doch stand die Gestalt mehrere Schritte entfernt.

Er kam auf die Beine, die Angst gab ihm die Kraft dazu. Er taumelte den Gang zwischen den Bänken entlang wie ein Ertrinkender, der sich gegen die Strömung stemmt. Er spürte den bösen Blick in seinem Rücken. Wieder fiel er zu Boden, der Sturm brauste über ihn hinweg, stark wie ein Riese.

Die Kirchentür wurde gegen die Wand geschleudert, die Steinwand barst, die Landschaft draußen war schweigendes, regennasses Grün.

Fenn fürchtete sich vor dem Blick zurück, er verstand nicht, wo die schwarzgekleidete Gestalt hergekommen war, er wußte nur, daß sie existierte und daß sie darauf brannte, Böses zu tun. Er versuchte, weiterzukriechen, als die Finger seine Knöchel umkrampften. Er schrie auf, als sich die Nägel in sein Fleisch senkten und ihn an den Füßen fortziehen wollten.

Mit einer Hand versuchte er die Kante der Bank zu erreichen, mit der anderen versuchte er sich in den Fugen des unebenen Bodens festzuhalten. Sein Herz fühlte sich an, als spränge es als zuckender Ball in seinem Körper herum. Fenn schrie aus Leibeskräften, schrie das Wesen an, das ihn an den Füßen gepackt hielt. Er schlug um sich, wie verrückt vor Angst und Wut. Er hatte sich die Finger auf dem Stein blutig gekratzt, er stieß um sich, er hielt die Augen geschlossen.

Plötzlich war er frei. Der Wind schlug ihm ins Gesicht, zerrte an seinen Schultern, der Regen war wie eine Peitsche aus Eis, Fenn kroch voran, immer noch wagte er es nicht, über die Schulter zu blicken, er spürte den verpesteten, nach Aas stinkenden Atem der Gestalt in seinem Rücken. Er kam zum Stehen. Er wankte voran. Seine Schritte wurden langsamer und langsamer... Der Alptraum vom Moor war wieder da... Die Kindheit, als er so oft...

...das Frankenstein-Monster hatte die Arme nach ihm ausgestreckt, versuchte, ihn an den Beinen zu packen, die verkrüppelten Füße des widerwärtigen Wesens stampften auf dem Boden auf, daß die ganze Welt erzitterte...

...der grinsende Fe-Fi-Fo-Fum-Riese war da und schwang seine Axt...

...das Schlürfen und Schmatzen der Kreatur war zu hören, das saftige Klatschen der Wogen, als die Kreatur aus der schwarzen Lagune auftauchte...

...der tote Sohn war dem Grab entstiegen, er stand vor der Tür seiner Mutter, aber die Tür war verriegelt, und die Mutter sah den Affen bittend an, bitte, öffne die Tür, damit mein Sohn zu mir kommen kann...

...das Wesen, das ihm immer unter der Kellertreppe aufgelauert hatte...

...das grüngesichtige Gespenst, das um Mitternacht an die Scheibe zu klopfen pflegte...

...Norman Bates, der sich als Mutter verkleidet hatte und hinter dem Duschvorhang posierte...

...die weiße Gestalt am Fußende des Bettes, die ihn nicht aus seinem Alptraum aufwachen ließ...

...alle Alpträume seiner Kindheit waren wieder da, und die Bilder waren wie Fangarme, die sich an seinen Gehirnzellen festsaugten...

Es endete, als er die Angst nicht mehr ertragen konnte.

Es war, als würde er aus dem Lauf einer Kanone katapultiert. Er flog durch das Türloch und kam auf dem Weg vor der Kapelle wieder auf. Er rollte sich auf die andere Seite, stützte sich auf, der Regen war wie glühende Nadeln, über sich sah Fenn den steinernen Rundbogen des Portals, darüber den Glockenturm, und dann war ihm, als stünde er oben auf dem Wehrgang und blickte auf seine zerschmetterten Gebeine hinab.

Auf Händen und Füßen sich vorwärtskämpfend, vergrößerte er den Abstand zu dem bedrohlichen Loch der Kapellentür, er war jetzt bis auf die Haut durchnäßt, immer noch hielt er die Riemen der Reisetasche um die Schulter geschlungen. Etwas Weiches, Dunkles berührte seinen Rücken, als er ins Gras hineinkroch, er wandte den Blick und sah auf die Kapelle zurück, seine Augen waren weit aufgerissen, sein Gesicht war bleich wie der Tod. Sein Verstand schrie ihm zu, daß er aufspringen und weglaufen mußte. Es gelang ihm aufzustehen. Und dann sah er die Gestalt, die auf der anderen Seite des Zauns entlanglief.

Die Gestalt hatte sich aus dem Meer aus Grün erhoben wie ein Schwimmer, der viele Meter nach dem Startsprung wieder zur Oberfläche auftauchte, die Gestalt bahnte sich einen Weg durch die Sträucher, floh vor Fenn, entfernte sich mehr und mehr von der Kirche.

Sie kam ihm bekannt vor, diese Gestalt, aber noch fehlte ihm die Kraft, sich das Wiedererkennen einzugestehen. Als es dann keinen Zweifel mehr gab, wer es war, lief er auf den Zaun zu, schwang sich über das Hindernis und landete im Buschwerk. Die Gestalt war verschwunden.

Eine Böe ließ die Zweige um ihn erbeben, es war wie ein See, dessen Oberfläche sich kräuselte. Inmitten der Chaos aus Regen, Sturm und Düsternis überkam Fenn die Vorahnung drohenden Unheils.

»Nancy!« schrie er, aber das Heulen des Windes war die einzige Antwort. Er rannte durch die Büsche, rief wieder und wieder Nancys Namen, es war jetzt nicht mehr so, daß er um Nancy Angst hatte, er fürchtete für sein eigenes Leben, er brauchte Nancys Hilfe, wenn er diesem Alptraum entrinnen wollte.

Er lief dahin, umtost von Regen und Wind, fast blind. Er glitt aus, kam zu Fall und überschlug sich, er rollte einen Abhang hinunter, den er bei der Ankunft an der Kapelle nicht wahrgenommen hatte, Buschwerk und Dornengestrüpp griffen nach seinen Händen, peitschten ihm ins Gesicht, immer noch überschlug sich Fenn, die taumelnde Drehbewegung wollte kein Ende nehmen, aber dann endete der Abhang, eine weichgepolsterte Mulde war da, Fenn lag im nassen Gras und spürte, wie sich tropfende Blätter über seine Augen schoben.

Er richtete sich auf und versuchte die Benommenheit abzuschütteln, aber die Kopfbewegung bewirkte nur, daß der Schwindel zurückkehrte. Er wartete einige Sekunden, bis das Gefühl abflaute, dann warf er einen Blick in die Runde. Von der Gestalt, die er verfolgt hatte, war nichts zu sehen. Er lag auf dem Grund einer Senke, auf der gegenüberliegenden Seite war der Hang mit Wald bewachsen. Etwa hundert Schritte entfernt gab es einen Stall. Es war ein sehr altes Gebäude, in schlechtem Zustand, offensichtlich wurde dieser Stall nicht mehr genutzt. Das Dach reichte weit über die Mauern, die Dachbalken waren zu sehen, es gab einige Öffnungen an der Längsseite der Mauern. Das Strohdach war dick und dunkel, die Holzbalken knorrig und verwittert.

Fenn wußte, ›sie‹ verbarg sich in dem Stall.

Er stand auf und ordnete die Schultergurte seiner Reisetasche. Vornübergebeugt hastete er auf den Stall zu. Er lief auf dem Grund der Senke entlang, die nicht mehr vom Wind erfaßt wurde, nur das Rauschen der Bäume war zu hören, ein sanftes Echo. Die Kapelle war nicht mehr zu sehen, nicht einmal der Glockenturm, über Fenn war nichts als der falsche Horizont und die Wipfel der Bäume, die sich im Winde wiegten.

Der Stall hatte keine Tür, nur die seitlichen Öffnungen. Fenn erspähte einen Haufen alter Bohlen und Balken, die aus den Öffnungen ragten, und dann erkannte er die Umrisse verrosteter Landmaschinen. Er verspürte wenig Lust, den Stall zu betreten, das Dunkel dort wirkte noch bedrohlicher als die Düsternis der Kapelle. Erst als das Wimmern und Winseln das Rauschen der Wipfel zu übertönen begann, überwand er sich.

Sie kniete neben einem Stapel Brennholz, ihr Schluchzen diente ihm als Kompaß. Sie hatten ihren Kopf zwischen den Knien verborgen und hielt die Beine mit beiden Händen umfaßt. Sie erschauderte, als er ihre Schulter berührte.

»Nancy, ich bin's, Gerry«, sagte er leise. Sie sah nicht einmal auf.

Er kniete sich neben sie und wollte sie in seine Arme schließen; sie stieß einen Schrei aus, der ihn an das Jaulen eines verletzten Tieres erinnerte. Sie versetzte ihm einen Schlag, so daß er gegen die verstaubte, vermoderte Bretterwand des Stalls taumelte. Sie versuchte, von ihm fortzukriechen.

»Um Himmels willen, Nancy, sei doch vernünftig. Ich bin's Gerry!« Mit einer behutsamen Bewegung zog er sie an sich und umschlang sie mit beiden Armen. »Ich bin's, Gerry«, wiederholte er und spürte selbst, wie falsch seine Stimme klang, er versuchte, Ruhe auszustrahlen, dabei war er der Hysterie nahe.

Es dauerte eine Weile, bis Nancy den Kopf hob. Der Ausdruck ihrer Augen war nicht weniger erschreckend als das Antlitz des Wesens, das Fenn im Halbdunkel der Kapelle erblickt hatte.

33

Ho, ho! Weckt auf die Toten! Der Nachen wartet im Hafen!
Ho, ho! Weckt auf die Toten! Auf sanften Kissen sie schlafen.
Sie hören nicht das Rascheln, das Mädchen, das die Röcke rafft,
Sie spüren nicht die Stöße, die Stöße seiner Leidenschaft.
Kein Wispern dringt zu ihnen durch dunkler Gräber Erde,
Kein Flüstern dringt zu ihnen, so lebe, stirb und werde,
Ein Leichentuch der Schnee, ein Hochzeitsgrün das Gras.
Geschlossen sind der Kirche Fenster, die Wand sie ist aus Glas.
Macht Platz in den Gräbern, den Geistern zu Frommen,
Zum Jüngsten Gericht wir kommen, wir kommen.
Ho, ho! Weckt auf die Toten! Der Nachen wartet im Hafen!
Ho, ho! Weckt auf die Toten! Auf sanften Kissen sie schlafen.
Sir William Davenant:
Wake all the Dead! What ho! What ho!

Monsignore Delgard nahm die Lesebrille ab. Er rieb sich die Augen. Seine Gestalt war in ultraviolettes Licht getaucht, so daß die Falten seines Antlitzes scharf hervortraten. Er hatte die vergilbten Urkunden auf den Tisch gelegt; er warf einen Blick auf den dicken Folianten, der ihm als Übersetzungshilfe diente. Er schaltete die Leuchtröhre aus, deren Strahlen die verblichenen Schriftzüge sichtbar machte. Er notierte einige Worte auf den Schreibblock. Er ließ den Federhalter sinken und massierte seine Stirn. Er saß vornübergebeugt, mit eingezogenen Schultern.

Er nahm die Hand von den Augen, die in namenloser Angst glühten. Es konnte, es durfte nicht wahr sein! Was eine menschliche Hand den Pergamenten vor fünfhundert Jahren anvertraut hatte, war nicht der Spiegel der Wirklichkeit, es waren die Alpträume eines Geistesgestörten.

Er fuhr sich mit der Zunge über die trockenen Lippen. Seine Gesichtshaut fühlte sich merkwürdig gespannt an, wie ein Fell, das über eine Trommel gezogen wurde. Er sah zu dem Reporter hinüber, der sich in einem Ohrensessel räkelte. Als er den Kopf wandte, war ihm, als hörte er seine Wirbel knirschen. Fenn war eingeschlafen. Es war spät in der Nacht. Der Reporter war rasch ermüdet, und dann war das nächtliche Studium vergilbter Urkunden auch nichts, was Fenn besonders aufregend gefunden hätte.

Ich muß ihm sagen, was ich herausgefunden habe, dachte der Monsignore. Aber dann fiel ihm ein, es gab etwas Wichtigeres. Er würde beten und Gott um geistige Stärke und Führung bitten. Er würde für eine arme Seele beten, die sich vor Jahrhunderten von ihrem Körper getrennt hatte.

Der Monsignore erhob sich. Er mußte sich alsbald aufstützen, weil ihm schwindlig wurde. Allmählich kam das Karussell des Raumes zum Stillstand. Delgard schob den Stuhl zurück. Er ging zur Tür. Vor der Schwelle angekommen, blieb er stehen und wandte sich um.

»Gerry«, sagte er leise.

Der Reporter schien ihn nicht zu hören. Kein Wunder, daß dieser Mann völlig erschöpft war, er hatte einen furchtbaren Tag hinter sich. Fenn hatte einen sehr nervösen und verwirrten Eindruck gemacht, als er mit den alten Urkunden im Pfarrhaus auftauchte. Ein Zyniker, der nicht an Geister glaubte, hatte mit eigenen Augen einen solchen Geist gesehen. Der Monsignore hatte dem Reporter zwei Gläser Whisky einschenken müssen, bevor der in der Lage war, in zusammenhängenden Worten zu schildern, was ihm widerfahren war.

Jetzt bereute es der Monsignore, daß er den Reporter bei seinen Recherchen in der Kapelle nicht begleitet hatte.

Nach dem Vorfall in der Kapelle – Fenn hatte dem Monsignore sehr ausführlich geschildert, was dort geschehen war – hatte er die amerikanische Journalistin in einem Stall entdeckt. Er hatte sie in ein Krankenhaus bringen wollen, wo man sie wegen des erlittenen Schocks behandeln konnte, aber Nancy hatte sich geweigert. Weil es unverantwortlich gewesen wäre, die Amerikanerin in diesem Zustand in ihr Apartment zu bringen und sich selbst zu überlassen, hatte Fenn sie zu Sue Gates gebracht. Dort war Nancy alsbald in einen tiefen Schlaf gesunken.

Schlaf. Auch der Monsignore sehnte sich nach Schlaf. Er warf einen Blick auf die alten Urkunden. Die kirchlichen Urkunden wurden in Latein verfaßt, die Chronisten in all den Jahrhunderten waren die Priester der jeweiligen Sprengel. Was aus den Pergamenten hervorging, war unglaublich, der Monsignore sträubte sich, diesen Urkunden Wahrheit zuzuerkennen, und doch hatte er bei vielen anderen Gelegenheiten erfahren, daß es Dinge, wie sie in der alten Chronik geschildert wurden, wirklich gab. Die Worte, die ein Geistesgestörter vor Jahrhunderten zu Papier gebracht hatte, waren Zeugnis und Brücke über die Zeiten. Der Verfasser war Priester gewesen, er hatte im sechzehnten Jahrhundert gelebt, und er hatte sich gegen sich selbst, gegen den katholischen Glauben und gegen die ganze Menschheit versündigt.

Es war eine Sünde, die ihm nie vergeben werden konnte, zumal gewisse Passagen in der Chronik bewiesen, daß der Schreiber über Einsichten verfügte, die den Irrtum des Aberglaubens ausschlossen. Jener Priester hatte sich auf Parapsychologie verstanden, er hatte sehr wohl zu unterscheiden gewußt zwischen den Praktiken der Geisterbeschwörung und den Irrwegen der Schwarzen Magie; und trotzdem hatte er sich nicht gescheut, seine Mitmenschen für seine verwerflichen Ziele einzuspannen. Indem er das tat, hatte er die Gewalt des Bösen in sich selbst mobilisiert. Er hatte die Menschen jener Zeit glauben gemacht, sie hätten eine Hexe verbrannt, und er hatte ihnen bestätigt, daß ein solches Autodafé der Königin Maria wohlgefällig war. Maria I. Tudor, die Blutige. Aber was die Menschen in ihrem Aberglauben verbrannt hatten, war mehr als ein gewöhnlicher Mensch gewesen. Sie hatten sich an einem Wesen vergangen, dessen außerordentliche geistigen Energien über den eigenen Tod hinausreichten. Die Geisteskräfte der als Hexe verbrannten Frau waren so groß, daß – wenn gewisse psychische Voraussetzungen zusammenkamen – sie die fleischliche Wesenheit des eigenen Ichs wiederherzustellen vermochten.

Die Ingredienzen waren Schwarze Magie, der Name Maria und jene geistigen Energien, die durch religiösen Fanatismus freigesetzt wurden. Die Katalysatoren des chemischen Prozesses waren der Priester, der in Sünde gelebt hatte, und das Mädchen, das in Sünde empfangen worden war. Die Hauptrolle bei dem Ganzen kam Alice zu. Das Kind war auf dem Feld gezeugt worden, wo fünfhundert Jahre zuvor eine Nonne gefoltert und auf dem Scheiterhaufen zu Tode gebracht worden war.

Der Monsignore stand an die Tür gelehnt. Wilde, unsinnige Gedanken bewegten sein Herz.

War es denkbar, daß eine Seelenwanderung über Jahrhunderte hinweg stattgefunden hatte? War die Nonne in einem anderen Körper wiederer-standen?

Aus dem Kind, in Sünde empfangen, war ein gottesfürchtiges Mädchen geworden, ein Geschöpf, das sich von seiner Mutter leiten ließ, eine von tiefem Glauben durchdrungene Katholikin, die zur Jungfrau Maria betete. Im Alter von vier Jahren war Alice von einer schlimmen Krankheit heimgesucht worden, die Ärzte hatten für die eingetretene Behinderung keine rechte Erklärung finden können, ebensowenig wie sie eine Erklärung fanden für die Heilung, die sieben Jahre später stattfand. Ein Wunder. Auch die Heilungen der Menschen, die im Beisein des Mädchen stattgefunden hatten, waren als Wunder zu betrachten. Aber waren diese Wunderheilungen wirklich durch psychische Energien ausgelöst worden?

Es war ein Labyrinth von Gedanken, in das der Monsignore da geraten war. Er schüttelte den Kopf, als könnte er sich damit von den schier unlösbaren Problemen befreien.

Alice hatte im Schlaf mit fremden Zungen gesprochen. Die Stimme war die einer reifen Frau gewesen. Die Worte waren ein Wirrwarr von Obszönitäten gewesen. War Alice vom Satan besessen? Oder war sie die Reinkarnation einer mittelalterlichen Hexe? Der katholische Glaube bezeichnete die Seelenwanderung als sündhaften Irrglauben, als Hirngespinst. Trotzdem gelang es dem Monsignore nicht, den ketzerischen Gedanken aus seinem Hirn zu verdrängen.

Über allem erhob sich die große Frage: Zu welchem Zweck ließ Satan diesen Menschen wiederauferstehen?

Die bösen Vorahnungen kamen mit solcher Gewalt über den alten Priester, daß er sich am Türrahmen festhalten mußte. War es in den vergangenen Wochen nur eine Befürchtung gewesen, so war die Gegenwart des Satans jetzt klar zu spüren. Die furchtbare Einsicht traf den Monsignore wie ein Schlag. Er war allein, der spirituellen Leere ausgeliefert. Die Angst, die ihn umfangen hielt, war mit Worten nicht mehr zu beschreiben.

Er stieß die Tür auf und wankte hinaus. Er mußte beten. Er mußte die Führung des Herrn erflehen, auf daß er beim Kampf gegen das Böse vom göttlichen Glauben gestärkt würde.

Er hatte den Flur durchquert. Er öffnete die Tür des Pfarrhauses. Die Schwärze der Nacht, die auf ihn zugestürzt kam, war wie ein Widerhall jenes spirituellen Vakuums, vor dem er geflohen war.

Der kalte Luftzug fand in den Raum, wo der Reporter schlief.

Fenn veränderte seine Stellung, als der Eiseshauch an ihm hochkroch. Die Träume, durch die er ging, waren kein Trost, sie waren eine bloße Fortsetzung des Alptraums, der mitten am Tage über ihn gekommen war. Die kühle Brise wirbelte die verblichenen Dokumente auf, die der Monsignore auf dem Tisch ausgebreitet hatte.

Sue warf einen Blick auf die Uhr. Fast elf. Was hatte Gerry aufgehalten? Wollte er Nancy Shelbeck etwa bei ihr übernachten lassen? Er hatte versprochen, er werde bald zurückkommen.

Sie trug ihre Tasse Kaffee von der Küche ins Wohnzimmer. Die Tür zum Schlafzimmer war nur angelehnt. Sue blieb stehen und lauschte. Nancys Atem ging jetzt ruhiger. Zu Anfang hatte sie geächzt und gestöhnt wie ein kleines Kind, das sich in Fieberträumen wand, das Stöhnen war nach einer Weile in ein hilfloses Wimmern übergegangen. Jetzt schlief sie. Sue ging weiter, sie durchquerte das Wohnzimmer, setzte sich auf das Sofa und stellte die Tasse auf den Couchtisch. Sie ließ sich in die weichen Kissen sinken und schloß die Augen.

Unvermittelt sprang sie wieder auf; sie ging zum Fenster und zog die Vorhänge zu. Sie hatte das Gefühl gehabt, als wollte sich die Nacht zu ihr ins Haus stehlen. Sie ging zum Sofa zurück, blieb vornübergebeugt sitzen und rührte mit dem Löffel im Kaffee.

Was war es eigentlich, was Fenn und die Amerikanerin mit so großer Angst erfüllte? Als Fenn in Sues Wohnung gewankt kam, hatte er in fast unverständlichen Worten berichtet, daß er die Amerikanerin nahe der Burgkapelle aufgefunden hatte, die Frau war in einem Schock gewesen. Sue, das war seine Bitte, sollte Nancy bei sich beherbergen, bis er zurückkäme. Nach diesen Worten war er wieder davongestürzt, er hielt dabei seine Reisetasche an sich gedrückt, als befände sich darin das Gehalt für ein ganzes Jahr Reportertätigkeit. Ja, und dann hatte er ihr noch gesagt, daß er zu Monsignore Delgard mußte, er würde dem alten Geistlichen etwas Wichtiges zeigen. Was denn eigentlich? Warum war Fenn überhaupt in die alte Kapelle gegangen? Und was hatte die Amerikanerin dort zu suchen?

Sie begann mit ihren Fingerspitzen gegen das Kinn zu trommeln. Warum hatte Fenn die Frau in ihre Wohnung gebracht? Hatte er denn überhaupt keinen Takt? Es war offensichtlich, daß die beiden etwas miteinander hatten. Sue wußte, Gerry provozierte gerne, er wußte ganz genau, welchen Aufruhr er in den Seelen anderer Menschen anrichtete, ihm machte es Spaß, die Reaktionen zu beobachten und auszukosten. Diesmal allerdings hatte er völlig verzweifelt gewirkt; kein Zweifel, daß er ihre Hilfe brauchte, und daß noch eine andere Frau im Spiel war, zu der er Beziehungen unterhielt, nun, das war in diesem Zusammenhang weniger wichtig.

Sie nahm einen Schluck aus ihrer Tasse. Verdammter Typ! Sie hatte versucht, ihre Liebe zu ihm zu betäuben. Sie hatte einen Anlauf genommen, um ihn aus vollem Herzen zu verachten. Umsonst. Die Religion, die Mitarbeit in der Kirche, die Stunden, die Sue ihrem Sohn Ben widmete, all das hatte als Kompensation herhalten müssen. Die Lücke war damit nicht zu stopfen. Sue spürte, daß sie Liebe brauchte. Vor Wochen noch war sie überzeugt gewesen, daß sie auf physische Liebe verzichten konnte; Sex war zugleich Belastung, brachte alle möglichen Probleme mit sich; wer physisch liebte, machte sich von der geliebten Person abhängig (was ärgerlich war, wenn es sich um eine Person handelte, auf die man sich so wenig verlassen konnte wie auf Fenn), wer physisch liebte, zahlte mit der Hölle der Eifersucht, diese Liebe war zugleich *Verpflichtung*, und das alles – fand Sue – war ein Kelch, den sie doch lieber an sich vorbeigehen lassen wollte; nach und nach war ihr dann allerdings bewußt geworden, daß es im Grunde darauf ankam, zu lieben und geliebt zu werden. Liebe mit all ihren Höhen und Tiefen. Sie, Sue, konnte nicht ohne das auskommen.

Sie hielt die Tasse mit beiden Händen umfangen. Wie war es möglich, daß sie wieder etwas für Fenn spürte? Vielleicht war es seine Hiflosigkeit, seine Verletzbarkeit, was sie so rührte, vielleicht war es auch die Erkenntnis, daß es eine andere Frau in seinem Leben gab, ein Geschöpf, das ihm etwas bedeutete. Die Vorstellung ihn an die andere zu verlieren, zwang sie zu handeln.

Aber was konnte sie tun, jetzt, wo...

Der Schrei aus dem Schlafzimmer ließ sie zusammenfahren. Der Kaffee schwappte über ihre Finger, sie schob die Tasse in die Mitte des Tisches, dann rannte sie ins Schlafzimmer. Mit zitternder Hand ertastete sie den Lichtschalter. Der Schein der Lampe fiel auf die Amerikanerin, die ihren Kopf in den Kissen vergraben hatte. Sue trat an das Bett. »Sie sind hier in Sicherheit, Nancy, Sie brauchen keine Angst zu haben...«

Die Frau schlug um sich.

»Nancy, so beruhigen Sie sich doch! Alles ist gut!« Sues

Stimme klang fest und sicher. Sie versuchte, die Amerikanerin auf die andere Seite zu drehen, so daß sie ihr Gesicht betrachten konnte.

»Nicht – nicht... lassen Sie mich!« Nancy starrte sie an, ohne sie zu erkennen.

Als die Träumende zu einem neuen Schlag ausholte, packte Sue sie bei den Handgelenken. »Kommen Sie zu sich, Nancy! Ich bin's, Sue Gates. Kennen Sie mich denn nicht mehr? Gerry hat Sie zu mir in die Wohnung gebracht!«

»Um Gottes willen... Berühren Sie mich nicht!«

Sue hielt die Handgelenke der Frau umklammert, sie drückte die zitternde Gestalt auf das Bett zurück. »Sie müssen sich beruhigen, Nancy. Niemand tut Ihnen etwas. Sie haben einen Alptraum gehabt, das ist alles.« Sie wiederholte die Worte. Nach einer Weile spürte sie, wie der Widerstand der anderen erlahmte. Der glasige Blick wich aus Nancys Augen, und dann begann die Frau zu schluchzen. »Oh, nein...«

»Alles ist gut, Nancy. Sie sind hier in Sicherheit.«

Die Frau warf ihr die Arme um den Hals. Von der Straße her schallte das Lachen eines Nachtschwärmers herauf. Das Ticken der Uhr auf dem Nachttisch zerschnitt die Zeit.

Es dauerte ziemlich lange, bis Nancy zu schluchzen aufhörte. Sie löste sich von Sues Schulter und sagte etwas, das diese nicht verstand.

»Was sagten Sie?«

»Ich brauche etwas zu trinken.« Sie erschauderte.

»Sie können einen Brandy haben oder einen Gin. Was möchten Sie?«

»Ist egal, Hauptsache, ich kriege etwas zu trinken.«

Sue ging in die Küche, holte ihre Flasche Brandy aus der Speisekammer und nahm ein Glas aus dem Küchenschrank. Sie überlegte kurz, dann nahm sie ein zweites Glas heraus. Sie konnte selbst einen Drink vertragen.

Sie füllte die beiden Gläser und ging ins Schlafzimmer zurück. Die Amerikanerin hatte sich aufgesetzt, das Gesicht war bleich, die Wangen waren mit zerflossener Wimperntusche bedeckt.

Sue reichte ihr das volle Glas. Nancy begann zu trinken, sie verschluckte sich. Sue nahm ihr das Glas aus den Händen.

Sie wartete, bis sich der Hustenanfall der anderen gelegt hatte. »Sie müssen langsam trinken, vorsichtig.«

»Danke«, keuchte Nancy. »Danke.« Sie hob den Blick. »Sie haben nicht zufällig eine Zigarette?«

»Tut mir leid.«

»Ich – ich glaube, es sind noch Zigaretten in meiner Handtasche.«

»Aber Sie hatten gar keine Handtasche dabei, als Gerry Sie hier ablieferte, Nancy. Sie müssen sie im Wagen vergessen haben.«

»Verdammt! Dann hab' ich die Tasche vor der Kapelle verloren! Die liegt jetzt irgendwo im Gestrüpp.«

»Was ist denn passiert?«

»Hat Ihnen das Fenn nicht erzählt?«

»Dazu hatte er keine Zeit. Er hat nur gesagt, daß er Sie vor der Petruskapelle in Barham gefunden hat, dann hat er mich gebeten, ich soll mich um Sie kümmern, und eine Sekunde später war er weg. Was hatten Sie denn bei der Burgkapelle zu schaffen?«

Nancy nahm einen großen Schluck Brandy. Sie schloß die Augen. »Ich hab' was gesucht, aber Fenn ist mir zuvorgekommen.« Sie erzählte Sue von der Truhe und den alten Chroniken, die in dieser Truhe verborgen sein mußten.

»Das war es also, was Fenn in seiner Reisetasche hatte«, sagte Sue.

Nancy neigte sich nach vorn, ihr Haar löste sich von der Wand. »Er hat die alten Chroniken gefunden?«

»Ich glaube, ja. Er sagte, er will sie Monsignore Delgard zeigen.«

»Dann ist er jetzt also bei Delgard?«

Sue nickte.

»Meine Frage kommt Ihnen vielleicht merkwürdig vor«, sagte Nancy. »Was habe ich Fenn erzählt? Ich... Ich habe keine Erinnerung mehr, was geschehen ist, nachdem ich aus der gottverdammten Kapelle flüchtete.«

»Ich weiß nicht, was Sie Fenn erzählt haben. Er sagte mir nur, daß Sie einen Schock erlitten haben.«

»So wird es wohl gewesen sein.« Sie schüttelte sich. »Oh, mein Gott, ich habe einen Geist gesehen.«

Sue maß sie mit dem Ausdruck der Überraschung. »Sie machen auf mich nicht den Eindruck eines Menschen, der Geister sieht.«

»Ich habe auch nicht an Geister geglaubt – bis ich dann einen sah. Es war in der Kapelle. Ich glaube, ich habe mir vor Angst in die Hose gemacht.« Sie schloß wieder die Augen, um die Erinnerung in sich auferstehen zu lassen. »Nein«, stöhnte sie. »Nein...«

Sue faßte sie bei den Schultern. »Nur die Ruhe. Was immer Sie dort in der Kapelle erlebt haben, jetzt sind Sie in Sicherheit.«

»In Sicherheit? Ich habe in der Kapelle eine lebende Leiche gesehen! Glauben Sie, das könnte ich je wieder vergessen?«

»Das müssen Sie sich einbilden, Nancy. Es ist unmöglich, daß Sie...«

»Erzählen Sie mir nicht, was ich gesehen oder nicht gesehen habe!«

»Jetzt regen Sie sich doch nicht so auf.«

»Ich soll mich nicht aufregen? Ich habe ein Recht, mich aufzuregen.« Die Tränen flossen ihr über die Wangen. Sie versuchte, sich einen Schluck Brandy einzuflößen, aber ihre Hand zitterte so sehr, daß sie ihre Lippen nicht fand. Sue neigte sich zu ihr und hielt ihr das Glas, so daß sie trinken konnte.

»Danke. Entschuldigen Sie, ich habe Sie angeschrien, das wollte ich nicht. Es ist nur... Sie können sich ja nicht vorstellen, wie der Geist aussah.«

»Wollen Sie's mir nicht sagen?«

»Ich möchte nicht mehr darüber sprechen. Ich möchte das Erlebnis am liebsten aus meiner Erinnerung auslöschen.«

»Es ist besser, wenn Sie sich aussprechen. Das hilft Ihnen, über das Erlebnis hinwegzukommen.«

»Kriege ich noch ein Glas?«

»Nehmen Sie meines.« Sie tauschten die Gläser. Nancy trank.

»Es war in der Kapelle«, begann Nancy. »In der Petruskapelle, die zum Stapley Estate gehört. Kennen Sie die Kapelle?«

»Ich habe davon gehört. Aber ich war noch nie dort.«

»Dann fahren Sie auch nie hin, das ist besser. Ich war in der Kapelle und hatte die Truhe gefunden, als...«

»Sie waren auf der Suche nach alten Chroniken, nicht wahr?«

»So ist es. Fenn hat mir gesagt, die Kirchengeschichte von St. Joseph's ist nicht vollständig. Die fehlenden Folianten befanden sich in einer Truhe, die in der Petruskapelle aufbewahrt wurde.«

»Sie und Fenn sind gemeinsam zur Kapelle gefahren?«

»Nein, jeder für sich. Fenn wollte mich aus der Sache raushaben, Sie wissen ja, wie er ist.«

Sue schwieg.

»Ich hatte die Truhe aufgespürt«, fuhr Nancy fort. »Aber dann merkte ich, daß ich nicht mehr allein in der Kapelle war. Ich bin zum Altar vorgegangen, und dort saß eine Gestalt in einer Nische. Zuerst dachte ich, es wäre eine Nonne.«

Sie genehmigte sich einen großen Schluck.

»Aber es war keine Nonne, Sue. Es war...« Sie verstummte.

»Sagen Sie mir, was Sie gesehen haben, Nancy!«

»Die Gestalt war mit einem Kapuzenmantel bekleidet. Eine Tracht von der Art, wie man sie heute nicht mehr trägt. Das Zeug war alt, verstehen Sie, es war Jahrhunderte alt! Zuerst konnte ich das Gesicht nicht erkennen.« Nancy hatte wieder zu zittern begonnen. »Bis sich die Gestalt mir zuwandte. Oh, mein Gott, das Gesicht wird mich mein Leben lang verfolgen.«

Sue sträubten sich die Nackenhaare. »So sprechen Sie doch!« drängte sie. Die Faszination war größer als die Furcht.

»Das Gesicht war verbrannt und verkohlt. Die Augen waren schwarze Schlitze, aus denen die Knorpel hervorquollen. Das Wesen hatte keine Nase und keine Lippen mehr, die Zähne waren rauchgeschwärzte Stümpfe. Es sah überhaupt nicht mehr aus wie ein menschliches Gesicht! Und dann roch ich das verbrannte, verkohlte Fleisch. Es war eine Frau, und die Frau stand aus der Bank auf, wo sie saß, sie kam auf mich zu. Sie hat mich berührt! Sie war eine Tote, Sue, aber sie hat sich bewegt, sie ist auf mich zugekommen und hat meine Wangen mit ihrer verbrannten Knochenhand berührt! Sie hat versucht, mich an sich zu ziehen und festzuhalten! Ich habe den Pesthauch ihres Atems gerochen! Ihre Finger haben sich zu meinen Augäpfeln vorgetastet, diese Krallen aus ausgeglühten Knochen! Und dabei lachte sie, oh, mein Gott, sie lachte aus vollem Halse! *Sie brannte noch! Können Sie sich das vorstellen? Während sie mich berührte, während sie lachte, brannte sie!*«

34

Dein Schlaf, er ist in meiner Macht,
Du wirst nie schlafen mehr in der Nacht,
Vor guten Geistern sei gefeit,
Verflucht seist du in Ewigkeit.
Robert Southey: Kehama's Curse

Als Fenn aufwachte, zitterte er vor Kälte. Er rieb sich die Augen. Der Raum war menschenleer.

»Monsignore?«

Die Tür stand offen, von draußen strömte die kalte Nachtluft herein. Fenn erhob sich aus seinem Sessel und durchquerte den Raum. Er starrte in den dunklen Flur.

»Monsignore?«

Er bekam keine Antwort. Und dann fiel ihm auf, daß auch die

Haustür offenstand. War Delgard zur Kirche hinübergegangen? Fenn ging in den Wohnraum zurück. Im Schein der Lampe angekommen, sah er auf seine Uhr. Mein Gott! Es war ein Uhr früh!

Sein Blick wanderte zu dem Schreibtisch, auf dem die Pergamente lagen. Er schloß die Tür und beugte sich über die alten Aufzeichnungen. Es waren die Böden, die aus einem der Bücher gefallen waren. Einige Sekunden lang starrte er auf die lateinischen Schriftzüge, als wartete er darauf, daß sich die Buchstaben durch Zauberkraft zu englischen Worten zusammenfügten. Neben den Pergamenten lag Delgards Notizblock. Die Blätter mußten wohl durch einen Windstoß, der ins Haus gedrungen war, durcheinandergewirbelt worden sein. Fenn legte die Blätter in ihre ursprüngliche Anordnung zurück. Er las, was Delgard auf der ersten Seite notiert hatte.

Nach der Lektüre der Folgeseiten wurde ihm klar, daß der Monsignore den gesamten Text übersetzt hatte, der sich auf den losen Blättern befand. Es gab ein paar Hinzufügungen, es gab Korrekturen. Alle Müdigkeit wich von Fenn, als er Delgards Vorbemerkung entziffert hatte:

Teile des Textes sind unlesbar, weil die Tinte verblichen ist. Die Handschrift ist unregelmäßig, im Unterschied zu der peinlich genauen Handschrift, wie sie sich in den gebundenen Folianten findet, es scheint sich jedoch bei dem Verfasser der Eintragungen um ein und dieselbe Person zu handeln. Die Übersetzung, die ich verfasse, wird so nahe wie irgend möglich am Original bleiben, aber bei einigen Passagen ist es unumgänglich, andere Begriffe und Interpretationen zu gebrauchen, unter anderem, weil der lateinische Text eine Reihe von Fehlern enthält, die wohl auf die Geisteskrankheit des Verfassers zurückgeführt werden müssen. D.

Fenn nahm einen der Pergamentbögen zur Hand und überflog die Eintragungen. Hatte das ein Verrückter geschrieben, oder ein Mensch, der vor Angst nicht mehr ein noch aus wußte?

Er sah zur Tür. Ob es nicht besser war, wenn er mit der Lektüre wartete, bis der Monsignore zurückgekehrt war? Schwer zu sagen, wie lange Delgard schon fort war. Dem Umfang der Übersetzung nach zu urteilen, hatte der Monsignore einige Stunden Arbeit aufgewendet. Fenn war beschämt, daß er eingeschlafen war. Merkwürdig, daß der Monsignore beide Türen aufgelassen hatte. Merkwürdig auch, daß er mitten in der Nacht zur Kirche gegangen war. Andererseits, was wußte er, Fenn, von der Lebensweise, von den

Gewohnheiten eines Monsignore? Vielleicht stand er nachts auf, um sein Gebet zu verrichten. Möglich auch, daß er nach den beiden jungen Priestern sehen wollte, die für die Nachtwache auf dem Feld eingeteilt waren. Nachdem es recht viel Verrückte in der Welt gab, wäre es wahrscheinlich besser gewesen, wenn man eine Wach- und Schließgesellschaft mit dem Objektschutz beauftragte. Aber die Kirche hatte ihre eigene Art, solche Probleme zu lösen.

Es war immer noch sehr kalt, obwohl Fenn die Tür geschlossen hatte. Das Feuer im Kamin war niedergebrannt, ein Rest von Glut leuchtete inmitten der weißen Asche. Fenn trat vor die Feuerstelle und legte zwei Scheite nach. Funken stieben hoch, als das Holz in der Glut landete. Fenn rieb sich die Hände, um sich vom Staub zu befreien. Er starrte die Scheite an, als könnte er sie mit der bloßen Willenskraft zum Brennen bringen.

Ein Zischen war zu hören. Aus einem der Scheite entwich ein Gasflämmchen. Wenig später loderte das Holz auf. Nach einem zufriedenen Grunzen wandte sich Fenn wieder dem Schreibtisch zu. Aus irgendeinem Grunde wanderte sein Blick wieder und wieder zum Fenster, zu der düsteren Lücke zwischen den beiden Stores; nach einer Weile konnte er die Lücke nicht mehr ertragen, er ging zum Fenster und zog den Vorhang zu, als wäre die Nacht ein Feind, den es auszuschließen galt. Er nahm hinter Delgards Schreibtisch Platz. Immer noch war es kalt im Raum, es war, als könnte das Feuer nichts daran ändern. Fenn begann zu lesen.

Geschrieben am siebenzehnten Oktober A. D. 1560
Sie ist tot, und doch ist sie nicht in die Unterwelt eingekehrt. Nachts erscheint sie mir, ein Wesen aus der Hölle, das keine Ruhe finden kann, ein Geschöpf, das mich nicht aus den Klauen lassen will, ein verfaulender Leib, der dem Grabe entsteigt, sie, die ich einst geliebt habe. Immer noch ist ihre Schönheit ohne Makel. Süße, satanische Elnor, du wirst nicht von mir weichen, du wirst mich an der Hand nehmen und mich zu den Deinen führen, bis ich eins werde mit deiner Brut.

Es ist wahr, daß ich diese Strafe verdiene, meine Sünden schreien zum Himmel, sie können von unserem Gott, der im Himmel wohnt, nicht vergeben werden. Vielleicht ist meine Geisteskrankheit die Strafe, die Gott mir für das irdische Leben auferlegt hat. Es ist wahr, daß ich diese Strafe dem Höllenfeuer vorziehe. Aber Elnor verlangt nach mir, ich habe keine Wahl, ich muß ihr folgen. Meine Hand zittert, Elnor ist um mich! Ihre Leiche erfüllt die Luft mit dem süßen Gestank des Aases!

(Es folgt eine Passage, die nicht zu entziffern ist. D.)

Mein Vater, der Lord, hat mir untersagt, meine Sünden dem Bischof zu beichten. Er sieht in mir nur den Verrückten, und so hält er mich in dieser schäbigen Kapelle gefangen, wo nur die Bediensteten und die Menschen aus dem Dorf meinen Verfall beobachten können. Ich bin kein freier Mann mehr, weil ich im Angesicht meines Vaters gefehlt habe. Ich kann meinen Vater sehr gut verstehen, und doch leide ich, wenn er in meiner Gegenwart den Spottvers zitiert:

Wenn Gold sollt' rosten,
Wird das Eisen nicht rosten?
Wenn der Pfarrer liebt die Sünde,
Kommt die Jungfrau zu dem Kinde.

Mein Vater verfolgt mich mit seinem Zorn, und doch kennt er nicht alle Abgründe, in die ich mit meinen Sünden hinabgestiegen bin. Ich muß eilen und mein Geständnis zu Papier bringen! Meine Stirn fiebert, und meine Hand zittert wie im Wechselfieber, aber ich werde die Wahrheit niederschreiben über die Frau, deren Rache kein Maß kennt. Ich werde die Wahrheit niederschreiben über jene Wunden, die in Ewigkeit nicht heilen. Gebt mir Kraft und Mut, oh, Herr, damit ich meine Pflicht vollende und die Menschen von der Verdorbenheit und Bosheit dieses Weibes warne. Meine Schuld liegt offen wie ein Buch. Wer dies liest, soll es nicht abtun als das Gegeifere eines Irrsinnigen. Wer dies liest, richte sein Denken auf Jesus, den Erretter, auf das sein Herz nicht beschmutzt werde von meiner Beichte.

(Es folgen Absätze mit krakeliger, verschmierter Schrift und zahlreichen Streichungen. Wie es scheint, konnte sich der Verfasser bei der Niederschrift nicht mehr auf einen klaren Gedanken konzentrieren. D.)

Ich habe lange Jahre als Priester der St. Joseph's Kirche in Banefeld gedient, dort habe ich kennengelernt, wie schön das Leben sein kann. Das Dorf war mein Haus, die Menschen waren meine lieben Kinder. Wenn die Menschen miteinander stritten, so habe ich den Streit geschlichtet, sie alle glaubten an mein Wort, das sie für das Wort Gottes hielten. Die Weiber des Dorfes erleichterten sich bei mir von der Bürde ihrer Sorgen. Wie gern habe ich diesen einfachen Menschen meinen Rat gegeben, ihnen zu helfen, erfüllte mein Leben mit Sinn, die Gnade des Herrn kam über mich. Die Kinder bezeugten Angst und Respekt vor mir, mein Gesicht und meine Haltung erfüllte sie mit Furcht. Aber es steht der Jugend wohl an, daß sie sich vor dem Seelenhirten fürchtet, den Gott auf Erden für sie eingesetzt hat. Alt und jung verehrten in mir die Heiligkeit Gottes, und während all der ketzerischen Wirren im Lande hielt mein Sprengel unverrückbar am wahren und einzigen Glauben fest.

(Der Verfasser spielt hier auf die Reformation und auf die Gründung der anglikanischen Kirche unter Heinrich VIII. an. D.)

Niemand in meinem Sprengel ist vom Pfade des rechten Glaubens abgeirrt, nur ich, der Pfarrer, bin ein Opfer des Bösen geworden, und noch immer winde ich mich in den Fängen des Satans.

Es war die Vorsteherin des Klosters, die mir Elnor zuführte, sie wußte nicht, daß sie damit das Werk des Teufels tat. Elnor, die verfluchte Nonne, war schön anzusehen, unschuldig wie ein Kind, obwohl sich hinter ihrer Stirn Gedanken verbargen, die Gott und den Menschen ein Greuel sind. Schwärzer als Pech ist ihre Seele, ihr Verstand trieft von Tücke, was sie sagt, ist von Arglist und Lüge geprägt. Die Priorin glaubte, diese Nonne sei vom Heiligen Geist erfüllt, sie ist eine gute Frau, die keinen Sinn für die Niedertracht und Durchtriebenheit Elnors hat.

Elnor war ausersehen, mir bei meinen Pflichten im Sprengel zur Hand zu gehen, meiner Aufgaben sind viele. Alsbald erwuchs in mir die Fleischeslust, ich wurde von verbotenen Träumen heimgesucht, ich versündigte mich gegen das Gebot der Keuschheit. Und es war, als könnte Elnor tief in mein Herz sehen, wo sie die verborgenen Sünden entdeckte. Was sie tat und dachte, blieb ein Mysterium für mich. Allzubald sollte ich erfahren, daß Elnor nicht wie andere Frauen ist, keine kommt ihr gleich, und ihre religiöse Inbrunst ist nichts als die Verirrung eines perversen Geistes. Und doch war es nicht ihr Körper, sondern ihr verdorbener, vergifteter Geist, der mich zum erstenmal von meinen Pflichten ablenkte. Ich habe Astronomie studiert, Medizin und Physik, nicht zu vergessen das von altüberkommenen Geheimnissen umwitterte Handwerk der Alchimie, und ich war erstaunt zu sehen, daß Elnor von der Medizin und der Alchimie mehr verstand als ich.

(Es erscheint durchaus logisch, daß der Sohn eines wohlhabenden Adeligen so unterschiedliche Fächer studierte. Wie aber konnte eine junge Nonne von der Wissenschaft der Medizin und der Alchimie Kenntnis erlangen? D.)

Von Anfang an war Elnor anders als die Nonnen, die ich bis dahin kennengelernt hatte; um die ganze Wahrheit zu sagen, sie war anders als alle anderen Frauen. Sie erfüllte die Pflichten, die ich ihr auferlegte, zu meiner vollen Zufriedenheit, und doch war gleich am ersten Tag das geheimnisvolle Lächeln auf ihren Lippen, ihr Blick, der allzu lange mit dem meinen verbunden blieb. Sie brauchte nur wenige Tage, um mich zu verhexen. Immer noch sah ich in ihr nur die Unschuld, das junge, arglose Geschöpf, ich sah nicht ihr wahres Ich und ahnte nicht, daß sie bald einen Narren aus mir machen würde. Wir beteten zusammen, und ich stellte fest, daß Elnor eine große Verehrung für die Jungfrau Maria, die Tochter der heiligen Anna, in ihrem Herzen trug. In jenen Tagen ging eine Krankheit im Dorf um, keine Seuche, sondern eine Krankheit, zwei Kinder starben, und ich dankte dem Herrn für seine Güte, daß er mir eine erfahrene Helferin gesandt hatte, die mir bei der Betreuung der Kranken zur Seite stehen konnte. Bald wußten alle im Dorf, wie gut sich Elnor auf die Kunst der Medizin verstand, und sogar der Arzt unserer kleinen Ansiedlung, ein aufgeblasener, wenngleich im Grunde gutmütiger Mann, war des Lobes für Elnor voll. Zwei Nonnen, beides Novizinnen, halfen uns bei unserer Arbeit, Agnes hieß die eine, Rosemund die andere, sie blieben im Sprengel, als die Kranken geheilt waren. Von Elnor sagten die Menschen im Dorf, daß ihre Hand von Gott geführt wurde, wenn sie einen Mann nur ansah, konnte sie erkennen, ob er trocken oder kalt war, naß oder heiß, und es machte dabei keinen Unterschied, ob der Mann ein Vogt oder ein einfacher Bauer war, Elnor wußte immer sofort, wo die Wurzel seiner Krankheit saß.

(Man glaubte damals, daß der Mensch aus vier Elementen stand: Erde, Wasser, Luft und Feuer. Die Erde war kalt und trocken; das Wasser war kalt und feucht; die Luft war heiß und feucht; das Feuer war heiß und trokken. Der Mensch wurde krank, wenn das Gleichgewicht der vier Elemente gestört war. D.)

Elnor behandelte die Kranken mit Heilkräutern und Medizinen. Sie verordnete ihnen auch Bildnisse, die an Medaillons am Hals getragen werden mußten, diese Bildnisse zogen die Kraft der Planeten an. Ich hatte guten Grund, Elnor wegen dieser heidnischen Praktiken zur Rede zu stellen, aber sie lächelte nur und sagte, wenn die Menschen gesund würden, dann nur, weil sie Glauben in unseren Herrn und Heiland haben. Es war und blieb Gotteslästerung, was sie tat, aber ich schwieg, weil ich von Elnors Heilerfolgen tief beeindruckt war. Ich war ihr damals schon so verfallen, daß ich nicht einmal auf den Gedanken kam, mich wegen der gotteslästerlichen Behandlungsmethoden meiner Helferin mit der Priorin zu beraten. Es war im Verlauf einer mysteriösen Krankheit, die mich überkam, als das Unheil sich vollendete. Die Vorsteherin des Klosters hatte Elnor angewiesen, mir in meiner Krankheit beizustehen, ich lag im Fieber und spürte ihre zarten, weichen Hände auf meinem Körper, wo sie mich berührte, wich der Schmerz wie Schnee, der in der Sonne schmilzt, sie nahm den Schweiß des Fiebers von mir fort und weckte eine Begierde, die tief in meinen Eingeweiden geschlummert hatte. Wahrscheinlich waren es die von ihr zubereiteten Elixiere, die mein unkeusches Begehren geweckt hatten. Ich wurde ihr willi-

ger Sklave. Meine Hingabe an die schöne junge Frau war grenzenlos, mein Appetit auf die Freuden, die sie mir spendete, waren unersättlich. Ich schäme mich, alles zu schildern, was wir miteinander trieben; es möge genügen, wenn ich hier sage, daß wir tief auf den Grund des Sündenpfuhls hinabtauchten, so tief, daß meine Seele auf ewig besudelt ist, ich weiß, daß ich nie im Herrn auferstehen kann, so schwer wiegt meine Schuld.

(Die restlichen Worte auf dieser Seite sind unlesbar. Obwohl der Pfarrer oben angekündigt hatte, er würde auf die unanständigen Handlungen, derer er sich mit der Novizin schuldig machte, nicht weiter eingehen, so scheint es doch, daß er zumindest den Versuch gemacht hat, die Sünde der Unkeuschheit detailliert zu beschreiben. Offen bleibt, ob es das Bewußtsein der schuldhaften Verstrickung war, was seine Handschrift unleserlich machte, ob die Angst vor Gottes Strafe seine Feder zittern ließ oder ob die geschlechtliche Erregung des Schreibers für die schlechte Lesbarkeit jener Passage verantwortlich zu machen ist. Die verstümmelten Worte lassen den Schluß zu, daß beim Verkehr verbotene Positionen eingenommen wurden. Die Einbeziehung sakraler Gegenstände in das Liebesspiel mit der Novizin darf angenommen werden. D.)

Elnor gab mir ihren Körper hin, sie öffnete mir auch ihre Seele. Sie sprach von Dingen, die vor Urzeiten stattgefunden haben, von Dingen, die nicht von dieser Welt sind. Sie sagte mir, sie könnte die Stimmen der Toten hören. Sie schilderte mir die bösen Mächte, die wie ein Gewitter durch die Luft reiten können; nur wenige Auserwählte können die Energien spüren, die von den Toten und den Geistern ausgehen. Elnor verglich die Stimmen der Geister mit Wellen aus Energie, die aus dem Jenseits an die flachen Gestade unserer Welt branden. Elnor sprach von Furien, die das neu erschaffen können, was sie zerstören. Ich fragte sie, ob es die Mächte des Satans seien, von denen sie sprach, aber sie lachte nur und sagte, es gäbe keine größere Kraft als den Willen des Menschen. Ich brach zusammen unter der Last ihrer Blasphemie, ich kam zu dem Schluß, daß Elnor eine Zauberin und eine Hexe war, erst später sollte ich erfahren, daß sie viel böser, viel verdorbener und viel niedriger war, als Zauberinnen und Hexen sein können. Für sie war Magie der Ausfluß des menschlichen Willens. Elixiere und Gifte, so behauptete sie in ihrer gottfernen Vermessenheit, seien Stoffe, die von Alchimisten und Ärzten hergestellt würden, die Wirkungsweise von Heilmitteln und Giften hätten nichts mit Zauberei zu tun.

Ich war ihr verfallen, diese verfluchte Novizin beherrschte meinen Leib, sie beherrschte meine Seele. Mein schwacher Körper, ausgelaugt von der Lust, die sie mir zu bereiten verstand, lebte nur noch, um sich aufs neue in ihr zu verströmen. Ich sage vor Gott, daß ich Elnor erfahren, erkennen, sie verstehen wollte – sie ist mir ein Rätsel geblieben.

Woher kommt das Böse, das in dir steckt, habe ich sie gefragt. Und woher kommt das Gute? Denn es gab auch das Gute, immer noch heilte Elnor Kranke. Wie ist es möglich, daß du die Heilige Jungfrau anbetest, wo du doch vor dem Bild der Muttergottes die Sünde der Unkeuschheit begehst? Warum hast du dich unserem Herrn Christus anvermählt, wenn doch deine Gelüste und deine Handlungen dich als Braut des Satans ausweisen? Und warum hast du einen Priester zu deinem Opfer gemacht? Ich stellte ihr diese Frage viele Male. Ich bekam die Antwort erst, als die Bande zwischen ihr und mir zu unzerreißbaren Ketten geworden waren. Sie heilte die Kranken, so sagte sie, damit sie von den Menschen einst mit der gleichen Inbrunst angebetet würde wie die Jungfrau Maria. Sie sei Nonne geworden, so sagte sie, weil sie in diesem Beruf Herrschaft über andere ausüben konnte. Ihr Ehrgeiz war es, Vorsteherin der Schwesternschaft zu werden, sie wollte als Priorin des Klosters eingesetzt werden. Du, lieber Thomas, sagte sie, wirst mir helfen, mein Ziel zu erreichen, dein adeliger Vater hat großen Einfluß auf die Geistlichkeit in dieser Gegend.

Während ich dies niederschreibe, wird das Gotteshaus so kalt, daß ich meinen Atem sehen kann. Der Sturm rüttelt an den Fenstern und an den Türen. Ich weiß, es sind die Dämonen des Bösen, die draußen auf mich lauern. Wage nicht, das Gotteshaus zu betreten, Elnor! Der Boden, auf dem ich stehe, ist der heilige Boden der Kirche. Meine Finger werden steif, ich spüre, wie der Frost durch meine Hände kriecht. Oh, Herr, mein Gott, habe Gnade mit deinem Diener und gib, daß ich diese Chronik vollenden kann.

Ich höre, wie eine Stimme meinen Namen ruft. Der Klang kommt von draußen. Ist es das Heulen eines wilden Tieres? Nein, es ist die Stimme meiner toten Herrin. Es ist düster in der Kapelle, der Schein der Öllampe reicht nur wenige Schritte weit. Ich werde keinen Frieden finden, nicht einmal in diesen Mauern, die Gott und der Jungfrau Maria geweiht sind, ich werde keinen Frieden finden, solange Elnor, meine tote Herrin, lebt. Wer wird ihrer Existenz ein Ende setzen? Ich kann es nicht, das weiß ich.

Als Elnor mir ihre Pläne verriet, war es mir, als hätte sie den Schleier von ihrem schönen Gesicht fortgezogen. Ich war entsetzt, aber sie spottete meiner und lachte. Sie sprach davon, daß sie die Priorin vergiften würde. Sie würde ihr das Gift in kleinen Dosen geben, so daß sich kein Verdacht gegen sie, die Mörderin, richtete. Erst nach langem und schmerzvollem Siechtum würde die Vorsteherin der Schwesternschaft sterben. Sie, Elnor, würde die Kranke behandeln, und das würde in den Augen der Menschen zugleich den Beweis dafür liefern, daß die bejahrte Frau nicht zu heilen war. Oh, du schlaue, von Bosheit durchdrungene Hexe! Aber nein, du bist keine Hexe, meine liebe Elnor, verfluchtes Wesen, du bist auch keine Zauberin, du bist mehr als das.

Zu spät erfuhr ich von Elnors schlimmen Plänen, ich war ihr damals schon so verfallen, daß ich keine Kraft mehr hatte, um ihr zu wehren. Ich schwacher, vom Fieber der Begierde geschüttelter Diener der Sünde! Gott steh mir bei, wenn meine letzte Stunde kommt!

Elnor war so von ihrer Fleischeslust besessen, daß sie ihren eigenen Untergang herbeiführte. Gelobt sei Jesus Christus! Die Menschen im Dorf verehrten sie, weil sie viele geheilt hatte. Sie brachten ihr Geschenke. Einen Teil der Geschenke verbarg sie in der Krypta der St. Joseph's Kirche, die Geschenke minderen Wertes gab sie an die Schwesternschaft weiter. Welch eine bescheidene, einfache, bedürfnislose Dienerin Gottes, sagten die Leute.

Die Kinder kamen zu Schwester Elnor, sie verehrten dieses verdorbene, vom Stachel der Fleischeslust getriebene Geschöpf, sie verneigten sich in Demut, wenn Schwester Elnor ihnen den Segen gab, denn sie wußten von ihren Eltern, die junge Frau, die ihnen die Hand auf den Scheitel legte, war eine Heilige. Wie kann eine Frau so schlecht, so verdorben sein? Es gibt in dieser Welt keine Antwort auf die Frage. Wenn es überhaupt eine Antwort gibt, dann kommt sie aus dem Reich der Toten, der Geister und der Teufel, die den Menschen vernichten wollen.

Jeden Tag hat Elnor viele Stunden in der Kirche gekniet und gebetet, alle sollten sehen, daß sie Gott diente. In der Nacht, wenn die Gläubigen schliefen, tat sie vor dem gleichen Altar Dinge, bei denen sich mir in der bloßen Erinnerung die Kehle zuschnürt. Denn ich war ihr Komplize. Ich weiß heute noch nicht, welcher böse Geist die Fleischeslust in mir entfesselt hat, die mich zu Elnors Opfer machte. Ich vermute, daß ihr Wille stärker war als der meine, sie verschaffte sich Gewalt über meine Gedanken; aber es ist nur mein Verstand, der eine solche Begründung erfindet. In meinem Herzen weiß ich, ich selbst war es, der das alles wollte, ich, ich, ich. So süß waren die Versuchungen, in die sie mich führte, so unwiderstehlich war die Folter der Lust, der sie mich unterwarf! Ihr Engelsgesicht, ihr weißes Fleisch, das Höllentor ihres Schoßes, aus dem sie mir zu trinken gab, dies alle übte einen Zauber auf mich aus, für den ich kein Gegenmittel wußte.

Ich kann keinen klaren Gedanken mehr fassen. Mein Vater, der Herr über die Grafschaft, hält mich für verrückt. Vielleicht hat er recht. Aber eines unterscheidet mich von den Geistesgestörten. Ich kann mich nicht ins Delirium flüchten, ich finde keinen Trost in wilden Träumen.

Zwei Jahre kannte ich Elnor, als die Leute im Dorf Verdacht schöpften. Mein Verfall war offensichtlich, ich war nur noch ein Schatten meiner selbst. Ich konnte es nicht mehr verheimlichen, daß ich von der Liebe zu der jungen, schönen Novizin besessen war. Den Ausschlag gab dann das Ver-

schwinden der Kinder. Die Kinder verirrten sich in den Wäldern, niemand hat sie je wiedergesehen. Es waren drei, ich habe die Namen bereits an anderer Stelle genannt. Es waren junge, unschuldige Geschöpfe, die Schwester Elnor von ganzem Herzen liebten. Ich mußte ihnen den Mund zuhalten, um ihre Schreie zu ersticken, es kann keine Vergebung geben für die Hilfe, die ich Elnor zuteil werden ließ. Ich habe es nicht einmal übers Herz gebracht, vor den verborgenen Gräbern der Kinder zu beten.

(Die drei Namen befinden sich wahrscheinlich auf der Seite mit den Durchstreichungen. Der Priester und die Novizin wurden zu Mördern an den drei Kindern!)

Die Priorin war krank und entkräftet, dafür hatten Elnors giftige Elixiere gesorgt. Immer kühner, immer unverschämter wurde die Tochter des Satans in ihrem Verlangen. Die Säfte meines Körpers vermochten ihren Liebesdurst nicht mehr zu stillen, und es genügte ihr auch nicht mehr, daß sie mich nach Herzenslust demütigen konnte. Und so wandte sie sich zwei Novizinnen zu, die täglich in der St. Joseph's Kirche ihre Andacht verrichteten. Eines der beiden Mädchen gab sich Elnor willig hin, sie war ihr vom ersten Augenblick an mit Leib und Seele verfallen; das zweite Mädchen ließ sich verführen, aber dann floh sie, von der Reue geplagt. Bevor sie ihrem Leben ein Ende setzte, beichtete sie die mit Elnor begangene Fleischessünde der kranken Priorin.

Die Empörung und das Entsetzen verliehen der Ehrwürdigen Mutter Oberin frische Kräfte. Sie beschloß zu handeln. Aber die Priorin war nicht nur eine fromme, herzensgute Frau, sie war auch klug. Sie wußte sehr wohl, was passieren würde, wenn sie mich öffentlich der Verbrechen anklagte, die ich begangen hatte. Mein Vater, der große Wohltäter der Kirche, würde sich gegen das Kloster wenden. Es war mein Vater, der die Geistlichkeit mit Geld versorgte. Er hatte der katholischen Kirche in Rom während der protestantischen Verirrungen des jungen König Eduard die Treue bewahrt. Die gute Königin Maria, die dann auf den Thron kam, belohnte ihn für seine Festigkeit mit ihrer besonderen Gunst. Die Priorin wußte, daß sie sich meinen Vater, der über großen Einfluß verfügte, nicht zum Feind machen durfte.

Die Ehrwürdige Mutter schickte nach mir, ich warf mich ihr zu Füßen und gestand meine Sünden. Ich schob alle Schuld auf meine Versucherin, Schwester Elnor, die mich mit ihrer Zauberkraft des Verstands beraubt hatte. Ich gestand, daß ich mich in den Armen Elnors den Freuden der Unkeuschheit hingegeben hatte. Mehr sagte ich nicht, ich fürchtete für mein Leben.

Die Priorin vergab mir. Elnors Geist, so sagte sie, war von den Schatten böser Geister verdunkelt, die den christlichen Glauben leugneten. Sie war eine Tochter des Satans, und da ich nur ein Sterblicher war, so konnte ich ihren Zauberkräften keinen Widerstand entgegensetzen. Und dann sprachen wir über die Strafe, die Schwester Elnor erleiden sollte.

Die Priorin war überzeugt, daß es sich bei Elnor um eine Hexe und um eine Ketzerin handelte. Die gute Königin Maria hatte verfügt, daß Hexen und Ketzer auf dem Scheiterhaufen verbrannt wurden. Es gab Gerüchte, daß über zweihundert von ihnen in der genannten Weise bestraft worden waren, viele davon in der Grafschaft Sussex. Der Gerichtsbote wurde ins Kloster zitiert, ich zeigte Elnor als Ketzerin und Hexe an. Die Priorin war sehr zufrieden mit mir. Sie sagte mir, daß ich die Gemeinde vor der Schlechtigkeit Elnors warnen müßte. Sie ließ durchblicken, daß Elnor bei der hochnotpeinlichen Befragung lügen würde. Mein Namen würde aufs Tapet kommen. Ich verstand. In aller Eile kehrte ich nach Banefeld zurück. Ich verständigte eine Reihe von Vertrauten von dem, was Elnor getan hatte. Wie ein Lauffeuer machte die Nachricht die Runde. Der Zorn der Gemeinde war unbeschreiblich. Die Eltern der ermordeten Kinder schrien nach Rache. Die Menschen kamen auf dem Marktplatz zusammen, sie bewaffneten sich mit Stöcken und Keulen, sie zogen zur St. Joseph's Kirche, um Elnor zu bestrafen. Ich folgte ihnen, denn auch ich lechzte nach Rache. War ich nicht von Elnor zu unbeschreiblichen Sünden verführt worden? Wir fanden Elnor vor dem Altar, in den Armen der Novizin Rosemund, die beiden Frauen gaben sich unter der Statue der Muttergottes den Fleischesfreuden hin. Elnor wurde von den wütenden Bürgern an den Haaren aus dem Gotteshaus geschleift. Wie ich zusammenzuckte, als sie mich ansah. Ihre Augen waren wie vergiftete Dolche, die sich in mein Herz senkten. Sie wußte sofort, daß ich sie verraten hatte, und die Welle von Haß, die sie zu mir schickte, war so stark, daß ich zu Boden geschleudert wurde. Die Gläubigen dachten, sie hätte mich verzaubert, sie schlugen mit ihren Stöcken und Knütteln auf das zarte Geschöpf ein. Und dann hörte ich, wie sie mich der Anstiftung zur Unkeuschheit beschuldigte, ich wies diese Anschuldigung empört von mir und gab meinen treuen Schäflein den Rat, am Körper der Hexe nach dem Hexenmal zu suchen. Elnor hatte eine dritte Brustwarze, und die Menschen in ihrer Dummheit und Verblendung hielten das für ein Hexenmal.

(Anmerkung von Monsignore Delgard: Alice!)

Sie rissen Elnor die Kleider vom Leibe und fanden das Mal. Die Wut der Menschen kannte keine Grenzen mehr. Die Männer schlugen auf die nackte

Hexe ein, angespornt von den schreienden Weibern. Aber Elnor dachte nicht daran, sich der Hexerei zu bezichtigen. Flüche waren die einzige Antwort, die sie den Bürgern entgegenschleuderte. Sie folterten sie und achteten nicht auf meine Bitten, das grausame Spiel zu beenden. Sie brachen ihr die Knochen und stachen mit spitzen Stäben auf sie ein. Ich konnte die Rasenden nicht mehr zurückhalten, und ich versuchte es auch gar nicht mehr.

Elnor winselte um Gnade, aber sie gestand nicht. Sie schleppten sie zu einem nahen Teich und unterzogen sie der Wasserprobe. In ihrer Todesangst gestand Elnor, mit dem Teufel im Bunde zu sein, und mein Bedürfnis nach Rache war so groß, daß ich nur allzugern an die Wahrheit der Selbstbezichtigung glaubte.

Sie schleppten sie zu einer kleinen Eiche, legten ihr einen Strick um den Hals und zogen sie hoch. Elnor schrie aus Leibeskräften. Ein Feuer wurde angezündet. Ich stand dabei, als sie verbrannte, ihre Schreie, ihr furchtbarer Todeskampf ging mir durch Mark und Bein. Aus blutüberströmten Augen starrte sie mich an, ihre schwärenden Lippen verfluchten mich. Elnor verfluchte mich und alle Anwesenden bis ins tausendste Glied. Sie verfluchte den Namen Maria. Ich weiß nicht, ob sie damit die Muttergottes oder die gute Königin Maria meinte. Sie hörte nicht einmal auf zu fluchen, als der Zimmermann, ein starker, grobschlächtiger Kerl, ihr mit einem Messer den Bauch aufschlitzte. Er tat das, damit die Gedärme herausquollen, so daß sie von den Flammen erfaßt werden konnten.

Als sie starb, wurde mir klar, daß sie schlimmer als eine Hexe war, der Himmel verdunkelte sich, und die Erde erzitterte unter unseren Füßen. Die meisten Bürger waren fortgelaufen, es gab einige, die auf dem Feld kauerten. Ich sah, wie sich Gespenster über den Scheiterhaufen erhoben und in den düsteren Himmel entschwebten. Ich weiß nicht, welche bösen Mächte im Augenblick ihres Todes entfesselt wurden. Die Erde barst, ich sah in einen Schacht hinab, es war die Hölle, die sich vor mir aufgetan hatte, der Ort, wo die verdammten Seelen schmorten, die Seelen jener, die Todsünden auf ihr Gewissen geladen hatten.

Das Seil, an dem die Tote hing, riß, der Leichnam stürzte in die Flammen, wo er zu einer schwärzlichen Masse verbrannte. Als schon alles vorüber schien, öffnete Elnor noch einmal den Mund, um einen furchtbaren Schrei auszustoßen. Ich weiß, daß ich mir das nur einbildete, ihr Körper und der Kopf hatten längst nichts Menschliches mehr, Elnor, die einmal eine Schönheit gewesen, war zur Unkenntlichkeit verglüht.

Die Nacht kam, obwohl es noch Tag war. Ich rannte fort, verbarg mich in meiner Kirche, ich betete zu meinem Herrn Jesus Christus, er möge mich vor des Satans Zorn bewahren. Nach dem Gebet flüchtete ich mich in das Grabgewölbe der Kirche, in die Krypta. Ich hockte mich auf den Steinboden und hielt mir die Augen zu, damit ich die lockenden Gesten der Dämonen und Dämoninnen nicht sehen mußte. Drei Tage und drei Nächte blieb ich in der Krypta. Wahrscheinlich habe ich dort meinen letzten Rest Verstand verloren. Als mich die Diener meines Vaters aufstöberten, war ich nicht mehr in der Lage, einen zusammenhängenden Satz zu sprechen.

Sie führten mich aus der Krypta ans Licht. Die Sonne blendete mich, und geblendet wäre ich nur zu gern gewesen, ich wollte den Ort, wo das abstoßende Blutopfer stattgefunden hatte, nie mehr wiedersehen. Ich wurde in die Burg meines Vaters gebracht, die Ärzte behandelten mich mit den teuersten Elixieren, um das Zittern meiner Glieder zu besänftigen. Dann kam der Bischof. Ich erfuhr, was ich schon wußte, Elnor hatte, bevor sie starb, das ganze Dorf verflucht. Ein Unwetter war aufgezogen, die Erde hatte gezittert, aber die Hölle, die sich vor mir aufgetan hatte, niemand sonst hatte sie gesehen, nur ich. Ich versicherte dem Bischof und meinem Vater, daß ich die Wahrheit sprach, aber sie sagten, Elnor hätte mit ihren Zaubertränken meinen Geist vergiftet, so daß ich Dinge sah, die es in Wirklichkeit nicht gab. Als sie das sagten, bekam ich einen Tobsuchtsanfall, zwei Diener mußten mich auf dem Bett festschnallen.

Wochen vergingen. Mein Vater und der Bischof kamen überein, daß es für meine Gesundheit besser war, wenn ich Banefeld und den Sprengel der St. Joseph's Kirche verließ. Ich vermute, daß bei dieser Übereinkunft auch die Priorin ihre Hand im Spiel hatte. Ich war eine sündige Seele, sie wollte nicht, daß ich weiterhin als Seelsorger im Bereich ihres Klosters arbeitete. Die Vereinbarung sah vor, daß ich die Petruskapelle auf dem Landgut meines Vaters übernehmen sollte. Dort war ich in Sicherheit vor mir selbst. Mein Vater war es, der mir die Meßgewänder aus der St. Joseph's Kirche brachte, er brachte auch die Truhe mit den alten Aufzeichnungen. Er hätte sich wegen dieser Aufzeichnungen keine Sorgen zu machen brauchen. Ich war nicht so dumm gewesen, meine Fleischessünden mit Elnor ins Kirchenbuch einzutragen. Wie würde Vater wohl fühlen, wenn er die Zeilen lesen könnte, die ich jetzt niederschreibe? Er wird sie nicht zu sehen bekommen. Ich werde diese Aufzeichnungen verbergen. Eines Tages, wenn Gott will, wird sie jemand finden und lesen.

Still! Die Tür ist ins Schloß gefallen. Ich weiß, Elnor ist eingetreten. Ich rieche ihren Gestank. Kalter Schweiß steht auf meiner Stirn, der Gänsekiel biegt sich unter dem Druck meiner Finger. Ich fürchte mich, den Schatten anzusehen, der hinter mir lauert. Ich weiß, ich muß diese Eintragungen vollenden. Ich muß die Menschen vor Elnor und ihren teuflischen Listen warnen! Ich habe als treuer Diener meiner kleinen Gemeinde gewirkt, obwohl ich wußte, daß meine Seele zum ewigen Feuer verdammt ist.

Ich habe gelernt zu schweigen. Ich belästige die Menschen nicht mehr mit meinen Geistergeschichten. Die Königin Elisabeth hat den Thron bestiegen, und der Papst in Rom hat Grund zur Sorge. Mich kümmert das nicht. Ich bin der Pfarrer einer kleinen Kapelle. Ich lebe in Frieden. In Frieden! Was für ein Unsinn! Ich würde lieber von den Schergen der Königin Elisabeth verfolgt werden als vom Geist der süßen Teufelin Elnor. Seit ich den Sprengel von St. Peter übernommen habe, habe ich keine Nachricht mehr von der Priorin bekommen. Sie läßt meine Botschaften unbeantwortet (es könnte sein, daß mein Vater die Briefe abfangen läßt). Der Burgvogt hat mir erzählt, daß Schwester Rosemund nach Elnors Tod auf dem Scheiterhaufen aus der Schwesternschaft ausgestoßen wurde. Sie lebt im Wald, in der Nähe des Dorfes. Ich weiß nicht, ob das wahr ist, es kümmert mich nicht. Mitleid habe ich nur noch für mich selbst. Ich spüre Elnors Hauch an meinen Wangen, es ist der faulige Geruch des Todes. Sie will, daß ich ihr in die leeren, schwarzen Augenhöhlen sehe. Sie will, daß ich sie in die Arme schließe. Ihre Knochenhand berührt meine Schulter, aber ich sehe mich nicht um. Noch nicht, Elnor. Noch nicht. Ich will erst meine Eintragungen zu Ende führen. Die Menschen sollen wissen, wer du bist. Was hier steht, sind nicht die Hirngespinste eines Wahnsinnigen, es ist die Wahrheit. Elnors Bosheit und ihre Bereitschaft, die Menschen in ihren Sündenpfuhl hinabzuziehen, sind ungebrochen. Sie ist der böse Geist, der immer war und immer sein wird.

Die Tür schwingt auf, der Wind fährt in die Kapelle. Der Wind will mir das Papier entreißen, aber ich werde ihm Einhalt gebieten. Ich werde diese Aufzeichnungen verbergen, und dann werde ich mich meiner schönen Elnor widmen. Ich werde sie umarmen, wie ich sie in unzähligen Träumen umarmt habe, denn ich liebe sie immer noch. Ich habe Augen nur für ihre Schönheit, nicht für den schwarzen, lippenlosen Mund, der sich meinen Wangen nähert, um …

Genug! Ich bin ihr Sklave, das ist die Wahrheit. Ich schlafe mit ihr in meinen Träumen, es ist die Sünde, der Fluch der Fleischeslust, was uns für immer aneinanderkettet. Ich widme diese Aufzeichnungen dem Menschen, der nach ihnen sucht. Elnors knöcherner Mund preßt sich auf meine Lippen. Ich gehöre ihr!

Gott sei deiner Seele gnädig. Bete für mich. Bete für einen Verdammten.

(Ende der Aufzeichnungen. Es steht außer Zweifel, daß es sich bei dem Schreiber um Thomas Woolgar, Pfarrer der St. Joseph's Kirche zu Banfield, später Pfarrer der St. Petruskapelle zu Barham, den Sohn von Sir Henry Woolgar, handelt. D.)

Fragen:
1. *War Thomas Woolgar geistesgestört?*
2. *Was meinte er, wenn er schrieb, Elnor sei mehr als eine Hexe?*
3. *Erfüllt sich der Fluch?*
4. *Sind Pater Hagen und Molly Pagett Katalysatoren?*
5. IST ALICE IDENTISCH MIT ELNOR?

Monsignore Delgard

Fenn lehnte sich in seinem Stuhl zurück. Ein Stöhnen entrang sich seinen Lippen. Mein Gott, war das möglich? War es die Wahrheit, was auf diesen Pergamenten stand, oder waren es die Phantasien eines Wahnsinnigen? War die Hexenverbrennung, die vor fünfhundert Jahren stattgefunden hatte, der Grund für die geheimnisvollen Vorgänge in der St. Joseph's Kirche und auf dem Feld? Nein, das war doch finsterer Aberglaube! Hexen, so etwas gab es nur in Märchen. Allerdings... Woolgar hatte auch gar nicht behauptet, daß es sich bei Elnor um eine Hexe handelte. Er hatte von ihr als einem übernatürlichen Wesen gesprochen. Gab es einen Unterschied zwischen Hexen und übernatürlichen Wesen? Er, Fenn, hatte in Banfield Ereignisse erlebt, die als paranormal bezeichnet werden mußten. Er hatte in der Kapelle eine Wesenheit aus einer anderen Welt erlebt, die eine Aura des Bösen um sich verbreitete. Auch Nancy hatte das Wesen gesehen, sie hatte bei dem Anblick einen Schock erlitten. Was zum Teufel steckte dahinter? War ihnen der Geist der armen Schwester Elnor erschienen?

»Nein!« sagte Fenn laut. So etwas gibt es nicht. Ich muß mir ganz fest einprägen, daß es so etwas nicht gibt. Er betrachtete seine Hände. Die Krallen des Geistwesens hatten keine Spuren auf seiner Haut hinterlassen.

Was Monsignore Delgard wohl dazu sagen würde? Er war Priester, Theologe, Fachmann für das Übernatürliche, der Glaube an ein Leben nach dem Tode war die Grundlage seiner Religion. Aber konnte der Fluch einer Frau, die vor fünfhundert Jahren auf dem Scheiterhaufen verbrannt worden war, den Bann des Bösen bis ins zwanzigste Jahrhundert hineintragen?

Fenn schüttelte den Kopf. Was er gelesen hatte, war einfach unglaublich. Und doch gab es Umstände, die darauf hindeuteten, daß es sich um die Wahrheit handelte.

Er erhob sich. Wie kalt es in diesem Raum war! Die Scheite im Kamin waren niedergebrannt. Fenn zog sich den Mantel an und knöpfte ihn bis zum Hals zu. Er würde Delgard suchen gehen. Er würde sich mit ihm aussprechen. Der Monsignore war ein Mann, der an seine Religion glaubte, aber er war kein Narr; wenn Delgard die Pergamente für wahr, für bedeutsam hielt, nun, dann waren sie wahr und bedeutsam. Dann blieb nur noch das Problem, was sie zur Abwehr gegen das Böse tun konnten.

Fenn verließ den Raum. Er schloß die Tür hinter sich und ging den Flur entlang. Ein Hauch aus Eis kroch an ihm hoch. Er trat ins Freie und sah zum Himmel. In der nahen Kirche brannte Licht. Fenn ging auf die Kirche zu. Es war etwas Merkwürdiges um dieses Gebäude. Die Mauern waren schwarz, schwärzer als die Nacht. Das Sternenlicht wurde nicht reflektiert, sondern verschluckt. Fenn spürte, wie sein Herzschlag sich beschleunigte. Wie gern wäre er fortgelaufen. Wie gern hätte er den Ort des Bösen für immer hinter sich gelassen. Die Angst, die ihn in der Kapelle umfangen hatte, war ihm nachgefolgt.

Fenn wußte, daß er nicht fliehen durfte. In der Kirche war Monsignore Delgard, der von der seltsamen Verwandlung des Gebäudes nichts wissen konnte. Er mußte ihn warnen. Fenn hatte verstanden, daß die St. Joseph's Kirche kein Gotteshaus mehr war, sie war das Heiligtum des Teufels.

Seine Hand ertastete den Türgriff. Unrein, dachte er. Der Türgriff ist unrein. Er überwand seinen Ekel. Die Angst blieb. Fenn zwang sich, die Kirchentür aufzustoßen. Er überquerte die Schwelle.

35

»Aber mich mußt du auch bezahlen«, sagte die Hexe, »und es ist nicht wenig, was ich verlange...«
Andersens Märchen: Die kleine Seejungfrau

Die Handgelenke des Monsignore ruhten auf dem schmalen, niedrigen Geländer, das den Altar umgab. Die Lippen bewegten sich in schweigendem Gebet, das übrige Gesicht war fest und hart wie Stein. Er hätte nicht zu sagen vermocht, wie lange er schon betete; eine Stunde vielleicht. Immer noch war da die Angst. Der Monsignore hatte keinen Zweifel an der Wahrhaftigkeit der Aufzeichnungen, die er aus dem Lateinischen ins Englische übersetzt hatte. Er war auch überzeugt, daß sich der Fluch erfüllen würde. Die Kraft des menschlichen Geistes hatte keine Grenzen auf dieser Erde. Elnor war ein Wesen, das über Kräfte verfügte, die ihren Zeitgenossen ein Rätsel bleiben mußte. Sie hatte die Fähigkeit, den Willen anderer Menschen zu einer einzigen Energie des Bösen zu bündeln. Nicht sie war es, die den Kranken die Heilung brachte. Die Kranken hatten sich selbst geheilt. Elnor war nur ihr Geistführer gewesen. Und jetzt wirkte Elnor durch Alice, sie übte über das zwölfjährige Mädchen mehr Einfluß aus, als ihr in ihrem Leben als Nonne beschieden gewesen war.

Es waren Kräfte, gegen die Monsignore Delgard keine Gegenwehr wußte. Wie konnte er gegen etwas kämpfen, das er nicht verstand? Er würde den Bischof um Rat bitten. Sicher gab es in der Kirche Männer, die in solchen Dingen Erfahrung hatten. Vielleicht gelang es mit ihrer Hilfe, des Bösen Herr zu werden. Vor allem aber würde Delgard den Herrn und den einzigen Gott um Hilfe bitten. Nur der Allmächtige konnte auslöschen, was in seiner Welt geschaffen worden war.

Ein Geräusch ließ ihn den Kopf wenden. Zu sehen war nichts. Die Kirche war menschenleer. Der Monsignore richtete den Blick wieder auf den Altar und auf das Kruzifix. Er schloß die Augen und betete. Einmal mehr spürte er die Last des Alters auf seinen Schultern. Wenn dies alles vorüber war, würde er sich auf ein stilles Fleckchen zurückziehen, er würde...

Wieder das Geräusch! Ein scharfes, knackendes Geräusch.

Sein Blick wanderte zur Statue der Muttergottes. Seine Lippen begannen zu zittern.

Er war aufgestanden und ging auf die Statue zu. Er betrachtete das durch groteske Risse entstellte Antlitz aus Stein. Die Muttergottes hielt die Hände ausgestreckt, als wollte sie ihn willkommen heißen. Der Ausdruck mütterlicher Liebe auf ihren Lippen hatte sich in eine Geste der Begehrlichkeit verwandelt.

Er riß die Augen auf, als das Antlitz seinen Ausdruck veränderte, und dann sah er, wie die Risse tiefer wurden, breite, von Zacken gesäumte Linien erschienen, wo vorher nur eine dünne Naht verlief. Das Lächeln wurde zu einem bösartigen Grinsen, und dann öffneten sich die Lippen zu einem lautlosen Lachen. Delgard war von dem Anblick so fasziniert, daß er den Blick nicht von der Statue zu wenden vermochte.

Er starrte in die leblosen Augen. Staub rieselte aus den Augenhöhlen. Löcher entstanden, wo vorher blinde Augäpfel aus Stein gewesen waren.

Er wollte einen Schrei ausstoßen. Auf einmal wußte er, was geschehen würde. Er hob die Hand, um sich zu schützen.

Fenn hatte die Schwelle überquert. Er sah Delgard vor der Statue der Muttergottes stehen. Der alte Mann hatte die rechte Hand erhoben.

Sie waren nicht die einzigen Wesen in der Kirche. In einer Bank saß eine kleine Gestalt, deren Kopf von einer Kapuze bedeckt war.

Fenn spürte, wie sich seine Magenmuskeln zusammenkrampften. Seine Haare sträubten sich. Er wollte dem Monsignore eine Warnung zurufen, aber nur ein Flüstern kam über seine Lippen. Er eilte auf den Geistlichen zu. Aber es war zu spät.

Die Statue explodierte, die Steinbrocken zerschlitzten Delgards Körper wie bösartige Schrapnelle, sie zerschnitten sein Fleisch, drangen in seinen Kopf, in die Brust, die Hände und in sein Geschlecht. Tödlich getroffen taumelte der alte Mann zurück, er brach zusammen, noch bevor er die erste Bankreihe erreichte, die Steinsplitter, die in seine Augen gedrungen waren, hatten sich inzwischen tief in sein Gehirn eingegraben. Der Schmerz war unglaublich groß und unglaublich kurz. Noch zuckte der Körper, aber der Monsignore spürte nichts mehr. Seine Hand schloß sich um die Kante der Bank. Es war die Hand eines Toten.

Fenn rannte auf den fallenden Priester zu. Als er bei ihm ankam, lag Delgard in seinem Blute. Das Gesicht war zerschlitzt und verunstaltet, das weiße Bäffchen mit Blut überströmt. »Monsignore!« schrie er. »Monsignore!« Und wußte doch, daß der alte Mann ihn nicht mehr hören konnte.

Unter Tränen sah er zu der Statue der Muttergottes auf. Sie war nicht mehr da. Die Kirche war leer. Bis auf Fenn und den toten Monsignore.

WILKES

»Kann ich denn gar nichts tun, um eine unsterbliche Seele zu gewinnen?« fragte die kleine Meerjungfrau.
Andersens Märchen: Die kleine Meerjungfrau

Er verschloß das kleine Behältnis. Er nahm es hoch und durchquerte den kleinen Raum, er brauchte nur drei Schritte dazu. Er stellte sich auf die Zehenspitzen und legte das kleine Behältnis auf den Schrank. Er schob es nach hinten, bis es nicht mehr zu sehen war. Wahrscheinlich wußte die neugierige Vermieterin ohnehin, daß er dieses kleine Behältnis besaß. Trotzdem, es war besser, wenn ihr Blick nicht gleich darauf fiel, sobald sie den Raum betrat.

Er lächelte, als er sich vorstellte, was für ein Gesicht sie machen würde, wenn sie den Inhalt zu Gesicht bekam. Was in diesem Behältnis war, das war sein Geheimnis.

Er setzte sich auf den Bettkante und strich sich das blonde Haar aus der Stirn. Die Zeitung lag auf der Erde, vor ihm. Er überflog noch einmal den Artikel. Ein Lokalreporter in der Grafschaft Sussex hatte die Version aufgebracht, der Monsignore sei nicht von einer Bombe, die irgendwelche Fanatiker gelegt hatten, umgebracht worden, er sei ganz einfach Opfer eines Fluchs geworden, den eine Hexe vor vielen, vielen Jahren ausgesprochen hatte.

Der Bischof, so war in diesem Artikel ausgeführt, hatte die Behauptungen des Lokalreporters ins Reich der Fantasie verwiesen. Der Journalist, so sagte der Kirchenmann, wollte aus dem Vorfall möglichst viel Geld herausschlagen, deshalb hatte er sich eine solche Pointe ausgedacht. Zwar könne die Kirche immer noch nichts Endgültiges zu den Wundern von St. Joseph's sagen, aber es sei sicher, daß diese Heilungen nicht von irgendeiner Märchenbuchhexe bewirkt wurden.

Er lächelte.

Die kleine Heilige hatte verlangt, daß für den ermordeten Monsignore und für den Gemeindepfarrer, der einige Wochen vorher an Herzversagen gestorben war, eine Messe gelesen wurde. Sie hatte die Verantwortlichen der Kirche wissen lassen, daß sich die Jungfrau Maria einen Fackelzug zu Ehren des braven Gemeindepfarrers erwartete. Eine Prophezeiung würde geschehen. Die Kirche gehorchte. Zwar glaubte niemand der Kirchenoberen an eine Prophezeiung, aber die allgemeine Stimmung war, daß der Mann, der von Gegnern des Glaubens ermordet worden war, einen Fackelzug verdiente.

Jetzt lächelte er nicht mehr.

Er legte sich auf das Bett und begann an seinem Daumennagel zu kauen. Drei Gesichter starrten ihn an, er hatte sie aus alten Zeitschriften ausgeschnitten und an die Schranktür geheftet. Quer über die Gesichter waren die Namen geschrieben. Bald würde er die Ausschnitte wieder von der Schranktür fortnehmen. Er würde sie wieder in das Album stecken.

Sein Lächeln war zurückgekehrt. Er sprach die drei Namen aus:

CHAPMAN
AGCA
HINCKLEY

36

Bereit sind die Hexen, die bleichen Wesen,
Sie schmücken das Haar, sie fetten den Besen.
Mit dem Teufel zu buhlen, der den Schoß ihnen segnet,
Sie fliegen, sie fliegen
Durch dick und dünn,
Hinein und hinaus,
Ob es schneit oder hagelt, ob es stürmt oder regnet.

Am Himmel der Sturm,
Im Sarg der Wurm,
Heute nacht erheben sich die Toten,
Der Geist aus der Gruft,
Die Eule ruft,
Der Donner grollt, der Maulwurf leckt die Pfoten.
Robert Herrick: The Hag

Es war Irrsinn. Der reine Irrsinn.

Fenn brachte den Wagen zum Stehen. Er kurbelte das Fenster herunter. »Was ist da vorne los?« fragte er und deutete auf die ins Stocken geratene Fahrzeugschlange.

Der Polizist, der mit der Aufgabe betreut worden war, etwas Ordnung in das Chaos zu bringen, kam auf den Wagen zu.

»Sie können nicht durch das Dorf fahren«, verkündete er brüsk. »Jedenfalls nicht in den nächsten Stunden.«

»Und warum nicht?«

»Die Durchfahrtsstraße ist gesperrt. Von dort startet die Prozession.«

»Es ist doch erst sieben Uhr; ich dachte, die Prozession beginnt erst um acht.«

»Die Straße ist schon seit sechs Uhr früh unpassierbar. Gott weiß, woher all die Menschen kommen. Ich schätze, inzwischen sind es ein paar Tausend.«

»Jetzt hören Sie mir mal zu! Ich bin vom *Courier*, von der Zeitung, und ich muß zur Kirche.«

»Sie wollen zur Kirche. Das wollen heute viele Menschen, wissen Sie?« Der Polizist sah zu den Autos hinüber, die sich hinter Fenn stauten. Einige Fahrer ließen ihre Hupen ertönen. Der Polizist hob die Hand und gebot ihnen Ruhe. »Sie könnten versuchen, von hinten heranzukommen. Versuchen Sie's über Flackstone.«

Fenn legte den Rückwärtsgang ein. Er setzte zurück, so weit es die Autoschlange hinter ihm zuließ. Als er spürte, wie seine Stoßstange an die Stoßstange des Nachfolgers tippte, trat er auf die Bremse. Er begann am Steuerrad zu kurbeln. Er mußte das Manöver viermal wiederholen, ehe er wenden konnte. Dann fuhr er aus Banfield hinaus, an der Lichterkette der entgegenkommenden Fahrzeuge vorbei.

Ich hätte es mir denken können; die Story ist groß rausgekommen in den Medien. Warum hat der Idiot von Bischof nicht auf mich gehört? Fenn versetzte dem Lenkrad einen wütenden Stoß. Verständnis für die Fehler anderer war nicht seine Stärke.

Das Hinweisschild nach Flackstone kam in Sicht, Fenn verlangsamte die Fahrt und bog in die unbeleuchtete Landstraße ein. Die Straße war kurvig, es gab ein paar Häuser zu beiden Seiten. Wenig später erreichte er Flackstone, einen Weiler, dessen Häuser am Ende eines Stichwegs lagen. Zur Linken war eine leuchtende Glocke zu sehen, der Himmel über Banfield.

Fenn folgte den Schildern, die ihn in einem großen Bogen nach Banfield zurückführten. Als der Verkehr dichter wurde, lenkte er den Wagen auf die linke Seite und parkte ihn auf der begrünten Böschung. Er stieg aus und schloß ab. Er würde den Rest des Weges zu Fuß gehen, nachdem anzunehmen war, daß die Fahrzeugschlange wieder in einem großen Stau steckenbleiben würde. Es war noch eine Meile bis zur Kirche, aber es gab keine andere Möglichkeit diese Strecke zügig zurückzulegen, nur zu Fuß.

Irrsinn, dachte er. Der reine Irrsinn. Er wiederholte die Worte bei jedem Schritt. Die Menschen waren verrückt geworden.

In der Nacht erschien ein Licht, das sich aus der leuchtenden Glocke heraushob. Es war der große Flutstrahler, der auf dem Feld vor dem Schrein angebracht worden war. Fenn kam das Licht vor wie die bleiche Hand einer Meerjungfrau, die den Steuermann des Schiffes in einen tückischen Strudel lotst. Er erschauderte, als er die schweren, schwarzen Wolken über dem Lichtdom erblickte.

Er vernahm Gesang. Der Gesang kam aus den Bussen und Personenwagen, die an ihm vorbeifuhren. Die Menschen waren guter Laune, obwohl die Schlange wieder und wieder ins Stocken geriet. Fenn hörte das Gemurmel der Betenden. Aber es gab auch Gruppen, die nur von der Neugier nach Banfield getrieben wurden, es gab Menschen, die nur zu diesem Gottesdienst fuhren, weil so ein schlechtes Programm in der Glotze war.

Je näher Fenn der St. Joseph's Kirche kam, um so stärker teilte sich ihm die Spannung mit, die über Banfield lag. Es war die gleiche Stimmung, wie sie im Sommer 1981 bei der Königshochzeit in London geherrscht hatte, die gleiche Atmosphäre, die den Englandbesuch des Papstes im darauffolgenden Jahr ausgezeichnet hatte. Das

Besondere war, daß sich alle Energien auf den Schrein richteten. Fenn war jetzt sicher, daß Alice ihre Kraft aus dem Heiligtum auf dem Feld bezog, so wie Elnor vor Jahrhunderten ihre dämonischen Energien von diesem Ort hergeleitet hatte. Die Fähigkeit der Wunderheiler bestand ganz einfach darin, daß sie die Psikräfte der Menschen bündeln und in eine bestimmte Richtung leiten konnten. Das Bekenntnis des unglücklichen Priesters, das jener im sechzehnten Jahrhundert dem Pergament anvertraut hatte, war der Schlüssel gewesen, der Fenn das Verständnis eröffnete. Aber Bischof Caines hatte ihm nicht glauben wollen. Was interessieren einen Bischof schon die Fantasien eines Sensationsreporters. Beweise, Fenn! Du brauchst Beweise!

Wo waren die alten Urkunden, von denen er dem Bischof erzählt hatte?

Staub auf dem Fußboden des Pfarrhauses!

Wo war die Übersetzung, die der Monsignore angefertigt hatte?

Staub auf dem Fußboden des Pfarrhauses!

Wo waren die Beweise?

Sie waren zu Staub geworden, so wie sich die Marienstatue in der Kirche in Staub verwandelt hatte!

Vornübergebeugt schritt Fenn dahin. Er hatte Ringe unter den Augen, weil er die letzten Nächte keine Ruhe gefunden hatte. Gleich zu Beginn des Gespräches mit dem Bischof hatte er gespürt, daß sein Ton zu energisch war. Er hatte von jenen Dokumenten gesprochen wie ein Besessener, der das Schicksal der Welt mit einem Stück Papier verknüpft sieht; das war keine Sprache, die Bischof Caines verstand. Fenn verstand sich ja selbst nicht mehr, er kam sich schon wie ein Verrückter vor. Bei Southworth hatte er noch weniger Glück gehabt als beim Bischof. Southworth war ein Mensch, der sich ausschließlich von seiner Habgier leiten ließ, der Mann hinter den Kulissen, der die kommerziellen Aspekte des Wunders für sich ausbeutete. Ein Reinfall war auch das Gespräch mit dem obersten Seelenhirten der katholischen Kirche von England gewesen. Er konnte dem Erzbischof nicht einmal einen Vorwurf machen. Er wußte, daß der gute Mann von Bischof Caines gewarnt worden war. Ein mondsüchtiger Reporter ist auf dem Weg zu Eurer Eminenz. Als nächstes hatte sich Fenn an seine Pressekollegen gewandt. Nicht einmal die Freunde im *Courier* hatten etwas von den Enthüllungen wissen wollen, die Fenn anbot. Sie hatten sich schließlich auf ein Interview geeinigt. Er, Fenn, hatte einem seiner Kollegen Rede und Antwort gestanden, und die Fragen, mit denen er attackiert wurde, waren von dem gleichen Skeptizismus beseelt gewesen, den Fenn vor einigen Wochen noch selbst zur Schau getragen hatte. Der Artikel mit der Wiedergabe des Interviews war ein fauler Kompromiß gewesen. Es war ein Tiefschlag, über den Fenn nur schwer hinwegkam. Die Ironie des Schicksals wollte es, daß ihm, dem Zyniker, mit Zynismen heimgezahlt wurde. Die Ironie war, daß der andere Reporter ihm nicht glaubte, weil er, Fenn, ebenfalls Reporter war.

Fenn versuchte, über sich selbst zu lächeln. Es tat so weh, daß er den Versuch aufgab.

Er schrak zusammen, als ein Auto dicht hinter ihm zu hupen begann. Er war in die Mitte der Fahrbahn geraten. Keuchend eilte er zur Seite. Er beschleunigte seine Schritte, bis er schneller war als die Autoschlange.

Er erreichte die Kreuzung. In einiger Entfernung zu seiner Linken war die Kirche zu sehen. Die Hauptstraße war voller Menschen, ein unbeschreibliches Durcheinander von Gläubigen und Neugierigen, die sich zwischen den Autos hindurchzwängten. Eine Vielzahl von Verkaufsständen war aufgebaut worden. Fastfood wurde verkauft, Getränke, alle möglichen Kinkerlitzchen, samt dem üblichen religiösen Kitsch; die Polizei war mit der Beaufsichtigung des Fußgängerverkehrs so eingedeckt, daß ihr keine Zeit blieb, um die fliegenden Händler wegen der Verletzung der Gewerbebestimmungen zur Rede zu stellen.

Ungeduldig schob Fenn sich durch die Menge. Er brauchte gute zwanzig Minuten, um die fünfhundert Meter bis zum Vorplatz der Kirche zurückzulegen. Das Gittertor war hell angestrahlt, Fenn versuchte es aufzustoßen.

»Einen Moment mal«, sagte eine Stimme.

Es war der Mann, den Fenn schon kannte, ein Ordner, dessen ganzer Lebenszweck in der Bewachung der St. Joseph's Kirche zu bestehen schien. Der Ordner wurde von zwei Priestern und einem Polizisten flankiert.

»Sie kennen mich ja«, sagte Fenn. »Gerry Fenn.«

Der Mann reagierte mit sichtlicher Verlegenheit. »Gewiß kenne ich Sie, Sir. Aber ich darf Sie nicht einlassen.«

»Sie machen Späße.« Fenn zog seinen Presseausweis hervor. »Ich komme, weil ich einen Auftrag für die Kirche wahrzunehmen habe.«

»Davon hat man mich nicht verständigt. Sie müssen den anderen Eingang benutzen, Sir.«

Fenn starrte ihn wütend an. »Schon verstanden. *Persona non grata,* wie? Ich muß den Bischof ja ganz schön in die Eier getreten haben.«

»Benutzen Sie bitte den Presseeingang, Mr. Fenn. Etwas weiter unten.«

»Ich weiß, ich bin dran vorbeigekommen. Ich gehöre demnach nicht mehr zu den Privilegierten.«

»Ich befolge nur meine Anweisungen.«

»Aber sicher«, sagte Fenn. Er kehrte dem Mann den Rücken zu. Jedes weitere Wort war sinnlos.

Er ging zu dem Schild PRESSE zurück, das neben einer schmalen Schleuse in der Hecke aufgepflanzt war. Er wurde ohne Schwierigkeiten eingelassen, nachdem er seinen Ausweis gezeigt hatte. Er hätte sich nicht gewundert, wenn ihm die Kirchenoberen überhaupt Hausverbot erteilt hätten. Aber soweit war es wohl noch nicht. Er ging den sanft ansteigenden Weg hinauf. Auf der Anhöhe angekommen, blieb er stehen. Seine Pupillen weiteten sich.

Mein Gott, dachte er. Sie haben einen richtigen Jahrmarkt aufgebaut.

Das Netzwerk der Bänke erstreckte sich über das ganze Feld, es sah aus wie ein Spinnengewebe. Die Spinne, der Altar, saß in der Mitte des Netzes. Der knorrige Baum, vor dem der Altar aufgebaut worden war, mochte der Pflanzenwelt angehören, auf Fenn wirkte er fremdartig und bedrohlich wie ein raubgieriges Tier. Der Altar war reicher geschmückt als an den vergangenen Sonntagen, allerdings gab es keine Statuen, es gab keine Christusbilder und keine Marienbilder, und das bedeutete, die katholische Kirche war auf die Meinung der Massen eingeschwenkt, die da behauptete, daß es sich bei diesem Feld um geweihten Grund handelte. Die religiösen Autoritäten hatten Fingerspitzengefühl bewiesen: Es gab keine Ansammlung von Kruzifixen, es gab nur ein einziges Kreuz. Dafür waren die christlichen Symbole in die Tücher eingewoben, mit denen der Altar behängt war. Die Plattform, die den Altar trug, war noch einmal vergrößert worden, um Platz für die Priester und die Meßdiener zu schaffen. Ein Baldachin würde die Menschen auf der Plattform vor den Unbilden des Wetters schützen; ein Teil der Fläche war für den Kirchenchor abgeteilt worden. Die Gänge zwischen den Bankreihen waren mit roten, grünen und goldenen Bannern geschmückt. Ein prächtiger Rahmen war geschaffen worden. Ein System von Lautsprechern überzog das Feld, so daß alle Besucher, auch jene, die sehr weit vom Altar entfernt standen, die

Messe verfolgen konnten. Die Fernsehleute waren nicht mehr auf die Straße und auf den Acker verbannt, für sie und die Fotografen waren an strategischen Punkten erhöhte Beobachtungsstände errichtet worden.

Zwei Gestalten in weißen Gewändern hatten die Plattform des Altars erklommen. Fenn sah, wie die geweihten Kerzen hinter dem Altar entzündet wurden. Ihm fiel die Frage wieder ein, die er sich in den vergangenen Tagen so oft gestellt hatte: Warum hatte die Kirche Alices merkwürdigem Wunsch nach einer Prozession durch die Straßen von Banfield zugestimmt? Das Mädchen hatte den Kirchenoberen gesagt, die Jungfrau Maria wünschte sich eine solche Prozession zu Ehren von Pater Hagan und Monsignore Delgard, sie hatte weiter gesagt, daß es in Kürze zu einer göttlichen Verkündigung kommen würde. Bischof Caines hatte dem Plan der Prozession mit einiger Zurückhaltung zugestimmt. Er hatte darauf hingewiesen, daß diese Prozession ja nicht nur stattfinden würde, weil es der Wunsch des kleinen Mädchens war, das möglicherweise und möglicherweise auch nicht eine Vision der Jungfrau Maria gehabt hatte, die Prozession würde stattfinden, weil die beiden Geistlichen in der Tat eine solche Ehrung verdient hatten, zumal einer der beiden, wie es schien, von einer Bombe religionsfeindlicher Fanatiker getötet worden war. Warum aber, diese Frage stellte sich Fenn, warum war der Bischof so wütend auf ihn losgegangen, als er ihn darauf aufmerksam machte, daß sich in all den Ereignissen um Alice nicht die Güte Gottes, sondern die Bosheit des Satans zeigte? Das Motiv war wohl im Ehrgeiz des Bischofs zu suchen. Der Ehrgeiz war es, der den Menschen Scheuklappen umlegte, der hohe Würdenträger der Kirche machte da keine Ausnahme. So logisch das schien, so war es doch eine große Enttäuschung für Fenn. Er, der Ungläubige, hatte sich mehr erwartet von jenen, die zu glauben vorgaben.

Er ging zwischen den Bänken entlang, auf das Licht zu. Er spürte den klebrigen Lehm an seinen Sohlen.

Das Feld füllte sich mit Menschen. Ob überhaupt alle Platz finden würden? Fenn dachte an die zahlreichen Fahrzeuge, die an ihm vorbeigerauscht waren, an die vielen Fußgänger, denen er auf dem Weg begegnet war. Immer noch gab es Menschentrauben an den Eingängen zum Feld. Wo sollten all diese Besucher unterkommen?

»Fenn!«

Er blieb stehen und wandte sich um.

»Hier!«

Nancy Shelbeck war aufgestanden. Sie saß in einem Bankgeviert, das mit dem Schild PRESSE gekennzeichnet war.

»Ich habe nicht erwartet, dich hier zu sehen«, sagte Fenn.

»Das lasse ich mir doch nicht entgehen.« Ihre Stimme klang aufgeregt, von Angst unterlegt.

»Hast du nicht die Nase voll von Geistererscheinungen?« frotzelte er.

»Ich hab' Gespenster gesehen, okay, okay. Aber deshalb kann ich schließlich nicht meinen Job hinschmeißen. Was glaubst du, was mein Chef sagen würde, wenn ich ohne einen Bericht über das Hauptereignis in die Staaten einfliege!«

»Das Hauptereignis?«

»Fühlst du das denn nicht? Die Luft ist wie mit Elektrizität geladen. Alle glauben, daß heute etwas Großartiges passieren wird.«

Fenn senkte seine Stimme zum Flüsterton. »Du hast recht. Ich kann's spüren.« Er ergriff sie am Arm. »Nancy, was hast du in der Kirche eigentlich gesehen?«

Sie standen im Gang vor der Pressetribüne. Sie erhielten einen Stoß, als sich ein Pulk von Pilgern vorbeidrängte.

»Hat dir das Sue nicht erzählt?«

»Ich habe Sue nicht mehr getroffen, nachdem ich dich in ihrer Wohnung abgeliefert hatte. Ich hatte in den letzten Tagen sehr viel zu tun.«

»Wir haben dich beide zu erreichen versucht. Telefonisch warst du nicht zu kriegen, und du warst auch nicht zu Hause, als wir dich besuchen wollten. Womit hattest du denn soviel Arbeit?«

»Ich habe versucht, diese ganze Show abblasen zu lassen. Und jetzt beantworte bitte meine Frage.«

Sie sagte ihm, was sie gesehen hatte, und war überrascht, daß er sie ruhig anhörte. »Hast du in der St. Petruskapelle das gleiche gesehen?« fragte sie.

»Ich glaube ja. Ich muß gestehen, ich habe nicht genau hingesehen. Ich hatte Angst. Aber es paßt alles gut zusammen.«

»Was paßt gut zusammen?«

»Das ist zu kompliziert, um es dir jetzt zu erklären.« Er wandte sich um. In den wenigen Minuten, die sie miteinander sprachen, waren soviel Menschen auf das Feld geströmt, daß eine drangvolle Enge entstand. Er wandte sich wieder der Amerikanerin zu. »Ist Sue hier?« fragte er.

»Ich hab' sie vorhin gesehen, ja. Sie hatte ihren Sohn dabei. Ich glaube, die beiden sitzen weiter vorn.« Sie legte ihre Hände auf seine Wangen. »Bist du okay? Du siehst mitgenommen aus.«

Er brachte ein Lächeln zustande. »Ich habe ein paar schlimme Nächte hinter mir. Alpträume. Und jetzt muß ich zu Sue und Ben.«

Sie hielt ihn fest. »Ich habe eine lange Unterredung gehabt mit Sue, Gerry; sie weiß, daß wir was miteinander haben.«

»Nicht so wichtig.«

»Danke.«

»So war das nicht gemeint...«

»Ich weiß schon, wie's gemeint war. Sie mag dich, du Casanova, wußtest du das? Ich glaube, sie ist jetzt soweit, daß sie fest bei dir bleiben würde.«

»Das hat lange genug gedauert.«

»Bei mir hätte das noch länger gedauert. Falls ich überhaupt drauf eingegangen wäre.«

»Willst du dich wieder vertragen mit mir?«

Sie lächelte. »Ich glaube, wir beide wären kein gutes Gespann geworden.«

»Da bin ich froh, daß ich dich gar nicht erst gefragt habe.«

»Vorsicht, ich kann meine Meinung immer noch ändern.«

Er zog sie in seine Arme und küßte sie auf die Wange. »Paß gut auf dich auf, Nancy.«

»Tu ich sowieso.« Sie küßte ihn auf die Lippen.

Er ging. Sie sah ihm nach, wie er sich in der Menge verlor. Und dann kehrte die Angst zurück. Nancy hatte Angst. Sie hatte sich zwingen müssen, an dieser Veranstaltung teilzunehmen, der berufliche Druck hatte schließlich den Ausschlag gegeben. In die Kapelle allerdings würde sie nie und nimmer zurückgehen, nicht einmal für eine Million Dollar und eine eigene Fernsehshow.

Nancy trat zur Seite, um eine Frau und ihre Tochter vorbeizulassen. Sie hatte große Lust, eine Zigarette zu rauchen. Aber war es angemessen, wenn sie bei einer Messe rauchte? Wohl kaum. Sie kehrte in ihre Bank im Presseblock zurück. Zum Teufel noch mal, warum zerbrach sie sich eigentlich den Kopf, ob es Wunder waren oder nicht? Alice hatte den Kranken neue Hoffnung gegeben, sie hatte ihren Lebensmut gestärkt in einer Welt, in der Optimismus als Dummheit verspottet wurde. Zugleich hatte Alice dem Glauben von Tausenden, vielleicht von Millionen in aller Welt neuen Auftrieb gegeben. Trotzdem, der Zweifel blieb. Vielleicht hatte das Mädchen alle *aufs Kreuz gelegt*. Nancy nahm auf der Bank Platz. Sie schlug sich den Mantelkragen hoch, weil ihr kalt war; zu dem Wunsch zu rauchen hatte sich ein zweiter Traum gesellt: die Vision eines *Bourbon on the rocks*.

Paula führte ihre Mutter an den Bankreihen entlang. Sie wollte so nahe wie möglich am Altar sitzen. Einer der Ordner am Eingang hatte ihr gesagt, daß die Plätze unterhalb des Altars den Schwerkranken vorbehalten waren, jenen, die auf Tragen aufs Feld geschleppt oder in Rollstühlen herangekarrt wurden; wer noch gehen konnte, ob er nun an einer Krankheit litt oder nicht, mußte inmitten der Gemeinde Platz nehmen. Arthritis im Hüftgelenk und Bluthochdruck waren keine Krankheiten, die zu einer Vorzugsbehandlung berechtigten. Paula hatte Verständnis für die Einschränkungen, denen ihre Mutter unterworfen wurde. Es gab ja sehr viele Menschen, die bei Alice Heilung suchten. So viele, daß es einen ganz krank machte, sie anzusehen.

»Es ist nicht mehr weit, Mutter«, sagte sie. »Ich kann die erste Bank schon sehen.«

»Was sind das für helle Lichter?« mäkelte die Mutter. »Die Lichter blenden mich.«

»Das ist der Altar, Mutter. Er wird mit Flutlicht angestrahlt, außerdem haben sie ganz viele Kerzen aufgestellt. Der Altar sieht wunderschön aus.«

»Können wir nicht irgendwo Rast machen? Ich muß mich ausruhen.«

»Wir sind gleich da.«

»Ich will das Mädchen sehen.«

»Sie wird bald kommen.«

»Ich habe genug gelitten.«

»Ja, Mutter. Aber du darfst dir nicht zu große Hoffnungen machen.«

»Warum denn nicht? Sie hat all die anderen geheilt, warum sollte sie mich nicht heilen?«

»Sie kennt dich ja nicht einmal.«

»Kannte sie die anderen, die sie geheilt hat?«

Paula verkniff sich einen Seufzer. »Das ist nahe genug, Mutter. Wir werden uns auf diese Bank dort setzen, wenn der Herr so nett ist und etwas nach innen rückt.«

Der Herr war nicht so nett, wie man es von ihm erwartete, aber ein Blick aus den Augen der Alten bewirkte, daß er seinen Widerstand aufgab.

Die alte Frau ließ sich mit einem lauten Stöhnen auf die Bank sinken. »Das kalte Wetter ist Gift für meine Hüfte! Wann kommt das Mädchen? Wann werden meine Leiden zu Ende gehen?«

Paula wollte ihre Mutter in die Schranken weisen, als sie ein bekanntes Gesicht erblickte. Tucker stand zehn oder zwölf Bankreihen entfernt, er rief einem Mann, der den Mittelgang entlangkam, etwas zu. Und dann sah Paula, wie sich ein mit Pelz bekleideter Arm zu Tuckers Ellenbogen schob, die Hand glitt aus dem Pelz, und es war ganz offensichtlich, daß Tucker veranlaßt werden sollte, sich endlich wieder hinzusetzen. Paula stand auf und stellte sich auf die Zehenspitzen. Ein eisiger Schimmer trat in ihre Augen, als sie die Frau im Pelzmantel erkannte. Mr. Fettwanst führte Mrs. Fettschlampe in die Messe. Die liebe, verwöhnte Marcia! Daß ihr ja nichts abging! Nun, heute abend würde Mrs. Fettschlampe eine ganz besondere Überraschung erleben. Sie würde endlich einmal erfahren, mit was für einem Schwein sie verheiratet war. Ein kleiner Streit zwischen Mätresse und Ehefrau konnte sehr befriedigend sein, er war für Paula zugleich eine Art Schmerzensgeld für die Würgemale, die Tucker ihr beigebracht hatte! Sie war nach der Auseinandersetzung im Wagen nicht mehr in den Supermarkt gegangen. Sie hatte Tucker nicht einmal eine Krankmeldung zukommen lassen – und ihr Boß war natürlich viel zu feige, um sie anzurufen und sich nach ihrem Wohlergehen zu erkundigen. Heute abend, in Gegenwart von Piggys häßlicher Schwester, würde sie ihm sagen, was sie von ihm hielt! Mal sehen, was er sich dazu einfallen ließ.

Paulas Mutter sagte etwas von der Feuchtigkeit, die aus dem Boden in ihre Stiefel kroch, der Mann neben ihr ließe ihr keinen Platz zum Atmen, und ob das da vorne nicht Mrs. Fenteman sei, die nie zur Kirche ging, außer Weihnachten und Ostern, und ob Paula schon wüßte, daß Mrs. Fenteman ein Verhältnis mit dem Besitzer des Eisenwarengeschäftes hatte.

Paula sah ihre Mutter nicht einmal an. »Halt den Mund«, sagte sie gleichmütig.

Tucker achtete nicht auf die Bitten seiner Frau, er drängte sich an den Menschen in seiner Bank vorbei und trat in den Mittelgang. »Was tun Sie denn hier, Fenn?«

»Meine Arbeit«, sagte Fenn.

»Wie ich höre, arbeiten Sie nicht mehr für die Kirche.«

»Nein, aber ich arbeite immer noch für den *Courier*.«

»Sind Sie sicher, daß Sie da noch lange bleiben werden?«

»Solange mir niemand sagt, daß ich gehen soll, ja.«

»Die Leute im Ort mögen die Lügen nicht, die Sie über uns verbreiten.«

»Ich weiß nicht, wovon Sie sprechen.«

»Das wissen Sie sehr gut. George Southworth hat mir alles erzählt.«

»Ich hoffe nur, Southworth und der Bischof haben sich herzlich amüsiert.«

»Wir haben uns alle herzlich amüsiert, Fenn. Ganz schön verrückt, finden Sie nicht? Hexen aus dem Mittelalter, Nonnen, die von den Toten auferstehen. Hatten Sie erwartet, daß Ihnen das jemand abnimmt?«

Fenn deutete auf den Altar. »Glauben Sie wirklich an das Spektakel, das hier abgespult wird, Tucker?«

»Was hier geschieht, hat wenigstens Hand und Fuß, im Unterschied zu den Hirngespinsten, die Sie verbreiten.«

»Hand und Fuß? Es bringt Geld, das meinen Sie wohl.«

»Es trifft zu, daß einige von uns einen hübschen Profit bei der Sache einstreichen. Was hier geschieht, ist von Vorteil für das Dorf, es ist auch von Vorteil für die Kirche.«

»Aber besonders vorteilhaft ist es für Sie und Southworth.«

»Wir sind nicht die einzigen, die dabei Geld einstreichen.«

Häme und Spott trat in Tuckers Züge. »Sie haben ja auch ganz gut abgesahnt dabei, oder?«

Dem Reporter fiel keine passende Antwort auf den Vorwurf ein. Er ließ Tucker stehen und bemühte sich, das ironische Lachen zu überhören, das dieser ihm nachschickte.

Er ging auf den Altar zu. Vor der Plattform gab es einen weiten Bereich, der für die Kranken auf Tragen und für die Gelähmten in den Rollstühlen reserviert war. Es gab Helfer, die den Heilungssuchenden und ihren Angehörigen die Plätze anwiesen. Fenn blieb unter einem auf Stelzen montierten Turm stehen. Oben auf dem Turm war der Kameramann des Fernsehens, der seine Kamera auf die Schwerkranken gerichtet hielt. Als Fenn von einem vorbeidrängenden Pilger einen Stoß erhielt, suchte er mit der rechten Hand an dem Metallgerät Halt. Er erlitt einen milden elektrischen Schlag und zog seine Hand zurück. Als ein Kranker im Rollstuhl vorbeigeschoben wurde, wagte er ein kleines Experiment. Er berührte den Metallbügel des Rollstuhls. Wieder erhielt er einen elektrischen Schlag. Er sah zum Himmel auf, wo sich düstere Regenwolken zusammenballten. Ein Gewitter lag in der Luft, die elektrische Spannung, die auf seine Fingerspitzen übergeflossen war, schien aus den Wolken zu kommen. Die Lautsprecher begannen zu quietschen. Die Menschen hielten sich die Ohren zu und lachten.

Fenn fand das alles gar nicht lustig. Er hatte Angst. Er betrachtete den Baum, dessen knorrige Zweige in gleißendes Licht getaucht waren. Wie lange war es her, daß er diesen Baum im Mondlicht betrachtet hatte? Einige Wochen erst. Die Zeitspanne kam Fenn so lang wie ein Menschenleben vor. Der Baum hatte in jener Nacht ausgesehen wie der Engel des Todes, und unter dem Baum hatte ein kleines Mädchen gekniet: Alice.

Er schob sich nach vorn, bis sich ihm ein Ordner mit Armbinde in den Weg stellte.

»Sie dürfen hier nicht weitergehen, Sir.«

»Für wen sind die Bänke dort?«

»Die Bänke sind reserviert. Würden Sie jetzt bitte zur Seite treten! Sie blockieren den Weg.«

Fenn hatte Sue erblickt, sie saß in einer der reservierten Bänke. Ben saß neben ihr. Fenn zog seinen Presseausweis hervor. »Ich muß jemandem dort etwas sagen, kann ich durchgehen?«

»Tut mir leid. Die Bänke für die Reporter sind weiter hinten.«

»Ich bleibe nur eine Minute.«

»Ich bekomme die größten Schwierigkeiten, wenn ich das zulasse.«

»Eine Minute, wirklich nicht länger, ich verspreche es Ihnen.«

»Also gut, aber machen Sie schnell. Ich passe auf, ob Sie Ihr Wort halten.«

Fenn schlüpfte durch die Lücke, ehe der Mann es sich anders überlegen konnte.

»Sue!«

Sie fuhr herum. Er sah, wie sich ihre Wangen röteten. »Wo hast du die ganze Zeit gesteckt, Gerry? Mein Gott, ich habe mir solche Sorgen um dich gemacht.«

Sie hob die Arme. Fenn trat zu ihr und küßte sie.

»Tag, Onkel Gerry«, sagte Ben fröhlich.

»Tag, mein Junge.« Er kniff den Jungen in die Nase. Er kniete sich zu Sue. Neben Sue hatten inzwischen Nonnen aus dem Kloster Platz genommen. Mißtrauische Blicke trafen den Reporter.

Fenn beugte sich vor. »Du mußt hier verschwinden, Sue«, flüsterte er. »Du mußt so schnell wie möglich verschwinden, du und der Junge.«

Sue sah ihn fassungslos an. »Aber warum denn, Gerry? Was hast du denn?«

»Ich kann es dir nicht erklären, Sue. Ich weiß nur, daß gleich etwas Schlimmes passieren wird. Etwas Furchtbares. Ich möchte, daß ihr beide das Feld verlassen habt, wenn es soweit ist.«

»Kannst du dich nicht ein bißchen näher erklären?«

Er hielt ihren Arm umklammert. »Der Satan steckt hinter den Wundern, Sue. Der Satan steckt hinter Pater Hagans Tod und hinter dem Brandunglück im Dorf. Alice ist nicht der Mensch, der sie zu sein scheint. Sie ist für den Tod des Monsignore verantwortlich.«

»Der Monsignore ist Opfer einer Explosion geworden.«

»Sie hat die Explosion verursacht.«

»Sie ist doch nur ein Kind. Sie kann unmöglich...«

»Alice ist kein Kind. Delgard wußte das, deshalb mußte er sterben.«

»Das ist unmöglich, Gerry.«

»Zum Teufel noch mal, alles was in den letzten Wochen geschah, ist unmöglich!«

Die Nonnen flüsterten. Eine war aufgestanden, um den Ordner zu rufen.

»Sue, du mußt mir glauben«, flüsterte Fenn.

»Warum bist du nicht früher gekommen, Gerry? Warum hast du mich nicht angerufen?«

Er schüttelte den Kopf. »Dazu hatte ich keine Zeit. Ich habe meine ganze Energie darauf verwandt, das Unglück zu verhindern.«

»Und ich habe Todesängste ausgestanden um dich...«

»Ich weiß, ich weiß.« Er streichelte ihre Wange.

»Nancy hat mir erzählt, was in Barham passiert ist. Sie lügt doch, Gerry, oder? Sag, daß es nicht wahr ist.«

»Es ist wahr. Wir haben es beide gesehen. Die Erklärung für das Mysterium liegt in der Vergangenheit; was heute geschehen wird, hat vor Jahrhunderten begonnen.«

»Wie könnte ich dir glauben! Was du sagst, macht keinen Sinn. Du sprichst davon, daß der Satan die Hand im Spiel hat. Aber schau dich doch um, was hier geschieht, ist nicht böse, sondern gut. Siehst du nicht, daß es gute Menschen sind, die an Alice glauben? Hast du nicht selbst erlebt, wie sie die Menschen heilte?«

Er hielt ihre Hände umfangen. »Wir haben in der Kapelle auf Stapley Estate ein lateinisches Manuskript gefunden. Der Monsignore hat das Dokument ins Englische übersetzt, dabei ist er auf die Lösung des Rätsels gestoßen, und für diese Erkenntnis hat er mit dem Leben bezahlt, verstehst du?«

»Ich verstehe gar nichts. Nichts von dem, was du sagst, leuchtet mir ein.«

»Du mußt Vertrauen zu mir haben, Sue.«

Sie hob den Blick und sah ihm tief in die Augen. »Warum sollte ich dir trauen? Verdienst du das denn überhaupt?«

Er wußte, worauf sie anspielte. Nach einigen Sekunden des Schweigens sagte er: »Wenn du mich liebst, Sue, wenn du mich wirklich liebst, wirst du tun, was ich sage.«

Sie schüttelte wütend den Kopf. »Warum sagst du das alles erst jetzt? Warum im letzten Augenblick?«

»Die Frage habe ich dir schon beantwortet. Ich bin in den letzten Tagen herumgelaufen wie ein Geisteskranker und habe versucht, die heutige Veranstaltung zu torpedieren. Ich bin erst heute früh heimgekommen. Ich habe mich ins Bett gelegt und wollte nur noch eines: schlafen, schlafen, schlafen. Was ich in meinen Träumen sah, war eindeutig.«

»Von was für Träumen sprichst du?«

»Pater Hagan und Monsignore Delgard sind mir im Traum erschienen. Sie haben mich davor gewarnt, auf dieses Feld zu gehen.«

»Oh, Gerry, merkst du denn nicht selbst, daß du dir da etwas vormachst? Du bist so durchgedreht, daß du nicht mehr weißt, was du sagst.«

»Ich bin also verrückt. Und was sind Verrückte? Gefährlich. Man darf ihnen nicht widersprechen. Jetzt komm!«

»Ich kann hier nicht weggehen...«

»Tu, was ich dir sage, Sue, nur dieses eine Mal.«

Sie forschte in seinen Augen. Nach einer Zeit, die ihm wie eine Ewigkeit vorkam, ergriff sie die Hand ihres Sohnes. »Komm, Ben, wir gehen nach Hause.«

Ben sah seine Mutter überrascht an. Fenn küßte Sue die Hände. Als er den Kopf hob, sah sie die Tränen in seinen Augen.

Er war aufgestanden. Es war in diesem Augenblick, als sich Stille über die Menge senkte. Die Gespräche erstarben.

Plötzlich war Gesang zu hören. Die Klänge schwebten heran, als kämen sie aus einer anderen Zeit. Es waren Stimmen, die den Herrn und die Jungfrau Maria priesen. Die Spitze der Prozession kam in Sicht.

Fenn wandte sich um. Er richtete den Blick auf die Eiche. Dann schloß er die Augen. Seine Lippen bewegten sich im Gebet.

37

Die Alte hatte sich nur so freundlich angestellt, sie war aber eine böse Hexe.
Aus den Märchen der Gebrüder Grimm: Hänsel und Gretel

»Kamera eins Nahaufnahme. Zoom auf Alice. Sehr schön. Langsam der Zoom. Gut so. Wir schalten gleich auf Kamera zwei um für die Totale. Sehr schön, Kamera zwei. Hast das Mädchen sehr schön drin ... Was ist los, Kamera eins? Ich habe kein Bild mehr. Umschalten auf zwei. Na, das ist schon besser. Weiter so, Kamera zwei. Was ist los, Kamera eins? Was sind das für Interferenzen? Also gut, find' es raus. Kamera zwei auf Sendung. Ich laß jetzt Richard rein auf fünf. Kamera drei auf Richard. Langsam zurückfahren. Ich will eine Totale der Gemeinde, sobald Richard zu sprechen beginnt. Ich will den Altar und den verdammten Baum im Hintergrund. Alles klar, Richard? Vier, drei, zwei ... Kamera drei.«

»Die Prozession ist nähergekommen, die Beleuchtung wird gedämpft. Die Prozession kommt auf die Wiese, die von vielen ›Das Feld der Jungfrau Maria‹ genannt wird. Nicht lange, und die Prozession wird Einzug halten in den Freilufttempel. Vorangehen wird Bischof Caines, gefolgt von Priestern, Nonnen und natürlich von der kleinen Alice Pagett. Tausende nehmen an dieser Prozession teil, viele Menschen aus Banfield, andere sind von weither gekommen. Einige von diesen Menschen waren der Kirche fern, bis sie die Wunder erlebten. Als ich heute morgen mit einigen Teilnehmern der Prozession sprach, sagte man mir, daß dieses kleine Dorf, daß Banfield jene in ihrem Glauben bestärkt hat, die ...«

»Was ist da draußen los? John, ich kriege keinen Ton mehr. Richard ist weg. Sprich weiter, Richard, wir haben hier ein Problem, ja, wir sind noch auf Empfang.«

»Und so ist vielleicht die Zusammenkunft dieser Menschen ein Symbol für den wiedererstarkten Glauben an Gott, inmitten einer Welt, in der Krieg (Störungen) – (Störungen) und Chaos (Störungen) vorherrschen ...«

»Verdammt, das Bild geht weg!«

»... im Angedenken (Störungen) an den Priester, der vergangenen Donnerstag einer (Störungen) Explosion zum Opfer fiel, für die religionsfeindliche Fanatiker (Störungen) als Urheber angenommen werden (Störungen) weiß, aber ...«

»Herrgott noch mal! Jetzt ist alles weg, Bild und Ton und alles!«

Fenn wandte den Kopf, als die Prozession auf das Feld kam. Die Blitzlichter zuckten auf. Fenn erkannte Bischof Caines, der von

Priestern im festlichen Ornat flankiert wurde. Dem Bischof voran gingen Meßdiener mit dicken, langen Wachsstäben, deren Flämmchen im Wind erzitterten. Der Gesang der Menschen, die in der Prozession gingen, wurde lauter, die Menschen auf dem Feld fielen in die Melodie ein. Der brach jäh ab, als Alice das Feld betrat. Die Menschen erhoben sich von ihren Bänken, um einen Blick auf das Mädchen zu erhaschen. Auch Fenn war aufgestanden. Er sah nur die Kerzen und die Banner, die in der Prozession getragen wurden. Sue stand an ihn gelehnt. Ben war auf die Bank gestiegen, um besser sehen zu können.

Die Gefühle der Menge schwollen an zu einem Meer der Hoffnung. Die Menschen in der Prozession gingen in Reihen zu viert, und Fenn sah, wie die Lichter in das Feld hineingetragen wurden. Er betrachtete die Gesichter der Menschen, die neben ihm saßen. Die Augen der Gläubigen leuchteten, die Lippen lächelten wie im Traum. Auch Sue hatte diesen Gesichtsausdruck. Er tastete nach ihrer Hand und zuckte zusammen, als ein Funke übersprang. Er starrte seine Fingerspitzen an und dachte: *Das verdammte Feld lebt.* Er berührte Sue an der Schulter.

»Wir müssen gehen«, sagte er ruhig. »Nachher ist es zu spät.«

Sie sah ihn aus großen Augen an. Sie wandte sich ab.

Ben hatte zu gähnen begonnen.

Wieder tippte Fenn ihr auf die Schulter.

Sie sprach, ohne ihn anzusehen. »Nein, Gerry, es ist so schön, daß ich jetzt nicht weggehe.«

Die Spitze der Prozession war vor dem Altar angekommen. Bischof Caines erklomm die Stufen. Er lächelte den Kranken und Krüppeln zu, die auf Decken niedergelegt worden waren. Als nächste ging Alice Pagett die Stufen hinauf, ihre Mutter folgte ihr mit gesenktem Kopf, die Hände zum Gebet gefaltet.

Gesang aus tausend Kehlen stieg in den Himmel, es war, als wollten die Menschen die brütenden, schwarzen Wolken vertreiben. Fenn glaubte es donnern zu hören, aber er war nicht sicher. Bischof Caines nahm neben dem Altar Platz. Er bedeutete Alice und ihrer Mutter, sich neben ihn zu setzen. Erst als die drei saßen, betraten die Priester und die Meßdiener die Plattform. Die Würdenträger des Ortes kamen, für sie gab es eigens reservierte Bänke. Fenn sah, wie Southworth Platz nahm und seinen Blick über die Menschenmenge schweifen ließ. Es war nicht schwer zu erkennen, daß dieser Mann nicht religiöse Ekstase, sondern sinnliche Befriedigung empfand.

In Fenns Bank war Bewegung entstanden. Eine der Nonnen war ohnmächtig geworden. Sie sank zu Boden, ihre Schwestern hoben sie auf und betteten sie auf die Bank. Fenn spürte, wie Sue neben ihm zu schwanken begann. Er umfing sie in Liebe. Es waren nicht wenige auf dem Feld, die in diesem Augenblick einen Schwächeanfall erlitten, sie wurden von ihren Nachbarn zur Linken oder zur Rechten aufgefangen, so daß sie sich beim Fallen nicht verletzten.

Fenn sog die Luft durch die Nase ein. Der Bazillus der Hysterie grassierte auf diesem Feld, er sprang von Mensch zu Mensch.

Der Choral verklang in jubelndem Dur. Fenn überkam ein merkwürdiges Gefühl: Sein Kopf fühlte sich plötzlich sehr leicht an, sein Magen hatte zu zittern begonnen. Als sich das Feld um ihn zu drehen begann, tastete er nach Sues Hand. Sie wäre beinahe hingefallen. Nebeneinander sanken sie auf die Bank.

Ben kniete auf der Bank, er hatte seiner Mutter den Arm um den Hals gelegt. Mit einer Hand streichelte er Fenns Wange. Binnen weniger Atemzüge verschwand Fenns Schwindelgefühl, es war, als sei die Schwäche auf Ben übergeflossen. Und doch zeigte Ben keine Anzeichen von Müdigkeit.

Stille lag über dem Feld. Niemand hustete mehr. Niemand flüsterte mehr. Alle bewahrten andächtige Stille.

Der junge Priester, der die Messe zelebrieren würde, trat an die Mikrofone. Er hob die Arme und segnete die Menschen auf dem Feld. Er machte das Zeichen des Kreuzes.

»Friede sei mit euch«, sagte er, und die Menge antwortete ihm. Und dann sprach er von Pater Hagan und von Monsignore Delgard, zu deren Angedenken diese Messe abgehalten wurde, Hagan und Delgard seien zwei mustergültige Diener der heiligen katholischen Kirche gewesen. Der junge Pfarrer mußte ein paarmal aussetzen, weil die Mikrofone streikten. Er war erleichtert, als er seinen Sermon zu Ende gebracht hatte. Er gab dem Kirchenchor ein Zeichen. Der Chor stimmte ein neues Lied an.

Überall auf dem Feld wurden Kerzen angezündet, es entstand eine Milchstraße von Lichtern, die sich um den Altar, um die Sonne, zu drehen schien.

In Banfield, eine knappe Meile von der St. Joseph's Kirche entfernt, ging ein alter Mann den Bürgersteig entlang. Seit zwei oder drei Stunden war er unterwegs. Er war entschlossen, den Schrein zu erreichen, bevor die Messe zu Ende ging. Nicht, daß er keine Übung im Laufen hatte. Seit fünfzehn Jahren trampte er durch Südengland. Er hatte Blasen an den Füßen. Die Basis, zu der er immer wieder zurückkehrte, war Brighton, dort gab es genügend Kirchen und Wohlfahrtsorganisationen, die ihm Essen und Unterkunft in kalten Nächten boten. Sie gaben ihm nie sehr viel zu essen, und sie gaben ihm auch nie eine Unterkunft, die ihm gefallen hätte, aber sie verhinderten, daß er verhungerte und erfror. Es war nicht wichtig, was den Mann auf diese Ebene der Existenz hatte abgleiten lassen, ihm jedenfalls schien es nicht mehr wichtig. Er war, was er heute war. Erinnerungen an die Vergangenheit änderten nichts an der Gegenwart. Die Zukunft? Das war etwas anderes. Es lohnte sich, an die Zukunft zu denken.

Die Hoffnung, daß er nicht unrettbar verloren war, hatte sich während eines Trinkgelages mit Wermutbrüdern bei ihm festgesetzt, sie hatten allerdings keinen Wermut getrunken, sondern billigsten Wein, der aus Traubenrückständen gewonnen wurde, die Freunde hatten dem alten Mann von dem kleinen Mädchen erzählt, von dem Kind, das Wunder tun konnte, und zugleich hatte er von der Messe erfahren, die an jenem Abend unter freiem Himmel abgehalten werden würde. Tausende von Menschen, so hieß es, würden an diesem Gottesdienst teilnehmen. Zu großen Menschenansammlungen ging der alte Mann sonst nur, wenn er betteln wollte. Diesmal wollte er nicht betteln. Ihn interessierten die Wunder, die das Mädchen tun würde.

Er hatte einen Priester um Rat gefragt, der ihm oft seine Güte bewiesen hatte. Der Priester hatte ihm bestätigt, daß die Informationen seiner Freunde richtig waren, es gab in Banfield ein Mädchen, dessen Handlungen als Wunder bezeichnet werden konnten, und heute abend würde in Banfield eine Prozession stattfinden. Daraufhin hatte der alte Mann beschlossen, daß er nach Banfield gehen würde, er wollte das Mädchen mit eigenen Augen sehen. Er wußte wie jeder Todkranke, daß sein Ende nahe war. Er wollte keine Verlängerung des Lebens. Er sehnte sich nach Erlösung von dem Übel. Er sehnte sich nach einem Zeichen. Er wollte glauben, wenn ihm der Herr die Hand dazu reichte.

Wie tausend andere, die zum Schrein pilgerten, so hoffte auch er auf einen physischen Beweis für die Existenz des Heiligen Geistes.

Würde er rechtzeitig auf dem Feld eintreffen, um das Mädchen zu sehen?

Er lehnte sich an ein Schaufenster und verharrte. Die Hauptstraße des Dorfes war nur spärlich beleuchtet, aber dort, in der

Ferne, erhob sich ein Lichtdom über dem Land. Der Mann wußte sofort, daß dieses Licht von dem Schrein ausging.

Während er blinzelnd und schnaufend an der kalten Schaufensterscheibe lehnte, floß etwas wie glühendes Eis durch seine Knochen. Er erschauderte und sank auf die Knie. Er spürte, wie das Eis seine Seele ausfüllte.

Sein Kopf lag jetzt auf dem Pflaster. Er weinte. Wenig später kroch er in einen dunklen Hauseingang und kuschelte sich wie ein Embryo zusammen. Er schloß die Augen. Er wartete.

Der großgewachsene, bärtige Barkeeper im White Hart Pub betrachtete seinen Gast aus den Augenwinkeln. Es war der einzige Gast. Der Barkeeper wußte, daß dieser Mann den ganzen Abend bei einem einzigen Glas dasitzen würde. Die beide Serviererinnen standen am anderen Ende der Theke und unterhielten sich. Sie freuten sich, daß es an diesem Sonntagabend so ruhig war.

Und wenn schon, dachte der Barkeeper. Die Messe wird ja nicht die ganze Nacht dauern. Spätestens in einer Stunde würden die Menschen in drei oder vier Reihen vor der Theke stehen und einen Drink nach dem anderen hinunterkippen. Er konnte sich nicht beklagen, was das Geschäft anging. Der Umsatz hatte sich verdreifacht. Hätte er über größere Räumlichkeiten verfügt, hätte er den Umsatz vervierfachen können! Erweiterung – in diese Richtung gingen seine Pläne. Die Brauerei würde ihm das Geld, das dafür nötig war, geradezu aufdrängen, so wie die Dinge jetzt lagen. Ein wundervolles Mädchen! Ein Prachtmädchen!

Er wischte die Theke zum elftenmal an diesem Abend mit einem feuchten Tuch ab, dann goß er sich einen Bitter Lemon ein. Er prostete den abwesenden Gästen zu. Cheers. Beeilt euch gefälligst etwas.

Er hob das Brett, ging zu den Tischen und holte zwei Gläser, die zwei Gäste ein oder zwei Stunden zuvor halbvoll zurückgelassen hatten.

»Judy«, sagte er zu einer der Serviererinnen. Er stellte die Gläser auf den Tresen. Soll das faule Luder doch etwas tun für ihr Geld, dachte er. Er wandte sich um, vergrub die Hände in die Taschen und ging zur Tür. Er stieß die Tür auf und sah in die Nacht hinaus. Die Hauptstraße des kleinen Ortes war menschenleer. Vor einer Stunde noch hatte man hier kaum ein Bein vor das andere setzen können, solch ein Gedränge hatte geherrscht, jetzt war keine Menschenseele mehr zu sehen. Banfield war wie eine Geisterstadt, fast alle Menschen, die hier wohnten, waren zum Schrein gegangen. Deshalb war das Dorf so leer. Der Barkeeper mußte schmunzeln, als er seine doppeltgenähte Logik überdachte.

Das Schmunzeln erstarb auf seinen Lippen, als er den kalten Hauch spürte. Wie Eis war es über ihn gekommen. Die Kälte bedeckte seinen ganzen Körper, bevor sie abgezogen wurde und ›Gott weiß wohin‹ verschwand. Während der Eiseshauch ihn umfangen hielt, hatten die Glühbirnen im Pub geflimmert, für eine oder zwei Sekunden war es dunkel geworden. Jetzt brannten die Birnen wieder mit normaler Stärke.

Der Barkeeper sah die Straße hinunter. Der Hauch, den er als Eis verspürt hatte, kroch als dunkler Schatten auf die Kirche und auf das Licht zu.

Ihn schauderte. Mit raschen Schritten kehrte er in das Pub zurück. Er widerstand dem Impuls, die Tür hinter sich zu verriegeln.

Eine Meile von der St. Joseph's Kirche entfernt stand ein Autofahrer vor seinem Austin Allegro und trat mit der Fußspitze gegen das platte Hinterrad. So was, dachte er. Ich war schon fast da, und dann passiert mir so was.

Die Frau, die auf dem Beifahrersitz saß, hatte das Fenster geöffnet. »Haben wir einen Platten?«

»Ganz recht, wir haben einen Platten. Von Manchester bis hier fährt die Karre, ohne zu mucken, und kurz vor dem Ziel kriegen wir einen Platten. Gott sei Dank ist es nicht mehr weit.«

»Dann beeil' dich und wechsle das Rad. Unsere Kleine ist schon eingeschlafen, so müde ist sie.«

»Ist doch gut, wenn sie schläft. War ja auch eine lange Reise. Ich hoffe nur, daß es sich lohnt.«

»John hatte Krebs und ist nach Lourdes gefahren.«

»Und da hat er erst mal gesehen, was für eine Scheiße das ist.«

»Was hast du gesagt, Larry?«

»Ich sagte, genützt hat's ihm ja wenig.«

»Darauf kommt es nicht an. Er hat's versucht.«

Wenn er's nicht versucht hätte, hätte er ein paar Monate länger gelebt, dachte der Mann. »Gibst du mir bitte die Taschenlampe?«

Die Frau klappte das Handschuhfach auf und begann, in der dunklen Höhle herumzuwühlen. Sie fand die Taschenlampe und nahm sie heraus.

»Was ist, Mami?« kam eine Stimme vom Rücksitz.

»Schlaf weiter, mein Kleines. Wir haben eine Reifenpanne, und dein Vater wechselt das Rad.«

»Ich will was trinken.«

»Ich weiß. Wir sind gleich da, keine Sorge.«

»Kriege ich Alice zu sehen?«

»Aber natürlich kriegst du Alice zu sehen. Sie wird dich ansehen, und sie wird dich wieder heilmachen.«

»Brauche ich dann keine Krücken mehr?«

»Dann brauchst du keine Krücken mehr. Dann kannst du herumlaufen wie die anderen Kinder.«

Der Mädchen lächelte und kuschelte sich in seine Decke. Sie zog ihre Puppe Tina Marie an sich und gab ihr einen Kuß auf die Plastikwange. Sie schloß die Augen. Das Lächeln blieb auf ihren Zügen.

Die Frau stieg aus dem Wagen. Sie hielt die Taschenlampe, als ihr Mann den Kofferraum öffnete und den Wagenheber herausnahm.

Der Mann hatte das Rad abgeschraubt, als der Lichtkegel der Taschenlampe verblaßte.

»Halt die verdammte Lampe richtig«, sagte er.

»Das liegt nicht an mir«, sagte sie gereizt. »Das liegt an den Batterien.«

»Ich hab' doch gestern erst frische reingetan.«

»Dann liegt's an der Birne.«

»Kann sein. Komm' etwas näher.«

Sie beugte sich über ihn und sah ihm zu, wie er in der Werkzeugtasche nach dem Schraubenschlüssel suchte.

Plötzlich ließ die Frau die Taschenlampe fallen.

»Was machst du denn da!« knurrte er.

Sie umkrallte seine Schulter. »Larry, hast du's auch gespürt? Larry? Larry!« Sie fühlte, wie er zitterte.

Es dauerte eine Weile, bis er ihr antwortete. »Ja, ich hab's auch gefühlt. Muß wohl der Wind gewesen sein.«

»Es war nicht der Wind, Larry. Es ist mir mitten durch die Knochen gefahren.«

Er zögerte. »Es ist fort«, sagte er schließlich. Er starrte auf den Lichtschein jenseits des Hügels.

»Was war das, Larry?«

»Ich weiß es nicht«, sagte er. »Ich hatte das Gefühl, ob ob jemand über mein Grab geht.«

Ihre kleine Tochter im Wagen hatte zu wimmern begonnen.

Auf dem Hof des Bauern Riordon, der dem Feld benachbart lag, hatte der Hund zu jaulen begonnen. Riordon hatte den Hund in die Küche eingesperrt, wo er jetzt seine Runden drehte. Jedesmal, wenn Biddy, so hieß der Hund, an der Tür vorbeikam, warf er sich gegen die Füllung, um dann weiterzutrotten. Riordon hatte gefunden, es war besser, wenn der Hund im Haus blieb. »Seit es diesen heiligen Schrein gibt, laufen merkwürdige Leute in der Gegend herum, man muß sich vorsehen.«

Riordon und seine Frau würden an der Messe zum Andenken an die beiden Geistlichen teilnehmen, das war der Grund, warum Biddy allein im Haus war. Und jetzt spürte der Hund die Unruhe, die von den Kühen im Stall ausging. Die Kühe wollten aus ihren Boxen ausbrechen, sie muhten und muhten, und das war ein Geräusch, das den Hund an den Rand des Wahnsinns brachte.

Biddy begann den Lack an der Tür zu zerkratzen. Wieder eine Runde, zurück zur Tür, Sprung, Kratzen, Bellen, Jaulen, und noch eine Runde, und noch eine Runde, und...

Das Muhen im Stall hatte aufgehört. Mit einem Schlag hatte das Muhen aufgehört.

Der Hund stand in der dunklen Küche, er hielt den Kopf auf die Seite und lauschte. Kein Muhen mehr. Der Hund schnüffelte. Draußen waren keine Fremden.

Der Hund begann zu jaulen.

Etwas kam über den Hof, sanft und leise, etwas, das keinen Geruch ausschied, etwas, das keinen Laut von sich gab, etwas, das keine Umrisse hatte. Der Hund ließ den Schwanz hängen und machte einen Buckel. Der Hund schüttelte sich. Der Hund kroch unter den Küchentisch.

Der Hund starrte aus einem Auge auf die Küchentür. Er hatte Angst vor dem Etwas, das draußen über den Hof ging.

Es kroch durch die Nacht, von niemandem gesehen, ein Wesen ohne Substanz, ein Wesen, das nur aus Geist bestand. Es wurde angezogen von einer blutsverwandten Macht, es kroch durch die Düsternis wie ein gieriges Reptil, das ein Insekt fangen will, geleitet wurde das Wesen von einer Kraft, die das Diesseits überwunden hatte.

Es wurde in den Strudel hinabgezogen um aufgelöst und verdaut zu werden.

Böse ist nicht die Menschheit, böse ist der Mensch, und wie ein einziger Soldat eine ganze Kompanie aus dem Tritt bringen kann, so kann ein einziger Mensch den Sinn des Ganzen zunichte machen.

WILKES

»Ich war das«, sagte er nachdenklich. »Wenn mir Frauen im Traum erscheinen, tue ich immer ganz freundlich: ›Schöne Mutter, schöne Mutter.‹ Wenn sie dann wirklich kommen, erschieße ich sie.«
J. M. Barrie: Peter Pan

Sie hatten den dritten Choral gesungen. Er schob sich die Hand zwischen die Schenkel. Die Menschen sollten nicht sehen, wie sehr er zitterte. Er hielt den Kopf gesenkt, das blonde Haar fiel ihm in die Stirn. Er starrte auf seinen Schoß. Seine Augen leuchteten, sie sahen in die Zukunft. Er sah Bilder seiner selbst: er sah seinen Namen, der in einer großen Schlagzeile verlief, er sah sich lächeln auf den Leinwänden in aller Welt, er wußte, daß wichtige Persönlichkeiten über sein Leben, seine Motive diskutieren würden. Wichtige Persönlichkeiten? Alle würden über ihn sprechen. *Alle!*

Er konnte das gleißende Hell nicht mehr ertragen, das gegen seine Brust pochte. Er war so geschwächt, daß er kaum noch atmen konnte.

Schon am Vorabend war er hergereist. Er hatte im Wartehäuschen einer Haltestelle übernachtet, ganz in der Nähe des Dorfes. Es war so kalt gewesen, daß er zu erfrieren fürchtete. Nur der Gedanke an die Zukunft, an seinen Plan, hatte ihm die Kraft verliehen, bis zum Morgen auszuharren. Er hatte in dieser Nacht kaum ein Auge zugetan. Wenn er träumte, dann waren es Alpträume gewesen.

Er war verunsichert, als er am Morgen darauf die Menge sah, die sich vor der St. Joseph's Kirche ansammelte. Sein Plan war gewesen, vor allen anderen auf das Feld zu gehen. Es war wichtig, daß er einen guten Platz fand. Aber die Ordner hatten diesen Plan zunichte gemacht. Niemand von den Pilgern, so erfuhr er, durfte sich so früh dem Schrein nähern; die Helfer waren noch dabei, Bänke aufzustellen und weitere Vorkehrungen zur Bewältigung des zu erwartenden Massenandrangs zu treffen, erst am späten Nachmittag würden die Eingänge zu dem Feld geöffnet werden. Er hatte sich die Zeit mit den anderen Pilgern vertrieben, hatte den netten, jungen Mann gemimt, hatte Interesse für die schalen Anekdoten dieser Menschen geheuchelt, er hatte sich als gläubiger Katholik ausgegeben, wo er doch insgeheim nichts als Verachtung für diese frommen Narren empfand, für diese Blinden, die nicht ahnten, wer er eigentlich war.

Schließlich waren die Tore geöffnet worden. Er hatte Angst gehabt vor diesem Augenblick, Angst vor den Kontrollen, die an den Eingängen durchgeführt wurden. Aber die Ordner hatten nur die Taschen und Beutel der Pilger durchsucht, Leibesvisitationen waren keine durchgeführt worden; und so war der Gegenstand, den er sich an die Innenseite des Oberschenkels geklebt hatte, unbemerkt geblieben. Der Gegenstand war so schwer, daß er ihm bei jeder Berührung eine Erektion bescherte, und so wurde die Ausbuchtung in seiner Hose nicht allein von diesem Gegenstand verursacht. Aber wie er beim Passieren der Kontrolle feststellte, bestand keine Gefahr der Entdeckung, selbst wenn ihn die Ordner aufgefordert hätten, seinen alten grauen Mantel aufzuknöpfen. Das Hemd, das er über der Hose trug, hätte alle verräterischen Andeutungen vor den Blicken der Ordner verborgen.

Obwohl noch Stunden vergehen würden, bis die Bänke gefüllt waren und bis die Prozession begann, empfand er keine Langeweile; er hatte Visionen von bunten Bildern, die ihn voll in Anspruch nahmen.

Wie alle anderen auf dem Feld, so hatte auch er sich den Hals verrenkt, um das Mädchen zu sehen, das an der Spitze der Prozession auf das Feld kam. Da er seinen Platz ganz nahe am Altar hatte, ging Alice in wenigen Schritten Entfernung an ihm vorüber. Der Wunsch, es hier und jetzt zu tun – niemand hätte ihn daran hindern können –, war fast unwiderstehlich gewesen, aber er wußte, es war besser, wenn er es später tat. Es würde mehr Aufsehen erregen, wenn er es später tat. Alle auf dem Feld sollten Zeugen werden, und deshalb war es besser, wenn er es später tat.

Der dritte Choral ging zu Ende. Er hatte das Mädchen aufmerksam beobachtet und herausgefunden, daß er ihr nicht lange in das kleine, selig verzückte Gesicht sehen konnte; ihre Güte und ihre Göttlichkeit waren wie Strahlen, die seine Blicke ablenkten, er hatte Unlustgefühle, wenn er sie betrachtete. Die Gebete des Priesters, das Murmeln der Gemeinde, all das nahm er nur noch von ganz ferne wahr, zwar stand er auf, wenn die anderen aufstanden, er kniete nieder, wenn die anderen niederknieten, aber er tat es wie ein Roboter, der die Bewegungen seiner menschlichen Vorbilder nachahmte. Und die ganze Zeit hielt er den Kopf gesenkt.

Der Choral verebbte. Alice hatte sich von ihrem Platz neben dem Altar erhoben. Sie ging zur Mitte der Plattform.

Er sah auf. Er war etwas überrascht, daß die Menschen nicht mehr sangen. Sein Blick fiel auf das Mädchen. Sie hatten den Kopf gehoben und sah zum Himmel. Ihre Augen waren starr, sie sah etwas, das niemand sehen konnte. Sie stand vor dem Hintergrund des Altars und des festlich angestrahlten, grotesk verkümmerten Eichenbaumes.

Die Menschen waren still geworden, aller Augen waren auf die kleine, weißgekleidete Gestalt des Mädchens gerichtet, die Menschen hielten den Atem an. In die Erwartung mischte sich Angst, denn das Unbekannte – die Zukunft ist unbekannt – flößt uns Angst ein.

Alice senkte den Blick, sie sah die Menge an, betrachtete die Gesichter der Menschen, die sie verehrten und zugleich Angst vor ihr empfanden. Ein Lächeln spielte auf ihren Lippen, und die Mehrzahl der Pilger empfand dieses Lächeln als geheimnisvoll.

In der Ferne war das Rollen des Donners zu hören.

Das Mädchen hob die Arme. Ihre Füße lösten sich vom Boden. Sie begann zu schweben.

Er stand auf. Niemand sah, wie er seinen Mantel aufknöpfte. Niemand sah, wie er in seine Hose griff und den Gegenstand hervorholte. Die Menschen starrten wie gebannt auf das Mädchen in Weiß, das hoch über dem Altar schwebte.

Er ging auf die Plattform des Altars zu, er hielt eine deutsche Lugerpistole in der Hand, eine 38er, ein Relikt aus dem letzten Weltkrieg, der ein Fest der Mordlust, ein einziger Blutrausch gewesen war. Der Lauf der Pistole war auf den mit Schuhprofilen übersäten Lehm des Mittelganges gerichtet.

Er war vor der Plattform angekommen, er war jetzt nur noch drei oder vier Meter von dem weißgekleideten Mädchen entfernt, das Mädchen schwebte hoch in der Luft, es war deutlich zu erkennen, daß ihre Füße keine Berührung mehr mit der Plattform hatten. Wilkes hob die Waffe, zielte und schoß auf Alices jungen Körper.

Die Luger war mit acht Kugeln geladen. Wilkes schoß und schoß, bis die Waffe bei der fünften Kugel klemmte.

38

Und nicht lange, so öffnete es die Augen, hob den Deckel vom Sarg in die Höhe und richtete sich auf und war wieder lebendig.

Aus den Märchen der Gebrüder Grimm: Schneewittchen

Es war wie in einem Alptraum.

Fenn sah, ohne zu verstehen.

Alice war zur Tribüne vorgegangen. Der Gesang der Menge war zum Stocken gekommen, das Lied erstarb den Menschen auf den Lippen. Das Gesicht des Mädchens strahlte eine überirdische Glückseligkeit aus. Sie hatte zum Himmel aufgesehen, dann hatte sie ihren Blick auf die Menschen gerichtet. Sie hatte gelächelt, und Fenn war es erschienen, als hätte sie ihm, nur ihm, zugelächelt. Ihre Lippen hatten sich zu einer spöttischen Grimasse verzerrt. Ein bösartiges, geiziges Lächeln war entstanden.

Und doch war es nur das süße, unschuldige Lächeln eines kleinen Mädchens.

Die Menge war wie hypnotisiert. Tausende von Kaninchen, die in die Augen einer mordlustigen Schlange starrten.

Schwäche überkam Fenn, ihm war, als würde alle Lebenskraft aus ihm abgesaugt, er spürte, wie die Energie zu dem bösartigen Wesen hinaufströmte, das inmitten einer blendendweißen Aura auf der Tribüne stand.

Aber sie war doch nur ein Kind, ein Mädchen, das allem Bösen abhold war.

Die Lichter begannen zu flimmern, es wurde dunkel, und dann begann Alice zu schweben, langsam und stetig stieg sie über die Tribüne empor, sie hielt die Arme zur Menge ausgestreckt, als wollte sie die Liebe der Menschen erflehen, ihre Liebe und ihren Glauben.

Stöhnen und Schreie wurden laut, die Laute kamen von den verschiedensten Stellen des Feldes. Schwindel überkam Fenn. Er bekam kaum noch Luft. Er hatte Schwierigkeiten, sich auf den Beinen zu halten.

Wie durch einen Schleier gewahrte er die Gestalt eines schmächtigen jungen Mannes, ein Junge noch, blond und schmalgesichtig, der Junge kam den Mittelgang entlang und ging auf den Altar zu, Fenn verstand nicht, warum die Gestalt den Arm hob und auf das Mädchen deutete, das über ihm schwebte.

Fenn hörte nicht die Schüsse, es waren vier, aber er sah das

Blut aus den vier Einschußlöchern in Alices Brust sprudeln, das Blut verwandelte ihr weißes Kleid in ein Scharlachkleid, Purpurfarbe, die über ein verschneites Feld ausgegossen wurde.

Im Gesicht des Mädchens zeichnete sich der Schock ab, Unglauben, dann Schmerz, sie fiel auf die Tribüne hinab, wo sie zuckend liegenblieb, das Blut quoll über die Bretter, zwei kräftige Ströme flossen auf das Feld hinab.

Eisiges Schweigen lag über der Menge. Die Pilger, die Neugierigen, die Gläubigen, die Gottlosen, alle verharrten in Schweigen.

Bis der Donner über den Himmel rollte. Die Hölle brach los. Fenn fing Sue auf, ehe sie zu Boden sinken konnte.

Das Getöse auf dem Feld war furchterregend, Schreie, wilde Schreie, die sich alsbald zu einem ohrenbetäubenden Klagegesang vereinigten. Der Zorn über das Geschehen äußerte sich bei den Menschen auf verschiedene Weise: Viele – Männer wie auch Frauen – brachen in hysterisches Schluchzen aus, andere weinten in innigem Schmerz; es gab jene, die wie betäubt dastanden, unfähig den Blick von der weißen Gestalt zu wenden, die dort oben auf der Tribüne lag; aber es gab auch Menschen, deren Trauer sich zur rasenden Wut steigerte, haßerfüllte Rufe gegen den Mörder wurden laut. Der Schrei nach Rache gellte über das Feld. Und dann gab es jene, die nichts von der furchtbaren Tat mitbekommen hatten, sie stießen ihre Nachbarn an und fragten, was eigentlich passiert sei.

Ben hatte Angst, er hielt seine Mutter umschlungen. Fenn legte ihm die Hand auf die Schulter.

Aus der Menge lösten sich Gestalten, die auf den blonden jungen Mann zuliefen, auf den Burschen, der Alice Pagett erschossen hatte, der blonde junge Mann hielt eine deutsche Pistole in der Hand. Er wurde zu Boden geworfen, die Fäuste kamen wie blutiger Hagel, der Junge wurde gestoßen und mit Füßen getreten, er begann zu schreien, als sie ihm das Gesicht zerkratzten, und dann spürte er, wie ihm ein Augenlid ausgerissen wurde, ein greller Schmerz, sein Nasenbein wurde zerstrümmert, die Knochenfragmente vermischten sich mit seinem Blut. Man wand ihm die Waffe aus der Hand, jemand setzte sich auf seine Finger, bis die Knöchel brachen, das knackende Geräusch ging in den Schreien der Menge unter, der junge Mann registrierte nur den Schmerz.

Er schrie und schrie, als sie ihm die Glieder ausrissen, Tränen und Blut rannen ihm über die Wangen, und dann waren die Menschen über ihm, ein Gebirge von Leibern, sie zerdrückten seinen

Brustkorb, der junge Mann spürte, wie seine Rippen splitterten, die Splitter drangen in seine Lungen und in sein Herz. Ihm dämmerte, daß er vielleicht einen Fehler gemacht hatte.

In der Nähe stand ein junges Mädchen, das zum Schrein gekommen war, um Alice ihren Dank für die Heilung abzustatten, das Mädchen war sehr ruhig, sehr gefaßt. Es starrte auf das blutige Häuflein Mensch auf dem Altar. Plötzlich begann das Gesicht des jungen Mädchens zu zucken, die Züge formten sich zur Grimasse eines Scheusals. Ein Augenlid begann zu flattern. Der Arm begann zu zucken, dann das Bein. Das Mädchen führte einen makabren Reigen auf, bevor es schreiend und schluchzend zusammenbrach.

– So wie der Junge zusammenbrach, den Alice vor Wochen von seiner Lähmung geheilt hatte. Jetzt knickte das Bein ein, als sei der Knochen mit einem scharfen Beil durchtrennt worden, der Junge lag zwischen zwei Bänken und schrie, er war wieder zu einem Krüppel geworden.

– Es gab den Mann, dessen Augenlicht sich verdüsterte, der Mann sah eine Wolke niedergehen, und die Wolke wurde zu einem Vorhang aus schwarzer Nacht, der graue Star war wieder da, den Alice einst fortgenommen hatte. Der Mann schlug die Hände vors Gesicht und sank auf die Bank. Er begann zu weinen.

– An einer anderen Stelle des Feldes erlebte ein Mädchen, daß die Laute, die aus seiner Kehle kamen, sich nicht mehr zu Worten formten, die Mutter stand vor ihr und konnte nicht begreifen, was ihrem Kind widerfuhr, und als die Tochter sie fragte, was geschehen sei, kam ein unverständliches Röcheln über die zitternden Lippen.

– Und der Junge, dessen Hände sich mit riesigen Warzen bedeckten, schrie wie ein gepeinigtes Tier, er schlug mit den Fäusten auf die Bank ein.

– Auf die Bank, in der ein Mann saß, der von Alice geheilt worden war. Der Mann spürte, wie sein Gesicht aufbrach, die Eiterbeulen wuchsen und platzten, und der Mann stöhnte vor Schmerz, aber es war nicht nur der Schmerz, es war auch das Wissen, daß er wieder das Ungeheuer sein würde, das er früher war, er würde mit einer Hundeschnauze voller schwärender Furunkel durch das Leben gehen.

Überall auf dem Feld waren die Schreie der Verzweiflung zu hören, Menschen fielen zu Boden, die Mißbildungen, die Behinderungen und Krankheiten hatten sich wieder eingestellt, die vor Tagen und Wochen wie durch ein Wunder von ihnen fortgenommen worden waren. Die Menschen hatten geglaubt und gehofft, sie hatten gebetet, sie hatten darauf vertraut, daß ihre Heilung von Dauer sein würde. Alice Pagett war ihre große, ihre einzige Hoffnung gewesen, das Lächeln Gottes für seine Geschöpfe. Jetzt fühlten sie sich verraten und verkauft.

Das Gefühl von Schwindel und Schwäche war von Fenn abgefallen. Er war wach und stark. Er zog Sue und ihren Sohn an sich, um sie vor dem Chaos zu schützen, das über das Feld brandete.

»Gerry?« fragte Sue. Sie war wie in einem Traum.

»Alles ist gut, Sue«, sagte er. Er spürte, wie sie sich an ihn schmiegte. »Ich bin bei dir. Ben ist bei dir.«

»Ist sie tot, Gerry?«

Er schloß die Augen. »Ich denke, ja. Sie muß tot sein.«

»Wie konnte das passieren, Gerry?« Sue hatte zu schluchzen begonnen. »Wie konnte jemand dieses Kind töten?«

Ben wollte seine Mutter trösten. Er verstand nicht, was geschehen war. »Laß uns heimgehen, Mammi. Hier gefällt's mir nicht mehr. Bitte, laß uns heimgehen.«

Fenn ließ seinen Blick über die wogende Menge zum Altar wandern. »Mein Gott«, stammelte er, »sie lassen das Mädchen verbluten, niemand geht zu ihr, die Menschen stehen alle noch unter einem Schock.« Aber er wußte, es war nicht der Schock, was die Menschen davon abhielt, zu Alice zu gehen, es war die Angst. Die Angst vor der Erkenntnis, daß Alice tot war.

»Ich muß zu ihr gehen«, sagte Fenn.

Sues Finger schlossen sich um seine Hand. »Nein, Gerry. Laß uns hier weggehen. Du kannst dem Mädchen nicht mehr helfen.«

Er sah ihr in die Augen. »Ich muß mich vergewissern, ob...« Er fuhr Sue mit der Hand über die Stirn. »Warte hier mit Ben, ich komme gleich zurück.«

»Es ist zu gefährlich, Gerry!«

Er drückte sie auf die Bank. »Warte hier!« Er packte Ben am Arm und nickte ihm aufmunternd zu. »Bleib' bei deiner Mutter, Ben. Paß gut auf sie auf. Halt sie fest, bis ich zurück bin. Versprich mir, daß du nicht fortläufst.« Er kniete sich vor die beiden, er achtete nicht auf das Chaos, das um sie war. »Bleibt beide hier sitzen, und wartet auf mich. Bewegt euch nicht von der Stelle.«

Sue wollte protestieren, aber er schloß ihre Lippen mit einem Kuß, und dann war er fort, er kletterte über die Bänke, drängte sich durch die Reihen der weinenden, schreienden Menschen.

Er überquerte die Freifläche vor der Tribüne, dieser Teil des Felds war mit liegenden und kriechenden Gestalten übersät, Krüppel und mißgestaltete Menschen lagen zuhauf, es sah aus wie auf einem Schlachtfeld. Zu seiner Rechten hatte sich der Mob zusammengerottet, Fenn erinnerte sich, dort hatte der blonde junge Mann gestanden, der auf Alice geschossen hatte, jetzt war dort ein Knäuel fanatisierter Menschen, die auf einer leblosen Gestalt herumstapften. Wenn die Menschen in der Vergangenheit von einem Attentat gehört hatten, waren sie hiflos gewesen, sie hatten ihre Wut herunterschlucken müssen; ihr Haß auf jene, die sich über die Grundregeln des Zusammenlebens hinwegsetzten, hatte sich nach innen gewandt. Jetzt war es anders, der Übeltäter war in Reichweite, war in ihrer Gewalt, war ihnen ausgeliefert. Der Abgesandte aus den Heerscharen des Satans lag zu ihren Füßen; die Menge konnte Rache nehmen.

Fenn umging den tobenden Mob, er strebte auf die Stufen zu, die zur Tribüne hinaufführten. Ein Ordner wankte ihm entgegen, der Reporter schob den Mann mit einer Armbewegung zur Seite. Fenn hatte die vorletzte Stufe erklommen, als er stehenblieb.

Die Meßdiener weinten; einige lagen auf den Knien und beteten, andere hielten die Hände vors Gesicht und schluchzten. Der Priester, der die Messe gelesen hatte, hielt Molly Pagett untergehakt, sein Gesicht war aschfahl, seine Lippen bewegten sich im Gebet; Alices Mutter stand unter dem Einfluß eines schweren seelischen Schocks, sie schien nicht wahrzunehmen, was um sie vorging. Ihr Mund stand offen, ihre Bewegungen waren die einer Marionette. Und auch Bischof Caines war nur noch eine mechanische Puppe, alle Farbe war aus seinem Antlitz gewichen.

Fenn ging der Tod des Mädchens ebenso nahe wie den Menschen auf der Tribüne. Inzwischen war er fast sicher, daß er Alice zu Unrecht verdächtigt hatte. Unvorstellbar, daß sich hinter dem engelsgleichen Antlitz das Böse verbarg. Was anderes hatte Alice getan als Glück und Segen unter die Menschen zu bringen?

Er erklomm die letzte Stufe. Er sah, wie die Kerzen erloschen.

Er fiel auf die Knie. Übelkeit überkam ihn. Wie durch eine Nebelwolke nahm er den Blitz wahr, der über dem Feld aufzuckte. Ein rollender Donner folgte.

Fenn hob den Blick. Bischof Caines und jene, die sich in seiner Umgebung befanden, waren auf die Knie gesunken. Molly Pagett stand da wie eine Statue, ihre Hand deutete auf die blutige Gestalt ihrer Tochter.

Und dann begann die Gestalt sich zu bewegen. Alice setzte sich auf. Das Mädchen, das von vier Kugeln durchbohrt worden war, kam wieder auf die Beine, in einer langsamen, tranceähnlichen Bewegung.

Das Gesicht war nicht mehr das Gesicht eines Menschenkindes. Ein böses Lächeln spielte um ihre bleichen Lippen. Das Mädchen lachte in die Menge hinein.

39

Wir sagten uns manches liebe Wort,
Als es dunkel wurde, wollte ich fort,
Ihre Zunge, sie folgte mir, lang und rot,
Ihre Zunge verschlang mich, jetzt bin ich tot.
Robert Graves: Die beiden Hexen

Fenn setzte sich auf die oberste Stufe, er stützte sich mit einer Hand auf den Bretterboden der Tribüne. Am liebsten wäre er Hals über Kopf davongestürzt. Aber seine Glieder waren so schwach, daß er sich nicht mehr auf den Beinen halten konnte.

Das Wesen, das in der Mitte der Tribüne stand, hatte sich ihm zugewandt, und Fenn spürte, wie ein Messer auf der Innenseite seiner Haut entlangschabte, das Messer lähmte seine Muskeln, dann drang die Spitze in seine Adern vor und ließ das Blut zu Eis gefrieren. Er schnappte nach Luft, aber seine Lungen versagten ihm den Dienst.

Ihre Blicke trafen sich. Wo die Augen des Mädchens gewesen waren, gähnten jetzt geschwärzte Höhlen. Das Fleisch war versengt, verkohlt, der Körper mißgestaltet. Das Wesen hatte den Kopf auf die Schulter gelegt, und dann sah Fenn, daß der Kopf nur noch durch einen kleinen Fleischlappen mit dem Rumpf verbunden war. Immer noch quoll das Blut aus den Einschußwunden, das Kleid war zu einem rotgetränkten Fetzen geworden. Rauch wallte auf, die Haut begann Blasen zu werfen. Das Fleisch begann zu schmoren, klaffte auf. Die Haut war pechschwarz geworden.

Dann war sie wieder Alice.

Ein unschuldiges, verlorenes Kind, das nicht verstehen konnte, warum es trotz seiner tödlichen Verletzungen weiterlebte.

»Alice! Alice!«

Das Mädchen drehte sich um die eigene Achse. Sie sah ihre Mutter an.

»Oh, mein Gott«, stöhnte Fenn, als er die Wandlung im Antlitz des Mädchens gewahrte.

Ihre Stimme wurde zu einem lockenden Gurren. »Rosemund!«

Molly Pagett hatte endlich die Kraft gefunden, auf ihre Tochter zuzugehen. Sie öffnete ihren Mund zu einem lautlosen Schrei. »Nein! Nein!« Sie stürzte zu Boden, ohne den Blick von Alice zu wenden. »Ich bin nicht Rosemund! Ich will nicht Rosemund sein!«

Fenn spürte, wie das Holztreppchen, auf dessen Stufen er kauerte, unter dem Donner erzitterte. Das Dröhnen hielt an und verstärkte sich.

Eine Explosion zu seiner Linken ließ ihn in Todesangst zusammenfahren. Die Funken sprühten und formten sich zum flammenden Atem eines Drachens. Eine der Lampen auf der Tribüne zersplitterte, dann eine zweite. Die Erde auf dem Feld begann zu beben. Schreie der Panik stiegen über der Menge in den düsteren Himmel. Eine Windböe strich über die Tribüne und brachte die Flammen zum Erlöschen. Es gab einen betäubenden Knall, als das Kruzifix zu Boden fiel.

Sue und ihr Sohn standen aneinandergeschmiegt, schreckerfüllt nahmen sie wahr, wie die Menge an ihnen vorbeihastete. Die Nonnen, die neben ihnen gesessen hatten, flüchteten auf das freie Feld, Sue sah die Gestalten hin und her schwanken, die Frauen hielten sich an den Händen wie eine Gruppe von Blinden, die sich selbst in Sicherheit führen wollten.

Die Bank hinter Sue wurde umgestoßen, die Erde erzitterte unter neuen Stößen, Sue riß ihren Jungen an sich, der Kleine hatte die Augen geschlossen, er versuchte die Schmerzensschreie zu überhören, die jetzt über das Feld gellten.

Die Fernsehleute und die Bildjournalisten klebten mit den Händen an ihren Geräten, der Strom floß durch ihre Körper in schmerzhaften Wellen, und jene, die weitergefilmt und weitergeknipst hatten, als sich auf dem Feld die Hölle auftat, mußte ihre Apparate fallen lassen, weil das schmelzende Metall ihre Finger versengte.

Die Gemeinde, die gekommen war, um zu beten und um Zeuge von Wundern zu werden, wandte sich in wilder Flucht, die Menschen flossen zu Massen zusammen, die einander blockierten. Viele wurden an den Gittern zerquetscht, die am Randes des Feldes errichtet worden waren, die Flüchtenden stürzten übereinander und trampelten sich zu Tode.

Es gab Polizisten, die dem Chaos zu wehren suchten, sie wurden von der Menge überrannt. Die Eltern hielten ihre Kinder über die Köpfe erhoben, aber die Gewalt der Flüchtenden war blind vor der Liebe. Viele, die sich eine Lücke im Strom erkämpft hatten, ertranken in den Wogen. Jene, die den angrenzenden Acker oder die Straße erreichten, rannten auf die Lichter des Dorfes zu, andere flohen in die Dunkelheit, schleiften ihre ohnmächtigen, verletzten oder toten Familienangehörigen hinter sich her. Wer sich retten konnte, dankte Gott, daß er dem Inferno entronnen war, er dankte Gott, daß die Erde zu beben aufgehört hatte.

Die Pforte, die nach dem Willen der Ordner der Presse zugeeignet war, wurde von zertrampelten, übel zugerichteten Leibern blockiert, der Menschenhaufen wuchs mit jeder Woge, die gegen das Hindernis anbrandete, obenauf wälzten sich die Lebenden.

Jene, die zu spät zum Feld gefunden hatten – Pilger, Neugierige, Polizisten – betrachteten die Szenerie mit sprachlosem Entsetzen. Sie hatten den Donner gehört, sie hatten die düsteren Wolken gesehen, die sich über dem Feld zusammenballten, sie hatten die Gefahr gespürt. Sie hatten sich das Vorgefühl des nahenden Unheils nicht erklären können, ratlos und verlegen hatten sie einander gemustert; zwischen ihnen war eine unheimliche Kälte hochgestiegen, ihre Ratlosigkeit war zur Angst geworden. Die fliegenden Händler begannen ihre Stände abzubauen, sie rafften ihre Waren zusammen, plötzlich gab es keine gute Nachbarschaft mehr zwischen den Händlern. Die Menschen, die keinen Zutritt mehr zur Messe bekommen hatten, waren erleichtert, daß sie Pech gehabt hatten; sie eilten zu ihren Fahrzeugen zurück, sie wußten nicht, was sie von dem Ganzen zu halten hatten, sie wußten nur, daß sie fliehen mußten. Panik überkam sie, als sie merkten, daß die Zündung an ihren Autos nicht mehr funktionierte. Sie konnten ihre Fahrzeuge nicht anlassen, ihre Flucht war vereitelt. Die Panik griff auf die Polizisten über, es gab einen uniformierten Wachtmeister, der sich über Funk mit seinem Vorgesetzten in Verbindung setzen wollte, der Vorgesetzte befand sich auf dem Feld, der Polizist draußen, vor der Absperrung, aber die Bemühungen waren vergebens, im Lautsprecher des kleinen Geräts waren nur Störgeräusche zu hören.

Begonnen hatte es nach dem dritten Choral. Ein großes Schweigen war über die Menge gekommen. Vier Schüsse. Dann war die Hölle losgebrochen. Jene, die vor den Toren standen, konnten das Ausmaß erst ermessen, als die Menschen durch die Tore getaumelt kamen, eine Walze aus Fleisch, die alles niederrollte, was sich ihr in den Weg stellte.

Nicht alle, die sich auf dem Feld befanden, hatten den Wunsch zu fliehen. Es gab Menschen, die ins Gebet versunken dastanden, andere hatten den Blick zum Himmel gerichtet. Gruppen bildeten sich, die Menschen begannen zu singen, sie hatten Angst, aber sie waren nicht verzweifelt; andere wieder kauerten im lehmigen Gras und warteten darauf, daß Gottes Hand sie vom Antlitz der Erde wegfegen würde. Und es gab jene, die nie mehr das Blau des Himmels schauen würden, weil sie von ihren Mitmenschen zu Tode gebracht worden waren.

Paula beugte sich zu ihrer angstschlotternden Mutter. Sie zog die Frau in ihre Arme. Sie warf einen Blick in die Runde. Hilfeschreie erhoben sich über das Chaos der Leiber, aber Paula vernahm auch den Lobgesang der Unentwegten. Sie spürte, wie klauengleiche Finger nach ihrem Hals tasteten. Sie befreite sich von der Klammer.

Alles war dunkel, nur der Altar leuchtete, in seinem Widerschein erstrahlte der Baum. Vor dem Hintergrund des Altars hasteten die Schausteller des Dramas vorüber. Paula verstand. Die Menschen flüchteten nicht vor dem Erdbeben, sie flüchteten vor dem furchtbaren Wesen, das vor dem Altar stand und den Gläubigen zulächelte, das Wesen konnte ins Herz der Menschen sehen, es sah die Sünden, die jeder begangen hatte, es sah die Sünden, die sie noch begehen wollten, es sah die lasterhafte Begierde in den Seelen der Frommen.

Paula hielt ihre Mutter umfaßt, sie führte sie zum Mittelgang, der zwischen den Bänken verlief. Die Erde hatte erneut zu beben begonnen, die beiden kamen ins Taumeln, Paula zog und zerrte an ihrer hilflosen Mutter, sie drängte sich an den Menschen vorbei, die gelähmt vor Entsetzen auf dem Feld verharrten, sie schlug auf jene ein, die ihr den Weg versperren wollten.

Sie floh weiter, kam zu Fall, als vor ihr ein Mann zusammenbrach, ihre Mutter fiel über sie, die beiden landeten auf der weichen, schlüpfrigen Erde. Paula kroch auf allen vieren weiter, inmitten eines wogenden, zuckenden Meers aus Leibern fand sie den Körper ihrer Mutter. Aber ihre Mutter bewegte sich nicht mehr. Paula tastete nach dem Mund, er war offen, sie tastete nach den Augen, sie waren geschlossen.

»Mutter!« schrie sie, und die Erde hörte zu beben auf. Die Schmerzensschreie auf dem Feld verstummten. Die Menschen, die nicht verletzt worden waren, standen da und sahen in die Runde. Das Wimmern der Sterbenden war zu hören, sehr leise, wie das

Winseln von Tieren, die zu Tode geprügelt werden und vor dem Ende ihres Martyriums angelangt sind. Die Unentwegten hörten zu singen auf. Die Priester hörten zu beten auf.

Auf dem Altar hatte etwas zu brennen begonnen.

Paula wußte instinktiv, daß ihre Mutter tot war. Sie tastete nach dem Herzen der reglos daliegenden Frau. Sie verspürte Erleichterung, als sie kein Pochen mehr verspürte.

Dann sah sie Rodney Tucker. In ihr erwuchs der Haß.

Die Erde öffnete sich.

George Southworth war auf die Kirche zugelaufen. Es kam nicht mehr darauf an, die Würde zu bewahren. Er wollte überleben.

Alles hatte so gut ausgesehen. Er hatte sich bereits am Ziel seiner Träume gewähnt. Die Wallfahrtsstätte, das Heiligtum, der Schrein war ein Erfolg geworden, eine Sache, die Geld noch und noch einbrachte. Seine Anstrengungen sollten belohnt werden, ebenso wie die Bemühungen der anderen Geschäftsleute, die Geld in das Projekt investiert hatten. Banfield war kein sterbendes Dorf mehr; es wuchs und blühte, so wie Lourdes in Südfrankreich wuchs und blühte.

Aber sie, das grauenhaft mißgestaltete Geschöpf, das von den Toten auferstanden war, hatte ihn angesehen, nur ihn hatte sie angesehen. Sie hatte erkannt, daß sein Wesen aus Raffgier bestand. Sie hatte ihm zugelacht. Raffgier, das war nach ihrem Geschmack, das war Bestandteil des Bösen, aus dem sie ihre Kraft zog.

Er begann zu rennen, noch ehe die Erde zu beben begann. Er wußte, das Wesen dort war die Inkarnation des Bösen, sie war die Zusammenballung der bösen Eigenschaften aller Menschen. So wurde bestätigt, was die Kirche den Menschen lehrte. Es gab Sünde, und es gab Schuld. Es würde immer Sünde und Schuld geben, in jedem Menschen. Sogar in jedem Kind. Sogar in einem Kind wie Alice.

Er hastete an Menschen vorbei, die wie gebannt auf den Altar starrten. Er wußte, daß eine Katastrophe bevorstand. Das obszöne Wunder des heutigen Tages würde von einem Unglück unvorstellbaren Ausmaßes gekrönt werden.

Er hörte, wie das Wesen ein Wort sagte. Vielleicht war es ein Name gewesen. Das Echo der Stimme ging in dem Donner unter, der über das Feld rollte, so laut, *so nahe,* daß es Southworth schier das Herz zerriß. Er zwang sich weiterzulaufen, er taumelte zwischen den Kranken und Krüppeln dahin, die sich am Boden wanden.

Schreiende Gestalten folgten ihm auf seiner Flucht. Southworth spürte, wie sich eine Hand um seinen Knöchel legte, die Hand gehörte einem lebenden Skelett, das in eine dicke rote Decke gewikkelt war, das Skelett begann zu sprechen, es wollte von Southworth weggetragen werden. Er stieß die gelbliche Knochenhand zur Seite und taumelte vorwärts, unter ihm erzitterte das Feld, und der Donner schien nicht vom Himmel, sondern aus den Tiefen der Erde zu kommen.

Es dauerte eine Ewigkeit, bis er die Friedhofsmauer erreichte. Das Beben unter seinen Füßen war stärker geworden. Er war nicht der einzige, der diesen Fluchtweg wählte, die Menschen hatten verstanden, daß die Ausgänge blockiert sein würden, sie liefen auf die Umfriedungsmauer zu und sprangen in den Friedhof hinüber.

Southworth kam zu Fall, er lag da im scharfkantigen Gras und hielt die Finger in die Erde gekrallt. Die Menschenmenge donnerte über ihn hinweg. Es gelang ihm sich zur Seite zu wälzen. Er blieb im Schutz der niedrigen Mauer liegen, wie ein Jockey, der die Pferde der anderen über sich hinwegschweben sieht.

Er zuckte zusammen, als sich die Stilettoabsätze von Stiefeln in seine Schulter bohrten. Er erkannte die amerikanische Journalistin, die an der Messe teilgenommen hatte. Er rief um Hilfe, aber die Frau lief weiter, er sah, wie ihre Gestalt zwischen den Grabsteinen verschwand.

Er hatte kein Zeitgefühl mehr, wirklich wichtig war jetzt nur noch die Angst. Die Erde hatte zu beben aufgehört. Stille senkte sich über das Feld und den Friedhof. Er fuhr sich mit der Hand über die Augen, die Finger kamen tränenfeucht zurück.

Er stöhnte auf, als die Hölle von neuem losbrach. Die Bäume erbebten, der Grund, auf dem er lag, die Grabsteine. Er sah, wie die Erde von den Maulwurfhügeln abbröselte. Zwei oder drei Schritte von Southworth entfernt, neigte sich ein Grabstein. Eine Steinplatte wurde hochgeschleudert, sie zerbrach, als sie auf den Weg fiel, und so war aus dem Grab ein gähnendes Loch geworden.

Er mußte es bis zur Kirche schaffen! Dort war er in Sicherheit. Er versuchte aufzustehen, aber die Erde bebte jetzt so stark, daß er nicht auf die Beine kam. Er kroch auf die Kirche zu, wie ein Lurch, der im Matsch zu Hause ist.

Links und rechts von ihm flüchteten Menschen, sie stolperten über die aufklaffenden Gräber, wurden von den Erdstößen gegen die Grabsteine geschleudert, lehnten sich erschöpft an triefnasse Beinkammern.

Zwischen den Wolken war ein Glitzern des Mondes zu erkennen.

Vor Southworth wuchs ein Erdhügel, die Erde barst, und er sagte sich, daß es das Erdbeben war, was den Grund aufwühlte, aber es war etwas anderes, es war ein Wesen, das sich nach oben schaufelte, weil es wieder die Luft der Lebenden atmen wollte.

Eine Urne fiel von dem Stein, auf dem sie ruhte, und zerbrach. Unter den Scherben tat sich ein zweiter Erdspalt auf.

Er spürte, wie lockeres Erdreich auf seine Finger geworfen wurde. Er zog die Hand zurück und barg sie an seinem Herzen. Es war ein kleines Grab, auf dem er lag, das Grab eines Kindes oder eines Zwerges. Ein Kegel aus Erde wuchs hoch, und dann sah Southworth die winzigen weißen Wesen, die sich nach oben wühlten. Winzige weiße Wesen, die man vielleicht als Würmer hätte bezeichnen können. Es waren fünf. Ihnen folgten weitere fünf.

Southworth stieß einen Schreckensschrei aus. Es gelang ihm, auf die Beine zu kommen. In wilder Flucht stolperte er auf das Portal der St. Joseph's Kirche zu.

Er fiel gegen das Holz und hieb mit beiden Fäusten auf die Tür ein. Er schürfte sich die Nägel blutig. Er fand den Eisenring, drehte ihn einmal, zweimal, dreimal, stieß die Tür auf und taumelte über die Schwelle. Er schlug die Tür hinter sich zu. Er stand im Dunkeln, den Rücken gegen das Holz gelehnt, und rang nach Luft.

Er erstarrte, als er das Kratzen an der Tür hörte.

Er hielt den Atem an.

Das Geräusch kam von der anderen Seite.

40

Wo sind die Toten?
Wo leben sie jetzt?
Nicht unter der Erde, sagt man.
Wo dann?
Stevie Smith: Das Grab unter der Steineiche

Fenn hob den Kopf. Er spürte, wie sich seine Wange von dem Bretterboden löste. Er holte tief Luft und mußte alsbald würgen, weil ihm schlecht wurde, die Luft stank nach Aas und verbranntem Fleisch.

Nur im Unterbewußtsein nahm er das Chaos in den Bänken wahr, er sah nicht die in Panik geratenen Menschen, die zu den

Ausgängen stürmten, und er achtete nicht auf die Erdstöße, die viele der Flüchtenden zu Fall brachten, so daß sie von den Nachfolgenden überrannt und zu Tode getrampelt wurden. Es war dunkel auf dem Feld; selbst wenn Fenn zu einer aufmerksamen Beobachtung des Geschehens fähig gewesen wäre, hätte er nur ein Gewirr aus Leibern zu sehen bekommen; es waren die Schmerzensschreie und das Wimmern der Sterbenden, die einem Beobachter – wenn es einen gegeben hätte – das ganze Ausmaß des Unglücks enthüllten.

Irgend etwas tief in seinem Inneren sagte Fenn, daß er fliehen mußte, aber er mußte auch Sue und Ben finden, um sie aus der Gefahr zu führen. Seine Kräfte waren erschöpft; obwohl seine Nerven bis zum äußersten gespannt waren, fühlten sich seine Muskeln wie zähe, dickflüssige Gelatine an. Wie gern hätte er den Blick von dem brennenden, blutüberströmten Geschöpf gewandt, das dort stand und ihm zulächelte, aber das konnte er nicht. Er konnte sich nicht rühren, seine Glieder und sein Körper waren wie mit dicken Ketten gefesselt.

Er hörte, wie das brennende, blutende Geschöpf zu ihm sprach, und er wußte, daß er nur weiterleben konnte, wenn er ihrer Kraft widerstand. Sie zog ihre Kraft aus ihm, sie zog ihre Kraft aus den Seelen der Menschen auf diesem Feld, sie verwandelte positive Energie in negative Energie. *Ich muß ihr widerstehen!* Die Stimmen in seinem Kopf wiederholten den Ausruf, es waren die Worte, die er sooft in seinen Träumen gehört hatte. Elnor wurde erschaffen aus der psychischen Energie der Leben. *Ich muß ihr widerstehen!* Sie hatte keine Macht über jene, die sich ihr widersetzten.

War es nur Täuschung, daß die Stimmen in seinem Kopf, die Stimmen, die im Traum zu ihm gesprochen hatten, den beiden toten Priestern gehörten?

Fenn versuchte, Elnor zu widerstehen, aber er war zu schwach. Er mußte sie ansehen. In der Kapelle in Barham war er seinen Alpträumen davongelaufen, und damit hatte er die Existenz der Schattengestalt verneint; jetzt aber blieb ihm kein Ausweg, nur die Konfrontation.

Die Menschen auf der Plattform, die Priester und Meßdiener, sie waren dem Zusammenbruch ebenso nahe wie Fenn. Da war Bischof Caines, der auf den Knien lag, er hatte eine Hand auf den Boden gestützt und versuchte mit der anderen Hand das Kreuzzeichen in die Luft zu malen. Fenn sah, wie sich die Lippen des Bischofs bewegten, Speichel rann dem Kirchenmann aus den Mundwinkeln und floß glitzernd an dem zitternden Kinn herab. Caines sprach so leise, daß es kaum zu verstehen war, aber Fenn erahnte die Worte:

»...Heiliger Vater, Allmächtiger Gott, Vater unseres Herrn Jesus Christus, der für alle Zeiten den Engel des Bösen besiegte...«

Der junge Priester, der die Messe gelesen hatte, lag starr auf dem Boden, seine Arme waren ausgestreckt wie die Arme der Madonna in der Kirche, er bewegte sich nicht mehr, nur noch das Weiß seiner Augäpfel war zu sehen, der Mund stand offen, es war nicht zu erkennen, ob er noch atmete.

»...der den Feind des Guten ins Flammenmeer der Hölle verbrannte. Du hast uns Deinen einzigen Sohn gesandt, Jesus Christus hat dem Lindwurm der Sünde den Kopf zertreten; so höre denn unser Schreien und komme uns zu Hilfe...«

Die Meßdiener knieten, sie hielten die Hände an die Ohren gepreßt, um sich vor dem Bösen zu schützen, das sich auf dem Altar manifestierte; es gab Priester, deren Oberkörper hin und her schwankten wie ein Rohr im Winde, sie hielten den Blick auf das unsaubere Wesen gerichtet.

»...wir bitten Dich um deine Hilfe, errette uns von den Klauen des Satans, erlöse uns von dem Übel, hebe uns zu dir, die wir nach Deinem Bilde erschaffen wurden...«

Molly Pagett war der einzige Mensch, der nicht kniete. Immer noch hielt sie den Arm zu ihrer Tochter ausgestreckt.

»Alice!« stöhnte sie. »Aliiiiiice!«

Ein haßerfülltes Zischen kam über die brennenden Lippen. »Deine Tochter ist tot, süße Rosemund, die Tochter des Satans schwebt zwischen Erde und Unterwelt, sie ist mir zu Diensten, nur mir. Niemand kann sie vor dem Tode erretten, und niemand kann dich vor dem Tode erretten.« Sie wandte das blutende Haupt und starrte in das Dunkel auf dem Feld. »Auch jene nicht, die mich erschlugen und mir das Recht auf die Sünde aberkennen wollten.«

»...nach deinem Ebenbild.

Vertreibe den Drachen, der sich in Deinem Weingarten wälzt, o Herr, unser Gott, erfülle sein Herz mit Furcht! Laß Deine himmlische Heerscharen...«

»Nein!« Molly Pagett stürzte auf die Gestalt zu, die ihre Tochter gewesen war. Sie versuchte das brennende Fleisch zu berühren.

Und das Geschöpf, das Alice und Elnor war, lachte, und Fenn sah mit Entsetzen, wie sie zu dem Baum schwebte, ihr Gewand verfing sich in einem der unteren Äste, sie brannte und drehte sich, der Hals brach, die Füße zuckten und färbten sich schwarz, aus den Eingeweiden tropfte eine glänzende Masse, die auf den Altar niederfloß, eine dampfende Schicht entstand, der Kopf des Geschöpfes brannte lichterloh, das Fleisch verglühte, und als das Wesen Fenn ansah, war es Alice.

»... und treibe den Satan aus, er soll diesen Leib verlassen, er soll diese Seele freigeben, auf daß sie teilhaftig werde Deiner Gnade, o Herr...«

Kreischend und schluchzend warf sich Molly Pagett nach vorn, sie umschlang den verkohlten, verfaulten Leichnam Elnors, sie zog ihre Finger zurück, als sie die Flammen sah, die aus ihren Knöcheln loderten, die Flammen krochen auf ihren Armen entlang, erreichten den Kopf und die Schultern und vereinigten sich über ihrem Scheitel zu einer wabernden Lohe.

Dann war alles still.

Bischof Caines hatte zu beten aufgehört.

Molly Pagett brannte. Sie rührte sich nicht mehr.

Fenn fühlte eine Ohnmacht nahen.

Und die Geistleiche der Nonne aus dem sechzehnten Jahrhundert lachte, als der Donner über das Feld niederging, sie lachte noch, als die schwarze Erde sich öffnete.

Paula gab den Leichnam ihrer Mutter frei.

Das Echo des Donners war über ihr, vor ihr hatte sich ein breiter Erdspalt aufgetan, die Sterbenden auf dem Feld ließen ihre Schreie in den Himmel steigen. Gebannt sah Paula, wie der Spalt sich ausweitete. Die Plattform des Altars barst, der Riß lief den Mittelgang entlang, eine gezackte Linie, und die Menschen, die sich auf dem Mittelgang befanden, taumelten in die Bankreihen zurück.

Immer breiter klafterte der Spalt, Paula sah in die Schwärze hinab, so tief, so unendlich tief war die Höhle, die sich vor ihr auftat, und so dunkel, daß sie einen Augenblick lang meinte, sie sei blind geworden, aber als der Mond durch die Wolken brach und sein bleiches Licht in den Spalt hinabschickte, erkannte Paula die weißen Fingerspitzen, sie erkannte die Hände, die sich aus dem brodelnden Erdreich schoben, Glieder kamen zum Vorschein, an denen der fette Lehm klebte. Aus der Tiefe erwuchsen Schattengestalten, Leiber, die sich im Totenreigen wanden, und dann sah Paula die furchtbaren Münder, hörte das Stöhnen der Schattenwesen, starrte auf die Augen, die sich zum Himmel hoben, und da wußte sie, es waren verdammte Seelen, die sich nach der Welt der Menschen zurücksehnten.

Paula schloß die Augen, sie sagte sich, daß sie Opfer einer Halluzination geworden war, was dort geschah, konnte und durfte nicht Wirklichkeit sein. Sie öffnete die Augen und sah, daß es Wirklichkeit war.

Es gab zwei Menschen, die an den gezackten Rändern des Erdspalts standen, die beiden schienen in einem Kampf begriffen, einer versuchte den anderen in die Tiefe hinabzustoßen. So erschrokken und verwirrt Paula auch war, sie wußte sofort, wer die beiden waren.

Tucker versuchte verzweifelt, sich aus dem Klammergriff seiner Frau zu befreien. Sie war mit einem Bein in den Mahlstrom der Erde versunken, und Paula sah, wie sich die glänzende Schwärze zu den Hüften der Frau vorschob. Die Frau hielt Tucker bei der Jacke gepackt, aber er schlug ihr die Hände fort, er wußte, daß er sie nicht retten konnte, er wußte, daß er sie nicht retten wollte, wenn er ihr zu helfen versuchte, würde sie ihn in den Höllenschlund hinabziehen. Sie schrie und schluchzte, sie flehte ihn an, sie aus dem schlammigen Grund herauszuziehen, und Tucker schrie zurück, sie sollte ihn loslassen, er schlug sie ins Gesicht und zerfleischte ihr die Finger. Dann gab die Erde unter dem Gewicht ihres Körpers nach. Die Jacke riß. Die Frau stieß einen markerschütternden Schrei aus und verschwand in der Tiefe.

Tucker taumelte zurück. Er richtete sich auf. Er stand da, die Hände auf die Schenkel gepreßt, und schnappte nach Luft.

Er hatte sich gerade umgedreht, als Paula aus dem Dunkel auf ihn zugerannt kam.

Der Haß trieb sie nach vorn, der Haß auf den fetten, schwabbeligen Kerl, der sie verraten und benutzt hatte. Er hatte ihren Körper mißbraucht, und er hatte sie belogen. *Lügner! Lügner! Lügner!* Es geschah ihm recht, wenn er zwischen den Würmern in den Tiefen der Erde verendete; jene Wesen, die als pralle, weißschimmernde Gebilde die Gräber der Toten durchpflügten, waren seinesgleichen.

Sie hieb mit beiden Fäusten auf ihn ein, und er packte ihre Handgelenke und zog sie an sich. Der Zusammenprall war so heftig geworden, daß Tucker das Gleichgewicht verlor. Er stürzte hintenüber in die Tiefe und nahm Paula mit sich.

Schreiend, in inniger Umarmung, fielen sie dem Mittelpunkt der Erde entgegen.

Southworth gab die Kirchentür frei und lief den Mittelgang entlang.

Im Vorbeilaufen tippte er mit der ausgebreiteten Hand auf die Bänke wie ein Kind, das an einem Zaun entlangläuft. Es war eine Geste, die keinerlei Logik hatte. Southworth war in Panik.

Er hatte den Altar erreicht. Seine Knie stießen gegen das Geländer. Er sank zu Boden. Sein Schluchzen erfüllte die verlassene Kirche. Southworth war allein. Und er hatte Angst. Angst vor den eiskalten Leichen, die Einlaß in das Gotteshaus begehrten.

Die Kirche begann zu beben. Die Statuen an den Wänden begannen zu tanzen. Das Geländer, das er umkrampft hielt, zitterte so sehr, daß er den Griff lockern mußte. Ein Knall, laut wie ein Kanonenschuß, hallte in dem Gewölbe wider, als eine der alten Steinplatten zersprang. Wie gelähmt verfolgte Southworth die Spur des Risses, der im Gemäuer der Kirche aufklaffte. Ein paar Handbreit zu seiner Linken tat sich ein zweiter Spalt auf, und dann ein dritter. Das gleiche vollzog sich auf der gegenüberliegenden Wand. Und dann barst das Dach.

Mauerstücke regneten auf den Steinboden. Das Gestein ging als weißer Staub auf die Kirchenbänke nieder. Die Lichter begannen zu flackern wie Kerzen, über die der Wind streicht. An, aus, an, aus. Dann pendelte sich der Strom auf einer niedrigeren Ebene ein.

Southworth hielt die Hände auf den Mund gepreßt, er erstickte die Schreie, die niemand hören würde. Hinter ihm rollten die Altarkerzen über den Boden; das Türchen des Tabernakels schwang auf und enthüllte weiße, seidengepolsterte Leere; das große, buntverglaste Fenster, das ein Edelmann im sechzehnten Jahrhundert für die St. Joseph's Kirche gestiftet hatte, zersprang, die Splitter flogen wie farbige Speere durch die Luft.

Er zuckte zusammen, als er den ersten Speer auf seiner Stirn empfing, er spürte, wie sich das Glas durch den Knochen bohrte. Weitere Geschosse folgten, sie fügten ihm Wunden und Schnitte zu, aus denen das Blut quoll. Er hatte Glück, daß es das Geländer gab, hinter das er sich ducken konnte.

Das Chaos im Kirchenschiff war ohrenbetäubend, neue Risse erschienen in den Wänden, die Steine strebten auseinander, und dann barst der Fußboden, der gezackte Riß verlief unter den Bänken und quer über den Mittelgang. Der Riß wuchs zu einem Spalt an, so schwarz, so schwarz, daß es Southworth an eine mit Tusche bemalte Fläche erinnerte, aber es war keine Fläche, es war ein Spalt. Die Bänke fielen übereinander, als die Öffnung sich zu einem Graben verbreitert hatte.

Er biß sich in die Knöchel, um nicht loszuschreien, die Knöchel begannen zu bluten; er sah, wie schleimbedeckte Finger sich über die Ränder des Grabens schoben.

Hände erschienen, dann Arme, alles war mit schlammiger Erde und Moder bedeckt. Kleine, schwarze Kreaturen kamen aus der Finsternis hervorgehuscht, sie verschwanden alsbald in den dunklen Ecken des Kirchenschiffs; etwas Langes, Glattes kroch über den Boden und schlang sich um eine der Heiligenfiguren. Immer mehr Finger schoben sich aus der aufgebrochenen Erde, immer mehr Arme hoben sich über die klaffenden Ränder. Gestalten mit nackten, verwesten Schultern entstiegen der Tiefe.

Die Tür am anderen Ende der Kirche zerbarst mit splitterndem Krachen, der Rahmen des Portals hatte dem Gewicht der Steine nachgegeben. Die Tür sprang auf. Die toten Wesen traten ein.

Sue war von einer gespenstischen Ruhe beseelt.

»Was ist, Mammi? Warum schreien die Leute so?«

Sie hielt Ben an sich gedrückt. Er barg seinen Kopf an ihrem Busen.

»Das ist nichts«, tröstete sie ihn. Sie streichelte ihm über das Haar. »Du mußt keine Angst haben.«

Er hob den Kopf und warf einen Blick auf die Sterbenden. »Ich habe keine Angst«, sagte er ernst.

Jemand kam auf sie zugerannt. Er stolperte über ihre Leiber, rappelte sich wieder auf und lief weiter. Sue hatte nicht sehen können, ob es sich um einen Mann oder um eine Frau handelte, dazu war nicht genügend Licht.

Ben setzt sich auf. »Ich kann Onkel Gerry sehen«, sagte er und deutete auf den Altar.

Sue benutzte die umgefallene Bank, um sich aufzurichten. Immer noch bebte die Erde, aber die Stöße waren schwächer geworden. Das Donnern kam nicht mehr vom Himmel, es schien seinen Ursprung in den Eingeweiden der Erdkugel zu haben. Aus irgendeinem Grund flohen die Menschen, die sich auf dem Mittelgang befanden, in die Bankreihen, Sue konnte sich nicht erklären, warum sie das taten. Sie folgte Bens Blick und erstarrte vor Schreck, als sie die Gestalten vor dem Altar erblickte.

Die Plattform war mit den Leibern der Meßdiener und Priester übersät. Sue erkannte Bischof Caines, sein graues Haar klebte an der verschwitzten Stirn; er ruderte hilflos mit den Armen in der Luft herum. Zwei Schritte entfernt von ihm war etwas, das brannte. Es war eine kniende Gestalt, die sich nicht bewegte. Nur der Kopf, die Arme und die Schultern brannten, das Wesen hielt die Arme nach einem Kind ausgestreckt. Das Kind stand wenige Schritte weiter, es war eine schwarze Silhouette, das Kind betrachtete das brennende Wesen. Über dem von Rauch umwallten Altar erhob sich die Eiche, sie überragte den Schrein, sie überragte alles, die knorrigen Äste waren ausgestreckt, als wollten sie die zu Fall gekommenen Gestalten auf der Plattform erheben.

Fenn kauerte auf den Stufen, die zur Plattform hinaufführten. Er sah hilflos und verängstigt aus.

Sue stand auf. Sie zog Ben hoch.

»Wo gehen wir hin?« fragte Ben.

»Wir gehen nach Hause«, gab sie zur Antwort. »Aber wir müssen Onkel Gerry mitnehmen.«

»Aber sicher«, sagte er.

Sie stiegen über umgestürzte Bankreihen hinweg. Sue zwang sich, die Schreie der Krüppel und der Kranken zu überhören, die hilflos inmitten geborstener Bretter lagen, sie wußte, daß sie diesen Menschen keinen Beistand leisten konnte, es waren zu viele, sie mußte zuerst Fenn erreichen, sie mußte sich zum Altar durchkämpfen, mit Fenns Hilfe konnte sie vielleicht einen oder zwei Kranke vom Feld schleppen. Sie hielt Bens Hand umklammert. Sue verstand nicht, warum aus seinen Fingern Kraft und Mut zu ihr überströmte, aber sie wußte, es war so.

Ihr Blick fiel auf die brennende Gestalt, und dann merkte sie, daß auch Ben das Wesen erblickt hatte. Sie legte ihm die Hand über die Augen, aber der Junge schob die Finger zur Seite, um die brennende Gestalt sehen zu können, so fasziniert war er von dem Anblick.

Dann waren sie vor den Stufen.

»Gerry?« Sie kniete sich neben ihn. Ihre Hand betastete seine Wangen. Er schlug die Augen auf. Er schien sie nicht zu erkennen.

»Sue«, sagte er dann. Er sprach sehr leise. Er schien erleichtert, daß sie gekommen war. Und dann erschrak er, als sei ihm etwas Wichtiges eingefallen. Er packte Sue am Arm. »Du mußt sofort hier weg, Sue! Wo ist der Junge?«

»Der Junge ist unverletzt geblieben. Er steht hinter mir. Komm jetzt. Machen wir, daß wir hier wegkommen.«

Er ließ den Kopf auf die Stufe sinken. »Ich kann nicht mitkommen. Ich bin zu schwach.«„

Sue gab ihrem Sohn ein Zeichen. »Berühre ihn, Gerry«, sagte sie. »Ergreife Bens Hand.«

Fenn sah sie an, ohne zu begreifen. »Ihr müßt fliehen, Sue. Macht, daß ihr wegkommt!«

Sie legte ihm die Hand ihres Sohnes in die geöffneten Finger. Fenn spürte, wie seine Lebenskraft zurückkehrte.

Vom Altar her waren gellende Schreie zu hören. Die drei Menschen wandten den Blick.

Molly Pagett hatte sich erhoben, sie schlug mit ihren brennenden Händen nach den lodernden Haaren. Ihre Hilferufe waren wie eine Klinge aus Eis, die in die Herzen der Menschen schnitt.

»Oh, mein Gott, ich muß ihr helfen!« Fenn riß sich die Jacke vom Leibe. Er stolperte die Stufen hinauf und lief auf die brennende Frau zu. Er wollte ihr die Jacke über den Kopf werfen. Er wollte die Flammen ersticken.

Aber Molly Pagett konnte niemand mehr helfen.

Sie stieß einen langhallenden Todesschrei aus, der Fenn durch Mark und Bein ging. Sie taumelte auf das Kind zu, das sie aus ruhigen Augen beobachtete. Sie kam zu Fall, stürzte von der Plattform auf das Feld hinab, wand sich in Zuckungen, die Schreie wurden leiser und leiser und brachen jäh ab, als die Seele ihren Körper verließ.

Fenn sank zu Boden, er schloß die Augen, die Jacke lag auf seinen Knien.

Die kleine Gestalt trat in den Lichtkegel. Sie richtete den Blick auf den Altar, dann sah sie zu dem Baum hinauf. Schließlich wandte sie sich um und ging auf Fenn zu.

Ein Blitz zuckte durch die Nacht und ließ den Schrein, das Feld und die Kirche in eisig-silbrigen Konturen erstarren. Fenn war es, als schwebte der Altar, und dann war er hoch über dem Feld, er hatte mit dem, was auf der Erde geschah, nichts mehr zu tun. Unter ihm waren flüchtende Pilger, Kranke und Krüppel, die um Hilfe flehten, unter ihm war der aufklaffende Bauch der Erde, aus dem kleine schwarze Wesen krochen, dort unten war eine Kirche, deren Turm zu wanken begann, die wogenden Gräber, der Schrein, die Leiber der Meßdiener und Priester vor dem Altar, das Kruzifix auf dem Boden, der abstoßend häßliche Baum. Dort stand auch die Kreatur, die ihn anstarrte.

Der Blitz erlosch. Fenn hatte, als er den grellen Schein wahrnahm, die Augen aufgerissen, zwei Sekunden lang nahm er die Vision der Hölle in sich auf, ein Anblick, der unauslöschlich in seiner Seele haften bleiben würde.

Ein Donner hallte über das Feld, so laut, daß Fenn in einer instinktiven Reaktion seine Ohren mit den Händen bedeckte. Ben zupfte am Rock seiner Mutter. Er sagte: »Alices Kleider sind voller Blut, Mami.«

Fenn sah in Elnors wissende Augen, er fühlte, wie er in den Mahlstrom ihres von Sünde durchdrungenen Ichs geriet, in einen süßen Strudel, in dessen Tiefe er in einer langen Sekunde der Erfüllung sein Leben aushauchen würde. So schön war dieses Mädchen, so weiß war ihre Haut, die Lippen waren frisch und voll, und während er ihr in die weitgeöffneten Augen starrte, wurde die lockende Sinnlichkeit ihres Körpers offenbar, er spürte die geschmeidige Kraft, die von ihr ausging, und er erahnte die Fülle ihrer festen, jungen Brüste, deren Formen von dem Novizinnengewand mehr enthüllt als verborgen wurden.

Elnor begann zu lächeln. Ihn schwindelte.

Ihre Worte waren schwer zu verstehen, weil sie mit einem merkwürdigen Akzent sprach. Ihre Stimme war tief und heiser. »Sei du Zeuge meiner Rache«, sagte sie. »Sei zugleich Teil meiner Rache.«

Sie hatte jetzt keine sanften, braunen Augen mehr, an ihrer Stelle erschienen klaffende, dunkle Höhlen, deren Anblick Fenn faszinierte. Ihre Haut war nicht mehr weiß und weich, sie war verkohlt, geschwärzt, an vielen Stellen aufgesprungen, die verbrannten Lippen gaben schwärzliche Zahnstümpfe und verwestes Zahnfleisch frei. Ihr Körper war nicht länger straff und wohlgeformt. Die Gestalt vor Fenn wand sich in lasziven Bewegungen, bis Rumpf und Gliedmaßen die bizarre Form der Eiche angenommen hatten. Ein unbeschreiblicher Gestank wehte zu ihm herüber. Er hob die Hand und taumelte zurück.

Ihr Lachen war so böse wie das Züngeln einer Schlange.

»Was macht Alice da?« fragte Ben seine Mutter.

Das Lachen der Gestalt wurde lauter, es wurde so laut, daß Fenns Kopf davon überfloß. *Herr Jesus Christus, befreie mich von diesem Wesen! Herr Jesus Christus, hilf mir!*

Die Plattform hatte zu beben begonnen. Fenn war hintenüber gesunken. Wie in einem Alptraum sah er die Erde aufklaffen, der Riß war jetzt so breit wie ein Fluß, und der Fluß strömte auf den Altar zu, auf den Schrein.

Das Gewand der Nonne hatte zu qualmen begonnen, und als sie auf Fenn zuging, erschienen große, schwärende Blasen auf ihrer Haut. Und doch lachte sie, spottete seiner Angst mit ihrem lippenlosen Mund. Sie streckte ihre ausgeglühten Knochenfinger nach ihm aus, und dann zuckte ein Blitz über den Himmel.

Elnor war jetzt nur noch einen Schritt von ihm entfernt. Ihr Atem stank nach Aas, ihr Körper stank nach der Hölle.

Fenn stieß einen gellenden Schrei aus. Er war unfähig, sich zu rühren.

Und sie lächelte ihr Totenlächeln.

Sie blieb stehen. Sie sah zu dem Baum zurück. Wimmerte. Sie straffte ihre Gestalt und umfing ihre Brüste mit schwarzen Krallen. Stöhnte.

Fenn folgte ihrem Blick. Zuerst sah er nichts. Dann sah er einen Schimmer.

Ein Glanz, eine Glut.

Am Stamm des Baumes.

Seine Angst wuchs ins Unermeßliche. Es war eine andere Angst, als er sie vorher empfunden hatte, nicht nur größer, sondern anders. Die Glut am Fuße des Baumes war zu einer hellstrahlenden Sonne geworden, so stark war das Licht dieser Nova, daß Fenn die Hände vors Gesicht schlug. Die Sonne strahlte durch seine Hände hindurch. Im Zentrum der Sonne stand ein Wesen. Es war...

Die beiden Priester in seinem Kopf hatten zu beten begonnen.

Fenn schloß die Augen. Er wiederholte die Worte, die sie sagten.

Als ein Blitz das Feld erhellte, nahm er die Hände vom Gesicht.

Die bizarr verkrümmte Gestalt wich von ihm zurück. Mit erhobenen Augen wankte sie auf die gespaltene Eiche zu. Flüche quollen aus ihrem Mund.

Die Zweige des Baumes hatten zu brennen begonnen. Der Stamm war geborsten, kleine Kreaturen kamen aus dem Spalt hervorgekrochen, Würmer, Läuse und Blutegel. Der Baum war verfault, durch und durch tot, ein Nest für Parasiten, die sich von Totem ernährten.

Donner und Blitz im gleichen Augenblick. Der Blitz schlug in den Baum, blaue Flämmchen tanzten über die Äste und suchten sich den Weg zur Erde. Der ganze Baum ging in Flammen auf, ein reißendes, krachendes Geräusch hallte über das Feld. Der Baum neigte sich.

Jemand berührte Fenn an der Schulter. Es war die Hand einer Frau. Und dann berührte ihn der Junge, der neben der Frau stand.

Sue und Ben zerrten und zogen an ihm, bis er mit ihnen ging, im Laufschritt verließen sie die Plattform, ließen die schreiende Gestalt und den stürzenden Baum hinter sich. Hand in Hand liefen sie in die Nacht hinein.

Sie kamen zu Fall, die Erde war weich, Fenn wand sich auf dem

Boden, er hatte sich den Knöchel verstaucht, er richtete sich auf, um einen letzten Blick auf das kleine Mädchen zu werfen, das unter dem stürzenden Baum stand, sie war schon tot, war erschossen worden von einem Verrückten, sie war Alice, sie hielt die Arme erhoben, als wollte sie der Göttin der Vergeltung Einhalt gebieten, und doch war das Geschöpf, das jetzt von den Flammen eingehüllt wurde, nicht mehr das Mädchen, das Fenn gekannt hatte, sie war zu einem schwarzen, mißgestalteten Wesen geworden, das jener überlegenen Macht nicht länger Widerstand leisten konnte. Fenn meinte einen furchtbaren Schrei zu hören, als der brennende Baum den verdorbenen Körper zermalmte und in Asche verwandelte.

Die Plattform brach zusammen, jene Menschen, die sich noch dort befanden, versanken in dem Flammenloch, das sich an der Stelle des Schreins auftat. Wenig später war das ganze Gerüst eine lodernde Fackel.

Nur noch das Prasseln der Flammen war zu hören und das Weinen der Menschen auf dem Feld. Die Erde bebte nicht mehr.

Fenn ergriff Sue und Ben bei den Händen. Sie badeten ihre Gesichter im warmen Schein des Feuers. Er zog die Frau und den Jungen an sich. Aneinandergeschmiegt blieben sie stehen. Sie gingen erst fort, als die Flammen zu nahe kamen.

Es begann zu regnen.

41

Das Karussell dreht sich,
Der Zauber erfüllt sich,
Der Knoten soll gelöst werden,
Das Kreuz soll wieder zu zwei Bäumen werden,
Was krumm ist, soll gerade werden,
Und der Fluch soll enden.
T. S. Eliot: Der Fluch soll enden

»Komm mit, Fenn.«

Fenn lächelte Sue zu. Sie stand vor dem Wagen, die Tür war geöffnet. Er schüttelte den Kopf. »Geht ihr beiden vor«, sagte er. »Ich komme später vorbei.«

Der Junge, der auf dem Rücksitz gesessen hatte, quetschte sich an dem zurückgeklappten Vordersitz vorbei und stieg aus. Sue kniete sich auf den Beifahrersitz. Sie neigte sich vor, bis ihre Lippen Fenns Wange erreichten. Sie küßte ihn. Sie umarmte ihn. Dann war sie fort.

Er sah ihnen nach, wie sie auf die Kirche zugingen. Die Sonne spielte mit Sues Haaren. Die Frau hielt Ben an der Hand gepackt.

Es war Sonntag vormittag, ein heller, frischer Sonntagvormittag, und der Wind trug den Geruch des Meeres herüber. Die Kirche war in neuzeitlichem Stil errichtet. Sie sah nicht so feierlich, nicht so bedrückend aus wie einige andere Gotteshäuser, an die Fenn sich so erinnern konnte. An jenem Sonntagvormittag waren in dem kleinen Ort am Meer nur wenige Menschen auf den Straßen. Obwohl die Sonne schien, war die Kälte des Winters noch zu spüren. Immerhin, ein paar Menschen waren unterwegs, um ihren Hund auszuführen, und dann gab es auch jene Spaziergänger, die niemanden zu Hause hatten, so daß sie sich dort sehr einsam vorkamen, und schließlich gab es die Kirchgänger, die ihr warmes Heim verlassen hatten, um in einer der zahlreichen Kirchen von Brighton einem Gottesdienst beizuwohnen. Einer dieser Menschen, ein Mann, der einen Hund an der Leine hielt, kam auf dem gegenüberliegenden Bürgersteig entlang, er las in einer Zeitung.

Fenn konnte die Schlagzeile erspähen.

SCHREIN

Fenn wandte sich ab. Er war der Theorien müde, die von den Zeitungen verbreitet wurden. Die These, der die meisten Journalisten zuneigten, war die Theorie von einem elektromagnetischen Sturm, der sich das Feld ausgesucht hatte, um sich dort zu entladen, der Blitz hatte den Altar zerschmettert, und so war der Baum in Brand gesetzt worden, der elektromagnetische Sturm war dann von dem Baum in die Erde übergeflossen. Die Techniker von Film, Funk und Fernsehen, die bei dem abendlichen Gottesdienst auf dem Feld zugegen waren, hatten sich über die elektrischen Interferenzen beklagt, die ihre Aufnahmegeräte und die gesamte Ausrüstung lahmgelegt hatten. Sogar die Filme in den Kameras der Pressefotografen waren geschwärzt, obwohl sich niemand erklären konnte, wie ein elektromagnetischer Sturm das Zelluloid schwärzen konnte. Die Polizei, die von der Öffentlichkeit unter Beschuß genommen worden war, weil sie der Panik unter den Menschen nicht Herr geworden war, hatte in einer lahmen Verlautbarung darauf hingewiesen, daß ihre Funkgeräte durch den gleichen elektromagnetischen Sturm außer Funktion gesetzt worden waren. Die Schockwellen, die über das Feld liefen, hatten eine Massenhysterie ausgelöst. Die Menschen hatten Halluzinationen entwickelt, viele waren ohnmächtig geworden, und das ganze Durcheinander hatte sich zur Panik gesteigert. Wie gesagt, das war die Theorie Nummer eins. Es gab andere. Alice Pagett, so sagten jene, die über viel Fantasie verfügten, sei ein Mädchen gewesen, das sich auf geheimnisvolle Weise übernatürliche Kräfte angeeignet hatte, diese Kräfte seien außer Kontrolle geraten, und das hatte die Natur aus dem Gleichgewicht gebracht; eine unterirdische Explosion hatte das Feld erschüttert und die Menschen in Hysterie versetzt (unglücklicherweise wurde diese These nicht von den Aufzeichnungen der Seismografen bestätigt); eine andere Version war, daß antireligiöse Fanatiker eine Bombe im Schrein versteckt hatten (wahrscheinlich die gleiche Gruppe, die das Attentat auf den Monsignore verübt hatte). Es gab viele Thesen, es war alles sehr verwirrend.

An jenem schwarzen Sonntag war der Schrein von zwanzigtausend Menschen besucht worden, und wenn sich an dem Tag ein Wunder ereignet hatte, dann dieses, von den zwanzigtausend waren bei der Massenpanik nur einhundertundachtundfünfzig umgekommen. Die meisten der Opfer waren zu Tode getrampelt worden; einige hatten einen Herzschlag erlitten; einige – jene, die sich auf der Plattform oder nahe dem Altar befunden hatten – hatten den Tod in den Flammen gefunden; und dann gab es noch die Menschen, die bei der Flucht einen tödlichen Unfall erlitten hatten. Es gab viele, viele Verletzte, und der Zustand der Kranken und Krüppel, die man zu dem abendlichen Gottesdienst auf das Feld getragen hatte, war alarmierend schlecht. Merkwürdigerweise hatten auch jene Personen, die Alice Pagett bei anderen Gottesdiensten geheilt hatte, einen Rückfall erlitten. Sie waren so krank wie zuvor. Es war, als ob der Tod des Mädchens die Heilung wieder aufgehoben hätte.

Einige Pilger, unter ihnen Geistliche und Nonnen, behaupteten steif und fest, die Erde hätte sich aufgetan, ein breiter Spalt sei zu sehen gewesen, der tief hinabreichte. Aber diese Menschen waren von den Ereignissen verwirrt, noch Wochen nach dem Schwarzen Sonntag war ihr geistiger Zustand so, daß er als ›labil‹ bezeichnet werden mußte. Tatsache war, daß Tausende von Menschen das Ganze aus ihrem Gedächtnis ausgelöscht hatten; sie konnten sich, wie sie sagten, nur noch daran erinnern, daß es ein Gewitter gegeben hatte und daß sie von dem Feld fortgelaufen waren.

Die Zeitungen waren voll von Spekulationen, es gab sensationell aufgemachte Berichte in den volkstümlichen Blättern, und es gab unterkühlte Analysen mit wissenschaftlich-psychologischem Tiefgang in den konservativeren Blättern. Fenn machte bei dem ganzen Zirkus nicht mehr mit. Er hatte beim *Courier* gekündigt und die Verträge, die ihm von den Verlegern der überregionalen Zeitungen unterbreitet wurden, ausgeschlagen. Er war nicht einmal zu überreden gewesen, einem anderen Reporter wegen der Ereignisse am schwarzen Sonntag ein Interview zu geben. Vielleicht würde er eines Tages, wenn er wieder einen klaren Kopf hatte, wenn er das Ganze innerlich verarbeitet hatte, ein Buch über den Schrein von Banfield schreiben. Das Buch würde er allerdings als Roman erscheinen lassen. Wer glaubte schon an Tatsachen, die man in einem Sachbuch verpackte?

Er schmunzelte, als er an Nancys Anruf zurückdachte. Sie hatte ihn aus den Vereinigten Staaten angerufen, sie war sehr aufgeregt gewesen bei jenem Gespräch. Sie hatte ihm gesagt, ihre Chefs hielten eine Stellung bei der *Post* für ihn offen. Er brauchte nur noch zu sagen, wieviel er verdienen wollte. Allerdings mußte er als erstes die große, alles auslotende Story über den Schrein schreiben. Fenn hatte das Angebot abgelehnt, und Nancy war, als er ihr das sagte, fuchsteufelswild geworden auf der anderen Seite des Atlantiks. Nancy war am schwarzen Sonntag eine der ersten gewesen, die vom Feld flohen, sie hatte gespürt, daß Unheil im Anzug war, und wie so etwas aussah, hatte sie ja in der Kapelle, einige Tage zuvor, erlebt. Im Unterschied zu den anderen Menschen, die vom Feld flohen, war sie auf den Friedhof der St. Joseph's Kirche gelaufen, sie hatte sich an fünf Fingern ausrechnen können, daß die Ausgänge vom Feld blockiert sein würden. Sie war einem Mann nachgelaufen, den sie für Southworth hielt, aber sie hatte den Mann auf dem Friedhof aus den Augen verloren. Natürlich hatte sie, nachdem sie sich in Sicherheit gebracht hatte, das prächtige Finale verpaßt, deshalb ärgerte sie sich ja auch so. Sie freute sich, daß sie's überlebt hatte, aber sie ärgerte sich, daß sie im entscheidenden Moment nicht dabeigewesen war. Und so hatte sie Fenn bestürmt, er möge in die Staaten kommen, die Story schreiben und bei der *Post* arbeiten, sie hatte gebettelt, sie hatte ihm gedroht, und als sie einsehen mußte, daß er nicht umzustimmen war, hatte sie gesagt: »Ich liebe dich, du Halunke«, und dann hatte sie aufgelegt.

Fenn rieb sich die Schläfen. Er dachte an die Menschen, die auf dem Feld ums Leben gekommen waren. Tucker, den dicken Supermarkttypen, hatten sie im Schlamm gefunden, er war bei einem Herzanfall ums Leben gekommen. Seine beste Kraft, eine Frau, an deren Namen sich Fenn nicht mehr erinnern konnte, hatte auf ihm gelegen, als hätte sie ihren Chef davor schützen wollen, von den Flüchtenden niedergetrampelt zu werden. Die Frau lebte noch, aber sie hatte einen Schock erlitten. Ironie des Schicksals, daß die Mutter der Frau bei der Flucht umgekommen war, man fand sie unweit ihrer Tochter, sie hatte einen Herzinfarkt erlitten. Die Tochter hatte ihren Chef verloren, sie hatte ihre Mutter verloren, bei beiden war es das Herz gewesen. Schon merkwürdig. Kein Wunder, daß die Frau einen Schock davongetragen hatte, der bis heute andauerte. Tuckers Frau, die man ganz in der Nähe fand, konnte sich an nichts erinnern. Sie war auf der Flucht ohnmächtig geworden.

Bischof Caines und eine Reihe von Priestern waren in den Flammen umgekommen oder sie waren von dem stürzenden Baum erschlagen worden.

George Southworth hatte mehr Glück gehabt. Sie fanden ihn in der St. Joseph's Kirche, ein zitterndes, wimmerndes Bündel Mensch. Er hatte geschrien wie ein Wahnsinniger, als sie ihn aus der Kirche schleppten. Die Kirche selbst hatte bei dem Unwetter, das über das Feld niederging, kaum Schaden genommen. Ein buntverglastes Fenster war zersplittert, ebenso das Portal der Kirche. Blitzschlag, sagten die Experten. Southworth allerdings erzählte jedem, der es wissen wollte, daß die ganze Kirche zusammengefallen sei. Die Leute nickten, wenn er das sagte.

Eines der Opfer bei der Panik auf dem Feld war Molly Pagett gewesen.

Fenn fuhr sich über die Stirn. Die Vision der sterbenden Frau, die Vision ihres brennenden Körpers wollte nicht weichen. Die arme Molly Pagett! Wie sie gelitten hatte, als ihre Tochter von Mörderhand starb, von den Toten auferstanden, sich in ein obszönes Geistwesen verwandelte und dann endgültig das Zeitliche segnete!

Warum aber hatte Alice – nein, Elnor! – ihre Mutter ›Rosemund‹ gerufen? Eine der beiden jungen Klosterschwestern, die in der Chronik aus dem sechzehnten Jahrhundert erwähnt waren, hatte Rosemund geheißen. Sie war von Elnor verführt und aus der Kirche ausgestoßen worden, in der Chronik hieß es weiter, daß sie in die Wälder um Banefeld geflohen war. War Molly Pagett eine Nachfahrin jenes Mädchens? Oder hatte Elnor, die wiederauferstandene Elnor, in ihrem grenzenlosen Haß einen verkehrten Namen gebraucht? Fenn ahnte, er würde es nie erfahren. Es gab keine Antwort auf diese Fragen.

Es gab nicht einmal eine logische Erklärung, warum der junge Mann Alice erschossen hatte. Man hatte die Leiche des jungen Mörders unter den Menschen gefunden, die bei der Panik zu Tode getrampelt worden waren. Nein, es gab niemanden, der auf den

Gedanken gekommen wäre, daß der junge Mann von den erbosten Gläubigen gelyncht worden war. In seiner Nähe wurde eine deutsche Pistole gefunden. Der Abzug der Waffe klemmte. Der junge Mann hieß Wilkes. Er kam aus dem Mittelstand. Wenn es überhaupt etwas Bemerkenswertes an ihm gab, dann dies, er sammelte Zeitungsausschnitte über den Mörder von John Lennon und über die Attentäter, die Papst Paul und Ronald Reagan hatten umbringen wollen. Wäre er ein bißchen älter gewesen, wären seine Vorbilder wahrscheinlich Oswald und Sirhan gewesen.

Was immer seine Motive für die Tat gewesen waren, Alice war tot. Vielleicht war es so, daß das Böse das Böse ausgelöscht hatte.

Elnor hatte Rache gesucht. Aber der Mörder des Mädchens war ihr zuvorgekommen. Und so war der Schrein in Flammen aufgegangen, von der Hand eines ... Nein, diese These war unannehmbar für Fenn. Obwohl er gesehen hatte, daß ... Es war alles noch so unklar.

Alices verkohlte Leiche war unter dem verbrannten Baum gefunden worden. Das Mädchen war mit ihrer Mutter auf dem Friedhof der St. Joseph's Kirche beigesetzt worden. Merkwürdigerweise waren bei den Ausgrabungsarbeiten an der Unglücksstätte, die ein paar Wochen später vorgenommen wurden, die Überreste eines anderen Menschen gefunden worden, und zwar unter den Wurzeln der verbrannten Eiche.

Aber das Skelett war ein paar hundert Jahre alt. Ein Mensch von kleiner Gestalt, dem vor seinem Tod die Knochen zertrümmert worden waren. An den Knochen waren Brandspuren. Der Mensch war den Flammentod gestorben.

Das Skelett war den Experten zur weiteren Untersuchung überlassen worden. Vielleicht würde es einmal als Ausstellungsstück im Britischen Museum in London landen. Dort würden es dann die Touristen bewundern und jene, die sich für die Evolution des Menschengeschlechts interessieren und während des Lernerlebnisses gern einen grinsenden Totenschädel betrachteten.

Fenn hob den Blick. Er sah, daß Sue und Ben fast an der Kirchentür angekommen waren. Ben war hinter Sue zurückgeblieben, er stand vornübergebeugt, es sah aus, als betrachtete er ein Insekt. Sue sagte etwas zu ihm, wahrscheinlich sagte sie ihm, sie würden zu spät zur Messe kommen, wenn er sich nicht beeilte.

Was hatte es auf sich mit den Kräften, über die Ben verfügte? War es seine Unschuld, die ihn beschützte?

Wie Ben sagte, hatte er nichts von Alices besonderer Ausstrahlung wahrgenommen. Er hatte das Mädchen nicht im Zustand der Levitation beobachtet. *Und er hatte Elnor nicht gesehen!* Er hatte nicht mitbekommen, wie die Erde bebte, er hatte nicht gesehen, wie sich das Feld öffnete. Er war nicht das einzige Kind, das die Panik der Älteren mit einem verwunderten Kopfschütteln registriert hatte. Andererseits, es gab eine Reihe von Kindern, die all das gesehen hatte, was Ben unsichtbar geblieben war.

Fenn hatte gespürt, wie die Kraft in seinen Körper zurückkehrte, als er den Jungen berührte; Sue hatte die gleiche Erfahrung gemacht. War Unschuld die große Waffe gegen das Böse?

Es gab Menschen, die behaupteten, es käme im Leben nur darauf an, die richtigen Fragen zu stellen. Die Antworten seien dann nicht mehr so wichtig. Fenn fand, das war ein dummer Spruch. Fragen, auf die es keine Antwort gab, konnten einen zum Wahnsinn treiben.

Er zwang sich zur Ruhe. Der Himmel jenseits der Windschutzscheibe war blau wie in einem Film von Walt Disney. Die Sonne war bleich, mit sanft verschwimmenden Rändern. Sie hatte wenig Kraft, und doch tat es weh, die Sonne anzusehen. Fenn bedeckte seine Augen. Er mußte an den hellen Schein denken, der von dem Schrein ausgegangen war. Es war dieser Anblick, der ihn in seinen Träumen verfolgte, alles andere war vergleichsweise weniger beeindruckend gewesen. Allerdings waren es keine unangenehmen Träume. Die Sache gab ihm Mut. Mehr als das... Glauben.

Er fuhr sich mit der Hand über das Kinn. Er rutschte auf dem Sitz nach links. Warum dachte er so oft über das Glühen des Schreins nach? Warum hatte das Wesen, das sich Elnor nannte, mit Entsetzen reagiert, als es den hellen Schrein sah?

Nein, das war nicht möglich! Er hatte an jenem Abend soviel erlebt, daß er sich nicht auf seine Urteilskraft verlassen konnte.

Allerdings, warum hatte Ben, der keine von den anderen Erscheinungen wahrgenommen hatte, ihn später gefragt, wer die schöne weiße Frau gewesen sei, die neben dem Baum stand?

Wer war sie?

Wer war sie?

Was war sie?

Fenn hatte die Augen geschlossen. Jetzt öffnete er sie und sah zur Kirche hinüber. Die Kirchentür stand offen. Sue führte Ben die Stufen hinauf.

Fenn machte eine Faust und fuhr sich mit den Knöcheln an

den Schneidezähnen entlang. Er stieg aus dem Wagen aus und eilte zu dem Gittertor. Er zögerte.

Sue hatte sich umgewandt. Sie lächelte ihm zu.

Und er lief den Weg entlang, Sue und Ben warteten auf ihn. Zusammen betraten sie die Kirche ›Our Lady of the Assumption‹.

Liebe Alice, solange sie schlank ist,
Sie liebkost dich, wenn du krank bist,
Sie heilt Geschwüre, stillt den Schmerz,
Sie lächelt und stößt dir den Dolch ins Herz.

Neues Wiegenlied

THOMAS M. DISCH

Das Geschäft mit dem Grauen

1

Sie war aufgewacht. Es dauerte einige Zeit, bis sie verstand, daß sie tot war. Sie lag in einem Grab. Welche Sinne ihr diese Erkenntnis vermittelten, sie wußte es nicht. Es war stockdunkel. Sie konnte ihre Glieder nicht spüren, ihr Herz nicht schlagen hören. Ihre Zunge empfand keinen Geschmack. Trotzdem wußte sie, daß Geist und Körper begraben worden waren. Auf geheimnisvolle Weise waren ihre Gedanken noch mit dem Fleisch verknüpft, dessen Zersetzungsprozeß begonnen hatte. Erde umgab sie und die emsige Regsamkeit der Bakterien.

Es gab einen Kinderreim, an den sie sich jetzt erinnerte. *Würmer rein, Würmer raus, deine Knochen sind ihr Haus.*

Wie lange würde sie noch so im Grab liegen müssen? Sie stellte sich die Frage in aller Ruhe. Es hatte einmal eine Zeit gegeben, da hatte sie sich vor Geistern gefürchtet. Aber sie war kein Geist. Die psychische Schwerkraft fesselte sie an ihre sterbliche Hülle. An einen Leichnam, der mit Chemikalien vollgepumpt worden war, um den Zerfall in die Länge zu ziehen.

Sie wußte, daß die Antwort auf alle ihre Fragen in ihr selbst lag, in ihrem Fühlen und Empfinden. Ihr Geist würde weiterdenken. Bis in die Ewigkeit? Sie spürte, daß sie nicht auf ewig an die Beine gefesselt sein würde, die in ihr vermoderten. Eines Tages würde sie die Nabelschnur zur Materie durchschneiden. Sie würde frei sein, wie die anderen Geister.

Aber dieser Tag war fern. Jetzt war sie tot. Etwas, worüber es sich nachzudenken lohnte.

2

Wie jeden Dienstag war Glandier zur Sauna »The Bicentennial« an der Lake Street gefahren. Die Mittagspause war gerade lang genug für die erotischen Freuden, die es dort zu genießen gab. Es war wichtig, daß er Punkt zwei Uhr wieder an seinem Schreibtisch saß. Nicht wichtig für die Firma, aber wichtig für ihn. Glandier liebte es, seine Zeit in kleine Abschnitte einzuteilen. Eine Angewohnheit, die er aus der Schulzeit übernommen hatte.

Natürlich hatte er seine Lieblinge unter den Mädchen, die in »The Bicentennial« arbeiteten. Wenn es um oral-genitale Kontakte ging, dann war Libby wohl die Richtige. Sie war die Jüngste im Team, eine schlanke, zerbrechlich wirkende Achtzehnjährige. Wenn sie vor ihm auf die Knie ging, dann tat sie das nie ohne einen Seufzer des Ekels. Eben das erregte Glandier. Er kam, sobald sich ihre Lippen um sein Glied schlossen. Manchmal fand er, daß die 25 Dollar für die wenigen Minuten vergeudet waren. Aber es waren unbeschreiblich süße Minuten. Und das Wohlbehagen hielt noch eine Viertelstunde an, wenn sich das Mädchen längst den Mund ausgespült hatte. Ein weiterer Vorteil bei Libby war, daß ihm die Sache noch Zeit fürs Mittagessen ließ.

Es gab noch ein Mädchen, das Glandier besonders mochte. Sacajawea, so hieß das vollreife Geschöpf, war eine richtige Squaw. Fetter Hintern, pralle Brüste, viel Make-up um die Augen. Besonders sexy fand er die Art, wie sie ihre Wimpern hob und senkte. Falsche Wimpern, so falsch wie sie selbst. Er mochte die Art, wie sie für ihn die Schau abzog. Sie stöhnte, wenn er mit ihr schlief, stammelte Obszönitäten, um ihn anzustacheln, keuchte vor Wonne, wenn sie den Höhepunkt erreichte. Sie zeigte sich dankbar, daß er sie regelmäßig den anderen Mädchen vorzog, freute sich über seine fünf Dollar Trinkgeld. Nach dem ersten Orgasmus machte sie es gratis. Glandier ließ es geschehen. Sie verhalf ihm, ohne viel Vorspiel, zu einer zweiten Erektion. Zu einem nochmaligen Erguß kam es dann meistens nicht mehr. Dazu war die Zeitspanne von 45 Minuten, die er sich für seine Besuche in der Sauna zubilligte, zu kurz.

Der wöchentliche Besuch in »The Bicentennial« war ein Ersatz für die psychotherapeutischen Sitzungen, zu denen Glandier früher gegangen war. Dr. Helbrons Praxis lag im Geschäfts- und Einkaufszentrum von St. Paul. Er war der Psychiater, bei dem die Managerkaste von Honeywell, 3-M und anderen Multis ihre Depressionen und Ängste pflegen ließ. Dr. Helbron war es gewesen, der Glandier »The Bicentennial« vorgeschlagen hatte. Alles, was er zur Ich-Findung bräuchte, so hatte der Psychiater gemeint, war Sex auf einer regelmäßigen Basis. Was war gegen ein Experiment in dieser Richtung einzuwenden, wenn die Idee von dem eigenen Therapeuten kam?

Vor allem, es hatte funktioniert. Glandier war zwar nicht ganz sicher, ob er beim Sex sein altes Ich wiedergefunden hatte. Aber die lähmenden Depressionen, jene unheimlichen Anfälle von Angst und Wut waren weg. Es waren diese Störungen gewesen, die ihn zum Besuch des Psychiaters veranlaßt hatten. Genauer gesagt, er war von Jerry Petersen, dem Leiter seiner Personalabteilung, dorthin empfohlen worden. Das war, als sich die unliebsamen Vorfälle häuften. Glandier hatte lange versucht, seine Depressionen und seine Wut mit schalen Witzen und einem strahlenden Gesicht zu überspielen. Aber das hatte die Zornausbrüche nicht zu verhindern vermocht. Einige Male war er auf die Mädchen im Büro losgegangen, aus nichtigem Anlaß, einfach aus der Laune des Augenblicks heraus. Er hatte dann immer das Gefühl gehabt, als ob ein Dämon in ihm steckte. Ein böser Geist, der, koste es was es wolle, recht bekommen wollte. Jerry Petersen, der nicht nur die Personalabteilung in seiner Firma betreute, sondern auch sein persönlicher Freund war, hatte ihn zur Seite genommen und ihm vorgeschlagen, sich in fachärztliche Beratung zu begeben.

Eine höfliche Methode, jemanden als verrückt abzustempeln. Wobei das Etikett in diesem Falle völlig zutreffend war. Er *war* verrückt, daran gab es nichts zu deuteln. Nur ein Verrückter war in der Lage, seine Frau umzubringen. Und genau das hatte Glandier getan.

3

Joy-Ann Ankers war 48, als sie erfuhr, daß sie an Krebs sterben würde. Alles hatte mit einer Abmagerungsdiät begonnen. Zwei Wochen später fühlte sie sich so elend, daß sie ins Krankenhaus eingeliefert wurde. Die Ärzte hatten einen bösartigen Tumor im Dickdarm vorgefunden. Die Muttergeschwulst. Es gab Metastasen, die über den ganzen Körper verteilt waren. Die Chirurgen hatten den Kopf geschüttelt: Inoperabel! Für Joy-Ann Ankers war es eine Ironie des Schicksals, daß sie infolge der Krankheit und der Chemotherapie endlich die Figur bekam, von der sie immer geträumt hatte. Es war das zweite Mal in ihrem Leben, daß sie auf ihr Idealgewicht von 52 Kilo kam. Plötzlich paßten ihr die Kleider, die sie vor vierzehn Jahren abgelegt hatte. Die meisten dieser Kleider hatte sie allerdings vor zwei Jahren ihrer Tochter geschenkt. Damals hatte sie die Hoffnung aufgegeben, je wieder schlank zu werden. Sie hatte geheult, als Giselle, mit den Kleiderkartons unter dem Arm, loszog. Ein Leben voller Langeweile lag vor ihr. Alkohol, Einsamkeit, Verzweiflung. Und jetzt, nach der Diagnose der Ärzte, sah es so aus, als ob ihr nicht einmal mehr das vergönnt sein sollte.

Es war so traurig, daß es fast schon wieder zum Lachen war. Gott hatte sich einen Witz erlaubt.

Nicht daß man ihr reinen Wein eingeschenkt hätte. Der Arzt und der Krankenhausgeistliche hatten sich nur in Andeutungen ergangen, die Sache sähe »nicht gut« aus. Aber es gäbe Hoffnung. Sie sagten ihr nicht, wie lange sie noch zu leben hatte. Das hatte sie erst durch Zufall erfahren. Es war bei einem von Bobs Besuchen gewesen. Sie hatte sich schlafend gestellt. Dr. Wandke hatte sich mit ihrem Schwiegersohn unterhalten. Der Patientin, so sagte er, blieben sechs Monate. Höchstens. Das Gespräch hatte Ende Januar stattgefunden. Ende Juli also. Wenn sie Glück hatte.

Sie hatte niemandem gesagt, daß sie Bescheid wußte. Die Ahnungslose zu spielen, das hatte seine Vorteile. Pater Rommel, der sie betreute, würde sie nicht bedrängen, damit sie die Beichte ablegte. Es gab da etwas, das zu beichten ihr sehr unangenehm gewesen wäre. Eine Sünde, der sie sich nicht schämte. Vom Standpunkt des katholischen Glaubens vielleicht nicht einmal so schlimm. Aber jedenfalls etwas, worüber man nicht mit einem Geistlichen sprach. Es war schon schlimm genug gewesen, daß sie all die Jahre über die Antibabypille beichten mußte. Die andere Sache, das wog schwerer... Ohnehin war sie in ihrem Glauben schwankend geworden, seit die Kinder aus dem Haus waren. Man war religiös, weil man den Kindern ein gutes Beispiel sein wollte.

Ob sie wohl ihre alten Kleider von Giselle zurückerbitten konnte? Sie konnte Giselle natürlich auch fragen, ob sie ihr nicht ein paar abgelegte Sachen geben konnte. Falls Bob das noch nicht zur Kleiderspende gegeben hatte. Sie ließ sich mit Bob verbinden. Seine Sekretärin meldete sich. Bob sei in einer Sitzung. Natürlich war das eine Lüge. Na wenn schon. Bob war, alles in allem ein guter Schwiegersohn. Was seine Besuche im Krankenhaus anbetraf, so wußte Joy-Ann, daß es reine Pflichtübungen waren. Giselle war eigentlich das einzige, was sie verband.

Es wurde Abend, bis er sie zurückrief. Sie hatte nur ein paar Andeutungen machen müssen, da bot er schon an, Giselles Garderobe vorbeizubringen. Gleich morgen früh, auf dem Weg zum Büro. Es waren acht große Kartons. Was einem viel vorkam. Verglichen mit der Garderobe, die nach ihrer Beerdigung abzutransportieren war, war es wenig. Ob er wohl Giselles Kleider aus Las Vegas hatte abholen lassen? Sie hatte ihn damals, als die Tragödie noch allgegenwärtig war, nicht darum bitten wollen. Jetzt, als sie die acht Kartons auspackte, fiel es ihr wieder ein.

Die Sachen, die Bob vorbeigebracht hatte, schienen nicht aus Las Vegas zu stammen. Bis auf einen Hosenanzug aus orangegelbem Polyester. Der Anzug paßte ihr wie angegossen. Er sah nur etwas obszön aus, wenn man die Dinge aus Joy-Anns konservativer Sicht betrachtete. Was Giselle in Las Vegas wohl für ein Leben geführt hatte? Sie hatte nie verstehen können, warum ihre Tochter einfach weggelaufen war. Mit der Spielleidenschaft konnte es wohl nichts zu tun haben. Giselle war die einzige in der Familie, die eine verbürgte Abneigung gegen Glücksspiel hatte. Sie hat wohl ganz einfach durchgedreht, dachte Joy-Ann.

Ob man den Hosenanzug wohl dunkel einfärben konnte? Wahrscheinlich nicht. Sie inspizierte Kleid für Kleid. Was der Prüfung standhielt, waren jene Teile, die sie Giselle seinerzeit geschenkt hatte, weil sie ihr zu eng geworden waren. Ein paar leichte Baumwollkleider mit Blumenmuster, zu leicht für die Jahreszeit. Und das schwarze Kostüm, das sie bei der Beerdigung ihrer Mutter getragen hatte. Joy-Ann hatte die Kleider vor dem Schlafzimmerspiegel anprobiert. Sie hatte ein paar Tränen vergossen, als ihr bewußt wurde, daß sie nie mehr Gelegenheit haben würde, so angezogen auf die Straße zu gehen. Dann wieder hatte sie ihrem Spiegelbild zugelächelt. Sie hatte noch nie so verführerisch, so begehrenswert ausgesehen.

4

Es gab die Welt, die sie gekannt hatte. Zwei Meter über ihr fuhren Autos. Dort standen Häuser. Aber es gab eine andere Welt, die sie erst im Grab kennenlernte. Der Blick in diese Welt war undeutlich. Immer wenn sie die Schwelle überqueren wollte, verschwand das Bild. Und doch existierte diese zweite Welt. Sie war so wirklich wie der Stuhl in einem dunklen Raum, über den man stolpert.

Einmal war es ihr, als ob ein Blitz jene andere Welt erhellte. Farben von ungeahnter Reinheit taten sich vor ihr auf, ein Gemälde, das über alle sechs Ebenen des Sarges zu verlaufen schien. Das Muster erinnerte sie an ein buntscheckiges Tischtuch. Mit der Besonderheit, daß die Farben dieses Tuches zu vibrieren schienen. Weiß und Pastellfarben mischten sich zu einer verwunschenen Orgie des Lichts. Der Anblick war unglaublich schön. Aber bevor sie die Eindrücke wirklich in sich aufnehmen konnte, versank alles wieder im Dunkel des Grabes.

Sie dachte oft über diese Lichterscheinung nach. Ihr wurde klar, daß sie die Farben nicht gesehen, sondern *gefühlt* hatte. Die erste Lektion, die ihr das Leben in der Unterwelt erteilte, hieß Geduld. Sie mußte Zeit haben. Hier wurde die Zeit nicht nach dem Kalender oder nach der Uhr gemessen, sondern nach Gedanken. Subjektiv verrannen die Stunden für sie auf einer niedrigen Ebene der Wahrnehmung. Es erinnerte sie an den Zustand zwischen Wachen und Traum, an jene Sekunden, wo das Denken über den Abgrund des Bewußtseins hinausgestoßen wurde in die unauslotbaren Tiefen des Schlafes. Sie hätte nicht zu sagen vermocht, wie lange diese spirituellen Träume dauerten. Vielleicht waren es Sequenzen, die einen Zeitraum von zehn Minuten umspannten. Genausogut war es möglich, daß solch ein Traum über einen ganzen Winter ging, wie ein Samenkorn, das in der gefrorenen Erde dem Frühling entgegenschlummert. Bei alledem spürte sie, wie ihr Körper sich auflöste, wie das Fleisch sich zu stinkendem Aas verwandelte.

Selbst als ihr Geist sich bereits von der sterblichen Hülle getrennt hatte, blieb der Widerwille, der Abscheu vor diesem Prozeß der Verwesung. Noch gab es geheimnisvolle Bande, die ihre Gedanken mit der Materie verknüpften. Ihr Geist hatte sich vom Körper gelöst. Aber er war nicht frei. Sie fühlte sich wie ein Teufel in der zugekorkten Flasche. Ekel also vor sich selbst. Und trotzdem war das Gefühl ganz anders als jene Verachtung, die man oben, auf der belebten Scheibe, den Ausgestoßenen der Gesellschaft entgegenbrachte, die auf der Hennepin Avenue herumlagen. Jenes waren Wesen, denen niemand mehr helfen konnte, selbst wenn einer von ihnen die Kraft aufgebracht hätte, eine solche Hilfe einzufordern.

Einmal schien es ihr, als öffnete sich ihr das Tor der Freiheit. Im Laufe des Zersetzungsprozesses war der Hüftknochen aus der Gelenkpfanne gerutscht. Es hörte sich an, als sei der Verschluß einer Bierflasche geöffnet worden. Der Riegel ist beiseite geschoben worden, dachte sie. Jetzt bin ich nur noch Geist. Aber dann verstand sie, es war nur ein Blick um die Ecke, eine erste Vorahnung jenes neuen Zustandes, dem sie entgegenmoderte. Immerhin, es gelang ihr jetzt, aus dem Grabe heraus die anderen Grüfte zu erkennen, das Schema des Friedhofes, die düsteren Alleen, unter denen Frauen im Trauerflor und Kinder in heiteren, weißen Kleidern wandelten. Die Menschen in all jenen Grüften waren tot, es gab nur noch ihre Skelette und Reste des Fleisches, an denen sich die Würmer gütlich taten. Auf dem ganzen Friedhof war sie die einzige, die weiterlebte.

War es wirklich so? Eine furchtbare Ahnung beschlich sie. Wie, wenn die Schwelle zur Freiheit durch jenes bunte Tischtuch markiert wurde, das ihr im Gewitter der Unendlichkeit erschienen war? Dann war sie die einzige, die jene Schwelle nicht hatte passieren dürfen. Sie war gefangen, in ihrem Körper, in der diesseitigen Welt.

5

Gnade, das ist ein Zustand, der den Sprößlingen eines Geschlechtes ohne Verdienst zuteil wird. Es gibt kein Recht auf Gnade und kein Gesetz, das Glück in bestimmte Bahnen zwingen könnte. Ganze Generationen von Sündern und Übeltätern erfreuen sich vorzüglicher Lebensumstände, werden mit Gesundheit und Wohlstand überhäuft. Indessen gibt es Seitenlinien des gleichen Geschlechtes, die unter der Last der Schicksalsschläge zusammenbrechen. Blind für solche Tatsachen, versuchen sich viele Menschen einzureden, sie gehörten zu den Auserwählten des Himmels. Ja, sie sehnen sich nach dem Segen Gottes wie das trockene Feld nach dem Regen.

Die Familie Anker gehörte zu jenen, die Gnade nicht von Prüfung zu unterscheiden vermochten. Joy-Ann war dem Stamm der Sippe auf zwiefache Weise verbunden. Zum einen war sie eine geborene Anker, zum anderen hatte sie einen Sproß der Anker-Familie geheiratet, einen Vetter. Sehr spät begriff sie, daß sie zu den Auserwählten des Herrn gehörte. Im Alter von 48 Jahren war sie einfach noch zu jung, um den Mantel Gottes zu erkennen, der an ihr vorüberwehte. Sie hielt sich für eine Heimgesuchte des Schicksals. Die Quelle der Gnade – nennen wir sie einfach einmal Gott – läßt das Wasser bergab und bergauf fließen. Gott liebt das Stilmittel der Ironie: Er ist in der Lage, gute Frucht vom Baum des Bösen zu pflücken.

Man konnte nicht sagen, daß die Familie Ankers vom Unglück verfolgt wurde. Es lag kein Fluch über dieser Familie. Gewiß, es gab eine Reihe von Trinkern und Faulpelzen in dieser Sippe. Insgesamt war es ein naives, nicht besonders bösartiges Geschlecht, das dumpf dahinlebte, gefangen in den Grenzen der eigenen Erkenntnis, herumgeschleudert im Trichter der Zeit. Die Art von Menschen, denen die Kirche das Paradies im Jenseits versprach. Typisch für die Ankers war das Schicksal von Joy-Ann. Ihr war das

Los erspart geblieben, das über die meisten anderen Menschen verhängt ist. Sie brauchte nicht für ihren Lebensunterhalt zu sorgen. Seit fünfzehn Jahren lebte sie von dem Geld, das ihr von der Lebensversicherung ihres verstorbenen Mannes ausgezahlt worden war. Ihr Mann hatte sich in Las Vegas herumgetrieben, hatte gespielt und verloren. Mittellos hatte er den Heimflug angetreten. Bevor er an Bord der Maschine ging, hatte er auf dem Flugplatz von Las Vegas für 25 Cents eine Lebensversicherung abgeschlossen. Als er wenige Tage später auf dem *Minnesota-Veterans-Friedhof* bestattet wurde, ließ er eine Witwe zurück, die mit dem Geld der Versicherung nicht nur die Hypothek auf das Haus ablösen, sondern auch eine Leibrente kaufen konnte. Die Rente betrug 8000 Dollar pro Jahr. Es war dieses Geld, das den Überlebenden der Anker-Familie über die sechziger Jahre half. Bing war nach Cretin gezogen, Giselle nach Our Lady of Peace. Joy-Ann blieb, wo sie war. Ihr Lebensinhalt bestand im Kochen. Sie bereitete sich schmackhafte, stärkereiche Gerichte nach Rezepten der Zeitschrift *Family Circle* zu. Sie hatte auf diese Weise von Jahr zu Jahr mehr Fett angesetzt. Von Jahr zu Jahr war sie schwieriger, launischer, wunderlicher geworden. Und doch war sie im Grunde ihrer Seele glücklich wie ein Ferkel, das sich im Schlamm suhlt. Das Leben hatte ihr gegeben, wovon sie immer geträumt hatte: ein Freibillett.

Die Fahrt auf dem Karussell ging zu Ende, als die Inflation zuschlug. Das Geld reichte nicht mehr zum Leben, der Einkauf im Supermarkt wurde zum Horrortrip. Es kam so weit, daß Joy-Ann das Haus zum Verkauf stellen mußte. Die Schätzung, von zwei Immobilienmaklern unabhängig voneinander erstellt, ergab einen Wert von 80000 Dollar. Viermal soviel wie das Haus 1954 wert gewesen war. Damals war das Anwesen als Erbteil an Joy-Ann und ihren Mann gefallen. Erblasser war der Schwiegervater, der alte Mr. Anker. Joy-Ann war überrascht, daß der Wert des Hauses sich so sehr nach oben bewegt hatte. All die Jahre hatte sie an ihre vier Wände und die damit verbundenen finanziellen Fragen keinen Gedanken verschwendet. Ein Haus war zum Wohnen da. Wasser floß aus der Wand, im Garten gab es Licht und Sonnenschein. Was der Mensch eben so zum Leben brauchte. Um so erstaunter war sie, als die beiden Makler ihr den Schätzpreis mitteilten. 80000 Dollar für ein Grundstück an der Calumet Avenue, für ein Haus, wo die Tapeten von den Wänden fielen. Das Geld mußte unheimlich an Wert verloren haben, daß die Leute solche Summen fürs Wohnen ausgaben.

Joy-Ann hatte sich immer an der Nachbarschaft des Hauses gerieben. Ringsherum hatten die Eigentümer ihren Grundbesitz verfallen und verwildern lassen. Schließlich waren Schwarze eingezogen. Aus einem wunderbaren Grund wurde die Entwicklung wenig später ins Gegenteil verkehrt, ohne daß Joy-Ann diesen Wechsel bewußt wahrgenommen hätte. Die Gärten wurden wieder gepflegt, die Fassaden frisch angestrichen. Kinder erschienen auf den Bürgersteigen, spielende Kinder. Gewiß, einige dieser Kinder waren Farbige. Insgesamt, fand Joy-Ann, gaben Kinder einer Wohngegend einen Anflug von Wohlhabenheit. Jeder wußte, wie teuer Kinder im Unterhalt waren. Teurer noch als Autos. Die italienischen Mamas hatten schon recht, wenn sie ihre Kinder »ihre Schätze« nannten.

Die Inflation. Der Gedanke, 80000 Dollar einzukassieren, die dann wenige Jahre später verzehrt sein würden, war nicht besonders ermutigend. Es würde nicht mehr Joy-Ann sein, die das Geld verbrauchte, sondern ihr Schwiegersohn und Erbe, Robert Glandier. Joy-Ann mochte ihren Schwiegersohn nicht besonders. Aber man mußte ihm zugute halten, daß er nie ihren Geburtstag vergaß. Auch zu Weihnachten meldete er sich mit einem Geschenk. Er hatte sich nach der Tragödie mit Giselle recht ordentlich benommen. Und dann wieder nach ihrer Einlieferung ins Krankenhaus. Robert Glandier war so liebenswürdig, wie man es von einem Unbeteiligten, einem Fremden überhaupt erwarten konnte. Ein paarmal pro Woche rief er an und erkundigte sich nach ihrem Wohlergehen. Und sonntags kam er mit seinem Wagen bei ihr vorbei, fragte sie, ob er sie zur Messe bringen konnte. Nicht selten verbrachten sie den Sonntagvormittag gemeinsam, bei einem ausgedehnten Frühstück. Es gab Waffeln, Bauernfrühstück, Kaffee und Orangensaft. Joy-Ann liebte den Geschmack von Waffeln. Daß sie sich immer schon nach wenigen Minuten ins Bad flüchten mußte, wo sie alles wieder erbrach, änderte nichts an dem Genuß beim Essen. Waffeln gehörten zur schönsten Befriedigung, die für Joy-Ann vorstellbar war.

Es war an einem dieser Sonntagvormittage gewesen, als Bob sie eindringlich an die Messe erinnerte. »Soll ich dich nicht doch zur Elf-Uhr-Messe fahren? Das macht mir wirklich nichts aus, verstehst du?«

»Danke, nein. Möchtest du noch eine Waffel?«

»Gerne.« Er schob mit dem Finger nach, wischte sich den Puderzucker von der Oberlippe.

Joy-Ann ließ den Teig in die beiden offenen Waffeleisen rinnen, dann klappte sie die Eisen zu. »Ich weiß nicht, ich finde es nicht mehr so wichtig, in die Kirche zu gehen. Warum sollte sich Gott ausgerechnet in einer Kirche aufhalten? Ich finde, Gott ist überall. Was meinst du?«

»Ich glaube nicht an Gott«, sagte Bob.

Joy-Ann schob die Lippen vor und schüttelte den Kopf. *Du bist mir aber ein Schlingel.* So etwa sah die Geste aus. Joy-Ann hing der weitverbreiteten Überzeugung an, daß jeder Mensch an Gott glaubte. Nur gab es viele, die sich dessen einfach nicht bewußt waren.

»Ich habe genug Ansprache, wenn du das meinst.« In Gedanken versunken stand sie da und starrte auf die beiden Waffeleisen. »Dienstagabends gehe ich immer zum Bingospielen. Alice Hoffman bringt mich hin, weißt du. Übrigens gewinne ich meistens, wie findest du das? Komisch, nicht? Manchmal ist es richtig zum Lachen. Vergangene Woche habe ich zum Beispiel einen Truthahn gewonnen. Und nun frage ich dich, was soll ich mit einem so tiefgekühlten Viech?«

»Was hast du denn damit angefangen?«

»Na ja, ich habe natürlich gleich gemerkt, daß Alice ein Auge draufgeworfen hatte. Aber dann fand ich, es gibt keinen Grund, warum ich den Gewinn gerade an sie abgeben sollte. Alice gehört nicht gerade zu den Menschen, die am Verhungern sind, nicht wahr. Ich hab' den Truthahn den Klosterschwestern geschenkt. Und dann habe ich einen wunderschönen Dankesbrief von Schwester Rita bekommen. Was mir am Kloster weniger gefällt, ist, daß die Schwestern ihre Ordenstracht nicht mehr tragen. Und dann vermisse ich die Messe in Latein. Alles ist anders als früher.«

Joy-Ann hatte zu weinen begonnen. Wenn sie an den lateinischen Ritus dachte, dann sah sie sich immer in einen Trauergottesdienst versetzt. Ein Bild, das sie an ihre Krankheit erinnerte. Sie war erst 48. Zu jung zum Sterben. Mit tränenverhangenem Blick beobachtete sie die Dampfschwaden, die aus den Ritzen der Waffeleisen aufstiegen.

Robert Glandier hielt den Blick aus lauter Verlegenheit ebenfalls auf die Waffeln gerichtet. Es war ihm unangenehm, seine Schwiegermutter weinen zu sehen. Überhaupt haßte er es, wenn jemand seine Gefühle offen zur Schau stellte. Er wußte aus dem Fernsehen, daß der nichtweinende Anwesende in solchen Fällen ein tröstendes Wort sagte oder den Arm um die weinende Person legte. Aber er war dann nicht sehr einfallsreich. »Schon gut«, murmelte er, »ist schon gut.« Worte, die vergleichsweise wenig Trost spendeten. Die Vorstellung allerdings, Joy-Ann physisch zu berühren, war gelinde gesagt widerwärtig. Nicht etwa, weil sie abstoßend und häßlich aussah. Im Gegenteil. Sie war schlank geworden, sah besser aus denn je. Aber diese Frau trug eine tödliche Krankheit in sich. Und Robert Glandier hatte die Konfrontation mit dem Tod immer zu vermeiden gewußt. Besser, wenn man gar nicht erst darüber nachdachte, welche Verheerungen solch eine Krankheit im Magen eines Menschen, in seiner Leber, in der Lunge und in dem ganzen Spaghettigedärm anrichtete, das jeder Zweibeiner in seinem Bauch mit sich herumtrug. Er hoffte inständig, daß es mit Joy-Ann recht schnell zu Ende gehen würde.

»Die Waffeln sind gar«, sagte sie und wischte sich die Tränen mit der Serviette ab. Sie klappte ein Eisen nach dem anderen auf. Die Waffeln fielen heraus wie reife Früchte. Joy-Ann spießte eine davon mit ihrer siruptriefenden Gabel auf und bestrich sie mit Butter. Sie wartete, bis die Butter sich in einen mattschimmernden Film aus bernsteinfarbenen Fettpartikeln verwandelt hatte.

6

Robert Glandier war 30 Jahre alt gewesen, als er heiratete. Im Jahre 1969 war das gewesen. Seitdem war er rundlich bis fett geworden. Alle zwei oder drei Jahre geriet er in Panik, wenn er sich auf die Waage stellte. Er hatte dann immer eine Hungerdiät begonnen und das Programm durch gymnastische Übungen und Gewichteheben unterstützt. Aber beim Hungern war seine Laune von Tag zu Tag schlechter geworden. Gewichteheben war eine todlangweilige Angelegenheit. Und so geriet Glandier unversehens wieder in die alte Rille. Scheiße nochmal, wenn ich Hunger habe, esse ich! Wenn ich davon dick werde, dann läßt sich eben nichts dran ändern.

Inzwischen hatte er sich einen Bauch angefuttert, der ihm in einem dicken Wulst über den Gürtel hing. Arme und Schultern versanken im Speck. Er kleidete sich mit Sorgfalt, schon weil die Firma Wert darauf legte, daß das höhere Management anständig gekleidet ins Büro kam. Wenn die Anzüge nicht mehr paßten, kaufte er neue, deren Maße seinem ständig wachsenden Leibesumfang entsprachen. Er fügte sich in das Unvermeidliche.

Ein Geschäftsmann. Das war das Image, das er um sich aufbaute. Ein Geschäftsmann, der Golf spielte, der Zigarren für ein Dollar pro

Stück rauchte, der es sich leisten konnte, Geld für gute Kleidung auszugeben. Ein fetter Geschäftsmann, der zum Lunch schon doppelstöckige Martinis trank und der die Drinks am Abend schon gar nicht mehr zählte. Ein typischer Vertreter seiner Altersgruppe.

Nicht alle Angehörigen dieser Gruppe waren bereit, Robert Glandier auf dem Weg bergab zu folgen. Es gab Kollegen, die durch die Wälder joggten. Wenn Bob über die kurvigen Straßen von Willowville fuhr, dann kamen ihm verschwitzte Männer mit triumphierendem Gesichtsausdruck entgegen, Männer, die ihr Haar so lang trugen, daß es ihnen bis auf die Schulter reichte. Aber dergleichen war nichts für Glandier. Er liebte es, sich im Gartenstuhl hinter dem Haus zu räkeln, ein Magazin in der Linken, ein Glas Daiquiri in der Rechten. Wurde er von Freunden auf seinen beeindrukkenden Leibesumfang angesprochen, so reagierte er mit Witzen und Kalauern, wobei er insgeheim beschloß, sich bei der ersten Gelegenheit mit ein paar Bosheiten zu rächen. Ihm fiel auf, daß die älteren Kollegen in der Firma von Jahr zu Jahr freundlicher zu ihm wurden. Sie betrachteten seinen Endspurt in die Pensionierung mit unverhohlenem Wohlwollen.

Wenn Glandier betrunken und glücklich in seiner Badewanne lag, kam ihm immer wieder der Gedanke, daß jeder wirkliche Geschäftsmann zu irgendeinem Zeitpunkt seiner Karriere einmal die große Entscheidung treffen mußte. Die Entscheidung nämlich, ein *richtiger* Geschäftsmann zu werden und die Träume der Jugend hinter sich zu lassen. Er hatte sich seinem Idealbild bis zur Vollkommenheit angenähert. Daß sein Äußeres dabei zur Karikatur entartet war, störte ihn nicht. Es gab keine Frau, die sich um ihn kümmerte. Niemand, der in Giselles Fußstapfen trat. Giselle war eine hübsche Frau gewesen, eine Gefährtin, die ihm mit Respekt begegnete. 13 Jahre jünger als er. Sex hatte an Bedeutung verloren. Er brauchte nicht mehr aller Welt kundzutun, daß er auf erotischem Gebiet noch voll am Ball war. Mit 40 war Glandier ein ausdrucksloser Fettkloß geworden. Aus der Andeutung von Bäuchlein, wie sie einem Marlon Brando oder Elvis Presley wohl anstand, war eine schlabbrige Wampe geworden.

Er wußte, daß er fürchterlich aussah. Die Freunde machten Witze darüber. Nicht einmal die Tippsen in der Firma hielten sich zurück, wenn es darum ging, auf seine Kosten Spaß zu haben. Sekretärinnen waren überhaupt das Letzte. Sie schienen nichts anderes zu tun zu haben, als an der Erscheinung eines Mannes herumzumäkeln. Egal. Wenn Glandier von einem Schlemmermahl im Restaurant heimkehrte, stellte er den Fernseher an, streckte sich in seinen Sessel und leerte, ein immer gleiches Ritual, ein Gebinde Heineke-Bier und würzte nach mit zwei großen Tüten Dorito-Tortilla-Chips. Das Bier ließ ihn schneller zunehmen, als wenn er hochprozentigen Alkohol getrunken hätte. Der Vorteil war, daß man sich mit Bier nur schwer bis zur Besinnungslosigkeit betrinken konnte. So blieb er geistig einigermaßen in Form. Was notwendig war, wenn er am Wohnzimmertisch die Statistiken für die Firma zusammenstellte. Die beruflichen Pflichten sorgten für einen gewissen Ausgleich im Privatleben, verpaßten ihm ein seelisches Korsett, das Routine hieß. Die ganze Zeit war sein Denken auf ein Ereignis in der Zukunft gerichtet. Alles mußte anders werden – demnächst. Ob es eine Wende zum Guten sein würde? Da war Glandier nicht so sicher. Immerhin genügte allein der Gedanke an diese Möglichkeit, damit er sein Gleichgewicht fand.

Wenn er über seine Fettleibigkeit nachdachte, belog er sich gern mit dem Gedanken, daß die Leute seine Freßsucht auf den Verlust der geliebten Frau zurückführten. Es gab Momente, wo er sich schuldig fühlte. Das waren dann Abende, wo er sich nicht einmal einen Zuckerkrapfen erlaubte. Bei aller Verzweiflung gab es einen Trost. Niemand sah ihm an, daß er selbst schuld war an seinem Unglück. Er trug kein »M« auf dem Rücken, kein Mal, das ihn vor allen Menschen als böse brandmarkte.

7

Die Leichname lagen in einer Art gigantischem Schachbrettmuster in ihren Gräbern. Manchmal erinnerte sie das Bild auch an ein Kreuzworträtsel oder an den Straßenplan einer Vorstadtsiedlung. Die Hinweise zur Lösung des Kreuzworträtsels waren die Inschriften auf den Grabsteinen. All die Toten waren ihr so gegenwärtig, als befände sie sich mit ihnen im gleichen Zimmer. Über sich gewahrte sie einen blutgetränkten Schleier. Es war das Blut, das aus den vermoderten Adern tropfte. Dahinter, so vermutete sie, lag der Himmel.

Als Kind hatte sie mit großer Neugier jene Bilder betrachtet, die man sich vom Himmel machte. Es gab Heilige und Engel, die zwischen den Wolken einherschritten, auf dem Weg zur Kirche, deren Turm am Horizont zu erkennen war. Bei einer späteren Gelegenheit hatte Schwester Rita ihr erklärt, daß der Himmel noch viel schöner war, als die Maler es auf ihren Bildern darstellen konnten. Ein Mensch konnte sich einfach kein Bild davon machen, wie herrlich es war, das Antlitz Gottes zu schauen.

Ob Schwester Rita recht hatte? Sie wußte es nicht, wenngleich das buntgescheckte Tuch längst zu einer Schwelle geworden war, die sie nach Belieben in beiden Richtungen überschreiten konnte.

Dann erinnerte sie sich. Zuerst war da der Anblick eines bunten Topflappens, den sie mit einem Gummipfropfen auf die Tür des Kühlschranks geklebt hatte.

Die Erinnerung wurde klarer. Ansteckknöpfe. Schwester Rita hatte ihr Ansteckknöpfe geschenkt. Das war im fünften Schuljahr gewesen. Der Rest kam wie eine Sturmflut des Erkennens. Sie hieß *Giselle*. Ein Name, der ihr nie besonders gefallen hatte. Giselle. Ihre Mutter hatte sie nach der Sängerin Giselle McKenzie getauft. Irgendwann inmitten ihres kurzen Lebens hatte Giselle erkannt, daß es so etwas wie Perfektion gab. Sie selbst war Teil dieser Perfektion. Es war in der Küche gewesen. Sie hatte dagestanden und gesungen, als ihr der Gedanke kam, so zwingend und unausweichlich wie die Pointe bei einem Witz.

Das Geschenk der Gnade. Sie hatte lange gebraucht, bis sie verstand. Nicht die Welt hatte sich geändert, sondern sie, Giselle. Es war ein atemberaubender Gedanke.

Und so süß.

Sie lag im Grab und betrachtete die Tür des Kühlschrankes, ließ den Blick zur Küchenuhr wandern, die über dem Herd hing. Auf dem Ziffernblatt, das an ein Spiegelei erinnerte, war es drei Uhr und sechs Minuten. Wie damals verfolgte Giselle den dünnen roten Zeiger, der in einer graziösen Kreisbewegung um das Spiegelei eilte. Es war ein beruhigender Anblick, sie fühlte sich an das Streicheln einer Hand erinnert. Aller Schmerz wurde fortgenommen. Auch die Gedanken waren fort, die Erinnerungen. Sie hätte dem Kreisen des Zeigers bis in alle Ewigkeit zuschauen mögen. Dann fiel ihr ein, daß es so etwas wie Zeit und Bewußtsein gab. An der Tür ertönte ein Klopfen. Sie ging zur Tür und öffnete.

8

Drei Blumen, erster Buchstabe ein B. Das war eines der Probleme, die im Kreuzworträtsel der Montagszeitung versteckt waren. Die Felder oberhalb der weißen Kette waren ausgefüllt. Es gab eine Ansammlung von Buchstaben, aber es ergab sich kein Sinn. Ein Klopfen war zu hören. Mit einer Geste des Bedauerns ließ sie die Zeitung sinken. Das Kreuzworträtsel war das Schönste am ganzen Morgen. Wer sie so früh besuchte, brachte nichts Gutes. Ein Vertreter wahrscheinlich. Oder jemand, der eine Rechnung kassieren kam. Seit man ihr den baldigen Tod prophezeit hatte, hatte sie keine Rechnungen mehr bezahlt.

Das Gesicht von Schwester Rita erschien im Türrahmen. Sie erschrak.

»Mein Gott, Schwester!« entfuhr es ihr. Schwester Ritas buschige schwarze Augenbrauen zuckten hoch. Sie trug eine Strickmütze und einen dunkelgrünen Wintermantel. Wer sie nicht kannte, hätte sie nicht für eine Nonne gehalten.

»Was machen Sie denn hier? Ich meine, *ich habe Sie jetzt gar nicht erwartet*. Das Haus ist ein Chaos. Aber bitte, kommen Sie doch herein.«

»Nur für ein paar Minuten. Ich bin nur gekommen, um mich noch einmal für den herrlichen Truthahn zu bedanken.«

Sie folgte Joy-Ann bis in das unaufgeräumte Wohnzimmer. Auf dem Sofa lag die ausgebreitete und zerknitterte Zeitung von gestern, auf einem Sessel türmte sich schmutzige Wäsche. Zigarettenkippen und Asche häuften sich in den Aschern, der Geruch von kaltem Tabaksqualm hing im Raum.

»Eigentlich ist das eine faustdicke Lüge«, sagte Schwester Rita. Sie hatte ihre Einkaufstüten abgestellt und zog sich ihre Fausthandschuhe aus. »Ich bin nicht nur gekommen, um Ihnen zu danken. Obwohl wir uns über den Truthahn natürlich sehr gefreut haben. Er hat für vier Mahlzeiten gereicht.«

»Für vier Mahlzeiten! Da ist das Essen aber jeweils sehr knapp ausgefallen.«

Schwester Rita schüttelte den Kopf. »Wir sind nur noch fünf im Kloster, seit Schwester Terence nicht mehr unter den Lebenden weilt.«

»Gott sei ihrer armen Seele gnädig«, sagte Joy-Ann. Ihre Stimme zitterte, wie immer, wenn sie vom Tod sprach. In gewisser Weise war es typisch für Nonnen, daß sie starben. Ebenso wie man von einer Nonne erwartete, daß sie Noten lesen konnte.

»Darf ich?« Beherzt-gemütlich nahm Schwester Rita auf dem Hocker Platz.

Joy-Ann räumte etwas Platz auf dem Sofa frei und setzte sich. Sie fühlte sich wie ein Kind, das ein Geschenk bekommen wird.

Sie sollte nicht enttäuscht werden. Schwester Rita bückte sich und zog ein Buch aus ihrer Einkaufstasche. Sie entfernte die Verpackung, die aus zerknittertem Einwickelpapier bestand. Sie reichte Joy-Ann das Buch. »Als Zeichen unserer Dankbarkeit.«

»Danke, Schwester, das ist furchtbar nett von Ihnen. Aber das wäre doch nicht nötig gewesen.«

»So sehen Sie sich das Buch doch an.«

Es war ein kartoniertes Buch mit einem Titel, der ihr noch nie untergekommen war. Um der Schwester eine Freude zu machen, las sie den Titel laut vor. »*Gottes Gaben*, von Claire Cullen. Ist das nicht ein wunderschönes Geschenk!«

»Ich weiß, das Buch macht nicht viel her, Mrs. Anker, aber es hat Tausenden Trost gegeben, die sich in der gleichen Situation befanden wie Sie.«

Am liebsten wäre Joy-Ann in Tränen ausgebrochen. Sie bezwang sich. Sie würde keine Schwäche zeigen. Schwester Rita hatte kein Recht, sie in ein Gespräch über ihre Krankheit zu verwickeln.

»Möchten sie eine Tasse Kaffee?«

»Danke, nein.« Schwester Rita knöpfte ihren Mantel auf. Ein hölzernes Kreuz wurde sichtbar, es hing an einer Lederschnur. Ein unmißverständlicher Hinweis, daß sie das Gespräch erzwingen wollte. Dann war es, als hätte sie Joy-Anns Gedanken gelesen. »Ich kann wirklich nicht länger bleiben, Mrs. Anker.« Was immer sie sagen könnte, in Claire Cullens wunderschönem Buch sei das alles viel besser ausgedrückt.

Joy-Ann versprach, sie würde das Buch noch heute früh zu lesen beginnen. Was eine Lüge war. Sie hatte nicht vor, das Buch zu lesen. Weder heute noch irgendwann.

»Es gibt da noch etwas, worüber ich mit Ihnen sprechen wollte, Mrs. Anker. Ich weiß nur nicht recht, wie ich es anfangen soll. Es ist doch so, daß Sie Chemotherapie bekommen haben, nicht?«

Joy-Ann nickte.

»Nun, Chemotherapie hat manchmal unerwünschte Nebenwirkungen. Übelkeit und Erbrechen zum Beispiel. Schwester Terence zum Beispiel konnte wochenlang nicht einmal ein Glas Milch bei sich behalten. Bis ihr eine der Schwestern im Krankenhaus sagte, was sie dagegen tun konnte. Hat man im Krankenhaus mit Ihnen über diese Möglichkeit gesprochen?«

Joy-Ann schüttelte den Kopf. Sie versuchte jetzt nicht mehr, die Tränen zurückzuhalten. Erst eine Stunde zuvor hatte sie das Frühstück erbrochen. Ein furchtbares Hungergefühl bohrte in ihren Gedärmen.

»Das habe ich mir gedacht. Wissen Sie, es ist ein etwas delikates Problem. Es scheint, daß die Droge Marihuana gegen die Übelkeit wirkt, die Patienten nach der Chemotherapie empfinden. Es ist sogar ganz sicher so. Es funktioniert. Schwester Terence hat die besten Erfahrungen mit dieser Methode gemacht. Natürlich mußte sie erst einmal lernen, wie man den Rauch inhaliert. Aber dann war alles wunderbar. Sie hat sich kein einziges Mal mehr übergeben müssen.«

»Wirklich?« Ungläubig starrte sie Schwester Rita an. »Wenn das so ist, warum sagen einem das die Ärzte nicht?«

»Weil die Einnahme von Marihuana verboten ist. Die Droge wird wahrscheinlich eines Tages zur Behandlung zugelassen werden, zumindest für die Chemotherapie-Patienten. Aber noch ist es nicht soweit, jedenfalls nicht hier in Minnesota. Deshalb ist es mir auch ein bißchen unangenehm, mit Ihnen darüber zu sprechen. Sie fürchten vielleicht, Sie tun unrecht, wenn Sie gegen das Verbot verstoßen.«

»Sie meinen also, wenn ich Marihuana rauche, dann kann ich das Essen bei mir behalten? So einfach ist das?«

Schwester Ritas Augen bejahten die Frage. »So einfach ist das.«

»Wie kann ich denn an Marihuana herankommen?«

»Diese Frage kann ich Ihnen leider nicht beantworten, Mrs. Anker. Die Sache mit Schwester Terence, das ist schon einige Zeit her, wissen Sie. Kennen Sie keine jungen Leute, die Drogen nehmen?«

Joy-Ann dachte nach. Sie kannte überhaupt keine jungen Leute. »Der Botenjunge«, sagte sie schließlich. »Aber dem schulde ich das Geld von vier Wochen. Außerdem ist der Junge erst zwölf. Mit jungen Leuten meinen Sie vermutlich Schüler im College-Alter. Nein, da fällt mir niemand ein.«

»Ein Verwandter vielleicht?«

»Da gäbe es höchstens meinen Schwiegersohn. Der ist nun wirklich nicht das, was man als einen jungen Mann bezeichnen könnte. Immerhin, ich könnte ihn fragen, ob er mir helfen kann. Marihuana. Was Sie nicht sagen. Ich danke Ihnen, Schwester, danke sehr.«

9

Das Gesicht jenseits der mit Fliegendraht bespannten Tür lächelte. »Guten Morgen«, sagte der junge Mann. »Wenn Sie fünf Minuten Zeit für mich haben, ich würde Ihnen gern etwas zeigen, was Sie sicher interessieren wird.« Seine Hand fuhr in einen Karton hinab, den er neben sich auf die Betonstufen gestellt hatte. »Ich fürchte, Sie haben mich längst durchschaut. Ganz recht, ich möchte Ihnen etwas verkaufen. Würden Sie mir bitte sagen, welche Farbe Ihre Küche hat.«

Welche Farbe meine Küche hat. Es war wie einer jener Tests, die in der High School veranstaltet wurden. Welches waren die fünf Ursachen für den Bürgerkrieg? Erklären Sie, warum Erdöl die Basis unserer industriellen Leistungsfähigkeit ist. Fragen, deren Beantwortung sich niemand entziehen durfte. Man mußte sie beantworten, *ohne* ins Lehrbuch zu schauen. Und *ohne* in die Küche zu gehen.

»Blau«, sagte Giselle wie aus der Pistole geschossen. »Meine Küche ist blau.«

Das Blau über Willowville war grenzenlos. Eine Botschaft des Himmels, die zu Herzen ging. Außer den Häusern, den Garagen, den Bäumen und den Pfosten für die Wäscheleine war alles blau.

»Blau«, echote der junge Mann. Auf seinem Gesicht erschien der Ausdruck überirdischer Zufriedenheit. Rasch hatte er einen blauen Lappen aus seinem Pappkarton gezogen. Er hielt den Lappen an das feinmaschige Gitterwerk der Tür. »Sie wollten blau. Hier *ist* blau.« Er löste die Fingerspitzen von dem Lappen, der alsbald auf die Betonstufen flatterte. Giselle mußte lachen.

Der Vertreter runzelte die Stirn. »Ist das Gitter da etwa aus Aluminium?« Er fuhr mit den Fingerkuppen auf der feinmaschigen Drahtbespannung entlang. »Auf Aluminium halten unsere Produkte nämlich nicht, verstehen Sie?«

»Ich verstehe.«

»Darf ich einen Moment zu Ihnen in die Küche kommen? Sonst kann ich Ihnen nicht zeigen, wie die Dinger funktionieren.«

Giselle schob den Riegel der Rahmentür zur Seite. Der junge Mann bückte sich, hob den blauen Lappen auf, steckte ihn in den Pappkarton zurück und folgte ihr in die Küche. Auf eine merkwürdige Art und Weise schien er sich bei ihr sofort zu Hause zu fühlen. Er war rothaarig, sein Hemd war von goldener Farbe. Wie die Kunststoffplatte des Tisches, wenn die Abendsonne darauf schien, dachte Giselle. Die Hosen des jungen Mannes waren dunkelbraun, passend zum Linoleum. Wie ein Tiger, dachte sie. Ein Tiger im Dschungel hätte sich nicht besser tarnen können.

»Sehen Sie nur, Lady.« Er hatte den Lappen auf die Seitenfront des Küchenherds geklebt. Ein leises *glubb* war zu vernehmen, dann hatte sich der Lappen festgesaugt. Der junge Mann wandte sich um und sah sie beifallheischend an.

»Wunderbar«, sagte Giselle. »Wirklich wunderbar.«

Dann schwieg sie, und das schien ihm unangenehm zu sein. Aus seinen Haaren züngelten blaue Flammen. Das bilde ich mir nur ein, dachte sie. Der Feuerkranz auf seinem roten Haar war eines jener Mysterien, welche die Wende in ihrem Leben begleiteten. Es waren wunderschöne blaue Flämmchen.

Sie tippte mit der Fingerspitze auf den Topflappen. »Ich will sagen, das Blau ist wirklich herrlich.«

»Wie Sie meinen«, sagte der junge Mann. Er war unsicher geworden. »Was Sie da berühren, Lady, ist ein Magnapad. Man könnte es auch einen *Magicpad* nennen, damit käme man der Wahrheit wohl am nächsten. Magnapad ist der Markenname für unseren magnetischen Topflappen. Sie haben vielleicht schon davon gelesen. Selbsthaftende Topflappen. Nehmen wir an, ein heißer Topf steht auf dem Herd, Sie wollen ihn wegnehmen. Sie kennen das. Topflappen sind überall, nur nicht da, wo man sie gerade braucht. Bei Magnapad ist das anders. Dieser Topflappen ist immer da, wo Sie ihn haben wollen. Das Produkt ist in vier Farben lieferbar: blau, grün, rot und gelb. Grüne habe ich heute allerdings nicht dabei. Einen Vorteil habe ich noch gar nicht genannt. Sie brauchen die Lappen nie zu reinigen. Und die Kraft des Magneten bleibt erhalten, auch wenn Sie die Lappen noch so oft gebrauchen. Sie werden nun sicher denken, so ein Ding kostet drei oder vier Dollar. Tatsache ist, daß ich Ihnen Magnapads zum Großhandelspreis von einem Dollar anbieten kann, zwei Dollar fünfzig, wenn Sie drei auf einmal nehmen. Sie könnten zum Beispiel drei blaue Magnapads kaufen, die sich wundervoll in den farblichen Rahmen Ihrer Küche einfügen. Oder aber...«

Er sah sich in der Küche um. Blau war hier nur der Topflappen, der am Herd haftete. Und der Flammenkranz auf den Haaren des jungen Mannes.

»Oder aber...« Giselle sah, wie die Flammen höher züngelten. Es sah aus wie ein Gasfeuerzeug, das auf volle Leistung gestellt worden war. »Oder aber Sie entscheiden sich für unser Regenbogen-

sortiment.« Er fuhr mit der Hand in den Karton, klebte einen roten Magnapad an den Kühlschrank und einen gelben auf die Backofentür. »Sagte ich Ihnen schon, daß Sie die Lappen nicht zu waschen brauchen?«

Er war gekommen, um ihr selbsthaftende Topflappen anzudrehen. Wenn sie ihm welche abkaufte, würde er sie in Ruhe lassen.

»Ein Dollar pro Stück, sagten Sie?«

»Oder drei Stück für zwei Dollar fünfzig.«

»Ich will einmal in meiner Handtasche nachsehen, wieviel Geld ich habe.«

Sie starrte auf das Wandbord über der Abtropfe, wo ihre Handtasche lag. Schwarz, drohend, prall. Eine Falle. Und doch gab es keine andere Möglichkeit, als die Hand in die Falle zu stecken. Sie öffnete den Verschluß. Die Tasche sprang auf, der Inhalt wurde auf den Tisch katapultiert. Jetzt, wo sie im Grab lag, sah sie das Bild ganz deutlich vor sich. Kleenextücher, die Schlüssel, ein Fläschchen Nasentropfen, die Garantiekarte für den Kühlschrank, ein paar Heftchen Streichhölzer, ein Packen alte Fotos, ein angebrochenes Päckchen Spearmint-Kaugummi.

Sie erinnerte sich nicht mehr, ob der Inhalt ihr gehörte. Wann war sie in jenem Restaurant gewesen, über dessen Tür das Schild »The Oak Grill« prangte? Sie nahm den Packen Fotos. Der Schnappschuß einer Frau. War sie das? Um die Frage zu beantworten, hätte sie einen Spiegel zu Hilfe nehmen müssen. Je klarer die Gegenwart wurde, je undeutlicher wurde die Vergangenheit. Giselle erinnerte sich an das Licht der Sterne. Sie erloschen, wenn die Sonne aufging. Als ob es überhaupt nie ein Gestern gegeben hätte. Es gab eigentlich nur eine Zeitspanne, an die sie in ihrem Grab eine klare Erinnerung bewahrte. Die Zeit zwischen ihrem Erwachen und ihrer Ermordung. Wie ein Teenager, der immer wieder seine sieben Platten durchspielt, ließ sie die Gedanken in ihrer Erinnerung entstehen.

Die Zeit verrann jetzt in ungleichmäßigem Tempo. Ein Tag war in der Erinnerung nur eine Sekunde. Dann kam das Bild zum Stehen. Ein Grab war zu sehen, nicht das ihre. Eine Vase voller Blumen stand neben dem Grabstein.

Der Anblick von Blumen rief sie in die Gegenwart zurück. Da lag der Inhalt ihrer Tasche. Die Ausstrahlung des Bösen ging von diesen Gegenständen aus. Als sie genau hinsah, erkannte sie die Auraflämmchen, die wie schwarze Nudeln aus dem Schlüssel ragten.

»Ist irgendwas, Lady?«

Gewiß war da etwas. Ich bin verrückt, dachte sie. Die Flämmchen, die aus dem Haar des Jungen loderten, die schwarzen Zungen, die sich über den Bart des Schlüssels schoben, das konnte nichts als Einbildung sein. Daß sie verrückt war, ergab sich schon aus der Tatsache, daß sie sich trotz der Halluzinationen ihren Zustand nicht eingestehen wollte.

»Es ist alles in Ordnung«, hörte sie sich sagen.

»Möchten Sie die Magnapads kaufen? Oder lieber nicht?«

»Doch.«

Sie wußte jetzt, was sie zu tun hatte. Sie öffnete die Geldbörse, sah über die Fotos und die schwarzen Flämmchen hinweg und nahm den Fünfdollarschein heraus, den sie für Notfälle in einem der Fächer versteckt hielt.

Sie entfaltete den Geldschein. Das Antlitz von Abraham Lincoln war von Pünktchen und Falten übersät. Irgendwie sah er aus wie ein uralter Indianer. Giselle hielt den Schein auf die andere Seite. Erst jetzt wurde ihr klar, daß die Pünktchen und Falten das ganze Gesicht *ausmachten*. Der Ausdruck des Mannes war gutmütig und verschlossen. Hätte man Giselle gefragt, sie hätte die Banknote den Magnapads vorgezogen. Geld war magischer als Magnapads. Ihr Blick folgte den Linien der Blätter, die auf dem Geldschein abgebildet waren, wanderte auf den Unterlängen der Buchstaben entlang. Die kühne, schwer widerlegbare Aussage THE UNITED STATES OF AMERICA. Die karge, zugleich einzigartige Feststellung, daß es sich hier um die Banknote L52894197A handelte. Die verhaltene Poesie, die in den Zeilen »Dorothy Andrews Elston, Treasurer oft the United States« und »David M. Kennedy, Secretary of the Treasure« lag.

Die Rückseite des Scheins war strahlend-grün, die Umrisse eines tempelähnlichen Gebäudes waren zu erkennen. Über dem langgezogenen Rechteck des Baukörpers die Wortfolge IN GOD WE TRUST.

Gottvertrauen. Dies war die wichtigste Aussage, die auf der Banknote enthalten war. Eine vielschichte Information. Und von großer Bedeutung für jeden, der wie Giselle am Rande des Grabes stand.

Ein geldgewordenes Gebet, dachte sie. Ein Gospelsong. Schimmernd klares Taufwasser. An IHN zu glauben bedeutete, daß man nicht mehr nachdenken, nicht mehr zweifeln mußte. Es bedeutete, daß man Vertrauen haben konnte. ER würde sie erlösen, zu gegebener Zeit. Schon jetzt sprach ER zu ihr. In der Babysprache, wie sie auf Fünfdollarnoten und in den Werbesprüchen der Magnapad-Vertreter üblich war. Plötzlich war ihr zum Lachen zumute.

»Haben Sie's nicht kleiner?« fragte der junge Mann überrascht. Sie hatte nicht weiter darauf geachtet, daß sie kein kleines Geld hatte. Fünf Dollar, was war das schon?

Der junge Mann war rot geworden. Seine Flammenaura verfärbte sich und loderte grün. »Ich habe heute noch nichts verkauft«, erklärte er. »Ich kann Ihnen auf die fünf Dollar leider nicht herausgeben.«

»Oh.«

»Es sei denn...«

»Ja?«

»Sie könnten ein paar Magnapads zum Verschenken kaufen. Magnapads sind sehr beliebte Geschenke, wissen Sie!«

»Ich bin sicher, Sie haben recht.« Sie lächelte.

»Ich sagen Ihnen was, Lady. Wenn Sie drei blaue kaufen und ein Regenbogensortiment, dann gebe ich Ihnen einen siebenten gratis. Würde Ihnen Rot gefallen? Rot hätte ich am meisten.«

»Rot wäre gar nicht schlecht.«

Er holte einen roten Magnapad aus seinem Pappkarton hervor und pappte ihn auf die Ofentür.

»Danke«, sagte sie. Sie hob den Arm und tastete nach seiner Schulter.

Die Flammen waren zu einer beängstigenden Höhe angewachsen. Unvermittelt schrumpften sie und waren nur noch blausprühende Diamantsterne auf dem Hemdkragen des jungen Mannes. »Ich habe zu danken«, sagte er. Dann war er fort. Er hatte kein Wort des Abschieds gesagt und sich nicht mehr umgeschaut.

Giselle war vor den Küchenschrank getreten. Sie begann mit den Topflappen zu spielen. Es gab nur einen einzigen gelben, sie heftete ihn auf die Mitte der Kühlschranktür, umgab ihn mit vier blauen. Die beiden roten Magnapads brachte sie oben und unten an. Die Struktur eines Kristalls entstand.

R
B B
Y
B B
R

Sie war jetzt sicher, daß die Kühlschranktür die Pforte zur Ewigkeit war. Wenn sie diese Tür öffnete, würde sie Gott schauen. Bevor sie einen Entschluß fassen konnte, vernahm sie das Geräusch der ins Schloß fallenden Haustür. Ihr Mann war aus der Firma heimgekehrt.

10

Wer leidet oder wem es schlecht geht, der findet immer Menschen, die er für seine Lage verantwortlich machen kann. Wer ein Mädchen vergewaltigt, beschuldigt das Opfer, es habe ihn provoziert. Der Geschäftsmann, der Steuern hinterzieht, beschuldigt seinen Buchhalter. Der Dicke sucht die Schuld für seinen Bauch beim Zukkerbäcker. All dies nach der Theorie, verführt zu werden, das sei kein Fairplay. Und so sparte denn Glandier auch nicht an Vorwürfen gegen seine Frau. Sie sei schuld daran, daß er sie ermordet hatte. Er hatte nämlich gar nicht vorgehabt, sie umzubringen. Das sei mehr zufällig passiert. Der Impuls des Augenblicks sozusagen. Giselle hätte ihn bis zur Unerträglichkeit gereizt. Die Sache habe ihn ebenso überrascht wie sie. Zugegeben, nachdem sie denn schon tot war, hatte er hin und wieder in Tötungsphantasien geschwelgt. Aber das war doch nur ein Anzeichen für seine Hilflosigkeit der ganzen Situation gegenüber. Wenn einem die Frau wegläuft, einfach so, ohne auch nur einen Zettel zu hinterlassen, dann hat man schon das Recht auf ein paar saftige Tötungsphantasien.

Es war ein schlimmes Jahr gewesen. Zunächst einmal hatte er für die Leute den Anschein aufrechterhalten, in seiner Ehe sei alles in bester Ordnung. Giselle sei bei einer Freundin. Sie besuchte ihre kranke Mutter. Giselle war krank, war in einen anderen Bundesstaat gefahren, um sich behandeln zu lassen. Er wußte sehr wohl, daß niemand ihm diese Lügen abnahm. Freunde und Bekannte, die letzte Tippse, alle ahnten, was los war. Warum verläßt eine begehrenswerte Frau von sechsundzwanzig Jahren ihren fettsüchtigen neununddreißig Jahre alten Ehemann? Die Antwort lag auf der Ebene der Witze, mit denen Glandier seine Gesprächspartner heimzusuchen pflegte: Sex. Schmutziger, hassenswerter Sex. Sie hatte ihn nach Strich und Faden betrogen, während er im Büro büffelte. Und schließlich war sie mit dem Hurensohn, der sein Ding in sie reingesteckt hatte, auch noch getürmt. So sicher wie das Butterbrot auf die bestrichene Seite fällt.

Ein Jahr lang war er allein zu Bett gegangen, hatte sich voller Ärger in den Laken gewunden. Er empfand Haß und Liebe zugleich. Und das wunderte ihn. Liebe hatte er noch nie empfunden. Das war genauso exotisch wie der Mord, den er begangen hatte. Ein Phänomen, für das er selbst keine Erklärung wußte. Nicht daß man Robert Glandier als Menschenfeind hätte einstufen können. Er wurde ganz einfach mißtrauisch, wenn er das Wort Liebe hörte. Liebe – das war Gefühlsduselei, Mondschein, Beischlaf, Täuschung. Liebe war eine Waffe, die Frauen einsetzten, um den Mann zu manipulieren. Es war die Waffe, die Eltern gebrauchten, um ihre Kinder bei der Stange zu halten. Glandier konnte sich noch sehr gut an das entscheidende Gespräch mit seiner Mutter erinnern. Zukkerbrot und Peitsche. »Wenn du mich liebhast, mußt du das und das tun.« Die Waffe war stumpf geworden, weil seine Mutter sie zu oft gebrauchte. Wie Schuppen war es ihm von den Augen gefallen. Er liebte sie nicht. Die logische Folge: er brauchte ihr nicht zu gehorchen. Liebe. Bei Kindern und Hunden mochte das funktionieren. Wenn man denken und seinen Vorteil wahrzunehmen lernte, fiel man nicht mehr herein auf diesen Trick. Wie Milton Friedman, der Wirtschaftswissenschaftler, den Glandier am meisten bewunderte, so war auch er der Überzeugung, daß Eigennutz das beste Regulativ für die sozialen Beziehungen in einer freien Gesellschaft ist. Jeder mußte das Beste für sich herausholen, denn den Letzten bissen die Hunde. Man zahlte den Angestellten so wenig wie möglich. Man zahlte den niedrigsten Preis wenn man etwas kaufte. Man behandelte die Frau so, daß man möglichst viel von ihr hatte.

Kein Wunder, daß Glandier an seinem Verstand zweifelte, als er feststellte, daß er für Giselle so etwas wie Liebe empfand. Es war sicher neurotisch, eine Frau zu lieben, die einen gerade verlassen hatte, aber das Gefühl war da. So stark, daß er in Tränen ausbrach, wenn er im Radio ein Lied hörte, das sie einmal gemeinsam gehört hatten. Er hatte Alpträume Nacht für Nacht. Träume, die sich um Giselle drehten. In stundenlangen Wachträumen wand sie sich vor ihm in verführerischer Nacktheit. Oft dachte er tagelang an nichts anderes als an ihre Stimme, ihren Körper. Da war die erstaunliche Tatsache, daß sie ein Mensch war, die ein eigenes Gehirn hatte, die sich Gedanken machen konnte, unabhängig von ihm. Gedanken, die er nie erfahren würde. Ehe sie ihn verließ, hatte er ihr so etwas nie zugebilligt. Hinzu kam, daß sie nicht viel von sich sprach. Ein paar Kindheitserinnerungen, ihre Vorliebe für dieses oder jenes Gericht, ihr Geschmack, was Möbel und Interieurs anbetraf, ein gelegentlicher Hinweis, sie fühle sich deprimiert. Giselle schluchzte wie ein Schloßhund, wenn sie traurige Filme sah. Das war eigentlich alles, was er von ihr wußte. Und nun sah alles so aus, als ob sie ihn aus lauter Gier auf Sex verlassen hatte. Sie hatte ihn nachts rangelassen, wenn ihm danach war. Ob sie selbst Befriedigung aus der Umarmung zog, wußte er nicht. Sex, das war eine nach festen Regeln vollzogene Übung, die bestimmten Arbeitsgängen am Fließband ähnelte. Jedenfalls hatte Giselle auf diesem Gebiet nie besondere Initiative an den Tag gelegt. Gelegentlich hatte er so etwas wie ein wohliges Schnaufen vernommen, wenn es seinem Höhepunkt entgegenging, Stöhnen und unterdrückte Schreie. Ob Giselle je einen Orgasmus erlebt hatte, danach hatte er sie nicht zu fragen gewagt. Sex war eine lästige Notwendigkeit, die man mit soviel Genuß wie möglich hinter sich brachte. Etwas, worüber man nicht groß nachdachte. Grund für ein Bad.

Und jetzt, wo er sie getötet hatte, konnte er an nichts anderes denken. Ich bin auf dem besten Wege, ein vom Sex besessener Mann zu werden, dachte er. Nicht nur, weil dieses Problem jetzt so wichtig ist für mich, sondern auch, weil ich über Sexpraktiken nachdenke, die ganz einfach krankhaft und verrückt sind. Er rief sich die Szene ihrer Ermordung in Erinnerung. Es war unbeschreiblich schön gewesen. Nein, er hatte keine Befriedigung empfunden, keine sexuelle Erregung. Und doch sehnte er sich nach einer Wiederholung des Mordes. Er saß vor seinem Schreibtisch, starrte auf die fleischigen Hände, die auf der schimmernden Mahagoniplatte lagen, spürte, wie ihn die Erregung durchflutete. Da war ihr Hals. Er drückte zu, stieß ihr den Daumen in die Gurgel, hörte, wie der Knorpel nachgab. Wie ein Plastikbecher, der eingebeult wurde, hatte sich das angehört. Wenn Glandier seine Huren fickte, Libby oder Sacajawea, dann gab er sich der Vorstellung hin, wie sich seine Finger um Giselles Hals schlossen. Aber wenn er zum Orgasmus gelangte, verkehrten sich die süßesten Phantasien in Alpträume.

Wer Glandier als Monstrum bezeichnete, hätte ihm unrecht getan. Er war fähig, Schuld und Scham zu fühlen wie andere Menschen auch. Er genoß es nicht, vom Sex besessen zu sein. Und er hatte sich auch nicht danach gedrängt, zum Mörder zu werden. Wenn die süßen Träume kamen, versuchte er sie zu verdrängen. Aber das erwies sich als unmöglich. Er war allein. Man konnte nicht immer in die andere Richtung starren, wenn sich das Gespenst von Sex vor einem auf der Bettstatt räkelte. Wenn Glandier im Werbefernsehen eine junge Dame sah, die Haarshampoo anpries, dann fiel ihm Giselles Haar ein, wie es als kitzelnder Pendel zwischen ihren Brüsten hin und herschwang. Seine Finger begannen zu zittern. Ruhe fand er erst, wenn er sich durch Masturbation Erleichterung verschafft hatte. Wenn er zur Unterhaltung etwas las – er mochte ganz gern Science-Fiction-Bücher –, dann stahl sich Sex in die Handlung ein, auch wenn die Kombination noch so unwahrscheinlich war.

Zugegeben, nicht selten gierte er nach Science-Fiction-Geschichten, die seinen Drang nach Sex noch stimulierten. Da gab es die Bücher von John Norman. Die Sklavin von Gor. Die Vergewaltiger von Gor. Und es gab ein Buch vom gleichen Autor, zu dem er wieder und wieder griff: *Sexträume*. John Norman beschrieb hier, was nach Glandiers Meinung ganz normale Bestandteile im Sexleben eines Mannes waren. Frauen, die gedemütigt, zur Liebe gezwungen, von ihrem Partner beherrscht und überwältigt wurden. Es muß gesagt werden, daß Glandier Schuldgefühle hatte, wenn ihn bei der Lektüre des Buches Erregung überkam. Besonders, wenn seine eigenen Phantasien über die Scheußlichkeiten der Handlung hinausgingen und sich in Blutrausch und Verstümmelung hineinsteigerten. Waren solche Gedanken noch abgedeckt durch Normans hübsche These, Gewalt sei natürlicher Bestandteil der menschlichen Evolution? Glandier glaubte, daß Gewalt immer ihre Grenzen gehabt hatte. Gewiß, es hatte eine Zeit gegeben, wo praktisch jeder Mann Jäger war – und jede Frau potentielle Beute. Aber wenn die Beute gefangen war, dann zähmte man sie, man tötete sie nicht. Im Rahmen des Evolutionsprozesses machte es keine Logik, wenn jemand seinen Sexualpartner umbrachte. Und so schien es Glandier angebracht, bei solchen Phantasien Schuld zu empfinden. Manchmal spielte er mit dem Gedanken, auf Dr. Helbrons Wachstuchsofa zurückzukehren. Mit dem Psychiater hätte er kühl und vernünftig über das Problem diskutieren können. Aber er hätte sich entblößen müssen, und das wagte er nicht. Er war nicht bereit, den Mord an seiner Frau zu beichten. Er war dazu verurteilt, das Verbrechen in Gedanken wieder und wieder nachzuvollziehen. Die Hölle ist ein Tonband. Eine Endlosspule, die wieder und wieder die gleiche Melodie spielt, bis in alle Ewigkeit.

11

Der Dienstagvormittag hatte Überraschungen gebracht, was das Management bei Techno-Controls anbetraf. Jerry Petersen, Glandiers Freund und Verbündeter, war gefeuert worden. Urheber des Rausschmisses war Michael Sheehy, der aufgehende Stern am Marketinghimmel, der seit langem mit Petersen im Zwist lag. Petersen war aus dem Rennen. Und Sheehy war die Very-Important-Person mit zweihundert Quadratmeter Büroraum im vierten Stock des Konzerngebäudes, gleich neben den Büros von Roy Becker. Glandier ahnte, daß die Sache damit nicht ausgestanden war. Sheehy würde die Axt ansetzen. Abspecken und ausdünnen, das war seine erklärte Parole.

Die neue Strategie richtete sich nicht nur gegen organisatorische Auswüchse und teure Wasserköpfe im Management, sondern auch gegen Robert Glandier als Person und fettes Feindbild. Sheehy, mit seinem schulterlangen Haar, seiner schlanken Figur, dem offenen Kragen und dem Goldkettchen um den gebräunten Hals empfand sich als Edelstein in der Krone der Techno-Controls-Corporation. Er war Jogger, wählte demokratisch, war Vater von sechs Kindern. Innerhalb von vier Jahren war er zum erfolgreichsten Manager aufgestiegen, der je im Konzern gearbeitet hatte. Schon beim ersten Kontakt hatten er und Glandier eine instinktive Abneigung gegeneinander entwickelt. Als Sheehy dann auch noch ein Haus in Glandiers Straße bezog. Sie waren jetzt nur noch durch fünf Nachbarn getrennt. Das Haus war ein mächtiger, mit Schindeln gedeckter Ziegelsteinbau, mit 4000 Quadratmetern parkartigem Garten, Rasen, Blumenbeeten und natursteingepflasterten Wegen. Gegen die fünf Weidenbäume, die bei der Eingemeindung dieses Stadtviertels im Jahre 1947 auf dem Grundstück gepflanzt worden waren, wirkten Glandiers Linden wie verkrüppelte Bonsai-Bäumchen. Inzwischen hatte Sheehy im rückwärtigen Teil des Parks eine Windmühle aufstellen lassen. Wenn Glandier in milden Sommernächten wachlag und dem Quietschen der Windmühlenflügel lauschte, ertappte er sich bei Träumen, wie er mit fünfzig Kilo Dynamit zur Hausnummer 1240 hinüberkroch und Sheehys Anwesen in die Luft sprengte.

Es gab noch ein anderes Ärgernis, nicht nur die Windmühle. Vor einem Jahr war Glandier mit seinem Erzfeind auf dem Parkplatz der Firma zusammengetroffen. Sheehy hatte seinen sparsamen Japaner neben Glandiers funkelnden Chrysler gelenkt. Der orangefarbene Sticker auf Sheehys Stoßstange war ihm natürlich gleich ins Auge gesprungen. *Rettet die Wale!* Wale in Minnesota! Was dieser Mann sich für Extravaganzen erlaubte. Demnächst würde er sich wohl ein Surfbrett auf den Dachgepäckträger schnallen.

»Tag, Mike«, hatte Glandier seinen Feind begrüßt. »Sobald ich in Minnesota den nächsten Wal sehe, werde ich ihn retten, das verspreche ich Ihnen.«

Sheehy antwortete mit jenem freudlosen Lachen, mit dem er Glandiers Witzchen abzublocken pflegte. Ein glucksendes Lachen voller Verachtung, das im Klartext »Du Arschloch« bedeutete. »Tun Sie das, Bob.«

Sie gingen auf den Seiteneingang des Verwaltungsgebäudes zu, magisch aneinandergekettet durch ihre gegenseitige Abneigung.

»Ich muß allerdings sagen, daß mir in der letzten Zeit in unserer Gegend nur ganz vereinzelt Wale aufgefallen sind«, versuchte Glandier Pfeffer in die Wunde zu reiben.

»Ich bin nicht so sicher, Bob. Sie gehen doch manchmal im Lake Minnetonka schwimmen, nicht? Letzten August habe ich Sie dort schwimmen sehen. Oder ich hab's doch mit einem Wal verwechselt.« Sheehy hatte ihm wohlgelaunt auf die Schulter geklopft und ihn unverschämt angestrahlt.

Eine dumme Bemerkung, nicht mehr. Und es gab auch nicht einmal Zeugen. Immerhin genügte der kleine Wortwechsel, um in Glandier die schlimmsten Befürchtungen zu festigen. Sheehy würde die Achse Roy Becker verstärken. Sobald er genügend Rückhalt hatte, würde er Glandier aushebeln. Der würde dann, wie Petersen, auf der Straße stehen.

An jenem Vormittag war für elf Uhr ein Abschiedsmeeting der Manager zu Ehren von Petersen angesetzt worden. Das Spektakel fand im Büro von Petersens persönlichem Referenten T. R. Welles statt. Petersen hielt eine gekonnte Rede und vermied genau die Themen, die Petersens Verbündete interessierten. Nämlich die Frage, wann es ihnen an den Kragen gehen, wer als nächster gefeuert würde. Für Glandier war die Richtung klar, auch wenn sein Opponent der Frage auswich. Das Signal stand auf Entlassungen, genauso wie der Kompaß der ganzen amerikanischen Wirtschaft auf Rezession, Firmenschließungen und Katastrophen ungeahnten Ausmaßes deutete. Die Freunde des Entmachteten hielten sich denn auch nicht mit der Bewunderung der Abschiedsgeschenke auf. Sie schüttelten ihm in stillem

Grimm die Hand, allen voran Glandier, der eine unflätige Verwünschung des gemeinsamen Gegners in seine geflüsterten Abschiedsworte einflocht.

Als er gegen zwei in sein Büro zurückkehrte, wo sein Mantel hing, fand er eine Notiz seiner Sekretärin vor. Er wurde gebeten, Joy-Ann Ankers anzurufen. »Eilt!« hatte Miß Spaeth unter die Telefonnummer geschrieben. Er dachte nach. Was konnte eilig sein im Leben einer Frau, die vom Krebs zerfressen wurde? Hatten die Metastasen etwa ein Organ entdeckt, das noch nicht befallen war? Zu schön, um wahr zu sein. Immerhin, ihm war daran gelegen, Joy-Anns Wohlwollen nicht zu verlieren. Jedenfalls nicht zu diesem Zeitpunkt. Er beschloß, sogleich zurückzurufen.

»Tag, Joy-Ann«, begrüßte er sie, als sie – der Ruf war siebenmal durchgegangen – den Hörer abnahm. Es ging ihr wohl nicht besonders.

»Tag, Bob. Tut mir leid, daß ich dich im Büro anrufe, aber ich habe dich gestern abend zu Haus nicht erreichen können. Kommt mein Anruf sehr ungelegen?«

»Nun ja, wie man's nimmt. Was ist denn?«

»Es ist... ich kann das nur sehr schwer erklären. Kann auch niemand mithören? Kann deine Sekretärin uns hören?«

»Die ist zum Essen. Was hast du denn?«

Ein Seufzer der Erleichterung war am anderen Ende zu vernehmen. »Gibt es in deinem Büro irgendwelche jungen Leute, die Drogen nehmen?«

»Drogen? Was für Drogen?«

»Marihuana, Bob. Ich brauche Marihuana.«

Glandier blieb die Spucke weg.

»Wirklich, Bob«, setzte sie nach, »du hast richtig gehört.« Sie erzählte ihm von Schwester Ritas Ratschlag und von den wohltätigen Auswirkungen, die Marihuana im Zusammenhang mit Chemotherapie hatte.

»Mein Gott«, sagte er, als sie mit ihrer Erklärung fertig war. »Eine Nonne, die Marihuana qualmt. Gibt's das auch!«

Joy-Ann machte eine Kunstpause. Genügend lang, daß man ihr einen Anflug von Bestürzung über die flapsige Ausdrucksweise ihres Schwiegersohnes zubilligen konnte. »Ich war ja auch schokkiert«, sagte sie schließlich, »aber Schwester Rita schwört Stein und Bein, das Mittel wirkt. Das Problem ist, ich weiß nicht, wo ich Marihuana herkriegen könnte, Bob. Ich weiß nicht einmal, wie man das Zeug in eingeweihten Kreisen nennt.«

»Und du meinst, ich täte mich da leichter?«
»Du kennst mehr Leute als ich.«
»Aber keine, die Marihuana rauchen.«
»Hast du's denn selbst nie probiert?«
»Nein, nie.«
Er hatte gelogen. In den sechziger Jahren hatte er drei- oder viermal Marihuana geraucht. Und hatte damals befunden, daß Alkohol der bessere Rausch war. Dann, in den siebziger Jahren, als Marihuanazigaretten zur Droge Nummer eins der jungen Leute aufrückten, war Glandier bereits einem Lebensstil verhaftet, von dem es keine Brücke zur jungen Generation gab.
»Kennst du nicht wenigstens jemanden, den du fragen könntest, Bob? Es ist doch nicht schlimm, wenn man nur danach fragt, nicht wahr?«
»Meinst du hier in der Firma?«
Er dachte nach. Joy-Anns Haus war schuldenfrei. Joy-Ann stand mit einem Bein im Grabe.
»Ich will sehen, was sich machen läßt.«

Er hatte nicht vorgehabt, das Versprechen zu halten. Aber der Zufall wollte es, daß heute Dienstag war. Als er hinter dem Steuer seines Wagens saß und zur Sauna fuhr, fiel ihm ein, daß Libby oder Sacajawea Marihuana und jede andere Droge beschaffen konnten. Die meisten Nutten waren süchtig, es war also nur natürlich, daß sie über die Beschaffungsmöglichkeiten für Stoff Bescheid wußten. Als dann der Moment gekommen war, verspürte er plötzlich die gleiche Schüchternheit wie damals, als er die Squaw gebeten hatte, es ihm mit dem Mund zu besorgen.
Sacajawea zuckte die fetten Schultern. »Nicht leicht dranzukommen in diesen Tagen.«
»Ich bin bereit, ein kleines Trinkgeld auszuspucken.«
»Wer ist das nicht?« Sie lachte. Und dann beschied sie ihn mit der gleichen Formel, mit der er Joy-Ann abgespeist hatte. »Ich will sehen, was ich tun kann.«

12

Nein, es war nicht Bob. Es war nur die Uhr im Schlafzimmer. Vier Uhr morgens.
Sie fühlte, wie sich ihre Adern weiteten. Es war schwarzes Blut,

das durch diese Adern strömte. Noch nie hatte sie so unbeschwert, frei von Angst, lächeln können wie jetzt im Grab. Der vierte Glockenschlag war verklungen. Sie ging auf den ovalen Ankleidespiegel zu, betrachtete das Gesicht, das sie aus dem Spiegel ansah. Bob, ihr Mann. Es war nicht sein Spiegelbild, es war er selbst. Sein blutiges Haupt. Der wache Blick. Die Lippen befreit von der Verzauberung, die sie zeit ihres Lebens auf ihn ausgeübt hatte. Die hochgezogenen Mundwinkel, Vorboten seiner Absicht, irgend etwas Bedeutsames zu sagen.

Es war das Hochzeitsfoto, das sich in dem schwarzen Oval spiegelte.

»Giselle!« sagte der Mann auf dem Foto. Er schien von der Begegnung überrascht. »Giselle!«

Wenn sie schwieg, so nicht etwa, weil sie an der Wahrhaftigkeit der Erscheinung zweifelte.

»Giselle, mein Liebling, komm zu mir und gib mir einen Kuß. Ich werde dir ein Geheimnis verraten, wenn du lieb bist. Ich werde dir deine Zukunft vorhersagen.«

Sie schüttelte den Kopf.

»Wenn du mich nicht küssen willst, bitte schön. Ich werde dich trotzdem in die Zukunft schauen lassen.«

»Tu das bitte nicht, Bob.«

»O doch. Wenn wir uns das nächste Mal sehen, werde ich dich töten. Ich werde dich erwürgen.« Das Gesicht auf dem Foto verriet Zorn. Robert Glandier hatte keine Arme, mit denen er ihr drohen konnte, er war nur ein bluttriefendes Haupt. Der Ausdruck des Zorns wandelte sich zu Resignation. Und dann trat jenes falsche Lächeln auf seine Lippen, das Bob am Hochzeitstag gezeigt hatte. Schließlich war nur noch das Foto da. Beschichtetes Hochglanzpapier unter Glas.

Sie trat an den Spiegel. Giselle hatte oft darüber nachgedacht, ob sie schön war oder nur hübsch. Ihre Gestalt kam ihr jetzt merkwürdig fremd vor. Ginger fiel ihr ein. So hatte der Cockerspaniel geheißen, den sie als Kind gehabt hatte. Ihre Mutter hatte das Tier nach Ginger Rodgers, nach der Tänzerin benannt. Und der Cockerspaniel hatte jeden Spiegel angebellt, als stünde ihm dort ein Gegner oder ein Freund, jedenfalls ein anderer Hund gegenüber.

Sie legte den Kopf auf die Seite und betrachtete das mit Lack überzogene Haar. Wie ein Strauß welker Blumen, dachte sie. Sie schürzte die wächsernen Lippen, zupfte an den rosa Plastikohrringen, fuhr mit den Fingerspitzen auf der Mascaralinie ihrer Augen entlang. Eine Maske. Das Original lag im Grab und verfaulte.

Faszinierend und wunderbar war der Anblick. So ergreifend, daß sie versucht war, der Maske Leben einzuhauchen. Sie lächelte, aber die Lippen blieben starr wie Eis. Sie blähte die Nasenflügel. Aber kein Hauch war zu spüren. Dieses Wesen war tot. Eine schöne, die nichts dazulernen wollte. Ein Geist, der sich von niemandem bemitleiden lassen wollte.

»Verlaß mich jetzt«, sagten die Lippen. »Sofort.«

Sie verabschiedeten sich mit einem Kuß.

Es gab noch etwas, das sie hinter sich bringen mußte, bevor sie das Haus verließ. Aber was? Sie kehrte in die Küche zurück, wo die sieben Magnapads als bunter Talisman an der Kühlschranktür klebten. Drei waren ein Geschenk gewesen. Sie nahm die drei, ging zur Haustür und trat auf den knirschenden Kies hinaus. Ihr Hauskleid, ein Mischgewebe aus Baumwolle und Nylon, blähte sich im Wind, gab die Schenkel frei. Rasen. Leben. Eine Frau, die der Frau im Spiegel glich, kniete vor ihr. Sie hielt die Nachbildung einer Hand in der Rechten, fünf kleine Finger aus rotbemaltem Metall. Sie winkte ihr zu. Der Duft des Blumenbeetes wehte herüber. »Giselle.« Sie hob die Magnapads und winkte zurück. Als sie das Quietschen einer Windmühle hörte, sah sie auf. Sie wußte jetzt, welchen Weg sie zu gehen hatte.

13

Alice Hoffman beäugte skeptisch die kleine Pfeife. »Ich merke nichts«, sagte sie.

»Die Wirkung kommt ganz plötzlich«, sagte Joy-Ann. »Wie bei einem Manhattan.«

»Das ist doch nur Einbildung.«

»Ich kann dir auch nichts Genaues sagen. Ich weiß nur, daß es funktioniert. Ich brauche mich nicht mehr zu übergeben wie früher. Bei mir hilft's!«

»Hast du keine Angst, daß die Polizei dir auf die Schliche kommt? Sie könnten dich verhaften, wenn sie das Zeug bei dir finden.«

»Zuerst habe ich auch Angst gehabt. Aber dann habe ich mir gesagt: Warum soll wohl die Polizei ausgerechnet zu mir kommen. Die haben anderes zu tun.« Joy-Ann sog an der Pfeife. Dann schüttelte sie den Kopf. »Verdammt! Sie ist wieder ausgegangen.«

»Für mich brauchst du sie nicht wieder anzuzünden«, wehrte Alice ab.

Sie betrachtete die kranke Freundin aus den Augenwinkeln. Wie interessant. Eine Frau, die nicht im Krankenhaus starb, sondern zu Hause. Eine seltsame Faszination ging aus von der Frau, deren Inneres von der Krankheit verwüstet wurde. Eine innige Schönheit, die Alice vorher bei ihr nie wahrgenommen hatte. Joy-Ann hatte abgenommen, sie hatte jetzt die Formen einer gutentwickelten Achtzehnjährigen. Und dann war da noch die Perücke, die Alice interessierte. Chemotherapie. Die dunklen Ringe um die Augen hatte sich Joy-Ann nicht ganz wegschminken können. Manchmal zitterten ihre Finger. Abgesehen davon schien sie in Höchstform. Das Haus war natürlich ein einziges Chaos. Aber dieses Haus war immer ein Chaos gewesen. Mit und ohne Krebs.

»Ich hab' mir das Buch einmal näher angesehen«, sagte Joy-Ann. »Das Buch, das mir Schwester Rita mitgebracht hat. Ich lese ja sonst nicht viel. Aber nachdem mir das ...« Sie zögerte, das verbotene Wort auszusprechen. Ihr war, als müßte sie vor einer lauschenden Schar Novizinnen eine unflätige Vokabel in den Mund nehmen. »Nachdem mir das Marihuana so gut getan hat, habe ich gedacht, es ist nur fair, wenn ich auch das Buch lese.« Sie entzündete ein Streichholz und hielt es über den gefüllten Pfeifenkopf. Dann sog sie den Rauch ein. »Ein ganz erstaunliches Buch, muß ich sagen. Die Grundidee ist, der Tod ist ein Segen. Ein Segen, der in einer Art Verkleidung über uns kommt.«

Alice nickte. »So neu ist das nicht.«

»Aber ja doch! Die Autorin sagt, wenn man stirbt, dann soll man sich nicht mehr um Dinge kümmern, die für gesunde Menschen wichtig sind. Man soll sich auf das konzentrieren, was man liebt. Auf Blumen zum Beispiel.«

»Ach ja.«

»Was mich angeht, ich habe mir nie viel aus Blumen gemacht, weißt du? Aber ich liebe Musik. Ich bin dann gestern, gleich nachdem ich mit dem Buch fertig war, in den Keller gegangen und habe die alten 78er Platten rausgesucht. Melodien, die ich seit vielen Jahren nicht mehr gehört hatte.«

»Joy-Ann, wirklich! In den Keller gehen, das solltest du wirklich nicht, wenn du allein im Hause bist.«

»Im Gegenteil! Im Buch steht, man soll sich nicht selbst so verzärteln, wenn man krank ist. Rate mal, was ich dann gemacht habe.«

»Keine Ahnung.«

»Ich habe getanzt.«

»Du hast getanzt?«

»Zuerst zur Melodie *Black Magic.* Dann zu *Blue Skies.* Meine Lieblingsmelodien. Ich hab' eine Idee. Ich werd' dir das Buch leihen, Alice.«

»Joy-Ann, es ist wohl besser, wenn du mit dem Marihuanarauchen aufhörst. Du siehst ja, wohin das führt. Tanzen, in deinem Zustand!«

»Aber Alice, es war wunderschön! Ich bin nur so dahingeschwebt. Seit Monaten habe ich mich nicht so wohl gefühlt. Ich möchte... Ist es nicht ein wunderschöner Tag heute?«

»Gewiß«, sagte Alice mit versöhnlichem Lächeln.

»Was hältst du davon, wenn wir einen kleinen Ausflug machen? Du hast mir letzte Woche versprochen, du fährst mich zum Friedhof, sobald es wieder etwas wärmer ist.«

»Ich bitte dich, Joy-Ann! Zum Friedhof!«

»Weißt du, ich habe nie ihre Grabstätte gesehen. Ich weiß nicht einmal, wo sie liegt. Und Bob kann ich wohl schlecht darum bitten, mich zum Grab zu begleiten.«

»Wird dich der Besuch ihres Grabes nicht sehr mitnehmen?«

»Nicht unbedingt. Das kann auch Trost bedeuten. Im Buch steht, man soll seine Angelegenheiten ordnen.«

»Nun, das sollte man wirklich.« Alice deutete auf das Durcheinander der Stühle und Kissen.

»Gemeint ist, daß man unangenehme Dinge nicht auf die lange Bank schiebt. Tu's heute! steht im Buch. Ich wäre schon selbst zum Friedhof rausgefahren, wenn ich einen Wagen hätte. Vielleicht werde ich auch noch Fahrstunden nehmen. Im Buch steht, man soll bis zum Schluß Dinge dazulernen. Die Autorin erwähnt eine Kanadierin, die vier Wochen vor ihrem Tod Französisch zu lernen begann.«

»Und warum? Was soll ihr das nützen?«

»Ich glaube, sie hatte Verwandte in Frankreich. Wie dem auch sei, bringst du mich zum Friedhof?«

»Gewiß doch.«

Alice gab sich den Anschein, als sei sie, unter Mißachtung vernünftiger Argumente, überstimmt worden. In Wirklichkeit genoß sie es, in dem Geheimnis herumzustochern, das Giselle Glandiers Tod umgab. Alice war Joy-Anns langjährige Nachbarin. Sie war Babysitterin für Giselle gewesen, hatte die Kleine aus den Bäumen geholt, wenn sie sich verstiegen hatte, war Trauzeuge bei Giselles

Hochzeit gewesen. Sie hatte sie, auch als sie schon weggezogen war, einmal pro Jahr besucht. Zu Weihnachten schrieb man sich. Als Giselle dann von einem Tag auf den anderen verschwand, hatte sich Joy-Ann verdächtig zugeknöpft gegeben.

Giselle war nach Las Vegas ausgerückt, wie sich schließlich herausstellte. Aber warum? Um dem Glücksspiel zu frönen, wie ihr Vater? Joy-Ann bestätigte ihr, daß Giselle keinerlei Interesse fürs Spielen hatte. Wollte sie etwa ihren Bruder Bing besuchen? Joy-Ann hatte seit 1966, als Bing von zu Hause auszog, keinen Kontakt mehr mit ihrem Sohn gehabt. Die Polizei in Las Vegas hatte herausgefunden, Bing *wußte* nicht einmal, daß seine Schwester in seine Stadt gezogen war. Alice, die Nachbarin, hatte zu der ganzen Angelegenheit ihre eigene Theorie. Sex. Der Grund war Sex. Die Art, wie Giselle sich abgesetzt hatte, deutete auf Sex, ebenso die Art, wie sie ums Leben gekommen war. Man hatte Giselle nackt im Bad ihres einfachen Apartments im Lady Luck Motor Lodge aufgefunden. Sie war vergewaltigt und erdrosselt worden.

Alice verstand, daß ihre Freundin nicht gern über den Tod ihrer Tochter sprach. Die Erinnerung war sicher schmerzlich für sie. Andererseits war es ein merkwürdiges Gefühl, in der Nachbarschaft einer Frau zu leben, deren Tochter auf geheimnisvolle Weise umgebracht worden war, und doch keine Einzelheiten über das Verbrechen zu wissen.

Joy-Ann war tief in Gedanken versunken, während Alice den Wagen zum Friedhof steuerte. Sie sah nicht einmal auf, als ihre Freundin aus Unachtsamkeit eine rote Ampel überfuhr. Die Fahrt ging an den graugrünen Rasenflächen der Vororthäuschen vorbei. Die Silhouetten der blattlosen Bäume standen gegen einen hellen, gleichmäßig blauen Himmel.

Auf dem Friedhof war die Vegetation schon weiter gediehen als innerhalb des Ortes. Die ersten Anzeichen des Frühlings zeigten sich. Im Braungelb der Rasenflächen sprossen die ersten grünen Halme. Joy-Anns Gedanken irrten zum Tag der Beisetzung zurück. Es war Giselles Vater, der sich um einen Platz auf dem Friedhof gekümmert hatte. Bob hatte wissen lassen, daß er einst an anderer Stelle, möglichst weit weg von seiner Frau, beerdigt werden wollte. Eine verständliche Reaktion, dachte Joy-Ann.

Sie hatte Bob nie sehr gemocht, und doch mußte sie ihm recht geben. Was war eigentlich in ihre Tochter gefahren, als sie sich sang- und klanglos nach Las Vegas verfügte? Es war an einem Sommertag gewesen, am Nachmittag. Giselle stand vor der Tür, ihre Handtasche in der Linken, drei magnetische Topflappen in der Rechten. Ihre Tochter hatte ihr von diesen Topflappen erzählt. Sie behielten ihre selbsthaftenden Eigenschaften, auch wenn man sie, wie Giselle es tat, oft wusch. Ich muß etwas Ferien machen, hatte Giselle gesagt. Und dann hatte sie ihre Mutter um Geld für die Reise gebeten. Ein Reiseziel hatte sie nicht angegeben. Joy-Ann hatte zunächst den Verdacht gehabt, ein Streit mit Bob sei dem plötzlichen Entschluß ihrer Tochter vorausgegangen. Aber das war, wie sich zeigen sollte, nicht der Fall. Bob war ehrlich überrascht und natürlich auch verärgert, als er von Giselles Verschwinden erfuhr.

Joy-Ann war nach längerem Nachdenken zu der Erkenntnis gelangt, daß ihre Tochter der Ehe entflohen war, weil sie den Ideen der Frauenrechtlerinnen zuneigte. Was neu war. Früher hatte sich Giselle nie um die Themen der Women's Lib gekümmert. Sie wahr sehr weiblich gewesen, abhängig, hatte keine Fragen gestellt. Aber inzwischen war es ja so, daß man kaum noch den Fernsehapparat anstellen oder eine Zeitschrift öffnen konnte, ohne von den Medien belehrt zu werden. Und da war Bob weiß Gott das geeignete Feindbild. Er war genau der Typ Mann, den die Women's-Lib-Anhängerinnen ausrotten wollten. Nur widerwillig hatte Joy-Ann ihrer Tochter das erbetene Geld gegeben. Sie nahm damit eine Schuld auf sich, an der sie noch lange tragen würde. Sie war Komplizin bei dem Verbrechen, wenn man es so nennen konnte. Nie würde sie irgend jemandem die Wahrheit sagen können, die Sache mit dem Geld mußte ein Geheimnis bleiben. Wie hätte sie auch ihrer Freundin Alice erklären können, daß sie ihre Tochter nicht von der überstürzten Abreise abgehalten hatte? Sie hatte nicht einmal den Versuch gemacht. Sie verstand sich selbst nicht mehr. Als Giselle vor ihr stand, war es ihr ganz natürlich erschienen, daß sie ihr mit Geld für die Reise aushalf. Nicht gerade schön, aber eben notwendig. Dann, als Giselle ins Taxi gestiegen war und ihr ein letztes Mal zuwinkte, war ihr klar geworden, wie verrückt, wie falsch das Ganze war.

Zur Erklärung für ihre Entscheidung mußte man sagen, daß Giselle an jenem Tag besonders hübsch ausgesehen hatte. Jawohl. Sie hatte ausgesehen wie jene Filmschauspielerinnen, die sich den Anschein gaben, als seien sie gar keine Filmschauspielerinnen. Joy-Ann hatte eine Schwäche für schöne Menschen. Ihr verstorbener Mann war ein Beau gewesen. Ein Märchenprinz im Taschenformat, wenn man die geringe Körpergröße berücksichtigte. Giselle hatte die gutgeschnittenen Gesichtszüge ihres Vaters geerbt, die Nase, die Augen, das Kinn mit den Grübchen. Während Bing...

Es war wohl besser, nicht an Bing zu denken. Joy-Ann hatte die wunderbare Gabe, lästige Gedanken nach Gutdünken zu verdrängen. Sie dachte ganz einfach nichts, was ihr Schuldgefühle, Ärger oder Depressionen bereiten konnte.

»Hier liegt sie nicht«, hörte sie Alice Hoffman sagen. Sie stand vor Deweys Grab. Joy-Ann hatte bei dem Marsch über die sandbestreuten Wege nicht mithalten können. Zwar wog sie weniger, aber sie fühlte sich schwach.

»Unsinn, das Grab muß dort sein.«

Aber sie hatte sich getäuscht. Auf dem Grabstein rechts von Dewey, Joy-Anns Mann, war der Name Roberta Liebergott eingraviert. Links von Dewey lag Lester Anker, ein entfernter Verwandter, der von 1891 bis 1964 gelebt hatte. Von Giselles Grabstein keine Spur.

»Das ist einfach nicht möglich«, sagte Joy-Ann. Sie war ratlos. Zugleich spürte sie, wie eine unbestimmte Hoffnung sie überkam. Vielleicht war ihre Tochter gar nicht tot.

»Die Totengräber müssen sich geirrt haben«, mutmaßte Alice, die schon immer wenig Vertrauen in Staat, Behörden und Institutionen gehabt hatte. »Sie haben sie woanders eingebuddelt. Wahrscheinlich hier. Sieh dir einmal die Inschrift an. Roberta Jackson. Und das Datum. Diese Roberta Jackson ist letzten Sommer gestorben, um die gleiche Zeit wie Giselle.«

»Es ist doch unmöglich, daß die Totengräber sich in einer so wichtigen Angelegenheit irren«, widersprach ihr Joy-Ann. »Das kann ich mir einfach nicht vorstellen.«

»Wir sollten uns erkundigen. An der Pforte gibt es ein Verzeichnis der Grabstätten.«

»Sie *muß* hier irgendwo liegen«, beharrte Joy-Ann. Sie hob den Blick und schaute zum Zaun des Friedhofs, wo der Wagen geparkt stand.

»Du bleibst hier«, sagte Alice. »Ich gehe nachsehen. Ich bin gleich zurück.« Empörung malte sich auf ihren Zügen ab. »Das ist doch unerhört!«

Unerhört war es wirklich, da mußte ihr Joy-Ann recht geben. Immerhin aber genoß sie die Muße, die ihr jetzt blieb. So konnte sie sich in Ruhe dem Grab ihres Mannes widmen. Ich hätte Blumen mitbringen sollen, ging es ihr durch den Kopf. Dann schalt sie sich töricht. Es war offen, ob die Toten auf solche Dinge überhaupt achteten. Sie zuckte die Schultern. Wie auch immer. Sie würde es bald aus erster Hand wissen. Es war ungewöhnlich für eine Frau wie Joy-Ann, daß sie auf dieser Ebene der Erkenntnis nicht in Tränen ausbrach. Sie empfand nicht einmal Melancholie. Dazu war es viel zu warm. Dazu war der Rasen zu grün. *Blue skies*, trällerte sie, ihre Lippen bewegten sich nicht. *Nothing but blue skies heading my way*.

Wo hatten sie Giselle begraben? Wenn man sich vorstellte, daß man irgendwo, in einem fremden Grab, mit falschem Namen auf dem Gedenkstein, bestattet wurde! Womöglich würde man Giselle exhumieren müssen. Furchtbar!

Sie sah sich um. Vielleicht gab es neue Gräber. Drei Reihen weiter fand sie eine rechteckige Fläche, wo der Rasen spärlicher sproß als anderswo. Noch bevor sie die Inschrift sah, wußte sie, hier lag ihre Tochter begraben.

Ihr Herz krampfte sich zusammen. Was sie mit Verwunderung erfüllte. Sie hatte noch nie Probleme mit ihrem Herzen gehabt.

Dann konnte sie es ganz klar riechen. Verbrannte Schokolade. Giselle war damals elf gewesen. Sie hatte Schokolade in einen Topf gelegt und auf den Herd gestellt. Über einer Fernsehsendung hatte sie vergessen, die Flamme rechtzeitig wieder abzudrehen. Von der geschmolzenen Schokoladenmasse waren nur verkohlte Krümel übriggeblieben und ein eigenartiger Geruch, der das ganze Haus erfüllte. Dewey hatte angeordnet, daß die Familie die verkohlten Krümel aufessen mußte. Als Strafe, damit alle Beteiligten sich an sparsames Wirtschaften gewöhnten. Unwahrscheinlich, daß eben dieser Geruch nun von Giselles Grab hochstieg. Aber eine Tatsache. Joy-Ann vermeinte das bittere Aroma auf der Zunge zu schmecken.

Sie hatte jetzt nicht mehr den geringsten Zweifel, daß es sich um die Grabstätte ihrer Tochter handelte. Was sie verunsicherte, war ihre plötzliche Angst. Was hinderte sie daran, an den Stein heranzutreten und die Inschrift zu lesen? Ihr war, als sähe sie sich aus der Vogelperspektive. Im Zickzackkurs irrte sie zwischen den Gräberreihen entlang.

Sie trat näher heran. Eine Narzisse sproß aus Giselles Grab. Oder war es Iris? Joy-Ann war da nicht so sicher. Sie erkannte die Blumen immer erst, wenn sie blühten. Diese aber war noch nicht aufgeblüht, nur die grünen Blätter hatten sich durch die verkrustete Erdschicht zu Füßen des Grabes geschoben.

Und dann entzifferte sie den Namen ihrer Tochter, der in die Granitplatte eingemeißelt war:

GISELLE GLANDIER
1952–1979

Jemand rief sie mit Namen. Sie drehte sich um. Von Alice war nichts zu sehen. Auch sonst kein Mensch. Ohnehin hätte Alice sie nicht mit »Mami« angesprochen.

Meine Nerven sind überreizt, dachte sie. Sie mußte lächeln. Der Wind, der Wind, das himmlische Kind, sagten die Dichter, wenn so etwas passierte.

Ihr Blick fiel auf die Pflanze am Fußende der Grabstätte. Sie war aufgeblüht, zeigte ihre ganze Farbenpracht. Und das war keine Sinnestäuschung mehr. Das Gehör mochte ihr einen Streich spielen. Aber nicht die Augen.

Sie kniete nieder, um die unmögliche Blume näher zu betrachten. Erst als sie ganz nahe heran war, merkte sie, daß es gar keine Blume war. Es war eine kleine fleischfarbene Hand, die dort aus der Graberde ragte. Die Hand griff nach Joy-Anns Zeigefinger wie ein Kind, das sich bei seiner Mutter festklammert, wenn es die ersten Schritte tut.

In dem Augenblick, als Joy-Ann starb, gellte ihr Giselles Freudenschrei in den Ohren. *Mami, Mami, ich bin endlich frei! Ich danke dir so sehr!*

14

In der ersten Freude konnte sie an nichts anderes denken. Endlich war sie wieder sie selbst. Sie hatte ihr wahres Ich wiedergefunden. Seit Tagen hatte sie das Wachstum der Blume verfolgt, deren Fruchtblätter sich über ihr den Weg zum Licht bahnten. Sie war Zeuge gewesen, als die ersten Spitzen die Scholle durchbrachen, um ihr bewußtes Leben an der Oberfläche des Planeten zu gewinnen. Es war ein Kampf widerstreitender Gedanken gewesen. Geist, Zwiebel, Blätter. Sie hatte sich schließlich mit der Tatsache angefreundet, daß sie sich in eine Pflanze verwandelt hatte. Warum eigentlich nicht? Gab es denn ein schöneres Leben nach dem Tode als das Leben einer Pflanze? Man nahm den Regen in sich auf, wurde von Bienen bekrabbelt, räkelte sich in den wärmenden Strahlen der

Sonne. Ihre Gedanken wanderten zum Lady Luck Motor Lodge zurück. Die Stunden am Schwimmbecken, das Sonnenbad, das war die schönste Zeit ihres Lebens gewesen. Als sie im Grab lag, hatte sie sich wieder und wieder an jene Zeit erinnert.

Während der Sproß nach oben strebte, war sie ungeduldig geworden. Sie wand und drehte sich, wie ein Schlüssel, der in einem falschen Schloß steckte. Ob alle Pflanzen vor dem Aufblühen so ungeduldig waren? Waren sie alle so begierig wie sie, den Kopf an die Sonne zu bekommen?

Und dann war sie aufgeblüht. Die letzte Verbindung zwischen Geist und Körper wurde durchtrennt. Sie war frei. Frei wie ein Springbrunnen, der sein Wasser in den Himmel schleuderte, ehe der Segen, wie alles in der Welt, wieder auf die Erde zurückfiel. Gewiß, da war noch die Erinnerung an das Grab. Sie würde zurückkehren. Aber sie empfand das nicht als Beschwernis. Sie war wie ein Vogel, der sich frei in die Lüfte schwingt und weiß, daß er früher oder später die Erde wieder berühren wird. Sie spürte, wie die Enge, all das Bedrückende, was Menschen und Geister mit dem Friedhof verbanden, von ihr abfiel. Ihr Geist explodierte, wie ein Feuerwerkskörper, aus dem immer neue Blumen wuchsen. Erst als die Gedanken den Horizont erreichten, war da so etwas wie Endlichkeit und Begrenzung. Verwundert und erschöpft ließ sie sich auf die Erde senken.

Nah und weit, groß und klein, die Dimensionen begannen sich zu vermischen. Wie ein Wassertropfen Millionen von Kleinstlebewesen in sich birgt, so barg ihr Geist auf einmal alle Gedanken, die von den Toten auf diesem Friedhof gedacht wurden. Plötzlich wehte sie die Erkenntnis an, daß sie schon seit Urzeiten lebte. Ihr Geist war viel älter als der Körper, der unter ihr vermoderte. Die zweite Geburt. Sie erinnerte sich an die Hand ihrer Mutter, an den sanften Ruck, an ihre Freudenschreie. Danach war nichts als das weiße Licht der Freiheit. Noch wußte Giselle nicht, daß es jemanden gab, der für ihre Freiheit mit dem Tod bezahlt hatte. Sie nahm den Leichnam der Frau nicht wahr, der in verkrümmter Stellung, die Finger um den Stengel einer Narzisse gekrampft, auf ihrem Grab lag.

Und Gott, der doch alles weiß, hatte er Kenntnis von Joy-Anns Tod? Es war wohl ein Akt der Güte, daß er die Frau auf dem Grab ihrer Tochter hatte sterben lassen. Schon immer hatte Gott die Sippe der Ankers etwas besser behandelt als die anderen Menschen. Und so hatte er dafür gesorgt, daß Joy-Anns Tod mit dem Erlebnis innerer Erleuchtung und mit der Erfahrung höchster Gnade zusammenfiel. Giselle gegenüber zeigte er sich etwas zurückhaltender. Die junge Frau glaubte zwar, ihr sei jetzt grenzenlose Freiheit beschieden. In Wahrheit war sie nicht freier als der Wind.

Sie beschloß, ihrem Ehemann als Spukgestalt zu erscheinen. Das Band der Ehe war durch den Tod nicht zerschnitten worden. Für die Gefahren allerdings, die solche Begegnungen mit sich bringen würden, konnte man Gott nicht verantwortlich machen. Gott hatte die großen Uhrwerke der Atome und des Universums in Bewegung gesetzt. Er konnte sich jetzt nicht um Einzelheiten kümmern. Wie ein Künstler, der aus den ersten Skizzen ein Gemälde entstehen läßt, arbeitete ER an dem gigantischen Fresko des Jüngsten Gerichtes. Nicht nur die Elektronen, auch die Menschen hatten eine gewisse Freiheit des Willens, eine Spur von Eigenleben, das weder durch Gammastrahlen noch durch Gene vorprogrammiert war. Auch jene, über denen die Gnade des Herrn leuchtete, bekamen Grippe oder wanden sich in den schmerzhaften Fesseln einer mißglückten Ehe. Giselle hatte einen Fehler gemacht, als sie nach zweiwöchigem Werben dem Drängen Robert Glandiers nachgab. Ihre eigene Trägheit war ihr zum Verhängnis geworden und die zukkende, bohrende Fleischeslust. Noch im Tod trug sie an den Folgen. In den Jahren mit Bob war ihre Seele verformt und verkrüppelt worden. Sie war wie ein Efeu, der sich um einen alten Baum rankte. Eine erdrückende, erstickende Schicksalsgemeinschaft, aus der sich keiner von beiden befreien konnte. Und so kam es, daß Giselle gar keine andere Wahl hatte, als gen Westen, in Richtung Willowville, zu gehen, zu dem Mann, der sie ermordet hatte.

15

»Mr. Glandier, ein Anruf für sie. Die Frau wollte mir nicht ihren Namen sagen, aber sie sagt, es ist dringend.« Miß Spaeths gepflegte Rechte schloß sich um den Türknauf, als wäre das eine Zwiebel, die aus dem Boden gerissen werden mußte. Sie wippte ungeduldig in den Hüften.

»Wahrscheinlich meine Schwiegermutter. Ich übernehme das Gespräch.« Er nahm den Hörer ab.

»Hallo.«

»Spricht dort Mr. Glandier?«

»Ganz recht, ich bin's. Wer sind Sie?«

»Hier spricht Alice Hoffman. Ich bin eine Freundin Ihrer Schwiegermutter, Mr. Glandier. Sie kennen mich, wir haben uns bei Joy-Ann schon ein paarmal getroffen.«

»Jetzt erinnere ich mich. Was kann ich für Sie tun, Mrs. Hoffman?«

Ein paar lustvolle Sekunden hörte es sich so an, als ob Alice Hoffman von einem Mann, der hinter ihr stand, erwürgt wurde. Dann wurde ihm klar, daß sie schluchzte.

»Was ist denn passiert, Mrs. Hoffman? Geht es Ihnen nicht gut?« Er verkniff sich die Frage, die ihm auf den Lippen lag. *Wenn es Ihnen nicht gutgeht, wollen Sie mir dann bitte sagen, was mich das verdammt noch mal angeht?*

»Ich rufe wegen Joy-Ann an, Mr. Glandier. Sie ist tot. Ich habe sie zum Friedhof begleitet, und dann...« Wieder drang ihr Weinen aus der Muschel.

»Sie haben sie zum Friedhof begleitet?« *Wie lobenswert.*

»Sie wollte Giselles Grab einen Besuch abstatten, und sie hat mich darum gebeten, daß ich sie hinfahre. Sie hatte das Grab noch nie besucht, verstehen Sie? Ich bin dann nochmal zur Pforte zurückgegangen, um mich dort nach etwas zu erkundigen. Ich hätte natürlich nicht gedacht... Es muß wohl ein furchtbarer Schock für sie gewesen sein.«

Robert Glandier war von dem Gehörten freudig erregt, daß ihm keine Antwort einfiel. Er hatte sich gerade mit der Aussicht abgefunden, daß die chemotherapeutische Behandlung das Leben seiner Schwiegermutter um ein Jahr oder mehr verlängern würde. Und nun das. Wie schön.

»Mr. Glandier, sind Sie noch da?«

Er räusperte sich und schlug einen geschäftsmäßigen Ton an. »Gewiß doch, Mrs. Hoffman. Ja, ich vermute auch, daß es der Schock gewesen ist. Es war wohl zuviel für sie. Von wo rufen Sie an? Und wo ist... ähm... Mrs. Anker?«

»Ich habe sie sofort ins Krankenhaus schaffen lassen, aber sie konnten nichts mehr tun. Sie ist tot, ohne jeden Zweifel. Ich hatte sie höchstens fünf Minuten alleingelassen. Als ich zurückkam, fand ich sie tot auf Giselles Grab liegend. Ich hätte beinahe noch selbst einen Herzschlag bekommen, Mr. Glandier. Ich meine, das kam so völlig *unvermittelt!* Heute morgen war sie noch so fröhlich, so guter Dinge. Es war ihre Idee, zum Friedhof rauszufahren, damit das klar ist.« Sie senkte ihre Stimme zum Flüsterton. »Ich vermute, sie hat diesen Vorsatz gefaßt, als sie *high* war. Ich meine die Drogen, die Sie ihr besorgt haben, Mr. Glandier. Aber Sie brauchen sich keine Sorgen zu machen. Ich habe ihre Handtasche durchsucht, bevor die Polizei kam. Da war nichts drin. Ich bin dann noch bei ihr zu Hause vorbeigefahren. Ich wußte ja, wo sie das Zeug aufbewahrt. Ich bin durch die Hintertür reingegangen. Sie wissen ja, Joy-Ann läßt immer die Hintertür offen. Und dann habe ich die Droge aus dem Versteck geholt. Aus dem Krug, der neben dem Stapel Geschirrtücher steht.«

»Und nun?«

»Ich hab's hier vor mir liegen, verstehen Sie?«

»Mrs. Hoffman, ich sehe nicht, was ich mit der ganzen Sache zu schaffen habe.«

»Natürlich nicht. Aber ich habe eben auch nichts damit zu tun. Ich möchte die Droge nicht im Haus behalten.«

»Dann spülen Sie das Zeug doch die Toilette runter. Oder stekken Sie's in den Müll. Ich habe damit nichts zu tun.«

»Ich weiß nicht, ob ich das tun soll. Schließlich haben *Sie* die Droge für Joy-Ann gekauft. Wird es für die Polizei nicht so aussehen, als wollte ich Beweismittel zur Seite schaffen?«

»Sie haben doch hoffentlich noch mit niemandem über die Sache gesprochen, oder?«

»Nein. Aber wenn man mich fragt, ich meine, ich sehe ein, die Wahrscheinlichkeit ist gering, daß ich vernommen werde, aber trotzdem, wenn die Polizei... Was könnte ich der Polizei gegenüber denn sagen?«

»Nun regen Sie sich bitte nicht so auf, Mrs. Hoffman, es besteht kein Grund zur Sorge. Wenn Sie möchten, daß ich das Zeug fortspüle, wenn Sie das beruhigt, bitte schön, keine Probleme. Bleiben Sie in Ihrem Haus. Ich komme in ein oder zwei Stunden vorbei. Wenn ich mich richtig erinnere, dann wohnen Sie im Nachbarhaus, nicht?«

»Auf der gegenüberliegenden Seite. Hausnummer siebenundneunzig.«

»Ich komme, sobald ich kann.« Er legte auf. Er betrachtete seine schweißnasse Hand, die sich um den Hörer krampfte. Dann erst fiel ihm ein, daß er sich gar nicht erkundigt hatte, in welches Krankenhaus der Leichnam gebracht worden war.

Sie war tot. Er würde das Haus erben. Eine lärmende Freude kam über ihn. Er war in Feierstimmung. Am liebsten hätte er Freudenschreie ausgestoßen, wäre wie ein kleiner Junge durch das Büro gesprungen. Wenn Joy-Anns Leiche vor ihm im Sessel gelegen hätte, er hätte sie umarmt und geküßt. Wenn er ein Sektglas gehabt hätte, er hätte es an die Wand geworfen. Aber hier, im Büro, mußte er sich mit einem wohlgelaunten Boxhieb auf die Rückenlehne der Couch bescheiden. Der Gedanke an das Geld. Er zitterte vor Freude. Ich bin ein Glückspilz, dachte er. Wenn er Joy-Ann mit eigenen Händen erdrosselt hätte, die Befriedigung hätte nicht größer sein können.

16

In seinem kanariengelben Qianahemd und dem aprikosenfarbenen Safarianzug sah Bing Anker wie eine Erscheinung aus der anderen Welt aus. Er griff in die Bingotrommel und holte einen schwarz beschrifteten Ball heraus. Dann lehnte er sich zum Mikrophon und verlas die Nummer. »N-31. Ist das nicht eine Überraschung, N-31.« Er drückte auf die Taste 31, die Nummer erschien auf einem Leuchtzeichen über der Bühne. »Niemand, der gewonnen hat?« Er ließ den Blick über den halbleeren Saal schweifen. »Sehr schön. Dann tu mir nochmal den Gefallen, Sam. Besorg's mir noch einmal.« Sein Fuß zuckte auf das Pedal. Die Trommel mit den Bingobällen begann sich zu drehen, das Bild erinnerte an Wäsche, die im Guckauge einer vollautomatischen Waschmaschine herumgeschleudert wird. Er faßte in die Trommel, verlas die Nummer. »Und wieder haben wir N. N-42. Ich würde ja jetzt zugreifen, wenn ich Sie wäre. Also, was ist? Immer noch kein Bingo? Die Sache beginnt ja allmählich grotesk zu werden.« Er hatte den Tonfall Sylvester Pyssycats nachgeahmt und erntete ein paar glucksende Lacher. Er gab die 42 in den Computer ein. Dann versetzte er die Trommel erneut in Drehung. »I-16. Stellen wir uns doch vor, meine Damen, wir wären sechzehn Jahre alt. Was man da nicht alles an guten Vorsätzen fallenläßt...«

»Bingo!« rief eine Frau im rückwärtigen Teil des Saales. Bings Helferin eilte zu ihr und vergewisserte sich. Bingo, in der Tat.

»Süße sechzehn, sage ich nur. Nun, Sie sehen ja, daß es sich lohnt, wenn eine junge Dame die Zügel schießen läßt. Es gibt Geld. Ein saftiger Jackpot. So saftig wie... aber was sage ich da. Nennen wir die Dinge doch beim Namen. Zweihundert Dollar!« Er hielt ein Bündel Zwanzigdollarnoten hoch. Eine Handbewegung mit der Linken. »Würden Sie bitte nach vorn kommen?

Hier warten zweihundert Dollar auf Sie. Es sei denn, Sie möchten sich lieber mit einem Kuß auszahlen lassen. Na?«

Die Gewinnerin erklomm die Stufen, die zur Bühne führten. Ihre gichtigen Arme suchten auf beiden Geländern Halt. Bing Anker hätte sich keinen Augenblick gewundert, wenn die Frau noch vor der letzten Stufe ihre Seele ausgehaucht hätte.

»Ich sehe schon, Sie wollen keinen Kuß, Sie sind hinter meinem Geld her. Die Frauen aus den Großstädten sind doch überall die gleichen. Nur auf Geld aus, keine Liebe mehr unter den Menschen. Goldgräberinnen 1980, würde ich sagen.«

Es gab freundliches Gelächter in den ersten Reihen. Zu mehr vermochte der Anblick der kranken Greisin, die jetzt die Bühne betrat, die Zuschauer nicht zu inspirieren. Der Blick der Alten war auf das Geldbündel geheftet. Es war der Ernst der Süchtigen, der die Spritze sieht. Bing Anker ließ das Bündel Geldscheine von der Rechten in die Linke gleiten, als wollte er es dem Zugriff der Gewinnerin entziehen. Dann trat er auf die Frau mit dem Totenschädel zu.

»Ich gratuliere, Mrs. –« Er zog fragend die Brauen hoch.

»Collins.«

Kichern ganz vorn. Die Stammspielerinnen wußten, was jetzt kam. »Ich weiß nicht, was Sie zu Hause trinken, Mrs. Collins. Wahrscheinlich schärfere Sachen wie die anderen Go-go-Girls auch.« Er drückte auf den Knopf, der das Hornsignal, die Erkennungsmelodie, auslöste. »Aber so harte Drinks kann ich Ihnen hier nicht bieten. Wie alle Gewinner bekommen Sie ein Glas kalifornischen Champagner gratis. Mindy, wo bleibt Mrs. Collins' Champagner?«

Mindy, die in rosa Satin gewandete Assistentin, kam hinter dem Vorhang hervor. Sie brachte ein Tablett mit zwei gefüllten Gläsern. Bing ergriff sein Glas, das Ingwerbier enthielt. Widerstrebend tastete die alte Frau nach dem ihren. Sie prosteten sich zu. Die Bingogemeinde im Saal applaudierte. Mrs. Collins verzog das Gesicht, als hätte sie in eine Stange Rhabarber gebissen, dann stellte sie das geleerte Glas auf das Tablett zurück. Sie hob die Rechte und ging auf Bing zu.

Er vollzog eine Wendung zur Seite. »Würden Sie den anderen Teilnehmern verraten, wo Sie *wohnen,* Mrs. Collins?« Er hielt ihr das Mikrophon an die verkniffenen Lippen.

Sie bewegte den Mund. Zu verstehen war nichts.

»Bitte nochmal mit Gefühl, Mrs. Collins!« Er tastete nach dem Verstärker und schob die Taste bis zum Anschlag vor.

»In Kansas City!« dröhnte es durch den Saal. Jubelndes Gelächter. Es war schon sehr lustig, daß jemand in Kansas City wohnte.

»Kansas City«, schwadronierte er. »Die Stadt mit den schönsten Frauen. Wir haben den lebenden Beweis hier vor uns stehen. Und dieser Darling ist nicht nur schön, er ist auch reich. Hier sind Ihre zweihundert Dollar, Mrs. Collins. Und das war's auch schon. Meinen Glückwunsch, danke schön und auf Wiedersehen.« Er händigte ihr das Geld aus.

Während die Assistentin die alte Frau zu ihrem Platz zurückgeleitete, kündigte Bing Anker die nächste Spielrunde an. Er verlas auch die Preise, die zu gewinnen waren. Erste Reihe senkrecht: 10 Dollar. Erste Reihe waagerecht: 20 Dollar. Erste Reihe doppeltdiagonal: 50 Dollar. Höchstgewinn: 250 Dollar. Das Spiel konnte ewig dauern. Aber Bing fand, es war ein leichter Job. Für die Spieler bot Bingo den Vorteil, daß sie den ganzen Nachmittag in gleichgesinnter Gesellschaft verbringen konnten und trotzdem nicht soviel Geld verloren wie an den einarmigen Banditen. Insofern, fand Bing, war das Spiel geradezu eine humanitäre Erleichterung für alte Leute. Wie Krankenpflege oder Radioübertragung von Gottesdiensten. Vor allem aber war Bingo Show Business. Das Spiel vermittelte Glanz und Aufsehen. Und Bing Anker liebte Glanz und Aufsehen. Er genoß das Remmidemmi, das um die kleinen Gewinne entfacht wurde. Er lebte auf, wenn die Leute über seine faulen Witze lachten. Eine Gemeinschaft von Versagern. Showmaster und Publikum, Assistenten und Helfer, alle taten so, als seien sie die Stars in einer Fernsehsendung, die live in dreißig Millionen Haushalte übertragen wurde, und nicht Statisten in einer drittrangigen Bingohalle. Für alle, die nicht genügend Geld fürs Kasino hatten, war Bingo das Spiel, wo sie mit Würde und Anstand verlieren konnten. Eine Fluchtburg für die Spieler zweiter Klasse, die sich nach Las Vegas verirrten.

»Bing«, sagte eine leise Stimme im Ohrmikrophon. Bing Anker tastete nach dem Hebelchen und schaltete auf Büro. »Was ist?«

»Hier war gerade ein Anruf für Sie. Ähm... ein wichtiger Anruf, würde ich sagen. Sie waren gerade mitten im Spiel, so daß ich Sie nicht stören wollte. Der Anrufer wollte seinen Namen nicht nennen. Und am Apparat bleiben wollte er auch nicht. Es ist vielleicht besser, wenn Sie rüberkommen. Mindy soll übernehmen. Ich habe die Telefonnummer notiert, die mir der Anrufer nannte. Sie sollen sofort zurückrufen.«

»Was könnte denn wohl so wichtig sein, daß ich mitten aus der Show weglaufe? Ist meine Mutter gestorben?«

»Ähm... es ist am besten, Sie kommen erstmal ins Büro.«

»Also doch! Meine Mutter ist tot. Wie finden Sie das? Habe ich nun ein PSI-Potential oder nicht? Die alte Dame stand ja schon eine Weile mit einem Bein in der Grube. Ich bin also nicht sonderlich überrascht, wenn Sie wissen, was ich meine. Ich kann auch nicht sagen, daß es mir übermäßig leidtut. Die gute Frau und ich, wir haben nämlich seit 1966 kein Wort mehr miteinander gewechselt. Aber immerhin, sie war meine Mutter. Was meinen Sie, soll ich's am Mikrophon durchgeben? Ich schätze, eine Reihe alter Damen würd's genießen. Das Schicksal, wie es so zuschlägt. Fürchterlich dramatisch. Und so traurig, so anrührend. Der Schock. Ich vermag das Unglück noch gar nicht recht zu ermessen. Ich bin wie in einem Traum. In der Art etwa, wie fänden Sie das?«

»Ich würde es nicht am Mikrophon durchgeben, wenn ich Sie wäre, Bing. Es könnte sein, daß einige Frauen in Ohnmacht fallen. Oder daß sie's ganz einfach krummnehmen.«

»Ich würde ja keine Anspielungen machen, daß sie selbst schon tot sind.«

»Darum geht es nicht. Die Leute hören nicht gern, wenn jemand vom Sterben spricht. Der eigene Tod oder der fremde, das macht keinen Unterschied. Sie möchten nicht gern dran erinnert werden.«

»Okay, okay, Sie sind der Boß. Ich will Ihnen was sagen. Die Leute im Saal werden ungeduldig. Wie wär's, wenn Sie mir die Sache abnehmen? Seien Sie doch so gut, und buchen Sie mir einen Flug nach Minneapolis. Irgendwann nach acht, ja. Ich muß noch rasch packen und ein Sandwich verdrücken.«

»Warum lassen Sie die Show nicht sausen, Bing? Mindy kann das für Sie zu Ende machen, wirklich.«

»Weil die Show mein Leben ist«, sagte Bing Anker ernst. Das Hornsignal ertönte, und die Bingotrommel setzte sich in Bewegung. Bing verlas die erste Gewinnummer

»Und da haben wir die Reihe G, Nummer 53. Wie mein Vater schon sagte. Mein Junge, besser zwei von fünfunddreißig als eine von dreiundfünfzig.«

»Es folgt die Reihe B. Glück für B-13.«

»Und jetzt die Reihe O. Ich sage nur: 75. Fünfundsiebzig, und immer noch Bock auf Männer.«

»Wieder Reihe O, Nummer 69. Kein Kommentar zu neunundsechzig.«

Die alten Frauen kicherten.

Bing blinzelte ihnen zu.

Die Trommel schwang schneller.

17

Die Bewunderung, die uns ein Sonnenuntergang einflößt, ist von Angst gefärbt. Die Nacht kommt. Dem Menschen eröffnet sich der Blick ins Leere, ins Nichts. Beängstigend für jemanden, der sich am Nachmittag in einem Liegestuhl geräkelt hat. Da war die Sonne noch warm und freundlich. Keine rote Scheibe, die hinter den Horizont flutscht. Man sieht den blauen Himmel und denkt, der Himmel ist wirklich blau. Niemand mag zugeben, daß er da nur einer Illusion erliegt. *Die Atmospähre spielt uns einen Streich. Ein Trick. In Wirklichkeit ist der Himmel schwarz. Es gibt keine Luft im All und auch keinen Staub, der uns blaue Farbe vorspiegeln könnte. Das All ist leer.*

Beim Sonnenuntergang nun werden wir daran erinnert, daß es so ist, auch wenn wir es nicht wahrhaben wollen. Der Himmel ist schwarz. Der Mond ist ohne Leben. Die Planeten ebenfalls. Auch die Sterne. Vor allem aber sind die Sterne weit weg. So weit, daß sie keinerlei Einfluß auf unser Leben auszuüben vermögen.

Giselle hatte erwartet, daß diese Tatsachen im Leben nach dem Tode keine Gültigkeit mehr haben würden. Sie hatte gehofft, daß die Sterne ihr, wenn sie erst einmal als Geist dem Grabe entstieg, eine geheime Botschaft übermitteln würden. Aber es waren die gleichen Sterne, die sie vom Balkon ihres kleinen Apartments in Las Vegas betrachtet hatte. Einmal mehr erinnerten sie die Gestirne daran, wie hilflos, wie bedeutungslos sie war. Auch wenn sie nicht mehr als Körper existierte, sie konnte immer noch ausgelöscht werden. Wie eine Motte, die im Feuer verglüht.

Die Furcht hatte von ihr Besitz ergriffen. Nicht daß dieses Gefühl sie ausfüllte. Aber es übte einen bestimmenden Einfluß aus. Sie kam sich vor wie ein Drachen, der an einer langen Leine hochgelassen worden war. Und doch war das Rucken der Leine an ihrem Rücken, am Drachenkreuz, zu spüren. Sie wußte, daß der kleine Junge, dem sie ihre Freiheit verdankte, sie irgendwann einmal auf die Erde zurückholen würde.

Sie ging auf dem Weg entlang. Das Mondlicht schimmerte auf

den Kieselsteinen. Ein interessanter Widerspruch zu der Schwärze, die sich über ihr wölbte. Die Scheinwerfer ferner Autos waren zu erkennen. Sie schienen unendlich langsam zu fahren. Giselle fühlte sich an die Würmer und Maden erinnert, die sich ihren Weg durch den gefrorenen Boden gegraben hatten, um zu ihrem Fleisch, ihren Gedärmen, zum Mark ihrer Knochen zu gelangen. Die Lichter waren schwächer geworden, begannen zu tanzen. Wo lag das Ziel? Wie, wenn sie ganz einfach einem der Autos folgte? Wie, wenn sie auf jenes Beet mit Lilien zuging, über dem eine Hoflaterne blinkte? Wie, wenn sie in jedes Fenster eindrang, hinter dem sich das bläuliche Flimmern des Fernsehschirms abzeichnete?

Die Schnur des Drachens wurde angezogen. Ein Ruck. Sie fühlte, wie sie im Steilflug in die Nacht hinabstürzte. Es war jetzt nicht mehr wichtig, wo sie landen würde. Auf der Erde, was immer das war.

Plötzlich spürte sie, wie sie auf ein Photon gequetscht wurde. Plötzlich war sie nur noch Licht, nur noch Energie. Der winzige Lichtpunkt zuckte wie die Lichtorgel einer Diskothek. Schwarzer Rauch stieg auf aus den Tiefen des Raums, eine Schwärze voller Anmut, Begehren und Zielstrebigkeit.

Die Schwärze hatte sich ausgestülpt wie ein Tintenfisch, dem die Fischer den Messerknauf auf die Eingeweide stoßen. Eine Zunge schoß aus dem schleimigen Hautsack hervor, lang wie das Fangorgan einer Echse. Sie spürte, wie die nassen Knorpel sich um Hals und Brüste legten. Es gab keinen Zweifel mehr, daß sich ihr Mann in dem Hautsack verbarg. Sie war zu der Stätte ihrer Erniedrigung heimgekehrt. Sie war gefangen. Sie spürte, wie Ketten auf sie gehäuft wurden. Es war vorbei mit ihrer Freiheit, dafür sorgte jene Schwärze, die seit Jahrmillionen den Namen Robert Glandier trug. Giselle war jetzt nur noch ein bedeutungsloses Staubkorn im Tunnel seiner Gedanken. Im Grab war sie Gefangene ihres verfaulenden Körpers gewesen. Jetzt war sie Gefangene seiner Willkür. Vergeblich versuchte sie zu schreien. Alles blieb still. Sie bestand nicht mehr aus Materie, es gab keine Lunge mehr, keine Stimmbänder. Aber es gab die Schwärze, die auf die Nacktheit ihrer Gedanken zukroch und sie einhüllte.

18

Es war noch früh am Tag, als Glandier heimfuhr. Er lenkte den Wagen in die Einfahrt, warf einen Blick auf die Silhouette des Sheehyschen Anwesens, hinter der ein rotflammendes Wolkengebirge ins Firmament explodierte. »Eines Tages bist du dran, du Hurensohn«, flüsterte er. Wie er diesen Mann haßte. Immerhin, heute gab es etwas Zucker, mit dem er den Wermut versüßen konnte. 80000 Dollar. So etwas konnte einen für eine Weile die Sorgen vergessen lassen. Er hatte bereits Anweisungen für die Beerdigung von Joy-Anns sterblichen Resten gegeben. Bei der gleichen Gelegenheit hatte er darauf bestanden, daß Giselle umgebettet wurde. Die Hurensöhne hatten sie in die falsche Gruft gelegt. In Gedanken hatte er ihr eine Botschaft gesandt. Er schmunzelte. Ein PSI-Telegramm. *Wach auf mein Liebling. Der Tag der Auferstehung ist angebrochen.*

Ärgerlich war eigentlich nur die Sache mit Flynn. Das war Joy-Anns Rechtsverdreher. Flynn hatte gemeint, daß Bing Anker vom Tod seiner Mutter verständigt werden mußte. Glandier hatte ihm entgegengehalten, daß Bing und seine Mutter seit Jahren kein Wort mehr miteinander gewechselt hatten. Warum bei dem Sohn falsche Hoffnungen erwecken, wenn es für ihn sowieso nichts zu erben gab? Der arme Kerl würde eine weite Reise unternehmen und mit leeren Taschen wieder abziehen. Aber Flynn hatte sich auf nichts eingelassen. Entweder Glandier verständigte den Sohn der Verstorbenen, oder er, Flynn, übernahm diese Aufgabe. »Bitte, lassen Sie sich nicht abhalten«, hatte Glandier gesagt. Er hatte daneben gestanden, als Flynn die Nummer anwählte. Als Bing sich meldete, stellte sich heraus, daß er längst Bescheid wußte. Alice Hoffman, das alte Ekel, hatte ihn schon angerufen. Bing war schon beim Kofferpacken. Bing hatte den Anwalt am Telefon gefragt, ob er wohl im Hause seiner Mutter wohnen könnte. Flynn hatte die Frage an Glandier weitergereicht. Der hatte bedächtig an seiner Zigarre gesogen. »Das meinen Sie wohl nicht im Ernst, oder?« hatte er zurückgefragt.

Wie es aussah, würde man sich um das Erbe raufen müssen. Wenn Bing Anker zur Beerdigung seiner Mutter kam, dann bedeutete das, er versprach sich eine Scheibe vom Kuchen. Allerdings waren Bings Chancen, auch nur einen Krümel zu ergattern, denkbar gering. Bing Anker hatte schon mit siebzehn das Elternhaus verlassen, um sich dem Heer der Schwulen in Kalifornien einzuverleiben. Damit stand fest, daß er von seiner Mutter enterbt wurde.

Joy-Ann hatte nie Zweifel daran gelassen, wie sehr sie sich dieses Sohnes schämte. Der Junge war ihr einziger Sohn. Sie hatte ihn auf katholischen Schulen erziehen lassen. Und jetzt das. Schwul. Robert Glandier hatte Joy-Ann mit dem Brustton der Überzeugung zugestimmt, wenn sie sich bei ihm über den beschämenden Lebenswandel ihres Sprößlings ausließ. Er hatte dabei nicht einmal Theater spielen müssen. Er haßte Homosexuelle, wo und wie auch immer sie auftauchten.

Bing also war ein Ärgernis. Aber doch nur so wichtig wie ein Fliegenbein in einer Fünfkiloschüssel Schlagsahne. Robert Glandier kannte das Testament. Es war hieb- und stichfest. Bing hatte keine Chance. Stillvergnügt trug er die zwei Tüten Lebensmittel und einen Karton Spirituosen ins Haus hinein. In der Küche angekommen, drehte er den Backofen auf fünf. Die Pizza. Er schob die Vorräte in den Eisschrank, verteilte den Rest auf die Schränke. Er schlitzte die Aluminiumfolie auf, nahm die Pizza heraus und schob sie in den Backofen. Er stellte das Zeitrad auf zwanzig Minuten ein. Dann schlitzte er den großen Beutel mit Pommes frites auf und schüttete den Inhalt in eine Schüssel. Abendessen nach Art des Hauses. Leben wie Gott in Frankreich.

Er köpfte eine Flasche Heineken. Die offene Flasche und die Schüssel mit den Pommes frites trug er ins Wohnzimmer. Dann ging er in die Küche zurück und holte die Schüssel mit Mayonnaise. Er ließ sich in seinen verstellbaren Lehnsessel sinken, verankerte die Schüssel mit den Pommes frites in seinem Schoß. Die Bierflasche stellte er auf die rechte Armlehne, das Schüsselchen mit Mayonnaise auf die linke. Er hob die Flasche, um einen Trinkspruch auf die Tote anzubringen: »Joy-Ann, auf dein Wohl, du alte Schlampe.«

Während das eisgekühlte Bier seine Rachenmandeln entlangrann, erschien vor seinem geistigen Auge das Foto von Giselle mit ihrer Mutter. Wie nützlich doch so eine Krankheit war. Es gab keine Joy-Ann mehr. Giselle verfaulte, wenn auch in der falschen Grabzeile. Es gab keine Schwiegermutter mehr, die sich als ungebetener Gast ins Haus einladen konnte. Es gab in der ganzen verdammten Stadt einfach niemanden mehr, der ihm mit Aussicht auf Erfolg an den Karren pissen konnte. Robert Glandier tauchte einen fettglänzenden Kartoffelschnitz bis zu den Monden seiner Fingernägel in die Tunke. Als seine Zähne die gebräunte Kruste zermalmt hatten, legte sich ein bitterer Geschmack nach verbrannter Schokolade auf seine Zunge.

19

Helligkeit umfloß sie, als sie aufwachte. Das Bett, die Wände, sogar die Rosen in ihrem Zimmer waren weiß. So makellos, so schimmernd weiß, daß Joy-Ann nur zögernd die Augen öffnete. *Ist* das nicht schön, dachte sie. Dann erst stellte sie sich die Frage, wo sie sich eigentlich befand. Die Frage war gestellt. Wichtig schien sie nicht. Joy-Ann wußte, daß sie gut aufgehoben war. Es gab jemanden, der sich um sie kümmerte. Man hatte ihr die Armbanduhr abgestreift. So ein Armband war schön, aber auch beengend. Ein Nachteil des Lebens ohne Uhr war, daß man nicht wußte, ob drei Stunden oder eine Ewigkeit vergangen waren.

Andererseits, es gab eigentlich nichts, worauf Joy-Ann jetzt noch *wartete*. Wenn dies die Ewigkeit war, dann war Sterben eine angenehme Sache. Sie fühlte sich wohl, herrlich wohl. Und stark. So stark wie die Frau in der Fernsehwerbung, die nach der Einnahme von Anicin wieder ihre schwere Bratpfanne heben konnte. Der Schmerz in ihren Eingeweiden war verschwunden. Sie fühlte sich entspannt, fröhlich, zu Taten aufgelegt.

Nachdem niemand ihr das Aufstehen verbot, setzte sie sich auf den Bettrand, angelte mit den Zehen nach den rosa Frotteeslippern und erhob sich. Sie sah an sich hinab. Sie trug ein rosa Nachtgewand, in der Farbe der Slipper. Nein, eigentlich mehr ein Negligé. Rüschen, Paspeln und Rosetten, ein Traum von einem Negligé. So etwas trugen die Modemädchen von Manhattan. Sie begann zu tanzen. Sie hielt den rechten Arm ausgestreckt und tanzte.

Plötzlich hielt sie inne. Wie, wenn ihr jemand zusah und sie wieder ins Bett steckte? Allerdings, von den Krankenschwestern und Ärzten, die es hier geben mußte, war nichts zu sehen. Ob sie wohl bald ihr Abendessen bekam? Und ob es wohl einen anständigen Nachtisch gab oder nur den faden Wackelpudding, wie er den Patienten in normalen Krankenhäusern zugemutet wurde?

Sie ging auf die Tür zu und drehte den Türknopf. Dann erst sah sie, daß es ein großer Wandschrank war, den sie geöffnet hatte. Die Sache warf neue Fragen auf. Im Schrank hing ein Abendkleid mit goldenen Federn. War das *ihr* Kleid? Und was sollte die Harfe, die im Schrank stand?

Sie ließ ihre Nägel über die Saiten streichen. *Blong.* Joy-Ann konnte nicht Harfe spielen. Sie kannte auch keinen Menschen, der Harfe spielen konnte. Sie hatte noch nie im Leben eine Harfe berührt. Im Leben? Jetzt erst wurde ihr klar, daß sie gestorben war.

Sie war im Himmel.

»Gott?« rief sie. Sie achtete darauf, daß der Ruf nicht zu laut geriet. Dies war nicht nur der Himmel, es war auch ein Krankenhaus.

Gott, wenn er da war, gab keine Antwort. Entweder ER hat gerade etwas anderes zu tun, dachte sie. Oder ich bin noch nicht geläutert, so daß er sich erst zu einem späteren Zeitpunkt um mich kümmern kann. Nun, sie hatte ja Zeit genug. Sie empfand keine Ungeduld. Nur einen Anflug von Neugier.

Merkwürdig festzustellen, daß der Himmel genauso war, wie die Leute auf der Erde immer sagten, daß er *nicht* war. Es gab Harfen und fließende Gewänder, bitte schön. Lustig. Und auf altmodische Art angenehm. Ihr war, als hätte sie ihre Schritte von der heruntergekommenen Hennepin Avenue in eine saubere Seitenstraße gelenkt, wo sich ein piekfeiner, alterwürdiger Eisladen mit Sodabrunnen und gekämmter Bedienung vor ihr auftat. So einfach. Und doch *ritzy*.

Sie dachte nach. Gab es eigentlich wichtige Dinge, die sie auf Erde noch hatte erledigen wollen? Die unmittelbare Vergangenheit lag wie im Nebel. Sie hatte zu den Klängen einer Platte von Bing Crosby getanzt. Sie hatte einen Brief an Schwester Rita geschrieben. Allerdings, das war schon gestern gewesen. Und heute? Sie hatte Alice Hoffman getroffen. Sie waren...

Die Schranktür schwang auf. Eine adrett gekleidete Krankenschwester trat ein. Frischgestärktes weißes Käppi. Wie die Krankenschwestern im *General Hospital*, dachte Joy-Ann.

Die Schwester sah auf ihre Klemmtafel.

»Joy-Ann Anker?«

»Ganz recht.«

»Sie sind schon aufgestanden, wie ich sehe. Ihre Besserung schreitet ja schnell voran. Wie fühlen wir uns denn?«

»Ich habe mich noch nie so wohl gefühlt, wirklich.«

»Sehr schön. Ich will trotzdem...« Sie hatte Joy-Anns Hand ergriffen und fühlte ihr den Puls.

»Ein nettes Käppi, das Sie da aufhaben«, sagte Joy-Ann. »Gefällt mir. Erinnert mich etwas an die Tracht der Schwestern im *General Hospital.*«

Die Krankenschwester lächelte. Sie tastete verlegen nach der Spange, mit der das Käppi im Haar festgeklemmt war.

»Gibt's hier die Möglichkeit, einen Fernsehapparat aufs Zimmer zu bekommen?« fragte Joy-Ann.

»Natürlich«, sagte die Krankenschwester. Sie deutete auf ein Gerät der Marke Zenith, das Joy-Ann noch gar nicht bemerkt hatte.

Joy-Ann fiel auf, daß die Schwester nicht auf ihre Uhr sah. Sie nahm ihr den Puls, ohne auf die Uhr zu sehen. »Gibt es im Himmel denn keine Uhren?« fragte Joy-Ann.

»Sie sind hier nicht im Himmel, Joy-Ann«, kam die Antwort. »Es ist eine Art Zwischenstation zum Himmel. Die Zeit verrinnt, wie Sie es von früher kennen. Andererseits stimmt es schon, für Uhren haben wir hier nicht viel Verwendung. Hier weiß man instinktiv, wie spät es ist. Und im Augenblick sagt mir mein Instinkt, es ist Zeit für Sie, wieder ins Bett zu krabbeln und sich auszuruhen.«

»Mich ausruhen? Aber ich fühle mich so stark, daß ich Bäume ausreißen könnte.«

Ein wissendes Nicken. »Was Ihnen noch fehlt, Joy-Ann, ist jene tiefe, *innere Ruhe,* die so viel wichtiger ist als körperliche Erholung. *Bitte!«* Sie hob das weißschimmernde Satinlaken. Joy-Ann gehorchte. Sie schlüpfte ins Bett zurück.

»Und jetzt ruhen Sie!« Ein strenger Blick. Die Krankenschwester machte auf dem Absatz kehrt und verließ den Raum durch die Schranktür.

Neben der Schranktür hing ein Wandteppich, auf dem eine Landschaft abgebildet war. Es gab eine Ulmenallee. Darüber spannte sich ein Regenbogen. Dahinter blauer Himmel. Im Vordergrund Blumen. Veilchen, Glockenblumen, Narzissen, Iris, Frühlingsblumen. Inmitten der Blumen war ein Bibelvers eingestickt.

Selig sind
die Armen im Geiste,
denn ihrer ist
das Himmelreich.

20

Es gibt Menschen, die sprechen von körperlosen Geistern. Genausogut könnte man sagen, daß Wasser naß ist. Geister sind von Natur aus körperlos. Wir alle wissen, daß unsere Körper von einer Kraft gelenkt und beherrscht werden, die wir Geist oder Seele nennen. Die Impulse, die von Geist oder Seele gegeben werden, sind nicht mechanischer Art. Man kann die Sache also nicht mit einem Uhrwerk vergleichen, wo die verschiedensten Rädchen ineinandergreifen. In gewisser Weise kann man das System von Seele und Körper mit einem Automobil vergleichen. Ein Funken, die Zündung, ist erforderlich, um das Gefährt in Gang zu setzen. Dieser Funken wird von einer Zündkerze gegeben. Wo nun liegt, im Falle des Menschen, die Zündkerze? In welcher Weise sind Fleisch und Körper verbunden? Ist die Zündkerze in der Leber verborgen, wie die griechischen Philosophen behauptet haben? Oder in der Bauchspeicheldrüse, wie Descartes vermutete? Oder im Gehirn, wie nach den Umfragen des Gallup-Instituts die meisten Menschen zu glauben scheinen? Weder noch. Die Seele ist mit dem Körper nicht über ein bestimmtes Organ verbunden, sondern auf einer Ebene, die sich unseren Möglichkeiten der Wahrnehmung entzieht. Hier helfen keine Mikroskope, nicht einmal jene, mit denen sich Genketten betrachten und abbilden lassen. Die Verbindung vollzieht sich tief im Inneren des Atoms, dort, wo das Prinzip von Ursache und Wirkung nicht mehr gilt. Soweit es dort überhaupt etwas wie Logik gibt, haben wir es mit statistischen Wahrscheinlichkeiten zu tun. Dort also ist die Seele verankert. Sie erfreut sich einer ziemlichen Unabhängigkeit, eine Tatsache, zu der unsere Lebenserfahrungen im Makrokosmos im Widerspruch stehen.

Wie nun könnte man die Seele verstehen? Vergleichen wir sie mit dem Licht, das der Physiker manchmal als Materie, manchmal als Energie begreift. Manchmal erscheint das Licht in Form von Partikeln, dann wieder als Wellen, als körperlos. So gibt es außergewöhnliche Umstände, wo die Seele sich an einem bestimmten Ort materialisiert. In Giselles Fall war es das Zwischenhirn ihres Ehemannes, jener Bereich unseres Denkens, wo Bewußtsein und Unterbewußtsein ineinanderfließen.

Für eine Frau, die soeben in triumphaler Freiheit dem Grab entschwebt ist, gerät es zur quälenden Erfahrung, wenn sie wenig später in die Gehirnwindungen des Menschen eingesperrt wird, der sie zeit seines Lebens von Herzen verachtet hat. Hinzukommt, daß Giselle keine Ahnung hatte, wie sie dorthin geraten war und wie lange die Gefangenschaft dauern würde. Sie hatte keine Möglichkeit, sich ihrem Los zu widersetzen. Ihr Wille fand keinen Angriffspunkt. Ihr war, als schwebte sie in einem schwarzen Gallert aus Krankheitskeimen, Boshaftigkeit, Haß und Angst.

Eben dies waren die Gefühle, die Robert Glandier empfand, als er erkannte, daß Giselle zurückgekehrt war. Sie war gekommen, um ihn vom Leben zum Tode zu geleiten.

21

Die Käseschicht auf der Pizza war geschmolzen, der würzige Geruch zog von der Küche ins Wohnzimmer. Wie also war es möglich, daß es nach verbrannter Schokolade roch? Es schien keine Erklärung zu geben.

Robert Glandier beschloß, über das Problem nachzudenken. Er kehrte in seinen Lieblingssessel zurück. Kam der Geruch vielleicht vom Nachbargrundstück? Das war unwahrscheinlich. Eine Halluzination seiner Geschmacksnerven? Die Vorstellung, er könnte Opfer einer solchen Halluzination geworden sein, war Glandier denkbar unangenehm. Aber so ganz von der Hand weisen ließ sich das nicht. Die Wissenschaftler hatten herausgefunden, daß es im menschlichen Denken zuweilen Kurzschlüsse gab. Ganz wie bei einem Computer. Nun gut. Er hatte den Geschmack von verbrannter Schokolade auf seiner Zunge gespürt. Wenn schon. Manchmal kam einem eine Melodie in den Sinn, die man vor vielen Jahren gehört hatte. Plötzlich war die Melodie da. Ohne Grund. Und so ähnlich mußte es bei der verbrannten Schokolade zugegangen sein. Eine Fehlschaltung. So was kommt vor. Robert Glandier schob die Frage in das geistige Schubfach »Gelöste Probleme«.

Trotzdem zögerte er, als er das grünschimmernde Mundstück der Bierflasche an seine Lippen führte. Ob die Flasche wirklich Bier enthielt? Er nahm einen Schluck. Ein unangenehmer Nachgeschmack blieb. Der Geschmack nach Sumpfwasser.

Ich habe wohl eine Erkältung erwischt, dachte er.

Er tastete nach dem kleinen Sender und schaltete das Fernsehgerät ein. Geräuschlos huschte er von Kanal zu Kanal. Nichts, nichts und wieder nichts. Zu spät für Nachrichten und zu früh für Sex. Wie, wenn er einen winzigen Teil von Joy-Anns Geld auf ein Stelldichein mit der Indianerin verwandte? Allein der Gedanke genügte, um ihm zu einer Erektion zu verhelfen. Sein Kinn sank herab, seine Zunge wurde trocken. Sein Atem ging schneller. Verdammt nochmal, dachte er. Es mußte doch irgendein Fernsehprogramm geben, das ihm die Fahrt zur Sauna ersparte.

Wieder ließ er die Programme der verschiedenen Kanäle über den Schirm flimmern. Schließlich ließ er das Bild auf einem Werbespot stehen. Eine Werbung für Buick. Ein Adler, der seine Flügel ausbreitete, bis er schließlich mit dem Symbol dieser Automarke verschmolz. Er hatte diesen Werbespot wohl ein Dutzend Mal gesehen, ohne daß er ihn je bedrohlich oder unangenehm empfunden hätte. Woher also kam die Angst? Warum hörte das gefickte Tier nicht auf, mit den Flügeln zu schlagen? Glandier war drauf und dran, sich als verrückt einzustufen, als der Spot zu Ende ging. Ein Fernsehfilm wurde angekündigt, ein Abenteuerfilm. Ein blauer Chrysler wurde von einem roten Ford Thunderbird gejagt. Der Chrysler fuhr auf zwei Rädern durch eine Kurve, der Thunderbird folgte, holte auf. Gegenlicht, Sonne. Der Chrysler raste über eine Kreuzung, eine Handbreit an einem schweren Sattelschlepper vorbei. Der Thunderbird stoppte mit quietschenden Reifen, vollzog eine Wendung um 360 Grad. Der Chrysler hatte die breite Autostraße verlassen. Zum erstenmal kam die Kamera jetzt so nahe, daß Glandier das Gesicht des Fahrers erkennen konnte.

Es war eine Frau. Sie lächelte ihm zu. Ihre Lippen waren mit rostigrotem Stift beschmiert. Wie geronnenes Blut, dachte er. Ihr langes, lockeres Haar schwang leicht im Fahrtwind. Die Bewegung vollzog sich mit quälender Langsamkeit, ganz wie das Flügelschlagen des Buick-Adlers. Behutsam nahm sie die Sonnenbrille ab. Sie starrte ihm mitten ins Gesicht. Da war keine Liebe, keine Spur von Vergebung in ihrem Blick. Nur Verachtung, Anklage, Hohn. In ihm erwachte der Wunsch, sie zu töten. Sekunden später lag sie in seinem Arm. Nicht in Gedanken, sondern wirklich. Er spürte ihre Brüste, sah, wie sich ihr Busen hob und senkte. Stöhnend wand sie sich in seinem Klammergriff. Er tastete nach seinem Gürtel, knöpfte sich die Hose auf. Er versuchte erst gar nicht, der Versuchung zu widerstehen, mit dieser Frau den Akt zu vollziehen. Einmal weil er Angst hatte, die Erscheinung könnte sich endgültig, mit Leib und Seele, in seinem Leben einnisten. Und zum anderen, weil ein Gefühl ihm sagte, daß ihm keine Gefahr drohte. Keine Enttäuschungen erwarteten ihn, nur Lust und Erfüllung.

Sie hatte ihre roten Lippen geöffnet. Die blaugeränderten Augen sahen ihn an, als ob sie einen Befehl erwarteten. Er nickte. Er sah, wie sich ihr Kopf auf seinen Schoß senkte. Er blieb still liegen, gab sich der Liebkosung ihres Mundes hin. Als seine Erregung sich dem Höhepunkt näherte, ließ er sich in die Sitzfalte des Liegesessels hinunterrutschen.

Ihre Lippen lagen jetzt auf seinem Mund. Er spürte, wie sich alle Wollust der letzten Jahre in seinen Hoden sammelte. Der Erguß. Er öffnete die Augen. Die Frau war fort. Die Bierflasche lag auf dem Teppich, das Bier in der Lache schäumte noch. Die Pommes frites lagen zu beiden Seiten des Sessels auf dem Boden verstreut, die Porzellanschüssel war in vier Scherben zerbrochen. Die Mayonnaise war ihm über Hände und Hose gelaufen, ein cremefarbener Qualster schimmerte in seinem Schamhaar.

Seine Frau war in der Küche. Er konnte hören, wie sie das Geschirr in die Fächer einräumte. Sie sang den neuen Werbesong für Geritol.

Get yourself a bottle of Geritol,
Geritol, Geritol.
Get yourself a bottle of Geritol,
And the walls come tumbling down.

Scheiße, dachte Glandier. Entweder ticke ich nicht mehr ganz richtig. Oder ich habe gerade einen Geist gefickt. Die Vorstellung, er könnte verrückt geworden sein, ängstigte ihn. Nicht daß er in Panik geraten wäre. Es war, als ob ihm, irgendwann in den nächsten Jahren, das Irrenhaus drohte. Schließlich aber gewann das Gefühl der Befriedigung, der Hunger auf mehr die Oberhand. Einen so intensiven Orgasmus hatte er schon lange nicht mehr erlebt. Wenn er mit einem Geist geschlafen hatte, dann war diese Geistfrau eine Expertin im Bett. Er spürte, wie sein Glied zuckte. Die zweite Runde konnte beginnen.

22

»Pater Windakiewiczowa?« Bing Anker ließ seine Schultertasche auf den äußeren Sitz fallen. Er reichte dem Pater die Hand. »*Sie sind* doch Pater Windakiewiczowa, oder nicht?«

Der alte Priester hatte seinen Kragen gelockert. Sein Anzug war verknittert. Er blinzelte ihn durch randlose Brillengläser an. »Ich erinnere mich nicht recht...«

»Ich bin Bing Anker, Pater. Der Sohn von Joy-Ann Anker.«

Der Priester nickte. Seinem verhangenen Blick nach zu urteilen, hatte er immer noch nicht verstanden, wen er vor sich hatte.

»Der Sitz ist hoffentlich noch frei, oder?« Bing hob die Sitzgurte hoch und nahm auf dem Mittelsitz Platz. »Welch ein netter Zufall, Pater! Sind Sie eigentlich immer noch im Kloster *Lady of Mercy*, Pater Windakiewiczowa?«

Der Priester nickte. »Sagen Sie, Mr. Anker, würden Sie nicht bequemer sitzen, wenn...«

Bing schaltete auf ernst und würdig. »Ich sehe schon, Sie wissen es noch nicht. Meine Mutter ist gestorben. Heute morgen. Es kam ganz plötzlich.«

»Das tut mir sehr leid für Sie.« In der Miene des Geistlichen zeichnete sich ein Wechsel ab. War er vorher schlicht mißgestimmt gewesen, weil Bing in drangvoller Enge neben ihm Platz genommen hatte, obwohl es im Flugzeug über einhundert leere Plätze gab, so fühlte er sich jetzt veranlaßt, trostreiche Milde auszustrahlen. Er hatte sich auf seinen Urlaub gefreut. Aber seine geistlichen Pflichten hatten ihn eingeholt.

»Für Mutter war es eine Erlösung, wirklich«, sagte Bing. Er schloß den Gurt. »Sie hat so sehr gelitten, die Arme. Ich bin ganz sicher, daß sie in den Himmel kommt. Es ist natürlich möglich, daß sie vorher eine kurze Zeit im Fegefeuer verbringen muß. Immerhin ist sie gestorben, ohne die Heiligen Sakramente zu empfangen. Aber so wichtig ist das im Endeffekt auch nicht. Wenn ein Mensch sein Leben lang fromm und gut gewesen ist.«

»Ganz recht, mein Sohn.« Pater Windakiewiczowa rutschte ungemütlich von einem Schenkel auf den anderen.

»Vielleicht sind Sie so gut, mit mir zusammen einen Rosenkranz für Mutter zu beten, Pater«, sagte Bing fröhlich. »Oder wäre ein Seelenamt besser? Vielleicht können Sie bei nächster Gelegenheit eine Messe für Mutter lesen, um das Finanzielle kümmere ich mich. Wo wir von Geld sprechen. Ich bin praktisch ohne einen Cent. Es ist ein furchtbares Gefühl, Pater. Ich kehre in meine Heimatstadt zurück mit leeren Taschen. Ich weiß nicht einmal, wo ich die Nacht verbringen könnte. Aber was sollte ich anders machen als nach Minneapolis fliegen? Bei der Beerdigung der eigenen Mutter kann man schließlich nicht fehlen. Sagen Sie, werden Sie die Trauerfeier für Mutter leiten? Das wäre dann wirklich der Gipfel aller Zufälle!«

Bing spürte, wie jemand ihm auf die Schulter tippte. Er sah auf. Es war die Stewardeß. Sie deutete auf die Schultertasche. Er nickte und schob die Tasche unter den freien Sitz am Gang. Dann nahm das Mädchen die Bestellungen für die Getränke auf. Bing orderte eine kleine Flasche Rosé, Pater Windakiewiczowa zwei Bloody Marys. Um weiterem Geschwätz von Bing vorzubeugen, hatte der Pater dann sein Brevier aus der Rocktasche gezogen. Er deutete auf das Buch, drehte sich zum Fenster und begann zu lesen.

Fünfzehn Minuten lang blieb Pater Windakiewiczowa standhaft. Erst als der Wagen mit den Spirituosen vorbeigeschoben wurde, wachte er aus seinem tranceähnlichen Zustand auf. Er kaufte zwei Flaschen Whiskey. Wie er befürchtet hatte, benutzte Bing die Gelegenheit zu einer unwillkommenen Frage.

»Haben Sie eigentlich Glück gehabt, Pater?«

»Ich verstehe nicht, was Sie sagen wollen.«

Bing zwinkerte ihm vertraulich zu. »Ob Sie beim Spielen was gewonnen haben, Pater! Ich meine, das ist doch der Grund, warum die Leute nach Las Vegas fliegen. Spielen ist schließlich keine Sünde. Zumindest nicht nach der katholischen Lehre. Das ist das Schöne am Katholizismus. Man behält etwas Freiheit. Man darf spielen. Man darf trinken. Man darf... Nun, das war's wohl auch schon, aber immerhin, es gibt Religionen, die einfach alles verbieten. Also, Pater, Hand aufs Herz, haben Sie gewonnen oder verloren?«

»Ich habe verloren«, sagte Pater Windakiewiczowa.

»Nun ja, Rom ist auch nicht an einem Tag erbaut worden.« Bing schraubte den Verschluß von seinem Roséfläschchen, kippte den Wein in den Plastikbecher und prostete seinem Sitznachbarn zu. »Auf mehr Glück beim Spielen, Pater! Wenn Sie das nächste Mal von Las Vegas zurückkehren, sollen reichlich Scheine in Ihren Taschen knistern. Das Brevier können Sie notfalls in der Hand tragen.«

Pater Windakiewiczowa hob seinen Cocktail. »Ich trinke auf das Seelenheil Ihrer Frau Mutter. Sie ruhe in Frieden.«

»Amen«, sagte Bing. Er leerte sein Glas.

»Und Sie, haben Sie gewonnen?« begehrte der Pater zu wissen.

»Ich?« Bing ließ ein Schnalzen des Tadels hören. »Ich arbeite in Las Vegas, ich spiele nicht. Ich rufe die Nummern aus im Old Pioneer Bingo Parlor an der Searles Avenue, in der Nähe vom Woodlawn-Friedhof, wenn Sie wissen, wo das ist. Mit Glücksspiel hat man nur mittelbar zu tun. Sagen wir einmal so, ich betrachte es als ein Glück, daß ich in Las Vegas arbeiten darf.«

»Sie mögen Las Vegas, nicht wahr?« Der Priester hatte jetzt den Ton angeschlagen, den er sonst im Beichtstuhl anklingen ließ.

»Was heißt mögen, ich bin ganz verrückt auf Las Vegas. Ich bin der Meinung, Las Vegas ist die geheime Hauptstadt der Vereinigten Staaten. Die einzige Stadt, wo Demokratie wirklich funktioniert. Sie glauben jetzt, ich spinne. Aber ich habe meine sieben Sinne ganz beisammen. Stellen Sie sich einmal an einen Spieltisch und sehen Sie sich die Leute an. Was fällt Ihnen da auf? Vor allem die Tatsache, daß wir es da mit einem sehr gemischten Publikum zu tun haben. Wo sonst in der Welt finden Sie Plätze, wo Millionäre mit stinknormalen Typen, wie ich einer bin, verkehren? Nicht einmal in den Kirchen, Pater! Wenn es heute noch einen Schmelztiegel gibt in den Vereinigten Staaten, dann sind es die Kasinos. Dort sagen die Leute wirklich noch, was sie denken. Pater Mabbley sagt immer...« Bing setzte das Glas ab und betrachtete Pater Windakiewiczowa von der Seite. »Haben Sie Pater Mabbley vielleicht in Las Vegas kennengelernt? Er betreut die Gemeinde St. Jude's. Wenn Sie das nächste Mal in Las Vegas sind, müssen Sie sich unbedingt eine seiner Predigten anhören. Das rüttelt auf, besonders wenn man eine Pechsträhne hat. Aber ich schweife ab. Pater Mabbley sagt immer, für viele Menschen hat der Flug nach Las Vegas den gleichen Stellenwert wie eine Wallfahrt nach Lourdes. Da ist zunächst einmal die Hoffnung auf das Wunder. Auf ein finanzielles Wunder, zugegeben. Die Grundidee aber ist in Lourdes und Las Vegas die gleiche. Gott soll etwas tun, soll ein sichtbares Zeichen geben. Nun, wir beide wissen, daß es solche sichtbaren Zeichen gibt. Es *geschehen* Wunder, sowohl in Lourdes als in Las Vegas. Die eigentliche Bedeutung einer solchen Wallfahrt, ob sie nun zu den Spieltischen führt oder zu einer heiligen Quelle, ist die Tatsache, daß ein Gebet stattfindet. Der Gläubige spricht mit Gott. Lassen wir einmal offen, ob Gott antwortet. Die Leute *spüren* etwas. Und wenn es nur die Verzweiflung ist. Was kommt nach der Verzweiflung? Die Freiheit. Wenn man erst einmal verstanden hat, daß Geld, egal ob man's spart, ob man's für Lebensversicherungen, für ein Auto oder für wer weiß was ausgibt, daß Geld im Prinzip sinnlos ist, dann kann man sich geistig freischwimmen.«

»Eine interessante Theorie«, bemerkte Pater Windakiewiczowa. »Ich kann mir nur nicht vorstellen, daß sich ein Priester mit solchen Thesen... Wie sagten Sie noch heißt der Mann... Pater Mabbley?«

Bing Anker gehörte zu jenen Menschen, die schon von wenigen Schlucken Alkohol einen Schwips bekommen. Er hob das Glas, trank und begann zu prusten. Er freute sich schon auf die Bemerkung, die er als nächstes abschießen würde. Ein Witz, den nur jene verstehen konnten, die Einblick in Pater Mabbleys persönliche Lebensführung hatten. Es war kein Zufall, daß der Oberhirte von St. Jude's von vielen Schäflein seiner Gemeinde Schwester Mab genannt wurde.

Er räusperte sich. »Entschuldigen Sie, Pater, da hab' ich wohl was in den falschen Hals bekommen.«

Pater Windakiewiczowa sah ihn tadelnd an. Er hob die Hand

und knipste seine Leselampe aus. »Wenn Sie mich jetzt bitte entschuldigen, Mr....«

»Anker. Bing Anker.«

»Nun gut, Mr. Anker. Ich werde mich ein wenig aufs Ohr legen. Ich bin ziemlich abgespannt, und ich möchte...«

»Aber sicher doch, Pater«, schnitt ihm Bing das Wort ab. »Wenn es Sie blendet, dann knipse ich meine Lampe auch aus. Ich hätte nur eine Bitte. Würden Sie mir die Beichte abnehmen?«

»Die Beichte?« Auf Pater Windakiewiczowas Zügen malte sich gelindes Entsetzen ab. »Bedeutet das, Sie sind nach wie vor praktizierender Katholik?«

»Ich glaube an die heilige katholische Kirche«, präzisierte Bing. »Wie Pater Mabbley immer sagt, in einem Kasino gibt es keine Atheisten.«

»Dann nehme ich an, sonst ist es dieser Pater Mabbley, der Ihnen die Beichte abnimmt.«

Bing nickte zerknirscht. »Ich weiß, was Sie sagen wollen. Ich wäre natürlich zu Pater Mabbley gegangen, aber er war heute nicht zu erreichen. Und dann hatte ich keine Zeit. Ich muß doch zur Beerdigung meiner Mutter. Als ich beim Betreten des Flugzeugs dann Sie erkannte... Wie nennt man das? Vorsehung, würde ich sagen.«

»Bedürfen Sie denn der Beichte, mein Sohn? Ist es so dringend.«

Bings wohlgeformten Lippen entfuhr ein tiefer Seufzer. »Jawohl, Pater, ich fürchte ja. Es gibt da eine ganze Reihe Sünden. Eine Todsünde, und dann noch ein paar Grenzfälle. Bei der Trauerfeier für meine Mutter möchte ich zur Kommunion gehen. Und das kann ich nur, wenn ich vorher gebeichtet habe. Wie sähe das denn aus, wenn ich nicht an der Kommunion teilnähme?«

»Es kommt nicht darauf an, was Sie auf andere Menschen für einen Eindruck hinterlassen«, ermahnte ihn der Pater. »Sie müssen ernsthaft Reue empfinden. Sie müssen sich ganz fest vornehmen, nie wieder zu sündigen.«

»Ich weiß, Pater. Ich bin im Kloster von Cretin erzogen worden. Natürlich bereue ich *alle* meine Sünden, Pater.«

»Na gut. Dann wollen wir mal.« Mit einem Seufzer der Resignation griff Pater Windakiewiczowa unter seinen Sitz, holte sein Köfferchen hervor und entnahm ihm eine seidene Stola. Er legte sich die Stola um den Hals, verneigte sich und bekreuzigte sich.

»Im Namen des Vaters, des Sohnes und des Heiligen Geistes«, begann Bing. »Vergib mir, Pater, denn ich habe gesündigt. Ich habe vier Jahre nicht gebeichtet. Ich habe folgende Sünden begangen.«

»Sprechen sie leiser!« zischte der Pater. »Flüstern Sie!«

Bing brachte seine Lippen an das Ohr des alten Mannes. Die Beichte begann. Pater Windakiewiczowa stellte kaum Fragen, trotzdem dauerte es zwanzig Minuten, bis Bing sein Herz erleichtert hatte. Er bekam zur Sühne aufgegeben, fünfundzwanzig Rosenkränze zu beten.

Er begann das letzte Gebet, als das Flugzeug auf der Landepiste von Minneapolis aufsetzte, und beendete es, als er seinen Koffer vom Band nahm.

»Das wäre erledigt«, sagte er und strahlte, obwohl er, sein Koffer war der letzte, allein im Ankunftsraum war. Er ließ den Rosenkranz in seine Anzugtasche gleiten und ergriff den Kompaktkoffer Marke Ambassador, den er sich von einer Versandfirma hatte schicken lassen. »Mein Herz ist rein.«

23

Die Finsternis zerbarst. Giselle war in Fleisch und Blut wiedererstanden. Sie stand in ihrer Küche in Willowville, sie trug ihr hellblaues Baumwollkleid. Der Kühlschrank summte. Die Wanduhr tickte. Das Licht der Neonröhren brach sich in der Emaillespüle. Ihr war, als sei sie in jene Sekunde zurückgeschleudert worden, als sie erkannt hatte, wie schön und wie grausam die Welt der Menschen war. Damals allerdings war die Küche gemütlich, anheimelnd gewesen. Wenn Giselle die Finger über ihre Vorhänge streichen ließ, hatte sie geschmunzelt. Jetzt lauerte das Böse in der Küche, eine dunkle Drohung, die aus der Ferne gespeist wurde. Das Neonlicht floß schmutzig aus dem langezogenen Glaskolben, wurde alsbald von den Partikeln einer tödlichen Finsternis ummantelt.

Sie spürte, wie er sich aus seinem Liegesessel erhob und den Weg zur Küche antrat. Ein Gefühl, als läge er neben ihr im Bett. Er stand auf, die Bettfedern gaben nach. Sie war an Bord eines Ruderbootes, das Boot war ins Schaukeln geraten. Immer noch war ein Teil ihres Ichs eingebettet in die Gallertmasse seines Denkens. Je näher seine Schritte kamen, um so kleiner und schutzloser schien ihr das Feld der eigenen Identität.

Er hatte den Flur durchquert und kam durch die Küchentür. Er blieb stehen. Wieder durchflutete Giselle jene Abneigung gegen eine Begegnung, die sie schon im Lady Luck Motel empfunden hatte. Mußte sie denn wirklich aus der Quelle des Hasses trinken?

Sie hatte zu grübeln begonnen. War »Haß« das Wort, mit dem sich der Charakter dieses Mannes kennzeichnen ließ? Das Böse. Das Übel. Diese Worte waren passender.

»Du bist tot«, sagte Glandier. »Vergiß nie, daß du tot bist, Giselle.«

Wie gern wäre sie geflohen. Wie gern hätte sie sich unsichtbar gemacht. Sie hätte alles getan, um der Begegnung auszuweichen. Aber ihr Handlungsspielraum war begrenzt. Er war begrenzt in einer Weise, für die sie keine Erklärung fand. Ähnlich wie im Grab, wo sie sich unter dem gefräßigen Ansturm der Bakterien und Kleinlebewesen gewunden hatte, wurde ihre Bewegungsfreiheit von Gesetzen bestimmt, die sie nicht durchschaute.

»Ich glaube nicht an Gespenster«, hörte sie Glandier sagen. Es klang trotzig. Wie ein Kind, das vor der Kellertür steht, ins Dunkel starrt und den Dialog mit den Geistern aufnimmt, die es nicht gibt. Sie mußte lächeln. Er glaubte wohl, er konnte sie einschüchtern.

Wenn das so einfach wäre, dachte sie. Aber es gab Bande, die nie zerschnitten werden konnten. Ein Geist kann nicht bestimmen, ob er einem Menschen erscheinen will oder nicht. Wie Giselle vermutete, konnte man in diesem Daseinszustand wohl nicht einmal entscheiden, in welcher Gestalt man den Lebenden erschien. Vielleicht mußte sie Robert Glandier als blutüberströmte Hexe begegnen? Oder als verhungertes Skelett mit rasselnden Ketten?

»Kannst du nicht sprechen?« fragte er.

Eine gute Frage. Hatte sie überhaupt den Wunsch, ihm etwas mitzuteilen? Sollte sie ihm Vorwürfe machen, daß er sie ermordet hatte? Das wäre absurd gewesen, entschied sie. Hatte es denn überhaupt Sinn, ein Gespräch mit diesem Menschen zu führen, als Körper *oder* als Geist? Würde ein Austausch von Argumenten das Band, das ihr die Kehle zuschnürte, nicht eher noch festigen?

»Ich habe schwere Tage hinter mir«, sagte Robert Glandier. Er sah sie abwägend an. »Viel Arbeit um die Ohren. Sag mir, daß du eine Halluzination bist. Du bist nicht da. Stimmt's?«

Sie lächelte. Ich werde ihm den Gefallen tun, dachte sie. Sie nickte und wußte zugleich, daß es eine Lüge war. Seine Furcht war körperlich zu spüren. Sie lag als ungestraffte Schnur auf dem Küchenboden. Das Ende der Schnur war mittels einer verknoteten Schleife um Giselles Mittelfinger geschlungen. Sie hätte nur zu ziehen brauchen. Ein Gedanke durchzuckte sie. Wozu dieser Mann wohl fähig war, wenn seine Entscheidungen nicht mehr von der Angst vor sich selbst gebändigt wurden?

Sie wünschte sich fort, weit fort.

Kaum daß sich der Wunsch in ihrem Stammhirn gebildet hatte, verschmolz ihr Ich mit der Schwärze seines Denkens. Die Erscheinung der Giselle Glandier verblich, um sich im Schlafzimmer des Hauses aufs neue zu materialisieren.

Zuerst dachte sie, das Zimmer sei voller Rauch. Als sie den Raum durchquerte, schien Rauch hochzusteigen aus ihren Fußstapfen. So ähnlich war es gewesen, als Giselle in den Sümpfen von Willowville herumgestochert hatte. Man stieß einen Ast in die von braunen Blasen übersäte Oberfläche. Wenig später trat übelriechende Luft aus. Der Raum begann sich zu verdunkeln. Sie verstand. Es war Roberts Gegenwart. Die Bestätigung kam, als die Rosen auf der Tapete zu stinken begannen. Es war wie der Pesthauch von Zersetzung und Verwesung, der einem aus dem Gemüsefach eines tausend Jahre alten Kühlschranks entgegenschlägt.

Der Schmerz, der sich ihren Schoß als Ziel auserkoren hatte, war fast unerträglich geworden. Es schien keine Möglichkeit zu geben, der Wiederholung auszuweichen. Die Begegnung mit dem Mörder. Sie warf einen Blick auf das Fenster. Wie gern wäre sie vor der furchtbaren Wirklichkeit geflohen. Sie wiederholte den Gedanken, sah an sich hinunter, betrachtete ihr Kleid, ließ ihren Blick an den Beinen entlanggleiten, die sich unter dem dünnen Stoff abzeichneten. Nichts geschah. Sie blieb so körperhaft, wie sie bei ihrer Ermordung gewesen war. Sie sah auf. Der Spiegel. Sie hatte kein Spiegelbild. Nur ein roter Funken glomm in der unergründlichen Dunkelheit, die vom leeren Glas zurückgeworfen wurde. War es das Echo ihres Wunsches? Sie hastete zur Schlafzimmertür und umfaßte den Türknauf. Er bewegte sich nicht. Ihre Geisterhand war zu schwach, um eine volle Umdrehung zu bewirken. Aber sie konnte die Rundung des Messings spüren, die Kühle und Glätte des Metalls. Plötzlich schien es ihr, als seien Bett, Spiegel und Teppich, ja selbst die Luft im Schlafzimmer aus massivem Marmor gemeißelt.

Sie hörte, wie er sich dem Schlafzimmer näherte. Nein, es sind nicht meine Ohren, mit denen ich das Böse wahrnehme, dachte sie. Ich spüre, wie sich der Stachel der Finsternis in meine Seele senkt. Sie hob die Rechte und zupfte an der Schnur. Im gleichen Augenblick kam Robert Glandier über die Schwelle gestolpert. Er war aschfahl geworden. Sein Gesicht verzog sich in konvulsivischen Zuckungen. Der Mund war weit aufgerissen, die Zunge hing ihm heraus. Ein trockener Schrei entrang sich seiner Kehle. Seine Augen waren aus den Höhlen getreten. Er fiel auf die Knie. Sie sah, wie die Sehnen an seinen Waden zu zucken begannen. Eine Weile lang sah sie ihm mit kühler Neugier zu. Dann wandte sie sich angewidert ab. Sie ging an ihm vorbei, wozu sie einen Bogen beschreiben mußte. Dann verließ sie das Schlafzimmer, er hatte beim Hereinkommen die Tür offen gelassen.

Die Haustür erwies sich als verschlossen, ebenso die rückwärtige Tür, die auf den Hof hinausging. Sie war gefangen. Sie würde sich damit abzufinden haben, daß Gott sie an diesen Mann kettete. Sie durchstreifte das Haus, überdachte ihre Fluchtmöglichkeiten. Das Ergebnis war null. Zwei Fenster waren offen. Aber sie waren durch ein Fliegengitter aus feinmaschigem Draht geschützt. Es gab keine Möglichkeit zu entkommen. Seufzend ließ sie sich auf die Armlehne des Fernsehsessels nieder. Die Zehn-Uhr-Nachrichten hatten begonnen. Auf Reagan, den neugewählten Präsidenten, war ein Attentat verübt worden. Sonst war alles wie gehabt. Unruhen und Krisen, wohin man schaute. Giselle sah, wie der schwarze Rauch aus dem Schlafzimmer als winzige Windhose in die Mattscheibe gesogen wurde. Im Nachrichtenstudio des Fernsehens wurde die Schwärze wieder ausgespien. Sie legte sich als lähmende Smogschicht auf die Häuser und Straßen ferner Städte. Es war ein deprimierender Anblick. Schließlich gelang es Giselle Glandier, in ihrem Wohnzimmer ein Eckchen zu finden, wo der Fernsehschirm nicht zu sehen war. Ich will versuchen, etwas zu schlafen, dachte sie. Im gleichen Augenblick war sie weggedämmert.

Robert Glandiers Zuckungen verebbten. Er spürte, wie er von einem traumlosen Abgrund aufgenommen wurde.

24

Joy-Ann war mit der Betrachtung des Films beschäftigt, den ein Neffe bei ihrer Hochzeit im April 1949 aufgenommen hatte. Die Krankenschwester – ihr Name war Adah Menken, und sie war, den eigenen Angaben zufolge, unter diesem Namen damals, während des amerikanischen Bürgerkriegs, eine bekannte Dichterin gewesen – hatte unbemerkt den Raum betreten. Erst als sie vor ihr stand und den Blick auf den Fernsehschirm behinderte, sah Joy-Ann auf. Adah Menken wies mit einer Kinnbewegung auf das Tablett. Geschnetzelte Karotten, eine Schale mit saurer Sahne, eine Flasche Champagner. Richtiger Champagner, aus Frankreich. Die Schwester strahlte.

»Mein Gott«, sagte Joy-Ann. »Was wird denn gefeiert?«

Adah Menken brach in fröhliches Lachen aus. Sie ließ den Korken knallen und goß zwei Gläser ein. »Wir feiern Ihre Erhebung auf eine höhere Ebene der Gnade«, sagte sie locker. Sie gab Joy-Ann das randvolle Glas und hob das ihre. »Meine Glückwünsche, Joy-Ann!«

Die Gläser erklangen. Joy-Ann nippte an dem Champagner. Mit einem Auge verfolgte sie das Geschehen auf dem Fernsehschirm. Dort war Dewey, ihr guter alter Dewey. Wie immer trug er das Haar breitflächig ausgekämmt, damit die kahle Stelle verdeckt wurde. Joy-Ann stand neben ihm, im weißen Brautkleid. Sie war siebzehn. Das Leben war eine erstaunliche Angelegenheit. Und jetzt, wo's vorüber war, wurde es nur noch erstaunlicher.

Nun, es war vielleicht nicht sehr höflich, die alten Familienstreifen zu betrachten, während Adah Menken vor ihr stand und sich um ein ernsthaftes Gespräch bemühte. Ohnehin hatte Joy-Ann den Film schon ein dutzendmal einlegen lassen. Sie richtete den Blick auf die Tastatur des Geräts und schaltete ab.

»Eine höhere Ebene der Gnade«, sagte sie nachdenklich. »Dann ziehe ich mich wohl besser an.« Gerade war ihr eingefallen, daß im Schrank immer noch das Abendkleid mit den goldenen Federn hing.

»Eine gute Idee«, pflichtete ihr Adah bei. »Wir werden uns *beide* umziehen. Ich *mag* die Krankenschwesterntracht nämlich gar nicht, um ehrlich zu sein.« Sie stellte ihr leeres Glas auf den Fernseher und betrat den Wandschrank. Sie zog die Tür hinter sich zu. Als sie wieder erschien, trug sie ein burgunderfarbenes Samtkleid, wie Joy-Ann es aus historischen Filmen kannte. »Gefällt's Ihnen?« fragte sie. Sie wand und drehte sich mit der Geschmeidigkeit einer Katze.

»O ja, es ist *wundervoll.*«

Das lange Gewand mit den goldenen Federn war, wie sich dann herausstellte, genauso schön. Joy-Ann hätte den ganzen Tag mit der Betrachtung ihres Spiegelbildes im Wandschrank verbringen mögen, und möglicherweise tat sie das auch. Im Leben nach dem Tod war Zeit ein subjektiver Begriff. Minuten konnten zu Stunden werden. Oder zu Bruchteilen von Sekunden, die in der Ewigkeit vertropften.

Als sie aus dem Schrank zu Adah Menken zurückkehrte, war das Krankenzimmer verschwunden. Sie befanden sich im Vorraum eines Vorstadtkinos. Joy-Anns Blick blieb auf dem Schild »Ladies'

Lounge« haften. Der Boden war mit Marmor ausgelegt. Es gab eine Rolltreppe mit silbernen Stufen und Handläufen aus Gold.

»Bitte schön«, sagte Adah. Sie sagte es mit dem Stolz eines Lokalpatrioten, der einem Besucher aus der Stadt sein Städtchen zeigt. »Die Treppe zum Paradies.«

Die Stufen führten in einen undurchdringlichen Nebel hinein. Das Paradies jedenfalls war nicht zu erkennen. Aber da war Musik. Sphärische Musik.

»Werde ich oben von Dewey erwartet?« Joy-Ann stellte die Frage im Flüsterton.

»Nein«, sagte Adah Menken. »Natürlich ist Dewey im Himmel. Aber er hat bereits eine Ebene erreicht, wo Sie ihn... nicht wiedererkennen würden. Wissen Sie, wenn jemand eine gewisse Stufe der Transzendenz erreicht hat, verliert er die herkömmliche Identität.« Sie hob die Arme und beschrieb eine weitausholende Bewegung. »Er ist dann mehr wie ein Gas, das sich über das ganze Universum ausbreitet.«

»Entzündbares Gas, nehme ich an«, sagte Joy-Ann. Bei dem Gedanken, daß Dewey in einen gasförmigen Zustand übergegangen war, mußte sie schmunzeln.

»In gewisser Weise, ja«, sagte Adah. »Wir wissen ja, daß Feuer als Symbol für Liebe steht, nicht wahr.«

»O mein Gott«, sagte Joy-Ann. Eine plötzliche Verzagtheit war über sie gekommen.

»Was ist, Joy-Ann?«

»Ich bin nicht sicher, ob ich auf den Wechsel meines Bewußtseinszustandes genügend vorbereitet bin. Ich will sagen, wahrscheinlich verdiene ich es gar nicht, auf die höhere Ebene erhoben zu werden. Ich erinnere mich an ein Gespräch, das ich mit meinem Sohn Bing hatte. Dewey war gerade gestorben. Also gut, Bing kam aus der Schule und sagte mir, im Himmel hat man nichts anderes zu tun, als Gott ins Antlitz zu schauen. Da habe ich mich doch sehr wundern müssen. Es ist sicher langweilig, jemandem die ganze Zeit ins Gesicht zu starren, noch dazu, wenn es eine Ewigkeit dauert. Es ist wahrscheinlich wunderschön, wenn man erst einmal angefangen hat. Mag sein... Ich weiß nicht. Wenn ich mich früher amüsieren wollte, dann bin ich immer tanzen gegangen.«

»Dazu haben Sie hier im Himmel viel Gelegenheit, wissen Sie. Sie brauchen nur die Rolltreppe zum Zwischengeschoß zu nehmen, dort findet der Tanz des Jüngsten Gerichts statt. Ich kann Sie dorthin begleiten, wenn Sie wollen.«

»Oh, würden Sie das tun?«

»Warum nicht? Es ist immer gut, göttliche Erkenntnis zu gewinnen, nicht wahr? Im Zwischengeschoß gibt es den Meßbegriff Zeit überhaupt nicht mehr. Ich versäume also nichts, wenn ich mitkomme. Das reine Vergnügen.« Sie bot ihr mit großer Geste die Hand. »Darf ich zum Tanz bitten, Madam?«

Arm in Arm, Hüfte an Hüfte, tanzten sie auf die Rolltreppe zu. Überall sonst wäre sich Joy-Ann komisch vorgekommen, Arm in Arm mit einer Frau ... Aber im Himmel? Dazu noch, wenn man seinen eigenen Geistführer als Partnerin hatte. Es konnte wohl nichts Unrechtes daran sein. Adah summte Richard Rogers' unvergängliche Melodie. Plötzlich wurde Joy-Ann nachdenklich. Sie hielt mitten in der Bewegung inne. »Sie sagten, Sie würden mich ins Zwischengeschoß begleiten. Aber Sie haben vor zurückzukehren. Warum? Bei einer anderen Gelegenheit sagten Sie doch, die Seelen dürfen jederzeit zur nächsthöheren Ebene aufsteigen.«

»Ich habe wohl eine recht irdische Natur«, sagte Adah, »und da könnte die Erklärung liegen. *Nostalgia de la boue*, würden die Franzosen sagen.«

»Ich wußte gar nicht, daß Sie auch Französisch können.«

»Aber ja doch, Joy-Ann. In Frankreich habe ich die Welt der Materie lieben gelernt.« Sie lachte. »In Cincinnati sicher nicht. Ach, meine Liebe, Sie können sich gar nicht vorstellen, wie schön, wie erregend Paris in jenen Jahren war. Die Häuser, die Möbel, die Kleider der Frauen, und ich war mittendrin, im Mittelpunkt des Geschehens. Ich war damals *die* Skandalfrau. Von mir ist ein Foto veröffentlicht worden, das mich mit Dumas zeigte. Dumas trug hochgekrempelte Ärmel, Sie verstehen. George Sand war die Taufpatin, als mein Sohn geboren wurde. Ja, und dann bin ich splitternackt aufgetreten, in ›Les Pirates‹ im Gaîté-Theater. Es war wie eine Bombe, solch ein Aufsehen hat die Sache verursacht. Wenn ich älter geworden wäre, hätte mich das alles vielleicht zu langweilen begonnen. Aber Gott war mir gütig gesinnt. Ich starb schon 1868, auf der Höhe meines Ruhms. Wenn nicht der Krieg gewesen wäre, ich hätte wohl nie aufgehört, in Paris herumzuspuken. Auf der anderen Seite wußte ich, daß es in den Vorstufen zum Paradies sehr viele Seelen gab, die Rat und Führung brauchten. Verwirrte Seelen, denen man ganz einfach helfen mußte. Wenn jemand einen nach der richtigen Straße fragt, dann kann man ihn schließlich nicht abweisen. Ich jedenfalls würde so was nicht übers Herz bringen.«

»Und nun hat man Ihnen die Oberaufsicht über den Vorhimmel

anvertraut«, wunderte sich Joy-Ann. Sie hatten ihren Tanz wieder aufgenommen, legten den Rest der Strecke im Takt eines langsamen Walzers zurück und kamen am Fuß der Rolltreppe zum Stehen.

»Die Oberaufsicht? Das wäre wohl kaum die passende Bezeichnung. Sagen wir so: Ich bin jenen armen Seelen behilflich, die Schwierigkeiten beim Aufstieg zu neuen Bewußtseinsebenen haben. Es gibt ja nicht viele Wesen, die wie ich bereit sind, an der Schwelle zum Paradies zu verharren. Die meisten Seelen sind recht begierig, auf die Rolltreppe zum Paradies zu gelangen. Das ist ja auch ganz logisch.«

»Nun ja«, sagte Joy-Ann gedehnt. Sie wagte nicht zu widersprechen.

Adah stand auf der schimmernden Silberplatte, die den Anfang der Treppe markierte, und hielt einladend die Arme ausgestreckt. Nach kurzem Zögern trat Joy-Ann vor. Sie ergriff Adahs Hand und spürte, wie sie mit ihr emporgetragen wurde.

»Ich habe das merkwürdige Gefühl, ich habe etwas vergessen, bemerkte sie.

»Ach ja?«

»Die Rolltreppe fährt aber sehr langsam«, sagte Joy-Ann. »Vorhin fuhr sie noch ganz schnell.«

»Sie fährt so schnell oder so langsam, wie man es sich wünscht«, wurde sie belehrt. »Wahrscheinlich gibt es doch noch Dinge, die Sie auf der unteren Ebene zurückhalten. So was kommt vor. Dinge oder Wesen.«

»Wer könnte das denn sein?« begehrte Joy-Ann zu wissen. »Wer will, daß ich unten bleibe?«

Adah sah auf die Lobby hinab, die jetzt dreizehn Meter unter ihnen lag. »Ich darf Ihnen leider ihren Namen nicht nennen, das ist verboten...« Sie hatte besonders leise gesprochen, als sie das persönliche Fürwort nannte.

Joy-Ann schüttelte traumverloren den Kopf. »Aber das ist doch unmöglich«, sagte sie. »Giselle... Ich hätte mir vorgestellt, die ist längst ganz oben, bei Dewey. Ist sie das etwa nicht?«

Ihre Blicke trafen sich. Plötzlich verstand Joy-Ann, daß Giselle nach ihr rief. Giselle war in ihrer materiellen Form gefangen. Sie war in eine Falle geraten. Sie brauchte die Hilfe ihrer Mutter!

»Gibt es eine Rolltreppe, die wieder abwärts führt?« fragte Joy-Ann. »Ich möchte in die Lobby zurück. Giselle braucht mich, das spüre ich.«

»Wir werden wohl runterlaufen müssen, gegen den Strom«, sagte Adah, »das ist die einzige Möglichkeit.« Sie raffte ihre samtenen Röcke und lief die Rolltreppe hinab. Joy-Ann hastete hinter ihr her. Sie schämte sich. Eigentlich war sie zu alt für solche Spiele. So etwas taten nur Kinder, die sich von der Hand ihrer Eltern losgerissen hatten. Je schneller sie liefen, um so schneller bewegten sich die Stufen der Rolltreppe in die Aufwärtsrichtung. Joy-Ann spürte, wie ihre Waden vor Überanstrengung zu zittern begannen. Sie blieb stehen, um sich zu vergegenwärtigen, daß sie keinen Körper mehr hatte, folglich auch keine Beine, die erlahmen konnten. Was sie sah und erlebte, geschah in ihrer Vorstellung. Die Lobby des Vorstadtkinos, die Rolltreppe, die goldenen Federn, die in ihrem Kleid steckten, der Wind, der ihren Rock bauschte, all das existierte nur in ihrer Vorstellung. Sinne und das, was man mit ihnen empfand, so hatte Adah ihr erklärt, waren Wunder der Seele, die man verstehen lernen mußte, um zu neuen Ebenen des Seins zu gelangen.

Während Joy-Ann über diese Zusammenhänge nachdachte, erlahmte ihre Entschlossenheit, in die Wirklichkeit zurückzukehren. Wie schön wäre es doch, sich auf der Treppe bis zum Zwischengeschoß treiben zu lassen, sich der göttlichen Energie hinzugeben. Sie wußte, daß die silbernen Stufen inmitten eines Tanzsaales endeten. Schon hörte sie das Streichorchester »Begin the Beguine« spielen. Sie war fast auf der obersten Ebene angekommen, als sie den Blick wandte. *Giselle.* Ohne auf die Schmerzen in ihren Beinen zu achten, rannte sie die Rolltreppe hinunter. Adah war in halber Höhe, langsam abwärtsgehend, stehengeblieben, sie streckte ihr die Hand entgegen. Joy-Ann griff zu. Und dann *wußte* sie, sie würde die Lobby erreichen. Sekunden später rannten sie beide über die Marmorquader, warfen sich auf einen Haufen Federn, der in der Mitte der Lobby lag. Joy-Ann war etwas außer Atem gekommen, das Federkleid war von Anfang an etwas eng um ihre Taille gewesen. Sie brach in ein befreites Lachen aus, und Adah lachte mit. Sie lagen in ihren Abendkleidern auf dem Steinboden und lachten wie die Verrückten. Es war eine Ewigkeit her, daß Joy-Ann soviel Spaß gehabt hatte.

25

Etwas stimmt nicht mit mir, dachte er. Ich bin krank. Es war nichts Seelisches. Keine psychosomatischen Wehwehchen. Etwas Organisches. Sehr greifbar, sehr real. Und schmerzhaft. Eine Weile lang hatte er das Gefühl, als hätte sich ein Stück Speckschwarte in der Lücke zwischen den beiden Backenzähnen festgesetzt. Er verspürte das unaufschiebbare Bedürfnis, sich von dem Hindernis zu befreien. Aber es gelang ihm nicht. Ob ich eine schlimme Krankheit erwischt habe? Er war Zeuge gewesen, wie Joy-Ann dahinsiechte. Auf die Idee, daß es ihm eines Tages genauso gehen könnte, war er nie gekommen. Furcht war etwas, das man auf Distanz halten mußte. Wie ein wildes Tier, das es aus dem bewohnten Bereich der Städte fernzuhalten galt. Aber das Tier kümmerte sich nicht um das Verbot. Sobald es dunkel wurde, schlich es näher, kroch in die schmutzigen Ecken, schnüffelte in den Abfalltonnen herum, hinterließ seine Losung auf dem Rasen des Gartens. Vor allem sorgte das Tier dafür, daß Robert Glandier einen gnadenlosen Kitzel des Schmerzes in seinem Gehirn verspürte.

Ich werde zum Zahnarzt gehen, nahm er sich vor. Es war kein sehr kluger Entschluß, wie Glandier erkannte, als er mit dem Wagen in eine Parklücke vor der Praxis seines Zahnarztes einscherte. Inzwischen waren es nicht mehr die Zähne, wo sich der Schmerz konzentrierte. Der ganze Körper schmerzte. Er dachte nach. Es hatte wohl keinen Zweck, mit solchen Beschwerden zum Zahnarzt zu gehen. Er kehrte in sein Haus zurück. In der Erinnerung sah er sich aufstehen. Er hatte auf dem Boden geschlafen, zu Füßen des Fernsehsessels. Alle Knochen taten ihm weh, als hätte er in der Nacht eine Tracht Prügel erhalten.

Noch bevor sich seine Augen an die Helligkeit gewöhnt hatten, begriff er, daß *sie* es war. Giselle. Der Herd des Schmerzes lag nicht in seinem Körper, sondern außerhalb. Sein Blick fiel auf eine Kritzelei an der Wand, die am Abend zuvor noch nicht dagewesen war. Dicke, krakelige Linien. Eine Zeichnung, die Giselle darstellen sollte. Die Zunge hing ihr aus dem Mund. Um ihren Hals waren zwei Hände gelegt. Seine Hände. Es hatte keinen Sinn, lange darüber nachzudenken, ob dies wirklich Giselle war. Er war sicher. Ebenso sicher meinte er zu *wissen*, daß er selbst die Zeichnung an die Wand gekritzelt hatte. Eine förmliche Erinnerung daran hatte er sich allerdings nicht bewahrt. Dies jedenfalls war die Art, wie er malte, *wenn* er malte. Er hatte es, wenn es irgend ging, vermieden,

Zeichnungen anzufertigen. Nicht nur, daß er keine Begabung dazu hatte. Allein der Versuch zu zeichnen bedeutete eine Konzession an jene, die von Kunst als etwas Erhabenem und Nützlichem sprachen.

Er rieb sich die Augen und trat näher an die Wand heran. Hellblaue Kreidelinien. Kein Zweifel. Er hatte die Zeichnung angefertigt. Niemand sonst wußte, daß er Giselle erdrosselt hatte.

Oder doch? Hatte ihn jemand bei der Tat beobachtet, ohne daß es ihm bewußt geworden war? Wütend schüttelte er den Kopf. Diese Kritzelei da an der Wand war schlimmer als ein unterschriebenes Geständnis. Die Idee, seine Schuld auf diese Art und Weise zu zementieren, mochte verrückt sein. Zugleich barg die Methode eine gewisse Logik in sich.

Er würde die Zeichnung von der Wand entfernen müssen. Aber wie? Vielleicht ließ sich die Tapete abreißen. Wenn nicht, dann konnte er immer noch versuchen, die Stelle zu übermalen. Erst einmal würde er es mit Wasser und Seife versuchen. Er faßte in seine Hosentasche, tastete nach seinem Taschentuch. Die Hand kam mit einem Stück hellblauer Kreide wieder zum Vorschein. Er kannte die Kreide. Sie lag in der Werkzeugkiste, die er im Badezimmer stehen hatte. Er starrte die dicken Linien an. Ob er sie mit dem Taschentuch und etwas Spucke zur Unkenntlichkeit verwischen konnte? Er konnte sie auch mit der Kreide selbst übermalen.

Er hob die Hand. Und dann war ihm, als legten sich unsichtbare Finger um seine Rechte. Anstatt die Zeichnung zu durchkreuzen, begann er zu schreiben. Die Buchstaben gerieten zwanzig Zentimeter hoch.

Du bist ein Mörder.

Er ließ vor Schreck die Kreide fallen.

Nicht: *Ich* bin ein Mörder. Sondern: *Du* bist ein Mörder.

Er zerstampfte die Kreide zu blauem Staub, den er mit dem Absatz in den Teppichflor rieb. Giselle hatte zu lachen begonnen. Er fuhr herum. Ihre Gestalt war von dem Spiegel eingerahmt. Ein lockender Ausdruck glomm in ihren Augen. Sie war nackt.

Er fackelte nicht lange. Was er tat, war sein eigener Wille. Er war plötzlich keine Marionette mehr, die an den Fäden eines Geistwesens zappelte. Er ergriff den schweren Glasaschenbecher, wirbelte herum und schleuderte ihn wie eine Diskusscheibe auf den Spiegel. Das Glas zerbarst.

Giselle war fort. Er wußte, daß er sie nicht vernichtet hatte. Sie hatte sich in die Finsternis zurückgezogen, wohin er ihr nicht folgen konnte.

Merkwürdig. Obwohl das Ereignis rätselhaft und verwirrend schien, fühlte er sich erleichtert. Er war jetzt sicher, daß er nicht verrückt war. Er wurde nur von einem Geist verfolgt. Ein ganz normaler Vorgang. War es nur der Geist jenes überirdisch schönen Geschöpfes, das er erwürgt hatte? Es steckte wohl mehr dahinter. Er ahnte, daß es Möglichkeiten gab, diesem Geistwesen beizukommen. Sie war nicht körperlich, trotzdem konnte er sie töten. Er wußte noch nicht, wie er das anstellen würde. Aber er war zuversichtlich, daß sich ihm die Möglichkeit dazu bieten würde. Dann würde er das Vorhaben ohne Zögern ausführen. Die Befriedigung würde unvorstellbar süß sein.

26

Giselle war im siebten Schuljahr gewesen, als sie eine ganze Spiralkladde mit einem endlos wiederholten Satz füllte. *Ich wünsche mir den Tod. Ich wünsche mir den Tod. Ich wünsche mir den Tod...* Es gab keinen unmittelbaren Anlaß für sie, sich den Tod zu wünschen. Nur die Gewißheit, das Leben nach dem Tod werde interessanter ausfallen als das Leben vor dem Tode. Es war wirklich wenig erhebend, inmitten einer Klasse von Schülerinnen zu sitzen und der reichlich verkalkten Schwester Terence zuzuhören, wie sie die Funktion der Adverbien definierte. Es war dann einige Wochen später, als Schwester Terence die vollgeschriebene Spiralkladde entdeckte. Sie gab Giselle auf, zur Buße eine weitere Kladde mit dem Gegenteil vollzuschreiben: *Ich freue mich, daß ich lebe. Ich freue mich, daß ich lebe. Ich freue mich, daß ich lebe...*

Inzwischen empfand Giselle die Belehrung noch törichter als damals. Mehr denn je wünschte sie sich den Tod, wünschte sich den Sturz in den Abgrund der Unendlichkeit. Es genügte wohl nicht, wenn man starb. Tot war sie schon, ohne daß die Last der Leiden von ihr genommen worden wäre. So zu existieren, war ebenso schlimm wie Schwester Terences Unterricht beizuwohnen oder eine Ehe mit Robert Glandier über sich ergehen zu lassen. Noch im Grab war es schöner gewesen als in der Wohnung in Willowville. Hier war sie spirituelle Dirne, jederzeit auf dem Absprung. Ein PSI-Wink des Mannes, den sie haßte, genügte, um sie aufs neue in die

Position der Erniedrigten zu zwingen. Wie hilflos und entrechtet sie war. Sie war seinen Gedanken ausgeliefert, und sie wußte, in welche Richtung diese Gedanken liefen. Sie haßte den Anblick seines unförmigen Körpers, verabscheute den stieren Blick seiner Augen, ekelte sich vor der Geste, mit der er seine Lippen vorstülpte. Lippen, die doch nur die Fortsetzung des Verdauungstrakts waren, der als Zentrum seines Ichs fungierte. Vor allem haßte sie es, daß er sie zwang, Haß zu empfinden.

Sie hatte sich nicht über ihn lustig machen wollen. Sie hatte ihn auch nicht zwingen wollen, sein Geständnis auf die Tapete zu kritzeln. Auf eine Weise, die sie nicht zu ergründen vermochte, schien er in der Lage zu sein, ihre Gedanken zu lesen. Vielleicht war es so, daß Gott ihre Wesenheiten gegen Giselles Willen verschmolzen hatte. Was ER zusammenfügt, sollst DU nicht trennen. Sie waren einander ausgeliefert, auf Gedeih und Verderb. Jeder war Opfer des anderen, der Willkür seines größten Feindes preisgegeben.

In diesem Augenblick hatte er den Aschenbecher in den Spiegel geworfen. Giselle war dematerialisiert. Diesmal wurde sie nicht in einen anderen Raum des Hauses projiziert. Jedenfalls schien dies nicht mehr die Küche zu sein, die sie kannte. Das Zimmer lag im Zwielicht. Nebel stieg auf. Der gekräuselte Rauch einer endlosen Zigarette. Ein lauerndes Grau, das an keinem Gegenstand Halt zu finden schien. Ein Tanz von Atomen, denen nur eines eingegeben war: der Wille zu töten.

Dann kam ihr die Erinnerung wieder.

Eigentlich war es mehr die Erkenntnis, daß sie etwas Wichtiges vergessen hatte. Einen Ort, ein bestimmtes geometrisches Muster, ein Vorhaben. In der Küche, wenn man den vom Grau der Pest sandgestrahlten Raum denn so nennen konnte, lag der Schlüssel zu jenem Rätsel verborgen. Ein geometrisches Muster. Ein versteckter Hinweis, dem zu folgen ihr schicksalhaft aufgegeben war.

Sie schwebte an der Kante des Regals entlang, schob sich durch die Schnecken des Fleischwolfs. Dann sah sie den roten Topflappen, der auf der Seitenwand des Kühlschranks klebte. Ein schmutziger Lappen. Ziemlich dreckig sogar. Vielleicht gelang es ihr, die Schmutzflecken aus ihrem Bewußtsein auszublenden. Sie glitt auf die rückwärtige Seite des Küchenspiegels und schloß die Augen. Sie konzentrierte sich. Ich will...

Sie spürte, daß sie es schaffen würde. Sie konnte diese Welt verlassen und in jener anderen Welt weiterleben, die man ihr im Grab vorgeführt hatte.

Sie war jetzt wie ein Kind, das eine Schachtel in die andere steckt. Das Mädchen hatte seine Faust in die Tasse gesteckt. Das ging. Und dann hatte sie versucht, mit ihrem ganzen Körper, in kindlicher Nacktheit, die Tasse zu betreten. Das ging nicht. Giselle versuchte sich dem Topflappen einzuverleiben, der am Kühlschrank hing. Was sich als unmöglich erwies. Eine deprimierende Erkenntnis beschlich sie. Ich bin schwächer denn je zuvor. Ich lag im Grab, als ich diesen magnetischen Farbfleck zum ersten Male sah. Damals bin ich eins geworden mit den Wellen des Alls, mit den Partikeln der Schöpfung. Heute aber bleibe ich ausgesperrt von der Kommunion mit dem Unwirklichen. Warum? Als ich in der Gruft gefangen war, habe ich keinen Unterschied gemacht zwischen Gedanke und Tat. Es gab keinen Unterschied zwischen der farbensprühenden Vision und dem Topflappen. Inzwischen aber hatte das Textil Körperlichkeit erlangt. Giselle glitt auf den Rissen geborstener Statuen entlang. Römische Statuen, Dutzendware des frühen Imperiums. Das Leben Oben und Unten. Was man auch tat, es führte zu keinem brauchbaren Ergebnis. Der Schwindel befiel sie, ließ sie auf den Lippen eines Legionärs ins Torkeln geraten. Ob sie von jener Macht, die sich GOTT nennen ließ, als Nebel ins Universum geschleudert worden war?

Wahrscheinlich war es so. Sie wußte auch, wer die Schuld daran trug, daß es soweit kommen konnte. Robert Glandier, ihr Mann.

Nein, es bereitete ihr keine Genugtuung, ihn zu hassen. Es war ganz einfach notwendig. Wie hätte sie ihn vernichten können, wenn sie ihn nicht haßte? Und vernichten mußte sie ihn – wenn sie nicht selbst für alle Zeiten zugrunde gehen wollte.

27

Joy-Ann hatte das Vorstadtkino verlassen. Sie war nur drei Häuserblocks weit gegangen, als sie vor die Schaufenster des hübschesten Warenhauses geriet, das sie je gesehen hatte. Sie trat ein. Endlose Regale mit Parfüm, Kosmetikartikeln, Juwelen. Adah führte sie am Arm, sie schien Joy-Anns Verwunderung zu genießen. Sie nahmen auf einer samtgepolsterten Bank Platz. Über ihnen wölbte sich eine mit Goldplättchen beschlagene Palme, an deren Zweigen bernsteinschimmernde Parfümfläschchen baumelten. Es gab kostbare Blumenarrangements mit der Besonderheit, daß die Namen aller Blumen mit B begannen. Voller Freude entdeckte Joy-Ann einen

Stand mit dem kompletten Programm von *Fanny Farmer's Family Assortment.* Sie sah zur Decke auf. Die Decke drehte sich, im Takt zur Melodie »I Dreamt I Dwelt...«

»Luxus«, sagte Adah. Ein genießerisches Lächeln spielte um ihre vollen Lippen. »Oder, wie die Franzosen sagen, *luxe, calme et volupté.*«

Joy-Ann, die kein Wort verstanden hatte, nickte Zustimmung. Dies kam ihrer Vorstellung von Himmel schon recht nahe. Die Puppe in der Puppe. Wenn man näher hinschaute, dann war alles noch etwas schöner, als man erhofft hatte. Und wenn man um die Ecke bog, sah man noch etwas Schöneres.

Adah schien ihre Gedanken gelesen zu haben. »Wir dürfen bei alledem nicht unsere Pflichten vergessen«, sagte sie. »An die Arbeit!« Sie drückte auf einen Knopf. Ein Fernsehgerät aus Marmor wuchs aus dem Boden. Ein zweiter Knopfdruck. Auf dem Fernsehschirm erschien ein Bild von Adahs Kopf. Die Kamera fuhr zurück, und jetzt konnte man erkennen, daß Adah auf einen Pferderücken gefesselt war. Das Pferd galoppierte in der Runde. Es gab eine Art Manege, und rundherum standen Männer in Zylinderhüten. Aus dem Orchestergraben stiegen die Klänge eines Marsches hoch.

»Das waren noch Zeiten«, sagte Adah.

»Sind das wirklich *Sie?*« fragte Joy-Ann. Ihr war klargeworden, daß Adah mit ihrem zweiten Knopfdruck eine Verbindung zwischen dem Fernseher und dem *Home Box Office* hergestellt hatte. Auf diesem Kanal konnte man alle Begebenheiten seines Lebens so oft betrachten, wie man wollte, und das ohne Rücksicht auf die logische zeitliche Reihenfolge. Der Home-Box-Office-Kanal war Joy-Anns Hauptvergnügen gewesen, als sie noch im Krankenhaus lag. Wieder und wieder hatte sie die glücklichsten Stunden ihres Lebens an sich vorbeiziehen lassen.

»Wohl hundertmal habe ich das getan«, hörte sie Adah sagen. »Aber die schönsten Vorstellungen waren die im *Astley's.* Ich bestritt damals sechs Vorstellungen pro Woche. Samstags gab es zusätzlich eine Matinee. Das Pferd mußte dreißigmal in der Runde reiten. Ganz London kam, um sich das anzusehen. Charles Dickens, wenn ich das hinzufügen darf, ist Stammkunde meiner Vorstellungen gewesen. Er konnte sich gar nicht sattsehen.«

»Und Sie hatten wirklich *nichts* an?« wunderte sich Joy-Ann. »Ich dachte immer, in der guten alten Zeit herrschten strenge Sitten.«

»Ich trug natürlich ein dünnes Trikot. Ich glaube, Sie sind der erste Zuschauer, der wirklich geglaubt hat, ich wäre nackt gewesen.

Vielleicht irre ich mich aber auch. Beim Theater ist schließlich neunzig Prozent Täuschung. Das Leben ist wie eine Bühne. Da fällt mir gerade ein, ich habe ja noch die ganze Ewigkeit vor mir, um mir die Szene anzusehen.«

Adah schaltete auf einen anderen Kanal. Giselle erschien auf der Mattscheibe. Sie saß auf dem Rücksitz eines Chryslers. Es war Bobs Wagen. Sie war nackt. Sie trug kein Trikot, kein Höschen, nichts. Ihre Brüste waren durch die Frontscheibe des Fahrzeugs zu erkennen, wenn der Kameramann sich auf die Zehen stellte.

»Ich weiß, es mag Ihnen altmodisch vorkommen«, sagte Joy-Ann. Sie sah verlegen zur Seite. »Ich schäme mich, wenn ich so etwas sehe. Besonders wenn's auf dem Fernsehschirm geschieht, und hier im Himmel allemal.«

Adah konterte mit einem Lächeln. »Aber, Joy-Ann, das überrascht mich bei Ihnen wirklich. Denken Sie doch nur an Adam und Eva. Die waren doch auch völlig nackt, nicht? Wir alle sind nach Gottes Bild geschaffen. Wenn wir nun aussehen wie Gott und uns auch so zeigen, was könnte daran auszusetzen sein? Ich meine, wenn man es vom Standpunkt der Ewigkeit betrachtet.«

Adah gab sich alle Mühe, keinen Spott durchklingen zu lassen, und doch war offenbar geworden, daß sie sich über Joy-Anns Prüderie amüsierte. Die schüttelte empört den Kopf. »Wir tragen doch auch Kleider«, sagte sie. »Warum zeigt *sie* sich dann nackt?« Sie warf einen anklagenden Blick auf das Bild ihrer Tochter. Passanten in Straßenkleidung gingen an dem Wagen vorbei. Keiner von ihnen würdigte die nackte Frau im Wageninneren eines Blickes.

»Unsere Kleider sind nur Schein«, sagte Adah ruhig. »Genauso wie die Nacktheit Ihrer Tochter nur Schein ist. Es gibt allerdings einen bedeutsamen Unterschied. Sie und ich, Joy-Ann, wir können frei wählen, in welcher Weise wir in Erscheinung treten wollen. Giselle hingegen ist ein Geist. Sie muß in der Weise erscheinen, wie sich die Person, der sie erscheint, sich das wünscht.«

Joy-Ann ahnte, daß Adah Menken die Gelegenheit zu einem Tadel benutzen wollte. Sie sollte recht behalten.

»Sie wissen doch, was in der Bibel steht, meine Liebe. Richte nicht, damit du nicht gerichtet werdest. Und Sie haben soeben den Stab über Ihre Tochter gebrochen, Joy-Ann. Sie ist nackt, und das paßt Ihnen nicht.«

»Ich fürchte, Sie haben recht. Aber Sie sind auch etwas hart zu mir. Ich verurteile meine Tochter ja nicht. Ich weiß, daß sie gar nicht anders kann. Es ist typisch für sie, daß sie sich ohne Büstenhalter auf den Rücksitz eines fremden Autos setzt. Als sie noch nicht verheiratet war, hat sie...«

»Jetzt fällt mir ein, was Samuel Goldwyn zu mir sagte, als er in den Himmel kam. Wir sprachen über Autokinos. Und er sagte: *Die meisten Ehen werden nicht in der Kirche geschlossen, sondern im Autokino. Auf dem Rücksitz des Autos.*«

Joy-Ann quittierte die kleine Geschichte mit einem vorsichtigen Lächeln. »Ich werde Ihnen jetzt erklären, wie Sie Ihrer Tochter helfen können«, sagte Adah. »Sie müssen vor allem dafür sorgen, daß sie aus dem Wagen rauskommt. Sie kann die Tür nicht selbst öffnen. Sie muß warten, bis jemand sie rausläßt. Und das können *Sie* tun. Sie brauchen dazu nur die Gestalt eines lebenden Menschen anzunehmen. Ich weise Sie allerdings darauf hin, daß dies Ihren Reifeprozeß im Himmel verzögern wird. Sie werden wieder eine Weile hier auf der Zwischenstation verbringen müssen.«

»Das ist nicht so schlimm. Mir gefällt's hier ganz gut. Also, was muß ich tun?«

»Zunächst einmal streifen Sie sich diesen Ring über den Finger.« Adah Menken hatte sich einen Smaragdring vom Mittelfinger gezogen. Sie reichte ihn Joy-Ann. »Dies ist ein magischer Ring, er verwandelt Sie in einen lebenden Menschen. Für Ihre Tochter wird es jedenfalls so aussehen, als stünde da ein lebender Mensch vor dem Auto, jemand, der ihr die Wagentür öffnet, so daß sie aus dem Auto verschwinden kann. Ich kann Ihnen in der Kürze der Zeit nicht auseinanderlegen, was daran wirklich ist und was nicht. Sie sehen ja selbst die Situation auf der Mattscheibe. Giselles Mann kann jeden Augenblick zurückkommen. Wer weiß, wo er dann mit ihr hinfährt und was er mit ihr anstellt!«

Joy-Ann legte nachdenklich den Kopf auf die Seite. »Der Ärmste. Er hat soviel gelitten, und jetzt wird er auch noch von Geistern geplagt, die ihm erscheinen. Es geht einfach ungerecht zu im Leben.«

»*Er* hat gelitten? Von wem sprechen Sie?«

»Nun, Giselle ist ihm schließlich davongelaufen, nicht wahr. Er war völlig fertig, als er dann erfuhr, auf welche Weise sie ums Leben gekommen war. Erdrosselt in einem Motel. Es war ein furchtbarer Schock für meinen Schwiegersohn.«

»Wissen Sie denn nicht, daß er Giselles Mörder ist?«

»Bob? Er soll Giselle ermordet haben? Das kann ich mir einfach nicht vorstellen.«

»Mein Ehrenwort, daß es so ist! Sie können sich die Szene bei nächster Gelegenheit per Home Box Office ansehen. Ich dachte, das hätten Sie längst getan.«

»O nein. Wissen Sie, es ist mir unangenehm, Giselle nachzuspüren. Ich möchte am liebsten gar nicht wissen, wie sie sich in Las Vegas den Lebensunterhalt verdient hat. Na ja, ich kann's mir ja vorstellen. Jedenfalls werde ich es mir nicht am Fernsehschirm ansehen, wie sie umgebracht wird. Ich war schon immer gegen Gewalt im Fernsehen.«

»Wir verlieren kostbare Zeit, Joy-Ann. Gehen Sie jetzt zu ihr. Helfen Sie ihr. Aber achten Sie darauf, daß sie nicht länger als eine Stunde Erdzeit bei ihr bleiben. Wenn Sie diese Zeitspanne überschreiten, müssen Sie mit Nebenwirkungen rechnen.«

»Aber...«

Adah wischte den Einwand mit einer ungeduldigen Handbewegung beiseite. Sie ließ die Leuchtregale zur Seite gleiten. Der Beginn einer Rolltreppe wurde sichtbar. Zu Häupten der Treppe strahlte eine Neonschrift. DOWN. Joy-Ann stand auf dem Stahlgitter und sah auf die blau-weiß leuchtende Erdkugel hinab.

Sie tat, was sie viele Jahre zuvor auf dem Zweimeterbrett am Lake Calhoun getan hatte. Sie holte tief Luft, schloß die Augen und sprang. Sie zählte bis zehn. Dann schlug sie die Augen wieder auf. Ihre Lider waren schwer wie Blei. Eine Straße, geparkte Autos. Sie erkannte Bobs Chrysler. Giselle saß auf dem Rücksitz. Nackt, wie Gott sie geschaffen hatte.

28

Giselle hielt beide Hände auf ihren Magen gepreßt. Ihr war speiübel. Erinnerungen an den Rummelplatz zwängten sich in ihre Gedanken. Das Riesenrad. Die schimmernde Klinge, die ihr Zwerchfell zerschnitt. Ob man sich als Geist auch übergeben konnte? Plötzlich fühlte sie sich kreuzunglücklich. Alles war so ungerecht. Sie war wie ein Kind, das man im Auto eingesperrt hatte. Ein Kind, das an der Reisekrankheit litt. Die Eltern hatten es ins Auto gesteckt, während sie in einer nahen Bar saßen und sich sinnlos betranken. Sie war sicher, die Übelkeit würde sofort verschwinden, wenn es ihr gelänge, den Wagen zu verlassen. Daß sie nackt war, spielte keine Rolle. Die Passanten konnten sie nicht sehen. Niemand konnte sie sehen. Nur ihr Mann. Und das nur, wenn er an sie dachte. Aber Bob dachte nur in größeren Abständen an sie. Ihr

Blick heftete sich auf die Klinke. Sie wußte, der Versuch war zwecklos. Sie konnte keine Dinge bewegen. Der Wagen war ihr Gefängnis.

Sie bedeckte die Furche zwischen ihren Brüsten mit der Rechten. Das Schlimmste war nicht die Unfreiheit. Sich körperlich krank zu fühlen, wenn man gar keinen Körper hatte – das war die größte Strafe.

Strafe. Sie dachte über das Wort nach. War es wirklich ungerecht, was ihr widerfuhr? Hatte sie nicht vielleicht etwas getan, was diese Art von Bestrafung nach sich zog. Nackt in einem geparkten Wagen zu sitzen und die vorbeigehenden Passanten zu betrachten, das war so ganz anders als die Höllenqualen, die Schwester Terence geschildert hatte. Wobei offenblieb, ob die Hölle nicht diesem Zustand vorzuziehen war. *Bitte, Gott* betete sie. Es war das erste Mal, daß sie nach ihrer Ermordung ein Gebet sagte. *Beende meine Qualen!*

Ihr Blick irrte durch das Fenster und blieb auf einer Marienstatue haften, die in zwei Meter Höhe in einer Hausnische stand. Freude durchzuckte sie. War das Gottes Antwort auf ihr Gebet? Sie wußte nicht, daß die Statue die ganze Zeit dort gewesen war. Sie hatte sie nur nicht bemerkt. Die Statue war einen knappen Meter hoch. Sie bestand aus weißem Marmor. Das Licht der Sonne brach sich auf ihrer Oberfläche. Die Jungfrau hielt die Arme ausgestreckt, als wollte sie ein Kind in Schutz nehmen, das auf sie zulief.

Also gut, dachte Giselle. In ihren Gedanken mischten sich Trotz und Frömmigkeit. Dann werde ich zur Muttergottes beten. Sie holte tief Luft und schrie: *»Heilige Jungfrau Maria, steh mir bei!«*

Die Statue hob den Kopf und lächelte Giselle zu. Dann gab sie ihr, mit sichtbarer Anstrengung, ein Zeichen. *Ich habe dein Gebet erhört.*

Es gab einen Rasenstreifen, der an der Hauswand entlanglief. Die Statue warf einen prüfenden Blick auf den Rasen, zog die Stirne kraus. Dann ging sie in die Hocke, kam auf der Unterkante der Nische zu sitzen, schloß die Augen und landete im Gras. Sie überquerte den Bürgersteig, sorgsam den Fußgängern ausweichend. Vor dem Wagen angekommen, stellte sie sich auf die Zehenspitzen und äugte aus leeren, weißen Augenhöhlen ins Wageninnere. »Giselle?« sagte sie. Bevor Giselle etwas sagen konnte, öffnete sie ihr die Tür.

Sosehr sich Giselle nach dem Augenblick gesehnt hatte, wo sie ihr Gefängnis verlassen konnte – sie zögerte. Einmal, in *Caesar's Palace,* hatte sie eine Aufzugkabine mit blinkenden roten Knöpfen betreten. Damals war sie von der gleichen Scheu erfüllt gewesen wie heute. Nicht daß sie sich ihrer Nacktheit geschämt hätte. Sie war nicht nackt gewesen. Aber sie hatte Angst gehabt, sie würde jemand Prominenten treffen.

»Wo hast du deine Kleider?« verlangte die Statue zu wissen. Die Stimme kam Giselle bekannt vor. Sie stieg aus.

»Das wüßte ich auch gern. Ich war angezogen, als ich im Wohnzimmer eingeschlafen bin. Als ich dann im Schlafzimmer aufwachte, war ich nackt. Bob war da, er stand dann auf. Es scheint, daß ich mich nicht mehr völlig unter Kontrolle habe. Jedenfalls konnte ich das Haus nicht mehr verlassen. Ich konnte auch eben die Wagentür nicht öffnen. Ich habe das Gefühl, ich bin mit einer unsichtbaren Kette an Bob gefesselt. Wenn er irgendwo hingeht, zwingt er mich, mit ihm zu kommen. Wie eben im Auto. Bob setzt sich ans Steuer, und schwupp, finde ich mich auf dem Rücksitz wieder. Es ist furchtbar. Ich will ihm wirklich nicht als Geist erscheinen. Kein Interesse.«

»Obwohl er dich ermordet hat?« sagte die Statue. »Das hat er doch, oder?«

»Ja, gewiß. Aber jetzt ist es, als würde ich jeden Tag noch einmal umgebracht. Ich will hier weg. Kannst du mich nicht mitnehmen in den Himmel? Du kommst doch vom Himmel, oder?«

Sorgenfalten erschienen auf der Stirn der Statue. »Ich weiß nicht recht, wirklich nicht. Ich meine, es stimmt schon, ich komme aus dem Himmel. Genauer gesagt, aus dem Paradies. Es gibt da einen Unterschied. Schwer zu erklären. Es geht überhaupt sehr merkwürdig zu da oben. Aber eines ist klar. In diesem Zustand kann ich dich nicht mitnehmen. Du bist ja...« Die Statue tastete nach ihrem Gewand. »Hier, nimm das!« Sie versuchte sich den Umhang von den Schultern zu streifen, aber der steinerne Faltenwurf bewegte sich keinen Millimeter von der Stelle. »Es geht nicht«, sagte sie Statue mit hilflosem Lächeln.

So viele Male hatte Giselle diese Stimme gehört. Trotzdem fiel ihr nicht ein, an wen sie der Klang erinnerte.

»O mein Gott« entfuhr es der Statue. Sie deutete zur Straßenecke, wo ein wartendes Taxi stand. Die Tür öffnete sich. Ein Mann in einem blaugrauen Anzug stieg aus. Er wuchtete einen Koffer vom Rücksitz auf den Bürgersteig. Giselle sah, wie er dem Fahrer Geld gab. Dann wandte er sich um. Es war ihr Bruder.

»Bing!« schrie sie.

Er kam geradewegs auf sie zu. Sein Blick schien ins Leere gerichtet. Giselle mußte lächeln. Sie hatte vergessen, wie klein, wie zierlich er war.

»Bing!« Sie wiederholte ihren Ruf. Er war vor ihr angelangt. Sie sprang zur Seite, um nicht überrannt zu werden.

»Er kann uns nicht sehen«, sagte die Statue traurig. »Wir existieren auf einer anderen Ebene der Wahrnehmung. Aber ich finde es schon etwas merkwürdig, daß er ausgerechnet hier in St. Paul auftaucht. Wie lange ist er eigentlich von zu Hause fortgewesen? Ich glaube, es war 1967 oder 1966, als er wegging.«

Plötzlich wußte sie, mit welcher Stimme die Statue sprach. »Mutter, bist *du* es?«

Die Statue lachte. »Wer dachtest du denn?«

In Giselles Antwort klang so etwas wie Enttäuschung durch. »Nun, aussehen tust du wie die Jungfrau Maria.«

»Aber, Giselle, nun sei doch nicht lächerlich. Obwohl man natürlich sagen könnte, ich bin jetzt im Zustand der Läuterung. Technisch gesehen. Vielleicht kriege ich das aber auch durcheinander. Ich bin jedenfalls noch nicht im Himmel gewesen. Ich bin nur bis zum Tanzsaal vorgedrungen. Ich war gerade unterwegs, in den Himmel, als Adah auf dich zu sprechen kam. Du kennst den Namen nicht, denke ich. Adah Menken. War eine bekannte Schauspielerin zu ihrer Zeit. Aber das ist eine lange Geschichte. Und du hast mir vermutlich auch viel zu erzählen. Weißt du, was wir tun? Wir folgen Bing ins Haus. Ich bin neugierig, was er vorhat.«

»Das möchte ich nicht, Mutter. Wirklich nicht! Bob ist in dem Haus.«

»Ich komme mit dir, ich werde dich beschützen. Zu diesem Zweck hat man mich auf die Erde geschickt. Ich habe auch etwas mitgebracht, das mir die Aufgabe erleichtern wird.« Die Statue hob die beringte Hand und bewegte die Finger. Giselle erkannte einen glitzernden Smaragd. »Adah Menken sagt, es ist ein Zauberring. Ich habe allerdings vergessen, was für ein Zauber. Ich bin sicher, daß der Ring dich vor Bob beschützen wird. Vergiß nicht, daß wir beide auf einer spirituellen Ebene der Wahrnehmung existieren, dann kann dir nichts passieren. Du kannst natürlich auch vor dem Haus warten, wenn du das lieber willst. Ich schau nur rasch nach, was Bing treibt, und dann...«

Die Statue hatte das Eingangsportal des Hauses aufgestoßen. Giselle erhaschte einen Blick ins Innere. Plötzlich wußte sie, was Bing vorhatte. Dies war der Seiteneingang zum Bestattungsunternehmen *McCarron's*. Unzählige Male war sie hier vorbeigekommen.

Als junges Mädchen. Und immer war ihr die Muttergottesstatue in der Nische aufgefallen. Wie merkwürdig, daß sie sich jetzt nicht sofort daran erinnert hatte. Die Gespräche im Kloster fielen ihr wieder ein. In der Klosterschule von »Our Lady of Mercy« war hin und wieder von dem Bestattungsunternehmen McCarron's die Rede gewesen.

»Nein, warte!« rief Giselle. »Ich komme mit.«

Sie erreichte die Muttergottes, bevor sich die Schwingtüren des Portals wieder schlossen. Hand in Hand gingen sie den lachsfarbenen Läufer im Mittelgang entlang. Als sie in der Mitte der Halle angekommen waren, blieben sie stehen. Es gab vier Aufbahrungsräume für die Leichname. Die Gänge zu diesen Räumen öffneten sich wie eine Rose.

Giselle betrachtete ihre Mutter von der Seite. Wenn Joy-Ann ahnte, was Bing zu McCarron's trieb, dann ließ sie es sich nicht merken. Seltsam. Erst nach einigem Nachdenken gelangte Giselle zu einer logischen Erklärung für das Verhalten ihrer Mutter. Möglicherweise hatte Joy-Ann ein solches Stadium der Transzendenz und des wahren Begreifens erlangt, daß ihr der Anblick der eigenen Leiche nichts mehr ausmachte.

»Schau!« sagte die Statue. Sie waren den Gang zur Linken entlanggeschritten und standen jetzt auf der Schwelle eines Aufbahrungsraums.

Sie traten näher. Bing stand vor dem offenen Sarg seiner Mutter. Zwei Schritte zur Rechten kniete Schwester Rita vom Kloster *Our Lady of Mercy*. Giselle sah, wie sie einen schweißglänzenden Rosenkranz durch ihre Finger gleiten ließ. Auf einem mit rotem Samt gepolsterten Stuhl hatte Alice Hoffman, Joy-Anns Nachbarin, Platz genommen. Ihr Make-up war tränenverschmiert. Ungeachtet ihrer Nacktheit fühlte sich Giselle wohl in dieser Umgebung. Richtig gemütlich. Es erinnerte sie an altmodische Cocktailbars, wie es sie in Las Vegas gab. So sah es frühmorgens um sechs oder um sieben in diesen Bars aus. Im Flüsterton geführte Unterhaltungen. Gedämpftes Licht. Die gleiche Stimmung von Trauer und Verzicht.

Sie trat an den Sarg und spürte, wie ihre Brüste die Ellenbogen ihres Bruders streiften. Sie beugte sich zu Joy-Anns Leiche hinab. Das Gesicht war geschminkt worden, der Kopf lagerte auf einem feingeriffelten Kissen aus rosa Satin. Wie mager Joy-Ann geworden war! Der Mann, der das Make-up aufgebracht hatte, war zu bewundern. Ein Künstler seines Fachs. Joy-Ann sah aus, als machte sie gerade einen kleinen Schönheitsschlaf, bevor sie zu einem festlichen

Abendessen mit Freunden aufbrach. Wie sie dieses Lächeln liebte. Typisch Mutter. Die Lippen gaben die Schneidezähne frei, in den Mundwinkeln Andeutungen von Grübchen. Das gleiche Lächeln, das in Bings Gesicht stand. Ein Schuß Sarkasmus, ein Schuß Gleichmut. Das Familienlächeln.

Die Statue war nicht groß genug, um in den Sarg sehen zu können. Sie bat Giselle, sie hochzuheben. Giselle entsprach ihrer Bitte. Sie betrachtete die Statue, wie sie auf ihren eigenen Leichnam hinabblickte. »Eines verstehe ich nicht«, sagte Joy-Ann verwundert. »Ich bin doch schon seit Wochen tot. Es dauert doch nicht Wochen, eine Beerdigung zu arrangieren.«

»Die Zeit ist anders, wenn man tot ist«, sagte Giselle.

»Ich weiß, ich weiß. Aber trotzdem... Ich sehe grauenhaft aus, finde ich. Wirklich scheußlich!« Weißschimmernde Tränen drangen aus den Augen der Statue. Wie Hagelkörner kamen sie auf dem Leichnam auf.

Giselle war unter der Last des Steins ins Schwanken geraten. Sie machte einen Schritt rückwärts und ließ die Statue auf den Teppich sinken. »Tut mir leid, Mutti, aber du bist einfach zu schwer für mich.«

Die Statue antwortete ihr nicht. Regungslos stand sie da, so wie Giselle sie als Schulkind bewundert hatte.

»Mutti? Bist du noch dort drinnen?«

Die Statue blinzelte verschmitzt. »Ja. Tut mir leid. Ich war nicht ganz bei der Sache. Habe etwas nachgedacht. Es ist nicht leicht, sich selbst tot daliegen zu sehen, weißt du. Hier, nimm meinen Zauberring, und sieh einmal nach, ob du in Bings Koffer nicht irgend etwas zum Anziehen findest.« Sie nahm den Smaragdring entgegen. Mit langsamen Schritten ging sie zum Fenster und nahm auf einer Polsterbank unter einem prächtigen Gebinde aus Gladiolen Platz.

Dann hielt sie nach Bings Koffer Ausschau. Sie brauchte nicht aufzustehen. Sie fand den Koffer in einem kleinen Abstellraum, gleich links vom Haupteingang. Mit Hilfe des Ringes gelang es ihr, den Koffer hochzuheben. Aber vor dem Schloß versagte der Ring. Sie betrachtete den Verschluß. Ein billiges Schloß, dachte sie. In der Tat genügten dann sieben Schläge mit dem Besenstiel, um das Hindernis zu überwinden. Das Schloß sprang auf, der Deckel hob sich.

Ihr Blick fiel auf eine Reihe heller, bunter Hemden. Sie sahen eigentlich mehr aus wie Krawatten, die an monströsem Wildwuchs litten. Die Hemden hatten Knospen getrieben. Die Knöpfe. Sie legte zwei Hemden zur Seite, die ihr gefielen, dann probierte sie eine von Bings Hosen an. Zu eng. Die Erinnerung an die Teenagerzeit war wieder da. Damals hatte sie die Blue Jeans ihres Bruders tragen können. War sie so dick geworden? Oder er so dünn?

Sie fand einen Bademantel aus Baumwolle und legte ihn zu den Hemden. Dann ordnete sie die Kleidung wieder und verschloß den Koffer.

Als sie den Nebenraum verließ, wurde sie ihres Mannes ansichtig. Dort stand Bob, im Gespräch mit zwei Männern. Den älteren kannte sie von irgendwo her. Der andere, ein junger Mann im dunklen Anzug, war vermutlich ein Angestellter der Bestattungsfirma.

»Natürlich verstehe ich Sie, Bob«, sagte der ältere Mann, und im gleichen Augenblick war Giselle klar, daß es sich um Jerry Flynn, den Familienanwalt handelte. »Aber es gibt nun einmal Gesetze und Gepflogenheiten, an die wir uns zu halten haben. Mr. McCarron wird mir da sicher recht geben.« Der junge Mann nickte an dieser Stelle der Unterhaltung. »Was Sie wollen, kommt nicht in Frage. Er ist nun einmal der Sohn dieser Frau, er hat das Recht, die aufgebahrte Leiche zu besichtigen, und er hat das Recht, an der Trauerfeier sowie am Begräbnis teilzunehmen. Ein gesetzlich verbürgtes Recht, wenn es Sie interessiert.«

»Und ein moralisches Recht«, fügte der junge Mann im dunklen Anzug hinzu. Glandier achtete nicht auf ihn. Flynn auch nicht.

»*Sie* würde ihn als ersten rausschmeißen, und zwar im hohen Bogen!« wandte Robert Glandier ein. »*Sie* würde es sich verbitten, daß er zu ihrer Beerdigung erscheint.«

»Darüber kann man geteilter Meinung sein, Mr. Glandier.«

»Was soll das denn nun wieder bedeuten?«

»Es bedeutet, daß Sie sich vielleicht falsche Vorstellungen über das Verhältnis von Mrs. Anker zu ihrem Sohn machen.«

»Nun reden Sie nicht um die Sache herum wie die Katze um den heißen Brei, Flynn. Wenn Sie etwas wissen, dann heraus mit der Sprache! Hat meine Schwiegermutter ihr Testament geändert? Hat Ihre Kehrtwendung um hundertachtzig Grad damit zu tun?«

»Also gut, Mr. Glandier, ich werde reden. Was ich sage, ist streng vertraulich. Mrs. Anker hat vor ihrem Tode einen Brief an die Nonnen des Klosters *Our Lady of Mercy* geschickt. Ich habe erst heute morgen davon erfahren. Und zwar deshalb so spät, weil Schwester Rita den Brief erst heute früh erhalten hat. Ich hatte inzwischen Gelegenheit, den Brief zu lesen, und wenn ich mir auch gewünscht hätte, meine Klientin wäre mit der Sache zu mir gekommen, so muß ich doch sagen, daß es von der Form her völlig in Ordnung ist. Der Brief ist eine letztwillige Verfügung, gegen die kein Kraut der Welt gewachsen ist.«

»Bedeutet das, ich soll das Haus diesem warmen Bruder in den Rachen schmeißen?«

»Nein.« Der Anwalt grinste. »Nach Mrs. Ankers Vorstellung sollen Sie das Haus gemeinsam bewohnen. Fifty-fifty. Es sei denn, daß Bing Anker das Haus zu seinem Hauptwohnsitz machen möchte.«

»Verdammte Scheiße!« sagte Glandier. Er sagte es mit Nachdruck.

»Ich muß schon bitten, Sir«, sagte der junge Mann im dunklen Anzug.

»Verdammte Scheiße!« wiederholte Glandier, diesmal lauter.

»Wenn Sie sich nicht beherrschen können, Mr. Glandier, muß ich Sie auffordern, unsere Räumlichkeiten zu verlassen.«

»*Sie* wollen *mich* auffordern, Ihre Räumlichkeiten zu verlassen? *Mich?* Wer glauben Sie eigentlich, wer für die ganze Scheiße bezahlt? Wer bezahlt die verdammten Blumen, den verdammten Sarg und die verdammte Anzeige in der verdammten Zeitung?«

»Mr. Flynn«, sagte der junge Mann, »gehen Sie bitte mit Mr. Glandier nach draußen, bis er sich beruhigt hat.«

Der Anwalt legte Glandier den Arm auf die Schulter. »Betrachten Sie die Sache doch einmal mit Ruhe...«

Glandier fuhr zurück, als hätte ihm der andere einen elektrischen Schlag versetzt. In seinen Augen glomm der Haß. »Fassen Sie mich nicht an!« zischte er. Die Aufforderung war, wie Giselle vermutete, an Flynn gerichtet. Und trotzdem schien es ihr, als hätte Bob *zu ihr* gesprochen. Er schien zu spüren, daß sie gegenwärtig war.

Soll ich? dachte sie. Sie betrachtete die Schlaufe der Schnur, die um ihren Mittelfinger gewunden war. Es war die Schnur, die mit dem Angstzentrum seines Gehirns verbunden war. Ob ich unrecht tue, wenn ich ihn leiden lasse? Was werden die Leute von ihm denken, wenn er sich in konvulsivischen Zuckungen am Boden windet? Wird er sich nicht zu Tode schämen? Wie oft noch würde sie diesen Mann zerstören und ihn dann zwingen, in den Alltag, ins Jetzt, zurückzukehren?

Sie ließ die Hand sinken, bis die Schnur durchzuhängen begann. Sie würde ihn nicht bestrafen. Nicht jetzt. Und nicht so. Wenn sie ihn demütigte, so würde das die Kette nur noch enger schmieden.

Allein die Vorstellung, sie könnte Rachegelüste empfinden, ließ sie erschaudern. Sie widerstand der Versuchung, ihrem Ärger nachzugeben, und kehrte zu ihrer Mutter zurück. Joy-Ann war aufgestanden, um Bing Anker und Alice Hoffmann bei ihrer im Flüsterton geführten Unterhaltung zu belauschen.

»Da bist du ja endlich, Giselle. Du hast was verpaßt! Arme Alice. Ich habe nie geahnt, wie lieb sie mich hatte. Sie ist völlig daneben. Während Bing...« Die Statue schüttelte traurig den Kopf.

»Mutter, bitte! Wir müssen jetzt gehen. Bob wird gleich aufbrechen. Übrigens ist mir schlecht. Mir geht's sogar hundsmiserabel.«

»Dann bleiben wir am besten, wo wir sind. Hier, du kannst dich auf die Stufe setzen.« Die Statue führte sie zu dem Sockel, auf dem der Sarg aufgebaut war. »Und jetzt schließe bitte die Augen, Giselle. Gib mir die Hand.«

Giselle tat wie geheißen. Es wurde dunkel um sie. Sie spürte, wie Glandiers Haß und Zorn den Raum durchfluteten. Als sie die Augen wieder aufmachte, stand er im Mittelgang. Er sah sich um, warf einen letzten Blick auf den Sarg. Die Statue verstärkte den Druck ihrer steinernen Finger. Giselle holte tief Luft. Ihr Blick war auf die nackten Fesseln gerichtet. Sie spürte, wie Glandier zum Ausgang strebte.

Als er den Motor seines Wagens startete, drehte es ihr den Magen um.

»Merkwürdig«, sagte die Statue. »Er ist nicht wiederzuerkennen. Ich weiß nur noch, wie er mich sonntags besuchen kam, dann habe ich ihm immer frische Waffeln gebacken. Ich hätte nie gedacht, daß er...«

Es war das erste Mal seit ihrer Ermordung, daß Giselle so etwas wie Appetit verspürte. Waffeln. Knusprige Waffeln, an denen die Butter heruntertropfte. Waffeln, auf denen der Waldhonig glänzte. Waffeln, die wie reife Früchte aus dem Waffeleisen fielen. Waffeln, Ahornsirup, gebratener Schinken und eine frischgebraute Tasse Kaffee.

Plötzlich war ihre Stimmung umgeschlagen. Sie hatte nicht einmal mehr Zeit, sich bei der Statue zu entschuldigen. Als sie wieder zu sich kam, lag sie auf den Knien und spie schleimige grüne Galle auf den lachsfarbenen Läufer des Mittelganges. Sie würgte, bis ihr die Tränen über die Wangen liefen. Dann war der Brechreiz fort, so schnell, wie er gekommen war.

»Fühlst du dich jetzt besser?« fragte die Statue.

»Viel besser, danke.«

»Du weißt ja auch, was das ist, nicht?«

»Mir ist heute morgen schon so schlecht gewesen. Vorhin im Wagen. Erst dachte ich, es kommt vom Autofahren. Ich weiß nicht. Wahrscheinlich wird mir einfach schlecht, wenn ich an ihn denke.«

»Na ja, so kann man's auch sagen.« Die Statue kräuselte die Lippen. Ein wissendes Lächeln. »Tatsache ist, du bist schwanger, mein Kind.«

»Aber... das ist doch nicht möglich.«

Die Statue hob beschwichtigend die Hände. »Wer kann heutzutage noch sagen, was möglich ist und was nicht?« Sie kniff die Augen zusammen. Sie schien nachzudenken. »Als mir der Arzt das erste Mal sagte, Sie sind schwanger, da habe ich auch so reagiert. *Das ist doch nicht möglich.* Dewey und ich hatten aufgepaßt. Aber nicht gut genug.«

»Nun sei aber vernünftig, Mutti. Ich bin ein Geist. Geister bekommen keine Babys.«

»Steh bitte einmal auf und dreh dich zur Seite.«

»Wie bitte?«

»Tu, was ich dir sage, Kleines. Wir haben nicht mehr viel Zeit. Ich darf höchstens eine Stunde bleiben.«

Giselle stand auf. Die Statue betrachtete sie mit prüfendem Blick.

»Ich kann's natürlich nur schätzen«, sagte die Statue, »aber ich würde sagen, du bist zwischen dem vierten und fünften Monat. Laß mal fühlen.« Sie legte ihr die Marmorhand auf den Bauch.

Giselle spürte, wie etwas in ihr zu zucken begann.

»Merkst du was?«

Giselle nickte. »Es hat sich bewegt.«

»Ich will dir auch sagen, was es ist. Ein Junge. Glaub dran, oder laß es bleiben, aber ich hab' mich noch nie geirrt.«

Bing Anker und Alice Hoffman hatten ihre Unterhaltung beendet. Stille breitete sich über die Aufbahrungsräume des Bestattungsinstituts *McCarron's*. Nur noch die Ave-Marias von Schwester Rita waren zu vernehmen.

29

Wie jeden Samstagvormittag hatte sich Jacks Mutter in Begleitung von Maryann und Judy auf den Parkplatz des Kaufhauses *Byerly's* begeben, wo sie gegen die Abtreibung zu Felde zog. Jacks Vater machte seinen Jogginglauf. Jack war für Abtreibung und gegen Jogging. Aber er wußte auch, daß er dergleichen unorthodoxe Ansichten im Hause Sheehy nicht zum Tragen bringen konnte. Elfjährige Kinder führen ein Leben, wo eines kaum vorkommt: Freiheit. Sie haben keine Meinungsfreiheit und keine Religionsfreiheit. Was ihnen bleibt, ist die Hoffnung, daß dieser Zustand sein Ende findet, wenn sie volljährig werden.

An jenem Morgen stand Jack vor der Wahl a) Algebra zu büffeln, was sich insofern besonders langweilig gestalten würde, als er der Klasse voraus war, b) einen quieksigen Zeichentrickfilm im Fernsehen zu sehen, c) seinen Freund Larry Willard zu besuchen oder d) seine Karriere als jugendlicher Ladendieb auszubauen. Wie immer war der Gedanke an das Verbrechen besonders verlockend. Es hätte allerdings bedeutet, daß er ein ganzes Stück mit dem Fahrrad zurücklegen mußte, um nämlich in eine Wohn- und Geschäftsgegend außerhalb von Willowdale zu gelangen, wo man ihn nicht kannte. Dies war wichtig für den Fall, daß er auf frischer Tat ertappt wurde. Schon lange fand Jack keinen Geschmack mehr an Übeltaten, die nichts einbrachten. Als er neun Jahre alt war, hatte es ihm noch Spaß gemacht, die Rückspiegel an den Autos abzudrehen oder Löcher in die plastikversiegelten Schwimmbäder der Nachbarn zu bohren. Er hatte Glück gehabt. Er war aus der Phase herausgewachsen, bevor ihn jemand erwischte. Die Wandlung zum Guten, wenn man so sagen durfte, war eingeleitet worden, als Jacks Vater eines Morgens beim Frühstück die Prinzipien des Kosten-Nutzen-Denkens dargelegt hatte. Jack fiel es wie Schuppen von den Augen. Es war wie das x in Algebra. Man fragte sich richtig, wieso man nicht längst von allein auf den Trichter gekommen war.

Angesichts der vier Alternativen, unter denen Jack an jenem Morgen wählen konnte, beschloß er, die Frage im Raum stehenzulassen. Er benutzte den rückwärtigen Ausgang, als er das Elternhaus verließ. Wenig später durchquerte er das Wäldchen aus Weidenbäumen, das zugleich die Grundstücke der Nachbarn entlang dem Willowville Drive und der Pillsbury Road begrenzte. Er versuchte sich vorzustellen, wie diese Gegend wohl in der prähistorischen Zeit vor dem Zweiten Weltkrieg ausgesehen hatte, wo Willowville noch ein Sumpf war. Wahrscheinlich alles voller Echsen, die sich mit messerscharfen Zähnen zerfleischten. Es gab da die These, daß die Spezies *Cretaceous* bereits im neunzehnten Jahrhundert ausgestorben war, aber Jack glaubte nicht recht an die These. Sein Lieblingstier war der *Tyrannosaurus rex*, der allerdings vor 65

Millionen Jahren aus der Gegend verschwunden war. Wie schade, daß es keine zwölf Meter langen Ungeheuer mehr gab, die sich an den Dachrinnen der Villen gütlich taten, während die Bürger von Willowville schreiend, den tragbaren Farbfernseher in der Hand, ihre Häuser verließen. Warum wurden solche Szenen nie im Fernsehen gezeigt? Warum gab es keine Filme, wie das Leben sie schrieb?

Jack ging an dem aus Beton gegossenen Teich der Gemeinde entlang, sog den Duft der Wasserlilien in sich ein und dachte über das Projekt der Langusten nach. Ob es wohl möglich war, in einem solchen Teich ein funktionierendes Ökosystem aufzubauen, das Langusten einschloß? Es war ein Gedanke, der ihn sehr faszinierte. Langusten waren merkwürdige Tiere. Wenn eine Languste sich häutete und wehrlos war, dann wurde sie von ihren Artgenossen angegriffen und verzehrt. Es sei denn, es handelte sich um ein Weibchen. Mit dem trieben dann die Männchen ihr Spiel. Nachdem es kein lebendes Anschauungsmaterial in der Gegend gab, machte sich Jack durch gewissenhafte Betrachtung von Dokumentarfilmen sachkundig. Filme, die das geheime Leben der Langusten abhandelten. Leider gab es keine Filme über Werwolf-Langusten, die Jack besonders interessiert hätten. Er hatte sogar schon eine Anfangsszene für einen solchen Film ersonnen. Ein Flossentaucher geht auf die Jagd in einem Gewässer, das zufällig in der Nähe eines Atomkraftwerks dahinfault. Und dann wird der Taucher von einer Werwolf-Languste in die Zehe gebissen. Die Behörden versuchen die Hintergründe zu vertuschen. Wie sich herausstellt, hat es einen Unfall im Atomkraftwerk gegeben. Es gibt einen Senator, dessen rothaarige Sekretärin...

Als Jack an dieser Stelle des Drehbuchs angekommen war, kam das Haus von Mr. Glandier in Sicht. Die Garagentür stand offen. Was höchst ungewöhnlich war. Der alte Herr pflegte Haus, Garage und Grundstück beim Weggehen zu verriegeln, als handelte es sich um die einzige Raketenbasis, die auf den Aufmarschplänen der Roten Armee noch nicht verzeichnet war. Jack umkreiste das Grundstück. An den Fenstern war niemand zu sehen. Er durchquerte den Garten und betrat die Garage durch die offenstehende Seitentür. Wie er gedacht hatte. Der Wagen stand nicht da. Mr. Glandier war nicht zu Hause. War er etwa so sorglos gewesen, daß er auch die Tür zum Haus offen gelassen hatte? Es gab nur einen Weg, wie man das herausfinden konnte. Jack sah sich in der Garage um, auf der Suche nach Arbeitshandschuhen. Er hatte nicht vor, Fingerabdrücke zu hinterlassen. Er fand nur ein Fensterleder, das offensichtlich zum Wagenwaschen benutzt wurde. Er rieb es zwischen den Fingern hin und her, bis es weich wurde, dann legte er es um den Türknauf und griff zu. Die Gittertür aus Fliegendraht schwang auf, danach die massive Holztür. Das Haus war offen.

Vor Jack öffnete sich das Treppenhaus. Eine Treppe führte in den Keller, die andere zur Küche hinauf. Das war sicherlich interessanter als der Keller. Auf Zehenspitzen huschte er die Stufen hinauf. Vor der Küche angekommen blieb er stehen. Sein Herz klopfte. Er genoß die Angst, die ihn befallen hatte. Gewiß, Mr. Glandier war fort, und sonst lebte ja niemand in dem Haus. Es gab also keine Gefahr, wenn man die Dinge nüchtern betrachtete. Andererseits war es wohl immer ein gewisses Risiko, in ein fremdes Haus einzudringen. Wobei sich im Falle des Glandier-Anwesens noch der Merkwürdigkeitsfaktor hinzuaddierte. Dieses Haus verdiente einen der ersten Plätze auf der von Jack geschaffenen Merkwürdigkeitsskala. Die Küche sah aus, als hätten hier fünf Ledernacken ihre Meinungsverschiedenheiten, was das Mädchen an der Bar betraf, ausgetragen. Der Müll war über den Boden verstreut, mindestens ein Dutzend Teller war zerbrochen worden. Auf der Spüle häufte sich der Abwasch. Es stank wie in einem Schweinestall. Eine psychopathologische Entwicklung, wie Jack Sheehy diagnostizierte. Wenn Mr. Glandier wirklich verrückt geworden war – seinen Vater würde das freuen. Es brachte Vorteile in der Firma. Nicht daß Jack besonderen Anteil genommen hätte an dem Auf und Ab im Management von *Techno-Controls*. Aber er registrierte mit wachen Sinnen, was von Einfluß auf den Lebensstandard der Sheehys sein konnte.

Das Wohnzimmer. Er fand keine Besonderheiten, nichts Auffälliges im Wohnzimmer. Das übliche Durcheinander eines Haushalts, wo es keine Frau gab, die nach dem rechten sah. Staub auf den Möbeln, der Gestank nach kaltem Rauch und Zigarrenstummeln, die seit Monaten in überquellenden Aschern lagerten. Stapel von Zeitungen und Zeitschriften. Essensreste auf dem Teppich.

Anders im Schlafzimmer. Jack glaubte die Szenerie eines Horrorfilms zu betreten. Der Ankleidespiegel war zertrümmert worden, die Scherben lagen über den Teppich und über das ungemachte Bett zerstreut. Eine offene Büchse mit weißer Innenfarbe stand auf der Kommode. Irgend jemand hatte begonnen, das Blumenmuster auf der Tapete zu überpinseln. Die Arbeit war nur unvollständig ausgeführt worden. Er trat näher. Weiße Rechtecke. Jack wußte aus eigener Erfahrung, was das bedeutete. Kritzeleien waren übertüncht worden. Worte, die jemand an die Wand geschmiert hatte, waren unkenntlich gemacht worden.

War das denn überhaupt möglich? Schmierereien an der Schlafzimmertapete von Mr. Glandier?

Es gab keinen Zweifel. An einer Stelle war die Farbe so dünn, daß der Buchstabe »Y« zu erkennen war. Jack erklomm den Stuhl und begang, die Tünche mit dem nassen Fensterleder abzureiben. Die Worte »YOU ARE« erschienen auf der Wand. YOU ARE... Sosehr er sich bemühte, die übrigen weißen Rechtecke waren nicht wegzubekommen.

Du bist... Du bist *was?* Jack fühlte sich in die Rolle des Hauptdarstellers in einem Gruselfilm versetzt. Das Rätsel des verhexten Schlafzimmers.

Er hatte sich soeben entschlossen, das Haus auf dem schnellsten Wege wieder zu verlassen, als er das Geräusch des Automotors vernahm. Mr. Glandier. Das Geräusch kam von der Garage. Jack rannte zum Schlafzimmerfenster und schob es hoch. Hinter dem Fensterloch wurde ein massives Gitter sichtbar. Er rüttelte an den Gitterstäben, sie ließen sich um keinen Millimeter bewegen. Der Fluchtweg war ihm abgeschnitten.

Er hörte, wie die rückwärtige Tür des Hauses geöffnet wurde. Jack war gefangen. Die Erkenntnis versetzte ihm einen solchen Schrecken, daß er fast vergessen hätte unters Bett zu kriechen. Er war soeben in dem staubigen dunklen Spalt verschwunden, als Robert Glandier ins Schlafzimmer torkelte. Mit einem Grunzlaut der Erschöpfung ließ sich der fette Mann auf das Bett fallen. Die Matratze gab nach. Jack spürte, wie ihm die Luft aus den Lungen gepreßt wurde. Nase und Mund wurden in den stinkenden Teppichflor gedrückt.

30

Es gibt Zahlen, von denen jeder vernünftige Mensch weiß, daß sie nicht existieren. Minus 1 zum Beispiel. Null, das läßt sich noch verstehen. Aber weniger als Null – es ist klar, daß eine solche Zahl in sich unsinnig ist. Und doch braucht man in der Wissenschaft Zahlen wie minus 1 und noch viel paradoxere Gebilde, um gewisse physikalische Sachverhalte und Vorgänge zu beschreiben. Wir wissen, daß Zahlen etwas Unwirkliches sind. Sie existieren nicht, es gibt sie nur in unserer Vorstellung. Demgegenüber steht die Überzeugung der Mathematiker und mancher Physiker, daß die Zahlen wirklicher und realer sind als wir selbst. Man darf sich hier natürlich die Frage stellen, mit welchem Anspruch Zahlen gegen Menschen auftreten können. Ein Gebilde, das es gar nicht gibt, kann schließlich nicht behaupten, es sei realer als der Mensch. Wenn wir dieser Frage nachgehen, tut sich unter unseren Füßen eine verhängnisvolle Falltür auf. Der Zweifel nämlich, ob es *überhaupt* so etwas wie Wirklichkeit gibt. Wir beginnen daran zu zweifeln, daß die Lichtstreifen, die sich gegenüber der Sonnenblende auf unserer Schlafzimmerwand abmalen, überhaupt existieren. Wir sind plötzlich gar nicht mehr so sicher, daß die Blätter in den Bäumen wirklich rauschen. Ist der Frosch, der dort am Teich sitzt und auf die Fliege lauert, eine Tatsache oder nur eine Vorstellung, der Widerschein unserer Gedanken? Wie wirklich ist der Schmerz, den wir verspüren, wenn wir uns mit der Nadel in den Finger stechen? Wir lösen das Problem normalerweise, indem wir Begriffe wie minus 1 ins abstrakte Reich der Mathematik verweisen. Hier der Alltag und das Leben. Dort Zahlen und Vorstellungen, Gedanken, denen man nicht so recht trauen kann. Sobald wir für uns diese Trennung vollzogen haben, fühlen wir uns wieder auf sicherem Grund. Jawohl. Schließlich gibt es so etwas wie gesunden Menschenverstand. Wenn das Philosophieren Schwierigkeiten auftürmt, dann verzichtet man eben auf Philosophie.

Ganz ähnlich ist es mit dem Bösen. Liberal denkende Menschen sind der Ansicht, und sie geben dieser Ansicht auch ungeniert Ausdruck, das Böse sei ein Zustand, keine Sache oder gar eine Person. Böse ist ein Eigenschaftswort, kein Hauptwort. So die These. Von dieser These leitet sich dann die Annahme ab, die Hölle und die Heerscharen der Teufel seien ein Mythos, mit dem der einzelne seine Übeltaten verständlich machen will. Diese Definition des Bösen hilft uns Taten zu bemänteln, die von unserem Gewissen, von unserem Bewußtsein unnachsichtig als schlimm, als verboten, eben als »böse« verurteilt werden. Meist funktioniert das ganz gut. Es gelingt uns, eine gewisse Logik in unser Leben hineinzuprojizieren. Und doch gibt es Lebensumstände, jeder von uns weiß und fühlt das, wo das Böse vom Eigenschaftswort zum Hauptwort wird, wo es ein Eigenleben bekommt. Die Erkenntnis gewinnt zum Beispiel Raum, wenn Diesseits und Jenseits aufeinanderprallen. Auch wenn es nur selten ausgesprochen wird – es *gibt* Wechselwirkungen zwischen Leben und Tod, ob man diese real existierenden

Bereiche nun nach Art der alten Griechen als Erde und Unterwelt bezeichnet oder ob man zu kühleren Definitionen wie Materie und Geist Zuflucht nimmt. Die Beziehung zwischen Glandier und Giselle ist ein passendes Beispiel für eine sichtbar gewordene Wechselbeziehung zwischen Diesseits und Jenseits. Die Zahl minus 1 streift sich ihr abstraktes Mäntelchen ab, setzt sich vor uns auf den Brunnenrand und läßt die Beine baumeln. Das Irrationale durchbricht die Grenze, die wir durch unsere Tabus aufrichten, und erscheint als greifbare Wirklichkeit. Nicht so wirklich, daß die baumelnden Beinchen einen Schatten werfen würden, wenn die Sonne darauf scheint. Vergleichen wir es besser mit einem elektrischen Impuls. Man kann ihn nicht sehen, und trotzdem ist er da, wie jeder weiß, der den Finger in die Steckdose gehalten hat. Wir können die Wolke am Himmel über uns erkennen. Wenn es weiße Haufenwolken sind, vor blauem Hintergrund, dann besteht kein Anlaß, über ihre elektrische Ladung nachzudenken. Dies ist Teil der Kulisse, die unsere Vorstellung uns als real vorspiegelt. Anders, wenn es sich um graublaue Gewitterwolken handelt. In diesen versteckt sich, wie sogar die trockensten Descartes-Anhänger zugeben, der Blitz. Dieser aber, auch das ist mannigfaltig bewiesen, ist seiner Natur nach böse. Blitz tötet. Er steht in Verbindung mit den unerschöpflichen Kräften des Bösen.

Böse war auch das Leben, das in Giselles Schoß wuchs. Schon hatte sich die Haut des Fötus in die typischen Falten gelegt. Ein Muster erschien. Punkte, wo das Kind die Augen haben würde. Ein tickendes Licht für das Herz. Die Vorstufe von Gedächtnis und Bewußtsein wurde hinter den dünnen Membranen der Augenlider sichtbar. Wenn das Gebilde Freude oder Lust empfand, verzog es die Lippen in eindeutigen Zuckungen. Bei anderen Gelegenheiten bewegte es die Finger, und dies aus dem gleichen Grund. Schon früh empfand dieser Fötus Abneigung gegen den Schoß, in den er eingebettet war. Er sehnte sich nach dem Augenblick, wo er aus dem Gefängnis des Mutterleibs in jene Mischwelt aus Traum und Wirklichkeit entlassen würde, die wir mehrheitlich und wider besseres Wissen als Leben bezeichnen.

Wann immer der Fötus solche Gedanken hatte, verspürte Giselle einen Stich in ihrem Herzen. Sie war dann gezwungen stehenzubleiben, bis der Schmerz nachließ. Es dauerte zwei oder drei Minuten, bis ihr Atem ruhiger ging und der Glaube an das Gute zurückkehrte.

Sie erinnerte sich an ihre erste Schwangerschaft. Sie war von Robert Glandier schwanger gewesen. Es war zu Beginn ihrer Ehe passiert, und Robert hatte sie zu einer Abtreibung überredet. Eine Sünde. Giselle war katholisch erzogen, und ihr Mann wußte das. Es war ihr sehr schwer gefallen, den Entschluß zu treffen. Was sie tat, wog schwer. Schwerer als alle anderen Sünden, die sie im Leben begangen hatte. Jetzt, als Geist, war ihr klar, daß sie ihr schutzloses Kind ermordet hatte. Es war wohl nur gerecht, wenn sie im Leben nach dem Tode den Fötus zur Welt brachte, den sie abgetrieben hatte. Einen Geistfötus. Wenn Menschen eine Seele hatten, dann mußten Föten ebenfalls eine Seele haben. Menschen rächten sich, wenn sie ermordet wurden. Warum sollten sich Föten *nicht* rächen?

Giselle hatte ihrer Mutter die Abtreibung zeit ihres Lebens verschwiegen, und sie beschloß, das Geheimnis auch jetzt, im Tode, zu bewahren. Es war offensichtlich, daß Joy-Ann bereits unter den Nebenwirkungen litt, die man ihr im Paradies für einen längeren Aufenthalt auf der Erde vorhergesagt hatte. Joy-Ann hatte genügend Probleme mit sich selbst, sie durfte sie nicht noch mit ihren eigenen Schwierigkeiten belasten. Sie hatten das Beerdigungsinstitut verlassen. Joy-Ann war plötzlich so schwer geworden wie die Statue, deren Form sie angenommen hatte. Und fast so unbeweglich. Es kostete sie große Anstrengung zu sprechen. Arme und Beine ließen sich nur mit Mühe bewegen. Die Gelenke schmerzten. Sie kam sich vor wie eine Marionette, deren Glieder eingerostet waren.

Giselle hatte die Statue in einen Einkaufswagen gelegt, den sie auf dem Parkplatz des *Red-Owl*-Supermarkts vorgefunden hatte. Und jetzt war sie zur Niederlassung von *Sears* in der Lake Street unterwegs. Es war Joy-Ann, die den Wunsch geäußert hatte, nach Sears gebracht zu werden. Giselle hatte dem Wunsch entsprochen, ohne irgendwelche Fragen zu stellen.

Es war keine leichte Aufgabe. Zwar hatte die Statue nach Kräften mitgeholfen. Trotzdem war es Giselle nur mit äußerster Anstrengung gelungen, den Stein über das Randgitter des Einkaufswagens zu wuchten. Sie waren noch einen Häuserblock von Sears entfernt, als sich das linke Vorderrad des Wagens querstellte. Das Gefährt zog nun nach rechts, egal in welche Richtung man es schob. Einige Male hatte Giselle den Wagen ganz einfach anhalten müssen, um einen Zusammenprall mit einem Auto zu vermeiden. Dann wieder rollte das Gefährt so schnell und scheinbar schwerelos dahin, als sei in den winzigen Rädern ein Motor verborgen. Wenn der Wagen eine Rille im Pflaster überquerte, stieß die Statue im Einkaufskorb einen unhörbaren Schrei aus. Sie schrie und quengelte wie ein Kind, das unfähig ist, die Gründe für den erlittenen Schmerz richtig einzuordnen und vernünftige Prognosen für die Zukunft zu stellen.

Alle paar Minuten hatte Giselle das Gefühl, als bekäme sie einen Messerstich in den Unterleib. Sie schloß die Augen, alles in ihr krampfte sich zusammen. Die Dunkelheit des Schmerzes senkte sich über sie. Sie blieb stehen und wartete. Die Angst war wieder da, die sie bei ihrer ersten Schwangerschaft verspürt hatte. Die Angst vor den Wehen und die Angst vor dem Kind, das sie auf die Welt bringen würde. Sie war überzeugt, daß sie eine Mißgeburt unter dem Herzen trug. Zwar hatte ihr Dr. Jenner, der Gynäkologe, wieder und wieder versichert, daß ihre Befürchtung völlig gegenstandslos sei. Sie sei eine junge und gesunde Frau. Es gäbe keine Anzeichen für irgendeine Schädigung der Leibesfrucht. Sie werde ein ganz normales Kind gebären. Aber Giselle war nicht zu belehren. Sie wußte, daß ihre Überzeugung unvernünftig war. Aber sie war sicher, daß sie ein Monstrum zur Welt bringen würde. Es war nicht so sehr Bobs Drängen, sondern diese Überzeugung, die schließlich den Ausschlag für die Abtreibung gab.

Sie wußte jetzt, daß die Mißgeburt ein zweites Mal heranwuchs. Diesmal würde sie den Dingen ihren Lauf lassen. Der Fötus würde leben, wachsen und geboren werden.

31

Die Lake Street. Sie waren auf der Mitte der Brücke angekommen, als Joy-Ann spürte, wie ihre Kräfte zurückkehrten. Die Schwere, die ihr die Sinne benommen hatte, fiel von ihr ab wie ein vermodertes Gewand, das die Hand des Archäologen von der Mumie streift. Die Steifheit in den Gliedern war verschwunden. Und Joy-Ann hatte auch keine Angst mehr, alles, Geist, Welt, Energie und Materie, werde in einer gewaltigen Sekunde der Wahrheit zu Ende gehen. Sie stützte sich mit der steinernen Rechten auf die Kante des Stahlkorbes, wandte sich um zu Giselle. »Bleib stehen. Machen wir eine Pause.« Sie fuhr sich mit dem Handrücken über die bleiche Stirn. »Es geht mir *soviel* besser«, verkündete sie fröhlich. »Und weißt du auch, woran das liegt? Der Fluß hat mich gesundgemacht. Die frische Luft auf der Brücke.«

Giselle hörte ihr nicht zu. Ihr Blick war auf die träge dahintreibenden Fluten gerichtet. Joy-Ann legte ihr die Hand auf den Arm. »Mein armer Liebling.«

»Mir geht's fürchterlich, Mutti.«

Joy-Ann entfuhr ein Seufzer des Mitgefühls. Sie war zweimal in der gleichen Situation gewesen. Sie wußte, wie eine Frau sich in solchen Momenten fühlte. Wenn einem die Leute dann auch noch gut zuredeten, dann hatte man nicht übel Lust, dem anteilnehmenden Mitmenschen ins Gesicht zu springen. Was die Kirche eigentlich gegen Retortenbabys einzuwenden hatte. Joy-Ann verstand es nicht. Nun ja. Der Papst war ein Mann. Er wußte ganz einfach nicht, wie sich eine schwangere Frau fühlte.

»Ist das nicht merkwürdig«, sagte Giselle.

»*Was* ist merkwürdig?«

»Schau nur, die Autos. Sie scheinen zu kriechen.«

»Besser so als umgekehrt. Ich finde, die meisten Autofahrer fahren zu schnell.«

Aber es waren nicht nur die Autos, die langsamer fuhren, als man es gewohnt war. Als Joy-Ann, nunmehr wach und guter Dinge, um sich blickte, stellte sie fest, daß alles in der Welt langsamer geschah als früher. Das Wasser des Mississippi sah aus wie Honig, den eine Hausfrau aus Versehen ins Tiefkühlfach gestellt hatte. Die Blätter in den Bäumen erzitterten im langsamen Rhythmus eines Alptraums. Die Bäume sahen aus wie riesenhafter Strandhafer, der sich im trägen Südwind wiegte.

»Vielleicht«, gab Joy-Ann zu bedenken, »sind es nicht die Autos, die langsamer fahren. Vielleicht sind wir es, die schneller gehen als früher. Andererseits, je länger ich darüber nachdenke, es ist eigentlich nicht wichtig, wie man den Unterschied definiert.«

Giselle zog einen Flunsch. »Ich wünschte mir, ich hätte endlich einmal Einfluß auf die Dinge, die passieren. Ich habe das Gefühl, ich lebe nicht, ich werde gelebt. Ich meine, ich habe nichts dagegen, daß alles etwas langsamer geschieht als üblich. Aber ich möcht's bestimmen können, wann's langsam geht und wann schnell.

Joy-Ann beschloß einzulenken. »Das wäre vielleicht ganz nützlich. Ja.« Sie starrte auf den Fluß hinab. »Giselle! Schau mal dort unten...« Sie spreizte den kleinen Marmorfinger und deutete auf einen Mann, der in der Mitte des Flusses stand. Genauer gesagt, er stand *auf* dem Wasser. »Und jetzt sag mir bitte, was du dort siehst.«

Giselle trat ans Brückengeländer und warf einen Blick in die Tiefe. »Ich sehe einen Mann. Einen bärtigen Mann. Er blutet am Kopf. Ich glaube, er winkt uns zu.«

»Hast du den Eindruck, daß er ein Geist ist, wie wir?«

»Er ruft etwas, aber ich kann ihn nicht verstehen. Kannst *du* ihn verstehen?«

»Dann muß er ein Geist sein«, entschied Joy-Ann. »Sonst könnte er uns nämlich gar nicht sehen.«

»Bob kann mich sehr wohl sehen. Manchmal.«

»Kann Bob auch auf dem Wasser wandeln?«

Giselle formte einen Trichter mit den Händen und lehnte sich über das Brückengeländer. Sie schrie, so laut sie konnte: *»Was wollen Sie?«*

Der Mann auf dem Fluß hob die Arme und winkte. »Kommen Sie.«

Giselle beantwortete die Aufforderung mit einer Pantomime. Sie hob die Schultern und breitete die Hände aus. Was er dann rief, konnte sie nicht verstehen. Joy-Ann kam ihr zu Hilfe. »Er hat gesagt, du sollst springen.«

»Ich soll springen? Der Mann denkt wohl, ich bin verrückt.«

»Ich weiß nicht, ob die Idee so verrückt ist. Fliegen ist möglich. Als ich im Paradies war, konnte ich fliegen, wirklich.«

»Und jetzt? Glaubst du, daß du's jetzt noch kannst? Das wäre nämlich sehr nützlich, um den Weg nach *Sears* hinter uns zu bringen. Es sind noch dreißig Häuserblocks, das weißt du ganz genau.«

»In meiner jetzigen Gestalt kann ich nicht mehr fliegen, glaube ich. Ich hab's aber noch nicht probiert. Es ist wohl so: Wenn ich wirklich dran glaubte, dann könnte ich es auch.«

»Ich vermute, es würde funktionieren, wenn du über ein magisches Federkleid verfügtest. Wie *Dumbo*. Ich gebe dir einen guten Rat. Versuch's erst gar nicht. Ich werd's übrigens auch nicht tun. Ich springe nicht in den Fluß.«

»Ich auch nicht. Schließlich bin ich aus Stein. Ich würde ja versinken.«

»Wer der Mann wohl ist?«

»Hör mal zu, Giselle, wenn du den Mann gern näher kennenlernen möchtest, das ist deine Sache. Aber zuerst bringen wir das mit *Sears* hinter uns. Bitte! Ich habe das Gefühl, je länger wir hier auf der Brücke stehen, je größer wird die Wahrscheinlichkeit, daß uns die merkwürdigsten Dinge widerfahren.«

Dies schien, fand Giselle, eine vernünftige Überlegung. Sie setzten ihren Weg in Richtung zum Warenhaus *Sears* fort. Den Einkaufswagen hatten sie auf der Brücke stehengelassen. Hand in Hand waren sie zur Bushaltestelle am Ende der Brücke gegangen.

Dort hatten sie sich unter die Wartenden eingereiht. Joy-Ann fühlte, wie die Schwere zurückkam. Trotzdem bereitete es ihr dann keine Schwierigkeiten, die Plattform des Autobusses zu erklimmen. Wie alle anderen Fahrzeuge, so bewegte sich auch der Bus im Zeitlupentempo. Zeit genug, die Stufen hinaufzugehen. Sie standen im Wageninneren, als sich die mit Preßluft betätigten Türen schlossen. Sie sahen hinaus. Der Bus war angefahren. Er fuhr im Fußgängertempo. Sie kamen also auch nicht schneller voran als vorher. Aber natürlich war es nicht mehr so anstrengend.

Wie immer, wenn sie Bus fuhr, verlegte sich Joy-Ann auf die Betrachtung der Fahrgäste. Hauptsächlich alte Menschen und Teenager. Die mittleren Jahrgänge fehlten. Bemerkenswert schien, daß die alten Leute Winterkleidung trugen, während die jungen Fahrgäste T-Shirts und leichte Sommerpullover anhatten. Es gab vier Mädchen, die auf der hintersten Sitzbank saßen, in jener Sitzreihe, die über die ganze Breite des Busses verlief. Sie führten ein lebhaftes Gespräch, das von der Gestik her nur insofern merkwürdig wirkte, als die Bewegungen der Hände und die Mimik zeitlich verzögert wurden. Es sah richtig lächerlich aus. Auch die Stimmen klangen verändert. Giselle erinnerte das Geräusch an das Blöken von Schafen und an das Gequake von Baumfröschen. Joy-Ann erschrak, als sie die bizarren Grimassen der Mädchen gewahrte. Besonders das kleine blonde Mädchen, das ein Kaugummi von einer Backe in die andere schob, sah grauenhaft aus.

Wie dieses Mädchen wohl reagieren würde, wenn sie mich sehen könnte, dachte Joy-Ann. Nun, sie tat der Kleinen wohl unrecht, wenn sie eine ganz besondere Reaktion unterstellte. Klein und blond oder groß und schwarz, was dachte ein Mensch, was dachte eine Frau, wenn eine steinerne Madonna im Bus saß und sich mit ihrer erwürgten Tochter unterhielt? Plötzlich kam sie sich wie einer jener Punk-Typen vor, die gelegentlich im Fernsehen gezeigt wurden. Grotesk, albern, lächerlich und zugleich furchteinflößend, so daß einem die Instantsuppe nicht mehr schmeckte. Ein Segen, daß sie unsichtbar war. Wenigstens das unterschied sie von Punkern.

Die Mädchen waren zur Tür gewandelt, als der Bus die Fahrt verlangsamte. Haltestelle Cedar. Blökend und quakend wanden sie sich in zähflüssigen Bewegungen die Stufen hinunter. Giselle hatte die Beine angezogen. Ihre nackten Füße bohrten sich in den orangefarbenen Plastiksitz. Der Bus fuhr immer langsamer. Joy-Ann fühlte, wie sie der Schlaf überkam. Ich darf nicht einfach wegdämmern, dachte sie. Es war wie beim Sonntagsgottesdienst. Man wollte schlafen, aber man durfte nicht. Joy-Ann hatte einen Trick entwickelt, mit dem sie sich wachhielt. Sie dachte sich eine Berühmtheit aus mit den Anfangsbuchstaben A. A. Dann eine berühmte Persönlichkeit mit den Anfangsbuchstaben A. B. Und so weiter, durch das ganze Alphabet. Das Spiel war ebenso wirksam wie frustrierend. Zwar hielt es sie beschäftigt. Aber Joy-Ann mußte auch zugeben, daß sie nur die Fragen, nicht aber die Antworten bewältigte. Die einzige berühmte Persönlichkeit mit Anfangsbuchstaben A, die ihr einfiel, war Ann. Und der einzige Nachname, der ihr einfiel, war Anker.

Als sie aufsah, wurde ihr klar, daß die Fahrt zu Ende ging. Die graue Silhouette des Sears-Gebäudes war zu erkennen, daneben eine Reihe von Drive-in-Gaststätten und Drive-in-Banken. Es gab Parkplätze voller Autos, und das Sears-Gebäude machte sich in dem Ganzen aus wie ein Wolkenkratzer, der beim Spaziergang durch die etwas schlechter beleumdeten Viertel der Stadt seine Mammi verloren hat. Es erhob sich jetzt nicht nur das Problem, ob der Bus an der Haltestelle auch wirklich haltmachen würde. Es stellte sich auch die Frage, ob der Fahrer die Öffnungsautomatik der Türen bedienen würde. Es gab einen dritten Sachverhalt, der Joy-Ann alle Aufmerksamkeit abverlangte, zu der eine menschgewordene Muttergottes fähig war. In der fünftletzten Reihe hatte sich ein Farbiger erhoben. Seine Hand zuckte nach der Klingelleine.

»Giselle«, sagte Joy-Ann. Sie tippte ihrer Tochter auf das rechte Knie. »Giselle, wach auf, wir sind da.«

Aber Giselle dachte nicht daran aufzuwachen. Sosehr Joy-Ann sich auch bemühte, so laut sie auch rief, Giselle rührte sich nicht. Schließlich sah Joy-Ann ein, daß sie allein aussteigen mußte. Noch bevor ihr der Farbige den Weg zur Tür vertreten konnte, hatte sich die Statue durch den Mittelgang geschoben. Sie ging die aluminiumverschweißten Stufen hinunter und hielt vor dem schmalen Graben, der dem Öffnungsmechanismus der Falttüren vorbehalten war. Der Bus hielt. Das Zischen der Türen war zu hören. Joy-Ann sprang aufs Pflaster. Sie ging auf das *Sears*-Gebäude zu. Es schien an diesem Nachmittag keine Kunden zu geben, die mit dem Gedanken an einen Einkauf bei Sears spielten. Joy-Ann wanderte vor dem Eingangsportal des Gebäudes hin und her, betrachtete neugierig die Drehtür, die von messinggerahmten Schwingtüren flankiert wurde. Sie fühlte, wie sie steifer und steifer wurde. Immer langsamer vertropfte die Zeit.

Wie es schien, konnte Joy-Ann das Öffnen der Drehtür wohl nur mit Hilfe des Ringes bewerkstelligen, den sie von Adah Menken erhalten hatte. Aber den hatte sie Giselle überlassen. Nicht daß sie den Zauberring ihrer Tochter mißgönnte. Es war nur frustrierend, daß sie nicht einmal eine Drehtür aufstoßen konnte. So ähnlich mußte es sein, wenn man als Haustier auf die Welt kam. *Sugar* fiel ihr ein. So hieß Alice Hoffmans Hund. Immer wenn sie Alice besuchte, stand er vor der Hoftür, jaulte und kratzte an der Füllung. Er wollte raus und war darauf angewiesen, daß Frauchen das auch einsah.

Joy-Ann wußte nicht, wieviel Zeit sie vor dem Eingang des Kaufhauses verbracht hatte, als die Drehtür in Bewegung geriet. Eine Kundin, so konnte die Statue durch die Scheibe erkennen, die ihren Einkauf beendet hatte, war in eines der vier Drehtürabteile getreten. Mit langsamer Bewegung zog sie die Einkaufstüten nach. Es waren zwei. Sie hob die Hand und gab der Tür einen Stoß. Die Drehung begann. Joy-Ann war gerade eine berühmte Persönlichkeit mit den Buchstaben A. A. eingefallen. Alan Alda, natürlich. Sie war so überrascht von ihrer Fertigkeit, daß sie die Drehtür nicht mehr rechtzeitig erreichte. Richtig wäre es gewesen, wenn sie sich in jenes Drehtürabteil gezwängt hätte, das dem besetzten diagonal gegenüberlag. Aber dazu war es schon zu spät. Die Folgen waren unabwendbar. Als die Kundin die Drehbewegung beendete und ihr Abteil verließ, wurde Joy-Ann in ihrem Abteil eingesperrt. Sie saß fest, allein, verzweifelt und hilflos. Dabei wäre doch alles so einfach gewesen. Nur ein Dutzend Schritte entfernt befand sich die Rolltreppe, die zum Paradies hinaufführte. Sie betrachtete das Innere des Kaufhauses und die Straße. Kunden kamen und gingen. Aber niemand benutzte die Drehtür. Sie kamen und gingen, indem sie eine der messinggerahmten Schwingtüren aufstießen. Und das, obwohl das Management des Kaufhauses seine Kundschaft mittels eines glänzenden Messingschilds unmißverständlich *aufforderte*, die Drehtür zu benutzen. Wenn die Menschen doch einmal verstanden, wieviel Leid sie anrichteten, indem sie die Regeln mißachteten!

– Vater? Kannst du mich hören? Sie schläft. Die Hure, mit der du mich gezeugt hast, schläft. Wir können sprechen.

– Ich träume.

– Nein, du träumst nicht. Wir sprechen miteinander. Wie CB-Funk, verstehst du? Es gibt nur keine Drehscheibe, mit der du einen Funkpartner anwählen kannst. Der Saft bin ich, wie die Profis zu sagen pflegen.

– Nein.

– O doch, Vater. Ich sehe schon, du würdest am liebsten ableugnen, daß es mich gibt. Du könntest natürlich auf unzurechnungsfähig plädieren. Bitte schön. Auf der anderen Seite, das Problem ist ja zeitlich nicht so brisant. Du kannst mich immer noch verleugnen. Vielleicht bin ich dir aber auch von Nutzen. Natürlich erst, wenn ich geboren bin. Wenn ich ein bißchen gewachsen bin, und wenn du dir einen Namen für mich ausgedacht hast.

– Schweig! Laß mich in Ruhe, du Dreckstück!

– Ein Dreckstück nennst du mich? Nicht Beelzebub oder Satanas? Nun ja, du hast einen gewissen Nachholbedarf in dem, was andere Leute gute Sitten nennen. Nicht daß mir Beleidigungen etwas ausmachen. Im Hinblick auf das Ziel, und damit meine ich natürlich deine ewige Verdammnis, ist es eigentlich ganz gut, wenn du mich verfluchst. Ein Dreckstück, hast du gesagt. Aus wem ist das Stück Dreck denn gekommen?

– O Gott, was habe ich getan, daß ich so gestraft werde?

– Deine Frage ist wohl nicht ernst gemeint, oder? Du schweigst? Nichts dagegen einzuwenden. Ich werde dir Bilder zeigen. Dias. Du weißt ja, ein Bild sagt mehr als tausend Worte. Hier haben wir zum Beispiel Lizzy Spaeth. Du meinst, du wußtest nicht, daß sie so phantastische Brüste hat? Du lügst, wenn du den Mund auftust, und du lügst, wenn du ihn hältst. Betrachten wir das nächste Bild. Das bist du. Fett wie Schweinchen Dick. Und was schreiben wir in die Sprechblase, die dir aus den Lippen quillt? *Miß Spaeth, Sie kommen schon wieder zu spät! Ich kann Ihnen das nicht länger durchgehen lassen!* Wie gefällt dir das nächste Bild, Vater? Deine fetten Händchen sind um ihren Hals gelegt, du drückst zu, bis der Knorpel nachgibt, und so begibt es sich, daß Miß Spaeth nie im Leben mehr zu spät kommen wird. Sehen wir uns nun das nächste Dia an, Vater. Du hast dein Schweizer Armeemesser aus der Hosentasche gezogen und beginnst sie...

– Hör auf. Ich bin nicht bereit, mir das noch länger anzuhören. Du existierst nicht. Ich träume.

– Wenn du meinst, bitte. Ich weiß, du hast was gegen Gewalt. Jemanden aufzuschlitzen und ihm die Gedärme aus dem Leib zu reißen, das gefällt dir schon besser. Kennst du diese Frau? Sag mir, wie sie heißt.

– Laß mich in Ruhe!

– Aber, aber. Du wiederholst dich. Wenn du mich ein drittes Mal bittest, dich in Ruhe zu lassen, könnte ich versucht sein, deinem Wunsch zu entsprechen. Ruhe. Überleg einmal, was das bedeutet. Es gibt Ruhezustände, die dir nicht besonders gefallen würden. Ich könnte dir zum Beispiel das Herz stillstehen lassen. Ich könnte dich aber auch in einen Kahn setzen, der sich in der Mitte eines übelriechenden Teiches befindet. Der Kahn hat kein Ruder. Und kein Paddel. Die Aussicht ist nicht sehr freundlich, zugegeben. Aber ich muß ja auch nicht freundlich zu dir sein. Ich bin zwar dein Sohn, mit allen Verpflichtungen, die so etwas beinhaltet, wenngleich wir beide wissen, daß die Pflichten ihre Grenzen haben. Aber ich bin nicht dein Freund. Alles andere als dein Freund, sagen wir einmal so. Ich hätte gern, daß du recht bald in der Hölle schmorst, und ich weiß, daß ich das eines Tages erleben werde. Bis es soweit ist, bin ich dir zu Diensten. Natürlich erst, wenn sie mich freigibt.

– Ich weiß, daß ich schlafe. Das Laken ist naß und klebrig, also schlafe ich. Ich kann die frische Farbe an der Wand riechen. Ich bin in meinem Schlafzimmer.

– Du hast geschlafen, das stimmt. Aber jetzt bist du wach. Du weißt genau, du hast nicht genügend Vorstellungskraft, um dir die Worte einfallen zu lassen, die ich dir sage. Vorstellungsvermögen, das war noch nie deine Stärke. Du fragst dich natürlich, woher dann die Ideen kommen für unsere Unterhaltung. Von Mutter. Sie tut ihren Geist dazu, wie es im Werbefernsehen so schön heißt. Wie es sich für einen Geist gehört. Du bist ein Bürohengst, stimmt's? *Ein richtiger Geschäftsmann.* Ich weiß, was du mir als Erbe mitgibst. Mitesser und die Bereitschaft, zu jeder Tageszeit die Unwahrheit zu sagen.

Er wachte auf. Es war nicht der Traum gewesen, der ihn zum Aufwachen zwang. Es gab einen Bereich zwischen Wachen und Traum, der schlimmer war als alles, was man bei einem Alptraum über sich ergehen lassen mußte. Er warf sich auf die Seite. Als er wieder die Augen öffnete, fiel sein Blick auf einen Jungen, der auf allen vieren zur Tür kroch. Der Junge war um die zehn. Er trug ein kariertes Hemd, zerschlissene Jeans und Turnschuhe aus rotem Segeltuch.

Robert Glandier stützte sich auf. »Halt!« stammelte er. Zu spät. Er war zu langsam gewesen. Er raffte sich auf, wankte zur Tür, fuhr zurück, als die Tür ins Schloß geworfen wurde. Er wußte sofort, daß es kein Traum gewesen war. Keine Halluzination. Dies war kein Geist, sondern ein Junge aus Fleisch und Blut. Er trat an das Schlafzimmerfenster und betrachtete Jack Sheehy, der durch das vergilbte Gras zur Straße lief.

Der Junge hatte sich Einlaß verschafft in sein Schlafzimmer. Er hatte die weiße Farbe auf der Wand gesehen. Natürlich hatte er nicht lesen können, was die Farbe verbarg. Aber was er ausgekundschaftet hatte, genügte wohl, die Nachbarschaft für die nächsten sieben Jahre mit Gesprächsstoff zu versorgen.

Robert Glandier hätte sich gefreut, wenn er jetzt Ärger oder Wut empfunden hätte. Aber das gelang ihm nicht. Er empfand nur eines. Angst.

33

Bevor Giselle auf ihrem orangefarbenen Plastiksitz im Bus einschlief, hatte sie sich eine Frage gestellt. Was würde passieren, wenn sich einer der zusteigenden Fahrgäste, männlich oder weiblich, auf sie setzte. Sie war unsichtbar. Gut. Aber blieb sie nicht bei allem körperlich? Sie schien aus Materie zu bestehen. Jedenfalls konnte sie keine Wände durchdringen. Hätte sie nicht über den Zauberring verfügt, den ihre Mutter ihr überlassen hatte, sie hätte nicht einmal eine Tür öffnen können. Es war ein Gedanke, den sie nicht als Besorgnis, eher wie einen Kitzel der Erinnerung oder wie ein ungelöstes Rätsel wahrnahm. So war es kein Wunder, daß sie in einen tiefen Schlaf verfiel. Sie blieb im Bus sitzen bis zur Endstation, fuhr dann auf der Gegenstrecke zurück über die Lake Street, Richtung Hennepin. Als an der Haltestelle vor der Brücke ein neuer Fahrgast den Bus erklomm und sich auf ihrem Sitz niederließ, wurde Giselles verhaltene Neugier auf überzeugende Weise gestillt. Sie wurde durch die offene Tür nach draußen geschleudert und fand sich auf dem Grasstreifen, der zwischen Gehweg und Bordstein verlief, wieder. Benommen sah sie auf. Der Bus war wieder angefahren. Und zwar fuhr er auf der Marshall Avenue, so hieß die Lake Street im Stadtteil St. Paul. Immer noch klang das Jaulen und Knurren der Fahrgastgespräche in ihren Ohren. Was in dieser Welt geschah, geschah langsam, unendlich langsam. Sie betrachtete ihren Bauch. Schwanger. Eine unmögliche Schwangerschaft. Alles war noch so wie vor ihrem Nickerchen. Wenn man davon absah, daß Mutter ausgestiegen war. Wie Giselle vermutete, hatte sie den Bus in der Höhe des *Sears*-Gebäudes verlassen, um die Rolltreppe zum Paradies zu besteigen.

Sie ging auf die Brücke zu, mit der Selbstverständlichkeit eines Balls, der abwärts rollt. Sie betrachtete die Ufer des Flusses und den Fluß selbst. Sie hielt die Hände um das Brückengeländer gekrampft und beneidete die Bäume, die das Flußbett säumten. Ein Baum zu sein, das war vermutlich noch schöner als zu schlafen. Noch friedvoller. Ihre Gedanken wanderten zu ihrer pflanzlichen Phase zurück. Zeitlich vermochte sie das Geschehen damals nicht präzis einzuordnen, nachdem die Zeitbegriffe der Pflanzen viel flexibler waren als die menschlicher Wesen. Jedenfalls hatte sie viele Tage in der Erde verbracht, als Sproß, der sich seinen Weg durch den Boden des Friedhofs zum Licht suchte. Von Gedanken oder gar Sorgen war sie während dieser Phase nicht behelligt worden. Sie hatte nur das Rascheln der Blätter über der Grabstätte gehört und das Wachsen des eigenen Schaftes. Sie hatte keinen Namen mehr gehabt, kein Ziel und keine Schuld.

Sie fühlte, wie jemand ihr auf die Schulter tippte. »Entschuldigen Sie, bitte.«

Die Hand wurde zurückgezogen. Sie wandte sich um. Vor ihr stand ein Mann, dessen Gesicht allem Anschein nach vor nicht allzu langer Zeit mit einem Vorschlaghammer bearbeitet worden war. Ein blutiges Rinnsal floß vom Auge zum Mund. Der Mann trug einen langen, pfeffer-und-salz-farbenen Bart. Das Blut tropfte auf die Rockaufschläge eines Tweedanzugs.

»Achten Sie nicht auf das Blut«, bat der Mann. »Das sind nur Äußerlichkeiten.« Er wischte sich mit dem Taschentuch Schweiß und Blut von der Stirn, eine Geste, die Nervosität verriet. »Ich bin ein Dichter, müssen Sie wissen.«

Giselle fing sich. Sie war erschrocken, mußte jedoch zugeben, daß dieser Mann, nach normaler Lebenserfahrung, keine Bedrohung darstellte. »Sie bluten aber ganz schön«, bemerkte sie. »Wollen Sie sich nicht etwas hinlegen?«

»Das Blut, das macht gar nichts«, wehrte er ab. »Das geht schon seit Jahren. Es tut nicht weh. Nur, wenn ich lache.« Er verzog sein Gesicht zu einer schmerzlichen Grimasse. »Jetzt zum Beispiel.«

Ob der Mann wohl unter dem Eindruck eines Schocks stand? Giselle vermochte die Frage nicht schlüssig zu beantworten. Menschen, die einen Unfall erlitten hatten, benahmen sich so. Sie spürten keinen Schmerz, sprachen mit einem, als ob das alles nicht so wichtig sei. Bei Geistern allerdings war es wohl etwas anders. Und in diesem Punkt war Giselle sicher. Dieser Mann, Dichter oder nicht, war ein Geist. Genauso wie jener Zeitgenosse, den sie zu einem früheren Zeitpunkt des Tages im Fluß hatte stehen sehen.

»Lesen Sie viel Bücher?« erkundigte sich der Mann.

Sie schüttelte den Kopf. »Ich lese überhaupt sehr wenig.«

»Sie waren das doch, die vor einer Stunde oder so am Brückengeländer stand, stimmt's? Sie waren in Begleitung der Jungfrau Maria.«

»Das war meine Mutter, wenn Sie nichts dagegen haben.«

»Aha.« Der Mann schien an Enttäuschungen gewöhnt zu sein.

»Dann trinken Sie wohl auch nichts. Oder haben Sie etwas zu trinken dabei?«

»Sind Sie denn durstig?«

»Ich habe seit zehn Jahren nichts getrunken. Sie müssen wissen, ich habe vor zehn Jahren Selbstmord begangen.«

»Zehn Jahre«, wiederholte Giselle nachdenklich.

Er nickte traurig. »Und dabei ist nicht abzusehen, wie lange es dauert. Nachdem Adah Menken an der Himmelspforte steht, lassen sich da kaum Voraussagen machen. Wie haben *Sie* sich eigentlich umgebracht? *Ich* bin gesprungen. Nicht von dieser Brücke übrigens. Von einer Fußgängerbrücke, dreiunddreißig Meter tief. Ich hatte erst vor, mich mit Schlaftabletten zu vergiften. Aber das ist eine sehr unmännliche Todesart. Es gab da eine Prophezeiung, die ich zu erfüllen hatte. Ein Gedanke, den ich selbst in Worte gefaßt habe.

Wir blasen zum Angriff
Auf die Unsterblichkeit.
Die Worte in Reih und Glied,
Bereit zum Sprung in die Ewigkeit.

Tja. Das ist aus einem Buch, für das ich eigentlich den Nobelpreis hätte bekommen müssen. Aber nicht alle guten Dichter bekommen den Nobelpreis. Ich hätte noch tausend Jahre weiterschreiben können, ohne daß sie mir den Nobelpreis gegeben hätten. Aber da bin ich ja in guter Gesellschaft. Ich sage nur: Ibsen, Frost, Nabokov,

Borges. Die Verantwortlichen des Komitees spüren eben ganz genau, wer durstig ist und wer nicht. Da hilft es einem gar nichts, wenn man so tut, als hätte man überhaupt keinen Durst.«

Giselle war erleichtert, daß er sein unsinniges Geschwätz unterbrach. »Ich habe mich nicht umgebracht«, warf sie ein. »Ich weiß nicht, wie Sie darauf kommen! Ich bin ermordet worden.«

»Sie sind ermordet worden?« Es war nicht klar, ob er sich über ihren Widerspruch ereiferte oder über die traurige Tatsache, daß sie gewaltsam vom Leben zum Tode befördert worden war. »Wer hat das getan?«

Giselle sah in die Fluten hinab. Warum widerstrebte es ihr, den Namen auszusprechen? War es denkbar, daß sie Bob schützen wollte? Oder ging es ihr so wie den Opfern von Vergewaltigungen? Fühlte sie Scham und Schuld, wie manche der Frauen, die von ihren Männern geschlagen wurden? »Von meinem Mann«, sagte sie schließlich. Es war keine Anklage. Es war eine Beichte. »Er hat mich erdrosselt.«

»Und jetzt verfolgen Sie ihn als Geist, nicht?«

»Vermutlich, ja. Aber nicht, weil ich's gerne tue. Ich wäre recht froh, wenn er mir nie mehr über den Weg laufen würde. Ich weiß nur nicht, wie ich das anstellen soll.«

»Leben und leben lassen, wie?« Der Dichter machte ein Pokergesicht, dann brach er plötzlich in prustendes Lachen aus.

Giselle betrachtete den sich ausweitenden Blutfleck auf dem Frotteebademantel, den sie ihrem Bruder aus dem Koffer genommen hatte.

»Tut mir leid. Meine Schwäche. Ich mache gern Witze. Aber Spaß beiseite.« Es schien ihn große Anstrengung zu kosten, ernst zu bleiben. »Wie sagten Sie noch, wie Sie heißen?«

»Giselle.«

»Sehr passend, wirklich sehr passend. Im Ernst, Giselle, es ist nicht gut für Sie, wenn Sie Ihrem Mörder aus dem Weg gehen. Es ist sicher kein Zufall, daß Sie auf der Erde festsitzen. Ihre Aufgabe ist es, Ihren Mann zu verfolgen und ihn zu einem Geständnis zu zwingen. Wenn es um Dinge wie Mord geht, benutzt der Himmel recht konservative Methoden, die an Begriffe wie Recht und Ordnung oder Auge um Auge heranreichen. Ich weiß, Instrument der Rache zu sein, das ist nicht fair gegenüber dem Opfer. Aber was ist schon fair bei Mord? Bei Selbstmord ist es etwas anderes. Wir sind selbst schuld an unserem Tod, also müssen wir uns selbst als Geist erscheinen. Eine langwierige Angelegenheit.«

»Wie lange werden Sie noch brauchen?« fragte Giselle.

Der Dichter hob mit ratloser Geste die Hände. »Wie lange? Wer vermöchte das zu sagen. Adah Menken hält die Fäden in der Hand. Wenn sie mich in den Himmel läßt, sind meine Leiden zu Ende. Die Chancen für eine günstige Entscheidung sind allerdings gering. Um nicht zu sagen *zero*. Sie mag mich nicht besonders. Und das hat seinen Grund. Ich werde ihr nämlich nie, ich wiederhole, nie, bescheinigen, daß ihre Bücher genauso gut sind wie meine. Das aber ist ihre Bedingung. Sie will mich demütigen, das sagt sie ganz offen. Ich will ihr zugestehen, daß sie eine bessere Köchin ist. Oder daß sie besser fickt als ich. Aber eine Gleichstellung des dichterischen Genies eines John Berryman mit der Schreibkunst von Adah Isaac Menken? Ich frage Sie! Haben Sie je eines ihrer Bücher gelesen?«

Giselle schüttelte den Kopf.

»Natürlich nicht. Niemand hat ihre Bücher gelesen. Und das ist auch gut so. Sie verdient es nicht anders, als daß ihr Name aus dem Gedächtnis der Menschen ausgelöscht wird. Betrachten wir die Dinge doch einmal ganz nüchtern. Was ließe sich Besonderes über die Frau sagen, außer daß sie Berühmtheit erlangte, indem sie sich nackt auf ein Pferd binden ließ? Was bleibt, frage ich Sie? Sie war die Ehefrau eines Jahrmarktschlägers, die Hure eines französischen Romanciers. Sie war die erste Frau, die Whitmans Stil zu imitieren versuchte. Ich erwähne das alles, weil es *für* sie spricht. *Gegen* sie spricht, was sie geschrieben hat. Ihre Dichtung ist nicht glaubwürdig. Ein Anschlag auf den guten Geschmack. Ich erwarte gar nicht, daß Sie mir das abnehmen. Am besten überzeugen Sie sich selbst. Lesen Sie ein Buch von ihr. Hier...« Er griff in die Tasche seines Tweedjacketts und zog ein braunes Büchlein hervor. Er gab es Giselle. »Lesen Sie's! Lesen Sie das erste Gedicht.«

Giselle klappte das Buch auf. Sie suchte und fand das erste Gedicht. Es war mit dem Titel »Resurgam« überschrieben. Ein Wort, das ihr wenig sagte.

Jawohl, Geliebter, ich bin tot!
Tot für dich!
Tot für die Welt!
Tot für alle Ewigkeit!
Es war in einer Maiennacht.
In jener Nacht wurden die Sterne erwürgt.
Der Mond wurde geblendet

Mit dem schwarzen Nebel der Verzweiflung.
Jahre und Jahre schwebte die Seele
In den Fluten des Schmerzes,
Taub für die Melodie der Liebe,
Leckgeschlagen und gekentert.
Der rote Mund ward zum Gefängnis
Für den Atem,
Er bändigte die Wildheit meines Lebens,
Spaltete die Härte auf.
Ohne Sinn, ohne Gesetz jagt mein Puls,
Du hörst mein Schluchzen.
Du siehst die nackten Flügel meiner Seele
Sich entfalten.
Ich fliege in die Düsternis des Todes.
Allein sein, ohne Name, ohne Körper.
Ein Tod, für den mein Leiden bürgt,
Mein Körper, Fleisch und Blut,
Mein Leben, das zurückbleibt auf der Erde,
Spur und Zeugnis seiner Hände.

Giselle hatte die nächste Seite aufgeschlagen. Es gab eine Textstelle, die mit II überschrieben war. Auf der nächsten Seite kam III. Das Gedicht ging bis VI.

Sie war ein langsamer Leser. Sie sah den blutenden Dichter an. Ob er von ihr erwartete, daß sie das ganze Gedicht las? Er stand da, mit verschränkten Armen und vorwurfsvoller Miene. Sie gab ihm das Buch zurück.

»Nun?« Er zog die Augenbraue hoch, die ihm geblieben war.

»Ich kann wenig dazu sagen. Ich kenne mich nicht aus mit literarischen Dingen.«

»Das habe ich auch nicht erwartet. Aber Sie wissen doch sicher, ob Ihnen ein Text *gefällt* oder ob er Ihnen *nicht* gefällt. Es gibt kaum jemanden, der nicht zumindest das für sich in Anspruch nimmt.«

»Also gut, wenn Sie das meinen, es hat mir eigentlich ganz gut gefallen.«

Er rang voller Verzweiflung die Hände.

»Ich habe nicht alles verstanden, was die Dichterin sagen will. Aber die Gefühle, die da zum Ausdruck kommen, die sind so ähnlich wie die Gedanken, die ich manchmal habe. Geht es Ihnen nicht auch so?«

»Adah hat Sie geschickt, geben Sie's zu! Ihr Auftrag ist, mich in Versuchung zu führen, mich zu quälen.«

»Sie meinen, ob ich von Adah Menken komme? Wirklich nicht. Ich habe diese Frau nie kennengelernt. Meine Mutter schon, aber ich nicht. Übrigens...« Sie hielt die Hand hoch, so daß er den Ring sehen konnte. »Dieser Ring kommt von Adah Menken. Sie hat ihn meiner Mutter geschenkt, und meine Mutter hat ihn mir geschenkt! Der Ring hilft mir beim Türenöffnen. Ich kann damit Gegenstände aufheben und eine Reihe anderer Dinge tun. Ich weiß nicht, *was* noch alles.«

»Der Ring kommt von *ihr!* Sie haben...« Seine Stimme brach. Er vollzog eine Gebärde der Demut. Er nahm ihre Hand, um den Ring aus aller Nähe zu betrachten. »Mein Gott! Meine liebe Giselle! Verstehen Sie denn nicht, was diese Frau mir angetan hat? Zehn Jahre! Seit zehn Jahren leide ich Tantalusqualen. Seit zehn Jahren zitieren mich gelangweilte Hausfrauen und Teenager per Ouijabrett zu sich und demütigen mich, indem sie mich mit »Freddy Prinz« ansprechen. Seit zehn Jahren habe ich nichts anderes lesen dürfen als jenes furchtbare Buch von Adah Menken, ein Buch, das nur eine einzige Wahrheit enthält, nämlich den Titel, *Infelicia.* Wenn ich die Nase in ein anderes Buch stecke, zerfließen die Buchstaben zu schleimigen Angelhaken. Dies ist die gemeinste Waffe der Frau, die sich Adah Menken nannte. Leseschwäche. Ich bin dazu verdammt, in Autokinos herumzuspuken, zuweilen sogar in Talkshows. Ich! Sie wissen ja, daß ich nur einen Radius von fünf Meilen habe. Ich bin ein Selbstmörder. Ich darf nur zu anderen Selbstmördern Kontakt aufnehmen. Und das sind dann Typen, die nach ein oder zwei Wochen wieder verschwinden, weil sie ins Paradies vorgelassen werden. Ich aber bleibe angekettet auf der Erde wie der verfluchte Holländer auf seinem Schiff. Sogar ein Mann wie Richard Nixon würde das gerechter regeln. Was sage ich, zehn Jahre. Ich habe bereits das Zehnfache dieser Zeit als Geist auf der Erde verbracht. Sie wissen ja selbst, Giselle, wie langsam die Zeit in diesem Bewußtseinszustand verrinnt. Sie sehen selbst, wie langsam das Wasser des Mississippi fließt. Die Flugzeuge bleiben förmlich am Himmel hängen. Jeder Nachmittag ist für uns so lang wie vier Sonntage. Zwei Wochen so lang wie ein Jahr. Ich bin sicher, sie wird mich noch ein weiteres Jahrhundert so leiden lassen. Adah Menken ist gnadenlos, Giselle. Wirklich gnadenlos. Und deshalb sollten *Sie* Mitleid mit mir haben.«

»Aber sicher doch. Wenn ich Ihnen auf irgendeine Weise behilflich sein kann...«

»Das können Sie, meine Liebe. Das können Sie.« Er sank auf die Knie und preßte ihren Ring an seinen blutenden Mund. »Und es ist gar nicht viel, worum ich Sie bitte. Nur ein Katzensprung. Sechs Häuserblocks, höchstens sieben. Fünf Minuten zu Fuß. Weniger noch.«

»Ein Katzensprung?« Giselle war ratlos, was sie von diesem Ansinnen zu halten hatte. Aber sie war entschlossen, dem Mann zu helfen. Er war ein bedauernswertes Wrack. Und er war harmlos, dessen war sie sich ziemlich sicher.

»Es ist nur ein Katzensprung bis zum nächsten Schnapsladen«, sagte er heiser. »Ich bitte Sie, liebe Giselle. Eine Flasche. Eine einzige Flasche ist alles, was ich brauche. Eine Flasche Brandy. Bedenken Sie. Zehn Jahre. Um der Kunst willen. Bitte.«

Tränen standen in seinem Auge.

Sie nickte Zustimmung.

34

»Sugar, du bist jetzt ruhig«, schimpfte Alice Hoffman. Sie drohte ihrem Terrier mit dem Zeigefinger.

Der Hund gab die rückwärtige Tür frei. Aber er bellte weiter. Was ihn so erboste, war der Moschusgestank des Gesichtswassers, das sich auf dem Gesicht von Alices Begleiter mit männlichem 24-Stunden-Schweiß mischte.

»Ist er nicht lieb«, sagte Bing verhalten. Er hätte den Kläffer am liebsten erwürgt. Er ging neben seinem Koffer in die Hocke, streckte dem Tier die Hände entgegen und machte sich darauf gefaßt, daß Sugar ihm die Finger ablecken würde. Er schnalzte mit der Zunge. Nichts. Sugar hatte inzwischen eine fast hysterische Tonhöhe erreicht.

»Sugar!« kam Alices Tadel. »Wenn du nicht sofort aufhörst, wirst du nach draußen gesperrt. *Nach draußen*, hörst du?«

»Ich verstehe mich sonst gut mit Hunden«, sagte Bing.

»Ich habe nicht viel Männerbesuch«, erklärte Alice. »Ich bin sicher, in fünf Minuten hat er sich beruhigt. Inzwischen zeige ich Ihnen das Zimmer. Das Bett ist Weihnachten das letzte Mal benutzt worden, als mich meine Schwester aus Seattle besuchen kam. Ich habe frische Laken aufgezogen. Sugar, hör jetzt auf!«

Sugar war auf Trittnähe herangekommen. Bing hob den rechten Fuß und dachte nach. Sugar hatte mit Kopfstimme zu japsen begonnen. Er lag flach auf der Erde. Alle paar Sekunden zuckte sein Kopf vor, als wollte er eine Ringelnatter imitieren. Bisher war es ihm nicht gelungen, den Hosenumschlag zu fassen zu bekommen. Noch nie hatte Bing einen so lästigen, einen so ungezogenen Hund kennengelernt.

»Terrier sind meine Lieblingshunde«, sagte er. Er begleitete die Lüge mit jenem Lächeln, das so viele Herzen im Old Pioneer Bingo Parlor dahinschmelzen ließ. Sugar gab sich wenig beeindruckt. Er rutschte vor und schnappte sich Bings Schnürsenkel.

»Jetzt ist es aber genug!« Alice bückte sich und hob den Hund auf, der in ihren Armen weiterkläffte. Sie trug ihn durch die Küche, ließ ihn draußen im Hof auf den Estrich hinabgleiten und band ihn an einer Leine fest, die in einer Schlaufe an der Wäscheleine entlanglief. »Böser Hund.«

Sugar bellte weiter.

Alice kehrte ins Wohnzimmer zurück. Im stillen nahm sie Bing übel, daß er den Hund so gereizt hatte. Schlecht erzogene Hunde kann man ebensowenig verstecken wie schlecht erzogene Kinder. Es sind schließlich keine Skelette, die in einem Wandschrank Platz finden und sich dort ein paar Jahrzehnte still verhalten. Kinder und Hunde sind immer darauf bedacht, der Umwelt kundzutun, wie wir sie erzogen haben.

»Ich bin Ihnen so dankbar«, sagte Bing. »Sie sind so gütig zu mir. Wissen Sie, ich hatte zunächst angenommen, ich könnte in Mutters Haus schlafen. Es ist für mich ein merkwürdiges Gefühl, das Haus da drüben zu sehen und zu wissen, daß ich nicht hineingehen darf. Es sieht übrigens noch genauso aus, wie ich's im Gedächtnis habe. Nur die Ulme ist nicht mehr da.«

Alice antwortete ihm mit einem wehmütigen Nicken. »Die Ulmen sind alle gestorben. Eine Baumkrankheit.«

Bing sprach leise weiter. »Und *sie* ist nicht mehr da. Ich kann es immer noch nicht fassen.«

Alices Mundwinkel zuckten. Und dann schossen ihr die Tränen aus den Augen. Ein klares Rinnsal floß über die Puderschicht, die Alice im *Ladies Room* des Beerdigungsinstitutes auf ihre welken Wangen aufgebracht hatte.

»Bitte, Alice! Sie haben mir versprochen, nicht mehr zu weinen. Vergessen Sie nie, was Schwester Rita gesagt hat. Mutter hat uns nicht wirklich verlassen. Nicht in dem Sinne, wie die meisten Menschen den Tod verstehen. Gewiß, sie ist nicht mehr in dem Haus dort drüben. Wenn wir jetzt beide hinübergingen, würden wir sie nicht antreffen. Aber wir brauchen gar nicht hinüberzugehen, weil Mutter bei uns ist, hier in diesem Raum. Sie sieht auf uns hinab. Sie hört, was wir sagen.«

»Glauben Sie?« Alice hatte ein Taschentuch herausgezogen. Sie schluchzte. »Ich habe wirklich die Hoffnung, daß die Toten bei uns sind.«

»Ich *weiß* es, Alice«, sagte er. »Und ich kann es Ihnen sogar beweisen. Haben Sie ein Scrabblespiel im Haus?«

»Sie wollen Scrabble spielen? Jetzt?«

Bing schüttelte lebhaft den Kopf. »Aber nein. Ich will mit Mutter Kontakt aufnehmen. Aber dazu ist es noch zu früh am Tag. Wir müssen warten, bis es dunkel ist. Wir müssen uns auch beide erst etwas beruhigen. Ich werde Ihnen dann zeigen, wie man das Scrabblespiel benutzt. Ein bißchen wie beim Ouijabrett. Haben Sie nun ein Scrabblespiel oder nicht?«

»Ich glaube schon, ich muß es nur heraussuchen.« Sie dachte nach. »Wahrscheinlich habe ich's in den Schrank in Bens früherem Zimmer getan. Das Zimmer, wo Sie heute nacht schlafen werden. Sie sagten, ein Ouijabrett. Die Sache geht wie beim Ouijabrett. Ist das denn nicht verboten? Ich meine für einen Katholiken?«

»Die Kirche ist gegen Ouijabretter, zu Scrabblespielen sagt sie nichts. Ein Scrabblebrett ist eben kein Ouijabrett. Es ist viel besser als ein Ouijabrett.« Er schmunzelte, voller Stolz auf den dialektischen Scharfsinn, mit dem er sein Ansinnen vertreten hatte. »Was die Position der Kirche betrifft, so wird es Sie vielleicht interessieren, daß die Methode, die ich Ihnen zeigen werde, von einem katholischen Priester stammt. Es war Pater Mabbley von der St.-Jude's-Gemeinde in Las Vegas, der mir das Ouija-Scrabble beibrachte.«

»Ich verstehe. Dann sind Sie also gar nicht aus der Kirche ausgetreten.«

»Um Gottes willen, nein! Wie *kommen* Sie denn darauf? Ich bin heute gläubiger als damals in der Klosterschule von Cretin.« Er hob Zeigefinger und Daumen zu einem halbgeschlossenen O. »Ich war damals so nahe dran, Alice.« Er sah ihr tief in die verweinten Augen. »Beinahe wäre ich Priester geworden! Ich hoffe nur, *Mutter* ist nicht dem gleichen Irrtum erlegen wie Sie. Ich meine, daß sie vielleicht gefürchtet hat, ich sei nicht mehr im Schoß der Kirche. Ich weiß, der Gedanke hätte ihr das *Herz* gebrochen.«

»Ganz sicher nicht. Es war nur so ein Gedanke von mir... Ich meine, weil Ihre Mutter solange Jahre nichts von Ihnen gehört hat. Und dann waren Sie in Las Vegas...«

Bing Anker sah sie tadelnd an. »Ich sehe schon, Alice, Sie sind noch nie in Las Vegas gewesen. Las Vegas ist eine tiefreligiöse Stadt. Ich sagte es schon gestern zu Pater Windakiewiczowa, auf dem Flug hierher, in einem Spielcasino wird man keinen Atheisten finden.«

»Sie haben Pater Windakiewiczowa im Flugzeug getroffen?« Alice rümpfte die Nase. Dies roch nach einem handfesten Skandal.

»O mein Gott, da bin ich wohl ins Fettnäpfchen getreten.«

»Ich frage nur, weil im Aushang zu lesen war, daß er Urlaub macht.«

»Vergessen Sie bitte, was ich gesagt habe. Und außerdem, seit wann darf denn ein Geistlicher nicht in Las Vegas Urlaub machen?« Er beschloß, das Thema zu wechseln. »Sie sind so gut zu mir, Alice. Ich stelle mir vor, wie mir zumute gewesen wäre, wenn ich diese Nacht in einem Hotel hätte zubringen müssen. Ganz davon abgesehen, daß ich gar nicht das Geld für ein Hotel habe. Nun ja, setzen wir uns. Was für ein schönes Wohnzimmer Sie haben. Wie aus der Zeitschrift ausgeschnitten, wirklich. Erzählen Sie mir bitte von dem Besuch auf dem Friedhof, den Sie mit Mutter unternommen haben. Sie sagten, Sie wollten Giselles Grabstätte besuchen. Das interessiert mich sehr. Ich würde gern Genaues wissen.«

Alice war geschmeichelt. Sie nahm auf dem mit aquamarinblauem Vinyl bezogenen Sofa Platz. »Es ist so unwirklich, wenn ich es recht bedenke«, begann sie. »Es war erst gestern. Joy-Ann und ich hatten beschlossen, auf den Friedhof zu gehen...«

35

»Ich hoffe, Sie tragen mir das nicht nach«, sagte der blutbeschmierte Dichter. Er hielt ihr den leergetrunkenen Pappbecher zum Nachfüllen hin. »Normalerweise falle ich nicht wie ein wahnsinnig gewordenes Monstrum über die Frauen her. Es muß Ihnen wie eine Vergewaltigung vorgekommen sein. Also nochmal: ich bin niemand, der Frauen vergewaltigt.«

»Ich würde das nicht eine Vergewaltigung nennen«, wiegelte Giselle ab. »Sie haben mich doch nur an der Schulter berührt.«

»In Gedanken habe ich Sie vergewaltigt.« Ein Ausdruck der Zerknirschung war auf seine Züge getreten. »Ich kann mir schon vorstellen, wie eine Frau sich fühlt, wenn ihr ein blutüberströmtes Gespenst auf die Schulter oder sonstwohin packt. Wo ist die gottverdammte Flasche?«

Sie saßen auf einer Kiste mit Flaschen. Giselle hatte eine Flasche Chivas Regal vom Stapel genommen und an ihren blutverschmierten Begleiter weitergereicht. Der Inhaber des Schnapsladens sah durch sie hindurch. Der Zauberring war Giselle bei ihrem Diebstahl behilflich gewesen. Sie hatte keine Schwierigkeit gehabt, die Flasche aus dem Regal zu heben, sie zu öffnen, daraus zu trinken. Merkwürdig war, daß die Flasche wie von Zauberhand getragen ins Regal zurückkehrte, wenn sie, Giselle, an etwas anderes dachte. Sie war dann wieder zugekorkt und versiegelt, der Inhalt war vollständig und unversehrt. Es schien, als ob ein Geist nicht wirklich Alkohol verzehren konnte.

»Ich hole Ihnen eine andere«, sagte sie, zu Mr. Berryman gewandt.

Er schlug sich auf die Brust. »Ich bitte Sie noch einmal um Entschuldigung, daß ich in dieser Weise über Sie hergefallen bin. Schließlich sind Sie schwanger. Schwangerer geht's gar nicht. Sie sehen aus, als hätten Sie für die Venus von Willendorf Modell gestanden. Es tut mir wirklich leid. Ich habe mich wie ein Tier benommen.«

Was war das, die Venus von Willendorf? Giselle hatte keine Ahnung. Sie stand auf. Es stimmte schon, sie war wirklich schwanger. Wenn dieser John Berryman ein Gentleman wäre, dann hätte er sich seinen Fusel selber geholt. Sie zwängte sich durch die Stapel mit Weinflaschen. Dann fiel ihr ein, daß Mr. Berryman zu Handlungen, bei denen er etwas bewegen oder heben mußte, gar nicht in der Lage war. Sie aber hatte den Ring, der ihr das ermöglichte. Sie war ja nicht bereit gewesen, ihm den Ring zu leihen. Nein, so dumm war sie wirklich nicht. Um gerecht zu sein, er hatte sie auch gar nicht erst darum gebeten.

Sie hatte das Geschäft durchquert und war an dem Regal mit den Whiskeyflaschen angekommen. Sie wartete, bis eine andere Kundin, ein Mädchen, das einen leeren Rucksack auf dem Rücken trug, zur Seite trat. Dann ergriff sie eine Flasche Chivas Regal.

Sie ging zu dem blutüberströmten Dichter zurück, füllte ihm den Becher. »Ich habe einmal eine Gedichtsammlung unter dem Titel *Pussycat* geschrieben«, sagte er, nachdem er den dritten Becher geleert hatte. »Das Thema war Himmel und Hölle. Ich frage mich, ob die Hölle schlimmer ist als das, was wir schon auf Erden zu erdulden haben. Wie ist Ihre Meinung?«

Sie antwortete ihm mit einem Lachen. Sie hatte jetzt soviel getrunken, daß ihre Scheu vor dem Dichter schwand. Dieser Mann machte zwar viel von sich her. Im Grunde jedoch war er ein Durchschnittsmensch. Ein Lustmolch. Wie Ron Plotkin, ihr Freund auf der High School.

»Ich will die Frage einmal anders stellen«, sagte er, in ihre Gedanken hinein. »Sind wir bereits in der Hölle?«

Wieder mußte sie lachen. Dieser Mann war so albern, daß es kaum zum Aushalten war. Zum einen sehr aufgeblasen, dann wieder voller Selbstmitleid. Sehr klug schien er nicht zu sein. »Nein, wir sind nicht in der Hölle«, sagte sie. »Wir sind in Minneapolis. Vielleicht sollte ich besser sagen, in St. Paul. Wir sind schließlich diesseits der Brücke. Geben Sie her.« Sie nahm seinen Becher. »Ich fülle Ihnen nach.« Sie prosteten sich zu. Sie sah ihm zu, wie er seinen Becher leerte. Dann schüttelte sie ihren Becher. Sie wartete, bis die Eiswürfel, die sie aus dem Eisbehälter neben der Kasse genommen hatte, sich aufzulösen begannen.

»Ist Chivas Regal wirklich wert, daß man soviel Geld dafür bezahlt?« fragte sie. »Ich meine, schmecken Sie einen Unterschied zu einem anderen Whiskey?«

»Als ich noch lebte, gab es jedenfalls einen Unterschied. Ob man den als Geist noch schmecken kann, darüber könnte man eine Doktorarbeit schreiben.«

Sie sah ihn an, als hätte sie ihn mit einem As im Ärmel ertappt. »Sie wollen sagen, wir können den Geschmack als Geister gar nicht mehr beurteilen, stimmt's? Wir schmecken, woran wir uns erinnern.« Sie sah ihn von der Seite an. »Haben Sie, als sie noch lebten, je einen Chivas Regal getrunken?«

»Oft sogar. Das ergab sich ganz natürlich. Ich glaube, an den Spieltischen wird mehr teurer Whiskey getrunken als daheim oder im Restaurant. Das hängt damit zusammen, daß die meisten Leute beim Spielen verlieren. Wer viel verliert, der möchte vor den anderen als der große Gewinner dastehen. Darf ich Ihnen eine persönliche Frage stellen?«

Sie meinte zu wissen, was er sie fragen würde. Sex. Ihm ging es um Sex. Während sie ihre Schritte zum Spirituosengeschäft lenkten, hatten sie sich gegenseitig das Wichtigste über ihr Leben und über ihren Tod erzählt. Sie hatte ihm geschildert, wie sie ermordet worden war. Er hatte ihr die Einzelheiten seines Selbstmords dargelegt. Er hatte sie gefragt, ob sie mit ihm ins Bett gehen würde. Und dann hatte er sie berührt. Danach war die Unterhaltung merklich kühler gewesen.

»Bitte, fragen Sie.«

»Warum sind Sie nach Las Vegas gegangen, Giselle?«

»Das habe ich Ihnen doch schon erklärt. Ich hatte eine Vision. Das Foto meines Mannes begann plötzlich zu mir zu sprechen. Er sagte, er würde mich töten. Einen Augenblick habe ich gedacht, ich sei verrückt geworden. Aber ich war ganz normal. Deshalb habe ich auch die Entscheidung getroffen, mich seinem Mordanschlag zu entziehen. Ich bin vor ihm geflohen, verstehen Sie. Ich habe nicht einmal mehr einen Koffer gepackt. Ich bin einfach aus dem Haus gegangen.«

»Aber warum Las Vegas?«

Sie zuckte die Schultern. »Ich weiß nicht. Ich hatte einfach das Gefühl, daß Las Vegas für mich die richtige Lösung war. Und ich habe recht behalten. Ich habe während der ganzen Zeit in Las Vegas nicht einen Tag zu arbeiten brauchen. Wenn ich Geld brauchte, ging ich einfach spielen. Ich wußte genau, in welchen Glücksspielautomaten ich mein Geld stecken mußte, um den Jackpot zu kassieren. Das Maximum waren vier Münzen. Ich brauchte nie mehr als vier Münzen in den Schlitz zu stecken, dann begann das Ding Geld auszuspucken. *Jackpot.*«

Er schüttelte den Kopf. »Schwer zu glauben, was Sie da sagen.«

»Was kann ich tun, damit Sie mir glauben? Es *gibt* eben Menschen, die haben Glück, ist das so schwer zu verstehen? Ich weiß schon, was Sie jetzt denken. Eine frustrierte Ehefrau kann es in Willowville nicht länger aushalten. Sie bricht aus. Und natürlich entscheidet sie sich für Las Vegas, weil man dort als Nutte viel Geld verdienen kann.«

Er hob abwehrend die Hände. »Das habe ich nicht gesagt.«

»Die Männer, mit denen ich geschlafen habe, haben das auch nicht gesagt. Aber sie haben es gedacht. Manche haben mich dann auch bezahlt wie eine Nutte. Wissen Sie, wer die besten Liebhaber waren? Die Verlierer. Stellen Sie sich einen Mann vor, der wirklich den letzten Cent verspielt hat. Solche Männer können lieben, daß einem Hören und Sehen vergeht. Man kommt sich vor wie Eva im Paradies. Mir hat's jedenfalls mächtig Spaß gemacht. Es war ganz einfach *erregend,* verstehen Sie?«

Berryman nickte. »Das leuchtet mir ein.«

»Ich vermute, daß mich mein Mann deswegen umgebracht hat.

Es ist mir noch nie so klar gewesen wie jetzt, wo ich mit Ihnen darüber spreche. Es ist doch ganz logisch. Er hat auf irgendeine Weise herausgefunden, daß ich in Las Vegas war. Dann hat er mir nachspioniert und mich mit einem Mann gesehen. Mit einem anderen Mann. Und da ist er durchgedreht. Es ist natürlich nur eine Theorie. Ich weiß nicht viel von ihm.«

»Hat er denn nichts gesagt, bevor er... sich an Ihnen verging?«

»Nein. Es war so. Als ich in das Motel zurückkam, wo ich ein kleines Apartment gemietet hatte, fand ich in meinem Schlüsselfach einen Zettel vor. Ein Mr. Glandier sei dagewesen und habe nach mir gefragt. Da war mir alles klar. Ich sagte mir, Giselle, du mußt aus diesem Motel ausziehen, bevor er wiederkommt. Aber es war schon zu spät. Als ich auf mein Zimmer kam, erwartete er mich. Er hatte sich leicht Eintritt verschaffen können. Ich habe nie abgesperrt. Er sagte kein Wort. Er ging auf mich zu, legte mir die Hände um den Hals und erwürgte mich. Und Sie sagen, er tat es aus Eifersucht. Wieso denn aus Eifersucht?«

Er widersprach ihr. »Verdammnis kann man auch anders interpretieren. Das Wort kommt aus dem Lateinischen. *Damnum.* Das bedeutet Strafe. Ich habe mich vielleicht geirrt, als ich Selbstmord beging. Ich wollte mich aus der Wirklichkeit wegstehlen. So wie man von einer Party verschwindet, wo einem die Leute unangenehm sind. Man tut so, als wollte man frische Luft schnappen, man verabschiedet sich nicht von den Gastgebern. Man verschwindet, ohne das Damnum zu bezahlen. Ich habe wirklich nicht erwartet, daß es nach dem Tode weitergehen würde. O ja, ich habe eine Menge religiöse Gedichte geschrieben. Sehr konservative Gedichte, wenn Sie so wollen. Ich konnte ja nicht zulassen, daß nur T. S. Eliot und seinesgleichen sich mit Ruhm bekleckern. Der Bursche hat die metaphysische Tradition schließlich nicht für sich gepachtet. Aber eines ist, drüber schreiben, und etwas anderes ist, es wirklich zu erleben. Ich habe nicht gewußt, daß es ein Leben nach dem Tode gibt, mit Belohnungen und Strafen, mit Wartezeiten und Torwächtern. Hätte ich das geahnt, ich hätte Hamlets Ratschlag beherzigt.«

»Und der wäre?«

»Hamlet hat gesagt, er würde sich sofort umbringen, wenn er sicher sein könnte, Tod sei wie Schlaf ohne Traum. Für ihn waren Alpträume die Hölle. Ich erkläre das hier etwas vergröbert. Shakespeare formuliert das viel besser.« Mr. Berryman räusperte sich. Dann rezitierte er, mit englischem Akzent:

Der Schlaf ist der Bruder des Todes.

Er mußte rülpsen. Sein Auge hatte einen stieren Ausdruck bekommen. Möglicherweise würde er jetzt ausfallend werden, genug getrunken hatte er. Sie dachte nach. Wie konnte er ihr in diesem Zustand noch behilflich sein? Sein zu Anfang gegebenes Versprechen fiel ihr ein. Er sei seinem Freund, einem Geburtshelfer in Paterson, New Jersey, bei vielen Geburten zur Hand gegangen. Wie werde ich mein Kind zur Welt bringen? Der Gedanke ließ sie nicht in Ruhe. Sie würde nicht in irgendeiner dunklen Ecke gebären wie eine Katze, die Junge wirft.

»Verdammt«, sagte er.

»Was ist?« fragte sie. Sie stellte die Flasche außer Reichweite.

»Der Rest ist Schweigen. Das ist das einzige, woran ich mich noch erinnere. Ich habe ein Gedächtnis wie ein Schwamm. Wie ein trockener Schwamm. Und jetzt ist die Flasche auch noch fort!«

Sie starrte auf die Flasche. Sie stand neben der Getränkekiste. Es war wie die Sache mit den weißen Elefanten. Jeder muß fünfzehn Sekunden an weiße Elefanten denken, wenn ihm jemand vorher sagt, er soll *nicht* dran denken. So beruhigend der Anblick der Flasche war, so entschlossen war Giselle, dem Ungestüm ihres Trinkgefährten Einhalt zu gebieten. »Ich glaube, Sie haben jetzt genug getrunken.«

Mr. Berryman zerdrückte den Plastikbecher in seiner Rechten. Er warf die Splitter auf den Linoleumboden. »Ich finde das nicht fair. Ich komme mir vor wie in einer Verrücktenanstalt. Und Sie sind die Wärterin, die mir sagt, wann ich genug habe.« Der Zorn verschwand aus seiner Stimme. »Andererseits ist das genau das Bild, mit dem Dante die Hölle verglichen hat. Der Sünder ist gezwungen, die Sünden zu wiederholen, die er im Leben begangen hat. Platonisch, versteht sich.«

Giselle wünschte, sie hätte sich mit diesem Mann über etwas anderes unterhalten können, nicht über alte Bücher, die niemand kannte. Aber sprechen zu können, über was auch immer, war für diesen Mann ganz offensichtlich eine große Erleichterung. Er war Alkoholiker. Was er noch mehr brauchte, war das Gespräch mit einem Menschen.

Sie sprachen lange Zeit. Berryman dozierte über Hamlet. Er erzählte von Schriftstellern, die sich umgebracht hatten und für diese Sünde von Adah Menken mit einer Art Hausarrest bestraft wurden. Er stellte die Frage, ob diese Menschen sich wirklich hatten töten wollen, oder ob es nicht eher eine Art Hilfeschrei gewesen sei. Sie sprachen darüber, ob Selbstmord wirklich der Ausweg aus schweren Problemen sein konnte. Der Nachmittag verstrich. Die Kunden kamen und gingen wie Untote, die vom Videogerät in die Wirklichkeit projiziert werden. Die Schatten der Häuser draußen wurden länger, krochen über den Rasen, überquerten die Straße. Schließlich überzog sich der Himmel mit Wolken. Ein großer Schatten kam und tauchte alles ins Zwielicht. Immer noch deklamierte der Dichter. Es ging jetzt nicht mehr um den eigenen Selbstmord, auch nicht um die Selbstmorde der Dichterkollegen, auch nicht, was fast so schlimm war, um die Bücher, die Mr. Berryman geschrieben hatte, sondern um Probleme von allgemeiner Bedeutung, etwa um den Unterschied zwischen Mann und Frau, zwischen Arm und Reich, auch um die Ähnlichkeiten zwischen den genannten Gruppen. Sie sprachen über das Leben nach dem Tode und über die Besonderheiten, die sich in diesem Zusammenhang für Geister wie Adah Menken und Joy-Ann Anker ergaben. Berryman zufolge handelte es sich bei ihnen um Geister, die sich von der Erde gelöst hatten und nun im Äther existierten.

»Im Äther?« fragte Giselle erstaunt.

»Unter Äther verstehen wir das Jenseits, den Himmel. Sie wissen darüber ja bereits mehr als ich, meine Liebe! Wenn ich Sie richtig verstanden habe, dann sind Sie ja bereits dagewesen. Während ich kaum noch Hoffnung habe, je in den Himmel zu gelangen. Manchmal allerdings ...« Er seufzte nach Art eines Dichters. »Manchmal habe ich das Gefühl, ich stehe unmittelbar vor der Himmelspforte. Haben Sie schon einmal die Ringe betrachtet, die im Badewasser entstehen, wenn das Wasser der Dusche auf die Oberfläche einer gefüllten Badewanne auftrifft? Es entstehen Wellen. Die Wellen treiben bis zu den Rändern der Badewanne, wo sie zurückgeworfen werden. Es entstehen Interferenzen und neue Wellen. Immer wenn ich das gesehen habe, schließe ich die Augen. Ich sehe dann Wellen und Interferenzen, die so groß sind wie das ganze Weltall. Und ich weiß, wenn ich in diese großen Wellen und Interferenzen Eingang finden könnte ...«

»Ich sehe das mehr als Kreuzworträtsel«, sagte Giselle. »Kein Wellenmuster, sondern ein Schachbrett. Wie das Webmuster auf einem Topflappen. Ich verstehe natürlich, was Sie dabei fühlen, mir geht es ja genauso. Ich möchte auch gern Eingang finden in das Muster. Ich stelle mir immer vor, ich könnte in dieses Muster hineinschlüpfen wie in einen Schlafsack. Sobald ich drinnen bin, ziehe ich den Reißverschluß zu. Und von diesem Augenblick an brauche ich nichts weiter zu tun als zu existieren.«

»Das klingt reichlich abstrakt«, wandte er ein. »Wenn man den Erzählungen Ihrer Mutter glauben kann und den Andeutungen, die Adah Menken macht, dann ist der Himmel etwas sehr Reales. Der Unterschied zwischen Diesseits und Jenseits ist der Unterschied zwischen St. Paul und Minneapolis. Die andere Seite des Flusses. Nicht mehr, nicht weniger.«

»Ja, aber Mutter hat auch gesagt, daß sie den Himmel noch nicht ganz erreicht hatte. Wo sie jetzt ist, hat sie keinen Kontakt mit den anderen Geistern, nur mit Adah Menken. Wahrscheinlich ist der Himmel für jeden Menschen anders. Für Sie ist es ein Muster aus Wellen und Interferenzen, ein Gebilde aus runden Formen. Für mich ist es ein Schachbrettmuster.«

Das Telefon hatte zu läuten begonnen. Schon zweimal hatte das Telefon geläutet, seit sie sich in dem Spirituosengeschäft befanden. Aber diesmal schien der Besitzer das Klingeln nicht zu hören. Er stand an der Kasse, betrachtete den Kassenstreifen und sah auf seine Uhr. Es war kurz vor Ladenschluß.

»Merkwürdig«, sagte Berryman. »Das Telefon hört sich an, als ob... Ich meine, das Geräusch ist viel tiefer als vorhin. Könnte es sein, daß...«

»Sie meinen, ob es für uns ist? Ich werde gehen und fragen.«

Giselle ging zum Telefon und nahm den Hörer von der Gabel. Der Besitzer des Ladens stand neben ihr und bündelte die Eindollarnoten. Er würdigte sie keines Blickes.

»Hallo?« sagte sie in die Muschel.

»Hallo, Giselle. Hier spricht Adah Menken. Würden Sie bitte Mr. Berryman an den Apparat holen?«

Giselle reichte Berryman den Hörer. »Für Sie.«

Er seufzte. »Ich habe es geahnt. Es war so schön, daß es nicht von Dauer sein konnte.« Er meldete sich mit einem resignierten »Hi«. Und dann hörte Giselle nur noch knappe Demutsbezeugungen, wie sie vom niederen Management in die Muschel gestammelt werden, wenn der Chef anruft. Etwa: »Verstanden.« – »Gewiß doch.« – »Sofort.« – »Ganz recht.« – »Sie können sich darauf verlassen.« Noch bevor Giselle fragen konnte, wie es ihrer Mutter ging, hatte Berryman aufgelegt.

»Ich habe Sie ja gewarnt«, sagte er. »In der Nähe wird eine spiritistische Sitzung veranstaltet, ich werde gebraucht. Ich verstehe auch nicht, warum ich mit solchen Dingen meine Zeit vertun muß.

Sie werden mich Dinge fragen, die ich nicht beantworten kann. Und wenn ich zufällig die Antwort weiß, dann hindert mich meine Leseschwäche daran, mich auf diesen verdammten Ouijabrettern richtig auszudrücken.«

»Was wird aus ...« Sie ließ den Satz unvollendet. Nein, sie hatte nicht »mir« hinzufügen wollen. Sie legte die Hände auf den vorgewölbten Bauch.

»Kommen Sie doch einfach mit zur Séance«, bot er an. »Es ist gar nicht weit von hier. Ecke Calumet Street/Carver Street.«

»Da bin ich aufgewachsen. Wird die Séance etwa in meinem Elternhaus veranstaltet?«

»Ist es ein gelbes Haus mit einem wirbelsturmsicheren Zaun?«

»Ich weiß schon, welches Haus Sie meinen. Sie sprechen von Alice Hoffmans Haus. Ich habe sie heute im Bestattungsinstitut getroffen, bei der Aufbahrung meiner Mutter. Ich bin sicher, sie wird versuchen, mit meiner Mutter in Verbindung zu treten. Und ich muß sagen, ich bin erstaunt. Ich meine, sie ist schließlich eine gläubige Katholikin.«

»Sie würden sich wundern, wenn Sie wüßten, wer alles mit Ouijabrettern spielt«, sagte Berryman. »Bis hin zu Priestern und Nonnen.« Er zwinkerte mit seinem gesunden Auge.

»Das glaube ich nicht. Das sagen Sie nur, weil Sie mich schockieren wollen. Ist es so?«

»Mag sein. Warum überzeugen Sie sich nicht selbst? Kommen Sie mit?«

»Ja, gern. Ich verspreche, ich werde nicht stören.«

»Stören Sie, soviel Sie wollen, dazu sind Séancen schließlich da. Wenn Sie eine Botschaft übermitteln können, dann ist das doch genau das, was sich Alice Hoffman wünscht. Ich habe nur noch eine Bitte, ehe wir gehen. Ich verspreche Ihnen, ich werde mich nicht sinnlos betrinken. Ich brauche noch eine Flasche, damit ich während der Séance nicht so zittere.«

Giselle nickte Einverständnis. Sie gingen zum Ausgang. Im Vorbeigehen nahm Giselle noch eine Flasche Chivas Regal aus dem Regal. Sie gab ihm die Flasche. Berryman hielt den Whiskey mit gekreuzten Armen an sich gedrückt, wie ein Kind, das seinen Teddybär zu Bett trägt.

36

Bing hatte eine weitere Karotte zerrieben. »Können Sie sich vorstellen, daß ich einmal zweiundachtzig Kilo gewogen habe? Bei meiner Größe? Können Sie sich das vorstellen?« Er nahm die Schnitzel vom Tisch und warf sie in den Topf.

Mit unfrohem Blick betrachtete Alice Hoffman den Möhrenberg, der sich im Topf anhäufte. Gemüse war für sie tiefgefrorenes Gemüse. Es war verdächtig, wenn ein Produkt verzehrbereit war. »Braucht man wirklich so viel für eine Suppe?«

Er lachte. »Aber nein. Ich mache Ihnen eine Suppe, die für die ganze Woche reicht. Sie fügen einfach jeden Tag ein anderes Gewürz, eine andere Beigabe hinzu. Als ich meine Abmagerungskur begann, habe ich einen Monat lang *nichts anderes* gegessen. Suppe zum Mittagessen, Suppe zum Abendessen, und zum Frühstück eine Grapefruit und einen Teelöffel Kleie, damit die Verdauung in Ordnung bleibt. Wenn ich's vor Hunger nicht mehr aushalten konnte, habe ich Kohlrabischnitzel gefuttert.«

Alice Hoffman mochte keine Kohlrabi, weder ganz noch geschnetzelt. Sie verzog den Mund. »Das ist ja alles furchtbar nett von Ihnen, Bing, aber Sie machen sich wirklich unnötige Arbeit.«

»Was ist schon nötig«, sagte Bing unbekümmert. »Nichts ist nötig. Fitneß ist nicht nötig, jugendliches Aussehen auch nicht. Aber wünschenswert ist es! Sie werden sich wie neugeboren fühlen, Alice, wenn Sie erst einmal zwanzig Pfund abgenommen haben. Noch besser wäre natürlich, Sie nehmen dreißig Pfund ab. Zwanzig ist das mindeste. Ich werde Ihnen dabei helfen. Meine Diät nennt sich das *Prettykin-Programm*. Ich habe einer ganzen Reihe Frauen bei dieser Diät assistiert, wenn Sie wissen, was ich meine. Frauen, die noch viel dicker waren als Sie. Das Wesentliche dabei ist: es ist nicht nur eine Diät, es ist ein völlig neuer Lebensstil. Wir beginnen damit, daß Sie Ihre Eßgewohnheiten ändern. Sie werden ab sofort nicht mehr soviel Zucker essen und auch nicht mehr soviel cholesterinhaltige Fette. Statt dessen mehr Bohnen. Mit Bohnen kann man wundervolle Gerichte zaubern.«

»Aber...«

Er hob das Messer und sah sie tadelnd an. »Ich weiß schon, ich weiß schon. Sie wollen weiter sündigen. Hier eine Praline, und da eine Praline. Sie wissen ja, daß sich das in pures Fett verwandelt.«

Sie seufzte. Dann ging sie resoluten Schrittes ins Wohnzimmer, wo der Tisch für das *Scrabble-Ouija* hergerichtet worden war. Bing hatte ihr erzählt, woher er sein Wissen über *Scrabble-Ouija* bezog. Im *National Inquirer* hatte ein Artikel gestanden. Dort war von einem texanischen Medium die Rede gewesen. Jemand hatte mittels Scrabble-Ouija eine Verbindung zu Verstorbenen hergestellt. Botschaften verblichener Berühmtheiten waren der Nachwelt übermittelt worden, unter anderem eine Prophezeiung von Alfred Hitchcock. Sie trat an den Tisch. Die Spielsteine waren auf die glänzende Mahagoniplatte gelegt worden, mit den Symbolen nach unten. Es gab einen Block mit der Aufschrift *Basildon Bond*. Auf dem Block lag ein Füllfederhalter. In zwei gläsernen Leuchtern prangten die teuren Bienenwachskerzen, die Alice in einem Spezialgeschäft am Highland Park erstanden hatte. Die Leuchter hatte sie, das war jetzt vierzig Jahre her, von ihrer Cousine Bea in Seattle geschenkt bekommen. Bea war jetzt ein Jahr tot.

Alice hatte, gelinde gesagt, ein ungutes Gefühl. Was sie vorhatte, war Sünde. Genauso schlimm, als wäre sie zu einer Wahrsagerin gegangen. Genauso schlimm wie eine Schwarze Messe. Wenn sie trotzdem die Gebote der heiligen Mutter Kirche mißachtete, so aus einem logischen Grund. Sie war überzeugt, daß bei dem ganzen Hokuspokus nichts, aber auch gar nichts herauskommen würde.

Sie dachte nach und entdeckte einen weiteren Grund. Nach einigem Grübeln wurde ihr klar, daß dies wohl den Ausschlag gegeben hatte: Bing Anker war ein Mensch, dem man einfach nichts abschlagen konnte. Sie hatte mit allen Mitteln versucht, ihn von der Zubereitung des Gemüseeintopfes abzuhalten. Sie mochte kein Gemüse, schon gar nicht sieben Tage hintereinander. Alles war zwecklos gewesen. Er hatte ihr gar nicht zugehört. Er war einfach losgezogen und mit einer Riesentüte frischem Gemüse zurückgekehrt. Sie hatte ihm dann gesagt, er solle doch *bitte* seine Zeit nicht in ihrer Küche vertun, das sei schließlich Frauensache. Bing hatte es verstanden, das Ganze herumzudrehen. Irgendwie hatte er ihr klargemacht, daß er schließlich als ihr Gast gewisse Verpflichtungen hatte. Zu diesen Verpflichtungen gehörte, so hatte er es ausgelegt, zum einen die Zubereitung eines fürchterlichen Eintopfes. Zum anderen die ausführliche Belehrung über eine Abmagerungsdiät. Eine solche Diät, so hatte er gemeint, sei für Alice dringend angebracht. Das, obwohl Alice Hoffman seit dreißig Jahren ihr Gewicht hielt. Es wäre ihr nie eingefallen, eine Abmagerungskur zu beginnen. Es war alles sehr verwirrend. Was Alice zusätzliche Rätsel aufgab, war die Tatsache, daß sie die entstandene Verwirrung genoß.

Bing war ins Wohnzimmer gekommen. Er löschte die Lichter und zündete die Kerzen an. Dann führte er Alice an den Tisch und bot ihr einen Platz an der Breitseite an. Er selbst nahm am Tischende Platz.

»Wir müssen unser Denken zunächst von allen materiellen Gedanken reinigen«, begann er. »Denken Sie bitte an etwas Friedvolles, an etwas Harmonisches. Zum Beispiel an einen Garten oder an einen See. Lassen Sie den Garten oder den See auf Ihre Seele einwirken. Entspannen Sie sich. Die Angst geht fort. Alle Unruhe schwindet. Wir können den Geistern nur als Medium dienen, wenn wir alle störenden Einflüsse ausschalten. Sind Sie bereit?«

Alice nickte.

»Gut. Dann werden wir die Geister rufen.« Bing schloß die Augen und lehnte sich zurück. Der Ton, mit dem er weitersprach, war gut einstudiert. Er benutzte diese Tonhöhe, um die Gewinnzahlen beim Bingo durchzugeben. »O Ihr Geister, die Ihr in den Sphären des Jenseits schwebt, o Ihr Seelen, die Ihr von unwissenden Menschen als *tot* bezeichnet werdet...«

Alice wand sich ungemütlich auf ihrem Stuhl.

»...bei Euch ist das Leben, und bei uns ist der Tod. So kommt denn zu uns und teilt Euer Wissen mit zwei demütigen Wahrheitssuchern. Sprecht zu dieser gramgebeugten Frau. Beweist ihr, daß es ein Leben nach dem Tode gibt. Sehr schön, Alice. Und jetzt strecken Sie bitte Ihre rechte Hand aus und halten sie über die Scrabblesteine. Wenn Sie spüren, daß ich Sie am Handgelenk packe, lassen Sie die Hand bitte sinken. Nur dann können die Geister Ihre Hand führen. Schalten Sie Ihren eigenen Willen aus. Wenn Sie spüren, daß Ihre Hand nach rechts geführt wird, leisten Sie keinen Widerstand, geben Sie nach. Und wenn Sie spüren, daß der Geist Ihre Hand nicht mehr weiterbewegen will, halten Sie inne. Sie lassen dann die Fingerspitze des Zeigefingers nach unten sinken, bis Sie spüren, daß Sie einen Scrabblestein berühren. Diesen Scrabblestein müssen Sie aufnehmen und umdrehen. Haben Sie mich verstanden?«

Sie nickte.

»Also gut. Schließen Sie jetzt bitte die Augen, ich werde das gleiche tun. Und dann warten wir, bis die Geister über uns kommen. Es kann eine Weile dauern.«

Sie saßen da und warteten. Sugars Kläffen war in ein klägliches Winseln übergegangen. Er verstand auf einmal gar nichts mehr. Die Wohnung war dunkel. Kerzenlicht im Wohnzimmer. In der

Küche der blaue Ring der Gasflamme auf dem Herd. Der Duft der Gemüsesuppe erfüllte das Haus. Sieben Minuten waren vergangen, als sein Winseln erstarb. Das Tapsen seiner Pfoten war zu hören. Er trollte sich die Kellertreppe hinunter, auf dem Weg zu seinem Lieblingsplatz, der Nische unter dem Heißwasserboiler.

Alice spürte, wie ihre Hand nach links geführt wurde. Es war ein vorsichtiges, zugleich unmißverständliches Zupfen. Jedenfalls kam die Bewegung nicht aus dem eigenen Handgelenk. Und, da war sie ziemlich sicher, auch nicht von Bings Hand. Diese übte nur einen ganz leichten Abwärtsdruck auf ihr Handgelenk aus, keinen Druck nach rechts oder links.

»Der Geist ist gegenwärtig«, sagte Bing. »Das ging ja sehr schnell. Wir müssen ihn jetzt als erstes nach seinem Namen fragen. Oder nach ihrem Namen. Man weiß ja nie.«

Alice spürte, wie ihr Finger nach unten gezogen wurde. Ihre Fingerspitze berührte einen Scrabblestein.

»Der da?« sagte Bing. »Also gut.« Er drehte den Stein um, so daß die Beschriftung sichtbar wurde, und legte ihn zur Seite. »Machen Sie weiter, Alice.«

Alice ließ die leicht gekrümmten Finger ihrer rechten Hand über den Tisch gleiten. Die Hand schwebte nach links, beschrieb einen Halbkreis, verharrte in der Mitte der Tischplatte. Sie senkte den Zeigefinger, spürte, wie der Nagel auf einem Scrabblestein aufkam. Bing nahm die Steine, auf die sie tippte, einen nach dem anderen auf und legte sie auf ein Plastiktablett.

»Die Kraft des Geistes hat nachgelassen«, verkündete Alice ruhig. »Was immer es war, es hat sich von meiner Hand zurückgezogen.«

Bing konnte nicht anders. Er mußte die schauspielerischen Talente der alten Dame bewundern. Er selbst hielt sich für einen Meister auf dem Gebiet der Täuschung. Aber das war eine Meisterschaft, die er sich mit viel Arbeit angeeignet hatte. Alice Hoffman hingegen schien ein Naturtalent zu sein. Sie war das geborene Medium. Wie schade, daß er ihr das so klar gar nicht sagen durfte. Es gab nur eine Möglichkeit. Er mußte das Spiel weiterspielen, mit der gleichen Inbrunst, die seine Mitspielerin in die Sache einbrachte. Es war gewissermaßen auch eine Frage der Ehre. Er hatte die ganze Sache angezettelt. Er konnte sich schließlich nicht von einer Anfängerin übertrumpfen lassen.

Schweigend, mit feierlicher Geste, drehte er fünf Steine um. Vier Buchstaben. Ein Stein war leer.

»D, J, O, N«, las Alice. In ihrer Stimme klang Sarkasmus durch. »Was meinen Sie, was das bedeuten könnte?«

»Ich bin nicht sicher«, sagte Bing ausweichend. »Es klingt ein bißchen wie *dschin*. Unter *dschin* versteht man ein übernatürliches Wesen. Man könnte es natürlich auch als *John* lesen. Warten wir ab, was auf den anderen Steinen zu lesen ist.«

Er war jetzt selbst neugierig geworden. Er wandte die übrigen Spielsteine um und legte sie in eine waagerechte Reihe.

B U R Y M E

»Mein Gott«, flüsterte er. »Das ist nun aber wirklich kein Zufall mehr. Der Geist sagt, wir sollen ihn begraben.«

»Ich denke, wir sollten jetzt aufhören«, sagte Alice mit verstellter Stimme. Bing erinnerte es an Sugars Gekläff in der schier unerträglichen Endphase.

»Jetzt aufhören? Aber, Alice! Jetzt, wo es gerade interessant wird. Das ist doch faszinierend! Wir haben ja gerade erst angefangen. Ich werde Ihnen sagen, wie's weitergeht. Wir ordnen die Buchstaben jetzt so, wie man es tun würde, wenn man bei einem Spiel den größten Vorteil für sich einheimsen will. Es ist eine dreidimensionale Technik, und das ist auch der Grund, warum diese Version des Spiels dem normalen Ouijabrett überlegen ist. Schauen Sie. Wenn ich zum Beispiel den vierten und den neunten Buchstaben gegeneinander austausche, entstehen die Worte JOY und BURN. Gehen wir einmal davon aus, der leere Stein wäre ein E. E für *empty*. Dann haben wir die Buchstabenfolge JOY BURNED ME. Freude durchströmte mich. Das ist wohl die Empfindung, die man hat, wenn man in den Himmel kommt. Wir haben es also mit der Botschaft eines Geistes zu tun, der uns von seinen ersten Eindrücken im Himmel berichtet.«

»JOY könnte auch ganz einfach ein Name sein«, sagte Alice. Sie war nicht bereit, länger über die möglichen Bedeutungen nachzudenken, die sich hinter der Buchstabenfolge JOY BURNED ME versteckten. »Ich könnte mir vorstellen, daß Joy-Ann gemeint ist«, fuhr sie fort. »Schließlich ist sie noch nicht begraben.«

»Ich sehe eine andere Möglichkeit«, ließ sich Bing vernehmen. Er hatte die Steine in eine andere Reihenfolge gebracht. Die Möglichkeit ergibt sich durch den Leerstein. Nehmen wir an, der Leerstein steht für ein T. Wir haben vier Himmelsrichtungen, und T ist der vierte Buchstabe in dem lateinischen Wort *Morte*. Wenn ich das T hinzufüge, entsteht die Buchstabenfolge DON'T BURY ME. *Begrabt mich nicht.* Das J bleibt über. Es könnte als Initial ihres Namens gewertet werden.«

»Und warum will sie nicht begraben werden?« fragte Alice. Als guter Hausfrau ging es ihr gegen den Strich, wenn ein Toter die Dinge anders tat, als sie üblich waren.

»Vielleicht zieht sie eine Feuerbestattung vor«, sagte Bing. »Warum fragen Sie *mich?* Fragen Sie doch den Geist!«

Er streckte ihr seine Rechte entgegen. Es war eine Aufforderung zum Fingertanz.

Ein wohliger Schauer durchfuhr Alice. Es war süß, sich dem Willen eines unberechenbaren Partners unterzuordnen. Sie spürte, wie sich seine Rechte um ihr Handgelenk schloß. Sie senkte den Blick. Sie sprach im Flüsterton weiter. »Joy-Ann, sind Sie bei uns?«

37

»Ich sagte Ihnen ja schon, daß ich eine Leseschwäche habe«, bemerkte Mr. Berryman. »Ich werde Ihnen jetzt zeigen, wie sich das in der Praxis auswirkt.« Er hatte hinter Alice Hoffman Aufstellung genommen. Giselle sah, wie sein Blut die dauergewellten Haare der alten Frau netzte. »Es nützt mir gar nichts, daß ich die Buchstaben sehe«, fuhr er fort. »Ich kann die Umrisse nicht erkennen. Alles ist so verschwommen. Furchtbar. Wenn Sie vorhin nicht eingesprungen wären, Mrs. Hoffman hätte wirklich nicht gewußt, welche Steine sie berühren sollte. Es hätte den üblichen Buchstabensalat gegeben. Übrigens heiße ich nicht Buryman, sondern *Berryman,* Berry, wie in dem Wort Strawberry.«

»Tut mir leid, daß ich das verwechselt habe. Ich wußte ja nicht...«

Berryman zuckte die Achseln. »Schon vergessen. Namen sind Schall und Rauch.« Er nahm einen Schluck aus seinem Becher. »Sollen wir weitermachen?«

»Was fühlen Sie?« fragte Bing.

»Nichts«, sagte Alice.

»Seid ihr noch da, Geister?« Bing sagte es mit jenem Nachdruck, der sich in Las Vegas beim Heranzitieren unaufmerksamer Serviermädchen bewährt hatte. »Wir glauben, daß du meine Mutter bist«, fuhr er fort. »Sage uns bitte, ob wir uns irren.«

»Hören Sie mal«, sagte Berryman. »Der Mann ist schließlich Ihr Bruder. Warum sagen Sie nichts?«

»*Könnte* ich denn was sagen? Kann ich ihm alles sagen, was ich will?«

Er grinste. »Ich weiß natürlich nicht, was Sie vorhaben. Vielleicht möchten Sie ihm den Auftrag geben, einen Kessel heiße Bohnensuppe über Ihrem Mann auszuleeren, der Sie ermordet hat. Sollte das Ihre Absicht sein, bitteschön. Soweit ich weiß, gibt es keine Zensur bei solchen Séancen. Sollte ich aber irgendeines der himmlischen Gesetze verletzen, indem ich Ihnen grünes Licht für gewisse Unverschämtheiten gebe, um so besser. Dann werden die wenigstens aufhören, mich zu diesen verdammten Séancen zu schicken.«

Giselle ging um den Tisch herum und stellte sich hinter Alice Hoffman. Berryman hatte sich auf einem der beiden Stühle niedergelassen, die wie Schildwachen links und rechts neben der Wohnzimmertür standen. Die Scrabblesteine, die Giselle zuvor umgedreht hatte, lagen jetzt wieder mit dem Gesicht nach unten. Es war wie im Schnapsladen, wo die Flaschen ins Regal zurückwanderten, sobald man nicht mehr an sie dachte. Giselle begann die Steine umzudrehen. Schließlich fand sie das gesuchte G. Sie führte Alice Hoffmans empfindsame Rechte an das G. Ein I, ein S und ein E waren bereits aufgedeckt worden. Es bereitete dann keine besonderen Schwierigkeiten mehr, die beiden L ausfindig zu machen. Etwas zäh gab sich das E. Als Giselle den Widerstand des Steins bezwungen hatte, trat sie einen Schritt zurück und bewunderte das Geschaffene.

Es war Bing, der drüben, im Diesseits, das Umwenden der Spielsteine vollzog. Das Bild, das sich aus den Buchstaben ergab, schien ihm unangenehm zu sein. Wie Giselle vermutete, war er von Anfang an nicht mit dem notwendigen Ernst bei der Sache gewesen. Gut möglich, daß er die Séance überhaupt nur veranstaltete, um sich über Alice Hoffmans Leichtgläubigkeit lustig zu machen. Schon als Junge hatte Bing Gefallen daran gefunden, seine Schwester zu erschrecken. Er hatte ihr mit Spukgeschichten zugesetzt, hatte ihr von Vampiren und Werwölfen erzählt. Wie es schien, hatte er sich seitdem um keinen Deut gebessert. Sie, Giselle, war jetzt in der glücklichen Lage, den Spieß umzuwenden. Diesmal würde sie diejenige sein, die ihm, indem sie ihm als Spukgestalt erschien, Angst einjagte. Es war vielleicht nicht richtig, daß sie das tat. Trotzdem spürte sie den süßen Kitzel der Vorfreude.

»Giselle«, sagte Alice Hoffman nachdenklich. Sie hielt den Kopf auf die Seite gelegt und betrachtete die Spielsteine, die Bing vor sich in eine Reihe gelegt hatte. »Das ist der Name Ihrer Schwester, Mr. Anker. Der Geist ist also nicht Ihre Mutter, sondern Ihre Schwester.«

»Das ist mir auch schon klar«, sagte er.

Alice gab sich gefaßt. Bing hingegen schien erschüttert. Sie betrachtete ihn aus den Augenwinkeln und war versucht zu lächeln. Eine Séance. Immer noch hatte sie Zweifel, ob nicht alles pure Scharlatanerie war. Es war ein beruhigender Gedanke. Alles schien möglich. Vielleicht hatten sie wirklich Kontakt bekommen mit der Welt der Geister. Vielleicht wollte Bing Anker sie aber nur auf den Arm nehmen. Es war wohl am besten, die Frage in der Schwebe zu lassen. Ohnehin hatte es Alice aufgegeben, die Kräfte zu definieren, die ihr Dasein bestimmten. Sie ging davon aus, daß Täuschung zu den Methoden des Schicksals gehörte. Wenn sich im Einzelfall, so etwa in der Watergate-Affäre, die Wahrheit auftat wie ein Abgrund, fühlte sich Alice doppelt genarrt. Zum einen, weil man sie wieder einmal hinters Licht geführt hatte. Zum anderen, weil man dies auf so plumpe Weise getan hatte, daß die Täuschung auch noch aufflog.

»Gäbe es denn eine andere Deutung?« sagte sie in die Stille hinein.

»Ich kann's im Kopf nicht ausrechnen«, gab Bing zur Antwort. »Aber die Chancen, daß etwas anderes als GISELLE gemeint ist, dürften bei 1 zu einer Trillion liegen. Es ist verdammt noch mal ziemlich sicher, daß sich ein Geist unter uns befindet. Es sei denn...« Er betrachtete sie aus zusammengekniffenen Augen. »Es sei denn, die Steine sind gezinkt, Mrs. Hoffman.«

»Was bedeutet das, *gezinkt?*«

Bing musterte die Frau, die mit gefalteten Händen an der Breitseite des Tisches saß. Nein. Alice Hoffman war einfach zu dumm, um ein Scrabblespiel zu zinken.

»Wollen Sie etwa sagen, ich hätte irgendwelche Steine aussortiert, Bing?«

»Natürlich nicht«, sagte er verlegen. Er rutschte auf seinem Stuhl hin und her, als wollte er sein Gesäß mit dem Sitz verschrauben. »Die Buchstabenfolge, die sich ergeben hat, ist kein Zufall. Wir fahren jetzt mit der Séance fort. Wir werden dem Geist die Gretchenfrage stellen.«

»Die Gretchenfrage?«

»Giselle?« Bing Anker hob den Blick zur Decke, wo sich die

Schatten der Kerzenleuchter im Stuck abzeichneten. »Wenn du unter uns bist, dann beantworte uns eine Frage. Wie hat man dich umgebracht? Und wer ist der Mörder?« Er richtete den Blick auf Alice. »Heben Sie jetzt bitte wieder die Hand. Lassen Sie Ihre Finger über den Steinchen schweben.«

Widerstrebend befolgte sie seine Anweisung. Sie war nervös geworden. Bing Anker gab sich plötzlich ernst und verkniffen. Dabei hatte alles als heiteres Spiel angefangen.

Giselle warf Berryman einen fragenden Blick zu.

»Sie haben nichts zu verlieren«, beantwortete er ihre Frage.

Und wieder führte Giselle die Finger der alten Frau zu bestimmten Scrabblesteinen. Alices Bewegungen waren jetzt nicht mehr zögernd. Es sah aus wie jemand, der im Zweifingersystem Schreibmaschine schreibt und dabei aufgrund langjähriger Übung eine beachtliche Geschwindigkeit entwickelt. Für Giselle lagen die Steine mit der richtigen Seite nach oben. Es war lustig zu sehen, wie sie sich in nichts auflösten, sobald Bing nach ihnen griff.

Dann war die Botschaft formuliert.

»Ich wäre soweit«, sagte Alice Hoffman. Sie zog die Finger zurück.

Bing Anker deckte die Steine auf und legte sie nebeneinander. Giselle las.

ROBERT MURDERED WE

Bing schüttelte den Kopf. Er nahm das W und drehte es um. Ein M entstand. ROBERT MURDERED ME: Robert hat mich ermordet.

»Robert, das ist der Name ihres Mannes«, sagte Alice.

»Ich weiß«, bestätigte Bing.

»Das verstehe ich nicht«, sagte sie. »Joy-Ann hat mir erzählt, ihr Schwiegersohn hat sich zur Tatzeit in seinem Wochenendhäuschen am Rush Lake aufgehalten. Dafür muß er dann auch Zeugen beigebracht haben, sonst hätte ihn die Polizei ganz sicher in die Mangel genommen. Was da geschrieben steht, ist blühender Blödsinn. Ich schlage vor, wir hören auf.«

»Bitte, nicht«, sagte Bing. In seiner Bitte lag eine Dringlichkeit, die Alice hellhörig machte. Mehr noch. In seinem Ausdruck lag etwas, das ihr Angst einflößte. »Wir müssen versuchen, das Rätsel zu lösen«, fuhr er fort. »Es ist ja nicht ausgeschlossen, daß unser Unterbewußtsein einen Einfluß auf die Buchstaben ausübt. Ich meine, die Scrabblesteine liegen nach dem Zufallsprinzip auf dem Tisch, und es ist unser Unterbewußtsein, das die Buchstaben in eine gewisse Reihenfolge zwingt. Wenn das einmal möglich ist, dann ist es *immer* möglich.« Er musterte sie mit einem fahrigen Lächeln. »Sie brauchen es deshalb nicht mit der Angst zu tun zu bekommen, Alice. Es gibt ja konventionelle Erklärungen für die Ouija-Botschaften. Unsere geistigen Kräfte sind ja nichts Böses, vor dem man Angst haben muß. Es ist wohl wirklich so, daß wir unbewußt Einfluß nehmen auf die Buchstabenfolge.«

»Das *meine* ich ja«, sagte Alice. »Und deshalb würde ich am liebsten aufhören.«

»Nein«, sagte er aufgebracht. »Jetzt lassen Sie *mich* mal ran.« Er hob seine Rechte und hielt sie über die Steine. Er sprach im Gesprächston. Er gab sich keine Mühe, seinen Ärger zu verbergen. »Kannst du uns einen Beweis geben für deine Behauptung, Giselle?«

Giselles bleichen Lippen entfuhr ein Stöhnen. »Jetzt soll ich ihm auch noch Beweise liefern«, maulte sie. »Ich bin das Opfer, nicht der Kommissar.«

Der Dichter runzelte die Stirn. »Sie haben mir doch erzählt, Ihr Mann hat im Motel einen Zettel für Sie hinterlassen. Was ist aus diesem Zettel geworden? Können Sie sich daran noch erinnern?«

»Ich habe ihn an mich genommen und in die Tasche meines Hosenanzugs gesteckt.«

»Dann hätte ihn die Polizei doch bei der Leiche gefunden.« Er dachte nach. »Es sei denn, Ihr Mann hat, nachdem er Sie erdrosselt hat, den Zettel an sich genommen. Das ist sogar wahrscheinlich. Es war ja ein Beweismittel. Was für ein Kleidungsstück trugen Sie, als er Sie umbrachte?«

Giselle mußte lachen. Die Frage war absurd. Sie fühlte sich an eine Quizsendung erinnert, wo jungverheiratete Paare von einem Showmaster über die Hochzeitsnacht ausgefragt wurden. *Was trugen Sie, als ... Was taten Sie, nachdem ...* Plötzlich wurde ihr klar, daß die Frage gar nicht so unvernünftig war. »Ich hatte *gar nichts* an«, sagte sie. »Ich war in mein Apartment gekommen und hatte den Entschluß gefaßt, sofort das Motel zu wechseln. Ich wollte nur noch eine Dusche nehmen. Ich habe mich im Wohnzimmer nackt ausgezogen, dann bin ich ins Bad gegangen. Und dort war Robert versteckt.«

»Das bedeutet, der Zettel könnte sich noch in Ihrem Hosenanzug befinden?«

»Möglicherweise, ja. Es war ein orangefarbener Latzanzug. Bin mir immer darin vorgekommen wie eine Glühbirne, so hat der Stoff geleuchtet. Aber ich weiß natürlich nicht, was aus dem Ding geworden ist.«

»Das könnte ja Ihr Bruder herausfinden. Man sollte es zumindest versuchen.«

Bing saß stocksteif am Ende des Tisches. Seine Rechte zitterte. Alice kam es vor, als hielte er die Finger über glühende Kohlen. Seine Lippen waren zusammengekniffen. Die Leichtigkeit, die er bei dem Gespräch im Bestattungsinstitut gezeigt hatte, war fort. Er wippte mit dem Fuß, seine Fußspitze tippte auf den Teppich.

Giselle versuchte ihm die Hand zu führen, aber das erwies sich als unmöglich. Seine Finger waren schwer wie die einer Statue.

»Ich glaube, er kann mich nicht fühlen«, sagte sie.

»So was kommt vor«, sagte Berryman. »Das beste Medium ist jemand, der sich nicht viel Gedanken macht. Der Geist muß aufnahmefähig sein, verstehen Sie. Ein Kopf, in den noch was hineinpaßt. Wir sollten es noch einmal mit der alten Lady probieren.«

Als Alice Hoffman Giselles Hand auf ihrer Schulter spürte, stieß sie einen Schrei aus. Sie begann zu zittern. Wie von selbst hob sich ihre Rechte, begann über dem Tisch zu schweben. Buchstabe um Buchstabe wurde angetippt. Bing wartete, bis Alices Orakelfinger wieder zur Tischkante zurückgekehrt war. Dann deckte er die Steine auf.

FINDTHENOTE
INORANGEPAN
TSUITPOCKET

»Oh«, sagte Alice Hoffman, nachdem sie verstanden hatte, daß der erste Buchstabe der dritten Zeile mit dem letzten Buchstaben der zweiten Zeile verbunden werden mußte. »Oh«, wiederholte sie. Ohne Vorwarnung stieß sie ihren Stuhl zurück, so daß Giselle, die hinter ihr stand, augenblicklich dematerialisiert und aus dem Wohnzimmer geschleudert wurde. »Ich weiß, welchen Hosenanzug sie meint. Joy-Ann hat diesen Anzug oft getragen. Er hängt in ihrem Schrank. Gleich drüben, in ihrem Haus.«

38

Als die Stuhllehne seinen Kopf traf, hatte sich der Fötus in Abwehrhaltung zusammengekrümmt. Er hatte die kleinen Hände gerungen, und diese Bewegung hatte sich fortgesetzt, während Fötus und Mutter durch alle denkbaren Räume geschleudert wurden. Schließlich waren beide wieder in den Äther zurückprojiziert worden, nicht unähnlich dem Ball, der aus der Bingotrommel in die Hand des Spielleiters fällt.

Sie befanden sich in dem Haus, das Alice Hoffmans Wohnung gegenüberlag. Calumet Avenue, das Haus der Familie Anker. Das Schlafzimmer. Giselle kannte den Raum nur zu gut. Hier hatte sie als Kind geschlafen und als heranwachsendes Mädchen. Die niedrige Kommode war noch da. Die rosa Farbe war etwas abgeblättert. Aus dem Fenster ging der Blick auf die Calumet Avenue. Das vertraute Vorhangmuster. Etwas blasser war die Farbe der Vorhänge geworden. Die Blumen schienen mit einer Staubschicht bedeckt. Als sie mit der Hand über den Fenstersims fuhr, wirbelten Millionen von Staubpartikeln hoch.

Der Fötus stieß mit Armen und Beinen um sich. Er drängte zum Ausgang. Sein Bewußtsein war gewachsen, und im entsprechenden Umfang war sein Wille stärker geworden. Er war nicht länger bereit, im Gefängnis zu verharren. Es gab Dinge, die man nur außerhalb des Mutterleibes tun konnte. Aufgaben, die nur draußen erledigt werden konnten. Er spürte den Wunsch, Böses zu tun.

Vergeblich versuchte er, den Mutterkuchen zu sprengen. Aber das elastische Gebilde widerstand den Beißbewegungen seines Gaumens. Ich brauche Zähne, dachte der Fötus. Und in diesem Augenblick begannen seine Zähne zu wachsen.

Giselle ahnte nicht, daß es die Schmerzen der nahenden Niederkunft waren. Alle Mütter der Welt mußten es wohl auf sich nehmen, daß ihnen bei allen möglichen und unmöglichen Gelegenheiten der Bauch wehtat. Sie biß die Zähne zusammen. Adahs Zauberring gab ihr die Kraft, ihre Finger in die Falten des Bettuchs zu graben, wenn die Wehen allzu schlimm wurden. Erleichtert spürte sie, wie der Schmerz abebbte. Sie eilte zum Fenster und schob es hoch. Drüben, auf der anderen Seite der Straße, stand der blutende Dichter. Er sah sie fragend an. »Hilfe!« schrie sie. Sie lauschte in die Frühlingsnacht hinaus. Ein Geräusch kam näher. Das Geräusch eines Motors. Das Singen der Reifen. Ein Autobus hielt. Die Tür zischte auf. Ein Fahrgast stieg aus. Die Ampel hatte auf Rot geschaltet. »John!« schrie sie. »Ich bin hier, auf der anderen Straßenseite, in unserem früheren Haus. Hilf mir, bitte!«

Der Bus ruckte an. Der Mann, der ausgestiegen war, überquerte die Fahrbahn. Sie sah, wie er an Alice Hoffmans Haus vorbeiging, Richtung Grand.

Sie schrie, bis ihr die Stimmbänder wehtaten. Sie fiel auf die Knie, stieß mit der Stirn an den Fenstersims. Die Vorhänge blähten sich im Nachtwind. Autos fuhren vorbei. Sie sah, wie nächtliche Spaziergänger den Bürgersteig entlangschlenderten. Niemand schien auf ihre Schreie zu achten. Jetzt konnte ihr wohl nur noch Berryman helfen. Er aber war in dem Haus auf der anderen Straßenseite gefangen. Ohne die Hilfe des Zauberrings würde er die Tür nicht öffnen können.

Vor Alice Hoffmans Haus wurde die Außenbeleuchtung angezündet. Die Stimme ihres Bruders war zu hören. Er unterhielt sich mit Alice Hoffman.

»John!« schrie sie voller Verzweiflung. »John! Kannst du mich hören?« Keine Antwort. In der Ferne war das Reifenquietschen eines Autos zu hören.

Die Tür des Vorgartens wurde geöffnet. Ihr Bruder erschien. Was er sagte, war nicht zu verstehen. Der Tonfall war so, als wollte er Alice beruhigen. Aber Alice, so schien es, ließ sich nicht beruhigen. Ihre Stimme erinnerte Giselle an Sugars Begrüßungsgekläff.

Giselle dachte nach. Vielleicht war es gar nicht Alice. Vielleicht hörte sie Sugar, der im Keller bellte. Die Frage blieb offen. So offen wie die Möglichkeit, daß es neben dieser Frage noch unzählige andere Fragen gab, die man stellen oder unterlassen konnte. Der Gedanke an diese Möglichkeit wurde gegenstandslos, als die Wehen zurückkamen. Ihr schien, als würden ihre Eingeweide von riesigen Papageien zerfleischt. Sie hatte die Yogastellung »Kobra« eingenommen, wand sich in schmerzhaften Zuckungen, als sich die Schnäbel der Vögel in ihre Vulva gruben. Sie starrte auf das Muster der Tapete, als sei dies ein Schleier, der sich alsbald öffnen und den Blick in die Tiefen des Alptraums freigeben werde.

Sie wußte nicht, wie lange ihr Martyrium schon andauerte. Sie hatte keine Möglichkeit, die Schmerzen zeitlich einzuordnen. Immer, wenn die Wehen auf einen Höhepunkt zuwogten, war ihr klar, daß es kein Ende für diesen Schmerz geben konnte. Wenn die Wehe nachließ, blieb Angst zurück. Angst und Erinnerung. Dann schien es ihr, als sei der Bund zwischen Ursache und Wirkung erneut geschlossen worden. Seit vierundzwanzig Stunden trug sie dieses Kind unter ihrem Herzen. Die Prüfung schien bestanden. Wenn sie die Augen aufschlug, würde das Neugeborene neben ihr auf dem abgewetzten Teppich des Schlafzimmers liegen. Sie führte ihre Hände an den Bauch. Die Wölbung war noch da. Der Fötus war noch in ihr.

Es war, als hätte die sanfte Berührung ihrer Hände einen entscheidenden Impuls in ihrem Inneren ausgelöst. Ein betäubender Schmerz, schlimmer als alle vorherigen Wehen, durchzuckte sie. Und dann war Berryman über ihr, sprach mit ihr, tupfte ihr den kalten Schweiß von der Stirn.

»Ich habe Ihre Schreie gehört«, sagte er. »Tut mir leid, daß ich nicht eher kommen konnte. Ich mußte warten, bis Alice Hoffman Ihrem Bruder den Schlüssel gab. Das war so eine Abmachung zwischen Ihrer Mutter und Alice. Sie ließ ihr den Zweitschlüssel der Wohnung, weil sie Angst hatte, sie könnte ihren eigenen verlieren und irgendwann einmal vor der verschlossenen Wohnung stehen.« Er legte den bluttriefenden Kopf auf die Seite. »Können Sie mich überhaupt verstehen? Sind Sie bei Bewußtsein?«

Sie nickte. Dann versuchte sie zu lächeln. Sie wußte nicht, ob es ihr gelungen war.

»Ihr Bruder ist mit rübergekommen«, sagte Berryman. »Er durchsucht den Schrank nach dem orangefarbenen Hosenanzug. Ich habe unheimliches Glück gehabt. Ich bin mit ihm durch die Tür geschlüpft. Ich bin fürchterlich erschrocken, als ich Sie da liegen sah, Giselle. Was mir am meisten Angst gemacht hat, war das Kleine. Es hat versucht, mit Gewalt nach draußen zu gelangen. Es sah grauenhaft aus. Ich habe gedacht...«

»Bitte, reden Sie nicht. Helfen Sie mir, das Kind zur Welt zu bringen. Die Wehen werden gleich wiederkommen.«

»Ich weiß in diesen Dingen nicht so gut Bescheid, wie Sie vielleicht denken. Ich denke, es ist besser, wenn...«

Ihr Schrei übertönte, was er sagen wollte. Giselle bäumte sich auf. Ihr Körper bildete die Brücke, über die der Schmerz den Weg in die Wirklichkeit finden würde. Sekunden später wußte sie, daß es falscher Alarm gewesen war. Das Schlimmste stand ihr noch bevor.

»Besorgen Sie ein Messer«, stöhnte sie.

»Um Gottes willen, Giselle! Sie wollen doch nicht etwa, daß ich Ihnen einen Kaiserschnitt mache!« Er kniff sein Auge zusammen. Giselle traute ihren Ohren nicht, als er in ein wieherndes Lachen ausbrach. Er hielt inne. Wieder dieses wiehernde Gelächter.

Er biß sich auf die Lippen. Er war ernst geworden. »Mir ist gerade die Szene aus *Vom Winde verweht* eingefallen. Sie wissen schon, Melanie bekommt Geburtswehen, und Butterfly McQueen hat ihren großen Auftritt.« Er sprach im Falsett weiter. »Ich hab' *keine Ahnung,* wie man ein Baby zur Welt bringt, Miß Scahlet. Was bedeutet, daß ich Sie beschwindelt habe, Giselle. Daß ich William Carlos Williams als eine Art von Gott gesandter Geburtshelfer assistiert hätte, das war nur dummes Geschwätz von mir. Angeberei, wenn Sie wollen. In Wirklichkeit habe ich keine Ahnung. Ich habe nur einmal einen Film mit dem Titel *Natürliche Geburt* gesehen, das ist auch schon alles.«

»Bitte«, stöhnte sie, »streiten Sie jetzt nicht mit mir herum! Nehmen Sie meinen Ring, und gehen Sie in die Küche. Nehmen Sie ein Messer aus der Schrankschublade. Der Schrank gleich rechts neben der Spüle.« Sie zog den Ring vom Finger. Er nahm ihn entgegen.

Eine Weile lang starrte er den Ring an. Er hatte das Gefühl, vor dem Traualtar zu stehen. Die Ringe waren getauscht worden. Es gehört sich nicht, daß ich in dieser Weise auf die Bitte einer Schwangeren reagiere, dachte er. Andererseits habe ich in meinem Leben noch nie etwas getan, was sich gehörte. Dann überkam ihn Angst. Das Gefühl näherte sich ihm auf einer anderen Ebene der Wahrnehmung, aber es gab keinen Zweifel über die Identität. Angst.

»Bitte!« jammerte sie. Sie lag jetzt auf den Knien. »Holen Sie das Messer, bevor die Wehen wieder anfangen.«

»Schon gut. Ich geh ja schon.«

Er trat in den Gang hinaus, kam an der Tür von Joy-Anns früherem Schlafzimmer vorbei. Die Tür stand offen. Bing war zu sehen, er wühlte in dem offenstehenden Wandschrank herum.

Er wankte die Treppe hinunter, strich sich den blutverschmierten Bart. Ich könnte ganz einfach fortlaufen, dachte er. Ich habe den Ring. Ich könnte mir Whiskey besorgen, soviel ich will. Ich könnte den Rest der Ewigkeit im Rausch verbringen. Es war ein Gedanke, der an eine Idee anknüpfte, die Berryman zu einem früheren Zeitpunkt jenes Tages entwickelt hatte. Er hatte darüber nachgesonnen, wie er Giselle den Ring abluchsen konnte. Tagträume an all die Jahrtausende, die er als unsichtbarer Zecher im Schnapsladen verbringen würde, hatten sich angeschlossen. Jetzt war es zu spät. Die Pfadfinderthese, daß man Gutes tun mußte, hatte die Oberhand über sein Denken gewonnen. Es war eine These, die er von Herzen zu verachten gelernt hatte. Und zwar wegen der Erfahrungen, die mit der Belohnung verbunden gewesen waren. Es war, wenn man die Dinge zu ihrem Ursprung zurückverfolgte, eben diese These, die ihn von einer Katastrophe in die nächste geführt hatte.

Die Messer lagen in der Schublade, die Giselle ihm beschrieben hatte. Er wählte das größte aus. Jenes, das am gefährlichsten aussah. Ein Brotmesser mit geriffelter Klinge. Dann änderte er seinen Entschluß. Er legte das Brotmesser in die Schublade zurück und nahm ein Kartoffelschälmesser heraus. Es ging darum, der Frau die Haut zu ritzen. Es ging *nicht* darum, die Frau in zwei Stücke zu zersägen.

Während er die Treppe hinaufging, dachte er darüber nach, wie das Fleisch eines schwangeren Geistes wohl auf den Einschnitt der Klinge reagieren würde. Es war nur logisch, daß Geistfleisch andere Eigenschaften hatte als lebendes Fleisch. Seine Wunden, die nun schon ewig bluteten, waren der beste Beweis dafür. Andererseits barg der Gedanke auch eine bittere Wahrheit in sich. Auch wenn man davon ausgehen mußte, daß ein Geist tödliche Verletzungen nicht überleben konnte, so deuteten seine blutenden Wunden doch darauf hin, daß ein Geist Leid empfinden konnte. Dante hatte den Sachverhalt behandelt, in der *Göttlichen Komödie*.

Er betrat Giselles Schlafzimmer. Das Licht war angeknipst worden. Bing stand vor dem offenen Kleiderschrank. Er schob ein Kleid nach dem anderen von rechts nach links. Giselle, sie war unsichtbar für ihren Bruder, lag auf dem Boden. Ihr Anblick erinnerte Berryman an die tragische Maske der Schauspieler. Der Schein der nackten Glühbirne brach sich auf ihrem Antlitz.

Er kniete sich zu ihr, deutete ein Kreuz an und schloß die Augen. Dann setzte er ihr die Spitze des Messers auf den Bauch. Er stieß zu. Er öffnete die Augen wieder. Ein Blutstrahl sprudelte hervor.

Er drückte stärker, der Strahl schwoll an. Und dann erschien eine kleine rote Hand in der Wunde, begann zu rudern, weitete die entstandene Öffnung.

Er sah aus wie ein Mensch, der sich einen etwas eng gekauften Pullover überstreift. Das Kind gebrauchte beide Ellbogen, um sich der Finsternis des Mutterleibes zu entwinden. Berryman betrachtete das Bild, ohne sich zu rühren. Er war wie gelähmt. Der Kopf des Kindes, ein mißgestalteter, bläulich schimmernder Kolben, war hervorgetreten. Das Wesen wischte sich das Blut aus den Augen und blinzelte. Dann griff es zu. Entsetzt gewahrte Berryman, wie ihm das Messer aus der Hand gewunden wurde. Mit einer wütenden Geste stieß ihm das Neugeborene die Klinge ins Herz, in die Kehle, in sein gutes Auge. Die zuckende Bewegung des Armes hielt noch an, als das Neugeborene seinen ersten Schrei ausstieß.

39

Und jetzt sie! dachte das Wesen. Seine Beine hatten sich in der Nabelschnur verheddert. Giselle lag, benommen, aber bei Bewußtsein, auf dem blutgetränkten Teppich. Ihre Blicke trafen sich. Sie wandte sich ab.

Das Wesen fühlte sich um ihre Reaktion betrogen. Es hatte Haß und Abscheu in ihren Augen zu sehen erwartet. Der Horror der Mutter vor ihrem Kind. Leben konnte es nur, wenn es Schmerz zufügte.

Es zog dem Dichter das Messer aus der Augenhöhle und hockte sich hin, um sich die Nabelschnur zu durchtrennen. Plötzlich schien es seinen Entschluß geändert zu haben. Es begann die Klinge des Messers abzulecken.

»Mein Gott, hier ist es ja«, sagte der Mann, der vor dem Kleiderschrank stand. Er wandte sich um. In seiner Rechten leuchtete ein gelber Zettel.

Der Fötus – nun, es war kein Fötus, der Berryman getötet hatte, aber auch kein Kind. Es war auch noch kein Teufel. Wir kommen der Wahrheit wohl am nächsten, wenn wir das Wesen hier als Halbling bezeichnen. Halbling im Hinblick auf seine zwiespältige Natur. Ein Wesen, das väterlicherseits aus der irdischen Welt stammte und mütterlicherseits aus der Welt der Geister.

Der Halbling, um zunächst einmal bei diesem Namen zu bleiben, der Halbling schob sich auf dem blutüberströmten Teppich entlang. Durch das Bewußtsein seiner Mutter, die hinter Bing Anker gestanden hatte, war ihm signalisiert worden, daß dieser Mann eine Bedrohung für Robert Glandier bedeutete. Robert Glandier war sein Vater, ein Mensch, dem er Loyalität schuldete. Es war also völlig in Ordnung, wenn er die Gefahr aus dem Weg räumte und den Mann tötete. Der Halbling ergriff mit seinen kleinen Fäusten das Messer und rammte es dem Mann in die Wade. Aber es entstand keine Wunde. Noch bevor die Spitze die Haut durchstieß, dematerialisierte die Waffe. Es war ein Geistmesser. Mit Hilfe der Zauberkraft von Giselles Ring war das Messer aus der Schublade genommen worden. Nur ein Geist konnte mit dieser Waffe getötet werden, kein menschliches Wesen aus Fleisch und Blut.

Bing Anker hatte von dem Angriff auf seine Wade nichts mitbekommen. Er war unter die Deckenleuchte getreten, um den Zettel zu studieren, den er in dem orangefarbenen Hosenanzug gefunden hatte. Er machte einen Schritt nach vorn und trat auf das Geistknie Berrymans, der im gleichen Augenblick ins All seiner Gedanken geschleudert wurde. An der Grenze dieses Alls floß der Mississippi. Berrymans Leichnam landete auf der Uferböschung, im Schatten der Brücke. Dunkel rollten die Fluten dahin, netzten den Geblendeten und nahmen das Blut auf, das ihm aus Auge, Kehle und Herz floß.

»Das ist der Zettel, um den es geht«, sagte der kleingewachsene Mann. Er hielt das gelbe Papier in die Höhe wie jemand, der einen Lotteriegewinn vor dem Zugriff seiner sieben Kinder bewahren will. Und in der Tat war der Zettel für Bing Anker so etwas wie ein Lotterielos. Wenn Robert Glandier des Mordes an seiner Frau Giselle überführt wurde, verlor er seinen Anspruch auf das Erbe. Dann hatte er, Bing, große Chancen, das Haus zu bekommen. Der Gedanke beflügelte ihn wie der Duft eines Joints.

Der Halbling spürte, wie eine Woge von Wut und Haß sein Bewußtsein auszufüllen begann. Schaum trat auf seine Lippen.

Er ergriff die wehenden Vorhänge und kletterte zum Fenstersims hinauf. Von dort war es nur ein Dreimetersprung bis auf die Holzstufen der Außentreppe. Er nahm die Verletzung wahr, als seine Beinstümpfe auf der harten Oberfläche aufkamen. Einen Schmerz spürte er nicht.

Seine Beine waren klobige, mißgestaltete Stelzen. Er wußte, daß sie zur Fortbewegung nicht zu benutzen waren. Er kroch über den Rasen und erreichte die Straße. Er wich einem Lieferwagen aus, hob den Kopf zu einer unhörbaren Verwünschung.

Es war dann das offene Kellerfenster, durch das der Halbling in Alice Hoffmans Haus eindrang. Er gewahrte Sugar, noch bevor der Hund ihn bemerkt hatte. Er hielt inne. Sugar hatte zu kläffen begonnen. Ernsthaftes Bellen, kein Spiel mehr.

Der Halbling glitt die schlüpfrige Treppe hinab. Wenig später hatte er Sugars Plätzchen unter dem Heißwasserboiler aufgespürt.

Alice ließ den Vorhang sinken. Sie trat vom Fenster zurück und ging zur Küche. Vor der Küchentür angekommen, blieb sie stehen und lauschte in den Keller hinunter. »Sugar!« rief sie. »Du hörst sofort auf zu bellen.«

Ein Wunder geschah. Sie brauchte es nicht ein zweites Mal zu sagen. Sugar verstummte. Es war wirklich ein Wunder. Seit vielen Jahren war die Aufforderung, still zu sein, der Auftakt zu einem mit Kopfstimme geführten akustischen Duell zwischen Alice Hoffman und ihrem Terrier gewesen. Verwundert, fast enttäuscht kehrte sie ins Wohnzimmer zurück. Ihr Blick glitt über die Botschaften, die auf dem Tisch ausgebreitet lagen. Am liebsten hätte sie alle Scrabblesteine vom Tisch gefegt und in einer Schachtel verborgen. Die Steine und die Erinnerung an die Séance gehörten in eine Ecke ihres Gedächtnisses, wo sie ein paar Jahrzehnte lang Staub ansetzen konnten.

Jemand hatte begonnen, an der Haustür zu rütteln. Sie fuhr zusammen. Hatte sie den Riegel vorgeschoben, als Bing das Haus verließ? Wie dumm ich bin, dachte sie. Ich wußte doch, daß Bing gleich wieder zurückkommen würde. Wie dumm und wie ängstlich. Sie trat an das Fenster, das auf die Straße hinausging. Vor der Haustür war niemand zu sehen.

Sie hörte, wie die rückwärtige Tür geöffnet wurde. »Bing?« rief sie. Sie war erleichtert, als sie dann tatsächlich Bings Stimme vernahm. »Sie werden es nicht glauben, Alice. Ich hab's gefunden. Der Zettel hat sogar einen Aufdruck. Lady Luck Motor Lodge. Und dann steht hier...«

Sugars wütendes Gebell überdeckte, was Bing Anker ihr hatte sagen wollen. Alice vermeinte einen Schrei zu hören. Als sie die Küche betrat, sah sie Bing quer durch den Raum taumeln. Dann erst gewahrte sie den Hund, der sich in die Gurgel des Mannes verbissen hatte. Bing hatte den linken Arm ausgestreckt, um sich irgendwo festzuhalten. Sie sah, wie seine Hand in dem kochenden Eintopf landete. Schreiend ging er zu Boden, den Topf mit sich in die Tiefe reißend. Sein Kopf schlug hart auf der Kante des Kühlschranks auf. Sugar war sofort über ihm. Er begann, dem Mann das Gesicht zu zerfleischen.

»Sugar!« schrie Alice. »Laß das! Sugar!«

Sugar achtete nicht auf sein Frauchen. Er würde jetzt nur noch dem Halbling gehorchen, der von seiner kleinen Tierseele Besitz ergriffen hatte. Er war nur noch eine Marionette, die an den Fäden jenes Geistkörpers zappelte.

Alice hatte weder genügend Mut noch genügend Verstand, um den Hund an seinem blutigen Werk zu hindern. Sie tat, was für solche Notfälle vorgeschrieben war. Sie ging zum Telefon und wählte 911.

Der Ruf war zweimal durchgegangen, als Sugar ins Wohnzimmer gerannt kam. Er sprang aufs Sofa und von dort auf Alices Schulter. Seine Zähne schlossen sich um ihr Ohr. Alice schrie auf, dann schlug sie mit dem Hörer auf das Tier ein. Der Hund wurde zu Boden geschleudert. Es sollte nur eine Sekunde dauern, dann saß er ihr wieder im Nacken. Seine Krallen zerfetzten ihr Kleid. Sie warf sich zu Boden, trat nach ihm. Er biß sie in den Fuß.

Sie lief den Korridor entlang, auf der Suche nach einer Waffe, mit der sie sich das wildgewordene Tier vom Leibe halten konnte. Sugar hastete hinter ihr her, mit bluttriefenden Lefzen. Alice fiel ein, und dies war eine gute Idee, daß es wohl hilfreich sein konnte, wenn sie vor der Bestie in ein Zimmer flüchtete und die Tür hinter sich zuschlug. Keuchend rannte sie in Richtung Küche. Sie bekam den Türknauf zu fassen. Noch bevor sie sich in Sicherheit gebracht hatte, rutschte sie auf den Resten des Eintopfgerichtes aus. Sich überstürzend fiel sie die Kellertreppe hinunter. Sie war tot, noch bevor sie die letzte Stufe erreicht hatte.

Ruhe senkte sich über das Haus. Nur die piepsige Stimme eines Mannes war zu hören. Sie drang aus der Ohrmuschel des Telefonhörers. Sugar kümmerte sich nicht um das monotone Geplappere. Er trottete die Kellertreppe hinunter und leckte das Blut von Alice Hoffmans zerschmetterter Schädeldecke. Die Dauerwelle in den graulilagetönten Haaren war unversehrt geblieben. Nachdem die Schläfen saubergeleckt waren, schüttelte sich Sugar die Speisereste aus dem Fell.

Er lief die Treppe hinauf und inspizierte das Wohnzimmer. Es war keine leichte Aufgabe, mit den Pfoten die Scrabblesteine zu mischen, bis keine Schrift mehr zu erkennen war. Das Letzte in der Reihe der Aufgaben, die ihm übertragen wurden, war dann die Beseitigung des Beweismittels. Mit kräftigen, zähen Bissen zwang er Bings starre Finger auseinander und entwand ihnen einen beschrifteten Zettel.

Vater wird sich freuen, dachte der Halbling. Er wird sich vor Freude in die Hosen machen.

40

Er war nicht sicher, was für eine Art Alptraum es gewesen war. Gewisse Hinweise gab der Fleck auf dem Laken. Robert Glandier hatte sich von seinem verschmierten Bett aufgerafft. Er wankte ins Bad, starrte mit blutunterlaufenen Augen in den neonbeschienenen Spiegel. Während er mit wenig Erfolg mit der Kabelschnur seines Rasiergerätes kämpfte, kehrte ein Erinnerungsfetzen an den Alptraum zurück. Wie im Blitzen einer Lichtorgel erschienen Bing Ankers weißschimmernde Halssehnen vor ihm. Ein Mann, er selbst, stand über den Wehrlosen gebeugt und fletschte die Zähne.

Er legte den Rasierapparat in den Schrank zurück und bedeckte seine Augen. Er dachte über seinen Traum nach, versuchte sich an weitere Einzelheiten zu erinnern und fürchtete sich zugleich vor den Einblicken, die sich ihm dann eröffnen würden.

Schließlich war es nur ein Traum. Träume sind Schäume, hatte schon Sigmund Freud gesagt. Was in der ganzen Situation wichtig schien: er durfte jetzt nicht den Bezug zur Wirklichkeit verlieren. Früher hatte es ihm nie Schwierigkeiten bereitet, sich seinen Platz in der Wirklichkeit zu suchen. Er war dann einfach ins Büro gefahren. Arbeit und Wirklichkeit ergänzten sich, wie zwei kongruente Dreiecke. Aber heute, ausgerechnet heute war Arbeit kein Ausweg. Es gab keine Arbeit. Sonntag. Morgen war Joy-Anns Begräbnis angesetzt. Wieder ein Tag ohne Arbeit. Erst am Dienstag würde er wieder an die allesgewährende Mutter Routine anknüpfen können.

Ich muß etwas tun, dachte er. Ich könnte zum Beispiel das Schlafzimmer herrichten. Das sah nämlich fürchterlich aus. Ich könnte die alte Tapete abschaben. Grundanstrich, spachteln, soweit nötig. Und dann würde ich die gottverdammte Wand weißeln. Oder ich würde der gottverdammten Wand eine kräftige Farbe verpassen. Eine Farbe, die jede Art von Schmierereien überdeckt.

Welche Farbe zum Beispiel? Blutrot. Eine lustige Vorstellung. Wie er dastand, den Farbeimer in der Linken, Pinsel in der Rechten. Die rote Farbe tropfte zu Boden, rann der erschlagenen Alice Hoffman über die Schläfen. Und weil er so ein guter Mensch war, kniete Glandier sich zu ihr, leckte ihr das Blut ab und drückte die graue Masse in den klaffenden Spalt zurück.

So ähnlich mußte wohl der Traum gewesen sein. Störend war, daß dieser Traum so nah an der Realität lag. Aus irgendeinem Grunde war Robert Glandier sicher, daß Alice Hoffman tot war. Ich war's jedenfalls nicht, dachte er. Ich kann schließlich nicht, Figaro hier, Figaro da, durch Minneapolis brausen, um an einem Ende der Stadt Bing Anker umzubringen und am anderen Ende Alice Hoffman. Trotz solcher Überlegungen war die Versuchung, die Alte anzurufen, schließlich unüberwindlich geworden.

Und warum auch nicht? Wenn es einen juckt, dann soll man sich kratzen. So hatte es Robert Glandier, und es juckte ihn oft, schon immer gehalten. Er ging zum Telefon, suchte und fand ihre Nummer im Telefonverzeichnis und betätigte die Wählscheibe.

Der Ruf ging dreimal durch, ehe es im Hörer klickte. Ein Mann meldete sich. »Ja, bitte?«

Glandier war drauf und dran, einfach aufzulegen. Dann packte ihn die Neugier. »Ist dort nicht der Anschluß 690–3631?«

»Ganz recht. Sie möchten wohl Mrs. Hoffman sprechen?«

»Ja, wenn sie da ist. Ich möchte sie gern abholen, um gemeinsam zum Beerdigungsinstitut zu fahren. Sie weiß Bescheid. Mrs. Hoffman ist eine langjährige Freundin meiner verstorbenen Schwiegermutter.«

»Es tut mir leid, aber Sie können Mrs. Hoffman nicht sprechen. Sie hat einen Unfall gehabt. Würden Sie mir bitte Ihren Namen sagen? Ich werde veranlassen, daß Sie vom Polizeipräsidium aus Näheres über die Sache erfahren. Wir rufen Sie an, sobald wir Genaueres wissen.«

»Ein Unfall, sagen Sie? Wie geht es ihr denn?«

Es gab eine Pause am anderen Ende. Offenbar dachte der Polizist darüber nach, ob er sein Wissen mit dem Anrufer teilen sollte. Schließlich kam die Antwort: »Mrs. Hoffman hat sich gestern abend bei einem Fall auf der Kellertreppe ihres Hauses schwere Verletzungen zugezogen. Im Haus war ein gewisser Bing Anker zu Gast, der ebenfalls schwere Verletzungen erlitten hat. Wir vermuten, daß es einen Zusammenhang gibt. Aber wir können noch nichts Genaues sagen. Mr. Anker ist noch bewußtlos. Kennen Sie den Mann?«

»Nur flüchtig.« Wieder war Glandier versucht aufzulegen, und wieder besann er sich eines Besseren. Dummerweise hatte er zu Beginn des Anrufes seine Schwiegermutter erwähnt. Es würde der Polizei also ein Leichtes sein, die Spur zurückzuverfolgen. Nach einigen gestammelten Artigkeiten, wie *tragisch* sich die Ereignisse manchmal entwickeln und wie *sicher* er war, daß die Sache sich bald wieder in Wohlgefallen auflöste, wo doch Mrs. Hoffman eine so *robuste* alte Dame war, ließ er durchblicken, daß er Bing Anker nur in sehr großen Zeitabständen gesehen hatte. Schließlich verwies er den Polizisten auf den Anwalt der Familie, auf Mr. Flynn. Auf die eine oder andere Weise versuchte er, von seinem Gesprächspartner mehr über die beiden Unfälle herauszubekommen, aber der Mann am anderen Ende wand sich wie ein Aal. Er beschied Glandier, auf den Anruf vom Polizeipräsidium zu warten. Ende des Gesprächs.

So war denn eingetreten, was er im Traum erlebt hatte. Vielleicht war es auch gar kein Traum gewesen. Glandier dachte darüber nach, ob es nicht irgendeine private Radiostation gab, die dergleichen Nachrichten im Schlaf an interessierte Abnehmer vermittelte.

Er ging ans rückwärtige Fenster und starrte auf den Rasen hinaus, als ob die Antwort für das Rätsel dort begraben läge. Er wußte nicht, daß er der Lösung mit dieser Vermutung sehr nahe war. Ein weißer Terrier saß auf dem Rasen. Als das Tier Glandier bemerkte, stand es auf, wedelte mit dem Schwanz und kam auf die Eingangstür zugetrottet. Von dem Besitzer des Hundes war nichts zu sehen.

Glandier ging zur Tür und öffnete. Durch das Drahtgitter der Fliegentür, die durch ein gesondertes Scharnier betätigt wurde, sah er dem Hund zu, der gerade die Stufen erklomm. Das Tier hielt einen gelben Zettel im Mund. Vor Glandier angekommen, ließ es den Zettel auf den gefliesten Boden fallen. Es machte ein paar Schritte zur Seite, setzte sich und sah ihn wartend an.

Glandier bückte sich und hob das eingespeichelte Papier auf. Er glättete es. Der Briefkopf des *Lady Luck Motor Lodge* wurde sichtbar und drei handgeschriebene Zeilen.

Er machte einen Schritt zurück und hielt dem Hund die Tür auf. Das Tier reagierte mit einem erfreuten Japsen und huschte über die Schwelle. Glandier musterte sein Fell. Der Hund schien krank zu sein. Das Fell war farblos und matt. Wo Haut zu sehen war, schien sie entzündet. Er folgte dem Hund in die Küche. Das Tier legte sich vor dem Küchenherd auf den Boden. Es schien zu ahnen, was Glandier mit dem gelben Zettel vom *Lady Luck Motor Lodge* vorhatte.

Glandier entzündete eine der fünf Gasflammen. Er hielt das Papier in die Flamme. Es dauerte eine Weile, bis der nasse Zettel verglüht war. Als die schwarze Asche auf den Boden segelte, brach der Hund in ein Freudengeheul aus.

Glandier mußte lächeln. Er ging in die Hocke und streichelte dem Hund den Kopf. »Wie heißt du denn, mein kleiner Bursche?« fragte er. Dann sah er die Messingmarke, die am Halsband befestigt war. Er drehte das Halsband, bis die Aufschrift klar lesbar wurde.

Ich heiße Sugar.
Wenn ich mich verlaufe,
bitte die Nummer
690–3631 anrufen.

Glandier kannte die Nummer. Es war die Nummer, die er vor wenigen Minuten aus dem Telefonbuch herausgesucht hatte. Alice Hoffman.

41

Giselle wachte auf und sah sich um. Sie befand sich in ihrem früheren Schlafzimmer. Es dauerte drei oder vier Sekunden, bevor ihr einfiel, daß sie tot war. Sie lag auf dem Fußboden. Warum schlafe ich auf dem Boden? Sie richtete sich auf und stellte fest, daß sie nackt war. Als sie sich auf die Seite legte, begann die Wunde am Bauch zu schmerzen. Die Ereignisse der Nacht waren wieder da. Die Angst. Sie lauschte. Nichts. Niemand. Sie war allein im Haus. Sie betrachtete die Wunde. Fast geheilt. Ein Schmerzensecho erklang in ihrem Inneren, eine ferne Ahnung. Die Geburt. Sie fuhr mit den Fingern an den dunklen Wundrändern entlang. Dann stand sie auf. Die Wunde blutete nicht mehr. Sie konnte gehen. Die Schmerzen waren erträglich.

Ihr Blick fiel auf den orangefarbenen Hosenanzug, der auf dem Bett lag. Wie gern hätte sie ihre Blöße bedeckt. Der Versuch war sinnlos. Sie hatte Berryman ihren Ring gegeben. Er war damit verschwunden. Ob er je wiederkehren würde, war eine offene Frage.

Sie trat ans Fenster und sah hinaus. Vor Alice Hoffmans Haus parkte ein Polizeiauto. Schuld durchflutete sie. Was immer dort geschehen war, es war ihre, Giselles, Schuld. Es war ein Fehler, sich in das Leben der Menschen zu drängen. Es war Sünde, Rache zu üben und die Menschen als Spukgestalt zu verfolgen. Rache vergrößerte die Tat, die gerächt werden sollte, ins Unermeßliche. Armer Mr. Berryman. Er hatte schon Sorgen genug, als sie ihn traf. Und dann... Alles in ihr wehrte sich gegen die Einsicht, daß sie ihn ins Unglück gestürzt hatte.

Der Ring. Es geht mir nicht um das Wohl und Wehe von Mr. Berryman. Ich will den Ring. Voller Scham verfolgte sie die Schneckenspur ihrer Gedanken bis ins klebrige Gehäuse zurück. Ich kann nichts gegen meine Rachegelüste tun, dachte sie. Und ich *will* auch nichts dagegen tun. Wie selbstsüchtig, wie klein bin ich, daß ich meinen Mann leiden sehen will. Seit ich das Grab verlassen habe, werde ich von der Sucht verzehrt, mich an ihm zu rächen. Es war wie ein Tumor, der ihre Seele verzehrte. Eine Krankheit, gegen die nichts in der Welt etwas auszurichten vermochte. Sie selbst war es, die der Krankheit Nahrung gab. Statt sie verhungern zu lassen, ließ sie zu, daß sich das Tier an ihren Brüsten labte.

Was konnte sie tun, damit sie nicht tiefer in Schuld und Irrtum geführt wurde? Sie beschloß zu warten. Sie würde in ihrem Kinderbett liegen und die Zeit verschlafen. Ihre Wunde würde heilen. Sie würde in die Leere eintreten, die sich jenseits ihrer geschlossenen Augen eröffnete. Sie würde versuchen zu sterben. Zum zweitenmal würde sie das Tor zum Jenseits durchschreiten. Es würde ein Schlaf sein, aus dem es kein Erwachen gab.

42

Wie schön, dachte Berryman, als er aufwachte. Ich bin unter Freunden. Homer und Milton sind meine Weggefährten.

Schwärze der Nacht,
Inmitten der gleißenden Sonne des Mittags,
Finsternis du, der du die Hoffnung des Tages erstickst.

Es war eine der Aufmerksamkeiten, daß man ihm die Ergüsse der Großen in Blindenschrift zugänglich machte. Seine Finger tasteten über die Noppen seiner spirituellen Galaxis.

Zu leben und zugleich zu sterben.
Begraben werden, wer ermißt mein Unglück!
Bin ich nicht selbst die Gruft, der Schrein,
Ein Sarg, der Arm und Reich der Ewigkeit entgegenführt?
Unrecht litt ich, Schmerz der Liebe,
Heute trage ich das Joch der Ewigkeit.
Nicht sterben dürfen, o mein Freund!

Nicht lieben dürfen, das ist Hölle.
So bleib' ich denn gefangen unter Feinden.

In der zeitlichen Abstimmung war etwas schiefgelaufen. Kaum

vorstellbar, daß die Vorsehung mich nicht in die Nachbarschaft Miltons versetzt hat. Und doch so wahr. Der teure Freund war tot. Wenn ich noch Tränen hätte, würde ich weinen...

Vielleicht weine ich auch, dachte er. Er tastete nach seinen Wangen. Immer noch lief ihm das Blut, unerschöpflich, ein Triumph des Geistes, aus den Augenhöhlen. Welch ein Beispiel ich den Menschen geben würde, wenn sie mich sehen könnten! Wieviel Jünglinge würde ich zu schönen Versen inspirieren! Er beschloß, sich ein Pappschild umzuhängen.

Ecce homo. Ein Mensch,
Der die Gnade des Himmels zurückwies.
Der die Sünde des Selbstmords beging.
Der verdientermaßen wandelt
In ewiger Finsternis.

Das mußte doch jedem, der noch keinen Schrittmacher trug, das Herz brechen. Ich könnte mich, zusätzlich zu dem Pappschild, mit einer Blechschale ausrüsten. Blech mußte es sein, damit die hineingeworfenen Münzen schepperten. Das Arme-Leute-Geräusch. Freilich, es gab ein Hindernis bei all diesen Plänen. Er war unsichtbar. Das war das Tragische an der Angelegenheit. Niemand konnte sehen, wie unglücklich der Dichter John Berryman war.

»John«, sagte eine Stimme, die ihm bekannt vorkam, »was machst du denn da? Du streckst die Beine in die Luft und läßt den lieben Gott einen guten Mann sein. Was soll das?«

Er fuhr hoch. Zwiespältige Gefühle beseelten ihn. Da war die Befriedigung, daß er Publikum hatte. Und da war die Erkenntnis, daß dieses Publikum aus Adah Menken bestand.

Er versuchte zu sprechen, versuchte die pathetische Frage zu formulieren: »Wer ist da?« Aber kein Laut kam über seine Lippen. Nur Blut. Es quoll aus den Mundwinkeln und vermischte sich mit dem Rinnsal, das aus der Wunde an der Kehle drang. Wie hilflos ich doch bin, dachte er. Ich bin blind. Ich bin stumm. Ich kann nicht einmal meinen Namen mit meinem eigenen Blut schreiben, weil Adah Menken mir eine Leseschwäche angehext hat.

»Du siehst ja ganz schön mitgenommen aus«, sagte Adah. Tadel und Ekel klangen durch.

Er verneigte sich. Sind wir doch alle nur ein Sandkorn.

»Ich weiß, daß du nicht allein schuld bist«, sagte sie leichthin. »Die Dinge sind gestern abend etwas außer Kontrolle geraten.«

Er schüttelte leidenschaftlich den Kopf. Dann begann er mit beiden Fäusten auf seine bluttriefende Brust zu trommeln. Ein *mea maxima culpa*, von dem sie sich alle eine Scheibe abschneiden konnten.

»Mit dir ist ein beispielhafter Jünger des Thespiskarrens dahingegangen, John. Nicht einmal James E. Murdoch reicht an dich heran.«

Schamhaft sah er zur Seite. Er wußte, wie vorteilhaft er im Profil aussah.

»All dein Leiden ist nun vorüber«, fuhr Adah fort. »Ich bin gekommen, um dir zu sagen, daß es mir leid tut. Joy-Ann hat mir die Augen geöffnet. Sie hat mir klargemacht, daß ich dich unfair behandelt habe. Dich, Miß Plath (ich glaube der Name ist passender als Mrs. Hughes) und noch jemanden. Ich habe Joy-Ann versprochen, daß ich die Fesseln lösen werde, die dich an die Erde binden. Du wirst in den Himmel kommen. Allerdings mußt du mir erst noch den Ring wiedergeben.«

Natürlich hatte er sofort Lunte gerochen. Wenn sie ihm den Himmel für den Ring anbot, dann mußte der Ring viel mehr als der Himmel wert sein. Er ballte die Hand mit dem Ring zur Faust. Mit der anderen Hand tippte er an seine Kehle. *Gib mir meine Stimme wieder, damit wir verhandeln können.*

Ein langes Schweigen folgte. Er dachte schon, Adah sei weggegangen. Aber er war zuversichtlich, daß sie zurückkehren würde. Er war nicht der einzige, der für einen Ring sein Leben dahingegeben hatte. Wenn man nur an den Ring der Nibelungen dachte. Alberich und Mime hatten für den güldenen Reif ihr Leben geopfert, Fasolt und Fafner, Siegfried und Brunhilde. Brunhildes Pferd, nicht zu vergessen. Die Möglichkeit, einen Ring zu besitzen, ließ Menschen und Tiere die unvernünftigsten Dinge tun.

Hier lag die Sache natürlich etwas anders. Die Möglichkeiten des Ringes waren kaum erprobt. Schwer zu sagen, was er im Endeffekt wert war. Immerhin eröffnete ihm Adahs Angebot die Chance, einen hohen Preis zu verlangen. Er dachte nach. Wonach er sich am meisten sehnte, war Liebe. Liebe und Rache, in dieser Reihenfolge.

Er fühlte, wie Adah Menkens Finger über seine Wunden wanderten. Ein Gefühl wie Höhensonne. Er spürte, wie sich der klaffende Schlitz an seiner Gurgel schloß.

Sie tippte auf sein Herz. Auch diese Wunde heilte augenblicklich.

Sie fuhr ihm mit der Hand über die Augen. Als sie die Hand wieder fortnahm, war er immer noch blind.

»Sorry«, sagte sie.

»Das macht nichts«, sagte er fröhlich. Er war zuversichtlich, daß ihm das Augenlicht im Himmel wiedergegeben werden würde. Zudem machte es gar keinen schlechten Eindruck, wenn man blind ankam. Gute Dichter waren traditionell blind. »Drei Würfe, zwei Treffer. Nicht übel.« Er winkte ihr zu und deutete auf die geriffelten Fluten des Mississippi. »Und nun, Adah, verraten Sie mir bitte einmal, warum Sie den Ring unbedingt wieder haben möchten.«

43

Der Schlaf wollte nicht kommen. Genausogut hätte sie auf Regen aus einem wolkenlosen Himmel hoffen können. Oder auf einen Schwall von Blut aus einem Kohlrabikopf. Vor kurzem noch hatte sie sich danach gesehnt, aus der Finsternis des Grabes emporsteigen zu dürfen. Inzwischen war sie fast so weit, daß sie freiwillig in die Gruft zurückgekehrt wäre. Was hätte sie jetzt für ein Fläschchen Nembutal gegeben, jenes Mittel, mit dem sie sich in zahllosen Nächten von der Folter der Glandierschen Schnarchlaute freigekauft hatte.

Sie stand auf und wanderte durch das Haus. Sie konnte nur jene Räume betreten, deren Türen offenstanden. Sie hatte ihren Zauberring nicht mehr. Draußen hatte es zu regnen begonnen. Ihre Kindheit fiel ihr ein. Wie oft war sie im Zimmer eingesperrt gewesen, weil es draußen regnete. Einsamkeit, leere Räume, ein Kreis. Damals wie heute das gleiche Problem. Sie hatte niemanden, zu dem sie gehen konnte. Sie hatte Angst vor der Welt.

Wie in der Gruft, so vertrieb sie sich auch hier die Zeit mit Erinnerungsspielen. Ein Gegenstand. An was erinnert mich dieser Gegenstand? Da war Großmutters Nadelkissen. Sie sah Großmutter wieder vor sich. Ein Mädchen hockte an ihrem Bett. Giselle. Großmutter brachte ihr Stricken bei. Ermüdend. Es war im Frühling gewesen, als der Staubsauger kaputtging. Sie hatte Großmutter zur Chemischen Reinigung begleiten dürfen. Sie hatten den Teppich abgeholt, der von Gingers Flecken gereinigt worden war. Nach der Rückkehr hatte sich Bing in das Buch vergraben. *Tal der Puppen*. Es stand immer noch im Regal. Bing hatte das Buch zwei- oder dreimal durchgelesen.

Die Küche. Die drei Topflappen, die auf wundersame Weise am Kühlschrank klebten. Sie hatte die Topflappen einem etwas verstörten jungen Mann abgekauft, einem ambulanten Verkäufer. Rote Haare. Es war der Tag ihrer Flucht aus Willowville gewesen. Sie lächelte. Sie hatte die Topflappen in der Hand gehalten, als sie ihrer Mutter auf Wiedersehen sagte. Und dann hatte sie ihr die Dinger als Abschiedsgeschenk gegeben. Rot, blau, gelb. Das Regenbogensortiment.

Das Rauschen des Regens war leiser geworden. Das Bellen eines Hundes war zu hören. Oder war es das Schreien eines Babys? Das Geräusch war verlockend und abstoßend zugleich. Jaulen, Japsen, dann wieder das herzzerreißende Geplärr eines hungrigen Säuglings. Der Terrier, dachte Giselle. Alice Hoffmans Terrier. Sie versuchte ans Fenster zu gehen. Noch bevor es ihr gelang, sich zu erheben, festigte sich in ihr die Gewißheit, daß es ihr eigenes Kind war, das da schrie. *Gib mir zu trinken, Mutter.*

Merkwürdig. Das Geräusch kam nicht von draußen. Die Quelle befand sich in der Küche. Und zwar in einem der Topflappen, die am Kühlschrank klebten.

In dem roten Topflappen.

Als sie den Lappen antippte, schwoll das Kläffen und das Weinen zu einer fast unerträglichen Höhe an. In ihrer Fingerspitze war ein Kitzeln zu spüren. Das Gefühl verteilte sich in Wellen über ihren ganzen Körper. Dann spürte Giselle, wie dieser Körper sich auflöste und verschwand. Endlich war es ihr gelungen, in jene Seinsebene einzutreten, zu der sie so oft vergeblich Zutritt gesucht hatte. Es war eine Seinsebene voller rechteckiger Linien, ein unendlich weit reichender Schleier aus schachbrettgemusterter Gaze. Der Schleier teilte sich. Ein weiterer Schleier erschien. Sie fühlte, wie sie in den Abgrund der Zeit hinabgeschleudert wurde. Eine der Maschen des Netzes weitete sich, um Giselle Einlaß zu gewähren. Wieder das Schachbrettmuster, eine endlose, weder von Geist noch Materie erfüllte Wiederholung des Grundmusters. Der Fall endete, als die weißen Zwischenräume zwischen den roten Schenkeln der Quadrate dunkler wurden. Zwielicht, Abend, Nacht. Nur noch das Bellen eines Hundes war zu vernehmen. Das Geräusch verklang, wurde hinweggeweht ins Dunkel. Giselle wurde aufgenommen von den Händen des Schlafes. Sie fühlte, wie das Schweigen der Nacht sich über ihre Nacktheit breitete.

44

Glandier hatte mit der Polizei telefoniert, als Sugar plötzlich aufsprang und in die Küche lief. Nachdem der Polizist sich gerade nach dem Hund erkundigt hatte, und ob sich Mr. Glandier wohl vorstellen könnte, wo Mrs. Hoffmans lieber Gefährte geblieben sei, preßte er die Hand auf das Mundstück des Hörers. Nur wenn er eine Antwort geben mußte, nahm er die Hand kurz fort. Es gelang ihm, das Gespräch mit ein paar Allgemeinsätzen abzuwürgen. Er ging in die Küche.

Sugar stand, mit hocherhobenen Vorderpfoten, am Kühlschrank. Er bellte den Topflappen an, der aufgrund seiner magnetischen Eigenschaften an der Kühlschranktür klebte.

Angewidert betrachtete Glandier das jaulende, bellende, japsende Geschöpf. Er riß den Topflappen von der Tür. »Du willst den verdammten Topflappen? Dann *nimm* den verdammten Topflappen. Aber mach nicht so ein Theater, wenn ich mit der Polizei telefoniere.«

Es war natürlich etwas verrückt, daß er mit dem Tier sprach, als hätte er eine Sekretärin oder einen Angestellten vor sich, aber Glandier war inzwischen klargeworden, daß Sugar kein gewöhnlicher Hund war. Irgendwie hatte dieses Tier es geschafft, Alice Hoffman zu Tode zu bringen. Dann hatte der Hund Bing Anker angefallen und ihm lebensgefährliche Verletzungen zugefügt. Der Polizist sagte, die beiden seien von Bißwunden übersät, ganz abgesehen von den anderen Verletzungen, deren Ursachen noch ergründet werden mußten. Was noch fehlte, um das Mosaik auszufüllen, konnte Glandier den Erinnerungen an seinen Traum entnehmen.

Sugar schien zuzuhören, wenn er sprach. Und er schien zu verstehen, was er sagte. Wenn der Hund etwas wollte, dann konnte er sich Glandier verständlich machen. Er hatte zum Beispiel ein Bad verlangt. Er hatte ihm sogar klargemacht, daß er ein Shampoo zu verwenden hatte.

Was das Tier mit dem Topflappen vorhatte, war schwer zu sagen. Glandier war es auch egal. Sugar hatte den Topflappen zu seinem Eckchen getragen, hatte es ausgebreitet und sich daraufgelegt. Er schien nachzudenken, was er als nächstes unternehmen würde.

Anstoß für Glandier, über die gleiche Frage nachzugrübeln. Ich muß Ordnung in das Durcheinander bringen. Und ich muß behutsam vorgehen. Da war zunächst einmal der Hund. Das Tier war beteiligt an den Dingen, die sich in Mrs. Hoffmans Haus zugetragen hatten. Nicht gut, wenn man den Hund bei ihm fand. *Nun ja, Officer, ich weiß auch nicht, wie das Tier zu mir kommt.* Das war wohl nicht die Art von Antwort, die einem das Vertrauen der Polizei eintrug.

Sugar schien einen Entschluß gefaßt zu haben. Er sprang auf, schnappte sich den Topflappen und trottete zu der Tür, welche die Küche mit der Garage verband. Er begann zu winseln. *Laß mich raus.*

Glandier war im Zwiespalt, ob er dem Ansinnen nachgeben sollte. Es war nicht gut, wenn die Nachbarn den Hund sahen. Aber es war auch nicht gut, wenn der Hund im Haus einen Heidenspektakel aufführte. Ganz schlecht war es, wenn der Hund im Haus seine Notdurft verrichtete. Die letzte Befürchtung gab den Ausschlag. Er öffnete die Tür.

Er sah ihm nach, wie er im Dunkel der Nacht verschwand. Von den Nachbarn war nichts zu sehen. Wenn das Tier erst einmal auf der Straße war oder in den anderen Gärten, konnte niemand mehr die Spur zu ihm, zu Glandier, zurückverfolgen. Möglicherweise verschwand der kleine Kläffer in der Hölle, aus der er gekommen war. Meinen Segen hat er, dachte Glandier.

Das Telefon hatte zu läuten begonnen. Noch einmal die Polizei? Wohl kaum. Wahrscheinlich die Firma. Dort mußte es ja drunter und drüber gehen, seitdem er nicht mehr zur Verfügung stand, um Entscheidungen zu treffen. Dies zumindest war die These, die Glandier, allen Ernstes, in wohlgelaunten Stunden aufstellte. Dann wieder befielen ihn Zweifel, ob man ihn überhaupt vermißte. Jedenfalls war es wünschenswert, sich Gewißheit zu verschaffen. Immer noch klingelte das Telefon. Wirklich die Firma? Es gab einen schwachen Punkt in dieser Argumentation. Es war Sonntagabend. Um diese Zeit gab es niemanden mehr in *Techno-Controls,* der ihn anrufen konnte.

Er wartete bis zum sechsten Läuten, dann nahm er ab. »Ja?«

»Hallo, wer ist dort am Apparat?« Die Stimme zu hören gab Glandier einen Stich.

»Sagen Sie erst mal, wer *Sie* sind«, konterte er grob.

»N'Abend, Bob, alter Junge. Wie geht's dir.« Pause. »Hier spricht Nils. Nils Petersen.«

»Ach ja.«

»Wo vergräbst du dich eigentlich die ganze Zeit? Wir haben gedacht, du würdest mal raufkommen zum Angeln. Jetzt, wo du dein eigenes Häuschen am See hast und alles.«

»Ich wollte immer schon mal raufkommen. Leider keine Zeit.«

»Dann *nimm* dir eben Zeit, Bob. Arbeit kann einem den ganzen Tag versauen, du kennst ja das Sprichwort.« Pause. »Wie wär's denn dieses Wochenende?«

»Das Wochenende ist bereits gelaufen, Nils.«

»Wer sagt denn so was! Ich dachte, du bist im oberen Management. Diese Burschen können doch frei über ihre Zeit bestimmen. Stimmt's oder habe ich recht? Also nun mal Butter an die Fische! Wie lange würdest du unterwegs sein? Eine Stunde, wenn unterwegs nicht zuviel Verkehr ist. Also paß auf. Du setzt dich jetzt in deine Kiste und fährst los. Und dann angelst du dir soviel Fische, wie du essen kannst.« Pause. »Ich weiß ja, in deinem Herzen bist du ein Junge vom Lande.«

Glandier schwieg. Er war sauer.

»Ich hätte außerdem etwas Geschäftliches mit dir zu besprechen, Bob. Das könnten wir bei der Gelegenheit gleich hinter uns bringen.«

»Vor drei oder vier Monaten geht gar nichts, Nils. Ich bin hier geschäftlich so angebunden, daß an eine Fahrt nach dort gar nicht zu denken ist. Die Leute vom oberen Management haben weniger Zeit, als du dir vorstellst.«

»Yeah. Wenn du meinst. Das Problem ist nur, am 12. Mai beginnt die Saison. Nicht mehr viel Zeit, nicht? Ich meine, *ohne* Geld kann ich hier nichts bewegen. Der Kühlschrank ist im Eimer. Die Hälfte der Boote sind leck. Ich sage immer, Nils, sage ich, schau auf die sonnige Seite der Straße, nicht dorthin, wo die Neger gehen. Es geht um Geld, verstehst du. Und ich brauche das Geld jetzt! Ich hab' mit Knudsen drüber gesprochen. Weißt du, was der gesagt hat? Fick dich selber. Nicht ganz mit diesen feinen Worten, aber das war der Grundtenor. Ich hätte ihm am liebsten sein beschissenes Telefon in die Stelle gesteckt, wo er am engsten ist.«

Glandier schmunzelte. Er hatte eine Schwäche für Petersens Anzüglichkeiten. Er wußte allerdings, daß Petersen nicht anrief, um ihn mit obszönen Redensarten zu ergötzen. Der Anruf, so spät am Abend, roch auf drei Meilen nach Erpressung.

»Ich hatte dir einen Haufen Geld für das Häuschen gegeben«, sagte er kühl. »Damit hättest du doch die Boote und die Anlegestelle herrichten können.«

»Yeah, Bob. Und auch wieder nein. Mit zehntausend Möpsen kommt man heutzutage nicht weit. Und da ist mir eingefallen, warum werden wir nicht Partner? Du brauchst keinen Finger zu rühren, die Arbeit mache ich. Ich halte den Platz in Ordnung, ich kassiere das Geld für die Boote. Und im übrigen, halbe-halbe.«

»Ich würde nur das Geld geben müssen?« vergewisserte sich Glandier.

»Genau das, Bob. Zumindest sollten wir's einmal durchsprechen. Über ein paar Flaschen kaltem Bier.«

Glandier dachte nach. Am geschicktesten war es noch, wenn er auf Zeit spielte. Dazu war allerdings ein freundlicher Gesprächston erforderlich, über den er im Augenblick beim besten Willen nicht verfügte. Nicht jetzt, wo sein Sinnen und Trachten von einem einzigen Gedanken beherrscht wurde: Mord.

»Ich kann natürlich auch nach dort kommen, Bob. Wenn du willst, komme ich runter.«

»Nein. Nein, du hast recht. Ich könnte einen kurzen Urlaub gut gebrauchen. Sorg dafür, daß mein Häuschen in Ordnung ist. Schalt den Kühlschrank ein. Ich möchte auch etwas Holz für den Kamin. Ich komme morgen rauf. Spätestens Dienstag.«

»Das klingt schon besser. Wir werden uns ein paar kühle Bierchen zur Brust nehmen, wie letzten Sommer.« In Glandiers Vorstellung erstand Nils Petersen, die braunschwarzen Zahnlücken in seinem grinsenden Gesicht, der schüttere Bart, die fiebrig-gelb glänzenden Augen, die Prothese an seiner Rechten. Wie letzten Sommer. Er wußte, was die Anspielung zu bedeuten hatte.

Sie hatten sich nicht gesehen letzten Sommer. Nils hatte Glandier das Alibi verschafft, das er brauchte, um seine Frau in Las Vegas zu ermorden. Zum Dank dafür kaufte ihm Glandier ein Wochenendhäuschen am See ab. Er hatte das Sechsfache des üblichen Preises bezahlt. Ein klares Geschäft, das bisher auch ganz gut funktioniert hatte. Jetzt aber stand Petersens neue Forderung im Raum. Etwas, worum man sich, so oder so, kümmern mußte.

»Bis dann«, sagte Glandier knapp. Er legte auf.

Sugar empfing ihn an der Küchentür. Von dem Topflappen war nichts mehr zu sehen.

»Du hast's wohl draußen nicht länger ausgehalten«, murmelte er. »Dann komm rein.« Er wartete, bis der Hund die Schwelle passiert hatte. Dann bückte er sich und nahm ihm das Halsband ab. »Na, wie gefällt dir das?«

Der Hund hielt den Kopf auf die Seite gelegt und sah ihn mißtrauisch an.

Glandier ließ das Halsband in die Tasche gleiten. Er würde es an einer anderen Stelle in den See werfen. Nicht gerade dort, wo er den Hund ertränkte. Er dachte nach. Einen Müllsack brauchte er. Und genügend Schnur. Notfalls konnte er Angelschnur nehmen. Davon gab es eine dicke Spule in der Werkzeugkiste.

Er kraulte den Hund hinter dem Ohr. »Wir fahren zum Angeln, mein Freund. Wird dir Spaß machen, da bin ich ganz sicher.«

Sugar bellte vor Freude. Dann führte er einen Tanz auf dem Linoleumboden auf.

Glandier stützte sich auf einem Küchenstuhl ab, um sich wieder aufzurichten. Er empfand Zufriedenheit. Er hatte ein Ziel. Er hatte eine Aufgabe. Er zog eine Zigarre aus der Brusttasche, schlitzte die Zellophanhülle auf und holte sich an der Gasflamme des Küchenherds Feuer.

45

Joy-Ann hatte sich auf den Job gefreut. Krankenschwester. Ein Beruf, wo man einen weißen Kittel tragen und anderen Menschen helfen konnte. Da gab es zwar die Sache mit den Bettpfannen. Das war nicht so schön. Aber vielleicht war das ein Detail, das im Leben nach dem Tode anders geregelt war.

Es sollte dann in der Tat ganz anders werden, als Joy-Ann es sich vorgestellt hatte. Alice Hoffman lag im Koma, rührte sich nicht, sagte kein Wort. So verging Tag um Tag, Woche für Woche. Alice schien nicht einmal zu atmen. Aber sie war nicht tot. Wenn Adahs These stimmte, daß der Mensch sich im Jenseits den Lebensstil suchte, der seiner wirklichen Natur entsprach, dann entsprach es Alice ganz offensichtlich, sich für tausend Jahre wie eine tiefgekühlte Qualle zu verhalten.

Jawohl, es machte Spaß die Krankenschwesterkluft anzulegen. Mit Grauen dachte Joy-Ann an jenen Tag zurück, wo sie als steingewordene Jungfrau hatte herumwandeln müssen. Sie wußte inzwischen, daß sie sich die Suppe damals selbst eingebrockt hatte. Die Verwandlung in eine 1,20 m große Steinstatue gehörte zu den Nebenwirkungen, die ihr Adah für den Fall einer Verspätung angedroht hatte. Wie auch immer, sie war jetzt wieder die alte Joy-Ann. Das einzige, was an jene Episode erinnerte, war ihr marmorweißer Teint. Sie war Adah Menken ja so dankbar, daß sie die Himmelstreppe heruntergekommen war. Ohne Adah wäre sie eine Ewigkeit in der Drehtür steckengeblieben.

Es gab etwas, was sie Adah im stillen übelnahm. Es schien fragwürdig, daß sich Adah dem versoffenen Mr. Berryman zuwandte und über ihm das Licht der Gnade ausgoß. Das war schon deshalb ungerecht, weil es diese Frau zeitlich sehr in Anspruch nahm. Kein Wunder, daß man sie in der Krankenstation kaum sah. Dabei hätte Joy-Ann etwas Abwechslung gut gebrauchen können. Alice, die im Koma dahindämmerte, war nicht das, was man als »quirlige Person« oder »geistige Anregung« hätte bezeichnen können. Um es ganz brutal zu sagen: Alice Hoffman war schon immer todlangweilig gewesen. Andererseits, sie war eine Nachbarin, und gegenüber Nachbarn hatte man gewisse Pflichten. Jedenfalls, so fand Joy-Ann, hatte diese Frau es nicht verdient, von ihrem eigenen Terrier zerfleischt zu werden. Alice hatte wohl kaum erkennen können, daß Sugar nicht aus eigenem Antrieb handelte. Das Verhalten des Hundes mußte der armen Frau wie schnöder Verrat erschienen sein, nachdem sie ihn ein Leben lang verwöhnt und sich seinen Launen gefügt hatte.

Wie es Krankenschwestern in solchen Situationen tun, schaltete Joy-Ann den Fernseher an. Sie brauchte Trost, und Trost kommt, wie jedes Kind weiß, aus der Mattscheibe. Joy-Anns Begeisterung für das Programm des Home Box Office hatte mit der Zeit nachgelassen. Die unwiderstehliche Faszination der ersten Stunden war dahin. Zu oft hatte Joy-Ann sich Szenen vorspielen lassen, die eigentlich wenig Sehvergnügen bereiteten. Giselles Ermordung war eines der Programme, auf das man verzichten konnte. Ebenso die optische Aufbereitung der sexuellen Praktiken von Bing Anker. Wenig Genuß bereitete auch jene Sequenz, wo der gute alte Dewey dem Serviermädchen im »Rexall's« in Minneapolis unter den Rock griff. Es gibt Dinge, die man über seinen geliebten Ehepartner besser nicht erfahren sollte, und solche handgreiflichen Sünden gehörten dazu. Jedenfalls hatte sich Joy-Ann vorgenommen, die Vergangenheitsfilme des Home-Box-Office-Programms nicht mehr einzuschalten. Es war nicht gut, daß eine Frau wie sie den geheimen Lastern der eigenen Familie nachspionierte.

Andererseits mußte man sich etwas auf dem laufenden halten, was die Gegenwart betraf. Und so scheute sich Joy-Ann keineswegs, von Kanal zu Kanal zu schalten, um das weitere Verhalten von Bing und Giselle zu beobachten. Mit Bing sah es recht traurig aus. Der arme Kerl lag bewußtlos in einem Krankenhausbett. Sein Kopf war mit einem dicken Verband umwickelt. In seiner Armvene steckte eine Kanüle, die mit einer Plastikflasche verbunden war. Ein Tropfer. Ihn so liegen zu sehen, trieb Joy-Ann die Schamröte ins Gesicht. Sie kam sich plötzlich vor wie eine Betrügerin, die sich als Krankenschwester verkleidet hatte. Jawohl, sie war in doppelter Hinsicht eine Betrügerin. Sie konnte weder Alice helfen, die steif wie ein Stock dahinvegetierte, noch konnte sie etwas für den armen Bing tun, der auf der Mattscheibe vor sich hin litt.

Giselle fiel ihr ein. Sie wechselte den Kanal. Merkwürdig. Das Bild zeigte kein Gesicht, sondern einen Teich. Ein Testbild. Die Fernsehstation hatte die Kamera auf einen ganz gewöhnlichen Teich gerichtet. Die feingeriffelte Oberfläche des stehenden Wassers war zu erkennen. Der Rand des Teiches war mit Steinen belegt. Jenseits der Steine standen ein paar Narzissen. Noch nicht voll aufgeblüht, wie Joy-Ann bei genauerem Hinsehen herausbekam. Im Hintergrund zeichnete sich ein Rasenstück ab, den Abschluß des Ganzen bildete die Silhouette einer Vorstadtsiedlung. Man hätte es für den rückwärtigen Teil des Glandier-Grundstücks in Willowville halten können. Allerdings gab es, soweit Joy-Ann sich erinnerte, keinen Teich auf diesem Grundstück.

Giselle. Sie schaltete weiter. Das Bild auf der Mattscheibe begann zu flimmern. Wellenlinien. Als sich alles wieder eingespielt hatte, war der Teich wieder da. Und das, obwohl Joy-Ann einen anderen Kanal eingestellt hatte. Das war nun die moderne Technologie des Home-Box-Office-Programms. Joy-Ann war versucht, den Kopf zu schütteln.

Bevor sie abschaltete, fiel ihr der Name Robert Glandier ein, so wie ein Blütenblatt aus der Sommerluft niedersegelt. Glandier war schließlich ihr Schwiegersohn. Er mußte also ins Home-Box-Office-Programm eingespeichert sein. Sie konnte es ja versuchen. Vielleicht konnte sie über Robert Glandier Giselle auf die Spur kommen. Wenn Adah Menkens Andeutung auf Wahrheit beruhte, daß Giselle ihren Mann im Traum verfolgte, ergaben sich gewisse Querverbindungen.

Mit abschätzigem Lächeln (Joy-Ann traf schließlich keine Schuld daran, daß ihre Tochter sich ausgerechnet diesen Mann als Ehemann ausgesucht hatte, sie hatte Giselle ganz im Gegenteil ziemlich zu Anfang darauf hingewiesen, daß es nicht klug und auch nicht notwendig war, wenn sie, eine junge und begehrenswert aussehende Frau, sich mit einem alten, derart dicken Mann verheiratete) kostete sie den Gedanken an Robert Glandier aus, und dann betätigte sie den Programmschalter. Zack! Da erschien Bob auf der Mattscheibe. In Farbe. Ja, das konnte man wohl sagen. Sein Gesicht war leuchtendgrün, sein Haar neonblond. Robert Glandier stand in einem kleinen, schäbigen Zimmer. Er war dabei, einen Pappkarton zu entleeren, der Lebensmittel enthielt. Der himmlische Kameramann von Home Box Office machte einen Totalschwenk über den ganzen Raum, eine künstlerische Raffinesse, die bei Joy-Ann, einziger Zuschauerin des Programms, auf unfruchtbaren Boden fiel. Sie, die Schwiegermutter des Abgebildeten, hatte technische Perfektion schon immer als selbstverständlich vorausgesetzt, schon damals in St. Paul. Jetzt, im Krankenzimmer von Alice Hoffman, war es nicht anders.

Was der Kameraschwenk so alles enthüllte: ein Sechserpack Popcorn, eine Packung Tacos, knoblauchgewürzte Kartoffelchips, Marke *Doritos*, eine bereits geöffnete Dose Würzmayonnaise *Frito Enchilada Dip*, eine Packung *Ritz*-Knabbergebäck, eine Tube Leberwurst, vorgeschnittener Portionskäse (Cheddar mit Portwein, im Angebot), zwei tiefgekühlte Pizzas, Erdnüsse Marke *Planter's Beer*, Butter Marke *Land-'O-Lakes*, eine Flasche Ketchup, eine Dose Senf, eine Tube normale Mayonnaise, zwei Pfund Schinken, plastikverschweißt, Marke *Oscar Meyer*, ein Roggenbrot, eine Packung Pumpernickel, vier großformatige Treibhaustomaten, ein Kopf Eisbergsalat und eine große Flasche *Baco-Bits*.

Joy-Ann war schockiert. Erst jetzt wurde ihr klar, welche Welten zwischen ihrem Schwiegersohn und ihr lagen. Es war klar, daß dieser Mann sich beim Einkauf in irgendeinem Lebensmittelgeschäft wie ein Schweinchen aufgeführt hatte. Im grotesken Kontrast dazu stand die Tatsache, daß er keine Schokolade, keine Süssigkeiten eingekauft hatte. Robert Glandier hatte der Versuchung widerstanden, Bonbons, Eiskrem und schmackhafte Sara Lee-Küchlein in den Korb zu packen. Es war pervers. Es war ganz einfach unnatürlich.

Der himmlische Kameramann ließ ihr keine Zeit, länger über die rätselhaften Zusammenhänge nachzudenken, die bei Bobs Kaufentschluß eine Rolle gespielt hatten. Die Kamera fuhr weiter, richtete ihr gläsernes Auge, so hieß es wohl, auf einen schmalen Flur, glitt den Boden entlang, überquerte eine Türschwelle (wobei sichtbar wurde, daß weder diese Tür noch die anderen Türen über Türblätter verfügten, es waren gleichsam nur Öffnungen in der Wand), verharrte ein paar Augenblicke auf dem Fußende eines ungemachten Bettes und kroch dann auf einer Holzwand entlang, die von Urlaubern in jährlicher Aufeinanderfolge mittels hingekritzelter Eintragungen in eine Art Erinnerungslinde verwandelt worden war: »Hier schmusten Midge und Norm, Juni 1963«, »Wells Fargo

Cowboys 1965«, »Disco Girls 69«, »Bobbi G«, »The Johnsons, Rapid City«, »Guter Fick Telefon 683 – 8351« und wieder »Midge und Norm: wir können's nicht lassen.«

Joy-Ann dämmerte, daß dies Bobs Häuschen am See sein mußte. Er hatte davon gesprochen, gleich nach Giselles Tod. Ich brauche das, um über die Tragödie hinwegzukommen, so hatte er den Kauf begründet. Kaum zu glauben, daß ein Pedant wie er sich so ein Dreckloch ausgesucht hatte. Die Kamera hatte die letzten Schmierereien abgetastet, sie war nun zur Haustür unterwegs. Das Vordach, darunter Gerümpel. Ein Blick unter die Innenverblendung des Daches. Pappe. Braune Flecke, wo es durchgeregnet hatte. Halbtotale. Der See, eine vergammelte Anlegestelle. Ein Aluminiumboot war am halbverfaulten Steg festgebunden, ein Ruderboot. Am Ende des Steges war Sugar, Alice Hoffmans Terrier, zu erkennen. Er lag da, die Pfoten vorgestreckt, und knabberte an einer saftigen Keule. Als die Kamera den Hund mit Hilfe der Zoomlinse ganz nah heranholte, hob er den Kopf und jaulte. Es war nicht der übliche Ausdruck schlechter Erziehung, wie sie ihn von diesem Tier kannte. Das Jaulen war Vorwurf und Angriff, auf Joy-Ann gerichtet. Alice Hoffman hatte sich in ihrem Krankenhausbett zu regen begonnen. Ein Stöhnen drang aus ihrem Rachen.

Glandier war unter das Vordach getreten. Er hielt eine Angelrute in der Hand. Joy-Ann sah, wie er die Rute und eine große Blechbüchse mit Angelausrüstung im Boot verstaute. Dann kam er zum Häuschen zurück, ging am Fenster vorbei und verschwand in einem Winkel, wo die Kamera ihm nicht folgen konnte. Der Hund hatte nur kurz aufgeschaut, als Glandier an ihm vorbeistapfte.

Als er wieder ins Bild kam, trug er die Ruder auf der Schulter. Er hatte den Hund passiert, als er sich plötzlich umwandte und eines der Ruder wie eine Axt auf das Rückgrat des Tieres niedersausen ließ.

Es war kein tödlicher Schlag gewesen. Das Jaulen des verletzten Hundes war zu hören. Glandier holte zum zweiten Schlag aus. Bevor er den Schlag ausführen konnte, kam ein blutverschmiertes Kind aus den Eingeweiden des verletzten Tieres hervorgekrabbelt. Die Beine des kleinen Wesens sahen aus wie Krücken oder Stelzen. Der Gesichtsausdruck war von der Art, wie man ihn in gewissen medizinischen Büchern im Vierfarbdruck wiedergegeben findet, Fotos, die man normalerweise nicht sehr lange betrachtet.

Der zweite Schlag traf den Hund am Schädel. Sugar brach zusammen und rührte sich nicht mehr. Er war tot. Seine Pfoten hatten sich über die angeknabberte Keule gelegt. Mittlerweile hatte sich das Kind aus dem Gedärm des Kadavers herausgewunden. Es kroch über die lehmige Uferböschung, durch die Kiesel mit den Holzkohleresten und verschwand im Schilf.

Glandier, so schien es, hatte das Kind gar nicht bemerkt. Die Kamera zeigte ihn, wie er Sugars Kadaver in einen schwarzen Plastiksack steckte.

Der unvoreingenommene Betrachter, und Joy-Ann *hielt* sich für unvoreingenommen, mußte dann den Eindruck gewinnen, daß der Kameramann an dem weiteren Verbleib des Tierkadavers uninteressiert war. Auf der Mattscheibe erschien das Panorama des Sees, darüber der bedeckte Himmel. Ein Reiher kam durch das Schilf gestelzt. Und jetzt fiel Joy-Ann ein, daß ihr Glandier von den vielen Reihern erzählt hatte, die es im Rush Lake gab. Der See, so hatte er ihr erklärt, sei geradezu *berühmt* für seine Reiher. Die Tiere nisteten auf einer Insel inmitten des Sees. Man konnte ihnen zusehen, wie sie zwischen Insel und Seeufer hin- und herflogen. Zuweilen sah man sie auch am Ufer herumstapfen, wo sie nach Fischen schnappten, ohne auf die Angler, und das war merkwürdig, weil dies doch Konkurrenten waren, zu achten.

Der Reiher, dem der Kameramann vom Box Home Office soviel Sendezeit schenkte, hatte eine Beute gepackt. Die Kamera zeigte, wie er den Kopf hob, bis ihm die Beute in die Kehle rutschte. Das Gebilde rutschte, vermutlich als eingespeichelter Fleischsack, den langen Hals entlang. Dann schüttelte der Reiher sein Gefieder, breitete die Schwingen aus und erhob sich scheinbar schwerelos in die Lüfte.

Alice Hoffman hatte zu zucken begonnen. Joy-Ann trat ans Bett und half ihr, sich aufzurichten. Die alte Frau röchelte in immer kürzeren Abständen, und bei jedem dieser fürchterlichen Laute kam eine Handvoll nasses Gekröse zum Vorschein, in der Farbgebung nicht unähnlich jener eher dunklen Blumenerde, wie sie in den Haushalten zum Einpflanzen von Topfblumen Verwendung findet. Ein letztes Aufbäumen, dann sank die Gestalt zusammen. Joy-Ann hielt eine tote Alice Hoffman in den Armen. Sie legte den Leichnam auf die Kissen zurück. In Alices weitgeöffnetem Mund war die Zwiebel einer Narzisse erschienen. Weißschimmernde Maden wanden sich in dem Erbrochenen, das, der Schwerkraft folgend, vom Bettuch auf den Fußboden tropfte. Entsetzt gewahrte Joy-Ann, wie die unkörperliche Leiche ihrer Nachbarin sich aufzulösen begann.

46

»Giselle?« sagte der Frosch. Er hatte begonnen, die Zweige des Weidenbaumes zu erklimmen. »Bist du da, Giselle?«

Sie öffnete die Augen. Zurück blieb jener Schlaf, der kein Schlaf war, jenes Grab, das kein Grab war.

»Giselle? Ich bin's, John Berryman. Ich bringe Ihnen Ihren Ring zurück.«

Plötzlich schien es ihr, als läge sie im Bett, neben ihrem Mann. Er versuchte sie aufzuwecken. Sie aber wollte weiterschlafen. »Laß mich!«

»Erst mußt du mich küssen«, sagte der Frosch und lachte gemütlich in sich hinein.

»Nein«, wehrte sie ab. Sie kuschelte sich in das spiralförmig geraspelte Holz. Es war ein kalter Wintermorgen. Die Heizung war noch nicht in Betrieb gesetzt worden. »Geh weg, laß mich weiterschlafen.«

Sie sah, wie der Frosch mit seinen spinnwebenverklebten Füßen in dem weichen Erdreich am Fuß des Weidenbaumes zu graben begann, an jener Stelle, wo der Topflappen begraben lag. Das Grab war nicht besonders tief, und so war sie nicht überrascht, daß er nach wenigen Minuten einen Zipfel im Maul hielt. Er hatte begonnen, an dem Zipfel zu zerren.

»Laß das doch!« protestierte Giselle. Plötzlich, der Topflappen war soeben exhumiert worden, war sie hellwach. Sie starrte auf das ausgehobene Grab. Und dann wurde ihr bewußt, daß es noch etwas gab, was es eigentlich nicht geben durfte. Sie wechselte zur formellen Anrede. »Sind Sie wirklich ein Frosch?« fragte sie skeptisch.

»Wenn Sie ein Baum sein können, dann sehe ich nicht ein, warum ich nicht ein Frosch sein kann. Die Sache hat Tradition.« Er schien zu unterstellen, daß sie über diese Tradition Bescheid wußte.

»Bin ich denn ein Baum?« wunderte sie sich. Sie drehte und wand sich inmitten des Weidenstammes, wie eine Frau sich dreht und wendet, wenn sie vor dem Spiegel ein neues Kleid anprobiert. Der Wind fuhr in ihre Zweige. Ihre Wurzeln ächzten. Sie war wirklich ein Baum, und sie hatte Angst.

»Genaugenommen«, sagte der Frosch in einem Ton, der zur inhaltlichen Pedanterie seiner Bemerkung paßte, »sind Sie kein Baum, sondern eine Nymphe.«

»Ich *fühle* mich aber wie ein Baum! Es ist ein angenehmes Gefühl.«

»Das eine schließt das andere nicht aus«, sagte er. »Für meinen Teil fühle ich mich auch ganz wohl als Frosch. Jedenfalls besser als bei unserem letzten Treffen. Falls Sie sich überhaupt noch dran erinnern.«

Die Zweige bogen sich im Wind. Ein paar Sekunden lang konnte Giselle gar nichts mehr denken. Nicht denken war eine Tätigkeit, der man als Baum viel leichter nachgehen konnte denn als Mensch. Leichter auch, als hätte man sich dem gleichen Unterfangen als Geist gewidmet. Denken war jetzt nur noch ein Lied. Eine Melodie, die man summen oder nicht summen konnte. Der Frosch sprach weiter, sie achtete nicht darauf, was er sagte. Hätte sie das tun sollen? Es war so wunderschön, keine Gedanken mehr zu denken. Schön wie Schwimmen unter Wasser, ohne daß man die Luft anhalten mußte. Und doch wußte sie, daß sie in gewisser Weise Gedanken fühlte. Auch wenn man unter Wasser dahinschwebte und die Ahnung des Glücks genoß, die ein solcher Zustand einem vermittelte, so blieb die Betrachtung des Zustandes ein gedanklicher Vorgang. Die Gedanken eines Baumes, der sich im Wind wiegte und keine Lust verspürte, den angewurzelten Platz zu verlassen.

»Giselle!« quakte der Frosch. Wieder und wieder. »Giselle, so hören Sie doch. *Giselle!*«

»Bitte«, sagte sie. Sie hatte den Kopf über die Wasseroberfläche erhoben, so daß die Worte des Frosches einen Sinn bekamen. »Können Sie mich nicht in Ruhe lassen? Ich denke nach. Ich denke über das Denken nach.«

»Sie laufen Gefahr«, erklärte der Frosch, »daß Sie ganz einfach wegsinken, und dann ist es passiert. Sie existieren nicht mehr. Geister sind keineswegs unvergänglich. Adah Menken hat mir in umfassender Weise die Zusammenhänge transparent gemacht. Sie müssen auf der Hut sein, Giselle. Sie müssen sich bewegen. Hören Sie mir überhaupt zu?«

»Eine herrliche Brise«, bemerkte sie. »Finden Sie nicht auch?«

»Es gibt verschiedene Ebenen der Wahrnehmung«, setzte der Frosch seine Erklärungen fort. »Wenn man stirbt, gibt es drei Möglichkeiten. Man erhebt sich auf eine höhere Ebene, oder man sinkt auf eine niedrigere Ebene ab. Oder aber man bleibt in der Schwebe, wie es die Mehrzahl der Geister tun. Was nun Sie angeht, Giselle, Sie sinken. Zunächst einmal sind Sie auf die Ebene einer Pflanze hinabgesunken. Am Ende Ihrer Sinkbewegung könnten Sie sich als

Stein wiederfinden. Denken wir einmal an das Grundwasser und an die Salze, die gelegentlich im Grundwasser enthalten sind. Was passiert? Der Stein wird abgetragen und endet als Bestandteil der Salzlake, aus der die Ozeane bestehen. Auf jener Ebene, Giselle, gibt es *keine* Wahrnehmung mehr.«

Sie seufzte.

»Ich verlange ja nicht«, brabbelte er weiter, »daß Sie sich die eigenen Wurzeln ausraufen. Ich möchte nur, daß Sie mit mir sprechen. Geben Sie mir ein Zeichen. Einen Beweis, daß Sie noch zu Wahrnehmungen fähig sind.«

»Warum lassen Sie mich nicht in Ruhe?« sagte sie. »Was kann es Ihnen bedeuten, ob ich zu Ihnen rede oder nicht?«

»Oh, fragen Sie mich bitte nicht nach meinen Beweggründen. Sagen wir so, ich schulde Ihnen Dank. Sie haben mir einen Gefallen getan. Sie oder Ihre Mutter. Nach meinem mißglückten Debut als Geburtshelfer ist es Ihrer Mutter gelungen, Adah umzustimmen. Adah hat unumwunden eingestanden, daß es unfair war, mir und gewissen anderen Dichtern so lange den Zutritt zum Himmel zu verweigern. Ich habe *keine Ahnung*, wie Ihre Mutter das geschafft hat. Was ich weiß ist, daß Adah Menken niemand ist, der leicht umzustimmen wäre.«

»Man hat Ihnen also die Erlaubnis erteilt, zum Himmel aufzusteigen?«

Der Frosch nickte fröhlich. Er blies die Backen auf.

»Was tun Sie dann noch hier? Warum gehen Sie nicht in den Himmel? Warum sind Sie ein Frosch?«

»Purer Edelmut, meine Liebe. Mein gutes Herz. Ich möchte Sie vor einem Schicksal bewahren, das schlimmer ist als der Tod. Ich muß der Wahrheit halber hinzufügen: Adah hat mich drum gebeten. Sie sagt, ich soll Ihnen helfen. Oder zielte Ihre Frage darauf, warum ich die Gestalt eines Frosches habe und nicht etwa die Gestalt eines Eisbären? Die Erklärung sehen Sie hier.« Er hielt ihr einen Fuß entgegen. Sie erkannte den Ring, der über die Schwimmhäute gestreift worden war. »Die Kraft des Ringes erlaubt mir gerade, die Gestalt von Lebewesen anzunehmen, die sich in der unmittelbaren Umgebung befinden. Die Auswahl ist nicht sehr groß.«

»Aber warum sind Sie nicht Sie selbst?«

»Einer der Gründe ist, ich kann als Frosch *sehen*. Es ist Adah nicht gelungen, mich von meiner Blindheit zu heilen. Vermutlich weil ich tief in meinem Inneren den geheimen Wunsch habe, als

Blinder durchs Leben zu gehen. Der andere Grund ist, ich möchte nicht von Ihrem Sohn gesehen werden. Ihr Sohn ist ein Dämon.«

Er hatte einen Fehler gemacht, als er das sagte. Als Giselle an den Halbling erinnert wurde, dem sie das Leben geschenkt hatte, zog sie sich in den Baum zurück. Als Nymphe hatte sie jederzeit die Möglichkeit, sich in Holz zu verwandeln.

Der Frosch quakte noch den ganzen Abend weiter. Bis spät in die Nacht saß er am Fuß des Weidenbaumes und versuchte sich Gehör zu verschaffen. Aber die Weide hörte nicht mehr zu. Ihre Blätter rauschten im Wind. Es hatte zu regnen begonnen, und der Regen sammelte sich auf den Blättern zu kleinen Rinnsalen, die von Zweig zu Zweig tropften, das Gras auf dem Boden netzten und schließlich in den Teich strömten.

47

»Scheiße«, sagte Jack. Er hatte Platz genommen und zu essen begonnen. »Du glaubst es nicht, was gestern in einem vergammelten Freizeitzentrum an einem der nördlichen Seen passiert ist.«

»Sie haben Godzilla gefangen«, sagte Maryann. Sie dachte nicht daran, die Lektüre ihres Lesebuches zu unterbrechen. Das Gedicht hieß ›Die Sage vom alten Seemann‹. Es war das Prüfungsthema.

»Achte nicht auf ihn, wenn er so etwas sagt«, tadelte sie Judy Sheehy. Sie warf Jack einen mißbilligenden Blick zu. Godzilla war nicht nur Japaner, sondern auch männlichen Geschlechts. Seit Judy Sheehy gegen die Abtreibung demonstrierte, hatte sie die Neigung entwickelt, alle Dinge, die sie als unangenehm empfand, dem männlichen Geschlecht anzulasten. Jack, ihr jüngerer Bruder, war einer jener Vertreter des männlichen Geschlechts, mit dem sie recht oft zusammen sein mußte, und so hatte sich im Laufe der Zeit eine Antipathie entwickelt, die insbesondere zu den Mahlzeiten groteske Formen annahm.

Jack goß sich von der Milch nach. Mit vollem Mund sprach er weiter. »Ich hab's nicht erfunden, wenn du das meinst. Es hat in der Morgenzeitung gestanden. GRAUENHAFTES UNGLÜCK AM RUSH LAKE. Ein ehemaliger Vietnamkämpfer, so einer ohne Arme und Beine und alles voller Prothesen, ist zum Angeln auf den See rausgerudert. Also, er ist in der Mitte vom See, und er hat die Ruder aus der Hand gelegt, und dann hat er sich hingestellt und die Angel ausgeworfen, und jetzt kommt das Merkwürdige. Da kommt doch ein Reiher angeflogen und packt sich die Angelschnur, die noch nicht im Wasser war, und fliegt weiter, und dann ist der Angelhaken dem Mann im *Auge* steckengeblieben, und der Mann ist natürlich hintenrüber gefallen, das Boot ist gekentert, und der Mann ist ertrunken. Deshalb sagte ich Scheiße vorhin.«

»Du bist einfach ekelhaft«, sagte Judy. Sie war vom Tisch aufgestanden und knöpfte sich den gelben Plastikmantel zu.

»Aber erfunden hab ich's nicht, es stand in der Zeitung.«

»Wie ich dich kenne, wärst du gern dabeigewesen«, sagte Maryann. »Stimmt's?«

»Judy hat ihr Frühstück nicht gegessen«, sagte Jack. Er sagte es ohne Vorwurf, um nicht den Vorwurf der Petzerei einzuheimsen.

»Frühstücken solltest du schon, Judy«, sagte Mrs. Sheehy. Sie stand vor der Kaffeemaschine und betrachtete die braunen Schlieren, die aus dem Plastikeuter tropften.

»Ich habe keine Lust auf's Frühstück«, sagte Judy, »und ich möchte über das Thema nicht mehr sprechen.«

»Sie meint«, warf Jack ein, »Appetitlosigkeit ist ein Statussymbol. In der Fernsehsendung neulich, in der wissenschaftlichen Sendereihe, die Judy so gerne sieht, hieß es nämlich, nur Mädchen aus wohlhabenden Familien leiden unter Appetitlosigkeit. Habe ich recht, Judy?«

»Geh zum Teufel, Jack«, sagte Judy.

Maryann brach in prustendes Lachen aus, sie spuckte die Milch auf den Tisch.

Mrs. Sheehy seufzte leidgeprüft. »Maryann, du ziehst dich jetzt sofort an, sonst kommst du wieder zu spät zum Bus. Ich kann dich diesmal nicht zur Schule fahren, der Toyota ist in der Werkstatt.«

»Ist gemacht, Mutter.« Maryann schlug ihr Lesebuch zu und sah zu dem Spinnennetz auf, das von der Decke hing. Sie spreizte die Hände und begann zu deklamieren:

Allein, allein, ach, so allein,
Verlassen auf der weiten, weiten See,
Kein Heiliger erhört mich,
Oh, ich arme Seele.

So viele Menschen mußten sterben,
Schöne, gesunde Menschen küßte der Tod.
Abertausende von schleimigen Ungeheuern
Überlebten. Sie sind unsterblich – wie ich.

Jack zog einen Schmollmund. Schließlich handelte es sich um Lyrik. Als er dann trotzdem applaudierte, tat er es, um den Schauspielertalenten seiner Schwester Beifall zu zollen, und weil ihm die ekelhaften Einzelheiten des Vortrags gefielen. Judy war hinausgestapft, nachdem sie ihrer Schwester einen anklagenden Blick zugeworfen hatte. Es war wirklich unerhört, daß ihre Schwester es mit dem Bruder hielt. Was Judys Meinung über Jack anging, so stand fest, daß es ihm zu verdanken war, wenn das Niveau der Unterhaltung im Hause Sheehy immer tiefer sank. Mr. Coffee, so der Markenname der Kaffeemaschine, gab ein rotes Blinkzeichen von sich. Was bedeutete, daß er die erste Aufgabe, die ihm an diesem Tag aufgetragen worden war, erledigt hatte. Mrs. Sheehy goß sich eine Tasse Kaffee ein.

Es gab eine Zeitspanne von zehn Minuten, die Jack blieb. Die Zeit, wo seine Schwestern bereits zu ihrem Bus unterwegs waren. Sein Bus fuhr erst etwas später. An diesem Morgen verwendete Jack diese Zeit, indem er Dächer und Bäume in dem Berchtesgaden-Puzzle vervollständigte, der auf dem Wohnzimmertisch im Erdgeschoß des Hauses lag.

Es war genau 08.12 Uhr, als Jacks Digitaluhr zu fiepsen begann. Das Schicksal gab ihm ein zu zögern. Aber Jack war taub für die göttliche Gnade, die ihm widerfuhr, für jenen Fingerzeig des Himmels, der einzig und allein zur Absicht hatte, ihn vor dem furchtbaren Los zu bewahren, das ihn auf dem rückwärtigen Teil des Sheehyschen Anwesens erwartete. Und so mißdeutete Jack den Impuls, das Puzzlespiel zu vollenden, als die übliche Drückebergerei vor der Schule. Aber was konnte man anderes tun, als in die Schule zu gehen? *Wie gut* waren die Alternativen? Schule war schlimm, aber nicht so schlimm wie im Haus zu sitzen und seiner Mutter zuzusehen, wie sie Fernsehen sah. Wobei an diesem Morgen erschwerend hinzukam, daß Mutter einen Kater vom vorhergehenden Abend hatte, was sich dahingehend auszuwirken pflegte, daß sie noch weniger sprach als sonst. Wie oben schon angedeutet, überhörte Jack Gottes Warnung. Er zog sich seinen Plastikponcho über und verließ das Haus. Sein Weg führte über den Rasen, sodann über die von der Gemeinde befestigte und hergerichtete Parkfläche, die zwischen dem elterlichen Grundstück und der Schulbushaltestelle an der Pillsbury Road lag.

Er war erst wenige Schritte von der Grundstücksgrenze entfernt, als seine Aufmerksamkeit von einem Anblick gefangengenommen wurde, der sicher Seltenheitswert hatte, seitdem Willowville trokkengelegt worden war. Hoch in den Zweigen eines alten Weidenbaumes saß ein Reiher und betrachtete den aus Beton gegossenen Weiher, an dessen Rand Jack so oft seinen Tagträumen von der Langustenzucht nachgehangen hatte. Jack war nicht ganz sicher, daß es ein Reiher war. Der Vogel hatte, soweit es sich auf die Entfernung erkennen ließ, ein Gefieder, in dem die Farbe Blau vorherrschte. Er hatte lange, staksige Beine. Und er hatte einen langen, spitzen Schnabel, wie er Reihern eigentümlich ist. Noch während Jack über den Seltenheitswert des Erlebnisses nachdachte, breitete der Reiher seine Flügel aus und schwebte in immer kleinerwerdenden Kreisen auf den Weiher hinab. Bemerkenswert schien, daß er sich nicht in das Wasser sinken ließ. Er blieb über der Oberfläche, schlug mit den Flügeln und streckte den Schnabel in die Tiefe, als hätte er einen Fisch erblickt.

Ein Reiher in Willowville! Das war vielleicht etwas! Jack wußte, daß sein Vater an geeigneter Stelle im Hause eine alte Kamera aufbewahrte, in die ständig ein Film eingespannt war. Bei dem vorsorglichen Einlegen des Films ging Jacks Vater von der Erfahrungstatsache aus, daß man nie weiß. Der Reiher war zum Baum zurückgeflogen. Als er ein zweites Mal zum Weiher hinuntergekurvt kam, rannte Jack los. Er eilte ins Haus zurück, wobei er darauf achtete, die Haustür nicht ins Schloß fallen zu lassen. Es schien ratsam, daß Mutter nichts von seiner Rückkehr merkte. Mutter hatte sich vor dem Fernsehgerät niedergelassen. Das Programm hieß ›Good Morning, America‹. Einige berühmte Persönlichkeiten saßen im Studio und diskutierten das Phänomen ›Erfolg‹.

Die Kamera, die Jack holen wollte, befand sich an ihrem angestammten Platz, nämlich in der unteren Schublade rechts vom Geschirrschrank im Wohnzimmer. Als Jack wieder am Teich angekommen war, öffnete er das Lederfutteral, nahm die Kappe von der Linse, richtete die Kamera auf den Reiher, der in der Mitte des Teiches stand, und stellte die Entfernung scharf.

Zu weit weg, entschied Jack. Er mußte näher herangehen. Und das tat er auch. Er achtete darauf, daß er den Reiher beim Gehen nicht aus dem Sucher verlor. Es würde ein Superbild werden.

Der Reiher war an den Rand des Weihers gestakst. Er war einem Frosch auf der Spur, der in kleinen Sprüngen auf Jack zuhüpfte. Als er näherkam, begann er mit dem Schnabel nach dem Tier zu hakken. Jack sah schon im Geiste die Zeile vor sich, die er unter das eingeklebte Foto schreiben würde: Shish-Kebab, das nahrhafte Frühstück.

Der Reiher war auf eine Entfernung von drei Metern herangekommen, als er stehenblieb. Er sah Jack lange, lange an. Jack korrigierte ein letztes Mal die Entfernung, dann betätigte er den Auslöser. Es war so, daß das Auge des Reihers, das Objektiv der Kamera und Jacks rechtes Auge jetzt in einer geraden Linie verbunden waren, und so war es für den Halbling ein Leichtes, die physische Barriere zwischen Vogel und Mensch zu überwinden und von Jack Besitz zu ergreifen.

Nicht, daß der Halbling sofort die völlige Kontrolle über den Jungen gewonnen hätte. Jack setzte dem fremden Wesen, das in ihn einfuhr, einen gewissen Widerstand entgegen. Er versuchte zu schreien, aber der Halbling schnürte ihm die Kehle zu, bevor der Versuch Erfolg haben konnte.

Und so kam es, daß aus dem Schrei nur ein trockenes Krächzen wurde. Dann begann der Kampf um die Beine. Der Halbling begann, Jacks Beine auszufüllen, so daß der Junge ins Gras stürzte. Der Reiher, dessen Ichfindung in dem Maße intensiviert wurde, wie Jacks Identität verblaßte, flatterte hoch und suchte sein Heil in der Flucht.

Es war das Letzte, was Jack mit eigenen Augen sah. Systematisch blockte der Halbling eine Sinneswahrnehmung nach der anderen ab. Jack wurde in den dunklen Brunnen seines Unterbewußtseins hinabgestoßen. Gegenwehr war zwecklos geworden. Die Wasser schlossen sich über ihm. Sein Geist trieb dahin in den Fluten der Angst, umgeben von schwer faßbarer Leere, eine Amöbe verständnislosen menschlichen Denkens in einem Ozean ohne Oberfläche und ohne Ufer.

48

Mr. Beck hatte keine Ahnung, daß ihm der Tod bevorstand. Hätte ihm sein Arzt, seine Frau oder seine Tochter Dorothy die Wahrheit gesagt, er hätte ihnen nicht geglaubt. Es war verschieden. Bei einigen Patienten genügte es, wenn man sie ins Krankenhaus einlieferte. Sie konnten dann an nichts mehr anderes als an ihren bevorstehenden Tod denken. Bei anderen wiederum war es, als löste die Konfrontation mit Ärzten und medizinischen Gerätschaften Schicht für Schicht das verkrustete Selbstvertrauen, ähnlich einem Glas Sirup, dessen Deckel nur mit großer Kraftanwendung geöffnet werden kann. Mr. Beck indes war einfach nicht zu entmutigen.

Er würde es erst glauben, wenn der Tod eintrat. Nicht daß Mr. Beck über einen besonders festen Glauben oder über ein Übermaß von *joie de vivre* verfügt hätte. Man konnte es auch nicht Dummheit nennen. Ging man dem Mißbehagen auf den Grund, das Mr. Beck bei Unterhaltungen über das Thema Tod empfand und äußerte, dann schälte sich vor allem das Argument Schicklichkeit heraus. Es *gehörte* sich einfach nicht, vom Tod zu sprechen, es sei denn im Zusammenhang mit einer Beileidsbezeugung für die Hinterbliebenen.

Seine Frau und seine Tochter hatten unter den gegebenen Umständen gegen die vielleicht etwas eigenartige Verhaltensweise von Mr. Beck nichts einzuwenden. Sie hätten auch wenig zu sagen gewußt, wenn er das Thema aufgebracht hätte. Es war wohl besser, wenn er in seinem Bett im Krankenhaus ins Jenseits hinüberschlummerte, ohne daß man mit ihm Dinge erörtern mußte, an denen erfahrungsgemäß wenig zu ändern war. Bitter würde das Ende für keinen der Beteiligten sein. Mr. Beck war gut versichert. Die Hypothek auf das Haus war bezahlt. Zugegeben, für die Ausbildung der Tochter waren keine Ersparnisse gebildet worden. Aber Dorothy hatte gesprächsweise klargestellt, daß sie die Möglichkeit eines Collegebesuches mit dem gleichen Desinteresse betrachtete wie ihr Vater das Jenseits. Zwar *gab* es College, genauso gut wie es den Tod gab. Aber beides waren Dinge, die für andere Menschen bestimmt waren, nicht für einen selbst.

An jenem Dienstag, als Mr. Beck ermordet wurde, war Mrs. Beck um zehn Uhr vormittags im Krankenhaus erschienen. Sie hatte fünfundvierzig Minuten an seinem Bett verbracht. Bevor sie sich ihrem Strickzeug zuwandte, und bevor er sich in seine Zeitung vergrub, hatte sie ihn gefragt, ob er gut geschlafen hätte. Er sagte ja, das hätte er. Tatsache war, daß Mr. Beck Nacht für Nacht Alpträume hatte, seit der neue Patient ins Zimmer geschoben worden war. Wir sehen hier, daß Mr. Beck kein Einbettzimmer hatte, und so hatte er auch nicht das Recht, sich darüber zu beklagen, daß sein Zimmer mit einem Zweitpatienten, einem Mann mit Kopfverband, belegt wurde. Obwohl er den Anblick des anderen vom ersten Tag an gemieden hatte, war ihm klar, daß dieser Mann schuld an seinen Alpträumen war. Aber wie hätte er das seiner Frau erklären können? Wenn er morgens aufwachte, verblaßte die Erinnerung an die furchtbaren Geschehnisse innerhalb weniger Sekunden. Zurück blieb Benommenheit und das Gefühl, von einer Seilschlinge erwürgt zu werden.

Seine Frau hatte den Raum kaum verlassen, als der Priester eintrat. Es war das zweite Mal, daß der Geistliche den Mann mit dem Kopfverband besuchte. Er begrüßte Mr. Beck und fragte ihn, ob sein Freund, damit meinte er den mumienhaft verpackten Mr. Anker, inzwischen das Bewußtsein wiedererlangt hatte. Nein, sagte Mr. Beck, das sei nicht der Fall. Dann hatte der Priester Mr. Beck gefragt, ob er ihm in irgendeiner Weise behilflich sein könnte. Ja, hatte Mr. Beck gesagt, ob er vielleicht so gut wäre, den Vorhang zuzuziehen, mit dem sich sein Bett vom Rest des Raums abteilen ließ, und ob er dann so nett sein könnte, das Fernsehgerät einzuschalten, es sei höchste Zeit für die Sendung ›Bowling for Dollars‹ auf Kanal 7. Der Priester, ein alter Herr, tat ihm den Gefallen. Einige Minuten lang betrachtete Mr. Beck das Programm und registrierte mit Befriedigung, daß keiner der Kandidaten in der Lage war, einen vollen Wurf zu landen. So lag er hinter seinem schimmerndblauen Vorhang, ließ die Ansage des unsäglich gutgelaunten Showmasters und das Scheppern der fallenden Kegel über sich ergehen und bekam gar nicht mit, daß der alte Priester den Rosenkranz zu beten begonnen hatte.

Dann – Doug Koskinen aus Rochester, Minnesota hatte gerade seine Finger in die Vertiefungen der Kugel geschoben – war ein Ausruf des Priesters zu hören. Ein Ausruf und ein schwer definierbares dumpfes Geräusch. Von den fünf Kegeln auf der Mattscheibe waren vier abgeräumt worden. Die geladenen Zuschauer im Saal reagierten mit einem »Oh« der Enttäuschung.

»Ist Ihnen nicht gut, Pater?« hatte Mr. Beck da gerufen. Und dann war der Vorhang aufgerissen worden. Der Priester kam hereingetorkelt. Er fiel über das Fußende von Mr. Becks Bett und blieb reglos liegen. Aus einer tiefen Wunde an seinem Hals pulste dunkelrot das Blut.

Mr. Beck war über den unerwarteten Anblick so erschrocken, daß er nicht mitbekam, wie sein Bett von der Wand fortgeschoben wurde. Es fiel ihm auch nicht ein, nach der Schwester zu klingeln, dies wäre eine Möglichkeit gewesen. Die Schnur um seinen Hals bemerkte er erst, als sie zugezogen wurde. Zugleich kam die Erinnerung an den Traum. Im Traum war es genauso gewesen.

Erst jetzt war Mr. Beck klar, daß ihm der Tod bevorstand, und so war es an der Zeit, die bisher geübte Zurückhaltung gegenüber dem Thema aufzugeben. »Nein!« schrie er. »Bitte, nicht!« Kaum daß er sich in dieser Weise geäußert hatte, wurde seine Seele in Millionen und Abermillionen silberner Partikel zersprengt, in ein Meer von Scherben, die wohl nie wieder zu der ursprünglichen Form zusammengefügt wurden. Noch bevor er seinen letzten Atemzug tat, noch bevor sein Herz zum letztenmal schlug, hatte Mr. Beck zu existieren aufgehört.

49

Elysian Fields, elysische Gefilde also, war der Name des Friedhofs, ein entsprechender Hinweis war in schmiedeeisernen Lettern über dem Eingangstor angebracht. Joy-Ann fand ihn so schön, daß es ihr den Atem verschlug. Es gab eine große Anzahl von Marmorengeln. Es gab ausgedehnte Blumenbeete und Springbrunnen. Es gab efeubewachsene Kapellen. Auf den fernen Hügeln leuchteten weiße Tempel, deren Form an kleine Bänke erinnerte. Hinter den Hügeln war, wenngleich durch etwas aufsteigenden Dunst getrübt, ein Gebirge zu erkennen. Und auch jenseits des Gebirges ging der Friedhof weiter. Er war, anders ausgedrückt, grenzenlos. Und er war so beeindruckend, so schön, daß es Joy-Ann nur logisch erschien, wenn die Menschen sich, einmal im Himmel, gerade diesen Platz für die ewige Ruhe aussuchten.

Sie trug einen Strauß aus weißen und roten Rosen. Adah Menken ging voran. Sie waren zum Grab Alice Hoffmans unterwegs, das über einen knirschenden Kiesweg zu erreichen war. Wenn Joy-Ann daran dachte, wie sie von Alice in der Abgeschiedenheit des Beerdigungsinstitutes *McCarron's* betrauert worden war, wurden ihre Augen feucht. Es fiel ihr plötzlich schwer, Alice in anderen Lebenssituationen zu erinnern. Sie fand ihre Trauer um die tote Nachbarin von allgemeinen Überlegungen getrübt. Eine dieser Überlegungen war die Frage, wie Menschen sterben konnten, nachdem sie bereits im Himmel waren.

So ansprechend der Friedhof gestaltet war, so konnte er doch die Tatsache nicht vergessen machen, daß hier Tote in der Erde vermoderten. Wie alle anderen Gottesacker in der Welt, so war auch dieser angelegt worden, weil man die Menschen, wenn sie erst einmal tot sind, nicht mehr sehen will. Sie müssen unter die Erde gebracht werden, wo sie dann verfaulen.

Sie waren an Alices Grabstätte angekommen. Der Sarg war bereits in das sauber ausgehobene Grab hinabgesenkt worden. Ein paar Schritte weiter lag ein unbeschrifteter Gedenkstein. In der

Ewigkeit haben die Menschen keinen Namen mehr. Die Daten der Geburt und des Todes werden nicht mehr vermerkt.

Joy-Ann steckte ihre Rosen in eine Vase, die am Fußende des Grabes im Gras stand. Adah hielt ihren Strauß an sich gepreßt, sie verharrte im stillen Gedenken. Die Tränen, geweint aus ganz allgemeinen Erwägungen zur *condition humaine*, rannen ihr die dezent geschminkten Bäckchen herunter. Um Alice Hoffman, so mutmaßte Joy-Ann, konnte Adah Menken wohl kaum trauern, jedenfalls nicht um das Individuum Alice Hoffman. Adah Menken hatte ihre Nachbarin erst bei jener fatal verlaufenen Séance kennengelernt. Was immer der Grund für Adah Menkens Traurigkeit sein mochte, sie bot ein wunderbares Bild. Mit ihrem Rosenstrauß und ihrem langwallenden schwarzen Gewand hätte sie wohl jeden Wettbewerb im Bereich Tod und Trauer gewonnen.

»Ich kann es einfach nicht begreifen«, sagte Joy-Ann. Es war nicht das erste Mal, daß sie das sagte. »Ich kann es einfach nicht begreifen. Warum ist sie in den Himmel gekommen, wenn sie dann gleich wieder stirbt?«

»Das habe ich Ihnen doch schon erklärt«, sagte Adah, ganz Bezugsperson und Leitfigur. »Sie ist nicht gestorben, sie ist nur in eine neue Form gegossen worden.«

»In die Form einer Pflanze!« empörte sich Joy-Ann. »Was hat sie davon, nachdem sie an das Leben als Mensch gewöhnt ist?«

»Ich gebe zu, *ich* würde nicht als Pflanze weiterleben wollen, und ich weiß, Sie auch nicht, aber Alice Hoffman war die Weiterexistenz in dieser Form wohl vorbestimmt. Wenn sie ein lebhafteres Wesen hätte, wäre sie wohl als Katze oder als Hund wiedergeboren worden. Wenn sie zeitlebens mehr gegessen hätte, wäre sie jetzt ein Schweinchen oder ein Hai. Wenn sie mehr für Sex übrig gehabt hätte, würde sie als Taube oder als Kaninchen weiterleben.«

»Aber warum muß sie *überhaupt* weiterleben? Wir sind doch auch nicht wiedergeboren worden. Ich finde das nicht fair.«

»Wer sagt denn, daß es im Himmel fair zugehen muß? Ist die Vorsehung etwa fair? Wollen Sie das behaupten? Wird das Geschenk der Gnade, mit dem Sie, Joy-Ann, so reichlich bedacht worden sind, wird dieses Geschenk nach dem Gesichtspunkt der Fairneß über die Menschen ausgeschüttet? Ist es *fair*, daß man einem Mann wie John Berryman Lorbeerkränze widmet, während meine Bücher nach meinem Tod kein einziges Mal wiederaufgelegt worden sind? Ist das fair?«

»Neulich sagten Sie noch, John Berryman hätte mehr Talent als Sie, mehr Vorstellungskraft.«

»Und wenn es so wäre? Ist es fair? Natürlich nicht. Es ist die größte Ungerechtigkeit, die man sich vorstellen kann. Aber sie haben da eben einen Sachverhalt angesprochen, der sehr bemerkenswert ist. Hier scheidet sich die Spreu vom Weizen. Vorstellungskraft. Wer diese Gabe besitzt, wird ein Leben nach dem Tode haben, ein Leben als menschlicher Geist. Wer keine Vorstellungskraft hat, und dazu gehören auch jene, deren Gedanken durch Schule und andere Mittel erstickt wurden, der wird als Pflanze oder als Tier wiedergeboren. Es ist furchtbar einfach – und furchtbar ungerecht. Man könnte auch sagen, der Himmel ist ein Gespenst, das aus den überschüssigen Energien begnadeter Menschen geboren wird. Jedenfalls trifft die Definition für die Ebene der Wahrnehmung zu, auf der *wir* uns befinden. Wenn man höhersteigt und Gott näher kommt, verliert die Vorstellungskraft an Bedeutung. Sagen wir, auf jenen Ebenen wird stillschweigend *vorausgesetzt*, daß man Vorstellungskraft hat. Hier im Paradies hingegen wird Vorstellungskraft ausdrücklich eingefordert. Sie ist *conditio sine qua non*.«

»Sie ist was?«

»Sie ist ohne-welches-gar-nichts. Alice Hoffman, Ihre Nachbarin, hat sich nicht vorstellen können, daß sie in den Himmel kommt. Und deshalb ist sie auch nicht reingekommen.«

»Aber ins Paradies, da hat man sie reingelassen. Warum?«

»Es ist ein Kompromiß, ein Zwischending. Da ist zum einen Alice Hoffmans gewaltsamer Tod. Es war eigentlich nicht vorgesehen, daß sie auf so grauenhafte Weise ums Leben kam. Normalerweise hätte sie in aller Ruhe in ihrem Krankenhausbett sterben müssen, im Koma. Nun, man hat das etwas geradegerückt. Man hat ihr die Möglichkeit gegeben, hier im Paradies, umsorgt von einer lieben Freundin, ein zweites Mal zu sterben. Im Fall Ihrer Tochter liegen die Dinge ähnlich. Es war nicht vorgesehen, daß sie als Pflanze wiedererstehen sollte. Im Gegenteil. Der natürliche Ablauf wäre gewesen, daß sie als Heilige wiedergeboren werden würde.«

»Giselle?« Joy-Ann brach in Lachen aus. »Giselle als Heilige? Etwa als Unsere Liebe Frau von den Kasinos?«

»Heilige sind von Natur aus etwas unangepaßt, da macht Giselle keine Ausnahme. Was ich eben erklären wollte, ist folgendes. Wir haben bei Giselle so etwas wie einen Karriereknick. Sie wird eines Tages eine Heilige werden, aber dazu muß sie noch gewisse Vorbedingungen erfüllen. Sie muß *das Werk* vollenden.«

»Worin besteht *das Werk*?«

Adah Menken zuckte die Achseln. »Um Ihnen das zu sagen, müßte ich selbst eine Heilige sein und nicht eine Kulissenschieberin in diesem drittklassigen Theater.« Sie beschrieb eine weitausholende Geste über den Friedhof.

Joy-Ann schüttelte tadelnd den Kopf. Einen so schönen Friedhof, mit Marmorengeln und Zypressen, als drittklassiges Theater zu bezeichnen!

»Sie müssen mich nicht mißverstehen«, beschwichtigte sie Adah, »der Vergleich steht und fällt mit dem Wort Illusion. Theater ist Illusion, und was Sie hier sehen, ist ebenfalls Illusion. Sie wissen doch, daß dies alles nicht wirklich existiert. Es ist geschaffen durch Ihre und meine Einbildung, meine liebe Joy-Ann. Eine in Gemeinschaftsarbeit entstandene Metapher.«

»Alice Hoffman ist nicht von einer Metapher getötet worden. Dieser Dämon oder was immer es war ist in den armen kleinen Sugar eingefahren. Die Sache hat mich übrigens sehr an den Film *Der Exorzist* erinnert.«

»Es ist leider so, daß auch im Reiche des Geistes gewisse Eigenschaften vererbbar sind.«

»Würden Sie bitte so sprechen, daß ich Sie auch verstehe!«

»Sie haben Giselle den Zauberring geschenkt, und Ihre Tochter hat diesen Ring während des größten Teils ihrer Schwangerschaft getragen. Auf diese Weise sind die Eigenschaften, auch die Fähigkeiten, die der Ring in ihr bewirkte, auf ihren Sohn übertragen worden. Hinzu kommt, daß der Vater des Kindes ein menschliches Wesen war. Der Fächer der Möglichkeiten, die dem Sohn offenstehen, ist also recht weit gespannt. Aber die Möglichkeiten sind auch nicht unbegrenzt. Vor allen Dingen in zeitlicher Hinsicht nicht. Wenn der Halbling die Geschlechtsreife erlangt, wird seine Kraft erlahmen.«

»Aber was soll denn nun werden? Man kann doch nicht zusehen, wie dieses Wesen in Minneapolis herumläuft und jeden umbringt, dessen Nase ihm nicht paßt? Wie könnte Gott so etwas zulassen?«

Adah Menken seufzte. Sie ließ den Schleier, der über ihrem wagenradgroßen Florentinerhut zusammengesteckt war, herunterschweben. »Das müssen Sie den Allmächtigen selbst fragen, Joy-Ann. Ich muß zugeben, ich bin IHM nie so nahe gewesen, daß ich ihm eine der klassischen Fragen hätte stellen können. Warum läßt ER zu, daß unschuldige Kinder leiden? *Fragen* Sie ihn das!«

Joy-Ann beschlich eine gewisse Traurigkeit. Sie nickte. Nicht, weil sie die philosophische Herausforderung ähnlich drückend empfand wie ihre Gesprächspartnerin, sondern aus purer Sympathie für Adah, die sich mit einem Male so menschlich gab. »Was Sie da mit den Kindern sagen, das habe ich mich auch oft gefragt«, sagte sie.

Sie sagte es höflich, aber bestimmt, und damit war die Tür zu weiteren Diskussionen zugeschlagen. Joy-Ann ließ ihren Blick über die fernen Baumgruppen schweifen. Wolken waren aufgezogen. Das Grün der Rasenflächen war moosfarben geworden. Es war eine wunderschöne, friedliche, romantische Gegend, der beste aller denkbaren Friedhöfe. Unverständlich, wie Adah zu der Annahme kam, das alles existiere gar nicht. Natürlich existierte es, das sah man ja. Sie, Joy-Ann, stand auf einem Kiesweg des Friedhofes, den es angeblich nicht gab, Adah Menken ebenfalls. Wenn es etwas nicht gibt, dann kann man auch nicht darauf stehen, das sagte einem ja schon der gesunde Menschenverstand.

Die Dichtkunst, das Schreiben. Da lag der Hase im Pfeffer. Das Nachdenken über Worte und ihre Bedeutung hatten Adahs Sinne geschwächt. Jedenfalls hatte es ihrem praktischen Verständnis für die alltäglichen Dinge geschadet. Es hatte wohl keinen Zweck, mit ihr darüber einen Streit anzufangen. Das Beste war, sie mied abstrakte Themen und beschränkte sich auf die konkreten Probleme, die es zu lösen galt. Zum Beispiel war nach wie vor unklar, wie Giselle aus ihrem Weidenbaum herauskommen sollte. Giselle gehörte in den Himmel, nicht in einen Weidenbaum!

Joy-Ann wandte sich zu Adah. Ein zuversichtliches Lächeln erschien auf ihrem gütigen, alten Gesicht. »Es ist ganz herrlich hier, aber ich glaube, wir sollten uns jetzt auf den Heimweg machen. Es sieht nach Regen aus.«

50

Es war zehn. Die Vorhänge waren zugezogen. Überall in der Wohnung brannte Licht. Vielleicht kann ich schlafen, wenn ich mich ins Bett lege, dachte er. Er verwarf den Gedanken. Zu schlafen, das war gefährlich. Er mußte sich voll unter Kontrolle behalten. Das Beste war wohl noch, wenn er etwas las. Er hatte sich hingesetzt und eine Zeitschrift auf seine Knie gelegt. Aber die Schrift verschwamm ihm vor den Augen. Fernsehen? Das kam schon gar nicht in Frage. Alles Unheil hatte begonnen, als er den Fernseher anstellte.

Die Furcht hatte von ihm Besitz ergriffen, sie erfüllte seinen ganzen Körper, wie eine gute Grippe. Der Gedanke an Essen bereitete ihm Übelkeit. Sein Körper stank nach Schweiß. Wahrscheinlich habe ich Durchfall, dachte er. Er begab sich ins Bad. Aber seine Bemühungen, sich zu erleichtern, waren nicht von Erfolg gekrönt. Die ganze Zeit über stand die Furcht hinter ihm, den Dolch in der erhobenen Rechten, ein unsichtbarer und doch unabweisbarer Gast. Glandier hätte nicht zu sagen vermocht, wovor er eigentlich Angst hatte. Er war allerdings sicher, daß die Gefahr aus der wirklichen Welt kam. Sie lag nicht in seinem Denken, in seinem Gehirn, verborgen.

Die Türklingel ging. Er wußte sofort, daß die Furcht nun Gestalt annehmen würde. Er war so schwach. Er schaffte es nicht einmal, die Tür zu verbarrikadieren. Und feige. Er wagte es nicht, nach dem Namen des Besuchers zu fragen. Er sah, wie sich der Türknopf zu drehen begann. Jetzt war alles möglich. Wenn die Tür aufging, würde ein Teufel vor ihm stehen. Eine Hexe. Ein Troll. Ihn konnte nichts mehr überraschen.

Die Tür schwang auf. Es war Jack Sheehy, der Nachbarssohn. Glandier fühlte sich genarrt. Sheehy und alles, was seinen Namen trug, war unerwünscht. Aber er war nichts, wovor man Angst haben mußte.

Der Junge stand da und lächelte. Es war ein stilles, geisterhaftes Lächeln des Einverständnisses, eine Geste, die in Glandier eine ferne Erinnerung anrührte. Der Junge schwieg. Glandier fiel nichts ein, was er hätte sagen können. Nicht einmal: »Was gibt's denn, junger Mann?« Er stellte die Frage nicht, weil sie unangebracht gewesen wäre. Man fragte nicht, wenn man die Antwort schon wußte. Und Glandier wußte, was Jack Sheehy von ihm wollte. Er las die Antwort in den Augen des Jungen, in jenen schimmernden Höhlen, wo sich die ganze Boshaftigkeit und Verdorbenheit verbarg, die Jack von Alice Hoffmans Terrier eingepflanzt worden war.

»Es ist sehr hell bei Ihnen«, sagte der Junge. Er tastete nach dem Schalter und knipste die Deckenbeleuchtung aus.

»Du solltest so spät nicht mehr unterwegs sein«, sagte Glandier.

»Da haben Sie recht.« Der Junge produzierte ein Lächeln, für das ihm jede Cornflakes-Firma einen Hunderter in die Patschhand gelegt hätte, so übertrieben und verlogen war es. »So spät sollte ich nicht mehr in die Häuser von fremden Leuten gehen«, fuhr er fort. »Wie es im Fernsehen immer heißt: Es ist zweiundzwanzig Uhr. *Wissen Sie, wo Ihre Kinder sind?*«

Er warf ihm ein komplizenhaftes Lächeln zu und verschwand in Richtung Küche. Er knipste die drei Küchenlichter aus. Als er zu Robert Glandier zurückkehrte, hielt er den Beutel knoblauchgewürzte Kartoffelchips in der Hand. Er nahm auf dem Sofa Platz.

»Wir sprachen vorhin von *Ihren* Kindern«, sagte er. »Für Sie ist es wahrscheinlich schwierig, sich vorzustellen, daß ich *Ihr Sohn* bin. Es ist eben alles sehr schnell gegangen. Es gibt nichts Schriftliches. Na ja, ich gratuliere Ihnen. Das mit dem Vietnamkrüppel haben wir ja ganz ordentlich hingekriegt. Wie war noch der Name? Warten Sie, ich hab's hier irgendwo in meiner kleinen Datenbank. Nils Petersen. Richtig?«

Glanider nickte.

Der Junge grinste. Er verwendete den Daumennagel, um die Zellophantüte Kartoffelchips aufzuschlitzen. »Der Bürger und seine Daten«, spottete der Junge. »Jack, hat's heute morgen in der Zeitung gelesen.«

»Was denn?«

»Sie sollten nicht versuchen, mich auf den Arm zu nehmen. Wir wissen doch beide, wovon wir sprechen. Sie waren da. Ich war da. Und zwei Zeugen haben's gesehen. Wie glauben Sie, wird die Anklage gegen Sie lauten? Verbotenes Kampftraining eines blauen Reihers?« Er stopfte sich eine Handvoll Kartoffelchips in den Mund und zermalmte sie mit einem schmatzenden Geräusch.

»Heute nachmittag, das war etwas anderes«, fuhr er fort. Ein paar Krümel von den Chips waren auf seinem gewürfelten Flanellhemd gelandet. »Nun ja, ich bin nicht geschnappt worden. Ich sitze hier, frei wie ein Vogel, und nehme Ihre Gastfreundschaft in Anspruch. Es hat keine Zeugen gegeben heute nachmittag. Sagen wir mal, keine, die noch aussagen könnten.«

Der Junge mampfte Glandiers Chips. Glandier wartete. Schließlich konnte er es nicht länger aushalten. »Was ... ist heute nachmittag denn passiert?« fragte er.

»Haben Sie denn die Sechs-Uhr-Nachrichten nicht gesehen? die Meldung kam als Aufmacher, noch vor Reagans Budgetplänen. Es geschieht ja nicht so oft, daß ein katholischer Priester in Minneapolis oder St. Paul ermordet wird. Die Sache ist sehr mysteriös.«

»Du hast einen katholischen Priester getötet? Warum?«

Der Junge nickte. »Der Mann hieß...« Er stopfte mit der Hand nach, kaute, rülpste, schmatzte und räusperte sich. Deutlich, Silbe für Silbe, sprach er weiter. »...Windakieviczowa. Und nun zum Motiv. Ich hatte kaum eine andere Wahl. Sehen Sie, ich wollte eigentlich nur Ihren Schwager fertigmachen, bevor er Ihnen Ärger bereitet. Ich kam mir so klug vor, so raffiniert. Ich hab' mir eine Flasche Likör besorgt, mit Verpackung. Die hab' ich ausgegossen und mit flüssigem Bleichmittel gefüllt. Das Ganze hab' ich dann mit Geschenkpapier umwickelt. Und einen Zettel *Gute Besserung* draufgepappt. Gute Besserung, in kleinen, wohlgestalteten, rosa Buchstaben. Es war sehr leicht, ins Krankenhaus reinzukommen. Allerdings habe ich eine Stunde warten müssen, weil die Ehefrau von dem fetten Sack im Zimmer war. Ich hab' mir die Zeit am Spielautomaten in der Wartehalle im Erdgeschoß vertrieben. *Space Invaders*. Ich habe so lange gespielt, bis ich keine Münzen mehr hatte. Faszinierendes Spiel.« Er hielt inne, um sich eine Handvoll Kartoffelchips zwischen die Zähne zu schieben. Er mampfte und würgte. »Als ich dann ins Zimmer zurückkam, saß ein gottverdammter *Priester* an seinem Bett und betete einen gottverdammten Rosenkranz. Ich war echt in den Hintern gekniffen. Es wäre gefährlich gewesen, wenn ich mich längere Zeit im Korridor rumgedrückt hätte. *Zu auffallend.* Ich mußte mir also etwas einfallen lassen, um den Priester aus dem Raum zu locken. Ich habe an die Tür geklopft. Ich habe nur einen Spalt weit aufgemacht. Und dann habe ich gemurmelt, in der Intensivstation wird ein Priester gebraucht, und er hat das natürlich sofort geschluckt. Als er weg war, bin ich rein. Ich habe einen Stuhl neben das Bett geschoben und mich draufgestellt. Dann habe ich einen Schlitz in den Plastikbehälter geschnitten, der mit der Kanüle verbunden ist. In den *Tropfer*, um es in der Sprache unserer weißbekittelten Helfer zu sagen. Dann habe ich meine Flasche mit Bleichmittel ausgepackt. Ich habe das Zeug in den Plastikbehälter gegossen. Es gibt wahrscheinlich schlimmere Gifte als Bleichmittel, aber so richtig gut tut es wohl nicht, wenn einem Bleichmittel durch die Adern fließt. Die Sache hätte wohl auch gewirkt, wenn nicht der Priester zurückgekommen wäre. Er hatte was im Krankenzimmer vergessen. Er hat mich auf frischer Tat ertappt. Ich dachte, jetzt ist alles aus. Ich war am Ende, Daddy. Haben Sie etwas dagegen, wenn ich Sie Daddy nenne?«

Glandier schüttelte den Kopf. »Ist mir recht.«

Der Junge tauchte seine Hand in die Kartoffelchips. Er hielt inne und sah ihn mit filmreifem Grinsen an. »Bevor ich den ganzen Beutel allein auffuttere.« Er hielt ihm die Chips hin. »Hier, bedienen Sie sich.«

Glandier lehnte ab. »Danke, nein.«

»Wirklich nicht?«

»Wie hast du den Priester denn umgebracht?« begehrte Glandier zu wissen.

»Das war gar nicht so einfach. Sie müssen sich das so vorstellen. Ich stand da auf dem Stuhl. Ich hatte vor lauter Schreck die Rasierklinge fallen gelassen, mit der ich das Plastikgefäß aufgeschlitzt hatte. Ich überlegte. Was konnte ich als Waffe nehmen? Das Plastikgefäß sicher nicht. Dann hatte ich eine Idee. Ich sprang vom Stuhl und riß das Pflaster runter, mit dem der Schlauch auf dem Arm des Typen festgeklebt war. Der Priester reagierte genauso, wie ich es gehofft hatte. Anstatt loszulaufen und Verstärkung zu holen, was schlecht für mich gewesen wäre, ging er auf mich los. *Was tun Sie denn da, junger Mann? Sie sind wohl verrückt geworden!*

Das war das Letzte, was er rausgekriegt hat. Sobald er nahe genug war, habe ich ihm die Kanüle in den Adamsapfel gejagt. Das hat ihn dann geschafft. Nicht, daß er sofort tot gewesen wäre. Er ist noch ein bißchen im Zimmer rumgestapft, wie es eben so geht, wenn man nicht mehr ganz bei Kräften ist. Und zum Schluß ist er bei dem Patienten hinter dem Vorhang gelandet, bei dem alten Sack. Das bedeutete, daß ich den auch noch kaltmachen mußte. Was allerdings kein schwieriger Job war. Der Mann hatte nichts mehr drin, verstehen Sie. Der war sofort hinüber, wie wenn man eine Birne ausknipst. Wo wir von Glühbirnen sprechen. Würde es Ihnen etwas ausmachen, wenn Sie die Lampe da löschen? Sie blendet mich. Ich sehe, die Lampe hat einen Dimmer. Das würde ja schon helfen. Wenn Sie sie etwas dunkler stellen.«

Zögernd griff Glandier nach dem Dimmer. Man mußte die Lampe erst ausknipsen, bevor man den Dimmer betätigte. Alle anderen Lichtquellen in der Wohnung waren schon vorher gelöscht worden. Eine unangenehme Vorstellung, in einer völlig dunklen Wohnung neben einem Wahnsinnigen, neben einem Mörder zu sitzen. Er schloß die Augen und betätigte den Dimmer. Die Lampe brannte jetzt nur noch mit einer Helligkeit von 50 Watt.

»Danke, das ist sehr viel angenehmer.« Der Junge machte sich über den Rest der Kartoffelchips her. »Wo bin ich stehengeblieben? Ach ja. Ich hatte gerade Pater Windakiewiczowa getötet, und dann den alten Sack. Ich wollte natürlich sichergehen, daß sie auch wirklich tot waren. Ich hab' also die Rasierklinge aufgeklaubt, und dann habe ich den beiden die Halsschlagader durchtrennt. Und das, ohne einen Tropfen Blut aufs Hemd zu bekommen. Ein Kunststück, wie Sie zugeben werden. Na ja, ich habe bei alledem natürlich nicht vergessen, warum ich überhaupt ins Krankenhaus gegangen war. Ich habe die Kanüle in Bing Ankers Arm zurückgesteckt, und den Rest habe ich die Natur besorgen lassen. Ich meine, die Schwerkraft. Ich hab' nur einen Fehler gemacht. Ich habe die Vene verfehlt. In den Nachrichten ist durchgesagt worden, Bing hat's überlebt. Es tut mir wirklich leid.«

Glandier nickte.

»Ich hoffe, Sie sind trotzdem etwas stolz auf mich.« Er lächelte sein *Goldene-Morgensonne-bricht-sich-auf-Schüssel-knusprigen-Corn-Flakes*-Lächeln.

Was tun? Glandier war sicher, daß es sich bei dem Jungen, der da vor ihm saß, nicht um eine Halluzination handelte. Dagegen sprachen schon die zerkrümelten Chips, die sich auf dem Teppich häuften. Dies war, in Fleisch und Blut, Jack Sheehy, der Sohn von Hurensohn Michael Sheehy. Der Junge hatte soeben einen Doppelmord gestanden. Und einen Mordversuch. Unter normalen Umständen hätte man den Vater angerufen. *Cheese. Mike, es ist am besten, wenn Sie einen Augenblick rüberkommen. Ja, Ihr Sohn.* Aber diese Lösung schied hier aus. Der Junge wußte zuviel. Und dann konnte Glandier auch nicht das Risiko eingehen, sich mit dem Jungen anzulegen. Der Bursche war gefährlich. Es gab einen dritten Grund, nicht nach dem Telefon zu greifen. In seiner verspielten und verrückten Art war dieser Bursche bemüht, ihm, Glandier, zu helfen. Es war also wohl das Beste, ihm gut zuzureden. Er mußte ihm erklären, wie er Bernhardiner spielen konnte, ohne daß bei solchen Profilierungsversuchen Mr. Robert Glandier kompromittiert wurde.

»Ich verstehe natürlich«, fuhr der Junge fort, »daß Sie sich fragen, was ich noch alles vorhabe. Ich kann dazu nicht viel sagen. Es gibt da eigentlich wenig Anhaltspunkte. Nicht mal für mich selbst. Sie sehen ja, ich handle aus dem Impuls heraus. Es gibt keinen Plan. Es gibt kein Kalkül. Es gibt einfach Ergebnisse. Ich hatte zum Beispiel gar nicht vor, Sie heute abend zu besuchen. Das ist mir erst eingefallen, als ich die Fernsehnachrichten sah. Ich hab' mir so gedacht, ob Sie vielleicht auch gerade fernsehen. Und was Ihnen so für Gedanken durch den Kopf gehen. Ich meine, ich bin Ihr Sohn, daran gibt es nichts zu deuteln. Aber wie das so ist mit Söhnen: ich denke natürlich nicht Tag und

Nacht über meinen Vater nach. Ich existiere unabhängig von Ihnen.«

»Es gibt da einige Dinge« – Glandier formulierte vorsichtig – »die ich noch nicht ganz verstehe.«

»Versuchen Sie's erst gar nicht. Lassen Sie sich überraschen, das ist immer das Schönste auf der Geisterbahn.«

»Du hast gesagt, du bist mein Sohn...«

»Na und?« Der Junge hob den Blick. Er sah ihn mißtrauisch an. »Soll ich etwa sagen, ich bin Ihr Bett-Verhältnis?«

Glandier erbleichte.

Der Junge hatte zu lachen begonnen. »Nur so ein Scherz, Daddy, wirklich. Ich sehe schon, bis Sie als Unhold in den Park gehen und den Mantel aufklappen, muß noch viel gute Erziehung abgetragen werden. Es würde bedeuten, daß Sie sich freischwimmen.«

»Ich habe nicht die Absicht, derartige... Dinge zu tun.«

»Sehen Sie, ich hab's ja gesagt. Sie haben Angst, das Wort auch nur in den Mund zu nehmen. Aber haben Sie keine Sorge. Ich bin nicht zu Ihnen gekommen, um Sie zu verführen, Daddy. Sex ist nicht meine Masche. Mit Gewalt ist es etwas anderes. Ich liebe Gewalt. Ich bin da nicht anders als die übrigen Elfjährigen auch. Nur ein bißchen ehrlicher. Mehr geradeaus.«

»Es wäre jetzt wohl angebracht... ich meine, würde es dir etwas ausmachen, wenn du jetzt...« Glandier verstummte. Er hatte Angst, den Jungen herauszufordern.

»Sie möchten, daß ich nach Hause gehe, stimmt's?«

Glandier nickte.

»Hatte ich mir gedacht. Und ich *würde* ja auch nach Hause gehen. Aber es gibt da ein Problem. Ich darf nicht schlafen. Das ist das Unangenehme meiner Situation. Wenn ich einschlafe, gewinnt Jack die Oberhand. Ich meine, er könnte wirklich nicht viel anrichten. Ich kann ihn jederzeit wieder an die Kandarre nehmen, da bin ich ziemlich sicher. Aber warum soll ich ein Risiko eingehen? Ich schlafe sowieso nicht gern. Seit Jahrhunderten gibt es mich nicht, und wenn dieses Zwischenspiel in Willowville zu Ende geht, wird es mich wieder ein paar Jahrhunderte nicht geben. Deshalb halte ich es mit dem Motto: Essen, Trinken und Spaß haben, solange es dauert. Hätten Sie nicht Lust zu einem Kartenspiel?«

»Aber deine Eltern... ich meine Jacks Eltern. Was ist, wenn sie...«

Der Junge zuckte mit leichtmütiger Geste die Schultern. »Die glauben, ich bin im Bett. Wenn Sie nicht gern Karten spielen, wie wär's mit Backgammon?«

»Ich habe noch nie Backgammon gespielt«, sagte Glandier.

»Und Cribbage?«

Glandier dachte nach. Es schien keinen Ausweg zu geben. Er würde tun müssen, was der Junge sagte.

Er ging ins Schlafzimmer, um das Markierbrett und das Kartenspiel zu holen.

51

Die Strahlen der Sonne streichelten ihre Blätter. Es war wie die Berührung des Geliebten, am Morgen nach der ersten Nacht. Er ging zur Arbeit, wollte sie nicht wecken, wollte aber auch nicht fortgehen, ohne ihr auf Wiedersehen zu sagen. Die Fasern des Bewußtseins knüpften sich zum Entschluß, aufzuwachen. Der Weidenbaum erstrahlte im Morgenlicht, und als Giselle die Augen aufschlug, klangen ihr die Worte des Dichters Berryman im Ohr. *Giselle, die Rotkehlchen singen. Es riecht nach Frühstück. Wach auf, Giselle, verschlafe nicht dein Glück.*

»Ich bin ja schon wach«, murmelte sie mißgelaunt. »Sie können mit Ihrem albernen Gefasel aufhören.«

»Dann erscheinen Sie mir«, sagte er stur.

Sie seufzte und nahm ihre menschliche Gestalt an. Eine junge Frau, die in 1,20 Meter Höhe auf der Astgabelung eines Weidenbaumes saß. Die junge Frau lächelte. »Sie sind immer noch ein Frosch«, bemerkte sie.

Er blinzelte, dann blies er wohlgelaunt die Backen auf. »Mir macht's Spaß, ein Frosch zu sein. Die Haut paßt. Wie ist das bei Ihnen? Ist es schön, im Inneren eines Baumes zu leben?«

Sie schloß die Augen und dachte nach. Einer der Vorteile bei einer pflanzlichen Existenz war der Faktor Zeit. Es gab keine Eile. Man brauchte sich nicht um Uhrzeiten zu kümmern.

»Das Gefühl ist sexuell erregend«, sagte sie schließlich. »Macht einen unheimlich spitz. Vor allem, wenn einem die Na-wie-sagt-man-schon sprießen.«

»Die Weidenkätzchen«, sagte Berryman.

»Sie sagen es. Die Weidenkätzchen. Inzwischen habe ich ja schon einige wieder verloren. Vor einer Woche war ich über und über damit bedeckt. Aber es ist immer noch schön. Zum Beispiel, wenn die Bienen kommen. Es kitzelt, verstehen Sie? Hunderte von kleinen Orgasmen zur gleichen Zeit. Im Frühling sind wir Bäume sehr glücklich. Ein gewisser Ausgleich für andere Jahreszeiten.«

»Das hört sich so an, als möchten Sie längere Zeit ein Baumwesen bleiben.«

»Es ist auch schön, wenn die Sonne auf einem entlangkriecht«, sagte sie verträumt. »Nicht so schön wie Sex, aber angenehm und beruhigend.«

»Leiden Sie nicht unter Schädlingen? Was ist mit dem Borkenkäfer? Was ist mit dem sauren Regen?«

Sie lächelte. »Sie haben den Tod vergessen.«

»Darüber sind Sie doch hinaus«, quakte Berryman. »Sie haben den Tod besiegt.«

»Ich bin mir da nicht so sicher. Sie kennen ja das Lied, das man in der Grundschule lernt.« Sie sang die Melodie mit herrlich klingender Altstimme: »Row, row, row your boat...«

»Row, row, row your boat«, fiel er ein. Der Frosch in ihm liebte nichts so sehr wie mehrstimmigen Gesang.

»Gently down the stream«, sang sie.

»Gently down the stream«, sang Berryman.

»Merrily, merrily, merrily.«

»Merrily, merrily, merrily.«

»Das Leben ist nur ein Traum.«

Giselle verstummte. Leben. Traum. Ich. Sie war entschlossen, nie wieder etwas zu sagen oder zu singen, was Dichter Berryman hätte hören können.

Giselle stieg höher in ihren Weidenbaum hinauf, so hoch, daß Berryman sie nicht mehr sehen konnte. Er schien zu ahnen, daß sie einen Schlußstrich gezogen hatte. Trennung für immer.

»Vorbei«, quakte der verwunschene Frosch. »Vorbei. Vorbei.«

52

Es war fünf Uhr früh. Glandier tanzten die Karten vor den Augen. Er war so müde, daß er nicht mehr richtig zählen konnte. »Fünfzehn-zwei, fünfzehn-vier und Push, macht...«

»Sechs«, sagte Jack Sheehy.

Glandier notierte sechs Punkte.

»Und Push macht acht«, fuhr Jack fort. Er nahm die Karten vom

Küchentisch auf, schichtete sie zu einem sauberen Stapel zusammen und begann sorgfältig zu mischen.

Draußen graute der Morgen.

»Verraten Sie mir bitte eines«, sagte Jack. Er teilte die Karten aus. »Woher wußten Sie, daß Ihre Frau in Las Vegas war? Ich meine, sonst hätten Sie sie ja nicht so ohne weiteres töten können.«

Glandier hatte es immer vermieden, sich vorzustellen, was passieren würde, wenn seine Täterschaft an der Ermordung Giselles bekannt wurde. Es war ihm auch gelungen, den Gedanken an die Strafen zu verdrängen, die das Gesetz für ein derartiges Verbrechen vorsah. Jetzt durchflutete ihn eine Welle des Selbstmitleids. Im Geiste sah er sich in eine Horde Sträflinge eingereiht. Die meisten waren Farbige. Drogensüchtige. Er würde mit dem Abschaum der Menschheit eingesperrt werden. Er konnte kein Auto mehr fahren. Er konnte keine Büromädchen mehr herumkommandieren. Er konnte nicht mehr mit anderen Geschäftsleuten verkehren, die wie ein Spiegelbild von Robert Glandier aussahen und sich auch genauso gemein und berechnend benahmen. Er würde die Uniform ausziehen müssen, die er trug, den Anzug aus grauem Flanell. Er würde eine andere Sprache sprechen müssen, die Sprache der niederen Schichten. Er war bereit, *alles* zu tun, um das zu vermeiden. Aber was *konnte* er tun? Hatte es Sinn, wenn er den Jungen tötete? Wohl kaum. Es war nicht der Junge, der ihm gefährlich werden konnte. Es war etwas *in* dem Jungen. Er erinnerte sich an die Sache mit Sugar. Er hatte dem Tier den Kopf gespalten. Er hatte ihm den Bauch aufgeschlitzt. Es war nichts Gutes dabei herausgekommen.

»Schlafen Sie nicht ein«, sagte Jack. Er fuhr mit dem Daumen am Kartenstapel entlang. »Wir spielen noch, oder?«

»Aber sicher«, sagte Glandier. Er nahm die Karten, die Jack ihm gab, und sortierte sie in einem Fächer.

»Ich hab' Sie was gefragt.«

»Entschuldige. War etwas abwesend. Meine Gedanken gehen manchmal spazieren. Es war so. Giselle hatte ihre Mutter per R-Gespräch angerufen. Aus Las Vegas. Als ihre Mutter ins Krankenhaus mußte, habe ich mich um die laufenden Zahlungen gekümmert. Und natürlich hab' ich mir die Fernsprechrechnung angesehen. Die Nummer in Las Vegas, wo das Gespräch angemeldet worden war, stand auf der Rechnung. Ich wußte, daß meine Schwiegermutter keinen Kontakt mehr hatte mit ihrem Sohn. Es konnte sich also nur um Giselle handeln. Ich hab' dann die Nummer in Las Vegas angerufen. Da hat sich so ein Motel gemeldet.« Er betrachtete die Karten in seiner Hand. Ein unmögliches Blatt. »Ich bin nicht mehr sehr fit«, sagte er leise. »Ich brauche Schlaf.«

»Dann schlafen Sie doch«, sagte Jack.

»Es ist schon fast Tag. Deine Eltern werden bald aufstehen. Du mußt jetzt nach Hause gehen. Die machen doch Theater, wenn du nicht da bist.«

»Also gut«, sagte Jack. Aber er machte keine Anstalten, aufzustehen.

»Was bist du?« fragte Glandier.

Der Junge zog seine Hände von den Karten hoch. Es sah aus wie eine Kobra, deren Kopf aus dem Korb schnellte.

»Sie wollen wohl sagen, *wer* bist du? Wenn es um Menschen geht, verwendet man *wer*, nicht *was*.«

»Aber du bist kein Mensch. Bist du ein Teufel?«

»*Glauben* Sie denn, daß es Teufel gibt?«

»Du hast meine Frage nicht beantwortet.«

»Sie beantworten meine Fragen ja auch nicht. Wie auch immer. Ich glaube nicht, daß ich ein Teufel bin. Es sei denn, Sie würden grundsätzlich alles, was schlecht und böse ist, als Teufel bezeichnen, also auch Bomben, Gammastrahlen und Wirbelstürme. Es spricht ja einiges für eine solche Begriffsbestimmung. Wenn was wehtut, ist's ein Teufel. Aber ich habe Ihnen nicht wehgetan. Oder doch?«

Glandier ignorierte die Frage. »Wenn ich träume...«, begann er. Er wußte dann nicht, wie er den Satz hätte vollenden können.

Der Junge nickte, wie ein Lehrer, der Lob verteilt. »Warm«, sagte er. »Ich bin in Ihren Träumen. Dann sind wir uns sogar am nächsten. Näher als jetzt, zum Beispiel. Wann haben Sie sich zum letzten Mal im Spiegel betrachtet?«

»Ich glaube vorhin, als ich ins Bad gegangen bin.«

»Das meine ich nicht. Ich meine, wann haben Sie sich zum letztenmal durch die Augen in den Kopf geblickt? Was Sie dann sehen, das bin ich. Ich bin eine Spiegelung, die keinen Spiegel braucht, um zu existieren. Ich brauche Sie also nicht nachzuäffen, wenn Sie sich in mir spiegeln.«

»Was würde passieren, wenn ich...« Nein, das durfte er ihn nicht fragen.

»Wenn Sie sterben? Ich glaube, dann würde ich mich ziemlich rasch in Nichts auflösen, wie der Zigarettenrauch in den Werbespots für Luftreiniger-Sprays. Aber das ist natürlich nur eine Annahme. Ich kann schließlich nicht in die Zukunft sehen.« Er grinste anzüglich. »Aber warum nicht? wir könnten's ja versuchen.« Er nahm das Kartenspiel und begann die Karten auszulegen. »So. Und jetzt nehmen Sie irgendeine Karte.«

»Nein.« Glandier zog sich in den hinteren Bereich des Wohnzimmers zurück. »Wirklich nicht. Ich muß jetzt etwas schlafen. Ich bin hundemüde.«

Der Junge lachte. »Dann Gute Nacht! Soll ich Sie zudecken?«

»Warum tust du das alles?« fragte Glandier. »Was habe ich mit dir zu tun?«

»Was hat der Spiegel mit dem Menschen zu tun, der hineinsieht? Das Spiegelbild hat immer nur eines im Sinn. Es möchte sich von dem Menschen lösen. Gehen Sie schlafen.«

Es gab dann eine Zeitspanne, an die sich Glandier später einfach nicht mehr erinnern konnte. Er befand sich im Schlafzimmer. Allein. Ob Jack Sheehy in der Küche geblieben oder sich verabschiedet hatte, wußte er nicht. Er lag im Bett, angezogen, ohne Schuhe. Er träumte, ohne zu schlafen. An der Zimmerdecke waren phosphoreszierende Flecken zu erkennen. Die Flecken flossen zu einem Rasenstück zusammen, zu einem langgezogenen Rechteck. Tau schimmerte an den Grashalmen, als das Licht des erwachenden Morgens über das Grundstück kroch. Jacks Tennisschuhe begannen sich dunkel zu färben von der Feuchtigkeit, die in das Gewebe eindrang. Schritt für Schritt ging er auf den quakenden Frosch zu. Er hielt eine langstielige Axt in der Rechten. Mit der Schneide der Axt fuhr er an den taubenetzten Grashalmen entlang. Es war die Gebärde eines Schnitters. Die Axt hatte er in Glandiers Keller gefunden. Sie war eine der wenigen Gerätschaften, die aus dem Vermächtnis des Vaters aufbewahrt worden waren. Einmal, Robert Glandier war damals acht Jahre alt gewesen, hatte er einen ganzen Nachmittag darauf verwandt, einen halbverfaulten Apfelbaum mit dieser Axt zu bearbeiten. Es war nicht gut, daß Jack die Axt aus dem Keller genommen hatte, aber Glandier sah sich außerstande, das Geschehen rückgängig zu machen. Er konnte nicht einmal *Halt!* rufen oder *Bitte, nicht!* flüstern. Der Traum ging weiter, wie ein Fernsehprogramm, auf das man geheime Hoffnungen setzte oder das man im Grunde seines Herzens fürchtete. Jack hatte die Axt gehoben und hielt inne. Die Schneide befand sich jetzt fünf Handbreit von der Rinde eines niedrig angesetzten, weitragenden Weidenbaumes. Jack ließ die Axt niedersausen. Es gelang ihm, die Wurzel des Baumes zu spalten. Der nächste Hieb hinterließ eine mandelförmige Wunde. Er hatte die Axt zum drittenmal erhoben, als ein

Ruf ihn erreichte. *Holzfäller, verschone diesen Baum!* Jack Sheehy fuhr herum. Er hatte die Axt auf seine Schultern geschwungen, und außerdem hatte er die Augen zusammengekniffen. Sein suchender Blick glitt über den Rasen. Ein Verbot war ausgesprochen worden. *Wer* hatte es ausgesprochen? Sein Blick blieb auf einem Frosch haften, der am Rande des Weihers hockte. Der Frosch hatte nur noch ein Auge. Die andere Augenhöhle war leer, von dort floß ein dünnes, blutiges Rinnsal zum Maul hinunter. Als der Frosch Jacks ansichtig wurde, blies er die Backen auf. Wäre er ein Mensch gewesen, man hätte es als Ausdruck des Zorns deuten können. Der Frosch zitierte dann den alten Spruch: *Schneide nicht einen einzigen Zweig!* Worauf der Junge mit folgender Bemerkung reagierte: *Ich schneide, gottverdammt, soviel Zweige, wie ich will!* In freimütig vollzogener Abwandlung von dem Gesagten ließ er die Axt auf den Frosch niedersausen. Der sprang zur Seite, so daß die Schneide der Axt auf dem Betonrand des gemeindeeigenen Wasserbeckens von Willowville aufkam. Es gab ein lautes Geräusch, und die Schneide der Axt war, nachdem das Geräusch abgeklungen war, etwas weniger scharf als vorher. Der Frosch trat die Flucht an. Er hüpfte, von Jack verfolgt, durch das Gras, ganz ähnlich wie einen Tag zuvor der Reiher. Bei jedem dritten oder vierten Sprung ließ der Frosch ein mißtönendes Quaken vernehmen, mit dem er zugleich eine Prise Spott für Jack zum Ausdruck brachte. Wieder und wieder hieb Jack zu, und jedesmal spaltete sich die Grasnarbe, gab Raupen und Regenwürmer frei, die sich in der unvermittelt vorherrschenden Helligkeit des Sonnenlichts wanden, der Hitze des Tages ausgesetzt und dem Zugriff möglicher Feinde. Der Frosch war inzwischen auf einem Narzissenbeet angelangt. Es handelte sich um Narzissen, die aufgrund der Einwirkung einer gewissen Mrs. Kendall zu frühen Blüten gebracht worden waren. Jack achtete nicht weiter auf die Blumen, er verfolgte den Frosch, unabhängig von der Beschaffenheit der Oberfläche, die jener für seine Fluchtversuche auswählte. Im Zickzackkurs hatte der Frosch die Fliederbüsche der Familie Mertons erreicht. Er verbarg sich im Schatten eines Gartenstuhls, aber Jack spürte ihn auf. Wieder ließ er die Axt niederzischen und verfehlte das Tier um weniger als zweieinhalb Zentimeter. Der nächste Fluchtweg, den der Frosch wählte, war der schmale Gang, der zwischen der Garage der Familie Mertons einerseits und der Garage der Familie Gallagher andererseits verlief. Schließlich, das fliehende Tier hatte inzwischen die mit Asphalt ausgegossene Garageneinfahrt des Mertonsschen Grundstücks und eine schwarzgesichtige Reiterstatue (der Reiter hielt eine Laterne in seiner Rechten) passiert, verlagerte sich das ganze Geschehen in das Halbdunkel am Stamm eines prächtigen Wacholderbusches. Dieser Wacholderbusch war es, welcher der Natursteinfassade des Gallagherschen Anwesens jenen Charme der Alten Welt verlieh, der so oft Zielscheibe des Spotts von Robert Glandier gewesen war. Der Zufall, was immer das sein mag, wollte es, daß Mrs. Gallagher, von ihrer ganzen Lebensauffassung her eine Frühaufsteherin, zu diesem Zeitpunkt am Panoramafenster ihres Hauses stand und auf den Garten hinaussah. So konnte es kaum ausbleiben, daß sie Jack Sheehy bemerkte, wie er hinter dem Frosch herlief, der im Schatten des Wacholderbusches Zuflucht suchte. Glandier sah, wie sie ans Telefon ging, die Wählscheibe betätigte und etwas in die Sprechmuschel sagte. Und während sie das tat, hieb Jack Sheehy ohne Unterlaß auf die Sträucher und Büsche ein, begleitete seine wilden Attacken mit Ausrufen wie *Du verdammtes kleines Miststück, ich werde dich schon kriegen!* Glandier spürte plötzlich den Wunsch, den Jungen zu warnen, ihm nahezulegen, die Verfolgung, zumindest in der Art, wie er sie betrieb, aufzugeben. Aber er war wie gelähmt. Eine Trance hatte sich über ihn gelegt. Er konnte keinen Ton mehr hervorbringen. So lag er da, spürte, wie die Schweißdrüsen auf seiner Stirn arbeiteten, und sah Jacks Vater zu, der soeben das Haus verlassen hatte. Der Weg führte ihn zunächst über den eigenen Rasen und sodann über die Garageneinfahrt von Mr. und Mrs. Gallagher. Schließlich war er bei seinem Sohn angelangt, der ihm den Rücken zukehrte und unverdrossen auf die Wacholderbüsche einhieb. *Was fällt dir eigentlich ein?* donnerte Mr. Sheehy. Der Junge ließ die Axt sinken und wandte sich um. Er sah seinem Vater in die Augen. Sein Griff um den Stiel der Axt verstärkte sich. Fast schien es, als ob... Aber nein. Der Griff entspannte sich wieder. Als er die Frage seines Vaters beantwortete, tat er es in ruhigem Tonfall, wobei er jeden Anklang von Entschuldigung oder Reue vermied. *Ich versuche, einen Frosch zu töten.*

In diesem Augenblick wachte Robert Glandier auf. Er war schweißgebadet. Es war nur ein Traum, sagte er zu sich selbst. Wirklich nur ein Traum. Aber sein Herz raste, als hätte er gerade einen besonders anstrengenden Beischlaf vollzogen. Er widerstand der Versuchung, aufzustehen, zur Vordertür des Hauses zu gehen, hinauszusehen und sich auf diese Weise zu überzeugen, ob das Ganze wirklich nur ein Traum gewesen war.

Die bittere Pille der Gewißheit sollte ihm jedoch nicht erspart bleiben. Die Türglocke wurde angeschlagen. Er erhob sich von der Bettstatt und sah in den Spiegel. Seine Hosen waren voller kleiner Fältchen. Das Hemd war schweißgetränkt. Sein spärliches Haar klebte auf der glänzenden Stirn, das Muster erinnerte an die vergleichsweise unregelmäßig verlaufenden Linien der Bruchstellen auf einer zertrümmerten Windschutzscheibe. Wieder ertönte die Türglocke. Glandier rieb sich mit dem Zipfel des Frotteebademantels über das Gesicht. Erst nachdem dies vollzogen war, zog er den Mantel an. Er begab sich zur Tür. Er öffnete. Jacks Vater stand vor ihm. Er hielt die Axt in der Hand. Sein Gesicht war vor lauter Wut rot angelaufen.

»Was gibt's?« fragte Glandier.

Michael Sheehy hielt ihm die Axt entgegen. »Ist das Ihre Axt?«

»Könnte sein. Ich bin nicht ganz sicher. Meine Axt müßte eigentlich im Keller liegen. Warum fragen Sie?«

»Dann ist es Ihre Axt. Würden Sie sie bitte zurücknehmen.«

Glandier entriegelte den dünnen, mit Fliegendraht bespannten Türrahmen, der nach dem Öffnen der ersten Tür als einziges materielles Hindernis zwischen ihm und Michael Sheehy verblieben war. Widerstrebend nahm er die Axt aus den Händen des anderen entgegen, dann schloß er die Drahttür wieder. »Ich verstehe trotzdem noch nicht ganz, wie die Axt zu Ihnen kommt«, sagte er.

»Ich schaue auch nicht ganz durch«, sagte Michael Sheehy. »Mein Sohn sagt, er hat die Axt aus Ihrem Keller gestohlen. Wissen Sie Näheres über die Sache?«

Robert Glandier verzog sein Gesicht zu einer Maske der Verwunderung. Die Brauen waren jetzt gerunzelt, die Lippen geschürzt. Er schüttelte den Kopf. Es war beruhigend zu wissen, daß es so etwas wie Lüge gab. Schon immer hatte Glandier seinen ganzen Stolz dareingesetzt, andere Menschen zu täuschen.

»Schließen Sie Ihr Haus denn nicht ab?« erkundigte sich Sheehy. Es würde von Vorteil sein, wenn es ihm gelang, Glandier ins Unrecht zu setzen.

»Natürlich nicht. Schließen Sie Ihr Haus ab? Ich hatte nicht gedacht, daß es hier Nachbarn gibt, vor denen man sein Haus abschließen muß.«

Sheehy biß sich auf die Lippen. »Vielleicht sollten Sie trotzdem besser abschließen. Die Sache mit der Axt tut mir leid.«

Glandier konnte der Versuchung nicht widerstehen, die Daumenschraube etwas weiter anzuziehen. »Was hatte Ihr Sohn mit der Axt eigentlich im Sinn? Der Garten sieht ja aus, als ob...« Er hielt die Axt gegen das Licht und betrachtete die grauschimmernde Schneide, auf der eine langgezogene Blutspur, dünn und gerade, zu erkennen war. »... als ob Ihr Sohn die Gartenwege umpflügen wollte.«

»Er hat nur einen Frosch getötet«, sagte Sheehy.

»Einen Frosch?«

»Ich kann Ihnen wirklich nicht mehr sagen.« Sheehy wandte sich zum Gehen.

Glandier hätte vor Freude schreien mögen. Am liebsten hätte er Michael Sheehy gebeten, stehenzubleiben und zu warten, bis er seine Polaroidkamera geholt hatte. Dann hätte er ein Bild von ihm aufgenommen, das so recht die Scham verewigte, die sich in Sheehys Gesicht abzeichnete.

Er inspizierte die Schneide der Axt. War es wirklich Blut, was dort herunterlief? Warum hatte der Junge (er wußte natürlich, daß der Junge *kein* Junge war) so großes Interesse daran gehabt, einen Frosch (allem Anschein nach handelte es sich aber eben nicht um einen Frosch) zu töten?

Als läge der Antwortcode im Geschmack der Flüssigkeit verborgen, brachte er die Axt an seine Lippen und leckte die Scheide trokken. Ein salziger Geschmack. Und da war noch etwas. Glandier schleckte jeden Tropfen auf, als gelte es, das geschmolzene Eis aufzufangen, das an der Außenwandung einer Eiswaffel herunterrann. Der Geschmack hatte seinen Appetit angeregt. Frühstücksdüfte umwehten ihn und die Erinnerung an ein geordnetes Leben. Er lehnte die Axt an den Türrahmen und stolperte in Richtung Küche. Ich werde mir ein Bauernfrühstück machen, dachte er. Schinken, Speck und Eier. Kaffee und Toast. Butter. Auch ein Glas Saft, wenn es noch Saft gab. *Wenn* es welchen gab, dann war er im Kühlschrank.

Als er in die Küche kam, sah er, daß der Tisch mit Spielkarten bedeckt war. Mit einer achtlosen Bewegung wischte er die Karten vom Tisch. »Verflucht!« sagte er, nachdem seine Hand zum Stillstand gekommen war. Er hatte soeben die Erkenntnis gewonnen, daß er die Karten früher oder später wieder aufheben mußte.

An der Tür wurde geläutet.

Glandier war vor Schreck wie gelähmt. Das Licht des frühen Tages malte sich auf dem Fußboden der Küche ab. Flecken wurden sichtbar, monatealte Flecken. Über den befleckten Boden verstreut lagen die Spielkarten, die meisten mit der richtigen Seite nach oben. Die Karten verhießen eine Zukunft, die Glandier zu erkennen nicht in der Lage war. Auf der Küchenuhr, diese bestand aus einer weißen Scheibe, die von einem Wulst aus Walnußholz eingerahmt wurde, war es 6.03 Uhr.

Er hörte, wie die vordere Haustür geöffnet und wieder geschlossen wurde.

»Ist jemand zu Hause?« fragte eine Stimme. Und Glandier war erleichtert, daß es nicht Jack Sheehys Stimme war.

Er war, nachdem dieser Zweifel beseitigt war, in der Lage, Ärger zu empfinden. Wie konnte sich jemand dreimal gefickt unterstehen, in ein fremdes Anwesen zu gehen und zu sagen: *Ist jemand zu Hause?* Glandier verließ die Küche und trat in den Flur hinaus. Niemand zu sehen. Er war sicher, daß er gehört hatte, wie jemand das Haus betrat. Und er war entschlossen, den Eindringling zur Rede zu stellen. War es denkbar, daß der Fremde den Flur bereits durchquert und sich im Schlafzimmer versteckt hatte?

Am Ende des düsteren Flurs war ein schwaches Leuchten zu sehen, ähnlich dem letzten Flackern einer Glühbirne, bevor sie für immer erlischt. Glandier tat fünf Schritte in Richtung des beobachteten Phänomens, ohne daß diese Maßnahme zu greifbaren Erfolgen geführt hätte. Der Flur war leer.

Dann hörte er, wie hinter ihm jemand »Bob?« sagte. Die Stimme war aus dem Wohnzimmer gekommen.

Er wandte sich um und erschrak. Dort stand die schwarze Reiterfigur, die eigentlich in die Einfahrt zum Mertonsschen Grundstück gehörte. Ein Neger. Die Gestalt hielt die Laterne so hoch, daß ihr Schein auf einer waagerecht zu denkenden Linie in Glandiers Augen fiel. Es war ein glänzendes Licht, hell wie die Sonne. Auffallend war, daß sich die Lippen der Figur bewegten, als sie Glandiers Vorname wiederholte. Der neigte inzwischen der Ansicht zu, daß er Opfer einer Halluzination war. Ungeachtet dieser Erkenntnis, die ja die wichtigsten Befürchtungen zu beseitigen geeignet gewesen wäre, blieb er wie angewurzelt im Flur stehen. Er fühlte sich auf geheimnisvolle Weise an der Ausführung seines ursprünglichen Vorsatzes gehindert, in die Küche zu gehen und sich ein Bauernfrühstück zuzubereiten. Hätte er das Projekt Frühstück verwirklicht, so wäre die Erscheinung im Wohnzimmer zurückgeblieben. Der Reiter hätte sich allmählich im Licht des Tages aufgelöst.

Statt dessen stellte Glandier dem Schwarzen eine Frage. »Wer sind Sie?« Es schien, als hätte jener nur auf diese Frage gewartet. Er ließ die Laterne sinken, schob sich die purpurfarbene Jockeymütze in den Nacken und starrte Glandier aus dem gesunden Auge an.

Das Blut, das aus dem anderen Auge floß, war so rot wie die Schminke auf seinen Lippen.

»Mein Name ist Berryman«, sagte die Statue und grinste. »Es geht um die Dichtkunst. Sie müssen Bob Glandier sein, oder irre ich mich?«

Glandier gab keine Antwort.

»*Natürlich* sind Sie Glandier. Jemand anderer könnte mich ja gar nicht sehen. Geister erscheinen nur jenen, die mittels einer geeigneten Verkabelung auf die Erscheinung vorbereitet sind. Ganz recht, es ist ein bißchen wie beim Kabelfernsehen. Ich bin gekommen, um Sie als Geist zu verfolgen, Glandier. Der Job geht rund um die Uhr, vierundzwanzig Stunden am Tag. Eigentlich, Bob, ist es ein Job, den Ihre Frau übernehmen sollte. Sie gestatten doch, daß ich Sie Bob nenne. Ihr unartiger Sohn hat die Dinge allerdings etwas durcheinandergebracht. Und zwar mit der Axt. Es ist nur eine Kostprobe aus dem Sortiment seiner schmutzigen Tricks. Jedenfalls sitzt Giselle im Baum fest, bis die Wunde in der Rinde verheilt ist. Wie ein Flaschenteufel, dem man den Korken über dem Kopf zugedrückt hat. Hätten Sie gedacht, daß es im Leben nach dem Tode so viele *Regeln* zu beachten gilt? Hätten Sie gedacht, daß es *überhaupt* ein Leben nach dem Tode gibt?«

Glandier dachte über das Gehörte nach. Wenn es sich um eine Halluzination handelte, dann war die Reiterfigur nicht physisch, sondern nur spirituell gegenwärtig. Wenn er, Glandier, also einen Schritt vorwärts tat und seine Hand durch jenen Bereich des Raumes schwenkte, wo sich der Reiter zu befinden schien, dann würde die Gestalt jenes Mannes keinerlei Widerstand bieten, die Hand würde glatt durch das Gebilde hindurchgehen.

»Ich habe so meine Zweifel«, sagte die Statue, »daß Sie je irgendeinen Titel von Thomas Lovell Beddoes gelesen haben. Es handelt sich um einen brillanten und weithin unterschätzten Dichter des frühen 19. Jahrhunderts. Eines der Dramen, das Thomas Lovell Beddoes geschrieben hat, heißt *Death's Jest-Book*. Eine lange, an vielen Stellen alberne Geschichte. Das Buch hat aber auch ausgesprochen köstliche Stellen. Vor allem ergeben sich wichtige Parallelen für die Situation, in der Sie sich befinden, Bob. Der Graf hat Wolfram ermordet. Und dann wird er von Wolframs Geist verfolgt. Die Stelle geht so:

Täuschung, nichts als Täuschung. Ich weiß, du bist tot.
Tot sind auch die Würmer, die sich an deinem Mark ergötzen.

Was also tust du hier, du Narr, du Zwerg?
Glaubst du, ich würde mich vor dir verkriechen?
Nur Luft bist du, nur Blendwerk, das den Menschen narrt,
So tot und leer wie jener Kopf, der aus dem Spiegel blickt.
Ein flücht'ges Bildnis nur, zurück in deinen Sarg!
Trugbild der Träume, spuke oder stirb!
Du bleibst? Wohlan, ich lache deiner Knochenhand.

Geradezu faustisch, nicht wahr? Sie müssen mir nachsehen, Bob, daß ich Ihren Part gesprochen habe. Wir werden uns aneinander gewöhnen, und dann können wir die Szene zusammen aufführen, wie es sich gehört. Ich sagte ja schon, daß es Parallelen gibt. Ich bin wie Wolfram. Ich habe nicht vor, wieder zu verschwinden.«

»Sie existieren nicht«, beharrte Glandier. »Nichts, was hier geschieht, ist wirklich.«

»Der Dichter hat in seinem Stück dieses Argument bereits entkräftet«, entgegnete ihm die Reiterstatue. »Ich zitiere den Passus: *Ist es Luft, was dein Schwert zersplittern läßt?* Auf unsere Verhältnisse übertragen: Berühren Sie mich doch, wenn Sie nicht glauben, daß es mich gibt. Machen Sie den Fingertest des ungläubigen Thomas.« Der Jockey unterstrich seine Aufforderung, indem er seinen Zeigefinger in die leere Augenhöhle einführte. Als er sie wieder herauszog, war der Nagel blutverschmiert. »Ein schöneres Rot gibt es überhaupt nicht. Ich sage nur: *High Quality Velva-Chrome Chinese Red Enamel.*« Die Statue streckte die Hand vor, damit Glandier den Finger aus aller Nähe begutachten konnte. Der taumelte erschrokken zurück. »Ich will Ihnen noch eine Hilfe geben«, sagte die Statue, ging zum Fernsehsessel, auf dessen Lehne Glandier das zerknautschte Jackett seines Nadelstreifenanzugs deponiert hatte, und malte ein »M« auf die Rückenpartie der Jacke. »Wie im Film«, spottete er.

»Machen sie, daß Sie hier rauskommen!« sagte Glandier. Seine Skepsis, was die Wahrhaftigkeit des Phänomens anging, war ungebrochen.

Die Statue reagierte mit einem unverschämten Grinsen. Sie ließ drei Finger über die Lippen wandern und pustete. Es gab ein blubberndes, auf ärgerliche Weise an Kinder erinnerndes Geräusch.

Glandier schloß die Augen.

»Blubberblubber«, sagte die Statue. »Immer noch nicht überzeugt? Wie wäre es dann mit ein paar Poltergeistkunststückchen?«

Glandier hatte kaum die Augen geöffnet, als eine der Glühbirnen auf ihn zugeflogen kam, die der Reiter aus der Lampe geschraubt hatte. »Hepp!« schrie die Erscheinung. Aber Glandier war nicht schnell genug. Die Birne zerschellte am Boden.

»Das ist nur eine Kostprobe von dem, was Ihnen bevorsteht. Ein Ausschnitt aus dem Programm, sozusagen. Wie immer gibt es bei solchen Vorführungen natürlich auch Taschenspielertricks. Wie dieser zum Beispiel.« Die Statue brachte die Fingerspitze an den Schaft der Lampe, worauf die restlichen Glühbirnen aufloderten wie drei Mäuse, die ein kleines Mädchen in den Hochofen geworfen hat. »Ein Trick, ich gebe es offen zu. Sie haben aber vorhin, bei der zerschmetterten Glühbirne, gesehen, daß das Phänomen mit dem Argument der subjektiven Wahrnehmung allein nicht zu erklären ist. Ich könnte natürlich für noch mehr Glaubhaftigkeit sorgen, wenn ich mir Ihre Wasserleitungen vornehme. Ein verlockender Gedanke. Ich war zu Lebzeiten nie ein guter Handwerker, aber etwas kaputtmachen ist immer einfacher als etwas schaffen. Es gibt zwei Tore des Schlafes, Bob. Und ich bin sicher, daß Sie mir weder durch das eine noch durch das andere entkommen.«

Glandier hatte die Hände auf den Rücken gelegt. Er durchmaß den Raum, wobei er die Reiterfigur unauffällig im Auge behielt.

»Es gibt einen Weg, wie Sie mich loswerden könnten«, hörte er die Erscheinung sagen. »Zwei Wege sogar. Soll ich's Ihnen verraten?«

»Ja«, sagte Glandier. Er hoffte inständig, daß die Statue nicht bemerkt hatte, wie er zu der Axt hinüberschielte. Zumal es nicht ausgeschlossen war, daß der Jockey auch Gedanken lesen konnte.

»Die erste Methode, und das ist zugleich diejenige, die ich Ihnen empfehlen würde, habe ich vor Jahren selbst mit Erfolg ausprobiert. Bringen Sie sich um. Ich habe das damals getan, indem ich von einer Fußgängerbrücke gesprungen bin, aber soviel Aufwand brauchen sie in Ihrem Fall nicht zu betreiben. Es würde genügen, wenn Sie in die Garage gehen, das Rollgitter schließen, den Motor Ihres Wagens anstellen und tief durchatmen. Wenn Ihnen das nicht männlich genug erscheint, können Sie auf die Hemingway-Technik ausweichen. Sie stecken die Mündung des Revolvers in den Mund, achten darauf, daß der Stahl den Gaumen berührt, und drücken ab. Der Erfolg ist garantiert. Falls Sie aber Hamlets Skrupel in Bezug auf das Leben nach dem Tode teilen, und ich könnte verstehen, daß Sie nicht übermäßig gern zu unbekannten Ufern aufbrechen, dann können Sie mich auch mit Hilfe des Instruments der Beichte loswerden. Dort steht das Telefon. Sie wählen 911, lassen sich mit der Polizei verbinden und schütten dem Beamten Ihre Seele aus. Das wären die Alternativen. Nun, was halten Sie von alledem?«

Glandier bückte sich nach der Axt. »Fahr zur Hölle!« sagte er. Er machte jetzt keine Anstalten mehr, die Drohung zu kaschieren.

Als er die Statue erreicht hatte, hielt ihm der Reiter die Lampe entgegen, als wäre er ein Vampir, den man mangels Kruzifix mit dem Symbol des Lichts in die Flucht jagen konnte. Glandier kniff die Augen zusammen. Er holte aus, schlug zu und spürte, wie die Schneide der Axt sich in die Statue grub. Die Lampe fiel auf den Teppich. Aus dem Armstumpf schoß eine Blutfontäne.

»Es wundert mich, daß ich Ihnen die einfachsten Dinge erklären muß«, sagte die Statue. »Sie sollten wirklich wissen, daß man einen Geist nicht töten kann. Sie können bestenfalls...«

Wieder schlug Glandier zu, diesmal hatte er besser gezielt. Es gelang ihm, der Statue den Schädel zu spalten, die Schneide der Axt blieb im Adamsapfel stecken. Noch im Fallen vollzogen die gespaltenen Hirnhälften des Jockeys eine unerwartete Metamorphose. Ein bärtiger Männerkopf entstand. Der Mann war blind.

In aller Ruhe sprach das gespaltene Haupt weiter. »Sie können das Ende nur verzögern, nicht verhindern, Bob. Und während Sie das tun, verstricken sie sich immer tiefer in Schuld. Die Fäden Ihres Versuchers wickeln sich immer enger um Ihre Arme und Beine. Nicht ich bin die große Gefahr für Sie, sondern das Wesen, das Sie gezeugt haben. Das Wesen, das mich zweimal angegriffen hat, einmal in der Gestalt eines Reihers, dann in der Gestalt von Jack Sheehy. Das Wesen war überzeugt, es hätte mich getötet. Statt dessen hatte es nur einen Frosch zerspalten. Ich hatte inzwischen eine andere Gestalt angenommen. Ich bin jetzt kein *er* mehr, sondern ein *es*.«

Mit einem gutgeführten Axthieb würde es ihm gelingen, den Rumpf der Erscheinung in zwei Hälften zu teilen. Glandier hob die Axt und nahm Maß. Noch bevor er sie niederbringen konnte, flog das eiserne Kopfstück wie das Geschoß eines Hammerwerfers durch das Fenster. Er behielt den bloßen Stiel in den Händen.

»Ich hatte Sie ja gewarnt«, sagte der gespaltene Schädel.

In der Küche war ein Spektakel zu hören, der das Klirren des Fensters an Lautstärke um ein Mehrfaches übertraf. Glandier warf den Axtstiel fort und rannte den Gang entlang. Als er in die Küche kam, sah er, daß der Kühlschrank umgeworfen worden war. Die Kühlschranktür war aus den Angeln gebrochen worden. Kalte Suppe rann aus den zerschmetterten Konservendosen. Auf dem Linoleum hatten sich zwei übelriechende Lachen gebildet. Wo der Kühlschrank gestanden hatte, stand jetzt die enthauptete Statue. Sie winkte ihm zu. Nicht nur mit dem gesunden Arm, auch mit dem Stumpf. Es war wie eine stillschweigende Warnung. Aus den Wunden der Erscheinung tropfte das Blut. Glandier sah, wie es über die Arbeitsplatte und über die Schränke floß. Die Schublade, dachte Glandier. Dort lagen die Messer. Aber die Statue war schneller, sie hatte die Büchse mit Mehl ergriffen und auf Glandier geschleudert. Das Behältnis explodierte, ein Schneesturm, der Teile der Ukraine für Wochen von den Zuteilungen der Hauptstadt unabhängig gemacht hätte, ging über die Küche nieder. Glandier spürte ein merkwürdiges Rühren in seinen Eingeweiden. Er tastete nach seinem Gürtel und trat die Flucht durch Gang und Wohnzimmer an. Er kümmerte sich nicht um die blauen Flämmchen, die vom Teppich hochzüngelten. Dann hatte er das Badezimmer erreicht. Es war ihm gelungen, die Gürtelschnalle an seiner Hose zu lösen. Es war ungewöhnlich, dachte er, daß er inmitten des gespenstischen Durcheinanders eine solche Abneigung dagegen empfand, sich zu beschmutzen. Andererseits war die Besinnung auf die eigene physische Existenz bei der herrschenden Unordnung auch eine Art Rettungsanker. Sein Sphinkter hatte zu zucken begonnen wie die Blende einer Kamera, an der eine technisch weniger begabte Achtzehnjährige herumspielte. Er begann zu würgen und erbrach sich. Er hörte erst auf, als er spürte, wie das Wesen mit den Fingernägeln der abgetrennten Rechten nach seinem Skrotum griff.

»Bist du jetzt zu einem Geständnis bereit?« rief der zerspaltene Kopf aus dem Wohnzimmer herüber. Glandier spürte, wie sich der Druck der Hand verstärkte. »Nun, was ist?«

»Ja. Aber nimm die Hand weg.«

»Geh zum Telefon. Ruf die Polizei an.«

Mehlbestäubt und vom Erbrochenen bekleckert kroch Glandier ins Schlafzimmer. Er nahm den Hörer ab und wählte die Nummer 911. Viermal war das Rufzeichen zu hören, dann klickte es. »Emergency Service. Was kann ich für Sie tun?« Er bat mit der Polizei verbunden zu werden.

»Von welchem Anschluß rufen Sie an?« fragte die Stimme.

Es war immer noch Zeit aufzulegen. Noch hatte er kein Geständnis abgelegt. Die Polizei kümmerte sich nicht darum, wenn jemand anrief und vorzeitig auflegte. Er tastete mit der linken Hand hinter sich. Die Finger, die seine Testikel umklammert hielten, waren noch da. Der Griff schloß sich. Glandier stieß einen Schmerzensschrei aus. Es war dieser Laut, der zu dem Entschluß des Mädchens in der Vermittlung beitrug, auf weitere Rückfragen zu verzichten und dem Wunsch des Anrufers nach einer Verbindung mit der Polizei nachzukommen.

»Willowville Police«, tönte es aus dem Hörer. »Was haben Sie für ein Problem?«

»Ich möchte ein Verbrechen gestehen.«

»Wie heißen Sie?«

»Robert Glandier.«

»Von welchem Anschluß rufen Sie an?«

»Von meinem eigenen. Ich bin bei mir zu Hause.«

»Wo wohnen sie?«

»Willowville Drive.« Er nannte die Hausnummer.

»Wann haben Sie das Verbrechen begangen, Mr. Glandier?«

»Vor über einem Jahr.«

»Und die Art des Verbrechens?«

»Ich habe meine Frau ermordet.«

»Sie sagen, Sie rufen von Ihrem eigenen Anschluß an?«

»So ist es.«

»Bleiben Sie bitte, wo Sie sind, und warten Sie, bis einer unserer Beamten dort eintrifft. Bevor Sie jetzt auflegen, wollen Sie mir bitte noch einige Fragen beantworten. Wann...«

Robert Glandiert hatte den Hörer auf die Gabel zurückgelegt. Der schmerzhafte Griff um sein Skrotum lockerte sich. Er sah der blutigen Hand nach, wie sie spinnengleich über den Teppich eilte.

Der Dichter stand in der Tür. Die Hand kletterte an seinen Hosenbeinen hoch, passierte die Schulter und krabbelte dann den blutüberströmten Armstumpf hinab. Ein breites Grinsen war auf die beiden Gesichtshälften getreten.

»*War* das so schwer?«

53

Dr. Samuel Helbron trank nur gelegentlich, und wenn, dann kleine Mengen. Trotzdem pflegte er sich, in Momenten innerer Einkehr, als Whiskey-Psychiater zu bezeichnen. Es war dies eine Metapher, mit der sich Dr. Helbron jenen Whiskey-Priestern gleichstellte, die nicht mehr glauben, was sie den Gläubigen verkünden. Und in der

Tat gab es da Ähnlichkeiten. Seit es Psychodrogen und Psychopharmaka gab, war nicht mehr einzusehen, warum ein Psychiater hysterischen grünen Witwen und überkandidelten Managern die Beichte abnehmen sollte. Die chemische Keule spendete mehr Trost als ein schnauzbärtiger Psychiater im rehbraunen Kordanzug, der sich über das Wachstuchsofa beugte. Fand Dr. Helbron. Er bedauerte es inzwischen, daß er auf der Universität nicht eine ganz andere Laufbahn eingeschlagen hatte. Er wäre ganz gern Direktor eines Zuchthauses gewesen. Oder oberster Vorgesetzter auf einer Polizeiwache. Jenes waren Institutionen, die eine echte soziale Funktion hatten, Nahtstellen zwischen Individuum und Gemeinschaft, wo der Staat Bürgernähe vermittelte. Aber Scheiße. Er hatte sich einen Tag nach dem anderen inmitten seiner Teakmöbel um die Ohren zu schlagen, in seiner Praxis im achtzehnten Stock des *Foshay Tower*, hatte einen Terminkalender abzuspulen, der mit den Namen von Psychokrüppeln vollgekritzelt war, sie alles Menschen, die ihn, weil er so ein gutes Herz hatte, als Placebo, als Krücke oder als Ventil für ihre ständig wechselnden Stimmungen mißbrauchten. Er verachtete diese Patienten aus tiefster Seele. Und er verachtete sich selbst, weil er sich zum Narren machen ließ. Der innere Schmerz, in der Therapie hätte er es als die *Schicksalshafte Gespaltenheit eines jeden von uns* bezeichnet, wurde nur gedämpft von dem Wissen, daß die Unterordnung unter den Sachzwang einen Verdienst von nahezu 100000 Dollar pro Jahr einbrachte.

Er hatte es sich angewöhnt, in aller Ruhe auf die Dinge zu reagieren, die von außen an ihn herangetragen wurden. Und doch konnte er sich nur schwer beherrschen, als fünfzehn Minuten vor dem ersten Termin, der in seinem Block eingetragen war, ein früherer Patient, Robert Glandier, ein Manager von *Techno-Controls*, in sein Büro platzte. Glandier war nicht nur am Rande der Hysterie, er sah auch aus, als wäre er in ein Mehlfaß gefallen. Es waren Situationen wie diese, wo Dr. Samuel Helbron von der gewohnten Routine abging, die eine telefonische Terminabsprache nicht nur vorsah, sondern zur Bedingung machte. Er bat Glandier, ihm ins Sprechzimmer zu folgen. Dann fragte er ihn nach dem Zweck seines Besuches.

Der Patient war nicht ohne weiteres zum Reden zu bewegen. Immerhin stellte sich, nach sachkundiger Ermunterung durch den Therapeuten, heraus, daß Glandier, vermutlich im betrunkenen Zustand, die Polizei von Willowville angerufen und den Mord an seiner Frau gestanden hatte. Einen Verdacht in dieser Hinsicht hatte Dr. Helbron schon bei den früheren Sitzungen geschöpft, und er war erleichtert gewesen, als der Patient seine diesbezüglichen Bekundungen nicht weiter spezifizierte. Er hatte damals die Selbstbeherrschung von Mr. Glandier bewundert. Dieser Mann hob sich wohltuend ab von der Mehrzahl der Ratsuchenden. Allzu oft benutzte der psychisch labile Mensch die Praxis seines Psychiaters als Umkleidekabine, wo er aus der Haut Dr. Jekylls in die Haut Mr. Hydes schlüpfen konnte. Glandier war da ganz anders. Auch jetzt noch hielt er an der These fest, daß sein Geständnis ein ›Irrtum‹ gewesen sei. Er sei, so legte er dar, von einem besonders grauenhaften Alptraum so geängstigt worden, daß er sich nicht mehr anders zu helfen gewußt habe. Der Patient, so die eigene Diagnose, litt an einem Nervenzusammenbruch. Und er bat Dr. Helbron, ihn in eine geeignete Klinik einzuweisen, wo er in aller Ruhe genesen konnte. Unter keinen Umständen allerdings in eine psychiatrische Klinik. Was er brauchte, so Glandier, sei ganz einfach eine Woche Ruhe. Die Woche war nur ein Vorschlag, es konnten auch zwei Wochen sein. Ferner verlangte er von Dr. Helbron, daß jener die Polizei in Willowville anrufen sollte. Er sollte den Beamten erklären, daß das Geständnis seines Patienten nicht ernstzunehmen war. Der Patient sei betrunken gewesen, als er das Geständnis ablegte. Was die Art des Alptraums anging, der ihm solche Angst eingejagt hatte, schwieg Glandier sich aus. Er weigerte sich auch, auf die Sache mit dem Mehl einzugehen.

Alles in allem ein ganz schöner Salat. Einer jener Fälle, wo Dr. Helbron als Sofortmaßnahme fünf wöchentliche Sitzungen über einen Zeitraum von zwölf Jahren anzuordnen pflegte. Störend war, daß der Patient jede Beherrschung verloren hatte. Ein gefährlicher Mann. Es gab wohl nur eine Methode, mit diesem Menschen fertig zu werden. Er mußte ihn der Polizei übergeben. Dies allerdings würde nur möglich sein, wenn der Patient die Praxis gesittet, aus eigenem Entschluß und ohne Telefone aus der Wand zu reißen verließ. Nachdem Mr. Glandier sich standhaft weigerte, in sein Haus in Willowville zurückzukehren, hatte Dr. Helbron vorgeschlagen, daß er sich im *Raddison Hotel* einmieten könnte. Dort könnte er sich waschen – Dr. Helbron vermied es, noch einmal *expliciter* auf das Mehl zu sprechen zu kommen – und in Ruhe das grüne Licht des Therapeuten abwarten.

Nachdem sich Glandier bereit erklärt hatte, den gegebenen Rat zu befolgen, war er an einer erstaunten Mrs. Alden – diese hatte inzwischen das Vorzimmer besetzt – vorbeimarschiert. Dr. Helbron wußte, daß der Patient ihn nicht enttäuschen würde. Das *Raddison Hotel* also. Kaum war die Tür ins Schloß gefallen, als der Therapeut sich mit Captain Maitland im Minneapolis Police Department verbinden ließ. Er hatte mit Maitland das College besucht, hin und wieder trafen sie sich zum Abendessen. Er sagte ihm, was er von Glandier erfahren hatte, und er sagte ihm auch, wo Mr. Glandier zu finden war. Captain Maitland bedankte sich für die gute Zusammenarbeit. Sie verabredeten sich für Donnerstag nächster Woche zum Abendessen.

Es muß hier gesagt werden, daß es nicht mehr zu diesem Zusammentreffen kam. Wenige Minuten, nachdem Mrs. Alden die Praxis verlassen hatte, erhielt Dr. Helbron einen telefonischen Anruf von Mrs. Sheehy. Dies war, wie sich im weiteren Verlauf des Gespräches herausstellen sollte, die Gattin eines *Techno-Control* Managers namens Michael Sheehy. Wie Mrs. Sheehy durchblicken ließ, schwebte sie in Ängsten wegen ihres elfjährigen Sohnes Jack. Dieser hatte, wie es schien, die Büsche im Nachbargarten abgeholzt. Als Begründung hatte er angegeben, er habe einen Frosch verfolgen müssen. Für die Verfolgung des (angeblichen) Frosches hatte das Kind eine Axt benutzt. Nach dem Vorfall war der Junge auf sein Zimmer zurückgekehrt. Er hatte sich geweigert, seinen Eltern gegenüber weitere Erklärungen abzugeben. Mrs. Sheehy führte die ganze Angelegenheit auf die verbotene Einnahme von Drogen zurück. Ihr war daran gelegen, daß Dr. Helbron den Jungen untersuchte, und dies zu einem Zeitpunkt, wo sich die Drogen noch im Blut nachweisen ließen. Dr. Helbron vereinbarte einen Termin um die Mittagszeit.

Es war 12.05 Uhr, als der Junge in die Praxis kam. Er wurde allerdings nicht von seiner Mutter begleitet. Diese, so sagte er, habe die Gelegenheit benutzt, um ein paar Einkäufe in den Geschäften in der näheren Umgebung des *Foshay Tower* zu machen. Dr. Helbron hatte seinen kleinen Patienten mit väterlicher Geste ins Sprechzimmer geführt. Er hatte ihn gebeten, ihm doch die Jacke zu geben, die er als zusammengerolltes Bündel unter dem Arm trug. Das hatte der Junge abgelehnt. Er wollte die Jacke lieber behalten. Er setzte sich und legte das Bündel auf seinen Schoß.

Dr. Helbron begann die Sitzung, indem er sich ausgiebig seiner Pfeife widmete. Es war eine Daumenregel bei der Behandlung jüngerer Patienten, daß man sie in keiner Weise bedrängen durfte. Während der Therapeut sich geiergleich über seine Rauchutensilien beugte, hatte Jack Sheehy Gelegenheit gehabt, unbehelligt sein

Bündel aufzurollen. Die Pistole, Vaters Pistole, mit der er gerade seine Mutter ermordet hatte, war zum Vorschein gekommen.

Dr. Helbron hatte seine Pfeife angezündet und seinem Drehsessel einen Stoß gegeben, der die Himmelsrichtung seiner übereinandergeschlagenen Beine um einhundertachtzig Grad veränderte. Dann hatte er ein vertrauenserweckendes Lächeln auf seine Mundpartie gezaubert und gefragt: »Nun, Jack, wo drückt dich denn der Schuh?« Das waren seine letzten Worte.

54

Er war erleichtert, als er festgenommen und ins Gefängnis eingeliefert wurde. Das Gefängnis war ein sicherer Ort. Sicherer als alles andere. Die Polizei mochte sich noch so sehr wundern, daß er keine Kaution stellen wollte. Er hatte auch keinerlei Ungeduld gezeigt, als sich herausstellte, daß sein Anwalt nicht zu erreichen war. Der Anwalt würde ihn mit Fragen bestürmen. Mit Fragen, auf die er keine Antwort wußte. Zum Beispiel würde ihn der Anwalt fragen: Warum haben Sie heute früh die Polizei angerufen? Wie kommt es, daß Ihr Haus so grauenhaft zugerichtet ist? Vor allem würde er ihn fragen: Wer hat Dr. Helbron ermordet, wenn Sie es nicht waren? Glandier hatte, was den Schuldigen an dieser Mordtat anbetraf, so seine eigenen Theorien. Aber es schien schwierig, diese Überlegungen einem Anwalt, geschweige denn der Polizei klarzumachen: »Sehen sie, das ist so, mein Nachbar hat einen Sohn, und der ist vom Teufel besessen. Dieser Teufel ist zugleich der Sohn, den mir meine tote Frau geboren hat. Er hat sich in den Kopf gesetzt, alle Menschen zu töten, durch die er mich bedroht glaubt. Er macht das aus keinem besonderen Grund, nur weil er mich so liebhat.«

Es war schon ein gutes Gefühl, hinter Gittern zu sitzen. Es war nicht so wichtig, daß er einer Tat beschuldigt wurde, die er nicht begangen hatte. Vergleichsweise schlimm indes schien, daß er todmüde war und trotzdem keinen Schlaf fand. Die Decke war zu klein, als daß er sich hätte zudecken können. An der Decke im Korridor strahlte eine grelle Neonröhre.

Schlafe, wenn du kannst, dachte er.

Wenig später kam der Polizist, der ihm bei der Einlieferung die Fingerabdrücke abgenommen hatte.

»Besuch für Sie, Mr. Glandier.«

»Wer ist es?«

»Das kann Ihnen egal sein. Kommen Sie hoch mit Ihrem fetten Arsch.«

Nach dieser obrigkeitlichen Einstimmung wurde die Zellentür geöffnet. Glandier wurde den taghell beleuchteten Gang entlanggeführt. Vor einem kleinen fensterlosen Raum blieb der Polizist stehen.

»Warten Sie hier«, sagte der Polizist. Er deutete auf die Stühle, die zu beiden Seiten des kunststoffbeschichteten Tisches standen. Glandier setzte sich. Der Polizist ging zur Tür und verschwand. Glandier hörte, wie draußen der Schlüssel umgedreht wurde.

Wenig später kam er wieder zurück. Hinter ihm betrat Jack Sheehy den Raum. Der Junge nahm auf der anderen Seite des Tisches Platz.

»Tag.«

»Ich bin festgenommen worden.«

»Das sehe ich.«

»Wegen eines Mordes, den du begangen hast.«

Der Junge erstarrte. »Welchen Mord meinen Sie?«

»Ich meine Dr. Helbron.«

Der Junge schob die Schultern hoch. »Und nun? Soll ich etwa zum wachhabenden Beamten gehen und sagen: *Officer, bitte glauben Sie mir. Ich bin der Mörder. Robert Glandier ist unschuldig.* Das wäre doch saublöd. Außerdem, wer sagt denn, daß Sie unschuldig sind? Sie haben schließlich Ihre Frau getötet. Damit hat alles angefangen.«

»Das ist doch wieder ein Traum, oder? Die Polizei hätte dich doch nie im Leben zu mir reingelassen.«

»Sie enttäuschen mich, Daddy. Ich hatte gehofft, Sie hätten endlich etwas Ordnung in Ihrem Leben geschaffen. Ich meine, was Wachen und Träumen angeht.«

Glandier hatte seine Hände zu Fäusten geballt. Schließlich öffnete er die Finger im Zeichen der Lotusblüte.

»Bin ich immer noch gegenwärtig?« sagte der Junge voller Sarkasmus. »Ich sage Ihnen was. Ich schlage Ihnen einen Handel vor. Ich hole Sie aus dem Gefängnis raus. Es gibt keine Anklage. Sie gehen blütenweiß aus dem Ganzen hervor. Unter einer Bedingung.«

Glandier wartete und schwieg.

»Unter der Bedingung, daß ich Sie bei unserem nächsten Treffen mitnehmen kann.«

»Wohin?«

»In die Hölle... Na, werden wir einig?«

Glandier begann auf Zeit zu spielen. »Bin ich denn überhaupt im Gefängnis? Vielleicht ist es nur ein Traum?«

»Ich sage Ihnen, Sie sitzen im Knast, so wahr ich hier sitze. Wenn Sie nicht die nächsten zwanzig Jahre hinter Gittern zubringen wollen, dann nehmen Sie jetzt Ihren Füller, tauchen die Feder in Ihr rotes Blut und unterzeichnen unsere Vereinbarung oberhalb der gestrichelten Linie. Sie müssen unterschreiben, bevor die das Licht anmachen. Wenn Sie erst einmal aufgewacht sind, ist es zu spät.«

Glandier starrte auf den Estrichboden, wo eine Kakerlake ihre Kreise zog.

»Ich schmeiß noch einen Bonus mit rein«, sagte Jack Sheehy. »Um Ihnen das Ganze etwas zu versüßen. Sie möchten doch gern den Geist Ihrer Frau für alle Zeiten vom Hals haben, nicht? Und dann haben Sie doch auch gar keinen Bock auf den Dauerbluter, auf diesen Dichter. Ich könnte Ihnen verraten, wie Sie die beiden für ewig loswerden. Das möchten Sie doch gerne, oder etwa nicht?«

»Das schon. Aber...«

»Aber was? Sie möchten nicht gerne in die Hölle kommen, wie? Das hätten Sie sich früher überlegen müssen. Im Alter von dreieinhalb Jahren. Also was ist nun? Treffen Sie Ihre Entscheidung, bevor Sie aufwachen.«

»Einverstanden«, sagte Glandier.

Ich hatte keine andere Wahl, dachte er.

»Geben Sie mir die Hand drauf«, sagte der Junge. Er streckte die Rechte über die Formicaplatte. Widerstrebend griff Glandier zu. Es fühlte sich an, als hätte Jack Sheehy eine Generation Kellerasseln in den Falten seiner Hand verborgen.

Eine Hand legte sich auf seine Schulter. Er wurde wachgeschüttelt. »Warten Sie«, stöhnte er. »Er muß mir doch noch Näheres über die Sache mit meiner Frau sagen.«

»He, Mister, kommen Sie schon. Sie können sich zu Hause ausschlafen. Sie sind frei. Die Sache hat sich aufgeklärt. Es war alles nur ein Irrtum. Hier ist Ihr Gürtel. Und Ihre Schuhbänder.«

»Was?«

»Der Officer erklärt es Ihnen vorne im Büro. Ihr Anwalt erwartet Sie. Sie wollten ja keine Aussage machen, wenn er nicht zugegen ist. Dann kann ich Ihnen auch nichts sagen, wenn er nicht dabei ist.«

55

Judy und Maryann, die beiden Töchter der Sheehy-Familie, hatten die Schulbushaltestelle verlassen. Sie waren auf dem Rückweg zu ihrem Elternhaus. Ein dunkelhäutiger Jockey tanzte vor ihnen her, eine Laterne in der Hand. Einige Male überholten ihn die Mädchen, dann wieder lief er neben ihnen her. Umsonst versuchte er die beiden vor der Rückkehr ins Elternhaus zu warnen. Es gelang ihm zwar, die Mädchen etwas einzuschüchtern. Sie vom Heimkehren abzuhalten, soweit reichte sein Einfluß nicht. Er hätte, was den Nachdruck bei diesem Teil seines Vorhabens anbetraf, genauso gut eines seiner eigenen Bücher sein können, das im hintersten Regal der abgelegensten Gemeindebibliothek des Staates Minnesota vor sich hingilbte. Die Mädchen *achteten* einfach nicht auf ihn.

Berryman hatte Maryann die Hand auf den mit sanftem Pfirsichpflaum behaarten Jungmädchennacken gelegt. »Du mußt doch zumindest eine dunkle Vorahnung spüren, Mädchen! Ein Schaudern, etwas in dieser Richtung. Wenn du das Haus betrittst, bist du so gut wie tot. Hör doch bitte auf mich!«

Aber Maryann war nicht einmal bereit, eine Gänsehaut zu bekommen. Statt dessen vertiefte sie sich in der Unterhaltung mit Judy in ganz andere Themen. Jessica Breen, so behauptete sie, sei mitnichten eine Petze, wenn sich auch nicht abstreiten ließ, daß es andere Persönlichkeitsdefizite gäbe. Wenn, so führte sie weiter aus, Jessica Breen nicht über jeden Zweifel erhaben war, dann war das ein Vorwurf, der sich schlechterdings auf den Rest der Menschheit in gleicher Weise anwenden ließ. Eine Bemerkung, die Judy dann wieder als versteckten Hinweis auf gewisse Bettspiele empfand, denen sie sich, ob Maryann dabei war oder nicht, zu widmen pflegte.

»Ihr hört mir jetzt einmal zu!« schimpfte Berryman. »Beide! Euer Bruder will euch ermorden. Er hat bereits eure Mutter umgebracht. Euren Vater hat er ertränkt. Er hat ihn mit dem Krocketschläger zusammengedroschen, als er aus dem Büro kam. Der Junge läuft Amok, versteht ihr das denn nicht? Charlie Manson im Taschenformat. Rennt weg! Eßt zwölf Portionen im Ice Cream Parlour! Geht auf eine Pyjamaparty! Was auch immer! Aber geht nicht in dieses Haus!«

Aber ach, die beiden Schwestern hüpften unbeirrt über die gemeindeeigene Rasenfläche, wo zu einem früheren Zeitpunkt jenes Tages ihr Bruder den Dichter John Berryman verfolgt hatte. Irgendwie kam Judy dann doch, wenn auch in Andeutungen, auf das Thema zu sprechen.

»Ich fand das ja ausgesprochen komisch heute früh.«

»Ich auch«, stimmte ihr Maryann zu.

»Warum hat Jack das nur gemacht?«

»Mutter sagt, er war einem Frosch hinterher. Aber mit der *Axt*? Angeblich hat er die Büsche bei den Gallaghers abgeholzt. Ich muß sagen, ich hab's nicht mit eigenen Augen gesehen. Ich meine, es gehört sich nicht, wenn ich da rumschleiche und mir die Bescherung ansehe. Es ist einfach nicht die Gegend, wo man so was macht. Was ich mich frage, was ist eigentlich in Jack gefahren? Okay, okay, wir wissen beide, daß er nicht alle Tassen im Schrank hat. Aber das ist nun mal so mit Kindern in diesem Alter. Kaum jemand hat alle Tassen im Schrank.«

»Du nicht ausgeschlossen«, stichelte Judy. »Als du elf Jahre alt warst, wolltest du Selbstmord begehen.«

»Ich? Nie im Leben!« protestierte Maryann.

»Du hast mir deinen Abschiedsbrief laut und deutlich vorgelesen.«

»Das war doch nur literarisch gemeint. Ich hatte nie ernsthaft vor, mich umzubringen. Und außerdem ist das schon zwei Jahre her. Jedenfalls sehe ich keinen Zusammenhang mit Jack und seiner Axt.«

»Ich hab' ja nicht davon angefangen, sondern du. Du hast gesagt, er hat einen Knall.«

»Wie würdest du so was denn nennen? Findest du das *normal*?«

»Wie dem auch sei«, sagte Judy. »Es gibt eine wichtige Regel. Wir müssen tun, als ob nichts passiert wäre. Keine Anspielung, keine neugierigen Blicke. Nichts dergleichen. Er darf nicht merken, daß wir ihn für bekloppt halten.«

»Ich weiß nicht, ob das richtig ist«, widersprach Maryann. Sie waren hinter dem Haus angekommen. Maryann legte die Rechte auf den glatten Handlauf, der an der Treppe hochführte. »Es ist vielleicht besser, wenn man ihn gezielt drauf anspricht. Die Leute, die du kennengelernt hast, das waren alles in allem *normale Menschen*. Da war das Problem doch nur, daß die nicht über ihre seelischen Probleme sprechen wollten.«

»Ich bin jederzeit bereit, mit Timothy Hutton über seine Probleme zu diskutieren. Aber ich bin nicht bereit, mich mit Jack über die Notwendigkeit des Fröscheverstümmelns auseinanderzusetzen. Nicht, wenn es sich irgend vermeiden läßt.«

Berryman legte ihr die Hand auf den Arm. Aber er war zu schwach. Die Tür schwang auf. Jacks ausgewählte Opfer trotteten zur Schlachtbank.

»Du hast getan, was du konntest, John«, sagte eine Stimme. Sie schien aus dem Nichts zu kommen.

Es war, Berryman brauchte nicht lange darüber nachzudenken, Adah Menkens Stimme. In dem Augenblick, wo er das erkannte, erschien sie auch schon neben ihm. Sie trug ihr Kostüm aus der *Mazeppa*-Rolle. Eine brokatbestickte Bettdecke, die an den Hüften von einem breiten Ledergürtel gehalten wurde. Der Rest der Decke war als Turban um den Kopf gewunden. Dann gab es noch ein knappsitzendes Bolerojäckchen. Die langen Beine steckten in Schaftstiefeln. Wo die Schenkel sichtbar wurden, war die Schicklichkeit mittels einer fleischfarbenen Strumpfhose gewahrt.

»Es ist wohl besser, wenn ich reingehe«, sagte er unsicher.

»Nein, John. Die Dinge sind jetzt an einem Punkt angelangt, wo wir nicht mehr helfen können, *weder* du *noch* ich! Ich glaube nicht an die Vorsehung. Aber es gibt so etwas wie eine Wasserscheide. *The point of no return.*«

Schweigen. Die beiden Dichterkollegen starrten auf die Fassade des Sheehyschen Anwesens. Und dann war Maryanns markerschütternder Schrei zu hören. Das Mädchen war im Badezimmer angekommen. Sie hatte die verstümmelte Leiche ihres Vaters in der Badewanne entdeckt.

»Und Giselle?« fragte Berryman. Er hatte der Fassade den Rükken zugedreht. Die Ausrottung der Familie Sheehy war wohl nicht mehr zu verhindern. »Es muß doch eine Möglichkeit geben, wie wir Giselle helfen können.«

Adah Menken sah traurig aus. Ihr Blick war auf das gepflegte Gras gerichtet. »Ich fürchte, Giselle lebt in einer Welt, wo wir sie nicht mehr erreichen können. Zumindest nicht auf akustischem Wege.«

»Lebt sie denn überhaupt noch? Sind Sie sicher?«

»Aber ja. Sie lebt, wie ein Baum lebt. Erinnern sie mich *bitte* dran, daß wir eine Baumschere mitnehmen. Es weiß, wo Giselle ist. Es weiß auch, wie Giselle zu Tode gebracht werden kann. Wir könnten immerhin versuchen, dem vorzubeugen.«

Diesmal war es Judy, die einen Schrei ausstieß. Man hörte, wie ein Gegenstand gegen das Treppengeländer geschlagen wurde. Berryman hatte in der Stille das Geräusch eines Körpers erwartet, der mit einem dumpfen *Blobb* auf dem Boden des Erdgeschosses aufkam. Aber dieses Geräusch blieb aus. Judy beschränkte sich in ihrem Konflikt mit Jack darauf, seinen Kopf gegen das Geländer zu schlagen.

Berryman und Adah Menken hatten die Rasenfläche überquert. Sie gingen auf den Weidenbaum zu. Adah gab Berryman die Baumschere. Sie schnitten ein paar Dutzend Zweige ab und begannen eine Girlande zu flechten.

Maryann war in das Badezimmer eingeschlossen worden. Immer noch hatte sie sich nicht mit dem Anblick ihres verstümmelten Vaters abgefunden. Das erklärte auch ihre fortgesetzten Schreie und das Trommeln ihrer Fäuste an der empfindlichen Türfüllung.

»Jetzt«, sagte Adah in autoritärem Tonfall, »ist es Zeit, ins Paradies zurückzukehren. Und ich werde Sie mitnehmen, mein lieber Freund. Aber erst müssen Sie mir den Ring zurückgeben. Von jetzt ab gibt es keine Verwandlungen mehr. Sie können nicht im Paradies erscheinen, als ob Sie sich aus einem Versandhauskatalog ausgeschnitten hätten.«

Berryman händigte ihr den Zauberring aus. Im gleichen Augenblick nahm er seine alte Gestalt an. Er war jetzt wieder der blinde Dichter im schäbigen, blutverschmierten Tweedsakko. »Wie kommen wir hin?« fragte er.

»Wir werden klettern müssen. Und da ich keine Laterne sehe, schlage ich vor, daß wir den Baum da raufklettern.«

Berryman ließ seine Finger über die eingekerbte Borke gleiten. »Wird sie was merken, wenn wir auf ihr rumklettern?«

»Nicht in dem Sinne, wie eine Frau es registriert, wenn jemand auf ihr rumklettert. Aber denken Sie jetzt nicht soviel darüber nach, was andere empfinden. Die wahre Hilfe kommt aus uns selbst. Es ist doch gar nicht so schwer. Sie legen Ihre Finger um den Zweig da. So. Und jetzt heben Sie den linken Fuß und setzen ihn in den Steigbügel meiner beiden Hände.«

Berryman tat wie geheißen. Er kletterte von Ast zu Ast. Die Zweige gaben nach unter seinem Gewicht. Der Weidenbaum hatte zu schwanken begonnen. Aber er ließ sich dadurch nicht beirren. Es war ein bißchen wie die Ägypter, die ihre Pyramiden hinauflaufen, nur daß die Stufen hier aus unterschiedlich hoch angesetzten Zweigen bestanden.

Jack Sheehy war es inzwischen gelungen, seiner älteren Schwester die Augäpfel aus den Höhlen zu drücken. Er war jetzt dabei, den Teppich mit Benzin zu übergießen.

Maryann, immer noch im Bad eingesperrt, hatte ein Fläschchen

Mundwasser gefunden, das sie benutzte, um auf das Thermopanfenster einzuschlagen. Jack hatte diese Möglichkeit vorausgesehen. Er hatte das Badezimmerfenster mit einer Schicht schnelltrocknenden Klebers bestrichen. Und so kam es, daß nicht das Fenster, sondern das Fläschchen zerbrach. Tränen der Enttäuschung schossen aus Maryanns Augen, unmittelbar nachdem sie auf den Fliesen des Bads zusammengebrochen war.

Der Teppich bestand aus einem Wolle-Acryl-Gemisch, so daß bei der Verbrennung ein beißender Qualm entstand, der sich alsbald seinen Weg durch den Fußbodenschlitz der Badezimmertür bahnte.

»Sind Sie noch hinter mir?« schrie Berryman. Adah schrie zurück, ja, sie sei noch hinter ihm.

»Der Baum kommt mir reichlich hoch vor für eine Weide«, bemerkte er.

»Wir sind gleich da«, tröstete sie ihn.

Er griff ins Leere und bekam, wieder einmal, einen Weidenzweig zu packen. Er packte zu und zog sich ein paar Zentimeter hinauf, indem er mit seinem rechten Fuß auf einem tiefer angewachsenen Ast einen Halt suchte. Weiter oben zeichneten sich gewisse Veränderungen ab. Inmitten der Düsternis war ein flackerndes Licht zu erkennen. Berryman spürte, wie Kühle über seinen Rücken kroch. Die Kühle passierte sein Hirn und wanderte dann in die Finger. Plötzlich war ein Puls da. Das Ganze ähnelte der Oberfläche eines anständigen Schwimmbads, wenn es zu regnen beginnt.

»Sind wir bald da?« fragte er.

»Jeden Augenblick«, sagte Adah Menken.

Das Haus von Mr. Sheehy stand in Flammen. Jack, der Stolz seines Vaters, hatte das Türchen des Vogelkäfigs geöffnet. Er streckte dem Wellensittich seinen Finger hin. Aber das Tier zeigte sich wenig kooperativ. Es hopste in seinem Käfig hin und her, wobei seine kleinen Krallen nicht nur die runden Sitzstäbe, sondern auch das Freßnäpfchen berührten, gab mißtönende Laute von sich und schien alles in allem entschlossen, *nicht* auf Jacks nach wie vor ausgestreckten Finger zu springen. Das Innere des Hauses hatte sich so schnell mit Rauch gefüllt, daß Jack seinen Finger kaum noch erkennen konnte, nicht einmal wenn er den Kopf zur Seite wandte, obwohl man doch aus den Augenwinkeln besser sehen kann als von vorn. Jack entschloß sich zu einer Maßnahme der Verzweiflung. Er hob den Metallkäfig vom Plastikuntersatz und drehte ihn um, so daß der Vogel Kopf stand. Ein Schnalzen hilflosen Protestes, dann breitete das Tier seine Schwingen aus, flatterte durch den Raum und floh durch das Fenster, das Jack für diesen Zweck geöffnet hatte, ins Freie. Als der Halbling sich aus Jacks Körper herausgewunden hatte, waren die Lungen des Jungen an der Grenze ihrer Belastungsfähigkeit angelangt. Erstickt brach er, den offenen Käfig in der Rechten, auf dem Fußboden des brennenden Hauses zusammen. Der Vogel flog in den milden Abend hinein, dem Sirenengeheul der Feuerwehrautos entgegen.

56

»Ich soll über die ganze Erde zu bestimmen haben?« wunderte sich Joy-Ann. »Schwer zu glauben.«

»Irgend jemand muß es schließlich tun«, sagte Adah. »Ich mache die Sache seit 1868. Ich hab' die Schnauze voll.«

»Aber warum ich? Ich bin doch immer nur Hausfrau gewesen.«

»Sie wissen, was Jesus in der Bergpredigt gesagt hat.«

»Was hat er denn gesagt? Ich kann mich immer so schwer an solche Dinge erinnern.«

Joy-Ann gab ihrem Drehsessel einen Stoß und nahm das Bild, das an der graugestrichenen Metallwand befestigt war, in Augenschein. Es war das Pendant zu jenem Bild, das in ihrem Krankenzimmer gehangen hatte, als sie im Paradies aufwachte. Anstelle des Regenbogens, der Ulmen und der Blumen war hier die Erde zu erkennen, so wie man sie von den NASA-Fotografien her kannte. Allerdings waren die Namen und die Staatsgrenzen ausradiert worden. Es gab eine dunkle und eine helle Hälfte. Düstere Wolken links, blauschimmernde Ozeane rechts. Von den Landmassen ragten spiralförmige Treppen in den Himmel, reichverziert mit Edelsteinen. Myriaden von Seelen waren zu erkennen, die auf den Treppen hinauf- und hinabwanderten. Über dem Ganzen flatterte ein Spruchband mit den Worten:

Selig sind
die Sanftmütigen,
denn ihrer
ist die Erde.

»Sanftmütig!« rief Joy-Ann aus. Es klang etwas schrill. »Mich kann man doch wirklich nicht sanftmütig nennen.«

»Das ist ja auch nicht die einzige Eigenschaft, die der Bewerber erfüllen muß«, sagte Adah. »Den Job kann nur jemand kriegen, der wirklich Spaß an den Dingen hat, welche die Erde so bietet. Sie würden überrascht sein, wenn Sie erfahren, wie viele Menschen aus dem Paradies ohne jeden Aufenthalt weiter zu den Gefilden des Lichtes streben. Die verschwenden keinen Gedanken an die schönen Dinge, die sie sich entgehen lassen. Als die Colette starb, habe ich gedacht... haben Sie eines ihrer Bücher gelesen?«

Joy-Ann schüttelte den Kopf. Wer ist Colette? dachte sie. Aber sie hütete sich, die Frage laut auszusprechen.

»Na ja, ich war so sicher gewesen, daß sie mich ablösen würde. Wer unter all den Menschen, wenn nicht die Colette? Aber nein. Sie wollte weiter. Höher hinaus. Wir kennen das ja. Unter uns gesagt, damals war ich *gar nicht so scharf* drauf, abgelöst zu werden.«

»Und wie kommt es, daß Sie Ihre Meinung inzwischen geändert haben?«

»Das Chaos in der Familie Sheehy hat den Ausschlag gegeben. Es war alles so *ungerecht*. Ich möchte mit dergleichen Dingen nie wieder befaßt werden.«

Joy-Ann nickte. »Das ist übrigens auch die Meinung der Betroffenen. Die Sheehys finden, es war eine schreiende Ungerechtigkeit. Allerdings geben sie Jack die Schuld an der ganzen Sache. Ich habe ihnen zu erklären versucht, daß Jack mit den Ereignissen ursächlich nichts zu tun hatte, daß er diese furchtbaren Taten nur begangen hat, weil er von einem Dämon besessen war. Aber sein Vater hat für dergleichen Begründungen wenig übrig. Wissen Sie, wie er mich abgeschmettert hat? *Das übliche Geschwätz liberaler Kreise!* Das waren seine Worte. Ich fand das ausgesprochen unverschämt von ihm. Die Mutter saß da und heulte. Die beiden Mädchen waren wie versteinert. Als ob *ich* dran schuld wäre! Ich habe ihnen gesagt, sie kommen aus dem Wartezimmer nicht raus, wenn sie sich nicht wenigstens bereit erklären, mit dem Jungen zu *sprechen*. Jack ist ja völlig durcheinander, nach allem, was geschehen ist. Armer Kerl. Erst als er in dem brennenden Haus aufwachte, hat er verstanden, was gespielt wurde. Und da war es auch schon zu spät. Sekunden später war er tot. Man sollte doch meinen, daß die Familie etwas Mitleid mit ihm hat. Aber nein.«

»Sie haben einen Warteraum eingerichtet?« sagte Adah Menken. Ein Hauch Anerkennung klang durch. »Wo ist der Raum?«

Joy-Ann deutete auf die Tür, durch die Adah eingetreten war. »Gleich dort. In der ersten Zeit habe ich die Leute bei mir daheim empfangen. Aber das ist den meisten Menschen wohl ziemlich unangenehm. Sie sind daran gewöhnt, mit Institutionen zu verhandeln. Wenn sie nun hierherkommen, wo es ohnehin viele neue Eindrücke zu verarbeiten gilt, dann ist es eine Hilfe, wenn man mit ihnen in einer Art Büro spricht. Der Schock ist dann nicht so groß. Ganz persönlich betrachtet, finde ich das auch besser. Ich habe mich im Stillen immer danach gesehnt, einen richtigen Beruf auszuüben. Ich wollte einen Schreibtisch, ein Namensschild an der Tür, ein eigenes Büro, einen festumrissenen Verantwortungsbereich. Nun ja, zu Anfang war's viel Arbeit. Es sterben ja jedes Jahr Millionen von Menschen, und wenn man sich auch nicht mit allen unterhalten muß, so doch mit vielen. Ich habe mich dann daran erinnert, was Sie mir einmal über die Ewigkeit gesagt haben. Sie sagten, es gibt keinen Grund zur Hast. Dementsprechend lasse ich mir Zeit bei der Arbeit. Nach und nach bringe ich alles hinter mich.« Sie lächelte und klopfte mit den Knöcheln auf die riesige Schreibtischplatte. »Toi-toi-toi.«

»Noch etwas, bevor ich gehe«, sagte Adah. Sie beugte sich vor und reichte ihr die Weidengirlande, die entflochten und in Blumenpapier eingewickelt worden war. »Gut wässern, und hin und wieder in die Sonne stellen, aber nicht zuviel. Wenn Sie dann sehen, daß die Pflanze wirklich gesund ist, zerspalten Sie ein Blatt und pflanzen das Stückchen einem Embryo ein. Sie nehmen einfach einen Embryo von der Liste. Damit ist die Sache dann geritzt.«

Joy-Ann erschrak. »Was für eine Sache? Und wieso geritzt?«

»Dann kann Giselle wiedergeboren werden.«

»Wollen Sie damit sagen, daß sie noch ein Leben erleiden muß?«

»Ich fürchte, ja.«

»Wird sie sich an irgendwelche Einzelheiten aus ihrem ersten Leben erinnern?«

»Nein. Das liegt ein für allemal hinter ihr.«

»Nicht einmal an ihren Namen?«

»Nicht einmal an ihren Namen. Und trotzdem ist es nach wie vor dieselbe Seele.«

Joy-Ann betrachtete die Weidenzweiglein mit sorgenvoller Miene. Sie seufzte. »Ich werde sie am besten gleich in eine Vase stellen.«

Adah nickte. Sie reichte ihr die Hand zum Lebewohl.

»Geben Sie mir den Ring«, sagte Joy-Ann.

»Mein Gott, das hätte ich beinahe vergessen.« Sie fuhr mit dem Zeigefinger in das Täschchen ihres Boleros und brachte den Zauberring zum Vorschein. Sie gab ihn Joy-Ann. Die steckte ihn an den Ringfinger der linken Hand.

Sie gaben sich die Hand. Und dann küßten sie sich liebevoll auf die Wange.

»Auf Wiedersehen«, sagte Joy-Ann. »Ich wünsche Ihnen viel Spaß im Himmel.«

»Auf Wiedersehen. Ich hoffe, daß Sie Freude an der Sache behalten. Arbeiten Sie nicht zuviel.«

»Ich werde Ihren guten Rat beherzigen. Übrigens... Wenn Sie draußen sind, dann könnten Sie...«

»Ja?« Adah war in der geöffneten Tür stehen geblieben.

»Bitten Sie die Sheehys, sie sollen zu mir hereinkommen. Die warten schon so lange, und ich habe keine Zeitschriften für das Wartezimmer. Ich habe mich überall umgeschaut, es scheint hier keinen Kiosk zu geben, der Zeitschriften verkauft.«

»Im Paradies gibt's keine Zeitschriften«, belehrte sie Adah. »Nur Bücher.« Sie wandte sich zum Gehen. »Ich schick' Ihnen die Familie rein.«

Sie ging ins Wartezimmer und begrüßte die Sheehy-Familie mit einem strahlenden Lächeln. »Sie können reingehen«, sagte sie.

Mr. Sheehy sah sie mißgelaunt an. Mrs. Sheehy tupfte sich ihre Tränen mit einem Papiertaschentuch ab. Die Mädchen amüsierten sich über das *Mazeppa*-Kostüm, das Adah trug.

Gott sei Dank, daß ich diesen Job hinter mir habe, dachte Adah. Mit einem verhaltenen Seufzer der Erleichterung verließ sie das Wartezimmer. Sie wäre beinahe mit John Berryman zusammengeprallt, der auf dem Flur wartete. Er war nicht mehr blind. Nur kurzsichtig.

»Sind Sie bereit?« fragte er.

»Ich bin so bereit, noch bereiter geht's gar nicht«, pflaumte sie.

»Also dann: *up, up, and away!*«

»Excelsior«, sagte Adah.

57

Während Glandier darauf wartete, daß Giselles sterbliche Überreste in den *Saal der Taube* gebracht würden, hatte er sich die Zeit mit Spaziergängen in den oberhalb gelegenen Höfen vertrieben. Er hatte der Musik gelauscht, die aus den Lautsprechern quoll. Und er hatte in den Kunstdruckprospekten geblättert, wo in salbungsvollen Wendungen die Vorzüge und Absonderlichkeiten der *Schinder's Memorial Gardens* ausgebreitet wurden. In einem der Innenhöfe war als einziger Bezugspunkt eine Plastik von Helmut Vliet ausgestellt. Es war ein beeindruckendes Stück Kunst. Glandiers ungeübten Augen war es zunächst wie eine Gebrauchtwagenausstellung erschienen, auf die ein mittlerer Bombenangriff niedergegangen war. Einige Härten des geborstenen Stahls waren vom Künstler durch eingetopfte Farne und geschickt plazierte Brünnlein abgemildert worden. Vom ästhetischen Gesichtspunkt aus verabscheute Glandier die *Schinder's Memorial Gardens*, wie er jede Art von Kunst verabscheute, die sich nicht unmittelbar kommerziellen Zwecken unterordnete. Aber es gab wohl, was den weiteren Verbleib von Giselles Leiche anging, keine andere Möglichkeit. Vergeblich hatte er das Management des Friedhofs, wo Giselle ursprünglich begraben – wie Glandier fand, *vergraben* – worden war, zu überreden versucht, einer Feuerbestattung des exhumierten Leichnams zuzustimmen. Nein, hatten seine Gesprächspartner gemeint, eine Verbrennung käme nicht in Frage. Sie würden Giselle in der Grabstätte beisetzen, die ursprünglich für sie bestimmt gewesen war. So oder gar nicht. Dann gar nicht, hatte Glandier gesagt. Nach einigen Telefonanrufen war er an *Schinder's* geraten. Die einzige Firma, die mit dem Bestattungsmodus einverstanden war, den Glandier wünschte.

Schinder's Memorial Gardens, so wurde in der Broschüre versichert, bot innerhalb der Welt der Bestattungsindustrie revolutionäre Neuerungen in zweifacher Hinsicht. Was das Ritual der Beerdigung oder der Feuerbestattung anging, so verfügte *Schinder's* über Anlagen, die zweckdienlich und schnell arbeiteten, wobei die Firma geschmacklosen Pomp und pietätlose Zurschaustellung vermied. Zum zweiten legte das Unternehmen Wert auf die eigentliche Funktion einer solchen Gedenkstätte. Die geeignete Umgebung für Tote und ihre Angehörigen war, im Sinne der Schinder'schen Philosophie, eine Landschaft, die gewisse Ähnlichkeiten mit einem Museum der zeitgenössischen Kunst hatte. Nicht – darauf wurde in der Broschüre ausdrücklich hingewiesen – ein *Potpourri* widersprüchlicher Geschmacksrichtungen. Auch keine Repliken jener Originalplastiken, die irgendwo in Europa standen. Sondern ein Tribut an die großen zeitgenössischen Künstler Nordamerikas, eben an jene, die der Moderne in der Neuen Welt den Weg bereitet und damit eine Entwicklung eingeleitet hatten, die nun so herrliche Früchte trug.

Um diese Vision mit Leben zu erfüllen, hatte Graham Schinder, einziger Erbe der Schinder'schen Fleischfabriken und Sägemühlen, über einen Zeitraum von zwanzig Jahren den Betrag von 65 Millionen Dollar investiert. Mit diesem Geld waren ausnahmslos Werke amerikanischer Künstler geschaffen worden, Kunstwerke von einzigartiger Prägung und unbezweifelbarer Bedeutung. In den Gärten und Innenhöfen, auf den Freiflächen und Waldlichtungen, in den Pavillons und Tempelchen von Memorial Gardens prangten Bilder von Mark Rothko, Barnett Newman, Jasper Johns, Helen Frankenthaler und Morris Louis, Skulpturen von David Smith, Louise Nevelson, Marisol und Helmut Vliet. Der letzterwähnte, so wurde in der Broschüre klargestellt, war ein enger Freund von Mr. Schinder. Er hatte nicht unerheblichen Anteil an der Konzeption der Memorial Gardens. Von der Akademie Amerikanischer Architekten war der Friedhof als einer der modernsten und schönsten des 20. Jahrhunderts gelobt worden.

Nach Glandiers Dafürhalten lief die ganze Broschüre darauf hinaus, den exorbitant hohen Preis zu begründen, den die Firma für eine Grabstätte haben wollte. Giselle bei Schinder unterzubringen, war viermal so teuer wie die Bestattung auf dem ersten Friedhof, den Glandier für seine Frau ausprobiert hatte. Was man für den Preis bekam? Giselles Asche würden ein paar Kubikzentimeter im *Nevelson Cinerarium* zugestanden werden. Ihr Name würde in die Bronzetafel mit der Überschrift ›The Remembered‹ eingebracht werden, die am Eingang des Cinerariums hing, wobei zu sagen war, daß diese Tafel noch von keinem Besucher eines Blicks für würdig erachtet worden war. Der Inhaber der Firma, ging es Glandier durch den Kopf, hätte viel passender *Schwindler* geheißen. Und doch war er erleichtert, daß die Überreste seiner Frau nun verbrannt und in weißgraues Pulver verwandelt werden würden. Schon beim ersten Mal hatte er vorgehabt, die Leiche einem Krematorium zu überantworten. Joy-Ann hatte ihn davon abgehalten. Sie hatte argumentiert, Feuerbestattung sei Sünde, und sie war bei ihrer Meinung geblieben, auch als Glandier auf hygienische Gesichtspunkte hinwies. Die meisten Mörder, so hatte er inzwischen erfahren, bevorzugten Feuerbestattung, für wen auch immer. Feuerbestattung hatte einen Geruch der Endgültigkeit, der bei Erdbestattung einfach nicht zu erzielen war.

Es war eine junge blonde Dame in einem schwarzen Kleid gewesen, die Glandier die Treppe hinunterführte. Sie hatte ihren Namen genannt, aber den hatte er unmittelbar danach wieder vergessen.

Sie waren einen spärlich beleuchteten Gang entlanggewandert. Schließlich waren sie in den Raum der Taube gelangt, in eine Kapelle, wie sie unter sakralen Bauwerken der Nordhalbkugel nicht ihresgleichen hatte. An den Wänden hingen vier kleinformatige Drucke. Es gab einige Sitzgelegenheiten, die ganz offensichtlich vom Sperrmüll stammten.

Glandier sah seine Begleiterin fragend an. »Ich hatte hier eigentlich den Heiligen Geist erwartet.«

»Weil es *Saal der Taube* heißt, meinen Sie?«

»Genau.«

Sie fuhr sich über ihre blonde Mähne. »Der Saal heißt so, weil die Drucke an den Wänden nach Originalen von Arthur Taube hergestellt wurden.«

»Aha.«

Das Mädchen blickte ihn todernst an. »Hier«, sagte sie in der Art, wie Stewardessen ihre Transatlantikpassagiere auf die Wechselfälle der Zivilluftfahrt vorbereiten, »hier ist die Bedienungsapparatur für das Lautsprechersystem. Wir verfügen über neun Kanäle. Die möglichen musikalischen Programmfolgen ersehen Sie aus der Stanzkarte.« Sie deutete auf einen schwarzen Knopf, der Glandier peinlich an den Knopf auf seiner Kegelbahn erinnerte, den man drücken mußte, damit die Kegel wieder hochgezogen wurden. »Wenn Sie diesen Knopf betätigen, setzt sich der Wagen mit dem Sarg in Bewegung.« Sie ließ ihre Hand voller Zärtlichkeit auf dem Knopf ruhen. »Der Sarg gleitet dann in die Verbrennungskammern.« Sie warf einen Blick auf ihren Zettel. »Hier steht, daß die Einäscherung in aller Stille stattfinden soll.« Sie sah nach ihrer Uhr. »Sie haben von jetzt ab gerechnet eine halbe Stunde Zeit, Ihrer lieben Frau Lebewohl zu sagen. Ich lasse Sie jetzt miteinander allein. Mein aufrichtig empfundenes Beileid!«

Glandier war unschlüssig, ob er dem blonden Kind ein Trinkgeld geben sollte. Noch bevor er seine Brieftasche ziehen konnte, war sie verschwunden.

Und dann war er allein mit Giselle. Er hob die Hand, um auf den Knopf zu drücken. Dann hielt er inne. Andacht. Man ließ das gemeinsame Leben Revue passieren, bevor man die geliebte Seele ins Flammenmeer schickte. Er hatte die Weide fällen lassen. Das zersägte Holz würde nun bald abgefahren werden. Die Vernichtung des Weidenbaumes war eine der Instruktionen, die auf dem Zettel von Jack Sheehy enthalten waren. Jack hatte ihm den Zettel, in einem Umschlag, unter das Telefon im Schlafzimmer geschoben.

Wenn Glandier, so hatte Jack argumentiert, sichergehen wollte, daß er nicht mehr von seiner Frau oder ihren Abgesandten verfolgt wurde, mußte er ihre sterblichen Überreste *und* ihren Astralkörper verbrennen. Der Astralkörper, so hatte ihn Jack belehrt, befand sich im Mark des Weidenbaums.

Glandier überflog die Liste der Choräle, die auf der plastikversiegelten Stanzkarte verzeichnet waren, und entschied sich für einen Mormonenchor, der das Lied ›Nearer God to Thee‹ intonieren würde.

Das Lied wurde durch ein stimmungsvolles Orgelvorspiel eingeleitet. Die Orgel klang so laut, daß das Zirpen eines Rotkehlchens übertönt wurde, das auf dem Fenstersims – der *Saal der Taube* verfügte nur über ein einziges Fenster – Platz genommen hatte. Der Vogel flatterte zielstrebig auf den waldgrünen Spannteppich hinunter. Mit ein paar Sätzen war er auf dem Fließband. Dies, weil die Vorrichtung, die das blonde Mädchen schönfärberisch als ›Wagen‹ bezeichnet hatte, eben *kein* Wagen war, sondern ein Fließband, das in seiner Konstruktion den Gepäckförderbändern auf den Flugplätzen entsprach. Der Vogel begann mit den Flügeln zu schlagen und schwang sich zum Sarg auf. Er nahm unterhalb des Kreuzes Platz.

Erst jetzt war Glandier des Rotkehlchens ansichtig geworden. Er reagierte mit der halblaut gemurmelten Bemerkung »Verdammter Mist!« Er ging zum Sarg und versuchte den Störenfried mit einer ungeduldigen Handbewegung zu verscheuchen. Aber das Rotkehlchen war schneller. Sein Kopf schnellte nach vorn. Ehe er sich's versah, hatte Glandier eine kleine blutende Wunde an der Handwurzel.

Jetzt ging es ihm auf, daß dies wohl kein gewöhnliches Rotkehlchen war. Ein gewöhnliches Rotkehlchen hätte den Konflikt gelöst, indem es fortflog. Es hätte sich auch nicht erfrecht, an dem silbernen Kreuz eines Sarges herumzupicken. An dem *silbrig schimmernden* Kreuz müssen wir hier wohl sagen. Es handelte sich um eine Aluminiumfolie, die um ein Plastikkreuz gewunden worden war. Schinder's Memorial Gardens blieb insofern der Werbeaussage in den Prospekten treu, derzufolge das Ritual auf jeden Pomp verzichtete. Und in der Tat war der Vogel, dem Glandiers Aufmerksamkeit galt, nur in dem Sinne ein Rotkehlchen, wie der Reiher am Rush Lake ein Reiher gewesen war. Körperlich betrachtet gab es an der Rotkehlcheneigenschaft des Rotkehlchens allerdings keinen Zweifel. Dieser Vogel würde ein Rotkehlchen bleiben, bis er Gelegenheit erhielt, eine andere, weniger verletzliche Gestalt anzunehmen. Glandier hatte die Situation klar erfaßt. Wenn es überhaupt eine Chance gab, weitere Metamorphosen dieses Wesens zu verhindern, dann jetzt.

Mit geschmeidigen Bewegungen – er genoß das Gefühl, die Dinge mit Vorbehalt und Geschick zu tun – wand sich Glandier aus seinem Sakko. Er ergriff das Sakko mit beiden Händen, formte es zu einem Netz und ging auf den Sarg zu, um das Rotkehlchen zu fangen. Es soll hier nicht verschwiegen werden, daß Robert Glandier schon zu Jugendzeiten nie das war, was man als ›behend‹ bezeichnen würde. Seine Gewandtheit war mit zunehmendem Alter nicht besser geworden. Und so kam es, daß er sein improvisiertes Netz viel zu heftig auf den Sarg hinabsausen ließ. Das Plastikbehältnis war in seiner Konsistenz bereits durch das Picken des Vogels geschwächt worden, und der unvermittelte Druck, der durch Glandiers fleischige Hände auf die dünne Wandung ausgeübt wurde, gab der Form den Rest. Der Sarg platzte auf, wobei die Sollbruchstelle sichtbar wurde, die bisher von dem silbrig schimmernden Kreuz verhüllt worden war. Im gleichen Augenblick befreite sich der Halbling von der dünnen Haut, die das Rotkehlchen (lebendig) mit den Überresten von Giselle Glandier (nicht lebendig) verband.

Glandier hatte die Balance verloren. Sein volles Gewicht lastete jetzt allerdings nicht mehr auf dem Plastiksarg, sondern auf der Plastikhülle, die den Leichnam Giselles enthielt. Es war dies eine Art länglicher Kleidersack, der sich von anderen Kleidersäcken durch die Tatsache unterschied, daß sich in seinem Inneren eine Leiche zu bewegen begonnen hatte. Als die Fingernägel der wiederbelebten Giselle die schwarze Kunststoffhaut zerschlitzten, drang ein widerwärtiger Gestank in den *Saal der Taube*, und es war nur den triumphalen Schlußakkorden des Mormonenchors zu verdanken, wenn die pietätvolle Atmosphäre des Bestattungsritus gewahrt werden konnte.

Eine Knochenhand hatte sich um Robert Glandiers Hals gelegt. Er fühlte, wie seine Gurgel zerquetscht wurde. Dann war ihm, als hätte er einen gezielten Schlag in die Gegend des Solarplexus erhalten. In einer instinktiven Abwehrbewegung zog er das rechte Knie hoch. Die Kniescheibe stieß an den unteren Rand des Knopfes, der das Förderband bediente. Ein leises Summen war zu hören. Der Sarg begann seine Fahrt in die Verbrennungskammern. Glandier sah, wie sich zwei polierte Messingtüren öffneten. Der Sarg steuerte geradewegs auf die entstandene Lücke zu.

Glandiers Schreie, als er an seiner Krawatte die steil abfallende Fläche zwischen Andachtsoval und messingverblendeter Schleuse hinabgezerrt wurde, gingen in den Schlußakkorden der Mormonenhymne unter. Widerstand und Reibung, die auf dem Weg zur Schleuse überwunden werden mußten, waren gering. Der Boden war mit Aluminiumrollen gespickt, wie man sie auf den schrägen Verladerampen von Supermärkten findet. Es sind diese Rampen, über die Pakete mit Konserven und anderen Gütern des täglichen Gebrauchs ihren Weg in die Keller der Supermärkte finden. Glandier sah, wie sich die Messingtürchen hinter ihm schlossen. Schwärze umgab ihn. Er lag auf einem eisernen Rost. Noch während seine Finger die Form des Gitters erkundeten, leuchteten unter ihm Hunderte von blauen Flämmchen auf. Reihe für Reihe entfaltete sich die ganze Pracht der Verbrennungsanlage von *Schinder's Memorial Gardens*. Es wurde so hell, daß Glandier keine Schwierigkeiten mehr hatte, den grinsenden, lippenlosen Mund seiner Frau zu erkennen, der ihm den Kuß des Todes schenkte.

58

Ihr Weg führte über eine schier endlose Prärie auf einen Horizont zu, der nur zwanzig Meter entfernt schien. Berryman hatte seine Tweedjacke ausgezogen. Er hatte das Kleidungsstück ganz einfach auf eine Vogelscheuche gehängt. Die Hemdsärmel hatte er hochgerollt. Er ging barfuß.

Sie hatte sich ihrer Schaftstiefel entledigt. Immer noch trug sie ihr *Mazeppa*-Kostüm. Nur den schweißtreibenden Turban hatte sie abgenommen. Sie hatten über Politik gesprochen. Über die Ungereimtheiten des Rüstungswettlaufs, über den Unterschied zwischen Paris und New York. Hauptsächlich aber sprachen sie über Dichter und Werke. Adah wußte eine Menge kulinarischer Einzelheiten über Whitman, den sie des öfteren in Charley Pfaff's Bierkeller getroffen hatte, wo der Poet mit den früheren Beatniks von Manhattan Umgang pflegte. Sie wußte ziemlich gut Bescheid über den Klatsch, der damals über Swinburne verbreitet wurde. Swinburne war ihr insofern besonders gut in Erinnerung, weil sie von Gabriel Rossetti mit Hilfe einer Zuwendung von 10 Dollar gedungen worden war, Swinburne zu verführen. Adah verfügte über die nötigen Erfahrungen, um Vergleiche über das sexuelle Stehvermögen von Dickens mit Dumas Vater anzustellen. Dumas Vater, so behauptete sie, war einfach spitzer. Herkunft war eben doch ein Faktor, auch beim Sex. Berryman trug zur Unterhaltung bei, indem er ausführlich über das Privatleben von Roethke, Lowell und Delmore Schwartz berichtete. Adah hörte ihm geduldig zu. Was bemerkenswert ist, denn sie hatte bis dahin gar nicht gewußt, daß es diese Dichter überhaupt gab. Und natürlich hatte sie auch kein einziges Buch von ihnen gelesen.

Als sie Grund zu der Annahme hatte, daß er guter Laune war, stellte Adah die Frage, die ihr schon die ganze Zeit auf dem Herzen lag.

»Was halten Sie von einem Himmlischen Workshop?«

»Wie bitte?«

»Ein Dichter-Workshop, hier und heute. Es braucht ja nicht unbedingt auf *allerhöchster Ebene* stattzufinden.« Sie verdrehte die Augen. »Ich vermute, daß man dort für Prosa und Lyrik wenig Interesse hat. Das Vorbild würde Dante sein. Dante hat Homer und andere Dichter in einem solchen Workshop angesiedelt.«

»Er hat sie in seinem *Inferno* auftreten lassen«, wandte Berryman ein.

»Wenn schon. Aber er hat sie dort nicht *leiden* lassen. Die Dichter und Dichterinnen haben sich über Prosa und Lyrik unterhalten, genau wie wir. Und es gibt, wie ich vermute, Millionen und Abermillionen Seelen im Himmel, die sich für einen Workshop, den der große John Berryman veranstaltet, einschreiben würden.«

»Wie stellen Sie sich das vor? Ich kann mich doch nicht mit Millionen von Hobbydichtern hinsetzen und jedem einzelnen zuhören, wie er seine Einfälle vorträgt! Bei einem richtigen Workshop müßte man ja auch den Zuhörern Gelegenheit geben, Kritik vorzutragen. Bei der großen Zahl von Interessierten dürfte das eine ziemlich lange Zeit in Anspruch nehmen.«

»Wir haben die Ewigkeit noch vor uns«, sagte Adah mild. »Wie auch immer, es war nur so ein Vorschlag.«

»Ich hatte mir das ganz anders vorgestellt«, bemerkte der Dichter. »Himmel ist, wenn man ohne Gedanken, im Zustand weltentrückter Ekstase dahinschwebt. Da fällt mir ein, wann kommen wir denn endlich im Himmel an?«

Adah betrachtete ihr Handgelenk. Eine Uhr war nicht zu sehen. »Es ist nicht mehr weit.« Berryman fiel auf, daß sie einen Schmollmund zog.

»Tut mir leid«, sagte er. »Ich wollte Sie nicht abschmettern.«

»Das Problem bei Ihnen, John Berryman,, ist, daß Sie elitären Ansichten zuneigen.«

Er zuckte die Schultern.

Eine Stimme war zu vernehmen. Der Urheber schien sich hinter den Bäumen zu verstecken. »Tag, Mr. Berryman. Tag, Mrs. Menken. Warten Sie einen Augenblick, ich komme sofort.«

Adah erkannte Jack Sheehy. Er kam auf einem Fahrrad hinter ihnen hergefahren. Der Weg war steinig, so daß er nur langsam vorankam. Sie gab Berryman ein Zeichen, stehenzubleiben.

»Puck!« sagte Berryman und winkte dem jungen Mann zu.

Und dann war Jack Sheehy bei ihnen. Er sprang vom Rad. »Ich heiße nicht Puck«, sagte er ernst. »Ich bin Jack Sheehy. Sie erinnern sich vielleicht nicht mehr an mich, aber es ist erst ein paar Tage her, da habe ich versucht, Sie umzubringen.«

»Aber natürlich erinnern wir uns an dich«, sagte Adah. »Mr. Berryman hat nur gerade einen Spitznamen für dich erfunden. Oder hast du schon einen Spitznamen, der dir vielleicht besser gefällt?«

»Eigentlich nicht.«

»Nun ja, jetzt hast du einen«, sagte sie fröhlich. »Puck war der Held in einem Shakespeare-Stück. Nur für den Fall, daß du es nicht wußtest.«

Jack dachte nach. Denkbar, daß Adah Menken sich nur über ihn lustig machen wollte. Aber das war wohl nicht so wichtig. »Ich hab' was für Sie«, sagte er beiläufig. Er öffnete die Satteltasche an seinem Rad. »Mrs. Anker hat mich gebeten, Ihnen das mitzubringen. Ein *cadeau de bon voyage.*« Er reichte Adah einen blutigen Brautkranz. »Und das ist für Mr. Berryman.« Er zog eine Flasche Champagner Marke *New York State* hervor.

»Das ist aber wahnsinnig nett von Mrs. Anker«, sagte Adah. »Sag Joy-Ann bitte, wir danken ihr recht herzlich, und dann gibst du ihr einen Kuß von mir.« Sie beugte sich zu ihm hinab und gab ihm einen Kuß auf die Stirn. Er zog eine Grimasse.

»Gläser hat sie dir wohl nicht mitgegeben für den Champagner, oder?« fragte Berryman.

»Doch«, sagte Jack. Er griff in die Satteltasche und brachte zwei blaugeschliffene Gläser zum Vorschein.

Berryman entkorkte die Flasche. Es gab keinen besonderen lauten Knall, was an der Weite der Prärie liegen mochte, die sich vor ihnen bis zum Horizont erstreckte. Der Champagner schäumte dann aber recht dramatisch, was mit der Tatsache zusammenhing, daß er während der Fahrt über den holprigen Weg ziemlich durcheinandergeschüttelt worden war.

Sie hatten sich wortlos zugeprostet. Jack Sheehy stand etwas verlegen dabei. »Schauen Sie mal«, sagte er schließlich. »Ein Zeppelin!«

Und in der Tat. Am Himmel, in westlicher Richtung, schwebte ein silbernes Kleinluftschiff, umglänzt von aprikosenfarbenen Wolken. Die Bordlichter blinkten. Der Zeppelin flog auf die kleine Gruppe zu.

»Können Sie die Lichtzeichen entschlüsseln, Mr. Berryman?« fragte Adah.

»Ich sehe etwas schlecht«, sagte Mr. Berryman. »Das war schon immer so. Außerdem ist der Zeppelin noch ziemlich weit weg.«

Sie gingen weiter auf dem Weg entlang, der durch die Prärie führte, tranken aus ihren Champagnergläsern und bewunderten die Pracht des Sonnenunterganges, der an diesem Abend besonders beeindruckend war. Sie erfreuten sich zugleich am Anblick des näherkommenden Zeppelins. Das Kleinluftschiff war, auf seine Weise, ein sehr ungewöhnliches, erhebendes Erlebnis. Jack hatte sich wieder auf sein Fahrrad geschwungen. Er folgte ihnen in kurzem Abstand.

Sie waren nicht lange gegangen, als sie an ein Felsengebirge gelangten. Im Tal war ein Flußlauf zu erkennen. Der Fluß durchschnitt die Landschaft in Nord-Süd-Richtung. Die untergehende Sonne spiegelte sich in den Fluten. Es war einfach wunderschön.

»Das ist doch wohl nicht...« Berryman wischte sich den Schweiß von der Stirn. »Nein, das ist unmöglich.«

»Was ist unmöglich?« fragte Adah.

»Ist das etwa der Styx?«

»Natürlich nicht«, sagte Adah verärgert. »Der Styx fließt irgendwo in Griechenland oder einem vergleichbaren Land. Ein unbedeutender Fluß, was die Größe angeht. Hier handelt es sich zweifelsfrei um den Mississippi.« Nicht um den wirklichen Mississippi, wie man vielleicht erklärend hinzufügen muß. »Sondern um den Geistmississippi. Es *gibt* Dinge, die Amerikaner besser können als andere, und dazu gehört die Breite der amerikanischen Flüsse.«

Der Zeppelin war nähergekommen, als wollte er Adahs Äußerung von oben her bekräftigen. Sie konnten jetzt die Beschriftung erkennen. Auch die Größe war auf diese Entfernung leichter abzuschätzen. Jack begann eine Unterhaltung, welche die Größe des Kleinluftschiffes zum Inhalt hatte. Wie er ausführte, war das Ding mindestens so groß wie das Mutterschiff, das in *Close Encounters* auf der Satansnase landet. Die Anordnung von Blinklichtern auf dem mächtigen silbernen Körper war in der Tat beeindruckend. Die Botschaft war klar:

GERETTET!

Kleine Explosionen der Freude waren zu vernehmen. Kleine Springbrunnen himmlischen Lichtes, Quell aller Hoffnung, schossen aus der schimmernden Hülle.

»*Wewee-zowee!*« sagte Jack Sheehy. Adah und Mr. Berryman waren sprachlos. »Sehen Sie doch nur!« fuhr der Junge fort. »So etwas sieht man *wirklich* nicht alle Tage.«

Der Zeppelin senkte sich auf die Klippen hinab, wo Adah Menken, Mr. Berryman und Jack Sheehy, in den Anblick des Flusses, des Sonnenuntergangs und der Show *Son et Lumière* vertieft, standen. Schließlich streifte die unter dem silbernen Bauch eingehängte Kabine das Präriegras. Dunkelheit senkte sich über den Landeplatz. Eine Tür schwang auf. Eine Gestalt erschien in der auf diese Weise sichtbar gewordenen Öffnung.

Es war Jesus Christus. Er trug die Uniform eines Offiziers der Heilsarmee. Er kam durch das hochgewachsene Gras gestapft. Er lächelte.

»Guten Tag«, sagte er. »Sie müssen Adah Menken sein.« Er ergriff Adahs Hand und strahlte sie an. Sie war rot geworden. Er mußte lachen. Ohne ihre Hand freizugeben, wandte er sich zu Berryman. »Und Sie sind John, was mich an einen meiner Jünger erinnert. Ich freue mich, Sie persönlich kennenzulernen. Ich habe viel von Ihnen gehört. Aber wer...«

Er nahm seine litzenverzierte Offiziersmütze ab und beugte sich zu Jack Sheehy hinab. »Wer bist du denn, mein Junge? Möchtest du mitkommen, in den Himmel?«

»Nein, Sir. Es tut mir leid, aber das geht nicht. Ich würde natürlich auch einmal gern in so einem Zeppelin mitfliegen, aber ich habe Joy-Ann Anker versprochen, daß ich nach Tanganjika gehe und ihrer Tochter bei der Reinkarnation assistiere. Sie will in ihrem nächsten Leben ein Massaikrieger werden. Ich brauche nur dieses Blättchen in den Uterus ihrer Mutter, ich sollte vielleicht besser sagen, seiner Mutter, einzupflanzen.« Jack zog das Weidenblatt hervor, das Berryman ins Paradies eingeschleust hatte.

»Sie will als Massaikrieger wiedergeboren werden«, sagte Adah erstaunt. »Eine interessante Entscheidung.«

»Sie hatte nur zwei Alternativen«, erklärte Jack Sheehy. »Massaikrieger oder achte Tochter eines polnischen Bergarbeiters mit Geburtsfehler, ich habe den Namen des Syndroms vergessen. Ich weiß nicht, warum man ihr nur diese beiden Alternativen gegeben hat. Ein Computer trifft die Vorauswahl, mehr brauche ich ja wohl nicht zu sagen. Giselle hat sich mit ihrer Mutter ausführlich über die beiden Möglichkeiten unterhalten. Joy-Ann hat ihr geraten, im neuen Leben alles anders zu machen. Sie sollte die Sache von einem ganz neuen Gesichtspunkt angehen, und das hat wohl bei der Entscheidung für die Alternative Massaikrieger den Ausschlag gegeben.«

»Hört sich ganz gut an«, sagte Jesus Christus. »Wobei ich hoffe, daß Giselle nicht mehr so oft wiedergeboren wird, sondern bald in den Himmel kommt.« Er erhob sich. »Es wird Zeit für den Abflug. Schade, daß du nicht mitkommen kannst, Jack. Na, vielleicht das nächste Mal.«

»Sie müssen das verstehen«, sagte Jack. »Ich bin noch in der Lehre. Auszubildender, wenn Sie den Ausdruck bevorzugen. Ich arbeite als Mrs. Ankers Assistent. Ich habe alles unter mir, was mit Sex zu tun hat. Sex und angrenzende Gebiete. Es gibt ja gewisse Querverbindungen zwischen Sex und Tod.«

»Ich weiß«, sagte Jesus Christus. Er umfing Adah, John und Jack mit einem Lächeln.

Er reichte Adah Menken und Mr. Berryman die Hand. Wie die Kinder in einem Kalenderbild gingen die beiden, links und rechts von ihm, auf die Kabine des Zeppelins zu.

Jack wartete, bis die drei im Inneren der Kabine verschwunden waren. Er sah dem Zeppelin nach, wie er sich hoch über den Geistmississippi erhob. Dann stieg er auf sein Fahrrad und fuhr gen Osten, Richtung Tanganjika.

59

»Möchten Sie noch einen Knödel?« fragte Bing. »Oder ein Stückchen von der Pastete?«

»Danke, nein«, wehrte Pater Mabbley ab. »Ich habe sowieso schon zuviel gegessen, weil es mir so gut schmeckt. Ganz im Ernst, mein Junge, du kochst so gut, daß es eine Sünde wäre, dich hier, in der trockenen Wüstenluft, umkommen zu lassen.«

»Dieser Tage, Pater, ist das Kind Julia allgegenwärtig. Und was die Wüste angeht, Sie sind nun einmal inmitten der Wüste zu Hause, davor dürfen wir nicht die Augen verschließen. Hier in den Städten der Großen Ebene quellen Milch und Honig aus der Erde, auch Butter und Eier sowie andere cholesterinhaltige Produkte. Ich wage vorauszusagen, Minnesota wird einmal die Normandie der Vereinigten Staaten von Nordamerika werden. Jedenfalls freut es mich, daß es Ihnen geschmeckt hat. Sollen wir jetzt ins Gesellschaftszimmer gehen und den Kaffee einnehmen?«

»Was ich meine«, sagte der Priester, nachdem er seinen Stuhl zurückgeschoben hatte und von der von Kerzenlicht überstrahlten Tafel aufgestanden war, »ist, daß ich mich sehr nach dir gesehnt habe, Bing. Du fehlst mir einfach, ohne Umschweife gesagt. Und es fällt mir schwer zu verstehen, daß du in St. Paul bleiben willst. Nach allem, was du durchgemacht hast.«

Bing wedelte mit der Hand, bis die Kerzen erloschen. Dann folgte er seinem Gast in den ›Gesellschaftsraum‹. Dieser unterschied sich von Joy-Anns Wohnzimmer insofern, als hier andersgemusterte Vorhänge an den Fenstern hingen. Wobei ›andersgemustert‹ eine Untertreibung war. Die Vorhänge waren auf erregende Weise *au courant*. Sie bestanden aus cremefarbenem Damasttuch, und ihr dekorativer Zweck bestand in der Aufgabe, die Möbel im Zimmer bedeutungslos erscheinen zu lassen wie die Möbel in einer Puppenstube. Bing jedenfalls fühlte sich wohl hier. Er trug jetzt einen neuen Namen, und er genoß die Rolle als Museumswächter seiner eigenen Kindheit in vollen Zügen.

Er nahm die *Royal Worcester*-Kanne, die er gleich nach der Entlassung aus dem Krankenhaus gekauft hatte, und goß zwei Tassen Kaffee ein. Die Kanne hatte über hundert Dollar gekostet, dafür war sie aber auch die schönste Kaffeekanne, die sich denken ließ. Orangefarbene Lotusblüten leuchteten auf der elfenbeinschimmernden Kannenwandung. Es war eine Kaffeekanne, auf die man sich verlassen konnte wie auf einen guten Freund.

Nachdem sie ihre Tassen geleert hatten, setzte Bing seinen Gesprächspartner und Gast in Kenntnis über die Umstände, die zum glücklichen Ausgang des Abenteuers beigetragen hatten. Es waren Details, die er während des Essens nicht hatte ausbreiten wollen. Zunächst einmal stand es fest, daß Robert Glandier verantwortlich, schuldig und böse war. Die Botschaft des Scrabble-Ouija-Bretts, die Bing in Anwesenheit von Alice Hoffman empfangen hatte, war inzwischen von dritter Stelle bestätigt worden. Die Schwester des

Vietnamkrüppels, der auf so merkwürdige Weise beim Angeln ums Leben gekommen war, hatte in der Hinterlassenschaft ihres Bruders ein Dokument entdeckt. Es handelte sich um ein handschriftliches Geständnis alarmierenden Inhalts. Der Vietnamkrüppel, so stand es dort blau auf weiß, hatte Glandier ein falsches Alibi verschafft. Das Alibi bezog sich auf die Zeit, wo Giselle ermordet worden war. Gegeben worden war es im Austausch gegen eine unangemessen hohe Geldsumme, die Robert Glandier für ein Wochenendhäuschen am See entrichtet hatte. Das Dokument, gemeint ist das Geständnis, und die Tatsache, daß Glandier sich bei seinem Telefongespräch mit der Polizei in Willowville in ganz ähnlicher Weise geäußert hatte, waren für die Behörden Grund genug, Bing zu Glandiers Erben zu erklären. Er war der nächste Anverwandte.

»Demnach bist du also Besitzer von zwei Häusern«, stellte Pater Mabbley, mit dem Unterton der Bewunderung fest.

»Nicht nur das«, sagte Bing. »Ich habe außerdem ein Wochenendhäuschen am See und das Geld von der Versicherung. Glandiers Firma hat das Management in einer Weise lebensversichert, daß der Außenstehende zu der Meinung kommen muß, es gäbe kein Morgen. Ich bin reich, Pater Mabbley. Sagen wir einmal, ich bin wohlhabend. Solange die Zinsen über acht Prozent bleiben, brauche ich keinen Finger mehr zu rühren. Trotzdem, wer rastet der rostet. Ich habe mich deshalb als Ansager für die abendlichen Bingo-Veranstaltungen der Gemeinde Our Lady of Mercy in Las Vegas verdungen.«

»Ah«, schnurrte Pater Mabbley, und dieses Schnurren war mit einer Prise Sarkasmus gewürzt. »Es freut mich zu hören, daß du in die liebevollen Arme der Mutter Kirche zurückgekehrt bist, mein Sohn. Ich hoffe allerdings auch, dir ist inzwischen klargeworden, daß die Kirche nicht immer einen so aufgeklärten Standpunkt vertritt, wie du ihn in der Gemeinde St. Jude's kennengelernt hast.«

»Ich weiß schon, was Sie meinen, Pater«, sagte Bing. »*Meine* Meinung ist, ein Christ muß Flagge zeigen. Wir wissen ja beide, daß der Ort St. Paul ausgesprochen homosexuellenfeindlich ist. Es gab hier vor ein paar Jahren ein Referendum, bei dem es um die Bürgerrechte der Schwulen ging. Und was ist dabei herausgekommen? Die Bürger befanden, daß die Schwulen *überhaupt* keine Rechte haben. So habe ich mich denn, um ein Zeichen zu setzen, entschlossen, dieses Haus hier der Initiative THRUST für ihre Zwecke zu überlassen. Bei dieser Initiative handelt es sich um den radikalen Flügel der Schwulen, wie Sie vielleicht wissen. Das Haus in Willowville mache ich zur Unterkunft für Homosexuelle, die Schwierigkeiten mit ihrem Hauswirt haben.«

»Ob das den Verantwortlichen im Rektorat des Klosters *Our Lady of Mercy* recht sein wird?«

»Wenn das Rektorat Bedenken anmelden sollte, so werde ich enthüllen, daß meine Entscheidungen auf ausdrücklichen Wunsch von Pater Windakiewiczowa gefällt worden sind.«

»Das wäre ja eine Bombe«, sagte Pater Mabbley.

Bing schob die Lippen vor. Dann schüttelte er den Kopf. »Bei meiner Ehre als Katholik, Pater Mabbley, es ist wirklich so, wie ich sage. Dies alles geschieht, weil Pater Windakiewiczowa es so wollte. Ich muß es schließlich wissen, der Mann ist Bett an Bett mit mir gestorben.«

Pater Mabbley seufzte. »Das ist das wahre Mysterium. Der Mord an Pater Na-Sie-wissen-schon. Der Pater besucht Sie im Krankenhaus und wird umgebracht. *Ist* das nicht merkwürdig. Man kann jetzt zwar sagen, es ist gar nicht so ungewöhnlich, daß ein Halbwüchsiger in seiner Sturm-und-Drang-Periode ...«

Bing unterbrach ihn. »Jack Sheehy kann man doch nicht als Halbwüchsigen bezeichnen.«

»Also gut, also gut. Daß ein *Kind* seine ganze Familie auslöscht. So etwas kommt vor, Gott sei's geklagt. Es mag sogar logisch erscheinen, daß solch ein Kind den Psychiater umbringt, zu dem es beordert wird. Wer von uns, ganz abgesehen von dem ersten Stein, den der Betreffende dann werfen müßte, wer von uns hat nicht schon einmal seinen Psychiater umbringen wollen. Was in diesem Zusammenhang ins Auge springt, ist die These, daß dein Schwager den gleichen Psychiater zu einem früheren Zeitpunkt des gleichen Tages aufgesucht haben soll.«

»Trotz alledem besteht kein Zweifel daran, daß es der Junge war, nicht Bob! Man hat die Schlüssel zu Helbrons Praxis in Jack Sheehys Hosentasche gefunden. Die Ballistikexperten haben das Projektil untersucht, mit dem Dr. Helbron getötet wurde. Die Waffe ist auf den Namen von Jack Sheehys Vater registriert.«

»Warum aber sollte der Junge in das Krankenzimmer eines Menschen gehen, den er noch nie gesehen hat? Warum ist er in Ihr Krankenzimmer gekommen? Warum hat er Sie zu ermorden versucht? Warum in Dreiteufelsnamen setzt sich ein Kind in den Kopf, gleich *zwei* Menschen umzubringen, noch dazu Menschen, die ihm völlig fremd sind? Wo ist das Motiv?«

»Die Polizei hat den Nachweis geführt, daß Jack Sheehy der Mörder ist, nur das ist wichtig. Das Geschenkpapier, das am Tatort gefunden wurde, stammte eindeutig aus dem Haushalt von Mr. und Mrs. Sheehy. Ein Zeuge hat Jack Sheehy erkannt, als er in der Halle des Krankenhauses *Space Invaders* spielte. Sogar der Zeitpunkt steht fest. Es war kurz bevor der Mord geschah.«

»Und das Motiv?«

Auf Bings Mundpartie lag ein geheimnisvolles Lächeln, als wollte er sagen: ›Ich weiß mehr, als ich sage.‹ In der Tat wußte Bing mehr, als er gesagt hatte. Er hatte eindeutige Scrabble-Ouija-Botschaften erhalten, deren Inhalt geeignet gewesen wäre, alle jene Untiefen aufzuhellen, auf die Pater Mabbley hingewiesen hatte. Schon ein paar Wochen ging das jetzt so. In den Botschaften waren Hinweise auf die Beziehungen zwischen Aalen und Langusten enthalten gewesen. Aber Bing hatte sich eidlich zur Verschwiegenheit verpflichtet. Die Botschaften kamen von einem Geist, der sich *Puck* nannte. Die Erklärungen, die der Geist für die Geschehnisse lieferte, waren noch seltsamer als die Geschehnisse selbst.

Ganz davon abgesehen, daß es Bing Spaß machte, ihm anvertraute Geheimnisse bei sich zu behalten. Er neckte und quälte Pater Mabbley, hielt ihn hin, machte hier eine Andeutung, gab dort ein Dementi und ließ alles auf den Zeitpunkt zusteuern, wo die Gelatine die notwendige Konsistenz angenommen hatte.

Als die Spannung im Raum kaum noch auszuhalten war, stand Bing auf. »Ich glaube, Sie sind jetzt reif, Pater. Ich werde Ihnen jetzt die übrigen Räumlichkeiten zeigen.« Er deutete in Richtung erster Stock. »Sie werden sich wundern.«

»O mein Gott«, sagte Pater Mabbley.

Sie gingen die Stufen hinauf. »Mutters Zimmer«, begann Bing seine Erklärungen, »wird Ihnen leer erscheinen, und in seinem jetzigen Zustand ist es ja auch nur leere Schale, die der Belegung durch das Sekretariat der THRUST-Initiative entgegenträumt. Sie verstehen ganz richtig, hier wird das Hauptquartier der Bewegung einquartiert werden. Sie, Pater Mabbley, können in Giselles Raum übernachten. Ich habe das Zimmer im Hollywood-Stil der dreißiger Jahre gestalten lassen. *Marokko*, falls Ihnen das was sagt. Mein eigenes Zimmer ist noch nicht ganz fertig. Ich wollte Sie um Ihren Rat bitten, was den Baldachin über dem Bett angeht. Aber das *pièce de résistance* ist natürlich das Badezimmer. Voilà!«

Bing stieß die Tür zum Bad auf. Robert Glandier, der auf der

Kloschüssel Platz genommen hatte, sprang hoch. Er war splitternackt. Er versuchte mit den Händen seine Genitalien zu bedekken.

»Nun, Pater, wie gefällt es Ihnen?«

»Sie haben sich von Beardsley inspirieren lassen«, mutmaßte der Pater. Er war wie erschlagen.

»Alles Do-it-yourself«, sagte Bing stolz. »Ich hab' die Räume mit ganz normaler Innenfarbe ausgemalt.«

»Ich wußte gar nicht, daß Sie sich auch als Freskenmaler hervortun.«

»Ich hatte nie geahnt, wie *leicht* es ist, Pater. Erst durch den Artikel in *Family Circle* bin ich drauf gekommen. In dem Artikel wurde lang und breit dargelegt, wie man auf unkomplizierte Weise die Kinderzimmerwände mit den wohlbekannten Comic-Gestalten aus der Welt der Kleinen bedecken kann. Nun ja, habe ich gedacht, wenn das mit Huckleberry Hound geht, dann geht es auch mit Beardleys *Salome*. Ich gebe zu, die Ausführung ist nicht ganz fehlerfrei. Besonders die Deckenpartie hat Mängel. Decken sind furchtbar schwer zu bemalen.«

»Den Eindruck habe ich auch.«

Bing kicherte. »Ganz im Ernst, Pater, wie gefällt es Ihnen?«

»Diese Fresken? Sie wollen, daß ich Ihnen meine ehrliche Meinung sage? Ich find's fürchterlich. Grauenhaft! Aber ich glaube fast, das ist der Effekt, den Sie erzielen wollten. Liege ich richtig?«

»Hm, gewissermaßen haben Sie recht. *O my dear.* Entschuldigen Sie, wenn ich Sie erschreckt habe. Ich wollte wirklich nicht den Teufel an die Wand malen.« Er räusperte sich im Falsett. »Können wir die Führung für kurze Zeit unterbrechen? Ich hätte etwas Dringendes zu erledigen.«

»Das geht in Ordnung, mein Junge. Ich werde in der Zwischenzeit tun, was ich Ihnen vorhin schon androhte. Ich werde das Geschirr spülen.«

»Wirklich, Pater, das ist doch nicht nötig!«

Pater Mabbley hob die Hand, eine Geste, die Bing ein für allemal klarmachte, daß Widerspruch zwecklos war. Er ging zur Tür, überquerte die Schwelle, schloß die Tür. Er war fort.

Bing wartete, bis seine Schritte auf der Treppe verklungen waren. Dann wandte er sich zu Robert Glandier. Er sprach mit Souffleurstimme. »Die Sache ist mir jetzt völlig klar. Sie sind unsichtbar, Glandier. Nur ich kann Sie sehen. Ich meine, Pater Mabbley ist ja eine Seele von Mensch, aber selbst er würde wohl kaum der

Versuchung widerstehen, eine Bemerkung zu machen, wenn er einen fetten, nackten Mann im Badezimmer seines Freundes bemerkt.«

»Gehen Sie«, sagte Glandier, und in dieser Bitte klang seine ganze Hoffnungslosigkeit durch. »Verschwinden Sie, lassen Sie mich in Ruhe.«

»Sie sind unsichtbar«, sagte Bing, nicht im geringsten beeindruckt. »Niemand kann Sie hören, und Sie können das Badezimmer aus eigener Kraft nicht verlassen. Eine ganze Ewigkeit werden Sie im Oscar Wilde Memorial Bathroom zubringen. Wenn Sie mich fragen, *ich* find's lustig.«

»Ich werde schreien!« sagte Glandier eingeschnappt.

Bing grinste. »Wenn Sie das tun, werde ich Ihnen die Nase umdrehen!«

Glandier war in die Ecke zurückgewichen. Es war nicht das erste Mal, daß Bing ihn in die Nase kniff. Meist hatte es damit nicht sein Bewenden. Bing, plump wie er war, fiel über ihn her, drang in seinen Astralkörper ein, fügte ihm in seiner Ungeschicklichkeit blaue Flecken zu. Jedesmal, wenn es zu solchen Auswüchsen kam, löste sich Glandier für Sekunden in Nichts auf. Wenn er sich wieder materialisierte, lag er nackt in der Wanne. Oder er saß auf der Toilette. Er kam sich bei solchen Gelegenheiten vor wie ein Pingpongball, der in einem Schuhkarton herumgeschleudert wird.

»Ich dachte, Sie wollten schreien«, spottete Bing. »Ich warte.«

»Sie abscheulicher Homo«, knurrte Glandier.

»Die richtige Bezeichnung ist *Schwuler*«, belehrte ihn Bing. Er ging zum Spiegel und musterte interessiert seine rechte Augenbraue. »Man sagt *Schwuler*, wenn man einen Homosexuellen beleidigen will. Wenn man einen dicken Mann beleidigen will, sagt man *Schweinchen*. Wie Sie so nackt da sitzen, sehen Sie wirklich wie ein Ferkel aus.«

Glandier war nachdenklich geworden. »Wenn es eine Hölle gibt, dann ist es die Gegenwart.«

»Ist es wirklich so deprimierend, mit mir zusammen zu sein? Armes Schätzchen! Das hat sich meine Mutter sicher nicht träumen lassen, als sie Ihnen das Badezimmer zuwies. Wie ich von einem jungen Freund namens Puck erfahren konnte, geht sie sogar davon aus, daß wir Freunde werden. Sie und ich *Freunde*, Mr. Glandier! Mutter hängt dem alten Volksglauben an, gute Sitten färben ab. Sie werden also gute Manieren annehmen, wenn das stimmt. Und ich werde etwas von Ihrer Männlichkeit in mein Denken einfließen lassen. Wie, meinen Sie, stehen die Chancen, daß *dieser* Traum wahr wird?«

Glandier schloß die Augen. Dann stieß er einen Schrei aus. Er schrie, so laut er konnte.

»Schweinchen!« sagte Bing. Er trat auf die Wanne zu. »Und dieses Schweinchen hat grunz-grunz-grunz gemacht, den ganzen Nachhauseweg.« Er kniff Glandier in die Nase.

Als Robert Glandier Sekunden später wieder zu sich kam, lag er nackt in der Wanne.

»Ich muß jetzt meinen Pflichten als Gastgeber nachkommen«, sagte Bing. »Und Sie müssen hierbleiben und spuken, wie es sich für einen braven Geist gehört.« Er schmunzelte. »Ich werde auf ein Radio sparen«, versprach er. »Eines Tages werde ich Ihnen ein Radio ins Bad stellen, damit es Ihnen nicht so langweilig ist. Die Stunden vergehen dann schneller. Und die Tage. Und die Jahre. *Ta-ta-ta.*«

Glandier rührte sich nicht, als Bing zur Tür ging. Er lag in der Wanne, starrte zur Zimmerdecke und ärgerte sich über die grotesken Szenen, die Bing als Fresko auf die sandpapierfarbene Fläche aufgebracht hatte. Und dann schrie er die Gestalten an, belegte sie mit Beleidigungen, obwohl – oder weil – er wußte, daß Bing, der inzwischen Pater Mabbley beim Geschirrspülen zur Hand ging, sein Geschrei nicht hören konnte. Er hielt erst inne, als er heiser wurde. Sein Blick blieb auf den verchromten Hähnen und auf den Falten des Duschvorhangs haften. Wie so oft beschloß er, vierstellige Zahlen im Kopf zu dividieren. Er war schon immer gut im Rechnen gewesen.

60

Das Kind, in dessen Körper Giselle wiedergeboren werden sollte, starb als drei Tage alter Embryo. Grund war eine chemische Flüssigkeit, die zum Zwecke der Abtreibung in den Körper der Mutter eingebracht worden war. Giselle konnte von Glück sagen. Sie war wieder frei. Sie konnte die Erde verlassen. Sie mußte nicht länger bei den Sterblichen verweilen, sondern konnte sich zum Licht der Ewigkeit aufschwingen, nach dem sie sich so sehr sehnte.

Was ließe sich über eine Seele wie die Seele Giselles sagen, über ein Gebilde, das keinen Namen mehr hat, kein Ziel, keine Erinnerung an die Vergangenheit, keine Erwartungen an die Zukunft, über ein Ego, das keine Tränen weinen, keine Kleider tragen, keine Formulare ausfüllen kann! Allenfalls ließe sich feststellen, daß sich dieses Gebilde manchmal bewegte und manchmal wieder still verharrte. Daß es in Giselle so etwas wie einen unverwechselbaren Kern, eine Schale, einen Puls gab.

Was fühlte, was erfuhr Giselle, während sie in einem Meer archetypischer Begriffe – genannt seien hier Blumen, blauer Himmel, in der Form des amerikanischen Schlagers auch blaue Himmel (Plural), Sonne und Sterne – dahinschwebte? Sie erfuhr, daß Blumen wie Kinder schreien, daß sie eine erwachsene Bezugsperson brauchen, die sie pflegt. Sie erfuhr, daß das Himmelszelt und die Linse des menschlichen Auges in einer rhythmischen Beziehung zueinanderstehen. Sie erfuhr, daß Himmelszelt und Auge wirklich existieren. Sie erfuhr, daß Hitze und Energie eine Funktion der Zeit sind. Sie erfuhr, daß der Abstand zwischen den Dingen gottgewollt ist.

Ob sich zum Zustand Giselles nichts menschlich Anrührendes sagen ließe? Sind Seelen so esoterisch, daß wir bei ihrer Beschreibung zu Abstrakta, etwa zum Vergleich mit Christbaumschmuck, Zuflucht nehmen müssen? Liebe mag namenlos sein. Und doch kann Liebe einen Pfeil in unser Herz senken, worauf unser Herz zu bluten beginnt. Dies ist die Wahrheit. Es gibt Augenblicke, wo die Seele, von ihrer irdischen Hülle befreit, zu einem schlafenden Menschen kommt. Wie die Wellen des Ozeans ans Ufer streben, so dringt eine solche Seele dann in die Gedanken des Schlafenden ein. Träume steigen auf, wie kleine Luftblasen, die aus nicht ganz geklärten Gründen vom Meeresboden zur Oberfläche torkeln. Wenn wir dann erwachen, fühlen wir, daß etwas Wunderbares mit uns geschehen ist. Wir spüren in uns den Widerhall einer Schönheit, die wir nie begreifen werden. Wir wissen plötzlich, daß wir Zeugen unbeschreiblicher Vorgänge geworden sind. Wir sprechen dann den Namen der Seele aus, die mit uns einsgeworden ist. Wir bitten sie, bei uns zu bleiben, nur noch einen Augenblick. Aber die Seele ist schon fort.

IRA LEVIN
Rosemaries Baby

Dieses Buch
wurde
von Roman Polanski
verfilmt

Erster Teil

1

Rosemarie und Guy Woodhouse hatten gerade einen Mietvertrag für eine Fünfzimmerwohnung in einem kahlen weißen Haus in der First Avenue unterzeichnet, als sie von einer Mrs. Cortez benachrichtigt wurden, im Bramford-Apartmenthaus sei eine Vierzimmerwohnung frei.

Das Bramford ist ein altersschwarzer, riesiger Kasten, voller Wohnungen mit sehr hohen Zimmern, Kaminen und viktorianischem Dekor. Rosemarie und Guy hatten seit ihrer Hochzeit auf der Warteliste gestanden, es aber schließlich aufgegeben.

Guy drückte den Telefonhörer an die Brust und gab die Nachricht an Rosemarie weiter. Rosemarie stöhnte: »Oh, nein!« und sah aus, als ob sie in Tränen ausbrechen wollte.

»Es ist zu spät«, sagte Guy ins Telefon. »Wir haben gestern einen Mietvertrag unterschrieben.« Rosemarie packte ihn am Arm: »Könnten wir nicht davon loskommen?« fragte sie ihn. »Ihnen irgendeine Geschichte aufbinden?«

»Bitte bleiben Sie einen Augenblick am Apparat, Mrs. Cortez«, bat Guy. »Was für eine Geschichte?« fragte er.

Rosemarie blickte ratlos drein und hob hilflos die Hände. »Ich weiß es nicht; meinetwegen die Wahrheit. Daß wir eine Möglichkeit haben, ins Bramford zu ziehen.«

»Liebling, das wird sie keinen Deut rühren«, sagte Guy.

»Du mußt dir *irgend etwas* ausdenken, Guy. Wir wollen es uns ansehen. Sag ihr das. Bitte, ehe sie auflegt.«

»Wir haben einen Vertrag unterzeichnet, Rosemarie. Wir sind gebunden.«

»Bitte! Sie legt sonst auf!« In gespielter Angst wimmernd, riß Rosemarie Guy den Hörer von der Brust und versuchte, ihn an seinen Mund zu drücken.

Guy ließ es lachend geschehen. »Mrs. Cortez? Vielleicht haben wir doch noch eine Möglichkeit, freizukommen; wir haben nämlich den regulären Vertrag noch nicht unterschrieben. Sie hatten keine Formulare mehr, so unterschrieben wir nur eine briefliche Zusage. Können wir uns die Wohnung ansehen?«

Mrs. Cortez gab ihre Anweisungen: zwischen elf und halb zwölf sollten sie im Bramford sein und dort einem Herrn Micklas oder Jerome, wer von beiden gerade da wäre, sagen, sie seien die Mietinteressenten für die Wohnung 7E. Dann sollten sie sie anrufen. Sie gab Guy ihre Telefonnummer.

»Siehst du, was du fertigbringst!« sagte Rosemarie, legte sich ein Hühneraugenpflaster auf und zog gelbe Schuhe an. »Du bist ein wunderbarer Lügner!« Guy stand vor dem Spiegel. »Verdammt«, sagte er, »ein Pickel.«

»Nicht ausdrücken!«

»Aber es sind nur vier Zimmer, weißt du – kein Kinderzimmer.«

»Mir sind vier Zimmer im Bramford lieber«, antwortete Rosemarie, »als eine ganze Etage in dem – dem weißen Zellenblock!«

»Gestern warst du entzückt.«

»Es gefiel mir, entzückt war ich nie. Ich wette, nicht einmal der Architekt ist von seinem Machwerk entzückt. Wir werden eine Eßecke im Wohnzimmer einrichten und haben ein prachtvolles Kinderzimmer – sobald und falls.«

»Bald«, sagte Guy. Er fuhr mit dem elektrischen Rasierapparat über seine Oberlippe und schaute in seine großen braunen Augen. Rosemarie schlüpfte in ein gelbes Kleid und verrenkte sich, um den Reißverschluß im Rücken hochzuziehen.

Das Zimmer, in dem sie sich befanden, war Guys Junggesellenwohnung gewesen.

Es war Dienstag, der 3. August.

Mr. Micklas war klein und flink. An beiden Händen fehlten ihm Finger, was das Händeschütteln peinlich machte, jedoch offensichtlich nicht für ihn. »Oh, ein Schauspieler«, sagte er und drückte mit dem Mittelfinger einer Hand auf den Knopf für den Lift. »Wir sind sehr beliebt bei Schauspielern.« Er nannte vier, die im Bramford wohnten, alles bekannte Namen. »Habe ich Sie schon in irgendeinem Stück gesehen?«

»Vielleicht«, antwortete Guy. »Vor einiger Zeit gab ich den ›Hamlet‹, nicht wahr, Liz? Und dann ›The Sandpiper‹.«

»Er macht Spaß«, sagte Rosemarie. »Er hat in ›Luther‹ und ›Nobody Loves An Albatross‹ gespielt und dann in einer Reihe von Fernsehspielen und im Werbefernsehen.«

»Das bringt was ein, beim Werbefernsehen, nicht wahr?« sagte Mr. Micklas.

»Ja«, sagte Rosemarie, und Guy fügte hinzu: »Und dann der künstlerische Reiz...«

Rosemarie sah ihn flehend an; er blickte mit Unschuldsmiene zurück und schnitt dann über dem Kopf von Mr. Micklas eine boshafte Vampirgrimasse.

Der Lift – eichenholzgetäfelt, mit umlaufender Handleiste aus blankgeputztem Messing – wurde von einem uniformierten Negerjungen bedient, der ständig grinste.

»Sieben«, befahl Mr. Micklas. Und zu Rosemarie und Guy sagte er: »Die Wohnung hat vier Zimmer, zwei Bäder und fünf Nebenräume. Ursprünglich waren die Wohnungen in diesem Haus sehr groß – die kleinste hatte neun Zimmer –, aber nun sind sie fast alle aufgeteilt in Vier-, Fünf- und Sechszimmerwohnungen. 7E ist eine Vierzimmerwohnung, ursprünglich die Rückseite einer Zehnzimmerwohnung. Sie hat die ursprüngliche Küche und das Herrschaftsbad, beides sehr groß, wie Sie gleich sehen werden. Das ursprüngliche Herrschaftsschlafzimmer ist jetzt Wohnzimmer, ein anderes Schlafzimmer ist Schlafzimmer, und zwei Dienstbotenzimmer sind zum Eßzimmer oder zweiten Schlafzimmer zusammengezogen. Haben Sie Kinder?«

»Wir wollen welche haben«, entgegnete Rosemarie.

»Die Wohnung hat ein ideales Kinderzimmer mit voll ausgestattetem Bad und einem großen Nebenraum. Geradezu maßgeschneidert für ein junges Ehepaar wie Sie.« Der Aufzug hielt an, und der grinsende Negerjunge manövrierte ihn hinunter – hinauf und wieder hinunter, bis er mit dem Flur draußen bodengleich war. Immer noch grinsend, zog er das innere Messinggitter zurück und stieß die äußere Rolltür auf. Mr. Micklas rückte zur Seite. Rosemarie und Guy traten hinaus – in einen schwach beleuchteten Flur mit dunkelgrüner Tapete und dunkelgrünem Teppich. Ein Handwerker, der an der geschnitzten grünen Tür mit der Bezeichnung 7B arbeitete, schaute zu ihnen herüber und wandte sich zuürck, um eine Gucklinse in einem ausgeschnittenen Loch anzubringen.

Mr. Micklas führte sie zuerst nach rechts, dann nach links durch kurze Abzweigungen des dunkelgrünen Flurs. Rosemarie und Guy, die ihm folgten, sahen abgescheuerte Stellen an der Tapete und einen Rand, der sich ablöste und aufrollte; sie sahen eine ausgebrannte elektrische Birne in einem Wandleuchter aus graviertem Glas und einen hellgrünen Flicken in dem dunkelgrünen Teppich. Guy zwinkerte Rosemarie zu: »Ein geflickter Teppich?« Sie blickte fort und lächelte strahlend: »Mir gefällt es, alles ist entzückend!«

»Die frühere Mieterin, Mrs. Gardenia«, erläuterte Mr. Micklas, ohne sich nach ihnen umzusehen, »starb erst vor einigen Tagen, und die Wohnung ist noch nicht geräumt. Ihr Sohn sagte mir, daß der neue Mieter die Teppiche, die Belüftungsanlagen und einige Möbel praktisch umsonst übernehmen kann.« Er schwenkte in eine andere Abzweigung des Flurs ein. Hier sah die Tapete, grün mit goldenen Streifen, etwas neuer aus.

»Starb sie in der Wohnung?« fragte Rosemarie. »Nicht, daß es...«

»O nein, in einem Krankenhaus«, antwortete Mr. Micklas. »Sie war wochenlang bewußtlos. Sie war sehr alt und starb, ohne aufzuwachen. Ich will Gott danken, wenn ich so sterbe, wenn die Reihe an mir ist. Sie war bis zuletzt quietschfidel, kochte für sich selbst, machte ihre Besorgungen... Sie war einer der ersten weiblichen Rechtsanwälte im Staat New York.«

Sie kamen jetzt zu einer Treppe – der Flur war zu Ende. Daran anschließend, links, war die Wohnung 7E, eine Tür ohne geschnitzte Girlanden und schmaler als die Türen, an denen sie vorbeigekommen waren. Mr. Micklas drückte auf den runden Schellenknopf – *L. Gardenia* stand in weißen Buchstaben auf einem schwarzen Plastikschildchen darüber – und drehte einen Schlüssel im Schlüsselloch um. Trotz des Verlustes seiner Finger kam er mit dem Türknopf zurecht und öffnete elegant die Tür. »Nach Ihnen, bitte«, sagte er und lehnte sich auf den Zehenspitzen nach vorn, um die Tür mit ausgestrecktem Arm weit offenzuhalten.

Auf jeder Seite eines schmalen Mittelganges, der geradeaus führte, lagen zwei Zimmer. Der erste Raum rechts war die Küche, und als Rosemarie hineinsah, konnte sie ein Kichern nicht unterdrücken, denn sie war größer als die ganze Wohnung, in der sie bisher lebten. Sie hatte einen sechsflammigen Gasherd mit zwei Backröhren, einen ungeheuren Kühlschrank und eine Riesenspüle. Einige Dutzend Schränke, ein Fenster zur Seventh Avenue, eine himmelhohe Decke, und sie hatte sogar – wenn man sich Mrs. Gardenias Chromtisch und -stühle und die zusammengeschnürten Bündel von ›Fortune‹ und ›Musical America‹ wegdachte – den genau richtigen Platz für etwas wie das blau- und elfenbeinfarbene Frühstückseck, das Rosemarie im vergangenen Monat aus ›House Beautiful‹ ausgeschnitten hatte.

Gegenüber der Küche lag das Eßzimmer, das Mrs. Gardenia offensichtlich als eine Mischung von Arbeitszimmer und Treibhaus benutzt hatte. Hunderte kleiner Pflanzen standen welkend oder verdorrt auf zusammengebastelten Borden unter Spiralen erloschener Leuchtröhren. In der Mitte stand ein Schreibtisch mit Rolldekkel, über und über mit Büchern und Papieren bedeckt. Es war ein hübscher Schreibtisch – groß und glänzend vor Alter. Rosemarie überließ Guy und Mr. Micklas an der Tür ihrem Gespräch und ging hin, wobei sie eine Bank mit verwittertem braunem Farnkraut übersteigen mußte. Solche Rollpulte waren in Antiquitätenläden ausgestellt. Rosemarie betastete es und fragte sich, ob das eines der Dinge war, die man praktisch für umsonst haben konnte. In zierlichen Schriftzügen stand mit blauer Tinte auf lila Papier: ». . . *glaubte damals, das sei nur ein fesselnder Zeitvertreib. Ich kann nicht länger mitmachen.*« Rosemarie ertappte sich beim Lesen fremder Papiere und blickte zu Mr. Micklas auf, der sich ihr zuwandte. »Ist dieser Schreibtisch eines der Stücke, die Mrs. Gardenias Sohn verkaufen will?« fragte sie.

»Ich weiß es nicht«, antwortete Mr. Micklas, »aber ich kann es für Sie in Erfahrung bringen.«

»Er ist wunderschön«, sagte Guy.

Rosemarie sagte: »Nicht wahr«, und schaute sich lächelnd im Raum um. Er würde sich vorzüglich als Kinderzimmer eignen, so wie sie es im Sinn hatte. Er war ein bißchen dunkel – die Fenster gingen auf einen engen Hof hinaus –, aber die weißgelbe Tapete würde ihn beträchtlich aufhellen. Das Bad war klein, aber eine Extra-Bequemlichkeit, und der Nebenraum, vollgestopft mit eingetopften Setzlingen, die ausgezeichnet zu gedeihen schienen, war gut.

Sie wandten sich zur Tür, und Guy fragte: »Was ist das alles?«

»Zumeist Kräuter«, antwortete Rosemarie. »Pfefferminze und Basilikum, die anderen kenne ich nicht.«

Weiter den Flur entlang lag links ein kleines Fremdenzimmer, und dann führte rechts eine breite Bogentür ins Wohnzimmer; gegenüber der Tür zwei große Erkerfenster mit rhombenförmigen Scheiben und dreiseitigen Fenstersitzen. An der rechten Wand war ein kleiner Kamin mit einem schnörkelverzierten Kaminmantel aus weißem Marmor, links standen hohe Bücherregale aus Eichenholz.

»Oh, Guy«, sagte Rosemarie, griff nach seiner Hand und drückte sie. Guy grunzte »hm« – das verpflichtete ihn zu nichts – und drückte zurück. Mr. Micklas stand neben ihnen.

»Der Kamin hat guten Zug«, sagte Mr. Micklas.

Auch das Schlafzimmer war von entsprechender Größe, vier zu sechs Meter, seine Fenster gingen auf den gleichen engen Hof wie die des Speisezimmers oder zweiten Schlafzimmers oder Kinderzimmers. Das Bad hinter dem Wohnzimmer war groß und voller zwiebelförmiger weißer Armaturen mit Messingknöpfen.

»Es ist eine wunderbare Wohnung«, sagte Rosemarie, als sie in das Wohnzimmer zurückkehrten. Sie drehte sich mit ausgebreiteten Armen um sich selbst, als wollte sie es in Besitz nehmen und umarmen. »Ich liebe sie.«

»Sie versucht, Sie zu becircen, damit Sie den Mietpreis herabsetzen«, erklärte Guy.

Mr. Micklas lächelte: »Wir würden ihn erhöhen, wenn wir dürften«, sagte er. »Über die 15prozentige Erhöhung hinaus, meine ich. Wohnungen mit solchem Zauber und von solcher Individualität sind heutzutage selten. Die neuen...« Er brach kurz ab und schaute auf einen Mahagonisekretär am Ende des Mittelflurs. »Das ist sonderbar«, sagte er. »Hinter dem Sekretär ist ein Nebenraum. Ich bin sicher, daß es so ist. Es gibt fünf Nebenräume: zwei im Schlafzimmer, einen im zweiten Schlafzimmer und zwei im Flur, hier und hier.« Er ging näher an den Sekretär heran.

Guy stellte sich auf die Zehenspitzen und sagte: »Sie haben recht. Ich kann die Ecken der Tür sehen.«

»Sie hat ihn verschoben«, meinte Rosemarie. »Der Sekretär stand sonst dort.« Sie zeigte auf eine gespensterhafte Silhouette neben der Schlafzimmertür und vier tiefe Eindrücke von Kugelfüßen in dem burgunderfarbenen Teppich. Leichte Schleifspuren zogen sich von den vier Druckstellen zu den Füßen des Sekretärs an seinem jetzigen Standort vor der schmalen angrenzenden Wand.

»Helfen Sie mir bitte«, sagte Mr. Micklas zu Guy.

Gemeinsam schoben sie den Sekretär ein wenig zurück, in Richtung auf seinen ursprünglichen Standort. »Ich weiß jetzt, warum sie bewußtlos wurde«, sagte Guy, während er schob.

»Sie kann ihn nicht allein geschoben haben«, meinte Mr. Micklas. »Sie war neunundachtzig.«

Zweifelnd betrachtete Rosemarie die Tür zu dem Nebenzimmer, die nun frei lag. »Sollen wir sie aufmachen?« fragte sie. »Vielleicht sollte das ihr Sohn tun.«

Der Sekretär stand jetzt ordentlich auf seinen vier Druckstellen. Mr. Micklas massierte seine Hände, an denen Finger fehlten. »Ich bin befugt, Ihnen die Wohnung zu zeigen«, sagte er, ging zur Tür und stieß sie auf.

Der Nebenraum war fast leer. Auf der einen Seite lehnte ein Staubsauger, an der anderen drei oder vier Holzbretter. Auf einem Wandbrett in über Kopfhöhe lagen blaue und grüne Badetücher.

»Wenn sie jemanden da eingesperrt hat, ist er entwischt«, sagte Guy.

Mr. Micklas meinte: »Wahrscheinlich brauchte sie die fünf Nebenräume nicht.«

»Aber warum hat sie dann ihren Staubsauger und ihre Badetücher hier versteckt?« fragte Rosemarie.

Mr. Micklas zuckte die Schultern. »Das werden wir wohl nie erfahren. Vielleicht war sie zuletzt doch etwas senil.« Er lächelte. »Kann ich Ihnen noch irgend etwas zeigen oder sagen?«

»Ja«, sagte Rosemarie. »Wie ist es mit der Waschküche? Sind Waschmaschinen unten?«

Sie dankten Mr. Micklas, der sie bis auf den Bürgersteig hinaus begleitete und gingen dann langsam die Seventh Avenue entlang stadtwärts.

»Sie ist billiger als die andere«, sagte Rosemarie, und es sollte klingen, als stünden praktische Erwägungen im Vordergrund.

»Sie hat auch ein Zimmer weniger, Schatz.«

Rosemarie ging einen Augenblick wortlos weiter, dann erwiderte sie: »Sie liegt günstiger.«

»Mein Gott, ja, ich könnte zu Fuß in alle Theater gehen«, sagte Guy.

Ermutigt ließ Rosemarie alle praktischen Erwägungen fahren: »Oh, Guy, laß uns die Wohnung nehmen! Bitte! Bitte! Es ist eine so wundervolle Wohnung! Sie hat ja gar nichts daraus gemacht, die alte Mrs. Gardenia. Dieses Wohnzimmer könnte – es könnte schön sein und warm – oh, bitte, Guy, laß sie uns nehmen, ja?«

»Ja, ja«, sagte Guy lächelnd, »wenn wir von dem anderen Ding loskommen.« Rosemarie packte ihn selig am Ellenbogen. »Wir werden!« sagte sie. »Du wirst dir etwas ausdenken. Ich weiß, daß du es tun wirst!«

Guy telefonierte von einer gläsernen Telefonkabine aus mit Mrs. Cortez, während Rosemarie, davor, versuchte, die Worte von seinen Lippen zu lesen. Mrs. Cortez sagte, sie werde ihnen die Wohnung bis 15 Uhr an der Hand lassen. Wenn sie bis dahin nichts von ihnen gehört hätte, werde sie die nächsten Anwärter auf der Warteliste anrufen.

Sie gingen in die Russische Teestube und bestellten zwei Bloody Marys und Hühnersalat-Sandwiches auf Schwarzbrot.

»Du könntest ihnen sagen, ich wäre krank und müßte ins Spital«, überlegte Rosemarie.

Aber das war weder überzeugend noch zwingend. Statt dessen spann Guy an einer Geschichte von einem Anruf, er solle in einem Ensemble auftreten, das mit ›Come Blow Your Horn‹ für eine viermonatige Truppenbetreuungs-Tournee nach Vietnam ging. Der Schauspieler, der den Alan spielen sollte, hätte sich die Hüfte gebrochen, und wenn nicht er, Guy, der die Rolle von Grund aus kannte, für ihn einspränge, müßte die Tour um wenigstens zwei Wochen hinausgeschoben werden. Und das wäre doch eine verfluchte Schande, bedächte man, wie sich die Burschen dort drüben mit den Kommunisten herumschlügen. Seine Frau sollte so lange zu ihrer Familie nach Omaha gehen...

Er betete die Geschichte zweimal her und ging dann zum Telefon.

Rosemarie schlürfte ihren Drink und hielt sich unter dem Tisch den linken Daumen. Sie dachte an die Wohnung in der First Avenue, die sie nicht mochte, und machte gewissenhaft eine Aufstellung all ihrer Pluspunkte: die blitzblanke neue Küche, die Geschirrspülmaschine, der Blick auf den East River, die zentrale Belüftungsanlage...

Die Kellnerin brachte die Sandwiches.

Eine schwangere Frau in marineblauem Kleid ging vorbei. Rosemarie beobachtete sie. Sie mußte im sechsten oder siebten Monat sein und sprach fröhlich, rückwärts gewandt, zu einer älteren, mit Paketen beladenen Frau, wahrscheinlich ihrer Mutter.

Von der gegenüberliegenden Wand winkte jemand herüber – das rothaarige Mädchen, das einige Wochen, bevor Rosemarie ging, zur CBS gekommen war. Rosemarie winkte zurück. Das Mädchen sagte etwas, und als Rosemarie es ihr nicht von den Lippen ablesen konnte, wiederholte sie es. Ein Mann, der dem Mädchen gegenübersaß, drehte sich nach Rosemarie um. Er sah verhungert aus und hatte ein wachsbleiches Gesicht.

Und dann kam Guy, groß und hübsch, und verbiß sich das Lachen; seine Augen strahlten.

»Ja?« fragte Rosemarie, als er sich auf seinen Platz ihr gegenüber setzte.

»Ja«, sagte er. »Der Mietvertrag ist nichtig. Die Vorauszahlung wird zurückerstattet. Ich muß mich nach Leutnant Hartmann vom Signal Corps umsehen. Mrs Cortez erwartet uns um zwei Uhr.«

»Du hast sie angerufen?«

»Hab' ich.«

Plötzlich war das rothaarige Mädchen an ihrem Tisch, errötete und sagte mit strahlenden Augen: »Ich sagte: die Ehe bekommt Ihnen, Sie sehen fabelhaft aus.«

Rosemarie suchte nach dem Namen des Mädchens, lachte und sagte: »Danke. Wir feiern, wir haben gerade eine Wohnung im Bramford bekommen!«

»Im Bramford?« sagte das Mädchen. »Ich werde verrückt! Wenn Sie jemals untervermieten wollen, bin ich die erste, denken Sie dran! All diese unheimlichen Wasserspeier und Geschöpfe, die da zwischen den Fenstern herauf- und herunterklettern!«

2

Überraschenderweise versuchte Hutch, ihnen das Bramford auszureden; es sei ein »verrufenes Haus«.

Als Rosemarie im Juni 1962 zum erstenmal nach New York gekommen war, hatte sie mit einem anderen Mädchen aus Omaha und zwei Mädchen aus Atlanta eine gemeinsame Wohnung in der unteren Lexington Avenue bezogen. Hutch wohnte nebenan; und wenn er es auch ablehnte, der ganztätig beschäftigte Ersatz-Vater zu sein, den die Mädchen aus ihm machen wollten – er hatte selbst zwei Töchter großgezogen, und das reichte ihm völlig –, so war er doch in Notfällen zur Hand, so in der Nacht, als jemand auf der Feuerleiter hochkletterte, und später, als Jeanne fast erstickt wäre. Er hieß Edward Hutchins, war Engländer und 54 Jahre alt. Unter drei verschiedenen Pseudonymen schrieb er drei verschiedene Serien von Abenteuerbüchern für Jungen.

Rosemarie gab er eine andere Art von Hilfestellung. Sie war das jüngste von sechs Kindern, von denen die fünf anderen früh geheiratet hatten und nahe bei den Eltern wohnten. Rosemarie aber hatte in Omaha einen verärgerten Vater und eine schweigende Mutter zurückgelassen sowie vier grollende Brüder und Schwestern. (Nur der älteste Bruder, Brian, der zum Trinken neigte, hatte gesagt: »Geh, Rosie, tu, was du tun mußt«, und hatte ihr ein Plastik-Handtäschchen mit 85 Dollars darin zugesteckt.) In New York fühlte Rosemarie sich schuldbewußt und selbstsüchtig, aber Hutch stärkte ihr den Rücken mit starkem Tee und Erzählungen von Eltern und Kindern und der Pflicht, die man gegen sich selbst hat. Sie fragte ihn Dinge, von denen man in hochkatholischen Kreisen nicht sprechen konnte; er schickte sie zu einem Abendkurs über Philosophie an der New Yorker Universität. »Ich werde noch eine

Herzogin aus diesem Vorstadt-Blumenmädchen machen«, zitierte er Shaw, und Rosemarie war geistvoll genug, um »Quatsch!« zu antworten.

Jetzt aßen Rosemarie und Guy jeden Monat einmal mit Hutch zu Abend, entweder in ihrer Wohnung oder – wenn er an der Reihe war – in einem Restaurant. Guy fand Hutch ein wenig langweilig, behandelte ihn aber stets freundschaftlich; seine Frau war eine Cousine des Dramatikers Terence Rattigan gewesen, und Hutch und Rattigan korrespondierten miteinander. Beziehungen waren beim Theater oft ausschlaggebend, sogar Beziehungen zweiter Hand, und Guy wußte das.

Am Donnerstag, nachdem sie die Wohnung besichtigt hatten, aßen Rosemarie und Guy mit Hutch bei ›Klube‹, einem kleinen deutschen Restaurant in der 23. Straße. Sie hatten Mrs. Cortez am Dienstagnachmittag seinen Namen als eine der drei erforderlichen Referenzen angegeben, und er hatte bereits ihre Rückfrage erhalten und beantwortet.

»Ich war versucht, zu sagen, Sie seien heroinsüchtig oder Schmutzfinken«, sagte er, »oder sonst so etwas, was die Vermieter von Wohnungen nicht gern haben.«

Sie fragten, warum.

»Ich weiß nicht, ob Sie davon gehört haben«, sagte er und strich Butter auf sein Brötchen, »aber zu Beginn des Jahrhunderts war das Bramford ziemlich verrufen.« Er blickte auf, sah, daß sie nichts davon wußten, und fuhr fort. (Er hatte ein breites, glänzendes Gesicht, blaue Augen, die begeistert umherblickten, und ein paar Strähnen schwarzen Haares, die er mit Wasser sorgfältig über seinen kahlen Kopf gebürstet hatte.) »Zusammen mit Isadora Duncan und den Dreisers«, fuhr er fort, »beherbergte das Bramford eine beträchtliche Anzahl weniger anziehender Figuren. Dort haben die Schwestern Trench ihre kleinen Diätexperimente gemacht, und Keith Kennedy gab dort seine Gesellschaften. Auch Adrian Marcato lebte dort, ebenso Pearl Ames.«

»Wer waren die Schwestern Trench?« fragte Guy und Rosemarie: »Wer war Adrian Marcato?«

»Die Schwestern Trench«, erklärte Hutch, »waren zwei richtige Damen aus der Viktorianischen Zeit, die gelegentlich dem Kannibalismus frönten. Sie kochten und verzehrten verschiedene kleine Kinder, auch eine ihrer Nichten.«

»Reizend«, sagte Guy.

Hutch wandte sich Rosemarie zu. »Adrian Marcato war ein Hexenmeister«, sagte er. »Er erregte in den neunziger Jahren des vorigen Jahrhunderts viel Wirbel, indem er verkündete, es sei ihm gelungen, Satan leibhaftig zu beschwören. Er zeigte eine Handvoll Haare und ein Paar Klauen, und offenbar glaubten ihm die Leute, jedenfalls genug Leute, um sich schließlich zusammenzurotten, ihn anzugreifen und ihn in der Vorhalle des Bramford zusammenzuschlagen.«

»Sie machen Witze«, sagte Rosemarie.

»Nein. Es ist mir Ernst damit. Ein paar Jahre später begann die Geschichte mit Keith Kennedy, und in den zwanziger Jahren stand das Haus fast leer.«

Guy sagte: »Ich habe von Keith Kennedy und Pearl Ames gehört, aber ich wußte nicht, daß Adrian Marcato dort gelebt hat.«

»Und diese Schwestern«, sagte Rosemarie zusammenschaudernd.

»Es waren nur der Krieg und die Wohnungsnot«, sagte Hutch, »die das Haus wieder füllten, und jetzt hat es ein bißchen den Ruf eines großartigen alten Wohnhauses; aber in den zwanziger Jahren hieß es das Schwarze Bramford, und sensible Menschen mieden es. Die Melone ist für die Dame, nicht wahr, Rosemarie?«

Der Kellner servierte die Vorspeisen. Rosemarie blickte fragend zu Guy hinüber, er zog die Brauen zusammen und schüttelte kurz den Kopf: das hat nichts zu sagen. Laß dich nicht bange machen.

Der Kellner ging. »Im Laufe der Jahre«, fuhr Hutch fort, »passierte im Bramford mehr als genug an häßlichen und widerlichen Geschichten. Und nicht alle in der fernen Vergangenheit. 1959 fand man ein totes Kind, in Zeitungen gewickelt, im Keller.«

Rosemarie warf ein: »Aber – scheußliche Dinge passieren wahrscheinlich immer einmal in jedem Wohnblock.«

»Hin und wieder schon«, entgegnete Hutch. »Aber beim Bramford ist es so, daß abscheuliche Dinge viel öfter als nur hin und wieder passieren. Es gibt da auch weniger augenfällige Unregelmäßigkeiten! Jedenfalls sind dort mehr Selbstmorde passiert als in allen anderen Häusern von vergleichbarer Größe und Alter.«

»Wie kommt das, Hutch?« fragte Guy und schauspielerte Ernst und Besorgnis. »Es muß dafür doch eine Erklärung geben?«

Hutch schaute ihn einen Augenblick an. »Ich weiß es nicht«, sagte er. »Vielleicht ist es einfach so, daß ein Paar wie die Schwestern Trench einen Adrian Marcato angezogen hat und sein Ruf wieder einen Keith Kennedy und auf diese Art wird ein Haus ein – eine Art von Treffpunkt für Menschen, die mehr als andere zu einem bestimmten Verhalten neigen. Oder es gibt Dinge, die wir noch nicht wissen – magnetische Felder oder Elektronen oder Gott weiß was –, Dinge, durch die ein Ort wortwörtlich unheilvoll werden kann. Ich weiß aber auch: Das Bramford steht damit keineswegs allein. In London gab es ein Haus in der Praed Street, in dem innerhalb von sechzig Jahren fünf Personen auf das brutalste ermordet wurden. Keiner dieser Morde hatte etwas mit den anderen zu tun. Weder die Mörder noch die Ermordeten waren miteinander verwandt; auch die Mordmotive hatten nichts miteinander zu tun. Und doch waren es fünf brutale Morde innerhalb von sechzig Jahren. In einem kleinen Haus mit einem Laden zur Straße und einer Wohnung darüber. Es wurde 1954 abgebrochen – nicht aus einem zwingenden Grund, denn soviel ich weiß, blieb das Grundstück unbebaut.«

Rosemarie stocherte mit ihrem Löffel in der Melone. »Mag sein, daß es auch gute Häuser gibt«, sagte sie, »wo die Menschen sich stets ineinander verlieben und heiraten und Kinder kriegen.«

»Und Stars werden«, fügte Guy hinzu.

»Wahrscheinlich gibt es die«, sagte Hutch. »Man hört nur nie davon. Die Öffentlichkeit spricht immer nur von den anderen.« Er lächelte zu Rosemarie und Guy hinüber. »Ich wünschte, Sie beide sähen sich nach einem guten Haus um anstatt nach dem Bramford.«

Rosemaries Löffel voller Melone blieb auf halbem Weg zu ihrem Mund in der Luft stehen. »Versuchen Sie ernstlich, mir das Bramford zu vermiesen?« fragte sie.

»Mein liebes Kind«, antwortete Hutch, »ich hatte für heute abend eine feste Verabredung mit einer entzückenden Dame und brach sie einzig und allein, um Sie zu sehen und meinen Spruch aufzusagen. Ich bemühe mich ernstlich, Sie davon abzubringen.«

»Himmel, Herrgott – Hutch«, begann Guy.

»Ich behaupte nicht«, fiel Hutch ein, »daß Sie in das Bramford hineingehen werden, und es fällt Ihnen ein Klavier auf den Kopf, oder daß Sie von alten Jungfern aufgefressen oder in Stein verwandelt werden. Ich sage einfach: das und das ist dort passiert, und man sollte es gleichzeitig mit der günstigen Miete und dem ziehenden Kamin erwägen. In dem Haus hat es eine Menge unerfreulicher Vorkommnisse gegeben. Warum sich freiwillig in Gefahr begeben? Ziehen Sie ins Dakota oder ins Osborne, wenn Sie ohne die Pracht des 19. Jahrhunderts nicht leben können.«

»Das Dakota gehört dem Konsumverein«, sagte Rosemarie, »und das Osborne wird demnächst abgerissen.«

»Übertreiben Sie nicht ein bißchen, Hutch?« meinte Guy. »Hat es in den letzten Jahren dort ›unerfreuliche Vorkommnisse‹ gegeben? Außer jenem Baby im Keller?«

»Im vergangenen Winter wurde ein Mann, der den Aufzug bediente, getötet«, antwortete Hutch. »Bei einem etwas mehr als ungewöhnlichen Unfall. Ich war heute nachmittag drei Stunden in der Bibliothek und habe den Times-Index und Mikrofilme studiert. Wollen Sie noch mehr wissen?«

Rosemarie blickte zu Guy hinüber. Der legte seine Gabel hin und wischte sich den Mund ab. »Lächerlich«, sagte er. »Ja, es sind eine Menge unerfreuliche Dinge dort passiert. Das heißt aber nicht, daß noch mehr passieren muß. Ich sehe nicht ein, warum das Bramford eine größere ›Gefahrenzone‹ sein soll als irgendein anderes Haus in der Stadt. Man kann eine Münze hochwerfen und bekommt fünfmal hintereinander ›Kopf‹, aber das bedeutet doch nicht, daß die nächsten fünf Würfe auch ›Kopf‹ sein müssen; und es bedeutet nicht, daß diese Münze sich irgendwie von anderen Münzen unterscheidet. Es ist Zufall, weiter nichts.«

»Wenn da *wirklich* etwas nicht in Ordnung wäre«, sagte Rosemarie, »würde man es dann nicht abreißen? Wie das Haus in London?«

»Das Haus in London«, erklärte Hutch, »gehörte der Familie des Mannes, der als letzter dort ermordet wurde. Das Bramford gehört der Kirche nebenan.«

»Da haben wir's«, meinte Guy und zündete sich eine Zigarette an. »Wir stehen unter dem Schutz des Himmels.«

»Das hat nichts geholfen«, erwiderte Hutch.

Der Kellner räumte die Teller ab.

Rosemarie sagte: »Ich wußte nicht, daß es der Kirche gehört«, und Guy belehrte sie: »Der gehört die ganze Stadt, Liebling.«

»Haben Sie's im Wyoming probiert?« fragte Hutch. »Ich glaube, das liegt im gleichen Block.«

»Hutch«, sagte Rosemarie, »wir haben es überall versucht; es gibt nichts, absolut nichts außer den *neuen* Häusern mit sauberen und quadratischen Zimmern, die alle genau gleich sind und Fernsehkameras in den Aufzügen haben.«

»Ist das so schrecklich?« fragte Hutch lächelnd.

»Ja«, antwortete Rosemarie, und Guy fügte hinzu: »Wir konnten eine Wohnung in so einem Haus haben, aber wir sind ausgestiegen, um ins Bramford zu ziehen.«

Hutch schaute sie einen Augenblick an, lehnte sich dann zurück und schlug mit beiden Handflächen auf den Tisch. »Genug«, sagte er. »Ich werde mich um meine Angelegenheiten kümmern, wie ich es von Anfang an hätte tun sollen. Zünden Sie das Feuer in Ihrem Kamin an. Ich werde Ihnen einen Riegel für die Tür schenken und von heute an meinen Mund halten. Ich bin ein Narr, verzeihen Sie.«

Rosemarie lächelte. »Die Tür hat schon einen Riegel«, sagte sie, »und dazu eine Sicherheitskette und ein Guckloch.«

»Gut, achten Sie darauf, daß Sie alle drei benutzen«, sagte Hutch, »und wandern Sie nicht durchs Haus, und machen Sie sich nicht mit allen und jedem bekannt. Sie sind hier nicht in Iowa.«

»Omaha.«

Der Kellner brachte den Hauptgang.

Am folgenden Montagnachmittag unterschrieben Rosemarie und Guy einen Mietvertrag für zwei Jahre für die Wohnung 7E im Bramford. Sie gaben Mrs. Cortez einen Scheck über 583 Dollar – die Mietvorauszahlung für einen Monat und eine Monatsmiete als Sicherheit –, und sie sagte ihnen, falls sie es wünschten, könnten sie schon vor dem 1. September einziehen, da sie bis Ende der Woche geräumt sei und die Maler Mittwoch, den 18., mit ihrer Arbeit begännen.

Gegen Abend erhielten sie dann noch einen Anruf von Martin Gardenia, dem Sohn der Vormieterin. Sie vereinbarten, sich am Dienstagabend um acht Uhr mit ihm in der Wohnung zu treffen, und fanden dort einen großen, älteren Mann von freundlichem, offenem Wesen. Er zeigte ihnen, was er zu verkaufen wünschte, und nannte die Preise dafür, die alle verlockend niedrig waren. Rosemarie und Guy berieten sich und beschauten die Sachen und kauften dann zwei Belüftungsapparate, ein Toilettentischchen aus Rosenholz und eine Bank mit Petit-point-Stickerei, den Perser im Wohnzimmer und die Feuerböcke, einen Ofenschirm und die Kaminwerkzeuge. Das Rollpult von Mrs. Gardenia wurde zu ihrer Enttäuschung nicht verkauft. Während Guy einen Scheck ausschrieb und half, Zettel an die Gegenstände, die in der Wohnung bleiben sollten, zu heften, maß Rosemarie das Wohnzimmer und das Schlafzimmer mit einem Zweimeter-Klappmaß aus, das sie am Morgen gekauft hatte.

Im vergangenen März hatte Guy eine Rolle in »Another World« gespielt, einer Reihe von Fernsehsendungen, die tagsüber gesendet wurden. Nun war seine Rolle wieder für drei Tage an der Reihe, so daß er für den Rest der Woche beschäftigt war. Rosemarie sah eine Mappe mit Einrichtungsvorschlägen durch, die sie seit ihrem Abgang von der Schule gesammelt hatte, fand zwei davon passend für die neue Wohnung und ging damit auf Möbelsuche, begleitet von Joan Jellico, einem der Mädchen aus Atlanta, mit denen sie zusammengewohnt hatte, als sie nach New York kam. Joan hatte die Visitenkarte eines Dekorateurs, die ihnen Eintritt in Großhandlungen und Ausstellungsräume jeder Art verschaffte. Rosemarie schaute, machte sich Steno-Notizen und Skizzen für Guy und eilte dann nach Hause, über und über beladen mit Textil- und Tapetenmustern, kam gerade noch rechtzeitig, um Guy auf dem Bildschirm zu sehen und lief dann wieder fort, um für das Abendessen einzukaufen. Sie ließ ihre Bildhauerstunde sausen und sagte – erleichtert – einen Besuch beim Zahnarzt ab.

Am Freitagabend gehörte die Wohnung ihnen; eine Leere von hohen Decken und unvertrautem Dunkel, in das sie mit einer Lampe und einer Einkaufstasche gekommen waren. Verblüffende Echos schallten aus den fernsten Zimmern. Sie stellten die Belüftungsapparate an und bewunderten ihren Teppich und ihren Kamin und Rosemaries Toilettentischchen; bewunderten auch ihre Badewanne, die Türknöpfe, Türangeln, Friese, Flure, den Herd, den Kühlschrank, die Erkerfenster und die Aussicht. Sie picknickten auf dem Teppich mit Thunfischbrötchen und Bier und zeichneten Grundrisse von allen vier Zimmern, wobei Guy ausmaß und Rosemarie zeichnete. Dann saßen sie wieder auf dem Teppich, löschten die Lampe, zogen sich aus und liebten sich in dem nächtlichen Glanz der Fenster, die keine Läden hatten. »Sch!« machte Guy nachher mit weitoffenen angstvollen Augen. »Ich höre die Schwestern Trench, wie sie kauen.« Rosemarie versetzte ihm einen ziemlich harten Klaps auf den Kopf.

Sie kauften ein Sofa und ein Doppelbett von königlichen Ausmaßen, einen Tisch für die Küche und zwei Flechtstühle. Sie riefen die Telefongesellschaft, Geschäfte und Handwerker an und bestellten den Möbelwagen.

Die Maler kamen am Mittwoch, dem 18. Sie flickten aus, machten den ersten und den zweiten Anstrich, waren am Freitag, dem Zwanzigsten, fertig und hinterließen überall Farbe, sehr ähnlich den Mustern von Rosemarie. Ein wortkarger Tapezierer kam und tapezierte das Schlafzimmer.

Sie riefen wieder Geschäfte an und Handwerker und Guys Mutter in Montreal. Sie kauften einen alten Schrank und einen Eßtisch und die Zubehörteile für ein Hi-fi-Bandgerät, neues Geschirr und Silber. Sie waren vollkommen glücklich. 1964 hatte Guy eine Reihe von Werbesendungen für Anacin gemacht, die immer wieder gezeigt wurden; das hatte ihm 18000 Dollar eingebracht und brachte ihm noch immer weitere beträchtliche Einkünfte.

Sie hängten Vorhänge auf und tapezierten Regale, sie sahen zu, wie im Schlafzimmer der Teppich verlegt wurde und weißer Bodenbelag im Flur. Sie bekamen ein Stecktelefon mit drei Anschlußdosen, bezahlten Rechnungen und meldeten sich beim Postamt um.

Freitag, den 27. August, zogen sie ein. Joan und Dick Jellico sandten eine große Topfpflanze und Guys Agent eine kleine. Hutch telegrafierte: *Das Bramford wird aus einem verrufenen Haus zu einem guten werden, sobald auf einer seiner Türen R. und G. Woodhouse steht.*

3

Rosemarie war geschäftig und glücklich. Sie kaufte Vorhänge und steckte sie auf, fand eine Viktorianische Glaslampe für das Wohnzimmer und hängte Töpfe und Pfannen an die Küchenwand. Eines Tages entdeckte sie, daß die vier Bretter im Nebenraum, der zum Flur gehörte, Borde waren, die auf Holzkeile an der Seitenwand paßten. Sie bezog sie mit Klebefolie, die Stoff vortäuschte, und als Guy nach Hause kam, zeigte sie ihm eine sauber gefüllte Wäschekammer. In der Sixth Avenue fand sie einen Supermarkt und in der 55. Straße eine chinesische Wäscherei für die Bettwäsche und Guys Hemden.

Auch Guy war fleißig und jeden Tag von zu Hause fort, wie die Ehemänner anderer Frauen. Als der Labor Day vorbei war, kam sein Sprachlehrer in die Stadt zurück. Guy arbeitete jeden Morgen mit ihm und hatte nachmittags meist Proben für Schauspiele und Werbesendungen. Beim Frühstück las er gereizt die Theaterseite der Zeitung, denn alle waren sie unterwegs mit »Skyscraper« oder »Drat«! Oder »The Cat«! Oder »The Impossible Years«! Oder »Hot September«! Nur er saß hier in New York herum und drehte Fernseh-Werbespots – aber Rosemarie war überzeugt, daß er bald einen guten Auftrag bekäme: sie stellte ihm still seinen Kaffee hin und nahm sich den anderen Teil der Zeitung.

Das Kinderzimmer war zunächst noch eine Höhle mit Wänden, die einst weiß gewesen waren, und den Möbeln aus der alten Wohnung. Die weißgelbe Tapete würde später kommen, frisch und sauber. Ein Muster davon lag in Rosemaries »Picasso's Picassos« bereit, zusammen mit einer Anzeige von Saks, auf der das Kinderbett und die Wickelkommode zu sehen waren.

Sie schrieb an ihren Bruder, damit er an ihrem Glück teilnähme. Kein anderer in der Familie hätte es ihr gegönnt. Sie waren ihr jetzt alle feind – die Eltern, die Brüder, die Schwestern –, denn drei Dinge vergaben sie ihr nicht: erstens, daß sie einen Protestanten geheiratet hatte; zweitens, daß sie sich nur zivil hatte trauen lassen; und drittens, daß sie eine Schwiegermutter hatte, die, zweimal geschieden, nun mit einem Juden verheiratet war und in Kanada lebte.

Sie machte Hähnchen à la Marengo für Guy und *vitello tonnato*, backte eine Mokka-Schicht-Torte und eine Schale voll Buttergebäck.

Sie hörten Minnie Castevet, bevor sie mit ihr bekannt wurden: sie hörten sie durch die Wand ihres Schlafzimmers hindurch mit heiserer, mittelwestlicher Stimme krächzen: »Roman, komm ins Bett! Es ist zwanzig nach elf!« und fünf Minuten später: »Roman, bring mir eine Limonade mit, wenn du kommst!«

Sie trafen die Goulds aus 7F, ein nettes älteres Ehepaar, und die Bruhns, die mit deutschem Akzent sprachen, sowie deren Sohn Walter aus 7C. Sie lächelten und nickten den Kelloggs aus 7G zu, wenn sie ihnen im Flur begegneten, Mr. Stein aus 7H und den Herren Dubin und DeVore aus 7B. (Rosemarie lernte sofort jeden Namen von den Schildchen über den Türklingeln und von der Post, die mit der Adresse nach oben auf den Türmatten lag und die zu lesen sie keine Skrupel hatte.) Die Kapps aus 7D waren unsichtbar und hatten keine Post; sie waren offensichtlich während des ganzen Sommers verreist; und die Castevets aus 7A, die sie hörten (»Roman, wo ist Terry?«), aber nicht sahen, waren entweder Einsiedler, oder sie kamen und gingen zu ungewöhnlichen Stunden. Ihre Tür lag dem Aufzug gegenüber, und was auf ihrer Fußmatte lag, war vorzüglich lesbar. Sie erhielten Luftpostbriefe aus erstaunlich verschiedenen Orten: aus Hawick in Schottland, Langeac in Frankreich, Vitoria in Brasilien, Cessnock in Australien. Sie hatten »Life« und »Look« abonniert.

Weder Rosemarie noch Guy sahen irgend etwas von den Schwestern Trench, von Adrian Marcato, Keith Kennedy, Pearl Ames oder ihresgleichen aus der neuesten Zeit. Dubin und DeVore waren Homosexuelle, sonst aber schienen alle völlig normal zu sein.

Fast jede Nacht konnte man die mittelwestliche Schreistimme aus der Wohnung hören, die – wie Rosemarie und Guy schließlich merkten – ursprünglich die größere Vorderfront ihrer eigenen Wohnung gewesen war. »Aber es ist *unmöglich*, hundertprozentig sicher zu sein«, wandte die Frauenstimme ein und »wenn du *meine* Auffassung hören willst, sollten wir ihr *überhaupt nichts* sagen; das ist *meine* Meinung.«

Eines Samstagnachts hatten die Castevets eine Party mit etwa zwölf Personen, die sangen und redeten. Guy schlief leicht ein, aber Rosemarie lag bis nach zwei Uhr wach, hörte einförmiges, unmusikalisches Singen und eine Flöte oder Klarinette, die dazu quiekte.

Nur etwa jeden vierten Tag, wenn sie die Waschküche hinunterging, erinnerte sich Rosemarie an Hutchs Befürchtungen. Der Haushaltsaufzug war schon an sich beunruhigend genug – eng, ohne Bedienung, er krachte und zitterte plötzlich –, und der Keller war ein unheimlicher Ort mit Gängen, deren Ziegelmauern einmal weiß getüncht gewesen waren, in denen das Tappen von Schritten in unbestimmter Ferne widerhallte und Türen, die man nicht sah, dröhnend zuschlugen; an den Wänden standen ausrangierte Kühlschränke im grellen Licht von elektrischen, drahtvergitterten Birnen.

Hier war es, erinnerte sich Rosemarie, daß man vor noch gar nicht so langer Zeit ein totes Baby in Zeitungspapier eingewickelt gefunden hatte. Wem hatte es gehört, und wie war es gestorben? Wer hatte es gefunden? Hatte man die Person, die es dahin gelegt hatte, gefunden und bestraft? Sie dachte daran, zur Bibliothek zu gehen und die Geschichte in alten Zeitungen nachzulesen, so wie es Hutch getan hatte. Aber dann wäre sie noch viel realer, viel schrecklicher geworden, als sie es ohnehin schon war. Die Stelle zu wissen, an der das Baby gelegen hatte, vielleicht darüber hingehen zu müssen, wenn sie zur Waschküche ging und zurück, zum Aufzug, das wäre unerträglich. Halbe Unwissenheit, so beschloß sie, war schon ein halber Segen. *Der Teufel hole Hutch mit seinen guten Absichten!*

Die Waschküche hätte gut in ein Gefängnis gepaßt: feuchte Ziegelmauern, elektrische Birnen in Drahtgittern und Reihen von Doppelwaschbecken in Käfigen aus Eisengittern. Es gab Münzwaschmaschinen und -trockenapparate und in den meisten der mit einem Vorhängeschloß versehenen Käfige Waschmaschinen in Privatbesitz. Rosemarie kam am Wochenende oder nach fünf Uhr herunter; vorher arbeitete dort an den Wochentagen ein Schwarm von Negerinnen, die bügelten und schwatzten und plötzlich in Schweigen verfallen waren, als sie – unwissend – einmal hereingekommen war. Sie hatte ihnen allen rundum zugelächelt und versucht, sich unsichtbar zu machen, aber sie hatten kein Wort mehr gesprochen, und Rosemarie hatte sich unsicher und taktlos, als Unterdrücker der Neger, gefühlt.

Eines Nachmittags – sie wohnten schon etwas über vierzehn Tage im Bramford – saß Rosemarie um Viertel nach fünf in der Waschküche und las »The New Yorker«, bis es Zeit war, ein Spülmittel in die Maschine zu geben. Plötzlich kam ein Mädchen ihres Alters herein, ein dunkelhaariges Mädchen mit einem Gesicht wie eine Kamee, das – Rosemarie fuhr auf – niemand anderes sein konnte als Anna Maria Alberghetti. Sie hatte weiße Sandalen, schwarze Shorts und eine aprikosenfarbene Seidenbluse an und trug einen Wäschekorb aus gelbem Plastik. Sie nickte Rosemarie zu und ging dann, ohne sich weiter nach ihr umzuschauen, zu einer der Waschmaschinen, öffnete sie und begann, schmutzige Wäsche hineinzustopfen.

Anna Maria Alberghetti lebte nicht im Bramford, soviel Rosemarie wußte, aber sie konnte jemanden besuchen und bei der Hausarbeit helfen. Als sie jedoch näher hinschaute, sah Rosemarie, daß sie sich geirrt hatte: die Nase des Mädchens war zu lang und zu scharf, und da waren noch andere Verschiedenheiten in Ausdruck und Haltung, die man weniger definieren konnte. Die Ähnlichkeit war jedoch erstaunlich – und plötzlich sah Rosemarie, daß das Mädchen mit einem verlegenen fragenden Lächeln zu ihr herübersah, nachdem es den Waschautomaten geschlossen hatte und das Wasser einlief.

»Entschuldigen Sie bitte«, sagte Rosemarie, »ich dachte, Sie wären Anna Maria Alberghetti; darum habe ich Sie so angestarrt. Es tut mir leid.«

Das Mädchen errötete, lächelte und blickte neben sich zu Boden. »Das kommt oft vor«, erwiderte es. »Sie brauchen sich nicht zu entschuldigen. Die Leute halten mich für Anna Maria, seit ich, oh, seit ich ein Kind war, als sie zum erstenmal in ›Here Comes The Groom‹ herauskam.« Sie sah Rosemarie an; immer noch färbte Rot ihre Wangen, aber sie lächelte nicht mehr. »Ich finde gar nicht, daß ich ihr ähnlich sehe«, sagte sie. »Ich habe italienische Eltern, wie sie, aber keine *äußerliche* Ähnlichkeit.«

»Sie sehen ihr aber sehr ähnlich«, sagte Rosemarie.

»Ich glaube schon«, erwiderte das Mädchen, »das sagen alle. Aber ich finde es nicht. Ich wünschte, ich sähe ihr ähnlich, glauben Sie mir.«

»Kennen Sie sie?« fragte Rosemarie.

»Nein.«

»So, wie Sie ›Anna Maria‹ sagten, dachte ich –«

»O nein, ich sagte nur so – wahrscheinlich, weil ich so viel mit allen Leuten von ihr spreche.« Sie wischte sich die Hand an ihren Shorts ab, trat einen Schritt vor und hielt sie lächelnd Rosemarie hin. »Ich bin Terry Gionoffrio«, sagte sie. »Ich kann den Namen nicht buchstabieren, also versuchen Sie es erst gar nicht.«

Rosemarie lächelte und schüttelte ihr die Hand. »Ich bin Rosemarie Woodhouse«, sagte sie. »Wir sind neu hier eingezogen. Wohnen Sie schon lange hier?«

»Ich wohne hier nicht«, sagte das Mädchen. »Ich lebe bei Mr. und Mrs. Castevet im siebten Stock. Ich bin ihr Gast, so eine Art Gast, seit Juni. Kennen Sie sie?«

»Nein«, antwortete Rosemarie und lächelte, »aber unsere Wohnung stößt direkt an die ihre und war früher einmal der hintere Teil davon.«

»Ach du meine Güte«, sagte das Mädchen, »dann sind Sie die Mietpartei, die die Wohnung der alten Dame bezogen hat. Mrs. –, die alte Dame, die gestorben ist.«

»Gardenia.«

»Richtig. Sie war mit den Castevets gut befreundet. Sie zog allerhand Kräuter und Zeugs und brachte es Mrs. Castevet zum Kochen.«

Rosemarie nickte. »Als wir uns die Wohnung zum erstenmal ansahen, war ein Zimmer voller Pflanzen.«

»Und seit sie tot ist«, sagte Terry, »hat sich Mrs. Castevet ein kleines Treibhaus in der Küche angelegt und pflanzt das Zeug selbst.«

»Entschuldigen Sie, aber ich muß jetzt das Spülmittel hineingeben«, sagte Rosemarie. Sie stand auf und nahm die Flasche aus dem Wäschebeutel auf der Waschmaschine.

»Wissen Sie, wem Sie ähnlich sehen?« fragte Terry, und Rosemarie antwortete, während sie die Flasche aufschraubte: »Nein, wem?«

»Piper Laurie.«

Rosemarie lachte. »Aber nein«, sagte sie. »Komisch, daß Sie das sagen, denn mein Mann war oft mit Piper Laurie verabredet, bevor sie heiratete.«

»Ist das wirklich wahr? In Hollywood?«
»Nein, hier.« Rosemarie maß einen Becher voll Spülmittel ab. Terry machte ihr die Waschmaschine auf; Rosemarie dankte und schüttete das Mittel hinein.
»Ist Ihr Mann Schauspieler?« fragte Terry.
Rosemarie nickte selbstgefällig und schraubte den Verschluß wieder auf die Flasche.
»Tatsächlich? Wie heißt er?«
»Guy Woodhouse. Er spielte in ›Luther‹ und ›Nobody Loves An Albatross‹ und tritt oft im Fernsehen auf.«
»Du meine Güte! Ich sitze den ganzen Tag vor dem Fernsehschirm. Wahrscheinlich habe ich ihn schon oft gesehen.« Irgendwo im Keller zerbrach Glas, eine Flasche oder eine Fensterscheibe. »Oh«, sagte Terry.
Rosemarie zog die Schultern hoch und schaute voller Unbehagen zur Tür. »Ich hasse diesen Keller«, sagte sie.
»Ich auch«, meinte Terry. »Ich bin froh, daß Sie hier sind. Wäre ich allein, so wäre ich jetzt steif vor Schreck.«
»Wahrscheinlich hat irgendein Laufjunge eine Flasche fallen lassen«, meinte Rosemarie.
Terry sagte: »Sagen Sie, könnten wir nicht immer zusammen hier heruntergehen? Ihre Tür ist doch neben dem Haushaltsaufzug? Ich klingele bei Ihnen, und dann fahren wir zusammen herunter. Oder wir telefonieren vorher.«
»Das wäre großartig. Ich hasse es, allein hier herunter zu müssen.«
Terry lachte glücklich, schien nach Worten zu suchen und sagte dann, immer noch lachend: »Ich habe ein Amulett, das Glück bringen soll. Vielleicht reicht es für uns beide.« Sie zerrte den Kragen ihrer Bluse vom Hals und zog eine Silberkette heraus, an deren Ende eine kleine Kugel von Silberfiligran hing, von knapp zweieinhalb Zentimeter Durchmesser. Sie zeigte sie Rosemarie.
»Oh, ist die schön«, sagte Rosemarie.
»Nicht wahr? Mrs. Castevet hat sie mir vorgestern geschenkt. Sie ist dreihundert Jahre alt. Was da drin ist, hat sie in ihrem kleinen Treibhaus gezogen. Es bringt Glück oder soll es mindestens bringen.«
Rosemarie betrachtete das Amulett, das Terry ihr zwischen Daumen und Zeigefinger entgegenhielt, aus der Nähe. Es war mit einer grün-braunen Substanz gefüllt, die aus den Öffnungen

der Silberarbeit herausquoll. Ein bitterer Geruch ließ Rosemarie zurückschrecken.

Terry lachte wieder. »Ich mag den Geruch auch nicht«, sagte sie. »Ich hoffe nur, er nützt.«

»Es ist ein schönes Amulett«, sagte Rosemarie. »Ich habe noch nie so etwas gesehen.«

»Es kommt aus Europa«, erklärte Terry. Sie lehnte mit einer Hüfte gegen die Waschmaschine und drehte die Kugel bewundernd hin und her. »Die Castevets sind die prachvollsten Menschen der Welt«, sagte sie. »Sie haben mich von der Straße aufgelesen – und ich meine das ganz wörtlich –, ich lag auf der Eighth Avenue, und sie brachten mich hierher und nahmen mich auf wie ein Vater und eine Mutter. Oder eher wie ein Großvater und eine Großmutter.«

»Waren Sie krank?« fragte Rosemarie.

»Das ist milde ausgedrückt«, erwiderte Terry. »Ich war am Verhungern und süchtig und tat noch eine Menge anderer Dinge, deren ich mich so schäme, daß ich gar nicht daran denken darf. Aber Mr. und Mrs. Castevet haben mich völlig zurechtgebracht. Sie haben mir das Heroin abgewöhnt und mich aufgepäppelt und mir saubere Kleider gegeben, und jetzt ist ihnen nichts gut genug für mich. Sie haben mir alle mögliche Gesundheitsnahrung und Vitamine gegeben, sogar ein Arzt kommt und untersucht mich regelmäßig. Alles, weil sie keine Kinder haben. Ich bin für sie die Tochter, die sie niemals hatten, wissen Sie.«

Rosemarie nickte. »Ich dachte zuerst, sie hätten vielleicht irgendeinen anderen Grund«, sprach Terry weiter. »Vielleicht irgendwas Sexuelles oder so. Aber nichts dergleichen. Sie schicken mich demnächst auf eine Sekretärinnenschule; und später zahle ich ihnen alles zurück. Ich war nur drei Jahre auf der höheren Schule, aber das läßt sich ausgleichen.« Sie ließ die Filigrankugel in ihre Bluse zurückgleiten.

Rosemarie sagte: »Es tut gut, zu wissen, daß es solche Leute gibt, wo man so viel von Gleichgültigkeit hört und von Menschen, die sich von allen anderen fernhalten.«

»Es gibt nicht viele Menschen wie Mr. und Mrs. Castevet«, sagte Terry. »Wären sie nicht, so wäre ich jetzt tot. Das ist sicher. Tot oder im Gefängnis.«

»Haben Sie denn gar keine Familie, die Ihnen hätte helfen können?«

»Einen Bruder bei der Marine. Aber je weniger man von *dem* spricht, desto besser.«

Rosemarie trug ihre fertige Wäsche zum Trockner und wartete mit Terry, bis deren Wäsche auch fertig war. Sie sprachen von Guys Zufallsrolle in »Another World« (»Aber sicher erinnere ich mich! Mit *dem* sind Sie verheiratet?«), von der Vergangenheit des Bramford (von der Terry keine Ahnung hatte) und von dem bevorstehenden Besuch Papst Pauls VI. in New York. Wie Rosemarie war auch Terry Katholikin, ging jedoch nicht mehr zur Kirche. Trotzdem wollte sie gar zu gern eine Karte für die Messe haben, die der Papst im Yankee Stadion zelebrieren würde. Als ihre Wäsche fertig war und im Trockner, gingen die beiden zusammen zu dem Haushaltsaufzug und fuhren zum siebten Stock hinauf. Rosemarie lud Terry ein, sich ihre Wohnung anzusehen, aber Terry fragte, ob sie nicht ein andermal kommen könne; die Castevets äßen um sechs zu Abend, und sie wollte nicht zu spät kommen. Sie rief Rosemarie später über das Haustelefon an, damit sie zusammen hinunterfahren und die trockene Wäsche holen könnten.

Guy war zu Hause, aß Pommes frites aus der Tüte und sah sich einen Grace-Kelly-Film an. »Saubere Wäsche muß wohl sein«, grollte er.

Rosemarie erzählte ihm von Terry und den Castevets und daß Terry sich seiner aus »Another World« erinnerte. Er lachte darüber, aber es freute ihn doch. Er war bedrückt von der Möglichkeit, daß ein Schauspieler namens Donald Baumgart ihm im Wettbewerb um eine Rolle in einer neuen Komödie, für die sie beide heute nachmittag zum zweitenmal vorgesprochen hatten, schlagen könne. »Jesus«, sagte er, »was ist das für ein Name! Donald Baumgart!« Er selbst hatte, bevor er seinen Schauspielernamen annahm, Sherman Peden geheißen.

Um acht holten Rosemarie und Terry ihre Wäsche, und Terry kam mit herein, um Guy zu begrüßen und sich die Wohnung anzusehen. Sie errötete und war verwirrt, als sie Guy gegenüberstand, was ihn veranlaßte, blumenreiche Komplimente zu drechseln, einen Aschenbecher herbeizubringen und Zigaretten anzuzünden. Terry hatte die Wohnung nie zuvor gesehen. Mrs. Gardenia und die Castevets hatten sich kurz nach ihrem Einzug zerstritten, und bald danach war Mrs. Gardenia in die Bewußtlosigkeit verfallen, aus der sie nie wieder erwacht war. »Es ist eine entzückende Wohnung«, sagte Terry.

»Das wird sie erst«, erwiderte Rosemarie. »Wir sind noch nicht halbwegs eingerichtet.«

»Jetzt hab' ich's!« schrie Guy und schlug in die Hände. Triumphierend deutete er auf Terry. »Anna Maria Alberghetti!«

4

Die Firma Bonniers schickte im Auftrag von Hutch einen großen Weinkühler aus Teakholz mit leuchtend orangefarbener Innenseite. Rosemarie rief Hutch sofort an und dankte ihm. Er hatte die Wohnung gesehen, nachdem die Maler sie verlassen hatten, aber nicht, seit sie und Guy eingezogen waren. Sie erklärte ihm, die Lieferung der Stühle hätte sich um eine Woche verzögert und daß das Sofa erst in einem Monat käme. »Um Gottes willen, denken Sie nicht schon jetzt an Einladungen«, sagte Hutch. »Erzählen Sie mir, wie alles ist.«

Rosemarie erzählte, fröhlich auf alle Einzelheiten eingehend. »Und die Nachbarn machen durchaus keinen abnormen Eindruck«, sagte sie. »Außer den normal Abnormalen – Homosexuellen zum Beispiel; davon gibt es hier zwei. Und uns gegenüber im Flur wohnt ein nettes altes Ehepaar, sie heißen Gould und haben eine kleine Besitzung in Kalifornien, wo sie Perserkatzen züchten. Wir können jederzeit eine von ihnen bekommen.«

»Die Leute im Haus legen ihre Gewohnheiten ab«, meinte Hutch.

»Und dann ist da noch ein anderes Ehepaar, mit dem wir noch nicht direkt gesprochen haben – die Leute, die dieses süchtige Mädchen zu sich nahmen, das wir schon kennen – sie haben es völlig geheilt und schicken es jetzt auf eine Sekretärinnenschule.«

»Das klingt ja, als ob Sie in Haus Sonnenschein eingezogen wären«, sagte Hutch, »ich bin entzückt!«

»Der Keller ist ein bißchen unheimlich«, fuhr Rosemarie fort. »Ich verfluche Sie jedesmal, wenn ich hinunter muß.«

»Um Gottes willen, warum denn mich?«

»Wegen Ihrer Geschichten.«

»Wenn Sie die meinen, die ich schreibe, so verfluche ich mich selbst auch. Meinen Sie aber die anderen, die ich Ihnen erzählt habe, so könnten Sie mit derselben Berechtigung den Feuermelder wegen des Feuers verfluchen und die Wetterwarte wegen des Taifuns.«

Eingeschüchtert erwiderte Rosemarie: »Ich werde in Zukunft

nicht mehr so ungezogen sein. Das Mädchen, von dem ich Ihnen erzählte, wird jetzt immer mit mir hinuntergehen.«

Hutch meinte: »Offensichtlich haben Sie den guten Einfluß ausgeübt, den ich voraussagte, und das Haus ist nun keine Schrekkenskammer mehr. Viel Spaß am Weinkühler und einen Gruß an Guy.«

Die Kapps aus Wohnung 7D machten Besuch. Beleibte Leute Mitte der Dreißig mit einer fragewütigen zweijährigen Tochter namens Lisa. »Wie heißt du?« fragte Lisa, die in ihrem Sportwagen saß. »Hast du dein Ei gegessen? Hast du deinen Captain Crunch gegessen?«

»Ich heiße Rosemarie«, antwortete Rosemarie, »und ich habe mein Ei gegessen, aber ich habe nie etwas von Captain Crunch gehört. Wer ist denn das?«

Am Freitag, 17. September, gingen Rosemarie und Guy mit zwei anderen Ehepaaren zu einer Generalprobe des Stückes »Mrs. Dally« und dann zu einer Party des Fotografen Dee Bertillon in dessen Studio in der 48. Straße. Zwischen Guy und Bertillon kam es zu einer Auseinandersetzung über die Politik der Schauspieler-Gewerkschaft, die das Engagement ausländischer Schauspieler blokkierte – Guy hielt es für richtig, Bertillon für falsch –, und obgleich die anderen Gäste die Mißstimmung rasch unter einer Flut von Scherzen und Reden begruben, verließ Guy bald darauf, kurz nach halb ein Uhr, mit Rosemarie die Gesellschaft.

Die Nacht war mild und lind, so gingen sie zu Fuß. Als sie in die Nähe der schwarzen Masse des Bramford kamen, sahen sie auf dem Bürgersteig davor eine Gruppe von etwa zwanzig Leuten, die im Halbkreis ein geparktes Auto umstanden. Zwei Polizeiautos waren nebeneinander aufgefahren; ihre roten Dachlichter drehten sich.

Rosemarie und Guy gingen schneller, Hand in Hand, ihre Sinne spannten sich. Wagen, die auf der Straße vorbeifuhren, verlangsamten neugierig ihre Fahrt, Fenster im Bramford gingen mit kratzendem Geräusch auf, und Menschenköpfe ragten neben den Köpfen der Wasserspeier heraus. Der Nachtportier Toby kam mit einer braunen Decke heraus, die ihm ein Polizist abnahm.

Das Dach des Wagens, eines Volkswagens, war seitwärts zusammengedrückt, die Windschutzscheibe in Millionen Splitter zersprungen. »Tot«, sagte jemand, und jemand anderes sagte: »Ich sah hoch und meinte gerade, ein Riesenvogel käme heruntergestürzt, ein Adler oder so was.«

Rosemarie und Guy hoben sich auf die Zehen und schauten den Leuten über die Schultern. »Bitte zurücktreten«, sagte ein Polizist in der Mitte. Die Menge teilte sich. Ein Rücken mit Sporthemd gab die Sicht frei. Auf dem Bürgersteig lag Terry, ihr eines Auge blickte in den Himmel, die andere Hälfte ihres Gesichts war zu rotem Brei geworden. Man warf die braune Decke über sie. Und als sie über ihr lag, drang erst an einer Stelle das Rot durch und dann an einer anderen.

Rosemarie drehte sich mit geschlossenen Augen um sich selbst, während ihre rechte Hand automatisch das Kreuzeszeichen machte. Sie preßte den Mund fest zusammen, aus Angst zu erbrechen.

Guy fuhr zusammen und zog die Luft durch die Zähne. »Oh, Jesus«, sagte er und stöhnte: »Oh, mein Gott.«

Ein Polizist sagte: »Bitte treten Sie zurück.«

»Wir kannten sie«, sagte Guy.

Ein anderer Polizist wandte sich ihm zu und fragte: »Wie heißt sie?«

»Terry.«

»Terry und wie weiter?« Er war etwa vierzig Jahre alt und schwitzte. Er hatte schöne blaue Augen und dicke schwarze Wimpern.

Guy fragte: »Rosemarie, wie heißt sie? Terry...?«

Rosemarie öffnete die Augen und schluckte. »Ich kann mich nicht erinnern«, sagte sie. »Es war ein italienischer Name mit einem G. Ein langer Name. Sie machte sich einen Spaß daraus, ihn zu buchstabieren, und brachte es nicht fertig.«

Guy sagte zu dem blauäugigen Polizisten: »Sie lebte bei dem Ehepaar Castevet in der Wohnung 7A.«

»Das wissen wir schon«, antwortete der Beamte.

Ein weiterer Beamter kam mit einem gelben Blatt Papier in der Hand. Hinter ihm Mr. Micklas, den Mund eng zusammengepreßt, einen Regenmantel über seinem gestreiften Pyjama. »Kurz und bündig«, sagte der Polizist zu dem Blauäugigen und gab ihm das gelbe Papier. »Sie hat es mit Klebeband ans Fensterbrett geklebt, damit es nicht fortflog.«

»Ist jemand zu Hause?«

Der andere schüttelte den Kopf.

Der Polizist mit den blauen Augen las, was auf dem Blatt stand, und pfiff nachdenklich durch die Zähne. »Theresa Gionoffrio«, sagte er. Er sprach es aus wie ein Italiener. Rosemarie nickte.

Guy sagte: »Wer hätte Mittwoch abend gedacht, daß sie so etwas Trauriges vorhatte.«

»Nur traurige Gedanken«, sagte der Polizist, öffnete sein Notizbuch, legte das Blatt hinein und schloß es wieder. Ein Stück des gelben Papiers schaute heraus.

»Kannten Sie sie?« fragte Mr. Micklas Rosemarie.

»Nur flüchtig«, antwortete sie.

»Ach ja«, sagte Mr. Micklas, »Sie wohnen ja auch im siebten Stock.«

Guy faßte Rosemarie unter. »Komm, Liebling, laß uns hinaufgehen.«

Der Polizist fragte: »Haben Sie irgendeine Idee, wo man diese Castevets finden kann?«

»Nein, gar keine«, antwortete Guy. »Wir haben sie überhaupt noch nicht kennengelernt.«

»Meistens sind sie um diese Zeit zu Hause«, sagte Rosemarie. »Wir hören sie durch die Wand. Unsere Schlafzimmer stoßen aneinander.«

Guy legte Rosemarie die Hand auf den Rücken. »Komm, Liebes«, sagte er. Sie nickten dem Polizisten und Mr. Micklas zu und gingen zur Haustür.

»Da kommen sie gerade«, sagte Mr. Micklas. Rosemarie und Guy blieben stehen und drehten sich um. Aus der Innenstadt kamen – wie sie selbst zuvor – eine große, breite, weißhaarige Frau und ein großer, schmaler, schlurfender Mann. »Sind das die Castevets?« fragte Rosemarie Mr. Micklas. Er nickte.

Mrs. Castevet trug ein hellblaues Kleid, schneeweiße Handschuhe, eine weiße Tasche, weiße Schuhe und einen weißen Hut. Wie eine Krankenpflegerin stützte sie den Unterarm ihres Mannes. Er steckte in einer verwirrend bunten Leinenjacke und roten Hosen, trug eine rosa Fliege und einen grauen Hut mit rosa Band. Er war fünfundsiebzig oder älter, sie war Ende Sechzig. Sie kamen mit einem Ausdruck jugendlicher Beschwingtheit heran, ein freundlich fragendes Lächeln auf dem Gesicht. Der Polizist trat auf sie zu, und ihr Lächeln fiel in sich zusammen und erstarb. Mrs. Castevet sagte aufgeregt etwas. Mr. Castevet zog die Brauen zusammen und schüttelte den Kopf. Sein breiter, dünnlippiger Mund war rosig, als hätte er ihn mit einem Lippenstift angemalt, seine Backen kalkweiß, seine eng zusammengezogenen Augen glänzten in tiefen Höhlen. Sie hatte eine große Nase und eine fleischige, mürrische Unterlippe. Sie trug eine rosa gefaßte Brille an einer Kette um den Hals und schlichte Perlohrringe.

Der Polizist fragte: »Sind Sie die Castevets vom siebten Stock?«

»Sind wir«, antwortete Mr. Castevet mit trockener Stimme, nach der man hinhören mußte, um ihn zu verstehen.

»Hat bei Ihnen eine junge Frau namens Theresa Gionoffrio gewohnt?«

»Ja«, antwortete Mr. Castevet. »Was ist los? Hat sie einen Unfall gehabt?«

»Machen Sie sich auf schlechte Nachrichten gefaßt«, erwiderte der Polizist. Er wartete einen Augenblick und schaute sie beide nacheinander an. Dann sagte er: »Sie ist tot. Selbstmord.« Er hob die Hand und deutete mit dem Daumen hinter sich über die Schulter. »Sie ist aus dem Fenster gesprungen.«

Sie schauten ihn an, ohne daß sich ihr Ausdruck im geringsten verändert hätte, so als ob er noch gar nicht gesprochen hätte; dann lehnte sich Mrs. Castevet seitwärts und schaute über seine Schulter hinweg auf die rotfleckige Decke, stand wieder starr aufrecht und sah ihm in die Augen.

»Das ist nicht möglich«, sagte sie mit der gleichen lauten mittelwestlichen Stimme, mit der sie ›Roman, bring mir eine Limonade‹, rief. »Das ist ein Irrtum. Unter der Decke liegt jemand anderes.«

Ohne einen Blick von ihnen zu wenden, sagte der Polizist: »Artie, bitte zeig sie den Leuten.«

Mrs. Castevet ging mit zusammengebissenen Zähnen an ihm vorbei.

Mr. Castevet blieb stehen, wo er stand. »Ich wußte, daß so etwas passieren würde«, sagte er. »Ungefähr alle drei Wochen hatte sie tiefe Depressionszustände. Ich bemerkte das und habe es meiner Frau gesagt, aber die lachte mich aus. Sie ist eine Optimistin und gibt nicht gern zu, daß nicht alles immer so geht, wie sie es wünscht.«

Mrs. Castevet kam zurück. »Das bedeutet noch lange nicht, daß sie Selbstmord begangen hat«, sagte sie. »Sie war ein sehr glückliches Mädchen und hatte keinerlei Grund, sich umzubringen. Sie muß beim Fensterputzen den Halt verloren haben. Sie überraschte uns immer, indem sie irgend etwas putzte oder sonst etwas für uns tat.«

»Sie hat um Mitternacht keine Fenster geputzt«, sagte Mr. Castevet.

»Und warum nicht?« entgegnete Mrs. Castevet zornig. »Vielleicht hat sie es doch getan.«

Der Polizist holte das blaßgelbe Papier aus seinem Notizbuch und hielt es ihr hin.

Mrs. Castevet zögerte, dann nahm sie es und drehte es so, daß sie lesen konnte. Mr. Castevet lehnte seinen Kopf über ihren Arm und las mit, wobei seine dünnen glänzenden Lippen die Worte formten.

»Ist das Ihre Handschrift?« fragte der Beamte.

Mrs. Castevet nickte. Mr. Castevet sagte: »Absolut sicher.«

Der Polizist streckte die Hand aus, und Mrs. Castevet gab ihm das gelbe Blatt zurück. Er sagte: »Danke, ich werde zusehen, daß man es Ihnen zurückgibt, sobald die amtlichen Formalitäten erledigt sind.«

Sie nahm ihre Brille ab, ließ sie an der Kette herunterfallen und bedeckte beide Augen mit weißbehandschuhten Fingerspitzen.

»Ich kann es nicht glauben«, sagte sie. »Ich kann es einfach nicht glauben. Sie war so glücklich. Sie war über all ihre Schwierigkeiten hinweg.« Mr. Castevet legte ihr die Hand auf die Schulter, blickte zu Boden und schüttelte den Kopf.

»Kennen Sie den Namen ihrer nächsten Angehörigen?« fragte der Polizist.

»Sie hatte keine«, entgegnete Mrs. Castevet. »Sie stand ganz allein, sie hatte keinen Menschen; nur uns.«

»Hatte sie keinen Bruder?« fragte Rosemarie.

Mrs. Castevet setzte ihre Brille auf und betrachtete sie. Mr. Castevet blickte vom Boden auf, seine tiefliegenden Augen glitzerten unter seinem Hutrand.

»Hatte sie einen?« fragte der Polizist.

»Sie sagte, sie hätte einen, bei der Marine«, antwortete Rosemarie.

Der Polizist schaute die Castevets an.

»Das ist mir neu«, sagte Mrs. Castevet, und Mr. Castevet fügte hinzu: »Das ist uns beiden neu.«

Der Polizist fragte Rosemarie: »Wissen Sie, was er für einen Rang hat oder wo er stationiert ist?«

»Nein«, erwiderte sie. Und zu den Castevets gewandt, fügte sie hinzu: »Sie hat ihn mir gegenüber neulich erwähnt, als wir in der Waschküche zusammentrafen. Ich bin Rosemarie Woodhouse.«

»Wir wohnen in 7E«, sagte Guy.

»Ich empfinde es gerade so wie Sie, Mrs. Castevet«, sagte Rosemarie. »Sie schien so glücklich und so voller – voller Zuversicht für die Zukunft. Sie sagte wunderbare Dinge über Sie und Ihren Gatten. Wie dankbar sie Ihnen beiden sei – für alles, was Sie für sie getan haben.«

»Danke«, sagte Mrs. Castevet. Und Mr. Castevet fügte hinzu: »Es ist nett von Ihnen, daß Sie uns das sagen. Das macht es uns ein wenig leichter.«

Der Polizist fragte weiter: »Wissen Sie gar nichts über diesen Bruder, außer daß er bei der Marine ist?«

»Das ist alles«, sagte Rosemarie. »Ich glaube, sie mochte ihn nicht besonders.«

»Es müßte doch sehr einfach sein, ihn aufzutreiben«, meinte Mr. Castevet, »mit so einem ungewöhnlichen Namen, Gionoffrio.«

Guy legte wieder seinen Arm um Rosemarie, um sie ins Haus zu führen. »Ich bin so niedergeschmettert und so traurig«, sagte Rosemarie zu den Castevets. Und Guy fügte hinzu: »Es ist ein Jammer. Es...«

»Danke«, fiel ihm Mrs. Castevet ins Wort, und Mr. Castevet sagte etwas Langes und Zischendes, von dem nur die Worte »ihre letzten Tage« zu verstehen waren.

Sie fuhren hoch (»O nein!« sagte der Fahrstuhlführer Diego, der Nachtdienst hatte, »O nein! O nein!«), blickten traurig auf die jetzt gespenstige Tür von Nr. 7A und gingen durch ihre Flurabzweigung zu ihrer eigenen Wohnung. Mr. Kellogg schaute hinter der Sicherheitskette seiner Wohnungstür heraus und fragte, was denn da unten passiert sei. Sie erzählten es ihm.

Ein paar Minuten saßen sie auf dem Rand ihres Bettes und überlegten, warum Terry sich wohl das Leben genommen haben mochte. Schließlich kamen sie überein, daß sie nur, wenn die Castevets ihnen eines Tages sagen würden, was auf dem Zettel stand, wissen würden, was sie in den gewaltsamen Tod getrieben hatte, dessen Zeugen sie beinahe geworden wären. Und selbst wenn sie wüßten, was auf dem Zettel stand, meinte Guy, würden sie doch noch nicht die ganze Antwort auf diese Frage haben, weil Terry wahrscheinlich selbst nicht begriff, was sie dazu veranlaßte. Etwas in ihr hatte sie süchtig werden lassen, und etwas hatte sie in den Tod getrieben; was das war, konnte nun niemand mehr erfahren. Dafür war es zu spät.

»Erinnerst du dich an das, was Hutch gesagt hat?« fragte Rosemarie. »Daß hier mehr Selbstmorde passierten als in irgendeinem anderen Haus?«

»Ach, Unsinn, Liebling, alles nur Geschwätz – ›ein verrufenes Haus‹.«

»Hutch glaubt daran.«

»Und trotzdem ist es Unsinn.«

»Ich kann mir denken, was er sagen wird, wenn er davon hört.«

»Erzähl's ihm nicht«, warnte Guy. »Er wird es bestimmt nicht in den Zeitungen lesen.« An dem gleichen Morgen hatte ein Streik in den New Yorker Zeitungsbetrieben begonnen, und es liefen Gerüchte um, er werde einen Monat und länger dauern.

Sie zogen sich aus, duschten, spielten ein unfertiges Scrabble fertig, liebten sich und fanden im Kühlschrank noch etwas Milch und kalte Spaghetti. Gerade, ehe sie um halb drei das Licht löschten, fiel es Guy ein, den telefonischen Antwortdienst anzurufen, und er erfuhr, daß er eine Rolle in einer Werbesendung für Cresta Blanca Weine bekommen hatte.

Er schlief bald ein, aber Rosemarie lag wach neben ihm und sah immerzu Terrys blutiges Gesicht vor sich und ihr eines Auge, das in den Himmel starrte. Nach einer Weile jedoch war auch sie eingeschlafen und im Traum wieder im Institut »Unsere Liebe Frau«. Schwester Agnes drohte ihr mit der Faust und setzte sie von der Aufsicht im zweiten Stock ab. »Manchmal wundere ich mich, wie du überhaupt irgend etwas beaufsichtigen kannst«, zankte sie. Ein Stoß an die andere Seite der Wand weckte Rosemarie, und sie hörte Mrs. Castevet sagen: »Bitte, erzähle mir nicht, was Laura-Louise gesagt hat, denn das interessiert mich nicht.« Rosemarie drehte sich um und barg den Kopf in ihrem Kissen.

Schwester Agnes war wütend. Ihre Schweinsaugen waren zu Schlitzen zusammengezogen, und ihre Nasenflügel bebten, wie sie es in solchen Augenblicken immer taten. Um Rosemaries Willen hatte man alle Fenster zumauern müssen, und jetzt war »Unsere Liebe Frau« nicht mehr im Wettbewerb für die schönste Schule, den der »World Herald« ausgeschrieben hatte. »Wenn du auf mich gehört hättest, so hätten wir das nicht zu tun brauchen«, schrie Schwester Agnes mit heiserer mittelwestlicher Stimme. »Wir hätten jetzt alle gehen können, und jetzt müssen wir wieder ganz von vorn anfangen!« Onkel Mike versuchte sie zu beruhigen. Er war der Direktor des Instituts »Unsere Liebe Frau«, das durch gedeckte Gänge mit seiner Karosserie-Werkstatt in Süd-Omaha verbunden war. »Ich habe dir doch eingeschärft, ihr vorher nichts davon zu sagen«, fuhr Schwester Agnes leiser fort, und ihre Schweinsaugen glitzerten haßerfüllt. »Ich sagte dir doch, sie hat keinen Sinn dafür.

Du hättest sie auch noch später einführen können.« (Rosemarie hatte Schwester Veronica von den zugemauerten Fenstern erzählt, und Schwester Veronica hatte die Schule aus dem Wettbewerb gezogen. Ohne das hätte niemand etwas gemerkt, und sie hätten gewonnen. Es war jedoch richtig gewesen, es zu erzählen, trotz Schwester Agnes. Eine katholische Schule darf nicht durch einen Trick gewinnen.) »Irgend jemand! Irgend jemand!« sagte Schwester Agnes. »Sie muß nur jung, gesund und keine Jungfrau mehr sein. Sie muß keine süchtige Hure aus der Gosse sein, die zu nichts taugt. Hab' ich dir das nicht von Anfang an gesagt? Irgend jemand! Sie muß nur jung, gesund und keine Jungfrau mehr sein!« Das verstand Rosemarie absolut nicht, und auch Onkel Mike konnte keinen Sinn darin finden. So drehte sich Rosemarie um, und es war Samstag nachmittag, und sie und Brian und Eddie und Jean standen an der Süßigkeitenbude in Orpheum und gingen hinein, um Gary Cooper und Patricia Neal in »The Fountainhead« zu sehen. Aber es war keine Film-, sondern eine Theateraufführung.

5

Am folgenden Montagmorgen räumte Rosemarie gerade den Rest eines größeren Einkaufs an Lebensmitteln fort, als die Türklingel schellte. Durch das Guckloch sah sie Mrs. Castevet, das weiße Haar auf Lockenwicklern unter einem blau-weißen Kopftuch, feierlich geradeaus blickend, als warte sie auf das Klicken der Kamera eines Paßfotografen.

Rosemarie öffnete die Tür und sagte: »Hallo, guten Morgen.«

Mrs. Castevet lächelte trübe. »Guten Morgen. Darf ich einen Augenblick hereinkommen?«

»Aber natürlich, bitte sehr.« Rosemarie trat zurück und hielt die Tür weit auf. Ein leise bitterer Geruch strich über sie hin, als Mrs. Castevet an ihr vorüberging – der Geruch von Terrys silbernem Amulett mit dem schwammigen, braun-grünen Inhalt. Mrs. Castevet trug Toreador-Hosen, was sie besser gelassen hätte; die Hosen waren lindgrün, die Bluse blau. Aus ihrer Hüfttasche schaute die Spitze eines Schraubenziehers. Zwischen dem Flur zum kleinen Zimmer und der Küche blieb sie stehen, drehte sich um, setzte ihre Brille auf, die an der Kette hing, und lächelte Rosemarie an. Ein Traum, den Rosemarie ein oder zwei Nächte zuvor gehabt hatte, blitzte in ihrer Erinnerung auf – etwas von Schwester Agnes, die sie wegen der zugemauerten Fenster beschimpfte –, aber sie schüttelte ihn ab und lächelte höflich, bereit zu hören, was Mrs. Castevet ihr sagen wollte.

»Ich bin nur schnell mal herübergekommen«, sagte Mrs. Castevet, »um Ihnen für die freundlichen Worte zu danken, die Sie uns neulich nachts gesagt haben – ich meine, daß die arme Terry uns dankbar wäre für das, was wir an ihr getan haben. Sie können nicht ahnen, wie tröstlich es für uns war, so etwas gerade im Augenblick eines solchen Schocks zu erfahren, denn wir beiden dachten natürlich sofort, wir hätten ihr gegenüber irgend etwas versäumt oder sie sogar dazu getrieben, wenn auch aus dem Zettel sonnenklar hervorging, daß sie es aus eigenem freiem Willen getan hat. Aber irgendwie war es doch ein Segen, es laut ausgesprochen zu hören, von jemandem, zu dem Terry gerade vor ihrem Ende Vertrauen hatte.«

»Aber bitte, Sie haben keinen Grund, mir zu danken«, sagte Rosemarie, »ich habe Ihnen ja nur erzählt, was sie mir gesagt hat.«

»Viele Leute hätten nicht daran gedacht«, erwiderte Mrs. Castevet. »Sie wären einfach davongegangen und hätten sich die Mühe gespart, den Mund aufzumachen. Wenn Sie älter werden, werden Sie merken, daß Freundlichkeit in unserer heutigen Welt nicht allzu häufig ist. So danke ich Ihnen aufrichtig dafür, und ebenso tut es auch Roman. Roman ist mein Mann.«

Rosemarie nickte zustimmend mit dem Kopf, lächelte und sagte: »Aber bitte sehr. Ich freue mich, daß ich Ihnen helfen konnte.«

»Sie ist gestern morgen ohne kirchliche Zeremonie eingeäschert worden«, sagte Mrs. Castevet. »Sie wollte es so haben. Nun müssen wir es vergessen und weiterleben. Es wird gewiß nicht leicht sein. Es war eine solche Freude für uns, sie um uns zu haben; wir haben keine eigenen Kinder. Haben Sie welche?«

»Nein, wir haben keine«, antwortete Rosemarie.

Mrs. Castevet schaute in die Küche. »Oh, ist das hübsch«, sagte sie, »die Pfannen, die da an der Wand hängen. Und wie Sie den Tisch aufgestellt haben!«

»Das habe ich in einer Zeitschrift gesehen«, erklärte Rosemarie.

»Bei Ihnen ist wenigstens anständig gestrichen worden«, sagte Mrs. Castevet und fuhr mit dem Finger anerkennend über den Türpfosten. »Hat das die Hausverwaltung machen lassen? Sie müssen den Malern ein schönes Trinkgeld gezahlt haben. Für uns haben sie nicht so gearbeitet.«

»Wir haben jedem nur fünf Dollar gegeben«, antwortete Rosemarie.

»Oh, nicht mehr?« Mrs. Castevet drehte sich um und schaute ins kleine Zimmer. »Ach, wie hübsch«, sagte sie, »ein Raum extra fürs Fernsehen.«

»Nur vorübergehend«, sagte Rosemarie, »wenigstens hoffe ich es. Das soll mal das Kinderzimmer werden.«

»Erwarten Sie ein Baby?« fragte Mrs. Castevet und betrachtete sie.

»Noch nicht«, antwortete Rosemarie, »aber ich hoffe darauf, sobald wir eingerichtet sind.«

»Wie wundervoll«, rief Mrs. Castevet. »Sie sind jung und gesund, Sie müssen viele Kinder haben.«

»Wir wollen drei«, sagte Rosemarie. »Möchten Sie gern den Rest der Wohnung sehen?«

»Ja, gern«, erwiderte Mrs. Castevet. »Ich sterbe vor Neugier zu sehen, was Sie daraus gemacht haben. Ich war früher fast jeden Tag hier. Die Dame, die vor Ihnen hier wohnte, war eine liebe Freundin von mir.«

»Ich weiß«, sagte Rosemarie und ging an Mrs. Castevet vorbei, um ihr den Weg zu zeigen. »Terry hat es mir erzählt.«

»Oh, hat sie das?« meinte Mrs. Castevet und kam ihr nach. »Das klingt ja, als hätten Sie beide da unten in der Waschküche lange Gespräche geführt.«

»Nur eins«, erwiderte Rosemarie.

Das Wohnzimmer überraschte Mrs. Castevet. »Mein Gott!« sagte sie, »was für eine Veränderung! Es sieht so viel heller aus. Oh, und was ist das für ein Stuhl? Ist der aber hübsch!«

»Er ist gerade am Freitag geliefert worden«, sagte Rosemarie.

»Was haben Sie dafür bezahlt?«

Rosemarie, aus der Fassung gebracht, antwortete verwirrt: »Ich weiß es nicht genau. Ich glaube so um die zweihundert Dollar.«

»Sie sind mir doch nicht böse, daß ich Sie danach frage?« sagte Mrs. Castevet und tippte sich auf die Nase, »sehen Sie – ich habe eine so lange Nase bekommen, weil ich sie in alles hineinstecke.«

Rosemarie lachte und sagte: »Nein, nein, es ist schon gut, ich bin Ihnen nicht böse.«

Mrs. Castevet inspizierte das Wohnzimmer, das Schlafzimmer und das Bad, fragte, wieviel der Sohn von Mrs. Gardenia ihnen für den Teppich und das Toilettentischchen abverlangt hätte, woher sie die Nachttischlampen hätten, wie alt Rosemarie wäre und ob eine elektrische Zahnbürste wirklich besser sei als die übliche Art. Rosemarie entdeckte, daß ihr diese alte Frau, die so geradeaus war, eine so laute Stimme hatte und so unverblümte Fragen stelle, Spaß machte. Sie bot ihr Kaffee und Kuchen an.

»Was ist Ihr Mann denn von Beruf?« fragte Mrs. Castevet, während sie auf dem Küchentisch hockte und müßig die Preise auf den Suppen- und Austernkonserven prüfte. Rosemarie erzählte es ihr. »Wußte ich's doch«, sagte Mrs. Castevet. »Gestern erst habe ich zu Roman gesagt: ›Er sieht so gut aus, ich wette, das ist ein Filmschauspieler.‹ Drei oder vier davon wohnen hier im Hause, wissen Sie. In welchen Filmen hat er mitgespielt?«

»Nicht in Filmen«, sagte Rosemarie. »Er hat in zwei Schauspielen mitgewirkt, in ›Luther‹ und ›Nobody Loves An Albatross‹ und arbeitet viel für Fernsehen und Funk.«

Sie tranken Kaffee und aßen Kuchen in der Küche, da Mrs. Castevet durchaus nicht wollte, daß Rosemarie ihretwegen das Wohnzimmer in Unordnung brächte. »Hören Sie, Rosemarie«, sagte sie und schluckte Kaffee und Kuchen gleichzeitig herunter, »bei mir taut gerade ein fünf Zentimeter dickes Lendensteak auf, und die Hälfte davon wird verderben, wenn nur Roman und ich davon essen. Kommen Sie doch mit Guy herüber, und essen Sie heute abend mit uns zu Nacht, was meinen Sie dazu?«

»O nein, das können wir nicht«, sagte Rosemarie.

»Aber natürlich können Sie. Warum denn nicht?«

»Nein, wirklich, ich bin sicher, Sie möchten nicht...«

»Es wäre eine große Hilfe für uns, wenn Sie kämen«, sagte Mrs. Castevet. Sie blickte in ihren Schoß, dann hob sie die Augen zu Rosemarie auf mit einem gezwungenen Lächeln. »Gestern abend hatten wir Freunde da und auch am Samstag. Aber dies wäre der erste Abend, den wir allein verbringen, seit – seit – jener Nacht.«

Rosemarie beugte sich mitfühlend vor. »Wenn es Ihnen wirklich keine Umstände macht«, sagte sie.

»Kindchen, wenn es mir Umstände machte, würde ich Sie nicht einladen«, sagte Mrs. Castevet. »Glauben Sie mir, ich bin so egoistisch, wie der Tag lang ist.«

Rosemarie lächelte. »Das hat mir Terry nicht gesagt.«

»Na«, lächelte Mrs. Castevet geschmeichelt, »Terry wußte nicht, wovon sie sprach.«

»Ich muß noch mit Guy darüber reden«, sagte Rosemarie, »aber Sie können schon mit uns rechnen.«

Mrs. Castevet erwiderte glücklich: »Hören Sie! Sagen Sie ihm, daß ich kein Nein gelten lasse, ich möchte den Leuten einmal sagen können, daß ich ihn kannte, als ...«

Sie aßen ihren Kuchen und tranken Kaffee dazu, plauderten von den Aufregungen und Risiken einer Laufbahn als Schauspieler, den Fernseh-Shows der neuen Saison und wie schlecht sie seien, und über den immer noch andauernden Zeitungsstreik.

»Ist Ihnen halb sieben zu früh?« fragte Mrs. Castevet unter der Tür.

»Das paßt vorzüglich«, antwortete Rosemarie.

»Roman ißt nicht gern später«, erklärte Mrs. Castevet. »Er hat mit dem Magen zu tun, und wenn er zu spät ißt, kann er nicht einschlafen. Sie wissen doch, wo wir wohnen? In 7A. Also dann, bis um halb sieben. Wir freuen uns. Oh, hier ist Ihre Post, meine Liebe. Ich hebe sie schon auf. Geschäftsanzeigen. Na, immer besser als gar nichts, nicht wahr?«

Guy kam um halb drei verärgert nach Hause. Er hatte von seinem Agenten erfahren, daß – wie er befürchtet hatte – der Mann mit dem grotesken Namen Donald Baumgart die Rolle bekommen hatte, um die sie sich beide beworben hatten. Rosemarie küßte ihn, setzte ihn in seinen Sessel und servierte ihm Käsetoast und ein Glas Bier. Sie hatte das Manuskript des Stückes gelesen, und es hatte ihr nicht gefallen. Wahrscheinlich würde das Stück irgendwo außerhalb von New York enden, sagte sie Guy, und man würde nie mehr etwas von Donald Baumgart hören.

»Selbst wenn das Stück durchfällt«, sagte Guy, »ist es doch eines von denen, auf die man achtet. Du wirst sehen, er bekommt gleich danach etwas anderes.« Er klappte die Ecke seines Käsetoasts hoch, schaute verbittert hinein, klappte sie wieder herunter und begann zu essen.

»Mrs. Castevet war heute morgen hier«, erzählte Rosemarie. »Um mir zu danken, weil ich ihnen erzählt hatte, daß Terry ihnen dankbar war. Ich glaube, sie war einfach neugierig. Wie die ihre Nase in alles hineinsteckte, das habe ich noch nie erlebt. Sie hat mich sogar gefragt, was die Möbel gekostet haben.«

»Mach keine Witze«, sagte Guy.

»Sie fragt geradezu und gibt auch noch zu, daß sie neugierig ist, so wirkt es irgendwie komisch und verzeihlich anstatt verletzend. Sie hat sogar in das Medizinschränkchen geguckt.«

»Einfach so?«

»Einfach so. Und rate mal, was sie anhatte!«

»Einen Torfmullsack mit drei Kreuzen drauf!«
»Nein, Toreador-Hosen!«
»Toreador-Hosen?«
»Lindgrüne!«
»Ihr Götter!«

Rosemarie kniete auf dem Boden im Erker und zeichnete mit Bleistift und einem Metermaß eine Linie auf braunes Papier. Dann maß sie die Tiefe der Fenstersitze aus. »Sie lud uns ein, heute abend bei ihnen zu essen«, sagte sie und schaute nach Guy hinüber. »Ich sagte ihr, ich müsse noch mit dir darüber sprechen, aber es würde wahrscheinlich passen.«

»Mein Gott, Ro«, sagte Guy, »das wollten wir doch gerade nicht!«

»Ich glaube, sie sind sehr einsam«, wandte Rosemarie ein, »wegen Terry.«

»Liebling«, sagte Guy, »wenn wir anfangen, mit solch einem alten Ehepaar freundschaftlich zu verkehren, dann werden wir die Leute nie mehr los. Sie wohnen auch noch hier auf dem gleichen Stockwerk wie wir. Die werden uns sechsmal am Tag besuchen. Besonders, wenn sie so neugierig ist.«

»Ich hab' ihr gesagt, sie könne mit uns rechnen«, sagte Rosemarie.

»Ich meine, du hättest ihr gesagt, du müßtest erst mit mir darüber reden?«

»Ja, aber ich habe ihr auch gesagt, sie könne mit uns rechnen.« Hilflos blickte Rosemarie ihren Mann an. »Ihr lag so viel daran, daß wir kommen.«

»Also, ich habe keine Lust, heute abend verbindliche Konversation zu dreschen«, sagte Guy. »Tut mir leid, Schatz. Ruf sie an und sag ihr, daß wir nicht kommen können.«

»Gut, ich tu's«, antwortete Rosemarie und zog eine weitere Linie mit ihrem Bleistift und dem Metermaß.

Guy steckte den letzten Bissen in den Mund. »Du brauchst deswegen nicht zu maulen«, sagte er.

»Ich maule nicht«, sagte Rosemarie. »Ich verstehe genau, was du meinst, wenn du sagst, daß sie auf der gleichen Etage wohnen. Du hast absolut recht damit, das ist ein gültiger Einwand. Ich maule keineswegs.«

»Oh, zum Teufel«, sagte Guy, »gehen wir also.«

»Nein, nein. Warum denn? Wir müssen nicht. Ich habe fürs Abendessen eingekauft, ehe sie kam, das ist also kein Problem.«

»Wir werden hingehen«, sagte Guy.

»Wir müssen nicht, wenn du nicht magst. Das klingt so unecht, aber ich meine es wirklich so, ganz wirklich.«

»Wir werden hingehen. Das wird meine gute Tat für heute sein.«

»Gut, aber nur, wenn du wirklich willst. Und wir werden es ihnen ganz klarmachen, daß es nur dies eine Mal ist und nicht der Anfang einer engeren Bekanntschaft. Recht so?«

»Ja.«

6

Kurz nach halb sieben verließen Rosemarie und Guy ihre Wohnung und gingen über den dunkelgrünen Flur zu den Castevets hinüber. Als Guy auf die Türklingel drückte, wurde die Aufzugstür hinter ihnen aufgestoßen, und Mr. Dubin oder Mr. DeVore (sie wußten nicht, wer von beiden) trat heraus, einen Anzug, der in der Plastikhülle einer Reinigung steckte, über dem Arm. Er lächelte, schloß die Tür von 7B neben ihnen auf und sagte: »Sie haben sich wohl in der Tür geirrt?« Rosemarie und Guy lachten freundlich, und er betrat seine Wohnung mit dem Ruf: »Ich bin's.« Dabei gab er ihnen den Blick auf ein schwarzes Sideboard und eine rot-goldene Tapete frei.

Dann öffnete sich die Tür der Castevets, und Mrs. Castevet stand vor ihnen. Sie hatte sich gepudert und Rot aufgelegt und lachte breit. Sie trug ein grünseidenes Kleid und eine rosa Schürze mit Volants. »Das nenne ich pünktlich«, sagte sie, »kommen Sie herein, Roman mixt gerade Wodka Blushes. Nein, wie ich mich freue, daß Sie kommen, Guy. Ich will doch den Leuten erzählen können, daß ich Sie kenne! ›Von diesem Teller hier hat er gegessen, er selbst, Guy Woodhouse in Person!‹ Ich werde ihn nicht abspülen, wenn Sie fertig sind, ich werde ihn so lassen, wie er ist!«

Guy und Rosemarie lachten und wechselten einen Blick. »Deine Freundin«, sagte der seine und der ihre: »Was kann ich dafür?«

Die Wohnung hatte eine große Diele, in der ein rechteckiger Tisch für vier Personen gedeckt war, mit einer gestickten weißen Decke, Tellern, die nicht alle zusammen paßten, und viel reich verziertem Silber. Linker Hand führte eine Tür in das Wohnzimmer, das gut zweimal so groß war wie das von Rosemarie und Guy, ihm sonst aber sehr ähnlich. Es hatte anstatt zwei kleiner ein großes Erkerfenster und einen großen Kamin aus rosa Marmor, überreich mit Schnörkelwerk verziert. Das Zimmer war merkwürdig eingerichtet. Vor dem Kamin standen eine Sitzgarnitur, ein Lampentischchen und ein paar Stühle; am anderen Ende aber war ein büroartiges Durcheinander von Aktenschränken, Bridgetischen, auf denen sich Zeitungen häuften, vollgestopften Bücherregalen und einer Schreibmaschine auf einem kleinen Metalltisch. Zwischen den beiden Enden des Raumes lag ein acht Meter langer brauner Teppich von Wand zu Wand; er war dick und sah neu aus, und die Streifen des Staubsaugers zeichneten sich darauf ab. Mitten darauf, völlig für sich, stand ein kleiner runder Tisch, auf dem die Zeitschriften »Life«, »Look« und »Scientific American« lagen.

Mrs. Castevet führte sie über den braunen Teppich zur Sitzgarnitur. Als sie saßen, kam Mr. Castevet herein; er trug in beiden Händen ein Tablett mit vier Cocktailgläsern, deren klarer, rosafarbener Inhalt überschwappte. Er starrte auf den Rand der Gläser und schlurfte vorwärts über den braunen Teppich, als ob er bei jedem Schritt straucheln und einen schlimmen Sturz tun könne. »Ich glaube, ich habe die Gläser zu voll gemacht«, sagte er. »Nein, bitte, bleiben Sie sitzen! Bitte! Im allgemeinen mache ich meine Sache so gut wie ein Barmann, nicht wahr, Minnie?«

Mrs. Castevet antwortete nur: »Paß auf den Teppich auf.«

»Aber heute abend«, fuhr Mr. Castevet fort und kam näher, »habe ich ein bißchen zuviel gemixt, und ich wollte den Überrest nicht im Shaker lassen, ich fürchtete, ich dachte, ich ... Da sind wir. Bitte, setzen Sie sich. Mrs. Woodhouse?«

Rosemarie nahm ein Glas, dankte ihm und setzte sich. Mrs. Castevet legte ihr rasch eine Papierserviette auf den Schoß.

»Mr. Woodhouse? Einen Wodka Blush? Haben Sie schon mal einen versucht?«

»Nein«, sagte Guy, nahm ein Glas und setzte sich.

»Minnie«, sagte Mr. Castevet.

»Er sieht wunderbar aus«, sagte Rosemarie und lächelte freundlich, während sie den Fuß ihres Glases abwischte.

»Man trinkt ihn viel in Australien«, sagte Mr. Castevet. Er nahm das letzte Glas und hob es Rosemarie und Guy entgegen. »Auf das Wohl unserer Gäste«, sagte er. »Willkommen bei uns.« Er trank und bewegte den Kopf kritisch hin und her wie ein Hahn; sein eines Auge war halb geschlossen, und von seinem Tablett tropfte es auf den Teppich.

Mrs. Castevet verschluckte sich und hustete. »Der Teppich!« keuchte sie und deutete hin.

Mr. Castevet blickte hinunter. »O je!« sagte er und hielt das Tablett in die Höhe, ungewiß, was er machen sollte. Mrs. Castevet stellte hastig ihr Glas ab, warf sich auf die Knie und legte sorgfältig ein Papiertuch über die Nässe. »Der brandneue Teppich«, sagte sie, »der brandneue Teppich. Nein, so etwas Ungeschicktes.«

Die Wodka Blushes waren herb und schmeckten nicht schlecht.

»Kommen Sie aus Australien?« fragte Rosemarie, nachdem der Teppich getrocknet, das Tablett in der Küche in Sicherheit gebracht worden war und die Castevets auf gradlehnigen Stühlen Platz genommen hatten.

»O nein«, antwortete Mr. Castevet. »Ich stamme direkt aus New York. Aber ich bin dort gewesen. Ich bin überall gewesen. Wortwörtlich.« Er schlürfte seinen Wodka Blush, hatte die Beine übereinandergeschlagen und eine Hand aufs Knie gelegt. Er trug schwarze, flache, weiche Schuhe mit Quasten, graue Hosen, eine weiße Bluse und ein blau-golden gestreiftes Plastron. »Jeder Kontinent«, sagte er, »jeder Kontinent. Jede größere Stadt. Nennen Sie einen Ort, und ich bin dort gewesen. Bitte, nennen Sie eine Stadt.«

Guy sagte: »Fairbanks, Alaska.«

»Bin ich gewesen«, sagte Mr. Castevet. »Ich bin überall in Alaska gewesen: Fairbanks, Juneau, Anchorage, Nome, Seward. 1938 bin ich vier Monate lang dort gewesen. In Fairbanks und Anchorage war ich oft tageweise, wenn ich in den Fernen Osten ging. Ich bin auch in kleinen Städten in Alaska gewesen, in Dillingham und Akulurak.«

»Und wo kommen Sie her?« fragte Mrs. Castevet und betrachtete die Falten am Busen ihres Kleides.

»Ich komme aus Omaha«, antwortete Rosemarie, »und Guy aus Baltimore.«

»Omaha ist eine gute Stadt«, sagte Mr. Castevet. »Und Baltimore auch.«

»Reisten Sie in Geschäften?« fragte Rosemarie.

»In Geschäften und zum Vergnügen, beides«, erwiderte er. »Ich bin jetzt neunundsiebzig, aber ich bin seit meinem zehnten Jahr unterwegs. Nennen Sie mir einen Ort, und ich bin dort gewesen.«

»Und was haben Sie gemacht?« fragte Guy.

»Gott, ich war in allen möglichen Geschäften tätig«, antwortete Mr. Castevet. »Wolle, Zucker, Spielwaren, Maschinenteile, Schiffsversicherungen, Öl...«

Ein Wecker klingelte in der Küche. »Die Steaks sind fertig«, sagte Mrs. Castevet und stand mit ihrem Glas in der Hand auf. »Schütten

Sie Ihren Drink jetzt nicht herunter; nehmen Sie ihn an den Tisch mit. Roman, nimm deine Pille.«

»Er wird am 3. Oktober enden«, sagte Mr. Castevet, »einen Tag, bevor der Papst herkommt. Kein Papst besucht eine Stadt, in der die Zeitungen streiken.«

»Ich hörte im Fernsehen, daß er seinen Besuch auf später verlegen und warten will, bis alles vorbei ist«, sagte Mrs. Castevet.

Guy lächelte. »Na, ja«, sagte er, »das ist auch nur eine Art Schaugeschäft.«

Mr. und Mrs. Castevet lachten und Guy mit ihnen, Rosemarie lächelte und schnitt ihr Steak. Es war zu stark gebraten und saftlos, daneben lagen Erbsen und Kartoffelbrei unter einer Mehlsoße.

Noch immer lachend, sagte Mr. Castevet: »Das ist es. Sie wissen Bescheid. Das ist es genau! Schaugeschäft.«

»Das dürfen Sie noch einmal sagen«, meinte Guy.

»Die Trachten, die Riten«, sagte Mr. Castevet, »alle Religionen, nicht nur der Katholizismus, sind Festspiele für die Unwissenden.«

Mrs. Castevet sagte: »Ich fürchte, wir kränken Rosemarie.«

»Nein, nein, keineswegs«, widersprach Rosemarie.

»Sie sind nicht religiös, meine Liebe, nicht wahr?« fragte Mrs. Castevet.

»Ich wurde religiös erzogen«, sagte Rosemarie, »aber jetzt bin ich Freidenker. Ich war nicht beleidigt, wirklich nicht, in keiner Weise.«

»Und Sie, Guy?« fragte Mr. Castevet. »Sind Sie auch Freidenker?«

»Ich glaube, ja«, antwortete Guy. »Ich sehe nicht, wie man irgend etwas anderes sein kann. Ich meine, es gibt keinen absoluten Beweis für das eine oder das andere, nicht wahr?«

»Nein, es gibt keinen«, sagte Mr. Castevet.

Mrs. Castevet, die Rosemarie beobachtet hatte, sagte: »Sie haben vorhin so unbehaglich dreingeschaut, als wir über Guys kleinen Scherz über den Papst lachten.«

»Nun, er ist immerhin der Papst«, meinte Rosemarie. »Ich bin eben zur Ehrfurcht vor ihm erzogen worden, und die habe ich noch, wenn ich auch nicht mehr glaube, daß er heilig ist.«

»Wenn Sie nicht glauben, daß er heilig ist, dann sollten Sie überhaupt keine Ehrfurcht vor ihm haben«, fiel Mr. Castevet ein, »denn dann läuft er doch nur herum und betrügt die Menschen und gibt vor, er sei heilig.«

»Das ist ein guter Einwand«, sagte Guy.

»Wenn ich denke, was die für Ornate und Juwelen ausgeben«, warf Mrs. Castevet ein.

»Ein gutes Bild der Heuchelei aller organisierten Religion wurde in ›Luther‹ gegeben«, sagte Mr. Castevet.

»Haben Sie mal die Hauptrolle gespielt, Guy?«

»Ich? Nein!« sagte Guy.

»Waren Sie nicht als Ersatz für Albert Finney vorgesehen?« fragte Mr. Castevet.

»Nein«, sagte Guy. »Das war der Bursche, der den Weinand spielte. Ich bin nur in zwei kleineren unwichtigeren Rollen aufgetreten.«

»Merkwürdig«, sagte Mr. Castevet. »Ich war ganz sicher, daß Sie sein Ersatzmann waren. Ich erinnere mich, daß mich eine Geste von Ihnen stutzig machte, und ich sah im Programm nach, um zu wissen, wer das war, und ich könnte schwören, daß Sie als Ersatzmann für Finney aufgeführt waren.«

»Welche Geste meinen Sie?« fragte Guy.

»Ich weiß es jetzt nicht genau, eine Bewegung Ihrer...«

»Ich hatte da eine bestimmte Bewegung mit den Armen zu machen, wenn Luther seinen Anfall hatte, eine Art unfreiwilligen Hinreichens...«

»Genau«, schrie Mr. Castevet. »Genau das meinte ich. Diese Bewegung hatte so etwas wundervoll Glaubwürdiges an sich. Im Gegensatz zu allem, möchte ich sagen, was Mr. Finney tat.«

»Nun, nun«, sagte Guy.

»Ich fand seine Darstellung ziemlich übertrieben«, sagte Mr. Castevet. »Es würde mich wirklich interessieren, wie Sie diese Rolle aufgefaßt hätten.«

Lachend sagte Guy: »Mir geht's genauso«, und warf Rosemarie einen strahlenden Blick zu. Sie lächelte zurück, zufrieden, weil er zufrieden war. Nun würde es keine Vorwürfe geben wegen eines verlorenen Abends, an dem er Konversation hatte dreschen müssen.

»Mein Vater war Theaterdirektor«, sagte Mr. Castevet, »und meine jungen Jahre habe ich mit Leuten wie Mrs. Fiske und Forbes-Robertson, Otis Skinner und Modjeska verbracht. Daher neige ich dazu, bei einem Schauspieler etwas mehr als nur Befähigung zu suchen. Sie haben äußerst interessante innere Qualitäten, Guy. Das sieht man auch bei Ihren Fernsehsendungen, und Sie können es wirklich noch weit bringen, vorausgesetzt natürlich, daß Sie diesen

›Durchbruch‹ erzielen, von dem auch die größten Schauspieler bis zu einem gewissen Grad abhängig sind. Bereiten Sie sich eben auf eine Aufführung vor?«

»Ich bin im Gespräch um ein paar Rollen«, antwortete Guy.

»Ich kann mir nicht denken, daß Sie sie nicht kriegen«, sagte Mr. Castevet.

»*Ich* kann es«, sagte Guy.

Mr. Castevet starrte ihn an. »Meinen Sie das im Ernst?« fragte er.

Als Nachtisch gab es eine selbstgemachte Sahne-Torte, die, obgleich sie besser war als das Steak und die Gemüse, für Rosemarie einen eigentümlichen und unangenehm süßen Geschmack hatte. Guy jedoch pries sie überschwenglich und nahm ein zweitesmal davon. Vielleicht schauspielert er auch nur und vergilt Komplimente mit Komplimenten, dachte Rosemarie.

Nach Tisch bot Rosemarie an, beim Abwaschen zu helfen. Mrs. Castevet nahm das Angebot sofort an, und die zwei Frauen räumten den Tisch ab, während Guy und Mr. Castevet ins Wohnzimmer zurückgingen.

Die Küche, deren Tür zur Diele offenstand, war klein und wurde noch kleiner durch das Miniatur-Treibhaus, das Terry erwähnt hatte. Etwa einen Meter lang, stand es auf einem großen weißen Tisch, nahe bei dem einzigen Fenster. Schwanenhalslampen umstanden es, ihre strahlenden Birnen spiegelten sich in dem Glas und machten es eher blendend weiß als durchsichtig. Den übrigen Raum nahmen die Spüle, der Herd und ein Kühlschrank ein. Darüber sprangen überall Schränkchen vor. Rosemarie stand neben Mrs. Castevet und trocknete das Geschirr ab. Sie arbeitete fleißig und gewissenhaft in dem befriedigenden Bewußtsein, daß ihre eigene Küche größer und hübscher eingerichtet war.

»Terry hat mir von Ihrem Treibhaus erzählt«, sagte sie.

»Oh, ja«, sagte Mrs. Castevet. »Es ist so ein nettes Hobby. Sie sollten sich auch eins zulegen.«

»Ich möchte mal eines Tages ein Gewürzgärtchen haben«, sagte Rosemarie. »Natürlich außerhalb der Stadt. Sollte Guy wirklich ein Filmangebot bekommen, dann werden wir die Gelegenheit beim Schopf packen und nach Los Angeles ziehen. Ich bin und bleibe ein Landkind.«

»Kommen Sie aus einer großen Familie?« fragte Mrs. Castevet.

»Ja«, sagte Rosemarie. »Ich habe drei Brüder und zwei Schwestern. Ich bin das Nesthäkchen.«

»Sind Ihre Schwestern verheiratet?«

»Ja.«

Mrs. Castevet bewegte die Spülbürste in einem Glase auf und ab. »Haben sie Kinder?« fragte sie.

»Die eine hat zwei, die andere vier«, antwortete Rosemarie. »Wenigstens war das der letzte Stand, den ich kenne. Es könnten jetzt auch drei und fünf sein.«

»Na, das ist ein gutes Zeichen für Sie«, sagte Mrs. Castevet und spülte noch immer das Glas. Sie spülte langsam und gründlich. »Wenn Ihre Schwestern so viele Kinder haben, dann werden Sie wahrscheinlich auch viele haben. So was steckt in der Familie.«

»Oh, ja, wir sind eine fruchtbare Familie«, sagte Rosemarie und wartete mit dem Tuch in der Hand auf das Glas. »Mein Bruder Eddie hat schon acht, und er ist erst sechsundzwanzig.«

»Du meine Güte!« sagte Mrs. Castevet, schwenkte das Glas in klarem Wasser und reichte es Rosemarie.

»Wenn ich alle zusammenrechne, habe ich zwanzig Nichten und Neffen«, sagte Rosemarie. »Aber ich habe noch nicht die Hälfte davon gesehen.«

»Fahren Sie nicht ab und zu nach Hause?« fragte Mrs. Castevet.

»Nein«, sagte Rosemarie. »Ich stehe nicht besonders gut mit meiner Familie, außer mit einem Bruder. Ich bin für sie das schwarze Schaf.«

»Oh! Wieso denn das?«

»Weil Guy nicht katholisch ist und wir nicht kirchlich getraut sind.«

»Tss!« machte Mrs. Castevet. »Was machen die Menschen doch manchmal für ein Aufhebens wegen der Religion! Aber sie verlieren doch nur selbst dabei. Machen Sie sich keine Sorgen!«

»Das ist leichter gesagt als getan«, erwiderte Rosemarie und stelle das Glas ins Regal. »Soll ich jetzt nicht mal spülen, und Sie trocknen ab?«

»Nein, danke, meine Liebe. So geht es sehr gut«, sagte Mrs. Castevet.

Rosemarie schaute durch die Tür. Sie konnte nur das Ende des Wohnraumes sehen, wo die Bridgetische und die Aktenschränke standen. Guy und Mr. Castevet saßen am anderen Ende. Eine Wolke von blauem Zigarettenrauch hing bewegungslos in der Luft.

»Rosemarie?«

Sie drehte sich um. Lächelnd hielt ihr Mrs. Castevet einen nassen Teller hin. Ihre Hand steckte in einem grünen Gummihandschuh.

Das Spülen und Aufräumen der Teller, Töpfe und des Silbers

dauerte fast eine Stunde, wenn auch Rosemarie bei sich dachte, sie hätte es allein in der Hälfte der Zeit geschafft. Als sie und Mrs. Castevet aus der Küche ins Wohnzimmer kamen, saßen sich Guy und Mr. Castevet gegenüber, und Mr. Castevet klopfte zur Bekräftigung seiner Ansichten mit dem Zeigefinger der einen Hand in die Handfläche der anderen.

»Roman, jetzt hör aber auf, Guy mit deinen Modjeska-Geschichten zu langweilen«, sagte Mrs. Castevet. »Er hört dir nur aus Höflichkeit zu.«

»Nein, Mrs. Castevet, es interessiert mich«, sagte Guy.

»Siehst du?« sagte Mr. Castevet.

»Minnie, ich heiße Minnie und er Roman; okay?« sagte Mrs. Castevet mit einem Seitenblick auf Rosemarie zu Guy. »Okay?«

Guy lachte. »Okay, Minnie«, sagte er.

Sie schwatzten über die Goulds und die Bruhns und die Dubin-und-DeVores, über Terrys Bruder bei der Marine, den man schließlich in einem Zivilhospital in Saigon aufgetrieben hatte, und, da Mr. Castevet gerade ein Buch las, das den Warren-Report kritisierte, über Kennedys Ermordung. Rosemarie, die auf einem der steiflehnigen Stühle saß, fühlte sich völlig außerhalb, gerade so, als wären die Castevets alte Freunde von Guy und sie ihnen eben erst vorgestellt. »Glauben Sie, daß es sich dabei um eine Verschwörung gehandelt hat?« wandte sich Mr. Castevet an sie, und sie antwortete schüchtern, im Gefühl, daß ein aufmerksamer Gastgeber einen übersehenen Gast ins Gespräch zog. Dann entschuldigte sie sich und ging, einem Fingerzeig von Mrs. Castevet folgend, ins Bad, wo sie Papierhandtücher fand, auf denen ein Blumenmuster und die Worte »Für unsere Gäste« aufgedruckt waren, und ein Buch mit dem Titel »Toilettenwitze«, das nicht besonders witzig war.

Um halb elf gingen sie, sagten »Gute Nacht, Roman« und »Vielen Dank, Minnie«, schüttelten ihnen begeistert die Hände und bekräftigten nochmals, die beschlossene Abmachung weiterer gemeinsamer Abende, was – soweit es Rosemarie anging – völlig gelogen war. Nachdem sie die Tür der Castevets hinter sich hatten zufallen hören, atmete Rosemarie tief auf und lachte Guy vergnügt an; dann sah sie, daß er das gleiche tat.

»Roman, jetzt hör aber auf, Guy mit deinen Modjeska-Geschichten zu langweilen«, äffte er, zog seine Augenbrauen hoch und schnitt eine Grimasse.

Rosemarie krümmte sich vor Lachen und hielt ihm die Hand vor den Mund; dann liefen sie leise, Hand in Hand auf Zehenspitzen zu ihrer Wohnungstür, schlossen auf, öffneten sie, warfen sie laut zu, schlossen ab, schoben den Riegel vor und hängten die Sicherheitskette ein. Guy tat, als nagelte er noch Bretter darüber und schöbe drei große Felsblöcke vor, dann zog er eine imaginäre Zugbrücke hoch, rieb sich den Schweiß von der Stirn und keuchte, während Rosemarie sich, immer noch lachend, beide Hände vor den Mund preßte.

»Nein, dieses Steak!« schrie Guy.

»Und erst diese Torte! Wie konntest du nur zwei Stück davon essen? Sie war grausig.«

»Mein liebes Mädchen«, sagte Guy, »das war ein Akt von übermenschlichem Mut und Selbstaufopferung. Ich sagte zu mir selbst: ›Ihr Götter, ich wette, daß noch nie jemand diese alte Schraube ein zweitesmal um irgend etwas in ihrem ganzen Leben gebeten hat.‹ So tat ich es!« Er machte eine großartige Handbewegung. »Ich habe eben manchmal so noble Anwandlungen!«

Sie gingen ins Schlafzimmer. »Sie zieht Kräuter und Gewürze«, erzählte Rosemarie, »und wenn sie zu voller Größe herangewachsen sind, wirft sie sie aus dem Fenster.«

»Pst! Die Wände haben Ohren«, warnte Guy. »Sag mal, was war das eigentlich für Silber?«

»Ist das nicht komisch«, sagte Rosemarie und scheuerte mit ihren Füßen auf dem Boden, um die Schuhe abzustreifen, »nur drei Teller paßten zueinander, und dann dieses wunderbare Silber!«

»Wir wollen nett zu ihnen sein. Vielleicht vermachen sie es uns.«

»Wir wollen eklig zu ihnen sein und uns unser eigenes kaufen. Bist du im Bad gewesen?«

»Da? Nein!«

»Rate mal, was sie da haben.«

»Ein Bidet.«

»Nein, ›Toilettenwitze‹.«

»Nein!«

Rosemarie schlüpfte aus ihrem Kleid. »Ein Buch an einem Haken!« sagte sie, »gerade neben dem Sitz.«

Guy lächelte und schüttelte den Kopf. Dann stand er vor dem alten Schrank und fing an, seine Manschettenknöpfe herauszunehmen. »Aber diese Geschichten von Roman waren doch verdammt interessant«, sagte er. »Wirklich. Ich hatte nie zuvor etwas von Forbes-Robertson gehört, außer daß er zu seiner Zeit ein großer Künstler war.« Er machte sich am zweiten Manschettenknopf zu schaffen, der nicht gleich herausging. »Ich werde morgen abend wieder hingehen und mir mehr von ihm erzählen lassen«, sagte er.

Rosemarie schaute ihn fassungslos an. »Das willst du?« fragte sie.

»Ja«, sagte er. »Er hat mich aufgefordert.« Er hielt ihr die Hand hin. »Kannst du mir den rausmachen?«

Sie kam zu ihm herüber und bemühte sich, den Manschettenknopf zu lösen, aber sie fühlte sich dabei plötzlich verloren und unsicher. »Ich dachte, wir wollten etwas mit Jimmy und Tiger unternehmen«, sagte sie.

»War das fest ausgemacht?« fragte er und schaute ihr in die Augen. »Ich dachte, wir wollten erst miteinander telefonieren deswegen.«

»Es war nicht fest ausgemacht«, sagte sie.

Er zuckte die Schultern. »Dann werden wir sie eben Mittwoch oder Donnerstag besuchen.«

Sie hatte den Manschettenknopf herausgeknöpft und hielt ihn ihm auf der Handfläche hin. Er nahm ihn. »Danke«, sagte er. »Du brauchst nicht mitzukommen, wenn du nicht magst. Du kannst hierbleiben.«

»Das werde ich wohl tun«, sagte sie, »hierbleiben.« Sie ging zum Bett und setzte sich.

»Er hat auch Herbert Irving gekannt«, fuhr Guy fort. »Es ist wirklich unglaublich interessant.«

Rosemarie hakte ihre Strümpfe los. »Warum haben sie wohl die Bilder abgenommen?« fragte sie.

»Was meinst du?«

»Ihre Bilder. Sie haben sie abgehängt. Im Wohnzimmer und im Flur, der zum Bad führt. Überall waren Haken in der Wand und unverschossene Stellen. Und das eine Bild, das da hing, über dem Kamin, das paßte nicht dahin. Fünf Zentimeter rechts und links davon war die Tapete nicht verschossen.«

Guy blickte zu ihr hin. »Ich habe nichts gesehen«, sagte er.

»Und wozu haben sie alle diese Akten und all das Zeugs im Wohnzimmer?« fragte sie weiter.

»*Das* hat er mir erzählt«, sagte Guy und zog sein Hemd aus. »Er gibt ein Nachrichtenblatt für Briefmarkensammler heraus. In der ganzen Welt. Deswegen bekommen sie auch so viel Auslandspost.«

»Ja, aber warum im Wohnzimmer?« beharrte Rosemarie. »Sie

haben drei oder vier andere Zimmer, deren Türen alle geschlossen waren. Warum benutzt er nicht eines von denen?«

Guy ging zu ihr hinüber mit dem Hemd in der Hand und tippte mit einem Finger fest auf ihre Nase. »Du bist noch neugieriger als Minnie«, sagte er, warf ihr einen Handkuß zu und verschwand im Bad.

Zehn oder fünfzehn Minuten später, als Rosemarie in der Küche stand und Wasser für den Kaffee aufsetzte, fühlte sie den scharfen Schmerz im Leib, der immer eine Nacht vor dem Einsetzen ihrer Periode kam. Sie entspannte sich, mit einer Hand auf die Ecke des Herdes gestützt. Als der Schmerz abgeebbt war, holte sie ein Filter-Papier heraus, nahm die Kaffeekanne und fühlte sich enttäuscht und verloren.

Sie war vierundzwanzig Jahre alt, und sie und Guy wünschten sich drei Kinder, alle zwei Jahre eins, aber Guy »war noch nicht bereit« – und er würde es auch nie sein, fürchtete sie, bis er so groß war wie Marlon Brando und Richard Burton zusammen. Wußte er denn gar nicht, wie gut er aussah und wie begabt er war, wie sicher er Erfolg haben würde? So ging ihr Plan dahin, »zufällig« schwanger zu werden. Die Pillen machten ihr Kopfschmerzen, behauptete sie; Schutzmittel aus Gummi waren ihr widerwärtig. Guy sagte, sie sei im Unterbewußtsein immer noch eine gute Katholikin, und sie protestierte genug, um ihre Behauptung zu unterstützen. Nachsichtig studierte Guy den Kalender und vermied die »gefährlichen Tage«, sie aber sagte: »Nein, Liebling, heute ist es sicher. Ich weiß es genau.«

Und nun hatte er in diesem Monat wieder gewonnen, und sie hatte verloren, in diesem unwürdigen Wettstreit, der ihm nicht einmal bewußt war. »Verflucht!« sagte sie und stellte die Kaffeekanne hart auf dem Herd auf. Guy, im kleinen Zimmer, rief: »Was ist passiert?«

»Ich habe mir den Ellenbogen gestoßen!« rief sie zurück.

Aber wenigstens wußte sie jetzt, warum sie während des Abends heute so deprimiert gewesen war.

Und noch einmal verflucht! Wenn sie nur zusammen lebten und nicht verheiratet wären, dann hätte sie inzwischen schon fünfzigmal empfangen!

7

Am nächsten Abend ging Guy nach dem Essen zu den Castevets hinüber. Rosemarie räumte die Küche auf und kämpfte gerade mit sich, ob sie an den Kissen für die Fenstersitze arbeiten oder mit einem Buch ins Bett gehen sollte, als die Türglocke läutete. Es war Mrs. Castevet, und mit ihr kam eine andere Frau, kurzgewachsen, plump und lächelnd, die an der Schulter ihres grünen Kleides eine Plakette trug, die Mr. Buckley für den Posten des Bürgermeisters empfahl.

»Guten Abend, meine Liebe, wir stören doch nicht etwa?« sagte Mrs. Castevet, als Rosemarie öffnete. »Das hier ist meine gute Freundin, Laura-Louise McBurney, vom zwölften Stock. Laura-Louise, das ist Rosemarie, die Frau von Guy.«

»Guten Abend, Rosemarie. Willkommen im Bram.«

»Laura-Louise hat Guy gerade drüben bei uns getroffen und wollte Sie auch gern kennenlernen, so sind wir herübergekommen. Guy sagte, Sie hätten weiter nichts zu tun. Dürfen wir eintreten?«

Gottergeben führte Rosemarie sie höflich ins Wohnzimmer.

»Oh, haben Sie neue Stühle?« rief Mrs. Castevet. »Nein, sind die schön!«

»Sie sind heute früh gekommen«, sagte Rosemarie.

»Fühlen Sie sich nicht wohl, meine Liebe? Sie sehen elend aus.«

»Mir geht's gut«, lächelte Rosemarie. »Es ist nur der erste Tag meiner Periode.«

»Und da sind Sie auf und laufen herum?« fragte Laura-Louise, während sie sich hinsetzte. »Ich hatte an meinen ersten Tagen immer solche Schmerzen, daß ich mich nicht rühren konnte, auch nichts essen oder überhaupt irgend etwas tun. Dan mußte mir Gin durch einen Strohhalm einflößen, um meine Schmerzen zu beruhigen, und damals waren wir hundertprozentige Temperenzler, mit dieser einen Ausnahme.«

»Die Mädchen von heute überwinden das leichter als wir früher«, sagte Mrs. Castevet und setzte sich auch.

»Sie sind gesünder, als wir es waren, dank der Vitamine und der besseren ärztlichen Fürsorge.«

Beide Frauen hatten die gleichen grünen Handarbeitsbeutel mitgebracht, öffneten sie jetzt zu Rosemaries Überraschung und nahmen eine Arbeit heraus, Laura-Louise eine Häkelei, Mrs. Castevet Socken zum Stopfen, und richteten sich auf einen langen Näh-

und Schwatzabend ein. »Was ist denn das da drüben?« fragte Mrs. Castevet. »Bezüge für Sitzkissen?«

»Sitzkissen für die Erkerfenster«, erwiderte Rosemarie und dachte: ›Also gut, dann näh' ich eben auch‹, ging hin, holte sich ihre Arbeit und setzte sich zu den beiden.

Laura-Louise meinte: »Sie haben die Wohnung wirklich unglaublich verändert, Rosemarie.«

»Oh, bevor ich es vergesse«, sagte Mrs. Castevet, »das ist für Sie; von Roman und mir.« Sie legte ein kleines, in rosa Papier verpacktes Päckchen in Rosemaries Hand. Etwas Hartes war darin.

»Für mich?« sagte Rosemarie. »Das begreife ich nicht.«

»Es ist nur ein kleines Geschenk, weiter nichts«, sagte Mrs. Castevet und wischte Rosemaries Verblüffung mit einer Handbewegung weg. »Als Einzugsgeschenk.«

»Aber Sie haben doch gar keinen Grund...« Rosemarie entfaltete das schon einmal benutzte rosa Papier. Darin lag Terrys silbernes Kugelamulett mit der Kette. Vor dem Geruch der Kugelfüllung mußte Rosemarie den Kopf abwenden.

»Es ist wirklich alt«, pries es Mrs. Castevet. »Über dreihundert Jahre.«

»Es ist reizend«, sagte Rosemarie und betrachtete die Kugel, wobei sie überlegte, ob sie erzählen sollte, daß Terry sie ihr schon gezeigt hatte. Aber schon war der Augenblick dafür verpaßt.

»Das Grüne darin ist Tannis-Wurzel«, sagte Mrs. Castevet, »sie bedeutet Glück.«

›Nicht für Terry‹, dachte Rosemarie und sagte laut: »Es ist reizend, aber ich kann es nicht annehmen, solch ein...«

»Sie haben es schon getan«, sagte Mrs. Castevet und stopfte eifrig an einem braunen Socken, ohne zu Rosemarie hinüberzusehen. »Hängen Sie's um.«

Laura-Louise fügte hinzu: »An den Geruch werden Sie sich gewöhnen – schneller, als Sie denken.«

»Los«, befahl Mrs. Castevet.

»Ja, also, dann, vielen Dank«, sagte Rosemarie; unsicher hing sie die Kette über und steckte die Kugel in ihren Blusenausschnitt. Sie fiel zwischen ihre Brüste, kalt und zudringlich. »Ich nehme es ab, sobald die beiden weg sind«, nahm sie sich vor.

Laura-Louise sagte: »Ein Freund von uns hat die Kette angefertigt, alles Handarbeit. Er war früher Dentist, und sein Hobby ist die Anfertigung von Schmuck aus Gold und Silber. Sie werden ihn bei Minnie und Roman kennenlernen an – an irgendeinem Abend – da bin ich sicher; sie laden so oft Gäste ein, die beiden. – Sie werden wahrscheinlich alle ihre Freunde kennenlernen – alle unsere Freunde.«

Rosemarie blickte auf und sah, daß Laura-Louise rot war vor Verlegenheit – wohl auch der Grund dafür, daß sie ihre letzten Worte überstürzt und verwirrt hervorgestoßen hatte. Minnie stopfte eifrig, ohne aufzusehen. Laura-Louise lächelte und Rosemarie lächelte zurück.

»Nähen Sie sich Ihre Kleider selbst?« fragte Laura-Louise.

»Nein«, antwortete Rosemarie und ging auf den Themenwechsel ein. »Ab und zu versuche ich's mal, aber die Sachen sitzen nie!«

Es wurde noch ein ganz unterhaltsamer Abend. Minnie erzählte ein paar amüsante Geschichten aus ihrer Mädchenzeit in Oklahoma, und Laura-Louise zeigte Rosemarie zwei nützliche Tricks und behauptete, sie wisse, wie Buckley, der Kandidat der Konservativen für den Bürgermeisterposten, die bevorstehende Wahl gewinnen könne, trotz der hohen Zahl seiner Gegner.

Guy kam um elf nach Hause, ruhig und seltsam verschlossen. Er begrüßte die Frauen, beugte sich über Rosemarie und küßte sie auf die Wange, als er an ihren Stuhl kam. Minnie sagte: »Elf Uhr? Ach, du Schreck! Komm, Laura-Louise.« Laura-Louise sagte: »Kommen Sie, und besuchen Sie mich, wann immer Sie Lust haben, Rosemarie. Ich wohne in 12E.« Die beiden Frauen schlossen ihre Handarbeitsbeutel und gingen rasch weg.

»Waren seine Geschichten ebenso interessant wie gestern abend?« fragte Rosemarie.

»Ja«, sagte Guy. »War's nett?«

»Schon. Ich bin mit meiner Arbeit vorangekommen.«

»Das sehe ich.«

»Ich habe auch ein Geschenk bekommen.«

Sie zeigte ihm das Amulett. »Es hat Terry gehört«, sagte sie. »Sie hatten es ihr geschenkt, sie hat es mir gezeigt. Die Polizei muß es – zurückgegeben haben.«

»Sie hat es wahrscheinlich überhaupt nicht getragen«, sagte Guy.

»Ich wette doch. Sie war stolz darauf, weil – weil es das erste Geschenk war, das sie je bekommen hat.« Rosemarie hob die Kette über ihren Kopf, hielt ihm Kette und Amulett auf der Hand hin, schüttelte sie hin und her und betrachtete sie.

»Willst du es nicht tragen?« fragte Guy.

»Es stinkt«, sagte sie, »da ist was drin, was Tannis-Wurzel heißt.« Sie hielt die Hand ausgestreckt. »Aus dem berühmten Treibhaus.«

Guy roch daran und zuckte die Schultern. »Es riecht nicht schlecht«, sagte er.

Rosemarie ging ins Schlafzimmer, öffnete eine Schublade des Toilettentischchens, in dem sie eine Blechschachtel voller Krimskrams aufbewahrte. »Tannis-Wurzel gefällig?« fragte sie ihr Spiegelbild, tat das Amulett in die Büchse und schob die Schublade zu.

Guy, unter der Tür, sagte: »Wenn du es schon angenommen hast, dann solltest du es auch tragen.«

In dieser Nacht erwachte Rosemarie, weil Guy neben ihr im Dunkeln saß und rauchte. Sie fragte nach dem Grund. »Ach, nichts«, sagte er, »ich kann nicht schlafen, das ist alles.«

Rosemarie dachte, daß Romans Geschichten über ehemalige Stars ihn vielleicht deprimiert und daran erinnert hätten, daß seine Laufbahn hinter der von Henry Irving und Forbes-Dingsda herhinkte. Sein Drang nach solchen Geschichten konnte auch eine Form von Masochismus sein.

Sie legte ihre Hand auf seinen Arm und bat ihn, sich keine Sorgen zu machen.

»Worüber?«

»Über nichts.«

»Schon gut«, sagte er.

»Du bist der Größte«, sagte sie. »Weißt du das? Du bist es. Und alles wird schon recht werden. Du wirst noch Karate lernen müssen, um dich der Fotografen zu erwehren.«

Beim Aufglimmen seiner Zigarette sah sie ihn lächeln.

»Bald«, sagte sie. »Etwas Bedeutendes. Etwas, was deiner wert ist.«

»Ich glaub' dir. Schlaf jetzt, Liebling.«

»Okay, paß auf deine Zigarette auf.«

»Mach' ich.«

»Weck mich, wenn du nicht schlafen kannst.«

»Sicher.«

»Ich hab' dich lieb.«

»Und ich dich, Ro.«

Ein oder zwei Tage später brachte Guy zwei Karten mit für die Samstagnachtvorstellung von »The Fantasticks«, die ihm Dominick, sein Sprechlehrer, so erzählte er, gegeben hatte. Guy hatte die

Show schon vor Jahren gesehen, als sie mit ihren Aufführungen begann. Rosemarie hatte sie immer gern sehen wollen. »Geh mit Hutch«, sagte Guy. »Dann habe ich wenigstens Ruhe, um an meiner Szene in ›Wait Until Dark‹ zu arbeiten.«

Hutch hatte sie auch schon gesehen; so ging Rosemarie mit Joan Jellico, die ihr während des Essens im »Bijou« anvertraute, daß sie und Dick sich trennen würden, da sie seit langem nichts mehr als ihre Adresse gemein hätten. Diese Nachricht regte Rosemarie auf. Seit Tagen war Guy abwesend und zerstreut gewesen, mit etwas beschäftigt, von dem er sich nicht befreien konnte und wovon er auch nicht mit ihr sprach. Hatte die Entfremdung zwischen Joan und Dick auf die gleiche Weise begonnen? Sie wurde ärgerlich auf Joan, die sich zu stark geschminkt hatte und für das kleine Theater zu laut Beifall klatschte. Kein Wunder, daß sie und Dick nichts Gemeinsames finden konnten. Sie war laut und vulgär, er war zurückhaltend und sensibel. Sie hätten niemals heiraten sollen.

Als Rosemarie nach Hause kam, hatte Guy gerade geduscht. Er war lebhafter und mehr »da«, als er es die ganze Woche gewesen war. Rosemaries Lebensgeister erwachten. Die Show war sogar besser gewesen, als sie gedacht hätte, berichtete sie ihm, und sie berichtete auch die schlechte Nachricht, daß Dick und Joan sich trennten. Sie waren wirklich Vögel mit zu verschiedenem Gefieder, nicht wahr? Wie war er mit der Szene in »Wait Until Dark« vorangekommen? Großartig. Er beherrschte sie jetzt.

»Diese verfluchte Tannis-Wurzel«, sagte Rosemarie. Das ganze Schlafzimmer roch danach. Der bittere, prickelnde Geruch hatte sogar seinen Weg ins Badezimmer gefunden. Sie holte ein Stück Aluminiumfolie aus der Küche, verpackte das Amulett fest in eine dreifache Lage Folie und drehte die Enden zusammen, um sie zu versiegeln.

»Wahrscheinlich wird es in ein paar Tagen nicht mehr so streng riechen«, sagte Guy.

»Das wäre gut«, antwortete Rosemarie und versprühte ein Deodorant. »Wenn nicht, dann werfe ich's weg und erzähle Minnie, ich hätte es verloren.«

Sie liebten sich – und Guy war wild und trieb sie an –, und später hörte Rosemarie durch die Wand das Geräusch einer Party, die sich bei Roman und Minnie abspielte. Es war das gleiche einförmige musikalische Singen, das sie neulich gehört hatte, fast wie ein religiöser Gesang, und die gleiche Flöte oder Klarinette, die mitspielte, den Gesang umspielte oder untermalte.

Guy war auch noch den ganzen Sonntag hindurch aufgedreht; er bastelte Regale und ein Gestell für die Schuhe im kleinen Zimmer neben dem Schlafzimmer und lud eine Menge »Luther«-Leute ein, zu ihnen herüberzukommen. Am Montag strich er die Regale und das Schuhgestell an, beizte eine Bank, die Rosemarie preisgünstig eingekauft hatte, sagte seine Stunde bei Dominick ab und hörte ständig mit einem Ohr nach dem Telefon, das er jedesmal an sich riß, ehe noch das erste Klingeln verhallt war. Um drei am Nachmittag klingelte es wieder, und Rosemarie, die gerade eine neue Anordnung der Stühle im Wohnzimmer ausprobierte, hörte ihn rufen: »Oh, Gott, nein! Der arme Kerl!«

Sie ging zur Schlafzimmertür.

»Oh, Gott«, sagte Guy.

Er saß auf dem Bett, das Telefon in der einen und eine Dose Farbentferner in der anderen Hand. Er sah sie nicht an. »Und Sie haben keine Idee, wie das passiert ist?« fragte er. »Mein Gott, das ist ja entsetzlich, einfach entsetzlich.« Er hörte weiter und straffte sich im Sitzen auf. »Ja, das bin ich«, sagte er und dann: »Ja, ich werde. Es ist mir schrecklich, sie auf diese Weise zu bekommen – aber ich –« Er hörte weiter. »Gut, Sie müßten mit Allan über diese Sache sprechen –« sagte er weiter – mit Allan Stone, seinem Agenten –, »aber ich bin sicher, daß es da keine Schwierigkeiten geben wird, Mr. Weiss, jedenfalls nicht, was uns betrifft.«

Er hatte es! Das große Etwas! Rosemarie hielt den Atem an und wartete.

»Ich habe *Ihnen* zu danken, Mr. Weiss«, sagte Guy, »und wollen Sie mich bitte wissen lassen, wenn es was Neues gibt? Vielen Dank.«

Er legte auf, schloß die Augen und saß bewegungslos, die Hand auf dem Telefon. Er war blaß und sah aus wie eine Puppe, eine Wachsstatue mit echten Kleidern und echten Requisiten, echtem Telefon und echter Dose Farbentferner.

»Guy«, sagte Rosemarie.

Er öffnete die Augen und schaute sie an.

»Was ist?« fragte sie.

Er blinzelte und kam zu sich. »Donald Baumgart«, sagte er. »Er ist blind geworden. Er ist gestern aufgewacht und – er kann nicht sehen.«

»Nein!« schrie Rosemarie.

»Heute früh hat er versucht, sich zu erhängen. Jetzt ist er im Bellevue, und man hat ihm Beruhigungsmittel gegeben.«

Sie blickten sich beide mühsam an.

»Ich habe die Rolle bekommen«, sagte Guy. »Es ist abscheulich, sie auf diese Weise zu bekommen.« Er betrachtete den Farbentferner in seiner Hand und stellte ihn auf den Nachttisch. »Hör zu«, sagte er, »ich muß raus und mich auslaufen.« Er stand auf. »Es tut mir leid. Aber ich muß raus und das verdauen.«

»Ich versteh' dich, geh nur«, sagte Rosemarie und gab den Weg zur Flurtür frei.

Er ging, wie er war, durch den Flur und zur Tür hinaus, die hinter ihm leise ins Schloß fiel.

Sie ging ins Wohnzimmer und dachte an den armen Donald Baumgart und den glücklichen Guy. An sie beide, an ihr Glück mit der guten Rolle, die Aufmerksamkeit erregen und – wenn auch das Stück durchfiele – zu anderen Rollen führen würde, zu Filmen vielleicht, zu einem Haus in Los Angeles, einem Gewürzgärtchen, drei Kindern im Abstand von je zwei Jahren. Der arme Donald Baumgart mit seinem schwerfälligen Namen, den er nicht ändern wollte. Er mußte gut sein, weil er Guy überflügelt hatte – und nun lag er im Bellevue, blind und mit Selbstmordgedanken, unter Sedativen.

Rosemarie kniete sich auf eine Sitzbank am Fenster und schaute hinunter auf die Straße, zum Eingang des Hauses und wartete, daß Guy herauskäme. Wann würden die Proben beginnen? Natürlich würde sie mit ihm von New York wegziehen; das würde ein Spaß! Nach Boston? Oder Philadelphia; Washington wäre aufregend. Sie war nie dort gewesen. Während Guy nachmittags auf den Proben war, konnte sie durch die Stadt bummeln. Und abends, nach der Vorstellung, würde man sich in einem Restaurant treffen oder in einem Klub und plaudern und sich die neuesten Geschichten erzählen.

Sie wartete und wartete, aber Guy erschien nicht. Er mußte den Ausgang zur 55. Straße benutzt haben.

Jetzt, da er hätte glücklich sein können, war er störrisch und erregt, saß unbeweglich da, und nur die Zigarette in seiner Hand und seine Augen zeigten, daß Leben in ihm war. Seine Augen folgten ihr durch die Wohnung, angespannt, als ob ihm Gefahr von ihr drohte. »Ist was nicht in Ordnung?« fragte sie ihn wohl ein dutzendmal. »Nichts«, antwortete er »Hast du nicht heute deinen Bildhauerkurs?«

»Ich bin seit zwei Monaten nicht mehr dort gewesen.«

»Warum gehst du nicht hin?«

Sie ging hin, warf altes Plastilin fort, brachte die Armatur in Ordnung und begann von neuem, mit einem neuen Modell unter neuen Studenten. »Wo waren Sie?« fragte der Lehrer. Er trug eine Brille, hatte einen Adamsapfel und machte Miniaturen von ihrem Torso, ohne auf seine Hände zu achten.

»In Sansibar«, sagte sie.

»Sansibar gibt es nicht mehr«, sagte er mit nervösem Lachen, »das heißt jetzt Tansania.«

Eines Nachmittags ging sie zu Macy und Gimbel einkaufen, und als sie zurückkam, standen Rosen in der Küche, Rosen im Wohnzimmer, und Guy kam mit einer Rose in der Hand und einem um Verzeihung bittenden Lächeln aus dem Schlafzimmer, so wie er ihr einmal eine Szene aus »Sweet Bird« von Chance Wayne vorgespielt hatte.

»Ich war in letzter Zeit ziemlich mies zu dir«, sagte er. »Das kommt davon, daß ich immerzu herumsaß und hoffte, daß Baumgart blind bliebe, das ist's, was ich die ganze Zeit getan habe, ich Schweinekerl.«

»Das ist ganz natürlich«, antwortete sie, »du mußt ja beides fühlen...«

»Höre«, sagte er und stupste ihr die Rose an die Nase, »selbst wenn das Ding durchfällt und ich für den Rest meines Lebens ein kleiner Chargenkomödiant bleibe, werde ich doch aufhören, dich das entgelten zu lassen.«

»Das hast du nicht...«

»Doch. Ich war so eifrig damit beschäftigt, mir um meine Karriere die Haare zu raufen, daß ich mit keinem Gedanken mehr an dich gedacht habe. Wir wollen ein Baby haben, okay? Drei! Aber immer nur eins auf einmal!«

Sie sah ihn an.

»Ein Baby«, sagte er. »Weißt du, Guckguck! Windeln! Wääwää!«

»Sprichst du im Ernst?« fragte sie.

»Aber sicher«, antwortete er. »Ich habe sogar die richtige Zeit dafür ausgerechnet. Am nächsten Montag und Dienstag. Rote Kreise auf dem Kalender, bitte sehr!«

»Ist das wirklich dein Ernst, Guy?« fragte sie, Tränen in den Augen.

»Nein, ich mache Witze«, sagte er. »Natürlich meine ich es ernst. Schau, Rosemarie, aber um Gottes willen, heul doch nicht, ja? Bitte! Es regt mich so auf, wenn du weinst. Bitte, hör auf, ja.«

»Ja«, sagte sie, »ich höre schon auf.«

8

Sie ging zum oberen Broadway, um Schwertfischsteaks zu kaufen, und quer durch die Stadt zur Lexington Avenue wegen Käse. Nicht, weil sie Schwertfischsteaks und Käse nicht in der Nachbarschaft bekommen hätte, sondern einfach, weil sie das Bedürfnis hatte, an diesem prickelnd frischen, strahlendblauen Vormittag durch die ganze Stadt zu laufen, mit fliegendem Mantel und die Blicke auf sich ziehend, weil sie so hübsch war, und den Geschäftsleuten durch ihre Präzision und das Gewußt-wie ihrer Bestellungen zu imponieren. Es war Montag, der vierte Oktober, der Tag, an dem Papst Paul nach New York gekommen war, und das gemeinsame Erleben dieses Ereignisses machte die Leute offener und gesprächiger, als sie es gewöhnlich waren. Wie schön ist das, dachte Rosemarie, daß die ganze Stadt glücklich ist an einem Tag, an dem ich so glücklich bin.

Sie verfolgte den Weg des Papstes im Fernsehen am Nachmittag, nachdem sie den Apparat aus dem Nebenzimmer (das bald Kinderzimmer sein würde) herausgezogen und so aufgestellt hatte, daß sie von der Küche aus schauen konnte, während sie den Fisch, das Gemüse und den grünen Salat zubereitete. Seine Ansprache vor der UN-Vollversammlung ging ihr zu Herzen, und sie war sicher, daß sie dazu beitragen würde, die Lage in Vietnam zu erleichtern. »Nie wieder Krieg!« sagte er. Mußten seine Worte nicht selbst dem hartgesottensten Staatsmann zu denken geben?

Um halb fünf, als sie den Tisch vor dem Kamin deckte, läutete das Telefon.

»Rosemarie? Guten Tag. Wie geht es dir?«

»Guten Tag«, sagte sie. Es war Margaret, die ältere ihrer beiden Schwestern. »Mir geht's gut. Und wie geht es dir?«

»Gut«, sagte Margaret.

»Wo bist du?«

»In Omaha.«

Sie waren nie recht miteinander ausgekommen. Margaret war ein mürrisches, nachtragendes Mädchen, das die Mutter zu oft mit der Aufsicht über die jüngeren Kinder beauftragt hatte. So von ihr angerufen zu werden war seltsam, seltsam und erschreckend.

»Geht es allen gut?« fragte Rosemarie. Sicher ist jemand gestorben, dachte sie. Wer? Ma? Pa? Brian?

»Es geht allen gut.«

»Wirklich?«

»Ja. Und dir?«

»Ja. Ich sagte es ja schon.«

»Ich hab' den ganzen Tag über so ein dummes Gefühl gehabt, Rosemarie, daß dir irgend etwas passiert wäre, ein Unfall oder so, daß du verletzt wärst, vielleicht im Krankenhaus lägst.«

»Nein, nichts dergleichen«, lachte Rosemarie. »Mir geht's gut; wirklich und wahrhaftig.«

»Es war ein so merkwürdiges Gefühl«, sagte Margaret. »Ich war ganz sicher, daß dir etwas zugestoßen war. Schließlich sagte Gene, warum rufst du sie nicht einfach an und hörst, was los ist.«

»Wie geht es ihm?«

»Gut.«

»Und den Kindern?«

»Ach, die üblichen Kratzer und Wehwehs, aber sonst geht es ihnen gut. Bei mir ist wieder was unterwegs, weißt du's schon?«

»Nein, das wußte ich nicht. Wie schön! Bis wann?«

(Bei uns wird auch bald eins unterwegs sein.)

»Ende März. Wie geht es deinem Mann, Rosemarie?«

»Gut, danke. Er hat eine bedeutende Rolle in einem Stück bekommen, zu dem die Proben bald anfangen sollen.«

»Sag, hast du den Papst gut gesehen?« fragte Margaret. »Bei euch muß ja eine schreckliche Aufregung herrschen.«

»Stimmt«, sagte Rosemarie. »Ich habe alles im Fernsehen gesehen. Ihr bekommt es doch auch in Omaha, nicht wahr?«

»Du hast ihn dir nicht direkt angesehen? Du bist nicht hinausgegangen, um ihn zu sehen?«

»Nein, nicht.«

»Wirklich?«

»Wirklich.«

»Also nein, Rosemarie«, sagte Margaret. »Weißt du, Pa und Ma wollten sogar hinfliegen, um ihn zu sehen; aber sie konnten nicht, weil eine Streikabstimmung ist und Pa den Antrag unterstützt. Aber eine Menge Leute sind hingeflogen, die Donovans und Dot und Sandy Wallingford. Und du bist am Ort, lebst dort und bist nicht aus dem Haus gegangen, um ihn zu sehen?«

»Religion bedeutet mir nicht mehr so viel wie früher, zu Hause«, sagte Rosemarie.

»Na ja«, sagte Margaret, und Rosemarie hörte, daß sie dachte, ›wenn du mit einem Protestanten verheiratet bist.‹ Sie sagte: »Es war nett von dir, Margaret, daß du angerufen hast. Du brauchst dich über gar nichts zu beunruhigen. Ich bin niemals gesünder und glücklicher gewesen.«

»Es war so ein starkes Gefühl«, sagte Margaret, »von dem Augenblick an, als ich aufwachte. Nun, ich bin eben gewöhnt, mich um euch Kroppzeug zu kümmern...«

»Grüß alle herzlich, ja. Und sag Brian, er soll endlich meinen Brief beantworten.«

»Ja. Rosemarie...?«

»Ja?«

»Ich werde dieses Gefühl nicht los. Bleib heute nacht zu Hause, bitte.«

»Das haben wir gerade vor«, sagte Rosemarie und blickte hinüber zu dem halbgedeckten Tisch.

»Gut«, sagte Margaret. »Paß auf dich auf.«

»Das werde ich«, sagte Rosemarie. »Und du auch, Margaret.«

»Ja, sicher. Auf Wiedersehen!«

»Auf Wiedersehen!«

Sie ging zurück und deckte den Tisch weiter, vergnügt und mit ein wenig Sehnsucht nach Margaret und Brian und den anderen Geschwistern, nach Omaha und der unwiederbringlichen Vergangenheit.

Nachdem sie den Tisch gedeckt hatte, badete sie, puderte und parfümierte sich, schminkte ihre Augen und Lippen und machte ihr Haar. Dann zog sie ein paar lange burgunderfarbene Kaminhosen an, die ihr Guy letztes Jahr zu Weihnachten geschenkt hatte.

Er kam spät heim, nach sechs. »Oh!« sagte er, »du siehst zum Fressen süß aus. Soll ich? Verdammt! Was? Ich hab' die Obsttorte vergessen!«

Er hatte ihr gesagt, sie solle keinen Nachtisch machen – er würde seine Lieblingsspeise, eine Kürbistorte von Horn und Hardart, in der Stadt besorgen und mitbringen.

»Ich könnte mich selbst in den Hintern treten«, sagte er. »An zwei Geschäften bin ich vorbeigelaufen, an zwei, nicht nur an einem!«

»Reg dich nicht auf«, sagte Rosemarie. »Wir können Obst und Käse essen, das ist immer der beste Nachtisch, wirklich.«

»Nein! Der beste Nachtisch ist die Kürbistorte von Horn und Hardart.«

Er ging hinein, um sich rasch zu waschen, und sie schob eine Platte mit gefüllten Pilzen in den Ofen und mixte die Salatsoße.

Nach ein paar Minuten kam Guy an die Küchentür und knöpfte

den Kragen seines blauen Veloursshemdes zu. Er hatte glänzende Augen und war ein bißchen nervös, ganz wie damals, als er wußte, daß sie zum erstenmal zusammen schlafen würden. Es gefiel Rosemarie, ihn so zu sehen.

»Dein guter Freund, der Papst, hat tatsächlich den gesamten Verkehr zum Erliegen gebracht«, sagte er.

»Hast du es im Fernsehen gesehen?« fragte sie. »Es war eine fabelhafte Reportage.«

»Ich hab' ein bißchen davon bei Allan gesehen«, sagte er. »Sind Gläser im Kühlschrank?«

»Ja. Er hat eine wunderbare Rede vor der UNO gehalten. ›Nie wieder Krieg!‹ hat er gesagt.«

»Dann viel Glück! – Ha, *die* sehen gut aus!«

Sie tranken Gibsons und aßen die gefüllten Pilze im Wohnzimmer. Guy legte zerknüllte Zeitungen und Kohleanzünder auf den Kaminrost und darüber zwei dicke Brocken Kännelkohle. »Mal sehen...«, sagte er, riß ein Streichholz an und hielt es an das Papier. Es flammte auf, und die Zünder begannen zu brennen. Schwarzer Rauch qualmte aus dem Kamin ins Zimmer und zog zur Decke hinauf. »Du meine Güte«, rief Guy und stocherte im Kamin herum.

»Die Farbe, die Farbe«, schrie Rosemarie.

Es gelang ihm, den Rauchfang zu öffnen, und der Belüftungsapparat zog den Rauch ab.

»Anscheinend hat niemand heute abend ein Feuer brennen«, sagte Guy. Rosemarie kniete mit ihrem Drink auf der Erde und starrte in die von der Flamme eingehüllten, sprühenden Kohlen und sagte: »Ist es nicht großartig? Ich hoffe, wir bekommen den kältesten Winter seit achtzig Jahren!«

Guy legte eine Platte von Ella Fitzgerald mit einem Lied von Cole Porter auf.

Sie hatten ihren Schwertfisch halb aufgegessen, als die Türklingel ging. »Mist«, sagte Guy. Er stand auf, warf seine Serviette hin und ging zur Tür. Rosemarie drehte den Kopf und horchte.

Guy machte die Tür auf, und Minnie sagte: »Hallo, Guy«, und noch etwas, was sie nicht verstehen konnte. »O nein«, dachte Rosemarie. »Laß sie nicht herein, Guy, nicht jetzt, nicht *heute* nacht.«

Guy sprach, und dann hörte man wieder Minnie »...extra. Wir brauchen sie nicht«. Und wieder Guy, und wieder Minnie. Rosemarie seufzte erleichtert auf. Es hörte sich nicht an, als käme sie herein. Gott sei Dank.

Die Tür wurde geschlossen (gut!) und verriegelt (gut!). Rosemarie schaute und wartete, und Guy schlängelte sich durch den Gang, lächelte blasiert und hielt beide Hände hinter sich auf den Rücken. »Wer sagt, daß es keine Gedankenübertragung gibt?« sagte er, kam zum Tisch und brachte seine beiden Hände nach vorn – in jeder eine weiße Puddingschale. »Der gnä' Herr und die gnä' Frau sollen also doch ihren Nachtisch haben«, sagte er und stellte eine Schale neben Rosemaries Weinglas und die andere neben das seine. »Mousse au chocolat«, sagte er, »oder, wie Minnie sagte, ›Schokoladenmaus‹. Mousse und Maus scheint bei ihr so ziemlich dasselbe zu sein. Sei also vorsichtig beim Essen.«

Rosemarie lachte vergnügt. »Das ist wunderbar«, sagte sie. »Es ist gerade das, was ich machen wollte.«

»Siehst du«, sagte Guy und setzte sich. »Gedankenübertragung!« Er nahm seine Serviette und goß die Gläser erneut voll.

»Ich hatte schon Angst, daß sie sich den Eintritt erzwingt und den ganzen Abend dableibt«, sagte Rosemarie und spießte eine Karotte auf die Gabel.

»Nein, sie wollte nur, daß wir ihre Schokoladenmaus versuchen und damit eine ihrer Spezialitäten kennenlernen.«

»Sie sieht gut aus.«

»Tut sie, nicht wahr?«

Die Schalen waren mit aufgetürmter Schokoladencreme gefüllt. Auf der von Guy lagen gehackte Nüsse, auf der von Rosemarie eine halbe Walnuß.

»Es ist wirklich nett von ihr, wir sollten sie nicht verspotten.«

»Du hast recht«, sagte Guy, »du hast recht.«

Die Creme war ausgezeichnet, aber sie hatte einen kreideartigen Beigeschmack, der Rosemarie an die Schule und die Schultafeln erinnerte. Guy hingegen konnte keinerlei Beigeschmack finden, weder kreidig noch sonst. Rosemarie legte ihren Löffel nach dem zweiten Bissen hin. Guy sagte: »Du solltest sie aufessen. Es ist lächerlich, Ro, das Zeug hat keinen Beigeschmack.«

Rosemarie widersprach.

»Los«, sagte Guy, »iß es, die alte Dame hat den ganzen Tag deswegen am heißen Ofen geschuftet. Iß es.«

»Aber es schmeckt mir nicht«, sagte Rosemarie.

»Es ist köstlich.«

»Du kannst meins gern haben.«

»Schon gut«, sagte Guy finster. »Laß. Du trägst auch das Amulett nicht, das sie dir gegeben hat. Dann brauchst du auch ihren Nachtisch nicht zu essen.«

Verwirrt sagte Rosemarie: »Was hat denn das eine mit dem anderen zu tun?«

»Beides sind Beispiele von – nun – von unfreundlicher Gesinnung, weiter nichts«, sagte Guy. »Vor zwei Minuten noch hast du gesagt, wir sollten aufhören, sie zu verspotten. Aber es ist auch eine Form von Spott, etwas anzunehmen und es dann nicht zu benutzen.«

»Oh«, Rosemarie griff zu ihrem Löffel, »wenn du daraus eine große Szene machen willst...« Sie nahm einen Löffel voll und stopfte ihn sich in den Mund.

»Das wird keine große Szene«, sagte Guy. »Wenn du sie wirklich nicht magst, dann iß sie nicht.«

»Köstlich«, sagte Rosemarie mit vollem Mund und nahm einen zweiten Löffel. »Gar kein Beigeschmack. Leg eine Platte auf.«

Guy stand auf und ging zum Plattenspieler. Rosemarie faltete ihre Serviette doppelt und schüttete zwei Löffel von der Creme hinein und noch einen gutbemessenen halben Löffel. Sie faltete ihre Serviette zusammen und kratzte dann zum Schein ihre Schale aus und schluckte die Reste herunter, als Guy zum Tisch zurückkam. »Hier, Papps«, sagte sie und hob ihm die Schale entgegen. »Bekomme ich nun eine Eins in Betragen im nächsten Zeugnis?«

»Zwei«, sagte er. »Aber es tut mir leid, wenn ich ärgerlich war.«

»Das warst du.«

»Tut mir leid.« Er lächelte.

Rosemarie schmolz. »Ich vergebe dir«, sagte sie. »Es ist nett von dir, daß du gegen die alte Dame so rücksichtsvoll bist. Jetzt weiß ich, daß du es auch gegen mich sein wirst, wenn ich einmal alt bin.«

Sie trranken Kaffee und Pfefferminzlikör.

»Margaret hat heute nachmittag angerufen«, sagte Rosemarie.

»Margaret?«

»Meine Schwester.«

»Oh, alles in Ordnung dort?«

»Ja. Sie hatte Angst, mir sei etwas passiert. Sie hatte so ein Gefühl.«

»Oh?«

»Wir sollen heute nacht zu Hause bleiben.«

»Zum Henker! Und ich habe Plätze bei Nedick reserviert. Im Orangenzimmer.«

»Telefoniere ab.«

»Wie bist du nur normal geworden, wenn deine ganze übrige Familie verrückt ist?«

Der erste Schwindelanfall überfiel Rosemarie, als sie in der Küche die Reste der nicht gegessenen Creme aus ihrer Serviette in den Spülstein kratzte. Sie schwankte einen Augenblick, dann blinzelte sie und zog die Brauen zusammen. Guy im kleinen Nebenraum sagte: »Er ist noch nicht da. Herr im Himmel, was für ein Mob.« Der Papst im Yankee Stadion.

»Ich komme gleich«, sagte Rosemarie.

Sie schüttelte ihren Kopf, um ihn klarer zu bekommen, rollte die Servietten in das Tischtuch und warf das Bündel in den Wäschekorb. Sie steckte den Stopfen in den Ausguß, drehte das heiße Wasser auf, spritzte etwas Spülmittel hinein und begann, die Teller und Pfannen einzuweichen. Sie wollte sie erst morgen früh spülen.

Die zweite Welle überfiel sie, als sie das Küchenhandtuch aufhängte. Sie dauerte länger und diesmal drehte sich der Raum langsam um sie herum, und ihre Beine rutschten fast unter ihr weg. Sie hielt sich am Rand der Spüle fest.

Als das vorbei war, sagte sie: »Oh, verdammt!« und rechnete zusammen: zwei Gibsons, zwei Glas Wein (oder waren es drei gewesen?) und ein Pfefferminzlikör. Kein Wunder.

Sie kam bis zur Tür des kleinen Zimmers und brachte es fertig, während der nächsten Welle stehenzubleiben, indem sie sich mit einer Hand am Türknopf und mit der anderen am Türpfosten festhielt.

»Was ist mit dir? fragte Guy und stand besorgt auf.

»Schwindelig«, sagte sie und lächelte.

Er schaltete das Fernsehen ab und kam zu ihr, nahm sie beim Arm und hielt sie fest. »Kein Wunder«, sagte er. »Bei dieser Sauferei. Wahrscheinlich hattest du dazu noch einen leeren Magen.«

Er führte sie ins Schlafzimmer, und als ihre Beine unter ihr wegknickten, hob er sie auf und trug sie. Er legte sie aufs Bett und setzte sich neben sie, nahm ihre Hand und streichelte verständnisvoll ihre Stirn. Sie schloß die Augen. Das Bett war ein Floß, das auf sanften Wellen schaukelte immer hin und her, auf und nieder. »Hübsch«, sagte sie.

»Du mußt jetzt schlafen«, sagte Guy und strich ihr über die Stirn. »Eine ganze lange Nacht schlafen.«

»Wir müssen doch ein Baby machen.«

»Werden wir auch. Morgen. Wir haben viel Zeit.«

»Wir verpassen die Messe.«

»Schlaf. Schlaf gut, komm...«

»Nur ein Nickerchen«, sagte sie und saß mit einem Drink in der

Hand auf Präsident Kennedys Jacht. Es war sonnig und windig, ein herrlicher Tag für eine Kreuzfahrt. Der Präsident, der eine große Karte studierte, gab einem Negermaat kurz und bündig seine Anweisungen.

Guy hatte ihr die Pyjamajacke ausgezogen. »Warum tust du das?« fragte sie.

»Damit du es bequemer hast«, sagte er.

»Ich bin ganz bequem.«

»Schlaf, Ro.«

Er öffnete den seitlichen Verschluß ihrer Hose und zog sie herunter. Er dachte, sie schliefe und merkte es nicht. Jetzt hatte sie nur noch einen roten Bikini an, aber die anderen Frauen auf der Jacht – Jackie Kennedy, Pat Lawford und Sarah Churchill – trugen auch Bikinis, und so war gottlob alles in Ordnung. Der Präsident trug Marineuniform. Er hatte sich von seiner Ermordung erholt und sah besser aus denn je. Hutch stand auf dem Dock und hatte beide Arme voll Instrumente für die Wettervorhersage. »Kommt Hutch nicht mit uns?« fragte Rosemarie den Präsidenten.

»Zutritt nur für Katholiken«, antwortete er lächelnd. »Ich wünschte, wir wären nicht durch diese Vorurteile gebunden, aber leider sind wir es.«

»Aber was ist mit Sarah Churchill?« fragte Rosemarie. Das Argument saß, aber Sarah Churchill war fort, und an ihrer Stelle stand ihre Familie da, Ma und Pa und alle, mit den Ehemännern, den Ehefrauen und den Kindern. Margaret war in anderen Umständen und ebenso auch Jean und Dodie und Ernestine.

Guy zog ihr den Ehering vom Finger. Sie wunderte sich, warum, war aber zu müde, um zu fragen. »Schlafen«, sagte sie und schlief.

Zum erstenmal war die Sixtinische Kapelle für das Publikum geöffnet worden, und sie betrachtete die Deckengemälde von einem neuen Aufzug aus, der es möglich machte, die Fresken im gleichen Winkel zu sehen, wie Michelangelo sie gesehen hatte, als er sie malte. Wie großartig waren sie! Sie sah Gott, der seinen Finger nach Adam ausstreckte und den göttlichen Lebensfunken auf ihn übertrug. Und dann die Unterseite eines Brettes, das zum Teil mit Folie beklebt war, als man sie rückwärts durch die Wäschekammer trug. »Leicht«, sagte Guy, und ein anderer Mann sagte: »Sie haben sie zu hoch gepackt.«

»Taifun!« brüllte Hutch vom Dock, wo er zwischen all seinen Instrumenten für die Wettervorhersage stand. »Taifun! Fünfundfünfzig Personen sind in London getötet worden, und er nimmt seinen

Weg hierher!« Rosemarie wußte, daß er recht hatte. Sie mußte den Präsidenten warnen. Das Schiff fuhr geradenwegs in eine Katastrophe hinein.

Aber der Präsident war fort. Alle waren fort. Das Deck war endlos und leer, außer dem weit entfernten Negermaat, der das Steuerrad unerbittlich auf Kurs hielt.

Rosemarie ging zu ihm hin und sah sogleich, daß er alle Weißen haßte. »Sie gehen besser unter Deck, Miß«, sagte er höflich, aber doch voll Haß und wartete nicht einmal ab, was sie ihm zu sagen hatte.

Unten war ein riesiger Ballsaal, in dem an einer Seite eine Kirche hellodernd brannte, während an der anderen Seite ein Mann mit einem schwarzen Bart stand und auf sie wartete. In der Mitte stand ein Bett. Sie ging hin und legte sich nieder. Plötzlich war sie von zehn bis zwölf nackten Männern und Frauen umgeben, und Guy mitten darunter. Es waren ältliche Leute, die Frauen sahen grotesk aus und hatten Hängebrüste. Minnie und ihre Freundin Laura-Louise waren da, und Roman in schwarzer Mitra und schwarzer Seidenrobe. Mit einem dünnen schwarzen Zauberstab zeichnete er Figuren auf ihren Körper, wobei er von Zeit zu Zeit das Ende des Stabes in eine Schale voll roter Farbe tauchte, die ein sonnenverbrannter Mann mit weißem Schnurrbart ihm hinhielt. Die Spitze des Stabes bewegte sich vor und zurück über ihren Bauch und kitzelnd bis zur Innenseite ihrer Schenkel. Die nackten Leute sangen – einförmige, unmusikalische Silben in einer fremden Sprache – und eine Flöte oder Klarinette begleitete sie. »Sie ist wach, sie sieht«, flüsterte Guy Minnie zu. Seine Augen waren weit offen, gespannt. »Sie sieht nicht«, sagte Minnie. »Wenn sie die Maus gegessen hat, kann sie weder sehen noch hören. Da ist sie wie tot. Singt jetzt.«

Jackie Kennedy kam in den Ballsaal, sie trug eine auserlesene Toilette aus elfenbeinfarbenem Satin mit Perlstickerei. »Es tut mir so leid, zu hören, daß Sie sich nicht wohl fühlen«, sagte sie und eilte an Rosemaries Seite.

Rosemarie erklärte, sie sei von einer Maus gebissen worden; stellte den Biß aber als unbedeutend hin, damit Jackie sich nicht aufregte.

»Es wäre besser, man bände Ihre Beine herunter«, sagte Jackie, »für den Fall, daß Sie Krämpfe bekommen.«

»Ja, das glaube ich auch«, sagte Rosemarie. »Es ist immerhin möglich, daß sie die Tollwut hatte.« Sie beobachtete mit Interesse, wie weißgekleidete Assistenten ihre Beine und ihre Arme an die vier Bettpfosten banden.

»Wenn die Musik Sie stört«, sagte Jackie, »so lassen Sie es mich wissen, und ich werde dafür sorgen, daß sie aufhört.«

»O nein«, sagte Rosemarie. »Bitte ändern Sie das Programm nicht meinetwegen. Sie stört mich nicht. Wirklich nicht.«

Jackie lächelte ihr freundlich zu. »Versuchen Sie zu schlafen«, sagte sie, »wir warten oben auf Deck.« Damit ging sie fort; ihr Seidenkleid raschelte.

Rosemarie schlief eine Weile, und dann kam Guy herein. Er strich mit beiden Händen an ihr entlang – ein langer aufreizender Strich, der an ihren angebundenen Handgelenken begann, über ihre Arme zu ihren Brüsten glitt, zu ihren Lenden und dann zu einem wollüstigen Kitzeln zwischen ihren Schenkeln wurde. Diesen Strich wiederholte er immer von neuem, seine Hände waren heiß und seine Nägel scharf, und dann, als sie bereit war, nur allzu bereit, schob er eine Hand unter ihr Gesäß, hob es an, führte sein steifes Glied an sie heran und stieß es dann kraftvoll in sie hinein. Es war größer als jemals zuvor; schmerzend, wunderbar groß. Er lastete auf ihr, mit seinem anderen Arm griff er unter ihren Rükken, um sie zu halten, seine breite Brust quetschte ihre Brüste. (Er trug, weil es ein Kostümfest war, eine rauhe Rüstung aus Leder.) Brutal und rhythmisch bewegte er seine neue, ungeheure Größe. Sie öffnete ihre Augen und blickte in gelbglühende Augen, roch Schwefel und Tannis-Wurzel, fühlte feuchten Atem auf ihrem Mund, hörte Lustgegrunze und das schwere Keuchen von Zuschauern.

Das ist kein Traum, dachte sie. Das ist Wirklichkeit, das geschieht. Protest erwachte in ihren Augen und in ihrer Kehle, aber etwas bedeckte ihr Gesicht und hüllte sie in einen süßlichen Geruch ein.

Das ungeheuer Große drang immer wieder in sie ein, der in Leder gehüllte Körper warf sich immer und immer wieder auf sie, immer wieder.

Der Papst kam mit einem Koffer in der Hand und einem Mantel über dem Arm herein. »Jackie hat mir erzählt, eine Maus habe Sie gebissen«, sagte er.

»Ja«, sagte Rosemarie, »deswegen konnte ich nicht zu Ihnen kommen.« Sie sprach traurig, so würde er keinen Verdacht schöpfen, daß sie gerade höchste Wollust erlebt hatte.

»Schon gut«, sagte er. »Wir möchten Ihre Gesundheit nicht aufs Spiel setzen.«

»Vergeben Sie mir, mein Vater?« fragte sie.

»Voll und ganz«, sagte er und hielt ihr die Hand hin, damit sie den Ring küßte. Sein Stein aber war eine Kugel aus Silberfiligran von weniger als zwei Zentimeter Durchmesser; in ihrem Inneren, ganz winzig klein, saß Anna Maria Alberghetti.

Rosemarie küßte den Ring, und der Papst eilte hinaus, um sein Flugzeug nicht zu versäumen.

9

»He! Neun Uhr vorbei!« sagte Guy und schüttelte sie an der Schulter.

Sie stieß seine Hand weg und drehte sich auf den Bauch.

»Noch fünf Minuten«, sagte sie, den Kopf tief im Kissen vergraben.

»Nein«, sagte er und zog sie an den Haaren. »Ich muß um zehn bei Dominick sein.«

»Iß außerhalb.«

»Den Teufel werde ich!« Er gab ihr durch die Bettdecke hindurch einen Klaps.

Da kam alles zurück: die Träume, die Getränke, Minnies Schokoladencreme, der Papst, jener schreckliche Augenblick, in dem sie nicht geträumt hatte. Sie drehte sich auf den Rücken, stützte sich auf die Ellenbogen und schaute nach Guy. Er zündete sich gerade eine Zigarette an: sein Gesicht war vom Schlaf zerknittert und voller Bartstoppeln. Er hatte seinen Pyjama an. Sie war nackt.

»Wie spät ist es?« fragte sie.

»Zehn nach neun.«

»Wann bin ich eingeschlafen?« Sie setzte sich auf.

»So um halb neun herum«, sagte er, »aber du bist nicht eingeschlafen, Liebling, du bist ohnmächtig geworden. Von jetzt an bekommst du Cocktails *oder* Wein, nicht mehr Cocktails *und* Wein.«

»Was habe ich bloß geträumt«, sagte sie und rieb sich die Stirn. »Präsident Kennedy, der Papst, Minnie, Roman...« Sie öffnete ihre Augen und sah die Kratzwunden auf ihrer linken Brust, zwei dünne parallele rote Linien, die zur Brustwarze herunterliefen. Ihre Schenkel schmerzten; sie schlug die Decke zurück und sah weitere Kratzer, sieben oder acht, kreuz und quer.

»Schrei nicht«, sagte Guy, »ich habe sie mir schon abgefeilt.« Er zeigte ihr kurze, glatte Fingernägel.

Rosemarie schaute ihn verständnislos an.

»Ich wollte die Baby-Nacht nicht verpassen«, sagte er.

»Du willst sagen, du ...«

»Und hab' mir dabei ein paar Nägel abgebrochen.«

»Während ich – ohnmächtig war?«

Er nickte und grinste. »Das war ganz lustig«, sagte er, »eine Art von Nekrophilie.«

Sie blickte fort, und ihre Hände zogen die Decke über ihre Hüften herauf.

»Ich träumte, jemand – täte mir Gewalt an«, sagte sie. »Ich weiß nicht wer. Jemand – jemand Übermenschliches.«

»Vielen Dank!« sagte Guy.

»Du warst da und Minnie und Roman und andere Leute... es war eine Art von Zeremonie.«

»Ich habe versucht, dich aufzuwecken, aber du warst aus wie ein Licht.« Sie drehte sich noch weiter von ihm weg und schwang ihre Beine auf der anderen Seite über den Bettrand.

»Was ist los?« fragte Guy.

»Nichts«, antwortete sie, saß da und schaute nicht zu ihm hin. »Ich glaube, ich fühle mich ein wenig komisch, weil du es getan hast, während ich ohnmächtig war.«

»Ich wollte die Nacht nicht verpassen«, entschuldigte er sich.

»Wir hätten es heute morgen oder heute nacht tun können. Die vergangene Nacht war nicht der einzige Augenblick im ganzen Monat. Und sogar, wenn er es gewesen wäre...«

»Ich dachte, du wolltest, daß ich es tue«, sagte er und strich mit einem Finger an ihrem Rücken hoch.

Sie drehte sich weg. »Das muß man gemeinsam tun, nicht so, daß einer wach ist und der andere schläft«, sagte sie. Und nach einem Augenblick: »Oh, ich glaube, ich bin dumm.« Sie stand auf und holte sich ihren Morgenrock aus dem kleinen Nebenraum.

»Es tut mir leid, daß ich dich gekratzt habe«, sagte Guy, »ich hatte auch ganz schön geladen.«

Sie machte das Frühstück, und als Guy gegangen war, spülte sie das Geschirr vom Abend und brachte die Küche in Ordnung. Sie öffnete die Fenster im Wohnzimmer und im Schlafzimmer – der Geruch vom Kaminfeuer hing noch in der Wohnung –, machte das Bett und duschte. Sie duschte lange, zuerst heiß, dann kalt. Unbeweglich stand sie ohne Mütze unter der Brause und wartete darauf, daß sie einen klaren Kopf bekam und ihre Gedanken sich ordneten und zu einer Schlußfolgerung kamen.

War die vergangene Nacht wirklich eine »Baby-Nacht« gewesen, wie Guy gesagt hatte? War sie nun, in diesem Augenblick, wirklich schwanger? Seltsamerweise kümmerte sie das nicht. Sie war unglücklich – ob es nun dumm war oder nicht. Guy hatte sie genommen, ohne daß sie davon wußte, er hatte sie als einen seelenlosen Körper geliebt (»es war ganz lustig, so eine Art von Nekrophilie«), anstatt sie ganz, mit Leib und Seele, zu nehmen, und dazu hatte er es mit einem wilden Genuß getan, der ihr Kratzer eingetragen hatte und schmerzendes Wundsein und einen bösen Traum, der so wirklich und nachhaltig war, daß sie auf ihrem Bauch fast die Zeichen sehen konnte, die Roman mit seinem in rote Farbe getauchten Zauberstab daraufgezeichnet hatte. Grollend seifte sie sich heftig ein. Es war ja wahr, er hatte es aus den besten Motiven der Welt getan, um ein Baby zu machen, und es war auch wahr, daß er ebensoviel getrunken hatte wie sie. Aber sie wünschte sich, daß kein Grund und keine Drinks ihn dazu gebracht hätten, sie auf diese Weise zu nehmen, nur ihren Körper zu nehmen ohne ihre Seele oder ihr ganzes Selbst – oder was immer er an ihr lieben mochte. Jetzt, wenn sie die zurückliegenden Wochen und Monate überdachte, fühlte sie eine beunruhigende Vielzahl von Warnzeichen, die ihr Gedächtnis übersehen hatte, Zeichen nachlassender Liebe, eine Kluft zwischen dem, was er sagte, und dem, was er empfand. Er war eben ein Schauspieler. Konnte man je wissen, wann ein Schauspieler ganz er selbst war und nicht schauspielerte?

Um solche Gedanken abzuspülen, brauchte es mehr als eine Dusche. Sie drehte das Wasser ab und drückte ihr nasses Haar mit beiden Händen aus.

Als sie zum Einkaufen ging, läutete sie bei den Castevets und gab die beiden Cremeschalen zurück. »Hat es Ihnen geschmeckt, meine Liebe?« fragte Minnie. »Ich fürchte, ich habe ein wenig zuviel Kakao hineingetan.« »Sie war köstlich«, sagte Rosemarie. »Sie müssen mir das Rezept geben.«

»Aber gern. Gehen Sie einkaufen? Täten Sie mir wohl einen kleinen Gefallen? Sechs Eier und eine kleine Dose Kaffee. Ich gebe Ihnen das Geld später. Ich gehe so ungern wegen ein oder zwei Sachen aus, Sie auch?«

Guy gegenüber verhielt sie sich jetzt zurückhaltend, aber er schien es nicht zu bemerken. Am ersten November fingen die Proben für sein Stück an – es hieß »Don't I Know You From Somewhere?« –, und er verbrachte einen großen Teil seiner Zeit mit dem Studium seiner Rolle, übte sich im Gebrauch von Krücken und Beinschienen, die er auf der Bühne tragen mußte, und besichtigte die Highbridge in Bronx, wo das Stück spielte. Abends aßen sie meistens mit Freunden, wenn nicht, unterhielten sie sich ein wenig gewollt harmlos über Möbel und den Zeitungsstreik, der nun ja irgendwann einmal enden mußte, und die Sendereihe »Die Welt«. Sie gingen zur Generalprobe eines neuen Musicals und zur Kontrollaufführung eines neuen Films, zu Parties und zur Eröffnung der Ausstellung eines Freundes, der Metallkonstruktionen machte. Guy schien sie nie anzusehen. Immer schaute er in sein Rollenbuch, auf das Fernsehen oder sonstwohin. Er lag schon im Bett und schlief, bevor sie ins Schlafzimmer kam.

Eines Abends ging er zu den Castevets, um mehr von Romans Theatergeschichten zu hören. Sie blieb zu Hause und sah sich den Streifen ›Funny Face‹ im Fernsehen an.

»Meinst du nicht, daß wir einmal darüber sprechen sollten«, sagte sie am nächsten Morgen beim Frühstück.

»Worüber?«

Sie sah ihn an. Er schien es wirklich nicht zu wissen. »Über die Unterhaltungen, die wir die ganze Zeit geführt haben«, sagte sie.

»Wie meinst du das?«

»Die Art, wie du mich hast links liegenlassen.«

»Von was redest du nur? Ich hab' dich doch nicht links liegenlassen!«

»Doch, du hast.«

»Aber nein, Liebling, was ist denn los?«

»Nichts. Denk nicht mehr daran.«

»Nein, sag das nicht. Was ist los? Was macht dir Kummer?«

»Nichts.«

»Ach, komm, Ro, ich weiß, ich hab' meine Gedanken bei der Rolle gehabt, den Krücken und all dem Kram. Ist es das? Jesus, du weißt doch, wie wichtig das ist. Aber das bedeutet doch nicht, daß ich dich nicht lieb habe, einfach weil ich dich nicht die ganze Zeit verzehrend anstarre. Dann und wann muß ich auch an praktische Dinge denken.«

Er war so schüchtern und bezaubernd und aufrichtig, ganz so, wie er den Cowboy in »Bus Stop« spielte.

»Schon gut«, sagte Rosemarie. »Tut mir leid, daß ich dich belästigt habe.«

»Du? Du könntest mich nicht mal belästigen, wenn du es versuchtest.«

Er lehnte sich über den Tisch und gab ihr einen Kuß.

Hutch besaß eine Holzhütte in der Nähe von Brewster, wo er gelegentlich seine Wochenenden verbrachte. Rosemarie rief ihn an und fragte, ob sie wohl drei bis vier Tage, vielleicht auch eine Woche dort sein könne. »Guy lebt sich in seine neue Rolle ein« erklärte sie, »und ich denke, es ist leichter für ihn, wenn ich aus dem Weg bin.«

»Sie gehört Ihnen«, sagte Hutch, und Rosemarie ging zu ihm in seine Wohnung, Ecke Lexington Avenue und 24. Straße, um sich den Schlüssel zu holen.

Vorher ging sie noch in ein Delikatessengeschäft, wo die Angestellten sie noch von früher her kannten, als sie in der Nachbarschaft wohnte, dann zu Hutch. Seine Wohnung war klein und dunkel, aber blitzblank. Er besaß eine Fotografie von Winston Churchill mit eigenhändiger Unterschrift und ein Sofa, das einmal der Madame Pompadour gehört hatte. Hutch saß barfuß zwischen zwei Bridgetischen, auf denen je eine Schreibmaschine und Stöße von Papier lagen. Er pflegte zwei Bücher gleichzeitig zu schreiben, indem er am zweiten schrieb, wenn er beim ersten auf eine Schwierigkeit stieß, und dann wieder am ersten, wenn er beim zweiten auf eine Schwierigkeit stieß.

»Ich freue mich wirklich darauf«, sagte Rosemarie, die auf Madame Pompadours Sofa saß. »Ich merkte neulich plötzlich, daß ich niemals in meinem Leben allein gewesen bin – nur mal ein paar Stunden. Der Gedanke an drei, vier Tage Alleinsein ist himmlisch.«

»Eine Gelegenheit, stillzusitzen und herauszufinden, wer Sie sind, wo Sie waren und wohin Sie gehen!«

»Genau das.«

»Gut, Sie können sich das gezwungene Lächeln sparen«, sagte Hutch. »Hat er mit einer Lampe nach Ihnen geschlagen?«

»Er hat mich mit gar nichts geschlagen«, sagte Rosemarie. »Seine Rolle ist sehr schwer, ein verkrüppelter Junge, der behauptet, er habe sich an sein Krüppeldasein gewöhnt. Er muß mit Krücken arbeiten und Beinschienen tragen – und natürlich denkt er an nichts anderes und – nun, er denkt eben an nichts anderes.«

»Ich verstehe«, sagte Hutch. »Wechseln wir das Thema. In den ›News‹ stand neulich eine reizende Liste all der Scheußlichkeiten, von denen wir während des Streiks nichts erfahren haben. Warum haben Sie mir nicht erzählt, daß bei Ihnen im Bramford schon wieder ein Selbstmord passiert ist?«

»Oh, habe ich Ihnen das nicht erzählt?« sagte Rosemarie.

»Nein, haben Sie nicht«, erwiderte Hutch.

»Es war jemand, den wir kannten. Das Mädchen, von dem ich Ihnen erzählt habe, das süchtig gewesen war und von den Castevets wieder zurechtgebracht wurde, den Leuten, die auf unserem Flur leben. Ich bin ganz sicher, daß ich Ihnen das erzählt habe.«

»Das Mädchen, das mit Ihnen in den Keller ging?«

»Ja.«

»Sie haben sie nicht sehr erfolgreich zurechtgebracht, scheint mir. Hat sie bei ihnen gelebt?«

»Ja«, sagte Rosemarie. »Seit das passiert ist, haben wir sie ziemlich gut kennengelernt. Guy geht ab und zu hin, um Theatergeschichten zu hören. Mr. Castevets Vater war Theaterdirektor, so um die Jahrhundertwende.«

»Ich hätte nicht gedacht, daß Guy sich für dergleichen interessieren würde«, sagte Hutch. »Ich nehme an, es sind ältere Leute?«

»Er ist neunundsiebzig und sie so um die Siebzig.«

»Ein komischer Name«, sagte Hutch. »Wie wird er geschrieben?«

Rosemarie buchstabierte ihn.

»Hab' ich noch nie gehört«, sagte er. »Wahrscheinlich französisch.«

»Der Name mag französisch sein«, sagte Rosemarie. »Aber sie sind es nicht. Er stammt direkt von hier, aus New York und sie aus einem Ort, der – Sie mögen es glauben oder nicht – Bushyhead heißt, in Oklahoma.«

»Mein Gott«, sagte Hutsch, »das werde ich in einem Buch benutzen. In dem da. Ich weiß genau, wo. Sagen Sie, wie wollen Sie denn zu der Hütte kommen? Sie werden einen Wagen brauchen.«

»Ich werde einen Leihwagen nehmen.«

»Nehmen Sie meinen.«

»O nein, Hutch, das geht nicht.«

»Tun Sie's bitte«, sagte Hutch. »Ich bewege mich sowieso nur von einer Straßenseite auf die andere. Bitte. Sie ersparen mir damit viel Ärger.«

Rosemarie lächelte. »Also gut«, sagte sie. »Ich werde Ihnen den Gefallen tun und Ihren Wagen nehmen.«

Hutch gab ihr die Schlüssel zum Wagen und zur Hütte, eine Wegeskizze und tippte eine Liste von Anweisungen für den Gebrauch der Pumpe, des Kühlschranks und einer ganzen Reihe von möglichen Notfällen. Dann zog er Schuhe und einen Mantel an und begleitete sie auf die Straße zu dem Platz, wo er seinen Wagen, einen alten blauen Oldsmobile, geparkt hatte. »Die Papiere sind im Handschuhfach«, sagte er. »Und bleiben Sie nur ungeniert, solange Sie mögen. Ich brauche in der nächsten Zeit weder den Wagen noch die Hütte.«

»Ich bin sicher, daß ich nicht länger als eine Woche bleibe«, sagte Rosemarie. »Es wird Guy wahrscheinlich gar nicht recht sein, wenn ich so lange wegbleibe.«

Als sie im Wagen saß, lehnte sich Hutch durch das Fenster hinein und sagte: »Ich könnte Ihnen viele gute Ratschläge geben, aber ich werde mich um meine Angelegenheiten kümmern, und wenn ich daran sterbe.«

Rosemarie gab ihm einen Kuß. »Danke«, sagte sie, »für dies und für das und für alles und jedes.«

Sie fuhr Samstag, den 16. Oktober, fort und blieb fünf Tage in der Hütte. Während der ersten zwei Tage dachte sie keine Minute an Guy – die passende Vergeltung für die Munterkeit, mit der er ihrem Fortgehen zugestimmt hatte. Sah sie wirklich aus, als hätte sie Erholung nötig? Na gut, sie würde ausspannen, lange, und kein einziges Mal an ihn denken. Sie machte Spaziergänge durch verwirrend schöne gelb- und orangefarbene Wälder, ging früh schlafen und schlief bis in den Tag hinein, las ›The Falcon‹ von Daphne du Maurier und kochte sich Schlemmermahlzeiten auf dem Propangasherd. Nicht ein einziges Mal dachte sie an ihn.

Das geschah erst am dritten Tag. Er war eitel, egozentrisch, oberflächlich, hinterlistig. Er hatte sie geheiratet, um ein Publikum zu haben, nicht eine Gefährtin. (Kleines Fräulein aus Omaha, was warst du doch für ein Schafskopf! »Oh, ich kenne mich aus mit Schauspielern, ich bin schon fast ein Jahr hier.« Und beinahe wäre sie im Studio hinter ihm hergelaufen und hätte ihm die Zeitung im Maul nachgetragen wie ein Pudel.) Sie würde noch ein Jahr zusehen und ihm Zeit geben, ein guter Ehemann zu werden. Wenn er's nicht würde, dann verließe sie ihn, ohne irgendwelche religiösen Skrupel. Bis dahin würde sie wieder an ihre Arbeit gehen und wieder ihr Gefühl für Unabhängigkeit und Selbstgenügsamkeit zurückgewinnen, das sie so gern von sich geworfen hatte. Sie würde stark und stolz sein und bereit zu gehen, wenn er nicht zu ihrem Niveau hinfand.

Die Schlemmermahlzeiten begannen ihr zu widerstehen, und

am dritten Tag war ihr so schlecht, daß sie nur noch Suppe und Crackers essen konnte.

Als sie am vierten Tag aufwachte, vermißte sie ihn und weinte. Was tat sie denn hier allein in dieser kalten, lausigen Hütte? Was hatte er denn so Schreckliches getan? Er hatte sich betrunken und sie dann genommen, ohne zu fragen. War das denn wirklich eine so welterschütternde Beleidigung? Da war er, vor der größten Aufgabe seiner Karriere, und sie – anstatt bei ihm zu sein und ihm zu helfen, für ihn zu sorgen und ihn zu ermutigen – war fort, irgendwo, fraß sich krank und bemitleidete sich selbst. Sicher, er war eitel und egozentrisch. Und vielleicht log er sie auch hie und da an – aber war es nicht gerade das, was sie so angezogen hatte und noch immer anzog? Diese Freiheit und Unbekümmertheit, die so ganz anders war als ihre spießige Schicklichkeit!

Sie fuhr nach Brewster und rief ihn an. Der Auftragsdienst antwortete, eine höfliche Stimme: »Oh, sind Sie von Ihrem Landaufenthalt zurück? Schade. Guy ist ausgegangen. Kann er Sie anrufen? Sie wollen ihn um fünf anrufen? Gut. Sicher hatten Sie wundervolles Wetter. Gefällt es Ihnen? Gut.«

Um fünf war er noch nicht zurück. Ihre Botschaft wartete immer noch auf ihn. Sie aß zu Abend, ohne zu wissen, was, und ging in einen Film. Um neun war er noch nicht zurück, und eine neue Stimme war im Auftragsdienst mit einer Nachricht für sie: sie solle ihn am nächsten Morgen vor acht oder am Abend nach sechs anrufen.

Am nächsten Tag rang sie sich zu einer, wie ihr schien, vernünftigen und realistischen Betrachtung durch. Sie hatten beide unrecht, er, weil er gedankenlos und mit sich selbst beschäftigt war, sie, weil sie nicht über ihr Mißvergnügen gesprochen und es erklärt hatte. Wie konnte sie von ihm erwarten, daß er sich änderte, wenn sie ihm nicht klarmachte, daß eine Änderung notwendig war.

Sie mußte nur mit ihm reden. Nein, sie mußten sich beide aussprechen, denn vielleicht hegte er eine ebensolche Mißstimmung, von der sie nichts wußte – die Dinge konnten nur besser werden. Wie so vieles Unglück, hatte auch dieses damit begonnen, daß sie schwiegen, anstatt ehrlich miteinander zu reden.

Sie ging um sechs nach Brewster, rief an und er war da.

»Hallo, Liebling«, sagte er, »wie geht's dir?«

»Gut. Und dir?«

»So – so – lala. Du fehlst mir.«

Sie lächelte ins Telefon. »Du fehlst mir«, sagte sie. »Morgen komme ich heim.«

»Oh, großartig«, sagte er. »Hier ist allerhand passiert. Die Proben sind bis Januar verschoben worden.«

»Oh?«

»Sie konnten das kleine Mädchen für das Stück nicht finden. Es ist eine Pause für mich. Aber im nächsten Monat mache ich den ersten Film für eine Reihe von Halbstunden-Lustspielen.«

»Du?«

»Es fiel mir direkt in den Schoß, Ro. Und es hört sich ganz gut an. Den Produzenten gefällt die Idee. Die Serie heißt ›Greenwich Village‹. Sie soll dort gedreht werden, und ich spiele einen einsamen Schriftsteller. Es ist praktisch die Hauptrolle.«

»Das ist ja großartig, Guy.«

»Allan sagt, ich wäre plötzlich sehr im Gespräch.«

»Das ist wundervoll.«

»Hör zu, ich muß duschen und mich rasieren. Er will mich zu einer Prüfung mitnehmen, bei der auch Stanley Kubrick sein wird. Wann willst du kommen?«

»Etwa um Mittag, vielleicht auch früher.«

»Ich erwarte dich. Küßchen!«

»Küßchen!«

Sie rief Hutch an, der nicht zu Hause war, und hinterließ die Mitteilung, daß sie den Wagen am folgenden Nachmittag zurückbringen werde.

Am nächsten Morgen fegte sie die Hütte aus, schloß sie ab und fuhr in die Stadt zurück. Auf dem Saw Mill River Parkway war eine Verkehrsstockung, weil drei Wagen zusammengestoßen waren, und so war es fast ein Uhr, als sie den Wagen halb auf dem Bushalteplatz vor dem Bramford parkte. Mit ihrem Köfferchen in der Hand lief sie rasch ins Haus.

Der Liftboy sagte, er habe Guy nicht heruntergefahren; aber er hatte von Viertel nach elf bis zwölf frei gehabt.

Aber Guy war noch da. Eine Platte spielte. Sie öffnete den Mund, um ihn zu rufen, da kam er gerade aus dem Bad – in neuem Hemd und neuer Krawatte, eine leere Kaffeetasse in der Hand, und wollte in die Küche gehen.

Sie küßten sich, liebevoll und herzlich, und er legte einen Arm um sie, in der anderen Hand eine Kaffeetasse.

»War's schön?« fragte er.

»Schrecklich. Entsetzlich. Ich habe dich so vermißt.«

»Wie geht's dir?«
»Gut. Wie war Stanley Kubrick?«
»Überhaupt nicht da, der Drecksack.«
Und wieder küßten sie sich.
Sie trug ihr Köfferchen ins Schlafzimmer und öffnete es auf dem Bett. Er kam mit zwei Tassen Kaffee herein und saß auf dem Bänkchen vor dem Toilettentisch, während sie auspackte. Sie erzählte ihm von den gelb-orangefarbenen Wäldern und den stillen Nächten. Er erzählte ihr von ›Greenwich-Village‹, wer noch mitspielte, wer die Produzenten, die Autoren und wer der Regisseur war.
»Und du fühlst dich wirklich wohl?« fragte er, als sie den Reißverschluß um das leere Köfferchen zuzog.
Sie verstand ihn nicht.
»Deine Periode«, sagte er. »Sie war am Dienstag fällig.«
»Am Dienstag?«
Er nickte.
»Das war vor zwei Tagen«, sagte sie völlig sachlich, ohne sich anmerken zu lassen, wie ihr Herz raste und Sprünge machte. »Es ist wahrscheinlich das andere Wasser dort und das Essen.«
»Früher kam sie nie verspätet«, sagte er.
»Sie wird wohl heute nacht kommen oder morgen.«
»Wollen wir wetten?«
»Ja.«
»Einen Vierteldollar?«
»Okay.«
»Du wirst verlieren, Ro.«
»Halt den Mund. Du fällst mir auf die Nerven. Es sind nur zwei Tage. Sie kommt sicher heute nacht.«

10

Sie kam nicht in dieser Nacht und auch nicht am nächsten Tag. Auch nicht am übernächsten Tag oder am Tag danach. Rosemarie bewegte sich vorsichtig und ging leichtfüßig, um nicht das loszureißen, was sich vielleicht in ihr festgesetzt hatte.
Mit Guy reden? Nein, das hatte noch Zeit.
Alles hatte noch Zeit.
Sie putzte, kaufte ein, kochte, atmete vorsichtig. Eines Morgens kam Laura-Louise herunter und bat sie, ihre Stimme für Buckley abzugeben. Sie sagte zu, um sie loszuwerden.

»Gib mir meinen Vierteldollar«, sagte Guy.

»Halt den Mund«, antwortete sie und versetzte ihm einen Klaps.

Sie meldete sich zur Untersuchung bei einem Frauenarzt an und ging am Donnerstag, 28. Oktober, zu ihm. Er hieß Dr. Hill. Eine Freundin, Elise Dunstan, hatte ihn ihr empfohlen. Er hatte sie während zweier Schwangerschaften behandelt, und sie schwor auf ihn. Er hatte seine Praxis in der 72. Straße.

Er war jünger, als Rosemarie erwartet hatte – etwa so alt wie Guy oder sogar noch jünger –, und sah ein bißchen aus wie Dr. Kildare im Fernsehen. Er gefiel ihr. Er stellte seine Fragen langsam und interessiert, untersuchte sie und schickte sie zu einem Labor in der 60. Straße, wo eine Schwester Blut aus ihrem rechten Arm entnahm.

Am nächsten Nachmittag um halb vier rief er bei ihr an.

»Mrs. Woodhouse?«

»Dr. Hill?«

»Ja. Ich gratuliere.«

»Wirklich?«

»Wirklich.«

Sie setzte sich auf ihren Bettrand und lächelte über das Telefon hinweg. *Wirklich, wirklich, wirklich, wirklich.*

»Sind Sie noch da?«

»Und was geschieht jetzt?« fragte sie.

»Sehr wenig. Im nächsten Monat kommen Sie mal wieder in meine Sprechstunde. Und Sie bekommen Natalinpillen. Zunächst eine pro Tag. Und dann füllen Sie ein paar Formulare aus, die ich Ihnen mit der Post zusenden werde – für das Krankenhaus. Es ist besser, Sie melden sich so früh wie möglich an.«

»Und wann wird es sein?« fragte sie.

»Wenn Sie Ihre letzte Periode am 21. September hatten, so wird es am 28. Juni kommen.«

»So lange dauert das!«

»Ja, das dauert noch. Aber noch eins, Mrs. Woodhouse – das Labor möchte noch eine weitere Blutprobe haben. Könnten Sie morgen oder am Montag dort vorbeikommen deswegen?«

»Ja, natürlich«, sagte Rosemarie. »Warum?«

»Die Schwester hat nicht so viel abgenommen, wie sie sollte.«

»Aber – ich bin doch in anderen Umständen, oder?«

»Ja, *den* Test haben sie dort gemacht«, sagte Dr. Hill. »Aber ich wünsche immer auch noch ein paar andere Untersuchungen, Blutzucker und dergleichen. Das wußte die Schwester nicht; sie hat daher nur für die eine Untersuchung Blut entnommen. Sie brauchen sich keinerlei Gedanken zu machen. Sie sind schwanger. Ich gebe Ihnen mein Wort darauf.«

»Gut«, sagte sie, »ich werde morgen früh noch einmal hingehen.«

»Haben Sie die Adresse noch?«

»Ja, ich habe die Karte noch.«

»Ich werde also die Formulare zur Post geben, und wir sehen uns dann wieder – sagen wir in der letzten Novemberwoche.«

Sie machten den Termin für den 29. November um ein Uhr fest, und Rosemarie legte den Hörer auf. Sie wurde das Gefühl nicht los, daß etwas nicht stimmte. Die Schwester im Labor hatte nicht ausgesehen, als wüßte sie nicht, was sie tat, und was Dr. Hill so leichthin gesprochen hatte, hatte nicht ganz echt geklungen. Hatten sie Angst, daß ihnen ein Fehler unterlaufen war? Waren Phiolen mit Blut vertauscht oder falsch etikettiert worden? Oder gab es doch noch die Möglichkeit, daß sie nicht empfangen hatte? Aber hätte Dr. Hill ihr das nicht ganz offen gesagt? Er war seiner Sache doch so sicher gewesen.

Sie versuchte, ihre Gedanken abzuschütteln. Natürlich war sie schwanger, sie mußte es sein. Ihre Periode war ja schon so lange überfällig. Sie ging in die Küche, wo ein Wandkalender hing, und notierte für den nächsten Tag *Labor* und für den 29. November *Dr. Hill, 1 Uhr*.

Als Guy nach Hause kam, drückte sie ihm, ohne ein Wort zu sagen, einen Vierteldollar in die Hand. »Was soll das?« fragte er, und dann begriff er plötzlich. »Oh, das ist großartig, Süße!« sagte er, »einfach großartig!« Und dann packte er sie bei den Schultern und küßte sie zweimal und dann noch ein drittes Mal.

»Nicht wahr?« sagte sie.

»Einfach großartig! Ich bin so glücklich!«

»Vater!«

»Mutter!«

»Ach, Guy«, sagte sie und blickte ihn auf einmal ernst an, »laß uns einen neuen Anfang machen, ja? Laß uns ganz offen zueinander sein und über alles miteinander sprechen. Denn wir waren nicht offen zueinander. Du warst so mit der Show beschäftigt und deiner Rolle, und wie sich alles für dich entwickelt hat – ich sage nicht, daß das falsch war, anders wäre es nicht normal. Aber deswegen bin ich ja gerade fortgefahren, Guy, um mir darüber klarzuwerden, was falsch war zwischen uns. Und das war's und das ist es: ein Mangel an Offenheit. Auch von meiner Seite. Von meiner Seite soviel wie von deiner Seite.«

»Es ist wahr«, sagte er, seine Hände auf ihren Schultern. Er blickte ihr ernst in die Augen. »Es ist wahr. Ich habe das auch gefühlt. Vielleicht nicht so sehr wie du. Ich bin so gottverdammt egozentrisch, Ro. Das ist der ganze Grund. Wahrscheinlich bin ich darum auch in diesem idiotischen, pikanten Beruf. Aber trotzdem liebe ich dich, das weißt du doch, Ro! Ich will versuchen, es dir von jetzt an mehr zu zeigen, ich schwöre es dir, bei Gott. Ich will so offen sein wie…«

»Es ist ebensosehr mein Fehler wie der deine.«

»Unsinn! Es ist meiner. Ich und mein Egoismus. Hilf mir, Ro, ich will versuchen, mich zu bessern.«

»Oh, Guy!« sagte sie, und eine Welle von Reue, Liebe und Vergebung überflutete sie und ließ sie seine Küsse heiß erwidern.

»Eine schöne Art für zukünftige Eltern, sich so zu benehmen!« sagte er.

Sie lachte unter Tränen.

»Uff!« sagte er. »Weißt du, was ich jetzt am liebsten täte?«

»Was?«

»Es Minnie und Roman sagen.« Er hob eine Hand. »Ich weiß, ich weiß, wir sollten es als ein tiefdunkles Geheimnis für uns ganz allein behalten. Aber ich erzählte ihnen, daß wir es versucht haben, und sie waren so entzückt, und, na ja, so alte Leute« – er breitete reumütig die Hände aus –, »wenn wir zu lange warten, erfahren Sie es vielleicht nie.«

»Sag's ihnen«, sagte sie und gab ihm einen Kuß.

Er küßte sie auf die Nasenspitze. »In zwei Minuten bin ich wieder da«, sagte er, drehte sich um und ging eilig zur Tür. Als sie ihm nachsah, wurde ihr bewußt, daß Minnie und Roman ihm außerordentlich wichtig geworden waren. Das war nicht überraschend, seine Mutter war eine geschwätzige, immer mit sich selbst beschäftigte Person, und keiner seiner Väter war ihm ein wirklicher Vater gewesen. So erfüllten die Castevets ein Bedürfnis, dessen er sich selbst wohl gar nicht bewußt war. Sie war ihnen dankbar dafür und wollte in Zukunft freundlicher von ihnen denken.

Sie ging ins Bad, wusch sich die Augen mit kaltem Wasser, machte ihr Haar zurecht und zog ihre Lippen nach. »Du erwartest ein Baby«, erzählte sie ihrem Spiegelbild. *(Aber das Labor will noch eine weitere Blutprobe. Wozu?)*

Als sie aus dem Bad kam, stürmten sie alle zur Tür herein: Minnie im Hauskleid, Roman, mit einer Flasche Wein in jeder Hand, und hinter ihnen, Guy, hochrot im Gesicht und lächelnd.

»Nein, *das* nenne ich eine gute Nachricht!« sagte Minnie. »Herz-li-che Glück-wünsche!« Sie beugte sich zu Rosemarie herunter, nahm sie an den Schultern und gab ihr einen harten, schallenden Kuß auf die Wange.

»Alles Gute, Rosemarie«, sagte Roman und drückte seine Lippen auf ihre andere Wange. »Wir sind glücklicher, als wir es sagen können. Wir haben gerade keinen Champagner da, aber dieser 1961er Saint Julian tut's, glaube ich, auch. Lassen Sie uns anstoßen!«

Rosemarie dankte ihnen.

»Und wann ist es soweit?« fragte Minnie.

»Am 28. Juni.«

»Wird das eine aufregende Zeit bis dahin!« sagte Minnie.

»Wir werden alle Einkäufe für Sie erledigen«, sagte Roman.

Guy brachte Gläser und einen Korkenzieher, und Roman und er widmeten sich dem Öffnen der Flaschen. Minnie packte Rosemarie am Ellenbogen und ging mit ihr ins Wohnzimmer. »Hören Sie, Liebe«, fragte sie, »haben Sie einen guten Arzt?«

»Ja, einen sehr guten«, erwiderte Rosemarie.

»Einer der besten Frauenärzte von New York«, sagte Minnie, »ist ein lieber Freund von uns. Abe Sapirstein. Ein Jude. Er bringt alle Babies der Oberen Zehntausend zur Welt, und er würde auch Ihre Entbindung übernehmen, wenn wir ihn darum bitten. Und er würde es *preiswert* machen; dann könnte Guy etwas von seinem schwerverdienten Geld sparen.«

»Abe Sapirstein?« fragte Roman quer durchs Zimmer.

»Er ist einer der besten Frauenärzte des Landes, Rosemarie. Sie haben sicher schon von ihm gehört?«

»Ich glaube ja«, antwortete Rosemarie, die sich an den Namen aus einem Artikel in einer Zeitung oder Zeitschrift erinnerte.

»*Ich* habe schon von ihm gehört«, sagte Guy. »Hat er nicht vor ein paar Jahren bei ›Open End‹ mitgewirkt?«

»Ganz recht«, sagte Roman. »Er ist einer der hervorragendsten Frauenärzte unseres Landes.«

»Ro?« fragte Guy.

»Aber was soll ich mit Dr. Hill machen?« fragte sie zurück.

»Da mach dir keinen Kummer drum. Dem werde ich schon etwas erzählen«, meinte Guy. »Du kennst mich doch.«

Rosemarie dachte an Dr. Hill, der so jung war, der so nach Dr. Kildare aussah, dessen Labor noch einmal Blut von ihr verlangt hatte, weil die Schwester etwas vermasselt hatte, oder der Techniker oder sonst irgend jemand, und ihr so unnötige Lauferei und Bedenken verursachte.

Minnie sagte: »Das lasse ich nicht zu, daß Sie zu diesem Dr. Hill gehen, von dem noch keiner etwas gehört hat! Das *beste* müssen Sie haben, junge Dame, und das beste ist Abe Sapirstein!«

Dankbar lächelte Rosemarie ihnen zu. »Wenn Sie sicher sind, daß er mich nehmen kann«, sagte sie. »Vielleicht hat er zuviel zu tun.«

»Er wird Sie nehmen«, sagte Minnie. »Ich rufe ihn sofort an. Wo ist Ihr Telefon?«

»Im Schlafzimmer«, sagte Guy.

Minnie ging ins Schlafzimmer. Roman goß den Wein in die Gläser. »Er ist ein hochbegabter Mann«, sagte er, »mit der ganzen Sensibilität seiner vielgequälten Rasse.« Er reichte Rosemarie und Guy die Gläser. »Wir wollen auf Minnie warten«, sagte er.

Sie standen bewegungslos, jeder mit einem vollen Weinglas in der Hand. Roman hielt zwei. Guy sagte: »Setz dich doch, Liebling.« Aber Rosemarie schüttelte den Kopf und blieb stehen.

Im Schlafzimmer sagte Minnie: »Abe? Hier ist Minnie. Hören Sie mal, eine liebe junge Freundin von uns hat gerade heute entdeckt, daß sie schwanger ist. Ja, nicht wahr? Ich bin gerade bei ihr in ihrer Wohnung. Wir haben ihr gesagt, daß Sie gern ihre ärztliche Betreuung übernehmen und nicht eines Ihrer Fantasie-Honorare dafür fordern würden.« Sie schwieg. Dann sprach sie weiter, »einen Augenblick mal«, und rief: »Rosemarie? Können Sie morgen um elf in seiner Sprechstunde sein?«

»Ja, das geht«, rief Rosemarie zurück.

»Sehen Sie?« sagte Roman.

»Elf Uhr paßt, Abe«, sagte Minnie. »Ja, Sie auch. Nein, ganz und gar nicht. Hoffen wir. Auf Wiedersehen.«

Sie kam zurück. »Das hätten wir«, sagte sie. »Ich werde Ihnen seine Adresse aufschreiben, ehe wir gehen. Ecke 79. Straße und Park Avenue.«

»Tausend Dank, Minnie«, sagte Guy, und Rosemarie fügte hinzu: »Ich weiß gar nicht, wie ich Ihnen danken soll, Ihnen beiden.«

Minnie ergriff das Glas, das Roman ihr hinhielt. »Es ist ganz einfach«, sagte sie. »Tun Sie nur alles, was Abe Ihnen sagt, und bekommen Sie ein schönes, gesundes Baby; einen anderen Dank wollen wir nicht.«

Roman erhob sein Glas. »Auf ein schönes, gesundes Baby«, sagte er.

»Hört, hört«, sagte Guy, und sie tranken alle vier, Guy, Minnie, Rosemarie und Roman.

»Alle Achtung«, sagte Guy, »köstlich!«

»Nicht wahr?« sagte Roman. »Und gar nicht einmal teuer.«

»Meine Güte«, sagte Minnie. »Ich kann es gar nicht abwarten, es Laura-Louise zu erzählen.«

Rosemarie bat: »Oh, bitten sprechen Sie noch zu niemandem davon. Noch nicht. Es ist noch so früh.«

»Sie hat recht«, stimmte Roman ihr zu. »Wir haben später noch viel Zeit, die gute Nachricht zu verbreiten.«

»Hätte jemand gern etwas Käse und ein paar Crackers?« fragte Rosemarie.

»Setz dich hin, Herzchen«, sagte Guy. »Ich werde sie holen.«

In dieser Nacht war Rosemarie zu beflügelt von Glück und Wunder, um schnell einzuschlafen. In ihr, unter ihren Händen, die sie leicht auf ihren Bauch gelegt hatte, war ein winzigkleines Ei von einem winzigkleinen Samen befruchtet worden. O Wunder! Es würde wachsen und Andrew oder Susan werden! (»Andrew«, zu diesem Namen war sie fest entschlossen; über »Susan« konnte man mit Guy reden.) Was war Andrew oder Susan jetzt? Ein stecknadelgroßes Pünktchen? Nein, sicherlich war es schon größer. War sie denn nicht schon im zweiten Monat? Ja, wirklich! Sicherlich war es schon so groß wie eine Kaulquappe. Sie mußte sich Schaubilder oder ein Buch besorgen, aus dem sie Monat für Monat ersehen konnte, was geschah. Dr. Sapirstein würde ihr eines empfehlen können.

Ein Feuerwehrauto heulte vorbei. Guy drehte sich um und murmelte etwas, und hinter der Wand knarrte das Bett von Minnie und Roman.

Es gab so viele Gefahren, vor denen man sich in den nächsten Monaten hüten mußte. Feuer, Sachen, die herunterfielen, Autos, die ihren Fahrern nicht gehorchten, Gefahren, die bisher nie gefährlich gewesen waren, es aber jetzt waren, da Andrew-Susan begonnen hatte zu leben. (Ja, zu leben!) Selbstverständlich würde sie auf ihre gelegentliche Zigarette verzichten. Und Dr. Sapirstein wegen Cocktails fragen.

Wenn sie nur noch beten könnte! Wie gut täte es, wieder ein Kruzifix zu umfassen und Zugang zu Gottes Ohr zu haben: IHN zu bitten, daß ER sie heil durch die vor ihr liegenden acht Monate hindurchgeleitete, keine Röteln, bitte, und keine neuen Medikamente mit Folgen wie bei Contergan! Acht gute Monate, bitte, ohne Unfälle und Krankheiten und mit vielen Dollars, mit Milch und Sonnenschein.

Plötzlich erinnerte sie sich an das Amulett, das Glück bringen sollte, die Kugel mit Tannis-Wurzel. Und ob es nun töricht war oder nicht, wünschte sie es sich, nein, brauchte sie es, um ihren Hals. Sie schlüpfte aus dem Bett, ging auf Zehenspitzen zu ihrem Toilettentischchen, nahm es aus der Blechschachtel und entfernte die Aluminiumfolie. Der Geruch der Tannis-Wurzel hatte sich verändert. Er war noch streng, aber nicht mehr abstoßend. Sie hob die Kette über ihren Kopf.

Mit der Kugel, die zwischen ihren Brüsten zitterte, schlich sie sich auf Zehenspitzen zurück ins Bett, zog die Decke hoch, schloß die Augen und drückte den Kopf ins Kissen. Tief atmend lag sie so und fiel bald in Schlaf, die Hände auf den Leib gelegt, um ihr Kind zu schützen.

Zweiter Teil

1

Nun lebte sie, handelte sie, war sie endlich sie selbst und vollkommen. Sie tat, was sie vorher auch getan hatte – kochte, putzte, bügelte, machte Betten, kaufte ein, ging mit Wäsche in den Keller, ging in ihre Bildhauerklasse – doch all das geschah vor dem neuen und heiteren Hintergrund ihrer Gewißheit, daß Andrew-oder-Susan (oder Melinda) jeden Tag ein klein wenig größer in ihr war als am Tag zuvor, ein klein wenig ausgeprägter und bereiter für den großen Tag der Geburt.

Dr. Sapirstein war wunderbar: ein großer, sonnengebräunter Mann mit schneeweißem Haar und einem borstigen weißen Schnurrbart (sie hatte ihn schon irgendwo gesehen, konnte sich aber nicht mehr erinnern, wo – vielleicht in »Open End«), der trotz der Mies-van-der-Rohe-Stühle und der kühlen Marmortische in seinem Wartezimmer auf eine vertrauenerweckende Art altmodisch und geradeaus war. »Bitte, lesen Sie keine Bücher«, sagte er. »Jede Schwangerschaft verläuft anders, und ein Buch, das Ihnen erzählt, was Sie in der dritten Woche des dritten Monats fühlen müssen, verwirrt Sie nur. Keine Schwangerschaft verläuft genauso, wie sie in den Büchern geschildert wird. Und hören Sie auch nicht auf Ihre Freundinnen. Sie haben alle Erfahrungen gemacht, die völlig anders sind als die Ihren, und sie werden todsicher überzeugt sein, daß ihre Schwangerschaften normal waren und daß die Ihre nicht normal ist!«

Sie fragte ihn wegen der Vitaminpillen, die ihr Dr. Hill verschrieben hatte.

»Nein, keine Pillen«, sagte er. »Minnie Castevet züchtet Kräuter und hat einen Mixer; ich werde veranlassen, daß sie Ihnen täglich frischen Saft auspreßt. Das ist sicherer und vitaminreicher als alle Pillen, die Sie kaufen können. Und noch etwas: Haben Sie keine Hemmungen, was Ihren Appetit betrifft. Die moderne Theorie behauptet, schwangere Frauen fühlten sich verpflichtet, Gelüste zu erfinden, weil man das von ihnen erwartet. Ich bin anderer Meinung. Ich sage, wenn Sie mitten in der Nacht Mixed Pickles essen wollen, so schicken Sie Ihren Mann fort, daß er ihnen welche holt.

Was immer Sie sich wünschen, sorgen Sie dafür, daß Sie es bekommen. Sie werden überrascht sein, nach welch seltsamen Dingen Ihr Körper in den nächsten Monaten verlangt. Und wenn Sie irgendeine Frage haben, so rufen Sie mich an, egal ob am Tag oder in der Nacht. Rufen Sie *mich* an, nicht Ihre Mutter oder Tante Fanny. Dafür bin ich da.«

Sie sollte jede Woche einmal kommen; das war sicher eine sorgfältigere Betreuung als die, die Dr. Hill seinen Patientinnen zukommen ließ. Auch wollte Dr. Sapirstein ein Bett für sie im Doctors Hospital reservieren, ohne daß sie dazu viele Formulare ausfüllen mußte.

Alles war richtig und strahlend und schön. Sie ließ sich bei Vidal Sassoon einen neuen Haarschnitt machen, beendete ihre Zahnbehandlung, stimmte am Wahltag für Lindsay als Bürgermeister und ging hinunter nach Greenwich Village, um ein paar Außenaufnahmen für Guys Filmserie zu sehen. Zwischen den Aufnahmen – Guy raste mit einem gestohlenen Würstchenwagen die Sullivan Street hinunter – hockte sie sich nieder, um mit kleinen Kindern zu spielen, und lächelte schwangeren Frauen zu: *Ich auch.*

Salz, sogar nur wenige Körnchen davon, fand sie, machten das Essen ungenießbar. »Das ist absolut normal«, sagte Dr. Sapirstein bei ihrem zweiten Besuch. »Sobald Ihr Körper es braucht, wird diese Aversion verschwinden. Bis dahin, meiden Sie Salz. Trauen Sie Ihren Abneigungen ebenso wie Ihren Gelüsten.«

Aber sie hatte gar keine Gelüste. Ihr Appetit schien eher geringer als sonst. Kaffee und Toast genügten ihr zum Frühstück, Gemüse und ein kleines Stückchen kurz gebratenes Fleisch zum Abendessen. Jeden Morgen um elf brachte ihr Minnie etwas herüber, das wie ein wässeriger Pistazien-Milchshake aussah. Es war kalt und schmeckte sauer.

»Was ist da drin?« fragte Rosemarie.

»Schnecken und Schnippel und Hundeschwanzzippel«, sagte Minnie lachend.

Rosemarie lachte mit.

Nachdem sie ausgetrunken hatte, sagte sie: »Nun sagen Sie mir aber wirklich, was da drin ist.«

»Ein rohes Ei, Gelatine, Kräuter...«

»Tannis-Wurzel?«

»Auch ein wenig und noch dies und das.«

Minnie brachte das Getränk jeden Tag in dem gleichen großen

Glas mit blauen und grünen Streifen und stand wartend dabei, bis Rosemarie es langsam ausgetrunken hatte.

Eines Tages geriet Rosemarie am Aufzug ins Gespräch mit Phyllis Kapp, der Mutter der kleinen Lisa. Daraus ergab sich eine Einladung für Guy und sie zum kommenden Sonntag; aber Guy lehnte ab, als Rosemarie ihm davon erzählte. Voraussichtlich habe er Aufnahmen am Sonntag, erklärte er, und wenn nicht, dann benötige er den Tag zum Ausruhen und Studieren. Gerade damals hatten sie wenig gesellschaftlichen Verkehr. Guy hatte eine Verabredung zum Abendessen und anschließendem Theaterbesuch, die sie vor Wochen mit Jimmy und Tiger Haenigsen getroffen hatten, gebrochen und Rosemarie gebeten, ob sie wohl auch das regelmäßige Essen mit Hutch aufgeben könnten. Es sei wegen der Aufnahmen, die länger dauerten als vorgesehen.

Dazu wäre es freilich ohnehin gekommen, denn Rosemarie bekam Leibschmerzen von alarmierender Schärfe. Sie rief Dr. Sapirstein an, und er ließ sie kommen, untersuchte sie und sagte, sie brauche sich keinerlei Gedanken zu machen, die Schmerzen seien eine ganz normale Folge der Ausdehnung des Beckens. Sie würden in ein, zwei Tagen vergehen, aber bis dahin könne sie sie ruhig mit den üblichen Dosen Aspirin bekämpfen.

Erleichtert sagte Rosemarie: »Ich dachte schon, es wäre vielleicht eine Bauchhöhlenschwangerschaft.«

»Eine Bauchhöhlenschwangerschaft?« fragte Dr. Sapirstein und schaute sie skeptisch an. Sie errötete. Er sagte: »Ich dachte, Sie wollten keine Bücher lesen, Rosemarie?«

»Ich fiel im Drugstore geradezu darüber«, entschuldigte sie sich.

»Und was haben Sie davon? Nur Aufregung. Werden Sie nach Hause gehen und es wegwerfen, bitte?«

»Ja. Ich verspreche es Ihnen.«

»Die Schmerzen werden in zwei Tagen vorbei sein«, sagte er. »Bauchhöhlenschwangerschaft.« Er schüttelte den Kopf.

Aber die Schmerzen vergingen nicht in zwei Tagen, sie wurden schlimmer und immer schlimmer, als ob in ihr etwas mit einem Draht enger und enger umwunden und schließlich abgeklemmt würde. Der Schmerz dauerte Stunden und Stunden, ließ dann für ein paar Minuten nach, nur um dann um so stärker wieder einzusetzen. Aspirin verschaffte ihr nur wenig Linderung, und sie hatte Angst, sie könne zuviel davon nehmen. Wenn sie endlich einschlief, so hatte sie quälende Träume, in denen sie gegen riesige

Spinnen kämpfte, die in den Ecken ihres Badezimmers hockten, oder sie zerrte verzweifelt an einem kleinen schwarzen Busch, der fest verwurzelt mitten auf ihrem Wohnzimmerteppich wuchs. Erschöpft erwachte sie zu noch stärkeren Schmerzen.

»Das kommt manchmal vor«, tröstete sie Dr. Sapirstein. »Das hört an einem der nächsten Tage auf. Haben Sie mich auch ganz gewiß nicht über Ihr Alter belogen? Im allgemeinen sind es ältere Frauen mit weniger beweglichen Gelenken, die diese Art von Schwierigkeiten haben.«

Minnie, die ihr ihren Morgentrunk brachte, sagte: »Sie armes Ding. Aber regen Sie sich nicht auf, meine Liebe. Eine Nichte von mir in Toledo hatte genau die gleichen Schmerzen, und von zwei anderen Frauen habe ich das gleiche gehört. Aber ihre Geburten waren leicht und sie hatten schöne, gesunde Kinder.«

»Danke«, sagte Rosemarie.

Ganz beleidigte Rechtschaffenheit, schlug Minnie zurück: »Was wollen Sie damit sagen? Das ist so wahr wie das Evangelium. Ich schwöre bei Gott, es ist so, Rosemarie.«

Ihr Gesicht wurde verhärmt, blaß und verschattet. Sie sah jammervoll aus. Aber Guy bestand darauf: »Du siehst großartig aus. Wovon redest du nur? Es ist dieser *Haarschnitt*, der so abscheulich aussieht, wenn du die Wahrheit wissen willst, Liebling. Das war der größte Fehler, den du je in deinem Leben gemacht hast.«

Der Schmerz wurde ihr ständiger Begleiter, ohne ihr auch nur eine Ruhepause zu gönnen. Sie ertrug ihn und lebte mit ihm, schlief ein paar Stunden in der Nacht und nahm nur ein Aspirin, obwohl Dr. Sapirstein ihr zwei Tabletten erlaubt hatte. Von Ausgehen mit Joan und Elise, von der Arbeit in der Bildhauerklasse oder vom Einkaufen war keine Rede mehr. Die Lebensmittel bestellte sie telefonisch und blieb in der Wohnung, nähte Vorhänge für das Kinderzimmer und begann endlich »Verfall und Untergang des Römischen Reiches« zu lesen. Manchmal, am Nachmittag, kamen Minnie oder Roman herüber, um mit ihr zu schwatzen und zu fragen, ob sie irgend etwas brauchte. Einmal brachte Laura-Louise ihr einen großen Teller voller Ingwerkekse herunter. Man hatte ihr noch nicht erzählt, daß Rosemarie in anderen Umständen war. »Aber nein«, rief sie, »was haben Sie für einen hübschen Haarschnitt, Rosemarie. Wie hübsch und modern sehen Sie aus.« Sie war überrascht, als sie hörte, daß Rosemarie sich nicht wohl fühlte.

Als die Aufnahmen für den ersten Film abgedreht waren, blieb

Guy die meiste Zeit zu Hause. Er hatte aufgehört, mit Dominick, seinem Sprachlehrer, zu arbeiten, und verbrachte seine Nachmittage nicht mehr mit Vorsprechen und Gesehenwerden. Er hatte zwei gute Werbesendungen an der Hand – für Pall Mall und Texaco –, und die Proben für »Don't I Know You From Somewhere?« sollten – nun ganz bestimmt – Mitte Januar beginnen. Er half Rosemarie beim Putzen, und sie spielten Scrabble miteinander, die Partie um einen Dollar. Er ging ans Telefon, wenn jemand anrief und, galt der Anruf Rosemarie, erfand er glaubhafte Ausreden.

Sie hatte vorgehabt, für einige Freunde, die, wie sie, keine Familie in der Nähe hatten, ein Thanksgiving-Dinner zu geben; aber mit den ständigen Schmerzen und der unablässigen Sorge über Andrew-oder-Melindas Wohlbefinden beschloß sie, es nicht zu tun, und so gingen sie schließlich statt dessen zu Minnie und Roman hinüber.

2

Eines Nachmittags im Dezember, als Guy gerade einen Werbespot für Pall Mall drehte, rief Hutch an. »Ich bin gleich um die Ecke am City Center und hole Karten für Marcel Marceau«, sagte er. »Wollen Sie und Guy am Freitagabend mitkommen?«

»Ich glaube nein, Hutch«, sagte Rosemarie. »Ich fühle mich in der letzten Zeit nicht so ganz wohl, und Guy hat zwei Werbesendungen in dieser Woche.«

»Was ist los mit Ihnen?«

»Ach, gar nichts. Ich bin nicht so ganz auf der Höhe.«

»Darf ich für einen Augenblick herüberkommen?«

»O ja, das wäre schön!«

Schnell schlüpfte sie in lange Hosen und eine Jerseyjacke, malte ihre Lippen an und bürstete ihr Haar. Der Schmerz wurde heftiger – er zwang sie, einen Augenblick mit geschlossenen Augen und zusammengebissenen Zähnen stehenzubleiben –, dann sank er auf die gewöhnliche Stärke zurück; dankbar atmete sie aus und bürstete weiter ihr Haar.

Als Hutch sie sah, starrte er sie an und sagte: »Mein Gott!«

»Das ist die Folge von Vidal Sassoons Dauerwelle. Sie ist sehr stark geraten.«

»Was ist denn mit Ihnen los?« fragte er. »Ich rede nicht von Ihrem Haar.«

»Sehe ich so schlecht aus?« Sie nahm ihm Hut und Mantel ab, hängte sie auf und lächelte maskenhaft.

»Sie sehen entsetzlich aus«, sagte Hutch. »Sie haben Gott-weiß-wieviele Pfunde abgenommen und haben Ringe um die Augen, um die Sie ein Katzenbär beneiden könnte. Sie leben doch nicht etwa nach einer dieser ›Zen‹-Diäten, oder?«

»Nein.«

»Was ist dann los mit Ihnen? Waren Sie schon beim Arzt?«

»Ich kann es Ihnen auch ebensogut sagen. Ich bin in anderen Umständen, im dritten Monat.«

Hutch starrte sie völlig verblüfft an. »Das ist lächerlich«, sagte er. »Schwangere Frauen *nehmen zu*, nicht ab. Und sie sehen *gesund* aus, nicht –«

»Ach, da ist eine kleine Komplikation«, sagte Rosemarie und ging ihm voran ins Wohnzimmer. »Ich habe steife Gelenke oder so etwas, und daher habe ich Schmerzen, daß ich fast die ganze Nacht wachliege. Eigentlich *einen* Schmerz, der immerzu andauert. Es ist aber nichts Ernstes und wird wohl in den nächsten Tagen aufhören.«

»Ich habe noch nie gehört, daß ›steife Gelenke‹ ein Problem sind«, sagte Hutch.

»Steife Beckengelenke, das gibt es oft.«

Hutch saß in Guys Ohrensessel. »Na, dann gratuliere ich Ihnen«, sagte er voller Zweifel. »Sie müssen sehr glücklich sein.«

»Bin ich auch«, entgegnete Rosemarie. »Wir sind beide sehr glücklich.«

»Wer ist Ihr Arzt?«

»Er heißt Abraham Sapirstein. Er ist –«

»Ich kenne ihn«, sagte Hutch. »Wenigstens vom Hörensagen. Er hat zwei Babys von Doris zur Welt gebracht.« Doris war die älteste Tochter von Hutch.

»Er ist einer der Besten in der Stadt.«

»Wann waren Sie zuletzt dort?«

»Vorgestern. Und er sagte genau das, was ich Ihnen eben sagte: Das kommt oft vor und wird in ein paar Tagen aufhören. Allerdings sagt er das schon, seit die Schmerzen anfingen...«

»Wieviel haben Sie an Gewicht verloren?«

»Nur drei Pfund. Es sieht...«

»Unsinn! Sie haben viel mehr abgenommen.«

Rosemarie lächelte. »Sie reden wie unsere Waage im Badezimmer. Guy hat sie schließlich 'rausgeschmissen, weil sie mich so aufregte. Nein, ich habe nur drei Pfund und ein bißchen darüber abgenommen. Und es ist ganz normal, in den ersten Monaten ein bißchen abzunehmen. Später werde ich dann schon wieder zunehmen.«

»Das hoffe ich wirklich«, sagte Hutch. »Sie sehen aus, als hätten Sie jede Nacht Vampirbesuch. Sind Sie ganz sicher, daß Sie keine Saugmale haben?« Rosemarie lächelte. »Also gut«, sagte Hutch und lehnte sich zurück, »nehmen wir also an, daß Dr. Sapirstein weiß, wovon er redet. Er müßte es ja bei Gott, denn seine Rechnungen sind hoch genug. Guy muß ja unwahrscheinlich verdienen.«

»Tut er«, sagte Rosemarie. »Aber wir bekommen einen Vorzugspreis. Unsere Nachbarn, die Castevets, sind seine Freunde. Sie haben mich hingeschickt, er berechnet uns seinen besonderen Nicht-High-Society-Preis.«

»Heißt das, daß Axel und Doris zur High Society gehören?« fragte Hutch. »Sie werden entzückt sein, das zu erfahren.«

Die Türglocke läutete. Hutch wollte aufmachen, aber Rosemarie ließ es nicht zu. »Es tut weniger weh, wenn ich mich bewege«, sagte sie und ging hinaus. Dabei überlegte sie, ob sie irgend etwas bestellt hatte, das noch nicht geliefert worden war.

Es war Roman, der sich verlegen wand. Rosemarie lächelte und sagte: »Vor zwei Sekunden habe ich Ihren Namen genannt.«

»Hoffentlich im günstigen Sinn«, sagte er. »Brauchen Sie etwas? Minnie geht gleich fort, und unser Haustelefon scheint nicht in Ordnung zu sein.«

»Nein, nichts, danke«, sagte Rosemarie. »Es ist nett von Ihnen, daß Sie fragen. Aber ich habe heute früh alles telefonisch bestellt.«

Roman schaute einen Augenblick über sie hinweg und fragte dann, ob Guy schon zu Hause wäre.

»Nein, er kommt frühestens um sechs zurück«, sagte Rosemarie. Und weil Roman mit einem wartenden Lächeln auf dem Gesicht stehenblieb, fügte sie hinzu: »Ein alter Freund von uns ist gerade da.« Das fragende Lächeln blieb. So sagte sie: »Möchten Sie ihn kennenlernen?«

»Ja, gern, wenn ich nicht störe.«

»Aber, keineswegs.« Rosemarie führte ihn ins Zimmer. Er trug eine schwarz-weiß karierte Jacke über einem blauen Hemd und eine breite Krawatte mit Türkenmuster. Er ging nahe an ihr vorbei, und zum erstenmal bemerkte sie, daß seine Ohren durchbohrt waren – jedenfalls das linke.

Sie folgte ihm zur Tür des Wohnzimmers. »Das ist Edward Hutchins«, stellte sie vor und wandte sich lächelnd zu Hutch, der aufstand: »Das ist Roman Castevet, der Nachbar, von dem ich gerade sprach.« Sie erläuterte, zu Roman gewandt: »Ich erzählte Hutch, daß Sie und Minnie es waren, die mir Dr. Sapirstein empfohlen haben.«

Die zwei Männer schüttelten sich die Hände. Hutch sagte: »Eine meiner Töchter war auch bei Dr. Sapirstein. Er hat sie zweimal entbunden.«

»Er ist ein hochbegabter Mann«, sagte Roman. »Wir kennen ihn erst seit dem letzten Frühjahr, aber er ist einer unserer besten Freunde geworden.«

»Setzen Sie sich doch bitte«, sagte Rosemarie. Die Herren setzten sich, und Rosemarie saß neben Hutch.

»So hat Rosemarie Ihnen also die freudige Nachricht mitgeteilt?« fragte Roman.

»Ja, das hat sie«, antwortete Hutch.

»Wir müssen dafür sorgen, daß sie möglichst viel Ruhe hat«, sagte Roman, »und völlig frei ist von Sorgen und Ängsten.«

»Das wäre der Himmel auf Erden«, sagte Rosemarie.

»Ich war ein bißchen beunruhigt über ihr Aussehen«, sagte Hutch, während er zu Rosemarie herübersah, seine Pfeife aus der Tasche zog und einen Tabaksbeutel aus gestreiftem Rips.

»Ja?« fragte Roman.

»Aber zu wissen, daß Dr. Sapirstein sie behandelt, erleichtert mich natürlich sehr.«

»Sie hat nur zwei oder drei Pfund abgenommen, nicht wahr, Rosemarie?« sagte Roman.

»Jawohl«, sagte Rosemarie.

»Und das ist ganz normal während der ersten Monate der Schwangerschaft«, fuhr Roman fort. »Später wird sie zunehmen, und wahrscheinlich mehr, als ihr lieb ist.«

»Das wollen wir hoffen«, sagte Hutch und stopfte seine Pfeife.

Rosemarie erzählte: »Mrs. Castevet macht mir jeden Tag einen Vitamintrunk mit einem rohen Ei und Milch und frischen Kräutern, die sie selbst zieht.«

»Alles natürlich nach Dr. Sapirsteins Vorschrift«, fiel Roman ein. »Er hat eine Abneigung gegen die fabrikmäßig hergestellten Vitaminpillen.«

»Tatsächlich?« fragte Hutch und steckte seinen Tabaksbeutel wieder ein. »Ich wüßte nichts, das mir weniger verdächtig wäre. Sie werden doch unter jeder nur erdenklichen Vorsicht hergestellt.« Er strich zwei Streichhölzer zusammen an, saugte die Flamme in seine Pfeife und stieß Wolken von aromatischem weißem Rauch aus. Rosemarie stellte einen Aschenbecher neben ihn.

»Das ist richtig«, räumte Roman ein. »Aber Pillen aus der Fabrik können monatelang in einem Warenhaus oder in einer Apotheke herumliegen und eine Menge ihrer ursprünglichen Kraft verlieren.«

»Ja, daran hatte ich nicht gedacht«, gab Hutch zu. »Das ist gut möglich.«

Rosemarie sagte: »Mir ist der Gedanke lieb, daß alles frisch und natürlich ist, was ich zu mir nehme. Ich wette, daß schwangere Mütter schon vor Hunderten und Aberhunderten von Jahren Stückchen von Tannis-Wurzeln kauten, als noch niemand etwas von Vitaminen wußte.«

»Tannis-Wurzeln?« fragte Hutch.

»Das ist eines der Kräuter in dem Getränk«, erklärte Rosemarie. »Es ist doch ein Kraut?« Sie sah fragend zu Roman herüber. »Kann eine Wurzel ein Kraut sein?« Aber Roman beobachtete Hutch und hörte ihr nicht zu.

»Tannis?« sagte Hutch. »Davon habe ich noch nie gehört. Sind Sie sicher, daß Sie nicht ›Anis‹ meinen oder ›Orriswurzel‹?«

»Tannis«, sagte Roman.

»Hier«, sagte Rosemarie und zog ihr Amulett heraus. »Es bedeutet auch Glück, theoretisch. Machen Sie sich auf was gefaßt. An den Geruch muß man sich ein bißchen gewöhnen.«

Hutch schnupperte daran, schnitt eine Grimasse und wandte sich ab. »Das glaube ich auch«, sagte er. Er nahm die Kugel an der Kette zwischen zwei Finger und betrachtete sie von fern. »Sieht gar nicht aus wie eine Wurzel«, sagte er, »eher wie eine Flechte oder irgendein Pilz.« Er schaute zu Roman herüber. »Gibt es dafür noch einen anderen Namen?« fragte er.

»Meines Wissens nicht«, antwortete Roman.

»Ich werde im Lexikon nachschlagen und alles darüber herausfinden«, sagte Hutch. »Tannis. Was für ein hübscher Behälter oder was immer es ist. Wo haben Sie das her?«

Mit einem schnellen Blick zu Roman erwiderte Rosemarie: »Das haben mir die Castevets geschenkt.« Sie steckte das Amulett wieder unter ihre Jacke.

Hutch sagte zu Roman: »Sie und Ihre Gattin scheinen sich mehr um Rosemarie zu kümmern als ihre eigenen Eltern.«

»Wir hängen sehr an ihr«, erwiderte Roman, »und auch an Guy.«

Er stemmte sich aus seinem Sessel hoch. »Entschuldigen Sie mich, ich muß jetzt gehen«, sagte er. »Meine Frau wartet auf mich.«

»Natürlich«, sagte Hutch und erhob sich. »Es war mir ein Vergnügen, Sie kennengelernt zu haben.«

»Wir werden uns wiedersehen«, entgegnete Roman, »ganz bestimmt. Und machen Sie sich keine Sorgen, Rosemarie!«

»Nein, ich mache mir keine Sorgen.« Sie begleitete ihn bis zur Eingangstür. Jetzt sah sie, daß auch sein rechtes Ohr durchbohrt war, und auf seinem Nacken verliefen schmale Narben, wie fliegende Vögel. »Danke, daß Sie hereingeschaut haben«, sagte sie.

»Aber bitte«, entgegnete Roman. »Ihr Freund Mr. Hutchins gefällt mir. Er scheint außergewöhnlich intelligent zu sein.«

»Das ist er«, sagte Rosemarie und öffnete ihm die Tür.

»Ich freue mich, ihn kennengelernt zu haben«, sagte Roman. Lächelnd winkte er noch einmal mit der Hand und ging davon.

»Auf Wiedersehen«, sagte Rosemarie und winkte zurück.

Hutch stand vor den Bücherregalen. »Das ist ein prachtvoller Raum«, sagte er. »Sie haben ihn wunderbar eingerichtet.«

»Danke«, erwiderte Rosemarie. »Ich habe daran gearbeitet, bis es mit meinen Schmerzen anfing. Roman hat durchstochene Ohren. Ich habe das heute zum erstenmal gesehen.«

»Durchstochene Ohren und stechende Augen«, sagte Hutch. »Was war er, ehe er ins pensionsreife Alter kam?«

»Nahezu alles. Und er ist überall in der Welt herumgekommen. Wirklich überall.«

»Unsinn. Das tut niemand. Warum hat er bei Ihnen geläutet – falls ich das fragen darf?«

»Um zu hören, ob ich etwas mitgebracht haben wollte. Das Haustelefon funktioniert nicht. Es sind großartige Nachbarn. Sie würden mir sogar das Putzen abnehmen, wenn ich es ihnen erlaubte.«

»Und wie ist sie?«

Rosemarie erzählte es ihm. »Guy hat sich sehr mit ihnen angefreundet«, sagte sie. »Ich habe so das Gefühl, sie sind eine Art von Elternfiguren für ihn geworden.«

»Und Sie?«

»Ich weiß nicht recht. Manchmal bin ich ihnen so dankbar, daß ich ihnen einen Kuß geben könnte, und manchmal habe ich das erstickende Gefühl, als wären sie *zu* freundlich und *zu* hilfsbereit. Aber wie kann ich mich beklagen? Erinnern Sie sich an den Stromausfall?«

»Wie könnte ich den je vergessen! Ich war in einem Aufzug.«

»Nein!«

»Ja, wirklich. Fünf Stunden in totaler Finsternis mit drei Frauen und einem Rechtsradikalen, und alle waren überzeugt, daß eine Bombe gefallen wäre.«

»Wie entsetzlich!«

»Aber was wollten Sie sagen?«

»Wir saßen hier, Guy und ich, und zwei Minuten, nachdem das Licht ausgegangen war, stand Minnie vor der Tür mit einer Handvoll Kerzen.« Sie zeigte auf den Kaminmantel. »Wie kann man an solchen Nachbarn etwas auszusetzen haben?«

»Sie offenbar nicht«, erwiderte Hutch und betrachtete den Kaminsims. »Sind es die dort?« fragte er. Zwei Zinnleuchter standen zwischen einer Schale mit polierten Steinen und einem Mikroskop aus Messing. In den Leuchtern steckten noch die Reste schwarzer Kerzen, an denen das Wachs heruntergelaufen war.

»Die letzten der Mohikaner«, sagte Rosemarie. »Sie brachte so viele, daß es für einen ganzen Monat gereicht hätte. Was haben Sie?«

»Waren sie alle schwarz?« fragte er.

»Ja«, sagte sie, »warum?«

»Es fällt mir nur auf.« Hutch wandte sich vom Kamin ab und lächelte ihr zu. »Würden Sie mir bitte eine Tasse Kaffe machen, ja? Und mir mehr von Mrs. Castevet erzählen? Wo zieht sie ihre Kräuter? In Fensterkästen?«

Sie saßen am Küchentisch und tranken ihren Kaffee, als zehn Minuten später die Eingangstür aufgeschlossen wurde und Guy hereinstürzte. »Ha, was für eine Überraschung!« sagte er, kam um den Tisch herum und packte Hutchs Hand, eher der aufstehen konnte. »Wie geht es Ihnen, Hutch? Fein, daß Sie da sind.« Er nahm Rosemaries Kopf in seine andere Hand, beugte sich nieder und küßte sie auf Mund und Wange. Er war noch nicht abgeschminkt. Sein Gesicht war orangefarben, seine Augen hatten schwarze Wimpern und waren umrandet.

»Das ist mal eine Überraschung!« sagte Rosemarie. »Was ist denn passiert?«

»Ach, sie haben mittendrin aufgehört und wollen etwas umschreiben, diese Bastarde. Morgen früh geht's weiter. Bleibt alle, wo ihr seid. Keiner rührt sich. Ich will nur eben die Schmiere von meinem Gesicht abwaschen.« Er ging ins Bad.

»Möchtest du auch Kaffee?« rief Rosemarie hinter ihm her.

»Aber gern.«

Sie stand auf und goß eine Tasse für ihn ein, und für Hutch und sich selbst eine zweite. Hutch sog an seiner Pfeife und sah gedankenvoll vor sich hin.

Guy kam zurück, die Hände voll Pall Mall-Päckchen. »Beute«, sagte er und ließ sie auf den Tisch fallen.

»Hutch?«

»Nein, danke.«

Guy riß ein Päckchen auf, knipste die Zigaretten hoch und zog eine heraus. Er blinzelte Rosemarie zu, während sie sich wieder setzte.

Hutch sagte: »Glückwünsche scheinen angebracht.«

Guy zündete sich die Zigarette an und sagte: »Hat Rosemarie es Ihnen erzählt? Ist es nicht wunderbar? Wir sind so froh. Natürlich bin ich fest davon überzeugt, daß ich ein ganz lausiger Vater sein werde. Aber Rosemarie wird eine so großartige Mutter sein, daß sie das ausgleichen wird.«

»Und wann soll das Baby kommen?« fragte Hutch.

Rosemarie sagte es ihm und berichtete Guy, daß Dr. Sapirstein zwei Enkelkinder von Hutch zur Welt gebracht hatte.

Hutch sagte: »Ich habe Ihren Nachbarn Roman Castevet kennengelernt.«

»Oh«, sagte Guy. »Komischer alter Kauz, nicht wahr? Aber er weiß ein paar interessante Geschichten über Otis Skinner und Modjeska. Er ist ein richtiger Theaternarr.«

Rosemarie sagte: »Hast du jemals bemerkt, daß seine Ohren durchbohrt sind?«

»Mach keine Witze«, sagte Guy.

»Nein, ich mach keine, ich hab's gesehen.«

Sie tranken ihren Kaffe, sprachen von Guys rascher Karriere und davon, daß Hutch im Frühjahr nach Griechenland und in die Türkei reisen wollte.

»Es ist eine Schande, daß wir Sie so lange nicht gesehen haben«, sagte Guy, als Hutch sich entschuldigte und aufstand, um zu gehen. »Aber ich habe so viel zu tun, und bei dem Zustand von Rosemarie haben wir wirklich keinen Menschen bei uns gesehen.«

»Vielleicht können wir bald einmal wieder zusammen zu Abend essen«, sagte Hutch. Guy stimmte zu und ging hinaus, um seinen Mantel zu holen.

Rosemarie sagte: »Vergessen Sie nicht, wegen der Tannis-Wurzel nachzusehen.«

»Bestimmt nicht«, erwiderte Hutch. »Und sagen Sie Dr. Sapirstein, er soll seine Waage nachsehen lassen. Ich glaube immer noch, daß Sie mehr als drei Pfund abgenommen haben.«

»Reden Sie keinen Unsinn«, sagte Rosemarie. »Die Waagen von Ärzten sind in Ordnung.«

Guy, der ihm den Mantel hinhielt, sagte: »Es ist nicht meiner, so muß es der Ihre sein.«

»Sie haben recht«, sagte Hutch. Er drehte sich um und fuhr mit beiden Armen hinein. »Haben Sie schon über Namen nachgedacht?« fragte er Rosemarie, »oder ist es dazu noch zu früh?«

»Andrew oder Douglas, wenn es ein Junge ist, und Melinda oder Sarah, wenn es ein Mädchen ist.«

»Sarah?« fragte Guy. »Was ist denn mit ›Susan‹ passiert?« Er reichte Hutch den Hut.

Rosemarie bot Hutch die Wange zum Kuß.

»Hoffentlich hören Ihre Schmerzen bald auf«, sagte er.

»Das werden sie«, antwortete sie lächelnd. »Machen Sie sich keine Sorgen.«

Guy fügte hinzu: »Es ist ein ziemlich übler Zustand.«

Hutch fingerte in seinen Taschen herum. »Liegt da noch einer davon herum?« fragte er und zeigte ihnen einen braunen, pelzgefütterten Handschuh und suchte noch einmal in seinen Taschen.

Rosemarie schaute suchend auf den Boden, und Guy ging in den Nebenraum, schaute dort auf den Boden und hinauf auf die Ablage. »Ich sehe keinen, Hutch«, sagte er.

»Wie ärgerlich«, sagte Hutch. »Wahrscheinlich habe ich ihn im City Center liegengelassen. Ich werde auf dem Rückweg dort nachfragen. Aber wir wollen uns wirklich zum Abendessen treffen, nicht wahr?«

»Bestimmt«, sagte Guy, und Rosemarie fügte hinzu: »Nächste Woche.«

Sie sahen ihm nach, bis er um die erste Flurbiegung herum war, dann gingen sie in ihre Wohnung zurück und schlossen die Tür.

»Das war eine nette Überraschung«, sagte Guy. »War er lange hier?«

»Nicht sehr«, antwortete Rosemarie. »Rate mal, was er gesagt hat?«

»Was?«

»Ich sähe entsetzlich aus.«

»Der gute alte Hutch«, sagte Guy, »verbreitet Zuversicht, wo er geht und steht.« Rosemarie sah ihn fragend an. »Na, er ist doch von Berufswegen ein Schwarzseher und Miesmacher, Liebling«, sagte er. »Denke doch daran, wie er versucht hat, uns dieses Haus schwarz in schwarz zu malen.«

»Er ist kein Miesmacher von Beruf«, verteidigte ihn Rosemarie und ging in die Küche, um den Tisch abzuräumen.

Guy lehnte sich gegen den Türpfosten. »Dann ist er sicher einer der besten Amateure auf diesem Gebiet.«

Wenige Minuten später zog er seinen Mantel an und ging fort, um eine Zeitung zu kaufen.

Um halb elf abends klingelte das Telefon; Rosemarie lag schon im Bett und las, und Guy saß in dem kleinen Raum vor dem Fernseher. Er hob den Hörer ab und brachte gleich darauf den Apparat zu Rosemarie in das Schlafzimmer. »Hutch will dich sprechen«, sagte er, stellte den Apparat auf das Bett und bückte sich, um ihn einzustöpseln. »Ich sagte ihm, daß du schon liegst, aber er meinte, was er dir zu sagen hätte, könne nicht warten.«

Rosemarie nahm den Hörer auf. »Hutch?« sagte sie.

»Hallo, Rosemarie«, antwortete Hutch. »Sagen Sie mal, gehen Sie überhaupt noch aus, oder bleiben Sie den ganzen Tag zu Hause?«

»Ja«, sagte sie und blickte nach Guy hinüber. »Ich bin die ganze Zeit nicht ausgegangen, aber ich könnte es. Warum?«

»Weil ich gerne mit Ihnen über etwas sprechen möchte«, sagte Hutch. »Können Sie mich morgen früh um elf vor dem Seagram Building treffen?«

»Ja, wenn Sie das wollen«, antwortete sie. »Was ist denn los? Können Sie es mir nicht jetzt sagen?«

»Lieber nicht«, antwortete er. »Es ist nicht welterschütternd wichtig. Denken Sie also nicht weiter darüber nach. Wir können ein spätes Frühstück oder einen frühen Lunch zusammen haben, wenn Sie mögen.«

»Das wäre nett.«

»Also gut, morgen früh um elf vor dem Seagram.«

»In Ordnung. Haben Sie Ihren Handschuh wiedergefunden?«

»Nein, sie hatten ihn nicht«, sagte er. »Aber es war sowieso Zeit für ein neues Paar. Gute Nacht, Rosemarie, schlafen Sie gut.«

»Sie auch. Gute Nacht!«

Sie legte auf.

»Was wollte er?« fragte Guy.

»Ich soll ihn morgen früh treffen, er will mit mir über etwas sprechen.«

»Und er hat nicht gesagt worüber?«

»Keine Silbe.«

Guy schüttelte lächelnd den Kopf. »Mir scheint, seine Abenteuergeschichten verdrehen ihm den Kopf«, sagte er. »Wo sollst du ihn treffen?«

»Vor dem Seagram Building, um elf Uhr.«

Guy zog den Telefonstecker heraus und ging mit dem Apparat hinaus, kam jedoch fast augenblicklich wieder zurück. »Du bist in anderen Umständen, und ich habe die seltsamen Gelüste«, sagte er, steckte das Telefon wieder ein und stellte es auf den Nachttisch. »Ich werde ausgehen und mir ein Eis kaufen. Willst du auch eins?«

»Okay«, sagte Rosemarie.

»Vanille?«

»Fein.«

»Ich bin gleich wieder da.«

Er ging hinaus und Rosemarie lehnte sich in die Kissen zurück und starrte an die Decke. Ihr Buch lag vergessen auf der Decke. Worüber wollte Hutch mit ihr reden? Nichts welterschütternd Wichtiges, hatte er gesagt. Aber es mußte auch nicht *un*wichtig sein, sonst hätte er sie nicht so gedrängt, zu kommen. War es wohl wegen Joan? – Oder war es das andere Mädchen, mit dem sie zusammengewohnt hatte?

Ganz entfernt hörte sie, wie die Türglocke der Castevets einmal kurz anschlug. Wahrscheinlich war es Guy, der fragte, ob sie auch Eis wollten oder eine Morgenzeitung. Nett von ihm.

Und wieder überfiel sie der Schmerz mit voller Wucht.

3

Am folgenden Morgen rief Rosemarie Minnie über das Haustelefon an und bat sie, ihr den Trank nicht um elf herüberzubringen, sie ginge aus und würde nicht vor ein oder zwei Uhr zurück sein.

»Aber gewiß, meine Liebe«, sagte Minnie. »Machen Sie sich nur keine Sorgen darum. Sie müssen ihn nicht um eine bestimmte Zeit trinken. Nur irgendwann. Und gehen Sie aus. Es ist ein so schöner Tag heute, und die frische Luft wird Ihnen guttun. Wenn Sie zurückkommen, klingeln Sie im Vorbeigehen bei mir, und ich komme dann herüber und bringe ihn Ihnen.«

Es war wirklich ein schöner Tag, sonnig, kalt und klar, ein beschwingender Tag. Rosemarie ging langsam ihres Wegs, bereit zu lächeln, als verspüre sie keinerlei Schmerzen. Die Weihnachtsmänner der Heilsarmee in ihren Verkleidungen, mit denen sie doch niemand zum Narren halten konnten, schwangen an jeder Ecke ihre Glocken. Alle Schaufenster waren schon weihnachtlich dekoriert. In der Park Avenue standen die übliche Reihe von Weihnachtsbäumen.

Ein Viertel vor elf war sie vor dem Seagram Building, und da sie noch Zeit hatte und weit und breit nichts von Hutch zu sehen war, setzte sie sich ein Weilchen auf die niedrige Mauer des Vorhofes, ließ sich die Sonne ins Gesicht scheinen und hörte voll Vergnügen die eiligen Schritte und die Gesprächsfetzen um sich herum, die Autos, die Lastwagen und das Gebrumm eines Hubschraubers. Das Kleid unter ihrem Mantel spannte – zu ihrer Befriedigung, zum ersten Male – fest über ihrem Leib. Vielleicht ginge sie nach dem Lunch zu Bloomingdale, um sich Umstandskleider anzusehen. Sie freute sich, daß Hutch sie auf diese Weise herausgelockt hatte (aber worüber wollte er wohl mit ihr sprechen?); Schmerz, selbst ständiger Schmerz war keine Entschuldigung, so selten auszugehen, wie sie es getan hatte. Sie würde jetzt dagegen angehen, ihn mit frischer Luft und Sonne und Tätigkeit bekämpfen, sich nicht in der Dämmerung des Bramford von ihm und Minnies gutgemeinten Hätscheleien unterkriegen lassen. *Weg mit dem Schmerz!* dachte sie. *Ich will dich nicht mehr haben!* Aber der Schmerz blieb, unbeeinflußt von solchen positiven Entschlüssen.

Fünf Minuten vor elf stand sie auf und stellte sich vor die Glastüren des Eingangs, aus dem der Verkehr zäh herausquoll. Hutch kommt sicherlich aus dem Inneren des Gebäudes, dachte sie, von einer Besprechung; oder warum hätte er sonst gerade diesen Platz gewählt, um sie zu treffen? Sie beobachtete die Gesichter der Herauskommenden, so gut sie konnte, sah ihn, hatte sich aber geirrt, sah dann einen Mann, mit dem sie sich öfter verabredet hatte, ehe sie Guy kennenlernte, und wieder war es ein Irrtum. Sie blieb stehen und schaute, reckte sich hie und da auf die Zehenspitzen, aber ohne Sorge, denn selbst wenn sie ihn nicht sehen sollte, Hutch würde sie bestimmt sehen.

Fünf nach elf war er noch nicht da. Auch zehn nach elf noch nicht. Um Viertel nach elf ging sie in das Gebäude hinein, um im Einwohnerverzeichnis nachzusehen, ob sie darin einen Namen fände, den Hutch ihr gegenüber früher einmal erwähnt hatte und wo sie vielleicht anrufen und nach ihm fragen könnte. Das Verzeichnis war entsetzlich lang und enthielt viel zu viele Namen, um es sorgfältig durchzusehen. Trotzdem ging sie seine enggedruckten Zeilen mit dem Finger darunter durch. Als sie keinen bekannten Namen fand, ging sie wieder nach draußen.

Sie setzte sich wieder auf das Mäuerchen, auf dem sie vorher gesessen hatte, und beobachtete nun die Vorderseite des Gebäudes und immer wieder die Stufen, die vom Bürgersteig aus hinaufführten. Männer und Frauen trafen sich mit anderen Männern und Frauen, aber von Hutch war nichts zu sehen, und er kam doch, wenn überhaupt, fast nie zu spät zu einer Verabredung.

Um elf Uhr vierzig ging Rosemarie wieder in das Seagram hinein und wurde von einem Schuhputzer in den Keller gewiesen, wo sich am Ende eines weißen Ganges ein netter kleiner Warteraum fand mit modernen schwarzen Stühlen, einem abstrakten Wandgemälde und einer Telefonzelle aus Chromstahl. Dort telefonierte gerade ein Negermädchen, aber sie war bald fertig und kam freundlich lächelnd heraus. Rosemarie schlüpfte hinein und wählte ihre eigene Telefonnummer. Nach fünfmaligen Läuten meldete sich der Auftragsdienst. Nein, für Rosemarie war nichts durchgegeben worden, nur eine Nachricht für Guy von einem Rudy Horn, nichts von einem Mr. Hutchins. Sie nahm einen zweiten Groschen und wählte die Nummer von Hutch – vielleicht wußte sein Auftragsdienst, wo er war, oder er hatte eine Nachricht für sie. Gleich nach dem ersten Läuten antwortete eine aufgeregte Frauenstimme, die nicht dem Auftragsdienst gehören konnte: »Ja, bitte?«

»Ist dort die Wohnung von Edward Hutchins?« fragte Rosemarie

»Ja. Bitte, wer spricht?« Es war die Stimme einer Frau, weder alt noch jung – so ungefähr vierzig.

Rosemarie sagte: »Mein Name ist Rosemarie Woodhouse. Ich war für elf Uhr mit Mr. Hutchins verabredet, und er ist bis jetzt noch nicht gekommen. Wissen Sie vielleicht, ob er noch kommt?«

Schweigen – und immer noch Schweigen. – »Hallo«, rief Rosemarie.

»Hutch hat mir von Ihnen erzählt, Rosemarie«, sagte die Stimme. »Ich bin Grace Cardiff. Eine Freundin von Hutch. Er ist in der vergangenen Nacht krank geworden. Oder, um genau zu sein, heute, am frühen Morgen.«

Rosemaries Herz hämmerte. »Er ist krank?« fragte sie. »Ja. Er liegt in tiefer Bewußtlosigkeit. Die Ärzte konnten noch nicht herausfinden, was daran schuld ist. Er liegt im St. Vincent's Hospital.«

»Oh – das ist ja *entsetzlich*«, sagte Rosemarie. »Ich habe heute nacht um halb elf noch mit ihm telefoniert, und da klang seine Stimme *völlig gesund.*«

»Ich habe nicht viel später mit ihm gesprochen«, sagte Grace Cardiff, »und mir ist auch nichts aufgefallen. Aber seine Aufwartefrau kam heute morgen herein und fand ihn bewußtlos auf dem Boden in seinem Schlafzimmer.«

»Und man weiß noch nicht warum?«

»Noch nicht. Aber es ist noch früh, und ich bin sicher, daß man es bald herausfinden wird, und dann kann man mit der Behandlung anfangen. Im Augenblick reagiert er auf gar nichts.«

»Wie furchtbar«, sagte Rosemarie. »Und er hat noch nie so etwas gehabt?«

»Noch nie«, bestätigte Grace Cardiff. »Ich gehe jetzt wieder ins Krankenhaus, und wenn Sie mir eine Nummer geben, unter der ich Sie telefonisch erreichen kann, rufe ich Sie an, sobald sich etwas ändert.«

»Oh, ich danke Ihnen!« sagte Rosemarie. Sie gab ihre Telefonnummer an und fragte, ob sie irgendwie helfen könnte.

»Eigentlich nicht«, erwiderte Grace Cardiff. »Ich habe gerade seine Töchter angerufen, und das ist wohl alles, was man im Augenblick tun kann, wenigstens bis er zu sich kommt. Sollte irgend etwas sein, so werde ich Sie anrufen.«

Rosemarie kam aus dem Seagram heraus und ging durch den Vorhof, die Stufen hinunter und nordwärts zur Ecke der 53. Straße. Sie kreuzte die Park Avenue und ging langsam zum Madison Square, immer darüber grübelnd, ob Hutch wohl sterben werde oder nicht. Und wenn er starb, ob sie (wie selbstsüchtig!) jemals wieder jemanden fände, auf den sie sich so selbstverständlich und völlig verlassen konnte. Sie grübelte auch über Grace Cardiff nach, deren Stimme nach silbergrauen Haaren und so anziehend geklungen hatte. Ob sie und Hutch wohl ein stilles, ihren Jahren entsprechendes Verhältnis hatten? Sie hoffte es. Vielleicht würde dieser Kampf mit dem Tod – das würde es sein, ein *Kampf* mit dem Tod, nicht der Tod selbst, das war einfach nicht möglich! – vielleicht würde dieser Kampf mit dem Tod sie beide dazu bringen, zu heiraten und sich so am Ende als ein versteckter Segen auswirken. Vielleicht. Vielleicht.

Sie kreuzte den Madison Square, und irgendwo zwischen Madison und Fifth Avenue ertappte sie sich dabei, daß sie in ein Schaufenster starrte, in dem eine kleine, hell beleuchtete Krippe stand mit entzückenden Porzellanfiguren von Maria mit dem Kinde und Joseph, den Heiligen Drei Königen, den Hirten und den Tieren im Stall. Sie lächelte dem zärtlichen Bilde zu, das so voller Bedeutung war und sie trotz ihres Freidenkertums ergriff.

Und dann sah sie im Schaufenster, wie einen Schleier, der vor dem Weihnachtsbild hing, das Spiegelbild ihres Lächelns, mit den knochigen Backen und den schwarzen Ringen um die Augen, die Hutch gestern so erschreckt hatten und nun sie selbst zutiefst erschreckten.

»Nein, das nenne ich aber einen Zufall!« rief Minnie und kam lächelnd auf sie zu, als Rosemarie sich umdrehte. Sie trug einen weißen Mantel aus Lederersatz, einen roten Hut und ihre Brille an der Kette um den Hals. »Ich sagte mir, solange Rosemarie spazierengeht, kannst du auch gehen und deine paar Weihnachtseinkäufe machen. Und da sind *Sie* und da bin *ich*! Gerade als wären wir von der Art, die ständig dieselben Dinge tut! Aber – was ist denn mit Ihnen los, meine Liebe? Sie sehen so traurig und niedergeschlagen aus?«

»Ich habe gerade eine schlechte Nachricht bekommen«, sagte Rosemarie. »Ein alter Freund von mir ist schwer krank. Im Krankenhaus.«

»Aber nein«, sagte Minnie. »Wer denn?«

»Er heißt Edward Huchtins«, antwortete Rosemarie.

»Etwa der, den Roman gestern nachmittag bei Ihnen kennengelernt hat? Mein Gott! Er hat mir über eine Stunde erzählt, was das für ein netter und kluger Mann wäre. Ist das nicht ein Jammer? Was hat er denn?« Rosemarie berichtete es ihr.

»Du meine Güte!« sagte Minnie, »hoffentlich geht es besser aus als mit der armen Lily Gardenia! Und die Ärzte wissen überhaupt nicht, was es ist? Na, wenigstens geben sie es zu. Gewöhnlich verdecken sie sonst ihre Unkenntnis hinter hochtrabenden lateinischen Worten. Wenn das Geld, das für Astronautenreisen ausgegeben wird, für die medizinische Forschung hier auf Erden verwandt würde, ginge es wahrscheinlich uns allen besser. Das ist *meine Meinung*. Wie fühlen Sie sich, Rosemarie?«

»Der Schmerz ist ein bißchen stärker.«

»Armes Ding! Wissen Sie was? Ich meine, wir gehen jetzt nach Hause, meinen Sie nicht auch?«

»Nein, nein! Machen Sie ruhig Ihre Weihnachtseinkäufe fertig.«

»Ach, Unsinn!« sagte Minnie. »Bis Weihnachten sind es noch zwei Wochen. Halten Sie sich die Ohren zu.« Sie hob ihr Handgelenk an den Mund und pfiff schrill auf einer Pfeife, die an einem goldenen Armband hing. Ein Taxi schwenkte zu ihnen herüber. »Na, das nenne ich prompte Bedienung«, sagte sie. »Und noch ein schönes großes Taxi dazu!«

Bald danach war Rosemarie wieder in ihrer Wohnung. Sie trank das kalte, saure Getränk aus dem blau-grün gestreiften Glas, und Minnie stand daneben und schaute befriedigt zu.

4

Bisher hatte sie ihr Fleisch kurz gebraten gegessen; jetzt aß sie es fast roh, briet es nur so lange an, daß der Frost des Tiefkühlfaches auftaute und der Saft darin stockte.

Die Wochen vor den Ferien und die Ferienzeit selbst waren trostlos. Der Schmerz wurde immer stärker, wurde so bohrend, daß etwas in Rosemarie zerbrach – ein Zentrum des Widerstandes und die Erinnerung daran, daß man sich wohl fühlen konnte. Sie reagierte nicht mehr auf den Schmerz, sie erwähnte ihn nicht mehr bei Dr. Sapirstein, sie dachte nicht einmal mehr an den Schmerz. War er bis dahin in ihr gewesen, so war sie jetzt vom Schmerz eingeschlossen. Alles um sie herum war Schmerz, das Wetter, die Zeit, die ganze Welt. Erstarrt und erschöpft begann sie mehr zu schlafen und mehr zu essen – mehr fast rohes Fleisch.

Sie tat, was sie immer getan hatte: kochte und putzte, schrieb Weihnachtskarten an ihre Familie – den Mut, sie anzurufen, hatte sie nicht – tat neues Geld in Umschläge für den Aufzugführer, die Pförtner, die Briefträger und Mr. Micklas. Sie blätterte in Zeitungen und versuchte sich dafür zu interessieren, daß Studenten ihre Rekrutierungskarten verbrannten und daß der ganzen Stadt ein Verkehrsstreik drohte. Aber sie konnte es nicht. Das waren lauter Nachrichten aus einer anderen Welt, einer Welt der Fantasie. Das einzig Reale war ihre Welt des Schmerzes. Guy kaufte Weihnachtsgeschenke für Minnie und Roman, im übrigen kamen sie überein, niemandem etwas zu schenken. Minnie und Roman schenkten ihnen Tabletts für Weingläser.

Sie gingen ein paarmal in ein nahe gelegenes Kino oder zu Minnie und Roman hinüber, wo sie die Ehepaare Fountain, Gilmore und Wees kennenlernten, dazu eine Mrs. Sabatini, die immer ihre Katze mitbrachte und Dr. Shand, den Zahnarzt im Ruhestand, der die Kette für Rosemaries Tannis-Amulett gemacht hatte – sämtlich ältere Leute, die Rosemarie mit Freundlichkeit und Besorgnis behandelten, da sie offenbar sahen, daß es ihr keineswegs gut ging. Auch Laura-Louise war da, und manchmal kam auch Dr. Sapirstein. Roman war ein betriebsamer Gastgeber; er füllte die Gläser und brachte immer neue Gesprächsthemen auf. Am Silvesterabend brachte er den Toast aus – »Auf 1966, das Jahr Ein« – was Rosemarie rätselhaft blieb, obgleich alle anderen ihn zu verstehen und zu billigen schienen. Sie hatte das Gefühl, als hätte sie eine literarische Anspielung nicht verstanden – aber sie kümmerte sich nicht weiter darum. Üblicherweise gingen sie und Guy zeitig fort, dann half ihr Guy ins Bett und kehrte zur Gesellschaft zurück. Er war der Liebling der Frauen, die um ihn herumsaßen und über seine Witze lachten.

Hutchs Befinden veränderte sich nicht. Die tiefe, unerklärliche Bewußtlosigkeit blieb. Grace Cardiff rief etwa jede Woche einmal an. »Alles unverändert, alles beim alten« pflegte sie zu sagen. »Man weiß immer noch nicht, was es ist. Er kann morgen früh aufwachen oder noch tiefer in Bewußtlosigkeit versinken und überhaupt nicht mehr erwachen.«

Zweimal ging Rosemarie in das St. Vincent's Hospital, stand an Hutchs Bett und schaute auf seine geschlossenen Augen und seine kaum von Atemzügen bewegte Brust – machtlos, hilflos. Beim zweiten Besuch, Anfang Januar, traf sie seine Tochter Doris, die mit einer Handarbeit am Fenster saß. Rosemarie hatte sie vor einem Jahr in Hutchs Wohnung getroffen; sie war eine kleine fröhliche Frau in den Dreißigern, die einen aus Schweden gebürtigen Psychoanalytiker geheiratet hatte. Sie war das verjüngte Ebenbild ihres Vaters mit Perücke.

Doris erkannte Rosemarie nicht, und als Rosemarie sich erneut vorstellte, entschuldigte sie sich in ehrlicher Betrübnis.

»Bitte, lassen Sie das«, sagte Rosemarie lächelnd, »ich weiß, ich sehe schrecklich aus.«

»Nein, Sie haben sich kein bißchen verändert«, gab Doris zurück. »Aber ich habe gar kein Gedächtnis für Gesichter. Ich vergesse sogar, wie meine eigenen Kinder aussehen, wirklich.«

Sie legte ihre Arbeit zur Seite, und Rosemarie setzte sich neben sie. Sie sprachen über Hutchs Zustand und sahen einer Pflegerin zu, die hereinkam und die Flasche erneuerte, die an einem Gestell hing und durch einen Schlauch mit seiner Armvene verbunden war.

»Wir haben denselben Frauenarzt«, sagte Rosemarie, als die Schwester gegangen war; und dann sprachen sie von Rosemaries Schwangerschaft und Dr. Sapirsteins Geschick und Ruf. Doris war erstaunt zu hören, daß Rosemarie jede Woche zu ihm kommen mußte. »Ich ging nur jeden Monat einmal hin«, sagte sie, »bis fast zuletzt, natürlich. Dann alle zwei Wochen und zuletzt jede Woche, aber das war nur im letzten Monat. Ich hielt das für das Übliche.«

Rosemarie wußte nichts darauf zu erwidern, und Doris sah plötzlich wieder betrübt drein. »Aber ich glaube, jede Schwangerschaft hat ihre eigenen Gesetze«, sagte sie mit einem Lächeln, das ihre Taktlosigkeit wiedergutmachen sollte.

»Das hat er mir auch gesagt«, erwiderte Rosemarie.

An diesem Abend erzählte sie Guy, daß Dr. Sapirstein Doris nur einmal im Monat hatte kommen lassen. »Bei mir stimmt etwas nicht«, sagte sie, »und er hat es von Anfang an gewußt.«

»Sei nicht albern«, sagte Guy. »Er hätte es dir gesagt. Und wenn nicht dir, dann bestimmt mir.«

»Hat er dir was gesagt? Irgend etwas?«

»Absolut gar nichts, Ro. Ich schwöre es dir, bei Gott.«

»Warum muß ich dann jede Woche hingehen?«

»Vielleicht macht er es jetzt so. Oder vielleicht kümmert er sich mehr um dich, weil du mit Minnie und Roman befreundet bist.«

»Nein.«

»Also, ich weiß es nicht. Frag ihn doch selbst«, sagte Guy. »Vielleicht macht es ihm mehr Spaß, dich zu untersuchen als Doris.«

Zwei Tage später fragte sie Dr. Sapirstein. »Rosemarie, Rosemarie«, sagte er zu ihr, »habe ich Ihnen nicht gesagt, Sie sollten nicht mit Ihren Freundinnen reden? Sagte ich nicht, daß jede Schwangerschaft anders verläuft?«

»Ja, aber...«

»Und da muß auch die Behandlung verschieden sein. Doris Allert hatte bereits zweimal entbunden, ehe sie zu mir kam, und hatte niemals irgendwelche Komplikationen gehabt. Sie brauchte nicht die besondere Überwachung wie eine Erstgebärende.«

»Lassen Sie alle Erstgebärenden jede Woche einmal kommen?«

»Ich versuche es«, antwortete er. »Aber immer kann ich es nicht. Es ist alles in Ordnung mit Ihnen, Rosemarie, der Schmerz wird sehr bald aufhören.«

»Ich habe rohes Fleisch gegessen, gerade nur ein wenig angebraten«, sagte sie.

»Sonst noch etwas Außergewöhnliches?«

»Nein«, sagte sie verschüchtert, »reicht das nicht?«

»Essen Sie, was immer Sie mögen«, sagte er. »Ich sagte es Ihnen ja schon, Sie werden seltsame Gelüste bekommen. Ich hatte Frauen, die aßen Papier. Und hören Sie endlich auf, sich Gedanken zu machen. Ich verberge meinen Patienten nichts. Das macht das Leben viel zu schwierig. Ich sage Ihnen die Wahrheit. Okay?«

Sie nickte.

»Grüßen Sie Minnie und Roman von mir, und auch Guy.«

Sie begann den zweiten Band »Verfall und Untergang« zu lesen und fing dann an, einen rot und orange gestreiften Schal zu strikken, den Guy bei der Probenarbeit tragen sollte. Der angedrohte Verkehrsstreik war ausgebrochen, betraf sie aber kaum, da sie beide die meiste Zeit zu Hause waren. Spätnachmittags schauten sie aus dem Fenster auf die sich langsam vorwärts schiebenden Massen unten auf der Straße. »Geht zu Fuß, ihr Bauern!« sagte Guy. »Los! Marschiert! Nach Hause, nach Hause, und zwar schnell.«

Nicht lange nachdem Rosemarie Dr. Sapirstein erzählt hatte, daß sie halbrohes Fleisch äße, ertappte sie sich dabei, daß sie dastand und ein rohes, tropfendes Hühnerherz kaute – morgens in der Küche um Viertel nach vier. Sie starrte sich selbst an, in der Seite des Toasters, wo der Reflex ihrer Bewegung ihr Auge gefangengenommen hatte, und dann schaute sie auf ihre Hand, auf den Rest des Herzens, den sie noch nicht gegessen hatte und in rottropfenden Fingern hielt. Nach einem Augenblick ging sie hinüber und warf das Herz in den Mülleimer, drehte den Wasserhahn auf und spülte sich die Hand ab, dann – während das Wasser noch lief – beugte sie sich über die Spüle und erbrach.

Als das vorüber war, trank sie etwas Wasser, wusch sich Gesicht und Hände und reinigte den Spülstein mit der Brause. Sie drehte das Wasser ab, trocknete sich ab und stand eine Weile nachdenklich da. Dann nahm sie einen Block und einen Bleistift aus der Schublade, ging an den Tisch und begann zu schreiben.

Kurz vor sieben kam Guy im Pyjama herein. Sie hatte das Kochbuch von LIFE vor sich liegen und schrieb ein Rezept daraus ab. »Was zum Teufel machst du denn da?« fragte er.

Sie sah auf. »Ich plane das Menü«, antwortete sie. »Für eine Party. Wir werden am zweiundzwanzigsten Januar eine Party geben. Samstag in acht Tagen.« Sie sah einige Zettel durch, die vor ihr auf dem Tisch lagen und zog einen heraus. »Wir werden Elise Dunstan und ihren Mann einladen, Joan mit ihrem Freund, Jimmy und Tiger, Allan mit seiner Freundin, Lou und Claudia, die Chens, die Wendells, Dee Bertillon und seine Freundin, falls du nichts gegen ihn hast, Mike und Pedro, Bob und Thea Goodman, die Kapps« – sie deutete mit dem Kopf in die Richtung, wo sie wohnten – »und Doris und Axel Allert, falls sie kommen. Doris ist Hutchs Tochter.«

»Ich weiß«, sagte Guy.

Sie legte ihren Zettel hin. »Minnie und Roman werden nicht eingeladen«, sagte sie. »Weder Laura-Louise oder die Fountains oder die Gilmores und die Weeses, noch Dr. Sapirstein. Dies ist eine ganz besondere Party. Man muß entschieden unter Sechzig sein, um zugelassen zu werden.«

»Hallo!« sagte Guy. »Vor einer Minute habe ich noch gar nicht gewußt, daß ich eine Party geben würde.«

»Oh, du gibst sie«, entgegnete Rosemarie. »Du machst den Barmann.«

»Großartig!« sagte Guy. »Findest du das wirklich eine so großartige Idee?«

»Ich bin überzeugt, daß es die beste Idee ist, die ich seit Monaten hatte.«

»Meinst du nicht, du solltest erst Dr. Sapirstein fragen?«

»Wieso? Ich gebe einfach eine Party. Ich habe nicht die Absicht, über den Ärmelkanal zu schwimmen oder auf den Annapurna zu klettern.«

Guy ging zur Spüle und drehte das Wasser auf. Er hielt ein Glas darunter. »Du weißt, daß ich dann Proben habe«, sagte er. »Wir fangen am Siebzehnten an.«

»Du wirst gar keine Arbeit damit haben«, sagte Rosemarie. »Du brauchst nur nach Hause zu kommen und charmant zu sein.«

»Und den Barmann zu machen.« Er drehte das Wasser ab, hob sein Glas hoch und trank.

»Wir werden einen Barmann *mieten*«, sagte Rosemarie.

»Den Mann, den auch Joan und Dick immer hatten. Und wenn du müde bist und schlafen willst, schmeiße ich alle 'raus.«

Guy drehte sich um und sah sie an.

»Ich möchte sie einmal wieder hier haben«, sagte sie. »Nicht Minnie und Roman. Minnie und Roman hängen mir allmählich zum Halse heraus.«

Er schaute von ihr fort, dann auf den Boden und blickte ihr dann wieder in die Augen. »Und was ist mit deinem Schmerz?« fragte er.

Sie lächelte trocken. »Hast du es nicht gehört? Er wird in ein bis zwei Tagen vorüber sein. Hat Dr. Sapirstein mir gesagt.«

Alle konnten sie kommen, außer den Allerts wegen Hutchs Erkrankung und den Chens, die nach London mußten, um dort Aufnahmen von Charlie Chaplin zu machen. Der Barmann war nicht frei, kannte aber einen anderen, der für ihn einspringen konnte. Rosemarie brachte ein lose fallendes Gesellschaftskleid aus braunem Samt in die Reinigung, vereinbarte einen Termin beim Friseur, bestellte Wein, Likör, Eiswürfel und die Zutaten für ein chilenisches Krabbengericht, genannt ›chupe‹.

Am Donnerstag morgen vor der Party kam Minnie mit dem Getränk, während Rosemarie Krabbenfleisch und Hummerschwänze sortierte. »Das sieht interessant aus«, sagte Minnie und schaute in die Küche. »Was ist das?«

Rosemarie erzählte es ihr, an der Eingangstür stehend mit dem gestreiften Glas, das ihre Hand durchkältete.

»Ich werde das einfrieren und dann am Samstagabend backen«, sagte sie. »Wir erwarten ein paar Gäste.«

»Oh, fühlen Sie sich wohl genug, um Gäste bei sich zu sehen?« fragte Minnie.

»Ja, natürlich«, trotzte Rosemarie. »Das sind alte Freunde, die wir lange nicht mehr bei uns hatten. Sie wissen nicht einmal, daß ich in anderen Umständen bin.«

»Ich würde Ihnen gern helfen, wenn Sie wollen«, sagte Minnie. »Ich könnte Ihnen beim Servieren und Anrichten helfen.«

»Danke, das ist reizend von Ihnen«, sagte Rosemarie, »aber das kann ich sehr gut selbst tun. Wir machen ein Büfett, und da habe ich nicht viel Arbeit.«

»Ich könnte Ihnen helfen, den Leuten die Mäntel abzunehmen!«

»Nein danke, Minnie, Sie tun so schon mehr als genug für mich. Wirklich.«

Minnie sagte: »Gut, aber sagen Sie mir Bescheid, wenn Sie es sich anders überlegt haben. Trinken Sie jetzt Ihr Glas aus.«

Rosemarie besah sich das Glas in ihrer Hand. »Jetzt lieber nicht«, sagte sie und blickte Minnie an. »Nicht jetzt. Ich werde es später trinken und Ihnen das Glas zurückbringen.«

Minnie sagte: »Man darf es nicht stehenlassen.«

»Ich lasse es nicht lange stehen«, sagte Rosemarie. »Gehen Sie ruhig. Ich bringe Ihnen das Glas später herüber.«

»Ich werde warten und Ihnen den Weg ersparen.«

»Nein, das werden Sie nicht«, sagte Rosemarie. »Ich werde nervös, wenn mir jemand beim Kochen zuschaut. Ich gehe nachher aus und komme dann sowieso an Ihrer Tür vorbei.«

»Sie gehen aus?«

»Einkaufen. Aber nun gehen Sie. Sie sind zu nett zu mir, wirklich, zu nett.«

Minnie ging rückwärts. »Warten Sie nicht zu lange damit«, warnte sie. »Es verliert sonst seine Vitamine.«

Rosemarie schloß die Tür. Sie ging in die Küche, hielt das Glas einen Augenblick in der Hand, ging dann zum Ausguß und ließ seinen Inhalt in einem dünnen blaßgrünen Strahl direkt hineinlaufen.

Sie machte ihre ›chupe‹ fertig, summte vor sich hin und war mit sich selbst zufrieden. Sobald sie zugedeckt und im Gefrierfach verstaut war, machte sie sich ihr eigenes Getränk aus Milch, Sahne, einem Ei, Zucker und Sherry zurecht; nachdem sie alles tüchtig in einem Schüttelbecher durchgeschüttelt hatte, goß sie ein lohfarbenes, köstlich aussehendes Gemisch in ein Glas und kostete. »Halt dich da dran, David-oder-Amanda«, sagte sie, schlürfte und fand, daß es großartig schmeckte.

5

Um halb neun sah es für eine Weile so aus, als käme niemand. Guy legte einen neuen Brocken Kännelkohle aufs Feuer, stocherte dann mit den Zangen herum und wischte seine Hände am Taschentuch ab. Rosemarie kam frisch frisiert und in braunem Samtkleid aus der Küche und verhielt den Schritt, starr vor Schmerzen. Der Barmann, an der Tür zum Schlafzimmer, machte sich mit Zitronenschale, Servietten, Gläsern und Flaschen zu schaffen. Er war Italiener, hieß Renato und erweckte den Eindruck, es ginge ihm so gut, daß er den Barmann aus Zeitvertreib spiele und ginge, sobald er sich noch mehr langweilte, als er es jetzt schon tat.

Dann kamen die Wendells – Ted und Carole –, eine Minute später Elise Dunstan und ihr hinkender Mann Hugh. Dann kamen Allan Stone, Guys Agent, mit dem schönen Negermodell Rain Morgan, Jimmy und Tiger, Lou und Claudia Comfort und Claudias Bruder Scott. Guy legte noch mehr Kohlen auf; Renato mixte seine Drinks und blickte weniger gelangweilt drein. Rosemarie stellte vor: Jimmy, Tiger, Rain, Allan, Elise, Hugh, Carole, Ted, Claudia und Lou und Scott.

Bob und Thea Goodman brachten noch ein anderes Paar mit, Peggy und Stan Keeler. »Aber natürlich ist mir das recht«, sagte Rosemarie, »seien Sie doch nicht lächerlich. Je mehr wir sind, um so lustiger wird es!«

Die Kapps kamen ohne Mäntel. »Was für eine Reise!« stöhnte Mr. Kapp, »ein Bus, drei Züge und eine Fähre! Wir sind vor fünf Stunden von zu Hause aufgebrochen!«

»Darf ich mich umschauen?« fragte Claudia. »Wenn alles übrige auch so hübsch ist, platze ich vor Neid!«

Mike und Pedro brachten zwei herrliche Sträuße roter Rosen mit. Pedro, seine Wange an Rosemaries Wange, murmelte: »Sagen Sie ihm, er soll Sie besser füttern, Baby. Sie sehen ja aus wie eine Flasche Jod.«

Und wieder stellte Rosemarie vor: Phyllis, Bernard, Peggy, Stan, Thea, Bob, Lou, Scott, Carole...

Sie trug die Rosen in die Küche. Elise kam mit einem gefüllten Glas hinter ihr her, in der Hand die Imitation einer Zigarette, weil sie dabei war, sich das Rauchen abzugewöhnen. »Was haben Sie für ein Glück!« sagte sie. »Das ist die hübscheste Wohnung, die ich je gesehen habe. Allein die Küche! Fühlen Sie sich ganz wohl, Rosie? Sie sehen ein bißchen abgespannt aus?«

»Vielen Dank für die Untertreibung«, sagte Rosemarie. »Ich bin nicht ganz auf der Höhe, aber das wird wieder. Ich bin in anderen Umständen.«

»Aber nein? Das ist ja großartig? Wann denn?«

»Zum achtundzwanzigsten Juni. Am Freitag beginnt mein fünfter Monat.«

»Wunderbar!« sagte Elise. »Wie gefällt Ihnen Dr. Hill? Ist er nicht der Traumarzt der westlichen Welt?«

»Ja, aber ich gehe nicht zu ihm«, sagte Rosemarie.

»Nein?«

»Ich bin bei einem Dr. Sapirstein, einem älteren Mann.«

»Aber warum? Er kann unmöglich besser sein als Hill!«

»Er ist ziemlich bekannt und ist ein Freund von Freunden von uns«, antwortete Rosemarie.

Guy schaute herein.

Elise sagte: »Herzlichen Glückwunsch!«

»Danke«, erwiderte Guy. »Schon gut. Soll ich die Soße hereintragen, Ro?«

»O ja, das wäre nett von dir. Schau dir die Rosen an! Von Mike und Pedro!«

Guy nahm eine Platte mit Crackers und eine Schüssel mit Soße vom Tisch. »Würden Sie bitte die andere nehmen«, bat er Elise.

»Aber gern«, sagte sie, nahm eine zweite Schüssel auf und folgte ihm.

»Ich komme in einer Minute!« rief Rosemarie ihnen nach.

Dee Bertillon brachte die Schauspielerin Portia Haynes mit, und Joan rief an, um zu sagen, daß sie und ihr Freund noch auf einer anderen Party festsäßen, aber in einer halben Stunde kämen.

Tiger sagte: »Sie abscheuliche Geheimniskrämerin!« umarmte Rosemarie und küßte sie.

»Wer ist hier in anderen Umständen?« fragte jemand, und jemand anderes antwortete: »Rosemarie.«

Sie stellte die eine Vase mit Rosen auf den Kamin –

»Gratuliere«, sagte Rain Morgan, »ich höre, daß Sie in anderen Umständen sind.« Die andere Vase trug sie ins Schlafzimmer und stellte sie auf den Frisiertisch. Als sie herauskam, mixte Renato ihr einen Scotch mit Wasser. »Die ersten mache ich immer stark«, sagte er, »um die Stimmung anzuheizen. Dann mache ich sie leichter und spare.«

Mike signalisierte ihr über die Köpfe der anderen »Gratuliere!« zu, und sie lächelte ein »Danke« zurück.

Jemand sagte: »Hier haben die Schwestern Trench gelebt«, und Bernard Kapp fügte hinzu, »und Adrian Marcato und Keith Kennedy.«

»Und Pearl Ames«, sagte Phyllis Kapp.

»Die Schwestern Trent?« fragte Jimmy.

»Trench«, verbesserte Phyllis. »Die fraßen Kinder.«

»Sie meint nicht vor Liebe«, bedeutete Pedro, »sondern sie fraßen sie.«

Rosemarie schloß die Augen und hielt den Atem an, wieder durchbohrte sie der Schmerz. Vielleicht wegen des Getränks. Sie stellte ihr Glas zur Seite.

»Was haben Sie?« fragte Claudia.

»Ach, nichts«, lächelte sie. »Nur einen Krampf.«

Guy unterhielt sich mit Tiger, Portia Haynes und Dee.

»Das kann man noch nicht sagen«, sagte er. »Wir proben erst seit sechs Tagen. Aber es spielt sich sehr viel besser, als es sich liest.«

»Es könnte sich kaum schlechter spielen«, widersprach Tiger. »Sagen Sie mal, was ist denn mit dem anderen Burschen los? Ist er immer noch blind?«

»Ich weiß es nicht«, antwortete Guy.

Portia mischte sich ein. »Donald Baumgart? Aber den kennen Sie doch, Tiger. Der Mann, der mit Zöe Piper zusammenlebt.«

»Ach, der ist es?« sagte Tiger. »Ich wußte wirklich nicht, daß es jemand war, den ich kenne.«

»Er schreibt eben an einem großartigen Stück«, erzählte Portia. »Zumindest die zwei ersten Szenen sind großartig. Wirklich flammender Zorn, wie Osborne, bevor er's schaffte.«

Rosemarie fragte: »Und er ist immer noch blind?«

»Ja«, antwortete Portia. »Man hat so ziemlich die Hoffnung für ihn aufgegeben. Er durchlebt eine Hölle im Bemühen, sich mit der neuen Situation abzufinden. Aber daraus entsteht dieses großartige Stück. Er diktiert, und Zöe schreibt.«

Joan kam. Ihr Freund war über Fünfzig. Sie nahm Rosemarie beim Arm, zog sie zur Seite und fragte voll Schrecken: »Was ist denn mit Ihnen los? Was fehlt Ihnen denn?«

»Nichts«, sagte Rosemarie, »ich bin nur in anderen Umständen.«

Sie stand in der Küche mit Tiger und wendete den Salat, als Joan und Elise hereinkamen und die Tür hinter sich zumachten.

Elise sagte: »Wie sagten Sie doch, hieß Ihr Arzt?«

»Sapirstein«, antwortete Rosemarie.

Joan fragte: »Und er ist mit Ihrem Zustand zufrieden?«

Rosemarie nickte.

»Claudia sagte mir, Sie hätten vorhin einen Krampfanfall gehabt.«

»Ja«, antwortete sie. »Ich habe Schmerzen. Aber die werden bald aufhören; das ist ganz normal.«

Tiger sagte: »Was sind das für Schmerzen?«

»Ach – eben Schmerzen. Ein stechender Schmerz. Das ist alles. Es kommt davon, daß mein Becken sich ausdehnt und ich ein wenig steife Gelenke habe.«

Elise sagte: »Rosie, ich habe das auch gehabt – zweimal –, aber immer nur für ein paar Tage, Schmerzen, wie ein Roß, im ganzen Leib.«

»Das ist wohl bei jedem anders«, sagte Rosemarie, hob den Salat zwischen zwei Löffeln hoch und ließ ihn in die Schüssel zurückfallen. »Jede Schwangerschaft verläuft anders.«

»Nicht *so* anders«, sagte Joan. »Sie sehen aus wie Miß KZ 1966. Sind Sie sicher, daß Ihr Arzt weiß, was er tut?«

Rosemarie begann zu schluchzen, still und besiegt, die Salatlöffel in den Händen. Tränen rannen ihr über die Backen.

»Mein Gott«, sagte Joan und blickte sich hilfesuchend nach Tiger um, die Rosemaries Schulter umfaßte und tröstete: »Psst, psst, weinen Sie doch nicht, Rosemarie, psst.«

»Das tut ihr gut«, sagte Joan. »Lassen Sie sie. Sie war schon den ganzen Abend so aufgedreht wie – wie – ich weiß nicht was.«

Rosemarie weinte. Schwarze Streifen liefen über ihre Backen. Elise schob ihr einen Stuhl unter, Tiger nahm ihr die Löffel aus der Hand und stellte die Salatschüssel an das andere Ende des Tisches.

Jemand wollte die Tür aufmachen, aber Joan stürzte hin und stemmte sich dagegen. Es war Guy. »He!« sagte er. »Laßt mich rein!«

»Tut mir leid«, antwortete Joan. »Hier ist nur für Damen.«

»Ich muß Rosemarie etwas sagen.«

»Sie kann nicht, sie hat zu arbeiten.«

»Hören Sie«, sagte er, »ich muß Gläser spülen.«

»Gehen Sie ins Bad.« Sie stemmte sich mit den Schultern gegen die Tür, die wieder ins Schloß schnappte.

»Verdammt noch mal! Machen Sie auf!« schalt er von draußen.

Rosemarie weinte weiter, ihr Kopf hing herunter, und ihre Schultern bebten, ihre Hände lagen im Schoß. Elise beugte sich über sie und trocknete unermüdlich ihre Wangen mit dem Ende eines Handtuchs. Tiger strich ihr übers Haar und legte ihr die Hände beruhigend auf die Schultern.

Langsam hörte sie auf zu weinen.

»Es tut so weh«, sagte sie und hob ihr Gesicht zu ihnen auf. »Und ich habe solche Angst, daß das Kind stirbt.«

»Tut er irgendwas für Sie?« fragte Elise. »Hat er Ihnen eine Medizin verordnet, oder behandelt er Sie sonst irgendwie?«

»Nichts, gar nichts.«

Tiger sagte: »Und wann hat das angefangen?«

Sie schluchzte nur.

Elise fragte: »Wann hat das mit den Schmerzen angefangen, Rosie?«

»Vor Thanksgiving, im November.«

»Im November?« wiederholte Elise, und Joan sagte von der Tür her: »Was?!« Tiger sagte: »Seit November haben Sie diese Schmerzen, und er tut nichts für Sie?«

»Er sagt, das würde sich geben.«

Joan sagte: »Hat er Sie mal von einem anderen Arzt untersuchen lassen?«

Rosemarie schüttelte den Kopf. »Er ist ein sehr guter Arzt«, sagte sie, während Elise ihr die Tränen trocknete. »Er ist sehr bekannt. Er war in ›Open End‹.«

»Mir kommt es aber beinahe so vor, als wäre er ein sadistischer Narr«, sagte Tiger.

Und Elise fügte hinzu: »Solche Schmerzen sind ein Zeichen, daß etwas nicht stimmt. Es tut mir leid, Rosie, wenn ich Ihnen zu nahe trete, aber gehen Sie zu Dr. Hill, und lassen Sie sich von ihm untersuchen. Lassen Sie sich von *irgend jemand* anderem untersuchen, außer diesem...«

»Diesem Narren!« ergänzte Tiger.

Elise sagte: »Es kann nicht richtig sein, Sie so weiter leiden zu lassen.«

»Ich will aber keine Abtreibung«, sagte Rosemarie.

Joan lehnte sich von der Tür vor und flüsterte: »Wer spricht denn von Abtreibung? Sie sollen einfach nur zu einem anderen Arzt gehen und sich untersuchen lassen. Weiter nichts.«

Rosemarie nahm Elise das Handtuch ab und drückte es an die Augen. »Er hat gesagt, so würde es kommen«, sagte sie und betrachtete das Maskara an ihrem Handtuch, »daß meine Freundinnen sagen würden, sie hätten normale Schwangerschaften gehabt und meine sei nicht normal.«

»Was meinen Sie da?« fragte Tiger.

Rosemarie sah sie an. »Er sagte mir, ich solle nicht auf das hören, was meine Freundinnen sagen.«

Tiger fuhr auf: »Sie *werden* auf das hören, was Ihre Freundinnen sagen! Was ist denn das für ein gemeiner Rat, den er Ihnen da gegeben hat!«

Elise sagte: »Wir raten Ihnen ja nur, einen anderen Arzt zu einer Kontrolluntersuchung heranzuziehen. Ich meine, kein Arzt, der auf seinen Ruf hält, wird seinen Patienten das verweigern, wenn es zu ihrer Seelenruhe beiträgt.«

»Also, das tun Sie«, sagte Joan, »als allererstes am Montag früh.«

»Ich werde es tun«, sagte Rosemarie.

»Versprechen Sie es?« fragte Elise.

Rosemarie nickte. »Ja, ich verspreche es.« Sie lächelte Elise zu, dann Tiger und Joan. »Es geht mir schon viel besser«, sagte sie. »Vielen Dank!«

»Immerhin sehen Sie jetzt noch schrecklicher aus«, sagte Tiger und machte ihr Handtäschchen auf. »Machen Sie Ihre Augen zurecht, machen Sie sich ganz neu zurecht.«

Sie legte große und kleine Döschen vor Rosemarie auf den Tisch, dazu zwei große Tuben und eine kleine.

»Schauen Sie sich mein Kleid an«, sagte Rosemarie.

»Ein feuchtes Tuch!« sagte Elise und ging mit einem Handtuch zur Spüle.

»Das Knoblauch-Brot!« schrie Rosemarie auf.

»Wo ist es? Drin oder draußen?«

»Drin.« Mit der Maskarabürste deutete Rosemarie auf zwei in Folie eingepackte Laibe, die oben auf dem Kühlschrank lagen.

Tiger begann den Salat zu wenden, und Elise rieb an Rosemaries Kleid herum. »Wenn Sie wieder mal weinen wollen«, sagte sie, »dann ziehen Sie möglichst kein Samtkleid an.«

Guy kam herein und schaute sich um.

Tiger sagte: »Wir tauschen gerade Schönheitsgeheimnisse aus. Sollen wir Ihnen auch welche verraten?«

»Wie fühlst du dich?« fragte er Rosemarie.

»Danke, gut«, erwiderte sie lächelnd.

»Hat ein bißchen Salatsoße auf ihr Kleid verspritzt«, sagte Elise.

Und Joan sagte: »Bekommt das Küchenpersonal hier auch etwas zu trinken? Was meinen Sie?«

Die ›chupe‹ war ein Erfolg und ebenso der Salat. (Tiger hauchte Rosemarie ins Ohr: »Die Tränen haben ihm den letzten Pfiff gegeben.«)

Renato lobte den Wein, öffnete die Flaschen nach einer feierlichen Ankündigung und schenkte ein.

Claudias Bruder Scott, der mit einem Teller auf den Knien im kleinen Zimmer saß, sagte: »Er heißt Altizer und ist eben unten in – Atlanta, glaube ich. Und er sagt, daß der Tod Gottes ein historisches Ereignis ist, das gerade jetzt, in unserer Zeit, stattgefunden hat. Daß Gott wortwörtlich gestorben ist.« Die Kapps, Rain Morgan und Bob Goodman saßen dabei, hörten ihm zu und kauten.

Jimmy, an einem der Fenster im Wohnzimmer, sagte: »Schaut euch das an! Es fängt an zu schneien!«

Stan Steeler erzählte gepfefferte polnische Witze am laufenden Band, und Rosemarie lachte laut darüber.

»Vorsicht! Trink nicht zuviel«, flüsterte ihr Guy zu. Sie wandte sich um, zeigte ihm ihr Glas und sagte, immer noch lachend: »Es ist nur Limonade.«

Joans Freund über fünfzig saß neben ihrem Sessel auf dem Boden und sprach zu ihr empor, wobei er ihre Füße und Knöchel streichelte. Elise sprach mit Pedro, er nickte und beobachtete Mike und Allan auf der anderen Seite des Raums. Claudia begann aus der Hand wahrzusagen.

Der Scotch wurde knapp, aber alles andere war reichlich da.

Rosemarie servierte Kaffee, leerte Aschenbecher und spülte Gläser. Tiger und Carole Wendell halfen ihr dabei.

Später saß sie in einer Erkernische mit Hugh Dunstan, trank langsam Kaffee und beobachtete die dicken nassen Schneeflocken, die endlos und dicht niederfielen und von denen hie und da eine an die Scheibe wehte, schmolz und als Tropfen herunterlief.

»Jedes Jahr sage ich von neuem, daß ich die Stadt verlassen werde«, sagte Hugh Dunstan. »Fort von den Verbrechen und dem Lärm und all dem anderen. Und jedes Jahr schneit es, oder der ›New Yorker‹ hat ein Bogart-Festival, und ich bin immer noch da.«

Rosemarie lächelte und beobachtete den Schnee. »Deshalb wollte ich diese Wohnung haben«, sagte sie, »um hier zu sitzen und zu sehen, wie es schneit und der Kamin brennt.«

Hugh sah sie an und meinte: »Ich wette, Sie lesen immer noch Dickens.«

»Tue ich«, sagte sie, »natürlich. Niemand hört je auf, Dickens zu lesen.«

Guy kam und suchte sie. »Bob und Thea wollen sich verabschieden.«

Gegen zwei waren alle fort; sie saßen allein im Wohnzimmer, umgeben von gebrauchten Gläsern, schmutzigen Servietten und überquellenden Aschenbechern an allen Ecken und Enden. (»Vergessen Sie nicht«, hatte ihr Elise beim Abschied zugeflüstert. Sie würde es nicht vergessen.)

»Jetzt müssen wir uns tummeln«, sagte Guy und schaute sich um.

»Guy.«

»Ja?«

»Am Montag früh gehe ich zu Dr. Hill.«

Er sagte nichts und schaute sie an.

»Ich möchte, daß er mich untersucht«, sagte sie. »Entweder belügt mich Dr. Sapirstein, oder er ist nicht recht bei Trost. Solche Schmerzen sind ein Zeichen, daß etwas nicht stimmt.«

»Rosemarie«, sagte Guy.

»Ich werde auch das Zeug von Minnie nicht mehr trinken«, fuhr sie fort. »Ich will Vitaminpillen, wie alle anderen. Ich habe es jetzt drei Tage nicht getrunken. Ich habe sie es hinstellen lassen und es dann weggeschüttet.«

»Du hast...«

»Ich habe mir statt dessen mein eigenes Getränk zurechtgemacht«, sagte sie.

Er deutete über die Schulter nach der Küche und schrie all seine Überraschung und seinen Zorn heraus. »*Das* war es also, was diese Huren dir da drin gegeben haben? Ist *das* ihr Ratschlag für heute? Arztwechsel?«

»Es sind meine Freundinnen«, sagte sie. »Nenne sie nicht Huren.«

»Sie sind ein Haufen Huren mit Spatzengehirnen, die sich um ihre eigenen gottverdammten Angelegenheiten kümmern sollten!« schrie er.

»Sie haben nur gesagt, ich soll einen zweiten hören.«

»Du hast den besten Arzt von ganz New York, Rosemarie. Weißt du, wer Dr. Hill ist? Ein Niemand! Weiter nichts!«

»Ich bin es müde, zu hören, was für ein großer Mann Dr. Sapirstein ist«, sagte sie und begann zu weinen.

»Seit Thanksgiving habe ich diese Schmerzen, und er erzählt mir immer wieder, sie würden aufhören.«

»Du wirst keinen anderen Arzt nehmen«, sagte Guy. »Wir müssen sonst Dr. Sapirstein und Dr. Hill bezahlen. Das kommt überhaupt nicht in Frage.«

»Ich will ja gar nicht wechseln«, sagte Rosemarie. »Ich will nur, daß Hill mich untersucht und mir sagt, was er davon hält.«

»Das gibt's nicht!« sagte Guy. »Das – das ist nicht fair gegenüber Sapirstein!«

»Nicht fair? Von was sprichst du denn? Was ist denn fair mir gegenüber?«

»Du willst noch einen anderen hören? Gut. Sage es Sapirstein. Laß dir einen von ihm nennen. Zeig wenigstens so viel Anstand gegenüber dem ersten Mann auf seinem Gebiet.«

»Ich will Dr. Hill haben«, sagte sie. »Wenn du das nicht bezahlen willst, so werde ich es aus meiner –« Sie hörte mitten im Satz auf und stand bewegungslos, erstarrt, nichts an ihr rührte sich. Eine Träne glitt im Bogen zu ihrem Mundwinkel herunter.

»Ro?« fragte Guy.

Der Schmerz hatte aufgehört. Er war weg. Wie eine Autohupe mit Kurzschluß, die man endlich in Ordnung gebracht hatte. Wie alles aufhört und weg ist und für immer und alle Zeiten weg ist und nie wiederkommen wird, dem Himmel sei Dank! Weg und zu Ende und oh, wie gut würde sie sich fühlen, wenn sie nur erst wieder atmen konnte.

»Ro?« sagte Guy und machte besorgt einen Schritt auf sie zu.

»Er hat aufgehört«, sagte sie. »Der Schmerz.«

»Aufgehört?« fragte er.

»In diesem Augenblick.« Es gelang ihr, ihm zuzulächeln. »Er hat aufgehört. Einfach so.«

Sie schloß die Augen und atmete tief und noch tiefer, tiefer, als sie es sich seit Ewigkeiten gestattet hatte. Seit Thanksgiving.

Als sie die Augen öffnete, starrte Guy sie noch immer voller Verwirrung an.

»Was war in dem Getränk, das du dir gemacht hast?« fragte er sie.

Das Herz fiel ihr in die Schuhe. Sie hatte ihr Baby umgebracht. Mit dem Sherry. Oder mit einem verdorbenen Ei. Oder mit der Mischung. Das Baby war tot. Der Schmerz hatte aufgehört. Der Schmerz war das Baby, und sie hatte es mit ihrer Anmaßung umgebracht.

»Ein Ei«, sagte sie, »Milch, Sahne, Zucker.« Sie zwinkerte mit den Augen, wischte sich die Backe ab und schaute ihn an. »Sherry«, sagte sie und versuchte das Wort auf eine Art auszusprechen, die jeden Gedanken an Gift ausschloß.

»Wieviel Sherry?« fragte er.

Etwas in ihr bewegte sich.

»Viel?«

Und wieder, wo sich zuvor nie etwas bewegt hatte, ein kleiner, wellenförmiger Druck. Sie kicherte.

»Rosemarie, um Christi willen, wieviel denn?«

»Es lebt«, sagte sie und kicherte wieder. »Es bewegt sich. Alles ist in Ordnung. Es ist nicht tot. Es bewegt sich.« Sie schaute herunter auf ihren von braunem Samt überspannten Leib und legte ihre Hände leicht darüber. Jetzt bewegten sich zwei Dinge, zwei Hände oder Füße, eines hier und eines da.

Sie streckte die Hand nach Guy aus, ohne ihn anzusehen, und griff nach der seinen. Er kam näher an sie heran und gab sie ihr. Sie legte sie auf ihren Bauch und hielt sie dort fest. Und wieder die Bewegung. »Fühlst du es?« fragte sie und sah ihn an. »Da, wieder, fühlst du es?«

Er zog seine Hand zurück, blaß im Gesicht. »Ja«, sagte er, »ich hab's gefühlt.«

»Du brauchst keine Angst zu haben«, sagte sie lachend. »Es beißt nicht.«

»Das ist wunderbar«, sagte er.

»Nicht wahr?« Und wieder hielt sie ihre Hand auf den Bauch und sah darauf herunter. »Es lebt. Es strampelt. Es ist da drin.«

»Ich werde mal ein bißchen aufräumen hier«, sagte Guy, nahm einen Aschenbecher und ein Glas und noch ein Glas.

»Jetzt ist alles gut, David-oder-Amanda«, sagte Rosemarie. »Du hast uns deine Gegenwart kundgetan. Nun sei so freundlich und lieg wieder still; laß deine Mama aufräumen.« Sie lachte. »Mein Gott!« sagte sie. »Was ist das lebhaft! Das ist sicher ein Bub, meinst du nicht?« Sie wandte sich entzückt an Guy.

»Schon gut«, sagte er. »Mach dir keinen Kummer drum, es dauert noch fünf Monate, spar also deine Kräfte.«

Sie lachte. »Sprich mit ihm, Guy, du bist sein Vater. Sag ihm, es soll nicht so ungeduldig sein!«

Und sie lachte und lachte und weinte in einem Atem und hielt ihren Leib mit beiden Händen.

6

So schlecht es ihr bisher gegangen war, so gut ging es ihr jetzt. Mit dem Aufhören des Schmerzes kam der Schlaf, tiefer, traumloser Zehnstundenschlaf, und mit dem Schlaf kam der Appetit, für durchgebratenes Fleisch – nicht für rohes –, für Eier und Gemüse, für Obst, Käse und Milch. Innerhalb weniger Tage hatte Rosemaries Totenkopfgesicht seine Ecken und Kanten verloren. Innerhalb weniger Wochen sah sie aus, wie man es von schwangeren Frauen erwartet, strahlend, gesund, stolz und hübscher denn je. Sie trank Minnies Gebräu, sobald sie es ihr brachte, und trank es bis zum letzten kalten Tropfen, als bäte sie mit diesem Ritual um Vergebung dafür, daß sie einmal geglaubt hatte, *ich habe mein Kind umgebracht*. Zu dem Getränk gab es jetzt einen kleinen weißen Keks, rauh und süß wie Marzipan. Auch den aß sie sofort, ebensosehr, weil ihr der Bonbongeschmack zusagte, als aus dem Entschluß, die gewissenhafteste werdende Mutter der Welt zu sein.

Dr. Sapirstein hätte selbstgefällig darauf hinweisen können, daß der Schmerz aufgehört hatte, aber das tat er nicht, bei Gott nicht. Er sagte einfach: »Es ist auch an der Zeit« und setzte sein Stethoskop auf Rosemaries nun wirklich starken Leib. Während er auf das sich bewegende Kind horchte, zeigte er eine Erregung, die sie bei einem Mann, der Hunderte und Aberhunderte von Schwangerschaften geleitet hatte, erstaunte. Rosemarie dachte, diese unbeherrschte Erregung bei den ersten Bewegungen des Kindes unterscheide eben den *großen* Frauenarzt von dem nur *guten*.

Sie kaufte sich Umstandskleider, ein zweiteiliges schwarzes, ein beige-farbenes Kostüm und ein rotes Kleid mit lustigen weißen Tupfen. Zwei Wochen nach ihrer eigenen Party ging sie mit Guy zu einer Einladung von Lou und Claudia Comfort. »Ich fasse das einfach nicht, wie Sie sich verändert haben«, sagte Claudia und hielt Rosemarie an beiden Händen fest. »Sie sehen hundert Prozent besser aus, Rosemarie! Nein, tausend Prozent!«

Und Mrs. Gould kam quer durch die Halle auf sie zu: »Wissen Sie, wir haben uns wirklich ernste Sorgen um Sie gemacht vor ein paar Wochen. Sie sahen so ausgesogen und jammervoll aus. Aber jetzt sind Sie ein völlig anderer Mensch. Wirklich. Gerade gestern abend sprach Arthur darüber.«

»Ich fühle mich jetzt viel besser«, sagte Rosemarie. »Es gibt eben Schwangerschaften, die schlecht anfangen und gut enden, und andere, bei denen es umgekehrt geht. Ich bin froh, daß ich die schlechte Zeit zuerst hatte und sie nun los bin.«

Sie spürte jetzt kleinere Schmerzen, die die große Qual vorher überschattet hatte – Schmerzen im Rücken und den geschwollenen Brüsten. Aber diese Schmerzen waren in dem Buch, das sie auf Dr. Sapirsteins Veranlassung weggeworfen hatte, als typisch bezeichnet worden. Sie fühlte sich jetzt auch *typisch*, und das verstärkte ihren Willen, sich wohl zu fühlen. Von Salz wurde ihr noch immer übel, aber was war schließlich Salz?

Guys Show wechselte zweimal den Regisseur und dreimal den Titel. Die Eröffnungsvorstellung fand Mitte Februar in Philadelphia statt. Dr. Sapirstein erlaubte Rosemarie nicht, auf die erste Tournee außerhalb New Yorks mitzugehen, und so fuhr sie mit Minnie und Roman und Jimmy und Tiger am Nachmittag der Eröffnungsvorstellung in Jimmys altem Packard nach Philadelphia. Die Fahrt war wenig vergnüglich. Rosemarie, Jimmy und Tiger hatten einen Durchlauf des Spiels auf der Bühne ohne Dekorationen und Kostüme gesehen, ehe das Stück New York verließ, und gaben ihm keine großen Chancen. Das beste, was sie erhofften, war, daß Guy von einem oder mehreren Kritikern lobend erwähnt würde, eine Hoffnung, in der Roman sie bestärkte, indem er Geschichten großer Schauspieler erzählte, die ihren Durchbruch in Stücken fanden, welche selbst nur wenig oder gar keinen Erfolg hatten.

Mit den Dekorationen, den Kostümen und der Beleuchtung war das Stück immer noch langweilig und weitschweifig. Die Party danach splitterte sich in kleine Gruppen auf, die schweigsam herumsaßen. Guys Mutter, die von Montreal hergeflogen war, verkündete unaufhörlich an ihrem Tisch, wie großartig Guy gewesen sei, und behauptete, auch das Stück sei großartig. Schmal, blond und lebhaft, überschüttete sie Rosemarie, Allan Stone, Jimmy und Tiger, Guy, Minnie und Roman mit ihrer Überzeugung. Rosemarie war der Meinung, Guy sei noch mehr als großartig gewesen, aber das hatte sie auch gedacht, als sie ihn in »Luther« und »Nobody Loves An Albatross« gesehen hatte, und in keinem dieser Stücke hatte er die Aufmerksamkeit der Kritiker erregt.

Nach Mitternacht kamen die zwei ersten Kritiken heraus. Beide lobten das Stück und strichen Guy enthusiastisch heraus; der eine widmete ihm sogar zwei Absätze. Eine dritte Besprechung, die am nächsten Morgen erschien, war überschrieben »Verblüffende Aufführung – Nova am Komödienhimmel« und sprach von Guy als einem »praktisch unbekannten jungen Schauspieler von überragender Autorität«, der »sicherlich seinen Weg zu größeren und besseren Produktionen machen wird.«

Die Fahrt nach New York zurück war wesentlich fröhlicher als die Hinfahrt.

Während Guy auf Tournee war, hatte Rosemarie vieles, was sie in Trab hielt. Die weiß-gelbe Tapete mußte bestellt werden, ebenso das Babybettchen, der Wickeltisch und das Badewännchen. Briefe, die sie lange liegengelassen hatte, mußten beantwortet werden, die Familie mußte alle Neuigkeiten erfahren, sie mußte Babywäsche und Umstandskleider kaufen. Sie mußte sich schlüssig werden über die Form der Geburtsanzeige, ob sie das Kind stillen oder mit der Flasche ernähren wollte und wie es heißen sollte. Der Name! Der Name! Andrew oder Douglas oder David; Amanda oder Jenny oder Hope.

Und dann mußte sie Gymnastik machen, morgens und abends, denn sie wollte ihr Kind auf natürlichem Wege bekommen. Sie hatte darüber eine sehr feste Ansicht, und Dr. Sapirstein stimmte ihr aus vollem Herzen zu. Er würde ihr nur im allerletzten Augenblick, wenn sie danach verlangte, eine kleine Narkose geben. Auf dem Boden liegend, hob sie die Beine hoch und hielt sie in der Luft, bis sie zehn gezählt hatte, sie übte flaches Atmen und Keuchen, und stellte sich den Augenblick vor, wenn sie schweißüberströmt sehen würde, was da Zoll für Zoll aus ihrem tatkräftig mithelfenden Körper herauskam.

Sie verbrachte ihre Abende bei Minnie und Roman, gelegentlich auch bei den Kapps und bei Hugh und Elise Dunstan. (»Haben Sie schon eine Pflegerin?« fragte Elise. »Sie hätten sich schon längst um eine kümmern müssen. Jetzt sind sie alle vergeben.« Aber Dr. Sapirstein, den sie am nächsten Tag anrief, sagte ihr, er habe eine gute Pflegerin für sie an der Hand, die nach der Geburt so lange bei ihr bleiben werde, wie sie es wünschte. Hatte er ihr das denn nicht schon gesagt? Miß Fitzpatrick; eine der besten.)

Guy rief jeden zweiten oder dritten Tag nach der Vorstellung an. Er berichtete Rosemarie von den Änderungen, die gemacht wurden, von dem rauschenden Beifall, den er in »Variety« geerntet hatte; sie erzählte ihm von Miß Fitzpatrick und der Tapete und all den Kinderstrümpfchen, die Laura-Louise strickte und die alle keine Fasson hatten.

Nach fünfzehn Vorstellungen war die Show vorbei und Guy wieder zu Hause, aber nur, um schon nach zwei Tagen zu einer Probeaufnahme für Warner Brothers nach Kalifornien zu fliegen. Und dann war er wieder für ganz zu Hause, konnte sich von zwei großen Rollen für die nächste Saison eine aussuchen und hatte dreizehn Aufnahmen von je einer halben Stunde von »Greenwich Village«. Warner Brothers machten ihm ein Angebot, aber Guy lehnte es ab.

Das Baby strampelte wie wild. Rosemarie sagte ihm, es solle aufhören, oder sie werde zurücktreten.

Der Mann ihrer Schwester Margaret rief an und teilte die Geburt eines achtpfündigen Jungen mit, Kevin Michael, und später folgte eine entzückende Anzeige: ein unmöglich rosafarbenes Baby, das Namen, Geburtsdatum, Gewicht und Länge durch ein Megaphon in die Welt posaunte. (Guy sagte: »Was, keine Blutgruppe?«) Rosemarie entschloß sich für einfache, gedruckte Anzeigen, mit nur dem Namen des Babys, dem Geburtsdatum und dem Namen der Eltern. Es würde Andrew John oder Jennifer Susan heißen. Und es bekäme die Brust, nicht die Flasche.

Sie stellten den Fernsehapparat in das Wohnzimmer und verschenkten die übrigen Möbel an Freunde, die sie brauchen konnten. Die Tapete wurde geliefert und war genau das, was sie gewollt hatten; es wurde tapeziert. Das Bettchen, die Wickelkommode und die Badewanne wurden angeliefert und bald hierhin und bald dorthin gestellt. In die Wickelkommode tat Rosemarie Windeln, wasserdichte Höschen und Hemdchen, so winzig, daß sie laut loslachen mußte, als sie eins davon in die Höhe hielt.«

»Andrew John Woodhouse«, sagte sie, »hör auf zu wachsen! Es dauert noch zwei Monate!«

Sie feierten ihren zweiten Hochzeitstag und Guys dreiunddreißigsten Geburtstag, sie gaben noch eine Party – ein Abendessen am festlich gedeckten Tisch – für die Dunstans, die Chens und Jimmy und Tiger. Sie gingen in »Morgan« und sahen eine Generalprobe von »Mame«.

Rosemarie wurde stärker und stärker. Ihre Brüste standen prall über ihrem hohen Leib, der fest und dessen Nabel ganz glatt war und sich mit den Bewegungen des Kindes darin bewegte. Sie machte morgens und abends ihre Übungen, hob ihre Beine hoch, hockte sich auf die Fersen, atmete flach und keuchte.

Ende Mai, als sie in den neunten Monat ging, packte sie ein kleines Köfferchen mit den Dingen, die sie im Krankenhaus brauchen würde – Nachthemden, Stillbüstenhalter, einem neuen gesteppten Morgenrock und verschiedenen anderen Dingen – und stellte es griffbereit neben die Schlafzimmertür.

Hutch starb am Freitag, dem 3. Juni, in seinem Bett im St. Vincent's Hospital. Axel Allert, sein Schwiegersohn, rief Rosemarie am Samstag morgen an und sagte es ihr. Die Trauerfeier sollte am Dienstag morgen um elf Uhr im Kulturzentrum in der 64. Straße stattfinden.

Rosemarie weinte, teils, weil Hutch tot war, teils, weil sie in den letzten Monaten gar nicht mehr an ihn gedacht und nun das Gefühl hatte, sie hätte seinen Tod beschleunigt. Ein- oder zweimal hatte Grace Cardiff sie angerufen und sie einmal Doris Allert. Aber sie war nicht zu Hutch gegangen, ihn besuchen; es schien so sinnlos zu sein, da er noch in seiner Bewußtlosigkeit eingefroren lag; und nachdem sie selbst jetzt ihre Gesundheit wiedererlangt hatte, verspürte sie einen Widerwillen gegen die Nähe von Kranken, als würde ihr Baby dadurch gefährdet.

Als Guy von Hutchs Tod hörte, wich alles Blut aus seinem Gesicht, er wurde aschgrau und war stundenlang schweigsam und verschlossen. Rosemarie war von dieser tiefen Reaktion überrascht.

Sie ging allein zur Gedächtnisfeier. Guy filmte und konnte sich nicht frei machen, und Joan entschuldigte sich wegen einer Virusinfektion. Etwa fünfzig Menschen füllten das hübsch getäfelte Auditorium. Die Feier begann gleich nach elf und war ganz kurz. Axel Allert sprach und nach ihm ein anderer Mann, der Hutch offensichtlich viele Jahre lang gekannt hatte. Danach folgte Rosemarie den anderen zur Vorderseite des Saales, um den Allerts und Hutchs anderer Tochter, Edna, und ihrem Mann ein Wort des Beileids zu sagen. Eine Dame berührte sie am Arm und sagte: »Entschuldigen Sie bitte, sind Sie nicht Rosemarie?« Es war eine elegant angezogene Dame, Anfang der Fünfzig, mit grauem Haar und einem auffallend schönen Teint. »Ich bin Grace Cardiff.« Rosemarie gab ihr die Hand, begrüßte sie und dankte ihr für ihre verschiedenen Anrufe.

»Dies wollte ich Ihnen gestern abend mit der Post schicken«, sagte Grace Cardiff und hielt ihr ein in braunes Papier verpacktes Päckchen von Buchgröße hin. »Aber dann dachte ich, daß ich Sie doch gewiß heute früh sehen würde.« Sie gab Rosemarie das Päckchen. Rosemarie las ihren Namen und ihre Adresse und als Absender Grace Cardiffs Namen.

»Was ist das?« fragte sie.

»Es ist ein Buch, von dem Hutch wollte, daß Sie es bekämen. Es lag ihm ungeheuer viel daran.«

Rosemarie begriff nicht.

»Kurz vor seinem Ende war er für ein paar Minuten bei Bewußtsein«, erklärte Grace Cardiff. »Ich war nicht bei ihm, aber er sagte einer Pflegerin, sie sollte mich beauftragen, Ihnen das Buch auf seinem Schreibtisch zu geben. Er bestand erregt darauf, zwei-, dreimal, berichtete die Schwester und ließ sich von ihr versprechen, daß sie es nicht vergäße. Und ich soll Ihnen sagen: ›Der Name ist ein Anagramm‹.«

»Der Name des Buchs?«

»Es scheint so. Er delirierte, deshalb kann man nicht sicher sein. Es schien, als wollte er sich aus seiner Bewußtlosigkeit herauskämpfen und wäre dann vor Erschöpfung gestorben. Erst glaubte er, es wäre der nächste Morgen, der Morgen, nachdem er in Bewußtlosigkeit gefallen war, und er sprach davon, daß er Sie um elf Uhr treffen müßte.«

»Ja – wir hatten eine Verabredung«, sagte Rosemarie.

»Und dann schien er zu begreifen, was passiert war, und sagte der Schwester, sie solle mir sagen, daß ich Ihnen das Buch geben müsse. Das wiederholte er ein paarmal, und das war dann das Ende.« Grace Cardiff lächelte liebenswürdig, als ob sie Konversation machte. »Es ist ein englisches Buch über Zauberei«, sagte sie.

Rosemarie blickte zweifelnd auf das Päckchen und sagte: »Ich kann mir gar nicht vorstellen, warum er wollte, daß ich das bekomme.«

»Er wollte es aber. Und hier ist es. Und der Name ist ein Anagramm. Der gute Hutch. Bei ihm klang alles wie ein Abenteuer für Jungen, nicht wahr?«

Sie verließen zusammen das Auditorium und gingen hinaus auf den Bürgersteig.

»Ich fahre zum Stadtrand. Kann ich Sie irgendwo absetzen?« fragte Grace Cardiff.

»Nein, danke, ich muß durch die Innenstadt«, sagte Rosemarie.

Sie gingen zur Straßenecke. Andere Leute, die an der Feier teilgenommen hatten, winkten Taxis herbei. Eines fuhr vor, und die zwei Herren, die es herangewinkt hatten, boten es Rosemarie an. Sie versuchte abzulehnen, aber als sie darauf bestanden, bot sie es Grace Cardiff an, die jedoch auch ablehnte. »Bestimmt nicht«, sagte sie. »Nutzen Sie Ihren Zustand nur aus. Wann soll das Baby kommen?«

»Am achtundzwanzigsten Juni«, antwortete Rosemarie. Sie dankte den Herren und stieg ein. Es war ein Klein-Taxi, und es war nicht einfach für sie, hineinzukommen.

»Viel Glück!« sagte Grace Cardiff und schloß die Tür.

»Danke«, sagte Rosemarie, »und vielen Dank auch für das Buch.« Dem Fahrer sagte sie »Zum Bramford, bitte.« Durch das offene Fenster lächelte sie Grace Cardiff zu, als das Taxi anfuhr.

7

Zuerst dachte sie daran, das Buch im Taxi auszupacken, aber der Wagen war von seinem Besitzer so verschwenderisch mit Extra-Aschenbechern und -Spiegeln und einer handgeschriebenen Bitte um Sauberkeit und Achtsamkeit ausgestattet, daß sie nicht wagte, Papier und Bindfaden darin zu hinterlassen. Sie ging nach Hause, zog Schuhe, Kleid und Mieder aus und Hausschuhe und eine neue, weite, pfefferminzgrüne gestreifte Kittelschürze an.

Die Türglocke läutete, und sie öffnete, das noch unausgepackte Päckchen in der Hand. Es war Minnie mit dem Getränk und dem kleinen weißen Keks. »Ich hörte Sie heimkommen«, sagte sie. »Das hat ja nicht lange gedauert.«

»Es war sehr nett«, sagte Rosemarie. »Sein Schwiegersohn und ein anderer Herr sprachen ein paar Worte – was er gewesen war und warum man ihn vermissen wird. Das war alles.« Sie trank von dem dünnen hellgrünen Getränk.

»Das klingt recht vernünftig«, sagte Minnie. »So sollte man es machen. Haben Sie schon Post?«

»Nein, das hat mir jemand gegeben«, sagte Rosemarie und trank wieder, entschlossen, sich nicht auf ein Gespräch über das Wer und Warum und die ganze Geschichte von der Wiederkehr von Hutchs Bewußtsein einzulassen.

»Hier, ich werde das halten«, sagte Minnie und nahm ihr das Päckchen ab, (»Oh, danke«, sagte Rosemarie) – so daß Rosemarie den weißen Keks nehmen konnte.

Rosemarie aß und trank.

»Ein Buch?« fragte Minnie und wog das Päckchen in der Hand.

»Mm-hm. Sie wollte es mir schicken, und dann fiel ihr ein, daß sie mich ohnehin treffen würde.«

Minnie las den Absender. »Oh, das Haus kenne ich. Da wohnten die Gilmores, ehe sie dahin zogen, wo sie jetzt sind.«

»Oh?«

»Da war ich oft. ›Grace‹. Das ist einer meiner Lieblingsnamen. Eine Jugendfreundin von Ihnen?«

»Ja«, sagte Rosemarie. Das war einfacher, als eine lange Erklärung und machte wirklich keinen Unterschied. Sie war mit dem Keks und dem Getränk fertig, nahm Minnie das Päckchen wieder ab und gab ihr das Glas. »Danke«, sagte sie und lächelte.«

»Hören Sie«, sagte Minnie, »Roman geht nachher zur Reinigung. Haben Sie etwas mitzugeben oder abzuholen?«

»Nein, danke, nichts. Wir sehen uns später.«

»Ja. Machen Sie jetzt ein Nickerchen.«

»Gewiß doch. Wiedersehen.«

Sie schloß die Tür und ging in die Küche. Mit einem Schälmesser zerschnitt sie die Kordel und packte das Buch aus. Es war ›*All Of Them Witches*‹ von J. R. Hanslet. *Sie alle sind Hexen.* Es war ein schwarzes Buch, nicht neu, der Golddruck war völlig abgegriffen. Auf dem Vorsatzblatt stand Hutchs Name. Darunter *Torquay 1934.* Am unteren Ende der ersten Innenseite war ein kleiner blauer Stempel: *J. Waghorn & Son, Booksellers.*

Rosemarie nahm das Buch ins Wohnzimmer mit und blätterte darin. Hie und da waren Fotos achtbar aussehender Menschen der Viktorianischen Zeit, und im Text hatte Hutch einiges unterstrichen oder mit Randbemerkungen versehen; sie kannte das aus Büchern, die er ihr während ihres Higgins-Eliza-Verhältnisses geliehen hatte. Einer der unterstrichenen Sätze lautete: »Der Pilz, den sie ›Teufelspfeffer‹ nennen.«

Sie setzte sich an ein Erkerfenster und schaute das Inhaltsverzeichnis durch. Der Name Adrian Marcato sprang ihr in die Augen. Es war der Titel des vierten Kapitels. Andere Kapitel beschäftigten sich mit anderen Leuten – alle, wie man nach dem Titel des Buches annehmen mußte, Hexen: Gilles de Rais, Jane Wenham, Aleister Crowley, Thomas Weir. Die letzten Kapitel beschäftigten sich mit *Hexenbräuchen* und *Zauberei und Satanismus.*

Rosemarie schlug das vierte Kapitel auf und überflog seine rund zwanzig Seiten. Marcato war 1846 in Glasgow geboren, später nach New York gebracht worden (das war unterstrichen) und starb 1922 auf der Insel Korfu. Es wurde von den Tumulten berichtet, die er hervorgerufen hatte, als er 1896 behauptete, er hätte Satan beschworen, und wie ihn der Mob vor dem Bramford angegriffen hatte (nicht in der Vorhalle, wie Hutch gesagt hatte) und von ähnlichen Vorkommnissen in Stockholm, 1898, und in Paris, 1899. Er war ein schwarzbärtiger Mann mit hypnotischen Augen, der – in einer Aufnahme, auf der er aufrecht stand – Rosemarie merkwürdig bekannt vorkam. Auf der anderen Seite war eine weniger formelle Aufnahme von ihm, an einem Kaffeehaustischchen in Paris mit seiner Frau Hessia und seinem Sohn Steven (unterstrichen).

Hatte Hutch gewollt, daß sie das Buch bekam, damit sie sich ausführlich über Adrian Marcato unterrichten konnte? Aber warum? Hatte er seine Warnungen nicht vor langer Zeit ausgesprochen und später zugegeben, daß sie ungerechtfertigt waren? Sie blätterte den Rest des Buches durch und las andere Stellen, die unterstrichen waren. Eine hieß: »Ein Umstand bleibt unwiderlegbar bestehen: ob *wir* glauben oder nicht, *sie* tun es ganz gewiß.« Und ein paar Seiten weiter: »Der allgemeine Glaube an die Macht des frischen Blutes«, und »umgeben von Kerzen, die – man braucht es nicht besonders zu erwähnen – natürlich auch schwarz sind.«

Die schwarzen Kerzen, die Minnie herübergebracht hatte, in der Nacht, als der Strom ausgefallen war! Hutch waren sie aufgefallen, und er hatte angefangen, Fragen über Minnie und Roman zu stellen. Wollte das Buch das sagen, daß sie *Hexen* waren? Minnie mit ihren Kräutern und ihrem Tannis-Amulett? Roman mit seinen stechenden Augen? Aber es *gab* doch keine Hexen; oder gab es sie etwa? Nicht in *Wirklicheit*.

Sie erinnerte sich des anderen Teils von Hutchs Botschaft, daß der Name des Buches ein Anagramm sei. *»All Of Them Witches«*. Sie versuchte, die Buchstaben in ihrem Kopf umzustellen, hin und her, ihnen irgendeine Enthüllung zu entreißen. Sie konnte es nicht. Es waren zu viele. Sie brauchte Papier und Bleistift. Oder noch besser das Scrabble-Spiel.

Sie holte es aus dem Schlafzimmer, und an ihren Platz im Erker zurückgekehrt, nahm sie aus der Schachtel die Buchstaben heraus, die sie für *All Of Them Witches* brauchte. Das Baby, das sich den ganzen Morgen ruhig verhalten hatte, begann sich zu bewegen. *Du wirst noch der geborene Scrabble-Spieler*, dachte sie lächelnd. Es trat. »He, nicht so kräftig«, sagte sie.

Sie legte die Buchstaben zusammen, immer von neuem, aber nie kam etwas heraus, dem sie einen Sinn entnehmen konnte, und immer blieben ein paar Buchstaben übrig. Also war es kein echtes Anagramm. Es war die reine Narrheit. Wie konnte der Titel eines Buches eine in einem Anagramm verborgene Botschaft für sie enthalten – für sie allein? Hutch hatte deliriert. Hatte Grace Cardiff nicht so gesagt? Sie vertat nur ihre Zeit – aber sie versuchte es weiter.

Aber vielleicht war es der Name des Autors, nicht des Buches, der das Anagramm war. Vielleicht war J. R. Hanslet ein Pseudonym. Er klangt nicht sehr echt, wenn man begann, darüber nachzudenken.

Sie nahm neue Buchstaben heraus.

Das Baby trat.

J. R. Hanslet war Jan Shrelt oder J. H. Snartle.

Das gab nun wirklich keinen Sinn.

Armer Hutch.

Sie nahm das Steckbrett auf und schüttelte die Buchstaben in die Schachtel zurück. In dem Buch, das offen auf dem Fenstersitz unter der Schachtel lag, blätterte sich eine Seite um und zeigte ihr das Bild Adrian Marcatos mit Frau und Sohn. Vielleicht hatte Hutch das Buch hier stark aufgebogen, als er »Steven« unterstrich. Das Baby lag ruhig und bewegte sich nicht.

Sie nahm das Steckbrett wieder auf den Schoß und aus der Schachtel die Buchstaben für *Steven Marcato*. Als der Name ausgeschrieben vor ihr lag, schaute sie ihn einen Augenblick an und begann dann die Buchstaben umzustellen. Ohne einen Augenblick zu zögern oder sich zu irren, legte sie sie um zu *Roman Castevet*.

Und wieder zu *Steven Marcato*.

Und wieder zu *Roman Castevet*.

Das Baby bewegte sich leicht in ihr.

Sie las das Kapitel über Adrian Marcato, dann das über Hexenbräuche und ging dann in die Küche, wo sie Thunfischsalat aß und grünen Salat und Tomaten und das Gelesene dabei überdachte.

Sie begann gerade das Kapitel über »Zauberei und Satanismus«

zu lesen, als die Wohnungstür aufgeschlossen wurde und gegen die Sicherheitskette klirrte. Die Türglocke läutete, und sie ging hin, um zu sehen, wer es sei. Es war Guy.

»Warum hast du die Kette vorgelegt?« fragte er, als sie ihn hereinließ.

Sie gab keine Antwort, sondern schloß die Tür hinter ihm und legte wieder die Kette vor.

»Was ist los?« Er hatte ihr einen Strauß Maßliebchen und eine Schachtel Pralinen mitgebracht.

»Das sage ich dir drinnen«, antwortete sie, als er ihr mit einem Kuß die Maßliebchen gab.

»Geht es dir gut?« fragte er.

»Ja«, sagte sie und ging in die Küche.

»Wie war die Gedenkfeier?«

»Sehr hübsch. Sehr kurz.«

»Ich habe das Hemd gekriegt, das im ›New Yorker‹ angezeigt war«, sagte er und ging ins Schlafzimmer. »He«, rief er weiter, »›On a Clear Day‹ und ›Skyscraper‹ werden beide nicht weitergespielt.«

Sie stellte die Maßliebchen in einen blauen Topf und trug sie ins Wohnzimmer. Guy kam herein und zeigte ihr das Hemd. Sie bewunderte es.

Dann sagte sie: »Weißt du, wer Roman in Wirklichkeit ist?«

Guy schaute sie an, blinzelte und runzelte die Brauen. »Was meinst du, Liebling?« fragte er. »Er ist Roman.«

»Er ist Adrian Marcatos Sohn«, sagte sie. »Der Sohn des Mannes, der behauptete, er hätte Satan beschworen, und der unten vom Mob angefallen wurde. Roman ist sein Sohn Steven. ›Roman Castevet‹ ist ›Steven Marcato‹ – umgestellt, ein Anagramm.«

»Wer hat dir das gesagt?«

»Hutch«, antwortete Rosemarie. Sie erzählte Guy von dem Buch *»All Of Them Witches«* und von Hutchs Botschaft. Sie zeigte ihm das Buch, und er legte sein Hemd fort und nahm es, besah die Titelseite und das Inhaltsverzeichnis, ließ dann die Seiten langsam unter seinem Daumen umspringen und betrachtete sie alle. »Da ist er, als er dreizehn war«, sagte Rosemarie. »Siehst du seine Augen?«

»*Vielleicht* ist es doch nur eine zufällige Ähnlichkeit«, sagte Guy.

»Und ein anderer Zufall, daß er hier lebt? In demselben Haus, in dem Steven Marcato erzogen wurde?« Rosemarie schüttelte den Kopf. »Auch das Alter paßt«, fuhr sie fort. »Steven Marcato wurde im August 1886 geboren und wäre jetzt neunundsiebzig, so alt wie Roman. Das ist kein Zufall.«

»Nein, das glaube ich auch nicht«, sagte Guy und übersprang mehrere Seiten. »Ich glaube auch, daß er Steven Marcato ist. Der arme, alte, komische Kauz. Kein Wunder, daß er seinen Namen umgestellt hat, bei einem so verrückten Vater.«

Rosemarie schaute Guy unsicher an und sagte: »Und du glaubst nicht, daß er – dasselbe ist wie sein Vater?«

»Was meinst du?« fragte Guy und lächelte ihr zu. »Ein Hexenmeister? Ein Teufelsanbeter?«

Sie nickte.

»Ro«, sagte er, »hältst du mich zum besten? Glaubst du *wirklich*...« Er lachte und gab ihr das Buch zurück.

»Ach, Ro«, sagte er.

»Es ist eine Religion«, beharrte sie. »Eine alte Religion, die man – in die Ecke gestoßen hat.«

»Schon recht«, sagte er, »aber *heutzutage*?«

»Sein Vater war ein *Märtyrer* dieser Religion«, sagte sie. »Du mußt das von dieser Seite sehen. Weiß du, wo Adrian Marcato starb? In einem Stall. Auf Korfu. *So* ist das. Weil man ihn in kein Hotel hereinließ. Wirklich. ›Kein Raum in der Herberge.‹ So starb er in einem Stall. Und *er* war bei ihm. Roman. Glaubst du, er wäre *danach* abtrünnig geworden?«

»Aber liebes Kind, wir leben im Jahre 1966.«

»Dieses Buch wurde 1933 veröffentlich«, sagte Rosemarie. »Es gab Hexenversammlungen – so nennen sie das – in Europa, in Nord- und Südamerika, in Australien. Glaubst du, die seien alle in genau dreiunddreißig Jahren ausgestorben? Hier haben sie auch eine Hexenversammlung, Minnie und Roman, mit Laura-Louise und den Fountains und den Gilmores und den Weeses. Diese Gesellschaften mit der Flöte und dem Gesang, das sind *Hexensabbate* oder *Esbate* oder was auch immer sie sind.«

»Liebes, reg dich nicht auf, laß uns...« sagte Guy.

»Lies, was sie tun, Guy«, unterbrach sie ihn, hielt ihm das Buch hin und zeigte mit dem Finger auf eine Seite.

»Sie gebrauchen *Blut* bei ihren Ritualen, weil Blut Macht hat, und das Blut, das die meiste *Macht* hat, ist das Blut eines *neugeborenen Kindes*, eines noch ungetauften Kindes, und sie gebrauchen noch mehr als Blut. Sie gebrauchen auch das *Fleisch*!«

»Um Gottes willen, Rosemarie!«

»Warum sind sie so freundlich zu uns gewesen?« fragte sie.

»Weil sie freundliche Leute sind. Was glaubst du, was sie sind, Wahnsinnige?«

»Ja! Ja! Wahnsinnige, die glauben, sie hätten eine magische Gewalt, die glauben, sie seien die wahren Hexenmeister, wie sie im Buch stehen, *die alle Arten von irrsinnigen Ritualen* und Praktiken vollziehen, weil sie kranke und irre Wahnsinnige sind.«

»Liebes...«

»Die schwarzen Kerzen, die uns Minnie herübergebracht hat, stammen von einer schwarzen Messe! Dadurch ist Hutch darauf gekommen. Und ihr Wohnzimmer ist in der Mitte frei von Möbeln, damit sie *Raum* dafür haben.«

»Liebling«, sagte Guy, »es sind alte Leute, und sie haben einen Haufen alter Freude, und Dr. Shand spielt zufällig Blockflöte. Du kannst schwarze Kerzen in jedem einschlägigen Geschäft kaufen, ebenso wie rote und grüne und blaue. Und ihr Wohnzimmer ist in der Mitte freigelassen, weil Minnie nichts vom Einrichten einer Wohnung versteht. Romans Vater war ein Narr, zugegeben, aber deswegen muß doch Roman nicht auch einer sein.«

»Sie setzen mir den Fuß nicht mehr in unsere Wohnung«, sagte Rosemarie. »Keiner von ihnen. Und sie kommen mir keine fünfzig Schritt in Reichweite des Babys.«

»Daß Roman seinen Namen geändert hat, beweist doch nur, daß er nicht so ist wie sein Vater«, sagte Guy. »Andernfalls wäre er stolz auf seinen Namen und hätte ihn behalten.«

»Er hat ihn behalten«, erwiderte Rosemarie. »Er hat ihn nur umgestellt, aber nicht gegen einen völlig anderen ausgewechselt. Und so kann er in Hotels gehen.«

Sie ging von Guy fort zum Fenster, wo noch das Scrabble lag. »Ich lasse sie nicht wieder über meine Schwelle«, sagte sie. »Und sobald das Baby groß genug ist, werden wir die Wohnung untervermieten und ausziehen. Ich will sie nicht in unserer Nähe haben. Hutch hatte recht, wir hätten niemals hier einziehen sollen.«

Sie schaute aus dem Fenster, hielt das Buch mit beiden Händen umklammert und zitterte am ganzen Körper.

Guy beobachtete sie einen Augenblick. »Und was ist mit Dr. Sapirstein?« fragte er. »Gehört er auch zur Hexenversammlung?«

Sie wandte sich um und schaute ihn an.

»Es hat immer schon wahnsinnige Ärzte gegeben, nicht wahr? Er hat wahrscheinlich den Ehrgeiz, seine Hausbesuche auf einem Besenstiel zu machen.«

Sie schaute wieder aus dem Fenster; ihr Gesicht war ruhig.

»Nein, ich glaube nicht, daß er einer von denen ist«, sagte sie. »Er ist zu intelligent.«

»Und außerdem ist er Jude«, sagte Guy und lachte. »Ich bin nur froh, daß du *einen* Menschen von deinem Charakter-Massenmord ausgenommen hast. Sprichst von Hexenjagd! Aiweh! Und Schuld durch Zugehörigkeit!«

»Ich sage nicht, daß sie wirkliche Hexen sind«, sagte Rosemarie. »Ich weiß, daß sie keine *echte* Macht haben. Aber es sind Menschen, die *glauben*, selbst wenn wir es nicht tun. Geradeso wie meine Familie glaubt, daß Gott ihre Gebete erhört und daß die Oblate der wahre Leib Christi ist. Minnie und Roman glauben an *ihre* Religion, sie glauben an sie und praktizieren sie. Ich weiß, daß sie das tun, und ich werde nicht das geringste Risiko eingehen, das die Sicherheit meines Kindes gefährden könnte.«

»Wir werden nicht untervermieten und ausziehen«, sagte Guy.

»Doch, wir werden«, erwiderte Rosemarie und wandte sich ihm zu.

Er nahm sein neues Hemd auf. »Wir sprechen später weiter«, sagte er.

»Er hat dich angelogen«, sagte sie. »Sein Vater war kein Theaterleiter. Er hatte überhaupt nicht das geringste mit dem Theater zu tun.«

»Gut, dann ist er eben ein Angeber«, sagte Guy. »Wer zum Teufel ist es nicht?« Er ging ins Schlafzimmer.

Rosemarie setzte sich wieder neben das Scrabble. Sie packte es zusammen, und nach einem Augenblick öffnete sie das Buch und begann das letzte Kapitel »Zauberei und Satanismus« zu lesen.

Guy kam ohne das Hemd zurück. »Ich meine, du solltest nicht mehr weiter darin lesen«, sagte er.

»Nur noch dies letzte Kapitel«, wandte Rosemarie ein.

»Nicht heute, Liebling«, sagte Guy und kam zu ihr herüber. »Du hast dich so schon genug aufgeregt. Das ist nicht gut für dich und auch nicht für das Baby.« Er streckte die Hand aus und wartete, daß sie ihm das Buch gab.

»Ich bin nicht aufgeregt«, sagte sie.

»Die Aufregung schüttelt dich«, erwiderte er. »Du zitterst jetzt schon seit fünf Minuten am ganzen Leib. Komm, gib es mir. Du wirst morgen weiterlesen.«

»Guy...«

»Nein«, sagte er. »Ich will es. Komm, gib es mir.«

Sie sagte »Oh!« und gab es ihm. Er ging hinüber zu den Bücherregalen, reckte sich und legte es, so hoch er nur reichen konnte, quer über die beiden Kinsey-Berichte.

»Morgen wirst du weiterlesen«, sagte er. »Du hattest heute schon viel zuviel Aufregung mit der Gedenkfeier und allem anderen.«

8

Dr. Sapirstein war aufs höchste verwundert. »Phantastisch!« sagte er, »absolut phantastisch! Wie sagten Sie doch, war der Name? ›Machado‹?«

»Marcato«, verbesserte Rosemarie.

»Phantastisch!« wiederholte Dr. Sapirstein. »Davon hatte ich keine Ahnung. Ich meine, er hätte mir einmal erzählt, sein Vater wäre Kaffeeimporteur gewesen. Ja, ich erinnere mich, er sprach von den verschiedenen Graden und Arten des Mahlens von Kaffeebohnen.«

»Er hat Guy erzählt, er wäre Theaterdirektor gewesen.«

Dr. Sapirstein schüttelte den Kopf. »Kein Wunder, daß er sich der Wahrheit schämt«, sagte er. »Und kein Wunder, daß Sie sich aufgeregt haben, als Sie das entdeckten. Ich bin völlig sicher, daß Roman sich in keiner Weise mehr an den Hexenglauben seines Vaters hält, aber ich kann voll und ganz verstehen, wie beunruhigt Sie sein müssen, mit ihm sozusagen Wand an Wand zu leben.«

»Ich wünsche nichts mehr mit ihm oder mit Minnie zu tun zu haben«, sagte Rosemarie. »Das mag unfair sein von mir. Aber ich will auch nicht das geringste Risiko in Kauf nehmen, wo es um die Sicherheit meines Kindes geht.«

»Absolut«, stimmte ihr Dr. Sapirstein zu. »Jede Mutter würde so denken.«

Rosemarie beugte sich vor.

»Ist es denkbar«, sagte sie, »daß Minnie mir irgend etwas Schädliches in das Getränk oder in die kleinen Kekse getan hat?«

Dr. Sapirstein lachte. »Entschuldigen Sie, meine Liebe«, sagte er, »ich sollte nicht so lachen, aber wirklich – eine so alte Frau und so besorgt um das Wohlergehen des Kindes... Nein, das kommt gar nicht in Frage, daß sie Ihnen etwas Schädliches gegeben hat. Das hätte ich längst gemerkt, an Ihnen oder an dem Kind.«

»Ich habe sie über das Haustelefon angerufen und ihr gesagt, ich fühlte mich nicht wohl und wollte nichts mehr von ihr haben.«

»Das hätten Sie nicht nötig gehabt«, sagte Dr. Sapirstein. »Ich kann Ihnen ein paar Pillen geben, die für diese letzten Wochen geeigneter sind. Das wäre auch ein Weg zur Lösung des Problems von Minnie und Roman.«

»Wie meinen Sie das?« fragte Rosemarie.

»Sie wollen verreisen«, sagte Dr. Sapirstein, »und zwar bald. Roman geht es nicht gut, wissen Sie. In der Tat und im strengsten Vertrauen, er hat nur noch einen oder zwei Monate zu leben. Er will noch ein letztes Mal ein paar von den Städten besuchen, die er besonders liebt. Beide fürchteten schon, Sie möchten beleidigt sein, wenn sie Sie so gewissermaßen am Vorabend der Geburt des Kindes verlassen. Sie wollten von mir wissen, wie Sie es wohl auffassen würden. Sie wollen Sie nicht aufregen, indem sie Ihnen den wahren Grund für diese Reise erzählen.«

»Es tut mir leid zu hören, daß es Roman nicht gut geht«, sagte Rosemarie.

»Aber Sie sind froh darüber, daß sie fortgehen?« lächelte Dr. Sapirstein. »Eine völlig verständliche Reaktion«, fuhr er fort, »wenn man alles überlegt. Angenommen, wir verfahren so, Rosemarie: Ich werde ihnen erzählen, ich hätte Sie ausgehorcht und Sie seien keineswegs beleidigt, daß sie verreisen wollten, und bis sie fahren – soviel ich weiß, am Sonntag –, machen Sie weiter wie bisher und lassen Roman nicht ahnen, daß Sie wissen, wer er in Wirklichkeit ist. Ich bin sicher, das würde ihn aufregen und unglücklich machen, und ich meine, es wäre eine Schande, ihn aufzuregen, wenn es sich nur noch um drei oder vier Tage handelt.«

Rosemarie dachte einen Augenblick nach und sagte dann: »Sind Sie ganz sicher, daß sie am Sonntag fahren werden?«

»Ich weiß, daß sie fahren wollten«, antwortete Dr. Sapirstein.

Rosemarie überlegte. »Gut«, sagte sie dann, »ich werde weitermachen wie bisher, aber nur bis Sonntag.«

»Wenn Sie es wünschen«, sagte Dr. Sapirstein, »kann ich Ihnen die Pillen morgen früh zuschicken. Sie können dann Minnie veranlassen, das Getränk und den Keks dazulassen, sie später wegwerfen und statt dessen die Pillen nehmen.«

»Das wäre wunderbar«, sagte Rosemarie. »Ich wäre geradezu glücklich darüber.«

»Das ist jetzt die Hauptsache«, meinte Dr. Sapirstein, »Sie müssen glücklich bleiben.«

Rosemarie lächelte. »Wenn es ein Junge wird, möchte ich ihn am liebsten Abraham Sapirstein Woodhouse nennen.«

»Da sei Gott vor!« sagte Dr. Sapirstein.

Als Guy davon hörte, war er ebenso froh wie Rosemarie. »Tut mir ja leid, daß Roman auf dem letzten Loch pfeift«, sagte er, »aber um deinetwillen bin ich froh, daß sie verreisen. Ich bin sicher, du wirst dich dann besser fühlen.«

»Das kannst du mir glauben«, sagte Rosemarie. »Ich fühle mich jetzt schon wohler, nur dadurch, daß ich es weiß.«

Offenbar hatte Dr. Sapirstein keine Zeit verloren, Minnie und Roman von Rosemaries Äußerungen zu unterrichten, denn noch am gleichen Abend kamen Minnie und Roman herüber und berichteten, sie führen nach Europa. »Sonntag früh um zehn«, sagte Roman. »Wir fliegen direkt nach Paris und bleiben etwa eine Woche dort, und dann gehen wir nach Zürich, Venedig und der schönsten Stadt der Welt, nach Dubrovnik in Jugoslawien.«

»Ich werde grün vor Neid«, sagte Guy.

Roman sagte zu Rosemarie: »Ich hoffe, diese Nachricht trifft Sie nicht wie ein Blitz aus heiterem Himmel, meine Liebe«, und zwinkerte ihr dabei mit seinen tiefliegenden Augen zu wie ein Verschwörer.

»Dr. Sapirstein erwähnte, daß Sie die Absicht hätten, zu verreisen«, sagte Rosemarie.

»Wir wären so gern dageblieben, bis das Baby da ist...«, sagte Minnie.

»Das wäre doch unsinnig gewesen«, fiel ihr Rosemarie ins Wort, »jetzt, wo es hier so heiß ist.«

»Wir schicken Ihnen viele Fotos«, versprach Guy.

»Wenn Roman die Wanderlust packt«, sagte Minnie, »dann ist er nicht mehr zu halten.«

»Das ist wahr, das ist wahr«, sagte Roman. »Wenn man sein Leben lang gereist ist, dann kann man einfach nicht länger als ein Jahr in einer Stadt bleiben. Und jetzt sind es schon vierzehn Monate, seit wir von Japan und den Philippinen zurück sind.«

Er erzählte ihnen von dem besonderen Zauber von Dubrovnik, von Madrid und von den Hebriden. Rosemarie beobachtete ihn und fragte sich, wer er wirklich war, ein liebenswürdiger alter Plauderer oder der irre Sohn eine irren Vaters.

Am nächsten Tag machte Minnie keinerlei Schwierigkeiten, als sie das Getränk und den Keks dalassen sollte. Sie hätte vor der Reise noch eine lange Liste von Besorgungen zu erledigen. Rosemarie bot ihr an, ein Kleid zu ihrer Reinigung mitzunehmen und

Zahnpasta und ein Mittel gegen die Luftkrankheit für sie zu besorgen. Als sie das Getränk ausgoß, den Keks wegwarf und statt dessen eine der großen weißen Kapseln nahm, die Dr. Sapirstein geschickt hatte, kam sie sich fast ein bißchen lächerlich vor.

Am Samstagmorgen sagte Minnie: »Nicht wahr, Sie wissen, wer Romans Vater war.«

Überrascht nickte Rosemarie.

»Ich merkte das, an der Art, wie Sie plötzlich kühl zu uns waren«, sagte Minnie. »Oh, entschuldigen Sie sich nicht, meine Liebe. Sie sind nicht die erste, und Sie werden nicht die letzte sein. Oh, ich könnte den verrückten alten Mann *umbringen,* wenn er nicht schon tot wäre. Er hat die ganze Existenz meines armen Roman vergiftet. Deswegen reist er so gern. Überall möchte er am liebsten schon fortgehen, bevor die Leute entdecken, wer er ist. Sagen Sie aber nichts darüber zu ihm, nicht wahr? Er mag Sie und Guy so gern, das würde ihm fast das Herz brechen. Ich möchte, daß er eine wirklich fröhliche und sorglose Reise hat, denn es wird wohl die letzte sein. Reise, meine ich. Hätten Sie gern die verderblichen Sachen aus meinem Kühlschrank? Dann schicken Sie Guy nachher herüber, und ich gebe sie ihm mit.«

Laura-Louise gab am Samstagabend eine Abschiedsparty in ihrer kleinen, dunklen, nach Tannis riechenden Wohnung im zwölften Stock. Die Weeses und die Gilmores kamen, auch Mrs. Sabatini mit ihrer Katze Flash und Dr. Shand. (Woher wußte Guy, daß es Mr. Shand war, der die Blockfklöte spielte? Und daß es eine Blockflöte war und keine Querflöte oder Klarinette? Sie mußte ihn danach fragen.) Roman erzählte von der geplanten Reise und erstaunte Mrs. Sabatini, die es gar nicht glauben konnte, daß er Rom und Florenz ausließ. Laura-Louise bot selbstgebackene Plätzchen an und einen leicht alkoholischen Fruchtpunsch. Das Gespräch wandte sich den Tornados und den Bürgerrechten zu. Rosemarie, die zuhörte und die Menschen beobachtete, die ihren Onkeln und Tanten in Omaha so ähnlich waren, fand es schwierig, an ihrer Überzeugung festzuhalten, daß sie wirklich alle zu einer Hexenversammlung gehörten. Der kleine Mr. Wees hörte Guy zu, der von Martin Luther King sprach. Konnte ein schwächlicher alter Mann, selbst in seinen Träumen, sich einbilden, einen Zauberbann ausüben zu können oder ein Hexenmeister zu sein? Und schlampige alte Weiber wie Laura-Louise und Minnie und Helen Wees, konnten sie es wirklich über sich bringen, bei Orgien, die religiöse Feiern nachäfften, nackt herumzutanzen? (Aber hatte sie sie nicht alle schon nackt gesehen?

Nein! Nein! Das war ein Traum, ein wilder Traum, den sie vor langer, langer Zeit gehabt hatte.)

Die Fountains wünschten Minnie und Roman telefonisch glückliche Reise und so auch Dr. Sapirstein und noch zwei oder drei Leute, deren Namen Rosemarie nicht kannte. Laura-Louise übergab ein Geschenk, zu dem sie alle beigesteuert hatten, ein Transistorradio in einer schweinsledernen Tragtasche, und Roman dankte dafür in einer wortreichen Ansprache, bei der ihm die Stimme vor Rührung brach. *Er weiß, daß er sterben wird,* dachte Rosemarie, und er tat ihr ehrlich leid.

Guy bestand darauf, ihnen am nächsten Morgen zu helfen, obwohl Roman dagegen protestierte. Guy stellte sich den Wecker auf halb neun, und als er losschnurrte, fuhr er schnell in Hemd und Hose und ging zu Minnie und Roman hinüber. Rosemarie begleitete ihn in ihrer pfefferminzgrünen Kittelschürze. Es gab nur wenig zu tragen: zwei Handkoffer und eine Hutschachtel. Minnie trug eine Kamera und Roman sein neues Radio. »Alle, die mehr als einen Handkoffer brauchen«, sagte er, als er den Schlüssel zweimal in seiner Tür herumdrehte, »sind Touristen, nicht Reisende.«

Auf dem Bürgersteig – während der Portier nach einem Taxi pfiff – sah Roman noch einmal seine Fahrkarten, Pässe, Reiseschecks und sein französisches Geld durch. Minnie packte Rosemarie an der Schulter. »Einerlei, wo wir auch sind«, sagte sie, »unsere Gedanken begleiten Sie in jeder Minute, mein Liebling, bis Sie wieder glücklich und schlank sind und ihren kleinen Jungen oder ihr kleines Mädchen in den Armen halten.«

»Danke«, sagte Rosemarie und küßte Minnie auf die Wange. »Danke für alles.«

»Und hören Sie, sorgen Sie dafür, daß Guy uns viele Fotos schickt«, sagte Minnie und küßte Rosemarie ihrerseits.

»Aber ganz bestimmt«, sagte Rosemarie.

Minnie wandte sich an Guy. Roman nahm Rosemaries Hand. »Ich werde Ihnen kein Glück wünschen«, sagte er, »weil Sie das nicht brauchen. Sie werden ein sehr, sehr glückliches Leben haben.«

Sie küßte ihn. »Ich wünsche Ihnen eine ganz wundervolle Reise«, sagte sie, »und kommen Sie uns gesund wieder.«

»Vielleicht«, sagte er lächelnd. »Aber vielleicht bleibe ich in Dubrovnik oder Pescara oder vielleicht auch auf Mallorca. Wir werden sehen, wir werden sehen...«

»Kommen Sie zurück«, sagte Rosemarie und merkte, daß sie es ehrlich meinte. Sie gab ihm noch einen Kuß.

Ein Taxi kam. Guy und der Pförtner verstauten die Koffer neben dem Fahrer. Minnie schob sich mühsam hinein. Ihr weißes Kleid hatte Schweißflecken unter den Armen. Roman drückte sich neben sie. »Zum Kennedy-Flughafen«, sagte er, »TWA-Gebäude.«

Und noch einmal verabschiedeten und küßten sie sich durch das offene Fenster, und dann standen Rosemarie und Guy da und winkten dem Taxi nach, aus dessen einem Fenster ihnen eine behandschuhte und aus dessen anderem Fenster ihnen eine unbehandschuhte Hand zuwinkte, während es eilig davonfuhr.

Rosemarie fühlte sich weniger glücklich, als sie es erwartet hatte.

Am Nachmittag wollte sie in *All Of Them Witches* weiterlesen, einzelnes noch einmal nachlesen und es vielleicht unsinnig und lächerlich finden.

Das Buch war weg. Es lag nicht mehr auf den Kinsey-Berichten, und sie konnte es auch sonst nirgendwo entdecken. Sie fragte Guy danach, und er sagte ihr, er habe es am Donnerstagvormittag in den Müll geworfen.

»Es tut mir leid, Liebling«, sagte er, »aber ich wollte einfach nicht, daß du noch mehr davon liest und dich dabei aufregst.«

Sie war überrascht und verärgert. »Guy«, sagte sie, »Hutch hat mir das Buch *geschenkt*. Es war sein *Vermächtnis*.«

»Daran habe ich nicht gedacht«, entschuldigte sich Guy. »Ich wollte einfach nicht, daß du dich noch weiter aufregst. Es tut mir leid.«

»Das ist *furchtbar*, daß du das getan hast.«

»Es tut mir leid, ich habe nicht an Hutch gedacht.«

»Selbst wenn er es mir nicht geschenkt *hätte*, man wirft nicht Bücher weg, die anderen Leuten gehören. Wenn ich etwas lesen will, dann will ich es lesen.«

»Entschuldige«, sagte er.

Das beschäftigte sie den ganzen Tag über. Und sie hatte etwas vergessen, das sie ihn fragen wollte, und das beschäftigte sie auch.

Am Abend erinnerte sie sich daran, als sie aus der Scala, einem Restaurant in der Nähe ihrer Wohnung, zurückgingen. »Woher wußtest du, daß Dr. Shand Blockflöte spielt?« fragte sie.

Er verstand nicht.

»Neulich«, sagte sie, »als ich das Buch las und wir uns darüber unterhielten, da sagtest du, daß Dr. Shand Blockflöte spielt. Woher wußtest du das?«

»Oh«, sagte Guy. »Das hat er mir erzählt. Vor langer Zeit. Ich sagte, daß wir ein- oder zweimal eine Flöte oder so etwas durch die Wand gehört hätten, und da sagte er, das wäre er gewesen. Wie kommst du darauf, daß ich das wußte?«

»Oh«, sagte Rosemarie, »ich wunderte mich nur...«

Sie konnte keinen Schlaf finden. Sie lag wach auf dem Rücken und starrte an die Decke. Das Baby in ihr schlief friedlich, aber sie fand keine Ruhe. Sie war aufgerührt und voller Sorgen, ohne zu wissen, weshalb.

Natürlich wegen des Kindes und ob alles so verlaufen würde, wie es sollte. Sie hatte in der letzten Zeit bei ihren Übungen etwas gemogelt. Das wollte sie nicht mehr tun. Sie versprach es sich selbst feierlich.

Es war wirklich schon Montag, der dreizehnte. Noch fünfzehn Tage, noch zwei Wochen. Vermutlich waren alle Frauen während der letzten beiden Wochen gereizt und unruhig. Und konnten nicht schlafen, weil es sie elend und müde machte, immer nur auf dem Rücken zu liegen. Wenn alles vorbei war, würde sie als erstes volle vierundzwanzig Stunden auf dem Bauch liegen und schlafen, das Kopfkissen im Arm und ihr Gesicht tief hineingedrückt.

Sie hörte ein Geräusch aus Minnies und Romans Wohnung, aber das mußte aus dem oberen oder unteren Stockwerk kommen. Alle Geräusche veränderten und verwirrten sich, wenn die Belüftungsanlage angestellt war.

Sie waren jetzt schon in Paris. Die Glücklichen. Eines Tages würden sie und Guy auch hinfahren mit ihren drei hübschen Kindern.

Das Baby erwachte und begann sich zu bewegen.

9

Sie kaufte Wattebäusche, baumwollene Waschlappen, Talkumpuder und Babyöl. Sie abonnierte einen Windeldienst und räumte die Babywäsche in den Schubladen der Wickelkommode um. Sie bestellte die Anzeigen – Guy würde den Namen telefonisch durchgeben – und versah schmale, elfenbeinfarbige Briefumschläge mit Anschriften und Briefmarken. Sie las das Buch »Summerhill«, das einen Musterfall fehlerloser Kindererziehung behandelt, und besprach sich darüber mit Elise und Joan.

Sie begann Wehen zu spüren; eine an einem Tag, eine am nächsten, dann keine, dann zwei.

Aus Paris kam eine Postkarte mit dem Bild des Arc de Triomphe und einer sauber geschriebenen Botschaft: »Denken an Sie beide. Herrliches Wetter, vorzügliches Essen. Flug hierher war herrlich. Alle Gute, Minnie.«

Das Baby senkte sich in ihr, bereit geboren zu werden.

Früh am Nachmittag des Freitag, 24. Juni, bei Tiffany, am Stand für Schreibpapier, wo sie sich noch fünfundzwanzig Umschläge holen wollte, traf Rosemarie auf Dominick Pozzo, der früher Guys Sprechlehrer gewesen war. Er war ein untersetzter, dunkelhäutiger, buckliger Mann mit einer krächzenden, unangenehmen Stimme. Er packte Rosemarie bei der Hand und beglückwünschte sie zu ihrem Aussehen und Guys Glück in der letzten Zeit, für das er jedes Verdienst ablehnte. Rosemarie erzählte ihm von dem Stück, für das Guy sich verpflichtet hatte, und von dem letzten Angebot von Warner Brothers. Dominick war begeistert. Jetzt, sagte er, könne Guy aus einem intensiven Training wirklich Nutzen ziehen. Er erklärte ihr auch, warum, und ließ sich von Rosemarie versprechen, daß sie dafür sorgen würde, daß Guy ihn anriefe. Dann wünschte er ihr nochmals alles Gute und wandte sich dem Aufzug zu. Rosemarie packte ihn am Arm. »Ich habe Ihnen noch gar nicht für die Karten zu ›The Fantasticks‹ gedankt«, sagte sie. »Es hat mir so gut gefallen. Es geht immer und immer weiter, wie das Agatha-Christie-Stück in London.«

»›The Fantasticks‹?« fragte Dominick.

»Sie haben doch Guy zwei Karten dafür gegeben. Oh, es ist schon eine ganze Zeit her. Im Herbst. Ich bin mit einer Freundin hingegangen. Guy hatte es schon gesehen.«

»Ich habe Guy niemals Karten für ›The Fantasticks‹ gegeben.«

»Aber doch; im letzten Herbst.«

»Nein, meine Liebe. Ich habe niemals *irgend jemandem* Karten für ›The Fantasticks‹ gegeben. Ich hatte niemals welche zu vergeben. Sie irren sich.«

»Ich bin ganz sicher, daß er mir sagte, er hätte sie von Ihnen«, sagte Rosemarie.

»Dann hat *er* sich geirrt«, sagte Dominick. »Also, Sie sagen ihm, daß er mich anrufen soll, nicht wahr!«

»Ja, ja, gewiß.«

Seltsam, dachte Rosemarie, als sie darauf wartete, die Fifth Avenue zu überqueren. Guy *hatte* gesagt, Dominick hätte ihm die Karten gegeben. Dessen war sie ganz sicher. Sie erinnerte sich, daß sie noch überlegt hatte, ob sie sich schriftlich bei Dominick bedanken sollte, und hatte schließlich gefunden, das sei unnötig. Sie *konnte* sich nicht irren.

»Gehen«, grünes Licht. Sie überquerten die Straße.

Aber auch *Guy* konnte sich nicht irren.

Er bekam nicht alle Tage Freikarten. Er *mußte* sich daran erinnern, wer sie ihm gegeben hatte. Hatte er sie mit Absicht belogen? Vielleicht hatte er die Karten überhaupt nicht geschenkt bekommen, sondern sie gefunden und behalten. Nein, das hätte zu einer Szene im Theater führen können, der er sie nicht ausgesetzt hätte.

Sie ging auf der 57. Straße weiter, ging sehr langsam, denn ihr starker Leib behinderte sie, und der Rücken tat ihr weh von dem Widerstand gegen sein ziehendes Gewicht.

Der Tag war heiß und feucht; schon 36 Grad, und die Temperatur stieg weiter. Sie ging sehr langsam.

Hatte er sie in jener Nacht aus irgendeinem Grund aus der Wohnung haben wollen? Hatte er die Karten selbst gekauft? Um in Ruhe allein an der Szene zu arbeiten, die er studierte? Aber wenn das der Fall gewesen wäre, hätte er sie doch nicht zu täuschen brauchen. Mehr als einmal, in ihrer alten Einzimmerwohnung, hatte er sie gebeten, ein paar Stunden fortzugehen, und sie hatte ihm stets gern den Wunsch erfüllt. Meistens aber war es ihm lieb, wenn sie blieb, um ihm zu soufflieren und ihm zuzuhören.

Hatte er ein Mädchen? Eine seiner alten Flammen, für die ein paar Stunden nicht ausreichten und deren Parfüm er sich unter der Dusche abgewaschen hatte, ehe sie nach Hause kam? Nein, es war Tannis-Wurzel und kein Parfüm, wonach die Wohnung in jener Nacht gerochen hatte. Sie hatte das Amulett deswegen in Folie verpacken müssen. Und Guy war viel zu heftig und zu verliebt gewesen, um den ersten Teil der Nacht mit jemand anderem verbracht zu haben. Er hatte sie ungewöhnlich heftig geliebt, dessen erinnerte sie sich. Später, als er schlief, hatte sie die Klarinette und das Singen aus der Wohnung von Minnie und Roman gehört.

Nein, nicht der Klarinette – der Blockflöte von Dr. Shand.

Wußte Guy von daher von der Blockflöte? War er an jenem Abend drüben gewesen? Bei dem Sabbat...?

Sie blieb stehen und schaute in das Schaufenster von Henri Bendel, weil sie nicht mehr an Hexen und Hexenversammlungen und Babyblut denken wollte. Warum hatte sie den blöden Dominick getroffen? Sie hätte überhaupt nicht ausgehen sollen heute. Es war allzu heiß und stickig.

Da war ein großes himbeerfarbenes Seidenkleid ausgestellt. Es sah aus wie ein Modell von Rudi Gernreich. Nach Dienstag, wenn sie wieder ihre Figur hatte, würde sie vielleicht hingehen und nach dem Preis fragen. Und nach einem Paar zitronengelber Hosen im St.-Tropez-Stil und einer himbeerfarbenen Jacke.

Endlich aber mußte sie weitergehen. Weitergehen, weiterdenken, und das Baby in ihr bewegte sich hin und her.

Das Buch *(das Guy weggeworfen hatte)* hatte von Einweihungszeremonien gesprochen, von Hexenversammlungen, die Neulinge mit Schwüren und Taufe aufnahmen, mit Salbung und mit der Anbringung einer »Hexenmarke«. War es möglich (die Dusche, um sich den Geruch der Salbung mit Tannisöl abzuwaschen), daß Guy sich der Hexenversammlung angeschlossen hatte? Daß er (nein, das konnte nicht sein!) einer von ihnen war, mit einem heimlichen Zeichen der Zugehörigkeit irgendwo an seinem Körper?

Er hatte einen fleischfarbenen Pflasterverband auf der Schulter gehabt, damals in seiner Garderobe in Philadelphia, (»Der verdammte Pickel«, hatte er gesagt, als sie ihn deswegen fragte), und den hatte er ein paar Monate zuvor auch schon gehabt. (»Doch nicht derselbe!« hatte sie gesagt.) War er noch da?

Sie wußte es nicht. Er schlief nicht mehr nackt. Das hatte er früher, besonders wenn es heiß war, getan. Aber jetzt nicht mehr, seit Monaten und Monaten nicht mehr. Jetzt trug er jede Nacht einen Pyjama. Wann hatte sie ihn zuletzt nackt gesehen?

Ein Wagen hupte neben ihr. Sie überquerte die Sixth Avenue. »Um Himmels willen, meine Dame!« sagte ein Mann hinter ihr.

Aber warum, *warum?* Er war doch *Guy*, kein verrückter alter Mann, der nichts Besseres zu tun hatte. Er hatte eine *Karriere*, eine aufreibende, erregende Karriere, die ihn jeden Tag höher hinaufführte! Wozu brauchte er Zauberstäbe und Hexenmesser und Weihrauch und – und *Trödel?* Wozu brauchte er die Weeses und die Gilmores und Minnie und Roman? Was konnten die ihm geben, was er nicht anderswo bekommen konnte?

Sie wußte die Antwort, ehe sie sich noch selbst die Frage gestellt hatte. Als sie sich die Frage stellte, hatte sie sich nur gescheut, der Antwort ins Auge zu sehen.

Die Erblindung von Donald Baumgart.

Wenn man daran glaubte.

Aber sie tat es nicht! Tat es nicht!

Aber da war Donald Baumgart, erblindet, nur einen oder zwei Tage nach jenem Samstag. Und Guy war zu Hause geblieben und ans Telefon gestürzt, jedesmal, sobald es schellte. Er hatte die Nachricht erwartet.

Die Erblindung von Donald Baumgart.

Und durch sie war alles andere gekommen. Das Stück, die Revue, das neue Stück, das Filmangebot... Vielleicht wäre auch Guys Rolle in ›Greenwich Village‹ Donald Baumgart zugefallen, wenn er nicht auf unerklärliche Weise erblindet wäre, einen oder zwei Tage nachdem sich Guy einer (möglichen) Hexenversammlung angeschlossen hatte. (Möglich, möglich.)

Das Buch hatte gesagt, daß es Zauber gebe, um einen Feind des Augenlichts oder des Gehörs zu berauben.

All Of Them Witches. Sie alle sind Hexen! (Aber Guy nicht!) Die vereinte geistige Kraft der ganzen Hexenversammlung, ein konzentrierter Beschuß mit bösem Willen konnte blind machen, taub machen, lähmen und schließlich das erwählte Opfer töten.

Lähmen und schließlich töten.

»Hutch?« Sie fragte es laut und stand bewegungslos vor der Carnegie Hall. Ein kleines Mädchen, das die Hand seiner Mutter umklammerte, schaute zu ihr auf.

Er hatte das Buch gelesen und sie gebeten, ihn am nächsten Morgen zu treffen. Um ihr zu sagen, daß Roman Steven Marcato war. Und Guy wußte von der Verabredung, und weil er das wußte, ging er fort – Eiskrem holen? – und schellte bei Minnie und Roman. Wurde eilig eine Versammlung einberufen? Die vereinten geistigen Kräfte...? Wie aber wußten sie, was Hutch ihr sagen wollte? Sie selbst hatte es nicht gewußt. Nur er hatte es gewußt.

Angenommen, daß ›Tannis-Wurzel‹ gar nicht ›Tannis-Wurzel‹ war. Hutch hatte doch nie davon gehört? Angenommen, es war – das andere Zeug, das er in seinem Buch unterstrichen hatte, ›Teufelspilz‹ oder was auch immer. Er hatte Roman gesagt, er werde darüber nachlesen. War das nicht schon genug, um Roman zu veranlassen, vor ihm auf der Hut zu sein? *Und genau dann und damals hatte Roman einen von Hutchs Handschuhen an sich genommen*, weil der Zauberbann nicht ohne einen Gegenstand aus dem Besitz des Opfers ausgeübt werden kann. Und dann, als Guy ihnen von der Verabredung für den nächsten Morgen erzählte, wollten sie kein Risiko eingehen und machten sich eiligst ans Werk.

Aber nein, Roman konnte Hutchs Handschuh gar nicht genommen haben. Sie selbst hatte ihn doch hereingelassen und ihn auch hinausbegleitet und war beide Male neben ihm hergegangen.

Guy hatte den Handschuh genommen. Er war, die Schminke noch auf dem Gesicht, nach Hause geeilt – was er doch nie tat – und war selbst in den Nebenraum gegangen. Roman mußte ihn gerufen haben, er mußte ihm gesagt haben: »Dieser Mann, Hutch, hat einen Verdacht geschöpft wegen der ›Tannis-Wurzel‹; mach, daß du herkommst und nimm irgend etwas an dich, was ihm gehört, egal was.« Und Guy hatte gehorcht. Und Donald Baumgart war blind.

Während sie in der 55. Straße auf das grüne Licht wartete, klemmte sie ihre Handtasche und die Briefumschläge unter den Arm, hakte die Kette hinter ihrem Nacken los, zog die Kette und das Tannisamulett aus ihrem Kleid und ließ alle beide durch das Gullygitter gleiten.

Tannis-Wurzel war erledigt. Teufelspilz.

Sie fürchtete sich so sehr, daß sie am liebsten laut geschrien hätte.

Weil sie wußte, was Guy ihnen im Austausch für seinen Erfolg geben wollte.

Das Baby. Weil sie es bei ihren Ritualen brauchten.

Er hatte nie ein Baby *gewollt*, bevor Donald Baumgart erblindet war. Er fühlte nicht gern, wie es sie bewegte. Er sprach nicht gern von ihm. Er hielt sich so geschäftig und fern von ihm wie nur möglich.

Nur er wußte, was sie damit anfangen wollten, sobald er es ihnen übergeben hatte.

In der Wohnung, der gottlob kühlen Wohnung, versuchte sie, sich selbst zu sagen, sie sei verrückt. *›In vier Tagen bekommst du dein Kind, du verrücktes Ding. Vielleicht schon früher. Daher bist du so überspannt und närrisch und hast dir eine ganze Verfolgungswahngeschichte aus einem Bündel völlig unzusammenhängender Zufälligkeiten zusammengebraut. Es gibt keine echten Zaubersprüche. Hutch ist eines natürlichen Todes gestorben, auch wenn die Ärzte nicht wußten, woran. Ebenso ist es mit der Erblindung von Donald Baumgart. Und wie, sag mir bitte, wie konnte Guy an etwas aus dem Besitz von Donald Baumgarten kommen, damit ein Zauberbann über ihn gesprochen werden konnte? Siehst du, du Närrin, nichts hält stand, wenn du es anpackst.‹*

Aber warum hatte er sie mit den Karten belogen?

Sie zog sich aus und duschte lange und kühl, drehte sich langsam immer wieder um sich selbst und hielt dann ihr Gesicht unter die Brause, bemüht, vernünftig zu denken; vernünftig!

Er *mußte* einen anderen Grund gehabt haben, sie zu belügen. Vielleicht hatte er den Tag bei Downey verbummelt, ja, und hatte die Karten von einem von der Clique dort bekommen. Hätte er ihr dann nicht gesagt, Dominick hätte sie ihm gegeben, damit sie nicht wissen sollte, daß er herumgesoffen hatte?

Natürlich, so mußte es sein. *Siehst du, du dummes Ding!*

Aber warum hatte er sich ihr seit so vielen Monaten nicht mehr nackt gezeigt? Sie war jedenfalls froh, daß sie das verfluchte Amulett weggeworfen hatte. Das hätte sie schon längst tun sollen. Sie hätte es überhaupt nicht von Minnie annehmen sollen. Wie gut tat es doch, von dem widerlichen Geruch befreit zu sein! Sie trocknete sich ab und besprühte sich über und über mit Kölnisch Wasser.

Er hatte sich nicht mehr nackt gezeigt, weil er irgendeinen kleinen Hautausschlag hatte und ihm das unangenehm war. Schauspieler sind eitel, nicht wahr? Von Natur aus.

Aber warum hatte er das Buch weggeworfen? Und auf die Nachricht von der Erblindung von Donald Baumgart gewartet? Und war noch mit der Schminke auf dem Gesicht nach Hause geeilt, gerade bevor Hutch seinen Handschuh vermißte?

Sie bürstete ihr Haar, band es zusammen, zog einen Büstenhalter und Schlüpfer an. Sie ging in die Küche und trank zwei Glas kalte Milch.

Sie wußte keine Antwort.

Sie ging ins Kinderzimmer, schob das Badewännchen von der Wand und befestigte ein Stück Plastik mit Reißnägeln dahinter, um die Tapete zu schützen, wenn das Baby planschte.

Sie wußte sich keine Antwort.

Sie wußte auch nicht, ob sie im Begriff war, verrückt zu werden, ob sie normal war, ob Hexen nur nach Macht gierten oder wirklich Macht hatten, ob Guy ihr liebevoller Gatte war oder ein verräterischer Feind ihres Kindes und ihrer selbst.

Es war fast vier Uhr. In etwa einer Stunde mußte er nach Hause kommen.

Sie rief die Schauspieler-Gewerkschaft an und ließ sich die Nummer von Donald Baumgart geben.

Sofort nach dem ersten Läuten meldete sich eine ungeduldige Stimme: »Ja?«

»Ist dort Donald Baumgart?«

»Ja.«

»Hier ist Rosemarie Woodhouse«, sagte sie. »Die Frau von Guy Woodhouse.«

»Oh?«

»Ich wollte...«

»Mein Gott«, sagte er, »was müssen Sie für eine glückliche kleine Frau sein in diesen Tagen! Ich höre, Sie leben in fürstlichem Glanz im ›Bram‹, trinken Wein aus goldenen Kelchen, umgeben von einer Schar livrierter Diener, die nur auf Ihren Wink warten.«

Sie sagte: »Ich wollte wissen, wie es Ihnen geht; ob sich eine Besserung abzeichnet.«

Er lachte. »Gott segne Ihr Herz, Mrs. Guy Woodhouse! Mir geht es gut! Mir geht es prächtig! Mir geht es sehr viel besser! Ich habe heute nur sechs Gläser zerbrochen, bin nur drei Treppenfluchten heruntergefallen und nur vor zwei Feuerwehrautos hergelaufen. Jeden Tag geht es mir in jeder Hinsicht besser und besser und besser.«

Rosemarie sagte: »Guy und ich sind beide sehr traurig, daß er seinen Durchbruch Ihrem Unglück verdankt.«

Donald Baumgart schwieg einen Augenblick, dann sagte er: »Oh, zum Teufel, das ist halt so. Einer ist oben, und der andere ist unten. Er wäre schon irgendwie richtig herausgekommen. Um Ihnen die Wahrheit zu sagen, nach dem zweiten Vorsprechen für ›Two Hours of Sodil Crap‹ war ich sicher, daß er die Rolle bekäme. Er war erschreckend gut.«

»Und er dachte, *Sie* würden die Rolle bekommen«, sagte Rosemarie. »Und er hatte recht.«

»Vielleicht. Vielleicht auch nicht.«

»Es tut mir leid, daß ich damals nicht kam, um Sie zu besuchen«, sagte Rosemarie, »Guy hatte mir gesagt, ich sollte, aber ich konnte nicht.«

»Mich besuchen? Sie meinen an dem Tag, als wir uns auf ein paar Drinks trafen?«

»Ja«, sagte sie. »Das meine ich.«

»Es ist gut, daß Sie *nicht* kamen«, erwiderte er. »Frauen dürfen doch nicht dabeisein. Nein, nach vier dürfen sie, das ist richtig; und es war nach vier. Das war wirklich sehr nett von Guy. Die meisten Leute hätten wohl nicht die – das Format gehabt. Ich hätte es nicht gehabt, das kann ich Ihnen versichern.«

»Der Verlierer lädt den Gewinner zu einem Drink ein«, sagte Rosemarie.

»Und wie wenig ahnten wir, daß eine Woche später – eigentlich weniger als eine Woche später –«

»Ja«, sagte Rosemarie bedrückt. »Es waren nur wenige Tage, ehe Sie –«

»Blind wurden. Ja. Es war an einem Mittwoch oder Donnerstag, denn ich war auf einer Matinee gewesen – Mittwoch war es, glaube ich, und am folgenden Sonntag ist es passiert.« Er lachte: »Guy hat mir doch wohl nicht irgend etwas in den Wein geschüttet, was?«

»Nein, das hat er nicht getan«, sagte Rosemarie. Ihre Stimme zitterte. »Übrigens«, sagte sie, »er hat etwas von Ihnen, wissen Sie das?«

»Was meinen Sie?«

»Sie wissen's nicht?«

»Nein!«

»Haben Sie an dem Tag nichts vermißt?«

»Nein. Nicht, daß ich wüßte.«

»Sicher nicht?«

»Meinen Sie meine Krawatte?«

»Ja«, sagte sie.

»Na ja, er hat meine, und ich habe seine. Will er seine zurückhaben? Er kann sie haben. *Mir* ist es gleich, was für eine Krawatte ich trage oder ob ich überhaupt eine trage.«

»Nein, er will sie nicht zurückhaben«, sagte Rosemarie. »Ich hatte das nicht recht verstanden. Ich glaubte, er hätte sie sich nur ausgeliehen.«

»Nein, es war ein Tausch. Das klingt ja, als ob Sie glaubten, er hätte sie *gestohlen*.«

»Ich muß jetzt auflegen«, sagte Rosemarie. »Ich wollte nur hören, ob es Ihnen besser geht.«

»Nein, gar nicht. Es war nett von Ihnen, daß Sie angerufen haben.«

Sie legte auf.

Es war neun nach vier.

Sie zog ihr Mieder an, ein Kleid und Sandalen. Sie nahm den Notpfennig, den Guy unter seiner Wäsche aufbewahrte – es war ein nicht sehr dickes Päckchen Banknoten –, tat es in ihre Handtasche, steckte ihr Adreßbuch ein und das Glas mit den Vitaminkapseln. Eine Wehe kam und verging. Die zweite heute. Sie nahm das

Handköfferchen, das neben der Schlafzimmertür bereitstand, und ging durch den Flur zur Wohnung hinaus.

Auf halbem Weg zum Aufzug kehrte sie um und ging zurück. Sie fuhr im Haushaltsaufzug mit zwei Botenjungen hinunter. Auf der 55. Straße nahm sie ein Taxi.

Miß Lark, die Empfangsdame von Dr. Sapirstein, blickte auf ihr Handköfferchen und sagte lächelnd: »Haben Sie denn schon Geburtswehen?

»Nein«, sagte Rosemarie. »Aber ich muß den Herrn Doktor sprechen. Es ist sehr wichtig.«

Miß Lark schaute auf ihre Uhr. »Er muß um fünf weg«, sagte sie, »und da ist noch Mrs. Byron«, sie schaute zu einer Dame herüber, die dasaß und las, und lächelte dann Rosemarie an – »aber ich bin sicher, daß er Sie empfangen wird. Nehmen Sie Platz. Sobald er frei ist, werde ich ihm sagen, daß Sie da sind.«

»Danke«, sagte Rosemarie.

Sie stellte ihr Köfferchen neben den nächsten Stuhl und setzte sich. Der weiße Verschlußknopf ihrer Handtasche war feucht unter ihren Händen. Sie öffnete die Tasche, nahm ein Tuch heraus und trocknete sich die Handflächen, dann die Oberlippe und die Schläfen. Ihr Herz raste.

»Wie ist es draußen?« fragte Miß Lark.

»Furchtbar«, sagte Rosemarie, »vierzig Grad.«

Miß Lark stöhnte auf.

Eine Dame kam aus dem Sprechzimmer von Dr. Sapirstein, eine Frau im fünften oder sechsten Monat, die Rosemarie schon öfter gesehen hatte. Sie nickten sich zu. Miß Lark ging hinein.

»Bei Ihnen ist es wohl jeden Tag soweit, nicht wahr?« sagte die Dame, die neben dem Schreibtisch wartete.

»Dienstag«, sagte Rosemarie.

»Viel Glück«, sagte die Dame. »Sie haben's gut, daß Sie es vor Juli/August hinter sich haben.«

»Danke«, sagte Rosemarie.

Mrs. Byron ging zu Dr. Sapirstein hinein und schloß die Tür. Die Dame am Schreibtisch verhandelte mit Miß Lark wegen eines Termins und ging dann fort, nachdem sie Rosemarie auf Wiedersehen gesagt und noch einmal Glück gewünscht hatte.

Miß Lark schrieb. Rosemarie nahm eine Ausgabe ›Time‹ auf, die neben ihr lag. »Ist Gott tot?« stand in roten Buchstaben auf schwarzem Grund. Sie fand das Inhaltsverzeichnis und suchte nach den Mitteilungen aus dem Theaterleben. Da war ein Artikel von Barbara Streisand. Sie versuchte, ihn zu lesen.

»Das riecht gut«, sagte Miß Lark und schnuppterte in Rosemaries Richtung. »Was ist das?«

»Es heißt Detchema«, sagte Rosemarie.

»Das riecht viel besser als das, was Sie sonst hatten, wenn ich mir die Bemerkung erlauben darf.«

»Das war kein Kölnisch Wasser«, erklärte Rosemarie. »Es war ein Amulett. Ich habe es weggeworfen.«

»Gut«, sagte Miß Lark. »Hoffentlich folgt der Doktor Ihrem Beispiel.«

Rosemarie tat einen tiefen Atemzug. »Dr. Sapirstein?« fragte sie.

Miß Lark sagte: »Nun – er hat sein Rasierwasser. Aber das ist es nicht. Dann hat er ein Amulett. Aber er ist nicht abergläubisch. Ich glaube nicht, daß er es ist. Aber immerhin, von Zeit zu Zeit hat er den gleichen Geruch an sich, was immer es auch sei, und wenn er danach riecht, kann ich ihm nicht auf einen Meter nahe kommen. Es ist noch viel schlimmer, als Ihres war. Haben Sie das nie bemerkt?«

»Nein«, sagte Rosemarie.

»Wahrscheinlich waren Sie nie an den richtigen Tagen da«, sagte Miß Lark. »Oder vielleicht haben Sie gedacht, es wäre Ihr eigener Geruch. Was ist das, was Chemisches?«

Rosemarie stand auf, legte die ›Time‹ hin und nahm ihr Köfferchen. »Mein Mann wartet draußen. Ich muß ihm etwas sagen«, sagte sie, »ich bin gleich wieder da.«

»Sie können Ihr Köfferchen ruhig dalassen«, sagte Miß Lark.

Aber Rosemarie nahm es mit.

10

Sie ging die Park Avenue bis zur 81. Straße hinauf, wo eine Telefonzelle mit Glaswänden stand. Von dort rief sie Dr. Hill an. Es war sehr heiß in der Zelle.

Ein Auftragsdienst antwortete. Rosemarie gab ihren Namen und die Telefonnummer der Zelle an. »Bitte sagen Sie ihm, er möge mich sofort zurückrufen«, sagte sie. »Es ist ein Notfall, und ich befinde mich in einer Telefonzelle.«

»Jawohl«, sagte die Frauenstimme. Der Hörer wurde aufgelegt.

Rosemarie hängte ebenfalls auf, nahm aber dann den Hörer wieder ab, drückte jedoch den Haken heimlich mit einem Finger nieder. Sie hielt den Hörer ans Ohr, damit niemand kommen und sie bitten konnte, die Zelle zu verlassen. Das Baby trat und bewegte sich hin und her. Sie schwitzte. *Schnell, Dr. Hill! Bitte! Rufen Sie mich an! Retten Sie mich!*

Sie alle. Sie alle. Sie alle waren daran beteiligt. Guy, Dr. Sapirstein, Minnie und Roman. Sie alle sind Hexen. *»All Of Them Witches.«* Die sie benutzten, für sie ein Baby zur Welt zu bringen, damit sie es dann nehmen konnten und – *keine Angst, Andy-oder-Jenny, ich bringe sie um, ehe ich dich von ihnen anrühren lassen!*

Das Telefon schellte. Sie riß den Finger vom Haken.

»Ja?«

»Ist dort Mrs. Woodhouse?« Es war wieder der Auftragsdienst.

»Wo ist Dr. Hill?« fragte sie.

»Hatte ich den Namen richtig verstanden?« fragte die Frau. »Spricht dort Rosemarie Woodhouse?«

»Ja.«

»Und Sie sind eine Patientin von Dr. Hill?«

Sie erklärte, daß sie ihn einmal im Herbst aufgesucht hatte. »Bitte, bitte«, sagte sie, »er *muß* mit mir sprechen! Es ist wichtig! Es ist – *bitte! Bitte sagen Sie ihm, daß er mich anruft.«*

»Jawohl«, antwortete die Frauenstimme.

Wieder drückte Rosemarie den Haken herunter. Sie wischte sich mit dem Handrücken über die Stirn. *Bitte, Dr. Hill.* Sie stieß die Tür ein wenig auf, um Luft zu bekommen, dann schloß sie sie wieder, als eine Frau in die Nähe kam und wartete. »Oh, das wußte ich nicht«, sagte sie in das Mundstück, den Finger auf dem Haken. »Wirklich? Was sagte er noch?« Ihr Rücken und ihre Achselhöhlen waren naß von Schweiß. Das Baby bewegte sich.

Es war ein Fehler gewesen, aus einer Zelle so nahe bei Dr. Sapirstein zu telefonieren. Sie hätte zum Madison Square oder zur Lexington Avenue gehen sollen. »Das ist wunderbar«, sagte sie, »hat er sonst noch etwas gesagt?«

Jeden Augenblick konnte Dr. Sapirstein aus der Tür treten und sie suchen. Und würde er sie nicht zuerst in der zunächst gelegenen Telefonzelle suchen? Sie hätte ein Taxi nehmen und weit fort fahren sollen. Sie drehte ihren Rücken, so sehr sie konnte, in die Richtung, aus der er kommen mußte. Die Frau draußen ging fort. Gott sei Dank.

Und jetzt kam auch Guy nach Hause. Er sah, daß das Köfferchen nicht mehr da war, und rief Dr. Sapirstein an, weil er dachte, sie wäre im Krankenhaus. Gleich würden sie alle beide nach ihr suchen. Und all die anderen auch; die Weeses, die –

»Ja?« – Der Kreis zerriß.

»Mrs. Woodhouse?«

Es war Dr. Hill, Dr.-Heiland-Retter-Kildare-Wunderbar-Hill. »Danke«, sagte sie. »Danke, daß Sie mich anrufen.«

»Ich dachte, Sie wären in Kalifornien«, sagte er.

»Nein«, sagte sie. »Ich bin zu einem anderen Arzt gegangen, zu dem Freunde mich geschickt hatten. Und er ist nicht gut, Dr. Hill. Er hat mich angelogen und mir ungewöhnliche – Getränke und Kapseln verordnet. Das Baby soll am Dienstag kommen – erinnern Sie sich, Sie sagten mir, am Dienstag dem achtundzwanzigsten Juni? Und ich möchte, daß *Sie* mich entbinden. Ich werde Ihnen jede Summe zahlen, die Sie dafür fordern, soviel, als ob ich die ganze Zeit zu ihnen gekommen wäre.«

»Mrs. Woodhouse...«

»Bitte, lassen Sie mich mit Ihnen sprechen«, flehte sie, die Ablehnung in seiner Stimme hörend, »erlauben Sie mir, zu Ihnen zu kommen und Ihnen alles zu erklären, was da vorgeht. Ich kann nicht länger da bleiben, wo ich jetzt bin. Mein Mann und dieser Arzt und die Leute, die mich zu ihm geschickt haben, die sind alle in – nun ja, in eine Verschwörung verwickelt; ich weiß, das klingt verrückt, Herr Doktor, und Sie denken wahrscheinlich ›Mein Gott, das arme Ding ist völlig übergeschnappt‹, aber ich *bin nicht* übergeschnappt, Herr Doktor, ich schwöre es bei allen Heiligen, ich bin nicht übergeschnappt. Es *gibt* doch hie und da Verschwörungen gegen Menschen, nicht wahr?«

»Ja, das gibt es schon«, sagte er.

»Es ist eine gegen mich und mein Baby«, sagte sie, »und wenn Sie mir erlauben, werde ich Ihnen alles erzählen. Und ich werde Sie nicht bitten, etwas Ungewöhnliches oder Unrechtes oder sonst etwas zu tun. Ich will nur, daß Sie mich in eine Klinik und mein Kind dort zur Welt bringen!«

Er sagte: »Kommen Sie morgen in meine Sprechstunde, nach...«

»Jetzt«, sagte sie, »gleich jetzt. Sie werden mich suchen.«

»Mrs. Woodhouse«, sagte er, »ich bin jetzt nicht in meiner Praxis. Ich bin zu Hause. Ich bin seit gestern früh auf den Beinen und...«

»Ich flehe Sie an«, sagte sie. »Ich flehe Sie an.«

Er schwieg.

»Ich sagte: ›Ich will zu Ihnen kommen und Ihnen alles erklären.‹«

»In meiner Praxis, um acht Uhr. Ist Ihnen das recht?«

»Ja«, sagte sie. »Ja. Ich danke Ihnen. Dr. Hill?«

»Ja?«

»Mein Mann könnte bei Ihnen anfragen, ob ich Sie angerufen habe.«

»Ich werde jetzt mit *niemandem* sprechen«, sagte er. »Ich werde jetzt schlafen.«

»Wollen Sie Ihrem Auftragsdienst sagen, daß er niemandem sagt, daß ich Sie angerufen habe, Herr Doktor?«

»Gut, das will ich tun«, sagte er.

»Danke«, sagte sie.

»Um acht Uhr.«

»Ja. Ich danke Ihnen.«

Ein Mann, der mit dem Rücken zur Zelle stand, drehte sich um, als sie herauskam. Es war nicht Dr. Sapirstein. Es war ein Fremder.

Sie ging zur Lexington Avenue und weiter zur 86. Straße. Dort ging sie in ein Kino, suchte die Toilette auf und saß dann empfindungslos in der sicheren kühlen Dunkelheit vor einem schreienden Farbfilm. Nach einer Weile stand sie auf und ging mit ihrem Köfferchen zu einer Telefonzelle, von wo sie versuchte, ihren Bruder Brian anzurufen. Sie bekam keine Antwort. Sie ging mit ihrem Köfferchen zurück und setzte sich auf einen anderen Platz. Das Baby lag still und schlief. Jetzt lief ein Film mit Keenan Wynn.

Zwanzig vor acht verließ sie das Kino und fuhr mit einem Taxi zur Praxis von Dr. Hill in der 72. Straße. Dort war sie sicher, dachte sie. Sie würden Joans Wohnung und die von Hugh und Elise beobachten, aber nicht die Praxis von Dr. Hill um acht Uhr abends. Nicht, wenn sein Auftragsdienst gesagt hatte, sie hätte nicht angerufen. Um jedoch ganz sicherzugehen, bat sie den Fahrer, zu warten und aufzupassen, bis sie in der Tür war.

Niemand hielt sie auf. Dr. Hill öffnete ihr selbst die Tür, freundlicher, als sie nach seinem Widerstreben am Telefon erwartet hatte. Er hatte jetzt einen Schnurrbart, blond und kaum wahrnehmbar, aber er sah immer noch wie Dr. Kildare aus. Er trug ein blau-gelb kariertes Sporthemd.

Sie gingen in sein Sprechzimmer, das etwa ein Viertel so groß war wie das von Dr. Sapirstein, und da erzählte ihm Rosemarie ihre Geschichte. Sie hatte die Hände auf die Armlehnen des Sessels gelegt und die Füße überkreuzt. Sie sprach ruhig und gelassen, denn sie wußte, wenn sie auf ihn den Eindruck einer Hysterikerin machte, würde er ihre Angaben bezweifeln und sie für wahnsinnig halten. Sie erzählte ihm von Adrian Marcato und von Minnie und Roman; von den Monaten voller Schmerzen, die sie ausgestanden hatte, und den Kräutertränken und den kleinen weißen Keksen; von Hutch und dem Buch ›*All Of Them Witches*‹, von den Karten für ›The Fantasticks‹, von den schwarzen Kerzen und von Donald Baumgarts Krawatte. Sie versuchte alles zusammenhängend und in zeitlicher Folge zu erzählen, aber das konnte sie nicht. Immerhin brachte sie alles vor, ohne hysterisch zu werden; Dr. Shands Blockflöte und Guy, der das Buch wegwarf, und schließlich Miß Larks unbewußte Enthüllung.

»Vielleicht waren das Koma und die Erblindung nur ein zufälliges Zusammentreffen«, sagte sie, »oder vielleicht haben sie eine Art übernatürliche Kräfte, um die Leute zu schädigen. Aber das ist nicht wichtig. Wichtig ist, daß sie mein Kind haben wollen. Ich bin überzeugt, daß sie es wollen.«

»Das sieht wirklich so aus«, sagte Dr. Hill, »vor allem wenn man bedenkt, welches Interesse sie von Anfang an dafür hatten.«

Rosemarie schloß die Augen. Sie hätte weinen können. Er glaubte ihr. Er hielt sie nicht für verrückt. Sie öffnete die Augen und schaute zu ihm auf. Er war ruhig und gesammelt. Er schrieb. Liebten ihn alle seine Patientinnen? Ihre Handflächen waren feucht. Sie nahm sie von den Armlehnen herunter und preßte sie gegen ihr Kleid.

»Der Arzt heißt Shand, sagten Sie?« fragte Dr. Hill.

»Nein, Dr. Shand ist nur einer von der Clique«, sagte Rosemarie, »einer von der Hexenversammlung. Der Arzt ist Dr. Sapirstein.«

»Abraham Sapirstein?«

»Ja«, bestätigte Rosemarie unbehaglich. »Kennen Sie ihn?«

»Ich habe ihn ein- oder zweimal getroffen«, sagte Dr. Hill und schrieb weiter.

»Wenn Sie ihn sehen oder sogar mit ihm sprechen«, sagte Rosemarie, »würden Sie niemals denken, daß er...«

»Nie im Leben«, sagte Dr. Hill und legte den Füller nieder. »Deshalb sollen wir niemals einen Menschen nach seinem Äußeren beurteilen. Wäre es Ihnen recht, jetzt gleich ins Mount Sinai Hospital zu gehen? Heute abend noch?«

Rosemarie lächelte. »Und wie gern!« sagte sie. »Wäre das möglich?«

»Es wird einen kleinen Telefonkrieg kosten«, sagte Dr. Hill. Er stand auf und ging zu der offenen Tür seines Untersuchungszimmers. »Legen Sie sich jetzt hin und ruhen Sie ein wenig«, sagte er und reichte mit der Hand in den dunklen Raum. Eisblaues, fluoreszierendes Licht blinkte auf. »Ich werde sehen, was ich tun kann, und Sie dann untersuchen.«

Rosemarie stützte sich hoch und ging mit ihrer Handtasche in das Untersuchungszimmer. »Mir ist ganz gleich, was Sie bekommen«, sagte sie, »und wenn es eine Besenkammer ist.«

»Ich bin sicher, daß wir etwas Besseres bekommen«, sagte Dr. Hill. Er folgte ihr ins Zimmer und stellte die Belüftungsanlage in dem Fenster, das ein blauer Vorhang verhüllte, an. Sie war laut.

»Soll ich mich ausziehen?« fragte Rosemarie.

»Nein, noch nicht«, sagte Dr. Hill. »Ich habe mindestens eine halbe Stunde herumzutelefonieren. Legen Sie sich ruhig hin und ruhen Sie.« Er ging hinaus und schloß die Tür.

Rosemarie ging zu der Liege am anderen Ende des Raums und setzte sich schwerfällig auf ihre weichen blauen Kissen. Ihre Handtasche legte sie auf einen Stuhl daneben.

Gott segne Dr. Hill.

Sie schüttelte die Sandalen von den Füßen und legte sich dankbar zurück. Die Belüftungsanlage blies einen dünnen kühlen Luftzug zu ihr hinüber. Das Baby drehte sich langsam und faul, als spürte es ihn.

Jetzt ist alles gut, Andy-oder-Jenny. Wir werden ein schönes sauberes Bett im Mount Sinai Hospital haben und keine Besucher und...

Geld. Sie setzte sich auf, öffnete ihre Handtasche und nahm das Geld von Guy heraus, das sie mitgenommen hatte. Es waren hundertundachtzig Dollar. Plus sechzehn und etwas Kleingeld von ihr. Das würde reichen, bestimmt reichen für jede Vorauszahlung, die sie leisten mußte, und wenn sie mehr brauchte, so würde Brian es ihr telegrafisch schicken oder Hugh und Elise würden es ihr leihen. Oder Joan. Oder Grace Cardiff. Sie hatte viele Menschen, an die sie sich wenden konnte.

Sie nahm die Kapseln heraus, tat das Geld wieder in die Handtasche und schloß sie. Dann legte sie sich auf die Liege zurück; auf dem Stuhl neben ihr lagen die Handtasche und die Kapseln. Sie wollte sie Dr. Hill geben, damit er sie untersuchte, ob auch gewiß nichts Schädliches darin war. Das *konnte* aber *nicht* sein. Sie wollten doch ein gesundes Baby haben für ihre wahnsinnigen Rituale.

Sie fröstelte.

Die – Ungeheuer.

Und Guy.

Unaussprechbar, unausdenkbar.

Ihr Leib verhärtete sich in einer ziehenden Wehe. Der stärksten, die sie bisher hatte. Sie atmete flach, bis sie vorüber war.

Das war jetzt die dritte am Tag.

Das mußte sie Dr. Hill sagen.

Sie wohnte mit Brian und Dodie in einem weiträumigen modernen Haus in Los Angeles, und Andy hatte gerade angefangen zu sprechen (obwohl er erst vier Monate alt war), als Dr. Hill hereinschaute. Und nun war sie wieder in seinem Untersuchungszimmer und lag auf der Liege in dem kühlenden Luftzug der Belüftungsanlage. Sie schützte ihre Augen mit der Hand und lächelte ihm zu. »Ich habe geschlafen«, sagte sie.

Er stieß die Tür ganz auf und ging fort. Dr. Sapirstein und Guy kamen herein.

Rosemarie fuhr auf und nahm die Hände von den Augen.

Sie kamen herein und standen neben ihr. Guys Gesicht war versteinert und ausdruckslos. Er schaute die Wände an, nur die Wände, nicht sie. Dr. Sapirstein sagte: »Kommen Sie ruhig mit uns, Rosemarie. Sagen Sie nichts, und machen Sie keine Szene, denn wenn Sie noch mehr über Hexen und Zauberei sagen, müßten wir sie in eine Klinik für Geisteskranke bringen. Und dort wären die Möglichkeiten für eine Niederkunft weniger gut. Und das wollen Sie doch nicht. Ziehen Sie also jetzt Ihre Schuhe an.«

»Wir bringen dich nur nach Hause«, sagte Guy und schaute sie endlich an. »Keiner will dir etwas tun.«

»Oder dem Baby«, fügte Dr. Sapirstein hinzu. »Ziehen Sie Ihre Schuhe an.« Er nahm das Glas mit den Kapseln auf, betrachtete es und steckte es in seine Tasche.

Sie zog ihre Sandalen an, und er gab ihr ihre Handtasche.

Sie gingen hinaus. Dr. Sapirstein führte sie an einem Arm, Guy berührte ihren anderen Ellenbogen.

Dr. Hill hatte ihr Köfferchen. Er gab es Guy.

»Jetzt geht es uns gut«, sagte Dr. Sapirstein. »Wir fahren jetzt nach Hause und ruhen.«

Dr. Hill lächelte ihr zu. »Das kommt vor«, sagte er, »neunmal auf zehn.«

Sie sah ihn an und sagte kein Wort.

»Danke für Ihre Bemühungen, Herr Kollege«, sagte Dr. Sapirstein, und Guy sagte: »Schäm dich, daß du hierhergelaufen bist und...«

»Ich freue mich, daß ich helfen konnte«, sagte Dr. Hill zu Dr. Sapirstein und öffnete die Haustür.

Sie hatten einen Wagen da. Mr. Gilmore fuhr. Rosemarie saß hinten zwischen Guy und Dr. Sapirstein.

Niemand sprach. Sie fuhren zum Bramford.

Der Aufzugführer lächelte ihr zu, als sie durch die Vorhalle auf ihn zukamen. Diego. Lächelte, weil er sie gern hatte, sie lieber mochte als andere Mieter.

Das Lächeln erinnerte sie an ihre Individualität und weckte etwas in ihr wieder auf.

Sie knipste ihre Handtasche auf, steckte einen Finger durch den Schlüsselring, und vor der Aufzugstür drehte sie die Handtasche um und leerte alles aus, außer den Schlüsseln. Der Lippenstift rollte davon und Münzen, Guys Zehn- und Zwanzigdollarscheine flatterten durch die Gegend, alles. Sie schaute stur hinunter.

Guy und Dr. Sapirstein hoben die Sachen auf, während sie stumm dabeistand, hilflos durch ihre Schwangerschaft. Diego kam aus dem Aufzug heraus und klickte bedauernd mit der Zunge. Er bückte sich und half. Sie trat in den Aufzug, um nicht im Wege zu stehen, und während sie kein Auge von ihnen ließ – drückte sie den großen runden Etagenknopf. Die Rolltür rollte. Sie schloß das innere Gitter.

Diego faßte nach der Tür, hütete aber seine Finger und klopfte von außen dagegen: »He, Mrs. Woodhouse!«

Bedaure, Diego.

Sie zog den Hebel, und der Aufzug schwankte nach oben.

Sie wollte Brian anrufen. Oder Joan. Oder Elise. Oder Grace Cardiff. Irgend jemand.

Noch haben wir's nicht geschafft, Andy!

Sie hielt den Aufzug im neunten Stock an, dann im sechsten, dann halbwegs über dem siebenten und dann nahe genug beim siebenten, daß sie das Gitter und die Tür öffnen konnte und nur zehn Zentimeter heruntertreten mußte.

So schnell sie konnte, ging sie durch die Flure. Eine Wehe kam, aber sie ging weiter, ohne darauf zu achten. Der Haushaltsaufzug blinkte von vier auf fünf, und sie wußte, daß Guy und Dr. Sapirstein hinter ihr herkamen, um sie abzufangen.

Natürlich ging der Schlüssel nicht ins Schloß.

Endlich aber ging er doch, und sie war drin und schlug die Tür zu, als die Aufzugstür aufklickte. Sie hängte die Kette vor, als Guy seinen Schlüssel ins Schloß steckte. Sie drehte den Riegel um, und der Schlüssel drehte ihn sofort wieder zurück. Die Tür ging auf und stieß an die Kette.

»Mach auf, Ro«, sagte Guy.

»Geh zum Teufel«, sagte sie.

»Ich will dir doch nichts tun, Liebling.«

»Du hast ihnen das Baby versprochen. Mach, daß du fortkommst.«

»Ich habe ihnen gar nichts versprochen«, sagte er. »Wovon sprichst du nur? Wem versprochen?«

»Rosemarie«, sagte Dr. Sapirstein.

»Sie auch. Gehen Sie weg!«

»Sie scheinen zu glauben, es gebe irgendeine Verschwörung gegen Sie.«

»Gehen Sie weg«, sagte sie und stieß die Tür zu und schob den Riegel vor.

Sie blieb zu.

Sie ging rückwärts, immer ein Auge darauf geheftet, und dann ins Schlafzimmer.

Es war halb zehn.

Sie wußte Brians Telefonnummer nicht genau, und ihr Adreßbuch lag in der Vorhalle oder war in Guys Tasche. So mußte die Vermittlung die Auskunft in Omaha anrufen. Als die Verbindung endlich zustande kam, beantwortete dort niemand den Anruf. »Soll ich's in zwanzig Minuten noch einmal versuchen?« fragte die Vermittlung.

»Ja, bitte, in *fünf* Minuten«, sagte Rosemarie.

»Ich kann nicht in fünf Minuten«, sagte die Vermittlung, »aber wenn Sie es wünschen, werde ich es in zwanzig Minuten noch einmal versuchen.«

»Ja, bitte«, sagte Rosemarie und legte auf.

Sie rief Joan an. Joan war auch nicht da.

Elise und Hughs Nummer war – sie erinnerte sich nicht. Es dauerte eine Ewigkeit, bis die Auskunft sich meldete, die dann aber schnell die Nummer heraussuchte. Sie wählte, ein Auftragsdienst meldete sich. Sie waren über das Wochenende weggefahren. »Sind sie irgendwo, wo ich sie erreichen kann? Es ist ein Notfall.«

»Sind Sie die Sekretärin von Mr. Dunstan?«

»Nein, ich bin sehr befreundet mit ihnen. Es ist sehr wichtig, daß ich sie sofort spreche.«

»Sie sind auf der Feuerinsel«, sagte die Frau. »Soll ich Ihnen die Nummer geben?«

»Ja, bitte.«

Sie lernte sie auswendig, legte auf und wollte erneut wählen, als sie ein Flüstern vor der Tür hörte und Schritte auf dem Vinyl-Belag. Sie stand auf.

Guy und Mr. Fountain kamen herein. »Liebling, wir wollen dir *nichts* tun«, sagte Guy – und hinter ihnen kam Dr. Sapirstein mit einer gefüllten Subkutanspritze, die Nadel nach oben und tropfend, den Daumen auf dem Kolben. Und hinter ihm Dr. Shand und Mrs. Fountain und Mrs. Gilmore. »Wir sind Ihre Freunde«, sagte Mrs. Gilmore, und Mrs. Fountain sagte: »Sie dürfen sich nicht fürchten, Rosemarie, wirklich und wahrhaftig nicht.«

»Das ist nur ein leichtes Beruhigungsmittel«, sagte Dr. Sapirstein, »damit Sie sich beruhigen und eine gute Nacht haben.«

Sie stand zwischen Bett und Wand und war zu starken Leibes, um über das Bett zu klettern und ihnen zu entkommen.

Sie kamen auf sie zu. – »Du weißt doch, Ro, ich würde keinem erlauben, dir etwas anzutun«, sagte Guy; sie nahm das Telefon auf und schlug Guy den Hörer auf den Kopf. Er packte ihr Handgelenk, und Mr. Fountain packte ihren anderen Arm, und das Telefon fiel auf die Erde, als er sie mit aller Kraft herumzog. »Hilfe! Hil...«, schrie sie. Ein Taschentuch oder sonst etwas wurde in ihren Mund gestopft und von einer starken Hand dort festgehalten.

Man zog sie vom Bett fort, so daß Dr. Sapirstein mit der Spritze und einem Wattebausch vor ihr stand, und eine Wehe, viel heftiger als alle die bisherigen, durchschnitt ihren Leib und preßte ihr die Augen zusammen. Sie hielt den Atem an und saugte dann die Luft durch die Nüstern ein, in kleinen raschen Zügen. Eine Hand legte sich auf ihren Leib, geschickte Finger tasteten sie flink ab, und Dr. Sapirstein sagte: »Warten Sie einen Augenblick. Die Geburtswehen haben eingesetzt.«

Schweigen. Draußen vor der Tür flüsterte jemand: »Die Geburtswehen haben eingesetzt.«

Sie öffnete die Augen, starrte Dr. Sapirstein an und zog die Luft durch die Nüstern. Ihr Leib entspannte sich. Er nickte ihr zu, und plötzlich nahm er ihren Arm, den Mr. Fountain hielt, berührte ihn mit Watte und stach die Spritzennadel hinein.

Sie nahm die Injektion hin, ohne sich zu rühren, zu erschrocken, zu verblüfft.

Er zog die Nadel heraus, rieb erst mit seinem Daumen und dann mit Watte über die Einstichstelle.

Sie sah die Frauen das Bett abdecken.

Hier?

Hier?

Es sollte doch im Doctors Hospital sein! Im Doctors Hospital, mit seiner Ausstattung und seinen Schwestern, und alles sauber und steril!

Sie hielten sie fest, als sie sich wehrte. Guy flüsterte ihr ins Ohr: »Es wird alles gut, Liebling, ich schwöre es dir bei Gott. Ich schwöre dir bei Gott, daß alles in Ordnung geht. Du mußt dich nicht so wehren, Ro, bitte nicht! Ich gebe dir mein großes Ehrenwort, daß alles in Ordnung geht.«

Und da kam eine neue Wehe.

Und dann lag sie auf dem Bett, und Dr. Sapirstein gab ihr noch eine Spritze.

Und Mrs. Gilmore trocknete ihr die Stirn.

Und das Telefon schellte.

Und Guy sagte: »Nein, streichen Sie das Gespräch, Fräulein.«

Und da kam eine neue Wehe, kraftlos und losgelöst von ihrem Kopf aus Eierschalen, in dem alles schwamm.

Alle Übungen waren umsonst gewesen. Alles unnütz vertane Kraft. Das war überhaupt keine natürliche Geburt. Sie half nicht mit. Sie sah nichts.

Oh, Andy, Andy-oder-Jenny, es tut mir so leid, mein kleiner Liebling. Verzeih mir!

Dritter Teil

1

Licht.

Die Decke.

Der Schmerz zwischen ihren Beinen.

Guy. Er saß neben ihrem Bett und beobachtete sie mit einem unsicheren, ängstlichen Lächeln.

»He!« sagte er.

»He!« antwortete sie.

Der Schmerz war schrecklich.

Und dann kam ihr die Erinnerung. Es war vorbei. Das Baby war geboren.

»Ist es ganz gesund?« fragte sie.

»Ja, völlig«, sagte er.

»Was ist es?«

»Ein Junge.«

»Wirklich? Ein Junge?«

Er nickte.

»Und er ist ganz gesund?«

»Ja.«

Die Augen fielen ihr zu. Dann gelang es ihr, sie wieder zu öffnen.

»Hast du bei Tiffany angerufen?« fragte sie.

»Ja«, sagte er.

Die Augen fielen ihr zu. Sie schlief.

Später erinnerte sie sich an mehr. Laura-Louise saß neben ihrem Bett und studierte ›Reader's Digest‹ mit einer Leselupe.

»Wo ist er?« fragte sie.

Laura-Louise fuhr in die Höhe. »Mein Gott«, sagte sie, und das Vergrößerungsglas auf ihrem Busen zeigte rote ineinander verwobene Streifen, »haben Sie mich aber *erschreckt*. So plötzlich aufzuwachen!« Sie schloß die Augen und atmete tief.

»Wo ist mein Baby?« fragte sie.

»Warten Sie einen Augenblick«, sagte Laura-Louise und steckte einen Finger zwischen die Seiten des ›Digest‹. »Ich rufe Guy und Dr. Abe. Sie sind in der Küche.«

»Wo ist mein Baby?« fragte sie, aber Laura-Louise ging zur Tür hinaus, ohne zu antworten.

Sie versuchte, sich aufzurichten, fiel aber zurück; ihre Arme waren völlig kraftlos. Und der Schmerz zwischen ihren Beinen schnitt wie ein Bündel von Messerspitzen. Sie lag und wartete und besann sich und besann sich.

Es war Nacht. Fünf nach neun zeigte die Uhr.

Guy und Dr. Sapirstein kamen herein, ernst und entschlossen.

»Wo ist mein Baby?« fragte sie.

Guy kam um das Bett herum an ihre Seite, kauerte sich nieder und nahm ihre Hand. »Liebling«, sagte er.

»Wo ist es?«

»Liebling...« – er versuchte mehr zu sagen und konnte es nicht. Er suchte mit den Augen über das Bett hinüber nach Hilfe.

Dr. Sapirstein stand da und schaute auf sie herunter. Ein Stückchen Kokosnuß hatte sich in seinem Schnurrbart verfangen. »Sie hatten Komplikationen, Rosemarie«, sagte er, »aber nichts, was spätere Geburten hindern wird.«

»Es ist...«

Sie starrte ihn an.

»Tot«, sagte er.

Sie drehte sich zu Guy um.

Er nickte.

»Es lag falsch«, erklärte Dr. Sapirstein. »Im Krankenhaus hätte ich etwas tun können, aber es war einfach keine Zeit mehr, Sie hinzubringen. Hier irgendwelche Versuche anzustellen wäre zu – zu gefährlich für Sie gewesen.«

Guy sagte: »Wir können andere Kinder haben, Liebling, und wir werden welche haben, sobald es dir besser geht. Das verspreche ich dir.«

Dr. Sapirstein fügte hinzu: »Absolut. Sie können es in ein paar Monaten wieder versuchen, und die Wahrscheinlichkeit, daß so etwas noch einmal passiert, ist eins zu tausend. Es war ein tragisches Mißgeschick, das unter zehntausend Fällen einmal vorkommt. Das Baby selbst war vollkommen gesund und normal.«

Guy drückte ihr die Hand und lächelte ihr aufmunternd zu. »Sobald du dich erholt hast«, sagte er.

Sie sah sie beide an, Guy und Dr. Sapirstein mit dem Stückchen Kokosnuß an seinem Schnurrbart. »Ihr lügt«, sagte sie. »Ich glaube euch nicht. Ihr lügt alle beide.«

»Liebling«, sagte Guy.

»Es ist nicht tot«, sagte sie, »Ihr habt es mir weggenommen! Ihr lügt! Ihr Hexen! Ihr lügt! Ihr lügt! Ihr lügt! *Ihr lügt! Ihr lügt! Ihr lügt! Ihr lügt!*«

Guy drückte ihre Schultern auf das Bett zurück, und Dr. Sapirstein gab ihr eine Spritze.

Sie aß Suppe und dreieckige Weißbrotschnitten mit Butter. Guy saß neben ihr am Bett und knabberte an einem der Dreiecke herum. »Du warst völlig verwirrt«, sagte er, »aber das kommt manchmal vor in den letzten Wochen. Sagt Abe. Er weiß auch einen Namen dafür. Prepartum-ich-weiß-nicht-was, eine Art von Hysterie. Das hattest du, Liebling, und zwar kräftig.«

Sie sagte nichts und aß einen Löffel Suppe.

»Höre«, sagte er, »ich weiß, wieso du auf den Gedanken gekommen bist, daß Minnie und Roman Hexen wären. Aber wie bist du nur darauf gekommen, daß Abe und ich auch dazu gehörten?«

Sie sagte nichts.

»Aber vielleicht ist es dumm von mir«, fuhr er fort. »Ich glaube, für dieses Prepartum-sowieso *braucht* es keine Gründe.« Er nahm ein anderes Schnittchen und biß zuerst die eine Ecke ab und dann die zweite.

Sie sagte: »Warum hast du mit Donald Baumgart die Krawatte getauscht?«

»Warum ich – aber was hat denn das damit zu tun?«

»Du hast etwas aus seinem persönlichen Besitz gebraucht«, sagte sie, »damit du ihn verhexen und blind machen konntest.«

Er starrte sie an. »Liebling«, sagte er, »um Gottes willen, von was *sprichst* du denn?«

»Das weißt du.«

»Himmel, Herrgott noch einmal«, sagte er, »ich habe die Krawatte mit ihm getauscht, weil mir seine gefiel und meine nicht, und ihm gefiel meine und seine nicht. Ich habe dir nichts davon gesagt, weil es mir hinterher ziemlich blöde vorkam und ich mich ein wenig genierte.«

»Wo hast du die Karten für ›The Fantasticks‹ herbekommen?«

»Was?«

»Du sagtest, du hättest sie von Dominick bekommen«, sagte sie, »und das stimmt nicht.«

»Junge, Junge«, sagte er. »Und das macht mich zum Hexenmeister? Ich hatte sie von einem Mädchen, Norma Sowieso, das ich auf der Probe traf und mit dem ich ein paar Gläser trank. Und was hat Abe getan? Hat er seine Schnürsenkel falsch herum gebunden?«

»Er benutzt Tannis-Wurzel«, sagte sie. »Das ist ein Zauberkraut. Er riecht manchmal danach.«

»Kann sein, daß Minnie ihm ein Amulett geschenkt hat, wie dir auch. Meinst du, nur Hexen benutzen es? Das klingt doch sehr unwahrscheinlich.«

Rosemarie schwieg.

»Laß uns den Tatsachen ins Gesicht sehen, Liebling«, sagte Guy. »Du hattest den Prepartum-Wahn, und jetzt erholst du dich und überwindest das.« Er lehnte sich näher an sie und nahm ihre Hand. »Ich weiß, das ist das Schlimmste, das dir je widerfahren ist«, sagte er, »aber von jetzt an wird alles wunderschön. Die Warners sind fast genau da, wo wir sie haben wollen, und nun zeigt plötzlich auch die Universal Interesse an mir. Ich werde noch ein paar gute Revuen bekommen, und dann drehen wir dieser Stadt den Rücken und leben im schönen Beverly Hills, mit Schwimmbad und Gewürzgärtchen und der ganzen Sippschaft. Und den Kindern, Ro. Pfadfinder-Ehrenwort! Du hast gehört, was Abe gesagt hat.« Er küßte ihr die Hand. »So, und jetzt muß ich mich auf die Socken machen und berühmt werden!«

Er stand auf und ging zur Tür.

»Laß mich deine Schulter sehen«, sagte sie.

Er hielt an und drehte sich um.

»Machst du Witze?«

»Nein«, sagte sie, »laß mich deine Schulter sehen, deine linke Schulter.«

Er machte den Kragen von seinem Hemd auf, einem blauen kurzärmeligen Hemd, zog es aus der Hose und über den Kopf. Darunter hatte er ein weißes Unterhemd. »Im allgemeinen tu' ich das lieber mit Musik«, sagte er und zog auch das Unterhemd über den Kopf. Dann ging er nahe ans Bett heran, beugte sich vor und zeigte Rosemarie seine linke Schulter. Sie trug kein Zeichen, nur die kleine Narbe von einem Furunkel oder einem Pickel. Er zeigte ihr auch seine andere Schulter, seine Brust und seinen Rücken.

»So weit gehe ich ohne blaues Licht«, sagte er.

»Gut«, sagte sie.

Er grinste. »Jetzt ist nur die Frage«, sagte er, »ziehe ich mein Hemd hier wieder an, oder gehe ich so hinaus und gönne Laura-Louise den Anblick ihres Lebens!«

Milch schoß in ihre Brüste ein, und um sie zu erleichtern, zeigte ihr Dr. Sapirstein, wie man eine Milchpumpe benutzt, eine Art gläserne Autohupe, und mehrmals am Tag brachten ihr Laura-Louise

– oder Helen Wees oder wer gerade da war – die Pumpe zusammen mit einem Meßbecher. Sie pumpte aus jeder Brust dreißig oder sechzig Gramm einer dünnen grünlichen Flüssigkeit ab, die ganz leicht nach Tannis-Wurzel roch – ein Prozeß, der ihr endgültig und unwiderleglich bewies, daß das Baby nicht da war. Jedesmal, wenn Becher und Pumpe weggetragen wurden, legte sie sich gebrochen in ihre Kissen zurück und so einsam, daß sie nicht einmal weinen konnte.

Joan, Elise und Tiger besuchten sie, und sie sprach zwanzig Minuten lang mit Brian am Telefon. Blumen – Rosen und Nelken und eine gelbe Azalee – kamen von Allan und Mike und Pedro, von Lou und Claudia. Guy kaufte einen neuen Fernsehapparat mit Fernsteuerung und stellte ihn an das Fußende ihres Bettes. Sie schaute und aß und nahm Pillen, die man ihr gab.

Aus Dubrovnik kam ein teilnehmender Brief von Minnie und Roman. Von jedem eine Seite.

Allmählich hörten die Stiche auf zu schmerzen.

Eines Morgens, nach zwei oder drei Wochen, glaubte sie, ein Baby schreien zu hören. Sie schaltete das Fernsehen ab und horchte. Weit weg hörte man ein Kind schreien. Oder war es hier? Sie schlüpfte aus dem Bett und drehte die Belüftungsanlage ab.

Florence Gilmore kam mit der Pumpe und dem Meßbecher herein.

»Hören Sie ein Baby schreien?« fragte sie Rosemarie.

Beide horchten.

Ja, da war es. Ein Baby schrie.

»Nein, meine Liebe, ich höre nichts«, sagte Florence. »Gehen Sie schön wieder ins Bett. Sie wissen, Sie sollen nicht herumlaufen. Haben Sie die Klimaanlage abgestellt? Das müssen Sie nicht tun. Es ist schrecklich heiß heute. Die Menschen kommen um vor Hitze.«

Am Nachmittag hörte sie das Kind wieder schreien, und rätselhafterweise begannen ihre Brüste Milch abzusondern...

»Im achten Stock sind neue Mieter eingezogen«, sagte Guy am Abend in ihre Gedanken hinein.

»Und sie haben ein Baby«, sagte sie.

»Ja. Woher weißt du das?«

Sie sah ihn einen Augenblick an. »Ich hörte es schreien«, sagte sie.

Sie hörte es am nächsten Tag und am Tag danach.

Sie schaute auch den Fernsehschirm nicht mehr an, sondern hielt sich ein Buch vor, als ob sie läse, aber sie horchte, horchte, horchte...

Das war nicht im achten Stock. Das war genau im siebenten Stock.

Und immer öfter kamen Pumpe und Meßbecher ein paar Minuten, nachdem das Schreien begonnen hatte. Und ein paar Minuten, nachdem man ihre Milch herausgebracht hatte, hörte es auf.

»Was tun Sie damit?« fragte sie eines Morgens Laura-Louise, als sie ihr die Pumpe, den Meßbecher und hundertachtzig Gramm Milch zurückgab.

»Wegschütten, natürlich«, sagte Laura-Louise und ging hinaus.

Am Nachmittag, als sie Laura-Louise den Becher gab, sagte sie: »Warten Sie eine Minute«, und wollte einen gebrauchten Kaffeelöffel hineintunken.

Laura-Louise riß den Becher zurück. »Lassen Sie das«, sagte sie und nahm ihr den Löffel mit einem Finger der Hand ab, in der sie die Pumpe hielt.

»Was macht das aus?« fragte Rosemarie.

»Es ist einfach unappetitlich«, sagte Laura-Louise.

2

Es lebte.

Es war in Minnies und Romans Wohnung.

Sie hielten es dort versteckt und fütterten es mit ihrer Milch und sorgten – Gott sei Dank – gut für es, weil, wie sie sich aus Hutchs Buch erinnerte, der erste August einer ihrer Hauptfeiertage war, Lammas oder Leamas, mit besonders wahnsinnigen Ritualen. Oder vielleicht hielten sie es dort versteckt, bis Minnie und Roman aus Europa zurückkämen. Als deren Anteil.

Aber es lebte noch.

Sie hörte auf, die Pillen zu nehmen, die man ihr gab. Sie steckte sie in die Falte zwischen Daumen und Handfläche und tat, als ob sie sie schluckte, und später stopfte sie die Pillen, so tief sie konnte, zwischen Matratze und die Kastenmatratze darunter.

Sie fühlte sich kräftiger und wacher.

Halt durch, Andy! Ich komme!

Sie hatte ihre Lektion bei Dr. Hill gelernt. Diesmal würde sie sich an niemanden wenden, von keinem erwarten, daß er ihr glaube und ihr Retter sei. Nicht die Polizei, nicht Joan oder die Dunstans, nicht Grace Cardiff und nicht einmal Brian. Guy war ein viel zu guter Schauspieler und Dr. Sapirstein ein viel zu berühmter Arzt. Ihnen würde sogar Brian glauben, daß sie nach dem Verlust des Babys irgendwie wahnsinnig geworden war. Diesmal würde sie allein handeln und es selbst herausholen, mit ihrem längsten und schärfsten Küchenmesser, um diese Wahnsinnigen abzuwehren.

Eins hatte sie ihnen voraus. Sie wußte – und die anderen wußten nicht, daß sie es wußte –, daß ein geheimer Weg von einer Wohnung in die andere führte. Die Wohnungstür hatte sie in jener Nacht mit der Kette versperrt – das wußte sie, wie sie wußte, daß die Hand, auf die sie schaute, eine Hand war, kein Vogel und kein Kriegsschiff –, und doch waren sie alle hereingekommen. Also mußte es noch einen anderen Weg geben. Und der konnte nur durch die Wäschekammer führen. Die tote Mrs. Gardenia, die sicherlich durch denselben Zauber gestorben war wie der arme Hutch, hatte sie verrammelt. Die Kammer war entstanden, als man die Wohnung in zwei kleinere teilte. Und als Mrs. Gardenia sich der Hexenversammlung anschloß – sie hatte Minnie ihre Kräuter gegeben, hatte Terry das nicht gesagt? –, was war da logischer, als die Rückseite der Kammer zu öffnen, hin und her zu gehen und sich viele Schritte zu ersparen, ohne daß die Bruhns und die Dubin-und-De Vore von dem heimlichen Verkehr wußten.

Es *war* die Wäschekammer.

In einem Traum war sie vor langer Zeit hindurchgetragen worden. Es war kein Traum gewesen; es war ein Zeichen des Himmels, eine himmlische Botschaft, die sie bewahren und an die sie sich nun erinnern sollte, um Mut zu fassen in einer Zeit der Heimsuchung.

Oh, Vater im Himmel, vergib mir meine Zweifel! Vergib mir, gnadenreicher Vater, daß ich mich von Dir abgewandt habe, und hilf mir in der Stunde der Not! Oh, Jesus, lieber Jesus, hilf mir, mein unschuldiges Kind zu retten!

Die Pillen, natürlich, sie waren die Antwort. Sie bohrte ihren Arm unter die Matratze und holte sie heraus, Stück um Stück. Acht waren es, alle gleich, kleine weiße Tabletten mit einem Ritz in der Mitte, damit man sie zerbrechen konnte. Was immer sie waren, drei am Tag hatten genügt, um sie lahm und gefügig zu halten. Acht auf einmal würden Laura-Louise oder Helen Wees ganz gewiß in tiefen Schlaf versetzen. Sie rieb die Pillen ab, packte sie in ein Stück Papier und versteckte sie tief unten auf dem Grund ihrer Kleenex-Schachtel.

Sie tat, als sei sie noch immer gefügig, aß ihre Mahlzeiten, blätterte in Illustrierten und pumpte ihre Milch ab. Leah Fountain war bei ihr, als alles so weit war. Sie kam herein, nachdem Helen Wees mit der Milch herausgegangen war, und sagte: »Also Rosemarie, ich habe den anderen Mädchen den Vortritt gelassen, Sie zu besuchen, aber nun bin ich an der Reihe. Sie liegen ja hier wie in einem Filmtheater. Gibt es heute nacht etwas Gutes im Fernsehen?«

Sonst war niemand in der Wohnung. Guy war zu Allan gegangen, um sich einige Kontrakte von ihm erläutern zu lassen.

Sie sahen sich einen Film mit Fred Astaire und Ginger Rogers an. Während einer Pause ging Leah in die Küche und kam mit zwei Tassen Kaffee zurück. »Ich habe ein bißchen Hunger«, sagte Rosemarie, als Leah die Tassen auf den Nachttisch gestellt hatte. »Würde es Ihnen viel Mühe machen, mir ein Käsebrot zu richten?«

»Aber natürlich, gern, meine Liebe«, sagte Leah. »Wie wollen Sie es haben, mit Kopfsalat oder mit Mayonnaise?«

Sie ging wieder aus dem Zimmer, und Rosemarie holte das Papier mit den Pillen aus ihrer Kleenex-Schachtel. Es waren jetzt elf Pillen darin. Sie ließ sie alle in Leahs Tasse gleiten und rührte mit ihrem eigenen Löffel um, den sie dann an einer Papierserviette abwischte. Sie nahm ihre eigene Tasse auf, aber die Hand zitterte ihr so, daß sie sie wieder hinstellen mußte.

Sie saß und trank jedoch ruhig, als Leah mit dem Brot hereinkam. »Danke, Leah«, sagte sie. »Das sieht wundervoll aus! Der Kaffee ist ein bißchen bitter. Vielleicht war er zu lange überbrüht.«

»Soll ich frischen machen?« fragte Leah.

»Nein, so schlecht ist er nun auch wieder nicht«, sagte Rosemarie.

Leah setzte sich neben sie, nahm ihre Tasse, rührte um und probierte. »Mhm«, sagte sie, zog die Nase hoch und nickte Rosemarie zustimmend zu.

»Aber er ist trinkbar«, sagte Rosemarie.

Sie schauten sich den Film an, und nach zwei weiteren Pausen fiel Leas Kopf auf ihre Brust und ruckte wieder hoch. Sie stellte Tasse und Untertasse hin; die Tasse war zu zwei Drittel leer. Rosemarie aß den Rest ihres Käsebrotes und sah zu, wie Fred Astaire und zwei andere Leute in einem unwirklichen, prächtigen Haus auf Drehtischen tanzten.

Während des nächsten Teils des Films fiel Leah in tiefen Schlaf.

»Leah?« fragte Rosemarie.

Die ältliche Frau saß da und schnarchte, das Kinn auf der Brust, die Hände mit den Handflächen nach oben im Schoß. Ihr lavendelfarbenes Haar, eine Perücke, war nach vorn gerutscht; dünne weiße Strähnen hingen ihr darunter hinten auf den Hals.

Rosemarie stand aus dem Bett auf, schlüpfte mit den Füßen in ihre Pantoffeln und zog den blauweißen Morgenrock an, den sie sich für das Krankenhaus gekauft hatte. Leise verließ sie das Schlafzimmer, lehnte die Tür fest an, ging zur Wohnungstür, legte die Kette vor und schloß ab.

Dann ging sie in die Küche und nahm aus ihrem Messergestell das längste und schärfste Messer heraus – ein fast neues Tranchiermesser mit einer gebogenen und spitzen Stahlklinge in einem schweren Beingriff mit Messingknauf. Sie hielt es mit der Spitze nach unten, ging aus der Küche und durch den Flur zur Tür der Wäschekammer.

Sobald sie sie öffnete, wußte sie, daß sie recht hatte. Die Borde sahen sauber und ordentlich genug aus, aber man hatte auf zweien die Wäsche ausgewechselt. Die Badetücher und die Handtücher lagen, wo die Winterdecken gelegen hatten und umgekehrt.

Sie legte das Messer auf die Schwelle des Badezimmers und nahm alles aus der Kammer heraus, außer den Sachen, die auf dem fest eingegipsten Bord lagen. Badetücher und Handtücher legte sie auf den Boden, desgleichen große und kleine Schachteln, dann hob sie die vier Borde, die sie vor tausend und abertausend Jahren mit Folie bezogen hatte, von den Leisten herunter.

Die Rückseite der Kammer, unter dem obersten Bord, war eine einzige große, weiß getünchte Füllung, umrahmt von einer schmalen weißen Kehlung. Als sie ganz nahe stand und sich zur Seite bog, um besseres Licht zu haben, sah Rosemarie, daß, wo sich Füllung und Kehlung trafen, die Farbe in einer durchgehenden Linie geplatzt war. Sie drückte erst auf die eine Seite der Füllung und dann auf die andere, drückte stärker – und die Füllung schwang auf knarrenden Angeln zurück. Innen war es dunkel. Eine andere Kammer, mit einem Kleiderbügel aus Draht, der auf dem Boden glitzerte, und einem hellen Lichtfleck, dem Schlüsselloch. Rosemarie stieß die Türfüllung ganz zurück, trat in die zweite Kammer und duckte sich nieder. Durch das Schlüsselloch sah sie, auf eine Entfernung von sechs bis sieben Meter, ein kleines Raritätenschränkchen, das auf einem Untersatz im Flur von Minnies und Romans Wohnung stand.

Sie versuchte, ob sich die Tür öffnen ließ. Sie ging auf.

Sie schloß sie wieder, ging durch ihre eigene Kammer zurück, holte sich das Messer, ging wieder hinein und hindurch, schaute wieder durch das Schlüsselloch und öffnete die Tür zu einem ganz kleinen Spalt.

Dann stieß sie sie weit auf und hielt das Messer in Schulterhöhe, mit der Spitze nach vorn.

Der Flur war leer, aber aus dem Wohnraum hörte sie Stimmen. Das Bad war rechts, die Tür offen, dunkel. Minnies und Romans Schlafzimmer war links, eine Nachttischlampe brannte darin. Keine Wiege, kein Baby.

Vorsichtig schlich sie den Flur entlang. Eine Tür rechts war verschlossen, eine andere, links, führte in eine Wäschekammer. Über dem Raritätenschränkchen hing ein kleines, aber sehr realistisches Ölgemälde, eine Kirche in Flammen. Früher war nichts dort gewesen, nur ein Bilderhaken, jetzt hing da dies aufreizende Bild. Es sah aus wie die St.-Patricks-Kathedrale, aus deren Fenstern und deren steilem Dach gelbe und orangefarbene Flammen schlugen.

Wo hatte sie das schon gesehen? Eine brennende Kirche...

In einem Traum. In einem Traum, in dem man sie durch die Wäschekammer getragen hatte. Guy und ein anderer Mann. »Sie haben sie zu hoch gepackt.« In einem Ballsaal, in dem eine Kirche brannte. Wo *diese* Kirche brannte.

Aber wie konnte das sein?

Hatte man sie *wirklich* durch die Kammer getragen? Hatte sie das Bild wirklich gesehen, als man sie daran vorbeitrug?

Du mußt Andy finden, du mußt Andy finden, du mußt Andy finden.

Mit hocherhobenem Messer ging sie weiter den Flur entlang. Andere Türen waren abgeschlossen. Ein anderes Bild hing da. Nackte Männer und Frauen tanzten im Kreis. Vor ihr lagen die Diele und die Eingangstür, rechts die Bogentür zum Wohnzimmer. Die Stimmen wurden lauter. »Nicht, wenn er noch auf ein Flugzeug wartet, was er nicht tut«, sagte Mr. Fountain. Lautes Gelächter folgte seinen Worten und wurde beschwichtigt.

In dem Ballsaal ihres Traums hatte Jackie Kennedy freundlich zu ihr gesprochen und war dann weggegangen; und dann waren *sie* alle dagewesen, die ganze Hexenversammlung, nackt, und hatten sie mit Gesang umtanzt. War das die Wirklichkeit gewesen, war das wirklich geschehen? Roman in schwarzer Robe, der ihren Körper mit Zeichen bemalte? Dr. Sapirstein, der ihm eine Schale mit roter Farbe hinhielt? Roter Farbe? Blut?

»Zum Teufel, Hayato«, sagte Minnie. »Sie machen sich einfach über mich lustig. Sie halten mich zum Narren, wie man hier bei uns sagt.«

Minnie? Zurück aus Europa? Und Roman auch? Aber erst gestern hatte sie doch die Karte aus Dubrovnik bekommen, daß sie noch länger dort blieben!

Waren sie überhaupt jemals fortgewesen?

Jetzt stand sie an der Bogentür, konnte die Büchergestelle und die Aktenschränke sehen und die Bridgetische, auf denen Zeitungen und Haufen von Briefumschlägen lagen. Die Hexengessellschaft saß am anderen Ende, lachte und schwatzte leise. Eiswürfel klirrten.

Sie faßte ihr Messer fester und tat einen Schritt vorwärts, blieb stehen, starrte.

An der anderen Seite des Raumes, in dem einen großen Erkerfenster, stand ein schwarzer Korbkinderwagen. Schwarz war er, nur schwarz. Außen mit schwarzem Taftumhang garniert, darüber ein Himmel aus schwarzem Organza mit schwarzer Rüsche. Ein silbernes Ornament hing an einem schwarzen Band davon herunter.

Tot? Aber nein! Noch als sie es fürchtete, bewegte sich der steife Organza, zitterte das silberne Ornament.

Er lag darin. In diesem ungeheuerlichen, pervertierten Hexenkinderwagen.

Das silberne Ornament war ein Kruzifix, das mit dem Kopf nach unten hing. Das schwarze Band war um die Fußknöchel Jesu geschlungen.

Der Gedanke, daß ihr Kind hilflos zwischen Gotteslästerung und Schrecken lag, trieb Rosemarie die Tränen in die Augen, und plötzlich überkam sie der Wunsch, einfach zusammenzubrechen und zu weinen, völlig aufzugeben angesichts des ungeheuerlichen und unaussprechlichen Bösen. Aber sie widerstand. Sie schloß die Augen fest, um den Tränen zu wehren, sagte ein schnelles Ave-Maria, nahm all ihren Mut und all ihren Haß zusammen, Haß auf Minnie und Roman, auf Guy und Dr. Sapirstein – auf sie alle, die sich verschworen hatten, ihr Andy wegzunehmen und ihn für ihre verfluchten Zwecke zu mißbrauchen. Sie wischte ihre Hände an ihrem Morgenrock ab, packte das Messer von neuem an seinem dicken Griff und tat einen Schritt vorwärts, so saß alle sie sehen und wissen konnten, daß sie da war.

Unsinnigerweise taten sie das nicht. Sie sprachen weiter, hörten sich weiter zu, tranken und freuten sich ihrer Party, als wäre sie ein Geist oder träumte drüben in ihrem Bett. Minnie und Roman, Guy (die Kontrakte!), Mr. Fountain, die Weeses, Laura-Louise und ein lernbegierig aussehender junger Japaner mit Brille – alle saßen sie vor dem Kamin unter dem Bildnis von Adrian Marcato. Er allein sah sie. Da stand er und blitzte sie an, bewegungslos, machtvoll; aber machtlos, ein Gemälde.

Dann sah auch Roman sie. Er stellte sein Glas hin und berührte Minnies Arm. Schweigen sprang auf, und diejenigen, die mit dem Rücken zu ihr saßen, drehten sich fragend um. Laura-Louise schlug die Hände vor den Mund und begann zu kreischen. Helen Wees sagte:

»Gehen Sie wieder in Ihr Bett, Rosemarie. Sie wissen, Sie sollen nicht aufstehen und herumlaufen.« Entweder war sie verrückt, oder sie versuchte es mit Psychologie.

»Ist das die Mama?« fragte der Japaner, und als Roman nickte, pfiff er leise durch die Zähne und schaute Rosemarie interessiert an.

»Sie hat Leah umgebracht«, sagte Mr. Fountain und stand auf. »Sie hat meine Leah umgebracht! Nicht wahr? Wo ist sie? Haben Sie meine Leah umgebracht?«

Rosemarie starrte sie an, starrte Guy an. Er blickte zu Boden, wurde rot.

Sie packte das Messer fester. »Ja«, sagte sie. »Ich habe sie umgebracht. Ich habe sie erstochen. Und ich habe mein Messer abgewischt und werde euch totstechen, jeden, der mir zu nahe kommt. Sag ihnen, wie scharf es ist, Guy.«

Er sagte nichts. Mr. Fountain setzte sich und preßte eine Hand auf sein Herz. Laura-Louise kreischte.

Ohne die Augen von ihnen zu wenden, ging sie durch den Raum auf den Kinderwagen zu.

»Rosemarie«, sagte Roman.

»Halt den Mund«, sagte sie.

»Bevor du nach dem ...«

»Halt den Mund«, sagte sie. »Du bist in Dubrovnik, ich höre dich nicht.«

»Laß sie«, sagte Minnie.

Sie beobachtete sie, bis sie neben dem Kinderwagen stand, der in Richtung der Gruppe gedreht war. Mit ihrer freien Hand packte sie den schwarz umwickelten Griff an seinem Fußende und drehte ihn langsam und sanft um, so daß sie hineinsehen konnte. Taft raschelte, die Hinterräder quietschten.

Schlafend und süß, klein und rosig lag Andy da, behaglich eingepackt in eine schwarze Decke, mit kleinen schwarzen Fausthandschuhen an seinen Händen. Er hatte orangerotes Haar in überraschender Fülle, seidenweich und säuberlich gebürstet. *Andy! Oh, Andy!* Sie streckte die Hand nach ihm aus und wandte das Messer ab. Er spitzte die Lippen, öffnete die Augen und schaute sie an. Seine Augen waren goldgelb, ganz goldgelb, ohne Weiß noch Iris. Ganz goldgelb mit einem senkrechten Pupillenschlitz.

Sie sah ihn an.

Er sah sie an, mit goldgelben Augen, und dann hinauf zu dem baumelnden, umgekehrten Kruzifix.

Sie sah die anderen an, die sie beobachteten, und schrie sie mit dem Messer in der Hand an: »*Was habt ihr mit seinen Augen gemacht?*«

Sie fuhren auf und blickten nach Roman.

»Er hat seines Vaters Augen«, sagte er.

Sie blickte ihn an, blickte Guy an – der seine Augen hinter den Händen verbarg – und wieder Roman. »Von was sprichst du?« sagte sie. »Guy hat *braune* Augen, sie sind *normal*. Was habt ihr ihm *angetan*, ihr Wahnsinnigen?«

Sie trat von dem Kinderwagen weg, bereit, auf sie loszustechen.

»Satan ist sein Vater, nicht Guy«, sagte Roman. »*Satan* ist sein Vater, er kam aus der Hölle und zeugte einen Sohn mit einer sterblichen Frau. Um Frevel zu rächen, mit denen die Verehrer Gottes seine gläubigen Jünger heimsuchen!«

»Ave Satan!« sagte Mr. Wees.

»*Satan* ist sein Vater, und sein Name ist Adrian!« schrie Roman, und seine Stimme wurde immer lauter und stolzer, sein Gehabe strenger und machtvoller. »Er soll die Mächtigen besiegen und ihre Tempel zerstören! Er soll die Verachteten retten und Rache üben im Namen der Verbrannten und Gefolterten!«

»Ave Adrian«, fielen sie ein. »Ave Adrian! Ave Adrian!« und »Ave Satan! Ave Satan! Ave Adrian! Ave Satan!«

Sie schüttelte den Kopf. »Nein«, sagte sie.

Minnie sagte: »Er hat dich erwählt, Rosemarie, aus allen Frauen der Welt. Er hat dich erwählt. Er führte dich und Guy in diese Wohnung. Er machte, daß diese närrische – wie war doch ihr Name – Terry sich fürchtete und überschnappte, so daß wir unsere Pläne ändern mußten. Er ordnete alles, was zu ordnen war, denn er wollte, daß *du* die Mutter seines einzigen lebendigen Sohnes würdest!«

»Seine Macht ist stärker als stark«, sagte Roman.

»Ave Satan!« sagte Helen Wees.

»Seine Macht wird dauern, länger als lang!«

»Ave Satan!« sagte der Japaner.

Laura-Louise nahm die Hände vom Mund. Guy schaute unter seinen Händen nach Rosemarie.

»Nein«, sagte sie. »Nein«, und die Hand mit dem Messer hing ihr herunter. »Nein. Das kann nicht sein. Nein.«

»Geh, und sieh seine Hände an«, sagte Minnie, »und seine Füße.«

»Und seinen Schwanz«, sagte Laura-Louise.

»Und die Knospen seiner Hörner«, sagte Minnie.

»O Gott«, stöhnte Rosemarie.

»Gott ist tot«, sagte Roman.

Sie wandte sich dem Kinderwagen zu, ließ ihr Messer fallen und wandte sich zurück zu der Versammlung, die sie beobachtete. »Oh, Gott!« stöhnte sie und bedeckte ihr Gesicht mit den Händen. Dann hob sie die geballten Fäuste zur Decke und schrie: »O Gott! O Gott! O Gott! O Gott! O Gott!«

»Gott ist tot«, donnerte Roman. *»Gott ist tot, und Satan lebt! Es ist das Jahr eins, das erste Jahr unseres Herrn! Es ist das Jahr eins, und Gott ist tot! Es ist das Jahr eins! Adrians Jahr hat begonnen!«*

»Ave Satan!« schrien alle. »Ave Adrian! Ave Adrian! Ave Satan!«

Sie wich zurück – »nein, nein« –, wich weiter und weiter zurück, bis sie zwischen zwei Bridgetischen stand. Hinter ihr war ein Stuhl; sie setzte sich und starrte sie an. »Nein!«

Mr. Fountain stürzte hinaus auf den Flur hinunter. Guy und Mr. Wees liefen hinter ihm her.

Minnie stand auf, ging durch das Zimmer, bückte sich brummend nach dem Messer, hob es auf und ging damit in die Küche.

Laura-Louise ging zum Kinderwagen und begann ihn hin- und herzuschieben, als gehöre das Kind ihr. Der schwarze Taft raschelte, die Räder quietschten.

Sie saß und starrte. »Nein«, sagte sie.

Der Traum. Der Traum. Er war Wirklichkeit gewesen. Die gelben Augen, in die sie geschaut hatte. »O Gott«, sagte sie.

Roman trat zu ihr. »Clare tut nur so«, sagte er, »wenn er sich wegen Leah ans Herz greift. Das macht ihm keinen Kummer. Niemand mochte sie wirklich; sie geizte mit ihren Gefühlen und mit ihrem Geld. Warum hilfst du uns nicht, Rosemarie? Sei Adrian eine echte Mutter, und wir werden es einrichten, daß du nicht bestraft wirst, weil du sie umgebracht hast. So, daß niemand es jemals herausfinden wird. Du mußt nicht zu uns *gehören*, wenn du nicht willst. Sei nur einfach die Mutter deines Kindes.« Er beugte sich über sie und flüsterte: »Minnie und Laura-Louise sind zu alt. Die taugen nicht.« Sie sah ihn an.

Er stand wieder aufrecht. »Denke darüber nach, Rosemarie«, sagte er.

»Ich habe sie nicht umgebracht«, sagte sie.

»Oh?«

»Ich habe ihr nur Pillen gegeben«, sagte sie, »sie schläft.«

»Oh«, sagte er.

Die Türglocke ging. »Entschuldige«, sagte er und ging hinaus. »Aber denk auf alle Fälle darüber nach«, fügte er über die Schulter hinzu.

»O *Gott!*« sagte sie.

»Halt den Mund mit deinem ›o Gott‹«, sagte Laura-Louise, »oder wir bringen dich um.« Sie schaukelte die Wiege. »Milch oder keine Milch.«

»*Du* hältst den Mund«, sagte Helen Wees und drückte Rosemarie ein feuchtes Taschentuch in die Hand. »Rosemarie ist seine Mutter, einerlei, wie sie sich verhält. Denk daran und behandle sie mit Respekt.«

Laura-Louise murmelte etwas mit halber Stimme.

Rosemarie wischte sich mit dem kühlen Taschentuch über Stirn und Wangen. Der Japaner, der an der anderen Wand des Raumes auf einem Fußkissen saß, faßte sie ins Auge, grinste und senkte den Kopf. Er hielt eine geöffnete Kamera in den Händen, in die er einen Film einlegte. Er bewegte sie vor und zurück, in Richtung auf den Kinderwagen, grinste und nickte. Sie schaute zu Boden und begann zu weinen. Sie wischte sich die Augen.

Roman kam herein und führte einen robusten, gut aussehenden dunkelhäutigen Mann am Arm, der einen weißen Anzug und weiße Schuhe trug. Er hatte eine große Schachtel unter dem Arm, die in hellblaues Papier eingepackt war, auf dem Teddybären und Zuckerstangen aufgedruckt waren. Musiktöne kamen daraus. Alle strömten zusammen, um ihn zu begrüßen und ihm die Hand zu schütteln. »Besorgt«, sagten sie und »erfreut« und »Flughafen« und »Stavropoulus« und »Gelegenheit«. Laura-Louise trug die Schachtel zum Kinderwagen. Sie hielt sie hoch, damit das Baby sie sehen sollte, schüttelte sie, damit es sie hörte, und stellte sie auf das Fenstersims, zu vielen anderen Schachteln, die ähnlich verpackt waren, und einigen, die mit einem schwarzen Band umwunden waren.

»Gerade nach Mitternacht am fünfundzwanzigsten Juni«, sagte Roman. »Genau nach Ablauf des halben Jahres von Duweißt. Ist das nicht vollkommen?«

»Aber warum wundert dich das?« fragte der neu Hinzugekommene und streckte seine Hände aus. »Hat nicht Edmond Lautréamont den fündundzwanzigsten Juni vor dreihundert Jahren vorausgesagt?«

»Das hat er, in der Tat«, lächelte Roman, »aber es überrascht trotzdem, daß eine seiner Voraussagen genau eintrifft.« Alle lachten. »Komm, mein Freund«, sagte Roman und zog den Ankömmling mit sich nach vorn.

»Komm, sieh ihn, komm, sieh das Kind!«

Sie gingen zu dem Kinderwagen, wo Laura-Louise sie mit dem Lächeln einer Verkäuferin erwartete, und schauten schweigend hinein. Nach ein paar Augenblicken ließ sich der Ankömmling auf die Knie nieder.

Guy und Mr. Wees kamen herein.

Sie blieben unter der Tür stehen, bis sich der Ankömmling erhoben hatte. Dann ging Guy zu Rosemarie herüber. »Abe ist drin bei ihr«, sagte er. Er stand neben ihr, blickte auf sie herunter und rieb seine Hände an seiner Jacke. »Sie haben mir versprochen, daß dir nichts geschieht«, sagte er. »Und du bist es nicht gewesen, wirklich. Ich meine, nimm an, du hättest ein Baby gehabt und es verloren, wäre es nicht das gleiche? Und wir bekommen so viel dafür, Ro.«

Sie legte ihr Taschentuch auf den Tisch, schaute ihn an und spuckte ihn dann mit aller Kraft an.

Er wurde rot, wandte sich ab und wischte die Vorderseite seines Jacketts ab. Roman sah ihn und stellte ihn dem Ankömmling, Argyron Stavropoulus, vor.

»Wie stolz müssen Sie sein«, sagte Stavropoulus und umschloß Guys Hand mit seinen beiden. »Aber das da drüben ist doch gewiß nicht die Mutter? Warum, im Namen des...« Roman zog ihn fort und flüsterte ihm etwas ins Ohr.

»Hier«, sagte Minnie und bot Rosemarie eine Tasse dampfenden Tee an. »Trink das, dann wirst du dich wohler fühlen.«

Rosemarie sah die Tasse an und zu Minnie auf. »Was ist darin?« fragte sie. »Tannis-Wurzel?«

»*Nichts* ist darin«, sagte Minnie, »nur Zucker und Zitrone. Es ist ganz gewöhnlicher Lipton-Tee. Trink.«

Sie stellte die Tasse neben das Taschentuch.

Und nun mußte sie es töten. Es gab keine andere Möglichkeit. Warten, bis sie alle am anderen Ende des Raumes saßen, dann hinüberlaufen, Laura-Louise fortstoßen, es packen und aus dem Fenster werfen. Und dann hinterherspringen. *Mutter tötet Baby und begeht Selbstmord im Bramford.*

Die Welt vor Gott-weiß-was retten. Vor Satan-weiß-was.

Ein Schwanz! Die Knospen seiner Hörner.

Sie wollte schreien, sterben.

Das würde sie tun, es hinauswerfen und hinterherspringen.

Jetzt standen alle herum. Eine fröhliche Cocktailparty. Der Japaner machte Aufnahmen von Guy, von Stavropoulus, von Laura-Louise mit dem Kind auf dem Arm.

Sie drehte sich weg. Sie wollte nichts sehen.

Diese Augen! Wie die eines Tieres, eines Tigers, nicht wie die eines menschlichen Wesens.

Er war kein menschliches Wesen, natürlich nicht. Er war – eine Art Mischling.

Und wie lieb und süß hatte er ausgesehen, bevor er diese gelben Augen aufschlug! Das kleine Kinn, ein klein wenig wie das von Brian, der süße Mund, das entzückende orangerote Haar... sie würde ihn gern noch einmal ansehen, wenn er nur nicht diese gelben Tieraugen hätte.

Sie probierte den Tee. Es war Tee.

Nein, sie *konnte* ihn nicht aus dem Fenster werfen. Er war ihr Kind, einerlei, wer der Vater war. Sie mußte zu jemandem gehen, der das verstehen würde. Zu einem Priester. Ja, das war die Lösung, ein Priester. Das war ein Problem, das die Kirche lösen mußte. Der Papst und alle Kardinäle, nicht sie, die dumme Rosemarie Reilly aus Omaha.

Töten war unrecht, ganz gleich, was man tötete.

Er begann leise zu weinen, weil Laura-Louise den Wagen zu rasch hin- und herschob, und jetzt begann diese Närrin ihn noch schneller zu schaukeln.

Sie hielt es aus, solange sie konnte. Dann stand sie auf und ging hinüber.

»Geh weg!« sagte Laura-Louise. »Komm ihm nicht nah! Roman!«

»Du schaukelst ihn zu schnell«, sagte sie.

»Setz dich hin«, sagte Laura-Louise, und zu Roman gewandt: »Schick sie fort! Bring sie wieder dahin, wo sie hingehört.«

Rosemarie sagte: »Sie schaukelt ihn zu schnell, deshalb weint er.«

»Kümmere dich um deine Sachen!« sagte Laura-Louise.

»Laß Rosemarie ihn schaukeln«, sagte Roman.

Laura-Louise starrte ihn an.

»Geh«, sagte er. Er stand hinter dem Kopfende des Wagens. »Setz dich zu den anderen. Laß Rosemarie ihn schaukeln.«

»Aber sie könnte –«

»Setz dich zu den anderen, Laura-Louise.« Gekränkt ging sie fort.

»Schaukele du ihn«, sagte Roman lächelnd zu Rosemarie. Er schob den Wagen vor und zurück, auf sie zu, indem er ihn beim Betthimmel faßte.

Sie stand still und sah ihn an. »Du versuchst – mich dazu zu bringen, seine Mutter zu sein«, sagte sie.

»*Bist* du nicht seine Mutter?« sagte Roman. »Komm, schaukele ihn, bis er aufhört zu weinen.«

Sie ließ den schwarzen Griff des Wagens in ihre Hand gleiten und schloß die Finger darum. Ein paar Augenblicke schoben sie den Wagen zwischen sich hin und her, dann ließ Roman los, und sie schaukelte ihn allein, hübsch langsam. Sie schaute nach dem Baby, sah seine gelben Augen und schaute nach dem Fenster.

»Ihr solltet die Räder ölen«, sagte sie. »Vielleicht ärgert ihn das.«

»Ich werde sie ölen«, sagte Roman. »Siehst du, er hat aufgehört zu weinen. Er weiß, wer du bist.«

»Lächerlich«, sagte Rosemarie und schaute wieder auf das Baby. Es betrachtete sie. Seine Augen waren eigentlich gar nicht so schlimm, jetzt, da sie darauf vorbereitet war. Es war die Überraschung, die sie so verwirrt hatte. Sie waren eigentlich hübsch. »Wie sind seine Hände?« fragte sie und schob den Wagen hin und her.

»Sie sind sehr hübsch«, sagte Roman. »Er hat Klauen, aber sie sind ganz klein, wie Perlen. Die Handschuhchen hat er nur an, damit er sich nicht kratzt – nicht, weil seine Hände häßlich wären.«

»Er sieht aus, als hätte er Sorgen«, sagte sie.

Dr. Sapirstein kam zu ihr herüber. »Eine Nacht der Überraschungen«, sagte er.

»Gehen Sie!« sagte sie, »sonst spucke ich Sie an!«

»Geh, Abe«, sagte Roman, und Dr. Sapirstein nickte und ging.

»Nicht du«, sagte Rosemarie zu dem Baby. »*Du* bist nicht schuld, ich bin wütend auf *sie*, weil sie mich betrogen und belogen haben. Mach nicht so ein Kummergesicht. Ich tu' dir nichts.«

»Das weiß er«, sagte Roman.

»Warum sieht er dann so traurig aus?« fragte Rosemarie. »Der arme kleine Kerl. Sieh ihn an.«

»Gleich«, sagte Roman. »Ich muß mich um meine Gäste kümmern. Ich bin gleich wieder da.« Er ging und ließ sie allein.

»Ehrenwort, ich tu' dir nichts«, sagte sie zu dem Baby. Sie beugte sich über es und knotete sein schwarzes Hemdchen hinten am Hals auf. »Nicht wahr, das hat Laura-Louise zu fest gebunden? Ich mache es dir ein bißchen loser, dann hast du es bequemer. Du hast ein süßes, kleines Kinn, weißt du das? Du hast seltsame gelbe Augen, aber ein ganz süßes kleines Kinn.«

Sie band das Hemdchen wieder zu, etwas loser.

Armer kleiner Kerl.

Er konnte nicht *ganz* böse sein. Das war einfach nicht möglich. Selbst wenn er halb Satan war. War er nicht auch halb *sie* selbst, halb ein richtiges gewöhnliches, fühlendes menschliches Wesen? Wenn sie *gegen* die anderen arbeitete, ihren guten Einfluß ausübte, um dem Bösen zu begegnen...

»Du hast dein eigenes Zimmer, weißt du das?« sagte sie und wickelte ihn aus seiner Decke, die auch zu eng war. »Es hat eine weiß-gelbe Tapete und ein weißes Bettchen mit gelben Stoßstangen, und im ganzen Zimmer ist kein Fleckchen von diesem dummen, düsteren Schwarz. Wir werden es dir zeigen, wenn wir dich das nächste Mal füttern. Falls du neugierig bist, ich bin die Dame, von der all die Milch kommt, die du getrunken hast. Ich wette, du dachtest, sie käme in Flaschen vom Milchmann, nicht wahr? Aber das tut sie nicht. Sie kommt von *Müttern*, und ich bin deine Mutter. So ist das, Herr Sorgenvoll. Du scheinst mir aber nicht sehr begeistert von dem Gedanken.«

Schweigen ließ sie aufschauen. Alle hatten sich um sie herum versammelt und sahen ihr zu, jedoch aus achtungsvoller Entfernung.

Sie fühlte, wie sie errötete, drehte sich wieder dem Kind zu und steckte die Decke fest um es herum. »Laß sie gucken«, sagte sie, »was geht uns das an? Wir wollen es nur behaglich und gemütlich haben, so, nicht wahr? Ist es jetzt besser.«

»Ave Rosemarie!« sagte Helen Wees.

Die anderen griffen den Gruß auf. »Ave Rosemarie!«

»Ave Rosemarie!« Minnie und Stavropoulus und Dr. Sapirstein.

»Ave Rosemarie!« Auch Guy sagte es.

»Ave Rosemarie!« Laura-Louise bewegte ihre Lippen, ohne daß ein Laut darüber kam.

»Ave Rosemarie, Mutter Adrians!« sagte Roman.

Sie blickte von dem Kinderwagen auf. »Er heißt Andrew«, sagte sie, »Andrew John Woodhouse.«

»Adrian Steven«, sagte Roman.

Guy sagte: »Roman, höre«, und Stavropoulus, der an Romans anderer Seite stand, berührte ihn am Arm und sagte: »Ist der Name von solcher Bedeutung?«

»Er ist es. Ja. Er ist es«, sagte Roman. »Sein Name ist Adrian Steven.«

Rosemarie sagte: »Ich weiß, warum ihr ihn so nennen wollt, aber es tut mir leid, das geht nicht. Er heißt Andrew John. Er ist mein Kind, nicht eures, und das ist ein Punkt, über den ich mich auf keine Verhandlungen einlasse. Der Name und die Sachen. Er kann nicht immerzu Schwarz tragen.«

Roman wollte etwas entgegnen, aber Minnie sagte mit lauter Stimme: »Ave Andrew!« und sah ihm starr in die Augen.

Alle anderen sagten »Ave Andrew!« und »Ave Rosemarie!« und »Ave Satan!«

Rosemarie kitzelte das Baby am Bauch. »Nein, ›Adrian‹ gefiel dir auch nicht?« fragte sie es. »Ich glaube es nicht. ›Adrian Steven!‹ *Bitte*, hör jetzt auf, so traurig auszusehen!« Sie stupste seine kleine Nasenspitze. »Kannst du schon lächeln, Andy? Kannst du? Komm, mein kleiner Andy mit den komischen Augen, kannst lachen? Kannst du für deine Mama lachen?« Sie stieß das silberne Ornament an und ließ es baumeln. »Komm, Andy«, sagte sie. »Lach einmal! Komm, Andy-Candy.«

Der Japaner glitt mit seiner Kamera nach vorn und machte in rascher Folge ein paar Aufnahmen.

ROBERT BLOCH
Psycho

1

Norman Bates hörte das Geräusch, und ein Schock durchfuhr ihn.

Es klang, als ob jemand an die Fensterscheibe klopfte.

Hastig blickte er auf und war halb und halb darauf gefaßt, sich zu erheben. Das Buch glitt aus seinen Fingern auf seinen massigen Schoß. Dann wurde ihm klar, daß es nur der Regen war, der gegen die Scheiben des Wohnzimmers schlug, ein Abendregen.

Norman hatte weder den Beginn des Regens noch den Einbruch der Dämmerung gemerkt. Nun aber war es im Wohnzimmer schon recht dunkel, und bevor er weiterlas, streckte er die Hand aus, um die Lampe anzuknipsen.

Es war das eine jener altmodischen Tischlampen mit einem kunstvoll verzierten Glasschirm und Kristallprismen. Mutter hatte sie seit unvordenklichen Zeiten benutzt und sich geweigert, sich von ihr zu trennen. Norman hatte im Grunde genommen nichts dagegen. Er wohnte nun seit vierzig Jahren in diesem Haus, und von vertrauten Dingen umgeben zu sein, hatte etwas recht Angenehmes und Tröstliches. Alles war geregelt und hatte seine Ordnung. Nur draußen, außerhalb der vertrauten vier Wände, gingen Veränderungen vor sich. Und in den meisten dieser Veränderungen lag eine bedrohende Gefahr. Angenommen, er hätte zum Beispiel am Nachmittag einen Spaziergang unternommen. Vielleicht wäre er vom Regen auf einem einsamen Seitenweg oder sogar weit draußen auf den Marschen überrascht worden – und was dann? Bis auf die Haut durchnäßt, hätte er im hereinbrechenden Dunkel nach Hause stolpern müssen. Auf diese Weise konnte man sich den Tod durch eine Erkältung holen, und außerdem, wer war denn schon im Dunkeln gerne da draußen? Da saß es sich im traulichen Wohnzimmer, bei der Lampe mit einem guten Buch, bedeutend angenehmer.

Das Licht schien auf sein feistes Gesicht, spiegelte sich in der randlosen Brille und badete die rosige Kopfhaut unter dem dunkelblonden, sich lichtenden Haar, als er den Kopf senkte, um weiterzulesen.

Es war wirklich ein spannendes Buch – kein Wunder, daß er gar nicht gemerkt hatte, wie schnell die Zeit verging. Es hieß *Das Reich der Inkas*, von Victor W. von Hagen, und Norman war noch nie zuvor einer solchen Fülle wunderlicher Mitteilungen begegnet. Als Beispiel möge die Schilderung des Siegestanzes *cachua* dienen, bei dem die Krieger einen weiten Kreis bilden, der sich gleich einer riesigen Schlange windet und krümmt. Er las:

Die Trommelbegleitung wurde zumeist auf dem Leichnam eines erschlagenen Feindes vollführt. Die Haut hatte man abgezogen und den Bauch so kräftig gespannt, daß er ein Trommelfell bildete. Der ganze Rumpf fungierte als Schalldose, während aus dem offenen Mund die pochenden Rhythmen ertönten – grotesk, aber wirkungsvoll ...

Norman lächelte und überließ sich dann dem Luxus eines angenehmen Schauers. Grotesk, aber wirkungsvoll – allerdings! Man stelle sich vor, daß ein Mensch geschunden wird – wahrscheinlich bei lebendigem Leib –, und daß man daraufhin den straffgespannten Bauch als Trommel benutzt! Wie hatten sie das eigentlich gemacht, daß sie das Fleisch des Toten beizten und konservierten, um die Fäulnis zu verhindern? Was mußten das übrigens für Menschen gewesen sein, die auf einen derartigen Gedanken verfielen?

Es war nicht gerade eine besonders appetitliche Vorstellung, aber wenn Norman halb die Augen zumachte, konnte er beinahe das Schauspiel vor sich sehen; er glaubte einen Augenblick sogar, es zu hören. Dann aber fiel ihm ein, daß auch der Regen seinen Rhythmus hat, daß auch Schritte ...

Ja, tatsächlich, er hatte Schritte wahrgenommen, ohne daß er sie gehört hätte. Die langjährige Gewohnheit schärfte seine Sinne, sowie seine Mutter ins Zimmer kam. Er brauchte nicht einmal aufzublicken, um zu wissen, daß sie da war.

Er blickte auch wirklich nicht auf. Statt dessen tat er so, als setzte er seine Lektüre fort. Mutter hat in ihrem Zimmer geschlafen, und er wußte, wie kratzbürstig sie sein konnte, wenn sie gerade erst aufgeweckt worden war. Es war jedenfalls ratsam, sich still zu verhalten und zu hoffen, daß sie nicht allzu schlechter Laune war.

»Norman, weißt du, wie spät es ist?«

Seufzend klappte er das Buch zu. Nun wußte er, daß es schwierig mit ihr werden würde, schon die Frage war eine Herausforderung. Um ins Wohnzimmer zu gelangen, mußte Mutter im Flur an der alten Standuhr vorübergehen und konnte mit Leichtigkeit feststellen, wie spät es war.

Aber es wäre zwecklos gewesen, sich deswegen zu zanken. Norman warf einen Blick auf seine Armbanduhr und lächelte dann: »Kurz nach fünf«, sagte er. »Ich habe tatsächlich nicht gemerkt, daß es schon so spät ist. Ich hatte gelesen –«

»Glaubst du vielleicht, ich habe keine Augen im Kopf? Ich kann schließlich sehen, was du gemacht hast.« Nun stand sie am Fenster und starrte in den Regen hinaus. »Und ich sehe auch, was du nicht gemacht hast. Warum hast du nicht die Hotelschildbeleuchtung angemacht, als es dunkel wurde? Und warum sitzt du nicht drüben im Büro, wo dein Platz ist?«

»Na, es hat dermaßen zu gießen begonnen, und ich habe nicht damit gerechnet, daß bei dem Wetter jemand unterwegs sein wird.«

»Dummes Zeug! Gerade bei einem solchen Wetter kann man erwarten, daß sich was rührt. Eine Menge Leute fahren nicht gern Auto, wenn es regnet.«

»Aber das hier jemand vorbeikommt, ist nicht sehr wahrscheinlich. Alles benutzt die neue Landstraße.« Norman hörte den bitteren Ton, der sich seiner Stimme bemächtigte, fühlte die Erbitterung in der Kehle hochsteigen, bis er sie fast schmecken konnte, und versuchte, sie zurückzudämmen. Aber es war zu spät. Er mußte sie herauswürgen. »Ich habe dir doch gesagt, wie es kommen wird – damals, als man uns den Tip im voraus gab, daß die Straße verlegt wird! Damals hättest du das Motel verkaufen können, noch bevor die neue Trasse öffentlich bekanntgegeben wurde. Wir hätten dort drüben jedes beliebige Grundstück für einen Pappenstiel kaufen können – und dazu eines, das näher an Fairvale liegt. Wir hätten ein neues Motel, ein neues Haus und dazu etwas Geld verdient. Aber du wolltest ja nicht hören. Nie hörst du auf mich, habe ich recht? Nur, was *du* möchtest und was *du* dir vorstellst, spielt eine Rolle. Du gehst mir auf die Nerven.«

»Wirklich, mein Junge?« Mutters Stimme war von einer trügerischen Sanftheit, aber Norman ließ sich dadurch nicht irreführen. Vor allem dann nicht, wenn sie ›mein Junge‹ zu ihm sagte. Vierzig Jahre war er jetzt – und sie nannte ihn noch ›mein Junge‹. Und genauso behandelte sie ihn auch, was es noch schlimmer machte. Wenn er sie bloß nicht anhören müßte...! Aber er mußte sie anhören, das wußte er, immer mußte er sie anhören.

»Wirklich, mein Junge?« wiederholte sie in noch liebenswürdigerem Ton. »Ich gehe dir auf die Nerven? Soso. Da bin ich anderer Meinung. Nein, mein Junge, nicht ich gehe dir auf die Nerven. Du gehst dir selber auf die Nerven –

Das ist nämlich der Grund dafür, daß du noch immer hier an

der alten Straße sitzt, Norman. Weil du keinen Mumm in den Knochen hast. Das ist der ganze Jammer. Nie hast du Mumm in den Knochen gehabt – oder, mein Junge...?

Nie hast du den Mut aufgebracht, das Elternhaus zu verlassen. Nie hast du den Mumm aufgebracht, dir eine Stellung zu suchen oder zum Militär zu gehen oder dich nach einem Mädchen umzusehen...«

»Du hättest mich ja gar nicht gelassen!«

»Das stimmt, Norman. Ich hätte es dir nicht erlaubt. Aber wenn du halbwegs ein Mann gewesen wärst, dann hättest du es auf eigene Faust gemacht.«

Er wollte ihr ins Gesicht schreien, daß sie unrecht habe, aber es gelang ihm nicht. Denn das, was sie sagte, war genau das, was er sich in all den vielen Jahren immer wieder selber vorgehalten hatte. Es stimmte. Immer hatte sie ihm Vorschriften gemacht, aber das bedeutete noch lange nicht, daß er diese Vorschriften stets hätte befolgen müssen. Mütter sind oft übertrieben herrschsüchtig, aber nicht alle Kinder lassen sich versklaven.

Es gab auch andere Witwen und andere einzige Söhne, und nicht alle hatten sich in eine solche Beziehung verstricken lassen. Eigentlich war es genauso seine Schuld wie die ihre. Weil er eben keinen Mumm in den Knochen hatte.

»Du hättest doch schließlich darauf bestehen können«, fuhr sie fort. »Warum bist du nicht hingegangen, hast einen neuen Platz ausfindig gemacht und das Ding hier zum Verkauf angeboten? Aber nein, alls was du getan hast, war jammern. Und ich weiß auch, warum. Nicht einen Moment lang hast du mir was vormachen können! Du wolltest nämlich im Grunde genommen gar nicht weg von hier. Nie wolltest du dieses Haus verlassen, und nie wirst du es verlassen! Du kannst nicht mehr weg! Ebensowenig wie jemals aus dir ein erwachsener Mensch werden wird.«

Er brachte es nicht fertig, sie anzusehen. Nein, wenn sie derartige Dinge sagte, war ihm das unmöglich. Aber davon abgesehen wußte er nicht, wo er hinblicken sollte. Die Kristallampe, die schweren, alten Polstermöbel, all die vertrauten Gegenstände waren ihm, gerade weil sie ihm seit endloser Zeit vertraut waren, zuwider: wie die Einrichtung einer Gefängniszelle. Er starrte zum Fenster hinaus, aber auch das half nichts – denn draußen waren nur der Wind und der Regen und die Finsternis. Er wußte, daß es dort *draußen* kein Entrinnen für ihn gab. Nirgendwo gab es ein Entrinnen; nie würde er dieser dröhnenden Stimme entfliehen können, dieser Stimme, die ihm in die Ohren trommelte wie die des Inkaleichnams im Buch, die Totentrommel.

Er umklammerte das Buch und versuchte, seinen Blick darauf zu konzentrieren. Vielleicht, wenn er sich nicht um sie kümmerte und Gelassenheit mimte...

Aber es half nichts.

»Schau dich nur an!« sagte sie *(die Trommel machte Bum-bum-bum, und die Töne hallten aus dem verstümmelten Mund).* »Ich weiß, warum du dir nicht die Mühe gemacht hast, das Schild einzuschalten. Ich weiß, warum du heute abend nicht einmal hinaufgegangen bist, um das Büro aufzuschließen. Du hast es nicht vergessen. Du willst bloß nicht, daß Gäste kommen, du hoffst, es werden keine kommen.«

»Schön«, murmelte er. »Ich gebe es zu. Ich mag kein Motel führen, es war mir schon immer verhaßt.«

»Es steckt noch mehr dahinter, mein Junge.« Da, schon wieder war es da, das ›Mein Junge‹ – ›Mein Junge‹ –, wie ein Trommelton dem Todesrachen entweichend. »Du haßt die Menschen. Du haßt sie, weil du dich in Wahrheit vor ihnen fürchtest. Immer schon hast du dich vor den Menschen gefürchtet, schon als ganz kleiner Stöpsel. Viel lieber kuschelst du dich in einen Sessel unter der Lampe und schmökerst. Das hast du schon vor dreißig Jahren gemacht, und so machst du es noch heute. Du versteckst dich hinter Bucheinbänden.«

»Es gibt Schlimmeres, was ich tun könnte. Das hast du selber oft betont. Schließlich habe ich mich nie herumgetrieben und bin in Schwierigkeiten geraten. Ist es denn nicht besser, etwas für seine Bildung zu tun?«

»Was für deine Bildung tun? Du meine Güte!« Er spürte nun, daß sie hinter ihm stand und auf ihn herunterblickte. »Nennst du das Bildung? Nein, mein Junge, mir kannst du nichts vormachen, nicht eine Sekunde lang! Ich habe mich nie von dir einwickeln lassen. Tu doch nicht so, als ob du die Bibel läsest und versuchtest, dich zu bilden. Ich weiß, was du liest. Schund. Und noch Schlimmeres als Schund.«

»Momentan lese ich eine Geschichte der Inkakultur –«

»Das kann ich mir lebhaft vorstellen. Und ich gehe jede Wette ein, daß dieser Schmöker mit widerlichen Beschreibungen und schmutzigen Kannibalen angefüllt ist, genauso wie das Buch, das du über die Südsee hattest. Ach, du hast dir eingebildet, ich wüßte nichts von dem Buch, weil du es oben in deinem Zimmer versteckt hast, wie all die anderen, diese Dreckschwarten, die du so gern verschlungen hast.«

»Psychologie ist kein Schmutz und Schund, Mutter.«

»Psychologie nennt er das! Was *du* schon von Psychologie verstehst. Nie werde ich vergessen, was du einmal für schmutzige Dinge zu mir gesagt hast. Nie! Nur zu denken, daß ein Sohn es fertigbringt, zu seiner leiblichen Mutter zu kommen und ihr so etwas ins Gesicht zu sagen!«

»Aber ich wollte dir doch nur etwas erklären, das, was man eine Ödipus-Situation nennt, und ich dachte mir, wenn wir beide vernünftig an das Problem herangehen und uns Mühe geben, es zu begreifen, daß sich dann vielleicht die Dinge bessern würden.«

»Bessern, mein Junge? Nichts wird sich bessern. Du kannst sämtliche Bücher der Welt lesen und wirst doch immer derselbe bleiben. Ich brauche mir das gemeine, obszöne Gefasel nicht anzuhören, um dich zu durchschauen. Selbst ein achtjähriges Kind könnte das. Und sie haben dich alle durchschaut, alle deine Spielkameraden, schon damals, vor so langer Zeit. Du bist ein Muttersöhnchen. So haben sie dich genannt, und du warst es auch. Du warst es, und du bist es und wirst es bleiben. Ein großes fettes, gemästetes Muttersöhnchen.«

Der Trommelschwall ihrer Worte betäubte ihn nicht weniger wie das Trommeln in seiner eigenen Brust. Die Gemeinheit in seinem Mund erstickte ihn fast. Im nächsten Augenblick würden ihm die Tränen kommen. Norman schüttelte den Kopf. Daß sie ihm das noch immer antun konnte, selbst jetzt noch! Aber ja, sie brachte es fertig, sie hatte es fertiggebracht, und sie würde es immer wieder fertigbringen, sofern nicht...

»Sofern – was?«

Du lieber Himmel, konnte sie seine Gedanken lesen...?

»Ich weiß, was in deinem Kopf vorgeht, Norman. Ich kenne dich durch und durch, mein Junge. Besser, als du dir träumen läßt. Aber auch das weiß ich – was du träumst. Du denkst, du möchtest mich gern umbringen, Norman, ja? Aber dazu bist du nicht fähig. Weil du nicht den nötigen Mumm dazu hast. Ich bin die Stärkere, ich war es immer. Ich habe genug Kraft für uns beide. Deshalb wirst du mich nie loswerden, auch wenn du mich wirklich loswerden wolltest –

Freilich, tief innerlich willst du mich gar nicht loswerden. Du brauchst mich, mein Junge. Das stimmt doch, nicht wahr?«

Norman stand langsam auf. Er wagte nicht, sich zu ihr umzudrehen – noch nicht. Er mußte sich ermahnen, ruhig zu bleiben, zunächst. Nicht darüber nachzudenken, was sie sagt. Versuchen, ihr die Stirn zu bieten und sich zu sagen: *Sie ist eine alte Frau und nicht ganz richtig im Kopf. Wenn du ihr weiterhin zuhörst, wirst eines schönen Tages auch du nicht mehr ganz richtig im Kopf sein. Sag ihr, sie soll in ihr Zimmer gehen und sich hinlegen. Dort gehört sie hin. Und zwar schnell; denn wenn sie sich nicht beeilt, dann wirst du sie diesmal mit ihrer eigenen Halskette erdrosseln –*

Er wollte sich umdrehen, sein Mund zuckte und formte die Sätze, da surrte die Klingel.

Das war das Signal: Jemand war an dem Motel vorgefahren und verlangte, bedient zu werden.

Ohne sich auch nur umzuschauen, ging Norman in den Flur hinaus, nahm den Regenmantel vom Kleiderständer und verschwand in der Dunkelheit.

2

Schon seit mehreren Minuten hatte es drauflosgeregnet, bevor Mary es merkte und den Scheibenwischer anstellte. Gleichzeitig schaltete sie die Scheinwerfer ein. Ganz plötzlich war es finster geworden, und die Straße war nur noch ein undeutlicher Schatten zwischen den hochgereckten Bäumen.

Bäume? Sie konnte sich nicht entsinnen, daß das letztemal, als sie hier vorbeigefahren war, Bäume am Straßenrand gestanden hatten. Freilich war das im vorigen Sommer gewesen, und sie war am hellichten Tag nach Fairvale gekommen, frisch und munter. Nun war sie von der achtzehnstündigen Fahrt ermüdet, konnte sich aber trotzdem erinnern und spüren, daß irgend etwas nicht stimmte.

Erinnere dich! Das war das Stichwort. Nun konnte sie sich dunkel erinnern, wie sie vor etwa einer halben Stunde, als sie an die Weggabelung kam, ein wenig gezögert hatte. Natürlich. Sie war falsch abgebogen. Und nun befand sie sich weiß Gott wo, es goß in Strömen, und draußen war alles pechschwarz...

Nimm dich zusammen. Du darfst nicht die Nerven verlieren. Das Schlimmste ist vorbei...

Das stimmt, sagte sie sich. Das Schlimmste war vorbei. Das Schlimmste hatte sich gestern nachmittag abgespielt, als sie das Geld stahl.

Sie stand in Mr. Lowerys Büro, als der alte Tommy Cassidy das dicke grüne Banknotenbündel hervorholte und auf den Schreibtisch legte. Sechsunddreißig schöne Scheine mit dem Bildnis eines dicken Mannes, der wie ein Lebensmittelgrossist aussah und acht weitere mit dem Antlitz des Mannes, der wie ein Leichenbestatter wirkte. Der Grossist war Präsident Grover Cleveland, der Leichenbestatter Präsident William McKinley. Und sechsunddreißig Tausender plus acht Fünfhunderter ergaben eine Summe von vierzigtausend Dollar.

Tommy Cassidy hatte das Geld ganz einfach so hingelegt und es auf saloppe Art ausgebreitet, während er zugleich erklärte, daß er den Vertrag abzuschließen und ein Haus als Hochzeitsgeschenk für seine Tochter zu kaufen beabsichtigte.

Mr. Lowery tat so, als ob er nicht weniger unbeeindruckt sei, als er sich daranmachte, die letzten Unterschriften zu leisten. Aber nachdem der alte Tommy Cassidy sich entfernt hatte, war Mr. Lowery doch ein wenig aufgeregt. Er raffte das Geld zusammen, steckte es in einen großen braunen Umschlag und klebte ihn zu. Mary merkte, daß seine Hände zitterten.

»Da!« sagte er und reichte ihr den Umschlag. »Tragen Sie es auf die Bank. Es ist beinahe schon vier, aber Gilbert wird es bestimmt noch entgegennehmen.« Er hielt inne und sah sie an. »Was ist denn los, Miß Crane? Fühlen Sie sich nicht wohl?«

Vielleicht hatte er gemerkt, daß auch ihre Finger zitterten, seit sie das Kuvert in der Hand hielt. Aber das spielte keine Rolle. Sie wußte, was sie antworten würde, obwohl sie erstaunt war, als sie es nun tatsächlich aus ihrem eigenen Munde zu hören bekam.

»Es scheint, daß ich wieder mal Kopfschmerzen habe, Mr. Lowery. Eigentlich wollte ich Sie gerade fragen, ob Sie was dagegen haben, wenn ich den Rest der heutigen Bürozeit frei mache. Die Post ist erledigt, und die restlichen Papiere in der Hauskaufangelegenheit können wir doch erst am Montag ausfertigen.«

Mr. Lowery lächelte. Er war gut gelaunt, und warum denn auch nicht? Fünf Prozent von vierzigtausend sind zweitausend Dollar. Er konnte es sich leisten, großzügig zu sein.

»Aber selbstverständlich, Miß Crane. Zahlen Sie das Geld ein, und gehen Sie dann nach Haus. Soll ich Sie hinfahren?«

»Nein, nein, ich schaffe es schon. Ein klein wenig Ruhe...«

»Na dann – bis Montag also. Immer mit der Ruhe, das sage ich ja schon immer.«

Typischer Fall von denkste, dachte Mary: um einen extra Dollar zu verdienen, war er bereit, sich halb zu Tode zu schinden, und für weitere fünfzig Cent würde er, ohne mit der Wimper zu zucken, jeden seiner Angestellten ans Messer liefern.

Aber Mary Crane hatte ihm äußerst liebenswürdig zugelächelt und war sodann aus seinem Büro und aus seinem Leben entschwunden. Mit den vierzigtausend Dollar in der Tasche.

So eine günstige Gelegenheit bietet sich nicht jeden Tag. Ja, wenn man es sich recht überlegt, gibt es Leute, die in ihrem ganzen Leben auf keine günstige Gelegenheit stoßen.

Mary Crane hatte über siebenundzwanzig Jahre lang auf ihre gewartet.

Die Chance, zu studieren, war ihr entwischt, als sie siebzehn war und Papa von einem Auto überfahren wurde. Statt dessen besuchte sie ein Jahr lang einen Handelskursus und widmete sich sodann der Aufgabe, Mama und ihre kleine Schwester Lila zu ernähren.

Die Chance, sich zu verheiraten, entschwand mit Zweiundzwanzig, als Dale Belter zum Militär eingezogen und nach einer Weile nach Hawaii versetzt wurde. Es dauerte nicht lange, da erwähnte er in seinen Briefen den Namen einer anderen, und sehr bald blieben die Briefe überhaupt aus. Als Mary schließlich die Heiratsanzeige erhielt, ging es ihr nicht mehr zu Herzen.

Außerdem war Mama damals schon sehr krank. Drei Jahre lang quälte sie sich hin, bevor sie starb, während Lila im Internat war. Mary hatte darauf bestanden, sie studieren zu lassen, komme was da wolle; aber damit hatte sie eine schwere Last auf sich genommen. Zwischen den ganzen Tagen im Immobilienbüro Lowery an ihrer Schreibmaschine zu sitzen und die halbe Nacht an Mamas Bett zu wachen, blieb ihr keine Zeit für irgend etwas anderes.

Ja, nicht einmal die Zeit, um zu bemerken, wie die Zeit verging. Dann aber erlitt Mama den letzten Schlaganfall; sie mußte begraben werden, und Lila kehrte von der Hochschule zurück und bemühte sich um eine Anstellung, und plötzlich blickte Mary Crane in den großen Spiegel und sah dort ein verhärmtes, verzerrtes Gesicht. Sie nahm etwas und warf es gegen den Spiegel, und der Spiegel zerbrach in tausend Stücke, und sie wußte, daß das noch nicht alles war. Sie war dabei, ebenfalls in tausend Stücke zu zerbrechen.

Lila war großartig gewesen, und sogar Mr. Lowery war ihr behilflich gewesen, indem er dafür sorgte, daß das Haus sofort verkauft wurde. Nachdem der Nachlaß geordnet worden war, blieben ihnen etwa zweitausend Dollar bares Geld übrig. Lila fand Arbeit in einem Schallplattengeschäft, und sie zogen gemeinsam in eine kleine Wohnung.

»Du machst jetzt Urlaub«, sagte Lila zu ihr. »Richtigen Urlaub. Keine Widerrede! Acht Jahre lang hast du für die Familie gesorgt, es ist höchste Zeit, daß du ausspannst. Ich möchte, daß du eine Reise machst. Eine Seereise vielleicht.«

Mary ging also an Bord der *S. S. Caledonia*, und nach etwa einer Woche in karibischen Gewässern war das verhärmte, verzerrte Gesicht aus dem Spiegel in ihrer Kabine verschwunden. Sie sah wieder wie ein junges Mädchen aus (tja, bestimmt nicht einen Tag älter als Zweiundzwanzig, sagte sie sich). Und was noch schwerer wog, wie ein verliebtes junges Mädchen.

Es war keineswegs die wilde und himmelstürmende Sache wie damals, als sie Dale Belter kennenlernte. Es handelte sich nicht einmal um die übliche stereotype Mond-und-Meer-Schwärmerei – Begleiterscheinung einer tropischen Seereise.

Sam Loomis war um gute zehn Jahre älter als Dale Belter und ein sehr stiller Mensch, aber sie liebte ihn. Er erschien ihr als die erste günstige Gelegenheit, der erste richtige Glücksfall ihres Lebens – bis Sam ihr einiges erklärte.

»Eigentlich reise ich sozusagen unter Vorspiegelung falscher Tatsachen«, sagte er zu ihr. »Siehst du, es handelt sich um das Eisenwarengeschäft –«

Dann kam es heraus.

Das Eisenwarengeschäft lag in einer Kleinstadt namens Fairvale, im Norden. Sam war bei seinem Vater angestellt gewesen und sollte nach dessen Tod die Firma erben. Letztes Jahr war der Vater gestorben, und die Buchprüfer hatten ihm die bittere Wahrheit mitgeteilt.

Freilich hatte Sam die Firma geerbt, zugleich aber ungefähr zwanzigtausend Dollar Schulden. Das Haus war hypothekarisch belastet und sogar die Versicherung beliehen. Sams Vater hatte seinem Sohn nie von seinen kleinen Spekulationen erzählt – an der Börse oder auf dem Rennplatz. Aber an den Tatsachen ließ sich nicht rütteln. Es gab für Sam nur die Wahl: den Konkurs anzumelden oder zu versuchen, die Verpflichtungen abzuarbeiten.

Sam Loomis entschied sich für den zweiten Weg. »Es ist eine solide Firma«, erklärte er. »Sie wird mir nie ein Vermögen einbringen, aber wenn sie einigermaßen anständig geführt wird, sind sichere Acht- bis Zehntausend im Jahr zu verdienen. Vielleicht sogar mehr, wenn es mir gelingt, landwirtschaftliche Maschinen mit ins Sortiment zu nehmen. Über Viertausend habe ich bereits zurückgezahlt. Ich rechne mit weiteren zwei Jahren, dann bin ich schuldenfrei.«

»Aber ich verstehe nicht – wenn du Schulden hast, wie kannst du dir dann eine solche Reise leisten?«

Sam lächelte. »Ich habe sie in einem Wettbewerb gewonnen. Ja, wirklich! Es war ein Verkäuferwettbewerb, den eine Firma für landwirtschaftliche Maschinen veranstaltet hatte. Ich wollte gar keine Reise gewinnen; ich wollte nur möglichst viele Maschinen verkaufen, um meine Gläubiger schneller abfinden zu können. Aber man teilte mir mit, ich hätte in meinem Bezirk den ersten Preis gewonnen... Zuerst versuchte ich, eine Ablösung in bar zu bekommen, aber darauf wollten sie sich nicht einlassen. Entweder die Reise oder gar nichts. Na ja, das ist ein flauer Monat, und ich habe einen sehr ehrlichen Angestellten, der mich vertritt. Ich dachte mir, warum sollst du dir nicht diesen halb und halb bezahlten Urlaub gönnen. Und nun habe ich dich getroffen.« Er grinste, seufzte dann. »Ich wünschte, es wäre unsere Hochzeitsreise!«

»Sam – warum eigentlich nicht? Ich meine...«

Aber er seufzte abermals und schüttelte den Kopf. »Wir müssen warten. Es kann zwei bis drei Jahre dauern, bevor alles abbezahlt ist.«

»Ich will nicht warten! Mir liegt nichts am Geld. Ich könnte meine Stellung aufgeben und dir im Geschäft helfen –«

»Und auch dort schlafen, so wie ich?« Wieder zwang er sich zu einem Lächeln, aber es war nicht heiterer als sein Seufzen. »Ja. Ich habe mir ein Bett ins Hinterzimmer gestellt. Die meiste Zeit lebe ich von gebackenen Bohnen. Die Leute behaupten, daß ich sparsamer sei als unser Bankdirektor.«

»Aber was hat denn das für einen Sinn?« fragte Mary. »Ich meine, wenn du besser lebst, wird es doch nur ein bis zwei Jahre länger dauern, bis du deine Schulden gedeckt hast. Inzwischen...«

»Inzwischen muß ich in Fairvale leben. Fairvale ist ein netter Ort, aber ein kleines Nest. Jeder weiß, was der Nachbar tut. Solange ich drauflos schufte, haben sie Respekt vor mir. Sie strengen sich sogar an, mir etwas abzukaufen – sie kennen meine Lage und wissen es zu schätzen, daß ich mir große Mühe gebe. Papa hat einen guten Ruf hinterlassen, trotz allem, was sich nachher herausgestellt hat. Ich will mir selber und der Firma diesen guten Ruf bewahren. Und uns beiden – für die Zukunft. Das ist jetzt wichtiger denn je. Verstehst du das nicht?«

»Die Zukunft!« Mary seufzte. »Zwei bis drei Jahre, sagst du.«

»Verzeih – aber wenn wir heiraten, möchte ich ein hübsches Heim haben, hübsche Sachen. Das kostet Geld. Zumindest muß man Kredit haben. Ich ziehe jetzt schon die Zahlungen an meine Lieferanten so lange wie nur möglich hinaus – sie machen mit, solange sie wissen, daß alles, was ich verdiene, zur Abzahlung der Schulden dient, die ich bei ihnen habe. Das ist nicht einfach und nicht angenehm. Aber ich weiß, was ich will, und billiger ist es eben nicht zu haben. Du mußt also Geduld haben, Schatz.«

Sie faßte sich in Geduld. Aber erst dann, als sie festgestellt hatte, daß keine weiteren Argumente – wörtliche oder physische – ihn umstimmen konnten.

So hatte es ausgesehen, als die Reise zu Ende war. Und über ein Jahr lang änderte sich nichts. Vorigen Sommer war sie zu Besuch bei ihm gewesen, hatte sich die kleine Stadt angesehen, den Laden und die neusten Zahlen im Hauptbuch, aus denen hervorging, daß Sam abermals fünftausend Dollar abgezahlt hatte. »Jetzt sind es nur noch elftausend«, sagte er stolz. »Noch zwei Jahre, vielleicht sogar weniger.«

Zwei Jahre. In zwei Jahren würde sie neunundzwanzig sein. Sie konnte es sich nicht leisten, einen Bluff zu riskieren, eine Szene zu machen und ihm wie eine Zwanzigjährige davonlaufen. Sie wußte, in ihrem Leben würden nicht mehr viele Sams auftauchen. Deshalb nickte sie lächelnd und kehrte in das Immobilienbüro Lowery zurück.

Sie saß an ihrer Schreibmaschine und sah zu, wie der alte Lowery bei jedem Abschluß, den er tätigte oder vermittelte, regelmäßig seine fünf Prozent einsackte. Sie sah ihm zu, wie er wackelige Hypotheken aufkaufte und den Besitz versteigern ließ, wie er verzweifelten Kunden, die verkaufen mußten, schnelle, schlaue, halsabschneiderische Barangebote machte, sich dann umdrehte und an einem raschen, bequemen Weiterverkauf einen fetten Profit machte. Immerzu kauften und verkauften die Menschen. Lowery tat nichts weiter, als sich dazwischenzuschieben und beiden Parteien einen Anteil abzuknöpfen, nur, weil er Käufer und Verkäufer zusammenführte. Er leistete keinerlei andere Dienste, um sein Dasein zu rechtfertigen. Und dabei war er reich. Er würde keine zwei Jahre brauchen, um im Schweiße seines Angesichts eine Schuld von elftausend Dollar abzuzahlen. Soviel verdiente er manchmal in zwei Monaten.

Mary haßte ihn, und sie haßte auch viele der kaufenden und verkaufenden Kunden, mit denen er zu tun hatte, weil sie ebenfalls reich waren. Dieser Tommy Cassidy war einer der Schlimmsten – ein großer Spekulant, der mit Erdölrechten eine Unmenge Geld verdient hatte. Er brauchte eigentlich keinen Finger mehr zu rühren, aber er fummelte unaufhörlich an Grundstücksgeschäften herum, witterte wie ein Bluthund die Sorgen oder Bedürfnisse seiner Mitmenschen, kaufte billig und verkaufte teuer, stets auf jede Gelegenheit erpicht, einen Extradollar an Zinsen oder Miete herauszupressen.

Ihm machte es gar nichts aus, vierzigtausend Dollar bar auf den Tisch zu legen, um seiner Tochter ein Haus als Hochzeitsgeschenk zu kaufen.

Genausowenig, wie es ihm etwas ausgemacht hatte – eines Nachmittags vor etwa sechs Monaten –, einen Hundertdollarschein auf Mary Cranes Schreibtisch zu legen und ihr vorzuschlagen, übers Wochenende mit ihm einen kleinen Ausflug nach Dallas zu unternehmen.

Es war alles so rasch geschehen und mit einem so freundlichen und ungezwungenen Lächeln, daß sie gar keine Zeit gehabt hatte, wütend zu werden. Dann kam Mr. Lowery herein, und die Sache erledigte sich. Sie hatte Cassidy nie, weder privatim noch öffentlich, die Meinung gesagt, und er hatte seinen Vorschlag niemals wiederholt. Aber sie hatte es nicht vergessen. Sie konnte das Lächeln der feuchten Lippen in diesem fetten, alten Gesicht nicht vergessen.

Und sie konnte nicht vergessen, daß diese Welt den Tommy Cassidys gehört. Sie sind die Besitzenden, sie bestimmen die Preise. Vierzigtausend Dollar als Hochzeitsgeschenk für die Tochter, hundert Dollar gleichgültig auf einen Schreibtisch hingeworfen – als dreitägige Mietgebühr für die Reize Mary Cranes –

Da habe ich die vierzigtausend Dollar genommen...

So lautet der alte Witz, aber das war nun kein Witz gewesen. Sie hatte das Geld genommen, und in ihrem Unterbewußtsein mußte sie schon seit langer, langer Zeit von einer solchen Chance geträumt haben. Denn jetzt schien sich alles reibungslos einzufügen, als sei es Bestandteil eines vorbedachten Plans.

Es war Freitagnachmittag. Die Banken würden am nächsten Tag geschlossen sein. Das bedeutete, daß Lowery vor Montag, wenn sie nicht zur Arbeit erschien, keine Gelegenheit haben würde, wegen ihr Nachforschungen anzustellen.

Außerdem – und das war besonders vorteilhaft – war Lila frühmorgens nach Dallas abgereist. Sie erledigte jetzt alle Einkäufe für das Schallplattengeschäft. Auch sie würde nicht vor Montag zurück sein.

Mary fuhr sogleich in die Wohnung und packte – nicht alles, nur einen Koffer mit den besten Kleidern und eine kleine Reisetasche mit Toilettesachen. Sie und Lila hatten gemeinsam dreihundertundsechzig Dollar in einem leeren Coldcreamtiegel versteckt, aber die rührte sie nicht an. Lila würde sie brauchen, wenn sie die Wohnung allein halten mußte. Gern hätte Mary ihrer Schwester ein paar Zeilen hinterlassen, aber sie wagte es nicht. Für Lila würden die kommenden Tage hart werden, doch daran ließ sich nichts ändern. Vielleicht ließ sich später ein Arrangement treffen.

Gegen sieben verließ Mary die Wohnung, eine Stunde später machte sie an der Peripherie einer Vorstadt halt und aß zu Abend, dann fuhr sie unter einem Schild *Prima Gebrauchtwagen* hindurch und tauschte ihre Limousine gegen ein Coupé ein. Dabei verlor sie Geld, und am nächsten Morgen mußte sie abermals bluten, als sie in einer sechshundert Kilometer weiter nördlich gelegenen Stadt die Prozedur wiederholte. Nachdem sie dann gegen Mittag den dritten Tausch vollzogen hatte, besaß sie außer ihrer Beute dreißig Dollar und eine zerbeulte alte Karre mit einer verbogenen Stoßstange, aber sie war nicht unzufrieden. Ihr lag nur daran, schnell hintereinander die Wagen zu tauschen, die Fährte zu verwischen und zuletzt ein Vehikel zu ergattern, das sie gerade noch bis Fairvale befördern würde. Von dort aus konnte sie dann noch weiter nordwärts, vielleicht bis nach Springfield fahren und den letzten Wagen unter ihrem Namen verkaufen. Wie sollten die Behörden eine Mrs. Loomis aufstöbern, die in einem Hunderte von Kilometern entfernten Ort wohnte?

Denn sie war fest entschlossen, Mrs. Loomis zu werden, und zwar schnell. Sie würde Sam erzählen, sie habe geerbt. Nicht vierzigtausend Dollar – das wäre eine allzu große Summe und würde vielleicht allzu weitläufige Erklärungen erfordern –, aber vielleicht fünfzehn. Und sie würde ihm erzählen, Lila habe ebensoviel geerbt, Hals über Kopf ihre Stellung aufgegeben und sei nach Europa gereist. Also würde es keinen Sinn haben, sie zur Hochzeit einzuladen.

Vielleicht würde Sam sich sträuben, das Geld anzunehmen, und ganz bestimmt würde sie viele unangenehme Fragen beantworten müssen, aber sie würde ihn schon beschwatzen. Es mußte ihr gelingen. Sie würden auf der Stelle heiraten – das war das Wichtigste.

Dann trug sie seinen Namen, hieß Mrs. Loomis, Gattin des Besitzers einer Eisenwarenhandlung in einer Stadt, die von dem Immobilienbüro Lowery fünfzehnhundert Kilometer entfernt ist.

Im Immobilienbüro Lowery wußte man nicht einmal von Sams Existenz. Natürlich würde man bei Lila erscheinen, und Lila würde wahrscheinlich den wahren Zusammenhang erraten. Aber sie würde nichts sagen – zumindest nicht, solange sie sich nicht mit ihrer Schwester in Verbindung gesetzt hatte.

Wenn es erst einmal soweit war, mußte Mary sich darauf gefaßt machen, die Schwester zu beschwichtigen, damit sie sowohl Sam als auch den Behörden gegenüber den Mund hielt. Das würde nicht allzu schwierig sein – Lila schuldete ihr soviel für all die Jahre, die Mary sich abgeplagt hatte, um sie studieren zu lassen. Vielleicht könnte sie ihr auch einen Teil der restlichen fünfundzwanzigtausend Dollar geben. Vielleicht würde Lila das Geld nicht nehmen wollen. Aber irgendeine Lösung würde wohl zu finden sein. Mary hatte nicht so weit vorausgedacht; aber wenn erst einmal die Stunde kam, würde sie schon das Richtige finden.

Jetzt hießt es erst einmal, brav einen Schritt nach dem anderen tun, und der erste Schritt war, nach Fairvale zu gelangen. Auf der Landkarte betrug die Entfernung nur zehn Zentimeter. Zehn unbedeutende Zentimeter roter Strich zwischen zwei Punkten. Aber um hierherzugelangen, hatte sie bereits achtzehn Stunden gebraucht, achtzehn Stunden endlosen Gerüttels, achtzehn Stunden mit dem grellen Licht der Scheinwerfer und der Sonne in den Augen, achtzehn Stunden verkrampfter Haltung, in ständigem Kampf mit der Straße und dem tödlich einschläfernden, lähmenden Gewicht der eigenen Müdigkeit. Jetzt war sie falsch abgebogen, und es regnete. Die Nacht war hereingebrochen. Sie befand sich auf einer fremden Straße. Verirrt.

Mary warf einen Blick in den Rückspiegel und sah dort den matten Reflex ihres Gesichts. Das dunkle Haar und die regelmäßigen Züge waren ihr noch vertraut, aber das Lächeln war erloschen, und die vollen Lippen waren zu einem straffen Strich geworden. Wo hatte sie denn schon einmal dieses verhärmte, verzerrte Antlitz gesehen?

Im Spiegel nach Mamas Tod, als der Spiegel und du selber in Stücke zersprangen...

Und nun hatte sie sich die ganze Zeit eingebildet, so ruhig, so kühl, so gefaßt zu sein. Sie hatte weder Furcht noch Reue noch

Schuld empfunden. Aber der Spiegel log nicht, er sagte ihr die Wahrheit.

Er sagte ihr wortlos: *Halt! Mit diesem Aussehen kannst du nicht Sam in die Arme stürzen, unversehens aus der Nacht auftauchen, mit einem Gesicht und in einem Aufzug, die die Geschichte einer hastigen Flucht verraten. Freilich, du wolltest ihm erzählen, du hättest ihn so schnell wie möglich mit der frohen Botschaft überraschen wollen, aber du mußt auch danach aussehen – als ob du so glücklich wärst, daß du es ganz einfach nicht mehr erwarten konntest ...*

Also irgendwo übernachten, sich ordentlich ausruhen und morgen früh munter und erfrischt in Fairvale ankommen.

Und da sah sie das Schild am Straßenrande neben der Zufahrt, die zu dem kleinen, abseitsstehenden Gebäude führte.

MOTEL – *Zimmer frei!*

Das Schild war nicht beleuchtet, aber vielleicht hatte man nur vergessen, das Licht anzuknipsen, genauso wie sie vergessen hatte, die Scheinwerfer einzuschalten, als plötzlich die Nacht hereingebrochen war.

Mary fuhr weiter, sah, daß alle Fenster des Motels finster waren, einschließlich des eingeglasten Verschlages an dem einen Ende, der zweifellos als Büro diente. Vielleicht war das Etablissement geschlossen. Sie bremste und strengte die Augen an, und dann merkte sie, daß ihre Reifen über eines dieser elektrischen Signalkabel rollten. Nun erblickte sie das Haus auf der Anhöhe hinter dem Motel. Die Vorderfenster waren erhellt, offenbar wohnte dort der Besitzer. Er würde im Augenblick herunterkommen.

Sie stellte die Zündung ab und wartete. Ganz plötzlich hörte sie jetzt das dumpfe Geprassel des Regens und fühlte das Seufzen des Windes. Sie erinnerte sich gut an diese Geräusche, weil es an dem Tag, als Mama begraben wurde, geregnet hatte, an dem Tag, da man den Sarg in das kleine finstere Rechteck hinabsenkte. Und nun war diese Finsternis rings um sie her. Sie war allein in der Finsternis. Und weder ihr Geld konnte ihr helfen, noch Sam, weil sie falsch abgebogen war und sich verirrt hatte. Nichts half. Sie hatte sich ihr Grab gegraben und mußte sich hineinlegen.

Wie kam sie nur auf diesen wunderlichen Gedanken? Wieso Grab? Bett mußte es heißen.

Sie versuchte noch immer, ihre müden Gedanken zu ordnen, da löste sich ein großer dunkler Schatten von den übrigen Schatten und öffnete die Autotür.

3

»Suchen Sie ein Zimmer?«

Sowie Mary das dicke, bebrillte Gesicht sah und die leise, zaghafte Stimme hörte, war ihr Entschluß gefaßt. Hier konnte sie unbesorgt übernachten.

Sie nickte und stieg aus. Die Waden schmerzten, während sie dem Motelbesitzer zur Tür des Büros folgte. Er sperrte auf, trat ein und machte Licht.

»Entschuldigen Sie, daß es so lange gedauert hat. Ich war im Haus drüben – meiner Mutter geht es nicht sehr gut.«

Das winzige Büro machte einen unscheinbaren Eindruck, aber es war warm, trocken und hell. Mary fröstelte, lächelte dankbar. Der dicke Mann beugte sich über das Kontobuch, das auf dem Schreibtisch lag.

»Unsere Einzelzimmer kosten sieben Dollar. Möchten Sie sich zuerst was ansehen?«

»Nicht nötig.« Sie öffnete rasch ihre Tasche, nahm einen Fünfdollarschein und zwei einzelne Dollar heraus und legte sie auf den Tisch, während er ihr das Fremdenbuch hinschob und einen Bleistift reichte.

Einen Moment lang zögerte sie, dann schrieb sie einen Namen ein – Jane Wilson – und eine Adresse – San Antonio, Texas. Gegen das Texaszeichen an ihrem Wagen war nun einmal nichts zu machen.

»Ich hole ihr Gepäck«, sagte er und kam hinter dem Schreibtisch hervor. Sie folgte ihm ins Freie hinaus. Das Geld lag im Handschuhfach, immer noch in dem gleichen großen, mit einem breiten Gummiband versehenen Umschlag. Vielleicht war es das beste, es dort liegenzulassen. Wenn sie den Wagen absperrte, würde niemand daran rühren.

Er trug das Gepäck zu der Tür neben dem Büro. Es war das nächstliegende Zimmer, und es war ihr egal. Hauptsache, sie kam aus dem Regen ins Trockene.

»Scheußliches Wetter«, sagte er und trat zur Seite, um sie einzulassen. »Sind Sie schon lange unterwegs?«

»Den ganzen Tag.«

Er drückte auf einen Knopf, die Bettlampe glühte auf und verstreute gelbe Lichtblumen. Das Zimmer war einfach, aber zweckentspechend möbliert. Mary sah die Dusche in dem dahinterliegenden Waschraum. Eigentlich hätte sie eine Wanne vorgezogen, aber auch die Dusche würde reichen.

»Alles in Ordnung?«

Sie nickte rasch, dann fiel ihr etwas ein. »Kann ich hier irgendwo in der Nähe einen Bissen zu essen bekommen?«

»Tja, lassen Sie mich mal nachdenken. Früher einmal hat es fünf Kilometer weiter eine Bude mit Ingwerbier und Würstchen gegeben, aber seit die neue Landstraße existiert, dürfte sie wohl zugemacht haben. Nein, am ehesten in Fairvale.«

»Wie weit ist es bis dorthin?«

»Etwa fünfundzwanzig bis dreißig Kilometer. Sie fahren weiter, bis Sie zu einer Abzweigung kommen, dann biegen Sie rechts ab und stoßen wieder auf die Landstraße. Dann sind es noch fünfzehn Kilometer immer geradeaus. Mich wundert, daß Sie nicht gleich weitergefahren sind, wenn Sie nach dem Norden wollen.«

»Ich habe mich verfahren.«

Der dicke Mann nickte und seufzte. »Das dachte ich mir. Seit die neue Straße eröffnet ist, haben wir nicht mehr viel Durchgangsverkehr.«

Sie lächelte zerstreut. Mit geschürzten Lippen blieb er auf der Schwelle stehen. Als sie aufblickte, schlug er die Augen nieder und räusperte sich entschuldigend.

»Hm – Miß – ich habe mir eben überlegt – vielleicht haben Sie keine Lust, in diesem Regen bis nach Fairvale und wieder zurück zu fahren. Ich meine, ich war soeben dabei, mir selber ein kleines Abendbrot zuzubereiten. Sie sind herzlichst eingeladen.«

»Ach nein, das kann ich doch nicht annehmen.«

»Warum denn nicht? Mir macht es gar keine Mühe. Mutter ist wieder zu Bett gegangen, sie braucht nicht zu kochen – ich wollte uns etwas kalten Aufschnitt richten und Kaffee machen. Wenn Ihnen das genügt...«

»Nun...«

»Ich laufe schnell hinüber und richte alles her.«

»Besten Dank, Mr...«

»Bates. Norman Bates.« Er zog sich rücklings zurück und stieß gegen den Türpfosten. »Ich lasse Ihnen die Taschenlampe hier, damit Sie ins Haus finden. Wahrscheinlich wollen Sie erst die nassen Sachen ausziehen.«

Er machte kehrt, aber sie hatte gerade noch sehen können, daß er puterrot geworden war. Ja, tatsächlich – rot vor Verlegenheit.

Zum ersten Male seit nahezu zwanzig Stunden trat ein Lächeln in Mary Cranes Züge. Sie wartete, bis die Tür hinter ihm zugefallen war, und zog dann die Jacke aus. Sie öffnete die Weekendtasche, die auf dem Bett lag, und nahm ein Baumwollkleid heraus, hängte es auf und hoffte, die Falten würden zum Teil verschwinden, während sie die Waschgelegenheit benutzte. Nur um sich ein wenig frisch zu machen, aber sie nahm sich vor, nach ihrer Rückkehr eine heiße Dusche zu nehmen. Das war, was sie brauchte – das und Schlaf. Aber zuerst ein paar Bissen. Mal sehen – ihre Puderdose war in der Tasche – und sie konnte den blauen Mantel aus dem großen Koffer anziehen...

Fünfzehn Minuten später klopfte sie an die Tür des Fachwerkhauses auf der Anhöhe. Durch das unabgeschirmte Fenster des Wohnzimmers fiel der Schein einer einzelnen Lampe, aber aus dem oberen Stock kam helleres Licht. Wenn seine Mutter krank war, würde sie wohl dort oben liegen.

Mary wartete auf Antwort, aber nichts rührte sich. Vielleicht war auch er oben. Sie klopfte abermals.

Unterdessen warf sie einen Blick durchs Wohnzimmerfenster. Zuerst wollte sie ihren Augen nicht trauen. Sie hätte sich nicht träumen lassen, daß heutzutage in unseren Zeiten noch solche Behausungen existierten.

Auch wenn ein Haus alt ist, merkt man in seinem Inneren gewöhnlich gewisse Veränderungen und Verbesserungen. Das Wohnzimmer aber, in das sie jetzt hineinblickte, war nie ›modernisiert‹ worden. Die geblümte Wandtapete, die dunkle, schwere, reichverschnörkelte Mahagonitäfelung, der dunkelrote Teppich, die Polstermöbel mit den hohen Rückenlehnen und der getäfelte Kamin stammten aus den fröhlichen neunziger Jahren. Nicht einmal ein Fernsehgerät störte durch seine Fremdheit das Milieu, aber auf einem Ecktischchen stand ein altes Aufziehgrammophon.

Dann hörte Mary leises Stimmengemurmel. Zuerst glaubte sie, es könnte aus dem glockenförmigen Trichter des Grammophons kommen, dann aber stellte sie seinen Ursprung fest. Es kam von oben her, aus dem beleuchteten Zimmer.

Mary klopfte aufs neue mit dem Ende der Taschenlampe an die Tür. Diesmal mußte sie sich wohl bemerkbar gemacht haben, denn das Geräusch verstummte jählings, und sie hörte gedämpfte Schritte. Einen Augenblick später sah sie Mr. Bates die Treppe herunterkommen. Er öffnete die Haustür und winkte sie herein.

»Verzeihung«, sagte er. »Ich habe soeben meine Mutter für die Nacht versorgt. Manchmal ist es ein bißchen schwierig mit ihr.«

»Sie sagten, sie sei krank. Ich möchte unter keinen Umständen stören.«

»O nein, Sie stören sie nicht. Wahrscheinlich wird sie gleich einschlafen wie ein Baby.« Mr. Bates warf einen Blick über die Schulter zur Treppe hin, senkte dann die Stimme. »Eigentlich ist sie nicht richtig krank, ich meine, nicht physisch. Aber manchmal bekommt sie ihre Zustände.«

Er nickte unvermittelt, lächelte dann. »Bitte, darf ich Ihren Mantel nehmen und ihn aufhängen? So... Wenn Sie mir jetzt folgen wollen...«

Sie folgte ihm durch einen Korridor, der unter der Treppe begann. »Hoffentlich macht es Ihnen nichts aus, in der Küche zu essen«, murmelte er. »Es ist gedeckt. Nehmen Sie Platz, ich schenke Ihnen Kaffee ein.«

Die Küche war das Gegenstück zum Wohnzimmer: deckenhohe verglaste Geschirrschränke, rund um einen altmodischen Ausguß mit Handpumpe gruppiert. Der große Holzherd beherrschte eine der Ecken. Er strömte eine behagliche Wärme aus, und auf dem länglichen Holztisch lockten, über das weiß-rot karierte Tischtuch verstreut, in Glasschüsseln appetitliche Würste, Käse und selbsteingemachte Gürkchen. Mary fühlte sich nicht versucht, die wunderliche Atmosphäre zu belächeln, und sogar der unvermeidliche handgestickte Spruch an der Wand kam ihr passend vor:

Trautes Heim, Glück allein...

Jawohl. Das war bedeutend gemütlicher, als mutterseelenallein in einer tristen Kleinstadtcafeterie zu sitzen.

Mr. Bates half ihr, sich zu bedienen. »Greifen Sie zu. Warten Sie nicht auf mich! Sie müssen hungrig sein.«

Sie war auch hungrig und langte herzhaft zu, so völlig absorbiert, daß sie kaum merkte, wie wenig er aß. Als es ihr dann schließlich auffiel, wurde sie etwas verlegen.

»Aber Sie haben ja kaum etwas angerührt! Bestimmt hatten Sie schon früher zu Abend gegessen.«

»Nein, nein. Ich bin bloß nicht sehr hungrig.« Er füllte ihre Tasse von neuem. »Gelegentlich geht mir meine Mutter etwas auf die Nerven.« Wieder senkte er die Stimme, und wieder klang es, als wollte er um Entschuldigung bitten. »Vermutlich liegt es an mir. Meine Pflege läßt etwas zu wünschen übrig.«

»Wohnen Sie beide hier ganz allein?«

»Ja. Wir waren immer allein. Immer.«

»Das muß ein recht hartes Los für Sie sein.«

»Ich beklage mich nicht. Mißverstehen Sie mich nicht.« Er rückte die randlose Brille zurecht. »Mein Vater verschwand, als ich noch in der Wiege lag. Meine Mutter hat mich ganz allein aufgezogen. Ich glaube, von seiten ihrer Familie her war genügend Geld vorhanden, um uns über Wasser zu halten, bis ich groß war. Dann nahm sie eine Hypothek auf, verkaufte das Farmland und ließ das Motel bauen.

Wir haben es gemeinsam geführt, und es ging sehr gut – bis die neue Straße uns sozusagen von der Welt abgeschnitten hat.

Eigentlich hatte sie schon lange vorher zu kränkeln begonnen, und nun war es an mir, für sie zu sorgen. Das ist manchmal gar nicht so einfach.«

»Haben Sie keine anderen Verwandten?«

»Nein.«

»Und Sie haben nie geheiratet?«

Er wurde rot und senkte den Blick auf das karierte Tischtuch.

Mary biß sich auf die Lippe. »Verzeihung. Ich wollte nicht persönlich werden.«

»Ach ja.« Seine Stimme klang matt. »Ich habe nie geheiratet. Mutter war in diesem Punkt immer sehr – sonderbar. Ich – ich habe eigentlich noch nie so wie jetzt mit einer Frau am Tisch gesessen.«

»Aber...«

»Es klingt komisch, heutzutage. Das weiß ich. Aber es läßt sich nicht ändern. Ich sage mir immer wieder, daß sie ohne mich aufgeschmissen ist. Aber vielleicht ist es eher so, daß *ich* ohne sie noch aufgeschmissener wäre.«

Mary trank ihren Kaffe aus, holte Zigaretten aus der Handtasche hervor und bot ihm eine an.

»Nein, danke. Ich rauche nicht.«

»Darf ich rauchen?«

»Aber bitte sehr.« Er zögerte. »Ich möchte Ihnen gern was zu trinken anbieten, aber – wissen Sie – meine Mutter duldet keinen Alkohol im Hause.«

Tief inhalierend, lehnte Mary sich zurück. Plötzlich weitete sich ihre Brust. Komisch, was ein wenig Wärme, ein wenig Ruhe, ein wenig Essen ausrichten können. Vor einer Stunde noch war sie einsam, unglücklich und furchtbar unsicher gewesen. Nun hatte sich alles gewandelt. Vielleicht hatte das Anhören von Mr. Bates ihre Stimmung so gewandelt. Er schien einsam, unglücklich und verängstigt zu sein. Im Gegensatz zu ihm kam sie sich wie eine Riesin vor. Und diese Erkenntnis veranlaßte sie zu reden.

»Sie dürfen nicht rauchen. Sie dürfen nicht trinken. Sie dürfen keine Frau treffen. Was machen Sie denn, außer daß Sie das Motel führen und Ihre Mutter pflegen?«

Anscheinend wurde er sich ihres Untertons nicht bewußt. »Ach, ich habe eigentlich viel zu tun. Ich lese. Und ich habe auch noch andere Hobbys.« Er blickte zu einem Wandbord hinauf, und sie folgte seinem Blick. Ein ausgestopftes Eichhörnchen guckte auf sie herab.

»Jagd?«

»Nein. Lediglich Taxidermie. Dieses Eichhörnchen habe ich von George Blount zum Ausstopfen bekommen. Er hat es erlegt. Meine Mutter will mich nicht mit Schußwaffen umgehen lassen.«

»Mr. Bates, Sie werden mir verzeihen, was ich jetzt sage – aber wie lange wollen Sie denn noch so weitermachen? Sie sind ein erwachsener Mensch. Sie müssen sich doch darüber im klaren sein, daß man von Ihnen nicht verlangen darf, bis ans Lebensende ein kleiner Junge zu bleiben. Ich möchte nicht unhöflich sein, aber...«

»Ich verstehe Sie durchaus. Ich bin mir meiner Lage bewußt. Wie gesagt, ich lese viel. Ich weiß, was die Psychologen darüber sagen. Aber ich habe meiner Mutter gegenüber feste Verpflichtungen.«

»Würden Sie diese Verpflichtungen nicht vielleicht besser erfüllen – und zugleich auch die Pflichten, die Sie sich selber schuldig sind –, wenn Sie dafür sorgten, daß sie in – in eine Anstalt kommt?«

»Sie ist nicht verrückt!«

Seine Stimme klang nicht mehr weich und schüchtern, sondern hart und schrill. Der rundliche Mann war aufgesprungen, und seine Hände hatten eine Tasse vom Tisch gefegt. Sie zerbrach auf dem Fußboden, aber Mary sah nicht hin. Sie starrte in das mitgenommene Gesicht.

»Sie ist nicht verrückt«, wiederholte er. »Egal, was Sie oder sonst wer sich einbilden. Egal, was in den Büchern steht, egal, was die Ärzte in der Irrenanstalt sagen würden! Das ist mir alles bekannt. Die würden sie in aller Eile verrückt erklären und sie einsperren, ich brauchte nur ein Wort zu sagen. Aber ich tue es nicht, weil ich Bescheid weiß. Verstehen Sie das nicht? Ich weiß Bescheid, die Ärzte wissen nicht Bescheid. Sie wissen nicht, wie sie in all den Jahren für mich gesorgt hat, als kein Mensch sich um mich kümmerte, wie sie sich für mich geplagt und meinetwegen gelitten hat, was für Opfer sie mir gebracht hat. Wenn sie jetzt ein bißchen wunderlich ist, dann liegt es an mir, ich bin schuld daran. Als sie damals zu mir kam und mir sagte, sie möchte wieder heiraten, habe ich sie daran gehindert! Ja, ich habe sie daran gehindert, ich war dran schuld! Sie brauchen mir nichts von Eifersucht, von Herrschsucht zu erzählen

– ich war schlimmer als sie. Zehnmal verrückter – wenn Sie dieses Wort benützen wollen. Wenn die wüßten, was ich alles gesagt und getan und wie ich mich aufgeführt habe, hätten die mich im Handumdrehen eingesperrt. Na ja, schließlich habe ich es überwunden. Und sie hat es nicht überwunden. Aber wie können Sie sagen, daß man einen Menschen einsperren soll. Ich glaube, gelegentlich sind wir alle ein bißchen verrückt.«

Er verstummte, nicht etwa weil ihm die Worte fehlten, sondern weil er außer Atem gekommen war. Sein Gesicht war hochrot angelaufen, die verzerrten Lippen begannen zu zittern.

Mary erhob sich. »Es tut mir leid«, sagte sie leise. »Allen Ernstes. Ich möchte mich entschuldigen. Ich hätte das nicht sagen dürfen.«

»Ja, natürlich. Aber es spielt keine Rolle. Ich bin einfach nicht daran gewöhnt, über diese Fragen zu sprechen. Wenn man so allein lebt, staut sich alles auf. Staut sich auf, bis man so ausgestopft ist wie das Eichhörnchen auf dem Regal.« Seine Miene erhellte sich, er versuchte zu lächeln. »Ein süßes kleines Geschöpf, wie? Oft habe ich mir ein lebendes gewünscht, ein zahmes Schoßtierchen.«

Mary griff nach ihrer Handtasche. »Nun will ich aber gehen, es wird spät.«

»Bitte, gehen Sie nicht. Es tut mir leid, daß ich so heftig wurde.«

»Das ist es nicht. Ich bin wirklich sehr müde.«

»Aber ich dachte, wir könnten vielleicht noch eine Weile plaudern. Ich wollte Ihnen von meinen Hobbys erzählen. Unten im Keller habe ich eine Art Werkstatt –«

»Gerne – aber ich muß mich ganz einfach ausruhen.«

»Na schön, dann begleite ich Sie. Ich werde das Büro zusperren. Es sieht nicht so aus, als würden heute abend noch weitere Gäste kommen.«

Sie ging durch den Flur, und er half ihr in den Mantel. Er stellte sich sehr ungeschickt an, und einen Augenblick lang wurde sie ärgerlich, dann aber beherrschte sie sich, als ihr der Grund einfiel. Er hatte Angst, sie anzurühren. Das war es. Der arme Kerl hatte Angst, einer Frau allzu nahe zu kommen.

Er leuchtete mit der Taschenlampe; sie folgte ihm aus dem Haus und über den Fußpfad zu der mit Kies bestreuten Zufahrt, die in weitem Bogen um das Motel lief. Es hatte aufgehört zu regnen, aber die Nacht war finster und sternenlos. Als sie um die Ecke kamen, blickte Mary über die Schulter zurück. Noch brannte oben Licht. Ob die alte Frau wach war, ob sie das Gespräch belauscht und den Ausbruch ihres Sohnes mitangehört hatte?

Mr. Bates blieb an der Tür stehen und wartete, bis sie den Schlüssel ins Schloß gesteckt und aufgesperrt hatte.

»Gute Nacht«, sagte er. »Schlafen Sie wohl.«

»Danke. Und schönen Dank für die Bewirtung.«

Er machte den Mund auf, wandte sich dann zum Gehen. Zum drittenmal an diesem Abend sah sie ihn erröten.

Sie schloß die Tür und sperrte ab. Sie hörte seine Schritte sich entfernen, dann ein Knarren, als er nebenan das Büro betrat.

Sie hörte ihn aber nicht weggehen, ihre Aufmerksamkeit war sogleich durch das Auspacken in Anspruch genommen worden. Sie holte Pyjama, Pantoffeln, Coldcream, Zahnbürste und Zahnpasta hervor. Dann durchwühlte sie den großen Koffer auf der Suche nach einem Kleid, das sie morgen anziehen wollte, wenn sie zu Sam ging. Sie würde es jetzt gleich herausnehmen müssen, damit es sich aushing. Morgen mußte alles sitzen –

Morgen mußte alles...

Ganz plötzlich kam sie sich nicht mehr gar so riesenhaft vor. Oder war es denn wirklich eine so jähe Wendung? Hatte es nicht schon dort im Hause angefangen, als Mr. Bates hysterisch wurde? Was hatte er denn nur gesagt, was sie von ihrem Piedestal herunterbrachte?

Gelegentlich sind wir alle ein bißchen verrückt –

Mary Crane machte auf dem Bett Platz und setzte sich.

Ja, das stimmt. Alle waren wir gelegentlich ein bißchen verrückt. Genauso, wie sie gestern nachmittag den Verstand verloren hatte, als sie das Geld auf dem Tisch liegen sah.

Und seither war sie verrückt; ja, sie mußte verrückt gewesen sein, wenn sie sich eingebildet hatte, ihr Plan könnte glücken. Es hatte so ausgesehen wie ein Traum, der in Erfüllung geht, und es war eben nur ein Traum gewesen. Ein irrer Traum. Jetzt wußte sie es.

Vielleicht würde es ihr gelingen, die Polizei abzuschütteln. Aber Sam würde Fragen stellen. Wer ist denn dieser Onkel, von dem sie geerbt hat? Wo hat er gewohnt? Warum hat sie ihn nie erwähnt? Wieso hat sie das Geld bar bei sich? Hatte Mr. Lowery nichts dagegen einzuwenden, daß sie so plötzlich kündigte?

Und sodann – Lila. Angenommen, daß sie so reagierte, wie Mary gehofft hatte – daß sie mit ihr Kontakt aufnahm, ohne die Polizei zu verständigen, ja sich sogar bereit erklärte, aus Dankbarkeit auch in der Zukunft zu schweigen. Doch blieb die Tatsache bestehen, daß Lila eingeweiht war. Und das würde zu Komplikationen führen.

Früher oder später würde Sam sie besuchen oder einladen wollen. Und das konnte niemals gutgehen. Nie mehr würde sie ein normales Verhältnis zu ihrer Schwester haben können; nie würde sie Sam erklären können, warum dem so sei, warum sie nicht einmal zu einem kurzen Besuch nach Texas zurückkehren könne –

Nein, das Ganze war irrsinnig.

Und nun war es zu spät, um etwas dagegen zu tun.

Oder nicht...?

Wie denn, wenn sie jetzt erst einmal schlafen ging. Zehn lange Stunden Schlaf. Morgen ist Sonntag. Wenn sie um neun Uhr morgens losfuhr und sich nirgends aufhielt, konnte sie Montag früh wieder zurück sein. Bevor Lila aus Dallas erschien, bevor die Bank ihre Pforten öffnete. Sie konnte das Geld einzahlen und gleich von dort zum Büro gehen.

Wahrscheinlich würde sie todmüde sein. Aber sie würde nicht daran sterben, und kein Mensch würde je etwas erfahren.

Allerdings war da die Sache mit dem Auto. Das würde Lila gegenüber einige Erklärungen erfordern. Vielleicht könnte sie ihr weismachen, sie habe übers Wochenende nach Fairvale fahren wollen, um Sam zu überraschen. Der Wagen habe eine Panne gehabt, sie habe ihn abschleppen lassen müssen – der Händler habe erklärt, er würde einen neuen Motor brauchen, da habe sie sich entschlossen, ihn abzustoßen, statt dessen die alte Karre zu nehmen und nach Hause zurückzukehren.

Ja, das würde ganz plausibel klingen.

Freilich, wenn sie alles zusammenrechnete, würde dieser Ausflug ihr etwa siebenhundert Dollar gekostet haben. Soviel war das Auto wert gewesen.

Aber es würde sich lohnen. Siebenhundert Dollar sind kein zu hoher Preis, um wieder normal leben zu können. Für Geborgenheit. Für künftige Sicherheit.

Mary stand auf.

Ja, sie war entschlossen, diesen Weg zu gehen.

Und ganz plötzlich kam sie sich wieder wie eine Riesin vor. So einfach ist das.

Wäre sie fromm gewesen, dann hätte sie jetzt gebetet. So aber hatte sie ein seltsames Gefühl der – wie lautet das Wort? – ›Prädestination‹. Als ob alles, was sich abgespielt hätte, irgendwie vorausbestimmt gewesen wäre. Daß sie falsch abbog, daß sie hierherkam, daß sie diesen exaltierten Mann kennenlernte, daß sie sich seinen Ausbruch anhören mußte, daß sie den Satz vernahm, der sie zur Besinnung brachte –

Einen Augenblick lang wäre sie gern zu ihm hingelaufen und hätte ihm einen Kuß gegeben – bis ihr mit einem leisen Kichern einfiel, wie er auf eine solche Geste reagieren würde. Der arme alte Schlucker würde wahrscheinlich in Ohnmacht fallen.

Sie kicherte erneut. Es war ja ganz schön, eine Riesin zu sein, aber würde sie noch unter die Dusche passen? Und das war's, was sie jetzt tun wollte, eine ausgiebige, lange, heiße Dusche nehmen. Den Schmutz von der Haut spülen, so, wie sie auch ihr Inneres von allem Schmutz säubern würde. *Du mußt sauber werden, Mary. Sauber wie Schnee –*

Sie ging in den Waschraum, schleuderte die Schuhe von den Füßen und bückte sich, um die Strümpfe auszuziehen. Dann hob sie die Arme hoch, zog das Kleid über den Kopf und warf es ins Nebenzimmer. Es fiel neben das Bett, aber das war ihr egal. Sie hakte den Büstenhalter auf, warf ihn im Bogen durch die Luft und ließ ihn davonsegeln. Jetzt das Höschen –

Eine Weile blieb sie vor dem in die Tür eingelassenen Spiegel stehen und musterte ihre Erscheinung. Das Gesicht mochte siebenundzwanzig Jahre alt sein, aber der Körper war ›gelöst, weiß und einundzwanzig‹. Sie hatte eine gute Figur. Eine verdammt gute Figur. Sam würde sie gefallen. Schade, daß er nicht hier war, um sie zu bewundern. Noch zwei Jahre zu warten, würde sehr unangenehm sein. Die reine Hölle. Dann aber würde sie sich für die verlorene Zeit schadlos halten. Es hieß, daß eine Frau vor ihrem dreißigsten Lebensjahr in der Liebe nicht völlig ausgereift sei. Das würde man feststellen müssen.

Wieder kicherte sie, hopste etwas amateurhaft herum, warf ihrem Spiegelbild einen Kuß zu und bekam einen zurück. Dann stellte sie sich unter die Dusche. Das Wasser war heiß, und sie mußte den ›Kalt‹-Hahn etwas aufdrehen. Zuletzt drehte sie beide Hähne, so weit es ging, auf und ließ den warmen Guß auf sich herabprasseln.

Der Lärm war ohrenbetäubend, und der Raum begann, sich mit Dampf zu füllen.

Deshalb hörte sie weder die Tür aufgehen noch die Schritte. Und als der Duschvorhang geöffnet wurde, war das Gesicht anfangs durch den Dampf verdeckt.

Dann aber sah sie es vor sich – nur ein Gesicht, das durch den Spalt blickte, wie eine Maske mitten in der Luft hängend. Ein Kopftuch verdeckte die Haare, die verglasten Augen hatten einen unmenschlich starren Ausdruck, aber es war keine Maske, es konnte keine sein. Die Haut war kreideweiß gepudert, auf den Backenknochen saßen zwei hektische Rougeflecken. Es war keine Maske. Es war das Gesicht einer verrückten alten Frau.

Mary fing an zu schreien, da wurde der Vorhang noch weiter geöffnet, und eine Hand mit einem Schlachtmesser tauchte auf. Es war das Messer, das ihr eine Sekunde später den Schrei abschnitt.

Und den Kopf.

4

Kaum war Norman im Büro, fing er zu zittern an. Das war die Reaktion auf das Ganze – natürlich. Es hatte sich allzuviel ereignet und allzu schnell. Er konnte sich nicht mehr beherrschen. Er konnte den Geist aus der Flasche nicht mehr beschwören.

Flasche. Ja, das fehlte ihm. Ein Schluck Alkohol. Natürlich hatte er die junge Frau angelogen. Freilich durfte seiner Mutter kein Alkohol ins Haus kommen, aber er selber gönnte sich hie und da einen Tropfen. Hier unten im Büro hatte er eine Flasche versteckt. Es gibt Zeiten, da muß man etwas trinken, auch wenn man schon nach zwei kleinen Gläschen wirr im Kopfe wird und vielleicht sogar völlig weg ist. Es gibt Zeiten, in denen man sich danach sehnt, völlig weg zu sein.

Norman vergaß nicht, die Sonnenrouleaus herabzuziehen und die Hotelschildbeleuchtung auszuschalten. So, jetzt war es geschehen. Feierabend. Kein Nachtbetrieb. Jetzt, wo die Sonnenrouleaus herabgelassen waren, würde kein Mensch den matten Schein der Tischlampe bemerken.

Niemand würde hereinspähen und ihm zuschauen können, wie er die Schublade öffnete und mit den zitternden Händen eines Babys die Flasche herausnahm. *Das Baby brauchte sein Fläschlein.*

Er setzte den Flaschenhals an die Lippen und trank mit geschlossenen Augen. Der Whisky brannte ihm in der Gurgel, und das war schön. Sollte er nur die Bitterkeit wegbrennen. Die Wärme kroch ihm durch den Schlund und explodierte in seinem Magen. Vielleicht würde ein zweiter Schluck auch noch den Geschmack von Angst verjagen.

Es war ein Fehler gewesen, die junge Frau ins Haus einzuladen. Norman hatte es in dem Augenblick gewußt, als er den Mund aufmachte, aber sie war so hübsch, und sie hatte so müde, so verlassen ausgesehen. Er wußte, was es heißt, müde und verlassen zu sein, wenn man niemanden hat, an den man sich wenden kann, niemanden, der einen versteht. Er hatte ja nichts weiter gewollt – und auch nichts anderes getan –, als ein bißchen mit ihr zu plaudern. Schließlich war es ja *sein Haus*, oder? Es gehörte ihm genausogut wie Mutter. Sie hatte kein Recht, ihm derartige Vorschriften zu machen.

Trotzdem war es ein Fehler gewesen. Normalerweise hätte er sich nie getraut, wenn er nicht auf seine Mutter so böse gewesen wäre. Er wollte ihr trotzen.

Aber nachdem er die junge Frau eingeladen hatte, war ihm noch eine größere Dummheit passiert. Er war ins Haus zurückgekehrt und hatte seiner Mutter erzählt, er habe einen Gast zu Tisch. Geradewegs war er zu ihr ins Schlafzimmer hinaufmarschiert und hatte es ihr ins Gesicht gesagt, geradeso als wollte er hinzufügen: ›Hüte dich, etwas dagegen zu unternehmen.‹

Genau das hätte er nicht tun dürfen. Sie war ohnehin schon erregt genug, und als er ihr von der jungen Frau erzählte, die er zum Essen eingeladen hatte, war sie einem hysterischen Anfall erlegen. Es war reine Hysterie gewesen, wie sie sich aufführte und was sie daherredete. »Wenn du sie ins Haus bringst, ermorde ich sie. Ich ermorde das Luder!«

Luder. Es war gar nicht ihre Art, sich so auszudrücken. Aber genau das hatte sie gesagt. Sie war krank, sehr krank. Vielleicht hatte die junge Dame recht. Vielleicht sollte man Mutter in eine Anstalt stecken. Immer mehr kam es so weit, daß er nicht mehr allein mit ihr fertig wurde. Und mit sich selbst dazu.

Der Whisky brannte in ihm. Ein dritter Schluck, aber er hatte ihn nötig. Er hätte mehr nötig gehabt. Auch darin hatte das Mädchen recht. Das war doch kein Leben. So konnte es nicht mehr lange weitergehen –

Schon bei Tisch hatte er Höllenqualen gelitten. Er hatte davor gezittert, daß seine Mutter eine Szene machen würde. Nachdem er ihre Zimmertür abgesperrt und sie dort oben zurückgelassen hatte, war er immerzu darauf gefaßt gewesen, sie schreien oder poltern zu hören. Aber sie hatte sich sehr still verhalten, fast zu still, so, als ob sie lauschte. Vielleicht hatte sie wirklich gelauscht. Man konnte Mutter einsperren, aber man konnte sie nicht daran hindern, die Ohren zu spitzen.

Hoffentlich war sie inzwischen eingeschlafen. Morgen würde sie vielleicht die ganze Episode vergessen haben. Das geschah oft.

Aber dann, wenn er sich manchmal eingebildet hatte, sie habe irgendeinen Zwischenfall völlig vergessen, brachte sie ihn Monate später aufs Tapet.

Heiterer Himmel. Er gluckste, als er daran dachte. Es gab keine heiteren Himmel mehr, sondern nur noch Gewölk und Finsternis, wie heute nacht.

Dann hörte er ein Geräusch und drehte sich rasch um. Kam Mutter? Nein, unmöglich, er hatte sie doch eingesperrt. Klar. Es mußte die junge Frau nebenan sein. Ja, jetzt konnte er sie hören. Sie hatte anscheinend ihren Koffer geöffnet, holte ihre Sachen hervor und schickte sich an, schlafen zu gehen.

Norman trank noch einen Schluck. Nur um die Nerven zu beruhigen. Und diesmal wirkte es. Seine Hand zitterte nicht mehr. Er hatte keine Angst mehr. Jedenfalls nicht mehr, wenn er an die junge Frau dachte.

Komisch, als er sie zum erstenmal gesehen hatte, da hatte er dieses schreckliche Gefühl gehabt – wie hieß das Wort doch bloß? Irgendwas mit ›im‹? *Imposant?* Nein, das war es nicht. In Frauengesellschaft kam er sich durchaus nicht imposant vor. Fühlte er sich *im*mobil? Nein, das war es auch nicht. Er kannte das Wort, nach dem er suchte; er hatte es hundertmal in Büchern gelesen, in jenen Büchern, von denen Mutter keine Ahnung hatte, daß er sie besaß.

Na, egal. Als er mit ihr beisammen war, hatte er das Gefühl gehabt, aber jetzt war es verschwunden. Jetzt fühlte er sich zu allem fähig.

Und er hätte sich so gern allerlei vorgenommen. So eine junge hübsche Person und auch intelligent! Es war blöde von ihm gewesen, sie anzuschreien, als sie sich über seine Mutter äußerte. Jetzt mußte er zugeben, daß sie recht gehabt hatte. Sie kannte sich aus, sie konnte verstehen. Er wünschte sich, sie wäre länger geblieben und hätte sich noch eine Weile mit ihm unterhalten.

So aber würde er sie vielleicht gar nicht mehr wiedersehen. Morgen würde sie weg sein. Für immer. Jane Wilson aus San Antonio in Texas. Er fragte sich, wer sie sein mochte, wo sie hin wollte, was sie innerlich für ein Mensch sein mochte. In so ein Mädchen konnte er sich verlieben. Ja, gleich auf den ersten Blick. Da gab es nichts zu lachen. Aber sie würde ihn wahrscheinlich auslachen. So sind die Frauen nun einmal – immer lachen sie einen aus. Weil sie Luder sind.

Mutter hat recht, sie sind Luder. Aber man konnte sich nicht wehren, wenn das Luder so entzückend aussah, und wenn man wußte, daß man sie nicht wiedersehen wird. Du *mußt* sie wiedersehen. Wenn du ein Mann wärst, dann hättest du ihr das gesagt, als du bei ihr im Zimmer standest. Du hättest die Flasche geholt und ihr was zu trinken angeboten und mit ihr getrunken, und dann hättest du sie umschlungen und...

Nein, das hättest du nicht. *Du* nicht, mein Lieber. Weil du impotent bist.

Das ist das Wort, an das du dich nicht erinnern konntest, ja? *Impotent.* Das Wort, das in den Büchern stand, das Wort, das Mutter immer verwandte, das Wort, das bedeutete, du wirst sie nicht mehr wiedersehen, weil es keinen Sinn hätte. Das Wort, das die Luder kannten. Sie mußten es kennen, das war der Grund, warum sie immer lachten.

Norman trank noch einen Schluck, nur ein Schlückchen. Er fühlte, wie es ihm feucht am Kinn hinunterlief. Er mußte betrunken sein. Na, schön, ich bin betrunken, wenn schon? Solange Mutter es nicht wußte, solange es das Mädchen nicht erfuhr. Es würde ein großes Geheimnis bleiben. Impotent war es. Na schön, das bedeutet noch nicht, daß ich sie nicht noch mal sehen könnte.

Er würde sie sehen, und zwar sofort.

Norman beugte sich über den Schreibtisch und reckte den Hals, so daß sein Kopf beinahe die Wand berührte. Er hatte weitere Geräusche gehört und wußte sie aufgrund langjähriger Erfahrung zu deuten. Die junge Frau hatte die Schuhe abgeschüttelt. Jetzt kam sie ins Badezimmer.

Er streckte die Hand aus. Sie zitterte wieder, aber nicht vor Angst, sondern vor bebender Erwartung. Er wußte, was er vorhatte. Er würde den eingerahmten Gewerbeschein an der Wand zur Seite schieben und durch das kleine Loch schauen, das er vor langer Zeit gebohrt hatte. Kein Mensch wußte von dem kleinen Loch, nicht einmal Mutter. Mutter ganz bestimmt nicht. Es war sein Geheimnis.

Auf der anderen Seite war das kleine Loch nur ein Riß im Verputz, aber er konnte hindurchschauen. Er konnte in den beleuchteten Duschraum schauen. Manchmal erwischte er eine Person dicht davorstehend, manchmal nur ihr Bild in dem Spiegel an der Tür dahinter. Aber sehen konnte er. Viel konnte er sehen. Laß die Luder nur über ihn lachen. Er kannte sie besser, als sie sich jemals träumen ließen.

Es fiel Norman schwer, seine Blicke zu konzentrieren. Er schwitzte, es schwindelte ihn. Heiß und schwindlig. Zum Teil lag es am Alkohol, zum Teil an der Aufregung. Am meisten aber an ihr.

Jetzt stand sie im Badezimmer, mit dem Gesicht zur Wand. Aber den kleinen Riß würde sie nie bemerken. Noch nie hatte jemand ihn bemerkt. Sie lächelte und lockerte das Haar. Jetzt bückte sie sich und streifte die Strümpfe ab. Dann richtete sie sich auf, ja, jetzt würde das andere kommen. Das Kleid glitt über ihren Kopf, jetzt dürfte sie um keinen Preis aufhören, dürfte sich um keinen Preis umdrehen.

Aber sie drehte sich um, und Norman hätte fast gerufen: ›Bleib, du Luder!‹ Doch besann er sich im letzten Augenblick, und dann sah er, daß sie vor dem Spiegel etwas loshakte. Er sah es. Leider reflektierte der Spiegel lauter Wellenlinien mit Lichtflecken, so daß ihm ganz schwindlig wurde und er kaum etwas unterscheiden konnte, bis sie schließlich ein wenig zur Seite trat. Jetzt konnte er sie sehen –

Jetzt würde sie endlich den Haken aufmachen. Ja, sie machte ihn los, er sah sie. Sie stand vor dem Spiegel und vollführte Gesten.

Wußte sie Bescheid? Hatte sie es schon die ganze Zeit gewußt; hat sie von dem Loch in der Wand gewußt; hatte sie gewußt, daß er sie beobachtete; machte sie das absichtlich, das Luder? Sie schwankte hin und her, hin und her; und nun liefen wieder die Wellen über den Spiegel, und auch sie bestand aus lauter Wellen; er konnte es nicht ertragen; am liebsten hätte er an die Wand gepocht; am liebsten hätte er ihr zugerufen, aufzuhören. Denn diese Spiegelwellen waren böse und pervers; sie mußten schwinden, bevor er selber böse und pervers wurde. So war es mit den Ludern, sie verdarben einen durch und durch, und sie war ein Luder, alle waren sie Luder, Mutter war ein –

Plötzlich war sie verschwunden, und es war nur noch das Rauschen zu hören. Heftig schwoll es an, daß die Wand zitterte, übertönte die Worte und Gedanken. Es kam aus seinem Kopf. Er sank in den Sessel zurück. *Ich bin betrunken*, sagte er sich; ich werde gleich weg sein.

Aber das stimmte nicht ganz. Das Rauschen ging weiter, und von irgendwo innendrin hörte er ein anderes Geräusch. Die Bürotür wurde geöffnet. Wie war das möglich? Er hatte sie doch abgesperrt, oder? Und den Schlüssel hatte er noch. Wenn er bloß die Augen aufmachen könnte, würde er ihn gleich finden. Aber er konnte die Augen nicht aufmachen. Er wagte es nicht. Denn jetzt wußte er, was los war.

Mutter besaß gleichfalls einen Schlüssel.

Sie hatte einen Schlüssel zu ihrem Zimmer. Sie hatte einen Hausschlüssel, sie hatte einen Schlüssel zu dem Büro.

Jetzt stand sie da und blickte auf ihn herunter. Er hoffte, sie würde denken, er sei einfach eingeschlafen. Was wollte sie denn überhaupt hier unten? Hatte sie ihn mit dem Mädchen weggehen hören, war sie hinuntergeschlichen, um ihm nachzuspionieren?

Norman sackte in sich zusammen, er wagte nicht, sich zu bewegen, er wollte sich nicht bewegen. Von Sekunde zu Sekunde fiel es ihm schwerer, sich zu bewegen, auch wenn er es gewollt hätte. Jetzt ging das Rauschen gleichmäßig weiter, das leise Zittern schläferte ihn ein. Das ist schön. Eingeschläfert werden, während Mutter dabeisteht –

Dann war sie weg. Wortlos hatte sie kehrtgemacht und den Raum verlassen. Er brauchte keine Angst zu haben. Sie war gekommen, um ihn vor den Ludern zu schützen. Ja, sie war gekommen, um ihn zu schützen. Immer, wenn er sie brauchte, war Mutter zur Stelle. Jetzt konnte er ruhig schlafen. Es ist ja gar kein Kunststück. Man läßt sich ins Rauschen fallen, dann an dem Rauschen vorbei. Dann wird es ganz still. *Schlaf, stiller Schlaf*...

Norman erwachte mit einem Ruck und fuhr zurück. Mein Gott, wie der Kopf schmerzte. Ja, er war im Sessel weggesackt, einfach weggesackt. Kein Wunder, daß alles dröhnte und rauschte. *Das Rauschen*. Er hatte das Geräusch schon früher gehört. Wann denn – vor einer Stunde, vor zwei Stunden?

Jetzt wußte er plötzlich, was es war. Nebenan lief die Dusche, ja, freilich. Das Mädchen war duschen gegangen. Aber das war doch schon so lange her. Sie konnte doch nicht noch immer duschen.

Er streckte die Hand aus und schob den Rahmen an der Wand zur Seite. Er kniff die Augen zusammen und konzentrierte dann seine Blicke auf den hellerleuchteten Duschraum. Er war leer. In die Duschnische an der Seite konnte er nicht hineinschauen. Die Vorhänge waren zugezogen, er konnte nichts sehen.

Vielleicht hatte sie die Dusche vergessen und war zu Bett gegangen, ohne sie abzustellen. Er fand es sonderbar, daß sie einschlafen konnte, während das Wasser in voller Stärke herabbrauste, aber schließlich war ja auch er soeben eingeschlafen.

Vielleicht ist Müdigkeit genauso berauschend wie Alkohol.

Jedenfalls schien alles in Ordnung zu sein. Abermals ließ Norman seinen Blick forschend durch das Badezimmer wandern. Dann fiel ihm der Fußboden auf.

Wasser von der Dusche sickerte über die Fliesen. Nicht viel, gerade nur ein bißchen, gerade nur so viel, daß es zu sehen war. Ein winziges Rinnsal, das über die weißen Fliesen lief.

War es denn überhaupt Wasser? Wasser ist doch nicht rosa. Wasser hat doch keine kleinen roten Fädchen, winzige Fädchen, rot wie Adern.

Sie muß ausgerutscht, sie muß gestürzt sein und sich verletzt haben – konstatierte Norman. Eine panische Angst stieg in ihm hoch, aber er wußte, was er zu tun hatte. Er nahm die Schlüssel vom Tisch und verließ eiligst das Büro. Schnell suchte er den richtigen Schlüssel für das benachbarte Zimmer hervor und sperrte auf. Das Schlafzimmer war leer, aber auf dem Bett stand noch der offene Koffer. Sie war nicht weggegangen. Seine Vermutung mußte also richtig gewesen sein: Irgend etwas mußte ihr unter der Dusche zugestoßen sein. Er mußte hineingehen und nachsehen.

Erst als er den Waschraum betrat, fiel ihm noch etwas anderes ein, und da war es zu spät. Panik übermannte ihn, aber das nützte nichts mehr. Er erinnerte sich genau:

Mutter hat auch Schlüssel zu den Motelzimmern.

Und dann, als er die Vorhänge an der Dusche zurückriß und das auf dem Boden der Nische hingesunkene, zerfetzte, verkrümmte Etwas erblickte, wurde ihm klar, daß Mutter ihre Schlüssel benutzt hatte.

5

Norman machte die Tür hinter sich zu und ging zum Haus hinaus. Seine Kleider waren verdreckt, mit Blut beschmiert, mit Wasser durchtränkt. Außerdem hatte er sich auf dem Boden des Badezimmers übergeben.

Aber das war jetzt nicht wichtig. Zuerst einmal mußte anderes bereinigt werden.

Diesmal würde er eingreifen, endgültig, ein für allemal, und Mutter dorthin stecken, wo sie hingehörte. Es ließ sich nicht mehr umgehen.

Angst, Schreck, Grauen, Brechreiz und Ekel wichen mit einemmal diesem übermächtigen Entschluß. Was sich ereignet hatte, war tragisch, unaussprechlich furchtbar, aber es würde sich nie wieder ereignen. Jetzt kam er sich wie ein Mann vor – gleichsam neugeboren – ein Mann auf eigenen Füßen.

Schnell lief Norman die Stufen hinauf und rüttelte an der Haustür. Sie war nicht versperrt. Im Wohnzimmer brannte noch Licht, aber das Zimmer war leer. Er sah sich hastig um, ging dann die Treppe hinauf.

Mutters Zimmertür stand offen. Lampenlicht strömte auf den Korridor heraus. Er trat ein, ohne anzuklopfen. Jetzt hatte es keinen Zweck mehr, Komödie zu spielen. Das durfte man ihr nicht durchgehen lassen.

Sie kann ja nicht weg –

Aber sie war weg.

Das Schlafzimmer war leer.

Er sah die verkrumpelte Vertiefung, wo sie gelegen hatte, er sah die zurückgeschlagenen Decken auf dem breiten Himmelbett. Der leicht muffige Geruch, der noch in der Luft hing, drang in seine Nase. In der Ecke stand der Schaukelstuhl, auf der Kommode waren die Nippessachen so adrett geordnet wie eh und je. Nichts hatte sich in Mutters Zimmer verändert, niemals hatte sich hier je etwas geändert. Aber Mutter war weg.

Er ging zum Schrank und durchging hastig die Kleider auf den Bügeln, die an der langen Mittelstange hingen. Hier war der scharfe Geruch sehr stark, so stark, daß es ihn fast im Hals würgte. Zugleich aber spürte er noch einen anderen Geruch. Erst als sein Fuß ausglitt, senkte er den Blick und merkte, wo der Geruch herkam. Ein Kleid und ein Kopftuch lagen zusammengeballt auf dem Fußboden. Er bückte sich, um sie aufzuheben, zuckte dann vor Ekel zusammen, als er die dunklen, rötlichen Flecken geronnenen Bluts sah.

Sie war also hierher zurückgekehrt, hatte sich umgezogen und war dann wieder weggegangen.

Er konnte doch die Polizei nicht verständigen.

Das war der Punkt, den er nicht vergessen durfte. Er durfte die Polizei nicht verständigen. Selbst jetzt, wo er wußte, was sie getan hatte, nicht. Schließlich war sie eigentlich nicht zurechnungsfähig. Sie war krank.

Ein kaltblütiger Mord und Krankheit sind zwei Paar Stiefel. Wer nicht ganz richtig im Kopf ist, ist kein richtiger Mörder. Alle Welt weiß das. Nur die Gerichte sind manchmal anderer Meinung. Er hatte von solchen Fällen gelesen. Aber selbst wenn sie begriffen, was mit ihr los war, würden sie sie einsperren, und zwar nicht in eine Pflegeanstalt, sondern in eines dieser fürchterlichen Löcher, in ein staatliches Irrenhaus.

Norman starrte aus dem sauberen altmodischen Zimmer mit seinen Kletterrosentapeten. Er konnte seine Mutter nicht aus dieser Umgebung reißen und zusehen, wie sie in eine nackte Zelle eingesperrt wurde. Vorläufig war er sicher – die Polizei wußte nicht einmal etwas von seiner Mutter. Sie wohnte hier im Haus, und *niemand* wußte etwas davon. Dem Mädchen hatte er es ruhig erzählen können, weil sie ihn ja doch nie wiedersehen würde. Aber die Polizei durfte niemals etwas über Mutter erfahren und was mit ihr los war. Sie würden sie einsperren und irgendwo verrotten lassen. Was sie auch immer getan haben mochte, *das* hatte sie nicht verdient.

Und soweit würde es auch nicht kommen, da niemand wußte, was sie getan hatte.

Er war ziemlich sicher, verhindern zu können, daß irgend jemand etwas davon erfuhr. Er mußte nur darüber nachdenken, sich die Ereignisse des Abends in Erinnerung rufen und sorgfältig überlegen.

Das Mädchen war allein gekommen und hatte gesagt, sie sei den ganzen Tag unterwegs gewesen. Das bedeutete, daß sie nicht auf einer Besuchsreise in der Nähe war, und sie schien nicht zu wissen, wo Fairvale lag; sie hatte auch keine anderen Orte erwähnt, und so schien er ziemlich sicher, daß sie nicht beabsichtigte, irgend jemand in der Nähe zu besuchen. Wenn sie irgendwo erwartet wurde – wenn sie überhaupt erwartet wurde –, so mußte das irgendwo weiter im Norden sein.

Natürlich, dies alles war nur eine Annahme, aber eine, die ihm sehr logisch schien, und er mußte es darauf ankommen lassen, daß seine Annahme zutreffend war.

Sie hatte sich selbstverständlich im Fremdenbuch eingetragen, aber das bedeutete gar nichts. Falls irgend jemand fragen sollte, würde er einfach sagen, sie habe übernachtet und sei am anderen Morgen weitergefahren.

Er brauchte jetzt nur die Leiche und das Auto zu beseitigen und dafür zu sorgen, daß hinterher schön saubergemacht wurde.

Das würde gar nicht schwer sein. Er wußte genau, wie. Es würde nicht angenehm sein, aber auch nicht allzu schwierig.

Und es würde ihm ersparen, die Polizei zu verständigen. Es würde Mutter retten.

Oh, er hatte nach wie vor die Absicht, mit ihr abzurechnen – in diesem Punkt würde er nicht klein beigeben, diesmal nicht –, aber es hatte bis hinterher Zeit.

Das Wichtigste war nun, die Spuren zu beseitigen. Das *Corpus delicti.*

Mutters Kleid und das Tuch würde er verbrennen müssen, ebenso die Sachen, die er anhatte. Aber als er sich's recht überlegte, fand er es viel vernünftiger, alles zusammen mit der Leiche wegzuschaffen.

Norman rollte die Kleidungsstücke in ein Bündel zusammen und trug es hinunter. Er nahm ein altes Hemd und einen Overall von dem Haken im hinteren Flur, zog sich dann in der Küche aus und zog die anderen Sachen an. Es hätte keinen Sinn gehabt, sich jetzt zu waschen – das hatte Zeit, bis der Rest des schmutzigen Geschäfts besorgt war.

Aber die Mutter hatte daran gedacht, sich zu waschen, als *sie* zurückkam. Hier auf dem Ausguß in der Küche waren weitere rosarote Flecken zu sehen und auch einige vielsagende Spuren von Rouge und Puder.

Er nahm sich vor, nachher alles gründlich zu säubern, setzte sich dann auf einen Stuhl und beförderte den Inhalt der Tasche seiner abgelegten Kleider in die Taschen des Overalls. Jammerschade, so gute Sachen wegwerfen zu müssen, aber das ließ sich nicht vermeiden. Mutters wegen.

Norman ging in den Keller hinunter und öffnete die Tür zu der alten Obstkammer. Dort fand er, was er suchte – einen ausgemusterten Wäschekorb mit einem Klappdeckel. Der Korb war genügend groß und würde reichen. Fein.

Fein... Du lieber Himmel, was für ein Wort! Wie kann man etwas bei einem solchen Verbrechen ›fein‹ finden?

Er zuckte zusammen, dann holte er tief Atem. Jetzt war nicht der Augenblick, um Gewissenserforschung und Selbstkritik zu betreiben. Jetzt mußt du praktisch denken. Äußerst praktisch, äußerst vorsichtig, äußerst ruhig.

Ruhig und überlegt warf er seine Kleider in den Korb. Ruhig und überlegt nahm er ein altes Wachstuch von dem Tisch neben der Kellertreppe. Ruhig und überlegt ging er wieder nach oben, schaltete das Licht in der Küche aus, schaltete die Flurbeleuchtung aus und trat in die finstere Nacht hinaus, den mit Wachstuch zugedeckten Korb schleppend.

Draußen in der Finsternis war es viel schwieriger, Ruhe zu bewahren. Schwieriger, nicht über hunderterlei Dinge nachzudenken, die schiefgehen könnten.

Mutter war auf und davon – wohin? War sie irgendwo auf der

Landstraße? Der Möglichkeit ausgesetzt, von jedem, der gerade des Weges kam, aufgefischt zu werden? Litt sie noch immer unter hysterischen Anfällen? Würde der Schock sie veranlassen, vor jedem, der daherkam und ihr begegnete, die Wahrheit herauszuplärren? War sie tatsächlich weggelaufen, oder befand sie sich in einem Zustand der Benommenheit? Vielleicht war sie hinter dem Haus an dem Wald vorbei über ihr schmales Ackerland gegangen, das sich in die Sümpfe verlor? Wäre es nicht besser, zuerst nach ihr zu suchen? Seufzend schüttelte Norman den Kopf. Das Risiko war zu groß – solange noch das Etwas ausgestreckt im Duschraum des Motelzimmers lag. Es dort liegenzulassen, war noch riskanter.

Er hatte die Geistesgegenwart besessen, bevor er wegging, die Beleuchtung sowohl im Büro wie in dem Motelzimmer auszumachen. Trotzdem konnte man ja nicht wissen, ob nicht ein Nachtbummler auftauchen und sich nach einer Unterkunft umschauen würde. Oft passierte das nicht, aber ab und zu einmal surrte die Klingel, manchmal um ein oder zwei Uhr morgens. Und zumindest im Verlauf der Nacht kam die Verkehrsstreife der Staatspolizei hier vorbeigefahren. Sie hielt beinahe nie, aber möglich war es trotzdem.

Er stolperte durch die kohlschwarze Finsternis einer mondlosen Mitternacht. Der Fußweg war nicht matschig, sondern kiesig, aber das Gelände hinter dem Haus würde der Regen aufgeweicht haben. Dort würden Fußspuren zurückbleiben. Auch daran mußte man denken. Er würde Spuren hinterlassen, die nicht einmal er sehen konnte. Wenn es nur nicht so finster wäre! Plötzlich war ihm das Wichtigste – der Finsternis zu entrinnen.

Norman atmete auf, als er endlich die Zimmertür öffnete, den Korb hineinschob, ihn hinstellte und das Licht anknipste. Der milde Schein tröstete ihn eine Sekunde lang, bis ihm einfiel, was das Licht ihm zeigen würde, wenn er in den Duschraum ginge.

Er blieb mitten im Schlafzimmer stehen und begann zu zittern.

Nein, ich kann nicht. Ich kann sie mir nicht ansehen. Ich gehe nicht hinein. Nein!

Aber du mußt. Es gibt keinen Ausweg. Hör auf, Selbstgespräche zu führen!

Das war das Wichtigste. Er mußte aufhören, Selbstgespräche zu führen. Er mußte wieder so ruhig und besonnen werden wie zuvor. Er mußte der Wirklichkeit ins Auge sehen.

Und wie sah die Wirklichkeit aus?

Ein totes Mädchen. Das Mädchen, das seine Mutter umgebracht

hatte. Kein schöner Anblick, kein schöner Gedanke, aber unausweichlich.

Weglaufen würde das Mädchen nicht wieder lebendig machen. Die Mutter der Polizei ausliefern, würde die Situation nicht verbessern. Unter den gegebenen Umständen war es das beste, das einzig Mögliche, sie wegzuschaffen. Deswegen brauchte er kein schlechtes Gewissen zu haben.

Aber als es dann soweit war, in den Duschraum zu gehen und das zu tun, was sich nicht vermeiden ließ, da konnte er das Schwindelgefühl, den Brechreiz und das trockene, krampfhafte Würgen in seiner Kehle nicht unterdrücken. Beinahe auf der Stelle fand er das Schlächtermesser. Es lag unter der Toten, und er warf es schnell in den Korb. In der Tasche des Overalls steckte ein altes Paar Handschuhe; er mußte es anziehen, bevor er es über sich bringen konnte, das andere anzurühren. Am schlimmsten war der Kopf. Sonst war nichts losgetrennt, nur zerfetzt, und er mußte die Glieder zurechtfalten, bevor er die Leiche in das Wachstuch wickeln und in den Korb zu den Kleidern hineinstopfen konnte. Dann war es geschehen. Er klappte den Deckel zu.

Natürlich mußten das Badezimmer und der Duschraum noch saubergemacht werden, aber das verschob er auf nachher.

Nun hieß es, den Korb ins Schlafzimmer zu schleppen, ihn dort abzustellen und die Autoschlüssel aus der Handtasche der jungen Frau hervorzuangeln. Langsam öffnete er die Tür und hielt nach vorüberhuschenden Autoscheinwerfern Ausschau. Nichts – schon seit Stunden war nichts vorbeigefahren. Nun konnte er nur noch hoffen, es möge auch jetzt nichts vorbeifahren.

Lange bevor es ihm gelungen war, den Kofferraum des Autos aufzuschließen und den Korb hineinzuschieben, war er bereits in Schweiß gebadet. Nicht vor Anstrengung, sondern vor Angst. Aber er schaffte es, und dann stand er wieder im Zimmer, raffte Kleidungsstücke zusammen, legte sie in die Weekendtasche und in den großen Koffer, der auf dem Bett lag. Er las die Schuhe, die Strümpfe, den Büstenhalter und das Höschen auf. Am schlimmsten war es, den Büstenhalter und das Höschen anfassen zu müssen. Wenn sein Magen noch etwas enthalten hätte, wäre es jetzt hochgekommen. Aber in seinem Magen lag nur noch die dürre Angst, während Angstschweiß seine Haut benetzte.

Was nun? Kleenex, Haarnadeln, all die Kleinigkeiten, die eine Frau im Zimmer herumliegen läßt. Ja, und die Handtasche enthielt etwas Geld, aber er machte sich nicht die Mühe, nachzuschauen.

Das Geld wollte er nicht haben. Er wollte nur alles loswerden – es schnell loswerden, solange das Glück ihm gewogen war.

Er stellte die beiden Gepäckstücke auf den Vordersitz des Autos. Dann sperrte er die Zimmertür ab. Wieder blickte er links und rechts die Landstraße entlang. Alles klar.

Norman ließ den Motor an und schaltete die Scheinwerfer ein. Das war das Gefährlichste – die Scheinwerfer. Aber ohne sie ging's nicht, nicht über den dunklen Acker. Er fuhr hinter dem Motel langsam bergan und dann über den Kies, der zu der Zufahrt und dem Haus führte. Ein weiteres Stück Kiesweg führte hinters Haus und endete an dem alten Schuppen, der umgebaut worden war, um als Garage für Normans Chevrolet zu dienen.

Er schaltete und steuerte vorsichtig auf den Rasen hinaus. Hier gab es etliche ausgefahrene Fahrspuren. Norman glückte es, sie zu finden. Alle paar Monate pflegte Norman mit dem Anhänger in den Wald am Sumpf zu fahren, um Brennholz für die Küche zu holen.

Das nahm er sich gleich für morgen vor. In aller Frühe würde er mit seinem Wagen und dem Anhänger hier hinausfahren. Dann würden seine Reifenspuren die nächtlichen Spuren zudecken. Und für allfällig hinterlassene Fußspuren gäbe es eine Erklärung.

Das heißt, sofern eine derartige Erklärung vonnöten sein würde, vielleicht aber war das Glück ihm auch weiterhin gnädig.

Jedenfalls blieb es ihm solange treu, bis er den Rand des Sumpfes erreicht hatte und daranging, sein Werk zu verrichten. Er schaltete die Scheinwerfer und die Schlußlichter aus und arbeitete im Dunkeln. Es war nicht leicht, es nahm viel Zeit in Anspruch, aber er schaffte es. Nachdem er den Motor angelassen und den Rückwärtsgang eingeschaltet hatte, sprang er aus dem Auto und ließ es bergab in den lehmigen Sumpf rutschen. Freilich würden auch hier auf dem Abhang Reifenspuren zu sehen sein, und er durfte nicht vergessen, sie zu glätten. Aber das war jetzt nicht das Wichtigste. Wenn nur das Auto in den Sumpf versank!

Er sah das Moor Blasen treiben und über die Räder hochsteigen. Mein Gott, es muß jetzt weitersinken – wenn nicht, kann ich es nie wieder herausziehen. Es muß sinken! Nun verschwanden langsam, ganz langsam die Stoßstangen. Wie lange hatte er schon hier gestanden? Es kam ihm vor, als wären es Stunden gewesen, und immer noch war das Auto zu sehen.

Aber der dicke Sumpf hatte bereits die Türklinken erreicht, er kroch an den Seitenfenstern und an der Windschutzscheibe empor.

Nicht das leiseste Geräusch war zu hören. Lautlos versank das Auto Zoll um Zoll. Nun war nur noch das Dach zu sehen. Plötzlich gab es ein saugendes Geräusch, ein häßliches und jähes Plupp, und das Auto war weg. Unter der Oberfläche des Sumpfes verschwunden.

Norman wußte nicht, wie tief der Sumpf an dieser Stelle war. Er konnte nur hoffen, daß das Auto noch tiefer hinabsinken würde, immer tiefer, so tief hinunter, daß kein Mensch es je würde wiederfinden können.

Mit einer Grimasse wandte er sich ab. Na also, das war vorbei. Das Auto lag im Sumpf. Und der Korb lag im Kofferraum. Und die Leiche lag im Korb. Der verkrümmte Leib und der blutige Kopf. – Aber daran durfte er jetzt nicht denken. Unter keinen Umständen. Noch gab es anderes zu tun.

Er tat es fast mechanisch. Im Büro gab es Seife und Putzmittel, einen Schrubber und einen Eimer. Zoll für Zoll bearbeitete er das Badezimmer und dann den Duschraum. Solange er sich auf das Schrubben konzentrierte, war alles nicht so schlimm, wenn ihm auch der Geruch Übelkeit bereitete.

Dann inspizierte er noch einmal das Schlafzimmer. Nach wie vor war das Glück ihm hold: Unter dem Bett fand er einen Ohrring. Er hatte am Abend gar nicht gemerkt, daß sie Ohrringe trug. Aber sie mußte es wohl. Vielleicht hatte dieser eine Ohrring sich gelöst, als sie ihr Haar schüttelte. Wenn nicht, dann mußte auch der zweite hier irgendwo herumliegen. Norman war todmüde, und die Augen fielen ihm zu, aber er suchte weiter. Der zweite Ring war nirgendwo zu finden, also mußte er entweder im Gepäck liegen oder noch an ihrem Ohr hängen. In beiden Fällen würde es keine Rolle spielen. Wenn er nur den einen Ring wegschaffte. Gleich morgen früh mußte er ihn in den Sumpf werfen.

Nun brauchte er sich nur noch um das Haus zu kümmern und den Ausguß in der Küche zu scheuern.

Als er in das Haus trat, war es auf der Standuhr im Flur fast schon zwei. Er vermochte kaum noch die Augen offenzuhalten, um die Blutflecken von dem Ausgußrand zu putzen. Dann zog er die lehmigen Schuhe, den Overall, das Hemd und die Socken aus und wusch sich. Das Wasser war eiskalt, aber es erfrischte ihn nicht im geringsten. Seine Glieder waren wie taub.

Morgen früh würde er mit seinem eigenen Wagen wieder zu dem Sumpf hinunterfahren und dieselben Sachen anhaben, und es würde keine Rolle spielen, wenn sie dann schmutzig waren.

Hauptsache, es gab nirgendwo Blutspuren zu sehen. Kein Blut an den Kleidern, kein Blut an seinem Körper, kein Blut an seinen Händen.

So. Jetzt war er wieder sauber. Seine Hände waren sauber. Er konnte die steifen Beine bewegen, den steifen Körper, die Treppe hinauf ins Schlafzimmer bugsieren, ins Bett sinken und einschlafen. Mit sauberen Händen.

Erst als er wirklich im Schlafzimmer angelangt war und den Pyjama anzog, fiel ihm ein, was noch nicht stimmte.

Mutter war nicht zurückgekehrt.

Noch immer irrte sie, weiß Gott wo, mitten in der Nacht umher. Er mußte sich wieder anziehen und hinausgehen, er mußte sie finden.

Mußte er das wirklich?

Langsam schleichend überkam ihn dieser Gedanke, so, wie die Gefühlstaubheit ihn beschlichen hatte und bemächtigte sich verstohlen seiner Sinne, weich, glatt, inmitten der seidigen Stille.

Warum sollte er sich um Mutter Sorgen machen, nach dem, was sie begangen hatte? Vielleicht ist sie aufgegriffen worden, vielleicht wird man sie aufgreifen. Vielleicht wird sie sogar die Wahrheit herausplappern. Aber wer wird ihr Glauben schenken? Es gab keine Spuren, keine Beweise mehr. Er brauchte nur alles abzuleugnen. Vielleicht würde das nicht einmal nötig sein – jeder, der Mutter sah, der sich ihre irre Geschichte anhörte, würde sofort wissen, daß sie nicht ganz richtig im Kopf war. Dann würde man sie einsperren, an einem Ort einsperren, wo sie keinen Schlüssel mehr hatte und nicht mehr entwischen konnte, und damit war endlich Schluß.

Es fiel ihm ein, daß er noch vor kurzem ganz anders gedacht und gefühlt hatte. Aber das war, bevor er ins Badezimmer hatte zurückkehren müssen, bevor er dort in dem Duschraum diese – diese furchtbare Sache gesehen hatte.

Das hatte Mutter ihm angetan. Das hatte Mutter dem armen, hilflosen Mädchen angetan. Sie hatte ein Schlächtermesser genommen und darauf losgestochen. Nur ein wahnsinniger Mensch konnte eine so grausige Tat begehen. Er mußte den Tatsachen ins Gesicht sehen. Mutter war wahnsinnig; sie verdiente es, eingesperrt zu werden; sie mußte eingesperrt werden, weil sie sonst nicht nur andere, sondern auch sich selber gefährdete.

Erwischte man sie, würde er dafür sorgen, daß das ruhig geschah.

Aber es bestand durchaus die Möglichkeit, daß sie gar nicht auf die Straße oder in ihre Nähe gegangen war. Sehr wahrscheinlich war sie im Haus oder auf dem Hof geblieben. Vielleicht war sie ihm sogar zum Sumpf hinunter gefolgt, hatte ihn möglicherweise die ganze Zeit beobachtet. Ja freilich, wenn sie wirklich nicht bei Sinnen war, war alles denkbar. Wenn sie zum Sumpf hinuntergegangen war, konnte sie vielleicht ausgerutscht sein. In der Finsternis war das duchaus möglich. Er erinnerte sich, wie das Auto versunken und im Sumpf verschwunden war.

Norman wußte, daß er nicht mehr klar denken konnte. Nur ganz undeutlich kam ihm zum Bewußtsein, daß er auf dem Bett lag und jetzt schon lange auf dem Bett gelegen hatte. In Wirklichkeit faßte er gar keinen Entschluß darüber, was zu tun war, und fragte sich nicht, was mit seiner Mutter los war und wo sie war. Statt dessen *beobachtete* er sie. Jetzt konnte er sie *sehen*, obwohl er gleichzeitig den dumpfen Druck auf seinen Augäpfeln spürte und wußte, daß seine Lider geschlossen waren.

Er sah Mutter, und sie war im Sumpf. Ja, dort war sie, im Sumpf. Sie war im Dunkeln den Hang in den Sumpf hinuntergestolpert und konnte jetzt nicht mehr heraus. Der Schlick quatschte um ihre Knie, sie versuchte, einen Ast oder etwas Festes zu packen und sich herauszuziehen, aber es glückte ihr nicht. Ihre Hüften versanken, ihr Kleid wurde vorne fest an ihre Schenkel gepreßt. Die Schenkel waren schmutzig. Man durfte nicht hinschauen.

Aber er *wollte* hinschauen; er *wollte* sie versinken sehen, tief in die weiche, nasse, schleimige Finsternis. Sie verdiente es; sie verdiente es, zu versinken, hinab zu dem armen, unschuldigen Mädchen. Ab damit! In Kürze würde er sie beide los sein – das Opfer und die Mörderin, Mutter und das Luder, Luder-Mutter tief unten dort in dem schmutzigen Schleim; soll sie doch versinken, soll sie doch ertrinken in dem schmierigen, scheußlichen Schaum.

Jetzt stieg es ihr bis zum Busen; er mochte nicht gern an solche Sachen denken; er hatte nie an Mutters Busen gedacht; das gehörte sich nicht; gut, daß er verschwand, daß er für immer versank, so daß er nie wieder an solche Sachen zu denken brauchte. Aber er sah sie nach Atem ringen, und das ließ ihn selber nach Luft schnappen. Er hatte das Gefühl, als ob er zusammen mit ihr ersticke, und dann *(es war ein Traum, es mußte ein Traum sein!)* stand Mutter plötzlich auf der festen Erde am Rande des Sumpfes, und er versank. Bis an den Hals steckte er im Schlamm, und niemand konnte ihn retten, niemand konnte ihm helfen, nirgendwo konnte er sich anklammern, wenn nicht Mutter ihm die Arme reichte. *Sie* konnte ihn retten, sie war die einzige! Er wollte nicht ertrinken; er wollte nicht im Schlamm ersticken; er wollte nicht so versinken, wie das junge Luder versunken war. Und nun fiel ihm auch ein, warum sie dort versunken war. Weil sie getötet worden war. Und sie war getötet worden, weil sie schlecht war. Sie hatte sich vor ihm gespreizt, sie hatte ihn absichtlich mit ihrer perversen Nacktheit in Versuchung geführt. Ja, er selbst hatte sie umbringen wollen, als sie das tat, weil Mutter ihn über das Böse und die Wege des Bösen belehrt hatte, und siehe, du sollst ein Luder nicht am Leben lassen.

Also hatte Mutter eigentlich ihn beschützt. Er durfte nicht zusehen, wie sie umkam; sie hatte nichts Unrechtes getan. Er brauchte sie jetzt, und sie brauchte ihn, und selbst wenn sie verrückt war, würde sie ihn nicht versinken lassen. Das konnte sie einfach nicht.

Die fauligen Blasen glucksten an seinem Hals; sie küßten seine Lippen, und er wußte, wenn er den Mund öffnete, würde er sie schlucken, aber er mußte den Mund öffnen, um zu schreien, und er schrie: *»Mutter, Mutter – rette mich!«*

Dann war er aus dem Sumpf befreit, lag wieder auf dem Bett, wo er hingehörte, und sein Körper war nur in Schweiß gebadet. Jetzt wußte er, daß es ein Traum gewesen war, schon bevor er ihre Stimme neben dem Bett hörte.

»Alles in Ordnung, mein Sohn, ich bin hier. Alles in Ordnung.« Er fühlte ihre Hand auf seiner Stirn, sie war kühl wie der vertrocknete Schweiß. Er wollte die Augen öffnen, aber sie sagte: »Mach dir keine Sorgen, mein Sohn, schlaf nur wieder ein.«

»Aber ich muß dir erzählen –«

»Ich weiß alles. Ich habe zugesehen. Du hast dir doch nicht eingebildet, daß ich weggehen und dich alleinlassen würde? Du hast richtig gehandelt, Norman. Jetzt ist alles in bester Ordnung.«

Ja. So sollte es sein. Sie war da, um ihn zu schützen. Er war da, um sie zu schützen. Kurz bevor er wieder einschlummerte, wurde Norman sich schlüssig. Sie würden einfach über die nächtlichen Ereignisse nicht sprechen – weder jetzt noch je. Und er würde sich nicht einfallen lassen, sie wegzuschicken. Was immer sie getan haben mochte, sie gehörte hierher, zu ihm. Vielleicht war sie verrückt und eine Mörderin, aber sie war zugleich alles, was er besaß. Alles, was er sich wünschte. Alles, was er brauchte. Wissen, daß sie hier war, neben ihm, während er einschlief.

Norman bewegte sich, drehte sich auf die Seite und versank dann in eine Finsternis, die tiefer und unentrinnbarer war als der Sumpf.

6

Um Punkt sechs Uhr am nächsten Freitagabend geschah ein Wunder.

Ottorino Respighi kam ins Hinterzimmer der einzigen Eisenwarenhandlung von Fairvale, um seine *Brasilianischen Impressionen* zu spielen.

Ottorino Respighi war seit vielen Jahren tot, und die Symphoniker des *l'Orchestre des Concertes Colonne* hatten das Werk in einer Entfernung von vielen Tausend Kilometern gespielt.

Aber als Sam Loomis die Hand ausstreckte und das winzige Ultrakurzwellengerät anstellte, strömte die Musik heraus, Raum und Zeit und sogar den Tod auslöschend.

In seinen Augen war das ein echtes Wunder.

Eine Weile tat es Sam leid, daß er allein war. An Wundern sollten viele teilhaben. Auch an der Musik sollen viele teilhaben. Aber es gab in ganz Fairvale keinen Menschen, der es, sei es die Musik selbst, sei es das Wunder ihrer Klänge, erkennen würde. Die Leute von Fairvale neigten zu praktischeren Erwägungen. Musik ist etwas, das man hört, wenn man eine Münze in einen Automaten steckt oder das Fernsehgerät einschaltet. Meistens ist es Rock 'n' Roll, aber hie und da kommt auch mal was Klassisches wie der *Wilhelm Tell*, der einem statt eines Wildwestfilms vorgesetzt wird. Was ist denn schon Wunderbares dran an diesem Ottorino? Wie war der Name doch gleich, oder wer ist das noch?

Sam Loomis zuckte die Schultern und grinste. Er hatte nicht die Absicht, sich darüber zu beklagen. Mag sein, daß Kleinstädter diese Art von Musik nicht schätzen, aber sie ließen ihm zumindest die Freiheit, sich privat an ihr zu erfreuen. Genauso wie er keinen Versuch machte, ihren Geschmack zu beeinflussen. Es war eine Art gegenseitiger Fairneß.

Sam holte das dicke Hauptbuch hervor und ging mit ihm zum Küchentisch. Für die nächste Stunde würde der Küchentisch ihm einen Schreibtisch ersetzen müssen, genauso wie er sein eigener Buchhalter sein mußte.

Das war einer der Nachteile, wenn man in einem einzigen Raum hinter dem Laden hauste. Wenig Platz. Alles muß verschiedenen Zwecken dienen. Trotzdem hatte er sich mit der Lage abgefunden. So, wie die Dinge sich zur Zeit anließen, würde es nicht mehr lange weitergehen müssen.

Ein rascher Blick auf die Zahlen schien seinen Optimismus zu bekräftigen. Er würde noch das Lager überprüfen müssen, aber es sah ganz so aus, als ob er diesen Monat abermals imstande sein würde, tausend Dollar abzuzahlen. Damit würde er im ersten Halbjahr die Gesamtsumme dreitausend erreicht haben. Noch dazu in der flauen Saison. Im Herbst würde das Geschäft sich beleben.

Sam kritzelte schnell ein paar Zeilen auf ein Blatt Konzeptpapier und rechnete nach. Ja, wahrscheinlich würde er es schaffen können. Das war ein angenehmes Gefühl. Auch Mary würde sich freuen.

In letzter Zeit war Mary nicht allzu heiter gewesen. Zumindest klangen ihre Briefe so, als ob sie deprimiert wäre. Das heißt, soweit sie überhaupt schrieb. Wenn er sich's recht überlegte, schuldete sie ihm bereits einige Briefe. Vorigen Freitag hatte er ihr wieder geschrieben und noch immer keine Antwort erhalten. Vielleicht war sie krank. Nein, in diesem Fall hätte er ein paar Zeilen von ihrer jüngeren Schwester – Lila oder wie sie hieß – erhalten. Vielleicht hatte Mary ganz einfach den Mut verloren, vielleicht hatte sie die Nase voll. Er konnte es ihr nicht verdenken. Schon seit langem mußten ihr die Dinge auf die Nerven gehen.

Natürlich ging es ihm genauso. Das war wirklich kein leichtes Leben. Aber es gab keinen anderen Weg. Sie hatte es begriffen. Sie hatte sich bereit erklärt, zu warten.

Vielleicht sollte er sich nächste Woche ein paar Tage freinehmen, den Laden Summerfield übergeben und zu ihr fahren. Sie ganz einfach überraschen, um sie aufzuheitern. Warum nicht? Momentan war nicht viel zu tun. Bob konnte ohne weiteres den Laden allein führen.

Sam seufzte. Die Musik wurde leiser, wechselte in Moll hinüber. Das mußte wohl das Thema des Schlangengartens sein. Ja, er erkannte es wieder, mit den gleitenden Streichern und den geschlängelten Holzbläsern, die über dem trägen Baß dahinkriechen. Schlangen. Mary konnte Schlangen nicht leiden. Vielleicht konnte sie auch diese Art von Musik nicht leiden.

Manchmal fragte er sich fast, ob sie nicht einen Fehler gemacht hatten, als sie ihre Zukunftspläne schmiedeten. Was wußten sie denn eigentlich voneinander? Abgesehen von dem Beisammensein an Bord des Dampfers und den zwei Tagen, die Mary im vorigen Jahr hier verbracht hatte, hatten sie nie miteinander gelebt. Sie schrieben sich Briefe, freilich, aber dadurch wurde es vielleicht nur noch schlimmer. Denn in den Briefen hatte Sam eine neue Mary entdeckt – eine verdrossene, fast wehleidige Person, deren heftige

Sympathien und Antipathien beinahe schon an Vorurteile grenzten. Er zuckte die Schultern. Was hatte ihn denn plötzlich überkommen? War es die Morbidität der Musik?

Mit einem Male strafften sich seine Muskeln in seinem Nacken. Er spitzte die Ohren, versuchte, das Instrument herauszufinden, die Passage, die seine Reaktion ausgelöst hatte. Irgend etwas stimmte nicht, etwas, das er spürte, das er beinahe hören konnte.

Sam stand auf und schob seinen Stuhl zurück.

Jetzt hörte er es. Ein leises Klappern, das von vorne kam. Ja, freilich, das war es: Jemand rüttelte an der Ladentür.

Der Laden war längst geschlossen, die Sonnenrouleaus waren herabgezogen, aber vielleicht handelte es sich um einen Touristen. Sehr wahrscheinlich. Die Stadtleute wußten ja, wann er zumachte, und sie wußten auch, daß er im Hinterzimmer wohnte. Wenn sie nach Geschäftsschluß etwas holen wollten, würden sie vorher anrufen.

Na ja, Geschäft ist Geschäft, wer immer der Kunde sein mochte. Sam drehte sich um, ging in den Laden und eilte in den dunklen Mittelgang. Auch an der Eingangstür war das Rouleau herabgezogen, aber jetzt hörte er ganz deutlich das heftige Rütteln – ja, auf dem Tisch mit den Reiseartikeln klirrten Töpfe und Pfannen.

Das mußte aber wirklich ein sehr dringender Fall sein. Wahrscheinlich brauchte der Kunde ein neues Lämpchen für die Taschenlampe seines Sprößlings.

Sam holte den Schlüsselring aus der Tasche. »Schon gut!« rief er. »Ich sperre auf.« Er tat es schnell und geschickt und ließ die Tür zurückpendeln, ohne den Schlüssel aus dem Schloß zu ziehen.

Da stand sie auf der Schwelle, eine dunkle Silhouette vor dem Licht der Straßenlaterne. Einen Augenblick war er starr vor Erstaunen – dann trat er einen Schritt vor und schloß sie in die Arme.

»Mary!« murmelte er. Seine Lippen fanden ihren Mund, freudig und gierig, und dann sträubte sie sich, wich zurück, hob die geballten Fäuste und schlug sie ihm gegen die Brust. Was sollte das bedeuten?

»Ich bin nicht Mary«, stieß sie hervor. »Ich bin Lila.«

»Lila?« Er trat zurück. »Die Kleine – ich meine, Marys Schwester?«

Sie nickte. Dabei sah er sie im Profil. Das Laternenlicht glitzerte auf ihrem Haar. Es war brauner, viel heller als Marys Haar. Nun merkte er auch den Unterschied in der Rundung der kleinen Stupsnase, in der stärkeren Wölbung der breiten Backenknochen. Außerdem war sie kleiner, ihre Hüften und Schultern wirkten schmaler.

»Verzeihung – die schlechte Beleuchtung«, murmelte er.

»Schon gut.« Auch die Stimme klang anders, weicher und tiefer. »Treten Sie doch, bitte, ein.«

»Ja, aber...« Sie zögerte, blickte zu Boden, und da sah Sam das Köfferchen auf dem Bürgersteig stehen.

»Lassen Sie mich Ihren Koffer nehmen.« Er holte das Köfferchen. Während er an ihr vorbei durch die Tür ging, knipste er das Licht im Laden an. »Mein Zimmer liegt hinten«, sagte er. »Folgen Sie mir.«

Stumm ging sie hinter ihm her. Aus dem Radio ertönte noch immer Respighis Tondichtung. Als sie in seine improvisierte Behausung kamen, ging Sam hin, um das Gerät abzustellen. Sie hob die Hand.

»Nicht! Ich möchte feststellen, was das ist.« Sie nickte. »Villa-Lobos?«

»Respighi. *Die brasilianischen Impressionen.* Ich glaube, es gibt sie auf Uraniaplatten.

»Ach, die führen wir nicht.« Zum ersten Male fiel ihm ein, daß Lila in einem Grammophongeschäft arbeitete.

»Soll ich es anlassen, oder wollen Sie mit mir sprechen?« fragte er.

»Stellen Sie es ab. Wir müssen miteinander sprechen.«

Er nickte, beugte sich über das Radio, drehte sich dann zu ihr um. »Nehmen Sie Platz. Ziehen Sie den Mantel aus.«

»Danke. Ich will nicht lange bleiben. Ich muß mir ein Zimmer suchen.«

»Sind Sie zu Besuch hier?«

»Nur für eine Nacht. Wahrscheinlich fahre ich morgen früh wieder weg. Und es ist auch nicht eigentlich ein Besuch. Ich suche Mary.«

»Sie suchen...?« Sam starrte sie an. »Ja, aber – wieso denn hier?«

»Ich hatte gehofft, das würden Sie mir sagen können.«

»Ich? Mary ist nicht hier.«

»*War* sie hier? Ich meine, Anfang der Woche?«

»Keineswegs. Seit sie vorigen Sommer hierherkam, habe ich sie nicht mehr gesehen.« Sam setzte sich auf das Bettsofa.

»Was ist denn los, Lila? Was soll denn das bedeuten?«

»Wenn ich das nur selber wüßte.«

Sie wich seinem Blick aus, senkte die Wimpern und betrachtete ihre Hände, die sich in ihrem Schoß krümmten wie Schlangen. In der helleren Beleuchtung merkte Sam, daß ihr Haar fast blond war. Jetzt sah sie Mary überhaupt nicht mehr ähnlich. Ein ganz anderer Mensch. Und nervös. Unglücklich.

»Bitte!« sagte er. »Erzählen Sie.«

Plötzlich blickte Lila auf und musterte ihn forschend mit ihren großen nußbraunen Augen. »Haben Sie auch nicht gelogen, als Sie sagten, Mary sei nicht hiergewesen?«

»Nein, es ist die Wahrheit. Nicht einmal etwas von ihr gehört habe ich in den letzten paar Wochen. Ich habe schon angefangen, mir Sorgen zu machen. Nun kommen Sie hereingeplatzt –.« Die Stimme versagte ihm. »Erzählen Sie!«

»Schön. Ich glaube es Ihnen, aber da ist nicht viel zu erzählen.« Sie holte tief Atem. Rastlos strichen ihre Hände an ihrem Rock entlang, und sie fuhr fort: »Gestern vor einer Woche habe ich Mary zum letztenmal gesehen – zu Hause. An demselben Abend bin ich nach Dallas gefahren, um dort einige Grossisten aufzusuchen – ich besorge den Einkauf für den Laden. Jedenfalls habe ich das Wochenende in Dallas verbracht und bin dann am Sonntag spät nachts zurückgefahren. Montag früh kam ich an. Mary war nicht in der Wohnung. Zuerst war ich nicht weiter beunruhigt und dachte mir, sie sei vielleicht besonders früh ins Büro gegangen. Für gewöhnlich aber pflegte sie mich im Lauf des Tages anzurufen, und als sie bis zwölf noch nicht telefoniert hatte, entschloß ich mich, im Büro anzurufen. Mr. Lowery kam an den Apparat. Er sagte, soeben habe er mich anrufen und sich erkundigen wollen, was denn los sei. Mary sei morgens nicht erschienen. Seit Freitagnachmittag habe er nichts mehr von ihr gesehen oder gehört.«

»Einen Augenblick«, sagte Sam langsam. »Daß ich Sie richtig verstehe. Soll das heißen, daß Mary seit einer vollen Woche verschwunden ist?«

»Leider.«

»Warum hat man mich denn nicht schon früher verständigt?« Er stand auf und spürte wieder jene sonderbare Spannung in den Nackenmuskeln, fühlte sie jetzt auch noch in der Kehle und in der Stimme. »Warum haben Sie sich denn nicht mit mir in Verbindung gesetzt, nicht angerufen? Was sagt die Polizei?«

»Sam, ich...«

»Statt dessen haben Sie so lange gewartet und sind dann hierhergekommen, um mich zu fragen, ob *ich* Mary gesehen habe. Das ist doch idiotisch!«

»Alles ist idiotisch. Sehen Sie, die Polizei weiß noch nichts davon. Und Mr. Lowery weiß nichts von Ihrer Existenz. Nachdem er mir alles erzählt hatte, war ich einverstanden, mich nicht an die Polizei zu wenden. Aber ich war so beunruhigt, so verängstigt; ich mußte der Sache nachgehen. Deshalb habe ich mich heute früh entschlossen, hierherzufahren und mich zu erkundigen. Ich dachte mir, vielleicht hättet ihr beide es gemeinsam ausgeheckt.«

»Ausgeheckt? Was denn?« schrie Sam.

»Ja, das möchte ich auch gerne wissen.« Es klang sehr ruhig, sehr sanft, aber die Züge des Mannes, der in der Tür stand, waren alles eher als sanft. Er war groß, mager und von der Sonne gebräunt. Ein grauer Stetson beschattete seine Stirn, aber nicht die Augen. Die Augen waren eisig blau und eisig hart.

»Wer sind Sie?« murmelte Sam. »Wie sind Sie denn hier hereingekommen?«

»Die Ladentür war nicht versperrt, da bin ich eben eingetreten. Ich möchte Sie um eine kleine Auskunft bitten, aber wie ich sehe, ist Miß Crane mir zuvorgekommen. Vielleicht wollen Sie jetzt uns beiden die Antwort geben, die wir von Ihnen erwarten?«

»Eine Antwort?«

»Richtig.« Der große Mann kam näher und steckte die eine Hand in die Tasche des grauen Jacketts. Sam hob abwehrend den Arm und ließ ihn dann sinken, als die Hand des anderen mit einer Brieftasche zum Vorschein kam. Der Mann klappte die Brieftasche auf. »Mein Name ist Arbogast. Milton Arbogast. Ich bin Versicherungsinspektor und vertrete die Firma ›Parity Mutual‹. Die Grundstücksagentur, in der Ihre Freundin angestellt war, ist bei uns gegen Diebstahl versichert. Deshalb bin ich hier, Ich möchte gerne erfahren, was ihr beide mit den vierzigtausend Dollar gemacht habt?«

7

Der graue Stetson lag auf dem Tisch, das graue Jackett hing über einer Stuhllehne. Arbogast drückte seine dritte Zigarette in der Aschenschale aus und zündete sich sofort wieder eine neue an.

»Schön«, sagte er. »Sie haben also Fairvale im Lauf der vorigen Woche nicht verlassen. Das will ich Ihnen abnehmen, Loomis. Sie werden doch nicht so dumm sein, mich anzulügen. Es wäre ein Kinderspiel für mich, Ihre Angaben nachzuprüfen.« Der Inspektor inhalierte bedächtig. »Damit ist natürlich nicht bewiesen, daß Mary Crane Sie nicht aufgesucht hat. Sie hätte sich eines Abends nach Ladenschluß hier hereinschleichen können, so wie das heute ihre Schwester gemacht hat.«

Sam seufzte. »Aber sie war nicht bei mir. Schauen Sie, Sie haben doch eben gehört, was Lila Ihnen erzählt hat. Ich habe seit Wochen nichts mehr von Mary gehört. Vorigen Freitag habe ich an sie geschrieben, an dem Tag, an dem sie angeblich verschwunden ist. Warum sollte ich ihr schreiben, wenn ich gewußt hätte, daß sie herkommt?«

»Um die Spuren zu verwischen. Ein schlauer Schachzug.« Arbogast blies heftig den Rauch von sich.

Sam rieb sich den Nacken. »So schlau bin ich nicht. Bei weitem nicht. Ich wußte nichts von dem Geld. Nach Ihrer Darstellung hat ja nicht einmal Mr. Lowery von vornherein gewußt, daß ihm jemand am Freitagnachmittag bare vierzigtausend Dollar bringen würde. Mary hat es bestimmt nicht gewußt. Wie hätten wir beide einen Plan schmieden können?«

»Vielleicht hat sie am Freitagabend von einer Telefonzelle aus angerufen, nachdem sie das Geld genommen hatte, und Ihnen den Rat gegeben, an sie zu schreiben.«

»Erkundigen Sie sich hier bei der Telefongesellschaft«, erwiderte Sam verdrossen. »Dort werden Sie erfahren, daß ich seit vier Wochen kein Ferngespräch mehr geführt habe.«

Arbogast nickte. »Also hat sie eben nicht angerufen. Sie ist sofort hierhergefahren, hat Ihnen alles brühwarm erzählt und sich mit Ihnen für später verabredet, wenn sich die Aufregung schon etwas gelegt hat.«

Lila biß sich auf die Unterlippe. »Meine Schwester ist keine Verbrecherin. Sie haben kein Recht, so über sie zu sprechen. Sie können nicht beweisen, daß sie das Geld genommen hat. Vielleicht hat Mr. Lowery es selber genommen. Vielleicht hat er die ganze Geschichte erfunden, nur um sich zu decken –«

»Bedaure«, murmelte Arbogast. »Ich verstehe, wie Ihnen zumute ist, aber Mr. Lowery können Sie nicht zum Sündenbock machen. Solange der Dieb nicht gefunden, vor Gericht gestellt und verurteilt worden ist, zahlt unsere Firma keinen Cent – und Lowery ist die vierzigtausend los. Er hätte also auf gar keinen Fall etwas dabei zu gewinnen. Außerdem übersehen Sie unbestreitbare Fakten. Mary Crane ist verschwunden. Sie ist seit dem Nachmittag verschwunden, an dem sie das Geld bekommen hat. Sie hat es nicht zur Bank gebracht. Sie hat es nicht in der Wohnung versteckt. Aber es ist weg. Und ihr Wagen ist weg. Und sie ist weg.«

Wieder erlosch seine Zigarette und wurde in der Aschenschale begraben.

»Eines paßt zum anderen.«

Lila begann leise zu schuchzen. »Nein, absolut nicht. Ihr hättet auf mich hören sollen, als ich die Polizei verständigen wollte. Statt dessen habe ich mich von Ihnen und Mr. Lowery überreden lassen. Weil ihr beide behauptet habt, es wäre besser, keinen Lärm zu schlagen. Wenn wir warten, würde Mary sich vielleicht entschließen, das Geld zurückzugeben. Ihr wolltet mir nicht glauben, aber jetzt weiß ich, daß ich recht hatte. Mary hat das Geld nicht gestohlen. Jemand muß sie entführt haben. Jemand, der von dem Gelde wußte.«

Arbogast zuckte mit den Schultern, erhob sich dann müde, ging zu ihr hin und klopfte ihr auf die Schulter. »Passen Sie auf, Miß Crane. Erinnern Sie sich nicht mehr, daß wir das alles schon durchgekaut haben? Niemand sonst hat von dem Geld gewußt. Ihre Schwester ist nicht entführt worden. Sie ging nach Hause, packte ihre Koffer, fuhr mit ihrem Auto weg, und zwar allein. Hat denn nicht Ihre Hauswirtin sie wegfahrensehen? Also seien Sie doch vernünftig.«

»Ich bin vernünftig! Nur Sie machen lauter Unsinn! Fahren mir nach zu Mr. Loomis –«

Der Inspektor schüttelte den Kopf. »Wie kommen Sie auf den Gedanken, daß ich Ihnen nachgefahren sei?« fragte er ruhig.

»Wie hätten Sie denn sonst hierhergefunden? Sie wußten doch nicht, daß Mary und Sam Loomis verlobt sind. Außer mir hat das kein Mensch gewußt. Sie wußten nicht einmal, daß es einen Sam Loomis gibt.«

Arbogast schüttelte den Kopf. »Ich wußte es. Erinnern Sie sich, wie ich in Ihrer Wohnung den Schreibtisch Ihrer Schwester durchsucht habe? Dort habe ich diesen Umschlag gefunden.« Er hob ihn hoch.

»Er ist ja an mich adressiert«, murmelte Sam – und stand auf, um nach ihm zu greifen.

Arbogast zog die Hand zurück. »Sie brauchen ihn nicht. Er ist leer. Ich aber kann ihn brauchen, weil das ihre Handschrift ist.« Er hielt inne. »Eigentlich hat er mir bereits gute Dienste geleistet, seit ich mich Mittwoch früh auf den Weg hierher gemacht habe.«

»Sie haben sich am – Mittwoch auf den Weg gemacht?« Lila betupfte ihre Augen mit dem Taschentuch.

»Jawohl. Ich bin Ihnen nicht nachgefahren, ich war Ihnen voraus. Die Adresse auf dem Kuvert hat mich auf die Spur gebracht. Das und das eingerahmte Foto von Mr. Loomis neben dem Bett ihrer Schwester. *In Liebe – Sam.* Der Zusammenhang war nicht schwer zu erraten. Deshalb beschloß ich, mich in die Situation Ihrer Schwester hineinzudenken. Ich habe soeben bare vierzigtausend Dollar geschnappt. Ich muß mich schnell aus dem Staube machen. Wo fahre ich hin? Nach Kanada, nach Mexiko, nach Westindien? Zu riskant. Außerdem habe ich keine Zeit gehabt, weitreichende Pläne zu machen. Mein erster natürlicher Impuls würde sein, sofort zu meinem Süßen zu eilen.«

Sam schlug so heftig auf den Küchentisch, daß die Zigarettenstummel aus der Aschenschale hüpften. »Jetzt reicht's mir!« sagte er. »Sie haben kein Recht, solche Beschuldigungen zu erheben. Bisher haben Sie nicht einen einzigen Beweis anführen können.«

Arbogast tastete nach einer frischen Zigarette. »Beweise wollen Sie haben, ja? Was glauben Sie denn, was ich seit Mittwoch früh unterwegs gemacht habe? Ich habe das Auto gefunden.«

»Sie haben das Auto meiner Schwester gefunden?« Lila war aufgesprungen.

»Klar. Ich hatte so ein komisches Gefühl, daß sie wahrscheinlich zuallererst ihr Auto abstoßen würde. Deshalb erkundigte ich mich in der ganzen Stadt bei sämtlichen Autofirmen und Gebrauchtwagenhändlern unter Beschreibung des Wagens und der Angabe des polizeilichen Kennzeichens. Es hat sich gelohnt. Ich habe den Händler gefunden. Ich habe dem Burschen meine Legitimation vorgelegt, und er ist mit der Sprache herausgerückt. Noch dazu sehr schnell – er hat wohl befürchtet, daß der Wagen gestohlen sei. Ich habe ihm auch nicht gerade widersprochen.

Es hat sich herausgestellt, daß Mary Crane am Freitagabend kurz vor Ladenschluß ganz schnell ein Geschäft mit ihm gemacht hat. Sie hat dabei mächtig draufgezahlt. Aber ich wußte jetzt Bescheid, ich hatte eine genaue Beschreibung der Kiste, mit der sie losgefahren war. In nördlicher Richtung.

Also fuhr ich nach Norden. Aber ich konnte nicht hasten. Ich tippte darauf, daß sie die Landstraße nicht verlassen würde, weil sie hierher wollte. Wahrscheinlich war sie gleich die erste Nacht durchgefahren. So fuhr ich geradeaus weiter, acht Stunden lang. Dann hielt ich mich ziemlich lange in der Gegend von Oklahoma City auf, erkundigte mich in den Motels an der Landstraße und bei verschiedenen Gebrauchtwagenhändlern. Ich vermutete, daß sie vielleicht den Wagen noch einmal getauscht hatte, um auf Nummer

Sicher zu gehen. Zuerst gab es lauter Nieten. Donnerstag kam ich bis Tulsa. Die gleichen Erkundigungen, das gleiche Ergebnis. Erst heute früh ist die Nadel im Heuhaufen aufgefunden worden. Gleich hinter Tulsa – abermals ein Gebrauchtwagenlager. Vorigen Samstag in aller Frühe hat sie den zweiten Tausch gemacht, hat wieder verdammt Haare dabei gelassen, und dabei einen blauen Plymouth, Jahrgang dreiundfünfzig, mit einer schadhaften Stoßstange ergattert.«

Er holte ein Notizbuch aus der Tasche. »Hier steht es schwarz auf weiß. Zulassungsschein, Motornummer, alles. Beide Händler lassen Fotokopien machen und schicken sie mir ins Büro. Aber darauf kommt es jetzt nicht an. Wichtig ist, daß Mary Crane vorigen Samstag früh Tulsa auf der Bundesstraße in nördlicher Richtung verlassen hat, nachdem sie im Verlauf von sechzehn Stunden zweimal den Wagen getauscht hat. Meiner Meinung nach war ihr Ziel hier. Und sofern nicht etwas Unvorhergesehenes passiert ist – sofern nicht das Auto kaputtgegangen ist oder sie einen Unfall erlitten hat – müßte sie am Samstag spät abends hier eingetroffen sein.«

»Aber sie ist nicht eingetroffen«, sagte Sam. »Ich habe sie nicht gesehen. Hören Sie – wenn Sie wollen, kann ich Ihnen Beweise liefern. Vorigen Samstag war ich den ganzen Abend im Kriegsteilnehmerheim und habe Karten gespielt. Das können eine Menge Leute bezeugen. Sonntag früh ging ich in die Kirche. Mittags aß ich bei...«

Arbogast hob müde die Hand. »Schön, habe schon begriffen. Sie haben sie nicht gesehen, es muß also etwas passiert sein. Es bleibt nichts übrig, als die Spur zurückzuverfolgen.

»Was ist mit der Polizei?« fragte Lila. »Ich bin noch immer dafür, die Polizei zu verständigen.« Sie fuhr sich mit der Zunge über die Lippen. »Nehmen Sie an, sie hat einen Unfall gehabt! Sie können doch nicht sämtliche Krankenhäuser von hier bis Tulsa aufsuchen. Nach all dem, was wir wissen, liegt sie vielleicht in diesem Augenblick irgendwo bewußtlos. Vielleicht ist sie sogar...«

Diesmal klopfte ihr Sam auf die Schulter. »Unsinn...«, murmelte er. »Wenn so etwas passiert wäre, hätte man Sie längst verständigt.« Dann warf er über Lilas Schulter einen finsteren Blick auf den Inspektor. »Sie allein können keine gründliche Arbeit leisten. Lila hat recht. Warum soll man nicht die Polizei heranziehen? Eine Vermißtenanzeige erstatten und mal sehen, ob die Polizei sie ausfindig machen kann.«

Arbogast griff nach dem grauen Stetson. »Wir sind bisher den schwierigeren Weg gegangen. Das gebe ich zu. Wenn es uns nämlich gelingt, sie zu finden, ohne die Behörden mit hineinzuziehen, ersparen wir unserem Kunden und auch der Firma eine Menge Unannehmlichkeiten und Zeitungsklatsch. Außerdem würden wir auch Mary Crane einige Scherereien ersparen, wenn wir sie erwischen und das Geld sicherstellen. Dann bleibt ihr vielleicht sogar eine Anzeige erspart. Sie müssen doch zugeben, daß es einen Versuch lohnt.«

»Aber wenn Sie recht haben, wenn Mary wirklich so weit gekommen ist, warum hat sie mich dann nicht aufgesucht? Das möchte ich genauso gerne wissen wie Sie.« Sam fügte entschlossen hinzu: »Und ich habe nicht die Absicht, lange zu warten, um das herauszubekommen.«

»Würden Sie bereit sein, weitere vierundzwanzig Stunden zu warten?« fragte Arbogast.

»Was haben Sie vor?«

»Noch einige Erkundigungen einzuziehen, wie gesagt.« Er hob die Hand, um Sams Einwänden zuvorzukommen. »Nicht bis nach Tulsa – ich gebe zu, daß das nicht möglich ist. Aber ich möchte mich gern hier in der Gegend ein wenig umsehen, die Gasthäuser, die Tankstellen, die Autohändler, die Motels kontrollieren. Vielleicht hat jemand sie gesehen. Ich halte meine Vermutung nach wie vor für richtig. Sie war hierher unterwegs. Vielleicht hat sie sich's überlegt, als sie hier ankam, und ist weitergefahren. Aber ich möchte meiner Sache sicher sein.«

»Und wenn Sie es binnen vierundzwanzig Stunden nicht herausgefunden haben –?«

»Dann bin ich bereit, zu kapitulieren, zur Polizei zu gehen und den ganzen Apparat der Vermißtenfahndung in Bewegung zu setzen. Einverstanden?«

Sam sah Lila an. »Was meinen Sie?

»Ich weiß es nicht. Ich bin jetzt so beunruhigt, daß ich nicht mehr klar denken kann.« Sie seufzte. »Ich überlasse Ihnen die Entscheidung, Sam.«

Er nickte Arbogast zu. »Schön. Abgemacht. Aber ich warne Sie. Wenn sich morgen nichts ereignet und Sie nicht die Polizei verständigen, dann werde *ich* sie verständigen.«

Arbogast zog sein Jackett an.

»Ich werde mir drüben im Hotel ein Zimmer nehmen. Und Sie, Miß Crane?«

Lila sah Sam an.

»Ich werde sie in Kürze hinbringen«, sagte Sam. »Ich habe mir gedacht, daß wir zuerst essen gehen. Aber ich werde mich darum kümmern, daß sie ein Zimmer bekommt! Und morgen werden wir beide hier sein und warten.«

Zum erstenmal an diesem Abend lächelte Arbogast. Sein Lächeln konnte allerdings in keiner Hinsicht mit dem der Mona Lisa konkurrieren, aber es war ein Lächeln.

»Ich glaube Ihnen« sagte er. »Verzeihen Sie, daß ich versucht habe, Sie unter Druck zu setzen, aber ich mußte mir Klarheit verschaffen.« Er nickte Lila zu. »Wir werden Ihre Schwester finden, seien Sie unbesorgt.«

Dann ging er hinaus. Noch bevor die Ladentür hinter ihm zufiel, lag Lila schluchzend an Sams Schulter. Ihre Stimme war ein halbersticktes Stöhnen.

»Sam, ich habe Angst. Mary ist etwas passiert, ich weiß es!«

»Ist schon gut«, sagte er und fragte sich sogleich, warum keine besseren Worte zur Hand waren, warum niemals bessere Worte zur Hand waren, um Furcht, Kummer und Einsamkeit zu lindern. »Wird schon alles in Ordnung sein, glauben Sie mir.«

Plötzlich löste sie sich von ihm, trat zurück, und ihre tränenfeuchten Augen wurden ganz groß. Ihre Stimme klang leise aber fest.

»Warum soll ich Ihnen eigentlich glauben, Sam?« fragte sie in gedämpftem Ton. »Gibt es einen Grund? Gibt es einen Grund, den Sie dem Inspektor verheimlicht haben? Sam – war Mary bei Ihnen? Wußten Sie von dem Geld?«

Er schüttelte den Kopf.

»Nein, ich wußte von nichts, Sie müssen sich auf mein Wort verlassen, genauso wie ich mich auf Sie verlassen muß.«

Sie drehte sich zur Wand um. »Ja, Sie haben wohl recht«, murmelte sie. »Mary hätte sich an Sie oder an mich wenden können – aber sie hat es nicht getan. Ich glaube Ihnen, was Sie sagen, Sam. Es ist nur so schwer, noch etwas zu glauben, wenn die eigene Schwester sich als ...«

»Sachte, sachte«, warf Sam ein. »Was Ihnen jetzt fehlt, ist ein bißchen Essen und dann ausgiebige Ruhe. Morgen früh wird alles nicht mehr so schwarz aussehen.«

»Sind Sie davon wirklich überzeugt, Sam?«

»Ja.«

Es war das erstemal, daß er eine Frau belog.

8

Aus dem *morgen* wurde heute, Sonnabend, und für Sam begann die Wartezeit.

Gegen zehn Uhr rief er Lila vom Laden aus an. Sie war wach und hatte bereits gefrühstückt. Arbogast war nicht mehr im Hotel. Anscheinend war er sehr früh aufgebrochen. Aber er hatte unten ein paar Zeilen für Lila abgegeben: Er würde im Lauf des Tages anrufen.

»Kommen Sie doch her und leisten Sie mir Gesellschaft!« schlug Sam am Telefon vor, »es ist sinnlos, daß Sie im Hotelzimmer herumsitzen. Wir können zusammen zu Mittag essen und erkundigen uns dann im Hotel, ob Arbogast angerufen hat. Noch besser, ich werde die Vermittlung bitten, alle Anrufe in den Laden zu legen.«

Lila war einverstanden, und Sam fühlte sich gleich wohler. Er wollte nicht, daß sie heute allein blieb. Die Versuchung, dann wieder über Mary zu grübeln anzufangen, war zu groß. Weiß der Himmel, er hatte selber die ganze Nacht gegrübelt und sich den Kopf zerbrochen.

So sehr er sich auch gegen den Gedanken gesträubt hatte, er mußte zugeben, daß Arbogasts Theorie vernünftig klang. Mary mußte die Absicht gehabt haben, hierherzufahren, nachdem sie das Geld genommen hatte. Das heißt, falls sie es genommen hatte.

Das war das Schlimmste. Mary einen Diebstahl zuzutrauen. Sie war so gar nicht der Mensch dazu. Alles, was er über sie wußte, schien eine solche Möglichkeit auszuschließen.

Aber wieviel wußte er denn eigentlich über Mary? Erst gestern nacht hatte er sich selber eingestanden, wie wenig er in seine Verlobte hineinsah. Ja, er kannte sie so wenig, daß er im Dämmerlicht sogar ihre Schwester mit ihr verwechselt hatte.

Komisch, sagte sich Sam, wie wir es für selbstverständlich halten, daß wir einen anderen Menschen nur deshalb durch und durch kennen, weil wir ihn öfters treffen oder weil uns starke Gefühle an ihn binden. Gleich hier in Fairvale gab es eine Menge Beispiele für das, was er meinte. Der alte Tomkins – seit Jahren Schulrat und eine große Nummer im Rotary-Klub: Eines schönen Tages brennt er seiner Frau und seinen Kindern mit einer Sechzehnjährigen durch. Wer hätte ihm so etwas je zugetraut? Ebensowenig wie man sich hätte träumen lassen, daß Mike Fisher, der schlimmste Säufer und Spieler weit und breit, bei seinem Tod sein ganzes Geld dem Presbyterianischen Waisenhaus hinterlassen würde. Bob

Summerfield, Sams Angestellter, hatte ein Jahr lang Tag für Tag im Laden gearbeitet, bevor Sam erfuhr, daß er beim Militär für unzurechnungsfähig erklärt worden war – noch dazu, weil er dem Feldkaplan mit dem Pistolenkolben den Schädel einschlagen wollte. Jetzt war Bob natürlich wieder ganz in Ordnung; ein netterer, stillerer Mensch ließ sich in hundert Jahren nicht finden. Aber auch beim Militär war er nett und still gewesen, bis ihn etwas aus der Bahn warf. Und niemand hatte etwas bemerkt. Reizende alte Damen ermordeten ihre Männer nach zwanzig Jahren glücklicher Ehe, schüchterne kleine Bankbeamte gehen plötzlich hin und unterschlagen Gelder – man weiß nie, worauf man gefaßt sein muß.

Vielleicht also hatte Mary das Geld gestohlen. Vielleicht war sie müde geworden, zu warten, bis seine Schulden bezahlt waren, und vielleicht war die plötzliche Versuchung einfach zu groß gewesen. Vielleicht hatte sie vorgehabt, ihm das Geld zu bringen, sich eine Geschichte auszudenken, ihm das Geld aufzudrängen. Vielleicht hatte sie mit ihm zusammen durchbrennen wollen. Er mußte sich ganz ehrlich eingestehen, daß das möglich, ja sogar wahrscheinlich war.

Und wenn er das alles einräumte, dann sah er sich vor die nächste Frage gestellt. Warum war sie nicht erschienen? Wo wollte sie denn hin, nachdem sie Tulsa verlassen hatte?

Wenn man sich erst einmal solchen Gedanken überläßt, wenn man sich eingesteht, daß man im Grunde genommen nicht weiß, was in den Köpfen anderer Leute vorgeht, dann bleibt einem zuletzt nur noch eine Feststellung übrig: Alles ist denkbar. Der Entschluß, blindlings sein Glück in Las Vegas zu versuchen – der plötzliche Impuls, gänzlich zu verschwinden und unter einem angenommenen Namen ein neues Leben zu beginnen – ein Schuldtrauma, das mit Gedächtnisverlust endet...

Dann aber sagte er sich mit einem bitteren Lächeln, daß er bereits drauf und dran war, eine Strafsache zu konstruieren. Oder einen klinischen Fall. Wenn er sich auf so weit hergeholte Spekulationen einließ, würde er tausenderlei weitere Alternativen in Betracht ziehen müssen. Daß sie, wie Lila befürchtete, einen Unfall erlitten oder einen Anhalter mitgenommen hatte, der...

Wieder schob Sam den Gedanken beiseite. Er konnte es sich nicht leisten, ihn weiter zu verfolgen. Auch ohne die zusätzliche Bürde, ihn vor Lila verbergen zu müssen, war es schlimm genug, ihn bei sich behalten zu müssen. Heute war es seine Aufgabe, sie aufzuheitern. Es bestand nach wie vor die schwache Möglichkeit, daß Arbogast eine Spur fand. Wenn nicht, würde man sich an die Behörden wenden müssen. Dann und nur dann würde er sich gestatten, an die schlimmste Möglichkeit zu denken.

Wenn man schon bei dem Thema ›wie wenig man andere Menschen kennt‹ war – genaugenommen, kannte man sich selbst nicht. Nie hätte er geglaubt, gegenüber Mary solche plötzlichen Zweifel und solche verräterischen Gedanken hegen zu können; aber wie mühelos hatte er sich mit diesem Zustand abgefunden. Das war unfair ihr gegenüber. Um es einigermaßen wiedergutzumachen, mußte er zumindest ihrer Schwester seinen schwarzen Verdacht verheimlichen.

Sofern sie nicht selber auf die gleichen Gedanken verfallen war.

Aber Lila schien besser gelaunt zu sein als gestern. Sie hatte ein leichtes Kostüm angezogen, und als sie in den Laden kam, waren ihre Schritte beschwingt.

Sam stellte sie Bob Summerfield vor und ging dann mit ihr essen. Unvermeidlicherweise begann sie, sich wieder über Mary Gedanken zu machen und über das, was Arbogast heute unternehmen würde. Sam antwortete nur kurz und bemühte sich, sowohl seine Antworten als auch seinen Ton unbefangen wirken zu lassen. Nach dem Essen gingen sie ins Hotel und ersuchten, telefonische Anrufe für Lila in das Geschäft zu legen.

Dann kehrten sie in den Laden zurück. Es gab nicht viel zu tun, obwohl es Samstag war. Sam konnte die meiste Zeit im Hinterzimmer sitzen und sich mit Lila unterhalten. Summerfield bediente die Kunden, und nur ab und zu mußte Sam sich entschuldigen, um sich um die Dinge zu kümmern.

Lila machte einen entspannten Eindruck. Sie stellte das Radio an, holte sich mit der Kurzwelle ein Symphonieprogramm herein und hörte anscheinend sehr gefesselt zu. So traf Sam sie an, als er von einem seiner Abstecher in den Laden zurückkehrte.

»Bartoks Orchesterkonzert, ja?« fragte er.

Lächelnd blickte sie auf. »Richtig. Sonderbar, daß Sie soviel von Musik verstehen.«

»Was ist daran sonderbar? Vergessen Sie nicht, daß wir im Zeitalter des Hi-Fi leben! Daß ein Mensch in einer Kleinstadt wohnt, bedeutet noch nicht, daß er sich nicht für Musik, für Bücher, für Kunst interessieren kann. Und ich habe sehr viel freie Zeit gehabt.«

Lila strich den Kragen ihrer Bluse glatt. »Dann habe ich mich vielleicht falsch ausgedrückt. Vielleicht ist es nicht sonderbar, daß Sie sich für solche Dinge interessieren, sondern, daß Sie in der Eisenwarenbranche arbeiten. Das eine scheint nicht recht zum anderen zu passen.«

»Was haben Sie gegen die Eisenwarenbranche einzuwenden?«

»Nichts, gar nichts. Aber ich finde sie ein bißchen – trivial.«

Sam setzte sich an den Tisch. Plötzlich bückte er sich und hob einen Gegenstand vom Fußboden auf. Einen kleinen spitzen, blanken Gegenstand.

»Trivial«, wiederholte er. »Vielleicht. Vielleicht aber kommt es ganz auf den Gesichtspunkt an. Zum Beispiel – was habe ich hier in der Hand?«

»Einen Nagel, nein?«

»Richtig. Es ist weiter nichts als ein Nagel. Ich verkaufe sie kiloweise. Hunderte von Kilo pro Jahr. Auch mein Vater hat Nägel verkauft. Ich möchte wetten, wir haben in diesem Laden, seit er besteht, mindestens zehn Tonnen Nägel verkauft. Alle Längen, alle Größen, nichts weiter als gewöhnliche Nägel. Aber an einem einzelnen Nagel ist nichts trivial. Jedenfalls wenn man sich die Mühe macht, ein wenig darüber nachzudenken.

Warum? Weil jeder einzelne Nagel einem bestimmten Zweck dient. Meistens einem wichtigen Zweck, einem anhaltenden Zweck. Soll ich Ihnen was sagen? Ungefähr die Hälfte aller Holzhäuser in Fairvale ist mit Nägeln gebaut worden, die wir hier verkauft haben. Es ist ein bißchen töricht, aber manchmal, wenn ich durch die Straßen gehe, habe ich das Gefühl, daß *ich* die Häuser mit aufgebaut habe. Mit den Werkzeugen aus meinem Laden sind die Bretter zusammengeschnitten und poliert worden. Ich habe den Anstrich geliefert, die Pinsel, die Fensterläden, das Fensterglas –.« Mit einem verlegenen Lächeln unterbrach er sich. »Hören Sie sich den Herrn Baumeister an! Aber nein, eigentlich meine ich es ganz ernst. Alles in diesem Geschäftszweig hat seinen Sinn, weil er realen Zwecken dient, weil er ein Bedürfnis befriedigt, das zum Leben gehört. Selbst ein einzelner kleiner Nagel, wie der da, hat seine Funktion. Schlägt man ihn an der richtigen Stelle ein, dann kann man sich drauf verlassen, daß er seine Pflicht tun wird – hundert Jahre lang. Auch dann noch, wenn wir beide längst tot und begraben sind.«

In dem Augenblick, da er diese Worte ausgesprochen hatte, taten sie ihm schon leid. Aber jetzt war es zu spät. Wie auf ein Stichwort sah er das Lächeln von ihren Lippen verschwinden.

»Sam, ich mache mir Sorgen. Es ist jetzt schon fast vier, und Arbogast hat nicht angerufen –«

»Er wird anrufen. Seien Sie geduldig.«

»Ich kann nichts dafür! Sie sagten vierundzwanzig Stunden, dann würden Sie zur Polizei gehen, wenn es sein muß.«

»Ja, das ist auch meine Absicht, aber die vierundzwanzig Stunden sind erst um acht Uhr um. Und ich möchte sagen, daß wir vielleicht gar nicht zur Polizei zu gehen brauchen. Vielleicht hat Arbogast recht.«

»Vielleicht! Sam, ich muß es wissen!« Wieder strich sic die Bluse zurecht, aber ihre eine Braue blieb gerunzelt. »Ich lasse mich nicht eine Sekunde lang durch Ihre Geschichten über Nägel hinters Licht führen. Sie sind genauso nervös wie ich. Habe ich recht?«

»Ja.« Er stand auf und schwenkte die Arme. »Ich weiß nicht, warum Arbogast noch nicht angerufen hat. Es gibt doch nicht gar so viele Plätze in der Gegend, wo er sich erkundigen muß, selbst, wenn er bei jeder Würstchenbude und bei jedem Motel anhält! Wenn er sich bis zum Abendbrot nicht mit uns in Verbindung gesetzt hat, gehe ich selber zu Chambers hinüber.«

»Zu wem?«

»Zu unserem Sheriff. Jud Chambers. Fairvale ist der Sitz der Bezirksbehörden.«

»Sam, ich...«

Draußen im Laden klingelte das Telefon. Er verschwand, ohne zu warten, bis sie ihren Satz beendet hatte. Bob Summerfield war bereits am Apparat.

»Für Sie!« rief er.

Sam griff nach dem Hörer, warf einen Blick über die Schulter und sah, daß Lila ihm gefolgt war.

»Hallo – hier spricht Sam Loomis.«

»Arbogast. Sie sind wohl schon unruhig geworden?«

»Ja. Wir sitzen hier und warten auf Ihren Anruf. Was haben Sie herausbekommen?«

Eine kurze, fast unmerkliche Pause. Dann: »Bisher nichts.«

»Bisher? Wo sind Sie denn den ganzen Tag gewesen?«

»Wo ich gewesen bin? Ich habe die ganze Gegend von einem Ende bis zum anderen abgeklappert. Momentan befinde ich mich in Parnassus.«

»Das ist doch ganz unten an der Bezirksgrenze, nein? An der Bundesstraße?«

»Über die Bundesstraße bin ich hierhergefahren. Aber ich habe gehört, daß ich anders zurückfahren kann, daß es noch eine Straße gibt.«

»Ja, stimmt, die alte Landstraße. Aber dort werden Sie nichts finden. Noch nicht einmal eine Tankstelle.«

»Hier im Restaurant hat mir jemand erzählt, daß an der alten Straße ein Motel steht.«

»Ach ja, ich glaube, ja. Das alte Bates-Ding. Ich wußte nicht, daß es noch im Betrieb ist. Ich glaube kaum, daß Sie dort etwas erfahren werden.«

»Es ist das letzte auf meiner Liste. Ich muß ohnedies zurück, da kann ich ebensogut dort vorbeischauen. Wie geht es Ihnen?«

»Gut.«

»Und der jungen Dame?«

Sam dämpfte die Stimme. »Sie möchte am liebsten sofort die Behörden verständigen. Ich glaube, sie hat recht. Nach allem, was Sie mir jetzt berichtet haben, weiß ich, daß sie recht hat.«

»Wollen Sie meine Rückkehr abwarten?«

»Wie lange wird es noch dauern?«

»Vielleicht eine Stunde. Wenn ich nicht in dem alten Motel etwas finde!« Arbogast zögerte. »Hören Sie zu, treffen wir ein Abkommen. Ich verpflichte mich, mein Versprechen zu halten. Ich bitte Sie nur, zu warten, bis ich wieder da bin. Lassen Sie mich zur Polizei mitkommen; es wird viel leichter sein, mit den Behörden Hand in Hand zu arbeiten. Sie wissen doch, wie die Polizei in einer Kleinstadt ist. Wenn man die braven Leute bittet, ein Ferngespräch anzumelden, geraten sie sofort in Panik.«

»Wir geben Ihnen eine Stunde«, erwiderte Sam. »Sie treffen uns hier im Laden an.«

Er legte auf und drehte sich um.

»Was erzählt er?« fragte Lila. »Er hat nichts herausbekommen?«

»Nein, aber er ist noch nicht fertig. Es gibt noch einen Platz, den er sich ansehen will –«

»Nur noch einen Platz?«

»Sagen Sie das nicht in einem solchen Ton, Lila! Vielleicht wird er dort etwas erfahren. Wenn nicht, ist er binnen einer Stunde wieder hier. Dann gehen wir zu dem Sheriff. Sie haben gehört, was ich ihm sagte.«

»Gut, wir warten. Eine Stunde haben Sie gesagt.«

Es war keine angenehme Stunde. Sam atmete beinahe auf, als am späten Nachmittag der übliche Andrang kam und er einen Vorwand hatte, nach vorne zu gehen und die vielen Kunden zu bedienen. Er brachte es nicht mehr fertig, Munterkeit zu heucheln und dummes Zeug zu reden. Er konnte weder ihr noch sich selber etwas vormachen.

Weil er es jetzt anfing zu spüren.

Etwas war geschehen.

Etwas war Mary geschehen.

Etwas –

»Sam!«

Er hatte soeben einen Kauf abgeschlossen, drehte sich an der Registrierkasse um, und da stand Lila vor ihm. Sie deutete auf ihre Armbanduhr. »Sam, die Stunde ist um.«

»Ich weiß. Geben wir ihm noch ein paar Minuten, ja? Ich muß ja ohnedies erst den Laden zumachen.«

»Gut. Aber nur ein paar Minuten, bitte! Wenn Sie wüßten, wie mir zumute ist –«

»Ich weiß es.« Er drückte ihren Arm und zwang sich zu einem Lächeln. »Keine Bange, er wird jeden Augenblick kommen.«

Aber er kam nicht.

Um halb sechs scheuchten Sam und Summerfield die letzten trägen Kunden hinaus. Sam sah die Kasse nach, Summerfield deckte die Waren zu.

Noch immer war Arbogast nicht erschienen.

Summerfield drehte das Licht aus und schickte sich an, nach Hause zu gehen. Sam wollte zusperren.

Kein Arbogast.

»Gehen wir jetzt«, sagte Lila. »Wenn Sie sich weigern, dann ...«

»Hören Sie!« sagte Sam. »Das Telefon!«

Und eine Sekunde später: »Hallo?«

»Arbogast.«

»Wo sind Sie? Sie haben versprochen ...«

»Egal, was ich versprochen habe.« Die Stimme des Inspektors klang leise, seine Worte überstürzten sich. »Ich bin in dem Motel an der alten Straße, ich kann nur ganz kurz sprechen. Ich wollte Ihnen sagen, warum ich nicht erschienen bin. Hören Sie zu, ich habe eine Spur gefunden. Ihre Freundin war hier. Vorigen Samstag.«

»Mary? Bestimmt?«

»Bestimmt. Ich habe mir das Fremdenbuch angesehen und Gelegenheit gehabt, die Handschrift zu vergleichen. Natürlich hat sie einen anderen Namen – Jane Wilson – benützt und eine falsche Adresse angegeben. Wenn wir Beweise brauchen, muß ich mir vom Gericht die Erlaubnis beschaffen, die Eintragung im Fremdenbuch zu fotografieren.«

»Was haben Sie sonst noch erfahren?«

»Die Beschreibung des Wagens stimmt, auch die Beschreibung der Person. Der Besitzer selber hat mich informiert.«

»Wie haben Sie das fertiggekriegt?«

»Ich habe mich legitimiert und ihm die übliche Geschichte von einem gestohlenen Auto aufgetischt. Er war ganz außer sich. Ein komischer Kauz. Er heißt Norman Bates, kennen Sie ihn?«

»Nein, das kann ich nicht behaupten.«

»Er erzählt, die junge Dame sei am Samstagabend gegen sechs angekommen. Das Wetter war schlecht, es regnete. Sie war der einzige Gast und zahlte im voraus. Der Mann behauptet, sie sei am nächsten Morgen schon ganz früh weggefahren, bevor er herunterkam, um aufzusperren. Er wohnt mit seiner Mutter in einem Haus hinter dem Motel.«

»Glauben Sie, daß er die Wahrheit sagt?«

»Das weiß ich noch nicht.«

»Was soll das heißen?«

»Ich habe ihm ordentlich zugesetzt. Autodiebstahl! Und da hat er sich was entschlüpfen lassen. Er hatte die junge Dame zum Essen eingeladen. Nur zum Essen, sagte er, seine Mutter könne es bestätigen.«

»Haben Sie mit ihr gesprochen?«

»Nein, aber das werde ich jetzt gleich tun. Sie ist auf ihrem Zimmer. Er wollte mir einreden, daß sie zu krank ist, um Besuch zu empfangen; aber als ich ankam, habe ich sie am Fenster sitzen sehen. Sie hat mich sehr neugierig gemustert. Deshalb habe ich dem Herrn erklärt, daß ich mich mit seiner alten Dame ein wenig unterhalten werde, ob es ihm paßt oder nicht.«

»Aber Sie haben doch keinerlei Vollmacht –«

»Hören Sie zu – Sie wollen doch wissen, was aus Ihrer Freundin geworden ist, nein? Außerdem scheint er keine Ahnung zu haben, was ein Haussuchungsbefehl ist. Jedenfalls ist er Hals über Kopf ins Haus gestürzt, um seiner Mutter zu sagen, sie soll sich anziehen, und diese Gelegenheit habe ich benutzt, um heimlich anzurufen. Warten Sie also, bis ich hier fertig bin. Oh, er kommt zurück. Wiedersehen!«

Ein Knacken, und die Leitung war tot.

Sam legte auf.

Er drehte sich um und teilte Lila den Inhalt des Gesprächs mit.

»Sind Sie jetzt ein wenig beruhigt?«

»Ja. Aber wenn ich nur wüßte...

»In Kürze werden wir mehr wissen. Jetzt bleibt uns nichts übrig, als zu warten.«

9

Am Samstagnachmittag rasierte sich Norman Bates. Er rasierte sich nur einmal in der Woche, und zwar am Samstag.

Norman rasierte sich nicht gern, wegen des Spiegels. Der Spiegel schlug Wellen. Alle Spiegel schienen Wellen zu reflektieren, die seinen Augen weh taten.

Vielleicht lag es in Wirklichkeit an seinen Augen. Ja, bestimmt, denn er erinnerte sich, wie gern er als kleiner Junge in den Spiegel geschaut hatte. Er hatte sich gern ganz nackt vor den Spiegel gestellt. Einmal hatte Mutter ihn dabei erwischt und ihn mit der großen silbernen Haarbürste auf den Kopf geschlagen. Sie hatte fest zugeschlagen, und es hatte weh getan. Mutter hatte erklärt, er sei ungezogen, sich so im Spiegel zu betrachten. Er konnte sich noch immer erinnern, wie weh es getan und was für starke Kopfschmerzen er nachher bekommen hatte. Von diesem Augenblick an bekam er fast immer Kopfschmerzen, wenn er einen Blick in einen Spiegel warf. Mutter war schließlich mit ihm zu einem Arzt gegangen, und der Arzt hatte ihm eine Brille verschrieben. Die Brille tat ihm gut, aber wenn er in den Spiegel schaute, fiel es ihm nach wie vor schwer, richtig zu sehen. Nach einiger Zeit gewöhnte er es sich ab, in den Spiegel zu schauen, außer es ließ sich gar nicht vermeiden. Und Mutter hatte recht. Es war abscheulich, sich so zu betrachten, so nackt und hüllenlos – auf das blubbrige Fett zu starren, die kurzen unbehaarten Arme, den dicken Bauch und tiefer...

Dann wäre man am liebsten jemand anderer gewesen. Jemand Großer, Schlanker und Gutaussehender wie Onkel Joe Considine. »Gibt's einen Mann, der besser gewachsen ist als er?« pflegte Mutter zu sagen.

Es stimmte auch wirklich, Norman mußte es zugeben. Trotzdem haßte er Onkel Joe Considine immer noch, auch wenn er gut aussah. Und wenn bloß Mutter ihn nicht immerzu ›Onkel Joe‹ nennen wollte. Er war nämlich gar nicht mit ihnen verwandt – er war nur ein Freund, der Mutter besuchen kam. Er veranlaßte sie auch, nach dem Verkauf des Ackerlandes das Motel zu bauen.

Sonderbar. Immer hatte Mutter auf die Männer geschimpft und auf ›deinen-Vater-der-weggelaufen-ist-und-mich-verlassen-hat‹, aber Onkel Joe Considine konnte sie um den kleinen Finger wikkeln. Er konnte mit ihr machen, was er wollte. Es wäre schön gewesen, so stark zu sein und so auszusehen wie Onkel Joe Considine.

O nein, keineswegs. Denn Onkel Joe war tot.

Bei diesem Gedanken kniff Norman die Augen zu, während er sich weiterrasierte. Sonderbar, wie ihm das so ganz entfallen konnte. Es mußte jetzt doch schon zwanzig Jahre her sein. Zeit ist natürlich etwas Relatives. Einstein hatte das erklärt, und er war nicht der erste, der es entdeckt hat – auch in der Antike wußte man es und ebenso einige der modernen Mystiker, wie Aleister Crowley und Ouspensky. Norman hatte sie alle gelesen und besaß sogar einige ihrer Werke. Mutter war damit nicht einverstanden. Sie behauptete, es sei irreligiös, aber das war nicht der wahre Grund. Wenn er diese Bücher las, war er nicht mehr ihr kleiner Junge, sondern ein erwachsener Mann, der die Geheimnisse von Zeit und Raum studierte und die Mysterien der Dimensionen und des Seins beherrschte.

Ja, eigentlich war es, als ob man zwei Menschen war, ein Kind und ein Erwachsener. Sowie er an Mutter dachte, wurde er wieder zum Kinde, mit dem Wortschatz, den Assoziationen und den Gefühlsreaktionen eines Kindes. Aber wenn er für sich allein war – nicht eigentlich für sich allein, sondern in ein Buch versunken –, dann war er ein reifer Mensch. Ausreichend reif, um zu begreifen, daß er vielleicht an einer milden Form von Schizophrenie litt und zumindest aber ein neurotischer Grenzfall war.

Zugegeben – es war nicht eben der gesündeste Zustand. Mutters kleiner Junge zu sein hatte seine Schattenseiten. Solange er andererseits die Gefahren erkannte, konnte er mit ihnen und mit Mutter fertig werden. Sie durfte von Glück sagen, daß er genau wußte, wann er ein Mann zu sein habe, und daß er einiges von Psychologie und auch von Parapsychologie verstand.

Ein wahres Glück war das damals gewesen, als Onkel Joe Considine starb, und dann abermals vorige Woche, als die junge Frau auf der Bildfläche erschien. Wenn er nicht wie ein reifer, erwachsener Mensch gehandelt hätte, würde Mutter jetzt schwer in der Tinte sitzen.

Norman betastete das Rasiermesser. Es war scharf, sehr scharf. Er mußte aufpassen, um sich nicht zu schneiden. Ja, und er mußte es sorgfältig wegschließen, sobald er mit dem Rasieren fertig war, damit Mutter nicht heran konnte. Mutter durfte man nichts Scharfes mehr anvertrauen. Deshalb kochte er auch und wusch das Geschirr ab. Mutter räumte sehr gern auf – ihr Zimmer war immer blitzsauber –, aber um die Küche kümmerte sich Norman.

Freilich hatte er nie etwas zu ihr gesagt. Er hatte es ihr ganz einfach aus der Hand genommen.

Sie fragte auch nicht danach, darüber war er froh. Jetzt war schon eine Woche vorübergegangen seit dem Erscheinen des Mädchens am vorigen Samstag, und sie hatten sich nicht einen Augenblick lang über den Zwischenfall unterhalten. Das wäre für sie beide peinlich und unangenehm gewesen. Mutter mußte es gespürt haben, denn sie schien ihm absichtlich aus dem Wege zu gehen – meistens lag sie oben in ihrem Zimmer und machte selten den Mund auf. Wahrscheinlich plagte sie ihr Gewissen.

Und das hatte auch seine Ordnung. Mord war etwas Schreckliches. Selbst wenn man nicht ganz richtig im Kopf war, konnte man das einsehen. Mutter mußte ganz schöne Gewissensbisse haben.

Vielleicht würde eine Katharsis, eine innere Läuterung ihr helfen, aber Norman war froh, daß sie bisher nichts gesagt hatte. Denn auch er litt. Aber was ihn plagte, war nicht das Gewissen – sondern die Angst.

Die ganze Woche hatte er darauf gewartet, daß etwas schiefgehen würde. Sooft ein Auto in die Zufahrt einbog, bekam er einen Heidenschreck. Es machte ihn schon nervös, wenn auf der alten Straße ein Auto vorbeifuhr.

Am vorigen Sonntag hatte er natürlich hinten am Sumpfrand endgültig aufgeräumt. Er war mit seinem eigenen Wagen hingefahren, hatte den Anhänger mit Holz vollgeladen, und als er damit fertig war, war nichts Verdächtiges mehr zu sehen. Auch der eine Ohrring war in den Sumpf geflogen. Der andere war nicht aufgetaucht. Deshalb fühlte Norman sich einigermaßen sicher.

Aber als am Donnerstagabend die Verkehrsstreife der Staatspolizei in die Zufahrt einschwenkte, wäre er fast in Ohnmacht gefallen. Der Beamte wollte jedoch nur das Telefon benutzen. Nachher mußte Norman über sich selber lachen, aber im Augenblick war es ihm gar nicht lustig erschienen.

Mutter hatte an ihrem Fenster gesessen. Gut, daß der Beamte sie nicht gesehen hatte. Im Lauf der letzten Woche pflegte sie viel aus dem Fenster zu schauen. Vielleicht war auch sie über die Besucher beunruhigt. Norman versuchte, sie zu bewegen, vom Fenster wegzubleiben, aber er brachte es nicht über sich, ihr den Grund zu erklären. Ebensowenig, wie er sich mit ihr darüber unterhalten konnte, warum er ihr nicht mehr gestatten konnte, ins Motel herunterzukommen und auszuhelfen. Er richtete es einfach so ein, daß sie im Haus blieb. Dort gehörte sie hin. Man durfte keine Fremden mehr in ihre Nähe lassen. Und je weniger man von ihr Notiz nahm, desto besser. Er hätte der jungen Frau nie erzählen dürfen...

Norman rasierte sich fertig und wusch sich erneut die Hände. Es war eine Zwangshandlung geworden, besonders in der letzten Woche. Gewissensbisse. Lady Macbeth. Shakespeare hat viel von Psychologie verstanden. Ob er auch manches andere gewußt hat? Immerhin gab es doch da beispielsweise den Geist von Hamlets Vater.

Aber jetzt hatte er keine Zeit, um darüber nachzudenken. Er mußte ins Motel hinunter und aufsperren.

Während der Woche waren etliche Gäste erschienen, aber nicht sehr viele. Norman hatte nie in ein und derselben Nacht mehr als drei bis vier Räume besetzt gehabt. Gott sei Dank. Denn das bedeutete, daß er Nummer sechs nicht hatte vermieten müssen. Nummer sechs war das Zimmer des Mädchens gewesen.

Er hoffte, es nie mehr vermieten zu müssen. Das hatte er hinter sich gebracht – das durch die Ritzen spähen, das Voyeurtum. Das war es, was in erster Linie an allem schuld gewesen war. Wenn er nicht spioniert hätte, wenn er nicht getrunken hätte...

Was geschehen ist, läßt sich nicht mehr ändern. Basta.

Norman trocknete sich die Hände und drehte sich ein wenig vom Spiegel weg. Vergiß das Gestern. Laß die Toten ruhen. Alles ging wie am Schnürchen, und nur darauf hatte er zu achten. Mutter führte sich ordentlich auf, er führte sich ordentlich auf, sie waren beisammen wie früher. Eine ganze Woche war reibungslos verstrichen, und von jetzt an würde es auch keine Reibungen mehr geben. Besonders, wenn er sich fest an seinen Entschluß hielt, sich wie ein Erwachsener und nicht wie ein Kind zu benehmen. Wie Mamas Kleiner! Und was das betraf, so hatte er seinen Entschluß gefaßt.

Er zog den Schlips straff und verließ das Badezimmer. Mutter saß oben und blickte wieder zum Fenster hinaus. Norman überlegte sich, ob er ihr etwas sagen sollte. Nein, besser nicht. Es könnte Zank geben, und er fühlte sich noch nicht in der Verfassung, sich mit ihr anzulegen. Sollte sie doch zum Fenster hinausschauen, wenn es ihr Spaß machte. Arme, kranke, alte, ans Haus gefesselte Frau. Sollte sie die Welt vorüberziehen sehen.

Das war natürlich das Kind, das aus ihm sprach. Aber er war bereit, diese eine Konzession zu machen, solange er sich ansonsten wie ein vernünftiger und erwachsener Mensch benahm. Solange er die Türen im Erdgeschoß abschloß, bevor er hinausging.

Daß er die ganze Woche hindurch stets die Türen abgeschlossen hatte, verlieh ihm ein neues Gefühl der Sicherheit. Er hatte ihr auch sämtliche Schlüssel weggenommen – die Hausschlüssel und die Motelschlüssel. Sobald er das Haus verlassen hatte, gab es für sie keine Möglichkeit hinauszukommen. Sie saß sicher im Haus – er sicher im Motel. Da konnte nichts mehr passieren. Solange er diese Vorsichtsmaßnahme beibehielt. Schließlich geschah es ja in ihrem eigenen Interesse. Besser das Haus als eine Irrenanstalt.

Norman ging den Fußweg entlang und bog gerade um die Ecke, als das Auto mit den Leihhandtüchern auf seiner gewöhnlichen Runde vorfuhr. Er hatte alles hergerichtet, ließ sich von dem Chauffeur die frische Garnitur aushändigen und gab ihm die schmutzige Wäsche. Der Handtuchverleih wusch auch die Laken und Kissenbezüge. Das vereinfachte die Sache.

Heutzutage ist es eigentlich keine Kunst mehr, ein Motel zu führen.

Nachdem der Lieferwagen weggefahren war, räumte Norman Nummer vier auf. Ein Handlungsreisender aus Illinois war am frühen Morgen ausgezogen und hatte die übliche Schweinerei hinterlassen. Zigerettenstummel auf der Kante des Waschbeckens, eine Zeitschrift auf dem Fußboden neben dem Klosettsitz. Raumschifffahrt, Welt der Mikroben, technische Mirakel. Wenn die Herrschaften bloß wüßten...!

Aber sie wußten nichts. Nie würden sie es erfahren, nie durften sie es erfahren. Solange er auf Mutter aufpaßte, bestand keine Gefahr. Er mußte sie schützen, und er mußte auch andere schützen. Was sich vorige Woche ereignet hatte, war ein Beweis dafür. Von nun an mußte er besonders vorsichtig sein, immer. Im Interesse aller Beteiligten.

Norman kehrte ins Büro zurück und legte die Handtücher beiseite. In jedem Zimmer lag bereits frische Bett- und Handwäsche. Er war bereit, Gäste zu empfangen – falls sich welche blicken lassen sollten.

Aber bis gegen vier Uhr ereignete sich nichts. Er saß da und starrte auf die Straße hinaus und begann, sich zu langweilen und kribblig zu werden. Beinahe hätte er sich dazu hinreißen lassen, einen Schluck zu trinken, aber er erinnerte sich an das Versprechen, das er sich selber gegeben hatte. Keinen Alkohol mehr! Wenn es Scherereien gibt, spielt immer der Alkohol mit. Er durfte sich auch nicht einen einzigen Tropfen mehr gönnen. Der Alkohol hatte Onkel Joe Considine ins Jenseits befördert, er hatte indirekt auch das Mädchen das Leben gekostet. Von nun an also würde er Abstinenzler sein.

Ein Schluck jetzt wäre nicht ohne gewesen. Nur einer...

Norman zögerte noch, als der Wagen in die Zufahrt einbog. Eine Alabama-Nummer. Ein älteres Ehepaar stieg aus und kam ins Büro. Der Mann war kahlköpfig und trug eine dicke, dunkeleingefaßte Brille. Die Frau war fett und verschwitzt. Norman zeigte ihnen Nummer eins, ganz am anderen Ende, ein Doppelzimmer für zehn Dollar. Die Frau beklagte sich mit schriller und weinerlicher Stimme über die muffige Atmosphäre, schien jedoch befriedigt zu sein, als Norman den Ventilator anstellte. Der Mann holte das Gepäck und trug sich ins Fremdenbuch ein. Mr. und Mrs. Herman Pritzler aus Birmingham in Alabama. Touristen. Kein Problem.

Norman setzte sich wieder hin und blätterte in der Zeitschrift, die er gefunden hatte. Es begann dunkel zu werden. Es mußte wohl schon gegen fünf sein. Er machte Licht.

Erneut fuhr ein Wagen die Zufahrt entlang – mit einem einzigen Insassen. Wahrscheinlich abermals ein Handlungsreisender. Ein grüner Buick – eine Texas-Nummer.

Texas! Die Frau, Jane Wilson, war aus Texas gekommen.

Norman erhob sich und trat hinter den Schreibtisch. Er sah den Mann aussteigen, hörte seine Schritte über den Kies knirschen und verglich ihren Rhythmus mit dem gedämpften Pochen seines eigenen Herzens.

Ein reiner Zufall, sagte er sich. *Jeden Tag kommen Leute aus Texas. Ja. Alabama liegt noch weiter weg.*

Der Mann trat ein. Er war groß und mager und trug einen jener grauen Stetson-Hüte mit einer breiten Krempe, die die obere Gesichtshälfte beschattete. Sein Kinn unter den dichten Bartstoppeln war braungebrannt. »Guten Abend«, sagte er, ohne allzu ausgeprägten Dialekttonfall.

»Guten Abend.« Norman trat unruhig von einem Fuß auf den anderen.

»Sind Sie der Besitzer?«

»Ja. Wünschen Sie ein Zimmer?«

»Eigentlich nicht. Ich möchte um eine Auskunft bitten.«

»Wenn ich kann, werde ich Ihnen gerne behilflich sein. Was wollen Sie denn wissen?«

»Ich versuche den Aufenthaltsort einer jungen Dame zu ermitteln.«

Normans Hände zuckten. Er spürte sie nicht, weil sie gefühllos waren. Am ganzen Körper war er gefühllos. Sein Herz hämmerte nicht mehr – es schien kaum noch zu schlagen. Alles war still. Wie schrecklich, wenn er jetzt plötzlich zu schreien begänne –.

»Sie hieß Crane«, fuhr der Mann fort. »Mary Crane. Aus Fort Worth in Texas. Ich hätte gern gewußt, ob sie hier ausgestiegen ist.«

Jetzt fühlte sich Norman nicht länger versucht, aufzuschreien, nein, jetzt hätte er am liebsten laut gelacht. Er fühlte, wie sein Herz wieder normal zu funktionieren begann. Die Antwort fiel ihm leicht.

»Nein«, sagte er. »Eine Frau dieses Namens hat hier nicht übernachtet.«

»Bestimmt nicht?«

»Bestimmt nicht. Wir haben zur Zeit ein stilles Geschäft. Ich pflege mich recht gut meiner Gäste zu erinnern.«

»Diese junge Dame müßte vor einer Woche hier vorbeigekommen sein. Vorigen Samstag oder, sagen wir, am Sonntag.«

»Übers Wochenende habe ich keine Gäste gehabt. Das Wetter war hier in der Gegend sehr schlecht.«

»Sind Sie Ihrer Sache völlig sicher? Dieses Mädchen – diese junge Frau – ist etwa siebenundzwanzig Jahre alt. Größe einszweiundsechzig, Gewicht an die hundertzwanzig Pfund, dunkles Haar, blaue Augen. Sie fährt einen Plymouth, Jahrgang dreiundfünfzig, einen blauen Tudor mit einer verbeulten vorderen Stoßstange. Das Kennzeichen lautet...«

Norman hörte nicht mehr zu. Warum hatte er behauptet, es sei niemand hier gewesen? Die Beschreibung stimmte, der Mann kannte die Frau. Trotzdem konnte er nicht beweisen, daß sie hier gewesen war, solange Norman es ableugnete. Und nun würde er weiter leugnen müssen.

»Nein, ich glaube kaum, daß ich Ihnen behilflich sein kann.«

»Paßt die Beschreibung nicht auf irgend jemanden, der im Lauf der vergangenen Woche hier war? Sehr wahrscheinlich würde sie sich unter einem anderen Namen eingetragen haben. Wenn ich schnell einmal einen Blick ins Fremdenbuch werfen dürfte –?«

Norman legte die Hand auf das Buch und schüttelte den Kopf. »Bedaure, mein Herr«, erwiderte er. »Das kann ich nicht zulassen.«

»Vielleicht wird Ihnen das da erleichtern, Ihren Standpunkt zu ändern.« Der Mann griff in die Brusttasche seines Jacketts, und einen Augenblick lang war Norman neugierig, ob er ihm Geld anbieten wolle. Die Brieftasche kam denn auch zum Vorschein, aber der Mann nahm keine Scheine heraus. Statt dessen klappte er sie auf und legte sie auf den Tisch, so daß Norman die Karte lesen konnte.

»Milton Arbogast«, sagte der Mann. »Versicherungsinspektor.«

»Sie sind Detektiv?«

Arbogast nickte. »Mein Auftrag hat mich hierhergeführt, Mr. . . .«

»Bates – Norman Bates.«

»Mr. Bates, meine Firma hat mich beauftragt, den Aufenthaltsort dieser Dame ausfindig zu machen, und ich wäre Ihnen für jedes Entgegenkommen sehr dankbar. Freilich, wenn Sie mir das Fremdenbuch nicht zeigen wollen, kann ich mich jederzeit mit den Ortsbehörden in Verbindung setzen. Ich vermute, das ist Ihnen bekannt.«

Norman wußte es nicht, aber eines war ihm klar, Behörden durften hier nicht herumschnüffeln. Er zögerte. Seine Hand lag noch immer auf dem Fremdenbuch. »Worum handelt es sich denn?« fragte er. »Was hat sie denn angestellt?«

»Autodiebstahl«, erwiderte Arbogast.

»Oh!« Norman fühlte sich etwas erleichtert. Einen Augenblick hatte er befürchtet, die Frau werde wegen eines schweren Verbrechens gesucht. Da hätte es dann gründlichere Ermittlungen gegeben. Aber ein gestohlenes Auto, noch dazu eine alte, arg mitgenommene Karre.

»Schön«, sagte er. »Bitte sehr! Ich wollte nur sehen, ob Sie einen berechtigten Anspruch haben.« Er nahm die Hand vom Buch.

»Durchaus berechtigt, durchaus.« Aber Mr. Arbogast griff nicht sogleich nach dem Fremdenbuch. Zuerst zog er ein Kuvert aus der Tasche und legte es auf den Tisch. Dann packte er das Buch, drehte es um und begann, die Liste der Namen durchzugehen.

Norman sah, wie sein breiter Daumen dahinwanderte und dann plötzlich, entschlossen, innehielt.

»Haben Sie nicht behauptet, Sie hätten vorigen Samstag oder Sonntag keine Gäste gehabt?«

»Ich kann mich nicht erinnern. Ich meine – vielleicht den einen oder anderen Gast. Aber viel war nicht los.«

»Und was steht hier? Jane Wilson – aus San Antonio. Ankunft am Samstagabend.«

»Ach ja, jetzt fällt es mir ein – Sie haben recht.« Das dumpfe Pochen in Normans Brust hatte wieder eingesetzt, und er wußte, daß er einen Fehler begangen hatte, als er so tat, als ob ihm die Beschreibung nichts sagte. Aber jetzt war es zu spät. Wie sollte er das nur erklären, ohne den Verdacht des Versicherungsinspektors zu wekken? Was würde der Mann dazu sagen?

Im Augenblick sagte der Detektiv gar nichts. Er hatte das Kuvert neben die Buchseite gelegt und verglich die Handschriften. Deshalb also hatte er das Kuvert aus der Tasche gezogen. Es war von ihr adressiert! Gleich würde er Bescheid wissen. Ja, er wußte Bescheid.

Das merkte Norman sofort, als der Detektiv den Kopf hob und ihn musterte. So aus der Nähe konnte er unter den Schatten blikken, den die breite Krempe warf. Er sah die kalten Augen, die kalten wissenden Augen.

»Sie ist es. Dieselbe Handschrift.«

»Bestimmt? Sind Sie Ihrer Sache sicher?«

»So sicher, daß ich eine Fotokopie machen lassen werde, und wenn es dazu einer richterlichen Anordnung bedarf. Und ich kann noch ganz andere Dinge veranlassen, wenn Sie sich nicht endlich herbeilassen, den Mund aufzumachen, und mir die Wahrheit sagen. Warum haben Sie mich angelogen?«

»Ich habe nicht gelogen. Ich hatte die Frau vergessen.«

»Sie behaupten doch, ein sehr gutes Gedächtnis für Ihre Gäste zu haben.«

»Jaja, im allgemeinen schon. Nur...«

»Beweisen Sie es.« Mr. Arbogast zündete sich eine Zigarette an. »Falls Sie es nicht wissen sollten: Autodiebstahl ist ein Vergehen, das in die Zuständigkeit der Bundesstrafverfolgungsbehörden fällt. Sie möchten doch nicht gern in den Verdacht der Mittäterschaft geraten, nein?«

»Ich? Ja, wieso denn? Eine Frau kommt hier angefahren, übernachtet und fährt wieder weg. Wie kann denn da von einer Mittäterschaft die Rede sein?«

»Sie machen sich strafbar, wenn Sie Auskünfte verweigern.« Mr. Arbogast inhalierte tief. »Los, heraus mit der Sprache! Sie haben sie gesehen. Wie sah sie aus?«

»Ich glaube, ungefähr so, wie Sie sie beschrieben haben. Es goß in Strömen, als sie hereinkam. Ich war beschäftigt. Ich hatte keine Zeit, sie mir näher anzuschauen. Ich legte ihr das Fremdenbuch vor, gab ihr den Schlüssel, und damit war die Sache erledigt.«

»Hat sie etwas gesagt? Worüber hat sie gesprochen?«

»Wahrscheinlich übers Wetter. Ich kann mich nicht erinnern.«

»Wirkte sie in irgendeiner Weise bedrückt? Fanden Sie nichts an ihr verdächtig?«

»Nein. Gar nichts. Sie kam mir wie eine gewöhnliche Touristin vor.«

»Sehr schön.« Mr. Arbogast drückte seinen Zigarettenstummel in der Aschenschale aus. »Sie hat keinen Eindruck auf sie gemacht – weder so noch so. Einerseits sahen Sie sich nicht veranlaßt, mißtrauisch zu werden. Andererseits haben Sie ihr auch keine besondere Sympathie entgegengebracht. Ich meine, Sie fühlten sich nicht von der jungen Dame angezogen?«

»Bestimmt nicht.«

Mr. Arbogast beugte sich wie von ungefähr über den Tisch. »Warum also wollten Sie sie schützen – indem Sie mir vormachten, Sie könnten sich überhaupt nicht an sie erinnern?«

»Ich habe das in keiner Weise versucht! Ich sagte Ihnen doch, daß ich es einfach vergessen hatte.«

Norman wußte, daß er in eine Falle geraten war, aber er wehrte sich. »Was sollen die Unterstellungen bedeuten? Glauben Sie, daß ich ihr geholfen habe, das Auto zu stehlen?«

»Niemand wirft Ihnen etwas vor, Mr. Bates. Ich muß mir jede erreichbare Information verschaffen. Sie sagten, sie kam allein.«

»Sie kam allein, sie nahm ein Zimmer, sie fuhr am andern Morgen wieder weg. Wahrscheinlich ist sie inzwischen über alle Berge.«

»Wahrscheinlich.« Mr. Arbogast lächelte. »Aber nicht so hastig, ja! Vielleicht können Sie sich an das eine oder andere erinnern. Ist sie allein weggefahren? Wann war das ungefähr?«

»Ich weiß es nicht. Sonntags früh habe ich noch geschlafen.«

»Dann wissen Sie gar nicht, ob sie allein weggefahren ist?«

»Ich kann es nicht beweisen, wenn Sie das meinen.«

»Und was hat sich abends ereignet. Hat sie Besuch gehabt?«

»Nein.«

»Wissen Sie das ganz genau?«

»Ganz genau.«

»Hat zufällig noch jemand sie hier gesehen?«

»Sie war der einzige Gast.«

»Und Sie waren allein im Büro?«

»Richtig.«

»Blieb sie allein auf ihrem Zimmer?«

»Ja.«

»Den ganzen Abend? Hat sie nicht telefoniert?«

»Nein.«

»Sie sind also der einzige Mensch, der bezeugen kann, daß sie hier war?«

»Das sagte ich Ihnen schon.«

»Und die alte Dame? Hat sie sie nicht gesehen?«

»Was für eine alte Dame?«

»Die Dame dort hinten im Haus.«

Nun fühlte Norman sein Herz pochen, es war drauf und dran, die Brust zu sprengen. Er wollte schon sagen: »Hier gibt es keine alte Dame«, aber Mr. Arbogast fuhr fort:

»Als ich ankam, sah ich sie am Fenster sitzen. Wer ist das?«

»Meine Mutter.« Er mußte es zugeben. Es gab keinen Ausweg. Aber eine Erklärung. »Sie ist recht gebrechlich und kommt nie mehr herunter.«

»Dann hat sie also die Frau nicht gesehen?«

»Nein. Sie ist krank. Sie blieb in ihrem Zimmer, während wir zu Abend...«

Es war ihm ganz einfach entschlüpft. Weil Mr. Arbogast seine Fragen zu schnell hintereinander losgelassen hatte, mit Absicht, nur um ihn zu verwirren – und als er Mutter erwähnte, hatte Norman sich nicht in acht genommen. Er hatte nur daran gedacht, Mutter zu schützen, und nun...

Mr. Arbogasts gelassene Art war verschwunden. »Sie haben mit Mary Crane zu Abend gegessen?«

»Nur ein paar Butterbrote und eine Tasse Kaffee. Ich – ich dachte, ich hätte es Ihnen schon erzählt. Es war nicht der Rede wert. Sehen Sie, sie fragte mich, wo sie etwas zu essen bekommen könnte, und da sagte ich, in Fairvale, aber bis dorthin sind es an die dreißig Kilometer, und es regnete, deshalb lud ich sie ins Haus ein. Das war alles.«

»Worüber haben Sie mit ihr gesprochen?«

»Über gar nichts. Ich sagte Ihnen doch schon, daß meine Mutter krank ist. Ich wollte sie nicht stören. Sie ist schon die ganze Woche krank. Ich glaube, deshalb bin ich so aufgeregt und vergesse alles mögliche. Zum Beispiel das Mädchen und das Abendessen. Es war mir total entfallen.«

»Ist Ihnen vielleicht auch sonst noch etwas entfallen? Zum Beispiel, daß Sie die junge Dame auf ihr Zimmer begleitet und sich ein wenig mit ihr amüsiert haben –«

»Nein! Nichts dergleichen! Wie können Sie so etwas sagen, was berechtigt Sie dazu, so etwas zu sagen? Ich – ich weigere mich, noch weiter mit Ihnen zu sprechen. Ich habe Ihnen die Auskünfte erteilt, um die Sie mich gebeten haben. Bitte, verschwinden Sie!«

»Gut.« Mr. Arbogast zog die Krempe seines Stetsons in die Stirn. »Ich gehe. Zuerst aber möchte ich mich ein wenig mit Ihrer Mama unterhalten. Vielleicht ist ihr etwas aufgefallen, das Sie vergessen haben.«

»Ich sagte doch schon, daß sie das Mädchen nicht einmal gesehen hat!« Norman kam hinter dem Tisch hervor. »Außerdem können Sie nicht mit ihr sprechen. Sie ist sehr krank.« Er hörte sein Herz hämmern und mußte es überschreien. »Ich verbiete Ihnen, mit ihr zu sprechen!«

»Dann komme ich mit einem Haussuchungsbefehl wieder.«

Ein Bluff. Jetzt wußte Norman, daß es ein Bluff war. »Lächerlich! Niemand wird Ihnen einen Haussuchungsbefehl geben. Wer wird schon glauben, ich hätte ein altes Auto stehlen wollen?«

Mr. Arbogast zündete sich eine frische Zigarette an und warf das Streichholz in die Aschenschale. »Ich fürchte, Sie begreifen noch nicht ganz«, sagte er in fast liebenswürdigem Ton. »Es handelt sich gar nicht um das Auto. Ich will Ihnen lieber reinen Wein einschenken. Dieses Mädchen – Mary Crane – hat einer Grundstücksagentur in Fort Worth bare vierzigtausend Dollar unterschlagen.«

»Vierzigtausend...«

»Richtig. Sie hat sich mit dem Geld davongemacht. Wie Sie sehen, handelt es sich um eine ernste Sache. Deshalb ist alles, was ich feststellen kann, so überaus wichtig. Deshalb muß ich darauf bestehen, mit Ihrer Mutter zu sprechen. Ob Sie es erlauben oder nicht.«

»Aber ich sagte Ihnen doch schon, daß sie nichts weiß, und sie ist nicht gesund, sie ist durchaus nicht gesund.«

»Ich verspreche Ihnen, sie in keiner Weise aufzuregen.« Mr. Arbogast hielt inne. »Freilich, wenn es Ihnen lieber ist, daß ich mit dem Sheriff und einem Haussuchungsbefehl wiederkomme –«

»Nein.« Norman schüttelte hastig den Kopf. »Das dürfen Sie nicht tun.« Er zögerte, aber nun gab es kein Zögern mehr. *Vierzigtausend Dollar. Kein Wunder, daß der Mann so viele Fragen gestellt hatte. Natürlich würde er sich einen Haussuchungsbefehl beschaffen können. Es hätte keinen Zweck, eine Szene zu machen. Außerdem mußte er auf das Ehepaar aus Alabama Rücksicht nehmen. Kein Ausweg – überhaupt kein Weg...*

»Schön«, sagte Norman. »Von mir aus können Sie mit ihr sprechen. Aber lassen Sie mich vorausgehen und meine Mutter auf Ihren Besuch vorbereiten. Ich möchte nicht, daß sie ohne jede Erklärung hereinplatzen. Dann regt sie sich zu sehr auf.« Er näherte sich der Tür. »Warten Sie hier, bitte, für den Fall, daß Gäste kommen.«

»Gut.« Arbogast nickte, und Norman eilte davon. Es war kein langer und allzu steiler Weg zum Haus hinauf, aber Norman glaubte, er würde es nie schaffen. Sein Herz pochte genauso wie in jener Nacht, und es war nun alles wieder genauso wie in jener Nacht, nichts hatte sich geändert. Was du auch tust, du kannst nicht entwischen. Nicht dadurch, daß du dich wie ein braver Junge benimmst, auch nicht dadurch, daß du dich wie ein Erwachsener benimmst. Nichts half, weil er nun einmal der war, der er war, und das reichte nicht. Es reichte nicht, um ihn zu retten, und es reichte nicht, um Mutter zu retten. Wenn jetzt noch Hilfe zu erwarten war, mußte sie von ihr kommen.

Er sperrte die Haustür auf und ging die Treppe hinauf in ihr Zimmer, und er wollte eigentlich sehr ruhig mit ihr sprechen, aber als er sie dort am Fenster sitzen sah, konnte er sich nicht mehr beherrschen. Er begann zu zittern, ein krampfhaftes Schluchzen entrang sich seiner Brust, jenes schreckliche Schluchzen. Er verbarg das Gesicht in ihren Rockfalten und erzählte ihr, was geschehen war.

»Gut«, sagte Mutter. Sie schien überhaupt nicht überrascht zu sein. »Das werden wir in Ordnung bringen. Überlaß nur alles mir.«

»Mutter – wenn du nur ganz kurz mit ihm redest und ihm sagst, daß du nichts weißt – dann geht er weg.«

»Aber er kommt wieder. Vierzigtausend Dollar sind viel Geld. Warum hast du mir nichts davon erzählt?«

»Ich wußte es nicht. Ich schwöre dir, ich wußte es nicht.«

»Das glaube ich dir. Aber er wird dir nicht glauben. Wahrscheinlich vermutet er, daß wir alle daran beteiligt sind. Oder daß wir ihr wegen des Geldes etwas angetan haben. Begreifst du nicht, wie die Dinge liegen?«

»Mutter...« Er schloß die Augen, er konnte sie nicht ansehen. »Was hast du vor?«

»Ich ziehe mich an. Wir wollen doch deinen Besucher gebührend empfangen, nicht wahr? Ich nehme meine Sachen ins Badezimmer. Du kannst hinuntergehen und diesen Herrn Arbogast zu mir schikken.«

»Nein, nein. Ich schicke ihn nicht zu dir, wenn du vorhast...«

Und jetzt konnte er sich überhaupt nicht mehr von der Stelle rühren. Am liebsten wäre er ohnmächtig geworden, aber auch das hätte den Lauf der Dinge nicht aufhalten können. Binnen weniger

Minuten würde Mr. Arbogast das Warten satt haben. Dann würde er allein heraufkommen, anklopfen, die Tür öffnen und eintreten. Und dann...

»Mutter, bitte, *hör zu!*«

Aber sie hörte nicht hin, sie war im Badezimmer, sie zog sich an, sie schminkte sich, sie machte sich fertig. Fertig...

Und ganz plötzlich kam sie herausgehuscht. Sie trug das hübsche Rüschenkleid. Ihr Gesicht war frisch gepudert und geschminkt, sie sah bildhübsch aus und lächelte, während sie auf die Treppe zuging.

Sie hatte kaum erst die Mitte der Treppe erreicht, da wurde geklopft.

Nun geschah es. Mr. Arbogast war da, Norman wollte aufschreien und ihn warnen, aber etwas saß ihm in der Kehle. Er konnte nur zuhören, wie Mutter fröhlich ausrief: »Ich komme! Ich komme! Nur noch eine Sekunde!«

Und es dauerte wirklich nur noch eine Sekunde.

Mutter öffnete die Tür, Mr. Arbogast trat ein. Er sah sie an, machte dann den Mund auf, um etwas zu sagen. Dabei hob er den Kopf, und nur darauf hatte Mutter gewartet. Ihr Arm stieß zu, etwas Glitzerndes zuckte hin und her, hin und her –

Es tat Normans Augen weh. Er wollte nicht hinschauen. Er brauchte nicht hinzuschauen, weil er bereits alles wußte.

Mutter hatte sein Rasiermesser gefunden.

10

Norman sah den älteren Herrn lächelnd an und sagte: »Hier ist der Schlüssel. Das macht zehn Dollar für zwei Personen, bitte.«

Die Frau des älteren Herrn öffnete ihre Handtasche. »Ich habe das Geld hier, Homer.« Sie legte einen Schein auf den Tisch und nickte Norman zu. Dann hielt sie inne und kniff die Augen zusammen. »Was ist denn los? Fühlen Sie sich nicht wohl?«

»Ich – ich bin ein wenig müde. Das spielt keine Rolle. Ich mache jetzt zu.«

»So früh? Ich dachte, Motels haben durchgehend offen. Besonders am Samstag.«

»Wir haben hier draußen keinen großen Betrieb. Außerdem ist es fast schon zehn.«

Fast schon zehn. Nahezu vier Stunden. Oh, mein Gott...

»Aha! Also, gute Nacht.«

»Gute Nacht.«

Sie gingen hinaus, und er konnte endlich den Schreibtisch verlassen, das Schild ausknipsen, das Büro zusperren. Zuerst aber würde er einen Schluck trinken, einen ordentlichen Schluck, weil er ihn dringend brauchte. Und es spielte auch keine Rolle mehr, ob er trank oder nicht. Jetzt spielte nichts mehr eine Rolle. Alles war vorbei. Alles war vorbei – oder fing erst an.

Norman hatte schon einiges getrunken. Den ersten Schluck hatte er sich vergönnt, als er gegen sechs ins Motel zurückkehrte, und seither jede Stunde einen weiteren Schluck. Sonst hätte er es nicht durchgehalten, hätte nicht hier herumsitzen können und wissen, was oben im Hause unter dem Flurteppich lag. Dort hatte er es liegenlassen, hatte gar nicht erst versucht, es wegzuschaffen, hatte nur die Teppichkanten hochgeschlagen und drübergedeckt. Es war viel Blut da, würde aber nicht durchsickern. Außerdem hätte er gar nichts unternehmen können. Jedenfalls nicht am hellichten Tag.

Nun allerdings mußte er ins Haus zurück. Er hatte Mutter streng befohlen, nichts anzurühren, und er wußte, sie würde gehorchen. Komisch, wie sie, als es geschehen war, sofort wieder zusammenklappte. Es schien, als könnte sie sich zu allem aufreizen – nannte man es nicht die manische Phase? –, aber sowie es vorbei war, verließen sie ganz einfach die Kräfte, und *er* mußte zupacken. Er hatte ihr befohlen, in ihr Zimmer zurückzukehren, sich nicht am Fenster blicken zu lassen, sich hinzulegen, bis er kam. Und er hatte die Tür abgesperrt.

Jetzt würde er sie aufsperren müssen.

Norman machte das Büro zu und trat hinaus. Der Buick, Mr. Arbogasts Buick, stand noch dort, wo er ihn geparkt hatte.

Wäre es nicht wunderbar gewesen, sich in den Wagen zu setzen und wegzufahren? Wegfahren, weit weg, und nie wieder zurückkehren? Weg von dem Motel, weg von Mutter, weg von dem Etwas, das im Flur unter dem Teppich liegt?

Einen Augenblick lang stieg die Versuchung in ihm hoch, aber nur einen Augenblick lang. Dann verschwand sie, und Norman zuckte die Schultern. Es würde nicht klappen, das wußte er schon. Nirgendwo würde er sicher sein. Außerdem wartete das Etwas auf ihn. Es wartete auf ihn –

Also blickte er nach links und rechts die Straße entlang, und dann überzeugte er sich, ob Nummmer eins und Nummer drei die Sonnenrollos herabgezogen hatten, und stieg dann in Mr. Arbogasts

Wagen ein und holte die Schlüssel hervor, die er in Mr. Arbogasts Tasche gefunden hatte. Ganz langsam fuhr er zum Haus hinauf.

Es brannte kein Licht mehr. Mutter schlief in ihrem Zimmer. Vielleicht tat sie auch nur so, als ob sie schlief. Norman war es egal. Wenn sie ihm nur nicht in die Quere kam, während er sich um die Sache kümmerte. Er wollte sie nicht in der Nähe haben und sich wieder wie ein kleiner Junge vorkommen. Das hier war eine Aufgabe für einen Mann. Für einen erwachsenen Mann.

Schon um den Teppich zusammenzuschnüren und das, was drin war, hochzuheben, war ein ganzer Mann vonnöten. Er schleppte es die Stufen hinunter und legte es auf den Rücksitz des Autos. Und er hatte recht behalten: Es war nichts durchgesickert. Diese alten Plüschteppiche sind sehr saugfähig.

Als er das Feld hinter sich hatte und an den Rand des Sumpfes kam, fuhr er dort eine Weile entlang, bis er eine offene Stelle erreicht hatte. Es wäre nicht ratsam gewesen, den Wagen genau dort zu versenken, wo der andere lag. Diese Stelle aber hielt er für geeignet, und er bediente sich derselben Methode wie damals. Eigentlich war es recht einfach. *Übung macht den Meister.*

Nur war es keineswegs zum Lachen, jedenfalls nicht, solange er auf dem Baumstumpf saß und wartete, bis das Auto untergegangen sein würde. Es war schlimmer als beim erstenmal. Man hätte annehmen müssen, der Buick würde schneller versinken, weil er schwerer war. Aber es dauerte eine Million Jahre. Bis er dann endlich *plupps* machte.

So. Für immer weg. Wie das Mädchen mit seinen vierzigtausend Dollar. Wo hatte sie das Geld gehabt? Bestimmt nicht in der Handtasche und auch nicht im Koffer. Vielleicht in der Weekendtasche oder irgendwo im Auto. Er hätte nachsehen sollen, das hätte er in der Tat tun sollen. Aber selbst wenn er von dem Geld gewußt hätte, wäre er in seinem Zustand kaum in der Lage gewesen, es zu suchen. Und wenn er es gefunden hätte, wer weiß, was dann alles passiert wäre! Wahrscheinlich hätte er sich dann gleich verraten, als der Detektiv erschien. Wenn man ein schlechtes Gewissen hatte, verriet man sich im Nu. Das war die eine Sache, für die er dankbar war: Er war an alledem nicht schuld. Ja, freilich, er wußte genau, was Mittäterschaft und Beihilfe ist. Andererseits aber mußte er Mutter schützen. Damit schützte er gleichzeitig auch sich selbst: aber im Grunde genommen dachte er an sie.

Langsam kehrte Norman zu Fuß übers Feld zurück. Morgen würde er wieder mit dem Wagen und dem Anhänger hinfahren müssen, um jene Prozedur zu wiederholen. Aber das war nicht halb so wichtig wie eine andere Angelegenheit.

Abermals handelte es sich nur darum, gut auf Mutter aufzupassen.

Er hatte sich alles überlegt. Man muß eben den Tatsachen ins Gesicht sehen.

Jemand würde herkommen und sich nach dem Detektiv erkundigen.

Das lag auf der Hand. Die Versicherungsfirma, bei der er angestellt war, würde ihn nicht so einfach ohne Nachforschung verschwinden lassen. Wahrscheinlich waren sie mit ihm in Verbindung gewesen oder hatten während der ganzen Woche von ihm gehört. Und die Grundstücksagentur würde erst recht nicht lockerlassen. Wer war nicht an vierzigtausend Dollar interessiert?

Früher oder später würde es neue Fragen hageln. Es mochte mehrere Tage oder vielleicht sogar eine Woche dauern – so wie bei dem Mädchen. Aber er wußte, was bevorstand. Und diesmal würde er gerüstet sein.

Er hatte sich alles zurechtgelegt. Wer immer auch erschiene, seine Geschichte würde hinten und vorne stimmen. Er würde sie auswendig lernen und oft proben, damit ihm nicht wieder, so wie heute abend, ein falscher Zungenschlag unterlief. Diesmal würde er sich nicht konfus machen lassen – weil er von vornherein wußte, womit er zu rechnen hatte. Er überlegte sich bereits, was er sagen würde, wenn es soweit war.

Ja, das Mädchen hatte im Hotel übernachtet. Das würde er glattweg zugeben. Aber er habe natürlich nicht den geringsten Verdacht geschöpft – bis zu dem Augenblick, als eine Woche später Mr. Arbogast erschien. Die junge Frau habe übernachtet und sei am nächsten Morgen weitergefahren. Keine Rede davon, daß er sich mit ihr unterhalten hatte – und schon gar keine Rede davon, daß sie zusammen im Haus gegessen hatten!

Eines würde er betonen: Er habe Mr. Arbogast alles erzählt, und ihn habe offenbar nur die Frage interessiert, die das Mädchen ihm, Norman, gestellt habe, nämlich, wie weit es von hier bis Chicago sei und ob sie es in einem Tag schaffen könnte.

Das sei es gewesen, was Mr. Arbogast interessiert habe. Mr. Arbogast habe sich bei ihm bedankt, sei in sein Auto gestiegen und weggefahren. Punkt. Nein, er habe keine Ahnung, wohin. Darüber habe Mr. Arbogast sich nicht geäußert. Er sei nur weggefahren. Wann das war? Am Samstag, kurz nach dem Abendessen.

Weiter nichts. Nur ein paar simple Fakten. Keine besonderen Einzelheiten, keine komplizierten Zusammenhänge, die Verdacht erregen könnten. Eine Diebin war auf der Flucht hier vorbeigekommen und verschwunden. Eine Woche später hatte ein Detektiv ihre Spur verfolgt, um Auskunft gebeten und sie erhalten und war dann weggefahren. Bedaure, Mister, mehr weiß ich nicht.

Norman war überzeugt, diesmal würde er es so einfach berichten können, ganz gelassen und ungezwungen – weil er sich nicht mehr wegen Mutter zu beunruhigen brauchte.

Sie wird nicht zum Fenster herausschauen. Ja, sie wird überhaupt nicht anzutreffen sein. Selbst wenn man mit einem Haussuchungsbefehl angerückt kommt, wird man Mutter nicht finden.

Das war die beste Schutzmaßnahme. Für sie noch mehr als für ihn. Er hatte sich dazu entschlossen, und nun wollte er dafür sorgen, daß es klappte. Es würde keinen Sinn haben, bis morgen zu warten.

Sonderbar – nun, da es vorbei war, fühlte er sich immer noch recht selbstsicher: nicht so wie damals, als er schlappgemacht hatte und der Anwesenheit Mutters bedurft hatte. Nun bedurfte es ihrer Abwesenheit. Und ausnahmsweise besaß er einmal den nötigen ›Mumm‹, es ihr ins Gesicht zu sagen.

Er marschierte also im Dunkeln die Treppe hinauf und geradewegs in ihr Zimmer.

Er machte Licht. Natürlich lag sie im Bett, schlief aber nicht. Sie hatte nicht geschlafen, sondern sich totgestellt.

»Wo hast du denn gesteckt, Norman? Ich war dermaßen besorgt –«

»Du weißt, wo ich gesteckt habe, Mutter. Tu nicht, als ob du es nicht wüßtest.«

»Ist alles in Ordnung?«

»Sicher.« Er holte tief Atem. »Mutter, ich möchte dich bitten, die nächste Woche nicht in deinem Zimmer zu schlafen.«

»Wie?«

»Ich sagte, daß ich dich ersuchen muß, die nächste Woche nicht hier zu schlafen.«

»Bist du verrückt? Das ist mein Zimmer.«

»Ich weiß. Und du sollst es auch nicht für dauernd aufgeben. Nur für eine Weile.«

»Warum denn aber –«

»Bitte, Mutter, hör zu und bemühe dich, mich zu verstehen. Wir hatten heute Besuch.«

»Müssen wir darüber reden?«

»Ja – ganz kurz. Früher oder später wird man sich nach ihm erkundigen. Und ich werde behaupten, er sei wieder weggefahren.«

»Natürlich wirst du das behaupten, mein Sohn. Und damit ist die Sache erledigt.«

»Vielleicht. Hoffentlich. Aber ich darf kein Risiko eingehen. Vielleicht wird man das Haus durchsuchen wollen.«

»Laß sie doch. Sie werden ihn nicht finden.«

»Und auch dich nicht.« Er schnappte nach Luft, fuhr hastig fort: »Es ist mein Ernst, Mutter. In deinem Interesse. Ich kann nicht mehr zulassen, daß jemand dich trifft – so wie heute dieser Detektiv. Ich will nicht, daß jemand dich ausfragt – du weißt genauso gut wie ich, warum. Es geht nicht. Deshalb ist es für uns beide das Sicherste, wenn du nicht da bist.«

»Was hast du vor? Willst du mich im Sumpf begraben?«

»Mutter!«

Sie fing zu lachen an. Es war mehr ein Gackern, und er wußte, wenn sie erst einmal richtig loslegte, würde sie nicht mehr aufhören. Die einzige Möglichkeit, sie zum Schweigen zu bringen, war, sie anzuschreien. Noch vor einer Woche hätte er es nicht gewagt. Aber dies hier war nicht vor einer Woche, es war jetzt, und alles lag anders. Es lag anders, und er mußte sich mit der Wahrheit abfinden. Mutter war nicht nur krank, sie war eine gefährliche Psychopathin. Er mußte sie an die Kandare nehmen, und er war auch fest dazu entschlossen.

»Halt den Mund«, schrie er. Und das Gegacker verstummte. »Verzeihung«, fuhr er leise fort. »Aber du mußt mich anhören. Ich habe mir alles überlegt. Ich bringe dich im Obstkeller unter.«

»Im Obstkeller? Aber ich kann doch nicht...«

»Doch. Es muß sein. Ich werde dich gut versorgen, du hast Licht, ich stelle dir ein Feldbett hinein und...«

»Ausgeschlossen!«

»Es ist keine Bitte, Mutter. Es ist eine Anordnung. Du bleibst im Obstkeller, bis ich der Meinung bin, daß die Gefahr vorüber ist. Dann darfst du wieder nach oben ziehen. Ich hänge die alte Indianerdecke an die Wand, damit die Tür nicht zu sehen ist. Niemand wird irgend etwas merken, selbst wenn er sich die Mühe macht, in den Keller zu gehen. Nur auf diese Weise können wir für deine Sicherheit sorgen.«

»Norman, ich weigere mich, noch weiter darüber zu sprechen. Ich rühre mich nicht aus diesem Zimmer weg.«

»Dann muß ich dich hinuntertragen.«

»Norman, du unterstehst dich nicht –!«

»Aber doch!« Zu guter Letzt packte er zu. Er hob sie vom Bett hoch und trug sie hinunter. Im Vergleich zu Mr. Arbogast war sie federleicht, und sie roch nach Parfüm, nicht nach abgestandenem Zigarettenrauch wie der tote Detektiv. Sie war viel zu erstaunt, um sich zu wehren; sie wimmerte nur ein wenig. Norman wunderte sich darüber, wie mühelos es ging, nachdem er erst einmal den Entschluß gefaßt hatte... sich durchzusetzen. Sie war doch eben nur eine kranke, alte Frau, ein gebrechliches, schwächliches Geschöpf. Eigentlich brauchte er sich nicht vor ihr zu fürchten. Jetzt fürchtete sie sich vor ihm. Ja, bestimmt. Denn nicht ein einzigesmal während dieser Auseinandersetzung hatte sie ihn ›Sohn‹ genannt.

»Ich richte dir dein Bett her«, sagte er.

Eine Sekunde lang begehrte sie auf, fügte sich aber sogleich. Er schusselte umher, holte Decken, zog die Vorhänge an dem schmalen Fenster zurecht, damit genug Luft hereinkam. Wieder fing sie zu wimmern an oder vielmehr leise vor sich hinzumurmeln.

»Es ist wie eine Gefängniszelle. Du willst mich einsperren. Du liebst mich nicht mehr, Norman, du liebst mich nicht, sonst würdest du mich nicht so behandeln.«

»Wenn ich dich nicht liebte, weißt du, wo du jetzt wärst?« Er wollte es nicht aussprechen, aber er mußte es sagen. »Im staatlichen Irrenhaus – in der Abteilung für unzurechnungsfähige Schwerverbrecher. Dort säßest du jetzt!«

Er knipste das Licht aus und fragte sich, ob sie ihn gehört habe, fragte sich, ob sie, auch wenn sie ihn gehört hatte, den Sinn seiner Worte begriffen hatte.

Allem Anschein nach, ja. Denn gerade, als er die Tür zumachte, antwortete sie. Ihre Stimme klang trügerisch sanft in der Finsternis, aber ihre Worte trafen ihn mit schneidender Schärfe, drangen tiefer in ihn ein als die Klinge des Rasiermessers in Mr. Arbogasts Gurgel.

»Ja, Norman, du hast wohl recht. Wahrscheinlich wäre ich dort gelandet. Aber nicht allein.«

Norman knallte die Tür zu, sperrte ab und drehte sich um. Er hätte es nicht beschwören können, aber als er die Treppe hinauflief, glaubte er sie immer noch in der Dunkelheit leise vor sich hinkichern zu hören.

11

Sam und Lila saßen im Hinterzimmer des Ladens und warteten auf Arbogast. Aber sie hörten nichts als die Samstagabendgeräusche.

»In einem solchen Städtchen merkt man genau, wann es Samstagabend ist«, sagte Sam. »Die Geräusche sind anders. Nehmen wir zum Beispiel den Verkehr. Er ist dichter, er bewegt sich schneller. Am Samstagabend kriegt die junge Generation das Auto von den Eltern. Und das Geratter, das Quietschen, das Sie jetzt hören – das sind die Farmerfamilien, die ihre alten Kisten parken. Sie fahren in die Stadt, um sich einen Film anzusehen. Oder es sind Landarbeiter, die es nicht erwarten können, in die Kneipe zu kommen.

Hören Sie diese Schritte? Auch die sind anders. Das Gerenne, ja? Die Kinder sind unterwegs. Am Samstagabend dürfen sie lange aufbleiben. Keine Schularbeiten.« Er zuckte die Schultern. »Natürlich ist es in Fort Worth an jedem gewöhnlichen Abend lauter, nehme ich an.«

»Vermutlich«, erwiderte Lila. Dann: »Sam, warum läßt er sich nicht blicken? Es ist fast schon neun.«

»Sie haben bestimmt Hunger.«

»Nein, das spielt keine Rolle. Aber warum kommt er nicht?«

»Vielleicht ist er aufgehalten worden. Vielleicht hat er etwas Wichtigeres entdeckt.«

»Er könnte zumindest anrufen. Er weiß, wie beunruhigt wir sind.«

»Haben Sie noch ein Weilchen Geduld.«

»Ich habe die Warterei satt!« Lila stand auf und schob den Stuhl zurück. Sie begann, in dem engen Raum auf und ab zu gehen. »Ich hätte gleich nicht warten sollen. Ich hätte gleich die Polizei verständigen sollen. Warten, warten, warten – nichts anders bekomme ich zu hören, die ganze Woche lang. Zuerst von Mr. Lowery, dann von Arbogast und jetzt von Ihnen. Weil ihr alle nur an das Geld und nicht an meine Schwester denkt. Niemand kümmert sich darum, was aus Mary wird, niemand außer mir.«

»Das ist nicht wahr. Sie wissen, wie mir zumute ist.«

»Wie können Sie es dann aushalten? Warum unternehmen Sie nichts? Was sind Sie denn für ein Mann, daß Sie hier herumsitzen und philosophische Redensarten verzapfen?«

Sie griff nach ihrer Handtasche und drängte sich an ihm vorbei.

»Wo wollen Sie hin?« fragte Sam.

»Zum Sheriff. Auf der Stelle.«

»Wir können ihn ebensogut anrufen. Wir wollen doch schließlich hiersein, wenn Arbogast erscheint.«

»Falls er erscheint. Vielleicht hat er etwas entdeckt und hat sich auf und davon gemacht. Er muß ja nicht zurückkommen.« Lilas Stimme klang schrill und beinahe hysterisch.

Sam packte sie beim Arm. »Setzen Sie sich«, sagte er. »Ich rufe den Sheriff an.«

Sie machte keine Miene, ihm zu folgen, als er in den Laden ging. Neben der Registrierkasse blieb er stehen und nahm den Hörer ab.

»Eins-sechs-zwei, bitte. Hallo? Ist dort das Büro des Sheriffs? Hier spricht Sam Loomis aus dem Eisenwarengeschäft. Ich möchte mit Sheriff Chambers sprechen.

Er ist was? Nein, davon habe ich nichts gehört. Wo, sagten Sie? In Fulton. Wann wird er denn zurück sein? Hm. Nein, es ist nichts Besonderes los. Ich wollte nur mit ihm sprechen. Passen Sie auf. Wenn er vor Mitternacht zurück ist, würden Sie ihn dann bitten, mich im Laden anzurufen? Ich bin die ganze Nacht hier. Ja. Besten Dank, das wäre nett.«

Sam legte auf und kehrte ins Hinterzimmer zurück.

»Was sagt er?«

»Er ist nicht da.« Sam berichtete den Inhalt des Gesprächs und beobachtete dabei ihr Gesicht. »Heute abend gegen sieben ist die Bank in Fulton ausgeraubt worden. Chambers und die ganze Verkehrsstreifenblase der Staatspolizei sind unterwegs, um Straßensperren zu errichten. Deshalb die Aufregung! Ich habe mit dem alten Peterson gesprochen. Er ist als einziger im Amt zurückgeblieben. Zwei Beamte machen hier in der Stadt Straßendienst, aber die können uns nicht helfen.«

»Was fangen wir an?«

»Wir müssen warten. Vielleicht werden wir erst morgen früh mit dem Sheriff sprechen können.«

»Aber liegt Ihnen denn gar nichts daran, was aus Mary wird?«

»Aber selbstverständlich!« Er unterbrach sie in absichtlich scharfem Ton. »Wird es Sie beruhigen, wenn ich in dem Motel anrufe und festzustellen versuche, wo Arbogast abgeblieben ist?«

Sie nickte.

Wieder ging er in den Laden. Diesmal begleitete sie ihn und stand neben ihm, während er sich nach der Nummer erkundigte. Die Telefonistin suchte sie ihm heraus. Sam wartete, während sie die Verbindung herstellte.

»Komisch«, sagte er nach einer Weile. »Es meldet sich niemand.«

»Dann fahre ich hin.«

»Nein, das werden Sie nicht tun.« Er legte die Hand auf ihre Schulter. »Ich fahre, Sie warten hier, für den Fall, daß Arbogast erscheint.«

»Sam, haben Sie eine Vermutung, was passiert ist?«

»Wir reden darüber, sobald ich zurück bin. Beruhigen Sie sich jetzt. Ich werde kaum mehr als eine dreiviertel Stunde brauchen.«

Und in der Tat dauerte es nicht länger, weil er schnell fuhr. Nach genau zweiundvierzig Minuten sperrte er die Ladentür wieder auf und kam herein. Lila wartete gespannt. »Nun?« fragte sie.

»Merkwürdig. Alles finster. Alles zu. Auch in dem Haus hinter dem Motel brennt kein Licht. Ich bin hinaufgegangen und habe geschlagene fünf Minuten lang gegen die Tür geballert. Nichts hat sich gerührt. Die Garage neben dem Haus war offen und leer. Es sah ganz so aus, als ob dieser Bates für den Abend weggefahren wäre.«

»Und Mr. Arbogast?«

»Ich habe sein Auto nicht gesehen. Es standen nur zwei Wagen vor dem Motel. Ich habe mir die Kennzeichen angesehen. Alabama und Illinois.«

»Aber wo, um Himmels willen...?«

»So wie ich vermute«, sagte Sam, »hat Arbogast etwas entdeckt. Vielleicht etwas Wichtiges. Vielleicht ist er zusammen mit Bates weggefahren, und wir haben deshalb nichts von ihm gehört.«

»Sam, ich halte das nicht länger aus. Ich muß wissen, was los ist.«

»Außerdem müssen Sie etwas essen.« Er brachte eine dicke Tüte zum Vorschein. »Ich habe auf dem Rückweg an einem Autobüfett haltgemacht und uns Kaffee und Würstchen besorgt. Setzen wir uns ins Hinterzimmer.«

Als sie mit dem Essen fertig waren, war es nach elf.

»Hören Sie zu, Lila«, sagte Sam. »Gehen Sie jetzt ins Hotel und legen Sie sich hin. Wenn jemand anruft oder erscheint, rufe ich Sie an. Es hat keinen Sinn, wenn wir beide hier herumsitzen.«

»Aber...«

»Los. Sich zu beunruhigen nützt nichts. Alles spricht dafür, daß meine Vermutungen richtig sind. Arbogast hat Mary aufgestöbert, und morgen früh werden wir Näheres erfahren. Erfreuliches.«

Aber auch am Sonntag morgen bekamen sie nichts Erfreuliches zu hören.

Um neun Uhr rüttelte Lila an der Ladentür.

»Hat sich etwas gerührt?« fragte sie. Als Sam den Kopf schüttelte, runzelte sie die Stirn. »Aber ich habe etwas herausbekommen. Bereits gestern früh ist Arbogast aus dem Hotel abgereist – noch bevor er angefangen hatte, sich umzusehen.«

Sam sagte nichts. Er nahm seinen Hut und verließ mit ihr zusammen den Laden.

Am Sonntagmorgen waren die Straßen von Fairvale menschenleer. Das Gerichtsgebäude lag an der Hauptstraße, auf allen vier Seiten von Rasenplätzen umgeben. An der einen Seite stand die Statue eines Bürgerkriegsveteranen, wie sie in den achtziger Jahren zu Tausenden gegossen worden waren, um in sämtlichen Südstaaten den Rasen vor den Rathäusern zu zieren. Auf den übrigen drei Seiten war jeweils ein Grabenmörser aus dem spanisch-amerikanischen Krieg, ein Geschütz aus dem Ersten Weltkrieg und eine Granitsäule mit den Namen der vierzehn Einwohner von Fairvale, die im Zweiten Weltkrieg gefallen waren, zu sehen. Rund um den Platz standen Bänke an den Bürgersteigen, doch zu dieser Stunde waren sie leer.

Das Gerichtsgebäude selbst war verschlossen, aber die Amtsräume des Sheriffs lagen in einem Nebengebäude, das die Stadtbevölkerung noch immer als den ›neuen‹ Annex bezeichnete, obwohl es schon im Jahre 1946 hinzugebaut worden war.

Die Seitentür stand offen. Sie traten ein, gingen die Treppe hinauf und durch den Korridor zum Büro des Sheriffs.

An dem Schreibtisch im Vorzimmer amtierte der alte Peterson ganz allein.

»Guten Morgen, Sam.«

»Guten Morgen, Mr. Peterson. Ist der Sheriff da?«

»Nein. Haben Sie noch nicht das Neueste gehört? Die Bankräuber haben die Straßensperre bei Parnassus durchbrochen. Jetzt ist das FBI hinter ihnen her. Großfahndung.

»Wo ist er denn?«

»Er kam gestern nacht sehr spät nach Haus – das heißt, eigentlich heute früh.«

»Haben Sie ihm ausgerichtet, was ich sagte?«

Der alte Mann zögerte. »Mein Gott – ich habe es vergessen. Über all der Aufregung –«

Er wischte sich den Mund ab. »Natürlich wollte ich es ihm gleich sagen, sowie er hier erscheint.«

»Wann wird er kommen?«

»Wahrscheinlich nach dem Mittagessen. Morgens geht er in die Kirche.«

»In welche?«

»Von den ersten Baptisten.«

»Danke.«

»Sie werden ihn doch nicht mitten im Gottesdienst...«

Sam hatte sich bereits wortlos davongemacht. Lilas hohe Absätze klapperten hohl neben ihm durch den Gang. »Was ist denn das für ein Provinznest?« murmelte sie. »Eine Bank wird beraubt, und der Sheriff geht in die Kirche. Was macht er dort? Bittet er die Heinzelmännchen, die Räuber für ihn einzufangen?« Sam antwortete nicht.

Als sie auf die Straße hinauskamen, wandte sie sich erneut an ihn. »Wo gehen wir jetzt hin?«

»Natürlich in die Kirche.«

Aber es blieb ihnen erspart, Sheriff Chambers bei seiner Andacht zu stören. Als sie in die Seitenstraße einbogen, zeigte sich, daß der Gottesdienst bereits zu Ende war. Die Leute begannen, aus dem turmgekrönten Gebäude zu strömen.

»Da ist er«, brummte Sam. »Kommen Sie.«

Er führte sie zu einem Paar, das am Bordstein stehengeblieben war. Die Frau war ein kleines grauhaariges, nichtssagendes Wesen in einem Baumwollkleid, wie die Versandfirmen sie auf Postkartenbestellung hin verschicken. Der Mann war groß, breitschultrig und hatte einen kleinen Bauch. Er trug einen blauen Anzug, und sein roter runzliger Hals sträubte sich gegen den weißen gestärkten Kragen. Er hatte krauses Haar und krause schwarze Brauen.

»Einen Augenblick, Sheriff!« sagte Sam. »Ich möchte mit Ihnen sprechen.«

»Sam Loomis – wie geht's?« Sheriff Chambers streckte ihm eine breite rote Hand hin. »Mama, du kennst doch Sam, nein?«

»Darf ich Ihnen Lila Crane vorstellen? Miß Crane ist aus Fort Worth zu Besuch.«

»Sehr erfreut. Sagen Sie mal, sind Sie die junge Dame, von der Sam immerzu erzählt? Er hat uns nie verraten, daß Sie so hübsch sind –«

Lila unterbrach ihn.

»Sie meinen meine Schwester. Ihretwegen wollen wir mit Ihnen sprechen.«

»Könnten wir vielleicht für einen Augenblick in Ihr Büro hinübergeben?« warf Sam ein. »Damit wir Ihnen erklären, was los ist.«

»Ja, warum nicht?« Jud Chambers wandte sich an seine Frau. »Mama, nimm doch den Wagen und fahr voraus. Ich komme bald nach, sowie ich mit den Leutchen fertig bin.«

Aber es dauerte länger, als er gedacht hatte. Nachdem man sich im Amtszimmer des Sheriffs niedergelassen hatte, erzählte Sam die Geschichte. Selbst ohne Unterbrechungen nahm das zwanzig Minuten in Anspruch. Und der Sheriff unterbrach ihn sehr oft.

»Also – damit wir uns recht verstehen!« sagte er schließlich. »Dieser Bursche, der zu Ihnen kam, dieser Arbogast – warum hat er sich nicht bei mir gemeldet?«

»Das habe ich Ihnen doch schon erklärt. Er hoffte, ohne die Behörden auszukommen. Seine Absicht war, Miß Crane zu finden und das Geld zurückzubringen, ohne der Grundstücksfirma Scherereien zu bereiten.«

»Sie sagten, er hätte sich ausgewiesen?«

»Ja.« Lila nickte. »Er ist Versicherungsinspektor. Und es war ihm gelungen, die Spur meiner Schwester bis zu diesem Motel zu verfolgen. Deshalb sind wir jetzt so beunruhigt. Weil er versprochen hatte wiederzukommen und sich nicht mehr hat blicken lassen.«

»Aber als Sie zu dem Motel kamen, war er nicht dort?« Die Frage war an Sam gerichtet, und er beantwortete sie.

»Kein Mensch war dort, Sheriff.«

»Das ist sonderbar. Sehr komisch. Ich kenne diesen Bates, den Besitzer. Er ist immer da. Kaum, daß er mal für eine Stunde in die Stadt fährt. Haben Sie versucht, ihn heute früh telefonisch zu erreichen? Soll ich gleich anrufen? Wahrscheinlich wird sich herausstellen, daß er gestern abend, als Sie hinkamen, fest geschlafen hat.«

Die breite rote Hand griff nach dem Hörer.

»Sagen Sie bitte nichts von dem Geld«, bemerkte Sam. »Fragen Sie nur nach Mr. Arbogast. Dann werden wir hören, was er antwortet.«

Sheriff Chambers nickte.

»Überlassen Sie das mir«, murmelte er. »Ich weiß schon, was ich zu tun habe.«

Er ließ sich verbinden und wartete.

»Hallo – Bates? Sind Sie es? Hier spricht Sheriff Chambers. Richtig. Ich möchte Sie um eine kleine Auskunft bitten. Jemand hier in der Stadt sucht einen gewissen Mr. Arbogast. Milton Arbogast aus Fort Worth. Er ist Versicherungsinspektor für Parity Mutual.

Wie? Ach so! Wann war das? Ich verstehe. Was hat er erzählt? Ja, ja, Sie dürfen es mir ruhig sagen, ich bin bereits informiert. Ja.

Wie bitte? Aha. Und dann ist er weggefahren? Hat er nicht gesagt, wo er hinfährt? Ach so, Sie vermuten das? Bestimmt. Nein. Das wäre alles.

Nein, nein, es ist nichts weiter los. Ich dachte nur, er würde sich mit mir in Verbindung setzen. Aber weil Sie gerade am Apparat sind – halten Sie es für möglich, daß er später noch einmal aufgetaucht ist? Ach so. Hm. Wann gehen Sie im allgemeinen zu Bett? Ich verstehe. Schön, ich glaube, das genügt. Besten Dank für die Auskunft, Bates.«

Er legte auf und drehte sich auf seinem Stuhl zu ihnen um.

»Es sieht so aus, als ob der Mann nach Chicago gefahren wäre.«

»Nach Chicago?«

Sheriff Chambers nickte. »Ja. Angeblich hat die junge Dame erzählt, daß sie nach Chicago will. Ihr Freund Arbogast scheint ein gerissener Bursche zu sein.«

»Was soll das heißen? Was hat dieser Bates Ihnen erzählt?«

Lila beugte sich vor.

»Genau dasselbe, was Arbogast Ihnen gestern abend erzählt hat, als er von dort aus anrief. Ihre Schwester habe vorigen Samstag im Motel übernachtet, aber sich nicht mit ihrem richtigen Namen eingetragen. Sie nannte sich Jane Wilson und behauptete, aus San Antonio zu sein. Sie ließ entschlüpfen, daß sie nach Chicago unterwegs sei.«

»Dann kann es nicht meine Schwester gewesen sein. Sie kennt in Chicago keine Menschenseele. Nie in ihrem Leben ist sie dort gewesen!«

»Laut Bates ist Arbogast fest überzeugt, daß es sich um Ihre Schwester handelte. Er hat sogar die Handschrift verglichen. Die Personenbeschreibung, das Auto, alles stimmt. Nicht nur das. Bates sagt, als Arbogast von Chicago hörte, sei er Knall und Fall losgesaust.«

»Das ist doch lächerlich! Sie hat einen Vorsprung von einer Woche –, das heißt, falls sie wirklich hingefahren ist. Nie wird er sie dort finden.«

»Vielleicht wußte er, wo er sie zu suchen hat. Vielleicht hat er euch beiden nicht alles erzählt, was er über Ihre Schwester und ihre Pläne herausgefunden hatte.«

»Woher sollte er etwas wissen, das uns nicht bekannt ist?«

»Bei diesen gerissenen Burschen kann man nie sicher sein. Sie haben eine gute Nase. Vielleicht glaubt er zu ahnen, was Ihre Schwester vorhatte. Wenn er sie erwischt und das Geld in die Finger bekommt – ist er vielleicht gar nicht mehr so sehr daran interessiert, zu seiner Firma zurückzukehren.«

»Wollen sie damit behaupten, daß Sie Arbogast für einen Gauner halten?«

»Ich behaupte nur, daß vierzigtausend Dollar in barem Geld eine schöne Summe sind. Und daß, wenn Arbogast sich hier nicht mehr blicken ließ, daraus hervorgeht, daß er sich irgend etwas in den Kopf gesetzt haben muß.« Der Sheriff nickte. »Meiner Meinung nach hat er die Sache schon auf der Herfahrt ausgeheckt. Sonst hätte er mich aufgesucht und sich erkundigt, ob ich ihm behilflich sein kann. Sie sagen, daß er bereits gestern früh sein Zimmer im Hotel aufgegeben hat?«

»Einen Augenblick, Sheriff!« warf Sam ein. »Keine übereilten Schlußfolgerungen! Sie können sich vorläufig nur an das halten, was dieser Bates Ihnen soeben am Telefon erzählt hat. Vielleicht lügt er?«

»Warum sollte er lügen? Was er sagte, klang plausibel. Die Frau war dort – Arbogast war dort.«

»Wo war er denn gestern abend, als ich hinkam?«

»Er lag im Bett und schlief«, erwiderte der Sheriff. »Ich hatte es mir gleich gedacht... Hören Sie – ich kenne diesen Bates. Er ist auf seine Art ein bißchen wunderlich, nicht sehr hell – wenigstens hatte ich immer diesen Eindruck. Aber er ist bestimmt nicht der Typ, der jemals schlagfertig ist. Warum soll ich ihm nicht trauen? Noch dazu, wo ich weiß, daß euer Freund Arbogast euch angelogen hat?«

»Angelogen? Inwiefern?«

»Sam, Sie haben mir eben erzählt, was er gestern abend sagte, als er sie vom Motel aus anrief. Er wollte Sie ganz einfach hinhalten. Er wußte bereits über Chicago Bescheid und wollte sich einen schönen Vorsprung sichern. Deshalb hat er Sie angelogen.«

»Das verstehe ich nicht, Sheriff. Inwiefern hat er mich belogen?«

»Als er sagte, er gehe jetzt ins Haus, um mit Norman Bates' Mutter zu sprechen. Norman Bates hat keine Mutter.«

»Nein?«

»Schon seit zwanzig Jahren nicht mehr. Sie ist tot.« Sheriff Chambers nickte. »War ein ziemlicher Skandal hier in der Gegend. Mich wundert, daß Sie sich nicht daran erinnern – aber damals waren Sie noch ein Kind. Sie hatte das Motel zusammen mit einem gewissen Considine – Joe Considine – gebaut. Wohlgemerkt, sie war Witwe, und es hieß, daß sie und Considine...« Der Sheriff starrte Lila an und unterbrach sich mit einer ziellosen Handbewegung. »Jedenfalls haben sie nie geheiratet. Etwas muß schiefgegangen sein, vielleicht wurde sie schwanger, vielleicht hatte Considine zu Haus eine Frau zurückgelassen. Eines Nachts nahmen sie zusammen Strychnin. Der übliche Doppelselbstmord. Ihr Sohn, dieser Norman Bates, fand sie beide tot auf. Es muß für ihn ein rechter Schock gewesen sein. Soweit ich mich erinnern kann, hat er nachher ein paar Monate im Krankenhaus gelegen. Er war nicht einmal bei der Beerdigung dabei. Aber ich war dabei. Deshalb weiß ich, daß seine Mutter tot ist. Du lieber Himmel, ich ging doch hinter ihrem Sarg her!«

12

Sam und Lila aßen im Hotel.

Es war für sie beide kein genußreiches Mahl.

»Ich kann es noch immer nicht glauben, daß Mr. Arbogast weggefahren sein soll, ohne uns zu verständigen«, sagte Lila und stellte die Kaffeetasse hin. »Und ich glaube auch nicht, daß Mary die Absicht gehabt hat, nach Chicago zu fahren.«

»Sheriff Chambers ist davon überzeugt.« Sam seufzte. »Und Sie müssen zugeben, daß Arbogast mich anlog, als er sagte, er ginge jetzt zur Mutter von Bates.«

»Ja, ich weiß. Das war blödsinnig. Auch die Geschichte mit Chicago kommt mir blödsinnig vor. Arbogast wußte nicht mehr über Mary, als wir ihm erzählen konnten.«

Sam legte den Dessertlöffel neben die Scherbettschale. »Ich beginne mich zu fragen, wieviel wir denn selber über Mary wissen«, sagte er. »Ich bin mit ihr verlobt. Sie haben mit ihr zusammen gewohnt. Keiner von uns kann sich vorstellen, daß sie das Geld gestohlen hat. Trotzdem besteht kein Zweifel. Sie hat es gestohlen.«

»Ja.« Lilas Stimme klang ganz leise. »Davon bin ich jetzt überzeugt. Sie hat das Geld gestohlen. Aber für sich selber hätte sie so etwas nie getan. Vielleicht wollte sie Ihnen helfen, vielleicht wollte sie das Geld benutzen, um Ihre Schulden zu bezahlen.«

»Warum ist sie dann nicht zu mir gekommen? Ich hätte nichts von ihr angenommen, auch wenn ich nicht gewußt hätte, daß es sich um gestohlenes Geld handelte. Aber wenn sie der Meinung war, ich würde mir von ihr helfen lassen – warum ist sie dann nicht gekommen?«

»Sie war unterwegs. Zumindest kam sie bis zum Motel.« Lila knüllte ihre Serviette zusammen, hielt sie krampfhaft in den Fingern. »Das wollte ich dem Sheriff klarmachen. Wir wissen, daß sie bis zum Motel kam. Nur weil Arbogast gelogen hat, ist das kein Grund dafür, daß nicht auch dieser Bates gelogen haben könnte. Warum fährt denn der Sheriff nicht wenigstens hin und schaut sich um, statt nur mit dem Mann zu telefonieren?«

»Ich kann es ihm nicht verdenken«, erwiderte Sam. »Wie kann er denn weitere Schritte tun? Mit welcher Begründung? Aufgrund welcher Beweise? Wonach soll er sich umschauen? Man kann nicht grundlos bei Leuten eindringen. Abgesehen davon ist das bei einer Kleinstadtpolizei nicht üblich... Alle kennen einander, niemand will Stunk machen oder möglicherweise fremde Gefühle verletzen. Sie haben doch gehört, was der Sheriff gesagt hat. Niemand würde auf den Gedanken kommen, Bates zu verdächtigen. Er, der Sheriff, kennt ihn sein Leben lang.«

»Ja, und ich kenne Mary mein Leben lang. Mir wäre auch nie eingefallen, ihr einen Diebstahl zuzutrauen. Der Sheriff hat zugegeben, daß der Mann etwas komisch ist.«

»Ganz soweit ging er nicht. Er sagte, er sei eine Art Einsiedler. Das ist verständlich, wenn man bedenkt, was für ein Schock der Tod seiner Mutter für ihn gewesen sein muß.«

»Seine Mutter.« Lila runzelte die Stirn. »Das will mir nicht aus dem Kopf. Gesetzt den Fall, Arbogast wollte uns anlügen – wie kam er denn gerade auf die Mutter?«

»Das weiß ich nicht. Vielleicht fiel ihm nichts anderes ein.«

»Wenn er vorhatte, sich aus dem Staub zu machen – warum hat er dann überhaupt angerufen? Wäre es nicht viel einfacher gewesen, in aller Stille loszufahren? Dann hätten wir nicht einmal gewußt, daß er im Motel gewesen ist.« Sie ließ die Serviette fallen und starrte Sam an. »Mir fällt etwas ein.«

»Was denn?«

»Sam, was *hat* Arbogast am Telefon gesagt, als von Bates' Mutter die Rede war?«

»Er hätte sie, als er ankam, am Schlafzimmerfenster sitzen sehen.«

»Vielleicht war das gar keine Lüge.«

»Es muß eine Lüge gewesen sein. Mrs. Bates ist tot. Sie haben doch gehört, was der Sheriff sagte.«

»Vielleicht hat Bates gelogen. Vielleicht hat Arbogast nur vermutet, es habe sich um Bates' Mutter gehandelt, und als er darauf zu sprechen kam, hat Bates einfach ja gesagt. Er behauptete, sie sei krank und dürfe keinen Besuch empfangen, aber Arbogast gab nicht nach. Das hat er Ihnen am Telefon erzählt, ja?«

»Richtig. Aber ich verstehe noch immer nicht...«

»Nein. Sie verstehen es nicht, Sam. Aber Arbogast hat es verstanden. Entscheidend ist, daß er jemanden am Fenster hat sitzen sehen. Und vielleicht war dieser jemand – Mary.«

»Lila, Sie meinen doch nicht etwa –...?«

»Ich weiß nicht, was ich mir denken soll. Warum denn aber nicht? Die Spur endet in dem Motel. Zwei Personen werden vermißt. Genügt das nicht? Ist das nicht für mich, Marys Schwester, ein ausreichender Grund, von dem Sheriff eine gründliche Untersuchung zu fordern?«

»Los!« sagte Sam. »Gehen wir zu ihm.«

Sie trafen Sheriff Chambers in seiner Wohnung an. Er hatte soeben gegessen und kaute an einem Zahnstocher, während er sich Lilas Ausführungen anhörte.

»Ich weiß nicht recht...«, sagte er. »Sie müssen Anzeige erstatten – schriftlich.«

»Ich mache alles, was Sie verlangen. Wenn Sie bloß hinfahren und sich umschauen!«

»Könnten wir nicht bis morgen früh warten? Ich erwarte Bescheid wegen des Bankraubs und...«

»Einen Augenblick, Sheriff«, sagte Sam. »Das ist eine ernste Sache. Die Schwester der jungen Dame ist jetzt schon seit über einer Woche verschwunden. Es handelt sich nicht mehr nur um Geld. Wer weiß, ob nicht ihr Leben gefährdet ist. Ja, vielleicht ist sie sogar...«

»Na schön, na schön! Sie brauchen mich nicht an meine Amtspflichten zu erinnern, Sam. Los, gehen wir in mein Büro hinüber, und Miß Crane unterschreibt. Aber wenn Sie mich fragen, Sam, ist es schade um die Zeit. Norman Bates ist kein Mörder.«

Das Wort war ihm nur so entschlüpft, wie ein beliebiges Wort, und schnell verhallt. Aber ein Echo blieb zurück. Sam hörte es, Lila hörte es. Es wich nicht von ihnen, während sie mit Sheriff Chambers zu dem Annex des Gerichtsgebäudes fuhren. Es verweilte auch dann noch bei ihnen, als der Sheriff sich auf den Weg zum Motel gemacht hatte. Er hatte sich geweigert, sie mitzunehmen, und sie ersucht, auf ihn zu warten. So saßen sie nun zu zweit in seinem Büro und warteten. Die beiden – und das Wort, das dem Sheriff entschlüpft war.

Am späten Nachmittag kehrte er zurück, allein. In seiner Miene mischten sich zu gleichen Teilen Unwille und Erleichterung.

»Was ich gesagt habe!« erklärte er. »Blinder Alarm.«

»Was haben Sie...?«

»Immer mit der Ruhe, Miß. Erlauben Sie mir, mich hinzusetzen, dann werde ich Ihnen alles genau erzählen. Ich hatte nicht die geringsten Schwierigkeiten mit Bates. Er war im Wald hinter dem Haus, um Brennholz zu holen. Ich brauchte ihm nicht einmal den Haussuchungsbefehl zu zeigen – er war weich wie Butter. Ich sollte mich nach Belieben umsehen. Er gab mir sogar die Motelschlüssel.«

»Haben Sie sich umgesehen?«

»Selbstverständlich. Ich habe mir sämtliche Zimmer angesehen, ich habe das Haus von oben bis unten durchsucht. Ich habe keine Menschenseele gefunden. Nichts habe ich gefunden. Weil es dort nichts zu finden gibt. Nichts außer Bates. Er hat die ganzen Jahre mutterseelenallein gewohnt.«

»Was ist mit dem Schlafzimmer?«

»Im ersten Stock gibt es nach vorne heraus ein Schlafzimmer, das stimmt. Als seine Mutter noch lebte, war es ihr Schlafzimmer. Insoweit stimmt Arbogasts Behauptung. Bates hat sogar nichts darin verändert. Er sagt, er brauchte das Zimmer nicht, da ihm ja das ganze Haus zur Verfügung stehe. Freilich, er ist ein bißchen sonderbar, der gute Bates, aber wer würde das nach all den Jahren des Einsiedlerdaseins nicht sein?«

»Haben Sie ihm erzählt, was Arbogast am Telefon zu mir gesagt hat?« murmelte Sam. »Daß er, Arbogast, Bates' Mutter gesehen hätte, als er ankam – und so weiter?«

»Natürlich, sofort. Er erklärt, es sei eine Lüge. Arbogast hätte überhaupt nicht erwähnt, jemanden am Fenster gesehen zu haben. Ich habe ihn anfangs absichtlich etwas hart angefaßt, nur um zu sehen, ob er mir etwas verschweigt, aber was er erzählt, klingt durchaus vernünftig. Ich habe ihn auch noch einmal nach der Sache mit Chicago gefragt. Meiner Meinung nach stimmt die Sache.«

»Ich kann es nicht glauben«, sagte Lila. »Was sollte Mr. Arbogast zu der völlig unnötigen Lüge bewogen haben, er habe Bates' Mutter gesehen?«

»Fragen Sie ihn, wenn Sie ihm das nächste Mal begegnen!« erwiderte Sheriff Chambers. »Vielleicht hat er ihren Geist am Fenster sitzen sehen.«

»Wissen Sie ganz genau, daß Bates' Mutter tot ist?«

»Ich habe Ihnen doch schon erzählt, daß ich bei ihrem Begräbnis war. Ich habe den Brief gelesen, den sie ihrem Sohn zurückließ, als sie zusammen mit diesem Considine Selbstmord beging. Was wollen Sie noch? Muß ich sie ausgraben lassen und sie Ihnen zeigen?«

Chambers seufzte. »Verzeihung, Miß. Ich wollte mich nicht so gehenlassen. Aber ich habe jetzt alles getan, was in meiner Macht steht. Ich habe das Haus durchsucht. Ihre Schwester ist nicht dort, dieser Arbogast ist auch nicht dort. Von den Autos sind keine Spuren zu sehen. Meiner Meinung nach liegt die Antwort auf der Hand. Jedenfalls habe ich getan, was ich konnte.«

»Was würden Sie mir raten?«

»Erkundigen Sie sich doch bei Arbogasts Firma, ob man Näheres gehört hat. Vielleicht wissen die was. Vielleicht kennen sie eine Spur in dieser Chicago-Geschichte. Aber vor morgen früh werden Sie wohl niemanden erreichen können.«

»Da dürften Sie recht haben.« Lila stand auf. »Besten Dank für Ihre Bemühungen. Entschuldigen Sie, daß ich Sie belästigt habe.«

»Dazu bin ich da. Stimmt's, Sam?«

»Stimmt«, erwiderte Sam.

Sheriff Chambers erhob sich. »Ich weiß genau, wie Ihnen zumute ist. Schade, daß ich Ihnen nicht helfen kann. Aber ich habe keinen richtigen Anhaltspunkt. Wenn es irgendwelche konkreten Indizien gäbe, dann vielleicht –«

»Wir verstehen durchaus«, erwiderte Sam. »Und wir danken nochmals für Ihre Mühe.« Er wandte sich zu Lila. »Wollen wir jetzt gehen?«

»Gehen Sie dieser Chicagosache nach!« rief der Sheriff ihnen nach. »Auf Wiedersehen!«

Dann standen sie auf dem Bürgersteig. Die Abendsonne warf schräge Schatten. Wie sie so dastanden, streifte die schwarze Bajonettspitze des Bürgerkriegsveteranen Lilas Hals.

»Kommen Sie mit zu mir?« fragte Sam.

Sie schüttelte den Kopf.

»Ins Hotel?«

»Nein.«

»Wo möchten Sie denn hin?«

»Ich weiß nicht, was Sie vorhaben, Sam«, erwiderte Lila. »Ich fahre zu diesem Motel.«

Trotzig hob sie den Kopf, und die schwarze Schattenlinie bewegte sich ihren Hals entlang. Einen Augenblick sah es so aus, als hätte ihr jemand soeben den Kopf abgeschnitten.

13

Lange bevor Norman sie in die Zufahrt einbiegen sah, wußte er, sie würden kommen.

Er wußte nicht, wer es sein würde, er wußte nicht, wie sie aussehen würden, er wußte nicht, wie viele es sein würden. Aber er wußte, sie würden kommen.

Er wußte es seit gestern nacht, seit dem Augenblick, da er im Bett gelegen und den Fremden an die Tür hatte hämmern hören. Er hatte sich ganz still verhalten und war nicht einmal aufgestanden, um heimlich aus dem Fenster zu schauen. Ja, er hatte sogar den Kopf unter die Decke gesteckt, während er darauf wartete, daß der Fremde sich davonmachte. Schließlich *war* er auch gegangen. Ein Glück, daß Mutter im Obstkeller eingeschlossen war. Ein Glück für ihn, ein Glück für sie, ein Glück für den Fremden.

Aber er hatte gleich gewußt, damit würde es nicht zu Ende sein. Und er hatte recht behalten. Heute abend, als er wieder unten am Sumpf war, um die letzten Spuren zu verwischen, war Sheriff Chambers erschienen.

Es gab Norman einen rechten Ruck, den Sheriff nach all diesen Jahren wiederzusehen. Er konnte sich sehr gut aus der Zeit des Alptraums an ihn erinnern. Sooft Norman an Onkel Joe Considine und an das Gift und an all das Drum und Dran dachte, kam es ihm wie ein Alptraum vor – ein endloser Alptraum von dem Augenblick an, da er mit dem Sheriff telefonierte, bis zu der Stunde, da man ihn viele Monate später aus dem Krankenhaus entließ und ihm erlaubte, in dieses Haus zurückzukehren.

Als er nun Sheriff Chambers erblickte, hatte er das Gefühl, jenen Alptraum noch einmal durchmachen zu müssen, aber es kommt eben vor, daß Menschen immer wieder von demselben Alptraum geplagt werden. Entscheidend war, nicht zu vergessen, daß Norman damals den Sheriff hinters Licht geführt hatte, damals, als alles viel schwieriger gewesen war. Diesmal würde es leichter sein, wenn er sich nur bemühte, nicht die Nerven zu verlieren.

Und es war auch bedeutend leichter.

Er beantwortete brav alle Fragen, gab dem Sheriff die Schlüssel, ließ ihn allein das Haus durchsuchen. In gewisser Hinsicht machte ihm das sogar Spaß – den Sheriff im Haus herumschnüffeln zu lassen, während er, Norman, unten am Sumpf endgültig die letzten Fußspuren beseitigte. Ein rechter Spaß, das heißt, solange Mutter sich still verhielt. Wenn sie sich einbildete, es sei Norman, der im

Keller umherging, wenn sie nach ihm rief oder sonstwie Lärm machte, dann würde es peinlich werden. Aber sie würde es bestimmt nicht tun, sie war gewarnt. Außerdem suchte der Sheriff gar nicht nach Mutter. Er hielt sie für tot und begraben.

Wie er ihn das erstemal hineingelegt hatte! Ja, und genauso leicht hatte er ihn diesmal wieder angeschmiert, denn der Sheriff kehrte aus dem Hause zurück und hatte nichts gesehen. Er erkundigte sich noch einmal nach der jungen Frau und nach Arbogast – und wie denn das mit Chicago gewesen sei. Norman fühlte sich versucht, einiges hinzuzudichten – vielleicht sogar zu behaupten, die Frau habe ein bestimmtes Hotel erwähnt, in dem sie abzusteigen gedenke – aber dann hielt er es doch nicht für ratsam: Lieber bei dem bleiben, was er bisher behauptet hatte. Der Sheriff glaubte ihm alles. Er entschuldigte sich beinahe, bevor er wegfuhr.

Dieses Kapitel also war erledigt. Aber Norman wußte, es würde noch lange nicht zu Ende sein. Sheriff Chambers war nicht aus eigenem Antrieb bei ihm erschienen. Er war nicht etwa von sich aus einer Vermutung nachgegangen – ausgeschlossen, weil er ja keine Ahnung gehabt hatte. Der gestrige Anruf war sehr aufschlußreich gewesen. Irgendwelche anderen Leute wußten von dem Mädchen und von Arbogast. Sie hatten Sheriff Chambers veranlaßt, anzurufen. Sie hatten gestern nacht den Fremden hierhergeschickt. Sie hatten heute den Sheriff hergeschickt. Und der nächste Schritt würde sein, daß sie selber erschienen. Es war unvermeidlich. Unvermeidlich.

Als Norman darüber nachdachte, fing sein Herz wieder zu hämmern an. Er wollte alles mögliche Verrückte tun: weglaufen, in den Keller gehen und den Kopf in Mutters Schoß legen, hinauflaufen und sich die Decken über den Kopf ziehen. Aber das alles würde ihm nichts nützen. Er konnte nicht weglaufen und Mutter zurücklassen, und bei ihrem jetzigen Zustand konnte er es auch nicht riskieren, sie mitzunehmen. Er durfte sich nicht einmal Trost und Rat bei ihr holen. Bis vor einer Woche hätte er das getan. Jetzt aber konnte er sich doch nicht mehr auf sie verlassen. Jetzt nicht mehr, nachdem sie sich so aufgeführt hatte. Und sich die Decken über die Ohren zu ziehen, würde schon gar nichts nützen.

Kamen sie angerückt, dann mußte er ihnen die Stirn bieten. Das war die einzige denkbare Lösung. Ihnen die Stirn bieten und an seinen Behauptungen festhalten – dann würde nichts geschehen.

Inzwischen aber mußte er sein hämmerndes Herz beruhigen.

Ganz allein saß er im Büro. Alabama war früh morgens und Illinois gleich nach dem Mittagessen weggefahren. Neue Gäste waren nicht erschienen. Der Himmel begann sich wieder zu bewölken, und wenn ein Unwetter kam, war heute abend mit keinem Betrieb mehr zu rechnen. Ein kleiner Schluck würde ihm also nicht schaden. Vor allem nicht, wenn er sein pochendes Herz beruhigte.

Aus der Nische unter dem Schreibtisch holte Norman eine Flasche hervor. Es war die zweite von den drei Flaschen, die er dort vor mehr als einem Monat versteckt hatte. Nicht schlecht. Erst die zweite Flasche. Die erste hatte ihm alle diese Scherereien eingetragen, aber das würde ihm nicht mehr passieren. Jetzt nicht mehr, da er wußte, daß Mutter gut untergebracht war. Nach einer Weile, sobald es finster war, würde er darangehen, ihr einen kleinen Imbiß herzurichten. Vielleicht konnten sie sich heute abend ein wenig unterhalten. Momentan aber brauchte er ein Gläschen. Diese Gläschen. Das erste nützte nichts, aber das zweite tat seine Wirkung. Er war jetzt ziemlich ruhig geworden. Völlig entspannt. Wenn er Lust hatte, durfte er sich sogar ein drittes Glas genehmigen.

Und dann hatte er große Lust, weil er das Auto einbiegen sah.

Es unterschied sich in nichts von einem beliebigen anderen Auto, es hatte nicht einmal eine auswärtige Nummer, aber Norman wußte sofort, das mußten sie sein. Wenn man so sehr sensibel ist, fühlt man die Vibrationen. Man spürt auch, wie das Herz hämmert, deshalb schluckt man schnell den Whisky und schaut ihnen beim Aussteigen zu. Der Mann sah recht normal aus, und einen Augenblick lang glaubte Norman, sich geirrt zu haben. Dann aber erblickte er das Mädchen.

Er erblickte das Mädchen und setzte die Flasche an den Mund, kippte sie hoch, um einen hastigen Schluck zu nehmen und zugleich ihr Gesicht zu verdecken – weil es das Mädchen war.

Sie war aus dem Sumpf zurückgekehrt!

Nein. Unmöglich. Das war nicht wahr, es konnte nicht wahr sein. Schau sie dir noch mal an. Jetzt fiel das Licht auf sie. Ihr Haar hatte gar nicht dieselbe Farbe, es war bräunlich. Und sie war auch nicht so mollig. Aber sie sah der anderen so ähnlich, daß sie ihre Schwester sein könnte.

Ja, natürlich. Es mußte ihre Schwester sein. Das erklärte alles. Diese angebliche Jane Wilson war mit dem Geld durchgegangen. Der Detektiv hatte sie verfolgt, und jetzt kam die Schwester. Das war des Rätsels Lösung.

Er wußte, was Mutter in einem solchen Fall getan haben würde. Aber Gott sei Dank, daß er *das* nicht mehr zu riskieren brauchte. Er brauchte nur an seiner Version festzuhalten, dann würden sie schnell verschwinden. Nur nicht vergessen: Kein Mensch kann etwas finden, kein Mensch kann etwas beweisen. Jetzt, da er genau wußte, womit er zu rechnen hatte, brauchte er sich keine Sorgen mehr zu machen.

Der Alkohol hatte ihm gutgetan. Er ermöglichte ihm, geduldig hinter dem Schreibtisch zu warten, bis sie hereinkamen. Er sah sie draußen miteinander reden, und das machte ihm nichts aus. Er sah die schwarzen Wolken von Westen heraufziehen, und auch das machte ihm nichts aus. Er sah, wie der Himmel sich verdüsterte, während die Sonne ihren letzten Glanz verschwendete. *Die Sonne verschwendet ihren letzten Glanz* – das war ja die reine Poesie. Ich bin ein Dichter! Norman lächelte. So vieles war in ihm. Wenn die Leute ahnten...

Aber sie ahnten es nicht; sie würden es nie erfahren; und im Augenblick war er nichts als ein dicklicher, ältlicher Motelbesitzer, der die beiden, als sie hereinkamen, mit zusammengekniffenen Augen betrachtete und sagte: »Womit kann ich dienen?«

Der Mann trat an den Tisch heran. Norman machte sich auf die erste Frage gefaßt und kniff dann wieder die Augen zusammen, als diese Frage nicht kam. Statt dessen sagte der Fremde: »Könnten wir, bitte, ein Zimmer bekommen?«

Norman nickte, unfähig zu antworten. Hatte er sich geirrt? Aber nein. Aber nein. Jetzt machte das Mädchen einen Schritt nach vorn. Es *war* die Schwester. Kein Zweifel.

»Gern. Möchten sie...?«

»Nein, nicht nötig. Wir möchten uns möglichst rasch umziehen, frische Sachen –«

Das war eine Lüge. Sein Hemd, ihre Bluse – alles war frisch und sauber. Aber Norman lächelte. »Gut. Zehn Dollar für ein Doppelzimmer. Wenn Sie so freundlich sein wollen, sich hier einzutragen und gleich zu bezahlen –«

Er schob ihnen das Fremdenbuch hin. Nach kurzem Zögern begann der Mann zu kritzeln. Norman hatte eine langjährige Übung darin, Namen verkehrt zu lesen. Mr. and Mrs. Sam Wright, Independence, Missouri.

Wieder eine Lüge. Wright war falsch. Widerliche, dumme Lügner! Sie hielten sich für sehr gescheit, hierherzukommen, ihn hinters Licht führen zu wollen. Na, sie würden sich wundern!

Jetzt betrachtete die Frau das Fremdenbuch. Nicht den Namen, den ihr Begleiter hingeschrieben hatte, sondern einen anderen am oberen Rand der Seite. Den Namen ihrer Schwester. *Jane Wilson* oder wie es heißen mochte.

Sie bildete sich ein, er merke es nicht, als sie den Arm des Mannes drückte, aber es entging ihm nicht.

»Ich gebe Ihnen Nummer eins«, sagte Norman.

»Wo ist das?« fragte das Mädchen.

»Ganz am Ende.«

»Wie wäre es mit Nummer sechs?«

Nummer sechs. Jetzt erinnerte sich Norman. Er hatte wie gewöhnlich hinter dem Namen die Zimmernummer notiert. Freilich, Nummer sechs war das Zimmer gewesen, das er der Schwester gegeben hatte. Das war ihr nun aufgefallen.

»Nummer sechs liegt gleich hier nebenan«, sagte er. »Aber dieses Zimmer werden Sie nicht haben wollen. Der Ventilator ist kaputt.«

»Ach, wir brauchen keinen Ventilator. Es kommt ein Unwetter, gleich wird es kühl werden.« Lügner. »Außerdem ist sechs unsere Glückszahl. Am sechsten dieses Monats haben wir geheiratet.« Dreckiger, schmutziger Lügner.

Norman zuckte die Schultern. »Schön«, sagte er.

Ihm war es recht. Ja, wenn er sich's überlegte, war es eigentlich ausgezeichnet. Wenn das der Plan war, den diese Lügenhälse sich zurechtgelegt hatten, daß sie ihm keine Fragen stellen, sondern nur heimlich umherschnüffeln wollten, dann war Nummer sechs geradezu ideal. Er brauchte keine Angst zu haben, daß sie dort irgend etwas finden würden. Und er konnte sie im Auge behalten. Ja, er konnte sie im Auge behalten. Ausgezeichnet!

Er nahm also den Schlüssel von der Wand und führte sie nebenan in Nummer sechs. Es waren nur ein paar Schritte, aber der Wind hatte bereits eingesetzt, und im abendlichen Zwielicht war es recht kalt. Norman sperrte die Tür auf, während der Mann einen Koffer aus dem Auto holte. Ein einziges lächerliches Köfferchen für die lange Fahrt aus Missouri hierher. Abscheuliches Lügenpack!

Er öffnete die Tür, und sie traten ein. »Wünschen Sie noch etwas?« fragte er.

»Nein, danke, wir haben alles, was wir brauchen.«

Norman schloß die Tür. Er kehrte in sein Büro zurück und trank noch einen Whisky. Sozusagen, um sich zu beglückwünschen. Es ging offenbar noch leichter, als er gehofft hatte. Es würde ein Kinderspiel sein.

Dann schob er den eingerahmten Gewerbeschein zur Seite und starrte durch den Spalt in den Duschraum von Nummer sechs.

Natürlich benutzten sie ihn nicht, sie befanden sich im Schlafzimmer. Aber er hörte sie umhergehen. Ab und zu konnte er ein paar gedämpfte Worte ihrer Unterhaltung aufschnappen.

Die beiden suchten etwas. Er konnte sich nicht vorstellen, was sie suchten. Nach dem zu schließen, was er erlauscht hatte, wußten sie es selber nicht.

»... helfen, wenn wir wüßten, was wir suchen.« *Die Stimme des Mannes.*

Und dann *die Stimme des Mädchens:* »... geschehen ist, wird er etwas übersehen haben. Bestimmt. Was man über die Laboratorien der Kriminalpolizei liest... Spuren... immer kleine Spuren...«

Wieder die Stimme des Mannes: »Aber wir sind keine Kriminalbeamten. Ich glaube... besser wir reden mit ihm... Sprache herausrücken, ihm Angst einjagen, bis er zugibt...«

Norman lächelte. Die würden ihn nicht ins Bockshorn jagen. Ebensowenig wie sie dort drin etwas finden würden. Er hatte das Zimmer gründlich abgesucht, von oben bis unten. Keinerlei verräterische Spuren waren zurückgeblieben, nicht der kleinste Blutfleck, nicht ein einziges Haar.

Ihre jetzt näherkommende Stimme: »... verstehen Sie? Wenn es uns nur gelänge, etwas zu finden, wo wir einhaken können, dann könnten wir ihm angst machen, damit er mit der Sprache herausrückt –«

Sie ging jetzt in den Waschraum, und er kam hinterher.

»Wenn wir irgendein Indiz hätten, könnten wir den Sheriff zwingen, einzugreifen. Die Staatspolizei macht doch so Laboratoriumsuntersuchungen, oder?«

Er stand in der Tür des Waschraums und sah ihr zu, wie sie den Ausguß untersuchte.

»Wie sauber alles ist! Glauben Sie mir, es wird am besten sein, wenn wir mit ihm sprechen. Das ist unsere einzige Chance.«

Nun war sie aus Normans Blickfeld verschwunden. Sie untersuchte die Duschnische, er hörte, wie der Vorhang zurückgezogen wurde. Das kleine Luder. Sie war genau wie ihre Schwester. Laß sie nur unter die Dusche gehen. Schön, laß sie nur, laß sie und...

»... nicht die geringste Spur –«

Norman hätte am liebsten laut aufgelacht. Natürlich nicht! Nicht die geringste Spur! Er wartete, daß sie die Duschnische verlassen würde, aber sie erschien nicht wieder. Statt dessen hörte er plötzlich ein dumpfes Geräusch.

»Was machen Sie denn?«

Es war der Mann, der die Frage gestellt hatte, aber Norman wiederholte sie im stillen: *Was* machte sie?

»Ich sehe nach, ob hinter der Nische etwas zu finden ist. Man kann nie wissen... Sam! Da! Ich habe etwas gefunden!«

Sie stand wieder vor dem Spiegel und hielt etwas in der Hand. Was war es? Was hatte das kleine Luder gefunden?

»Sam, es ist ein Ohrring. Einer von Marys Ohrringen!«

»Sind Sie sicher?«

Nein, es konnte doch nicht der andere Ohrring sein. Unmöglich.

»Natürlich ist es einer ihrer Ohrringe. Ich muß es doch wissen. Ich habe sie ihr voriges Jahr zum Geburtstag geschenkt. Ich kenne einen kleinen Juwelier, der einen winzigen Laden in Dallas hat. Er fertigt nur Arbeiten auf Bestellung an und einzelne Stücke, Sie wissen schon. Diese Ohrringe habe ich für Mary anfertigen lassen. Sie fand das sehr verschwenderisch von mir, war aber entzückt.«

Jetzt hielt er den Ohrring ans Licht und musterte ihn sorgfältig.

»Sie muß ihn beim Duschen verloren haben, und er ist hinter die Nische gefallen. Es sei denn, etwas anderes ist pass... Sam, was ist los?«

»Ich fürchte sehr, daß wirklich etwas passiert ist, Lila. Sehen Sie diesen Fleck? Er sieht mir nach Blut aus.«

»Oh – nein!«

»Ja. Sie haben recht behalten, Lila.«

Das Luder. Lauter Luder. Hör zu, was sie jetzt sagt.

»Sam, wir müssen in das Haus. Unbedingt.«

»Das ist die Aufgabe des Sheriffs.«

»Er wird uns nicht glauben, auch wenn wir ihm den Ohrring zeigen. Er wird sagen, sie sei hingefallen und hätte sich den Kopf angeschlagen – irgendso etwas.«

»Vielleicht ist es so gewesen.«

»Glauben Sie wirklich, Sam? Wirklich?«

»Nein.« Er seufzte. »Ich glaube nicht. Aber es ist noch kein Beweis, daß Bates etwas damit zu tun gehabt hat. Es ist Sache des Sheriffs, mehr herauszubekommen.«

»Aber er wird nichts unternehmen. Ich weiß, daß er nichts tun wird! Wir müssen etwas finden, das ihn überzeugt, etwas aus dem Haus. Ich bin überzeugt, daß wir dort etwas finden.«

»Nein. Das wäre zu gefährlich.«

»Dann suchen wir Bates und zeigen ihm den Ohrring. Vielleicht können wir ihn zum Sprechen bringen.«

»Vielleicht, vielleicht auch nicht. Wenn er wirklich etwas mit der

Sache zu tun hat, glauben Sie, daß er dann einfach zusammenbrechen und ein Geständnis ablegen wird? Das Klügste ist, sofort den Sheriff zu holen.«

»Und wenn Bates mißtrauisch ist? Wenn er uns wegfahren sieht, ergreift er vielleicht die Flucht.«

»Ich glaube nicht, daß er uns mißtraut, Lila. Aber wenn es Sie beunruhigt, können wir ja anrufen.«

»Das Telefon ist im Büro. Er würde alles hören.« Lila zögerte eine Weile. »Passen Sie auf, Sam. Ich werde den Sheriff holen. Sie bleiben hier und sprechen mit Bates.«

»Soll ich ihn zur Rede stellen?«

»Auf keinen Fall! Sie gehen zu ihm und plaudern mit ihm, während ich wegfahre. Sagen Sie ihm, ich sei in die Stadt ins Drugstore gefahren. Erzählen Sie ihm irgendwas. Hauptsache, er wird nicht unruhig und läuft uns nicht weg. Dann wird es schon klappen.«

»Aber –...«

»Geben Sie mir den Ohrring, Sam.«

Die Stimmen verebbten, weil sie ins Schlafzimmer zurückkehrten. Die Stimmen verebbten, aber die Worte blieben. Sie fährt zum Sheriff, der Mann bleibt hier. So haben sie es sich ausgedacht. Und er konnte sie nicht aufhalten. Wenn Mutter hier wäre, würde sie sie aufhalten. Sie würde beide aufhalten; aber Mutter war nicht da. Mutter war im Obstkeller eingesperrt.

Ja, und wenn dieses kleine Luder dem Sheriff den blutbefleckten Ohrring zeigt, kam er wieder und suchte nach Mutter. Selbst wenn er sie nicht im Keller findet, könnte er Verdacht schöpfen. Zwanzig Jahre hat er sich die Wahrheit nicht träumen lassen – aber jetzt würde er vielleicht daraufkommen.

Vielleicht wird er das tun, wovor sich Norman immer gefürchtet hatte. Vielleicht fand er heraus, was sich in jener Nacht, als Onkel Joe Considine starb, wirklich abgespielt hatte.

Von nebenan kamen neue Geräusche. Hastig rückte Norman den Rahmen zurecht und griff wieder nach der Flasche. Aber er hatte keine Zeit mehr, einen Schluck zu nehmen. Denn jetzt hörte er die Tür knallen, sie verließen Nummer sechs, die Frau ging zum Auto, und der Mann näherte sich dem Büro. Er drehte sich um und fragte sich, was er sagen würde.

Vor allem aber, fragte er sich, was der Sheriff tun würde.

Der Sheriff konnte zum Fairvale-Friedhof hinauffahren und das Grab der Mutter öffnen lassen. Und wenn er es dann geöffnet hatte, wenn er den leeren Sarg sah, dann wußte er um das Geheimnis.

Dann wußte er, daß Mutter lebte.

Ein wildes Hämmern war in Normans Brust, ein Hämmern, das durch das erste Donnergrollen übertönt wurde, als der Mann die Tür öffnete und hereinkam.

14

Einen Augenblick lang hoffte Sam, der plötzliche Donner würde das Geräusch des anspringenden Motors dämpfen. Dann sah er, daß Bates an dem einen Ende des Schreibtisches stand. Von dort aus konnte er die gesamte Zufahrt und auch einen Teil der Straße überblicken. Es hätte also keinen Sinn gehabt, Lilas Abfahrt verschweigen zu wollen.

»Darf ich für ein paar Minuten zu Ihnen kommen?« fragte Sam. »Meine Frau fährt mal schnell in die Stadt. Die Zigaretten sind ihr ausgegangen.«

»Früher hatten wir hier einen Automaten«, erwiderte Bates. »Aber er wurde zu wenig benutzt, da haben sie ihn wieder weggeholt.« Er blickte über Sams Schulter in die Dunkelheit hinaus, und Sam wußte, daß er den Wagen davonfahren sah. »Schade, daß sie sich den weiten Weg machen muß. Es wird jetzt gleich zu gießen anfangen.«

»Regnet wohl viel hier?« Sam setzte sich auf die Armlehne eines zerbeulten Sofas.

»Ziemlich.« Bates nickte zerstreut. »Hier kommt alles mögliche vor.«

Was meinte er mit dieser Bemerkung? Sam musterte ihn in dem trüben Licht. Die Augen hinter den Brillengläsern wirkten seltsam leer. Plötzlich spürte Sam einen verräterischen Alkoholgeruch und sah gleichzeitig die Flasche auf dem Tisch stehen. Das war die Antwort: Bates war ein wenig betrunken. Gerade so viel, um seinen Ausdruck starr wirken zu lassen, aber nicht genug, um seine Aufmerksamkeit einzuschläfern. Bates sah, daß Sam die Whiskyflasche betrachtete.

»Ein Drink gefällig?« fragte er. »Gerade als Sie hereinkamen, wollte ich mir einen Schluck eingießen.«

Sam zögerte. »Na ja –«

»Ich suche Ihnen gleich ein Glas. Hier unten muß irgendwo eins sein.« Er bückte sich und brachte ein Glas zum Vorschein. »Ich brauche meistens keins. Außerdem trinke ich im allgemeinen gar nichts, solange Gäste zu erwarten sind. Aber wenn es feucht wird, dann tut einem ein kleiner Schluck wohl, besonders wenn man so wie ich an Rheumatismus leidet.«

Er füllte das Glas und schob es über den Tisch. Sam erhob sich und ging zum Tisch hin.

»Außerdem werden bei diesem Regen keine Gäste mehr kommen. Schauen Sie, wie das runterhaut!«

Sam drehte sich um. Es goß in Strömen, man konnte kaum zehn Meter weit sehen, und es wurde auch immer finsterer, aber Bates machte keine Miene, die Beleuchtung anzuknipsen.

»Los, nehmen Sie Ihr Glas und setzen Sie sich«, sagte Bates, »kümmern Sie sich nicht um mich, ich stehe gerne hier.«

Sam kehrte zu dem Sofa zurück. Er sah nach seiner Uhr. Lila war seit acht Minuten unterwegs. Selbst bei diesem Regen würde sie nach knapp zwanzig Minuten in Fairvale sein – dann zehn Minuten, um den Sheriff aufzusuchen, oder sagen wir der Sicherheit halber, fünfzehn Minuten – und weitere zwanzig Minuten für die Rückfahrt. Immerhin würde das eine gute Dreiviertelstunde sein. Das war ganz schön lang, um den Mann hinzuhalten. Worüber konnte er sich bloß mit ihm unterhalten?

Sam hob sein Glas. Bates nahm einen kräftigen Schluck aus der Flasche. Dabei gab es ein glucksendes Geräusch.

»Muß manchmal hier ziemlich einsam sein«, sagte Sam.

»Stimmt.« Die Flasche wurde hart auf den Tisch gestellt. »Ziemlich einsam.«

»Aber wohl auch in gewisser Hinsicht recht interessant! Bestimmt lernen Sie alle möglichen Arten von Leute kennen.«

»Sie kommen und gehen. Ich betrachte sie wenig. Nach einer Weile schaut man kaum noch hin.«

»Sind Sie schon lange hier?«

»Seit über zwanzig Jahren führe ich das Motel. Ich habe seit jeher hier gelebt, seit Kind auf.«

»Und Sie führen das Motel ganz allein?«

»Ja.« Bates kam mit der Flasche hinter dem Tisch hervor. »Lassen Sie mich noch was einschenken.«

»Eigentlich sollte ich nicht so viel trinken.«

»Es wird Ihnen nicht schaden. Ich werde Sie nicht bei der Frau Gemahlin verpetzen.« Bates kicherte. »Außerdem trinke ich nicht gern allein.«

Er füllte Sams Glas und zog sich dann hinter den Tisch zurück.

Sam setzte sich zurück. Das Gesicht des Mannes war in der Dunkelheit nur noch ein undeutlicher grauer Fleck. Über dem Dach grollte wieder ein Donner, aber es blitzte nicht. Und hier drin wirkte alles friedlich.

Den Mann ansehend und ihm zuhörend, begann Sam sich ein wenig zu schämen. Er machte einen so – so verdammt alltäglichen Eindruck. Man konnte sich schwer vorstellen, daß er in eine Affäre wie diese verwickelt sein sollte.

Und inwieweit war er verwickelt, wenn er überhaupt verwickelt war? Was war denn eigentlich passiert? Sam wußte es nicht. Mary hatte Geld gestohlen, Mary hatte hier übernachtet, sie hatte unter der Dusche einen Ohrring verloren. Vielleicht hatte sie sich den Kopf angeschlagen, vielleicht hatte sie sich das Ohrläppchen verletzt, als der Ohrring abging. Ja, vielleicht war sie wirklich nach Chicago gefahren. Wenn er sich's genau überlegte, war ihm Mary im Grunde genommen ein fremder Mensch geblieben.

Ihre Schwester kam ihm in gewisser Hinsicht vertrauter vor. Ein sehr nettes Mädchen – nur etwas zu impulsiv, zu nervös. Stets zu übereilten Schlußfolgerungen und Entschlüssen neigend. Wie zum Beispiel einfach hinzulaufen und das Haus durchsuchen zu wollen. Gut, daß er ihr das ausgeredet hatte. Laß sie den Sheriff herbringen. Vielleicht war auch das ein Fehler. So wie Bates sich jetzt verhielt, wirkte er keineswegs wie ein Mensch, der etwas auf dem Gewissen hat.

Sam erinnerte sich daran, daß es seine Aufgabe war, ein Gespräch in Gang zu halten. Er durfte nicht einfach stumm dasitzen.

»Sie haben recht behalten«, murmelte er. »Es gießt ziemlich.«

»Ich liebe das Geräusch des Regens«, sagte Bates. »Besonders, wenn es richtig prasselt. Das finde ich aufregend.«

»Daran habe ich noch nie gedacht. Ich vermute, daß Ihnen Aufregung hier draußen willkommen ist.«

»Ich weiß nicht. Es reicht uns.«

»Uns? Ich dachte, Sie hätten gesagt, Sie seien allein hier.«

»Ich sagte, daß ich allein das Motel führe. Aber es gehört uns beiden. Meiner Mutter und mir.«

Sam wäre fast an seinem Whisky erstickt. Er senkte das Glas, das er fest in der Faust hielt. »Ich wußte nicht...«

»Natürlich nicht. Woher auch? Niemand weiß es, weil sie immer im Haus bleibt. Sie muß im Haus bleiben. Sehen Sie, die meisten Leute denken, sie ist tot.«

Die Stimme klang ruhig. Sam konnte Bates' Gesicht im Dunkel nicht sehen, aber er spürte, daß auch er völlig ruhig war.

»Eigentlich haben wir keinen Mangel an Aufregung. Genauso wie vor zwanzig Jahren, als Mutter und Onkel Joe Considine Gift nahmen. Ich rief den Sheriff an, und er kam her und fand sie. Mutter hatte einen Zettel hinterlassen, in dem alles erklärt war. Dann fand eine Leichenschau statt, aber ich ging nicht hin. Ich war krank. Sehr krank. Man brachte mich ins Krankenhaus. Ich lag sehr lange im Krankenhaus. Fast zu lange, um nicht schädlich zu sein, als ich schließlich entlassen wurde. Aber ich hab's doch geschafft.«

»Geschafft?«

Bates antwortete nicht, aber Sam hörte das Gurgeln und dann das Aufbumsen der Flasche.

»Hier!« sagte Bates. »Lassen Sie mich noch einen einschenken.«

»Später.«

»Ich bestehe darauf.« Nun kam er hinter dem Tisch hervor, und sein massiger Schatten beugte sich über Sam. Er griff nach Sams Glas.

Sam wich zurück. »Erzählen Sie erst zu Ende«, sagte er schnell.

Bates hielt inne. »Ach ja. Ich brachte Mutter mit nach Haus. Das war eben das Aufregende, müssen Sie wissen – nachts auf den Friedhof gehen und das Grab öffnen. Sie lag schon so lange im Sarg, daß ich zuerst glaubte, sie sei wirklich tot. Aber sie war natürlich nicht tot. Sie konnte ja nicht tot sein. Sonst hätte sie sich nicht mit mir in Verbindung setzen können, während ich im Krankenhaus lag. In Wirklichkeit war es nur eine Art Trancezustand – eine Suspension der Lebensfunktionen. Ich wußte, wie ich sie wiederbeleben konnte. Wissen Sie, es gibt da bestimmte Methoden, wenn auch manche Leute von Magie reden. Magie ist nur ein Etikett. Vollkommen bedeutungslos. Es ist noch gar nicht lange her, da hielten die Menschen die Elektrizität für Zauberei. Dabei ist sie eine Naturkraft, die man bändigen kann, wenn man das Geheimnis kennt. Auch das Leben ist eine Kraft, eine Naturkraft. Und man kann es genauso wie den elektrischen Strom aus- und einschalten, aus und ein. Ich hatte es ausgeschaltet und wußte, wie ich es wieder einschalten konnte. Verstehen Sie mich?«

»Ja. Ich finde das sehr interessant.«

»Ich habe mir gedacht, daß es Sie interessieren wird. Sie und auch die junge Dame. Sie sind wohl nicht richtig mit ihr verheiratet, wie?«

»Aber...«

»Sehen Sie, ich weiß mehr, als Sie vermuten. Mehr, als Sie selber wissen.«

»Mr. Bates, sind Sie wohlauf? Ich meine...«

»Ich weiß, was Sie meinen. Sie halten mich für betrunken, ja? Aber als Sie hierherkamen, war ich nicht betrunken. Ich war nicht betrunken, als Sie den Ohrring fanden und die junge Dame beauftragten, den Sheriff zu holen.«

»Ich...«

»Bleiben Sie ruhig sitzen. Seien Sie ganz unbesorgt. Ich bin doch auch nicht aufgeregt. Und ich würde aufgeregt sein, wenn da etwas nicht stimmte. Aber es ist alles in bester Ordnung. Sie glauben doch nicht, daß ich Ihnen das alles erzählt hätte, wenn etwas nicht stimmte?« Der fette Mann hielt inne. »Nein, ich habe gewartet, bis Sie hier hereinkamen. Ich habe gewartet, bis ich sie auf die Straße hinausfahren sah. Ich habe gewartet, bis ich sie anhalten sah.«

»Anhalten?« Sam suchte das Gesicht im Dunkeln, hörte aber nur die Stimme.

»Ja... Sie wußten gar nicht, daß sie den Wagen angehalten hat, nein? Sie dachten, sie wäre zum Sheriff gefahren, so wie Sie es ihr gesagt hatten? Aber sie hat ihren eigenen Kopf. Erinnern Sie sich, was sie vorhatte? Sie wollte einen Blick auf das Haus werfen. Deshalb hat sie gehalten. Und jetzt befindet sie sich im Haus.«

»Lassen Sie mich hinaus –!«

»Selbstverständlich. Ich hindere Sie nicht daran. Ich dachte nur, Sie würden gern noch einen mit mir trinken, während ich Ihnen die Geschichte von meiner Mutter zu Ende erzähle. Der Grund, warum ich dachte, es interessiert Sie, ist nämlich das Mädchen. Sie wird jetzt meiner Mutter begegnen.«

»Aus dem Weg!«

Sam erhob sich hastig, und der verschwommene Schatten wich zurück.

»Sie wollen also nichts mehr trinken?« Bates' weinerliche Stimme ertönte dicht an seiner Schulter. »Gut. Wie Sie wol...«

Das Ende des Satzes verebbte in dem grollenden Donner, und der Donner verlor sich an die Finsternis, während Sam spürte, wie die Flasche auf seinem Scheitel zerplatzte. Dann versanken Stimme, Donner, Knall und Sam selbst in die Nacht.

Noch immer war es schwarze Nacht, aber jemand rüttelte und rüttelte ihn, riß ihn aus der Nacht in dieses Zimmer zurück, in dem jetzt das Licht brannte und ihm in den Augen weh tat, so daß er sie zukneifen mußte. Aber Sam konnte wieder fühlen, Arme hoben ihn hoch, so daß er zuerst das Gefühl hatte, sein Kopf würde ihm vom Halse fallen. Dann war nur noch Hämmern hinter der Stirn, ein dumpfes Hämmern. Er konnte die Augen öffnen und Sheriff Chambers sehen.

Sam saß auf dem Fußboden neben dem Sofa, und Chambers blickte auf ihn hinab. Sam machte den Mund auf.

»Gott sei Dank!« murmelte er. »Er hat also gelogen. Lila hat Sie erreicht.«

Der Sheriff schien nicht hinzuhören. »Vor etwa einer halben Stunde wurde ich aus dem Hotel angerufen. Man suchte Ihren Freund Arbogast. Scheint, daß er ausgezogen ist, aber seine Koffer nicht mitgenommen hat. Er ließ sie unten stehen und sagte, er würde sie holen kommen. Er ist aber nicht mehr erschienen. Das ging mir im Kopf herum. Dann versuchte ich, Sie zu erreichen. Ich hatte eine dunkle Ahnung, Sie würden vielleicht auf eigene Faust hierhergefahren sein. Zum Glück habe ich mich von dieser Ahnung leiten lassen.«

»Dann hat also Lila Sie gar nicht verständigt?« Sam versuchte aufzustehen. Der Kopf drohte ihm zu zerspringen.

»Sachte, sachte!« sagte der Sheriff. »Nein, ich habe sie überhaupt nicht gesehen. Halt –!«

Diesmal aber gelang es Sam, sich hochzurappeln. Auf unsicheren Beinen stand er da und rang nach Atem.

»Was ist denn hier passiert?« murmelte der Sheriff. »Wo ist Bates?«

»Er muß ins Haus gelaufen sein, nachdem er mich niedergeschlagen hat«, erwiderte Sam. »Jetzt sind sie beide oben – er und seine Mutter.«

»Aber seine Mutter ist doch tot.«

»Nein«, flüsterte Sam. »Sie lebt. Beide sind mit Lila oben im Haus.«

»Los, kommen Sie!« Der stämmige Mann stürzte in den Regen hinaus. Sam folgte ihm, stolperte über den schlüpfrigen Fußweg, fing zu keuchen an, während sie den steilen Hang hinaufkletterten, der zu dem Wohnhaus führte.

»Sind Sie ganz sicher?« rief Chambers über die Schulter zurück. »Dort oben ist alles finster.«

»Ich bin sicher«, ächzte Sam. Aber er hätte sich die keuchende Antwort sparen können.

Jäh und heftig setzte der Donner ein, und der andere Laut war schwächer und viel schriller. Beide Männer aber hörten ihn, beide wußten, was er bedeutete.

Lila schrie.

15

Lila ging die Stufen hinauf und kam in dem Augenblick unter dem Vordach an, als es zu regnen begann.

Das Haus war alt, die Wandverkleidung grau und häßlich im Zwielicht des hereinbrechenden Unwetters. Die Bretter der Veranda knarrten unter ihren Schritten. Sie hörte den Wind an den Fensterrahmen im oberen Stockwerk rütteln.

Wütend klopfte sie an die Tür, rechnete aber nicht mit einer Antwort. Sie erwartete nicht mehr, daß irgendein Mensch irgendwann etwas unternahm.

Sehr einfach: Es war allen, allen völlig egal. Keinem lag etwas an Mary, keinem einzigen. Mr. Lowery wollte nur sein Geld zurückhaben, und Arbogast hatte lediglich den Auftrag erhalten, es ihm zurückzuschaffen. Dem Sheriff ging es darum, Unannehmlichkeiten auszuweichen. Am empörendsten aber fand sie Sams Reaktion.

Abermals klopfte sie an die Tür. Aus dem Haus kam ein hohles Echo, das der prasselnde Regen übertönte. Lila machte sich nicht erst die Mühe, näher hinzuhorchen.

Gut, sie war wütend, sie gab es gerne zu – und warum sollte sie nicht wütend sein? Eine ganze Woche lang nichts anderes als: *Immer mit der Ruhe, sachte, keine Aufregung, Geduld haben...* Wenn es nach ihnen gegangen wäre, säße sie noch in Fort Worth und wäre gar nicht hierhergefahren. Zumindest aber hatte sie von Sam Hilfe erwartet.

Sie hätte es sich denken können. O ja, ein recht netter Mensch, sogar in gewisser Weise attraktiv, aber der richtige Kleinstädter, schwerfällig, zaghaft, konservativ. Er und der Sheriff paßten gut zueinander. Nur nichts riskieren! – das war ihre Devise.

Schön – ihre war es nicht. Vor allem jetzt nicht mehr, seit sie den Ohrring gefunden hatte. Wie konnte Sam so etwas mit einem Schulterzucken abtun und ihr raten, den Sheriff zu holen? Warum nahm er sich nicht diesen Bates vor? Warum schlug er ihn nicht windelweich, bis er mit der Wahrheit herausrückte? Das würde sie getan haben, wenn sie ein Mann gewesen wäre. Eines war sicher – sie würde sich nicht mehr auf andere verlassen – auf andere, denen alles egal war, die nur um jeden Preis Unannehmlichkeiten aus dem Weg gehen wollten.

Sie traute Sam keinerlei Initiative in der Sache mehr zu – und zu dem Sheriff hatte sie überhaupt kein Vertrauen.

Wäre sie nicht so wütend gewesen, dann hätte sie sich nicht hierher begeben, aber sie hatte das Zaudern der beiden, ihr Theoretisieren satt. Es gibt Augenblicke, in denen man mit Analysieren aufhören und sich auf sein Gefühl verlassen muß. Es war ein reines Gefühl gewesen – genauer gesagt, ein Gefühl enttäuschter Erbitterung –, das sie veranlaßt hatte, die scheinbar hoffnungslose Suche fortzusetzen und so lange herumzustöbern, bis sie Marys Ohrring fand. Hier in dem Haus würde bestimmt auch etwas zu finden sein. Bestimmt! Sie würde sich in keine Torheiten einlassen, sie würde den Kopf nicht verlieren, aber sie wollte sich selber überzeugen. Hinterher war Zeit genug, Sam und den Sheriff die Dinge in die Hand nehmen zu lassen.

Allein der Gedanke an die selbstgefällige Trägheit der beiden ließ sie noch heftiger an der Klinke rütteln. Es würde nichts nützen. Im Haus war niemand, das war Lila bereits klar. Und sie wollte hinein. Das war das Problem.

Lila griff in ihre Handtasche. Alle diese alten abgedroschenen Witze – daß in der Handtasche einer Frau alles zu finden sei –, die Art Witze, über die sich Bauernfänger wie Sam und der Sheriff halb totlachen würden. Nagelfeile? Nein, mit der würde es nicht gehen. Dann fiel ihr ein, daß ihr einmal aus irgendeinem Grunde ein Dietrich in die Finger geraten war. Vielleicht lag er im Kleingeldfach ihrer Handtasche, das sie nie benutzte. Ja, dort lag er drin.

Ein *Dietrich*. Komischer Name. Aber sie hatte jetzt keine Zeit, um sich mit philosophischen Fragen zu beschäftigen. Das einzige Problem war, ob dieser Nachschlüssel seinen Zweck erfüllte.

Sie steckte ihn ins Schloß und drehte ihn halb um. Das Schloß gab nicht nach. Sie drehte ihn nach der anderen Seite. Beinahe, aber nicht ganz...

Wieder kam der Zorn ihr zu Hilfe. Sie drehte mit heftigem Ruck – der Griff des Schlüssels zerbrach mit einem spröden Knacks – aber das Schloß ging auf. Sie drückte die Klinke nieder. Die Tür entglitt ihrer Hand und schwenkte nach innen.

Lila stand in einem Vorraum. Im Inneren des Hauses war es finsterer als auf der Veranda. Aber irgendwo an der Wand mußte es wohl einen Lichtschalter geben.

Sie fand den Schalter und machte Licht. Die kahle Glühbirne an der Decke warf einen matten, fahlen Schein gegen den Hintergrund der rissigen, schuppigen Tapeten. Was war das für ein Muster? Weintrauben? Oder Veilchen? Scheußlich. Wie aus dem vorigen Jahrhundert.

Ein Blick ins Wohnzimmer bestätigte diese Vermutung. Lila

nahm sich nicht die Mühe, hineinzugehen. Die Parterrezimmer hatten Zeit bis später. Arbogast hatte am Telefon erzählt, er habe jemanden aus einem Fenster im oberen Stockwerk herausschauen sehen. Dort also hieß es anzufangen.

An der Treppe gab es keinen Schalter. Lila tastete sich langsam am Geländer nach oben. Als sie den Treppenabsatz erreicht hatte, kam der Donnerschlag. Das ganze Haus schien zu erzittern. Unwillkürlich schauderte sie, beruhigte sich aber sogleich. Eine unwillkürliche Reaktion, sagte sie zu sich. Durchaus natürlich. Ein leeres Haus wie dies vermochte einem doch keinen Schreck einzujagen. Und nun konnte sie auf dem oberen Flur das Licht anknipsen. Er war mit grüngestreiften Tapeten tapeziert worden. Wenn einem davor nicht gruselte, brauchte man sich vor nichts mehr zu fürchten. Gespenstisch!

Sie hatte zwischen drei Türen zu wählen. Die erste führte ins Badezimmer. Außer im Museum hatte Lila so etwas noch nicht gesehen. Aber nein, in Museen sind doch keine Badezimmer ausgestellt. Dieses Exemplar jedoch hätte man erwerben müssen. Eine Wanne auf vier Füßen, freiliegende Rohre unter dem Waschbecken und dem Klosettsitz. Und neben der Toilette baumelte von der hohen Decke eine metallene Zugkette herab. Über dem Waschbecken hing ein kleiner fleckiger und trüber Spiegel, aber ohne Arzneischränkchen. An der Wand stand der Wäscheschrank des Hauses, vollgestopft mit Handtüchern und Bettwäsche. Hastig durchstöberte sie die Regale. Ihr Inhalt sagte ihr weiter nichts, als daß Bates offenbar seine Wäsche außerhalb waschen ließ. Die Laken waren tadellos gebügelt und sauber gefaltet.

Lila wählte eine zweite Tür und machte Licht. Wieder eine matte und kahle Glühbirne an der Decke. Aber der Lichtschein genügte, um zu zeigen, was für ein Raum das war. Bates' Schlafzimmer – merkwürdig klein, merkwürdig eng, mit einem niedrigen Bett, das mehr für einen kleinen Jungen als für einen erwachsenen Menschen geeignet schien. Wahrscheinlich hatte er von Kindheit auf hier geschlafen. Das Bett war zerwühlt und allem Anschein nach vor kurzem benutzt worden. In der Ecke stand eine Kommode – gleich neben dem Wandschrank –, eines jener altmodischen Greuel mit dunkler Eiche furniert und mit verrosteten Schubladengriffen. Sie hatte keinerlei Gewissensbisse, die Schubladen zu durchsuchen.

In der obersten lagen Schlipse und Taschentücher, die meisten schmutzig. Die Krawatten waren breit und altmodisch. In einer

Schachtel fand sie eine Krawattennadel und zwei Paar Manschettenknöpfe, die offenbar nie in Gebrauch genommen worden waren. Die zweite Lade enthielt Hemden, die dritte Socken und Unterwäsche. Die unterste Lade war mit weißen unförmigen Kleidungsstücken angefüllt, die sie schließlich – kaum zu glauben! – als Nachthemden identifizierte. Vielleicht trug er auch eine Schlafmütze. Nein, wirklich, das ganze Haus gehörte ins Museum!

Sonderbar, daß keinerlei persönliche Andenken zu sehen waren, keine gerahmten Fotos, keine Papiere. Vielleicht aber bewahrte er sie unten im Motel in seinem Schreibtisch auf. Ja, das war sehr wahrscheinlich.

Lila wandte ihre Aufmerksamkeit den Bildern an den Wänden zu. Es waren zwei. Auf dem einen war ein kleiner Junge auf einem Pony zu sehen, auf dem zweiten dasselbe Kind zusammen mit fünf anderen, lauter Mädchen, vor einer Dorfschule. Lila brauchte eine Weile, bis sie in dem Knaben Norman Bates wiedererkannte. Als Kind war er ziemlich mager gewesen.

Nun blieben nur noch der Wandschrank und die großen Bücherregale übrig. Mit dem Schrank war sie schnell fertig. Er enthielt zwei Anzüge auf Kleiderbügeln, ein Sakko, einen Mantel, eine schmutzige und mit Farbe beschmierte Hose. Die Taschen waren alle leer. Zwei Paar Schuhe und ein Paar Pantoffeln vervollständigten das Inventar.

Nun zu den Regalen.

Verdutzt hielt Lila inne und betrachtete dann grenzenlos erstaunt das ungereimte Kunterbunt von Norman Bates' Bibliothek: *Eine neue Kosmologie – Grenzen des Bewußtseins – Der Hexenkult in Westeuropa – Dimension und Sein.* Das war nicht die Bibliothek eines kleinen Jungen; aber für das Heim eines ländlichen Motelbesitzers war sie gleichermaßen ungewöhnlich. Hastig musterte sie die Titelreihen. Psychopathologie, Okkultismus, Theosophie. Übersetzungen von *Là Bas* und *Justine*. Und auf dem untersten Brett eine Sammlung unscheinbarer, schäbiggebundener Bände ohne Titel. Lila zog aufs Geratewohl einen heraus und schlug ihn auf. Die Illustration, die ihr entgegenprallte, trug einen fast krankhaften pornographischen Charakter.

Hastig stellte sie das Buch zurück und richtete sich auf. Dabei verebbte der anfängliche Abscheu und wich einer nachträglichen, aber noch stärkeren Reaktion. Das hatte etwas zu bedeuten, das mußte etwas zu bedeuten haben. Was sich in Norman

Bates' stumpfen, fetten, alltäglichen Zügen nicht lesen ließ, wurde nur allzu deutlich durch seine Bibliothek enthüllt.

Mit gerunzelter Stirn kehrte sie auf den Flur zurück. Schwer prasseplte der Regen aufs Dach, und es donnerte heftig, während sie die dunkle getäfelte Tür öffnete, die in das dritte Zimmer führte. Einen Augenblick lang blieb sie stehen und starrte ins Dunkel, spürte einen muffigen Geruch, eine Mischung von schalem Parfüm und – was noch?

Sie drückte auf den Schaltknopf neben der Tür und schluckte.

Das war zweifellos das vordere Schlafzimmer. Der Sheriff hatte kurz erwähnt, Norman Bates habe seit dem Tod seiner Mutter nichts daran geändert. Trotzdem war Lila auf den Anblick nicht ganz gefaßt.

Sie war einfach nicht darauf gefaßt, leibhaftig in ein anderes Zeitalter zu versinken. Aber nun befand sie sich tatsächlich in einer Welt, wie sie lange vor ihrer Geburt existiert hatte.

Schon viele Jahre, bevor Bates' Mutter starb, war der Stil dieser Einrichtung veraltet gewesen. Es war ein Raum, wie es ihn nach Lilas Meinung seit fünfzig Jahren nirgends mehr gab, ein Raum aus der Zeit der vergoldeten Standuhren, der Meißner Porzellanpüppchen, der mit Riechpulver gefüllten Nadelkissen, der puterroten Teppiche, der mit Troddeln behängten Draperien, der mit Fresken geschmückten Toilettenspiegel und Himmelbetten, ein Raum der Schaukelstühle, der Plüschkatzen, der handgestickten Bettüberzüge, der mit Sofaschonern bedeckten Polstermöbel.

Und er lebte noch.

Deshalb hatte Lila das Gefühl, daß hier Zeit und Raum durcheinanderpurzelten. Unten war sie den verfallenen Resten der Vergangenheit begegnet. Oben hatte sie bisher nichts als Schlamperei und Schäbigkeit vorgefunden. Dieses Zimmer jedoch war eine lebendige, geschlossene Einheit, komplett, konsistent, kohärent. Tadellos sauber. Kein Stäubchen. Vollendete Ordnung. Und abgesehen von dem muffigen Geruch hatte man nicht das Gefühl, sich in einer Ausstellung oder in einem Museum zu befinden. Das Zimmer machte wirklich einen lebendigen Eindruck wie jeder Raum, der seit langem bewohnt wird. Obwohl es vor mehr als fünfzig Jahren eingerichtet worden war und seit dem Tod seiner Bewohnerin zwanzig Jahre lang leergestanden hatte, war es nach wie vor das Zimmer eines lebenden Menschen. Hier an diesem Fenster hatte angeblich noch gestern eine Frau gesessen und hinausgeblickt.

Es gibt keine Gespenster, sagte sich Lila, runzelte dann wieder die Stirn, weil sie sich genötigt gesehen hatte, das ausdrücklich zu betonen. Dennoch spürte sie in diesem Raum die Nähe eines Menschen – seine Ausstrahlung – seine Vitalität.

Sie wandte sich dem Wandschrank zu. Mäntel und Kleider hingen schön geordnet nebeneinander, obgleich einige der Kleidungsstücke, weil sie lange nicht gebügelt worden waren, schlaff herabsackten und Falten bekommen hatten. Hier waren die kurzen Röcke zu sehen, die vor einem Vierteljahrhundert modern gewesen waren, und oben auf dem Regal die kunstvoll verzierten Hüte, die Kopftücher und etliche Schals, wie eine ältere Frau in ländlicher Umgebung sie getragen haben mochte.

Ganz hinten im Schrank gab es eine tiefe, leere Nische, die vielleicht einmal für die Koffer bestimmt gewesen war. Weiter nichts.

Lila untersuchte rasch den Toilettentisch und die Kommode und blieb dann neben dem Bett stehen. Der handgestrickte Überwurf war sehr hübsch. Lila streckte die Hand aus, um den Stoff anzufassen, zog sie hastig zurück.

Der Überwurf war am unteren Rande fest eingeschlagen und hing vorschriftsmäßig an den Kanten herab. Aber mit dem oberen Rand stimmte etwas nicht. Ja, auch er war eingeschlagen worden, aber offenbar sehr schnell und nachlässig, so daß ein schmaler Streifen des Doppelkissens zu sehen war: So stopft man den Überwurf zurecht, wenn ein Bett in aller Eile gemacht wird –

Sie zog den Überwurf weg und schlug die Bettdecke zurück. Die Laken waren von einem schmutzigen Grau und mit kleinen braunen Flecken bedeckt. Aber auf dem Bett selbst und auf dem Kissen waren die leichten, doch unverkennbaren Einbuchtungen zu sehen, die zurückbleiben, wenn jemand ein Bett vor kurzem benützt hat. An der Art, wie das untere Laken zerknüllt war, konnte sie beinahe die Umrisse des Körpers verfolgen, und das Kissen war in der Mitte, dort, wo die braunen Flecken am zahlreichsten waren, tief eingedrückt.

Es gibt keine Gespenster, sagte sich Lila abermals. Dieses Zimmer war benützt worden. Bates hatte nicht hier geschlafen – das ging deutlich aus dem Zustand seines eigenen Bettes hervor. Jemand aber hatte hier geschlafen, jemand hatte zum Fenster hinausgeschaut. *Und wenn es Mary gewesen war – wo war sie jetzt?*

Lila hätte die restlichen Winkel des Zimmers, die Schubladen, die Räume zu ebener Erde durchstöbern können, aber das war ihr im Augenblick nicht wichtig. Zuerst mußte sie etwas anderes erledigen. – *Wo war Mary ...?*

Dann fiel es ihr ein.

Was hatte Sheriff Chambers erzählt? Als er hinkam, habe Norman Bates in dem Wald hinterm Hause Brennholz gesammelt.

Brennholz für den Heizofen. Ja, natürlich. *Der Heizofen im Keller –*

Lila machte kehrt und rannte die Treppe hinunter. Die Haustür stand offen, heulend wehte der Wind herein. Die Tür stand offen, weil sie, Lila, sie gewaltsam geöffnet hatte, wütend, zornig. Sie wußte auch, warum sie so zornig gewesen war, seit sie den Ohrring gefunden hatte. Sie war zornig gewesen, weil sie Angst hatte und der Zorn ihr half, die Angst zu bemänteln. Die Angst um Mary – Angst, weil sie befürchtete, Mary sei etwas passiert, Angst, weil sie wußte, daß Mary etwas passiert war – dort unten im Keller. Um Mary hatte sie Angst gehabt, nicht um sich selber. Er hatte Mary die ganze Woche hier festgehalten, sie vielleicht sogar gefoltert, vielleicht hatte er mit ihr dasselbe gemacht, was der Mann dort in dem unzüchtigen Buch machte, er hatte sie so lange gefoltert, bis er von dem Geld erfuhr, und sie dann...

Der Keller. Sie mußte den Keller finden.

Lila tastete sich durch den unteren Flur in die Küche. Sie fand den Lichtschalter, stieß dann einen leisen Schreckensruf aus, als sie vor sich auf dem Wandbrett das kleine Pelztier sprungbereit kauern sah. Aber es war nur ein ausgestopftes Eichhörnchen. Seine Knopfaugen funkelten idiotisch im Abglanz der Deckenlampe.

Die Kellertreppe lag vor ihr. Sie fummelte mit der Hand an der Wand herum, bis sie einen weiteren Schalter berührte. Unten ging das Licht an, ein matter und trüber Schein in dem finsteren Gewölbe. Der Donner begleitete mit seinem Grollen das Geklapper ihrer Absätze auf den Stufen.

Die kahle Glühbirne hing direkt vor dem Heizofen. Es war ein großer Ofen mit einer schweren Eisentür. Lila blieb stehen und starrte ihn an. Jetzt zitterte sie vor Angst – das mußte sie zugeben. Jetzt machte sie sich nichts mehr vor. Dumm war gewesen, was sie getan hatte, dumm war es von ihr gewesen, allein hierherzukommen, dumm war, was sie sich jetzt vorgenommen hatte. Aber sie mußte es tun – Marys wegen. Sie mußte die Ofentür öffnen und nachsehen, was da drin sei – weil sie wußte, was drin war – weil sie wußte... *Du lieber Himmel, wenn das Feuer noch brannte! Was, wenn...?*

Aber die Tür fühlte sich kalt an. Es kam auch keine Wärme aus dem Ofen. Keinerlei Wärme drang aus dem finsteren, gähnenden, leeren Loch hinter der Eisentür. Lila bückte sich und blickte hinein, ohne erst nach dem Schürhaken zu greifen. Keine Asche, kein Brandgeruch, nichts. Wenn der Ofen nicht vor kurzem gründlich gesäubert worden war, hatte man ihn seit dem Frühjahr nicht mehr benutzt.

Lila drehte sich um. Sie sah die altmodischen Waschtröge und dahinter, an der Wand, den Tisch und den Stuhl. Auf dem Tisch standen Flaschen, neben den Flaschen lagen Tischlerwerkzeuge nebst einer Garnitur von Messern und Nadeln. Einige Messer waren sonderbar gekrümmt und mehrere Nadeln an Injektionsspritzen befestigt. Dahinter türmten sich in wirrem Durcheinander hölzerne Klötze, schwere Drahtrollen und große, unförmige Klumpen einer weißen Substanz, die Lila nicht identifizieren konnte. Eines der größeren Bruchstücke sah so aus wie der Gipsverband, den sie als Kind hatte tragen müssen, als sie sich das Bein gebrochen hatte. Lila näherte sich dem Tisch und betrachtete verdutzt die Messer.

Da hörte sie das Geräusch.

Zuerst dachte sie, es sei ein Donner. Dann aber hörte sie das Knarren über ihrem Kopf und wußte Bescheid.

Jemand war ins Haus gekommen. Jemand schlich auf Zehenspitzen durch den Flur.

War es Sam? Auf der Suche nach ihr? Warum rief er sie dann nicht?

Und warum machte er die Kellertür zu?

Denn gerade in diesem Augenblick ging die Kellertür zu. Sie hörte das Schloß einschnappen. Dann entfernten sich die Schritte durch den Flur. Offenbar ging der Eindringling über die Treppe nach oben.

Sie war im Keller eingesperrt. Es gab keinen Ausweg. Keinen Ausweg und kein Versteck. Wer die Treppe herunterkam, konnte den gesamten Keller überblicken. Und sehr bald würde jemand die Treppe hinunterkommen. Das wußte sie jetzt.

Wenn sie sich nur einen Augenblick lang verstecken könnte! Dann würde die betreffende Person, die hinter ihr her war, gezwungen sein, ganz in den Keller hinunterzugehen, und dann würde sie die Chance haben, zur Treppe zu laufen.

Am besten vielleicht unter die Treppe selbst. Wenn sie sich mit alten Zeitungen oder Lumpen zudeckte –?

Dann erblickte sie die an der gegenüberliegenden Wand befestigte Decke. Es war eine große, zerfetzte, alte Indianerdecke. Sie zerrte daran, und der vermoderte Stoff löste sich von den Nägeln, an denen er gehangen hatte. Die Decke fiel herab.

Eine Tür wurde sichtbar.

Die Tür. Sie war durch die Decke verdeckt gewesen. Es mußte also hier noch einen Raum geben, wahrscheinlich einen altmodischen Obstkeller. Das würde der ideale Ort sein, um sich zu verstecken und zu warten. Und sie würde keine Zeit mehr zu verlieren haben. Denn jetzt hörte sie die leisen, fernen Schritte wieder durch den Flur schleichen und sich der Küche nähern.

Lila öffnete die Tür des Obstkellers.

Das war der Augenblick, wo sie aufschrie.

Sie schrie, als sie die alte Frau dort liegen sah, die hagere, grauhaarige alte Frau, deren braunes verrunzeltes Gesicht sie mit einem obszönen Grinsen begrüßte.

»Mrs. Bates!« stieß Lila hervor.

»*Ja.*«

Aber die Stimme kam nicht aus diesem verkniffenen, lederartigen Kiefer. Sie kam von der Treppe, von der obersten Stufe her – auf der die Gestalt stand.

Lila drehte sich um und starrte die fette, unförmige Gestalt an, die dort oben stand, halb verhüllt durch das enge Kleid, das auf absurde Weise nach unten gezerrt war, um die Hose zu verbergen. Sie starrte das Kopftuch an, das Gesicht in den Falten, das weißgeschminkte, zu einem gezierten Lächeln verzogene Gesicht. Sie starrte die grellroten Lippen an und sah, wie sie sich in einer krampfhaften Grimasse öffneten.

»Ich bin Norma Bates!« sagte die hohe, schrille Stimme.

Dann kam die Hand zum Vorschein, die Hand, die das Messer hielt, und die Füße trippelten die Treppe hinunter, und andere eilige Schritte ertönten, und Lila fing abermals zu schreien an, als Sam die Treppe herunterkam und das Messer schnell wie der Tod hochzuckte. Sam packte die Hand, die es festhielt, von hinten und drehte sie, bis das Messer klirrend zu Boden fiel.

Lila schloß den Mund zu, aber der Schrei verstummte nicht. Es war der irre Schrei einer hysterischen Frau, und er kam aus der Kehle Norma Bates'.

16

Man benötigte fast eine Woche, um die Autos und die Leichen aus dem Sumpf herauszuholen. Das Straßenbauamt mußte mit einem Bagger und Kränen kommen, aber zu guter Letzt schafften sie es.

Man fand das Geld im Handschuhfach. Sonderbarerweise klebte nicht einmal ein Spritzer Schlamm an den Scheinen, nicht ein Spritzer.

Ungefähr zu dem Zeitpunkt, da man mit dem Sumpf fertig geworden war, wurden in Oklahoma die Männer festgenommen, welche die Bank in Fulton ausgeplündert hatten. Aber im *Weekley Herald*, der in Fairvale erscheint, wurde dieser Meldung kaum eine halbe Seite gewidmet. Fast die gesamte erste Seite beschäftigte sich mit dem Fall Bates. Die großen Nachrichtenagenturen griffen die Geschichte sogleich auf, und auch im Fernsehen kam eine ganze Menge darüber. Fleißige Federn taten ihr Bestes, um das ›Haus des Grauens‹ in den düstersten Farben zu schildern und anzudeuten, Norman Bates habe schon seit Jahren Gäste seines Motels abgeschlachtet. Es wurde die Forderung laut, die Fälle sämtlicher im Laufe der letzten zwanzig Jahre in diesem Gebiet verschwundenen Personen erneut zu untersuchen; ja man schlug sogar vor, den gesamten Sumpf trockenzulegen, um zu sehen, ob nicht dort noch weitere Leichen zum Vorschein kämen.

Aber die Herren Journalisten hätten natürlich nicht die Kosten einer solchen Unternehmung zu bestreiten gehabt.

Sheriff Chambers gewährte eine Reihe von Interviews. Mehrere wurden auch wirklich in ihrem vollen Wortlaut veröffentlicht – zwei davon mit Fotos. Sheriff Chambers sicherte eine erschöpfende und allseitige Untersuchung des Falles zu. Der örtliche Distriktsstaatsanwalt forderte einen raschen Prozeß (im Oktober standen die Vorwahlen bevor) und widersprach nicht ausdrücklich den schriftlichen und mündlich verbreiteten Gerüchten, die behaupteten, Norman Bates habe sich des Kannibalismus, Satanismus, Inzests und der Nekrophilie schuldig gemacht.

In Wirklichkeit hatte der Staatsanwalt natürlich kein einziges Mal mit Bates gesprochen, der vorläufig zur Beobachtung seines Geisteszustandes in das staatliche Krankenhaus eingeliefert worden war.

Ebensowenig wie die Urheber der Gerüchte, aber das hielt sie nicht davon ab. Noch bevor die Woche um war, zeigte sich, daß so gut wie die gesamte Bevölkerung Fairvales, ganz zu schweigen von den südlicher gelegenen Landbezirken, mit Norman Bates persönlich und intim bekannt gewesen war. Einige waren mit ihm zur Schule gegangen, ›als er noch ein Junge war‹, und schon damals hatten sie alle ›seine Art ein wenig sonderbar‹ gefunden. Nicht wenige hatten ihn auch ›in seinem Motel beobachtet‹ und wußten gleichfalls zu bezeugen, daß er ihnen schon immer ›verdächtig‹ vorgekommen sei. Es gab welche, die sich an seine Mutter und an Joe Considine erinnerten und nun behaupteten, sie hätten gleich gewußt, ›daß da etwas nicht stimmte, als die beiden angeblich gemeinsam Selbstmord verübt hatten‹, aber die gruseligen Leckerbissen aus der Zeit vor zwanzig Jahren schmeckten natürlich schal im Vergleich zu den frischeren Enthüllungen.

Das Motel wurde geschlossen – was gewissermaßen schade war, weil die Scharen morbider und sensationslüsterner Liebhaber von Kuriositäten, die herbeigeeilt kamen, kein Ende nehmen wollten. Wahrscheinlich hätten viele von ihnen sich mit Begeisterung dort eingemietet, und eine leichte Preiserhöhung würde den Verlust der Handtücher wettgemacht haben, die zweifellos als Andenken an den festlichen Anlaß geklaut worden wären.

Sogar Bob Summerfield konnte eine beträchtliche Umsatzsteigerung in seinem Eisenwarengeschäft buchen. Jeder wollte natürlich mit Sam plaudern, aber er verbrachte einen Teil der darauffolgenden Woche bei Lila in Fort Worth und fuhr dann in die staatliche Heilanstalt, wo drei Psychiater damit beschäftigt waren, Norman Bates zu untersuchen.

Erst zehn Tage später konnte er endlich von Dr. Nicholas Steiner, der offiziell mit der ärztlichen Untersuchung betraut war, endgültigen Bescheid erhalten.

Als Lila übers nächste Wochenende aus Fort Worth zu Besuch kam, erzählte ihr Sam im Hotel von dem Ergebnis der Unterredung. Anfangs war er sichtlich zurückhaltend, aber sie bestand auf sämtliche Einzelheiten.

»Wahrscheinlich werden wir nie ganz erfahren«, sagte Sam, »was sich alles abgespielt hat. In bezug auf die Ursachen, erklärte Dr. Steiner selbst, werden wir zumeist auf plausible Vermutungen angewiesen sein. Zuerst hat man Bates schwere Beruhigungsmittel gegeben, und auch nachdem er aus dem Betäubungszustand erwacht war, konnte niemand ihn dazu bewegen, sich frei zu äußern. Steiner behauptet, besseren Kontakt mit Bates gehabt zu haben als alle anderen, aber seit einigen Tagen scheint er sehr verwirrt zu sein. Vieles, was Doktor Steiner sagte – über Cathexis, Trauma und Verdrängung – ging über meinen Horizont –

Aber soweit es sich feststellen ließ, muß das alles schon in Bates' Kindheit begonnen haben, lange vor dem Tod seiner Mutter. Er und seine Mutter standen einander sehr nahe. Offenbar hat sie ihn völlig beherrscht. Ob ihre Beziehungen noch weiter gingen, weiß

Doktor Steiner nicht. Aber er vermutet, Bates sei schon lange vor dem Tod seiner Mutter ein heimlicher Transvestit gewesen. Sie wissen doch, was ein Transvestit ist, ja?«

Lila nickte. »Eine Person, die die Kleidung des anderen Geschlechts trägt?«

»So, wie Steiner mir das erklärt hat, steckt noch viel mehr dahinter. Transvestiten müssen nicht unbedingt andere geschlechtliche Neigungen haben, aber sie identifizieren sich mit Angehörigen des anderen Geschlechts. In gewisser Hinsicht wollte Norman Bates seiner Mutter gleichen – und in gewisser Hinsicht sollte sie ein Teil seiner selbst werden.«

Sam zündete sich eine Zigarette an und fuhr fort: »Ich überspringe die Daten aus seiner Schulzeit und den Umstand, daß er bei der Musterung zum Militärdienst für untauglich erklärt wurde. Nachher – damals war er um die Neunzehn – muß seine Mutter beschlossen haben, ihn nie mehr aus den Augen und allein seiner Wege gehen zu lassen. Vielleicht hat sie bei ihm den Prozeß des Heranwachsens absichtlich gehindert. Wir werden nie genau erfahren können, inwieweit sie an seiner Fehlentwicklung schuld hatte. Damals begann wahrscheinlich sein Interesse für den Okkultismus und ähnliche Dinge zu erwachen. Und damals erschien auch jener Joe Considine auf der Bildfläche –

Steiner konnte Norman nicht dazu bewegen, sich näher über Joe Considine zu äußern. Noch heute, nach mehr als zwanzig Jahren, ist sein Haß so heftig, daß er über den Mann nicht reden kann, ohne einen Wutanfall zu bekommen. Aber Steiner hat sich mit dem Sheriff unterhalten und alle alten Zeitungsmeldungen ausgegraben. Er kann sich jetzt recht gut vorstellen, was sich abgespielt haben muß.

Considine war ein Mann Anfang der Vierzig. Als er Mrs. Bates kennenlernte, war sie neununddreißig. Sie dürfte nicht sehr begehrenswert gewesen sein, ziemlich hager und vorzeitig ergraut, aber sie besaß ein schönes Stück Land, das ihr Mann auf sie überschrieben hatte, bevor er weglief. Es hatte ihr in all den vielen Jahren gute Einkünfte eingetragen, und obwohl sie dem Ehepaar, das die Arbeit besorgte, einen ziemlich hohen Lohn zahlen mußte, war sie recht wohlhabend. Considine begann, sich um ihre Hand zu bewerben. Das war nicht sehr leicht. Seit ihr Mann sie und das Baby verlassen hatte, scheint sie die Männer im allgemeinen verabscheut zu haben. Laut Steiner war das einer der Gründe für die Art und Weise, wie sie ihren Sohn behandelte. Aber wir sprachen von Considine. Er kriegte sie schließlich herum, und sie willigte ein, ihn zu heiraten. Er war auf die Idee gekommen, die Farm zu verkaufen und mit dem Geld ein Motel zu bauen. Damals lief dort die alte Durchgangsstraße entlang, und man konnte mit einem guten Geschäft rechnen.

Anscheinend hatte Norman gegen den Motelplan nichts einzuwenden. Alles ging glatt. In den ersten drei Monaten führten er und seine Mutter gemeinsam den Motelbetrieb. Erst dann teilte sie ihm mit, daß sie die Absicht habe, sich mit Considine zu verheiraten.«

»Hat ihm das den Rest gegeben?« fragte Lila.

Sam drückte seine Zigarette in der Aschenschale aus. Das war für ihn ein brauchbarer Vorwand, um Lilas Blicken auszuweichen, während er antwortete. »Nicht direkt – soweit Doktor Steiner feststellen konnte. Anscheinend waren die Umstände, unter denen die Eröffnung erfolgte, ziemlich peinlich. Norman überraschte seine Mutter und Considine oben im Schlafzimmer. Ob die volle Schockwirkung sofort eingesetzt hat oder ob es eine Weile dauerte, bis die Reaktion kam, wissen wir nicht. Aber wir kennen das Ergebnis. Norman vergiftete seine Mutter und Considine mit Strychnin. Er benützte eine Art Rattengift und verabreichte es ihnen im Kaffee. Vermutlich hat er gewartet, bis eine kleine häusliche Feier von Stapel ging. Der Tisch war festlich gedeckt und der Kaffee mit Kognak versetzt. Das muß dazu beigetragen haben, den Strychningeschmack zu übertäuben.«

»Gräßlich.« Lila überlief es kalt.

»Nach dem, was ich hörte, äußerst gräßlich. Soweit ich unterrichtet bin, erzeugt Strychnin Krämpfe, aber keine Bewußtlosigkeit. Die Opfer ersticken, weil die Brustmuskulatur gelähmt wird. Norman muß das alles mit angesehen haben. Und es ging über seine Kraft.

Dann schrieb er einen Zettel, der den ›Selbstmord‹ erklärte. Doktor Steiner ist der Meinung, daß in diesem Augenblick die entscheidende Wendung eingesetzt hat. Natürlich hatte er sich alles von vornherein zurechtgelegt. Er konnte die Handschrift seiner Mutter vollendet nachmachen. Er hatte sich sogar die Selbstmordgründe ausgedacht: dunkle Hinweise auf eine Schwangerschaft – und auf die Tatsache, daß Considine nicht heiraten könne, weil er an der Westküste unter einem anderen Namen gelebt und Frau und Kind zurückgelassen habe. Doktor Steiner sagt, an dem Wortlaut des Briefes hätte man merken müssen, daß da etwas nicht stimmte. Aber niemand fiel es auf, und niemand wußte, was mit Norman vorgegangen war, nachdem er den Brief beendet und den Sheriff angerufen hatte.

Man wußte damals, daß der Schock und die Aufregung ihn in einen Zustand der Hysterie versetzt hatten. Was man nicht wußte, war, daß er, als er den Abschiedsbrief schrieb, seine Persönlichkeit geändert hatte. Nun, da es vorbei war, konnte er anscheinend den Verlust seiner Mutter nicht verschmerzen. Er wollte sie zurückhaben. Als er mit ihrer Handschrift den an ihn gerichteten Brief schrieb, machte er buchstäblich eine seelische Verwandlung durch. Norman – oder vielmehr ein Teil seines Ichs – verwandelte sich in die Mutter.

Doktor Steiner behauptet, solche Fälle seien häufiger, als man glaube, besonders dann, wenn, so wie bei Norman, die Persönlichkeit bereits unstabil ist. Der Kummer wirkte als auslösender Faktor. Normans Reaktion war so heftig, daß kein Mensch an einem Doppelselbstmord zweifelte. Lange bevor Norman aus dem Krankenhaus entlassen wurde, lagen seine Mutter und Considine unter der Erde.«

»Und dann grub er sie aus?« Lila runzelte die Stirn.

»Offenbar – nach spätestens zwei bis drei Monaten. Sein Hobby war das Ausstopfen von Tieren, und er wußte, wie er es anzufangen hatte.«

»Das verstehe ich aber nicht. Wenn er sich selber für die Mutter hielt, dann ...«

»So einfach ist es nicht! Laut Steiner war Bates nun eine mehrfach gespaltene Persönlichkeit mit mindestens drei Gesichtern. Da gab es erst einmal Norman, den kleinen Jungen, der seine Mutter brauchte und jeden Menschen haßte, der sich zwischen sie und ihn drängte. Dann Norma, die Mutter, die nicht sterben durfte. Den dritten Aspekt könnte man als ›normal‹ bezeichnen: Das war der erwachsene Norman Bates, der das Einerlei des täglichen Lebens bewältigen und die Existenz der beiden anderen Persönlichkeiten vor der Welt verheimlichen mußte. Natürlich handelte es sich nicht um drei streng gesonderte Wesen. Jedes enthielt Bestandteile der beiden anderen.

Aber der erwachsene Norman Bates konnte sich so gut beherrschen, daß er aus dem Krankenhaus entlassen wurde. Er kehrte zurück, um das Motel zu führen – und jetzt erst machte sich der seelische Druck geltend. Als erwachsene Persönlichkeit litt er am stärksten unter dem Bewußtsein, den Tod seiner Mutter verschuldet zu haben. Ihr Zimmer pietätvoll zu bewahren, genügte ihm nicht. Er wollte sie selber, ihre körperliche Erscheinung bewahren, damit die Illusion ihrer lebendigen Nähe die Gewissensbisse betäubte.

Und deshalb holte er sie zurück – holte sie aus dem Grab zurück und flößte ihr neues Leben ein. Nachts brachte er sie zu Bett, morgens zog er sie an und trug sie hinunter. Natürlich mußte er das alles vor der Außenwelt geheimhalten. Es gelang ihm. Arbogast hat die Mumie am Fenster sitzen sehen, aber es gibt keinen Beweis dafür, daß in all diesen Jahren noch jemand anderer sie jemals gesehen hätte.«

»Dann hauste das Grauen nicht in dem Haus«, murmelte Lila, »sondern in seinem Kopf.«

»Steiner sagt, es sei wie das Verhältnis zwischen einem Bauchredner und seiner Puppe gewesen. Mutter und *Klein-Norman* müssen richtige Gespräche miteinander geführt haben. Und der erwachsene Norman hat wahrscheinlich die Vernunftgründe beigesteuert. Er war imstande, sich wie ein geistig gesunder Mensch zu benehmen, aber wer weiß, wie weit er seine Lage wirklich beurteilen konnte. Er interessierte sich für Okkultismus und für Metaphysik. Vermutlich glaubte er an spiritistische Phänomene ebenso fest wie an die Konservierungskraft der Taxidermie. Außerdem konnte er jene anderen Bestandteile seiner Persönlichkeit nicht verwerfen oder vernichten, ohne sich selber zu verwerfen und zu vernichten. Er lebte drei Leben auf einmal.

Und das glückte ihm, bis –«

Sam zögerte, aber Lila beendete für ihn den Satz: »– bis Mary daherkam. Irgend etwas geschah, und er brachte sie um.«

»Mutter hat sie umgebracht«, sagte Sam. »Norma hat Ihre Schwester ermordet. Die wirkliche Situation läßt sich nicht rekonstruieren, aber Doktor Steiner ist überzeugt, daß in krisenhaften Augenblicken Norma zur beherrschenden Persönlichkeit wurde. Bates begann zu trinken, bis das Bewußtsein aussetzte. Dann trat *sie* in Aktion. Während dieser Bewußtseinslücken zog er sich ihre Kleider an. Nachher versteckte er ihr Abbild, weil sie für ihn die Mörderin war und geschützt werden mußte.«

»Steiner ist also ziemlich sicher, daß er verrückt ist?«

»Ich fürchte, ja. ›Psychose‹ ist das Wort, das er benutzte. Er wird vorschlagen, Bates in die staatliche Irrenanstalt zu überweisen, vermutlich auf Lebenszeit.«

»Dann wird es also keinen Prozeß geben?«

»Ihnen das zu sagen, bin ich eigentlich hergekommen. Es wird keinen Prozeß geben.« Sam seufzte. »Ich bin froh darüber. Es ist viel besser so. Sonderbar, wie sich im Leben alles so ganz anders gibt. Keiner von uns hat die Wahrheit geahnt, wir sind drauflosgestolpert, bis wir aus falschen Gründen das Richtige taten. Ich bringe es nicht einmal fertig, diesen Bates von ganzem Herzen zu hassen.

Er muß mehr gelitten haben als wir alle. In gewisser Hinsicht kann ich ihn sogar verstehen. Wir sind alle nicht ganz so klar im Kopf, wie wir uns einbilden.«

Sam erhob sich, und sie begleitete ihn zur Tür. »Jedenfalls«, sagte sie, »ist es jetzt vorbei, und ich werde mich bemühen, alles zu vergessen. Einfach alles, was geschehen ist, vergessen.«

»Alles?« murmelte Sam. Er sah sie nicht an.

»Schön, beinahe alles.« Sie sah ihn nicht an.

Damit war es zu Ende. Oder fast zu Ende.

17

Das eigentliche Ende kam leise und still.

Es kam in der kleinen vergitterten Zelle, in den vier Wänden, wo Tag um Tag und Nacht um Nacht die Stimmen gemurmelt hatten, in wirrem Durcheinander – die Männerstimme, die Frauenstimme, die Kinderstimme.

Im Prozeß der Spaltung waren sie explodiert. Nun setzte fast wie durch ein Wunder ein Prozeß der Verschmelzung ein.

So daß es nur noch eine Stimme gab. Und das gehörte sich auch, weil ja nur eine Person im Raum war. Es hatte immer nur eine Person gegeben.

Jetzt wußte sie es.

Sie wußte es und war froh darüber.

Viel besser so. Sich voll und restlos des eigenen Ichs bewußt zu sein, des wirklichen Ichs. Stark, zuversichtlich, geborgen, in heiterer Gelassenheit.

Sie konnte auf die Vergangenheit zurückblicken, als ob das alles nur ein böser Traum gewesen wäre. Ja, es war auch nichts anderes gewesen: ein böser Traum, mit Illusionen bevölkert.

In dem bösen Traum hatte es einen bösen Jungen gegeben, einen bösen Jungen, der ihren Liebhaber ermordet und sie zu vergiften versucht hatte. Irgendwo in diesem Traum gab es ein Würgen und Röcheln und den Griff an die Kehle und Gesichter, die sich blau verfärbten. Irgendwo in diesem Traum gab es den nächtlichen Friedhof und das Klirren des Spatens und das Keuchen und das Splittergeräusch des Sargdeckels und den Blick in den Sarg, das Starren auf seinen Inhalt. Aber was dort drinlag, war gar nicht tot. Jetzt nicht mehr. Statt dessen war der böse Junge tot, und so gehörte es sich.

Es hatte auch einen bösen Mann in dem Traum gegeben. Er war gleichfalls ein Mörder gewesen. Er hatte durch die Wand gelugt und getrunken und schmutzige Bücher gelesen und an allen möglichen, verrückten Unsinn geglaubt. Das Allerschlimmste aber war, daß er zwei unschuldige Menschen auf dem Gewissen hatte – ein junges Mädchen mit schönen Brüsten und einen Mann, der einen grauen Stetson trug. Natürlich war ihr das alles bekannt. Deshalb konnte sie sich auch an die kleinsten Einzelheiten erinnern. Weil sie immer dabeigewesen war und zugeschaut hatte. Aber nur zugeschaut.

Der böse Mann hatte die Morde begangen und sie ihr dann in die Schuhe schieben wollen.

Mutter hat sie ermordet. Das hatte er behauptet, aber es war eine Lüge.

Wie konnte sie sie denn ermordet haben, wenn sie doch nur zugeschaut hatte, wenn sie sich dort gar nicht hatte bewegen können, weil sie so tun mußte, als wäre sie eine ausgestopfte Figur, eine harmlose ausgestopfte Figur, der man nichts zuleide tun konnte und die niemandem etwas zuleide tun konnte, die lediglich für ewig fortexistierte?

Sie wußte, kein Mensch würde dem bösen Mann Glauben schenken, und jetzt war er ebenfalls tot. Der böse Mann und der böse Knabe waren beide tot oder hatten beide nur im Traum existiert. Und der Traum war endgültig aus. Gott sei Dank.

Nur sie war zurückgeblieben, und sie war aus Fleisch und Blut.

Allein zurückzubleiben und zu wissen, daß man aus Fleisch und Blut ist – das heißt doch wohl, bei Verstand zu sein, oder?

Aber um nichts zu riskieren, würde es ratsam sein, auch weiterhin die ausgestopfte Puppe zu mimen. Sich nicht zu rühren. Sich nie mehr zu rühren. Hier in der winzigen Kammer sitzen zu bleiben, immer und ewiglich.

Wenn sie still hier sitzen blieb, ohne sich zu rühren, würde man merken, daß sie bei Verstand ist, bei Verstand, bei Verstand.

Lange blieb sie still sitzen, ohne sich zu rühren. Dann kam eine Fliege summend durchs Gitter.

Die Fliege setzte sich auf ihre Hand.

Wenn sie wollte, konnte sie die Fliege erschlagen.

Aber sie erschlug die Fliege nicht.

Sie erschlug die Fliege nicht und hoffte, man würde sie so beobachten. Daß sie die Fliege nicht erschlug, bewies doch, was für ein Mensch sie wirklich war.

Schau, sie konnte nicht einmal einer Fliege etwas zuleide tun.